U0101762

中华经典藏书

第十一卷

医学经典（二）
农学经典

北京出版社

本卷目录

医学经典（二）

农学经典

医学经典

（二）

本草纲目

（选录）

〔明〕李时珍　撰

本草纲目序例第一卷

序　例

历代诸家本草

神农本草经〔掌禹锡曰[1]〕旧说本草经三卷，神农所作，而不经见[2]，汉书·艺文志亦无录焉。汉平帝纪云：元始五年，举天下通知方术本草者，所在轺传遣诣京师[3]。楼护传称[4]：护少诵医经本草方术数十万言。本草之名盖见于此。唐李世勣等以梁七录载神农本草三卷，推以为始。又疑所载郡县有后汉地名，似张机、华佗辈所为。皆不然也。按淮南子云：神农尝百草之滋味，一日而七十毒。由是医方兴焉。盖上世未著文字，师学相传，谓之本草。两汉以来，名医益众，张华辈始因古学附以新说[5]，通为编述，本草由是见于经录也。〔寇宗奭曰[6]〕汉书虽言本草，不能断自何代而作。世本、淮南子虽言神农尝百草以和药，亦无本草之名。惟帝王世纪云：黄帝使岐伯尝味草木，定本草经，造医方以疗众疾。乃知本草之名，自黄帝始。盖上古圣贤，具生知之智，故能辨天下品物之性味，合世人疾病之所宜。后世贤智之士，从而和之，又增其品焉。〔韩保昇曰〕药有玉石、草、木、虫、兽，而云本草者，为诸药中草类最多也。

名医别录　〔李时珍曰〕神农本草药分三品，计三百六十五种，以应周天之数。梁陶弘景复增汉、魏以下名医所用药三百六十五种，谓之名医别录。凡七卷，首叙药性之源，论病名之诊，次分玉石一品，草一品，木一品，虫兽一品，果菜一品，米食一品，有名未用三品。以朱书神农，墨书别录，进上梁武帝。弘景字通明，宋末为诸王侍读，归隐勾曲山，号华阳隐居，武帝每咨访之，年八十五卒，谥贞白先生。其书颇有裨补，亦多谬误。〔弘景自序曰〕隐居先生在乎茅山之上，以吐纳余暇，游意方技，览本草药性，以为尽圣人之心，故撰而论之。旧称神农本经，予以为信然。昔神农氏之王天下也，画八卦以通鬼神之情，造耕种以省杀生之弊，宣药疗疾以拯夭伤之命。此三道者，历众圣而滋彰。文王、孔子彖、象、繇、辞，幽赞人天[7]。后稷、伊尹，播厥百谷，惠被群生。岐、黄、彭、扁，振扬辅导，恩流含气[8]。岁逾三千，民到于今赖之。但轩辕已前，文字未传。药性所主，当以识识相因，不尔何由得闻[9]。至于桐、雷，乃著在编简。此书应与素问同类，但后人多更修饬之尔。秦皇所焚，医方、卜术不预[10]，故犹得全录。而遭汉献迁徙，晋怀奔迸，文籍焚糜，十不遗一。今之所存，有此三卷。其所出郡县乃后汉时制，疑仲景、元化等所记。又有桐君采药录，说其花叶形色。药对四卷，论其佐使相须[11]。魏、晋以来，吴普、李当之等更复损益。或五百九十五，或四百四十一，或三百一十九。或三品混糅，冷、热舛错，草、石不分，虫、兽无辨。且所主治，互有得失。医家不能备见，则智识有浅深。今辄苞综诸经，研括烦省。以神农本经三品合三百六十五为主，又进名医别品亦三百六十五，合七百三十种。精粗皆取，无复遗落，分别科条，区畛物类，兼注 诰时用土地所出，及仙经道术所须，并此序录合为七卷。虽未足追踵前良，盖亦一家撰制，吾去世之后，可贻诸知音尔。

桐君采药录〔时珍曰〕桐君，黄帝时臣也。书凡二卷，纪其花叶形色，今已不传。后人又有四时采药、太常采药时月等书。

雷公药对〔禹锡曰〕北齐徐之才撰。以众药名品、君臣、性毒、相反及所主疾病，分类记之，凡二卷。〔时珍曰〕陶氏前已有此书，吴氏本草所引雷公是也。盖黄帝时雷公所著，之才增饰之尔。之才丹阳人，博识善医，历事北齐诸帝得宠，仕终尚书左仆射，年八十卒，赠司徒，封西阳郡王，谥文明。北史有传。

李氏药录〔保昇曰〕魏李当之，华佗弟子。修神农本草三卷，而世少行。〔时珍曰〕其书散见吴氏、陶氏本草中，颇有发明。

吴氏本草〔保昇曰〕魏吴普，广陵人，华佗弟子。凡一卷。〔时珍曰〕其书分记神农、黄帝、岐伯、桐君、雷公、扁鹊、华佗、李氏所说性味甚详，今亦失传。

雷公炮炙论〔时珍曰〕刘宋时雷敩所著，非黄帝时雷公也。自称内究守国安正公，或是官名也。胡洽居士重加定述。药凡三百种，为上中下三卷。其性味、炮炙、熬煮、修事之法多古奥，文亦古质，别是一家，多本于乾宁晏先生。其首序论述物理，亦甚幽玄，录载于后。乾宁先生名晏封，著制伏草石论六卷，盖丹石家书也。

唐本草〔时珍曰〕唐高宗命司空英国公李勣等修陶隐居所注神农本草经增为七卷。世谓之英公唐本草，颇有增益。显庆中右监门长史苏恭重加订注，表请修定。帝复命太尉赵国公长孙无忌等二十二人与恭详定。增药一百一十四种，分为玉石、草、木、人、兽、禽、虫鱼、果、米谷、菜、有名未用十一部，凡二十卷，目录一卷，别为药图二十五卷，图经七卷，共五十三卷。世谓之唐新本草。苏恭所释虽明，亦多驳误。礼部郎中孔志约序曰：天地之大德曰生，运阴阳以播物；含灵之所保曰命[12]，资亭育以尽年[13]。蛰穴栖巢，感物之情盖寡；范金揉木[14]，逐欲之道方滋。而五味或爽[15]，时昧甘辛之节[16]；六气斯沴[17]，易愆寒燠之宜[18]。中外交侵[19]，形神分战[20]。饮食伺衅，成肠胃之眚[21]；风湿候隙，构手足之灾。机缠肤腠[22]，莫知救止；渐固膏肓，期于夭折。暨炎晖纪物[23]，识药石之功；云瑞名官[24]，穷诊候之术。草木咸得其性，鬼神无所遁情。刳麝犅犀[25]，驱泄邪恶；飞丹炼石，引纳清和。大庇苍生，普济黔首；功侔造化[26]，恩迈裁成[27]。日用不知，于今是赖。岐、和、彭、缓，腾绝轨于前[28]；李、华、张、吴，振英声于后。昔秦政煨燔，兹经不预；永嘉丧乱[29]，斯道尚存。梁陶弘景雅好摄生，研精药术。以为本草经者，神农之所作，不刊之书也[30]。惜其年代寖远[31]，简编残蠹，与桐、雷众记，颇或踳驳[32]。兴言撰缉，勒成一家，亦以雕琢经方[33]，润色医业。然而时钟鼎峙，闻见阙于殊方；事非佥议[34]，诠释拘于独学。至如重建平之防己，弃槐里之半夏。秋采榆仁，冬收云实。谬粱米之黄白，混荆子之牡蔓。异蘩蒌于鸡肠，合由跋于鸢尾。防葵狼毒，妄曰同根；钩吻黄精，引为连类。铅锡莫辨，橙柚不分。凡此比例，盖亦多矣。自时厥后，以迄于今。虽方技分镳[35]，名医继轨，更相祖述，罕能厘正。乃复采杜衡于及已，求忍冬于络石。舍陟厘而取莂藤，退飞廉而用马蓟。承疑行妄[36]，曾无有觉。[37]疾瘵多殆[38]，良深慨叹。既而朝议郎行右监门府长史骑都尉臣苏恭，摭陶氏之乖违，辨俗用之纰紊[39]。遂表请修定，深副圣怀。乃诏太尉扬州都督监修国史上柱国赵国公臣无忌、大中大夫行尚药奉御臣许孝崇等二十二人，与苏恭详撰。窃以动植形生，因方舛性；春秋节变，感气殊功。离其本土，则质同而效异；乖于采摘，乃物是而时非。名实既爽，寒温多谬。用之凡庶，其欺已甚；施之君父，逆莫大焉。于是上禀神规，下询众议；普颁天下，营求药物。羽毛鳞介，无远不臻[40]；根茎花实，有名咸萃。遂乃详探秘要，博综方术。本经虽缺，有验必书；别录虽存，无稽必正[41]。考其同异，择其去取。铅翰昭章[42]，定群言之得失；丹青绮焕[43]，备庶物之形容。撰本草并图经目录等，凡成五十四卷。庶以网罗今古，开涤耳目。尽医方之妙极，拯生灵之性命。传万祀而无昧[44]，悬百王而不朽[45]。

药总诀〔禹锡曰〕梁陶隐居撰，凡二卷，论药品五味寒热之性、主疗疾病及采蓄时月之法。一本题曰药象口诀，不著撰人名。

药性本草〔禹锡曰〕药性论凡四卷，不著撰人名氏，分药品之性味，君臣佐使主病之效。一本云陶隐居撰。然其药性之功，有与本草相戾者，疑非隐居书也。〔时珍曰〕药性论即药性本草，乃唐甄权所著也。权扶沟人，仕隋为秘省正字。唐太宗时，年百二十岁，帝幸其第，访以药性，因上此书，授朝散大夫，其书论主治亦详。又著脉经、明堂人形图各一卷。详见唐史。

千金食治〔时珍曰〕唐孙思邈撰千金备急方三十卷，采摭素问、扁鹊、华佗、徐之才等所论补养诸说，及本草关于食用者，分米谷、果、菜、鸟兽、虫鱼为食治附之，亦颇明悉。思邈隐于太白山，隋、唐征拜皆不就，年百余岁卒，所著有千金翼方、枕中素书、摄生真录、福禄论、三教论、老子庄子注。

食疗本草〔禹锡曰〕唐同州刺史孟诜撰。张鼎又补其不足者八十九种，并旧为二百二十七条，凡三卷。〔时珍曰〕诜，梁人也。武后时举进士，累迁凤阁舍人，出为台州司马，转同州刺史。睿宗召用，固辞。卒年九十。因周礼食医之义，著此书，多有增益。又撰必效方十卷，补养方三卷。唐史有传。

本草拾遗〔禹锡曰〕唐开元中三原县尉陈藏器撰。以神农本经虽有陶、苏补集之说，然遗沉尚多，故别为序例一卷，拾遗六卷，解纷三卷，总曰本草拾遗。〔时珍曰〕藏器，四明人。其所著述，博极群书，精核物类，订绳谬误，搜罗幽隐，自本草以来，一人而已。肤谫之士[46]，不察其该详，惟诮其僻怪。宋人亦多删削。岂知天地品物无穷，古今隐显亦异，用舍有时，名称或变，岂可以一隅之见，而遽讥多闻哉。如辟虺雷、海马、胡豆之类，皆隐于昔而用于今；仰天皮、灯花、败扇之类，皆万家所用者。若非此书收载，何从稽考。此本草之书，所以不厌详悉也。

海药本草〔禹锡曰〕南海药谱二卷，不著撰人名氏，杂记南方药物所产郡县及疗疾之功，颇无伦次。〔时珍曰〕此即海药本草也，凡六卷，唐人李珣所撰。珣盖肃、代时人，收采海药亦颇详明。又郑虔有胡本草七卷，皆胡中药物，今不传。

四声本草〔禹锡曰〕唐兰陵处士萧炳撰。取本草药名上一字，以平、上、去、入四声相从，以便讨阅，无所发明，凡五卷，进士王收序之。

删繁本草〔禹锡曰〕唐润州医博士兼节度随军杨损之撰。删去本草不急及有名未用之类为五卷，开元以后人也，无所发明。

本草音义〔时珍曰〕凡二卷，唐李含光撰。又甄立言、殷子严皆有音义。

本草性事类〔禹锡曰〕京兆医工杜善方撰，不详何代人，凡一卷。以本草药名随类解释，附以诸药制使、畏恶、相反、相宜、解毒者。

食性本草〔禹锡曰〕南唐陪戎副尉、剑州医学助教陈士良撰。取神农、陶隐居、苏恭、孟诜、陈藏器诸家药，关于饮食者类之，附以食医诸方，及五时调养脏腑之法。〔时珍曰〕书凡十卷，总集旧说，无甚新义。古有淮南王食经一百二十卷，崔浩食经九卷，竺暄食经十卷，膳馐养疗二十卷，昝殷食医心镜三卷，娄居中食治通说一卷，陈直奉亲养老书二卷，并有食治诸方，皆祖食医之意也。

蜀本草〔时珍曰〕蜀主孟昶命翰林学士韩保昇等与诸医士，取唐本草参校增补注释，别为图经凡二十卷，昶自为序，世谓之蜀本草。其图说药物形状，颇详于陶、苏也。

开宝本草〔时珍曰〕宋太祖开宝六年，命尚药奉御刘翰、道士马志等九人，取唐、蜀本草详校，仍取陈藏器拾遗诸书相参，刊正别名，增药一百三十三种，马志为之注解，翰林学士卢多逊等刊正。七年复诏志等重定，学士李昉等看详。凡神农者白字，名医所传者墨字，别之。并目录共二十一卷。序曰三坟之书，神农预其一；百药既辨，本草存其录旧经三卷，世所流传；名医别录，互为编纂。至梁贞白先生陶弘景，乃以别录参其本经，朱墨杂书，时谓明白，而又考彼功用，为之注释，列为七卷，南国行焉。逮乎有唐，别加参校，增药余八百味，添注为二十一卷，本经漏功则补之，陶氏误说则证之。然而载历年祀，又逾四百。朱字墨字，无本得同；旧注新注，其文互缺。非圣主抚大同之运，永无疆之休，其何以改而正之哉。乃命尽考传误，刊为定本，类例非允，从而革焉。至于笔头灰，兔毫也，而在草部，今移附兔头骨之下；半天河、地浆，皆水也，亦在草部，今移附玉石类之间。败鼓皮移附于兽皮，胡桐泪改从于木类。紫矿亦木也，自玉石品而取焉；伏翼实禽也，由虫鱼部而移焉。橘柚附于果实，食盐附于光盐。生姜干姜，同归一说。至于鸡肠、繁缕、陆英、蒴藋，以类相似，从而附之。仍采陈藏器拾遗、李含光音义，或讨源于别本，或传效于医家，参而较之，辨其臧否。至于突厥白，旧说灰类也，今是木根；天麻根，解以赤箭，今又全异。去非取是，特立新条。自余刊正，不可悉数。下采众议，定为印板。乃以白字为神农所说，墨字为名医所传。唐附今附，各加显注。详其解释，审其形性。证谬误而辨之者，署为今注；考文记而述之者，又为今按。义既刊定，理亦详明。今以新旧药合九百八十三种，并目录二十一卷，广颁天下，传而行焉。

嘉祐补注本草〔时珍曰〕宋仁宗嘉祐二年，诏光禄卿直秘阁掌禹锡、尚书祠部郎中秘阁校理林亿等，同诸医官重修本草。新补八十二种，新定一十七种，通计一千八十二条，谓之嘉祐补注本草，共二十卷。其书虽有校修，无大发明。其序略云：神农本草经三卷，药止三百六十五种。至陶隐居又进名医别录，亦三百六十五种，因而注释，分为七卷。唐苏恭等又增一百一十四种，广为二十卷，谓之唐本草。国朝开宝中，两诏医工刘翰、道士马志等修，增一百三十三种，为开宝本草。伪蜀孟昶，亦尝命其学士韩保昇等稍有增广，谓之蜀本草。嘉祐二年八月，诏臣禹锡、臣亿等再加校正。臣等被命，遂更研核。窃谓前世医工，原诊用药；随效辄记，遂至增多。概见诸书，浩博难究；虽屡加删定，而去取非一。或本经已载，而所述粗略；或俚俗常用，而太医未闻。向非因事详著，则遗散多矣。乃请因其疏捂[47]，更为补注。应应诸家医书、药谱所载物品功用，并从采掇；惟名近迂僻，类乎怪诞，则所不取。自余经史百家，虽非方饵之急，其间或有参说药验较然可据者[48]，亦兼收载，务从该洽[49]，以副诏意。凡名本草者非一家，今以开宝重定本为正。其分布卷类，经注杂糅，间以朱墨，并从旧例，不复厘改。凡补注并据诸书所说，其意义与旧文相参者，则从删削，以避重复；其旧已著见而意有未完，后书复言，亦具存之，欲详而易晓。仍每条并以朱书其端云：臣等谨按某书云某事。其别立条者，则解于其末，云见某书。凡所引书，唐、蜀二本草为先，他书则以所著先后为次第。凡书旧名本草者，今所引用，但著其所作人名曰某人人，惟唐、蜀本则曰唐本云、蜀本云。凡字朱墨之别：所谓神农本经者，以朱字；名医因神农旧条而有增补者，以墨字间于朱字；余所增者，皆别立条，并以墨字。凡陶隐居所进者，谓之名医别录，并以其注附于末。凡显庆所增者，亦注其末曰唐本先附。凡开宝所增者，亦注其末曰今附。凡今所增补，旧经未有，于逐条后开列云新补。凡药旧分上、中、下三品，今之新补难于详辨，但以类附见，如绿矾次于矾石，山姜花次于豆蔻，扶移次于水杨之类是也。凡药有功用本经未见，而旧注已曾引注，今之所增，但涉相类，更不立条，并附本注之末，曰续注，如地衣附于垣衣，燕覆附于通草，马藻附于海藻之类是也。凡旧注出于陶氏者，曰陶隐居云。出于显庆者，曰唐本注。出于开宝者，曰今注。其开宝考据传记者，别曰今按、今详、又按。皆以朱字别书于其端。凡药名本经已见，而功用未备，今有所益者，亦附于本注之末。凡药有今世已尝用，而诸书未见，无所辨证者，如胡卢巴、海带之类，则请从太医众论参议，别立为条，曰新定。旧药九百八十三种，新补八十二种，附于注者不预焉。新定一十七种，总新旧一千八十二条，皆随类附著之。英公、陶氏、开宝三序，皆有义例，所不可去，仍载于首卷云。

图经本草〔时珍曰〕宋仁宗既命掌禹锡等编绎本草，累年成书；又诏天下郡县，图上所产药物，用唐永徽故事，专命太常博士苏颂撰述成此书，凡二十一卷。考证详明，颇有发挥。但图与说异，两不相应。或有图无说，或有物失图，或说是图非。如江州菝葜乃仙遗粮，滁州青木香乃兜铃根，俱混列图；棠毬子即赤爪木，天花粉即栝楼根，乃重出条之类，亦其小小疏漏耳。颂字子容，同安人，举进士，哲宗朝位至丞相，封魏国公。

证类本草〔时珍曰〕宋徽宗大观二年，蜀医唐慎微取嘉祐补注本草及图经本草合为一书，复拾唐本草、陈藏器本草、孟诜食疗本草旧本所遗者五百余种，附入各部，并增五种。仍采雷公炮炙及唐本、食疗、陈藏器诸说收未尽者，附于各条之后。又采古今单方，并经、史、百家之书有关药物者，亦附之。共三十一卷，名证类本草。上之朝廷改名大观本草。慎微貌寝陋而学该博，使诸家本草及各药单方，垂之千古，不致沦没者，皆其功也。政和中，复命医官曹孝忠校正刊行，故又谓之政和本草。

本草别说〔时珍曰〕宋哲宗元祐中，阆中医士陈承合本草及图经二书为一，间缀数语，谓之别说。高宗绍兴末，命医官王继先等校正本草，亦有所附。皆浅俚无高论。

日华诸家本草〔禹锡曰〕国初开宝中，四明人撰[50]。不著姓氏，但云日华子大明。序集诸家本草近世所用药，各以寒、温、性、味、华、实、虫、兽为类，其言功用甚悉，凡二十卷。〔时珍曰〕按千家姓大姓出东莱，日华子盖姓大名明也。或云其姓田。未审然否。

本草衍义〔时珍曰〕宋政和中，医官通直郎寇宗奭撰。以补注及图经二书，参考事实，核其情理，援引辨证，发明良多，东垣、丹溪诸公亦尊信之；但以兰花为兰草，卷丹为百合，是其误也。书及序例凡二十卷。平阳张魏卿以其说分附各药之下，合为一书。

洁古珍珠囊〔时珍曰〕书凡一卷，金易州明医张元素所著。元素字洁古，举进士不第，去学医，深阐轩、岐秘奥，参悟天人幽微。言古方新病不相能，自成家法。辨药性之气味、阴、阳、厚、薄、升、降、浮、沉、补、泻，六气、十二经，及随证用药之法，立为主治、秘诀、心法、要旨，谓之珍珠囊，大扬医理，灵素之下，一人而已。后人翻为韵语，以便记诵，谓之东垣珍珠囊谬矣。惜乎止论百品，未及遍评。又著病机气宜保命集四卷，一名活法机要。后人误作河间刘完素所著，伪撰序文词调于卷首以附会之。其他洁古诸书，多是后人依托，故驳杂不伦。

用药法象〔时珍曰〕书凡一卷，元真定明医李杲所著。杲字明之，号东垣。通春秋、书、易，忠信有守，富而好施，援例为济源监税官。受业于洁古老人，尽得其学，益加阐发，人称神医。祖洁古珍珠囊，增以用药凡例，诸经向导，纲要活法，著为此书。谓世人惑于内伤外感，混同施治，乃辨其脉证，元气阴火，饮食劳倦，有余不足，著辨惑论三卷、脾胃论三卷。推明素问、难经、本草、脉诀及杂病方论，著医学发明九卷，兰室秘藏五卷。辨析经络脉法，分比伤寒六经之则，著此事难知二卷。别有痈疽、眼目诸书及试效方，皆其门人所集述者也。

汤液本草〔时珍曰〕书凡二卷，元医学教授古赵王好古撰。好古字进之，号海藏，东垣高弟，医之儒者也。取本草及张仲景、成无己、张洁古、李东垣之书，间附己意，集而为此。别著汤液大法四卷，医垒元戎十卷，阴证略例、瘢论萃英、钱氏补遗各一卷。

日用本草〔时珍曰〕书凡八卷。元海宁医士吴瑞，取本草之切于饮食者，分为八门，间增数品而已。瑞字瑞卿，元文宗时人。

本草歌括〔时珍曰〕元瑞州路医学教授胡仕可，取本草药性图形作歌，以便童蒙者。我明刘纯、熊宗立、傅滋辈，皆有歌括及药性赋，以授初学记诵。

本草衍义补遗〔时珍曰〕元末朱震亨所著。震亨，义乌人，字彦修，从许白云讲道，世称丹溪先生。尝从罗太无学医，遂得刘、张、李三家之旨而推广之，为医家宗主。此书盖因寇氏衍义之义而推衍之，近二百种，多所发明；但兰草之为兰花，胡粉之为锡粉，未免泥于旧说，而以诸药分配五行，失之牵强耳。所著有格致余论、局方发挥、伤寒辨疑、外科精要新论、风木问答诸书。

本草发挥〔时珍曰〕书凡三卷，洪武时丹溪弟子山阴徐彦纯用诚所集。取张洁古、李东垣、王海藏、朱丹溪、成无己数家之说，合成一书尔，别无增益。

救荒本草〔时珍曰〕洪武初，周定王因念旱涝民饥，咨访野老田夫，得草木之根苗花实可备荒者四百四十种，图其形状，著其出产、苗叶、花子、性味、食法凡四卷，亦颇详明可据。近人翻刻，削其大半，虽其见浅，亦书之一厄也。王号诚斋，性质聪敏，集普济方一百六十八卷，袖珍方四卷，诗、文、乐府等书。嘉靖中，高邮王磐著野菜谱一卷，绘形缀语，以告救荒，略而不详。

庚辛玉册〔时珍曰〕宣德中，宁献王取崔昉外丹本草、土宿真君造化指南、独孤滔丹房镜源、轩辕述宝藏论、青霞子丹台录诸书所载金石草木可备丹炉者，以成此书。分为金石部、灵苗部、灵植部、羽毛部、鳞甲部、饮馔部、鼎器部，通计二卷，凡五百四十一品。所说出产形状，分别阴阳，亦可考据焉。王号臞仙，该通百家，所著医、卜、农、圃、琴、棋、仙学、诗家诸书，凡数百卷。造化指南三十三篇，载灵草五十三种，云是土宿昆元真君所说，抱朴子注解，盖亦宋、元时方士假托者尔。古有太清草木方、太清服食经、太清丹药录、黄白秘法、三十六水法、伏制草石论诸书，皆此类也。

本草集要〔时珍曰〕弘治中，礼部郎中慈溪王纶，取本草常用药品，及洁古、东垣、丹溪所论序例，略节为八卷，别无增益，斤斤泥古者也。纶字汝言，号节斋，举进士，仕至都御史。

食物本草〔时珍曰〕正德时，九江知府江陵汪颖撰。东阳卢和字廉夫，尝取本草之系于食品者编次此书。颖得其稿，厘为二卷，分为水、谷、菜、果、禽、兽、鱼、味八类云。

食鉴本草〔时珍曰〕嘉靖时，京口宁原所编。取可食之物，略载数语，无所发明。

本草会编〔时珍曰〕嘉靖中，祁门医士汪机所编。机字省之。惩王氏本草集要不收草木形状，乃削去本草上、中、下三品，以类相从，菜谷通为草部，果品通为木部，并诸家序例共二十卷。其书撮约似乎简便，而混同反难检阅，冠之以荠，识陋可知，掩去诸家，更觉零碎，臆度疑似，殊无实见，仅有数条自得可取尔。

本草蒙筌〔时珍曰〕书凡十二卷，祁门医士陈嘉谟撰。谟字廷采。嘉靖末，依王氏集要部次集成，每品具气味、产采、治疗、方法，创成对语，以便记诵。间附己意于后，颇有发明。便于初学，名曰蒙筌，诚称其实。

本草纲目　明楚府奉祠、敕封文林郎、蓬溪知县，蕲州李时珍东璧撰。搜罗百氏，访采四方。始于嘉靖壬子，终于万历戊寅，稿凡三易。分为五十二卷，列为一十六部，部各分类，类凡六十。标名为纲，列事为目。增药三百七十四种，方八千一百六十。

---

①掌禹锡，字唐卿，北宋许州郾城人。宋仁宗嘉佑二年与林亿、苏颂、张洞等修本草，编成《喜佑补注神农本草》。

②不经见，不见经传。

③轺传（yáo zhuàn），古代驿车。

④楼护，字君卿，西汉时齐人。其父为世医，护后弃医读经，历官天水太守。

⑤张华辈，指张机、华佗辈。

⑥寇宗奭，宋代人，政和年间曾任医官，授通直郎。著有《本草衍义》。
⑦幽赞，暗中帮助。
⑧含气，人民。
⑨不尔，不然。
⑩不预，不在其中。
⑪相须，相待。
⑫含灵，同含气。指人民。
⑬亭育，养育。
⑭范，模子。
⑮爽，败伤。
⑯昧，失。甘辛之节，五味调和的节度。
⑰沴（lì，音利），水流不通。六气期沴，六气交互不通。
⑱愆（qiàn，音欠），过度。燠（yù，音玉），热。
⑲中外交侵，病邪内外交互伤人。
⑳形神分战，形体与精神分别受侵。
㉑眚（xǐng，音姓），灾异。
㉒机，同几。
㉓暨，及，到。炎晖纪物，指炎帝有天下。
㉔云瑞名官，云瑞，黄帝，此句指黄帝王天下。
㉕刳（kù，音库）麝剸（tuán，音团）犀，割取麝香犀角等药物。
㉖侔（móu，音谋），同齐。
㉗迈，超越。裁成，筹谋成全万物的帝王。
㉘腾绝轨于前，开创大道于前。
㉙永嘉丧乱，指西晋末年的政乱。
㉚不刊之书，不可磨灭之书。
㉛寖远，久远，深远。
㉜踳驳，舛错杂乱。
㉝雕琢经方，修饰医经方书。
㉞佥，众。
㉟分镳，分道。
㊱承疑行忘，承袭疑惑，行止妄为。
㊲曾无有觉，竟然无人觉察。
㊳瘵，大病。
㊴纰紊，错谬混乱。
㊵无远不臻，没有不至。
㊶无稽必正，没有根据的一定纠正。
㊷铅翰，铅笔。
㊸丹青绮焕，将药物绘成绮丽的图画。
㊹万祀，万年。
㊺百王，百代。
㊻肤谫，肤浅。
㊼捂，抵触。
㊽较，通皎。
㊾该，具备。洽，广博。
㊿四明，今宁波市。

引据古今医家书目

〔时珍曰〕自陶弘景以下，唐、宋诸本草引用医书，凡八十四家，而唐慎微居多。时珍今所引，除旧本外，凡二百七十七家。

黄帝素问王冰注。

唐玄宗开元广济方

天宝单方图

唐德宗贞元广利方

太仓公方

宋太宗太平圣惠方

扁鹊方三卷。

张仲景金匮玉函方

华佗方十卷。

张仲景伤寒论成无己注。

支太医方

张文仲随身备急方

徐文伯方

初虞世古今录验方

秦承祖方

王焘外台秘要方

华佗中藏经

姚和众延龄至宝方

范汪东阳方

孙真人千金备急方

孙真人食忌

孙真人千金翼方

孙真人枕中记

席延赏方

孙真人千金髓方

叶天师枕中记

箧中秘宝方

许孝宗箧中方

钱氏箧中方

刘禹锡传信言

王绍颜续传信方

延年秘录

柳州救三死方

李绛兵部手集方

御药院方

崔行功纂要方
刘涓子鬼遗方
乘闲集效方
陈延之小品方
葛洪肘后百一方
服气精义方
谢士泰删繁方
胡洽居士百病方
孙兆口诀
梅师集验方
崔元亮海上集验方
深师脚气论即梅师。
姚僧坦集验方
孙氏集验方
孟诜必效方
平尧卿伤寒类要
斗门方
韦宙独行方
王珉伤寒身验方
胜金方
文潞公药准
周应简要济众方
塞上方
王衮博济方
沈存中灵苑方
救急方
张路大效方
崔知悌劳瘵方
近效方
陈抃经验方
陈氏经验后方
苏沈良方东坡、存中。
十全博救方
昝殷食医心镜
必用方
张杰子母秘录
杨氏产乳集验方
昝殷产宝
谭氏小儿方
小儿宫气方

万全方
太清草木方
李翱何首乌传
普救方
神仙服食方
嵩阳子威灵仙传
寒食散方
贾相公牛经
贾诚马经已上八十四家，系旧本所引。
灵枢经
王冰玄密
张杲医说
黄帝书
褚氏遗书
李濂医史
秦越人难经
圣济总录
刘氏病机赋
皇甫谧甲乙经
宋徽宗圣济经
刘克用药性赋
王叔和脉经
张仲景金匮要略
彭祖服食经
巢元方病原论
神农食忌
神仙服食经
宋侠经心录
魏武帝食制
李氏食经
王执中资生经
娄居中食治通说
饮膳正要
刘河间原病式
太清灵宝方
玄明粉方
刘河间宣明方
戴起宗脉诀刊误
吴猛服椒诀
许洪本草指南

黄氏本草权度
陆氏证治本草
土宿真君造化指南
医余录
月池人参传李言闻。
胡演升炼丹药秘诀
名医录
月池艾叶传
张子和儒门事亲
张洁古医学启源
菖蒲传
医鉴龚信。
活法机要
杨天惠附子传
洁古家珍
李东垣医学发明
东垣辨惑论
东垣脾胃论
东垣兰室秘藏
东垣试效方
王海藏医家大法
海藏医垒元戎
海藏此事难知
海藏阴证发明
罗天益卫生宝鉴
丹溪格致余论
丹溪局方发挥
卢和丹溪纂要
丹溪医案
杨珣丹溪心法
方广丹溪心法附余
丹溪活套
程充丹溪心法
滑伯仁撄宁心要
惠民和剂局方
陈言三因方
孙真人千金月令方
严用和济生方
王氏易简方王硕。
杨子建万全护命方

继洪澹寮方
是斋指迷方王贶。
杨士瀛仁斋直指方
余居士选奇方
黎居士易简方
杨氏家藏方杨倓。
济生拔萃方杜思敬。
胡濙卫生易简方
朱端章卫生家宝方
许学士本事方许叔微。
鸡峰备急方张锐。
孙用和传家秘宝方
王隐君养生主论
真西山卫生歌
赵士衍九龠卫生方
王方庆岭南方
岭南卫生方
初虞世养生必用方
周定王普济方一百七十卷。
虞抟医学正传
李仲南永类钤方
周定王袖珍方
傅滋医学集成
萨谦斋瑞竹堂经验方
王履溯洄集
叶氏医学统旨
万表积善堂经验方
戴原礼证治要诀
医学纲目
孙氏仁存堂经验方
戴原礼金匮钩玄
医学指南
杨氏颐真堂经验方
刘纯玉机微义
医学切问
陆氏积德堂经验方
刘纯医经小学
王玺医林集要
德生堂经验方
臞仙乾坤秘韫

饶氏医林正宗
法生堂经验方
臞仙乾坤生意
周良采医方选要
刘松石保寿堂经验方
窥玄子法天生意
杨拱医方摘要
陈日华经验方
梁氏总要
医方大成
王仲勉经验方
吴球活人心统
方贤奇效良方
刘长春经验方
吴球诸证辨疑
阎孝忠集效方
禹讲师经验方
赵氏儒医精要
孙天仁集效方
戴古渝经验方
濒湖医案
试效录验方
龚氏经验方
濒湖集简方
经验济世方
蔺氏经验方
杨起简便方
孙一松试效方
阮氏经验方
坦仙皆效方
董炳集验方
赵氏经验方
危氏得效方危亦林。
朱端章集验方
杨氏经验方
居家必用方
经验良方
唐瑶经验方
邓笔峰卫生杂兴
救急易方

张氏经验方
王英杏林摘要
急救良方
龚氏经验方
白飞霞韩氏医通
白飞霞方外奇方
徐氏家传方
张三丰仙传方
温隐居海上方
郑氏家传方
王氏奇方
海上仙方
谈野翁试验方
丘琼山群书日抄
海上名方
包会应验方
何子元群书续抄
十便良方
孟氏诜方
张氏潜江切要
李楼怪证奇方
生生编
邵真人青囊杂纂
夏子益奇疾方
摘玄方
赵宜真济急仙方
纂要奇方
端效方
王永辅惠济方
奚囊备急方
史堪指南方
王璆百一选方
臞仙寿域神方
陈直奉亲养老书
世医通变要法
吴旻扶寿精方
李廷飞三元延寿书
何大英发明证治
王氏医方捷径
保庆集

保生余录
神医普救方
杨炎南行方
彭用光体仁汇编
传信适用方
王氏究源方
王节斋明医杂著
摄生妙用方
艾元英如宜方
济生秘览
王氏手集
萧静观方
锦囊秘览
唐仲举方
杨尧辅方
金匮名方
严月轩方
郑师甫方
芝隐方
通妙真人方
三十六黄方
葛可久十药神书
苏遒玄感传尸论
上清紫庭追劳方
朱肱南阳活人书
韩祗和伤寒书
庞安时伤寒总病论
吴绶伤寒蕴要
赵嗣真伤寒论
成无己伤寒明理论
刘河间伤寒直格
陶华伤寒六书
李知先活人书括
陈自明妇人良方
郭稽中妇人方
熊氏妇人良方补遗
胡氏济阴方
妇人明理论
妇人千金家藏方
便产须知

二难宝鉴
妇人经验方
钱乙小儿直诀
刘昉幼幼新书
幼科类萃
陈文中小儿方
曾世荣活幼心书
徐用宣袖珍小儿方
张焕小儿方
寇衡全幼心鉴
演山活幼口议
阮氏小儿方
鲁伯嗣婴童百问
活幼全书
郑氏小儿方
汤衡婴孩宝书
卫生总微论即保幼大全。
鲍氏小儿方
汤衡婴孩妙诀
姚和众童子秘诀
全婴方
王日新小儿方
小儿宫气集
魏直博爱心鉴
高武痘疹管见又名正宗。
李言闻痘疹证治
痘疹要诀
李实痘疹渊源
闻人规痘疹论八十一篇。
张清川痘疹便览
陈自明外科精要
薛己外科心法
外科通玄论
齐德之外科精义
薛己外科发挥
薛己外科经验方
杨清叟外科秘传
李迅痈疽方论
周文采外科集验方
眼科龙木论

飞鸿集
倪维德原机启微集
明目经验方
宣明眼科
眼科针钩方
咽喉口齿方

已上二百七十七家，时珍所引者。

引据古今经史百家书目

〔时珍曰〕：自陶弘景、唐、宋已下所引用者，凡一百五十一家。时珍所引用者，除旧本外，凡四百四十家。

易经注疏王弼。
诗经注疏孔颖达、毛苌。
尔雅注疏李巡、邢昺、郭璞。
尚书注疏孔安国。
春秋左传注疏杜预。
孔子家语
礼记注疏郑玄。
周礼注疏
张湛注列子
郭象注庄子
杨倞注荀子
淮南子鸿烈解
吕氏春秋
葛洪抱朴子
战国策
司马迁史记
班固汉书
范晔后汉书
陈寿三国志
王隐晋书
沈约宋书
萧显明梁史
李延寿北史
魏征隋书
欧阳修唐书
王瓘轩辕本纪
穆天子传
秦穆公传

蜀王本纪
鲁定公传
汉武故事
汉武内传
壶居士传
崔魏公传
李宝臣传
何君谟传
李孝伯传
李司封传
柳宗元传
梁四公子记
唐武后别传
南岳魏夫人传
三茅真君传
葛洪神仙传
干宝搜神记
紫灵元君传
刘向列仙传
徐铉稽神录
玄中记
洞微志
郭宪洞冥记
乐史广异记
刘敬叔异苑
王子年拾遗记
太平广记
吴均续齐谐记
段成式酉阳杂俎
异术
王建平典术
杜祐通典
异类
何承天纂文
张华博物志
魏略
东方朔神异经
盛宏之荆州记
郭璞注山海经
何晏九州记

宗懔荆楚岁时记
华山记
顾微广州记
徐表南州记
嵩山记
裴渊广州记
万震南州异物志
南蛮记
杨孚异物志
房千里南方异物志
太原地志
刘恂岭表录异
孟琯岭南异物志
永嘉记
朱应扶南记
张氏燕吴行纪
南城志
五溪记
王氏番禺记
白泽图
轩辕述宝藏论
青霞子丹台录
斗门经
独孤滔丹房镜源
东华真人煮石法
房室图
太清草木记
神仙芝草经
异鱼图
太清石璧记
灵芝瑞草经
狐刚子粉图
魏王花木志
夏禹神仙经
四时纂要
贾思勰音叶。齐民要术
三洞要录
郭义恭广志
氾胜之种植书
八帝圣化经

崔豹古今注
丁谓天香传
八帝玄变经
陆机诗义疏
陆羽茶经
神仙感应篇
李畋该闻录
张鷟朝野佥载
神仙秘旨
杨亿谈苑
开元天宝遗事
修真秘旨
宣政录
郑氏明皇杂录
颍阳子修真秘诀
五行书
孙光宪北梦琐言
左慈秘诀
广五行记
欧阳公归田录
陶隐居登真隐诀
遁甲书
沈括梦溪笔谈
耳珠先生诀
龙鱼河图
景焕野人闲话
韩终采药诗
王充论衡
黄休复茆亭客话
金光明经
颜氏家训
范子计然
宋齐丘化书
楚辞
李善注文选
张协赋
本事诗
江淹集
宋王微赞
庾肩吾集

陈子昂集
陆龟蒙诗
梁简文帝劝医文已上一百五十一家，旧本所引者。
许慎说文解字
吕忱字林
周弼说文字原
周弼六书正讹
王安石字说
赵古则六书本义
顾野王玉篇
孙愐唐韵
魏子才六书精蕴
仓颉解诂
丁度集韵
黄公武古今韵会
洪武正韵
阴氏韵府群玉
包氏续韵府群玉
急就章
张揖广雅
孙炎尔雅正义
孔鲋小尔雅
曹宪博雅
罗愿尔雅翼
杨雄方言
陆佃埤雅
埤雅广义
刘熙释名
司马光名苑
陆玑毛诗草木鸟兽虫鱼疏
师旷禽经
袁达禽虫述
淮南八公相鹤经
黄省曾兽经
王元之蜂记
朱仲相贝经
龟经
张世南质龟论
锺毓果然赋
马经

傅肱蟹谱
李石续博物志
韩彦直橘谱
毛文锡茶谱
唐蒙博物志
蔡襄荔枝谱
蔡宗颜茶对
张华感应类从志
欧阳修牡丹谱
刘贡父芍药谱
赞宁物类相感志
范成大梅谱
范成大菊谱
杨泉物理论
刘蒙菊谱
史正志菊谱
王佐格古论
陈翥桐谱
沈立海棠记
天玄主物簿
陈仁玉菌谱
王西楼野菜谱
穆修靖灵芝记
戴凯之竹谱
叶庭珪香谱
李德裕平泉草木记
僧赞宁竹谱
洪驹父香谱
周叙洛阳花木记
苏易简纸谱
苏氏笔谱
洛阳名园记
苏氏砚谱
苏氏墨谱
张果丹砂秘诀
杜季阳云林石谱
九鼎神丹秘诀
张果玉洞要诀
李德裕黄冶论
昇玄子伏汞图

桓宽盐铁论
大明一统志
韦述两京记
宝货辨疑
太平寰宇记
祝穆方舆要览
嵇含南方草木状
逸周书
郦道元注水经
沈莹临海水土记
汲冢竹书
陆禋续水经
临海异物志
左氏国语
三辅黄图
陈祈畅异物志
谢承续汉书
三辅故事
曹叔雅异物志
法盛晋中兴书
张勃吴录
薛氏荆扬异物志
后魏书
环氏吴纪
万震凉州异物志
南齐书
东观秘记
刘欣期交州记
唐会要
刘义庆世说
范成大桂海虞衡志
五代史
世本
东方朔林邑记
南唐书
类编
东方朔十洲记
宋史
逸史
任豫益州记

辽史
野史
宋祁剑南方物赞
元史
费信星槎胜览
周达观真腊记
吾学编
顾玠海槎录
刘郁出使西域记
大明会典
朱辅溪蛮丛笑
袁滋云南记
太平御览
陈彭年江南别录
永昌志
册府元龟
江南异闻录
蜀地志
集事渊海
李肇国史补
华阳国志
马端临文献通考
楚国先贤传
茅山记
白孔六帖
葛洪西京杂记
太和山志
古今事类合璧
周密齐东野语
西凉记
祝穆事文类聚
周密癸辛杂志
荆南记
欧阳询艺文类聚
周密浩然斋日钞
永州记
郑樵通志
周密志雅堂杂钞
南裔记
陶九成说郛

罗大经鹤林玉露
竺法真罗浮山疏
虞世南北堂书钞
陶九成辍耕录
田汝成西湖志
贾似道悦生随钞
叶盛水东日记
南郡记
徐坚初学记
徐氏总龟对类
伏深齐地记
文苑英华
邵桂子瓮天语
郡国志
锦绣万花谷
毛直方诗学大成
邺中记
洪迈夷坚志
苏子仇池笔记
廉州记
淮南万毕术
鲜于枢钩玄
辛氏三秦记
高氏事物纪原
松窗杂记
金门记
伏侯中华古今注
杜宝大业拾遗录
周处风土记
应劭风俗通
苏鹗杜阳编
嵩高记
班固白虎通
方勺泊宅编
襄沔记
服虔通俗文
方镇编年录
邓显明南康记
颜师古刊谬正俗
杨慎丹铅录

方国志
杜台卿玉烛宝典
刘绩霏雪录
荀伯子临川记
河图玉版
叶梦得水云录
洪迈松漠纪闻
河图括地象
孙柔之瑞应图记
河湖纪闻
春秋题辞
许善心符瑞记
王安贫武陵记
春秋运斗枢
夏小正
赵蔡行营杂记
春秋元命包
崔实四时月令
张匡业行程记
春秋考异邮
月令通纂
金幼孜北征录
礼斗威仪
王桢农书
张师正倦游录
孝经援神契
王旻山居录
段公路北户录
周易通卦验
山居四要
胡峤陷卢记
京房易占
居家必用
隋炀帝开河记
刘向洪范五行传
便民图纂
玉策记
遁甲开山图
刘伯温多能鄙事
述征记

南宫从岣嵝神书
臞仙神隐书
任昉述异记
皇极经世书
务本新书
祖冲之述异记
性理大全
俞宗本种树书
薛用弱集异记
五经大全
起居杂记
陈翱卓异记
通鉴钢目
洞天保生录
神异记
程氏遗书
林洪山家清供
李元独异志
朱子大全
闺阁事宜
录异记
老子
陈元靓事林广记
戴祚甄异传
鹖冠子
事海文山
异闻记
管子
万宝事山
祖台之志怪
墨子
奚囊杂纂
陶氏续搜神记
晏子春秋
三洞珠囊
杨氏洛阳伽蓝记
董子
陶隐居杂录
太上玄科
贾谊新书

西樵野记
太清外术
韩诗外传
琅琊漫钞
鲁至刚俊灵机要
刘向说苑
姚福庚己编
地镜图
杜恕笃论
王明清挥麈余话
五雷经
卢谌祭法
景焕牧竖闲谈
雷书
王睿炙毂子
陈霆两山墨谈
乾象占
叶世杰草木子
韦航细谈
列星图
梁元帝金楼子
孙升谈圃
演禽书
蔡邕独断
庞元英谈薮
吐纳经
王浚川雅述
爱竹谈薮
谢道人天空经
章俊卿山堂考索
彭乘墨客挥犀
魏伯阳参同契
洪迈容斋随笔
蔡绦铁围山丛话
萧了真金丹大成
百川学海
侯延赏退斋闲览
许真君书
翰墨全书
遁斋闲览

陶弘景真诰
文系
顾文荐负暄录
朱真人灵验篇
朱子离骚辨证
陆文量菽园杂记
太上玄变经
何孟春余冬录
王性之挥麈录
李筌太白经注
黄震慈溪日钞
赵与时宾退录
八草灵变篇
类说
叶石林避暑录
鹤顶新书
吴淑事类赋
刘禹锡嘉话录
造化指南
左思三都赋
姚宽西溪丛语
修真指南
葛洪遐观赋
俞琰席上腐谈
周颠仙碑
鲁褒钱神论
胡仔渔隐丛话
刘根别传
綦毋钱神论
熊太古冀越集
法华经
稽康养生论
王济日询手记
涅盘经
王之纲通微集
李氏仕学类钞
圆觉经
储咏祛疑说
周必大阴德录
楞严经

文字指归
翰苑丛记
变化论
造化权舆
解颐新语
自然论
潘埙楮记室
赵溍养疴漫笔
刘义庆幽明录
仇远稗史
江邻几杂志
百感录
魏武帝集
张耒明道杂志
海录碎事
魏文帝集
唐小说
琐碎录
曹子建集
林氏小说
治闻说
韩文公集
晁以道客话
龙江录
柳子厚文集
刘跂暇日记
灵仙录
欧阳公文集
康誉之昨梦录
白獭髓
三苏文集
邢坦斋笔衡
异说
宛委录
苏黄手简
张世南游宦纪闻
高氏蓼花洲闲录
山谷刀笔
何薳春渚纪闻
毕氏幕府燕闲录

李太白集
东坡诗集
吴澄草庐集
杜子美集
黄山谷集
吴莱渊颖集
王维诗集
宋徽宗诗
杨维祯铁崖集
岑参诗集
王元之集
宋景濂潜溪集
钱起诗集
梅尧臣诗集
方孝孺逊志斋集
白乐天长庆集
王荆公临川集
吴玉昆山小稿
元稹长庆集
邵尧夫集
陈白沙集
刘禹锡集
周必大集
何仲默集
张籍诗集
杨万里诚斋集
张东海集
李绅文集
范成大石湖集
杨升庵集
李义山集
陆放翁集
唐荆川集
左贵嫔集
陈止斋集
焦希程集
王梅溪集
张宛丘集
方虚谷集
葛氏韵语阳秋

蔡氏诗话

古今诗话

锦囊诗对已上四百四十家，时珍所引者。

采集诸家本草药品总数

神农本草经三百四十七种除并入一十八种外，草部一百六十四种，谷部七种，菜部一十三种，果部一十一种，木部四十四种，土部二种，金石部四十一种，虫部二十九种，介部八种，鳞部七种，禽部五种，兽部一十五种，人部一种。

陶弘景名医别录三百七种除并入五十九种外，草部一百三十种，谷部一十九种，菜部一十七种，果部一十七种，木部二十三种，服器部四种，水部二种，土部三种，金石部三十二种，虫部一十七种，介部五种，鳞部十种，禽部一十一种，兽部一十二种，人部五种。

李当之药录一种草部。

吴普本草一种草部。

雷敩炮炙论一种兽部。

苏恭唐本草一百一十一种草部三十四种，谷部二种，菜部七种，果部一十一种，木部二十二种，服器部三种，土部三种，金石部一十四种，虫部一种，介部二种，鳞部一种，禽部二种，兽部八种，人部一种。

甄权药性本草四种草部一种，谷部一种，服器部一种，金石部一种。

孙思邈千金食治二种菜部。

孟诜食疗本草一十七种草部二种，谷部三种，菜部三种，果部一种，鳞部六种，禽部二种。

陈藏器本草拾遗三百六十八种草部六十八种，谷部一十一种，菜部一十三种，果部二十种，木部三十九种，服器部三十四种，火部一种，水部二十六种，土部二十八种，金石部一十七种，虫部二十四种，介部一十种，鳞部二十八种，禽部二十六种，兽部一十五种，人部八种。

李珣海药本草一十四种草部四种，谷部一种，果部一种，木部五种，虫部一种，介部二种。

萧炳四声本草三种草部一种，服器部一种，土部一种。

陈士良食性本草二种菜部一种，果部一种。

韩保升蜀本草五种菜部二种，本部一种，介部一种，兽部一种。

马志开宝本草一百一十一种草部三十七种，谷部二种，菜部六种，果部一十九种，木部一十五种，服器部一种，土部一种，金石部九种，虫部二种，介部二种，鳞部一十一种，禽部一种，兽部四种，人部一种。

掌禹锡嘉祐本草七十八种草部一十七种，谷部三种，菜部十种，果部二种，木部六种，服器部一种，水部四种，金石部八种，鳞部一种，介部八种，禽部一十三种，兽部一种，人部四种。

苏颂图经本草七十四种草部五十四种，谷部二种，菜部四种，果部五种，木部一种，金石部三种，虫部二种，介部一种，禽部一种，兽部一种。

大明日华本草二十五种草部七种，菜部二种，果部二种，木部一种，金石部八种，虫部一种，鳞部一种，禽部一种，人部二种。

唐慎微证类本草八种菜部一种，木部一种，土部一种，金石部一种，虫部二种，兽部一种，人部一种。

寇宗奭本草衍义一种兽部。

李杲用药法象一种草部。

朱震亨本草补遗四种草部一种，谷部一种，木部一种，土部一种。

吴瑞日用本草七种谷部一种，菜部三种，果部二种，兽部一种。

周定王救荒本草三种草部一种，谷部一种，菜部一种。

汪颖食物本草一十七种谷部三种，菜部二种，果部一种，禽部十种，兽部一种。

宁原食鉴本草四种谷部一种，菜部一种，鳞部一种，兽部一种。

汪机本草会编三种草部一种，果部一种，虫部一种。

陈嘉谟本草蒙筌二种介部一种，人部一种。

李时珍本草纲目三百七十四种草部八十六种，谷部一十五种，菜部一十七种，果部三十四种，木部二十一种，服器部三十五种，火部十种，水部十一种，土部二十一种，金石部二十六种，虫部二十六种，介部五种，鳞部二十八种，禽部五种，兽部二十三种，人部一十一种。

神农本经名例

上药一百二十种为君[①]**，主养命以应天，无毒，多服久服不伤人。欲轻身益气，不老延年者本上经。**

中药一百二十种为臣，主养性以应人，无毒有毒，斟酌其宜。欲遏病补虚羸者本中经。

下药一百二十五种为佐使，主治病以应地，多毒，不可久服。欲除寒热邪气，破积聚愈疾者本下经。

三品合三百六十五种，法三百六十五度，一度应一日，以成一岁。倍其数，合七百三十名也。〔陶弘景曰〕今按上品药性，亦能遣疾，但势力和厚，不为速效，岁月常服，必获大益，病既愈矣，命亦兼申[②]，天道仁育[③]，故曰应天。一百二十种者，当谓寅、卯、辰、巳之月，法万物生荣时也。中品药性，疗病之辞渐深，轻身之说稍薄，祛患为速，延龄为缓，人怀性情，故曰应人。一百二十种，当谓午、未、申、酉之月，法万物成熟时也。下品药性，专主攻击，毒烈之气，倾损中和，不可常服，疾愈即止，地体收杀，故曰应地。一百二十五种者，当谓戌、亥、子、丑之月，法万物枯藏时也，兼以闰之盈数焉。若单服或配隶，自随人患，参而行之，不必偏执也。〔掌禹锡曰〕陶氏本草例：神农以朱书，别录以墨书。本经药止三百六十五种，今此言倍其数合七百三十名，是并别录副品而言。则此一节乃别录之文，传写既久，错乱所致。遂令后世捃摭此类[④]，以为非神农之书，率以此故也。〔时珍曰〕神农本草，药分三品。陶氏别录倍增药品，始分部类。唐、宋诸家大加增补，兼或退出。虽有朱、墨之别，三品之名，而实已紊矣。或一药而分数条，或二物而同一处；或木居草部，或虫入木部；水土共居，虫鱼杂处；淄渑罔辨[⑤]，玉珷不分；名已难寻，实何由觅。今则通合古今诸家之药，析为十六部。当分者分，当并者并，当移者移，当增者增。不分三品，惟逐各部。物以类从，目随纲举。每药标一总名，正大纲也。大书气味、主治，正小纲也。分注释名、集解、发明，详其目也。而辨疑、正误、附录附之，备其体也。单方又附于其末，详其用也。大纲之下，明注本草及三品，所以原始也。小纲之下，明注各家之名，所以注实也。分注则各书人名，一则古今之出处不没，一则各家之是非有归。虽旧章似乎剖析，而支脉更觉分明。非敢僭越，实便讨寻尔。

药有君臣佐使，以相宣摄。合和宜一君、二臣、三佐、五使，又可一君、三臣、九佐使也。〔弘景曰〕用药犹如立人之制，若多君少臣，多臣少佐，则气力不周也。然检仙经世俗诸方，亦不必皆尔。大抵养命之药多君，养性之药多臣，疗病之药多佐，犹依本性所主，而复斟酌之。上品君中，复有贵贱；臣佐之中，亦复如之。所以门冬、远志，别有君臣；甘草国老，大黄将军，明其优劣，皆不同秩也[⑥]。〔岐伯曰〕方制君臣者，主病之谓君，佐君之谓臣，应臣之谓使，非上、中、下三品之谓也，所以明善恶之殊贯也。〔张元素曰〕为君者最多，为臣者次之，佐者又次之。药之于证，所主同者，则各等分。或云力大者为君。〔李杲曰〕凡药之所用，皆以气味为主。补泻在味，随时换气，主病为君。假令治风，防风为君；治寒，附子为君；治湿，防已为君；治上焦热，黄芩为君；中焦热，黄连为君。兼见何证，以佐使药分治之，此制方之要也。本草上品为君之说，各从其宜尔。

药有阴阳配合，子母兄弟，〔韩保昇曰〕凡天地万物皆有阴阳，大小各有色类，并有法象。故羽毛之类，皆生于阳而属于阴；鳞介之类，皆生于阴而属于阳。所以空青法木，故色青而主肝；丹砂法火，故色赤而主心；云母法金，故色白而主肺；雌黄法土，故色黄而主脾；慈石法水，故色黑而主肾。余皆以此例推之。子母兄弟，若榆皮为母，厚朴为子之类是也。

根茎花实，苗皮骨肉。〔元素曰〕凡药根之在土中者，中半已上，气脉之上行也，以生苗者为根；中半已下，气脉之下行也，以入土者为梢。病在中焦与上焦者用根，在下焦者用梢，根升梢降。人之身半已上，天之阳也，用头；中焦用身；身半已下，地之阴也，用梢。乃述类象形者也。〔时珍曰〕草木有单使一件者，如羌活之根，木通之茎，款冬之花，葶苈之实，败酱之苗，大青之叶，大腹之皮，郁李之核，檗木之皮，沉香之节，苏木之肌，胡桐之泪，龙脑之膏是也。有兼用者，远志、小草，蜀漆、常山之类是也。有全用者，枸杞、甘菊之类是也。有一物两用者，当归头尾，麻黄根节，赤白茯苓，牛膝春夏用苗、秋冬用根之类是也。羽毛、鳞介、玉石、水火之属，往往皆然，不可一律论也。

有单行者[⑦]，有相须者[⑧]，有相使者[⑨]，有相畏者[⑩]，有相恶者[⑪]，有相反者[⑫]，有相杀者[⑬]。凡此七情，合和视之。当用相须相使者良，勿用相恶相反者。若有毒宜制，可用相畏相杀者；不尔，勿合用也。〔保昇曰〕本经三百六十五种中：单行者七十一种，相须者十二种，相使者九十种，相畏者七十八种，相恶者六十种，相反者十八种，相杀者三十六种。凡此七情，合和视之。〔弘景曰〕凡检旧方用药，亦有相恶相反者。如仙方甘草丸有防己、细辛，俗方玉石散用栝蒌、干姜之类，服之乃不为害。或有制持之者，譬如寇、贾辅汉，程、周佐吴，大体既正，不得以私情为害。虽尔，不如不用尤良。半夏有毒，须用生姜，取其相畏相制也。〔又曰〕相反为害深于相恶者，谓彼虽恶我，我无忿心，犹如牛黄恶龙骨，而龙骨得牛黄更良，此有以制伏故也。相反者，则彼我交雠，必不和合，今画家用雌黄、胡粉相近，便自黯妒，可证矣。〔时珍曰〕药有七情：独行者，单方不用辅也。相须者，同类不可离也，如人参、甘草，黄檗、知母之类。相使者，我之佐使也。相恶者，夺我之能也。相畏者，受彼之制也。相反者，两不相合也。相杀者，制彼之毒也。古方多有用相恶相反者。盖相须相使同用者，帝道也。相畏相杀同用者，王道也。相恶相反同用者，霸道也。有经有权[⑭]，在用者识悟尔。

药有酸、咸、甘、苦、辛五味，又有寒、热、温、凉四气，〔宗奭曰〕凡称气者，是香臭之气。其寒、热、温、凉，是药之性。且如白鹅脂性冷，不可言气冷也。四气则是香、臭、腥、臊。如蒜、阿魏、鲍鱼、汗袜，则其气臭；鸡、鱼、鸭、蛇，则其气腥；狐狸、白马茎、人中白，则其气臊；沉、檀、龙、麝，则其气香是也。则气字当改为性字，于义方允。〔时珍曰〕寇氏言寒，热、温、凉是性，香、臭、腥、臊是气，其说与礼记文合。但自素问以来，只以气味言，卒难改易，姑从旧尔。〔好古曰〕味有五，气有四。五味之中，各有四气。如辛则有石膏之寒，桂、附之热，半夏之温，薄荷之凉是也。气者天也，味者地也。温、热者天之阳，寒、凉者天之阴；辛、甘者地之阳，咸、苦者地之阴。本草五味不言淡，四气不言凉；只言温、大温、热、大热、寒、大寒、微寒、平、小毒、大毒、有毒、无毒，何也？淡附于甘，微寒即凉也。

及有毒无毒。〔岐伯曰〕病有久新，方有大小，有毒无毒，固宜常制。大毒治病，十去其六；常毒治病，十去其七；小毒治病，十去其八；无毒治病，十去其九。谷、肉、果、菜，食养尽之，无使过之，伤其正也。〔又曰〕耐毒者以厚药，不胜毒者以薄药。〔王冰云〕药气有偏胜，则脏气有偏绝，故十分去其六、七、八、九而止也。

阴干暴干，采造时月生熟，〔弘景曰〕凡采药时月，皆是建寅岁首[15]，则从汉太初后所记也。其根物多以二月八月采者，谓春初津润始萌，未充枝叶，势力淳浓也。至秋枝叶干枯，津润归流于下也。大抵春宁宜早，秋宁宜晚，花、实、茎、叶，各随其成熟尔。岁月亦有早晏，不必都依本文也。所谓阴干者，就六甲阴中干之也。又依遁甲法，甲子旬阴中在癸酉，以药著酉地也。实不必然，但露暴于阴影处干之尔。若可两用，益当为善。〔孙思邈曰〕古之医者，自解采取，阴干暴干皆如法，用药必依土地，所以治病十愈八九。今之医者，不知采取时节，至于出产土地，新、陈、虚、实，一皆不悉，所以治病十不得五也。〔马志曰〕今按法阴干者多恶，如鹿茸阴干悉烂，火干且良。草木根苗，九月以前采者，悉宜日干[16]；十月以后采者，阴干乃好。〔时珍曰〕生产有南北，节气有早迟，根苗异收采，制造异法度。故市之地黄以锅煮熟，大黄用火焙干，松黄和蒲黄，樟脑杂龙脑，皆失制作伪者也。孔志约云：动植形生，因地舛性；春秋节变，感气殊功。离其本土，则质同而效异；乖于采取，则物是而时非。名实既虚，寒温多谬，施于君父，逆莫大焉。〔嘉谟曰〕医药贸易多在市家。谚云：卖药者两眼，用药者一眼，服药者无眼。非虚语也。古圹灰云死龙骨，苜蓿根为土黄芪，麝香捣荔核搀藿香，采茄叶杂煮半夏为玄胡索，盐松梢为肉苁蓉，草仁充草豆蔻，西呆代南木香，熬广胶入荞面作阿胶，煮鸡子及鱼枕为琥珀，枇杷蕊代款冬，驴脚胫作虎骨，松脂混麒麟竭，番消和龙脑香。巧诈百般，甘受其侮，甚致杀人，归咎用药，乃大关系，非比寻常，不可不慎也。

土地所出，真伪陈新，并各有法。〔弘景曰〕诸药所生，皆的有境界[17]。秦、汉已前，当言列国。今郡县之名，后人所增尔。江东以来[18]，小小杂药，多出近道，气力性理，不及本邦。假令荆、益不通，则全用历阳当归，钱塘三建，岂得相似。所以疗病不及往人，亦当缘此。又且医不识药，惟听市人；市人又不辨究，皆委采送之家。采送之家，传习造作，真伪好恶，并皆莫测。所以钟乳醋煮令白，细辛水渍使直，黄芪蜜蒸为甜，当归酒洒取润，蜈蚣朱足令赤，螵蛸胶于桑枝，以虺床当蘼芜，以荠苨乱人参。此等既非事实，合药不量剥除。只如远志、牡丹，才不收半；地黄、门冬，三分耗一。凡去皮除心之属，分两不应，不知取足。王公贵胜合药之日，群下窃换好药，终不能觉。以此疗病，固难责效。〔宗奭曰〕凡用药必须择土地所宜者，则药力具，用之有据。如上党人参，川西当归，齐州半夏，华州细辛。东壁土、冬月灰、半天河水、热汤、浆水之类，其物至微，其用至广，盖亦有理。若不推究厥理[19]，治病徒费其功。〔杲曰〕陶隐居本草言狼毒、枳实、橘皮、半夏、麻黄、吴茱萸皆须陈久者良，其余须精新也。然大黄、木贼、荆芥、芫花、槐花之类，亦宜陈久，不独六陈也。凡药味须要专精。至元庚辰六月，许伯威年五十四，中气本弱，病伤寒八九日，热甚。医以凉药下之，又食梨，冷伤脾胃，四肢逆冷，时发昏愦，心下悸动，吃噫不止，面色青黄，目不欲开。其脉动中有止，时自还，乃结脉也。用仲景复脉汤加人参、肉桂，急扶正气；生地黄减半，恐伤阳气。服二剂，病不退。再为诊之，脉证相对。因念莫非药欠专精陈腐耶？再市新药与服，其证减半，又服而安。凡诸草、木、昆虫，产之有地；根、叶、花、实，采之有时。失其地，则性味少异；失其时，则气味不全。又况新陈之不同，精粗之不等。倘不择而用之，其不效者，医之过也。唐耿沣诗云：老医迷旧疾，朽药误新方。是矣。岁物专精见后。

药性有宜丸者，宜散者，宜水煮者，宜酒渍者，宜膏煎者，亦有一物兼宜者，亦有不可入汤酒者，并随药性，不得违越。〔弘景曰〕又按病有宜服丸、服散、服汤、服酒、服膏煎者，亦兼参用，察病之源，以为其制。〔华佗曰〕病有宜汤者，宜丸者，宜散者，宜下者，宜吐者，宜汗者。汤可以荡涤脏腑，开通经络，调品阴阳。丸可以逐风冷，破坚积，进饮食。散可以去风寒暑湿之邪，散五脏之结伏，开肠利胃。可下而不下，使人心腹胀满烦乱。可汗而不汗，使人毛孔闭塞，闷绝而终。可吐而不吐，使人结胸上喘，水食不人而死。〔杲曰〕汤者荡也，去大病用之。散者散也，去急病用之。丸者缓也，舒缓而治之也。㕮咀者[20]，古制也。古无铁刃，以口咬细，煎汁饮之，则易升易散而行经络也。凡治至高之病，加酒煎。去湿以生姜，补元气以大枣，发散风寒以葱白，去膈上痰以蜜。细末者，不循经络，止去胃中及脏腑之积。气味厚者，白汤调；气味薄者，煎之和滓服。去下部之疾，其丸极大而光且圆；治中焦者次之；治上焦者极小。稠面糊取其迟化，直至下焦。或酒或醋，取其收散之意也。犯半夏、南星，欲去湿者，丸以姜汁稀糊，取其易化也。水浸宿炊饼，又易化；滴水丸，又易化。炼蜜丸者，取其迟化而气循经络也。蜡丸取其难化而旋旋取效，或毒药不伤脾胃也。〔元素曰〕病在头面及皮肤者，药须酒炒；在咽下脐上者，酒洗之；在下者，生用。寒药须酒浸曝干，恐伤胃也。当归酒浸，助发散之用也。〔嘉谟曰〕制药贵在适中，不及则功效难求，太过则气味反失。火制四：煅、炮、炙、炒也。水制三：渍、泡、洗也。水火共制，蒸、煮二者焉。法造虽多，不离于此。酒制升提，姜制发散。入盐走肾而软坚，用醋注肝而住痛。童便制，除劣性而降下；米泔制，去燥性而和中。乳制润枯生血，蜜制甘缓益元。陈壁土制，窃真气骤补中焦；麦麸皮制，抑酷性勿伤上膈。乌豆汤、甘草汤渍曝，并解毒致令平和；羊酥油、猪脂油涂烧，咸渗骨容易脆断。去瓤者免胀，抽心者除烦。大概具陈，初学熟玩。

欲疗病先察其源，先候病机。五脏未虚，六腑未竭，血脉未乱，精神未散，服药必活。若病已成，可得半愈。病势已过，命将难全。〔弘景曰〕自非明医听声察色诊脉，孰能知未病之病乎？且未病之人，亦无肯自疗。故齐侯怠于皮肤之微，以致骨髓之痼[21]。非但识悟之为难，亦乃信受之弗易。仓公有言：信巫不信医，死不治也。〔时珍曰〕素问云：上古作汤液，故为而弗服。中古道德稍衰，邪气时至，服之万全。当今之世，必齐毒药攻其中，镵石针艾治其外。又曰：中古治病，至而治之，汤液十日不已，治以草苏荄枝，本末为助，标本已得，邪气乃服[22]。暮世治病[23]，不本四时[24]，不知日月，不审逆从，病形已成，以为可救，故病未已，新病复起。〔淳于意曰〕病有六不治：骄恣不论于理，一不治；轻身重财，二不治；衣食不适，三不治；阴阳脏气不定，四不治；形羸不能服药，五不治；信巫不信医，六不治。六者有一，则难治也。〔宗奭曰〕病有六失：失于不审，失于不信，失于过时，失于不择医，失于不识病，失于不知药。六失有一，即为难治。又有八要：一曰虚，二曰实，三曰冷，四曰热，五曰邪，六曰正，七曰内，八曰外也。素问言凡治病，察其形气色泽，观人勇怯、骨肉、皮肤，能知其情，以为诊法。若患人脉病不相应，既不得见其形，医止据脉供药，其可得乎。今豪富之家，妇人居帷幔之内，复以帛蒙手臂。既无望色之神，听声之圣，又不能尽切脉之巧，未免详问。病家厌繁，以为术疏，往往得药不服。是四诊之术，不得其一矣，可谓难也。呜呼！

若用毒药疗病，先起如黍粟，病去即止，不去倍之，不去十之，取去为度。〔弘景曰〕今药中单行一两种有毒，只如巴豆、甘遂、将军，不可便令尽剂。如经所云：一物一毒，服一丸如细麻；二物一毒，服二丸如大麻；三物一毒，服三丸如胡豆；四物一毒，服四丸如小豆；五物一毒，服五丸如大豆；六物一毒，服六丸如梧子；从此至十，皆以梧子为数。其中又有轻重，且如狼毒、钩吻，岂如附子、芫花辈耶？此类皆须量宜。〔宗奭曰〕虽有此例，更合论人老少虚实，病之新久，药之多毒少毒，斟量之，不可执为定法。

疗寒以热药，疗热以寒药，饮食不消以吐下药，鬼疰蛊毒以毒药[25]，痈肿疮瘤以疮药，风湿以风湿药，各随其所宜。〔弘景曰〕药性一物兼主十余病者，取其偏长为本，复观人之虚实补泻，男女老少，苦乐荣悴，乡壤风俗，并各不同。褚澄疗寡妇尼僧，异乎妻妾，此是达其性怀之所致也。〔时珍曰〕气味有厚薄，性用有躁静[26]，治体有多少，力化有浅深。正者正治，反者反治。用热远热[27]，用寒远寒，用凉远凉，用温远温。发表不远热，攻里不远寒；不远热则热病至，不远寒则寒病至。治热以寒，温而行之[28]；治寒以热，凉而行之；治温以清[29]，冷而行之；治清以温，热而行之。木郁达之[30]，火郁发之[31]，土郁夺之[32]，金郁泄之[33]，水郁折之[34]。气之胜也，微者随之，甚者制之；气之复也，和者平之，暴者夺之。高者抑之，下者举之，有余折之，不足补之，坚者削之，客者除之[35]，劳者温之[36]，结者散之[37]，留者行之[38]，燥者濡之，急者缓之，散者收之，损者益之，逸者行之，惊者平之，吐之、汗之、下之、补之、泻之，久新同法。又曰：逆者正治，从者反治。反治者，热因寒用，寒因热用，塞因塞用[39]，通因通用[40]。必伏其所主，而先其所因。其始则同，其终则异。可使破积，可使溃坚，可使气和，可使必已。又曰：诸寒之而热者取之阴[41]，热之而寒者取之阳，所谓求其属以衰之也。此皆约取素问之粹言。

病在胸膈已上者，先食后服药；病在心腹已下者，先服药而后食。病在四肢血脉者，宜空腹而在旦；病在骨髓者，宜饱满而在夜。〔弘景曰〕今方家先食后食，盖此义也。又有须酒服者，饮服者，冷服者，热服者。服汤则有疏有数，煮汤则有生有熟。各有法用，并宜详审。〔杲曰〕：古人服药活法：病在上者，不厌频而少；病在下者，不厌顿而多。少服则滋荣于上，多服则峻补于下。凡云分再服、三服者，要令势力相及，并视人之强弱，病之轻重，以为进退增减，不必泥法。

夫大病之主，有中风伤寒，寒热温疟，中恶霍乱，大腹水肿，肠澼下痢，大小便不通，奔豚上气[42]，咳逆呕吐，黄疸消渴，留饮癖食，坚积症瘕，惊邪癫痫鬼疰，喉痹齿痛，耳聋目盲，金疮踒折，痈肿恶疮，痔瘘瘿瘤；男子五劳七伤，虚乏羸瘦；女子带下崩中，血闭阴蚀；虫蛇蛊毒所伤。此大略宗兆，其间变动枝叶，各宜依端绪以取之。〔弘景曰〕药之所主，止说病之一名，假令中风乃有数十种，伤寒证候亦有二十余条，更复就中求其类例，大体归其始终，以本性为根宗，然后配证以合药尔。病之变状，不可一概言之。所以医方千卷，犹未尽其理。春秋已前及和、缓之书蔑闻[43]，而道经略载扁鹊数法，其用药犹是本草家意。至汉淳于意及华佗等方，今时有存者，亦皆条理药性。惟张仲景一部，最为众方之祖，又悉依本草，但其善诊脉、明气候以意消息之尔[44]。至于刳肠剖臆，刮骨续筋之法，乃别术所得，非神农家事。自晋代以来，有张苗、宫泰、刘德、史脱、靳邵、赵泉、李子豫等，一代良医。其贵胜阮德如、张茂先辈，逸民皇甫士安，及江左葛洪、蔡谟、殷仲堪诸名人等，并研精药术。宋有羊欣、元徽、胡洽、秦承祖，齐有尚书褚澄、徐文伯、嗣伯群从兄弟，疗病亦十愈八九。凡此诸人，各有所撰用方，观其指趣，莫非本草者。或时用别药，亦循其性度，非相逾越。范汪方百余卷，及葛洪肘后，其中有细碎单行经用者，或田舍试验之法，或殊域异识之术。如藕皮散血，起自庖人；牵牛逐水，近出野老。饼店蒜齑，乃是下蛇之药；路边地菘，而为金疮所秘。此盖天地间物，莫不为天地间用，触遇则会，非其主对矣。颜光禄亦云：道经仙方，服食断谷，延年却老，乃至飞丹炼石之奇，云腾羽化之妙，莫不以药道为先。用药之理，一同本草，但制御之途，小异世法。所用不多，远至二十余物，或单行数种。岁月深积，便致大益，即本草所云久服之效，不如俗人微觉便止。今庸医处疗，皆耻看本草，或倚约旧方，或闻人传说，便揽笔疏之，以此表奇。其畏恶相反，故自寡昧，而药类违僻[45]，分两参差，不以为疑。偶尔值瘥，则自信方验；旬月未瘳，则言病源深结。了不反求诸己，虚构声称，自应贻谴矣。其五经四部，军国礼服，少有乖越，止于事迹非宜尔。至于汤药，一物有谬，便性命及之。千乘之君，百金之长，可不深思戒慎耶！〔宗奭曰〕人有贵贱少长，病当别论；病有新久虚实，理当别药。盖人心如面，各各不同，惟其心不同，脏腑亦异。欲以一药通治众人之病，其可得乎？张仲景曰：有土地高下不同，物性刚柔食居亦异。是故黄帝兴四方之问，岐伯举四治之能。且如贵豪之家，形乐志苦者也。衣食足则形乐而外实，思虑多则志苦而内虚。故病生于脉，与贫下异，当因人而治。后世医者，委此不行，所失甚矣。又凡人少长老，其气血有盛壮衰三等。故岐伯曰少火之气壮，壮火之气衰。盖少火生气，壮火散气，况衰火乎。故治法亦当分三等。其少日服饵之药，于壮老之时皆须别处，决不可忽。又云：人以气血为本。世有童男室女，积想在心，思虑过当，多致劳损。男则神色先散，女则月水先闭。盖忧愁思虑则伤心，心伤则血逆竭，故神色先散而月水先闭也。火既受病，不能营养其子，故不嗜食。脾既虚则金气亏，故发嗽。嗽既作，水气绝，故四肢干。木气不充，故多怒，鬓发焦，筋痿。俟五脏传遍，故卒不能死，然终死矣。此于诸劳最为难治。或能改易心志，用药扶接，间得九死一生耳。有人病久嗽，肺虚生寒热。以款冬花焚三两芽，俟烟出，以笔管吸其烟，满口则咽之，至倦乃已。日作五七次，遂瘥。有人病疟月余，又以药吐下之，气遂弱。观其脉病，乃夏伤暑，秋又伤风。因与柴胡汤一剂安。后又饮食不节，寒热复作，吐逆不食，胁下急痛，此名痰疟。以十枣汤一服，下痰水数升；服理中散二钱，遂愈。有妇人病吐逆，大小便不通，烦乱，四肢冷，渐无脉，凡一日半。与大承气汤二剂，至夜半大便渐通，脉渐生，翌日乃安。此关格之病[46]，极难治。经曰关则吐逆，格则不得小便，亦有不得大便者。有人苦风痰头痛，颤掉吐逆[47]，饮食减。医以为伤冷物，温之不愈，又以丸下之，遂厥。复与金液丹，后谵言吐逆，颤掉不省人，狂若见鬼，循衣摸床，手足冷，脉伏。此胃中有结热，故昏瞀不省人。以阳气不能布于外，阴气不持于内，即颤掉而厥。遂与大承气汤，至一剂，乃愈。有妇人病温，已十二日。诊其脉，六七至而涩，寸稍大，尺稍小。发寒热，颊赤口干，不了了，耳聋。问之，病后数日，经水乃行。此属少阳热入血室，治不对症，必死。乃与小柴胡汤。二日，又加桂枝干姜汤，一日寒热止。但云：我脐下急痛。与抵当丸，微利，痛止身凉，尚不了了。复与小柴胡汤。次日云：我胸中热燥，口鼻干。又少与调胃承气汤，不利。与大陷胸丸半服，利三行。次日虚烦不宁，妄有所见，狂言。知有燥屎，以其极虚，不敢攻之。与竹叶汤，去其烦热，其大便自通，中有燥屎数枚，狂烦尽解。惟咳嗽唾沫，此肺虚也，不治恐乘虚作肺痿。以小柴胡去人参、姜、枣加干姜、五味子汤，一日咳减，二日悉痊。有人年六十，脚肿生疮，忽食猪肉，不安。医以药下之，稍愈。时出外，中风汗出，头面暴肿，起紫黑色，多睡，耳轮上有浮泡小疮，黄汁出。乃与小续命汤倍加羌活服之，遂愈。有人年五十四，素羸，多中寒，小年常服生硫黄数斤，近服菟丝有效。脉左上二部、右下二部弦紧有力。五七年来，病右手足筋急拘挛，言语稍迟。遂与仲景小续命汤，加薏苡仁一两以治筋急，减黄芩、人参、芍药各半以避中寒，杏仁只用一百五枚。后云：尚觉大冷。因尽去人参、芩、芍，加当归一两半，遂安。小续命汤今人多用，不能逐证加减，遂至危殆，故举以为例。

①上药，李时珍在此将药分为上、中、下三品，上品为养命药，称为君药，即补药；中品为养性药，称为臣药；下品为治疾药。中药方剂配合的原则为君、臣、佐、使，君药是起主要作用的药物；臣药是协助君药起治疗作用的药物；佐药是协助君药治疗兼症或抑制君药毒性，或是反佐的药物；使药是引导各药直达疾患所在或有调和各药作用的药物。

②兼申，同时延长。

③天道仁育，天之道在以仁德化育万物。

④捃（jùn，音俊）摭，搜集。

⑤淄渑罔辨，浑然杂乱不能分辨。淄、渑为山东境内的二条河流。

⑥秩，等级。

⑦单行，方剂中单用一药发挥效能。

⑧相须，两种性能类似的药物同用，能相互增强作用，称相须。

⑨相使，两种以上药物同用，一种为主，其余为辅，为主者用为辅者为使。

⑩相畏，药物相互抑制。

⑪相恶，一种药物能减弱另一种药物的性能，称相恶。

⑫相反，药物同用后会产生强烈的副作用，称相反。

⑬相杀，一种药物能消除另一种药物的中毒作用，称相杀。

⑭有经有权，有常法，有权变之法。

⑮建寅，指正月。

⑯日干，晒干。

⑰的有，确有。

⑱江东以来，指晋室东渡以来，即东晋。

⑲厥，其。

⑳㕮（fǔ，音斧）咀，用口嚼细。

㉑齐侯怠于皮肤之微，以致骨髓之痼：扁鹊见齐桓侯，告诉他患病在皮肤之间，齐侯不信，后导致病入骨髓，而不可治。事见《史记·扁鹊仓公列传》。

㉒标本已得，邪气乃服：用药与病情相符，病邪就可被制服。

㉓暮世，近世。

㉔不本四时，不依据四时变化而施治。

㉕疰（zhù，音注），病名。

㉖性用有躁静，药性有主静的，有主动的。

㉗用热远热，用热性药使热邪远离。

㉘治热以寒，温而行之，治热证用寒药，趁药温时而服用。

㉙清，寒凉，指寒凉药。

㉚木郁达之，木，肝主木。达，畅达。

㉛火郁发之，火，心主火。发，发散。

㉜土郁夺之，土，脾胃主土。夺，吐泻。

㉝金郁泄之，金，肺主金。泄，疏利。

㉞水郁折之，水，肾主水。折，调理。

㉟客，指对邪侵袭。除，指用发汗、祛寒、祛湿一类方药。

㊱劳，虚劳，温，温养。

㊲结，郁结。散，消散。

㊳留，滞留。行，行散。

㊴塞因塞用，用补盖收敛的药物治疗有阻塞假象的痛病。

㊵通因通用，通，通利。

㊶寒之而热者，用寒药治热症，不愈，当用温热药以热治热。取之阴，因为阴盛。

㊷奔豚，病名。

㊸蔑闻，无闻。

㊹消息，斟酌用药。

㊺违僻，乖僻。

㊻关格之病：关，关闭；格，格拒。

㊼颤掉，颤抖。

陶隐居名医别录合药分剂法则

古秤惟有铢两而无分名。今则以十黍为一铢，六铢为一分，四分成一两，十六两为一斤。虽

有子谷秬黍之制，从来均之已久，依此用之。〔苏恭曰〕古秤皆复，今南秤是也。后汉以来，分一斤为二斤，一两为二两。古方惟张仲景，而已涉今秤，若用古秤，则水为殊少矣。〔杲曰〕：六铢为一分，即二钱半也。二十四铢为一两。古云三两，即今之一两；云二两，即今之六钱半也。〔时珍曰〕蚕初吐丝曰忽。十忽曰丝。十丝曰厘。四厘曰累（音垒）。十厘曰分。四累曰字，二分半也。十累曰铢，四分也。四字曰钱，十分也。六铢曰一分（去声），二钱半也。四分曰两，二十四铢也。八两曰锱。二锱曰斤。二十四两曰镒，一斤半也，准官秤十二两。三十斤曰钧。四钧曰石，一百二十斤也。方中有曰少许者，些子也。今古异制，古之一两，今用一钱可也。

今方家云等分者，非分两之分，谓诸药斤两多少皆同尔，多是丸散用之。

凡散云刀圭者，十分方寸匕之一，准如梧桐子大也。方寸匕者，作匕正方一寸，抄散取不落为度。钱五匕者，即今五铢钱边五字者抄之，不落为度。一撮者，四刀圭也。匕即匙也。

药以升合分者，谓药有虚实轻重，不得用斤两，则以升平之。十撮为一勺，十勺为一合，十合为一升。升方作上径一寸，下径六分，深八分。内散药，勿按抑之，正尔微动令平尔。〔时珍曰〕古之一升，即今之二合半也。量之所起为圭，四圭为撮，十撮为勺，十勺为合，十合为升，十升为斗，五斗曰斛，二斛曰石。

凡汤酒膏药云㕮咀者，谓秤毕捣之如大豆，又吹去细末；药有易碎难碎，多末少末，今皆细切如㕮咀也。〔恭曰〕㕮咀，商量斟酌之也。〔宗奭曰〕㕮咀有含味之意，如人以口齿咀啮，虽破而不尘。古方多言㕮咀，此义也。〔杲曰〕㕮咀，古制也。古无铁刃，以口咬细，令如麻豆煎之。今人以刀锉细尔。

凡丸药云如细麻者，即胡麻也，不必扁扁，略相称尔。黍粟亦然。云如大麻子者，准三细麻也。如胡豆者，即今青斑豆也，以二大麻准之。如小豆者，今赤小豆也，以三大麻准之。如大豆者，以二小豆准之。如梧子者，以二大豆准之。如弹丸及鸡子黄者，以四十梧子准之。〔宗奭曰〕今人用古方多不效者何也？不知古人之意尔。如仲景治胸痹，心中痞坚，逆气抢心，用治中汤。人参、术、干姜、甘草四物，共一十二两，水八升，煮取三升，每服一升，日三服，以知为度[1]；或作丸，须鸡子黄大，皆奇效。今人以一丸如杨梅许服之，病既不去，乃曰药不神。非药之罪，用药者之罪也。

凡方云巴豆若干枚者，粒有大小，当去心皮秤之，以一分准十六枚。附子、乌头若干枚者，去皮毕，以半两准一枚。枳实若干枚者，去瓤毕，以一分准二枚。橘皮一分准三枚。枣大小三枚准一两。干姜一累者，以一两为正。

凡方云半夏一升者，洗毕秤五两为正。蜀椒一升，三两为正。吴茱萸一升，五两为正。菟丝子一升，九两为正。庵蔺子一升，四两为正。蛇床子一升，三两半为正。地肤子一升，四两为正。其子各有虚实轻重不可秤准者，取平升为正。

凡方云用桂一尺者，削去皮重半两为正。甘草一尺者，二两为正。云某草一束者，三两为正。云一把者，二两为正。

凡方云蜜一斤者，有七合。猪膏一斤者，有一升二合也。

凡丸散药，亦先切细暴燥乃捣之。有各捣者，有合捣者，并随方。其润湿药，如天门冬、地黄辈，皆先增分两切暴[2]，独捣碎更暴。若逢阴雨，微火烘之，既燥，停冷捣之。〔时珍曰〕凡诸草木药及滋补药，并忌铁器，金性克木之生发之气，肝肾受伤也。惟宜铜刀、竹刀修治乃佳。亦有忌铜器者，并宜如法。丸散须用青石碾、石磨、石臼，其砂石者不良。

凡筛丸散，用重密绢，各筛毕，更合于臼中，捣数百遍，色理和同，乃佳也。巴豆、杏仁、胡麻诸膏腻药，皆先熬黄，捣令如膏，指㩸莫结切。**视泯泯[3]，乃稍稍入散中，合研捣散，以轻**

疏绢筛度之，再合捣匀。

凡煮汤，欲微火令小沸。其水依方，大略二十两药，用水一斗，煮取四升，以此为准。然利汤欲生，少水而多取汁；补汤欲熟，多水而少取汁。不得令水多少。用新布两人以尺木绞之，澄去垽浊[④]，纸覆令密。温汤勿用铁器。服汤宁小沸，热则易下，冷则呕涌。〔之才曰〕汤中用酒，须临熟乃下之。〔时珍曰〕陶氏所说，乃古法也。今之小小汤剂，每一两用水二瓯为准，多则加，少则减之。如剂多水少，则药味不出；剂少水多，又煎耗药力也。凡煎药并忌铜铁器，宜用银器瓦罐，洗净封固，令小心者看守，须识火候，不可太过不及。火用木炭、芦苇为佳。其水须新汲味甘者，流水、井水、沸汤等，各依方，详见水部。若发汗药，必用紧火，热服。攻下药，亦用紧火煎熟，下消黄再煎，温服。补中药，宜慢火，温服。阴寒急病，亦宜紧火急煎服之。又有阴寒烦躁及暑月伏阴在内者，宜水中沉冷服。

凡渍药酒，皆须细切，生绢袋盛，入酒密封，随寒暑日数漉出。滓可暴燥，微捣更渍，亦可为散服。〔时珍曰〕别有酿酒者，或以药煮汁和饭，或以药袋安置酒中，或煮物和饭同酿，皆随方法。又有煮酒者，以生绢袋药入坛密封，置大锅中，水煮一日，埋土中七日，出火毒乃饮。**凡建中、肾沥诸补汤，滓合两剂，加水煮竭饮之，亦敌一剂，皆先暴燥。**〔陈藏器曰〕：凡汤中用麝香、牛黄、犀角、羚羊角、蒲黄、丹砂、芒消、阿胶辈，须细末如粉，临时纳汤中，搅和服之。

凡合膏，初以苦酒渍令淹浃[⑤]，不用多汁，密覆勿泄。云晬时者，周时也，从今旦至明旦。亦有止一宿者。煮膏当三上三下，以泄其热势，令药味得出。上之使匝匝沸[⑥]，乃下之使沸静良久乃止。中有薤白者，以两头微焦黄为候。有白芷、附子者，以小黄色为度。以新布绞去滓，滓亦可酒煮饮之。摩膏滓可傅病上。膏中有雄黄、朱砂、麝香辈，皆别捣如面，绞膏毕乃投中，疾搅勿使沉聚在下。有水银、胡粉者，于凝膏中研令消散。〔时珍曰〕凡熬贴痈、疽、风、湿诸病膏者，先以药浸油中三日乃煎之，煎至药枯，以绢滤净，煎热下黄丹或胡粉或密陀僧，三上三下，煎至滴水成珠不散，倾入器中，以水浸三日，去火毒用。若用松脂者，煎至成丝，倾入水中，拔扯数百遍乃止。俱宜谨守火候，勿令太过不及也。其有朱砂、雄黄、龙脑、麝香、血竭、乳香、没药等料者，并待膏成时投之。黄丹、胡粉、密陀僧并须水飞瓦炒过。松脂须炼数遍乃良。

凡丸中用蜡，皆烊投少蜜中搅调以和药[⑦]。〔杲曰〕：丸药用蜡，取其固护药之气味势力以过关膈而作效也。若投以蜜，下咽亦易散化，如何得到脏中。若有毒药，反又害之，非用蜡之本意也。

凡用蜜，皆先火煎，掠去其沫，令色微黄，则丸药经久不坏。〔雷敩曰〕凡炼蜜，每一斤止得十二两半是数，火少火过，并不得用也。修合丸药，用蜜只用蜜，用饧只用饧，用糖只用糖，勿交杂用，必泻人也。

---

①知，痊愈。

②暴，晒。

③指攪，用手搅拌。泯泯，匀和。

④垽（yìn，音印），渣滓。

⑤淹浃，用水浸透。

⑥匝匝，水沸之声。

⑦烊，溶化。

采药分六气岁物[①]

岐伯曰：厥阴司天为风化，在泉为酸化，清毒不生。少阴司天为热化，在泉为苦化，寒毒不生。太阴司天为湿化，在泉为甘化，燥毒不生。少阳司天为火化，在泉为苦化，寒毒不生。阳明司天为燥化，在泉为辛化，湿毒不生。太阳司天为寒化，在泉为咸化，热毒不生。治病者，必明六化分治，五味五色所生，五脏所宜，乃可言盈虚病生之绪。本乎天者天之气，本乎地者地之气。谨候气宜[②]，无失病机。司岁备物，则无遗主矣。岁物者，天地之专精也。非司岁物则气散，质同而异等也。气味有厚薄，性用有躁静，治保有多少[③]，力化有浅深[④]。上淫于下，所胜平之；外淫于内，所胜治之。〔王冰曰〕化于天者为天气，化于地者为地气。五毒皆五行之气所为，故所胜者不生，惟司天在泉之所生者其味正。故药工专司岁气，所收药物，则所主无遗略矣。五运有余，则专精之气，药物肥浓，使用当其正气味也。不足则药不专精而气散，物不纯，形质虽同，力用则异矣。故天气淫于下、地气淫于内者，皆以所胜平治之，如风胜湿、酸胜甘之类是也。

---

①六气，指风、寒、暑、湿、燥、火六种气候变化要素。岁物，依据司岁主治之气采备药物。

②气宜，六气变化的机宜。

③治保，治疗效果。

④力化，药物在体内产生的变化。

七　方

岐伯曰：气有多少，形有盛衰，治有缓急，方有大小。又曰：病有远近，证有中外，治有轻重。近者奇之[①]，远者偶之[②]。汗不以奇，下不以偶。补上治上制以缓[③]，补下治下制以急[④]。近而偶奇，制小其服[⑤]；远而奇偶，制大其服[⑥]。大则数少，小则数多。多则九之[⑦]，少则二之。奇之不去则偶之，偶之不去则反佐以取之，所谓寒热温凉，反从其病也。〔王冰曰〕脏位有高下，腑气有远近，病症有表里，药用有轻重。单方为奇，复方为偶。心肺为近，肝肾为远，脾胃居中。肠膻胞胆，亦有远近。识见高远，权以合宜。方奇而分两偶，方偶而分两奇。近而偶制，多数服之；远而奇制，少数服之。则肺服九，心服七，脾服五，肝服三，肾服一，为常制也。方与其重也宁轻，与其毒也宁善，与其大也宁小。是以奇方不去，偶方主之；偶方不去，则反佐以同病之气而取之。夫微小之热，折之以寒；微小之冷，消之以热。甚大寒热，则必能与异气相格。声不同不相应，气不同不相合。是以反其佐以同其气，复令寒热参合，使其始同终异也。〔时珍曰〕逆者正治，从者反治。反佐，即从治也。谓热在下而上有寒邪拒格，则寒药中入热药为佐，下膈之后，热气既散，寒性随发也。寒在下而上有浮火拒格，则热药中入寒药为佐，下膈之后，寒气既消，热性随发也。此寒因热用，热因寒用之妙也。温凉仿此。〔完素曰〕流变在乎病，主病在乎方，制方在乎人。方有七：大、小、缓、急、奇、偶、复也。制方之体，本于气味。寒、热、温、凉，四气生于天；酸、苦、辛、咸、甘、淡，六味成于地。是以有形为味，无形为气。气为阳，味为阴。辛甘发散为阳，酸苦涌泄为阴；咸味涌泄为阴，淡味渗泄为阳。或收或散，或缓或急，或燥或润，或软或坚，各随脏腑之证，而施药之品味，乃分七方之制也。故奇、偶、复者，三方也。大、小、缓、急者，四制之法也。故曰：治有缓急，方有大小。

大方〔岐伯曰〕君一臣二佐九，制之大也。君一臣三佐五，制之中也。君一臣二，制之小也。又曰：远而奇偶，制大其服；近而奇偶，制小其服。大则数少，小则数多。多则九之，少则二之。〔完素曰〕身表为远，里为近。大小者，制奇偶之法也。假如小承气汤、调胃承气汤，奇之小方也；大承气汤、抵当汤，奇之大方也，所谓因其攻里而用之也。桂枝、麻黄，偶之小方也；葛根、青龙，偶之大方也，所谓因其发表而用之也。故曰：汗不以奇，下不以偶。〔张从正曰〕大方有二：有君一臣三佐九之大方，病有兼证而邪不一，不可以一二味治者宜之；有分两大而顿服之大方，肝肾及下部之病道远者宜之。王太仆以心肺为近，肾肝为远，脾胃为中。刘河间以身表为远，身里为近。以予观之，身半以上其气三，天之分也。身半以下其气三，地之分也。中脘，人之分也。

小方〔从正曰〕小方有二：有君一臣二之小方，病无兼证，邪气专一，可一二味治者宜之；有分两少而频服之小方，心肺及在上之病者宜之，徐徐细呷是也。〔完素曰〕肝肾位远，数多则其气缓，不能速达于下；必大剂而数少，取其迅急下走也。心肺位近，数少则其气急下走，不能升发于上；必小剂而数多，取其易散而上行也。王氏所谓肺服九、心服七、脾服五、肝服三、肾服一，乃五脏生成之数也。

缓方〔岐伯曰〕补上治上制以缓，补下治下制以急，急则气味厚，缓则气味薄，适其至所。病所远而中道气味之者，食而过之，无越其制度也。〔王冰曰〕假如病在肾而心气不足，服药宜急过之，不以气味饲心，肾药凌心，心复益衰矣。余上下远近例同。〔完素曰〕圣人治上不犯下，治下不犯上，治中上下俱无犯。故曰：诛伐无过，命曰大惑。〔好古曰〕治上必妨下，治表必连里。用黄芩以治肺必妨脾，用苁蓉以治肾必妨心，服干姜以治中必僭上，服附子以补火必涸水。〔从正曰〕缓方有五：有甘以缓之之方，甘草、糖、蜜之属是也，病在胸膈，取其留恋也。有丸以缓之之方，比之汤散，其行迟慢也。有品件众多之缓方，药众则递相拘制，不得各骋其性也。有无毒治病之缓方，无毒则性纯功缓也。有气味俱薄之缓方，气味薄则长于补上治上，比至其下，药力已衰矣。

急方〔完素曰〕味厚者为阴，味薄者为阴中之阳；故味厚则下泄，味薄则通气。气厚者为阳，气薄为阳中之阴；故气厚则发热，气薄则发汗是也。〔好古曰〕：治主宜缓，缓则治其本也；治客宜急，急则治其标也。表里汗下，皆有所当缓、所当急。〔从正曰〕：急方有四：有急病急攻之急方，中风关格之病是也。有汤散荡涤之急方，下咽易散而行速也。有毒药之急方，毒性能上涌下泄以夺病势也。有气味俱厚之急方，气味俱厚，直趋于下而力不衰也。

奇方〔王冰曰〕单方也。〔从正曰〕奇方有二：有独用一物之奇方，病在上而近者宜之。有药合阳数一、三、五、七、九之奇方，宜下不宜汗。〔完素曰〕假如小承气、调胃承气，奇之小方也；大承气、抵当汤，奇之大方也，所谓因其攻下而为之也。桂枝、麻黄，偶之小方也；葛根、青龙，偶之大方也，所谓因其发散而用之也。

偶方〔从正曰〕偶方有三：有两味相配之偶方；有古之二方相合之偶方，古谓之复方，皆病在下而远者宜之；有药合阴数二、四、六、八、十之偶方，宜汗不宜下。王太仆言汗药不以偶，则气不足以外发；下药不以奇，则药毒攻而致过。意者下本易行，故单行则力孤而微；汗或难出，故并行则力齐而大乎？而仲景制方，桂枝汗药，反以五味为奇；大承气下药，反以四味为偶，何也？岂临事制宜，复有增损乎？

复方〔岐伯曰〕奇之不去则偶之，是谓重方。〔好古曰〕奇之不去复以偶，偶之不去复以奇，故曰复。复者，再也，重也。所谓十补一泄，数泄一补也。又伤寒见风脉，伤风得寒脉，为脉证不相应，宜以复方主之。〔从正曰〕复方有三：有二方、三方及数方相合之复方，如桂枝二越婢一汤、五积散之属是也。有本方之外别加余药，如调胃承气加连翘、薄荷、黄芩、卮子为凉膈散之属是也。有分两均齐之复方，如胃风汤各等分之属是也。王太仆以偶为复方，今七方有偶又有复，岂非偶乃二方相合、复乃数方相合之谓乎？

①奇（jī），奇方。
②偶，偶方，指方剂有混合作用。
③补上治上制以缓，上指病的部位在上，制指制方，缓指缓和之药。
④补下治下制以急，急指急峻之药。
⑤近而偶奇，制小其服：病位近而轻微，先用偶方，不愈再用奇方，制方数量要少，用量要大。
⑥远而奇偶，制大其服：病位远，先用奇方，不愈再用偶方，制方数量要大，用量要少。
⑦九，九味药。

十　剂

徐之才曰：药有宣、通、补、泄、轻、重、涩、滑、燥、湿十种，是药之大体，而本经不言，后人未述。凡用药者，审而详之，则靡所遗失矣[1]。

宣剂〔之才曰〕宣可去壅，生姜、橘皮之属是也。〔杲曰〕外感六淫之邪，欲传入里，三阴实而不受，逆于胸中，天分气分窒塞不通，而或哕或呕，所谓壅也。三阴者，脾也。故必破气药，如姜、橘、藿香、半夏之类，泻其壅塞。〔从正曰〕俚人以宣为泻，又以宣为通，不知十剂之中已有泻与通矣。仲景曰：春病在头，大法宜吐，是宣剂即涌剂也。经曰：高者因而越之，木郁则达之。宣者升而上也，以君召臣曰宣是矣。凡风痫中风，胸中诸实，痰饮寒结，胸中热郁，上而不下，久则嗽喘满胀，水肿之病生焉，非宣剂莫能愈也。吐中有汗，如引涎追泪嚏鼻，凡上行者，皆吐法也。〔完素曰〕郁而不散为壅，必宣以散之，如痞满不通之类是矣。攻其里，则宣者上也，泄者下也。涌剂则瓜蒂、卮子之属是矣。发汗通表亦同。〔好古曰〕经有五郁：木郁达之，火郁发之，土郁夺之，金郁泄之，水郁折之，皆宣也。〔敩曰〕宣，扬制曰宣朗，君召臣曰宣唤，臣奉君命宣布上意，皆宣之意也。〔时珍曰〕壅者，塞也；宣者，布也，散也。郁塞之病，不升不降，传化失常。或郁久生病，或病久生郁。必药以宣布敷散之，如承流宣化之意，不独涌越为宣也。是以气郁有余，则香附、抚芎之属以开之，不足则补中益气以运之。火郁微则山卮、青黛以散之，甚则升阳解肌以发之。湿郁微则苍术、白芷之属以燥之，甚则风药以胜之。痰郁微则南星、橘皮之属以化之，甚则瓜蒂、藜芦之属以涌之。血郁微则桃仁、红花以行之，甚则或吐或利以逐之。食郁微则山查、神曲以消之，甚则上涌下利以去之。皆宣剂也。

通剂〔之才曰〕通可去滞，通草、防己之属是也。〔完素曰〕留而不行，必通以行之，如水病为痰澼之类[2]。以木通、防己之属攻其内，则留者行也。滑石、茯苓、芫花、甘遂、大戟、牵牛之类是也。〔从正曰〕通者，流通也。前后不得溲便，宜木通、海金沙、琥珀、大黄之属通之。痹痛郁滞，经隧不利，亦宜通之。〔时珍曰〕滞，留滞也。湿热之邪留于气分，而为痛痹癃闭者[3]，宜淡味之药上助肺气下降，通其小便，而泄气中之滞，木通、猪苓之类是也。湿热之邪留于血分，而为痹痛肿注、二便不通者，宜苦寒之药下引，通其前后，而泄血中之滞，防己之类是也。经曰味薄者通，故淡味之药谓之通剂。

补剂〔之才曰〕补可去弱，人参、羊肉之属是也。〔杲曰〕人参甘温，能补气虚；羊肉甘热，能补血虚。羊肉补形，人参补气。凡气味与二药同者皆是也。〔从正曰〕五脏各有补泻，五味各补其脏，有表虚、里虚、上虚、下虚、阴虚、阳虚，气虚、血虚。经曰：精不足者补之以味，形不足者补之以气。五谷、五菜、五果、五肉，皆补养之物也。〔时珍曰〕经云：不足者补之。又云：虚则补其母。生姜之辛补肝，炒盐之咸补心，甘草之甘补脾，五味子之酸补肺，黄檗之苦补肾。又如茯神之补心气，生地黄之补心血；人参之补脾气，白芍药之补脾血；黄芪之补肺气，阿胶之补肺血；杜仲之补肾气，熟地黄之补肾血；芎藭之补肝气，当归之补肝血之类，皆补剂。不特人参、羊肉为补也。

泄剂〔之才曰〕泄可去闭，葶苈、大黄之属是也。〔杲曰〕葶苈苦寒，气味俱厚，不减大黄，能泄肺中之闭，又泄大肠。大黄走而不守，能泄血闭肠胃渣秽之物。一泄气闭利小便，一泄血闭利大便。凡与二药同者皆然。〔从正曰〕实则泻之。诸痛为实，痛随利减。芒消、大黄、牵牛、甘遂、巴豆之属，皆泻剂也。其催生下乳，磨积逐水，破经泄气，凡下行者，皆下法也。〔时珍曰〕去闭当作去实。经云实者泻之，实则泻其子，是矣。五脏五味皆有泻，不独葶苈、大黄也。肝实泻以芍药之酸，心实泻以甘草之甘，脾实泻以黄连之苦，肺实泻以石膏之辛，肾实泻以泽泻之咸，是矣。

轻剂〔之才曰〕轻可去实，麻黄、葛根之属是也。〔从正曰〕风寒之邪，始客皮肤，头痛身热，宜解其表，内经所谓轻而扬之也。痈疮疥痤，俱宜解表，汗以泄之，毒以熏之，皆轻剂也。几熏洗蒸炙，熨烙刺砭，导引按摩，皆汗法也。〔时珍曰〕当作轻可去闭。有表闭里闭，上闭下闭。表闭者，风寒伤营，腠理闭密，阳气怫郁，不能外出，而为发热、恶寒、头痛、脊强诸病，宜轻扬之剂发其汗，而表自解也。里闭者，火热郁抑，津液不行，皮肤干闭，而为肌热、烦热、头痛、目肿、昏瞀、疮疡诸病，宜轻扬之剂以解其肌，而火自散也。上闭有二：一则外寒内热，上焦气闭，发为咽喉闭痛之证，宜辛凉之剂以扬散之，则闭自开。一则饮食寒冷抑遏阳气在下，发为胸膈痞满闭塞之证，宜扬其清而抑其浊，则痞自泰也。下闭亦有二：有阳气陷下，发为里急后重，数至圊而不行之证[④]，但升其阳而大便自顺，所谓下者举之也。有燥热伤肺，金气䐜郁[⑤]，窍闭于上，而膀胱闭于下，为小便不利之证，以升麻之类探而吐之，上窍通而小便自利矣，所谓病在下取之上也。

重剂〔之才曰〕重可去怯，慈石、铁粉之属是也。〔从正曰〕重者，镇缒之谓也[⑥]。怯则气浮，如丧神守，而惊悸气上，朱砂、水银、沉香、黄丹、寒水石之伦，皆体重也。久病咳嗽，涎潮于上，形羸不可攻者，以此缒之。经云重者因而减之，贵其渐也。〔时珍曰〕重剂凡四：有惊则气乱，而魂气飞扬，如丧神守者；有怒则气逆，而肝火激烈，病狂善怒者，并铁粉、雄黄之类以平其肝。有神不守舍，而多惊健忘，迷惑不宁者，宜朱砂、紫石英之类以镇其心。有恐则气下，精志失守而畏，如人将捕者，宜慈石、沉香之类以安其肾。大抵重剂压浮火而坠痰涎，不独治怯也。故诸风掉眩及惊痫痰喘之病，吐逆不止及反胃之病，皆浮火痰涎为害，俱宜重剂以坠之。

滑剂〔之才曰〕滑可去着，冬葵子、榆白皮之属是也。〔完素曰〕涩则气着，必滑剂以利之。滑能养窍，故润利也。〔从正曰〕大便燥结，宜麻仁、郁李之类；小便淋沥，宜葵子、滑石之类。前后不通，两阴俱闭也，名曰三焦约。约者，束也。宜先以滑剂润养其燥，然后攻之。〔时珍曰〕着者，有形之邪，留着于经络脏腑之间也，便尿浊带、痰涎、胞胎、痈肿之类是矣。皆宜滑药以引去其留着之物。此与木通、猪苓通以去滞相类而不同。木通、猪苓，淡泄之物，去湿热无形之邪；葵子、榆皮，甘滑之类，去湿热有形之邪。故彼曰滞，此曰着也。大便涩者，菠薐、牵牛之属；小便涩者，车前、榆皮之属；精窍涩者，黄檗、葵花之属；胞胎涩者，黄葵子、王不留行之属；引痰涎自小便去者，则半夏、茯苓之属；引疮毒自小便去者，则五叶藤、萱草根之属，皆滑剂也。半夏、南星皆辛而涎滑，能泄湿气、通大便，盖辛能润、能走气、能化液也。或以为燥物，谬矣。湿去则土燥，非二物性燥也。

涩剂〔之才曰〕涩可去脱，牡蛎、龙骨之属是也。〔完素曰〕滑则气脱，如开肠洞泄，便溺遗失之类，必涩剂以收敛之。〔从正曰〕寝汗不禁，涩以麻黄根、防风。滑泄不已，涩以豆蔻、枯矾、木贼、罂粟壳。喘嗽上奔，涩以乌梅、诃子。凡酸味同乎涩者，收敛之义也。然此种皆宜先攻其本，而后收之可也。〔时珍曰〕脱者，气脱也，血脱也，精脱也，神脱也。脱则散而不收，故用酸涩温平之药，以敛其耗散。汗出亡阳，精滑不禁，泄痢不止，大便不固，小便自遗，久嗽亡津，皆气脱也。下血不已，崩中暴下，诸大亡血，皆血脱也。牡蛎、龙骨、海螵蛸、五倍子、五味子、乌梅、榴皮、诃黎勒、罂粟壳、莲房、棕灰、赤石脂、麻黄根之类，皆涩药也。气脱兼以气药，血脱兼以血药及兼气药，气者血之帅也。脱阳者见鬼，脱阴者目盲，此神脱也，非涩药所能收也。

燥剂〔之才曰〕燥可去湿，桑白皮、赤小豆之属是也。〔完素曰〕湿气淫胜，肿满脾湿，必燥剂以除之，桑皮之属。湿胜于上，以苦吐之，以淡渗之是也。〔从正曰〕积寒久冷，吐利腥秽，上下所出水液澄彻清冷，此大寒之病，宜姜、附、胡椒辈以燥之。若病湿气，则白术、陈皮、木香、苍术之属除之，亦燥剂也。而黄连、黄檗、卮子、大黄，其味皆苦，苦属火，皆能燥湿，此内经之本旨也，岂独姜，附之俦为燥剂乎[7]。〔好古曰〕湿有在上、在中、在下、在经、在皮、在里。〔时珍曰〕湿有外感，有内伤。外感之湿，雨露岚雾地气水湿，袭于皮肉筋骨经络之间；内伤之湿，生于水饮酒食及脾弱肾强，固不可一例言也。故风药可以胜湿，燥药可以除湿，淡药可以渗湿，泄小便可以引湿，利大便可以逐湿，吐痰涎可以祛湿。湿而有热，苦寒之剂燥之；湿而有寒，辛热之剂燥之，不独桑皮、小豆为燥剂也。湿去则燥，故谓之燥。

湿剂〔之才曰〕湿可去枯，白石英、紫石英之属是也。〔从正曰〕湿者，润湿也。虽与滑类，少有不同。经云辛以润之，辛能走气、能化液故也。盐消味虽咸，属真阴之水，诚濡枯之上药也。人有枯涸皴揭之病[8]，非独金化，盖有火以乘之，故非湿剂不能愈。〔完素曰〕津耗为枯。五脏痿弱，荣卫涸流，必湿剂以润之。〔好古曰〕有减气而枯，有减血而枯。〔时珍曰〕湿剂当作润剂。枯者燥也，阳明燥金之化，秋令也，风热怫甚，则血液枯涸而为燥病。上燥则渴，下燥则结，筋燥则强，皮燥则揭，肉燥则裂，骨燥则枯，肺燥则痿，肾燥则消。凡麻仁、阿胶膏润之属，皆润剂也。养血则当归、地黄之属，生津则麦门冬、栝蒌根之属，益精则苁蓉、枸杞之属。若但以石英为润药则偏矣，古人以服石为滋补故尔。

刘完素曰：制方之体，欲成七方十剂之用者，必本于气味也。寒、热、温、凉，四气生于天；酸、苦、辛、咸、甘、淡，六味成乎地。是以有形为味，无形为气。气为阳，味为阴。阳气出上窍，阴味出下窍。气化则精生，味化则形长。故地产养形[9]，形不足者温之以气；天产养精[10]，精不足者补之以味。辛甘发散为阳，酸苦涌泄为阴；咸味涌泄为阴，淡味渗泄为阳。辛散、酸收、甘缓、苦坚、咸软，各随五脏之病，而制药性之品味。故方有七，剂有十。方不七，不足以尽方之变；剂不十，不足以尽剂之用。方不对证，非方也；剂不蠲疾[11]，非剂也。此乃太古先师，设绳墨而取曲直；叔世方士[12]，乃出规矩以为方圆。夫物各有性，制而用之，变而通之，施于品剂，其功用岂有穷哉。如是有因其性为用者，有因其所胜而为制者，有气同则相求者，有气相克则相制者，有气有余而补不足者，有气相感则以意使者，有质同而性异者，有名异而实同者。故蛇之性上窜而引药，蝉之性外脱而退翳，虻饮血而用以治血，鼠善穿而用以治漏，所谓因其性而为用者如此。弩牙速产[13]，以机发而不括也[14]；杵糠下噎，以杵筑下也，所谓因其

用而为使者如此。浮萍不沉水，可以胜酒；独活不摇风，可以治风，所谓因其所胜而为制也如此。麻，木谷而治风[15]；豆，水谷而治水，所谓气相同则相求者如此。牛土畜[16]，乳可以止渴疾[17]；豕水畜[18]，心可以镇恍惚[19]，所谓因其气相克则相制也如此。熊肉振羸，兔肝明视，所谓其气有余补不足也如此。鲤之治水，鹜之利水[20]，所谓因其气相感则以意使者如此。蜜成于蜂，蜜温而蜂寒；油生于麻，麻温而油寒，兹同质而异性也。蘼芜生于芎藭，蓬藥生于覆盆[21]，兹名异而实同者也。所以如此之类，不可胜举。故天地赋形，不离阴阳，形色自然，皆有法象。毛羽之类，生于阳而属于阴；鳞甲之类，生于阴而属于阳。空青法木[22]，色青而主肝；丹砂法火，色赤而主心；云母法金，色白而主肺；慈石法水，色黑而主肾；黄石脂法土，色黄而主脾。故触类而长之，莫不有自然之理也。欲为医者，上知天文，下知地理，中知人事，三者俱明，然后可以语人之疾病。不然，则如无目夜游，无足登涉，动致颠殒，而欲愈疾者，未之有也。

雷敩炮炙论序曰：若夫世人使药，岂知自有君臣；既辨君臣，宁分相制。只如栨毛今盐草也[23]**。沾溺，立销斑肿之毒；象胆挥粘**[24]**，乃知药有情异。鲑鱼插树，立便干枯**[25]**；**用狗涂之，以犬胆灌之，插鱼处立如故也。**却当荣盛。无名**无名异形似玉，仰面又如石炭味别。**止楚**[26]**，截指而似去甲毛；圣石开盲**[27]**，明目而如云离日。当归止（血）破（血），头尾效各不同；**头止血，尾破血。**蕤子熟生，足睡不眠立据。弊箄淡卤**[28]，常使者甑中箄，能淡盐味。**如酒沾交。**今蜜枳缴枝，又云交加枝。**铁遇神砂，如泥似粉；石经鹤粪，化作尘飞。栨见橘，花似髓。断弦折剑，遇鸾血而如初**[29]；以鸾血炼作胶，粘折处，铁物永不断。**海竭江枯，投游波**燕子是也。**而立泛。令铅拒火，须仗修天；**今呼为补天石。**如要形坚，岂忘紫背。**有紫背天葵，如常食葵菜，只是背紫面青，能坚铅形。**留砒住鼎，全赖宗心。**别有宗心草，今呼石竹，不是食者粽心恐误。其草出欻州，生处多虫兽。**雌得芹花，**其草名为立起，其形如芍药，花色青，可长三尺已来，叶上黄斑色，味苦涩，堪用，煮雌黄立住火。**立便成庚；硇遇赤须，**其草名赤须，今呼为虎须草是，用煮硇砂即生火。**水留金鼎。水中生火，非猾髓而莫能**[30]；海中有兽名曰猾，以髓入在油中，其油粘水，水中火生，不可救之，用酒喷之即止，勿于屋下收。**长齿生牙，赖雄鼠之骨末。**其齿若年多不生者，取雄鼠脊骨作末，揩折处，齿立生如故。**发眉堕落，涂半夏而立生；**眉发堕落者，以生半夏茎杵之取涎，涂发落处立生。**目辟眼䁖**[31]，有五花而自正。五加皮，其叶有雄雌，三叶为雄，五叶为雌，须使五叶者，作末酒浸饮之，其目䁖者正。**脚生肉栨，裩系菪根**[32]；脚有肉栨者，取莨菪根于裩带上系之，感应永不痛。**囊皱漩多，夜煎竹木。**多小便者，夜煎萆薢一件服之，永不夜起也。**体寒腹大，全赖鸬鹚；**若患腹大如鼓，米饮调鸬鹚末服，立枯如故也。**血泛经过，饮调瓜子。**甜瓜子内仁捣作末，去油，饮调服之，立绝。**咳逆数数，酒服熟雄；**天雄泡过，以酒调一钱服，立定也。**遍体疹风，冷调生侧。**附子旁生者为侧子，作末冷酒服，立瘥也[33]。**肠虚泻痢，须假草零；**捣五倍子作末，以熟水下之，立止也。**久渴心烦，宜投竹沥。除症去块，全仗消硇**[34]**；**消、硇即硇砂、消石二味，于乳钵中研作粉，同煅了，酒服，神效也。**益食加觞，须煎芦朴。**不食者，并饮酒少者，煎逆水芦根并厚朴二味汤服。**强筋健骨，须是苁鳝；**苁蓉并鳝鱼二味，作末，以黄精汁丸服之，可力倍常也。出乾宁记中。**驻色延年，精蒸神锦。**黄精自然汁拌细研神锦，于柳木甑中蒸七日了，以木蜜丸服，颜貌可如幼女之容色也。**知疮所在，口点阴胶；**阴胶即是甑中气垢，少许于口中，可知脏腑所起，直至住处知痛，乃可医也。**产后肌浮，甘皮酒服。**产后肌浮，酒服甘皮立愈。**口疮舌坼**[35]**，立愈黄苏。**口疮舌坼，以根黄涂苏炙作末，含之立差。**脑痛欲亡，鼻投消末；**头痛者，以消石作末内鼻中，立止。**心痛欲死，速觅延胡。**以延胡索作散，酒服之立愈。**如斯百种，是药之功。某忝遇明时**[36]**，谬看医理；虽寻圣法，难可穷微。略陈药饵之功能，岂溺仙人之要术，其制药炮、熬、煮、炙，不能记年月哉？欲审元由，须看海**

集。某不量短见，直录炮、熬、煮、炙，列药制方，分为上、中、下三卷，有三百件名，具陈于后。

①靡，无。
②澼，通癖。痰澼，指寒痰结聚。
③痹（bì，音闭），闭阻不通。癃，小便不畅。闭，小便不通。
④圊（qīng，音青），厕所。
⑤膹（fèn，音奋），愤懑。
⑥缒（zhuì，音坠），用绳子拴住物体从上往下送。
⑦俦（chóu，音仇），类，辈。
⑧皴（cūn，音村）揭，皮肉开裂。
⑨地产，地上所产之物。
⑩无产，温凉寒热四气。
⑪蠲（juān，音捐），除。
⑫叔世，末世。
⑬弩牙，弓弦。
⑭括，阻碍。
⑮木谷而治风，指麻为木科谷物，五行属风，故可治风邪。
⑯牛土畜，牛于五行属土。
⑰乳可以止渴疾，土胜水，所以牛乳可止渴。
⑱豕水畜，猪属水。
⑲心可以镇恍惚，心属火，猪心可以安神。
⑳鲤之治水，鹜之利水：鲤与鸭均属阴中之阳，故可利小便，消水肿。
㉑蓬莱，覆盆子。
㉒法，像。
㉓朼（cì，音次）毛，盐草。
㉔象胆，芦荟。
㉕鲑鱼插树，立便干枯：用鲑鱼涂树，树木立刻干枯。
㉖楚，痛楚。
㉗圣石，水晶盐。
㉘弊箅（bì，音闭），破竹蔽子，炊具。
㉙鸾，凤凰。
㉚猾（huá，音滑），海兽名。
㉛睢，斜视。
㉜裩（kūn，音昆），裤子。
㉝瘥（chài）病愈。
㉞硇（náo，音挠），硇砂，天然产氯化铵。
㉟坼（chè，音彻），裂。
㊱忝（tiǎn，音腆），谦词。

气味阴阳

阴阳应象论曰：积阳为天，积阴为地。阴静阳躁[①]，阳生阴长，阳杀阴藏。阳化气，阴成形。阳为气，阴为味。味归形[②]，形归气，气归精[③]，精归化，精食气[④]，形食味，化生精，气生形。味伤形，气伤精，精化为气，气伤于味。阴味出下窍[⑤]，阳气出上窍[⑥]。清阳发腠理，浊阴走五脏；清阳实四肢，浊阴归六腑。味厚者为阴，薄者为阴中之阳；气厚者为阳，薄者为阳中之阴。味厚则泄，薄则通；气薄则发泄，厚则发热。辛甘发散为阳，酸苦涌泄为阴[⑦]；咸味涌泄为阴，淡味渗泄为阳。六者或收或散，或缓或急，或润或燥，或软或坚，以所利而行之，调其气使之平也。〔元素曰〕清之清者发腠理，清之浊者实四肢；浊之浊者归六腑，浊之清者走五脏。附子气厚，为阳中之阳；大黄味厚，为阴中之阴。茯苓气薄，为阳中之阴，所以利小便，入手太阳，不离阳之体也；麻黄味薄，为阴中之阳，所以发汗，入手太阴，不离阴之体也。凡同气之物必有诸味，同味之物必有诸气。气味各有厚薄，故性用不等。〔杲曰〕味之薄者则通，酸、苦、咸、平是也。味之厚者则泄，咸、苦、酸、寒是也。气之厚者发热，辛、甘、温、热是也。气之薄者渗泄，甘、淡、平、凉是也。渗谓小汗，泄谓利小便也。〔宗奭曰〕天地既判，生万物者五气耳。五气定位，则五味生。故曰生物者气也，成之者味也。以奇生则成而偶，以偶生则成而奇。寒气坚，故其味可用以软；热气软，故其味可用以坚；风气散，故其味可用以收；燥气收，故其味可用以散。土者冲气之所生，冲气则无所不和，故其味可用以缓。气坚则壮，故苦可以养气。脉软则和，故咸可以养脉。骨收则强，故酸可以养骨。筋散则不挛，故辛可以养筋。肉缓则不壅，故甘可以养肉。坚之而后可以软，收之而后可以散。欲缓则用甘，不欲则弗用，用之不可太过，太过亦病矣。古之养生治疾者，必先通乎此，否则能已人之疾者盖寡矣。

李杲曰：夫药有温、凉、寒、热之气，辛、甘、淡、酸、苦、咸之味也。升、降、浮、沉之相互，厚、薄、阴、阴之不同。一物之内，气味兼有；一药之中，理性具焉。或气一而味殊，或味同而气异。气象天，温热者天之阳，凉寒者天之阴；天有阴、阳，风、寒、暑、湿、燥、火，三阴、三阳上奉之也。味象地，辛、甘、淡者地之阳，酸、苦、咸者地之阴；地有阴、阳，金、木、水、火、土，生、长、化、收、藏下应之也。气味薄者，轻清成象，本乎天者亲上也。气味厚者，重浊成形，本乎地者亲下也。〔好古曰〕本草之味有五，气有四。然一味之中有四气，如辛味则石膏寒、桂附热、半夏温、薄荷凉之类是也。夫气者天也，温热天之阳，寒凉天之阴；阳则升，阴则降。味者地也，辛、甘、淡地之阳，酸、苦、咸地之阴；阳则浮，阴则沉。有使气者，使味者，气味俱使者，先使气而后使味者，先使味而后使气者。有一物一味者，一物三味者；一物一气者，一物二气者。或生熟异气味，或根苗异气味。或温多而成热，或凉多而成寒，或寒热各半而成温。或热者多，寒者少，寒不为之寒；或寒者多，热者少，热不为之热，不可一途而取也。或寒热各半，昼服则从热之属而升，夜服则从寒之属而降，或晴则从热，阴则从寒，变化不一如此。况四时六位不同，五运六气各异，可以轻用为哉。

六节脏象论云：天食人以五气[⑧]，地食人以五味[⑨]。五气入鼻，藏于心肺，上使五色修明[⑩]，音声能彰[⑪]。五味入口，藏于肠胃，味有所藏，以养五气，气和而生，津液相成，神乃自生。又曰：形不足者温之以气，精不足者补之以味。〔王冰曰〕五气者，臊气凑肝[⑫]，焦气凑心，香气凑脾，腥气凑肺，腐气凑肾也。心荣色，肺主音，故气藏于心肺，而明色彰声也。气为水之母，故味藏于肠胃而养五气。〔孙思邈曰〕精以食气，气养精以荣色；形以食味，味养形以生力。精顺五气以灵，形受五味以成。若食气相反则伤精，食味不调则损形。是以圣人先用食禁以存生，后制药物以防命，气味温补以存精形。

①躁，躁动。
②归，滋养、生成。
③气，指药之气。
④食，饲。
⑤阴味出下窍，味属阴，下行走下窍。
⑥阳气出上窍，物之气属阳，上行出上窍。
⑦涌，呕吐。泄，泻。
⑧五气，臊、焦、香、腥、腐五气。
⑨五味，酸、甘、苦、辛、咸五味。
⑩修明，明润。
⑪彰，显著。
⑫凑，聚集。

五味宜忌

岐伯曰：木生酸，火生苦，土生甘，金生辛，水生咸。辛散，酸收，甘缓，苦坚，咸软。毒药攻邪[①]，五谷为养[②]，五果为助[③]，五畜为益[④]，五菜为充[⑤]，气味合而服之，以补精益气。此五味各有所利，四时五脏，病随所宜也。又曰：阴之所生，本在五味；阴之五宫[⑥]，伤在五味。骨正筋柔，气血以流，腠理以密，骨气以精，长有天命。又曰：圣人春夏养阳，秋冬养阴，以从其根，二气常存。春食凉，夏食寒，以养阳；秋食温，冬食热，以养阴。

五欲[⑦]肝欲酸，心欲苦，脾欲甘，肺欲辛，肾欲咸，此五味合五脏之气也。

五宜[⑧]青色宜酸，肝病宜食麻、犬、李、韭。赤色宜苦，心病宜食麦、羊、杏、薤。黄色宜甘，脾病宜食粳、牛、枣、葵。白色宜辛，肺病宜食黄黍、鸡、桃、葱。黑色宜咸，肾病宜食大豆黄卷、猪、栗、藿。

五禁[⑨]肝病禁辛，宜食甘：粳、牛、枣、葵。心病禁咸，宜食酸：麻、犬、李、韭。脾病禁酸，宜食咸：大豆、豕、栗、藿。肺病禁苦，宜食苦：麦、羊、杏、薤。肾病禁甘，宜食辛：黄黍、鸡、桃、葱。〔思貌曰〕春宜省酸增甘以养脾，夏宜省苦增辛以养肺，秋宜省辛增酸以养肝，冬宜省咸增苦以养心，四季宜省甘增咸以养肾。〔时珍曰〕五欲者，五味入胃，喜归本脏，有余之病，宜本味通之。五禁者，五脏不足之病，畏其所胜，而宜其所不胜也。

五走[⑩]酸走筋，筋病毋多食酸，多食令人癃。酸气涩收，胞得酸而缩卷，故水道不通也。苦走骨，骨病毋多食苦，多食令人变呕。苦入下脘，三焦皆闭，故变呕也。甘走肉，肉病毋多食甘，多食令人悗心。甘气柔润，胃柔则缓，缓则虫动，故悗心也。辛走气，气病毋多食辛，多食令人洞心。辛走上焦，与气俱行，久留心下，故洞心也。咸走血，血病毋多食咸，多食令人渴。血与咸相得则凝，凝则胃汁注之，故咽路焦而舌本干。九针论作咸走骨，骨病毋多食咸。苦走血，血病毋多食苦。

五伤[⑪]酸伤筋，辛胜酸。苦伤气，咸胜苦。甘伤肉，酸胜甘。辛伤皮毛，苦胜辛。咸伤血，甘胜咸。

五过[⑫]味过于酸，肝气以津，脾气乃绝，肉胝皱而唇揭[⑬]。味过于苦，脾气不濡，胃气乃厚，皮槁而毛拔。味过于甘，心气喘满，色黑，肾气不平，骨痛而发落。味过于辛，筋脉沮绝，精神乃失，筋急而爪枯。味过于咸，大骨气劳⑭，短肌⑮，心气抑⑯，脉凝涩而变色。〔时珍曰〕五走五伤者，本脏之味自伤也，即阴之五宫伤在五味也。五过者，本脏之味伐其所胜也，即脏气偏胜也。

①毒药，指药物。
②五谷为养，五谷是养人之正气的。
③五果，桃、李、杏、栗、枣。助，助养。
④益，补益。
⑤五菜，葵、藿、薤、葱、韭。充，充足。
⑥五宫，五脏。
⑦五欲，五脏对五味的欲望。
⑧五宜，五脏疾患对五味之所宜。
⑨五禁，五脏疾患对五味之所禁。
⑩五走，五味在人体的走向。
⑪五伤，五味对五脏之伤。
⑫五过，五味之过。
⑬胝胕（zhī zhòu，音知宙），皮肉坚厚而绉缩。
⑭劳，劳伤。
⑮短肌，肌肉萎缩。
⑯心气抑，心气抑郁。

五味偏胜

岐伯曰：五味入胃，各归所喜。酸先入肝，苦先入心，甘先入脾，辛先入肺，咸先入肾。久而增气，物化之常；气增而久，夭之由也。〔王冰曰〕入肝为温，入心为热，入肺为清，入肾为寒，入脾为至阴而四气兼之，皆为增其味而益其气。故各从本脏之气，久则从化。故久服黄连、苦参反热，从苦化也。余味仿此。气增不已，则脏气偏胜，必有偏绝；脏有偏绝，必有暴夭。是以药不具五味，不备四气，而久服之，虽暂获胜，久必致夭。故绝粒服饵者不暴亡①，无五味资助也。〔杲曰〕一阴一阳之谓道，偏阴偏阳之谓疾。阳剂刚胜，积若燎原，为消狂痈疽之属，则天癸竭而荣涸。阴剂柔胜，积若凝水，为洞泄寒中之病，则真火微而卫散。故大寒大热之药，当从权用之②，气平而止。有所偏助，令人脏气不平，夭之由也。

①绝粒，绝食。
②从权用之，根据变化而用之。

标本阴阳①

李杲曰：夫治病者当知标本。以身论之，外为标，内为本；阳为标，阴为本。故六腑属阳为标，五脏属阴为本；脏腑在内为本，十二经络在外为标。而脏腑阴阳气血经络又各有标本焉。以病论之，先受为本，后传为标。故百病必先治其本，后治其标。否则邪气滋甚，其病益蓄。纵先生轻病，后生重病，亦先治其轻，后治其重，则邪气乃伏。有中满及病大小便不利，则无问先后

标本，必先治满及大小便，为其急也。故曰缓则治其本，急则治其标。又从前来者为实邪，后来者为虚邪。实则泻其子，虚则补其母。假如肝受心火为前来实邪，当于肝经刺荥穴以泻心火，为先治其本；于心经刺荥穴以泻心火，为后治其标。用药则入肝之药为引，用泻心之药为君。经云本而标之[②]，先治其本，后治其标是也。又如肝受肾水为虚邪，当于肾经刺井穴以补肝木，为先治其标；后于肝经刺合穴以泻肾水，为后治其本。用药则入肾之药为引，补肝之药为君。经云标而本之，先治其标，后治其本是也。

①标本阴阳，知标本别阴阳。

②本，指邪气。标，指正气。

升降浮沉

李杲曰：药有升降浮沉化，生长收藏成，以配四时。春升夏浮，秋收冬藏，土居中化。是以味薄者升而生，气薄者降而收，气厚者浮而长，味厚者沉而藏，气味平者化而成。但言补之以辛、甘、温、热及气味之薄者，即助春夏之升浮，便是泻秋冬收藏之药也。在人之身，肝心是矣。但言补之以酸、苦、咸、寒及气味之厚者，即助秋冬之降沉，便是泻春夏生长之药也。在人之身，肺肾是矣。淡味之药，渗即为升，泄即为降，佐使诸药者也。用药者循此则生，逆此则死；纵令不死，亦危困矣。王好古曰：升而使之降，须知抑也；沉而使之浮，须知载也。辛散也，而行之也横；甘发也，而行之也上；苦泄也，而行之也下；酸收也，其性缩；咸软也，其性舒，其不同如此。鼓掌成声，沃火成沸[①]，二物相合，象在其间矣[②]。五味相制，四气相和，其变可轻用哉。本草不言淡味、凉气，亦缺文也。

味薄者升：甘平、辛平、辛微温、微苦平之药是也。

气薄者降：甘寒、甘凉、甘淡寒凉、酸温、酸平、咸平之药是也。

气厚者浮：甘热、辛热之药是也。

味厚者沉：苦寒、咸寒之药是也。

气味平者，兼四气四味：甘平、甘温、甘凉、甘辛平、甘微苦平之药是也。

李时珍曰：酸咸无升，甘辛无降，寒无浮，热无沉，其性然也。而升者引之以咸寒，则沉而直达下焦；沉者引之以酒，则浮而上至颠顶[③]。此非窥天地之奥而达造化之权者，不能至此。一物之中，有根升梢降，生升熟降，是升降在物亦在人也。

①沃，浇水。

②象，现象。

③颠，头。

四时用药例

李时珍曰：经云：必先岁气，毋伐天和。又曰：升降浮沉则顺之[①]，寒热温凉则逆之[②]。故春月宜加辛温之药，薄荷、荆芥之类，以顺春升之气；夏月宜加辛热之药，香薷、生姜之类，以顺夏浮之气；长夏宜加甘苦辛温之药，人参、白术、苍术、黄檗之类，以顺化成之气；秋月宜加酸温之药，芍药、乌梅之类，以顺秋降之气；冬月宜加苦寒之药，黄芩、知母之类，以顺冬沉之气，所谓顺时气而养天和也。经又云：春省酸增甘以养脾气，夏省苦增辛以养肺气，长夏省甘增咸以养肾气，秋省辛增酸以养肝气，冬省咸增苦以养心气。此则既不伐天和而又防其太过，所以体天地之大德也。昧者舍本从标[3]，春用辛凉以伐木，夏用咸寒以抑火，秋用苦温以泄金，冬用辛热以涸水，谓之时药。殊背素问逆顺之理，以夏月伏阴，冬月伏阳，推之可知矣。虽然月有四时，日有四时，或春得秋病，夏得冬病，神而明之，机而行之，变通权宜，又不可泥一也[4]。王好古曰：四时总以芍药为脾剂，苍术为胃剂，柴胡为时剂，十一脏皆取决于少阳，为发生之始故也。凡用纯寒纯热之药，及寒热相杂，并宜用甘草以调和之，惟中满者禁用甘尔[5]。

①升降浮沉则顺之，指应顺应春升、夏浮、秋降、冬沉四时之气。

②寒热温凉则逆之，指用药应逆病症寒热之性。

③昧者，不明药理者。

④泥，拘泥。

⑤中满，胸中懑烦。

五运六淫用药式[1]

厥阴司天，巳亥年。**风淫所胜**[2]，**平以辛凉**[3]，**佐以苦甘，以甘缓之，以酸泻之。**王注云：厥阴气未为盛热，故以凉药平之。**清反胜之**[4]，**治以酸温，佐以甘苦。**

少阴司天，子午年。**热淫所胜，平以咸寒，佐以苦甘，以酸收之。寒反胜之，治以甘温，佐以苦酸辛。**

太阴司天，丑未年。**湿淫所胜，平以苦热，佐以酸辛，以苦燥之，以淡泄之。湿上甚而热，治以苦温，佐以甘辛，以汗为故。**身半以上，湿气有余，火气复郁，则宜解表流汗而祛之也。**热反胜之，治以苦寒，佐以苦酸。**

少阳司天，寅申年。**火淫所胜，平以酸冷，佐以苦日，以酸收之，以苦发之，以酸复之。**热气已退，时发动者，是为心虚气散不敛，以酸收之，仍兼寒助，乃能除根。热见太甚，则以苦发之。汗已便凉，是邪气尽。汗已犹热，是邪未尽，则以酸收之。已汗又热，又汗复热，是脏虚也，则补其心可也。**寒反胜之，治以甘热，佐以苦辛。**

阳明司天，卯酉年。**燥淫所胜，平以苦温，佐以酸辛，以苦下之。**制燥之法以苦温。宜下必以苦，宜补必以酸，宜泻必以辛。**热反胜之，治以辛寒，佐以苦甘。**

太阳司天，辰戌年。**寒淫所胜，平以辛热，佐以苦甘，以咸泻之。热反胜之，治以咸冷，佐以苦辛。**

厥阴在泉，寅申年。**风淫于内，治以辛凉，佐以苦，以甘缓之，以辛散之。**风喜温而恶清，故以辛凉胜之。佐以苦，随所利也。木苦急，以甘缓之。木苦抑，以辛散之。**清反胜之，治以酸温，佐以苦甘，以辛平之。**

少阴在泉，卯酉年。**热淫于内，治以咸寒，佐以甘苦，以酸收之，以苦发之。**热性恶寒，故以咸寒。热甚于表，以苦发之；不尽，复寒制之；寒制不尽，复苦发之，以酸收之。甚者再方，微者一方，可使必已。时发时止，亦以酸收之。**寒反胜之，治以甘热，佐以苦辛，以咸平之。**

太阴在泉，辰戌年。**湿淫于内，治以苦热，佐以酸淡，以苦燥之，以淡泄之。**湿与燥反，故以苦热。佐以酸淡，利窍也。**热反胜之，治以苦冷，佐以咸甘，以苦平之。**

少阳在泉，巳亥年。**火淫于内，治以咸冷，佐以苦辛，以酸收之，以苦发之**。火气大行于心腹，咸性柔软以制之。以酸收其散气。大法须汗者，以辛佐之。**寒反胜之，治以甘热，佐以苦辛，以咸平之**。

阳明在泉，子午年。**燥淫于内，治以苦温，佐以甘辛，以苦下之**。温利凉性，故以苦下之。**热反胜之，治以平寒，佐以苦甘，以酸平之，以和为利**。

太阳在泉，丑未年。**寒淫于内，治以甘热，佐以苦辛，以咸泻之，以辛润之，以苦坚之**。以热治寒，是为摧胜，折其气也。**热反胜之，治以咸冷，佐以甘辛，以苦平之**。

李时珍曰：司天主上半年，天气司之，故六淫谓之所胜，上淫于下也[5]，故曰平之。在泉主下半年，地气司之，故六淫谓之于内，外淫于内也[6]，故曰治之。当其时而反得胜己之气者，谓之反胜。六气之胜，何以征之？燥甚则地干，暑胜则地热，风胜则地动，湿胜则地泥，寒胜则地裂，火胜则地涸是也。其六气胜复主客、证治病机甚详，见素问·至真要大论，文多不载。

---

①五运，木、火、土、金、水五个阶段的相互推移。六淫，风、火、热、湿、燥、寒六邪。

②风淫所胜，风邪之气为胜。

③平，调和。

④清，凉。

⑤上淫于下，天之六邪胜过地下的正气。

⑥外淫于内，外之六邪胜过人体的正气。

六腑六脏用药气味补泻

肝胆温补凉泻。辛补酸泻。　**心小肠**热补寒泻。咸补甘泻。

肺大肠凉补温泻。酸补辛泻。　**肾膀胱**寒补热泻。苦补咸泻。

脾胃温热补，寒凉泻，各从其宜。甘补苦泻。　**三焦命门同心**。

张元素曰：五脏更相平也[1]。一脏不平，所胜平之[2]。故云安谷则昌[3]，绝谷则亡[4]。水去则营散，谷消则卫亡，神无所居。故血不可不养，卫不可不温。血温气和，营卫乃行，常有天命。

---

①更相，互相。平，平衡。

②所胜平之，以所胜而平之。

③安谷，受纳水谷。

④绝谷，拒绝水谷。

五脏五味补泻

肝　**苦急，急食甘以缓之**，甘草。**以酸泻之**，赤芍药。**实则泻子[1]**。甘草。**欲散，急食辛以散之**，川芎。**以辛补之**，细辛。**虚则补母[2]**。地黄、黄檗。

心　**苦缓，急食酸以收之**，五味子。**以甘泻之**，甘草、参、芪。**实则泻子[3]**。甘草。**欲软，急食咸以软之**，芒消。**以咸补之**，泽泻。**虚则补母[4]**。生姜。

脾　**苦湿，急食苦以燥之**，白术。**以苦泻之**，黄连。**实则泻子[5]**。桑白皮。**欲缓，急食甘以**

缓之，炙甘草。以甘补之，人参。虚则补母[⑥]。炒盐。

肺　苦气上逆。急食苦以泄之，诃子。以辛泻之，桑白皮。实则泻子[⑦]。泽泻。欲收，急食酸以收之，白芍药。以酸补之，五味子。虚则补母[⑧]。五味子。

肾　苦燥，急食辛以润之，黄檗、知母。以咸泻之，泽泻。实则泻子[⑨]。芍药。欲坚，急食苦以坚之，知母。以苦补之，黄檗。虚则补母[⑩]。五味子。

张元素曰：凡药之五味，随五脏所入而为补泻，亦不过因其性而调之。酸入肝，苦入心，甘入脾，辛入肺，咸入肾。辛主散，酸主收，甘主缓，苦主坚，咸主软。辛能散结润燥，致津液，通气；酸能收缓敛散；甘能缓急调中；苦能燥湿坚软；咸能软坚；淡能利窍。李时珍曰：甘缓、酸收、苦燥、辛散、咸软、淡渗，五味之本性，一定而不变者也；其或补或泻，则因五脏四时而迭相施用者也。温、凉、寒、热，四气之本性也；其于五脏补泻，亦迭相施用也[⑪]。此特洁古张氏因素问饮食补泻之义，举数药以为例耳，学者宜因意而充之。

---

①子，指心火之邪。肝主木，木生火，所以火为木之子。

②母，指肾水。水生木，故水为木之母。

③子，指脾土之气。

④母，指肝木之气。

⑤子，指肺金之气。

⑥母，指心火之气。

⑦子，指肾水之气。

⑧母，指脾土之气。

⑨子，指肝木之气。

⑩母，指肺金之气。

⑪迭相，互相。

脏腑虚实标本用药式

肝　藏魂，属木，胆火寄于中，主血，主目，主筋，主呼，主怒。

本病[①]：诸风眩运，僵仆强直惊痫，两胁肿痛，胸肋满痛，呕血，小腹疝痛痃瘕，女人经病。

标病[②]，寒热疟，头痛吐涎，目赤面青多怒，耳闭颊肿，筋挛卵缩[③]，丈夫㿗疝[④]，女人少腹肿痛阴病[⑤]。

有余泻之

泻子[⑥]甘草

行气　香附　芎䓖　瞿麦　牵牛　青橘皮

行血　红花　鳖甲　桃仁　莪茂　京三棱　穿山甲　大黄　水蛭　虻虫　苏木　牡丹皮

镇惊　雄黄　金薄　铁落　真珠　代赭石　夜明砂　胡粉　银薄　铅丹　龙骨　石决明

搜风　羌活　荆芥　薄荷　槐子　蔓荆子　白花蛇　独活　防风　皂荚　乌头　白附子　僵蚕　蝉蜕

不足补之

补母　枸杞　杜仲　狗脊　熟地黄　苦参　萆薢　阿胶　菟丝子

补血　当归　牛膝　续断　白芍药　血竭　没药　芎䓖

补气　天麻　柏子仁　白术　菊花　细辛　密蒙花　决明　谷精草　生姜

本热寒之[7]

泻木　芍药　乌梅　泽泻

泻火　黄连　龙胆草　黄芩　苦茶　猪胆

攻里　大黄

标热发之[8]

和解　柴胡　半夏

解肌　桂枝　麻黄

心　藏神，为君火[9]，包络为相火，代君行令，主血，主言，主汗，主笑。

本病：诸热瞀瘛[10]，惊惑谵妄烦乱，啼笑骂詈，怔忡健忘[11]，自汗，诸痛痒疮疡。

标病：肌热畏寒战栗，舌不能言，面赤目黄，手心烦热，胸胁满痛，引腰背肩胛肘臂。

火实泻之

泻子　黄连　大黄

气　甘草　人参　赤茯苓　木通　黄檗

血　丹参　牡丹　生地黄　玄参

镇惊　朱砂　牛黄　紫石英

神虚补之

补母　细辛　乌梅　酸枣仁　生姜　陈皮

气　桂心　泽泻　白茯苓　茯神　远志　石菖蒲

血　当归　乳香　熟地黄　没药

本热寒之

泻火　黄芩　竹叶　麦门冬　芒消　炒盐

凉血　地黄　卮子　天竺黄

标热发之

散火　甘草　独活　麻黄　柴胡　龙脑

脾　藏意，属土，为万物之母，主营卫[12]，主味，主肌肉，主四肢。

本病：诸湿肿胀，痞满噫气[13]，大小便闭，黄疸痰饮，吐泻霍乱，心腹痛，饮食不化。

标病：身体胕肿，重困嗜卧，四肢不举，舌本强痛，足大趾不用，九窍不通，诸痉项强[14]。

土实泻之[15]

泻子　诃子　防风　桑白皮　葶苈

吐　豆豉　卮子　萝卜子　常山　瓜蒂　郁金　齑汁　藜芦　苦参　赤小豆　盐汤　苦茶

下　大黄　芒消　青礞石　大戟　甘遂　续随子　芫花

土虚补之[16]

补母　桂心　茯苓

气　人参　黄芪　升麻　葛根　甘草　陈橘皮　藿香　葳蕤　缩砂仁　木香　扁豆

血　白术　苍术　白芍药　胶饴　大枣　干姜　木瓜　乌梅　蜂蜜

本湿除之

燥中宫[17]　白术　苍术　橘皮　半夏　吴茱萸　南星　草豆蔻　白芥子

洁净府[18]　木通　赤茯苓　猪苓　藿香

标湿渗之

开鬼门　葛根　苍术　麻黄　独活

肺　藏魄，属金，总摄一身元气，主闻，主哭，主皮毛。

本病：诸气膹郁，诸痿喘呕，气短，咳嗽上逆，咳唾脓血，不得卧，小便数而欠，遗失不禁。

标病：洒淅寒热[19]，伤风自汗，肩背痛冷，臑臂前廉痛[20]。

气实泻之

泻子　泽泻　葶苈　桑白皮　地骨皮

除湿　半夏　白矾　白茯苓　薏苡仁　木瓜　橘皮

泻火　粳米　石膏　寒水石　知母　诃子

通滞　枳壳　薄荷　干生姜　木香　厚朴　杏仁　皂荚　桔梗　紫苏梗

气虚补之

补母　甘草　人参　升麻　黄芪　山药

润燥　蛤蚧　阿胶　麦门冬　贝母　百合　天花粉　天门冬

敛肺　乌梅　粟壳　五味子　芍药　五倍子

本热清之

清金[21]　黄芩　知母　麦门冬　卮子　沙参　紫苑　天门冬

本寒温之

温肺　丁香　藿香　款冬花　檀香　白豆蔻　益智　缩砂　糯米　百部

标寒散之

解表　麻黄　葱白　紫苏

肾　藏志，属水，为天一之源[22]，主听，主骨，主二阴[23]。

本病：诸寒厥逆，骨痿腰痛，腰冷如冰，足胻肿寒[24]，少腹满急疝瘕[25]，大便闭泄，吐利腥秽，水液澄彻清冷不禁，消渴引饮。

标病：发热不恶热，头眩头痛，咽痛舌燥，脊股后廉痛。

水强泻之

泻子　大戟　牵牛

泻腑　泽泻　猪苓　车前子　防己　茯苓

水弱补之

补母　人参　山药

气　知母　玄参　补骨脂　砂仁　苦参

血　黄檗　枸杞　熟地黄　锁阳　肉苁蓉　山茱萸　阿胶　五味子

本热攻之

下　伤寒少阴证，口燥咽干，大承气汤。

本寒温之

温里　附子　干姜　官桂　蜀椒　白术

标寒解之

解表　麻黄　细辛　独活　桂枝

标热凉之

清热　玄参　连翘　甘草　猪肤

命门　为相火之原，天地之始，藏精生血，降则为漏[26]，升则为铅[27]，主三焦元气。

本病：前后癃闭[28]，气逆里急[29]，疝痛奔豚，消渴膏淋[30]，精漏精寒[31]，赤白浊[32]，溺血，崩中带漏[33]。

火强泻之

泻相火　黄檗　知母　牡丹皮　地骨皮　生地黄　茯苓　玄参　寒水石

火弱补之

益阳　附子　肉桂　益智子　破故纸　沉香　川乌头　硫黄　天雄　乌药　阳起石　舶茴香　胡桃　巴戟天　丹砂　当归　蛤蚧　覆盆

精脱固之

涩滑　牡蛎　芡实　金樱子　五味子　远志　山茱萸　蛤粉

三焦　为相火之用，分布命门元气，主升降出入，游行天地之间，总领五脏六腑营卫经络内外上下左右之气，号中清之府[34]。上主纳[35]，中主化[36]，下主出[37]。

本病：诸热瞀瘛，暴病暴死暴喑，躁扰狂越，谵妄惊骇，诸血溢血泄，诸气逆冲上，诸疮疡痘疹瘤核。

上热则喘满，诸呕吐酸，胸痞胁痛，食饮不消，头上出汗。

中热则善饥而瘦，解㑊中满[38]，诸胀腹大，诸病有声，鼓之如鼓，上下关格不通，霍乱吐利。

下热则暴注下迫，水液浑浊，下部肿满，小便淋沥或不通，大便闭结下痢。

上寒则吐饮食痰水，胸痹，前后引痛，食已还出。

中寒则饮食不化，寒胀，反胃吐水，湿泻不渴。

下寒则二便不禁，脐腹冷，疝痛。

标病：恶寒战栗，如丧神守，耳鸣耳聋，嗌肿喉痹[39]，诸病胕肿，疼酸惊骇，手小指次指不用。

实火泻之

汗　麻黄　柴胡　葛根　荆芥　升麻　薄荷　羌活　石膏

吐　瓜蒂　沧盐　齑汁

下　大黄　芒消

虚火补之

上　人参　天雄　桂心

中　人参　黄芪　丁香　木香　草果

下　附子　桂心　硫黄　人参　沉香　乌药　破故纸

本热寒之

上　黄芩　连翘　栀子　知母　玄参　石膏　生地黄

中　黄连　连翘　生苄　石膏

下　黄檗　知母　生苄　石膏　牡丹　地骨皮

标热散之

解表　柴胡　细辛　荆芥　羌活　葛根　石膏

胆　属木，为少阳相火，发生万物，为决断之官，十一脏之主。主同肝。

本病：口苦，呕苦汁，善太息，澹澹如人将捕状[40]，目昏不眠。

标病：寒热往来，痁疟[41]，胸胁痛，头额痛，耳痛鸣聋，瘰疬结核马刀[42]，足小指次指不用。

实火泻之

泻胆　龙胆　牛胆　猪胆　生蕤仁　生酸枣仁　黄连　苦茶

虚火补之

温胆　人参　细辛　半夏　炒蕤仁　炒酸枣仁　当归　地黄

本热平之

降火　黄芩　黄连　芍药　连翘　甘草

镇惊　黑铅　水银

标热和之

和解　柴胡　芍药　黄芩　半夏　甘草

胃　属土，主容受，为水谷之海。主同脾。

本病：噎膈反胃，中满肿胀，呕吐泻痢，霍乱腹痛，消中善饥，不消食，伤饮食，胃管当心痛，支两胁[43]。

标病：发热蒸蒸，身前热，身前寒，发狂谵语，咽痹[44]**，上齿痛，口眼㖞斜，鼻痛鼽衄赤皶**[45]。

胃实泻之

湿热　大黄　芒消

饮食　巴豆　神曲　山查　阿魏　硇砂　郁金　三棱　轻粉

胃虚补之

湿热　苍术　白术　半夏　茯苓　橘皮　生姜

寒湿　干姜　附子　草果　官桂　丁香　肉豆蔻　人参　黄芪

本热寒之

降火　石膏　地黄　犀角　黄连

标热解之

解肌　升麻　葛根　豆豉

大肠　属金，主变化，为传送之官[46]。

本病：大便闭结，泄痢下血，里急后重，疽痔脱肛，肠鸣而痛。

标病：齿痛喉痹，颈肿口干，咽中如核，鼽衄目黄，手大指次指痛，宿食发热寒栗[47]。

肠实泻之

热　大黄　芒消　桃花　牵牛　巴豆　郁李仁　石膏

气　枳壳　木香　橘皮　槟榔

肠虚补之

气　皂荚

燥　桃仁　麻仁　杏仁　地黄　乳香　松子　当归　肉苁蓉

湿　白术　苍术　半夏　硫黄

陷　升麻　葛根

脱　龙骨　白垩　诃子　粟壳　乌梅　白矾　赤石脂　禹余粮　石榴皮

本热寒之

清热　秦艽　槐角　地黄　黄芩

本寒温之

温里　干姜　附子　肉豆蔻

标热散之

解肌　石膏　白芷　升麻　葛根

小肠　主分泌水谷，为受盛之官⑱。

本病：大便水谷利，小便短，小便闭，小便血，小便自利⑲**，大便后血，小肠气痛**⑳**，宿食夜热旦止。**

标病：身热恶寒，嗌痛颔肿，口糜耳聋。

实热泻之

气　木通　猪苓　滑石　瞿麦　泽泻　灯草

血　地黄　蒲黄　赤茯苓　卮子　牡丹皮

虚寒补之

气　白术　楝实　茴香　砂仁　神曲　扁豆

血　桂心　玄胡索

本热寒之

降火　黄檗　黄芩　黄连　连翘　卮子

标热散之

解肌　藁本　羌活　防风　蔓荆

膀胱　主津液，为胞之府，气化乃能出，号州都之官㉑**，诸病皆干之。**

本病：小便淋沥，或短数，或黄赤，或白，或遗失，或气痛。

标病：发热恶寒，头痛，腰脊强，鼻窒，足小指不用。

实热泻之

泄火　滑石　猪苓　泽泻　茯苓

下虚补之

热　黄檗　知母

寒　桔梗　升麻　益智　乌药　山茱萸

本热利之

降火　地黄　卮子　茵陈　黄檗　牡丹皮　地骨皮

标寒发之

发表　麻黄　桂枝　羌活　苍术　防己　黄芪　木贼

引经报使㉒　洁古珍珠囊㉓

手少阴心　黄连　细辛

手太阳小肠　藁本　黄檗

足少阴肾　独活　桂　知母　细辛

足太阳膀胱　羌活

手太阴肺　桔梗　升麻　葱白　白芷

手阳明大肠　白芷　升麻　石膏

足太阴脾　升麻　苍术　葛根　白芍

足阳明胃　白芷　升麻　石膏　葛根

手厥阴心主　柴胡　牡丹皮

手少阳三焦　连翘　柴胡　上地骨皮　中青皮　下附子

足厥阴肝　青皮　吴茱萸　川芎　柴胡

足少阳胆　柴胡　青皮

①本病，生于本之病。
②标病，得标之病。
③卵缩，睾丸内缩。
④癞疝，睾丸肿大坚硬，胀痛。
⑤少腹，小腹。
⑥子，指心火。
⑦本热寒之，本病为热症而用寒药治疗。
⑧标热发之，标病为热症而用发表药治疗。
⑨君火，心火。心为君主之官。
⑩瞀瘛（mào chì，音冒赤），视物昏花，手足抽搐。
⑪怔忡，心跳剧烈。
⑫营卫，营气和卫气。
⑬痞满，胸腹阻塞不适。噫气，嗳气。
⑭痉（jìng，音境），风强病。
⑮土，脾胃。实，邪气实。
⑯虚，正气虚。
⑰中宫，脾胃。
⑱洁净府，利小便。
⑲洒淅，寒栗。
⑳臑（nào，音闹），臂，上臂。廉，侧。
㉑金，肺。
㉒天一，水。
㉓二阴，大小便处。
㉔胻（héng，音横），小腿。
㉕疝瘕，病名，症状为小腹部疼痛，有白色粘液在小便时流出。
㉖漏，精液不固。
㉗铅，元精之气。
㉘癃闭，排尿困难或小便不通。
㉙里急，病症名，指未大便时腹痛，大便时则迫不及待。
㉚膏淋，小便不畅，有混浊物流出。
㉛精漏，遗精。精寒，男子精气寒冷，无生育能力。
㉜赤白浊，病名，分赤浊和白浊。
㉝崩，经崩。经血量较少，持续不断的称漏下。
㉞中清之府，指胆。
㉟上，上焦。纳，摄纳。
㊱中，中焦。化，消化。
㊲下，下焦。出，排泄。
㊳解，懈怠。㑊（yì，音亦），困倦。
㊴嗌，食管上口。
㊵澹澹，心神不定的样子。
㊶痁（shān，音山）疟，疟疾的一种，二日一发。
㊷瘰疬，病名，又名鼠瘘。现代医学称之为淋巴结核或淋巴结炎。马刀，病名。
㊸支两胁，两胁间有物支撑。
㊹咽痹，咽喉阻塞。
㊺鼽（qíu，音球），鼻塞流涕。齄（zhā，音札），赤齄，病名，俗称酒糟鼻。
㊻指大肠，因其是传送糟粕的通道。
㊼宿食，食物隔夜不消化。

㊽受盛，承受。
㊾小便自利，小便失禁。
㊿小肠气痛，疝气。
51州都，同洲渚，形容膀胱为水聚集之处。
52引经报使，形容某些药物的作用象向导一样，能带引其他药物作用于病变之处。
53洁古，金代人张元素之字。

本草纲目序例第二卷

序　例

药名同异

〔五物同名〕**独摇草**　羌活　鬼臼　鬼督邮　天麻　薇衔
〔四物同名〕**堇**　堇菜　蒴藋　乌头　石龙芮
苦菜　贝母　龙葵　苦苣　败酱
鬼目　白英　羊蹄　紫葳　鹿目
红豆　赤小豆　红豆蔻　相思子　海红豆
白药　桔梗　白药子　栝楼　会州白药
豚耳　猪耳　菘菜　马齿苋　车前
〔三物同名〕**美草**　甘草　旋花　山姜
山姜　美草　苍术　杜若
蜜香　木香　多香木　沉香
女萎　萎蕤　蔓楚　紫葳
鬼督邮　徐长卿　赤箭　独摇草
王孙　黄芪　猢狲　牡蒙
百枝　萆薢　防风　狗脊
接骨草　山蒴藋　续断　攀倒甑
虎须　款冬花　沙参　灯心草
鹿肠　败酱　玄参　斑龙肠
解毒子苦药子　鬼臼　山豆根
羊乳　羖羊乳　沙参　枸杞
豕首　猪头　蠡实　天门冬
山石榴　金罂子　小檗　杜鹃花
狗骨　犬骨　鬼箭　猫儿刺木
苦葴　败酱　苦参　酸浆草
仙人杖　枸杞　仙人草　立死竹
木莲　木馒头　木兰　木芙蓉

白幕　天雄　白英　白微
立制石　理石　礜石　石胆
守田　半夏　岗草　狼尾草
水玉　半夏　玻璃　水精石
苣　地黄　薏苡　白黍
黄牙　金　硫黄　金牙石
石花　琼枝菜　乌韭　钟乳石汁
淡竹叶　水竹叶　碎骨子　鸭跖草
牛舌　牛之舌　车前　羊蹄
虎膏　虎脂　豨莶　天南星
酸浆　米浆水　灯笼草　三叶酸草
石龙　蜥蜴　荭草　络石
木蜜　大枣　蜜香　枳椇
石蜜　乳糖　樱桃　蜂蜜
〔二物同名〕淫羊藿　仙灵脾　天门冬
黄芝　芝草　黄精
黑三棱　京三棱　乌芋
知母　蝭母　沙参
地精　人参　何首乌
龙衔　蛇含　黄精
金钗股　钗子股　忍冬藤
荠苨　桔梗　杏叶沙参
神草　人参　赤箭
芰草　黄芪　菱
长生草　羌活　红茂草
仙茅　长松　婆罗门参
水香　兰草　泽兰
儿草　知母　芫花
千两金　淫羊藿　续随子
墙蘼　蛇床　营实
香草　兰草　零陵草
逐马　玄参　丹参
百两金　牡丹　百两金草
牡蒙　紫参　王孙
香菜　香薷　罗勒
地筋　白茅根　菅茅根
都梁香　兰草　泽兰
杜蘅　杜若　马蹄香
香苏　爵床　水苏
鼠姑　牡丹　鼠妇虫

孩儿菊　兰草　泽兰

漏卢　飞廉　鬼油麻

兰根　兰草　白茅

地血　紫草　茜草

木芍药　牡丹　赤芍药

白及　连及　黄精

茼根　兰草　防风

药实　贝母　黄药子

夏枯草　乃东草　茺蔚

黄昏　合欢　王孙

夜合　合欢　何首乌

戴椹　黄芪　旋覆花

甘露子　地蚕　甘蕉子

雷丸　竹苓　菟葵

马蓟　术　大蓟

龙珠　赤珠　石龙刍

不死草　卷柏　麦门冬

苦薏　野菊　莲子心

乌韭　石发　麦门冬

地葵　苍耳　地肤子

紫河车　蚤休　人胞衣

伏兔　飞廉　茯苓

草蒿　青蒿　青葙子

黄蒿　鼠曲　黄花蒿

马肝石　何首乌　乌须石

火枚　茺蔚　豨莶

露葵　葵菜　莼

益明　茺蔚　地肤

千金藤　解毒之草　陈思岌

忍冬　金银藤　麦门冬

香茅　鼠曲草　菁茅

丽春　罂粟　仙女蒿

仙人掌　草　射干

旱莲　鳢肠　连翘

石发　乌韭　陟厘

兰华　兰草　连翘

羊婆奶　沙参　萝藦子

大蓼荭草　马蓼

石衣　乌韭　陟厘

鬼针　鬼钗草　鬼齿烂竹

血见愁 茜草 地锦
山葱 茖葱 藜芦
地椒 野小椒 水杨梅
斑杖 虎杖 攀倒甑
鸡肠草 蘩缕之类 鹅不食草
鹿葱 萱草 藜芦
地节 葳蕤 枸杞
芒草 芭茅 莽草
凤尾草 金星草 贯众
扁竹 匾蓄 射干
莞草 白芷 茵芋
妓女 萱草 地肤苗
紫金牛 草根似巴戟 射干
通草 木通 通脱木
天豆 云实 石龙芮
重台 蚤休 玄参
胭脂菜 藜 落葵
羊肠 羊之肠 羊桃
白草 白敛 白英
更生 菊 雀翘
燕尾草 兰草 慈姑
白昌 商陆 水菖蒲
臭草 云实 茺蔚
地菵草 赤地利
红内消 紫荆皮 何首乌
龙须 席草 海菜
水萍 浮萍 慈姑
林兰 石斛 木兰
承露仙 人肝藤 伏鸡子根
象胆 象之胆 卢会
水葵 水莕 莼
杜兰 石斛 木兰
冬葵子 葵菜 姑活
马尾 马之尾 商陆
水芝 芡实 冬瓜
屏风 防风 水莕
三白草 候农之草 牵牛
鸦臼 乌桕木 鸲鸠鸟
天葵 菟葵 落葵
赤葛 何首乌 乌敛莓

猢狲头 鳢肠 地锦
鹿藿 野绿豆 葛苗
水花 浮萍 浮石
酸母 酸模 酢浆草
菩提子 薏苡 无患子
景天 慎火草 萤火虫
山芋 山药 旱芋
鬼盖 人参 地菌
相思子 木红豆 郎君子虫
王瓜 土瓜 菝葜
石南 风药 南藤
萝藦 雀瓢 百合
鸡骨香 沉香 降真香
黄瓜 胡瓜 栝楼
胡菜 胡荽 芸薹
甜藤 甘藤 忍冬
白马骨 兽之骨 又木名
金罂 金樱子 安石榴
胡豆 蚕豆 豌豆
机子 山查 杨梅
金盏银台 水仙花 王不留行
木绵 古贝 杜仲
水栗 芰实 萍蓬草根
阳桃 猕猴桃 五敛子
胡王使者 羌活 白头翁
獐头 獐首 土菌
独摇 白杨 扶移
葕蕒 大荠 白棘
桑上寄生 桑耳
鼠矢 鼠粪 山茱萸
苦心 知母 沙参
日及 木槿 扶桑
茇 堇 乌头
乌犀 犀角 皂荚
梫木 桂 又木名
大青 大青草 扁青石
茆 莼 女菀
文蛤 海蛤 五倍子
桦木 桦皮 木芙蓉
终石 草 石

榛 榛子 厚朴

果蠃 蠮螉 栝楼

风药 石南 泽兰

将军 大黄 硫黄

椑 鼠李 漆柿

石鲮 络石藤 穿山甲

冬青 冻青 女贞

石芝 芝草 石脑

榇 梧桐 木槿

铅华 胡粉 黄丹

处石 慈石 玄石

石脑 石芝 太一余粮

寒水石 石膏 凝水石

石绿 绿青 绿盐

石英 紫石英 水晶

石盐 礜石 光明盐

蜃 车螯 蜃蛟

石蚕 沙虱 甘露子

占斯 樟寄生 雀瓮虫

鹂 田间小鸟 鱼狗鸟

地蚕 蛴螬 甘露子

地鸡 土菌 鼠妇

沙虱 水虫 石蚕

鵙 伯劳 杜鹃

青蚨 蚨蝉 铜钱

蟪蛄 蝉 蝼蛄

鼯鼠 蝼蛄 鼺鼠

飞生 飞生虫 鼯鼠

蜗蠃 蜗牛 螺蛳

负蠜 鼠负 蟲螽

负盘 蜚蠊 行夜

黄颊鱼 鳡鱼 黄颡鱼

土龙 蚯蚓 鼍龙

白鱼 鲚鱼 衣鱼

鱼师 有毒之鱼 鱼狗鸟

鱼虎 土奴鱼 鱼狗鸟

人鱼 鳑鱼 鲵鱼

鲨鱼 吹沙鱼 鲛鱼

天狗 獾 鱼狗鸟

水狗 獭 鱼狗鸟

山鸡　翟雉　鹫雉
扶老　秃鹫　灵寿木
鬼鸟　姑获鸟　鬼车鸟
醴泉　瑞水名　人口中津
无心　薇衔　鼠曲草
朝开暮落花　木槿　狗溺台
〔比类隐名〕
土青木香　马兜　铃
野天麻　茺蔚
鬼油麻　漏卢
甜桔梗　荠苨
山牛蒡　大蓟
草续断　石龙刍
杜牛膝　天名精
野脂麻　玄参
甜葶苈　菥蓂
木羊乳　丹参
天蔓菁　天名精
草甘遂　蚤休
黄芫花　荛花
杏叶沙参　荠苨
野鸡冠　青葙子
山苋菜　牛膝
黄大戟　芫花
胡薄荷　积雪草
龙脑薄荷　水苏
青蛤粉　青黛
野红花　大戟
竹园荽　海金沙
野园荽　鹅不食草
野胡萝卜
草鸱头　贯众
野茴香　马芹
野甜瓜　土瓜
野萱花　射干
野天门冬　百部
黑狗脊　贯众
草血竭　地锦
水巴戟　香附
土细辛　杜衡

獐耳细辛　及己
草鸢头　鸢尾
草天雄　草如兰状
草附子　香附
土附子　草乌头
木藜芦　鹿骊
山荞麦　赤地利
金荞麦　羊蹄
鬼蒟蒻　天南星
山大黄　酸模
牛舌大黄　羊蹄
土萆薢　土茯苓
刺猪令　土茯苓
白菝葜　萆薢
赤薜荔　赤地利
龙鳞薜荔　常春藤
夜牵牛　紫菀
便牵牛　牛蒡
山甘草　紫金藤
水甘草
木甘草
草云母　云实
草硫黄　芡实
草钟乳　韭菜
草鳖甲　干茄
山地栗　土茯苓
羞天草　海芋
羞天花　鬼臼
土质汗　茺蔚
茅质汗
野兰　漏卢
木天蓼
木芙蓉　拒霜
木莲蓬　木馒头
胡韭子　补骨脂
野槐　苦参
草麝香　郁金香
石庵蔺　骨碎补
硬石膏　长石
白灵砂　粉霜

野茄　苍耳

木半夏

野生姜　黄精

相须相使相畏相恶诸药

出徐之才药对，今益以诸家本草续增者。

甘草术、苦参、干漆为之使。　恶远志。　忌猪肉。

黄芪茯苓为之使。　恶白鲜、龟甲。

人参茯苓、马蔺为之使。　恶卤咸、溲疏。　畏五灵脂。

沙参恶防己。

桔梗节皮为之使。　畏白及、龙胆、龙眼。　忌猪肉。　伏砒。

黄精忌梅实。

葳蕤畏卤咸。

知母得黄檗及酒良。　伏蓬砂、盐。

术防风、地榆为之使。　忌桃、李、雀肉、菘菜、青鱼。

狗脊萆薢为之使。　恶莎草、败酱。

贯众雚菌、赤小豆为之使。　伏石钟乳。

巴戟天覆盆子为之使。　恶雷丸、丹参、朝生。

远志得茯苓、龙骨、冬葵子良。　畏真珠、蜚蠊、藜芦、齐蛤。

淫羊藿薯蓣、紫芝为之使。　得酒良。

玄参恶黄芪、干姜、大枣、山茱萸。

地榆得发良。　恶麦门冬。　伏丹砂、雄黄、硫黄。

丹参畏咸水。

紫参畏辛夷。

白头翁蠡实为之使。　得酒良。

白及紫石英为之使。　恶理石。　畏杏仁、李核仁。

〔右草之一〕

黄连黄芩、龙骨、理石为之使。　忌猪肉。　畏牛膝、款冬。　恶冷水、菊花、玄参、白僵蚕、白鲜、芫花。

胡黄连忌猪肉。　恶菊花、玄参、白鲜。

黄芩龙骨、山茱萸为之使。恶葱实。畏丹砂、牡丹、藜芦。

秦艽菖蒲为之使。　畏牛乳。

柴胡半夏为之使。　恶皂荚。　畏女菀、藜芦。

前胡半夏为之使。　恶皂荚。　畏藜芦。

防风畏萆薢。　恶干姜、藜芦、白敛、芫花。

羌独活蠡实为之使。

苦参玄参为之使。　恶贝母、漏卢、菟丝子。　伏汞、雌黄、焰消。

白鲜恶桔梗、茯苓、萆薢、螵蛸。

贝母厚朴、白微为之使。　恶桃花。　畏秦艽、莽草、礜石。

龙胆贯众、赤小豆为之使。 恶地黄、防葵。

细辛曾青、枣根为之使。 忌生菜、狸肉。 恶黄芪 狼毒、山茱萸。 畏滑石、消石。

白微恶黄芪、干姜、大枣、山茱萸、大黄、大戟、干漆。

〔右草之二〕

当归恶蔄茹、湿面。 制雄黄。 畏菖蒲、生姜、海藻、牡蒙。

芎䓖白芷为之使。 畏黄连。 伏雌黄。

蛇床恶牡丹、贝母、巴豆。

藁本恶蔄茹。 畏青葙子。

白芷当归为之使。 恶旋覆花。 制雄黄、硫黄。

牡丹忌蒜、胡荽。 伏砒。 畏菟丝子、贝母、大黄。

芍药须丸、乌药、没药为之使。 恶石斛、芒消。 畏消石、鳖甲、小蓟。

杜若得辛夷、细辛良。 恶柴胡、前胡。

补骨脂得胡桃、胡麻良。 恶甘草。 忌诸血、芸薹。

缩砂蔤白檀香、豆蔻、人参、益智、黄檗、茯苓、赤白石脂为之使。 得诃子、鳖甲、白芜荑良。

蓬莪茂 得酒、醋良。

香附子得芎䓖、苍术、醋、童子小便良。

零陵香伏三黄、朱砂。

泽兰防己为之使。

积雪草伏硫黄。

香薷忌白山桃。

〔右草之三〕

菊花术、枸杞根、桑根白皮、青葙叶为之使。

庵蔄荆子、薏苡为之使。

艾叶苦酒、香附为之使。

茺蔚制三黄、砒石。

薇衔得秦皮良。

夏枯草土瓜为之使。 伏汞、砂。

红蓝花得酒良。

续断地黄为之使。 恶雷丸。

漏卢连翘为之使。

飞廉得乌头良。 恶麻黄。

枲耳忌猪肉、马肉、米泔。

天名精垣衣、地黄为之使。

芦笋忌巴豆。

麻黄厚朴、白微为之使。恶辛夷、石韦。

〔右草之四〕

地黄得酒、麦门冬、姜汁、缩砂良。 恶贝母。 畏芜荑。 忌葱、蒜、萝卜、诸血。

牛膝恶萤火、龟甲、陆英。 畏白前。 忌牛肉。

紫菀款冬为之使。 恶天雄、藁本、雷丸、远志、瞿麦。 畏茵陈。

女菀畏卤咸。

冬葵子黄芩为之使。

麦门冬地黄、车前为之使。 恶款冬、苦芙、苦瓠。 畏苦参、青蘘、木耳。 伏石钟乳。

款冬花杏仁为之使。 得紫菀良。 恶玄参、皂荚、消石。畏贝母、麻黄、辛夷、黄芩、黄芪、黄连、青葙。

佛耳草款冬为之使。

决明子蓍实为之使。 恶大麻子。

瞿麦牡丹、蘘草为之使。 恶螵蛸。 伏丹砂。

葶苈榆皮为之使。 得酒、大枣良。 恶白僵蚕、石龙芮。

车前子常山为之使。

女青蛇衔为之使。

荩草畏鼠负。

蒺藜乌头为之使。

〔**右草之五**〕

大黄黄芩为之使。 恶干漆。 忌冷水。

商陆得大蒜良。 忌犬肉。 伏硇砂、砒石、雌黄。

狼毒大豆为之使。 恶麦句姜。 畏醋、占斯、密陀僧。

狼牙芜荑为之使。 恶地榆、枣肌。

蕳茹甘草为之使。 恶麦门冬。

大戟小豆为之使。 得枣良。 恶薯蓣。 畏菖蒲、芦苇、鼠屎。

泽漆小豆为之使。 恶薯蓣。

甘遂瓜蒂为之使。 恶远志。

莨菪畏蟹、犀角、甘草、升麻、绿豆。

蓖麻忌炒豆。 伏丹砂、粉霜。

常山畏玉札。 忌葱、菘菜。 伏砒石。

藜芦黄连为之使。 恶大黄。 畏葱白。

附子地胆为之使。 得蜀椒、食盐，下达命门。 恶蜈蚣、豉汁。 畏防风、黑豆、甘草、人参、黄芪、绿豆、乌韭、童溲、犀角。

天雄远志为之使。 恶腐婢、豉汁。

白附子得火良。

蜀漆栝楼、桔梗为之使。 恶贯众。 畏橐吾。

乌头远志、莽草为之使。 恶藜芦、豉汁。 畏饴糖、黑豆、冷水。 伏丹砂、砒石。

天南星蜀漆为之使。 得火、牛胆良。 恶莽草。 畏附子、干姜、防风、生姜。 伏雄黄、丹砂、焰消。

半夏射干、柴胡为之使。 恶皂荚。 忌海藻、饴糖、羊血。 畏生姜、干姜、秦皮、龟甲、雄黄。

鬼臼畏垣衣。

羊踯躅畏卮子。 恶诸石及面。 伏丹砂、硇砂、雌黄。

芫花决明为之使。 得醋良。

莽草畏黑豆、紫河车。

石龙芮巴戟为之使。 畏蛇蜕皮、吴茱萸。

荨麻畏人溺。

钩吻半夏为之使。 恶黄芩。

〔右草之六〕

菟丝子薯蓣、松脂为之使。 得酒良。 恶雚菌。

五味子苁蓉为之使。 恶葳蕤。 胜乌头。

牵牛子得干姜、青木香良。

紫葳畏卤咸。

栝楼根枸杞为之使。 恶干姜。 畏牛膝、干漆。

黄环鸢尾为之使。 恶茯苓、防己、干姜。

天门冬地黄、贝母、垣衣为之使。 忌鲤鱼。 畏曾青、浮萍。 制雄黄、硇砂。

何首乌茯苓为之使。 忌葱、蒜、萝卜、诸血、无鳞鱼。

萆薢薏苡为之使。 畏前胡、柴胡、牡蛎、大黄、葵根。

土茯苓忌茶。

白敛代赭为之使。

威灵仙忌茶、面汤。

茜根畏鼠姑。制雄黄。

防己殷蘗为之使。 恶细辛。 畏萆薢、女菀、卤咸。 杀雄黄、消石毒。

络石杜仲、牡丹为之使。 恶铁落、铁精。 畏贝母、菖蒲。 杀殷蘗毒。

〔右草之七〕

泽泻畏海蛤、文蛤。

石菖蒲秦皮、秦艽为之使。 恶麻黄、地胆。 忌饴糖、羊肉、铁器。

石斛陆英为之使。 恶凝水石、巴豆。 畏雷丸、僵蚕。

石韦滑石、杏仁、射干为之使。 得菖蒲良。 制丹砂、矾石。

乌韭垣衣为之使。

〔右草之八〕

柏叶、柏实瓜子、桂心、牡蛎为之使。 畏菊花、羊蹄、诸石及面曲。

桂得人参、甘草、麦门冬、大黄、黄芩，调中益气。 得柴胡、紫石英、干地黄，疗吐逆。 畏生葱、石脂。

辛夷芎䓖为之使。 恶五石脂。 畏菖蒲、黄连、蒲黄、石膏、黄环。

沉香、檀香忌见火。

骐驎竭得密陀僧良。

丁香畏郁金。 忌火。

〔右木之一〕

黄檗木恶干漆。 伏硫黄。

厚朴干姜为之使。 恶泽泻、消石、寒水石。 忌豆。

杜仲恶玄参、蛇蜕皮。

干漆半夏为之使。 畏鸡子、紫苏、杉木、漆姑草、蟹。 忌猪脂。

桐油畏酒。 忌烟。

楝实茴香为之使。

槐实景天为之使。

秦皮大戟为之使。　恶吴茱萸、苦瓠、防葵。

皂荚柏实为之使。　恶麦门冬。　畏人参、苦参、空青。　伏丹砂、粉霜、硫黄、硇砂。

巴豆芫花为之使。　得火良。　恶蘘草、牵牛。　畏大黄、藜芦、黄连、芦笋、菰笋、酱、豉、豆汁、冷水。

栾华决明为之使。

〔右木之二〕

桑根白皮桂心、续断、麻子为之使。

酸枣恶防己。

山茱萸蓼实为之使。　恶桔梗、防风、防己。

五加皮远志为之使。　畏玄参，蛇皮。

溲疏漏卢为之使。

牡荆实防风为之使。　恶石膏。

蔓荆子恶乌头、石膏。

栾荆子决明为之使。　恶石膏。

石南五加皮为之使。　恶小蓟。

〔右木之三〕

茯苓、茯神马蔺为之使。　得甘草、防风、芍药、麦门冬、紫石英，疗五脏。　恶白敛、米醋、酸物。　畏地榆、秦艽、牡蒙、龟甲、雄黄。

雷丸荔实、厚朴、芫花为之使。　恶蓄根、葛根。

桑寄生忌火。

竹沥姜汁为之使。

占斯茱萸为之使。

〔右木之四〕

杏仁得火良。　恶黄芩、黄芪、葛根。　畏蘘草。

桃仁香附为之使。

榧实壳反绿豆，杀人。

秦椒恶栝楼、防葵。　畏雌黄。

蜀椒杏仁为之使。　得盐良。　畏款冬花、防风、附子、雄黄、冷水、麻仁、浆。

吴茱萸蓼实为之使。　恶丹参、消石、白垩。　畏紫石英。

食茱萸畏紫石英。

石莲子得茯苓、山药、白术、枸杞子良。

莲蕊须忌地黄、葱、蒜。

荷叶畏桐油。

〔右果部〕

麻花畏牡蛎。　䗪虫为之使。

麻仁恶茯苓。　畏牡蛎、白微。

小麦面畏汉椒、萝卜。

大麦石蜜为之使。

罂粟壳得醋、乌梅、橘皮良。

大豆得前胡、杏仁、牡蛎、乌喙、诸胆汁良。　恶五参、龙胆、猪肉。

大豆黄卷得前胡、杏子、牡蛎、天雄、乌喙、鼠屎、石蜜良。　恶海藻、龙胆。

诸豆粉畏杏仁。

〔右谷部〕

生姜秦椒、秦艽为之使。　恶黄芩、黄连、天鼠粪。　杀半夏、南星、莨菪毒。

干姜同。

莳香得酒良。

菥蓂子得荆实、细辛良。　恶干姜、苦参。

薯蓣紫芝为之使。　恶甘遂。

雚菌得酒良。　畏鸡子。

六芝并薯蓣为之使。得发良。　得麻子仁、牡桂、白瓜子，益人。　畏扁青、茵陈蒿。　恶常山。

〔右菜部〕

金恶锡。　畏水银、翡翠石、余甘子、驴马脂。

朱砂银畏石亭脂、慈石、铁。　忌诸血。

生银恶锡。　畏石亭脂、慈石、荷叶、蕈灰、羚羊角、乌贼骨、黄连、甘草、飞廉、鼠尾、龟甲、生姜、地黄、羊脂、苏子油。　恶羊血、马目毒公。

赤铜畏苍术、巴豆、乳香、胡桃、慈姑、牛脂。

黑铅畏紫背天葵。

胡粉恶雌黄。

锡畏五灵脂、伏龙肝、羖羊角、马鞭草、地黄、巴豆、蓖麻、姜汁、砒石、硇砂。

诸铁制石亭脂。　畏慈石、皂荚、乳香、灰炭、朴消、硇砂、盐卤、猪犬脂、荔枝。

〔右金石之一〕

玉屑恶鹿角。　畏蟾肪。

玉泉畏款冬花、青竹。

青琅玕得水银良。　杀锡毒。　畏鸡骨。

白石英恶马目毒公。

紫石英长石为之使。　得茯苓、人参、芍药，主心中结气。　得天雄、菖蒲，主霍乱。　恶鮀甲、黄连、麦句姜。　畏扁青、附子及酒。

云母泽泻为之使。　恶徐长卿。　忌羊血。　畏鮀甲、矾石、东流水、百草上露、茅屋漏水。　制汞。伏丹砂。

〔右金石之二〕

丹砂恶慈石。　畏咸水、车前、石韦、皂荚、决明、瞿麦、南星、乌头、地榆、桑椹、紫河车、地丁、马鞭草、地骨皮、阴地厥、白附子。　忌诸血。

水银畏慈石、砒石、黑铅、硫黄、大枣、蜀椒、紫河车、松脂、松叶、荷叶、谷精草、金星草、萱草、夏枯草、莨菪子、雁来红、马蹄香、独脚莲、水慈姑、瓦松、忍冬。

汞粉畏慈石、石黄、黑铅、铁浆、陈酱、黄连、土茯苓。忌一切血。

粉霜畏硫黄、荞麦秆灰。

雄黄畏南星、地黄、莴苣、地榆、黄芩、白芷、当归、地锦、苦参、五加皮、紫河车、五叶藤、鹅肠草、鸡肠草、鹅不食草、圆桑叶、猬脂。

雌黄畏黑铅、胡粉、芎䓖、地黄、独帚、益母、羊不食草、地榆、瓦松、五加皮、冬瓜汁。

石膏鸡子为之使。　畏铁。　恶莽草、巴豆、马目毒公。

理石滑石为之使。　恶麻黄。

方解石恶巴豆。

滑石石韦为之使。　恶曾青。　制雄黄。

不灰木制三黄、水银。

五色石脂畏黄芩、大黄、官桂。

赤石脂恶大黄、松脂。　畏芫花、豉汁。

白石脂燕屎为之使。　恶松脂。　畏黄芩、黄连、甘草、飞廉、毒公。

黄石脂曾青为之使。　恶细辛。　畏蜚蠊、黄连、甘草。忌卵味。

孔公蘖木兰为之使。　恶术、细辛。　忌羊血。

石钟乳蛇床为之使。　恶牡丹、玄石、牡蒙、人参、术。　忌羊血。　畏紫石英、蘘草、韭实、独蒜、胡葱、胡荽、麦门冬、猫儿眼草。

殷蘖恶防已。　畏术。

〔右金石之三〕

阳起石桑螵蛸为之使。　恶泽泻、雷丸、菌桂、石葵、蛇蜕皮。畏菟丝子。　忌羊血。

慈石柴胡为之使。　恶牡丹、莽草。　畏黄石脂。　杀铁毒。消金。伏丹砂。养水银。

玄石恶松脂、柏实、菌桂。

代赭石干姜为之使。　畏天雄、附子。

禹余粮牡丹为之使。　制五金、三黄。

太一余粮杜仲为之使。　畏贝母、菖蒲、铁落。

空青、曾青畏菟丝子。

石胆水英、陆英为之使。　畏牡桂、菌桂、辛夷、白微、芫花。

礜石得火良。　铅丹、棘针为之使。　畏水。　恶马目毒公、虎掌、细辛、鹜屎。　忌羊血。

砒石畏冷水、绿豆、醋、青盐、蒜、消石、水蓼、常山、益母、独帚、菖蒲、木律、菠薐、莴苣、鹤顶草、三角酸、鹅不食草。

礞石得焰消良。

〔右金石之四〕

大盐漏卢为之使。

朴消大黄、石韦为之使。　畏麦句姜、京三棱。

凝水石畏地榆。

消石火为之使。　恶曾青、苦参、苦菜。　畏女菀、杏仁、竹叶、粥。

硇砂制五金、八石。　忌羊血。　畏一切酸浆水、醋、乌梅、牡蛎、卷柏、萝卜、独帚、羊蹄、商陆、冬瓜、苍耳、蚕沙、海螵蛸、羊䯗骨、羊踯躅、鱼腥草、河豚鱼胶。

蓬砂畏知母、芸薹、紫苏、甑带、何首乌、鹅不食草。

石硫黄曾青、石亭脂为之使。　畏细辛、飞廉、朴消、铁、醋、黑锡、猪肉、鸭汁、余甘子、桑灰、益母、天盐、车前、黄檗、何首乌、石韦、荞麦、独帚、地骨皮、地榆、蛇床、蓖麻、菟丝、蚕沙、紫荷、菠薐、桑白皮、马鞭草。

矾石甘草为之使。　恶牡蛎。　畏麻黄、红心灰藋。

绿矾畏醋。

〔右金石之五〕

蜜蜡恶芫花、齐蛤。

蜂子畏黄芩、芍药、白前、牡蛎、紫苏、生姜、冬瓜、苦荬。

露蜂房恶干姜、丹参、黄芩、芍药、牡蛎。

桑螵蛸得龙骨，止泄精。 畏旋覆花、戴椹。

白僵蚕恶桔梗、茯苓、茯神、萆薢、桑螵蛸。

晚蚕沙制硇砂、焰消、粉霜。

斑蝥马刀为之使。 得糯米、小麻子良。 恶曾青、豆花、甘草。 畏巴豆、丹参、空青、黄连、黑豆、靛汁、葱、茶、醋。

芫青、地胆、葛上亭长并同斑蝥。

蜘蛛畏蔓菁、雄黄。

水蛭畏石灰、食盐。

蛴螬蜚蠊为之使。 恶附子。

蜣螂畏石膏、羊角、羊肉。

衣鱼畏芸草、莽草、莴苣。

䗪虫畏皂荚、菖蒲、屋游。

蜚虻恶麻黄。

蜈蚣畏蛞蝓、蜘蛛、白盐、鸡屎、桑白皮。

蚯蚓畏葱、盐。

蜗牛、蛞蝓畏盐。

〔右虫部〕

龙骨、龙齿得人参、牛黄、黑豆良。 畏石膏、铁器。 忌鱼。

龙角畏蜀椒、理石、干漆。

鼍甲蜀漆为之使。 畏芫花、甘遂、狗胆。

蜥蜴恶硫黄、斑蝥、芜荑。

蛇蜕得火良。 畏慈石及酒。

白花蛇、乌蛇得酒良。

鲤鱼胆蜀漆为之使。

乌贼鱼骨恶白及、白敛、附子。

河豚鱼畏橄榄、甘蔗、芦根、粪汁、鱼茗木、乌蓲草根。

〔右鳞部〕

龟甲恶沙参、蜚蠊。 畏狗胆。

鳖甲恶矾石、理石。

牡蛎贝母为之使。 得甘草、牛膝、远志、蛇床子良。 恶麻黄、吴茱萸、辛夷。 伏硇砂。

蚌粉制石亭脂、硫黄。

马刀得火良。

海蛤蜀漆为之使。 畏狗胆、甘遂、芫花。

〔右介部〕

伏翼苋实、云实为之使。
夜明沙恶白敛、白微。
五灵脂恶人参。
〔右禽部〕
羖羊角菟丝子为之使。
羊胫骨伏硇砂。
羖羊屎制粉霜。
牛乳制秦艽、不灰木。
马脂、驼脂柔五金。
阿胶得火良。　薯蓣为之使。　畏大黄。
牛黄人参为之使。　得牡丹、菖蒲，利耳目。　恶龙骨、龙胆、地黄、常山、蜚蠊。　畏牛膝、干漆。
犀角松脂、升麻为之使。　恶雷丸、雚菌、乌头、乌喙。
熊胆恶防已、地黄。
鹿茸麻勃为之使。
鹿角杜仲为之使。
鹿角胶得火良。　畏大黄。
麋脂忌桃、李。　畏大黄。
麝香忌大蒜。
猬皮得酒良。　畏桔梗、麦门冬。
猬脂制五金、八石。　伏雄黄。
〔右兽部〕

相反诸药凡三十六种

甘草反大戟、芫花、甘遂、海藻。
大戟反芫花、海藻。
乌头反贝母、栝楼、半夏、白敛、白及。
藜芦反人参、沙参、丹参、玄参、苦参、细辛、芍药、狸肉。
河豚反煤炲、荆芥、防风、菊花、桔梗、甘草、乌头、附子。
蜜反生葱。
柿反蟹。

服药食忌

甘草忌猪肉、菘菜、海菜。
黄连、胡黄连忌猪肉、冷水。
苍耳忌猪肉、马肉、米泔。
桔梗、乌梅忌猪肉。
仙茅忌牛肉、牛乳。

半夏、菖蒲忌羊肉、羊血、饴糖。

牛膝忌牛肉。

阳起石、云母、钟乳、硇砂、礜石并忌羊血。

商陆忌犬肉。

丹砂、空青、轻粉并忌一切血。

吴茱萸忌猪心、猪肉。

地黄、何首乌忌一切血、葱、蒜、萝卜。

补骨脂忌猪血、芸薹。

细辛、藜芦忌狸肉、生菜。

荆芥忌驴肉。　反河豚、一切无鳞鱼、蟹。

紫苏、天门冬、丹砂、龙骨忌鲤鱼。

巴豆忌野猪肉、菰笋、芦笋、酱、豉、冷水。

苍术、白术忌雀肉、青鱼、菘菜、桃、李。

薄荷忌鳖肉。

麦门冬忌鲫鱼。

常山忌生葱、生菜。

附子、乌头、天雄忌豉汁、稷米。

牡丹忌蒜、胡荽。

厚朴、蓖麻忌炒豆。

鳖甲忌苋菜。

威灵仙、土茯苓忌面汤、茶。

当归忌湿面。

丹参、茯苓、茯神忌醋及一切酸。

凡服药，不可杂食肥猪犬肉、油腻羹鲙、腥臊陈臭诸物。

凡服药，不可多食生蒜、胡荽、生葱、诸果、诸滑滞之物。

凡服药，不可见死尸、产妇、淹秽等事。

妊娠禁忌

乌头　附子　天雄　乌喙　侧子　野葛　羊踯躅　桂　南星　半夏　巴豆　大戟　芫花　藜芦　薏苡仁　薇衔　牛膝　皂荚　牵牛　厚朴　槐子　桃仁　牡丹皮　茜根　榄根　茅根　干漆　瞿麦　蔄茹　赤箭　草三棱　茵草　鬼箭　通草　红花　苏木　麦蘖　葵子　代赭石　常山　水银　锡粉　硇砂　砒石　芒消　硫黄　石蚕　雄黄　水蛭　虻虫　芫青　斑蝥　地胆　蜘蛛　蝼蛄　葛上亭长　蜈蚣　衣鱼　蛇蜕　蜥蜴　飞生　䗪虫　樗鸡　蚱蝉　蛴螬　猬皮　牛黄　麝香　雌黄　兔肉　蟹爪甲　犬肉　马肉　驴肉　羊肝　鲤鱼　蛤蟆　鳅鳝　龟鳖　蟹　生姜　小蒜　雀肉　马刀

饮食禁忌

猪肉忌生姜　荞麦　葵菜　胡荽　梅子　炒豆　牛肉　马肉　羊肝　麋鹿　龟鳖　鹌鹑　驴肉

猪肝忌鱼鲙　鹌鹑　鲤鱼肠子

猪心肺忌饴　白花菜　吴茱萸

羊肉忌梅子　小豆　豆酱　荞麦　鱼鱠　猪肉　醋　酪　鲊

羊心肝忌梅　小豆　生椒　苦笋

白狗血忌羊　鸡

犬肉忌菱角　蒜　牛肠　鲤鱼　鳝鱼

驴肉忌凫茈　荆芥茶　猪肉

牛肉忌黍米　韭薤　生姜　猪肉　犬肉　栗子

牛肝忌鲇鱼

牛乳忌生鱼　酸物

马肉忌仓米　生姜　苍耳　粳米　猪肉　鹿肉

兔肉忌生姜　橘皮　芥末　鸡肉　鹿肉　獭肉

獐肉忌梅　李　生菜　鹄　虾

麋鹿忌生菜　菰蒲　鸡　鮠鱼　雉　虾

鸡肉忌胡蒜　芥末　生葱　糯米　李子　鱼汁　犬肉　鲤鱼　兔肉　獭肉　鳖肉　野鸡

鸡子忌同鸡

雉肉忌荞麦　木耳　蘑菇　胡桃　鲫鱼　猪肝　鲇鱼　鹿肉

野鸭忌胡桃　木耳

鸭子忌李子　鳖肉

鹌鹑忌菌子　木耳

雀肉忌李子　酱　诸肝

鲤鱼忌猪肝　葵菜　犬肉　鸡肉

鲫鱼忌芥菜　蒜　糖　猪肝　鸡雉　鹿肉　猴肉

青鱼忌豆藿

鱼鲊忌豆藿　麦酱　蒜　葵　绿豆

黄鱼忌荞麦

鲈鱼忌乳酪

鲟鱼忌干笋

鮰鱼忌野猪　野鸡

鲐鱼忌牛肝　鹿肉　野猪

鳅鳝忌犬肉　桑柴煮

鳖肉忌苋菜　薄荷　芥菜　桃子　鸡子　鸭肉　猪肉　兔肉

螃蟹忌荆芥　柿子　橘子　软枣

虾子忌猪肉　鸡肉

李子忌蜜　浆水　鸭　雀肉　鸡　獐

橙橘忌槟榔　獭肉

桃子忌鳖肉

枣子忌葱　鱼

枇杷忌热面

杨梅忌生葱

银杏忌鳗鲡

慈姑忌茱萸

诸瓜忌油饼

沙糖忌鲫鱼　笋　葵菜

荞麦忌猪肉　羊肉　雉肉　黄鱼

黍米忌葵菜　蜜　牛肉

绿豆忌榧子杀人　鲤鱼鲊

炒豆忌猪肉

生葱忌蜜　鸡　枣　犬肉　杨梅

韭薤忌蜜　牛肉

胡荽忌猪肉

胡蒜忌鱼鲙　鱼鲊　鲫鱼　犬肉　鸡

苋菜忌蕨　鳖

白花菜忌猪心肺

梅子忌猪肉　羊肉　獐肉

凫茈忌驴肉

生姜忌猪肉　牛肉　马肉　兔肉

芥末忌鲫鱼　兔肉　鸡肉　鳖

干笋忌沙糖　鲟鱼　羊心肝

木耳忌雉肉　野鸭　鹌鹑

胡桃忌野鸭　酒　雉

栗子忌牛肉

李东垣随证用药凡例

风中六腑手足不遂，先发其表，羌活、防风为君，随证加药。然后行经养血，当归、秦艽、独活之类，随经用之。

风中五脏耳聋目瞀，先疏其里，三化汤。然后行经，独活、防风、柴胡、白芷、川芎随经用之。

破伤中风脉浮在表，汗之；脉沉在里，下之。背搐，羌活、防风；前搐，升麻、白芷；两傍搐，柴胡、防风；右搐，加白芷。

伤风恶风防风为君，麻黄、甘草佐之。

伤寒恶寒麻黄为君，防风、甘草佐之。

六经头痛须用川芎。加引经药：太阳，蔓荆；阳明，白芷；太阴，半夏；少阴，细辛；厥阴，吴茱萸；巅顶，藁本。

眉棱骨痛羌活、白芷、黄芩。

风湿身痛羌活。

嗌痛颔肿黄芩、鼠粘子、甘草、桔梗。

肢节肿痛羌活。

眼暴赤肿防风、芩、连泻火，当归佐酒煎服。

眼久昏暗熟苄、当归为君，羌、防为臣，甘草、甘菊之类佐之。

风热牙疼喜冷恶热，生苄、当归、升麻、黄连、牡丹皮、防风。

肾虚牙疼桔梗、升麻、细辛、吴茱萸。

风湿诸病须用羌活、白术。

风冷诸病须用川乌。

一切痰饮须用半夏。风加南星，热加黄芩，湿加白术、陈皮，寒加干姜。

风热诸病须用荆芥、薄荷。

诸咳嗽病五味为君，痰用半夏，喘加阿胶佐之。不拘有热无热，少加黄芩。春加川芎、芍药，夏加卮子、知母，秋加防风，冬加麻黄、桂枝之类。

诸嗽有痰半夏、白术、五味、防风、枳壳、甘草。

咳嗽无痰五味、杏仁、贝母、生姜、防风。

有声有痰半夏、白术、五味、防风。

寒喘痰急麻黄、杏仁。

热喘咳嗽桑白皮、黄芩、诃子。

水饮湿喘白矾、皂荚、葶苈。

热喘燥喘阿胶、五味、麦门冬。

气短虚喘人参、黄芪、五味。

诸疟寒热柴胡为君。

脾胃困倦参、芪、苍术。

不思饮食木香、藿香。

脾胃有湿嗜卧有痰，白术、苍术、茯苓、猪苓、半夏、防风。

上焦湿热黄芩泻肺火。

中焦湿热黄连泻心火。

下焦湿热酒洗黄檗、知母、防已。

下焦湿肿酒洗汉防已、龙胆草为君，甘草、黄檗为佐。

腹中胀满须用姜制厚朴、木香。

腹中窄狭须用苍术。

腹中实热大黄、芒消。

过伤饮食热物大黄为君。冷物，巴豆为丸散。

宿食不消须用黄连、枳实。

胸中烦热须用卮子仁、茯苓。

胸中痞塞实用厚朴、枳实，虚用芍药、陈皮，痰热用黄连、半夏，寒用附子、干姜。

六郁痞满香附、抚芎。湿加苍术，痰加陈皮，热加卮子，食加神曲，血加桃仁。

诸气刺痛枳壳、香附，加引经药。

诸血刺痛须加当归，详上下用根梢。

胁痛寒热须用柴胡。

胃脘寒痛须加草豆蔻、吴茱萸。

少腹疝痛须加青皮、川楝子。

脐腹疼痛加熟苄、乌药。

诸痢腹痛下后白芍、甘草为君，当归、白术佐之。　先痢后便，黄檗为君，地榆佐之。　先便后痢，黄芩为君，当归佐之。里急，消、黄下之。后重，加木香、藿香、槟榔和之。　腹痛用芍药，恶寒加桂，恶热加黄芩，不痛芍药减半。

水泻不止须用白术、茯苓为君，芍药、甘草佐之。谷不化，加防风。

小便黄涩黄檗、泽泻。

小便不利黄檗、知母为君，茯苓、泽泻为使。

心烦口渴干姜、茯苓、天花粉、乌梅。禁半夏、葛根。

小便余沥黄檗、杜仲。

茎中刺痛生甘草梢。

肌热有痰须用黄芩。

虚热有汗须用黄芪、地骨皮、知母。

虚热无汗用牡丹皮、地骨皮。

潮热有时黄芩。午加黄连，未加石膏，申加柴胡，酉加升麻，辰、戌加羌活，夜加当归。

自汗盗汗须用黄芪、麻黄根。

惊悸恍惚须用茯神。

一切气痛调胃，香附、木香。破滞气，青皮、枳壳。泄气，牵牛、萝卜子。助气，木香、藿香。补气，人参、黄芪。冷气，草蔻、丁香。

一切血痛活血补血，当归、阿胶、川芎、甘草。凉血，生地黄。破血，桃仁、红花、苏木、茜根、玄胡索、郁李仁。止血，发灰、棕灰。

上部见血须用防风、牡丹皮、剪草、天麦门冬为使。

中部见血须用黄连、芍药为使。

下部见血须用地榆为之使。

新血红色生地黄、炒卮子。

陈血瘀色熟地黄。

诸疮痛甚苦寒为君，黄芩、黄连。佐以甘草，详上下用根梢及引经药。　十二经皆用连翘。　知母、生地黄酒洗为用。　参、芪、甘草、当归，泻心火，助元气；止痛。　解结，用连翘、当归、藁本。　活血去血，用苏木、红花、牡丹皮。　脉沉病在里；宜加大黄利之。　脉浮为表，宜行经，芩、连、当归、人参、木香、槟榔、黄檗、泽泻。　自腰已上至头者，加枳壳引至疮所。　加鼠粘子，出毒消肿。　加肉桂，入心引血化脓。坚不溃者，加王瓜根、黄药子、三棱、莪茂、昆布。

上身有疮须用黄芩、防风、羌活、桔梗。上截黄连，下身黄檗、知母、防风，用酒水各半煎。　引药入疮，用皂角针。

下部痔漏苍术、防风为君，甘草、芍药佐之，详证加减。

妇人胎前有病，以黄芩、白术安胎，然后用治病药。发热及肌热者，芩、连、参、芪。腹痛者，白芍、甘草。

产后诸病忌柴胡、黄连、芍药。渴去半夏加白茯苓，喘嗽去人参，腹胀去甘草，血痛加当归、桃仁。

小儿惊搐与破伤风同。

心热摇头咬牙额黄，黄连、甘草、导赤散。

肝热目眩，柴胡、防风、甘草、泻青丸。

脾热鼻上红，泻黄散。

肺热右腮红，泻白散。

肾热额上红，知母、黄檗、甘草。

陈藏器诸虚用药凡例

夫众病积聚，皆起于虚也，虚生百病。积者五脏之所积，聚者六腑之所聚，如斯等疾，多从旧方，不假增损。虚而劳者，其弊万端，宜应随病增减。古之善为医者，皆自采药，审其体性所主[①]，取其时节早晚，早则药势未成，晚则盛势已歇。今之为医，不自采药，且不委节气早晚[②]，又不知冷热消息分两多少，徒有疗病之名，永无必愈之效，此实浮惑。聊复审其冷热，记增损之主尔。

虚劳头痛复热，加枸杞、葳蕤。

虚而欲吐，加人参。

虚而不安，亦加人参。

虚而多梦纷纭，加龙骨。

虚而多热，加地黄、牡蛎、地肤子、甘草。

虚而冷，加当归、芎藭、干姜。

虚而损，加钟乳、棘刺、苁蓉、巴戟天。

虚而大热，加黄芩、天门冬。

虚而多忘，加茯神、远志。

虚而口干，加麦门冬、知母。

虚而吸吸，加胡麻、覆盆子、柏子仁。

虚而多气兼微咳，加五味子、大枣。

虚而惊悸不安，加龙齿、沙参、紫英石、小草。若冷，则用紫石英、小草；若客热，即用沙参、龙齿；不冷不热，皆用之。

虚而身强，腰中不利，加磁石、杜仲。

虚而多冷，加桂心、吴茱萸、附子、乌头。

虚而劳，小便赤，加黄芩。

虚而客热，加地骨皮、白水黄芪。白水，地名。

虚而冷，加陇西黄芪。

虚而痰，复有气，加生姜、半夏、枳实。

虚而小肠利，加桑螵蛸、龙骨、鸡膍胵。

虚而小肠不利，加茯苓、泽泻。

虚而损，溺白，加厚朴。

髓竭不足，加生地黄、当归。

肺气不足，加天门冬、麦门冬、五味子。

心气不足，加上党参、茯神、菖蒲。

肝气不足，加天麻、川芎藭。

脾气不足，加白术、白芍药、益智。

肾气不足，加熟地黄、远志、牡丹皮。

胆气不足，加细辛、酸枣仁、地榆。

神昏不足，加朱砂、预知子、茯神。

张子和汗吐下三法

人身不过表里，气血不过虚实。良工先治其实，后治其虚。粗工或治实，或治虚。谬工则实实虚虚[①]。惟庸工能补其虚，不敢治其实，举世不省其误，此余所以著三法也。夫病非人身素有之物[②]，或自外入，或自内生，皆邪气也。邪气中人，去之可也，揽而留之可乎[③]？留之轻则久而自尽，甚则久而不已，更甚则暴死矣。若不去邪而先以补剂，是盗未出门而先修室宇，真气未胜而邪已横骛矣[④]。惟脉脱下虚无邪无积之人[⑤]，始可议补尔。他病惟先用三法，攻去邪气，而元气自复也。素问一书，言辛甘发散、淡渗泄为阳，酸、苦、咸涌泄为阴。发散归于汗，涌归于吐，泄归于下。渗为解表同于汗，泄为利小便同于下，殊不言补。所谓补者，辛补肝，咸补心，甘补肾，酸补脾，苦补肺，更相君臣佐使[⑥]，皆以发腠理、致津液、通气血而已，非今人所用温燥邪僻之补也。盖草木皆以治病，病去则五谷、果、菜、肉皆补物也，犹当辨其五脏所宜，毋使偏倾可也。若以药为补，虽甘草、苦参，久服必有偏胜增气而夭之虑，况大毒有毒乎。是故三法犹刑罚也，粱肉犹德教也[⑦]。治乱用刑，治治用德[⑧]，理也。余用三法，常兼众法，有按有蹻[⑨]，有揃有导[⑩]，有减增，有续止。医者不得余法而反诬之，哀哉！如引涎漉涎，取嚏追泪，凡上行者，皆吐法也。熏蒸、渫洗、熨烙、针刺、砭射，导引、按摩，凡解表者，皆汗法也。催生、下乳，磨积、逐水，破经、泄气，凡下行者，皆下法也。天之六气，风、寒、暑、湿、燥、火，发病多在上；地之六气，雾、露、雨、雪、水、泥，发病多在乎下；人之六味，酸、苦、甘、辛、咸、淡，发病多在乎中。发病者三，出病者亦三。风寒之邪，结搏于皮肤之间，滞于经络之内，留而不去，或发痛注麻痹，肿痒拘挛，皆可汗而出之。痰饮宿食在胸膈为诸病，皆可涌而出之。寒湿固冷火热客下焦发为诸病[⑪]，皆可泄而出之。吐中有汗，下中有补。经云知其要者[⑫]，一言而终，是之谓也。

吐法凡病在胸膈中脘已上者，皆宜吐之。考之本草：吐药之苦寒者，瓜蒂、卮子、茶末、豆豉、黄连、苦参、大黄、黄芩。辛苦而寒者，常山、藜芦、郁金。甘而寒者，桐油。甘而温者，牛肉。甘苦而寒者，地黄、人参芦。苦而温者，青木香、桔梗芦、远志、厚朴。辛苦而温者，薄荷、芫花、菘萝。辛而温者，萝卜子、谷精草、葱根须、杜衡、皂荚。辛而寒者，胆矾、石绿、石青。辛而温者，蝎梢、乌梅、乌头、附子尖、轻粉。酸而寒者，晋矾、绿矾、齑汁。酸而平者，铜绿。甘酸而平者，赤小豆。酸而温者，饭浆。咸而寒者，青盐，沧盐、白米饮。甘而寒者，牙消。辛而热者，砒石。诸药惟常山、胆矾、瓜蒂有小毒，藜芦、芫花、乌、附、砒石有大毒，他皆吐药之无毒者。凡用法：先宜少服，不涌渐加之，仍以鸡羽撩之；不出，以齑投之；不吐再投，且投且探，无不吐者。吐至瞑眩，慎勿惊疑，但饮冰水新水立解。强者可一吐而安，弱者作三次吐之。吐之次日，有顿快者；有转甚者，引之未尽也，俟数日再吐之。吐后不禁物，惟忌饱食酸咸硬物干物油肥之物。吐后心火既降，阴道必强，大禁房室悲忧，病人既不自责，必归罪于吐法也。不可吐者有八：性刚暴好怒喜淫者，病势已危老弱气衰者，自吐不止者，阳败血虚者，吐血咯血衄血嗽血崩血溺血者，病人粗知医书不辨邪正者，病人无正性反复不定者，左右多嘈杂之言者，皆不可吐。吐则转生他病，反起谤端；虽恳切求之，不可强从也。

汗法风寒暑湿之邪，入于皮肤之间而未深，欲速去之，莫如发汗，所以开玄府而逐邪气也。然有数法：有温热发汗、寒凉发汗，熏渍发汗，导引发汗，皆所以开玄府而逐邪气也[13]。以本草校之：荆芥、薄荷、白芷、陈皮、半夏、细辛、苍术、天麻、生姜、葱白，皆辛而温者也。蜀椒、胡椒、茱萸、大蒜，皆辛而热者也。青皮、防己、秦艽，其辛而平者乎。麻黄、人参、大枣，其甘而温者乎。葛根、赤茯苓，其甘而平者乎。桑白皮，其甘而寒者乎。防风、当归，其甘辛而温者乎。官桂、桂枝，其甘辛而大热者乎。厚朴、桔梗，其苦而温者乎。黄芩、知母、枳实、苦参、地骨皮、柴胡、前胡，其苦而寒者乎。羌活、独活，其苦辛而微温者乎。升麻，其苦甘且平者乎。芍药，其酸而微寒者乎。浮萍，其辛酸而寒者乎。凡此皆发散之属也。善择者，当热而热，当寒而寒；不善择者反此，则病有变也。发汗中病则止，不必尽剂。凡破伤风、小儿惊风、飧泄不止、酒病火病，皆宜汗之，所谓火郁则发之也。

下法积聚陈莝于中[14]，留结寒热于内，必用下之。陈莝去而肠胃洁，症瘕尽而营卫通，下之者所以补之也。庸工妄投，当寒反热，当热反寒，故谓下为害也。考以本草：下之寒者，戎盐之咸，犀角之酸咸，沧盐、泽泻之甘咸，枳实之苦酸，腻粉之辛，泽漆之苦辛，杏仁之苦甘。下之微寒者，猪胆之苦。下之大寒者，牙消之甘，大黄、牵牛、瓜蒂、苦瓠、牛胆、蓝汁、羊蹄根苗之苦，大戟、甘遂之苦甘，朴消、芒消之苦咸。下之温者，槟榔之辛，芫花之苦辛，石蜜之甘，皂角之辛咸。下之热者，巴豆之辛。下之凉者，猪羊血之咸。下之平者，郁李仁之酸，桃花之苦。皆下药也。惟巴豆性热，非寒积不可轻用；妄下则使人津液涸竭，留毒不去，胸热口燥，转生他病也。其不可下者凡四：洞泄寒中者，表里俱虚者，厥而唇青手足冷者，小儿病后慢惊者，误下必致杀人。其余大积大聚，大痞大秘、大燥大坚，非下不可，但须寒热积气用之，中病则止，不必尽剂也。

---

①实实虚虚，使实者更实，虚者更虚。

②素有，原本就有。

③揽，持。

④真气，元气。

⑤脉脱，脉息将绝。

⑥更相，互相。

⑦德教，道德教化。

⑧治治，第一个治为治理之意，第二个治为太平之世。

⑨按硗，按摩的古称。

⑩揃（jiǎn 音简），按摩。导，导引。

⑪固冷，痼冷。

⑫经，指《黄帝内经》。

⑬玄府，汗孔。

⑭莝（cuò，音错），切碎的饲草。

病有八要六失六不治[①]注见神农名例

药对岁物药品[②]

立冬之日，菊、卷柏先生时，为阳起石、桑螵蛸凡十物使，主二百草为之长。　立春之日，木兰、射干先生，为柴胡、半夏使，主头痛四十五节。　立夏之日，蜚蠊先生，为人参、茯苓使，主腹中七节，保神守中。　夏至之日，豕首、茱萸先生，为牡蛎、乌喙使，主四肢三十二节。　立秋之日，白芷、防风先生，为细辛、蜀漆使，主胸背二十四节。〔禹锡曰〕五条出药对中，义旨渊深，非俗所究，而是主统之本，故载之。〔时珍曰〕此亦素问岁物之意，出上古雷公药对中，而义不传尔。按杨慎卮言云：白字本草，相传出自神农。今观其中，如肠鸣幽幽，劳极洒洒[③]，发髲仍自还神化[④]，及此五条，文近素问，决非后世医所能为也。此文以立冬日为始，则上古以建子为正也。

①八要：一曰虚，二曰实，三曰冷，四曰热，五曰邪，六曰正，七曰内，八曰外。

六失，当为五失：失于不审，失于不信，失于过时，失于不择医，失于不识病。

六不治：病有六不治：骄姿不论于理，一不治；轻身重财，二不治；衣食不适，三不治；阴阳脏气不定，四不治；形羸不能服药，五不治；信巫不信医，六不治。

②药对，对《药对》一书。

③洒洒，寒冷的样子。

④发髲，剃发。

神农本草经目录

〔时珍曰〕神农古本草凡三卷，三品共三百六十五种，首有名例数条。至陶氏作别录，仍拆分各部，而三品亦移改，又拆出青葙、赤小豆二条，故有三百六十七种，逮乎唐、宋，屡经变易，旧制莫考[①]。今又并入已多，故存此目，以备考古云耳。

①逮乎，及于。

上品药一百二十种

丹砂　云母　玉泉　石钟乳　矾石　消石　朴消　滑石　空青　曾青　禹余粮　太一余粮　白石英　紫石英　五色石脂　菖蒲　菊花　人参　天门冬　甘草　干地黄　术　菟丝子　牛膝　茺蔚子　女萎　防葵　麦门冬　独活　车前子　木香　薯蓣　薏苡仁　泽泻　远志　龙胆　细辛　石斛　巴戟天　白英　白蒿　赤箭　菴蔄子　菥蓂子　蓍实　赤芝　黑芝　青芝　白芝　黄芝　紫芝　卷柏　蓝实　蘼芜　黄连　络石　蒺藜子　黄芪　肉苁蓉　防风　蒲黄　香蒲　续断　漏芦　天名精　决明子　丹参　飞廉　五味子　旋花　兰草　蛇床子　地肤子　景天　茵陈蒿　杜若　沙参　徐长卿　石龙刍　云实　王不留行　牡桂　菌桂　松脂　槐实　枸杞　橘柚　柏

实　茯苓　榆皮　酸枣　干漆　蔓荆实　辛夷　杜仲　桑上寄生　女贞实　蕤核　藕实茎　大枣　葡萄　蓬蘽　鸡头实　胡麻　麻蕡　冬葵子　苋实　白瓜子　苦菜　龙骨　麝香　熊脂　白胶　阿胶　石蜜　蜂子　蜜蜡　牡蛎　龟甲　桑螵蛸

中品药一百二十种

雄黄　雌黄　石硫黄　水银　石膏　慈石　凝水石　阳起石　理石　长石　石胆　白青　扁青　肤青　干姜　枲耳实　葛根　栝楼　苦参　茈胡　芎䓖　当归　麻黄　通草　芍药　蠡实　瞿麦　玄参　秦艽　百合　知母　贝母　白芷　淫羊藿　黄芩　石龙芮　茅根　紫菀　紫草　茜根　败酱　白鲜皮　酸浆　紫参　藁本　狗脊　萆薢　白兔藿　营实　白微　薇衔　翘根　水萍　王瓜　地榆　海藻　泽兰　防己　牡丹　款冬花　石韦　马先蒿　积雪草　女菀　王孙　蜀羊泉　爵床　卮子　竹叶　檗木　吴茱萸　桑根白皮　芜荑　枳实　厚朴　秦皮　秦椒　山茱萸　紫威　猪苓　白棘　龙眼　木兰　五加皮　卫矛　合欢　彼子　梅实　桃核仁　杏核仁　蓼实　葱实　薤　假苏　水苏　水靳　发髲　白马茎　鹿茸　牛角鰓　羖羊角　牡狗阴茎　羚羊角　犀角　牛黄　豚卵　麋脂　丹雄鸡　雁肪　鳖甲　鮀鱼甲　蠡鱼　鲤鱼胆　乌贼鱼骨　海蛤　文蛤　石龙子　露蜂房　蚱蝉　白僵蚕

下品药一百二十五种

孔公蘖　殷蘖　铁精　铁落　铁　铅丹　粉锡　锡镜鼻　代赭　戎盐　大盐　卤硷　青琅玕　礜石　石灰　白垩　冬灰　附子　乌头　天雄　半夏　虎掌　鸢尾　大黄　葶苈　桔梗　莨菪子　草蒿　旋覆花　藜芦　钩吻　射干　蛇含　常山　蜀漆　甘遂　白敛　青葙子　雚菌　白及　大戟　泽漆　茵芋　贯众　荛花　牙子　羊踯躅　芫花　姑活　别羁　商陆　羊蹄　萹蓄　狼毒　鬼臼　白头翁　羊桃　女青　连翘　石下长卿　蔄茹　乌韭　鹿藿　蚤休　石长生　陆英　荩草　牛扁　夏枯草　屈草　巴豆　蜀椒　皂荚　柳华　楝实　郁李仁　莽草　雷丸　梓白皮　桐叶　石南　黄环　溲疏　鼠李　松萝　药实根　蔓椒　栾华　淮木　大豆黄卷　腐婢　瓜蒂　苦瓠　六畜毛蹄甲　燕屎　天鼠屎　鼺鼠　伏翼　蛤蟆　马刀　蟹　蛇蜕　猬皮　蠮螉　蜣螂　蛞蝓　白颈蚯蚓　蛴螬　石蚕　雀瓮　樗鸡　斑猫　蝼蛄　蜈蚣　马陆　地胆　萤火　衣鱼　鼠妇　水蛭　木虻　蜚虻　蜚蠊　䗪虫　贝子

宋本草旧目录

〔李时珍曰〕旧目不录可也，录之所以存古迹也，又以见三品之混乱，不必泥古也。

新旧药合一千八十二种

三百六十种神农本经白字。

一百八十二种名医别录墨字。

一百一十四种唐本先附

一百三十三种今附开宝所附。

一百九十四种有名未用　**八十二种新补**

一十七种新定已上皆宋嘉祐本草所定者。

四百八十八种陈藏器余　二种唐本余

一十三种海药余　八种食疗余

一百种图经外类已上皆唐慎微续收补入者。

玉石部上品七十三种。　中品八十七种。　正品九十三种。

草部上品之上八十七种。　上品之下五十三种。　中品之上六十二种。　中品之下七十八种。下品之上六十二种。　下品之下一百五种。

木部上品七十二种。　中品九十二种。　下品九十九种。

人部三品二十五种。

兽部上品二十种。　中品一十七种。　下品二十一种。

禽部三品五十六种。

虫鱼部上品五十种。　中品五十六种。　下品八十一种。

果部三品五十三种。

米谷部上品七种。　中品二十三种。　下品一十八种。

菜部上品三十种。　中品一十三种。　下品二十二种。

有名未用一百九十四种。

图经外类一百种。

本草纲目主治第三卷

百病主治药

诸风　有中脏、中腑、中经、中气、痰厥、痛风、破伤风、麻痹。

【吹鼻】皂荚末　细辛末　半夏末　梁上尘　葱茎插鼻耳

【熏鼻】巴豆烟　蓖麻烟　黄芪汤

【擦牙】白梅肉　南星末　蜈蚣末　苏合丸　白矾、盐　龙脑南星。

【吐痰】藜芦或煎，或散。**皂荚末**酒服。**食盐**煎汤。**人参芦**[①]或煎，或散。**瓜蒂、赤小豆**齑汁调服。**莱菔子**擂汁[②]。**桐油**扫入。**桔梗芦**为末，汤服二钱。**牙皂、莱菔子**为末，煎灌。**附子尖**研末，茶服。**牛蒡子末**羌活，酒服。**常山末**水煎。**醋、蜜**和服。**胆矾末**醋调灌。**牙皂、晋矾末**水服。**大虾**煮熟，食虾饮汁，探吐。**苦茗茶**探吐。**石绿**醋糊为丸，每化一丸。**砒霜**研末，汤服少许。**地松**捣汁。**豨莶**捣汁。**离鬲草**汁。**芭蕉油**汁。**石胡荽**汁。**三白草**汁。**苏方木**煎酒调乳香末二钱服，治男女中风口噤，立吐恶物出。**橘红**一斤，熬逆流水一碗服，乃吐痰圣药也。

【贴㖞】南星末姜汁调贴。**蓖麻仁**捣贴。**炒石灰**醋调贴。**乌头末**龟血调贴。**鸡冠血　蜗牛**捣贴。**生鹿肉**切贴。**鲇鱼尾**切贴。**皂荚末**醋调贴。**伏龙肝**鳖血调贴。**鳝鱼血　蛞蝓**捣贴。**寒食面**醋贴。**桂末**水调贴。**马膏、桂酒　大麦面**栝楼汁调。**蟹膏**贴。**衣鱼**摩之[③]。**蜘蛛**向火摩之。**牛角鰓**[④]炙熨。**水牛鼻**火炙熨之。**大蒜膏**贴合谷穴。**巴豆**贴手掌心。

【各经主治】藁本手太阳。**羌活**足太阳。**白芷**手阳明。**葛根**足阳明。**黄芪**手少阳。**柴胡**足少阳。**防风**手太阴。**升麻**足太阴。**细辛**手少阴。**独活**足少阴。**芎䓖**手足厥阴。

【发散】**麻黄**发散贼风[5]、风寒、风热、风湿，身热麻痹不仁，熬膏服之，治风病取汗。**荆芥**散风热，祛表邪，清头目，行瘀血。主贼风、顽痹、㖞斜。同薄荷熬膏服，治偏风。研末，童尿、酒服，治产后中风，神效。**薄荷**治贼风，散风热风寒，利关节，发毒汗，为小儿风涎要药。**葛根**发散肌表风寒风热，止渴。**白芷**解利阳明及肺经风寒风热，皮肤风痹瘙痒，利九窍，表汗不可缺乏。**升麻**发散阳明风邪。**葱白**散风寒风热风湿，身痛。**生姜**散风寒风湿。**桂枝**治一切风冷风湿，骨节挛痛，解肌开腠理，抑肝气，扶脾土，熨阴痹。**黄荆根**治肢体诸风、心风、头风，解肌发汗。**铁线草**治男女诸风、产后风，发出粘汗。**水萍**治热毒风湿麻痹，左瘫右痪，三十六风，蜜丸酒服取汁。治风热瘙痒，煎水浴取汗。

【风寒风湿】〔草部〕**羌活**一切风寒风湿，不问久新，透关利节，为太阳厥阴少阴要药。**防风**三十六般风，去上焦风邪，头目滞气，经络留湿，一身骨节痛，除风去湿仙药。**藁本**一百六十恶风，头面身体风湿，手足𤾕曳[6]。**石菖蒲**浸酒服，治三十六风，一十二痹，主骨痿。丸服，治中风湿痹，不能屈伸。**豨莶**治肝肾风气，麻痹瘫缓诸病[7]，九蒸九晒丸服。**枲耳**[8]大风湿痹，毒在骨髓，为末水服，或丸服，百日病出，如瘑如疥[9]，如驳起皮，亦可酿酒。**牛蒡根**风毒缓弱，浸酒服。老人中风，口目瞤动[10]，风湿久痹，筋挛滑痛，一二十年风疾病。**茵陈蒿**风湿挛缩，酿酒服。浴风痹。**白术**逐风湿，舌本强，消痰益胃。**苍术**大风𤸷痹[11]，筋骨软弱，散风除湿解郁。汁酿酒，治一切风湿筋骨痛。**车前子**　**水蓼**　**陆英**　**飞廉**　**忍冬**　**坐拿草**　**蒴藋**[12]　**伏牛花**　**石南藤**　**百灵藤**酒。**青藤**酒。**钩吻**并主风邪湿痹，骨痛拘挛。**防己**中风湿，不语拘挛，口目㖞斜，泻血中湿热。**茵芋**年久风湿痹痛，拘急软弱。**艾叶**灸诸风口噤。　浴风湿麻痹。**白附子**诸风冷气失音，头面游风[13]，足弱无力。　风㖞，同僵蚕、全蝎研末，酒服。**附子**　**乌头**　**天雄**并主风湿痰气麻痹，拘挛不遂，通经络，开气道，燥湿痰。**草乌头**恶风冷痰瘫缓，年久麻痹。**芫花**毒风冷痰，四肢拘挛。**羊踯躅**贼风走皮中淫淫痛涌[14]。风湿痹痛，不遂言蹇，酒蒸为末，牛乳酒服，亦效。**蓖麻子油**酒煮日服，治偏风不遂。　作膏，通关，拢风邪出外。〔谷菜〕**大豆**炒焦投酒中饮主风痹瘫缓，口噤口㖞，破伤中风，产后风痓头风。　煮食，治湿痹膝痛。　醋蒸卧，治四肢挛缩。**豆豉**浸酒，治膝挛不遂，骨痛。**大豆黄卷**　**巨胜**[15]酿酒，治风痹痛。**麻仁**骨髓风毒，痛不能动，炒香浸酒饮。**麻勃**一百二十种恶风，黑色遍身苦痹挛[16]。**麦麸**醋蒸，熨风湿痹痛。**薏苡**久风湿痹，筋急拘挛，亦煮酒服。**茄子**腰脚风血积冷，筋挛痛，煎汁熬膏，入粟粉、麝香、朱砂，丸服。〔果木〕**秦椒**治风湿痹。**蜀椒**大风肉枯，生虫游走，痹痛死肌，寒热，腰脚不遂，散寒除湿，为丸。**吴茱萸**煎酒，治顽风痹痒。　同姜、豉煎酒，冷服取汗，治贼风口㖞不语。**柏叶**酿酒。**松节**酒。**秦皮**风寒湿痹。**五加皮**名追风使，治一切风湿，痿痹挛急，宜酿酒。**皂荚**通关节，搜肝风，泻肝气。**蔓荆实**除贼风，搜肝气，筋骨间寒湿痹，头旋脑鸣。**栾荆子**大风诸风不遂。〔虫部〕**蚕沙**风缓顽痹不随，炒浸酒服，亦蒸熨。**蝎**半身不遂，抽掣，口目㖞斜，研入麝香，酒服。**竹虱**半身不遂，同麝香浸酒服，出汗。〔鳞介〕**守宫**中风瘫缓，同诸药煎服。**鲮鲤甲**中风瘫缓，寒热风痹，及风湿强直，痛不可忍。**乌蛇**酒。**白花蛇**酒。**蚺蛇**酒。　并主贼风，顽痹痛痒，大风，疮癣有虫。**鳝鱼**逐十二风邪湿气，作臛取汗[17]。**水龟**酿酒，主大风缓急拘挛。煮食，除风痹痛。〔禽部〕**鸡屎白**炒研，豆淋酒服，主风寒湿痹，口噤不省人事。**五灵脂**散血活血引经有功。

瘫缓，热酒服二钱。　风冷痹痛，同乳、没、川乌，丸服。**雁肪**　**鹈鹕油**主风痹，透经络，引药气入内。〔兽部〕**羊脂**贼风痿痛肿痛，御毒气[18]，引药入内。**熊脂**风痹。**青羖羊角**炒研酒服，治风痰恍惚，闷绝复苏。**驴毛**骨中一切风，炒黄浸酒服，取汗。**狸骨**一切游风。**羊胫骨**酒。**虎胫骨**酒。并主诸风注痛[19]。〔金石〕**雄黄**除百节中大风，搜肝气。**金牙石**一切腰脚不遂，火煅酒淬饮[20]。**河砂**风湿顽痹，冷风瘫缓，晒热坐之，冷即易，取汗。**鼠壤土**蒸熨中风冷痹，偏枯死肌。

【风热湿热】〔草部〕**甘草**泻火，利九窍百脉。**黄芩　黄连　菊花　秦艽**并治风热湿热。**玄参　大青　苦参　白鲜皮　白头翁　白英　青葙子　败酱　桔梗**并治风热。**大黄**荡涤湿热，下一切风热。**柴胡**治湿痹拘挛，平肝胆三焦包络相火，少阳寒热必用之药。**升麻**去皮肤肌肉风热。**白微**暴中风，身热腹满，忽忽不知人[21]。**龙葵**治风消热，令人少睡。**麦门冬**清肺火，止烦热。**天门冬**风湿偏痹及热中风[22]。**牡丹皮**寒热，中风瘈疭[23]，惊痫烦热，手足少阴厥阴四经伏火[24]。**钓藤**肝风心热，大人头眩，小儿十二惊痫。**紫葳及茎叶**热风游风风刺。**蒺藜**诸风瘙痒，大便结。〔谷果〕**胡麻**久食不生风热，风病人宜食之。**绿豆**浮风风疹。**白扁豆**行风气，除湿热。**茶茗**中风昏愦多睡。**梨汁**除风热不语。叶亦作煎。〔木部〕**槐实**气热烦闷。**枝**酿酒，治大风痿痹。**白皮**治中风，皮肤不仁，身直不得屈伸，煎酒及水服。**胶**一切风热，口噤筋挛，四肢不收，顽痹周身如虫行。**侧柏叶**凡中风不省口噤，手足亸曳，便取一握同葱白捣酒煎服[25]，能退风和气，不成废人。**花桑枝**炒香煎饮，治风气拘挛，身体风疹。久服终身不患偏风。**叶**煎酒，治一切风。蒸罨风痛[26]，出汗。**白杨皮**毒风缓弱，毒气在皮肤中[27]，浸酒服。**皂荚子**疏导五脏风热。丸服，治腰脚风痛不能行。**卮子**去热毒风，除烦闷。**黄檗皮**肾经风热。**地骨皮**肾家风湿痹。**柽叶**远近一切风，煎汁和竹沥服。**荆沥**除风热，开经络，导痰涎，日饮之。**竹沥**暴中风痹，大热烦闷，失音不语，子冒风痉[28]，破伤风噤，养血清痰，并宜同姜汁饮之。**竹叶**痰热，中风不语，烦热。**天竹黄**诸风热痰涎，失音不语。〔虫兽〕**蝉花**一切风热瘙痒。**犀角**大热风毒，瓱毦烦闷[29]，中风失音。**羚羊角**一切热，温风注毒，伏在骨间，及毒风卒死，子痫痉疾。〔金石〕**石膏**风热烦躁。**铁华粉**平肝，除风热。**铁落　劳铁　赤铜**并除贼风反折[30]，烧赤浸酒饮。

【痰气】〔草部〕**天南星**中风中气痰厥[31]，不省人事，同木香煎服。　诸风口噤，同苏叶、生姜煎服。**半夏**消痰除湿。　痰厥中风，同甘草、防风煎服。**前胡**化痰热，下气散风。**旋覆花**风气湿痹，胸上痰结留饮。　中风壅滞，蜜丸服。**香附子**肺虚气客热[32]，行肝气，升降诸气。　煎汤浴风疹。**木香**中气不省人事，研末服之，行肝气，调诸气。**藿香**升降诸气。**苏叶**散风寒，行气利肺。**苏子**治腰脚中湿风结气，治风顺气化痰，利膈宽肠。煮粥食，治风寒湿痹，四肢挛急，不能践地。**玄胡索**除风治气，活血通经络。**兰叶**浴风痛，俗名风药。**大戟　甘遂**并治经络痰饮留滞，麻痹隐痛，牵引走注。**威灵仙**治诸风，宣通五脏，去冷滞痰水，利腰膝。**牵牛子**除风毒，下一切壅滞。〔果木〕**杏仁**头面风气，往来烦热，散风降气化痰。　逐日生吞，治偏风不遂，失音不语，肺中风热。**陈橘皮**理气除湿痰。**枳实　枳壳**大风在皮肤中如麻豆，苦痒麻木，破气胜湿化痰。**枳茹**渍酒服，治中风身直，及口僻目斜。**槟榔**除一切风、一切气，宣利脏腑。**乌药**治中风中气，气顺则风散，气降则痰下。**龙脑香**入骨治骨痛，散经络壅滞。**苏合香　安息香**通诸窍脏腑，辟一切不正之气[33]，〔虫兽〕**麝香**入骨，治风在骨髓。　中风不省，香油灌二钱。**白僵蚕**散风痰。酒服七枚，治口噤发汗，并一切风疾风疹。〔金石〕**铅霜**坠中风痰湿。**矾石**除风消痰。

【血滞】〔草部〕**当归　芎䓖**并主一切风，一切气，一切虚。破恶血，养新血。　蜜丸服，治风痰，行气解郁。**丹参**除风邪留热，骨节痛，四肢不遂。破宿血，生新血。　渍酒饮，治风毒足软，名奔马草[34]。**芍药**治风，除血痹，泻肝，安脾肺。　风毒在骨髓痛，同虎骨浸酒饮。**地黄**逐血痹，填骨髓。**茺蔚子**治风解热。　茎叶，治血风痛。**地榆**汁酿酒，治风痹补脑。**虎杖**煮酒，治风在骨节间。**姜黄**止暴风痛，除风热，理血中之气。**红蓝花**治六十二种风，及血气痛。　子煎服，治女子中风烦渴。〔谷菜〕**麻仁**中风汗出，下气，逐一切风，利血脉。**韭汁**肥白人中风失音。〔果木〕**桃仁**血滞风痹，大便结。　酒浸作丸，治偏风。**苏方木**男女中风口噤，同乳香服。**乳香**中风口噤。烧烟熏口目㖞斜。活血止痛。〔虫兽〕**蜜蜡**暴风身冷如瘫，化贴并裹手足。**阿胶**男女一切风病，骨节痛不随。**醍醐**[35]酒服，治中风烦热。**野驼脂**一切风疾，皮肤急痹，酒服并摩之。

【风虚】〔草部〕**天麻**主肝气不足，风虚内作，头运目旋[36]，麻痹不仁，语言不遂，为定风神药。**黄芪**风虚自汗。逐五脏恶血，泻阴火，去虚热。无汗则发，有汗则止。**人参**补元气，定魂魄，止烦躁，生津液，消痰。**沙参**去皮肌浮风，宣五脏风气，养肝气。**长松**煮酒，治一切风虚。**黄精**补中，除风湿。**葳蕤**治中风暴热，不能动摇[37]，虚风湿毒，风温自汗灼热，一切虚乏。**牛膝**寒湿痿痹，拘挛膝痛，强筋，补肝脏风虚。**石龙芮　骨碎补　巴戟天　狗脊　萆薢　菝葜　土茯苓　何首乌**并主风虚风湿，痹痛软弱，补肝肾，利关节。**列当**煮酒，去风血，补腰肾。**白及**胃中邪气，风痱不收[38]，补肺气。**仙茅**一切风气，腰脚风冷，挛痹不能行，九蒸九晒，浸酒服。**淫羊藿**一切冷风，挛急不仁，老人昏耄。　浸酒服，治偏风。**蛇床子**男女风虚，湿痹毒风，腰胯酸痛。　浴大风身痒。**补骨脂**风虚冷痹，骨髓伤败，一切风气痛，作丸服。**菟丝子**补肝风虚，利腰脚。**覆盆子**劳损风虚，补肝明目。**石斛**脚膝软弱，久冷风痹。　酥浸蒸，服至一镒，永不骨痛。**络石　木莲叶　扶芳藤**并主风血，暖腰脚，一切冷气，浸酒饮。〔菜果〕**薯蓣**去冷风，头面游风，强筋骨，壮脾骨。**栗**肾虚腰脚无力，日食十颗。　栗楔，治斤骨风痛。**松子**诸风，骨节风。〔木部〕**松叶**风痛脚痹，浸酒服，出汗。**松节**风虚久痹，骨节痛，能燥血中之湿。**杜仲　海桐皮　山茱萸　枸杞子**并主风虚，腰脚痛。**冬青子**浸酒，去风虚。**神木**治周痹偏风[39]，毒风不语。**石南**逐诸风，脚弱[40]。**南烛**[41]熬膏，治一切风，强筋益气。**不雕木**浸酒，去风气补虚。**放杖木**为风痹肾弱要药。**木天蓼**酿酒，治风劳虚冷有奇效[42]。〔石部〕**慈石**周痹风湿，肢节中痛，男女风虚，同白石英浸水，煮粥食。**白石英**风虚冷痹，诸阳不足，烧淬酒饮。**孔公蘗**风冷膝痹，同石斛浸酒饮。**石脑　石钟乳　阳起石　代赭石　禹余粮　石硫黄**并主风冷湿痹。**云母粉**中风寒热，如在舟车。**海蚕**诸风冷气虚劳。**乌鸡**中风舌强，烦热麻痹，酒煮食。**练鹊**浸酒饮，治风。**麋角**风虚冷痹，暖腰膝，壮阳。

痉风　即痓病，属太阳、督脉二经。其证发热口噤如痫，身体强直，角弓反张，甚则搐搦[43]。　伤风有汗者，为柔痓。　伤寒湿无汗者，为刚痓。　金疮折伤，痈疽产后，俱有破伤风湿发痉之证。

【风寒风湿】〔草部〕**麻黄　桂枝　术**并主风寒风湿痉。**羌活**风寒风湿，伤金疮痫痉。　产后中风，口噤不知人，酒水煎服。**葛根**金疮中风寒，发痉欲死，煮汁服。干者为末。**荆芥**散风湿风热。　产后中风口噤，四肢强直，角弓反张，或搐搦欲死，为末，豆淋酒服，入童尿尤妙。**防风**主金疮中风湿内痉。**天南星**打扑伤损，金疮，破伤风及伤湿，牙关紧急，角弓反张，同防风末，热酒小便调服，名玉真散，三服即苏。　南星、半夏等分为末，姜汁、竹沥灌服一钱，仍灸印堂[44]。　口噤，生研同姜汁或龙脑揩牙，名开关散。**薇衔**[45]小儿破伤风口噤，同白附子末、薄荷，酒服一字。**细辛**督脉为病，脊强而厥。**防己**除风湿，手足挛急。**芍药　芎䓖**一切风气。**当归**客血内塞[46]，中风痓，汗不出。　产后中风不省，吐涎瘈疭，同荆芥末，童尿、酒服，下咽即有生意[47]。**附子**阴痓自汗[48]。**草乌**破伤风病，同白芷、葱白煎酒，取汗。**威灵仙**破伤风病，同独蒜、香油捣服，取汗。〔菜谷〕**大蒜**产后中风，角弓反张不语，煎酒服，取汗。或煎水服。**黑大豆**破伤风湿，炒半熟，研蒸，以酒淋汁服，取汗，仍傅疮上。　亦同朱砂末酒服。〔石部〕**雄黄**破伤中风，同白芷煎酒服，取汗。〔鳞介〕**白花蛇**破伤中风，项强身直，同乌蛇、蜈蚣末服。**土虺蛇**破伤中风，口噤目斜，同地龙、南星丸服，取汗。**守宫**破伤风病，同南星、腻粉丸服，取汗。**龙齿**主诸痉。**鳔胶**破伤风搐强直，炒研同麝香，苏木酒服，仍封疮口。　有表症，同蜈蚣末，煎羌活、防风、川芎汤服。　产后搐搦，乃风入子脏[49]，与破伤风同，炒研，蝉蜕汤服三钱。**牡蛎**破伤湿病，口噤强直，酒服二钱，并傅之。〔虫〕**蜜蜡**破伤风湿如疟，以热酒化一块服，与玉真散对用立效。**蝎**破伤中风，同天麻、蟾酥为丸，豆淋酒服，取汗，仍同麝香贴之。**蟾蜍**破伤风病，剁烂入花椒，同酒炒熟，再入酒热服，取汗。**蜈蚣**破伤中风，同蝎梢、附子、乌头末，热酒服一字，仍贴疮上，取汗。　研末掺牙[50]，立苏。**僵蚕**口禁，发汗。〔禽兽〕**鸡子**痫痓。**鸡屎白**破伤中风，产后中风，小儿脐风，口禁反张，强直痓疭，以黑豆同炒黄，用酒沃之[51]，少顷温服，取汗。或入竹沥。**野鸽屎**破伤风病传入里，炒研，同江鳔、白僵蚕、雄黄末，蒸饼丸服。**雀屎**破伤风，疮作白痂无血者，杀人最急，研末酒服五分。**鸭涎**小儿痉风反张，滴之。**黄明胶**破伤风，烧研酒服，取汗。**狐目**同上，神效无比。**狐肝**　**狼屎中骨**破伤风，同蝉蜕、桑花末，米饮服。**六畜毛蹄甲**痫痓〔人〕**手足爪甲**破伤中风，油炒，热酒服，取汗便愈。　手足颤掉加南星[52]。

【风热湿热】〔石部〕**铁落**炒热，淬酒饮，主贼风痉。〔草〕**黄连**破伤风，煎酒入黄蜡化服。**地黄**产后风痉，取汁同姜汁交浸焙研，酒服。〔果木〕**杏仁**金疮及破伤中风，角弓反张，杵蒸绞汁服，并涂疮上，仍以烛火炙之，取效。**槐胶**　**桑沥**破伤中风，和酒饮至醉。**簟叶**痉风。**竹沥**去痰热子冒风痉。　金疮中风，破伤中风，产后中风，小儿中风，发痉口禁，反张欲死，饮一二升，或入姜汁。**栾荆**狂痓。**苏方木**破伤中风，产后中风，为末，酒服三钱，立效。〔虫兽〕**蝉蜕**破伤风病发热，炒研，酒服一钱，仍以葱涎调涂，去恶汗。　小儿脐风口禁，入全蝎、轻粉。**羚羊角**子痫痉疾。**牛黄**热痓。**乌牛尿**刺伤中水，热饮一升。〔人〕**人尿**痉风及产后风痉，入酒饮。**发髲灰**大人痓，小儿惊。

【外傅】贝母　**茅花**并金疮伤风。**刘寄奴**　**麦面**同烧盐。**白芋**　**炒盐**　**鹭头灰**　**鼠灰乱发灰**并傅风入疮中肿痛。**胡粉**主疮入水湿肿痛，同炭灰傅。**煨葱**傅金疮伤水[53]，同干姜、黄檗煎水，洗诸疮伤风水。**薤白**　**韭叶**并主诸疮中风寒及水湿肿痛，捣烘用之，冷即易，或加炙至水出。**箭笴漆**刮涂。**鲤鱼目**灰。**鲇鱼目**灰。并主刺疮伤风及水，傅取汗出。**猪肉**乘热贴之，连易三次，立消。**人耳塞**破伤中风或水，痛不可忍，封之一夕[54]，水尽即安。**【洗浸】鸡肠草**手足疮伤水。**桑灰汁**疮伤风水，入腹杀人[55]。**自己尿**金疮中风，日洗数次。**【熨灸】商陆**疮伤水湿，捣炙，熨之，冷即易。**蜀椒**诸疮中风肿痛，和面煨熨。**槐白皮**安疮上，灸百壮。**桑枝**刺伤疮，犯露水肿痛多杀人[56]，炮热烙之，冷即易。**黍瓤**　**青布**　**牛屎**　**白马通**　**骡屎**并主诸疮，伤风及水，肿痛欲死者，单烧熏令水出尽愈。

---

①人参芦，人参茎。

②擂，研磨。

③摩，通磨。

④牛角鰓（sài，音赛），牛角心。

⑤贼风，四时不正之风。

⑥亸（duǒ 音朵），下垂。

⑦瘫缓，轻度瘫痪。

⑧枲（cāng，音苍）耳，即苍耳。

⑨瘑（gé，音革），病名，对称发作于水掌及足背部的粟粒样水疮。

⑩瞤（shùn，音顺）动，跳动。

⑪痛（wán，音顽），同顽。

⑫蒴藋（shuò diào，音朔掉），接骨草。

⑬游风，病名。

⑭淫淫，流动的样子。
⑮巨胜，黑芝麻。
⑯苦痹挛，苦于痹痛和痉挛。
⑰臛，肉羹。
⑱彻，通撤。
⑲注，附著。
⑳淬，中药炮制方法，将药物加热到一定温度，迅速浸入冷却剂中冷却，使药物酥脆。
㉑忽忽，飘忽不定的样子。
㉒热中风，热伤风。
㉓瘈疭，手足抽搐。
㉔伏火，蕴伏于体内之火。
㉕一握，一把。
㉖罨（yān，音掩）掩盖。
㉗毒气，疫疠之气。
㉘子冒，子痫。
㉙毷氉（mào sào，音冒臊），烦恼。
㉚反折，背反张。
㉛中气，伤于气。
㉜客热，外来的热邪。
㉝辟，消除。
㉞奔马草，丹参的别名。
㉟醍醐（tí hú，音提胡），酥酪上的油。
㊱运，通晕。
㊲动摇，活动。
㊳痱：：暑天出汗过多，皮肝傅面生出来的小红疹。
㊴周痹，周身痹痛。
㊵脚弱，足软弱无力。
㊶南烛，药物名，植物。
㊷风劳，虚劳复受风邪。
㊸搐搦，四肢抽搐。
㊹仍，反复。
㊼薇衔，是风草。
㊻客，寄居。
㊼生意，生机。
㊽阴痓，阴痉，柔痉。
㊾子脏，子宫。
㊿掺，撒敷。
51沃，浇。
52颤掉，颤抖。
53伤水，水浸入。
54一夕，一夜。
55入腹，进入体内。
56犯，触犯。

项 强

【风湿】**防风**凡腰痛项强，不可回头，乃手足太阳症，必须用此。**荆芥**秋后作枕及铺床下，立春去之。**羌活** **白芷** **藁本** **薄荷** **菊花** **贝母**

癫痫 有风热、惊邪，皆兼虚与痰。

【吐痰】**瓜蒂** **藜芦** **乌头尖** **附子尖** **石胆** **石绿**并吐癫痫暗风痰涎[①]。**芭蕉油**暗风痫疾，眩运仆倒，饮之取吐。**白梅**擦牙追涎[②]。或加白矾。**皂荚**水浸，挼汁熬膏，入麝摊晒，每以一片化浆水，灌鼻取涎。

【风热惊痰】〔草木〕**羌活** **防风** **荆芥** **薄荷** **细辛** **龙胆** **防己** **藁本** **升麻** **青黛** **白鲜皮**并主风热惊痫。**百合** **鸭跖草**并主癫邪，狂叫身热。**钓藤**卒痫，同甘草煎服。**防葵**癫痫狂走者，研末酒服。**莨菪子**癫狂风痫，浸酒煎丸服。**蛇含** **紫菀** **半夏**并主寒热惊痫瘈疭。**天南星**风痫痰迷，九蒸九晒，姜汁丸服。**郁金**失心风癫，痰血络聚心窍，同明矾丸。**甘遂**心风癫痫，痰迷心窍，猪心煮食。**黄连**泄心肝火，去心窍恶血。**苦参**童尿煎汁，酿酒饮，主三十年痫。**天门冬**风癫发则作吐，耳鸣引胁痛，为末酒服。**紫河车**惊痫癫疾，摇头弄舌，热在腹中。**薇衔**惊痫吐舌。**附子**暗风痫疾，同五灵脂末，猪心血丸服。**苍耳**大风痫疾。**艾叶**癫痫诸风，灸谷道正门当中[③]，随年壮。**茯神** **琥珀** **雷丸** **莽草** **蔓荆子** **木兰皮**并主风癫惊邪狂走。**苦竹笋** **竹叶** **竹沥** **天竹黄**并主风热痰涎发癫狂痫疾。**卢会**小儿癫痫。**苏合香**痫痓邪气。**皂荚**搜肝通肺，风痫五种，烧研，同苍耳、密陀僧丸服。**蓖麻仁**五种风痫，用黄连、石膏煮食。**桑白皮**惊痫客忤[④]，泻肺气。**桂心**伐肝扶脾。**芜荑**小儿虫痫[⑤]，发则恶症昏搐[⑥]。同漆灰水服。**紫葳花根叶**久近风痫，酒服三钱，后梳发漱水四十九口愈。**震烧木**火惊失心[⑦]，煮汁服。〔金石〕**丹砂**猪心煮过，同茯神丸服。**黄丹**同白矾末服。**黑铅**同水银、南星丸服。**密陀僧** **金屑** **银屑** **生银** **生铁** **铁粉** **铁落** **铁精** **铁华粉** **铁浆** **古镜** **珊瑚** **紫石英** **菩萨石** **雄黄**同丹砂研末，丸服。**雌黄**同黄丹、麝香丸服。**矾石**同细茶丸服。**慈石** **玄石** **石青** **消石** **青礞石** **代赭石**已上二十五味，并主风热痰涎癫痫。**水银**失心风，同藕节炒丸服。**蛇黄**暗风痫疾，火煅醋淬末服。**伏龙肝**狂癫风邪不识人，为末水服。**天子籍田三推犁下土**惊悸癫邪。安神定魄。〔虫部〕**蜂房** **雀瓮** **蚯蚓** **全蝎** **蜈蚣** **蜣螂** **白僵蚕**并主癫痫发搐。**蚕退纸**癫狂乱走，悲泣妄言，及风痫病，烧灰酒服。**蚱蝉**癫病寒热，小儿痫绝不能言。**衣鱼**小儿痫，同竹沥煎酒服。〔鳞介〕**龙角** **龙骨** **龙齿**癫疾狂走，五惊十二痫。**白花蛇** **乌蛇**定痫搐。**蛇蜕**蛇痫，癫疾瘛疭，摇头弄舌。**玳瑁**热痫。〔禽部〕**鸭涎**癫痫发搐。**雁毛**小儿佩之辟痫。**啄木鸟**久年风痫，同荆芥煅服。**乌鸦**暗风痫疾，煅研入朱砂服，不过十日愈。 又煅研，同苍耳子、胡桃服。**鸱头**癫痫眩冒瘛疭[⑧]，同黄丹为丸服。肉亦可食。**鸮肉**食之主风痫。**凤凰台**鸡痫[⑨]，癫痫发狂，水磨服。〔兽部〕**狗齿及粪中骨** **白狗血**并狗痫[⑩]。**豚卵** **猪屎**并猪痫[⑪]。**羊齿** **羊头骨**羊痫[⑫]。羖**羊角**风痫，烧灰酒服。**牛齿** **牛屎中豆** **牛拳木**并牛痫[⑬]。**马齿** **马目** **马悬蹄** **马绳索** **野马肉**并马痫[⑭]。**驴乳**心热气痫。**驴脂**酒服，主狂癫不能语，不识人。**六畜毛蹄甲**惊痫癫痓。牡鼠煎油，主惊痫。**羚羊角** **犀角** **犛牛角** **象牙** **牛黄** **鲊荅** **野猪黄及胆** **熊胆**并主风热癫痫。**麝香** **虎睛、鼻** **狐肝** **狐肉**并主癫痫，恍惚歌笑。**猴头骨**癫痫口噤。**人发**痫痓。**人胞**煮食，治久癫失志，亦和药作丸服。**人魄**磨水服，定癫狂。

【风虚】〔草部〕**人参**消胸中痰，治惊痫。　小儿风痫，同辰砂、蛤粉末，猪心血丸服。**石菖蒲**开心孔[15]，通九窍，出音声。为末，猪心汤日服，治癫痫风疾。**远志**安心志。**天麻**小儿风痫，善惊失志。补肝定风。**蛇床子　芍药　牡丹　女萎**并主惊痫，寒热瘛疭。**当归　芎䓖　地黄**并养血。**缩砂　桔梗　香附**并惊痫邪气。**萆薢**关节老血，头旋风痫。〔果木〕**酸石榴**小儿痫，酿蝎五枚，泥煅研，乳服五分。**柏实**定痫养血。〔虫禽〕**蜂蜜　鸡子**并痫痉。**白雄鸡及脑**癫邪狂妄。

卒厥　有尸厥、气厥、火厥、痰厥、血厥、中恶[16]、魇死[17]、惊死[18]。

【外治】半夏　菖蒲　皂角　雄黄　梁上尘并主卒死尸厥魇死，客忤中恶，为末吹鼻。**葱黄**插入鼻中七八寸，及纳下部。**薤汁　韭汁**并灌鼻。**醋**鬼击卒死[19]，灌少许入鼻。**酒**惊怖卒死，灌之，并吹两鼻。**乳香　安息香　樟木**并烧烟熏之。**鸡冠血**寝死，中恶卒死，涂面及心，并纳口鼻。**东门上鸡头**为末酒服。**犬肉**搨心上[20]。**青牛蹄**魇死，安头上即苏。**牛黄　麝香**水服。**热汤**忤恶卒死，隔衣熨腹，冷即易。**井底泥**卧忽不寤，勿以火照，但痛啮足拇趾甲际，多唾其面，以泥涂目，令人垂头于井中呼之即苏。**瓦甑**魇死不寤，覆面打破之。**鞋履**卧时一仰一覆，则不魇。**人尿**中恶不醒，尿其面上即苏。**烧人灰**置枕中，辟魇寐。

【内治】女青诸卒死，捣末酒灌，立活。**菖蒲汁　蠡实根汁**并灌之。**南星　木香　附子**同木香煎服。**陈粟米**卒得鬼打，擂水服。**白微**妇人无故汗多，卒厥不省人事，名血厥。同当归、人参、甘草煎服。**巴豆**鬼击，同杏仁汁服，取利。**常山**小儿惊忤，中恶卒死，同牡蛎煎服吐痰。**盐胆水**吐痰厥。**烧尸场上土**尸厥，泡汤灌。**食盐**卒鬼击，水灌并噀之[21]。**锅底土**魇寐死，末灌二钱，并吹鼻。**白鸭血　白犬血　猪心血、尾血**并灌之。**犀角**中恶鬼气，卒死厥逆，口鼻出清血，须臾不救，似乎尸厥，但腹不鸣，心下暖，同麝香、朱砂末服二钱，即苏。**羚羊角**热毒风攻注，中恶毒气，卒不识人。**狐胆**人卒暴亡，即取温水化灌，入喉即活，移时者无及[22]。**马屎**卒中恶死，绞汁灌之。**白马夜眼**卒死尸厥，同尾烧丸服。**裈裆　汗衫**并中鬼昏厥[23]，口鼻出血，烧灰汤服。**铁锥柄**鬼打鬼排中恶[24]，和桃奴，鬼箭丸服。**刀鞘**鬼打，烧灰水服。

伤寒热病　寒乃标，热乃本。春为温，夏为热，秋为瘅[25]，冬为寒，四时天行为疫疠。

【发表】〔草部〕**麻黄　羌活**太阳、少阴。**葛根　升麻　白芷**阳明，太阴。**细辛**少阴。**苍术**太阴。**荆芥　薄荷　紫苏**并发四时伤寒不正之汗[26]。**香薷**四时伤寒不正之气[27]，为末，热酒服，取汗。**香附**散时气寒疫[28]。**艾叶**时气温疫[29]，煎服取汗。**苍耳叶**发风寒头痛汗。**浮萍**夹惊伤寒，同犀角、钓藤末服取汗。**天仙藤**治伤寒，同麻黄发汗。**牛蒡根**捣汁服，发天行时疾汗。〔谷菜〕**豆豉**治数种伤寒，同葱白，发汗通关节。汗后不解，同盐吐之。**胡麻**煎酒，发汗。**生姜　小蒜　葱白**〔果木〕**茗茶**并发汗。**杏仁**同酢煎，发时行温病汗。**桃叶**蒸卧，发伤寒汗。**胡桃**同葱、姜擂茶服，发汗。**桂枝**太阳解肌。**皂荚**伤寒初起，烧赤水服取汗。　研汁和姜、蜜服，取汗。〔水石〕**百沸汤**多饮取汗。**丹砂**伤寒时气，始得一二日，煮服取汗。　涂身向火亦出汗。**石膏**阳明发热，解肌出汗。**代赭石**伤寒无汗，同干姜末热醋调，涂掌心合定[30]，暖卧取汗。

【攻里】〔草部〕**大黄**阳明、太阴、少阴、厥阴，燥热满痢诸证。**栝楼实**利热实结胸。**甘遂**寒实结胸。**葶苈**结胸狂躁。**大戟　芫花**胁下水饮。**荛花**行水。**蜀漆**行水。**千里及**主天下疫气，煮汁吐利。〔果木〕**桃仁**下瘀血。**巴豆**寒热结胸。〔虫石〕**水蛭　虻虫**下瘀血。**芒消**下痞满燥结。

【和解】〔草部〕**柴胡**少阳寒热诸证。　伤寒余热，同甘草煎服。**半夏　黄芩　芍药　牡丹**

贝母　甘草并主寒热。**白术　葳蕤　白微　白鲜皮　防风　防己**并主风温、风湿。**泽泻　秦艽　海金沙　木通　海藻**并主湿热。**黄连　大青　黄药　白药　荠苨　船底苔　陟厘**并主天行热毒狂烦。**知母　玄参　连轺　天门冬　麦门冬　栝楼根**并主热病烦渴。**前胡　恶实　射干　桔梗**并主痰热咽痛。**蕙草　白头翁**热痢。**五味子**咳嗽。**苦参**热病狂邪，不避水火，蜜丸服。**龙胆草**伤寒发狂，末服二钱。**青黛**阳毒发斑，及天行头痛寒热，水研服。**地黄**温毒发斑，熬黑膏服。　同薄荷汁服，主热瘴昏迷。**青葙苗**捣汁服，大治温疠[31]。**蘘荷**温病初得，头痛壮热，捣汁服。**芦根**伤寒内热，时疾烦闷，煮汁服。**葎草**汗后虚热，杵汁服。**蛇莓**伤寒大热，杵汁服。**番木鳖**热病，磨汁服。**虎杖**时疫流毒攻手足，肿痛欲断，煮汁渍之。**含水藤**天行时气烦渴。〔谷部〕**黑大豆**疫疠发肿，炒熟，同甘草煎服。**豆豉**伤寒头痛，寒热瘴气，及汗后不解，身热懊侬，同卮子煎服。　余毒攻手足，煎酒服。　暴痢，同薤白煎服。**赤小豆**除湿热。**薏苡仁**风湿痛。**粳米**烦热。**饧**建中。**麻子**脾约秘结[32]。〔菜部〕**百合**百合病[33]。**葱白**少阴下利。**干姜**痞湿及下利。**茄子**温疾。**甜菜汁**解时行壮热[34]。**生瓜菜汁**解阳毒壮热头痛。〔果部〕**大枣**和营卫。**杏仁**利肺气。**桃仁**行血。**乌梅**烦渴及蛔厥。**橘皮**呕哕痰气。**槟榔**伤寒痞满结胸，末服。**马槟榔**伤寒热病，每嚼数枚水吞。**梨汁**热毒烦渴。　木皮，伤寒温病，同甘草、秫米、锅煤服。**芰实**伤寒积热。**吴茱萸**厥阴头痛，多涎。**蜀椒**阴毒时气及蛔厥。**盐麸子**天行寒热[35]。〔木部〕**卮子**烦热懊侬。**黄檗**热毒下利及吐血。**厚朴**满痞头痛。**枳壳**痞满。**枳实**满实。**竹叶**烦热。**竹茹**温气寒热。**秦皮**热痢。**梓白皮**时行温病，壮热发黄，煎服。**桐木皮**伤寒发狂，煎服，取吐下。**榉木皮**时行头痛，热结在肠胃。**柳叶**天行热病。**楝实**温疾伤寒，大热烦狂。**李根白皮**奔豚。**茯苓**行湿利小便。**猪苓**热渴水逆，小便不利。〔水土〕**腊雪**解伤寒时气温疾大热。**冬霜**解伤寒内热。**夏冰**阳毒热盛，置于膻中。**凉水**阳毒，浸青布贴胸中。**蚯蚓粪**谵语狂乱，凉水服。**蜣螂转丸**时气烦热，绞汁服。**梁上尘　釜底墨**并主阳毒发狂、斑。〔金石〕**黑铅**伤寒毒气。**铅丹**火劫惊邪。**古文钱**时气欲死，煮汁入麝香服，取吐或下。**铁粉**阳毒发狂，同龙胆草，磨刀水服。**铁铧**小儿百日伤寒壮热，烧赤淬水服。**石膏**伤寒头痛如裂，壮热如火，解肌发汗。阳明潮热大渴。　同黄连煎服，治伤寒发狂。**滑石**解利四时一切伤寒，同甘草末服。**凝水石**时气热盛。**雄黄**伤寒咳逆，煎酒服。　烧烟熏狐惑[36]。**食盐**伤寒寒热。**赤石脂　禹余粮**少阴下利。**石蟹**天时热疾。〔鳞介〕**龙骨**火劫惊邪。　下利不止。**鳖甲**阴毒。**玳瑁**热结狂言，磨水服。**牡蛎**伤寒寒热，及自汗水结。**海蛤**伤寒血结，同芒消、滑石、甘草服。**文蛤**伤寒大汗，烦热口渴，末服。**贝子**伤寒狂热。〔禽部〕**鸡子**伤寒发斑下痢。　生吞一枚，治伤寒发狂烦躁。　打破煮浑入浆啜之[37]，治天行不解。　井中浸冷，吞七枚，治妊娠时疾，安胎。**鸡屎白**伤寒寒热。〔兽部〕**猪胆**少阳证热渴，又导大便不通。**猪膏**伤寒时气，温水服一弹丸，日三。**猪肤少**阴咽痛。**犀角**伤寒热毒，发狂发斑，吐血下血。**牛黄**天行热病。**羚羊角**伤寒热在肌肤。**牛角**时气寒热头痛。**马屎　羊屎　羊尿**伤寒手足疼欲脱，并洗之。**阿胶**热毒下痢。〔人部〕**人尿**少阴下痢，入白通汤。**人屎**大热狂走，水渍服。**人中黄**研水。**胞衣水**并主热病发狂，饮之。

【温经】〔草部〕**人参**伤寒厥逆发躁，脉沉，以半两煎汤，调牛胆南星末服。　坏证不省人事[38]，一两煎服，脉复即苏。　夹阴伤寒[39]，小腹痛，呕吐厥逆，脉伏，同姜、附煎服，即回阳。**附子**治三阴经证，及阴毒伤寒，阴阳易病[40]。**蓼子**女劳复[41]，卵缩入腹绞痛[42]，煮汁服。**草乌头**阴毒，插入谷道中。〔谷菜〕**黑大豆**阴毒，炒焦投酒热服，取汗。**干姜**阴毒，同附子用，补中有发。**韭根**阴阳易病。**葱白**阴毒，炒热熨脐。**芥子**阴毒，贴脐，发汗。〔果部〕**蜀椒**阴毒，入汤液用。**胡椒**阴毒，同葱白、麝香和蜡作挺[43]，插入茎内[44]，出汗愈。**吴茱萸**阴毒，酒拌蒸熨足心。〔木部〕**松节**炒焦投酒服，治阴毒。**乌药子**阴毒，炒黑水煎服，取汗。**青竹皮**女劳复，外肾肿[45]，腹中绞痛，水煎服。**皂荚仁**阴毒。〔石禽〕**雄黄**阴毒，入汤药。**消石　石硫黄**阴毒，二味为末，服三钱，取汗。　硫黄同巴豆丸服，治阴阳二毒。**太阴玄精石**阴毒，正阳丹用之。**鸡屎白**阴毒，同黑豆、乱发、地肤子炒焦入酒服，取汗。**鸽屎**阴毒，炒焦酒服，取汗。〔兽人〕**鼠屎**阴易腹痛，同韭根煮汁服，取汗。**豚卵**阴阳易病，小腹急痛，热酒吞二枚。**麝香**阴毒。**男女爪甲**阴阳易病，同中衣裆烧灰酒服。**妇人阴毛**阴阳易病，卵缩欲死，烧灰，以洗阴水服。〔服器〕**裈裆**女劳复及阴阳易，烧灰水服。　下裳带烧服，病免劳复。**月经衣**烧末，水服。

【食复劳复】[46]〔草部〕**麦门冬**伤寒后小劳，复作发热。同甘草、竹叶、粳米煎服。**胡黄连**劳复，同卮子丸服。**芦根**劳复食复，煮汁服。〔谷果〕**饭**伤寒多食，复作发热，烧末饮服。**曲**食复，煮服。**橘皮**食复，水煎服。〔木石〕**枳壳**劳复发热，同卮子、豉，浆水煎服。**卮子**食复发热，上方加大黄。劳复发热，同枳壳、豭鼠屎、葱白煎服。**胡粉**食复劳复，水服少许。**凝水石**解伤寒劳复。**鳖甲**食复劳复，烧研水服。**抱出鸡子壳**劳复，炒研汤服一合，取汗。**马屎**劳复，烧末冷酒服。**豭鼠屎**[47]**人屎**劳复，烧灰酒服。**头垢**劳复，含枣许水下。**洗手足水**食复劳复，饮一合。**头巾**劳复口渴，浸汁服。**缴脚布**劳复，洗汁服。**砧上垢**食复劳复，同病人足下土、鼠屎煎服。**饭箩**食复，烧灰水服。

---

①暗风，内脏失调而产生的风。
②追涎，逐涎。
③谷道，肛门。
④客忤，病名。
⑤虫痫，因肠道寄生虫而致的痫证。
⑥恶症，难治之症。
⑦火惊失心，因火受惊而致癫证。
⑧眩冒，眼前发黑，头昏。
⑨鸡痫，痫证发时如鸡叫。
⑩狗痫，痫发时如狗吠。
⑪猪痫，痫发时好吐沫。
⑫羊痫，证发时发羊吐。
⑬牛痫，证发时如牛吼。
⑭马痫，证发时如马嘶。
⑮孔，窍。
⑯中恶，病名，即客忤。
⑰魇死，在睡梦中突然死去。
⑱惊死，因受惊而突然死去。
⑲鬼击，病名。
⑳搨，同拓。
㉑噀（xùn，音迅），喷。
㉒移时，错过时机。无及，来不及。
㉓中鬼，病名，即鬼击。
㉔鬼打、鬼排，同鬼击。
㉕瘅，指热心盛，通燀。
㉖四时伤寒，感冒风寒。
㉗不正之气，指各种致病因素。
㉘寒疫，受暴寒而致的疫病。
㉙温，同瘟。
㉚合定，握住不动。

㉛温疠，瘟疫。
㉜脾约，便秘的一种。
㉝百合病，病名，因心情郁结而致。
㉞时行，有季节性，传染性、流行性的病邪。
㉟天行，同时行。
㊱狐惑，病名。
㊲啜，吃、喝。
㊳坏证，因误治使病证向坏处发展。
㊴夹阴伤寒，病名，指伤寒病人因房事使病情加剧。
㊵阴阳易病，男子与伤寒未愈的女子房事后得病为阴易，女子与伤寒未愈的男子房事后得病为阳易。
㊶女劳复，病后因房事而复发。
㊷卵缩，阴囊上缩。
㊸挺，同梃。
㊹茎，阴茎。
㊺外肾，阴囊。
㊻食复，因饮食失宜而使病复发。劳复，因劳而使病复发。
㊼豭（jiā，音加）公鼠。

瘟　疫

【辟禳】〔草部〕**苍术**山岚瘴气[1]，温疾恶气[2]，弭灾沴[3]。烧烟熏，去鬼邪。**升麻**吐温疫时气毒疠。**苍耳**为末水服，辟恶邪，不染疫疾。**虎耳**擂酒服，治瘟疫。**木香**　**辟虺雷**　**徐长卿**　**鬼督邮**　**藁本**　**女青**　**山柰**　**菝葜**　**葎草**并辟毒疫温鬼邪气。**白茅香**　**茅香**　**兰草**并煎汤浴，辟疫气。**艾纳香**　**兜纳香**　**蜘蛛香**〔木部〕**沉香**　**蜜香**　**檀香**　**降真香**　**苏合香**　**安息香**　**詹糖香**　**樟脑**　**返魂香**　**兜木香**　**皂荚**　**古厕木**并烧之辟疫。**钓樟叶**置门上。**乌药**　**预知子**　**阿魏**　**乳香**腊月二十四日五更，取初汲水浸至元旦五更[4]，人嚼一块，饮水三呷[5]，一年无疫。**松叶**细切酒服，日三，能辟五年瘟。**柏叶**时气瘴疫，社中东南枝，为末，日服。**桃枝**　**桃橛**　**桃符**并辟疫。**桃仁**茱萸、青盐炒过，每嚼一二十枚，预辟瘴疠。**三岁陈枣核中仁**常服百邪不干。〔谷菜〕**椒柏酒**　**屠苏酒**元旦饮之，辟瘟疠。**黑豆**布袋一斗，纳井中一夜取出，每服七粒，辟禳时气[6]。**赤小豆**除夕正月朔望投井中，辟瘟病。　正月七日，囊盛置井中，三日取出，男吞七粒，女吞二七，一年无病。　元旦向东吞三七粒，一年无疫。　立秋日面西吞七粒，不病痢。**豉**和白术浸酒常饮，除瘟疫病。**麻子仁**除夜同小豆投井中，辟疫。**穄米**为末水服，不染瘟疫。**蒜**时气温病，捣汁服。　立春元旦，作五辛盘食[7]，辟温疫。**蔓菁**立春后庚子日，饮汁，一年免时疾。**马齿苋**元旦食之，解疫气。**生姜**辟邪。**淡竹叶**解疫。〔服器〕**初病人衣**蒸过，则一家不染。**草绳**度所住户中壁，屈结之，则不染。〔水土〕**半天河水**饮之辟疫。**东壁土**　**冢上土石**五月五日取，埋户外，一家不患时气。〔石部〕**丹砂**蜜丸，太岁日平旦[8]，各吞三七丸，永无疫疾。**阳起石**解温疫冷气。**婆娑石**瘴疫，热闷头痛。〔鳞介〕**蚺蛇肉**　**鳡鱼**　**鲵鱼**　**牛鱼**　**鲍鱼头灰**　**贲龟**　**珠鳖**　**蚬肉**并食辟疫。〔禽兽〕**雄鸡**冬至作腊，立春食之，辟疫。**东门上鸡头**辟疫禳恶。**雄鹊**冬至埋圊前，辟时疾温气。**石燕肉**炒浸酒饮，辟温疫岚瘴。**五灵脂**辟疫。**獭肉**煮服，主疫气温病及牛马疫。**狸肉**温鬼毒气[9]，皮中如针刺。**麝香**　**灵猫阴**　**雄狐屎**烧之辟疫。**马骨及蹄**佩之辟疫。**貘皮**寝之辟疠。

【瘴疠】〔草部〕**升麻**吐。**钗子股**吐。**葛根**　**草犀**　**大黄**温瘴。**附子**冷瘴。**恒山**吐。**芫花**下。

金丝草　锦地罗　千金藤　伏鸡子根　解毒子　含水藤　千里及　肉豆蔻　苍术〔菜谷〕**葱　茖葱　蒜　白菘　苦茄　豉　红曲　烧酒**〔果木〕**茶　盐麸子　槟榔　乌梅　大腹皮　安息香　苏合香　阿魏　相思子**吐。〔石部〕**丹砂　雄黄　砒石　婆娑石**〔鳞部〕**蚺蛇肉　鲮鲤甲　海豚鱼**作脯。海鹞鱼烧服。〔兽部〕**猪血　猪屎**　羖**羊角　山羊肉　羚羊角　犀角　麝香　果然肉　猴头骨及肉**〔人部〕**天灵盖**

暑有受暑中暍[10]，受凉中暑。

【中暍】〔草谷〕**水蓼**煮汁灌。**胡麻**炒黑，井水擂灌。**寒食面**井水灌。〔菜果〕**大蒜**同道中热土捣，水澄服。**瓜蒂**吐之即省。〔水土〕**热汤**布蘸熨心即苏，仍徐灌之。**地浆**灌。**道中热土**壅脐上，令人溺于中，即苏。**车辇土**澄水服。**仰天皮**新水调灌。**热瓦**互熨心上。

【中暑】〔草部〕**香薷**解暑利小便，有彻上彻下之功[11]。夏月解表之药，能发越阳气，消散畜水。**黄连**酒煮丸服，主伏暑在心脾，发热吐泻痢渴诸病。**石香薷　紫苏叶　苍术　白术　木通　车前　泽泻　半夏　藿香　缩砂**〔谷菜〕**白扁豆　薏苡仁　稷米　大蒜**〔果木〕**木瓜　枇杷叶　赤茯苓　厚朴　猪苓**并主伤暑有湿热诸病。**桂心**大解暑毒，同茯苓丸服。同蜜作渴水饮。**黄檗**去湿热，泻阴火，滋肾水，去痿弱。〔水石〕**雪水　夏冰　滑石　石膏　朱砂**解渴。**雄黄**暑毒在脾，湿气连脚，或吐或痛，或痢或疟，炼过丸服。**消石　硫黄**二味结砂，主外伤暑热，内伤生冷，发为头痛寒热，吐泻霍乱，心腹痛诸病。　三伏吞硫黄百粒，去积滞甚妙。**玄精石**解暑消积。

【泻火益元】[12]〔草部〕**黄芪**伤暑自汗，喘促肌热。**人参**暑伤元气，大汗痿躄[13]，同麦门冬、五味子煎服，大泻阴火，补元气，助金水[14]。**甘草**生泻火，熟补火，与参、芪同为泻火益气之药。**麦门冬**清肺金，降心火，止烦渴咳嗽。**黄芩　知母**泻肺火，滋肾水。**虎杖**同甘草煎饮，压一切暑毒烦渴，利小便。〔果木〕**苦茗**同姜煎饮，或醋同饮，主伤暑泻痢。**石南叶**煎服解暑。**乌梅**生津止渴。**西瓜　甜瓜　椰子浆**解暑毒。

湿　有风湿、寒湿、湿热。

【风湿】〔草部〕**羌独活　防风　细辛　麻黄　木贼　浮萍　藁本　芎䓖　蛇床子　黄芪　黄精　葳蕤　秦艽　菖蒲　漏卢　菊花　马先蒿　白蒿　庵䕡　旋覆　豨莶　苍耳　薇衔　蒴藋　石龙芮　茵蓣　防己　茜根　忍冬　苏子　南星　萆薢　土茯苓　龙常　葱白　薏苡　胡麻　大豆　秦椒　蔓椒　蜀椒红　柏实　松叶　沉香　龙脑　蔓荆　皂荚　枸杞　五加皮　桂枝　伏牛花　厚朴**与苍术、橘皮同除湿病。〔石部〕**慈石　白石英**〔虫鳞〕**蝎**风淫湿痹，炒研入麝香，酒服。**鳝鱼**湿风恶气，作臛食。

【寒湿】〔草部〕**苍术**除上中下三焦湿，发汗利小便，逐水功最大。湿气身重作痛，熬膏服。诸方详见本条。**草乌头**除风湿，燥脾胃，同苍术制煮作丸服。**附子　乌头　芫花　王孙　狗脊　牛膝　山柰　红豆蔻　草果　蠡实　艾叶　木香　杜若　山姜　廉姜**〔谷菜〕**葡萄酒　烧酒　豆黄　生姜　干姜　芥子　蒜　葫　桂香**〔果木〕**吴茱萸　胡椒　欓子　莲实　桂心　丁香　樟脑　乌药　山茱萸**〔兽部〕**貘皮　木狗皮　诸兽毛皮毡　火针**

【湿热】〔草部〕**山茵陈　黄芩　黄连　防己　连翘　白术　柴胡　苦参　龙胆草　车前　木通　泽泻　通草　白鲜　莸草　半夏　海金沙　地黄　甘遂　大戟　萱草　牵牛**气分。**大黄**血分。**营实根　夏枯草**〔谷菜〕**赤小豆　大豆黄卷　薏苡仁　旱芹**丸服。**干姜　生姜**〔木部〕**椿白皮　茯苓　猪苓　酸枣　柳叶　木槿　榆皮**〔介石〕**蚬子**下湿热气。**滑石　石膏　矾石　绿矾**

火热 有郁火、实火、虚火，气分热、血分热、五脏热、十二经热。

【升散】〔草部〕**柴胡**平肝胆三焦包络相火，除肌热潮热，寒热往来，小儿骨热疳热，妇人产前产后热。 虚劳发热，同人参煎服。**升麻**解肌肉热，散郁火。**葛根**解阳明烦热，止渴散郁火。**羌活**散火郁发热。**白芷**散风寒身热，浴小儿热。**薄荷汁**骨蒸劳热。**水萍**暴热身痒，能发汗。**香附**散心腹客热气郁。

【泻火】〔草部〕**黄连**泻肝胆心脾火，退客热。**黄芩**泻肺及大肠火，肌肉骨蒸诸热。 肺热如火燎，烦躁咳嗽引饮，一味煎服。**胡黄连**骨蒸劳热，小儿疳热，妇人胎蒸[15]。**秦艽**阳明湿热，劳热潮热骨蒸。**沙参**清肺热。**桔梗**肺热。**龙胆**肝胆火，胃中伏热[16]。**青黛**五脏郁火。**蛇莓** **白鲜皮** **大青**并主时行腹中大热。**连翘**少阳阳明三焦气分之火。**青蒿**热在骨间。**恶实**[17]食前挼吞三枚，散诸结节筋骨烦热毒。**灯笼**草骨热肺热。**积雪草**暴热，小儿热。**虎杖**压一切热毒。**茵陈**去湿热。**景天**身热，小儿惊热。**钓藤**平心肝火，利小便。同甘草、滑石服，治小儿惊热。**酸浆** **防己** **木通** **通草** **灯心** **泽泻** **车前** **地肤** **石韦** **瞿麦**并利小便，泄火热。**乌韭**热在肠胃。**屋游**热在皮肤。**土马骔**骨热烦败。**大黄**泻诸实热不通，足太阴手足阳明厥阴五经血分药。〔菜果〕**莙荙子** **李叶** **桃叶** **枣叶**〔木部〕**楮叶** **楝实** **羊桃** **秦皮** **梓白皮**并浴小儿身热。**卮子**心肺胃小肠火，解郁利小便。**鼠李根皮**身皮热毒[18]。**木兰皮**身热面疱。**桑白皮**虚劳肺火。**地骨皮**泻肺火肾火胞中火[19]，补正气，去骨间有汗之蒸，同防风、甘草煎服。**溲疏**皮肤热，胃中热。**竹叶** **竹茹** **竹沥**并主烦热有痰。**荆沥**热痰。〔水石〕**雪水** **冰水** **井水**并除大热。**石膏**除三焦肺胃大肠火，解肌发汗退热，潮热骨蒸发热[20]，为丸散服。 食积痰火，为丸服。 小儿壮热，同青黛丸服。**长石**胃中热，四肢寒。**理石**营卫中大热烦毒。**方解石**胸中留热。**玄精石**风热。**凝水石**身热，皮中如火烧，烦满，水饮之，凉血降火。**食盐** **卤硷**除大热。**消石**五脏积热。**朴消**胃中结热。 紫雪、碧雪、红雪、金石凌，皆解热结药也。**玄明粉**胃中实热，肠中宿垢。〔虫介〕**白颈蚯蚓**解热毒狂烦。**雪蛆** **玳瑁**凉心解毒。〔兽部〕**犀角**泻肝凉心清胃，解大热诸毒气。**牛黄**凉心肝。**羚羊角**风热寒热。**象牙**骨蒸热。**牛胆** **猪胆** **熊胆**并除肝火。**白马胫骨**煅过，降火可代芩、连。〔人部〕**人中白**降三焦膀胱肝经相火。**人溺**滋降火甚速。**人屎**大解五脏实热，骨蒸劳热。

【缓火】〔草部〕**甘草**生用，泻三焦五脏六腑火。**黄芪**泻阴火，补元气，去虚热。无汗则发，有汗则止。**人参**与黄芪、甘草三味，为益气泻火、除肌热躁热之圣药，甘温除大热也。**麦门冬**降心火，清肺热虚劳客热，止渴。**五味子**与人参、麦门冬三味，为清金滋水泻火止渴止汗生脉之剂。**天门冬**肺劳风热，丸服。 阴虚火动有痰热，同五味子丸服。 妇人骨蒸，同生地黄丸服。**葳蕤**五劳七伤虚热[21]。 煎服，治发热口干小便少。**白术**除胃中热、肌热，止汗。妇人血虚发热，小儿脾虚骨蒸，同茯苓、甘草、芍药煎服。**茅根** **地筋**客热在肠胃。**甘蕉根** **菰根** **芦根** **天花粉**并主大热烦渴。**栝楼根**润肺降火化痰。 饮酒发热，同青黛、姜汁丸服。 妇人月经不调，夜热痰嗽，同青黛、香附末服。〔菜谷〕**山药**除烦热，凉而补。**小麦**客热烦渴，凉心。**粱米**脾胃客热。**麻仁**虚劳客热，水煎服。〔果部〕**梨**消痰降火，凉心肺。**柿**凉肺，压胃热。**李曝食**[22]，去骨间劳热。**乌梅**下气除热。**马槟榔**热病，嚼食。**蕉子**凉心。**甘蔗**解热。〔介禽〕**鳖肉**同柴胡诸药丸服，治骨蒸。**鸭肉** **鸽肉**并解热。〔兽人〕**兔肉**凉补。**豪猪肉** **猪肉**肥热人宜食之。**猪乳** **酥酪** **醍醐** **人乳**

【滋阴】〔草部〕**生地黄**诸经血热，滋阴退阳。 蜜丸服，治女人发热成劳。 蜜煎服，治小儿壮热，烦渴昏沉。**熟地黄**血虚劳热，产后虚热，老人虚燥。同生地黄为末，姜汁糊丸，治妇人劳热。**玄参**烦躁骨蒸，滋阴降火，与地黄同功。治胸中氤氲之气，无根之火，为圣剂。同大黄、黄连丸服，治三焦积热。**当归**血虚发热，困渴引饮，目赤面红，日夜不退，脉洪如白虎证者，同黄芪煎服。**丹参**冷热劳，风邪留热。同鼠屎末服，主小儿中风，身热拘急。**牡丹**治少阴厥阴血分伏火，退无汗之骨蒸。**知母**心烦，骨热劳往来，产后蓐劳[23]，热劳。泻肺命火，滋肾水。〔木部〕**黄檗**下焦湿热，滋阴降火。

【各经火药】**肝**气，柴胡；血，黄芩。**心**气，麦门冬；血，黄连。**脾**气，白芍药；血，生地黄。**肺**气，石膏；血，卮子。**肾**气，知母。血，黄檗。**胆**气，连翘；血，柴胡。**小肠**气，赤茯苓；血，木通。**大肠**气，黄芩；血，大黄。**膀胱**气，滑石；血，黄檗。**胃**气，葛根；血，大黄。**三焦**气，连翘；血，地骨。**包络**气，麦门冬；血，牡丹皮。

【各经发热药】**肝**气，柴胡；血，当归。**心**气，黄连；血，生地黄。**脾**气，芍药；血，木瓜。**肺**气，石膏；血，桑白皮。**肾**气，知母；血，地黄。**胆**气，柴胡；血，栝楼。**小肠**气，赤茯苓；血，木通。**大肠**气，芒消。血，大黄。**膀胱**气，滑石；血，泽泻。**胃**气，石膏；血，芒消。**三焦**气，石膏；血，竹叶。**包络**气，麦门冬；血，牡丹皮。

诸气　怒则气逆，喜则气散，悲则气消，恐则气下，惊则气乱，劳则气耗，思则气结，炅则气泄[24]，寒则气收。

【郁气】〔草部〕**香附**心腹膀胱连胁下气妨[25]，常日忧愁。总解一切气郁，行十二经气分，有补有泻，有升有降。**苍术**消气块，解气郁。**抚芎**与香附、苍术，总解诸郁。**木香**心腹一切滞气。和胃气，泄肺气，行肝气。凡气郁而不舒者，宜用之。冲脉为病，逆气里急。同补药则补，同泻药则泻。　中气，竹沥、姜汁调灌。　气胀，同诃子丸服。　一切走注，酒磨服。**藿香**快气。**鸡苏**　**紫苏**顺气。**薄荷**去愤气。〔谷菜〕**赤小豆**缩气，散气。**莱菔子**练五脏恶气[26]，化积滞。**葱白**除肝中邪气，通上下阳气。**胡荽**热气结滞，经年数发，煎饮。**莴苣**　**白苣**开胸膈拥气[27]。**马齿苋**诸气不调，煮粥食。**黄瓜菜**通结气。〔果木〕**杏仁**下结气，同桂枝、橘皮、诃黎勒丸服。**青橘皮**疏肝散滞，同茴香、甘草末服。**槟榔**宣利五脏六腑壅滞，破胸中一切气，性如铁石。**大腹皮**下一切气。**卮子**五脏结气，炒黑煎服。**梨木灰**气积郁冒[28]。**橄榄**　**毗黎勒**开胃下气。**榆荚仁**消心腹恶气，令人能食。〔石兽〕**铁落**胸膈热气，食不下。**长石**胁肋肺间邪气。**麝香**　**灵猫阴**〔人部〕**人尿**一切气块，煎苦参酿酒饮。

【痰气】〔草部〕**半夏**消心腹胸胁痰热结气。**贝母**散心胸郁结之气，消痰。**桔梗**　**前胡**　**白前**　**苏子**并主消痰，一切逆气。**射干**散胸中痰结热气。**芫花**诸般气痛，醋炒，同玄胡索服。**威灵仙**宣通五脏，去心腹冷滞，推陈致新。　男妇气痛，同韭根、乌药、鸡子煮酒服。**牵牛**利一切气壅滞。　三焦壅滞，涕唾痰涎，昏眩不爽，皂角汁丸服。　气筑奔冲[29]，同槟榔末服。〔谷菜〕**荞麦**消气宽肠。**黑大豆**调中下气。**生姜**心胸冷热气。　暴逆气上，嚼数片即止。**莱菔子**　**白芥子**消痰下气。〔果部〕**山楂**行结气。**橘皮**痰隔气胀[30]，水煎服。　下焦冷气，蜜丸服。**橙皮**消痰下气，同生姜、檀香、甘草作饼服。**柚皮**消痰下气，及愤懑之痰[31]，酒煮蜜拌服。**枸橼皮**除痰，止心下气痛。**金橘**下气快肠。**枇杷叶**下气止呕。**杨梅**除愦愦恶气。〔木部〕**枳实**　**枳壳**　**茯苓**破结气，逐痰水。**桑白皮**下气消痰。**皂荚**一切痰气，烧研，同萝卜子、姜汁、蜜丸服。〔介部〕**龟甲**抑结气不散，酒炙，同柏叶、香附丸服。**牡蛎**惊恚怒气[32]，结气老血。**担罗**同昆布作羹，消结气。

【血气】〔草部〕**当归**气中之血。**芎䓖**血中之气。**蓬莪茂**气中之血。**姜黄**血中之气。**三棱**血中之气。**郁金**血气。**玄胡索**〔木部〕**乳香**　**没药**　**骐驎竭**　**安息香**并活血散气。

【冷气】〔草部〕**艾叶**心腹一切冷气恶气，捣汁服。**附子**升降诸气，煎汁入沉香服。**乌头**一切冷气，童尿浸，作丸服。**肉豆蔻**　**草豆蔻**　**红豆蔻**　**高良姜**　**益智子**　**荜茇**　**毕勃没**　**缩砂**　**补骨脂**　**胡卢巴**　**蒟酱**并破冷气。**五味子**奔豚冷气，心腹气胀。〔菜部〕**蒜葫**　**芸苔**　**蔓菁**　**芥**

干姜　蔊菜　秦荻藜　马芹并破冷气。**茴香**肾邪冷气，同附子制为末服。**白芥子**腹中冷气，微炒为丸服。〔果木〕**蜀椒**解郁结。其性下行通三焦。凡人食饱气上，生吞一、二十枚即散。**秦椒、胡椒　毕澄茄　吴茱萸　食茱萸　桂　沉香　丁香　丁皮　檀香　乌药　樟脑　苏合香　阿魏　龙脑树子**并破冷气，下恶气。**厚朴**男女气胀，饮食不下，冷热相攻，姜汁炙研末，饮服。**诃黎勒**一切气疾，宿食不消，每夜嚼咽。〔金石〕**金屑**破冷气。**黑铅**肾脏气发，同石亭脂、木香、麝香丸服。**铜器**炙熨冷气痛。**车辖**冷气走痛，烧淬水服。**白石英**心胃中冷气。**紫石英**寒热邪气。补心气，养肺气。**灵砂**治冷气。升降阴阳，既济水火。**玄精石　砒石　硇砂**元脏虚冷气痛，同桃仁丸服。　又同川乌头丸服。**硫黄**一切冷气积痛，同青盐丸服。　同消石、青皮、陈皮丸服。〔鱼禽〕**鳢鱼**下一切气，同胡椒、大蒜、小豆、葱，水煮食。**黄雌鸡　乌雌鸡**并治冷气着床。

痰饮　痰有六：湿、热、风、寒、食、气也。饮有五：支、留、伏、溢、悬也。皆生于湿。

【风寒湿郁】〔草〕**半夏**行湿下气，湿去则涎燥，气下则痰降，乃痰饮主药。法制半夏可咀嚼。　胸膈痰壅，姜汁作饼煎服。　停痰冷饮，同橘皮煎服。　中焦痰涎，同枯矾丸服。　结痰不出，同桂心、草乌头丸服。　支饮作呕，同生姜、茯苓煎服。　风痰湿痰，清壶丸。　风痰，辰砂化痰丸。　气痰，三仙丸。惊痰，辰砂半夏丸。　老人风痰，半夏消石丸。　小儿痰热，同南星入牛胆阴干丸服。**天南星**除痰燥湿。　壮人风痰，同木香、生姜煎服。　痰迷心窍，寿星丸。　小儿风痰，抱龙丸。**苍术**消痰水，解湿郁，治痰夹淤血成囊。**白术**消痰水，燥脾胃。　心下有水，同泽泻煎服。五饮酒癖[33]，同姜、桂丸服。**旋覆花**胸上痰结，唾如胶漆，及膀胱留饮，焙研蜜丸服。**威灵仙**心膈痰水，宿脓久积。停痰宿饮，喘咳呕逆，同半夏，皂角水丸。**麻黄**散肺经火郁，止好唾痰喘。**细辛**破痰利水，开胸中滞结。**薄荷**小儿风涎要药。**苏子**治风顺气消痰。**佛耳草**除痰压时气。**附子**胃冷湿痰呕吐，同半夏、生姜丸服。**乌头　天雄　白附子**并主风痰湿痰。**草乌头**胸上冷痰，食不下，心腹冷痰作痛。**紫金牛**风痰。**百两金**风涎。**艾叶**口吐清水，煎服。**防己**膈间支饮喘满，木防己汤。**葶苈**胸中痰饮结气。**人参**胸中痰，变酸水，逆黄。**肉豆蔻**冷气呕沫，同半夏、木香丸。**益智子**上膈客寒，吐沫。**草豆蔻　高良姜　廉姜　荜茇　红豆蔻　蒟酱　狼毒**〔菜谷〕**干姜**并主冷痰，燥湿温中。**生姜**除湿去痰下气。　痰厥卒风，同附子煎服。**芥及子　白芥子**痰在胁下及皮里膜外，非此莫除。　同白术丸服。　同苏子、莱菔子丸，下痰。**米醋　烧酒**〔果木〕**木瓜　楂子　榅桲　橙皮　柚皮**并去湿痰水唾。**橘皮**除湿痰留饮，呕哕反胃。　二陈汤。润下丸。　宽中丸。　痰膈胸中热胀，水煎服。　嘈杂吐清水[34]，为末舐之[35]。　下焦冷痰，丸服。**槟榔**消谷下气，逐水除痰澼[36]，为末汤服。　呕吐痰水，同橘皮煎或末服。**大腹皮　都念子　都咸子　蜀椒**温中除湿，心腹留饮。椒目，同巴豆丸服，治留饮腹痛。**吴茱萸**厥阴痰涎。**胡椒　毕澄茄　厚朴**消痰温中。　痰壅呕逆，姜汁制末服。**沉香**冷痰虚热，同附子煎服。**杉材**肺壅痰滞。**皂荚**胸中痰结，挼汁熬膏丸服。　一切痰气，烧研同莱菔子丸服。　钓痰丸，同半夏、白矾丸含。子及木皮，并治风痰。**白杨皮**浸酒化痰澼。**槐胶**一切风涎。〔石虫〕**矾石**痰涎饮澼。**赤石脂**饮水成澼，吐水不止，末服一斤良。**白僵蚕**散风痰结核。　一切风痰，研末姜汁服。**桂蠹**寒澼。

【湿热火郁】〔草〕**栝楼**降火清金，涤痰结。清痰利膈，同半夏熬膏服。　胸痹痰嗽，取子同薤白煎服。饮酒痰澼，胁胀呕吐腹鸣，同神曲末服。**贝母**化痰降气，解郁润肺。　痰胀，同厚朴丸服。**前胡　柴胡　黄芩　桔梗　知母　白前　紫菀　麦门冬　灯笼草　鸭跖草　悬钩子　解毒子　辟虺雷　草犀　泽泻　舵菜　山药　竹笋**〔果木〕**乌梅　林檎　白柿　盐麸子　甘蔗汁　梨汁　藕汁　茗　皋芦叶　蕤核　枳实　枳壳**胸膈痰澼，停水痞胀，为末服。**桑白皮**上焦痰气。**荆沥**烦热痰唾，漾漾欲吐[37]。**竹沥**去烦热，清痰养血。痰在经络四肢，及皮里膜外，非此不达不行。**竹茹**　**竹叶**痰热呕逆。**木槿花**风痰壅逆，研末汤服。**茯苓**膈中痰水，淡渗湿热。**诃黎勒**降火消痰。　叶亦下气消痰。**天竹黄**〔金石〕**铅**　**铅霜**　**铅丹**　**胡粉**　**铁华粉**并降风热惊痰[38]。**密陀僧**痰结胸中不散，醋、水煮过，为末，每酒水煎二钱饮。**灵砂**上盛下虚，痰涎壅逆。**水银**小儿惊热风涎。**蓬砂**　**浮石**〔虫鳞〕**五倍子**并化顽痰，解热毒。**百药煎**清金化痰，同细茶、海螵蛸丸服。**海螵蛸**〔介兽〕**海蛤**　**文蛤**　**蛤粉**　**牡蛎**并化湿痰热痰老痰。**烂蚬壳**心胸痰水吞酸[39]，烧服。**牛黄**化热痰。**阿胶**润肺化痰，利小便。

【气滞食积】〔草部〕**香附子**散气郁，消饮食痰饮，利胸膈。　停痰宿饮，同半夏、白矾、皂角水，丸服。**鸡苏**消谷，除酸水。**苏叶**〔谷菜〕**曲**　**神曲**　**麦蘖**并消食积痰饮，下气。**醋**　**莱菔及子**消食下痰，有推墙倒壁之功。**仙人杖菜**去冷痰澼。**蕈菜**消食，豁冷痰[40]。**桑耳**癖饮积聚[41]。　留饮宿食，同巴豆蒸过丸服。**蘑菰**　**茼蒿**〔果石〕**山楂**并消食积痰。**盐杨梅**消食去痰，作屑服。**银杏**生食降痰。**杏仁**　**雄黄**　**粉霜**　**轻粉**　**金星石**　**青礞石**　**硇砂**　**绿矾**并消痰涎积癖。**银朱**痰气结胸，同矾石丸服，有声自散。**石膏**食积痰火，煅研醋糊丸服。〔介禽〕**马刀**　**牡蛎**　**魁蛤**痰积。**蚌粉**痰涎结于胸膈，心腹痛日夜不止，或干呕，以巴豆炒赤，去豆，醋糊丸服。**鬼眼睛**痰饮积及湿痰心腹痛，烧研酒服。**五灵脂**痰血凝结，同半夏姜汁丸服。

【宣吐】人参芦　**桔梗芦**　**藜芦**　**三白草汁**。**恒山**　**蜀漆**　**郁金**同藜芦末。**杜衡**　**石苋**　**石胡荽汁**。**离鬲草汁**。**附子尖**　**土瓜根**　**及己**　**苦参**　**地松**　**豨莶**　**羊踯躅**　**紫河车**　**虎耳草**　**芭蕉油**　**萝卜子**　**苦瓠**　**瓜蒂**　**苦茗**　**乌梅**　**酸榴皮**　**梨汁**　**桐油**　**皂荚**　**卮子**　**相思子**　**松萝**　**热汤**　**齑水**　**盐卤水**　**石绿**　**石青**　**石胆**　**白青**　**砒石**　**密陀僧**　**矾石**　**大盐**　**虾汁**

【荡涤】甘遂直达水气所结之处。**芫花**胸中痰水，胁下饮澼。**荛花**肠胃留澼。**大戟**湿热水澼。**续随子**痰饮宿滞[42]。**牵牛**痰饮宿胀。**大黄**　**射干**　**桃花**宿水痰饮积滞，为末水服，或作饼食，取利。**接骨木**下水饮。**巴豆**寒澼宿食，大便闭，酒煮三日夜，煎丸水下。　风痰湿病，安掌心取汗。**芒消**　**朴消**

脾胃有劳倦内伤，有饮食内伤，有湿热，有虚寒。

【劳倦】〔草部〕**甘草**补脾胃，除邪热，益三焦元气，养阴血。**人参**劳倦内伤，补中气，泻邪火。　煎膏合姜、蜜服。**黄芪**益脾胃，实皮毛[43]，去肌热，止自汗。**黄精**　**葳蕤**补中益气。**白术**熬膏服良。**苍术**安脾除湿，熬膏作丸散，有四制、八制、坎离、交感诸丸。**柴胡**平肝，引清气自左而上。**升麻**入胃，引清气自右而上。**芍药**泻肝，安脾肺，收胃气。**石斛**厚脾胃，长肌肉。**使君子**健脾胃，除虚热。**连翘**脾胃湿热。**木香**　**甘松香**　**藿香**　**缩砂蔤**　**白豆蔻**　**紫苏**〔菜谷〕**罗勒**　**莳萝**　**马芹**并理元气。**秫香**[44]同生姜炒黄丸服，开胃进食。**同蒿**　**荠菜**　**苜蓿**　**恭菜**　**仙人杖草**　**草豉**　**胡萝卜**　**芋**　**山药**　**石耳**　**蘑菰**　**鸡坳**　**五芝**　**胡麻**　**小麦**　**大麦**　**雀麦**　**糯**　**粳**　**籼**　**稷**　**黍**　**蜀秫**　**粱**　**粟**　**秫穇子**　**稗子**　**稂**　**东墙**　**雕胡**　**蓬子**　**水粟**　**岗草米**[45]　**𦬁草米**　**薏苡**　**罂子粟**　**黑大豆**　**赤小豆**　**绿豆**　**白豆**　**豌豆**　**蚕豆**　**豇豆**　**扁豆**　**刀豆**　**豆豉**　**豆腐**　**豆黄**壮气润肌。以猪脂和丸，每服百丸，即易肥健，甚验。　脾弱不食，同麻子熬香研，日服。**陈廪米**　**青精饭**　**诸米粥**　**饴糖**　**酒**　**糟**〔果木〕**大枣**同姜末点服。**仲思枣**　**木瓜**　**柰**　**白柿**　**橘皮**　**钩栗**　**橡子**　**榛子**　**龙眼**　**橄榄**　**榧子**　**槟榔**　**大腹皮**　**桄榔面**　**莎木面**　**波罗蜜**　**无花果**　**摩厨子**　**芡实**　**莲实**　**藕**　**甘蔗**　**沙糖**　**凫茈**　**清明柳枝**脾弱食不化似翻胃[46]，煎汤煮小米，滚面晒收，每用烹食。**沉香**　**檀香**　**诃黎勒**　**厚朴**　**茯苓**〔水石〕**潦水**　**甘澜水**　**立春清明水**　**太一余粮**　**白石脂**　**石面**　**代赭石**〔虫部〕**蜂蜜**　**蚕蛹**　**乳虫**〔鳞介〕**龙齿**　**鳟**　**鲻**

鲸 鳡 鲐 鲫 鲂 鲤 鲈 鳜 鲳 鲨 白鲞[47] **鲙残鱼 比目鱼 虾 鳖 淡菜 海蛇**〔禽兽〕**鸡 雉 鹳雉 英鸡 凫 鹈鹕 鹭 鹬 雀 突厥雀 鸠 青鹌 桑扈**[48] **莺 鹘嘲 猪脾舌 狗肉 羊肉 牛肉 牛膍**[49] 虎肉 兔肉

【虚寒】〔草部〕**附子 草豆蔻 高良姜 山姜 廉姜 益智子 荜茇 蒟酱 肉豆蔻**〔菜谷〕**干姜 生姜 蒜 韭 薤 芥 芜菁 糯米 秫 烧酒**〔果木〕**胡椒 毕澄茄 秦椒 蜀椒 吴茱萸 食茱萸 丁香 桂**

【食滞】〔草部〕**大黄**荡涤宿食，推陈致新。**地黄**去胃中宿食。**香附 三棱 莪茂 木香 柴胡**消谷。**荆芥 薄荷 苏荏 水苏**并消鱼鲙。**青黛 越王余筭 海藻 肉豆蔻 草果 缩砂 蒟酱 红豆蔻 仙茅**〔谷菜〕**大麦 荞麦 豆黄 蒸饼 女曲 黄蒸 曲 神曲**同苍术丸服。**红曲 蘖米 麦蘖 饴糖 酱 醋 酒 糟 蒜 葱 胡葱 胡荽 白菘 莱菔 芜菁 姜**〔果木〕**杏仁**停食，用巴豆炒过，末服。**橘皮**为末，煎饮代茶。**青皮**盐、醋、酒、汤四制为末，煎服。**柑皮 橙皮 柚皮 木瓜 榅桲 山楂**消肉[50]。**柰子 杨梅 银杏**生食。**槟榔 大腹子 榧子 无漏子 茶 皂荚 蜀椒 胡椒 毕澄茄 茱萸 巴豆**一切生冷硬物。**阿魏**消肉。**皂荚 楸白皮 厚朴 乌药 樟材 檀香 桂**食果腹胀，饭丸吞七枚。**诃黎勒 枳实 郁李仁**〔水土〕**齑水**吐。**浆水**消。**生熟汤**消。**百草霜 梁上尘**〔金石〕**朴消**食饮热结。**青礞石**食积宿滞，同巴豆等丸服。**水中白石**食鲙成瘕，烧淬水服七次，利下。**食盐**酒肉过多胀闷，擦牙漱下，如汤沃雪[51]。**硇砂**消肉。**蓬砂 孔公蘖**〔介禽〕**鳖甲 淡菜 海月 白鲞**并消宿食。**鳝头**烧服，去痞症，食不消。**凫鸡屎白 鹰屎白 雀屎白 鸽屎 五灵脂**

【酒毒】〔草部〕**葛花 葛根汁 白茅根汁 水萍 菰笋 秦艽 苦参 地榆 菊花**酒醉不语，为末酒服。**悬钩子 木鳖子**醋磨。**天南星**同朱砂丸服，解酒毒积毒。**五味子 山姜花 高良姜 红豆蔻 缩砂 白豆蔻 蒟酱 肉豆蔻 蠡实 蕉子**〔谷菜〕**麦苗汁 丹黍米**饮酒不醉。**黑大豆 赤小豆 腐婢 绿豆 蚕豆苗**煮食。**扁豆 豆腐**烧酒醉死，切片贴身。**豉**同葱白煎。**曲 萝卜 蔓菁**大醉不堪，煮粥饮汁。 根蒸三次研末，酒后水服二钱，不作酒气。**白菘**解酒醉不醒，研子一合，井水服。**水芹 苦苣 白苣 苦竹笋 酸笋 越瓜 甜瓜**〔果木〕**橘皮 柑皮 橙皮 柚皮 金橘 杨梅**干屑服之，止呕吐酒。**乌梅 榔梅 梨 楂子 榅桲 柿 椑柿 银杏 橄榄 槟榔 波罗蜜 都桷子 枳椇子 盐麸子 醋林子 甘蔗 沙糖 石蜜 藕 芰 西瓜 丁香 长寿仙人柳**酒病，为末酒服。**河边木**端午投酒中饮之，令人不醉。**桑椹汁 苦竹叶**〔水石〕**新汲水**烧酒醉死，浸发及手足，仍少灌之。**食盐**擦牙漱咽，解酒毒。先食一匙，饮酒不醉。**蓬砂**服之，饮酒不醉。**雄黄**饮酒成癖，遇酒即吐，同巴豆、蝎梢、白面丸服。**石灰**酒毒下痢[52]，泥煅，醋糊丸服。**铅霜**〔虫鱼〕**五倍子 鳝鱼 黄颡鱼**〔介部〕**蚌 蛎黄 蛤蜊 车螯 田螺 蜗螺 海月**〔禽兽〕**鸡内金**消酒积[53]，同豆粉丸服。**五灵脂**酒积黄肿，入麝丸服。**豭猪项肉**酒积黄胀，同甘遂服，取下酒布袋。**猪肾**酒积，掺葛粉炙食。**牛膍 狐胆 麝香**并解酒毒。**鹿茸**饮酒成泄[54]，冲任虚寒，同狗脊、白敛丸服。**驴蹄底**饮酒过度，欲至穿肠，水煮浓汁冷饮。

吞酸嘈杂 有痰食热证，有阳气下陷虚证。

痰食〔草部〕**苍术 香附 黄连 蓬莪茂 缩砂仁 半夏 鸡苏**生食。**荠苎**生食，去肠间酸水。**旋覆花**〔菜谷〕**萝卜**食物作酸，生食即止。**米醋**破结气，心中酸水痰饮。**神曲 麦蘖**〔果木〕**橘皮 木瓜 楂子 榠楂 榅桲 山楂**并除心间酸水，止恶心。**胡桃**食物醋心，以干姜同嚼下，立止。**槟榔**醋心吐水，同橘皮末服。**大腹皮**痰隔醋心，同疏气药、盐、姜煎服。**厚朴**吐酸水，温胃气。**樟材**宿食不消，常吐酸臭水，煎汤服。**皂荚子心**嚼食，治膈痰吞酸。**卮子**〔虫兽〕**蚬壳**吞酸心痛[55]，烧服。**羊屎**煎酒服。**头垢**噫吐酸浆[56]，以浆水煎服一杯。

【**阳陷**】〔草部〕**人参**消胸中痰变酸水。 妊娠吐水，心酸痛，不能饮食，同干姜丸服。**柴胡**除痰热。**升麻** **葛根**凡胃弱伤冷，郁遏阳气者，宜三味升发之。**荜茇**胃冷口酸流清水，心连脐痛，同厚朴末、鲫鱼肉丸服。**廉姜**胃口冷，吐清水。**草豆蔻** **益智子** **红豆蔻** **高良姜**〔木鳞〕**吴茱萸**醋心甚者，煎服。有人服之，二十年不发也。**鱼鲙**心下酸水。

噎膈噎病在咽嗌[57]，主于气，有痰有积。膈病在膈膜，主于血，有挟积、挟饮澼、挟瘀血及虫者。

【**利气化痰**】〔草部〕**半夏**噎膈反胃，大便结者，同白面、轻粉作丸煮食，取利。**山豆根**研末，橘皮汤下。**昆布**气噎，咽中如有物，吞吐不出，以小麦煮过，含咽。**栝楼**胸痹咽塞，同薤白、白酒煮服。**芦根**五噎吐逆[58]，煎服。**天南星** **前胡** **桔梗** **贝母** **香附子** **紫苏子** **木香** **藿香** **泽泻** **缩砂** **茴香** **高良姜** **红豆蔻** **草果** **白豆蔻** **生姜**咽中有物，吞吐不出，含之一月愈。噎气，姜人厕内浸过，漂 晒研末，入甘草末服。**橘皮**卒气噎，去白焙研，水煎服。 胸痹咽塞，习习如痒[59]，唾沫，同枳实、生姜煎服。**槟榔**五膈五噎[60]，同杏仁以童尿煎服。**青橘皮** **厚朴** **茯苓** **沉香**膈气[61]，同木香、乌药、枳壳为末，盐汤下。**檀香** **苏合香** **丁香** **枳壳** **枳实**

【**开结消积**】〔草部〕**三棱**治气胀，破积气。 反胃，同丁香末服。**蓬莪茂**破积气，治吐酸水。**郁金**破恶血[62]，止痛。**阿魏**五噎膈气，同五灵脂丸服。**威灵仙**噎膈气，同蜜煎服，吐痰。**凤仙子**噎食不下，酒浸晒研，酒丸服。**马蹄香**噎食膈气，为末，酒熬膏服。**紫金牛**治噎膈。**板蓝汁**治噎膈，杀虫，频饮。**红蓝花**噎膈拒食，同血竭浸酒服。**荛花** **甘遂**梅核气[63]，同木香末服。**大黄**食已即吐，大便结，同甘草煎服。〔谷菜〕**杵头糠**膈气噎塞，蜜丸噙咽。 卒噎，噙之咽汁，或煎饮。**荞麦秸灰**淋取硷，入蓬砂服，治噎食。**韭汁**去胃脘血。入盐，治噎膈。入姜汁、牛乳，治反胃。〔果木〕**乌芋**主五噎膈气。**乌梅** **杏仁** **山楂** **桃仁** **桑霜**消噎食积块。**巴豆霜**〔水石〕**粮罂中水**饮之，主噎疾杀虫。**浸蓝水**主噎疾，温饮一杯，杀虫。**梁上尘**主噎膈食积。**硇砂**噎膈吐食，有积症，用之神效。 荞面包煅，同槟榔、丁香末，烧酒服。 同人言、黄丹各升打过，同桑霜末，烧酒服。 同平胃散末，点服三钱，当吐黑物如石。**黑铅**膈气，同水银、人言结砂，入阿魏丸服。 灰，同醋熬膏，蒸饼和丸服。**绿矾**面包泥固煅研，枣肉丸服。 鲫鱼留胆去肠，酿煅末服。**白矾**治噎膈，化痰澼，蒸饼丸服。 或同硫黄炒过，入朱砂丸服。**雄黄** **轻粉** **石硷** **蓬砂** **砒石**并化积垢，通噎膈。〔服器〕**寡妇木梳**烧灰，钥匙汤下。〔虫鳞〕**蛇含蛤蟆**煅研酒服。**蜣螂**同地牛儿用，治噎膈。**壁虎**噎膈反胃，炒焦入药用。**鲫鱼**膈气，酿大蒜，泥包煨焦，和平胃散，丸服。〔禽兽〕**鸠**食之不噎。**巧妇窠**噎膈，烧研酒服，神验。**鹏雏**煅研酒服。**五灵脂**噎膈痰涎夹血。**鸬鹚头**烧研酒服。**鹰粪**食哽，烧灰，水服。**白鹅尾毛**噎食，烧灰，饮服。**鸡嗉**噎气不通，烧研，入木香，沉香、丁香，红枣丸服。**狼喉结**噎疾，晒研，以五分入饭食。**白水牛喉**噎膈，结肠不通，醋炙五次，为末，每服一钱，饮下，立效。**狗宝**噎食病，每用一分，以威灵仙、食盐浸水服，日三服，三日愈。**黄狗胆**和五灵脂末，丸服。**狗屎中粟**噎膈吐食，淘净煮粥，入薤白、沉香末食。**狸骨**噎病不通饮食，炒研白汤服。**羚羊角**噎塞不通，研末，饮服二钱，日三。**野人粪**治噎膈，同阿魏末，以姜片蘸食。**人溺** **秋石**噎病，每服一钱。**人淋石**治噎食，俗名涩饭病，磨汁服。**人癖石**消坚，治噎膈。**天灵盖**噎膈，用七个同黑豆煅研，酒服一钱。**人胆**噎膈病，盛糯米阴干取黑色者，每服十五粒，通草汤下。**胞衣水**膈气反胃，饮一钟，当有虫出。**头垢**主噎疾，以酸浆煎膏用之，立愈。**人屎**烧服。

反胃 主于虚，有兼气、兼血、兼火、兼寒、兼痰、兼积者。病在中下二焦。食不能入，是有火；食入反出，是无火。

【温中开结】〔草部〕**附子**温中破积。 反胃不下食，以石灰泡热，姜汁淬三次，同丁香、粟米煎服，或为末舐，或为丸噙。 或包丁香，以姜汁煮焙丸服。**白豆蔻**脾虚反胃，同丁香、缩砂、陈廪米，姜汁丸服。**白芷**血风反胃，猪血蘸食。**木香**同丁香煎服，治反胃关格。**王瓜**反胃，烧研酒服。或入平胃散末。**木鳖子**三十个去皮油，牛涎、蜂蜜各半斤，石器慢熬干研，日取一匙入粥食。**火杴草**焙末蜜丸。**荜茇** **草豆蔻** **红豆蔻** **高良姜** **肉豆蔻** **藿香** **抚芎** **苏子** **前胡** **香附** **半夏**并温中消食止吐。**三棱**同丁香末服。**益智子**客寒犯胃，多唾沫。〔谷菜〕**干饧糟**同姜捣饼焙研，入甘草、食盐服。**韭菜**炸熟，盐醋吃十顿，治噎膈反胃。**生姜**汁煮粥食。 麻油煎研，软柿蘸食。**白芥子**酒服二钱。**紫芥子** **大蒜** **干姜** **兰香**作饼。**莳萝** **茴香** **杵头糠** **萝卜**蜜煎细嚼。**薤白**〔果木〕**槟榔** **青皮** **橘皮**西壁土炒，姜、枣煎服。**胡椒**醋浸七次，酒糊丸服，或加半夏或同煨姜煎服。**毕澄茄**吐出黑汁者，米糊丸服。**枇杷叶**同人参、丁香煎服。**栗子壳**煮汁。**松节**煎酒。**千槌花**煮汁。**丁香**盐梅丸咽。 姜、蔗汁丸服。 木香同煎服。**桂心** **沉香** **檀香** **茯苓** **厚朴** **枳实**〔金石〕**雄黄** **雌黄**同甘草丸服。**铅灰**醋熬，蒸饼丸服。**铅丹**坠痰消积，同白矾、石亭脂煅研，丸服。**水银**同铅结砂，入硫黄、官桂为末，姜汁服，清镇反胃。**灵砂**镇坠反胃神丹也。**赤石脂**蜜丸服。**砒石**同巴豆、附子、黄蜡丸服。**白矾** **丹砂** **釜煤** **朴消** **蓬砂** **轻粉** **硇砂**〔鳞介〕**烂蛤**烧服。**蚌粉**姜汁服。 同田螺壳灰、乌梅烧研，人参汤服。**鲫鱼**酿绿矾煅研服。**鲤鱼**童尿浸煨，研末入粥食。〔禽兽〕**抱出鸡子壳**酒服。**鸡膍胵皮**烧研酒服。**鹈鹕皮毛**烧研酒服。**五灵脂**狗胆汁丸，热姜酒磨服。 或加沉香、木香、阿魏。**猫衣**煅研，入朱砂噙。**虎肚**煅研，入平胃散末服。**虎脂**切块，麻油浸收，每以酒一钟，和油一杯服，不问久近皆效[64]。**猬皮**煮汁服，或炙食，或烧灰酒服。**白马尿**热饮。**驴尿**已上并能杀虫。**驴屎** **羊屎**五钱，童尿煎服。**牛龄草**[65]同杵头糠、糯米粉、牛乳和丸煮食。**羊胲子**煅研，入枣肉、平胃散末，沸汤点服。

【和胃润燥】〔草部〕**人参**止反胃吐食，煎饮或煮粥食，或同半夏、生姜、蜜煎服。**白术** **芍药** **芦根**止反胃五噎吐逆，去膈间客热，煮汁服。**茅根**反胃上气，除客热在胃，同芦根煎汁饮。〔谷菜〕**山药** **粟米**作丸，醋煮吞。**罂粟**同人参、山药煮食。**陈仓米**水煎服，或炊焙为末，入沉香末服。**马齿苋**饮汁。**柳蕈**煎服。**莼心** **麻仁** **胡麻油**〔果木〕**杏仁** **桃仁** **梨**插丁香十五粒煨食，止反胃。**棠梨叶**炒研酒服，止反胃。**甘蔗汁**同姜汁饮，治反胃。**干柿**连蒂捣酒服，止反胃，开胃化痰。**干枣叶**同丁香、藿香煎服，止反胃。**石莲**入少肉豆蔻末，蜜汤服，止反胃。**乌芋**主五噎膈气。**梓白皮**主反胃。**淡竹茹** **竹沥** **醴泉** **井华水**并主反胃。**螺蛳泥**每火酒服一钱[66]，止反胃。**地龙屎**同木香、大黄末，水服，止反胃。**白善土**醋煅。**西壁土** **灶中土**米饮服三钱。**蚕茧**反胃吐食，煎汁煮鸡子食之。**缫丝汤**煮粟米粥食，止反胃。**牛羊乳**反胃燥结，时时咽之，或入汤剂。**牛涎**噎膈反胃，以水服二匙，或入蜜，或入麝香，或和糯米粉作丸，煮食。**羊肉**蒜、薤作生食。**羊胃**作羹食。**乌雄鸡**虚冷反胃，入胡荽子煮，食二只愈。**乌雌鸡**炒香，投酒中一夜饮。**反毛鸡**同人参、当归煮食。

呕吐 有痰热，有虚寒，有积滞。

【痰热】〔草部〕**葛根**大热呕吐，小儿呕吐，荡粉食。**泽泻**行水止吐。**香附**妊娠恶阻，同藿香、甘草煎服。**黄连** **苦耽**劳乏呕逆。**麦门冬**止呕吐燥渴。**前胡**化痰止吐。**芦根**主呕逆不食，除膈间客热，水煮服。或入童尿。**干苔**煮汁。**赤小豆** **豌豆**止呕逆。**绿豆粉** **芾草子**〔果木〕**茯苓** **猪苓** **卮子** **楸白皮** **梓白皮**止呕逆，下气。**苏方木**人常呕吐，用水煎服。**杨梅**止呕吐，除烦愦。**枇杷**止吐下气。**木白皮**止呕逆，煮服大佳。**叶**止呕吐不止。〔水石〕**黄丹**止吐逆。**胡粉** **水银** **铅** **滑石**暴得吐逆，汤服二钱。**石膏**胃火吐逆。**阴阳水**饮数口即定。〔虫兽〕**蝉蜕**胃热吐食，同滑石末水服。**芦蠹虫**小儿乳后吐逆，二枚煮汁服。**羊屎**呕吐酸水，以十枚煎酒服。**牛乳**小儿吐乳，入葱姜煎服。**兔头骨**天行吐不止，烧研饮服。**人乳**小儿初生吐乳，同篴篨篾、盐少许，煎汁入牛黄服。

【虚寒】〔草部〕**细辛**虚寒呕吐，同丁香末服。**苍术**暖胃消谷，止呕吐。**白术**胃虚呕逆，及产后呕吐。**人参**止呕吐，胃虚有痰，煎汁入姜汁、竹沥服。 胃寒，同丁香、藿香、橘皮煎服。妊娠吐水，同干姜丸服。**艾叶**口吐清水，煎服。**半夏**呕逆厥冷，内有寒痰，同面作弹丸，煮吞之。 妊娠呕吐，同人参、干姜丸服。 小儿痰吐，同面包丁香煨熟丸服。**南星**除痰下气止呕。**旋覆花**止呕逆不下食，消痰下气。**苏子**止吐。**香薷**伤暑呕吐。**藿香**脾胃吐逆为要药。**木香** **当归**温中，止呕逆。**茅香**温胃止吐。**白豆蔻**止吐逆，散冷气，胃冷忽恶心，嚼数枚酒下。 小儿胃寒吐乳，同缩砂、甘草末饮服。**生附子**胃寒有痰，同半夏、生姜煎服。**缩砂仁** **廉姜** **白芷** **红豆蔻** **高良姜**温中下气消食。 忽呕清水，含咽即平。**肉豆蔻**温中下气止吐，及小儿乳霍[67]。**益智子**胃冷。〔谷菜〕**糯米**虚寒吐逆。**烧酒** **白扁豆** **豇豆** **干姜** **生姜**煎醋食。 又同半夏煎服，去痰下气，杀虫止呕吐。**芥子**胃寒吐食。**白芥子**〔果木〕**橘皮**止吐消痰温中。 嘈杂吐清水，去白研末，时舐之。**蜀椒**止吐杀虫。**胡椒**去胃中寒痰，食已即吐水，甚验。**毕澄茄** **吴茱萸** **食茱萸**并止冷吐。**槟榔**止吐水，同橘皮煎服。**沉香** **檀香** **丁香**治吐，同陈皮煎服，小儿丸服，或同半夏丸服。**厚朴**痰壅呕逆不食，姜汁炙研，米饮服。 主胃冷，吐不止。**诃黎勒**止呕吐不食，消痰下气，炒研糊丸服。〔石兽〕**赤石脂**饮食冷过多，成澼吐水，每酒服方寸匕，尽一斤[68]，终身不吐痰水。**硫黄**诸般吐逆，同水银研，姜汁糊丸服。**鹿髓**主呕吐。**熊脂**饮食呕吐。

【积滞】〔草谷〕**香附子**止呕吐，下气消食。**缩砂蔤**温中消食止吐。**大黄**口中常呕淡泔，煎服。**续随子**痰饮不下食，呕吐。**牵牛** **神曲** **麦蘖**〔木禽〕**巴豆** **五灵脂**治呕吐汤药不能下者，狗胆丸服。

哕啘 [69]有痰热，有虚寒。

【痰热】芦根客热呕哕，煮汁服。**茅根**温病热哕，同葛根煎服。 温病冷哕，同枇杷叶煎服。**苏叶**卒啘不止，浓煎呷。**葛根汁**干呕不止，呷之。**前胡** **胡麻**呕啘不止，合清油煎服。**大麻仁**止呕逆，炒研，水绞汁服。**小麦** **小麦面**呕哕不止，醋作弹丸煮熟，热茶吞之，未定再作。**赤小豆**止呕逆。**生姜**干呕厥逆时嚼之，亦同半夏煎服，乃呕家圣药[70]。**萝卜** **蔓菁子**〔果木〕**枇杷**止吐逆。 叶下气消痰。啘哕不止，煮汁或嚼汁咽。**杨梅**止呕哕去痰。**枳椇**止呕哕，解酒毒。**甘蔗**止呕哕不息，入姜汁服。**茯苓** **猪苓** **淡竹茹** **仙人杖**哕气呕逆，煮汁服。〔水石〕**阴阳水** **古砖**煮汗。**滑石**〔虫鳞〕**蠮螉**[71] **黄蜂子**干呕。**蝉蜕**胃热呕逆。**芦蠹虫** **海蛤** **蛤粉** **白蚬壳**并止呕啘。**蛇蜕**止呕。〔禽兽〕**鸡子**天行呕逆，水煮浸冷吞之。**鸡卵黄**炼汁服。**雁肪**治结热呕逆。**水牛肉**主啘。

【虚寒】〔草部〕**细辛**虚寒呕哕，同丁香、柿蒂汤服。**半夏**伤寒干啘，为末，姜汤服。　胃寒哕逆，停痰留饮，同藿香、丁皮煎服。　支饮作呕，哕逆欲死，同生姜煎服。**燕薅草**烧服，止呕哕。**白术**产后呕哕，同生姜煎服。**草豆蔻**胃弱呕逆，同高良姜煎汁和面煮食。**高良姜**止胃寒呕哕。**荜茇**冷痰恶心，末服。　胃冷流清水，心腹痛，同厚朴、鲫鱼和丸服。**白豆蔻**胃冷忽恶心，嚼之酒下。**益智子**　**麻黄**并止客寒犯胃多唾。**桔梗**止寒呕。**木香**　**藿香**　**旋覆花**　**红豆蔻**　**肉豆蔻**　**附子**　**乌头**　**蒟酱**　**苍术**〔谷菜〕**糯米**　**糟笋中酒**止哕气呕逆，或加人参及牛乳。**烧酒**　**白扁豆**　**干姜**止干呕。**薤**止干呕，煮服。**芥**　**兰香**啘呕，取汁服。〔果部〕**橘皮**除湿消痰止呕。凡呕清水者，去白研末，时舐之。**橙皮**止恶心，下气消痰。**木瓜**止呕逆，心膈痰呕。**榠楂**止恶心，去胸中酸水。**楂子**同。**山楂**　**葡萄藤叶**　**蘡薁藤**并主呕啘厥逆，煮汁饮。**五子实**　**柿蒂**煮汁饮，止咳逆哕气。　同丁香、生姜煎服。寒加良姜、甘草，痰加半夏，虚加人参，气加陈皮、青皮。**槟榔**　**毕澄茄**止寒呕。**吴茱萸**〔木石〕**梓白皮**温病感寒，变为胃啘，煮汁服。**丁香**胃寒咳逆哕气，煮汁服。**诃黎勒**呕逆不食，炒研糊丸服。**厚朴**痰壅呕哕。**黄丹**　**代赭石**　**硫黄**〔鳞兽〕**鳜鱼**食之已呕[72]。**鲫鱼**　**石首鱼**　**鳖肉**　**羊乳**大人干呕，小儿哕啘，时时呷之。**青羊肝**病后呕逆，作生淡食，不过三次。**牛膍**　**鹿角**食后喜呕，烧研同人参末姜汤服。　小儿哕痰，同大豆末涂乳饮之。**獭骨**呕哕不止，煮汁饮。

呃逆　呃音噫，不平也。有寒有热，有虚有实。其气自脐下冲上，作呃呃声，乃冲脉之病。世亦呼为咳逆，与古之咳嗽气急之咳逆不同。朱肱以哕为咳逆，王履以咳嗽为咳逆，皆非也。

【虚寒】〔草谷菜部〕**半夏**伤寒呃逆，危证也，以一两，同生姜煎服。**紫苏**咳逆短气，同人参煎服。**乌头**阴毒咳逆，同干姜等分，研炒色变，煎服。**缩砂**同姜皮冲酒服。**麻黄**烧烟嗅之立止。**细辛**卒客忤逆，口不能言，同桂安口中。**旋覆花**心痞噫不息[73]，同代赭石服。**高良姜**　**蒟酱**　**苏子**　**荏子**　**紫菀**　**女菀**　**肉豆蔻**　**刀豆**病后呃逆，连壳烧服。**姜汁**久患咳噫，连至四五十声，以汁和蜜煎服，三次立效。　亦擦背。**兰香叶**咳噫，以二两同生姜四两捣，入面四两，椒盐作烧饼，煨熟食。〔果木〕**橘皮**呃逆，二两去白煎服，或加丁香。**荔枝**呃噫，七个烧末汤下，立止。**胡椒**伤寒咳逆，日夜不止，寒气攻胃也，入麝煎酒服。**毕澄茄**治上证，同高良姜末煎，入少醋服。**吴茱萸**止咳逆。　肾气上筑于咽喉，逆气连属不能出[74]，或至数十声，上下不得喘息，乃寒伤胃脘，肾虚气逆，上乘于胃，与气相并也[75]，同橘皮、附子丸服。**蜀椒**呃噫，炒研糊丸，醋汤下。**梨木灰**三十年结气咳逆，气从脐旁起上冲，胸满气促郁冒，同麻黄诸药丸服。**石莲子**胃虚呃逆，炒末水服。　一加丁香、茯苓。**榄子**　**丁香**伤寒呃逆及哕逆，同柿蒂末，人参汤下。**沉香**胃冷久呃，同紫苏、白豆蔻末，汤服。**乳香**阴证呃逆，同硫黄烧烟熏之，或煎酒嗅。**桂心**〔土石〕**伏龙肝**产后咳逆，同丁香、白豆蔻末，桃仁、茱萸煎汤下。**代赭石**心痞噫逆。**硫黄**〔虫〕**黄蜡**阴病打呃，烧烟熏之。

【湿热】〔草果〕**大黄**伤寒阳证呃逆便闭者之下，或蜜兑导之。**人参芦**因气昏瞀呃噫者[76]，吐之。**人参**吐利后胃虚膈热而咳逆者，同甘草、陈皮、竹茹煎服。**干柿**产后咳逆心烦，水煮呷。**柿蒂**煮服，止咳逆哕气。**青橘皮**伤寒呃逆，末服。〔木石〕**枳壳**伤寒呃噫，同木香末，白汤服。**淡竹叶**　**竹茹**　**牡荆子**　**滑石**病后呃噫，参、术煎服益元散。

霍乱　有湿热、寒湿，并七情内伤，六气外感。

【湿热】〔草部〕**香薷**霍乱转筋腹痛[77]，水煮汁服。**石香薷**　**术**健胃安脾，除湿热，止霍乱吐下。**蓼子**霍乱烦渴，同香薷煎服。**前胡**　**桔梗**并下气，止霍乱转筋。**苏子**　**紫苏**水煮服，止霍乱胀满。**薄荷**　**鸡苏**　**扁竹**霍乱吐利，入豉煮羹服。**芦根茎叶**霍乱烦闷，水煮汁服。胀痛加姜、橘。**蓬莪**煮汁服。**蘡薁藤汁**　**通草**　**防己**同白芷末服。**木通**　**泽泻**　**芍药**霍乱转筋。**干苔**霍乱不止，煮汁服。**麋舌**　**女菀**　**水堇**　**海根**〔谷菜〕**黄仓米**　**粟米**　**丹黍米**　**蜀黍**　**黄、白粱米**并主霍乱大渴杀人，煮汁或水研绞汁饮。**粟米泔**　**粳米**霍乱烦渴，水研汁，入竹沥、盖汁饮。**白扁豆**霍乱吐利不止，研末醋服。　花、叶皆可绞汁，入醋服。　同香薷、厚朴煎服。**豌豆**同香薷煎服。**豇豆**　**大豆**霍乱腹胀痛，生研水服。**绿豆叶**绞汁入醋服。**绿豆粉**新水调服。**水芹**止小儿吐泻。〔果木〕**木瓜**霍乱大吐下，转筋不止，水煎或酒煎服。核及枝、叶、皮、根皆可用。**榠楂**　**楂子**并同。**梨叶**煮汁服。**棠梨枝叶**同木瓜煎服。**梅叶**煮汁服。**乌梅**止吐逆霍乱，下气消痰止渴。**盐梅**煎汁呷。**藕汁**入姜汁同饮。**莲薏**止霍乱。**卮子**霍乱转筋，烧研汤服。**桑叶**煎饮。**桑白皮**止霍乱吐泻。**荆叶**煎饮。**柏木**洗转筋。**槐叶**同桑叶、甘草煎饮。**苏方木**煎饮。**枫皮**〔服器〕**厕筹**中恶霍乱转筋，烧烟床下熏之。**厕户帘**烧灰酒服，主小儿霍乱。**尿桶板**煎服。**败木梳**霍乱转筋，一枚烧灰酒服。**寡妇荐**[78]三七茎，煮汁，止小儿霍乱疾。**头缯**[79]霍乱吐利，本人者，泡汁呷之。**故麻鞋底**霍乱转筋，烧投酒中饮。**路旁草鞋**洗净煎饮。**绵絮**霍乱转筋，酒煮裹之。**青布**浸汁和姜汁服，止霍乱。〔水土〕**东流水**　**井泉水**饮之，仍浸两足。**山岩泉水**多饮令饱，名洗肠。**醴水**　**热汤**转筋，器盛熨之。**生熟汤**饮之即定。**酸浆水**煎干姜屑呷。**地浆**干霍乱欲死，饮之即愈。**东壁土**煮汁饮。**釜脐墨**泡汤，饮一二口即止。**倒挂尘**泡汤饮。**土蜂窠**小儿吐泻，炙研服。**蜣螂转丸**烧研酒服。〔金石〕**铅丹**主霍乱。**黑铅**同水银结砂，作丸服。**水银**不拘冷热吐泻霍乱，同硫黄研末服，亦丸服。**古文钱**霍乱转筋，以七枚同本瓜、乌梅煎服。**朱砂**霍乱转筋已死，心下微温者，以二两和蜡三两烧烟，熏令汗出而苏。**石膏**小儿伤热，吐泻黄色，同寒水石、甘草末服。**滑石**伏暑吐泻，同藿香、丁香末服。**玄精石**冷热霍乱，同硫黄、半夏丸服。**消石**同硫黄、滑石、矾石、白面丸服，治暑月吐泻诸病。**白矾**沸汤服二钱。〔虫兽〕**蜜蜡**霍乱吐利，酒化一弹丸服。**牛涎**小儿霍乱，入盐少许服。**牛齝草**霍乱，同人参、生姜，浆水煎服。**乌牛尿**　**黄牛屎**绞汁服。**白狗屎**绞汁服。**人尿**小儿霍乱，抹乳上乳之。

【寒湿】〔草部〕**藿香**霍乱腹痛垂死，同橘皮煎服。　暑月同丁香、滑石末服。**木香**霍乱转筋，为末酒服。**香附子**　**附子**霍乱吐下，为末四钱。盐半钱，水煎服。　小儿吐泻，小便白，熟附子、白石脂、龙骨丸服。**南星**吐泻厥逆，不省人事，为末，姜、枣同煎服，仍以醋调贴足心。**半夏**霍乱腹满，同桂末服。**人参**止霍乱吐利，煎汁入鸡子白服，或加丁香，或加桂心。**缩砂蔤**　**荜茇**　**蒟酱**　**山姜**　**杜若**　**山柰**　**刘寄奴**　**擣车香**并温中下气消食，止霍乱。**肉豆蔻**温中消食。霍乱胀痛，为末，姜汤服。**白豆蔻**散冷滞，理脾胃。**草豆蔻**温中消食下气。霍乱烦渴，同黄连、乌豆煎饮。**高良姜**温中消食下气。霍乱腹痛，炙香煮酒。或水煎冷服。**蓬莪茂**霍乱冷气。**艾叶**霍乱转筋，煎服。**水蓼**霍乱转筋，煎饮，并捋脚[80]。〔谷菜〕**糯米**止霍乱后吐逆不止，水研汁服。**糯米泔**止霍乱烦渴。**烧酒**和新汲水饮。**醋**霍乱吐利，或不得吐利，煎服。　转筋，绵蘸搨之。**葱白**霍乱转筋，同枣煎服。**薤**霍乱干呕，煮食数次。**小蒜**煮汁饮，并贴脐，灸七壮。**胡蒜**转筋，擣贴足心。**芥子**擣末傅脐。**白芥子**　**蔓菁子**煮汁服。**干姜**霍乱转筋，茶服一钱。**生姜**煎酒服。**莳萝**　**茴香**〔果木〕**橘皮**除湿痰霍乱，但有一点胃气者，服之回生，同藿香煎服，不省者灌之。**槟榔**　**大腹皮**　**椰子皮**煮汁饮。**桃叶**止霍乱腹痛，煮汁服。**胡椒**二七粒吞之，或同绿豆研服。**毕澄茄**　**吴茱萸**煮服，或入干姜。　叶亦可。**食茱萸**　**丁香**末服。**丁皮**　**桂心**　**沉香**　**白檀香**磨汁。**乳香**　**安息香**　**苏合香**　**樟脑**　**樟材**　**楠材**　**钓樟**磨汁。**乌药**并主中恶霍乱，心腹痛。**乌木屑**酒服。**诃黎勒**风痰霍乱，为末酒服，小儿汤服。**皂荚**霍乱转筋，吹鼻。**厚朴**霍乱胀满腹痛，为末服。或加桂心、枳实、生姜煎服。**海桐皮**中恶霍乱，煎服。〔金石〕**硫黄**伏暑伤冷吐泻，同消石炒成砂，糯糊丸服。　或同水银研黑，姜汁服。　暑月吐泻，同滑石末，米饮服。**阳起石**　**不灰木**霍乱厥逆，同阳起石、阿魏、巴豆丸服。**炒盐**霍乱腹痛，熨之。转筋欲死者，填脐灸之。**铜器**

霍乱转筋腹痛，炙热熨之。

【积滞】〔草谷〕**大黄**同巴豆、郁金丸服，治干霍乱。**陈仓米**吐泄，同麦芽、黄连煎服。**穬麦蘖　神曲**〔木部〕**巴豆**伏暑伤冷，同黄丹、蜡丸服。**樟木**干霍乱不吐不利，煎服取吐。〔石部〕**食盐**吐干霍乱。〔器部〕**屠砧上垢**干霍乱，酒服一团，取吐。〔禽部〕**雄雀粪**干霍乱胀闷欲死，取三七枚研，酒服。〔人部〕**百齿霜**小儿霍乱，水服少许。

泄泻　有湿热、寒湿、风暑、积滞、惊痰、虚陷。

【湿热】〔草部〕**白术**除湿热，健脾胃。　湿泄[81]，同车前子末服。　虚泄[82]，同肉豆蔻、白芍药丸服。　久泄，同茯苓、糯米丸服。　小儿久泄，同半夏、丁香丸服。　老人脾泄[83]，同苍术、茯苓丸服。　老小滑泄[84]，同山药丸服。**苍术**湿泄如注，同芍药、黄芩、桂心煎服。　暑月暴泄，同神曲丸服。**车前子**暑月暴泄，炒研服。**苎叶**骤然水泄[85]，阴干研服。**秦艽**暴泄引饮，同甘草煎。**黄连**湿热脾泄，同生姜末服。　食积脾泄，同大蒜丸服。**胡黄连**疳泻[86]。**泽泻　木通　地肤子　灯心**〔谷菜〕**粟米**并除湿热，利小便，止烦渴，燥脾胃。**青粱米　丹黍米　山药**湿泄，同苍术丸服。**薏苡仁**〔木石〕**卮子**食物直出，十个微炒，煎服。**黄檗**小儿热泻，焙研米汤服，去下焦湿热。**茯苓　猪苓　石膏**水泄腹鸣如雷，煅研饭丸服二十丸，不二服，愈。**雄黄**暑毒泄痢，丸服。**滑石**〔兽部〕**猪胆**入白通汤，止少阴下利。

【虚寒】〔草部〕**甘草　人参　黄芪　白芍药**平肝补脾，同白术丸服。**防风　藁本**治风泄，风胜湿。**火杴草**风气行于肠胃，泄泻，醋糊丸服。**蘼芜**湿泄，作饮服。**升麻　葛根　柴胡**并主虚泄风泄[87]，阳气下陷作泄。**半夏**湿痰泄，同枣煎服。**五味子**五更肾泄[88]，同茱萸丸服。**补骨脂**水泄日久，同粟壳丸服。　脾胃虚泄，同豆蔻丸服。**肉豆蔻**温中消食，固肠止泄。　热泄[89]，同滑石丸服。　冷泄[90]，同附子丸服。　滑泄，同粟壳丸服。　久泄，同木香丸服。　老人虚泄，同乳香丸服。**木香**煨热，实大肠，和胃气。**缩砂**虚劳冷泄，宿食。**草豆蔻**暑月伤冷泄。**益智子**腹胀忽泄，日夜不止，诸药不效，元气脱也，浓煎二两服。**荜茇**暴泄，身冷自汗脉微，同干姜、肉桂、高良姜丸服，名已寒丸。**附子**少阴下利厥逆，同干姜、甘草煎服。　脏寒脾泄，同肉豆蔻丸服。　大枣煮丸服。　暴泄脱阳，久泄亡阳，同人参、木香、茯苓煎服。　老人虚泄，同赤石脂丸服。**草乌头**水泄寒利，半生半炒丸服。**艾叶**泄泻，同吴茱萸煎服。　同姜煎服。**莨菪子**久泄，同大枣烧服。**菝葜**〔谷菜〕**陈廪米**涩肠胃，暖脾。**糯米粉**同山药、沙糖食，止久痢泄。**烧酒**寒湿泄。**黄米粉　干麨　干糕**并止老人久泄。**罂粟壳**水泄不止，宜涩之，同乌梅、大枣煎服。**神曲　白扁豆　薏苡仁　干姜**中寒水泄，炮研饮服。**葫蒜　薤白　韭白**〔果木〕**栗子**煨食，止冷泄如注。**乌梅**涩肠止渴。**酸榴皮**一二十年久泄，焙研米饮服，便止。**石莲**除寒湿，脾泄肠滑，炒研米饮服。**胡椒**夏月冷泄，丸服。**蜀椒**老人湿泄，小儿水泄，醋煮丸服。　久泄飧泄不化谷，同苍术丸服。**吴茱萸**老人脾冷泄，水煎入盐服。**橡斗子　大枣　木瓜　榅桲　都桷　楮子　诃黎勒**止泄实肠。　久泄，煨研入粥食。　同肉豆蔻末服。　长服方：同厚朴、橘皮丸服。**厚朴**止泄厚肠温胃，治腹中鸣吼。**丁香**冷泄虚滑，水谷不消。**乳香**泄澼腹痛。**桂心　没石子　毗　梨勒**〔石虫鳞介〕**白垩土**水泄，同干姜、楮叶丸服。**石灰**水泄，同茯苓丸服。**赤石脂**滑泄疳泄，煅研米饮服。　大肠寒泄遗精，同干姜、胡椒丸服。**白石脂**滑泄，同干姜丸服。　同龙骨丸服。**白矾**止滑泄水泄，醋糊丸服。老人加诃子。**消石**伏暑泄泻，同硫黄炒，丸服。　同硫黄、白矾、滑石、飞面，水丸服。**硫黄**元脏冷泄，黄蜡丸服。久泄加青盐。　脾虚下白涕[91]，同炒面丸服。　气虚暴泄，同枯矾丸服。　伏暑伤冷，同滑石末服，或同胡椒丸服。**禹余粮**冷劳肠泄不止[92]，同乌头丸服。**阳起石**虚寒滑泄，厥逆精滑，同钟乳、附子丸服。**钟乳粉**大肠冷滑，同肉豆蔻丸服。**霹雳砧**止惊泄[93]。**五倍子**久泄，丸服。　水泄，加枯矾。**龙骨**滑泄，同赤石脂丸服。**龟甲**久泄。〔禽兽〕**乌**

鸡骨脾虚久泄，同肉豆蔻、草果煮食。**黄雌鸡**　羖**羊角**灰久泄，同矾丸服。**鹿茸**饮酒即泄，同苁蓉丸服。**猪肾**冷利久泄，掺骨碎补末，煨食。**猪肠**脏寒久泄，同吴茱萸蒸丸服。**猪肝**冷劳虚泄。**牛髓**泄利。

【**积滞**】**神曲**　**麦糵**　**荞麦粉**脾积滞，沙糖水服三钱。**芜荑**气泄久不止，小儿疳泄，同豆蔻、诃子丸服。**楮叶**止一切泄利，同巴豆皮炒研蜡丸服。**巴豆**积滞泄泻，可以通肠，可以止泄。　夏月水泄，及小儿吐泻下痢，灯上烧，蜡丸水服。**黄丹**　**百草霜**并治积泄。

【**外治**】**田螺**傅脐。**木鳖子**同丁香、麝香贴脐上，虚泄。**蛇床子**同熟艾各一两，木鳖子四个，研匀，绵包安脐上，熨斗熨之。**蓖麻仁**七个，同熟艾半两，硫黄二钱，如上法用。**猪苓**同地龙、针砂末，葱汁和，贴脐。**椒红**小儿泄，酥和贴顋。蓖麻九个贴顋亦可[94]。**巴豆纸**小儿泄，煎作花，贴眉心。**大蒜**贴两足心，亦可贴脐。**赤小豆**酒调，贴足心。

痢　有积滞、湿热、暑毒、虚滑、冷积、蛊毒。

【**积滞**】**大黄**诸痢初起，浸酒服，或同当归煎服。**巴豆**治积痢[95]，同杏仁丸服。小儿用百草霜同化蜡丸服。**巴豆皮**同楮叶烧丸服，治一切泻痢。**藜芦**主泄痢。**紫苋**　**马苋**和蜜食，主产后痢。**莱菔**汁和蜜服，干者嚼之，止噤口痢[96]。**莱菔子**下痢后重。**青木香**下痢腹痛，气滞里急，实大肠。**山楂**煮服，止痢。**曲**消谷止痢。一日百起，同马蔺子为散服。**蒸饼**　**捻头**汤调地榆末服，止血痢。**槟榔**消食下气，治下痢后重如神。**枳实**　**枳壳**止痢顺气。**荞麦粉**消积垢。鸡子白丸服，主噤口痢。**百草霜**消食积。同黄连末服，止热痢。**腻粉**消积滞。同定粉丸服，止血痢。**定粉**止久积痢，鸡子白和炙研服。**黄丹**消积痢，同蒜服。又同黄连丸服。**密陀僧**煅研，醋汤服。**硇砂**一切积痢，同巴豆、朱砂，蜡丸服。**砒霜**积痢休息，同黄丹末，蜡丸服。**红矾**止积痢。**鸡内金**焙服，主小儿痢。

【**湿热**】〔草部〕**黄连**热毒赤痢[97]，水煎露一夜热服。小儿入蜜，或炒焦，同当归末、麝香，米汤服。　下痢腹痛，酒煎服。　伤寒痢，同艾水煎服。　暴痢，同黄芩煎服。　气痢后重[98]，同干姜末服。　赤白日久[99]，同盐梅烧末服。　鸡子白丸服。　诸痢脾泄，入猪肠煮丸。　湿痢，同吴茱萸炒丸服。　香连丸加减，通治诸痢。　四治黄连丸，治五疳八痢[100]。**胡黄连**热痢，饭丸服。　血痢，同乌梅、灶下土末，茶服。**白头翁**一切毒痢，水煎服。　赤痢咽肿，同黄连、木香煎服。　赤痢下重，同黄连、黄檗、秦皮煎服。**柴胡**积热痢，同黄芩半水半酒煎服。**大青**热病下痢困笃者[101]，同甘草、胶、豉、赤石脂煎服。**龙牙草**热痢，同陈茶煎服。　根为末，米饮服。**青蒿**冷热久痢，同艾叶、豆豉作饼，煎服。**白蒿**夏月暴水痢，为末服。**地榆**冷热痢，煮汁熬服，止久痢疳痢。**青黛**疳痢，末服。**益母草**同米煮粥，止疳痢。同盐梅烧服，止杂痢[102]。**枲耳**熬膏。**荆芥**烧末。**蛇含**水煎，并主产后痢。**山苏**末服，止休息痢。**黄芩**下痢腹痛日久，同芍药、甘草用。**地黄**止下痢腹痛。　汁，主蛊痢[103]。**蘘荷汁**蛊痢。**葛谷**十年赤白痢。**马蔺子**水痢，同面服。**鸡肠草**汁，和蜜服。**车前汁**和蜜服。**蒲根**同粟米煎服。**鸭跖草**煎。**牛膝**　**龙胆**　**赤地利**煎。**女萎**　**王瓜子**炒服。**风延母**　**甘藤**　**陟厘**　**水藻**十三味，并主热痢。**菰手**小儿水痢。**冬葵子**同末茶服。**刘寄奴**同乌梅、白姜煎。**地肤子**同地榆、黄芩末服。　苗、叶用汁。**千里及**同小青煎。**山漆**米泔服。**旱莲**末服。**苦参**炒焦，水服。**榼藤子**烧灰。**狼牙**水煎。**贯众**酒煎。**地锦**末服。**山豆根**　**忍冬**煎。**蓝汁**　**紫参**同甘草煎服。**桔梗**　**白及**　**蒲黄**　**昨叶何草**〔谷菜〕**绿豆**火麻汁煮。　皮蒸食，二三年赤痢。**赤小豆**合蜡煎服。**黑豆**二十一味，并主血痢。**胡麻**和蜜食。**麻子仁**炒研。**豆豉**炒焦酒服，入口即定。**小豆花**热痢，入豉汁作羹食。　痢后气满不能食，煮食一顿即愈。**豇豆**

豌豆　**荠根茎**烧灰水服。**白扁豆**并主赤白痢。豆腐休息痢，醋煎服。**葱白**下痢腹痛，煮粥食，又煮鲫鱼鲊食。**菾菜**夏月毒痢，煮粥食。**黄瓜**小儿热痢，同蜜食。**冬瓜叶**积热痢，拖面食。**丝瓜**酒痢便血[104]，烧灰酒服。**茄根茎叶**同榴皮末，沙糖水服。**胡荽**炒末服。**木耳**血痢，姜醋煮食，或烧灰水服。　久痢，炒研酒服。　久者加鹿角胶。**芸苔汁**和蜜服。**苦荬菜**〔果木〕**乌芋**火酒浸收用。**胡桃**同枳壳、皂荚烧服。　并治血痢。**柿**止小儿秋痢血痢。**柿根**　**荷蒂**　**杨梅**烧服。**刺蜜**　**无花果**　**甜瓜**　**乌药**烧灰丸服。**槐花**炒研服。**榉皮**同犀角煎服。**盐麸子及树皮**煮服。　并止血痢。**樗白皮**除湿热杀虫。血痢，醋糊丸服。　脏毒下痢[105]，为末服。　水谷痢[106]、小儿疳痢，并水和作馄饨煮食。　休息痢，同木香为丸，或加诃子、丁香。**柏叶**血痢，同芍药炒，水煎服。　血痢蛊痢疳痢，同黄连煎。　小儿洞痢，煎代茶。**卮子**主热痢下重。　血痢连年，同鼠尾草、蔷薇汁熬丸服。**黄檗**除下焦湿热及血痢，同黄连、醋煎服。　孕痢，同大蒜丸服，神验。**天蓼**末服，止气痢。**桑寄生**治毒痢，同川芎、防风、甘草煎服。**木槿花**噤口痢，煎面食。　皮煮汁，止血痢渴。**茯苓**渗湿热。**棕灰**　**败船茹**并止血痢。〔水土石部〕**新汲水**　**滑石**俱治热痢。**黄土**热毒痢，水煮澄清服。**雄黄**暑毒泄痢，蒸过丸服。**古文钱**煮酒，止痢。**白盐**血痢，烧服或入粥食。**石绿**〔鳞介虫禽〕**蜗螺**热痢。**水蛇**毒痢。**贝子**　**五灵脂**俱血痢。**白鸭血**小儿白痢如鱼冻，酒泡服。**白鸭通**〔兽人〕**犀角**俱热毒痢。**猪胆**盛黑豆吞之。　犬胆、牛胆俱同。**熊胆**疳痢。**野猪黄**血痢，水服。**童子尿**休息痢，煮杏仁、猪肝食。

【虚寒】〔草部〕**甘草**泻火止痛。　久痢，煎服。　又浆水炙，同生姜煎服。同肉豆蔻煎服。**芍药**补脾散血，止腹痛后重。**人参**冷痢厥逆，同诃子、生姜煎服。　禁口痢，同莲肉煎呷。　老人虚痢，同鹿角末服。**当归**止腹痛里急后重，生血养血。　久痢，吴茱萸炒过蜜丸服。**白术**胃虚及冷痢多年。**苍术**久痢，同川椒丸服。**熟艾叶**止腹痛及痢后寒热，醋煎服，或入生姜。　久痢，同橘皮，酒糊丸服。**乌头**久痢，烧研蜡丸服。**附子**休息痢，鸡子白丸服。**草乌头**寒痢，半生半烧，醋糊丸服。**肉豆蔻**冷痢，醋面包煨研服。　气痢，煨熟同档子、仓米末服。**蕙草**伤寒下痢，同当归、黄连煮酒服。　五色诸痢[107]，同木香末服。**漏卢**冷劳泄痢，同艾叶丸服。**独用将军**酒服，治禁口痢。**玄胡索**下痢腹痛，酒服二钱。**缩砂仁**赤白痢、休息痢，腹中虚痛。　同干姜丸服，治冷痢。**草豆蔻**泄痢寒痛。**荜茇**虚痢呕逆。　气痢，用牛羊乳汁煎服。**破故纸**久痢胃虚。**黄芪**泄痢腹痛。**漏篮子**休息恶痢。**云实**　**肉苁蓉**　**艾纳香**〔谷菜〕**秫米**　**丹黍米**　**粳米**并主泄痢肠澼[108]。**火麻叶**冷痢白冻，为末，冷水服。**小豆花**痢后气满不能食，煮食一顿即愈。**白扁豆花**同胡椒作馄饨煮食。**糯壳**爆米花，以姜汁服，治禁口痢、虚寒痢。**山药**半生半炒末服，治禁口痢。**大蒜**禁口痢及小儿痢，同冷水服，或丸黄丹服。**薤白**疳痢久痢，煮粥、作饼、炒黄皆宜。**韭白**醋炒食。**生姜**久痢，同干姜作馄饨食。**浮麦**和面作饼食。**麦面**炒焦服。**小麦粉**〔果木〕**蜀椒**　**榄子**并止冷痢。**胡椒**赤白痢，同绿豆丸服。**吴茱萸**燥湿热，止泻痢，同黄连丸服。　同黑豆搓热吞之。**石莲**禁口痢，末服。**沙糖**禁口痢，同乌梅煎呷。**桃胶**产痢疠痛后重[109]，同沉香、蒲黄末服。**桂心**久痢，姜汁炙紫，同黄连等分，为末服。**肥皂荚**风湿下痢，同盐烧入粥食。**皂荚刺**风入大肠，久痢脓血，同枳实、槐花丸服。　子，治久痢，焙研米糊丸服。　里急后重，子，同枳壳丸服。**厚朴**止泄痢，厚肠胃。　水谷痢，同黄连煎服。**乳香**虚冷腹痛。**沉香**气痢。**丁香**禁口痢，同莲肉末，米饮服。〔土石〕**白垩**　**赤壁土**　**代赭**并止泄痢。**蚯蚓泥**久痢，一升，炒烟尽，沃水半升饮。**墨**赤白痢，同干姜，醋糊丸服。**钟乳粉**冷滑不止，同肉豆蔻，枣肉丸服。**石硫黄**虚冷久痢，蛤粉丸服。〔虫鳞介部〕**蜂蜜**赤白痢，和姜汁服。**黄蜡**厚肠胃，同阿胶、当归、黄连、黄檗、廪米煮服。**蝮蛇骨**烧服。**鳝头**烧。**鳗鲡头**烧服，并止疳痢。**鲤鱼**暴痢，烧灰，饮服。**鲫鱼**久痢，酿五倍子烧服。　血痢，酿白矾烧服。　头灰，止痢。**白鲞**　**金鱼**　**鳖臛**　龟臛　**龟甲**〔禽兽〕**乌骨鸡**并止虚痢。**黄雌鸡**煮汁，止噤口痢。**鸡卵**久痢产痢，醋煮食。小儿痢，和蜡煎食。　疳痢，同定粉炒食。**鸡卵黄**白痢，同胡粉煅，酒服。　胎痢，同黄丹烧服。**雉**虚痢产痢，作馄饨食。**阿胶**赤白虚痢，同黄连、茯苓丸服。**乳腐**赤白痢，浆水煮食。**牛乳**冷气痢，同荜茇煎服。**牛肝**　**牛膍**虚冷痢，并醋煮食。**羊脂**痢痛，同阿胶煮粥食。　孕痢，煮酒服。**羊肾**劳痢，作羹食。**羊肝**冷滑久痢，缩砂末逐片掺上，焙研，入干姜末等分，饭丸服。　下痢垂死，掺白矾炙食。**羊脊骨**通督脉，止痢。**羊骨灰**洞泄下痢，水服。**牛骨灰**水谷痢。**狗骨灰**休息痢，饮服。**狗头骨灰**久痢劳痢，同干姜、莨菪灰丸服。**羚羊角**热毒痢，末服。小儿痢，烧服。**鹿角**小儿痢，烧同发灰服。**鹿茸**　**狗肝**煮粥。**猪肾**作馄饨食。**山羊肉**作脯，并主虚冷久痢。**貒肉**[110]丹石毒痢。**猪肉**禁口痢，作脯炙食。**猪肠**热毒酒痢，同黄连蒸丸服。**猪肝**休息痢，同杏仁、童尿煮食。**猬皮灰**五色痢，酒服。**虎骨**休息痢，炙研服。　小儿洞注下痢，烧服。**诸朽骨**水痢，同面服。

【止涩】〔草部〕**赤白花鼠尾草**赤白诸痢，浓煮作丸，或末，或煎服。**狼把草**久痢、血痢、疳痢，或煎或末服。**赤白鸡冠花**酒煎。**木贼**煎水。**菝葜**同蜡茶，白梅丸服。**营实根**疳痢，煎服。**五味子**〔谷果〕**罂粟**同壳炙，蜜丸服。**粟壳**醋炙，蜜丸服。　同陈皮末服。　同槟榔末服。　同厚朴末服。**阿芙蓉**　**苦茶**热毒痢，末服，或同醋，或同姜煎服。　同白梅丸服。**乌梅**止渴，除冷热痢，水煎服。　血痢，同茶、醋服。　同黄连丸服。　休息痢，同建茶、干姜丸服。**梅叶**煮汁，止休息痢。**林檎**止痢，煮食。　小儿痢，同楮实杵汁服。**荔枝壳**同橡斗、榴皮、甘草煎服。**酸榴**捣汁或烧服。**酸榴皮及根**或煎，或散，或丸，或烧服。**大枣**疳痢，和光粉烧食。**蛀枣**止小儿痢。**橡实**同楮叶，末服。**槲白皮**煮汁熬膏服。**橡斗**　**阿月浑子**　**木瓜**　**海红**　**棠梨**煨食。**鹿梨**煨食。**榠楂**煨食。**胡颓子**　**毗梨勒**　**韶子**　**棎子**生食。**醋林子**　**李根白皮**煮。**荷叶灰**〔木部〕**楮叶**炒研，和面作饼食，断痢。　小儿痢，浸水煮木瓜服。**没石子**虚滑久痢、血痢，饭丸服。　产后痢，烧研酒服。**枸橘叶**同萆薢炒研服。**白杨皮**孕痢，煎服。**赤松皮**三十年痢，研面一斗和粥食。**松杨木皮**冷热水谷痢，煮服。**水杨枝叶**久痢，煮服。**金樱子**久痢，同粟壳丸服，花、叶、子、根并可用。**海桐皮**疳痢久痢。**诃子**止久痢，实大肠。**枫皮**煎饮。**山矾叶**　**城东腐木**〔石服虫部〕**桃花石**　**禹余粮**　**五石脂**并止泄痢。**赤石脂**末服。　冷痢，加干姜作丸。　伤寒下痢，同干姜、粳米煎服。**白石脂**小肠澼便血，米饮服。　久痢，加干姜丸服。**矾石**醋糊丸服。　冷劳痢，加羊肝。**石灰**十年血痢，熬黄澄水，日三服。　酒积下痢，水和泥里煅研，醋糊丸服。**云母粉**米饮服。**故衣帛**主胎前痢、小儿痢。**五倍子**久痢，半生半烧丸服，或加枯矾。赤痢，加乌梅。**百药煎**酒痢，同五倍子、槐花丸服。**露蜂房**　**蛤蟆灰**并止小儿痢。**柳蠹粪**　**桑蠹粪**并主产后痢。**蝉蜕**烧服。**蜣螂**烧。**蚕连**〔鳞介〕**龙骨**涩虚痢。　伤寒痢、休息痢，煮汁服，或丸服。**鲮鲤甲**久痢里急，同蛤粉炒研服。**蚺蛇胆**止疳痢、血痢，䗪虫为使。**鲎骨及尾**产后痢。**蚌粉**　**海蛤**　**魁蛤**　**烂蚬壳**　**牡蛎**　**甲香**〔禽兽〕**猪蹄甲**　**马粪灰**水服一丸。**獭屎灰**并止久痢。**鹈鹕嘴**　**牛屎汁**　**羊屎汁**　**兔头灰**　**狸头灰**　**豺皮灰**并主疳痢。**牛角䚡**冷痢、小儿痢，饮服。

【外治】木鳖子六个研，以热面饼挖孔，安一半，热贴脐上，少顷再换即止。**芥子**同生姜捣膏封脐。**黄丹**同蒜捣封脐，仍贴足心。**水蛙**入麝捣，贴脐。**田螺**入麝捣，贴脐。**蓖麻**同硫黄捣，填脐。**针砂**同官桂、枯矾，水调贴脐。

疟　有风、寒、暑、热、湿、食、瘴、邪八种，五脏疟，六腑疟，劳疟，疟母[111]。

【暑热】〔草部〕**柴胡**少阳本经药，通治诸疟为君，随寒热虚实，入引经佐使。**黄芩**去寒热往来，入手少阴阳明、手足少阳太阴六经。**甘草**五脏六腑寒热。**黄芪**太阴疟寒热，自汗虚劳。**牛膝**

久疟劳疟，水煎日服。　茎叶浸酒服。**苍耳子**久疟不止，酒糊丸服。　叶捣汁。**马鞭草**久疟，捣汁酒服。**马兰**诸疟寒热，捣汁，发日早服。**香薷**同青蒿末，酒服。　暑疟[112]，加桂枝、麦芽。**青蒿**虚疟寒热[113]，捣汁服，或同桂心煎酒服。温疟但热不寒，同黄丹末服。　截疟，同常山、人参末酒服。**人参**虚疟食少，必同白术用。　孕疟、产后疟、瘴疟，未分阴阳，一两煎冷服。**白术**同苍术、柴胡，为疟家必用之药。**升麻**邪入阴分者，同红花，入柴胡四物提之。**葛根**无汗者加之。　久疟，同柴胡、二术用，一补一发。**芎䓖**　**知母**　**葳蕤**　**牛蒡根**并主劳疟。**当归**水煎，日服。**地黄**　**菖蒲**　**玄参**　**紫参**　**白及**　**胡黄连**　**女青**　**防己**　**青木香**〔谷菜〕**麦苗**汁。**胡麻**并主温疟。**粳米**热疟[114]、肺疟，白虎汤用。**秫米**肺疟有痰[115]，同恒山、甘草煎服。**豆豉**心疟[116]、肾疟[117]。**寒食面**热疟，青蒿汁丸服二钱。**翻白草**煎酒。**冬瓜叶**断疟，同青蒿、马鞭草、官桂，糊丸服。**翘摇**〔果木〕**蜀椒**并温疟。**甘蔗**劳疟。**竹叶**温疟、心疟。**地骨皮**虚疟、热疟。**猪苓**　**茯苓**〔水石虫部〕**冬霜**热疟，酒服一钱。**石膏**热甚口渴头痛者加之。**鼠负**[118]七枚，饴糖包吞即断。　同豆豉丸服。**蚯蚓**热疟狂乱，同薄荷、姜、蜜服。　泥，同白面丸服。**蝉花**〔鳞介〕**乌贼骨**并温疟。**龟壳**断疟，烧研酒服。**鳖甲**久疟，病在血分。　劳疟、老疟[119]，醋炙末服。**牡蛎**虚疟寒热自汗。　牡疟，同麻黄、蜀漆、甘草煎服。

【寒湿】〔草部〕**附子**五脏气虚，痰饮结聚发疟，同红枣、葱、姜，水煎冷服。　眩仆厥逆，加陈皮、甘草、诃子。　瘴疟，同生姜煎服。　断疟，同人参、丹砂丸服，取吐。**草乌头**秋深久疟，病气入腹，腹高食少，同苍术、杏仁煎服。**草豆蔻**虚疟自汗，煨入平胃散。　瘴疟，同熟附子煎服。　山岚发疟[120]，同常山浸酒饮。　一切疟，同恒山炒焦糊丸，冷酒服，名瞻仰丸。**苍术**　**麻黄**　**羌活**　**高良姜**脾虚，同干姜炮研，猪胆丸服。〔谷菜〕**火麻叶**炒研服。**生姜汁**露一夜服。　孕疟尤效。**干姜**炒黑，发时酒服。**独蒜**烧研酒服。**薤白**　**韭白**〔果木石部〕**乌梅**劳疟，同姜、豉、甘草、柳枝、童便服。**橘皮**痎疟[121]，以姜汁浸煮，焙研，同枣煎服。**青橘皮**治疟疏肝，当汗而不透者，须再汗之，以此佐紫苏。　止疟，烧研，发日早，酒服一钱，临发再服。**桂心**寒多者加之。　同青蒿，看寒热多少，三七分为末，姜酒服。**丁香**久疟，同常山、槟榔、乌梅，浸酒服。**硫黄**朱砂等分，糊丸服。　同茶末，冷水服。**云母石**牝疟，但寒不热，同龙骨、蜀漆为散服。**代赭石**〔鳞禽兽部〕**龙骨**老疟，煮服取汗。**鸡子白**久疟。**鹧鸪**煮酒饮。**猪脾**虚寒疟，同胡椒、高良姜、吴茱萸末，作馄饨食。**牛肝**醋煮食。**羊肉**　**黄狗肉**并作臛食，取汗。**山羊肉**久疟，作脯食。**果然肉**食，去瘴疟。　皮，亦辟疟，**驴脂**多年疟，和乌梅丸服。**鹿角**小儿疟，生研服。

【痰食】〔草部〕**常山**疟多痰水饮食，非此不能破癖利水。　醋煮干，水煎服，不吐不泻。鸡子清丸，煮熟服。同茯苓、甘草浸酒服。　同草果、知母、贝母煎酒服。　同大黄、甘草煎水服。　同小麦、竹叶煎水服。　同黄丹丸服。　瘴疟，同知母、青蒿、桃仁煎服。　孕疟，同乌梅、甘草、石膏，酒、水浸服。**芫花**久疟结癖在胁，同朱砂丸服。**醉鱼花**鲫鱼酿煨服，治久疟成癖，并捣花贴之。**大黄**疟多败血痰水，当下不尽者，须再下之，必此佐常山。**阿魏**痰癖寒热，同雄黄、朱砂丸服。**半夏**痰药必用，痰多者倍加。　同白豆蔻、生姜、大枣、甘草各二十五块，如皂子大，同葱根煎一碗，露一夜，分三服，热疟重者极效。**三棱**　**莪茂**〔谷果〕**神曲**　**麦蘖**并治食疟[122]，消疟母。**槟榔**消食辟瘴。同酒蒸常山丸服，名胜金丸，或加穿山甲。**桃仁**同黄丹丸服，或加蒜。**桃花**末服，取利。**杏仁**〔木石〕**巴豆**　**砒霜**为劫痰截疟神剂。　同硫黄、绿豆丸。　同雄黄、朱砂、白面丸。　同绿豆、黑豆、朱砂丸。　同恒山、丹砂作饼，麻油炸熟研末，并冷水服。**黄丹**坠痰消积。　诸疟，蜜水调服一钱。　同青蒿丸。　同百草霜丸。　同独蒜丸。同桃仁丸。　同建茶丸。　同恒山丸。并止疟。**矾红**食疟，同蒜丸服。**绿矾**阴疟，同干姜、半夏，醋汤服。**矾石**醋糊丸服。**古石灰**同五灵脂、头垢丸服。**密陀僧**〔虫禽〕**白僵蚕**痰疟[123]，丸服。**鲮鲤甲**

痎疟、牡疟、寒热疟，同干枣烧研服。　同酒蒸当归、柴胡、知母，丸服。**夜明砂**五疟不止及胎前疟[134]，冷茶服二钱，或加朱砂、麝香，丸服。**鸡膍胵**　**黄皮**小儿疟，烧服。**雄鸡屎**

【邪气】〔谷果服器〕**端午粽尖**丸疟药。**桃枭**水丸服。　五种疟，同巴豆、黑豆、朱砂丸服。**钟馗**烧服。**历日**烧灰丸服。**故鞋底**灰。**甑带**〔虫介禽兽〕**蜈蚣**　**勒鱼骨**入断疟药。**疟龟**瘄疟[25]，烧服，或浴，或佩。**鸱鸮**炸食。**犬毛**烧服。**白狗屎**烧服。**白驴蹄**同砒霜丸服，治鬼疟。**猴头骨**烧水服。**黑牛尾**烧酒服。**乌猫屎**小儿疟，桃仁汤下。**狸屎灰**鬼疟[26]，发无期度。**灵猫阴**〔人部〕**头垢**　**天灵盖**　**小儿脐带**烧灰，饮服。**人胆**装糯米，入麝香熏干。青者治久疟连年，陈皮汤下十五粒。

【吐痰】常山　**蜀漆**　**藜芦**煎。**地菘**汁。**豨莶**汁。**葎草**汁。**石胡荽**汁。**离鬲草**汁。**三白草**汁。**泽漆**　**荛花**　**豉汤**　**瓜蒂**　**相思子**擂水。**逆流水**　**人尿**和蜜，取吐。

【外治】旱莲　**毛茛草**　**石龙芮**　**马齿苋**　**小蒜**同胡椒、百草霜杵。同阿魏、胭脂。　同桃仁罨。**蜘蛛**　**蛤蟆**　**烧人场上黑土**并系臂。**吴葵华**挼手。**鱼腥草**擦身，取汗。**乌头末**发时，酒调涂背上。**鬼箭羽**同鲮鲤甲末，发时嗅鼻[27]。**燕屎**泡酒，熏鼻。**野狐粪**同夜明砂，醋糊丸，把嗅。**野狐肝**糊丸，绯帛裹系中指。**虎睛**　**虎骨**　**虎爪皮**　**麝香**　**狸肝**　**野猪头骨**　**驴皮骨**　**牛骨**　**天牛**　**马陆**　**两头蛇**佩。**蛇蜕**塞耳。**人牙**　**人胆**

心下痞满　痛者为结胸胸痹，不痛者为痞满。有因下而结者，从虚及阳气下陷；有不因下而痞结者，从土虚及痰饮食郁湿热治之。

【湿热气郁】〔草部〕**桔梗**胸胁痛刺，同枳壳煎。**黄连**湿热痞满。**黄芩**利胸中气，脾经湿热。**柴胡**伤寒心下诸痰热结实，胸中邪气，心下痞，胸胁痛。**前胡**痰满胸胁中痞，心腹结气。**贝母**主胸胁逆气，散心胸郁结之气，姜汁炒丸。**芎䓖**治一切气、一切血，燥湿开郁，搜肝气。**木香**能升降诸气，专泄胸腹滞塞。　阳衰气胀懒食，同诃子，糖和丸服。**甘松**理元气，去郁病。**香附子**利三焦，解六郁，消饮食痰饮。　一切气疾，同砂仁、甘草末服。　同乌药末点服。同茯神丸服。一味浸酒服之。**泽泻**主痞满，渗湿热，同白术、生姜煎服。**芍药**脾虚中满，心下痞。**白豆蔻**散脾中滞气。**射干**胸膈热满，腹胀。**大黄**泄湿热，心下痞满。伤寒下早，心下满而不痛，同黄连煎服。**草豆蔻**　**吴茱萸**湿热痞满，同黄连煎服。**枳实**除胸膈痰澼，逐停水，破结实，消胀满，心下急，痞痛逆气，解伤寒结胸，胃中湿热。　卒胸痹痛，为末，日服。　胸痹结胸，同厚朴、栝楼、薤白煎服。　同白术丸服。**枳壳**　**厚朴**并泄脾消痰，除胸痞胁胀。**皂荚**破痰囊，腹胀满欲令瘦者，煨丸取利。**卮子**解火郁，行结气。**蕤核**破心下结痰痞气。**茯苓**胸胁气逆胀满，同人参煎服。

【痰食】〔草部〕**半夏**消痰热满结。　小结胸[28]，痛止在心下，同黄连、栝楼煎服。**旋覆花**汗下后，心下痞满，噫气不止。**缩砂**痰气膈胀，以萝卜汁浸，焙研汤服。**泽漆**心下伏瘕如杯[29]，同大黄、葶苈丸服。**栝楼**胸痹痰结，痛彻心背，痞满喘咳，取子丸服，或同薤白煎酒服。**三棱**胸满，破积。**牵牛**胸膈食积，以末一两，同巴豆霜，水丸服。〔谷菜〕**神曲**同苍术丸服，除痞满食气。**麦蘖**同神曲、白术、橘皮丸服，利膈消食。**生姜**心下坚痞，同半夏煮服。**姜皮**消痞。**白芥子**冷痰痞满，同白术丸服。〔果木〕**橘皮**痰热痞满，同白术丸服，或煎服。**青橘皮**胸膈气滞，同茴香、甘草、白盐制末，点服。　四制为末，煎服，名快膈汤。**瓜蒂**吐痰痞。**槟榔**消水谷，下痰气。　伤寒痞满不痛者，同枳实研末，黄连汤下。　结胸痛者，酒煎二两服。**大腹皮**痞满醋心。**诃黎勒**胸膈结气。**巴豆**阴证寒实结胸，大便不通，贴脐灸之。〔金石〕**密陀僧**胸中痰结，醋水煎

干为末，酒水煎服，取吐。**银朱**痰气结胸，同明矾丸服。**芒消**

【脾虚】〔草部〕**人参**主胸胁逆满，消胸中痰，消食变酸水，泻心肺脾胃火邪。心下结硬，按之无，常觉痞满，多食则吐，气引前后，噫呃不除，由思虑郁结，同橘皮去白丸服。**术**除热消食，消痰水。　胸膈烦闷，白术末，汤服。　消痞强胃，同枳实为丸服。　心下坚大如盘，水饮所作，腹满胁鸣，实则失气，虚则遗尿，名气分，同枳实水煎服。**苍术**除心下急满，解郁燥湿。**远志**去心下膈气。**升麻**　**柴胡**升清气，降浊气。**附子**〔兽部〕**羊肉**老人膈痞不下食，同橘皮、姜、面作臛食。

胀满　有湿热，寒湿，气积[130]，食积，血积[131]。

【湿热】术除湿热，益气和中。　脾胃不和，冷气客之为胀满，同陈皮丸服。**黄连**去心火及中焦湿热。**黄芩**脾经诸湿，利胸中热。**柴胡**宣畅气血，引清气上行。**桔梗**腹满肠鸣，伤寒腹胀，同半夏、橘皮煎服。**射干**主胸胁满，腹胀气喘。**薄荷**　**防风**　**车前**　**泽泻**　**木通**　**白芍药**去脏腑壅气，利小便，于土中泻木而补脾。**大黄**主肠结热，心腹胀满。**半夏**消心腹痰热满结，除腹胀。　小儿腹胀，以酒和丸，姜汤下，仍姜汁调，贴脐中。**牵牛**除气分湿热，三焦壅结。　湿气中满，足胫微肿，小便不利，气急咳嗽，同厚朴末服。　水蛊胀满[132]，白黑牵牛末各二钱，大麦面四两，作饼食。　小儿腹胀，水气流肿，小便赤少，生研一钱，青皮汤下。**忍冬**治腹胀满。**泽泻**渗湿热。**赤小豆**治热，利小便，下腹胀满，散气。**豌豆**利小便，腹胀满。**荠菜**子，治腹胀。　根，主胀满腹大，四肢枯瘦，尿涩，以根同甜葶苈丸服。**木瓜**治腹胀善噫。**厚朴**消痰下气，除胀满，破宿血，化水谷，治积年冷气雷鸣。　腹胀脉数，同枳实、大黄煎服。　腹痛胀满，加甘草、桂、姜、枣。　男女气胀，冷热相攻，久不愈，姜汁炙研，米饮日服。**皂荚**主腹胀满。胸腹胀满，煨研丸服，取利甚妙。**枳实**消食破积，去胃中湿热。**枳壳**逐水消胀满，下气破结。　老幼气胀，气血凝滞，四制丸服。**茯苓**主心腹胀满，渗湿热。**猪苓**　**鸬鹚**大腹鼓胀，体寒，烧研，米饮服。**鸡屎白**下气，利大小便，治心腹鼓胀，消积。　鸡屎醴：治鼓胀，旦食不能暮食，以袋盛半升渍酒，日饮三次，或为末酒服。　欲下，则煮酒顿服。**野鸡**心腹胀满，同茴香、马芹诸料，入蒸饼作馄饨食。**豪猪肚及屎**主热风鼓胀，烧研酒服。**猪血**中满腹胀，旦食不能暮食，晒研酒服，取利。**牛溺**主腹胀，利小便气胀，空心温服一升。　症癖鼓胀，煎如饴，服枣许，取利。**蛤蟆**鼓气，煅研酒服。　青蛙，入猪肚内煮食。

【寒湿】草豆蔻除寒燥湿，开郁破气。**缩砂蔤**治脾胃结滞不散，补肺醒脾。**益智子**主客寒犯胃。　腹胀忽泻，日夜不止，二两煎汤服，即止。**胡卢巴**治肾冷，腹胁胀满，面色青黑。**胡椒**虚胀腹大，同全蝎丸服。**附子**胃寒气满，不能传化，饥不能食，同人参、生姜末，煎服。**丁香**小儿腹胀，同鸡屎白，丸服。**诃黎勒**主冷气，心腹胀满，下气。**禹余粮**

【气虚】甘草除腹胀满，下气。**人参**治心腹鼓痛，泻心肺脾中火邪。**萎蕤**主心腹结气。**青木香**主心腹一切气，散滞气，调诸气。**香附子**治诸气胀满，同缩砂、甘草为末服。**紫苏**治一切冷气，心腹胀满。**莱服子**气胀气蛊，取汁浸缩砂炒七次，为末服。**生姜**下气，消痰喘胀满，亦纳下部导之。**姜皮**消胀痞，性凉。**马芹子**主心腹胀满，开胃下气。**山药**心腹虚胀，手足厥逆，或过服苦寒者，半生半炒为末，米饮服。**百合**除浮肿，胪胀痞满[133]。**败瓢**酒炙三、五次，烧研服，治中满鼓胀。**槟榔**治腹胀，生捣末服。**沉香**升降诸气。**全蝎**病转下后，腹胀如鼓，烧灰，入麝，米饮服。

【积滞】蓬莪茂治积聚诸气胀。**京三棱**治气胀，破积。**刘寄奴穗**血气胀满，为末，酒服三钱，乃破血下胀仙药也。**马鞭草**行血活血。　鼓胀烦渴，身干黑瘦，锉曝[134]，水煮服。**神曲**补虚消食。　三焦滞气，同莱菔子煎服。少腹坚大如盘，胸满食不消化，汤服方寸匕。**糵米**消食下气，去心腹胀满。　产后腹胀，不得转气[135]，坐卧不得，酒服一合，气转即愈。**葫蒜**下气，消谷化肉。**山楂**化积消食，行结气。**橘皮**下气破癖，除痰水滞气。**胡椒**腹中虚胀，同蝎尾、莱菔子丸服。**车脂**少小腹胀，和轮下土服。**胡粉**化积消胀。　小儿腹胀，盐炒摩腹。**古文钱**心腹烦满，及胸胁痛欲死，水煮汁服。**钢铁**主胸膈气塞，不化食。**水银**治积滞鼓胀。**黑盐**腹胀气满，酒服六铢。　酒肉过多，胀满不快，用盐擦牙，温水漱下，二三次即消。**芒消**治腹胀，大小便不通。**绿矾**消积滞，燥脾湿，除胀满，平肝，同苍术丸服，名伐木丸。**猪项肉**酒积，面黄腹胀，同甘遂捣丸服。取下酒布袋也。

诸肿　有风肿[136]，热肿，水肿，湿肿[137]，气肿[138]，虚肿[139]，积肿，血肿[140]。

【开鬼门】〔草部〕**麻黄**主风肿、水肿，一身面目浮肿，脉浮，小便不利，同甘草煮汤服，取汗。　水肿脉沉，浮者为风，虚肿者为气，皆非水也，麻黄、甘草、附子煮汤服。**羌活**疗风用独活，疗水用羌活。　风水浮肿，及妊娠浮肿，以萝卜子炒过研末，酒服二钱，日二。**防风**治风行周身，及经络中留湿，治风去湿之仙药也。**柴胡**主大肠停积水胀。**浮萍**去风湿，下水气，治肿，利小便，为末，酒服方寸匕。**鼠粘子**除肤风，利小便。　风水身肿欲裂，炒末，每服二钱，日三。　风热浮肿，半炒研末酒服。　水蛊腹大，面糊丸服。　根、茎亦主风肿，逐水效。**天仙藤**妊娠浮肿，谓之子气[141]，乃素有风气，勿作水治，同香附、陈皮、甘草、乌药、紫苏煎服。**忍冬**去寒热身肿，风湿气。**蒺藜**洗浮肿。**陆英**洗水气虚肿。**狗脊**〔谷菜〕**黍穰**　**葱白根**〔果木〕**杏叶**并洗足肿。**楠材**肿自足起，同桐木煎洗，并少饮之。**桐叶**手足浮肿，同小豆煮汁渍洗，并少饮之。**柳枝及根皮**洗风肿。

【洁净府】泽泻逐三焦停水，去旧水，养新水，消肿胀，渗湿热。　水湿肿胀，同白术末服。**鸭跖草**和小豆煮食，下水。**苍耳子**大腹水肿，烧灰，同葶苈末服。**苏子**消渴变水，同莱菔子服，水从小便出。**木通**利大小便，水肿，除诸经湿热。**通脱木**利小便，除水肿。**香薷**散水肿，利小便。大叶者浓煎汁熬，丸服，治水甚捷，肺金清而热自降也。　暴水、风水、气水，加白术末丸，至小便利为效。**灯心草**除水肿癃闭。**冬葵子**利小便，消水气[142]。　妊娠水肿，同茯苓末服，小便利则愈。**蜀葵子**利小便，消水肿。**葶苈**利水道，下膀胱水，皮间邪水上出，面目浮肿，大降气，与辛酸同用，以导肿气。　通身肿满，为末，枣肉丸服，神验。　或用雄鸡头捣丸。　阳水暴肿，喘渴尿涩，同防己末，以绿头鸭血，和丸服之效。**马鞭草**大腹水肿，同鼠尾草煮汁熬稠丸服，神效。**马兰**水肿尿涩，同黑豆、小麦，酒、水煎服。**益母草**服汁，主浮肿，下水。**旋覆花**除水肿大腹，下气。**萱草根、叶**通身水肿，晒研，二钱，入席下尘，米饮服。**蓼子**下水气，面浮肿。**海金沙**脾胃肿满，腹胀如鼓，喘不得卧，同白术、甘草、牵牛为末服。**汉防己**利大小便，主水肿，通行十二经，去下焦湿肿，泄膀胱火，必用之药。　皮水[143]，胕肿在皮肤中，不恶风，按之不没指，同黄芪、桂枝、茯苓、甘草煎服。**水苹**主暴热，下气，利小便。**海藻**下十二水肿，利不便。**海带**　**昆布**利水道，去面肿。**越王余筭**去水肿浮气。**天蓼**主水气。**茅根**虚病后，饮水多，小便不利作肿，同赤小豆煮食，水随小便下。**蒲公英**煮服，消水肿。**薇**利大小便，下浮肿。〔谷部〕**薏苡仁**水肿喘急，以郁李仁绞汁煮粥食。**黑大豆**逐水去肿。　桑柴灰煮食，下水鼓[144]。　范汪方：煮汁入酒，再煮服，水从小便出。　肘后方：煮干为末服。**赤小豆**下水肿，利小便。　桑灰汁煮食代饭，冬灰亦可。同姜、蒜煮食。　水蛊，腹大有声，皮黑者，同白茅根煮食。　足肿，煮汁渍洗。**腐婢**下水气。**绿豆**煮食，消肿下气。　十种水气[145]，同附子逐日煮食。〔菜部〕**葫蒜同蛤粉丸服，消水肿。　同田螺、车前，贴脐，通小便。胡葱**浮肿，同小豆、消石煮食。**罗勒**消水气。**百合**除浮肿胪胀。**冬瓜**小腹水胀，利小便。　酿赤小豆煨熟，丸服。　瓜瓤淡煮汁饮，止水肿烦渴。**胡瓜**水病肚胀肢浮，以醋煮食，须臾水下。〔果部〕**李核仁**下水气，除浮肿。**杏核仁**浮肿喘急，小便少，炒研入粥食。　头面风肿，同鸡子黄涂帛上贴之，七八次愈。**乌梅**水气满急，同大枣煮汁，入蜜咽之。**桃白皮**水肿，同秫米酿酒服。**椒目**治十二种水气胀满，行水渗湿。　炒研，酒服方寸匕。**败荷叶**阳水浮肿，烧研水服。足肿，同藁本煎洗。　〔木部〕**木兰皮**主水肿。**柳叶**下水气。**榉皮**通身水肿，煮汁日饮。**榆皮**、**叶**消水肿，利小便。　皮末，同米煮粥食之。**柯树皮**大腹水病，煮汁熬丸服，病从小便出也。**桑白皮**去肺中水气，水肿腹满胪胀，利水道也。**桑椹**利水气，消肿。　水肿胀满，以桑白皮煎水煮椹，同糯米酿酒饮。**桑叶**煎饮代茶，除水肿，利大小肠。**桑枝**同上。**桑柴灰**淋汁煮小豆食，下水胀。**楮实**水气蛊胀[146]，用洁净釜熬膏，和茯苓、白丁香丸服，效。**楮叶**通身水肿，煎汁如饴，日服。　虚肥积年气上，面肿如水病，煎汁煮粥食。**楮白皮**逐水肿气满，利小便。　煮汁酿酒，治水肿入腹，短气咳嗽，及妇人新产，风入脏内，肿胀短气。　风水肿浮，同木通、猪苓、桑白皮、陈皮煎服。　膀胱石水[147]，肢削，水腹胀，取根皮同桑白皮、白术、黑大豆煎汁，入酒服之效。**楮汁**天行病后，脐下如水肿，日服一杯，小便利即消。**卮子**热水肿疾，炒研饮服。　妇人胎肿[148]，属湿，丸服有验。**茯苓及皮**主水肿，利水道。　皮同椒目煎水，日饮。**猪苓**利水发汗，主肿胀满急，消胎肿。**皂荚**身面卒肿，炙渍酒饮。或加黑锡。**五加皮**风湿肿。**枳茹**水胀暴风。〔石部〕**滑石**利水，燥湿，除热。**白石英**石水，腹坚胀满，煮酒服。**凝水石**除胃中热，水肿，小腹痹，泻肾。**矾石**却水[149]。　水肿，同青矾、白面丸服。**青矾**水肿黄病，作丸服。〔虫部〕**蝼蛄**利大小便，治肿甚效。　十种水病，腹满喘促，五枚焙研，汤服。　肘后方：每日炙食十枚。　普济方：左右用，同大戟、芫花、甘遂服。　同轻粉嗃鼻，消水病。**青蛙**消水肿，同胡黄连末，入猪肚内煮食。　水蛊，腹大有声，皮黑，酥炙，同蝼蛄，苦瓠末服。　〔介鳞〕**海蛤**治十二种水气浮肿，利大小肠。　水瘸肿病[150]，同杏仁、防己、葶苈、枣肉丸服。　水肿发热，同木通、猪苓、泽泻、滑石、葵子、桑皮煎服。　石水肢瘦腹独大者，同防己、葶苈、茯苓、桑皮、橘皮、郁李丸服。　气肿，同昆布、凫茈、海螵蛸、荔枝壳煎饮服。**蛤粉**清热利湿，消浮肿，利小便。气虚浮肿，同大蒜丸服。**贝子**下水气浮肿。**田螺**利大小便，消手足浮肿，下水气。　同大蒜、车前贴脐，水从小便出。**鲤鱼**煮食，下水气，利小便。　用醋煮食。　赤小豆煮食。　酿白矾，泥包煨，为粥食，随上下用。**白鱼**开胃下气，去水气。**鲫鱼**合小豆、商陆煮食，消水肿。**鲈鱼**治水气。**鳢鱼**合小豆煮食，下大水面目浮肿及妊娠水气。入冬瓜、葱白，主十种水垂死。**鲑鱼**疗水肿，利小便。**黄颡鱼**合大蒜、商陆煮食，消水，利小便。　绿豆同煮亦可。　〔禽兽〕**青头鸭**大腹水肿垂死，煮汁服取汗，亦作粥食。**雄鸭头**治水肿，利小便。　捣，和甜葶苈膏、汉防己末，丸服。**凫肉**治热毒水肿。**鸬鹚**利水道。**鸡子**身面肿满，涂之频易。**猪脂**主水肿。**猪肾**包甘遂煨食，下水。**羊肺**水肿，尿短喘嗽，同茛菪子、醋，蜜丸服。**豪猪肚及**屎水病，热风鼓胀，烧研酒服。**牛溺**水肿腹胀，利小便，空腹饮之。　喘促者，入诃子皮末熬，丸服，当下水。**水牛角鰓**　**人中白**水气肿满，煎令可丸，每服一豆。**秋石**拌食代盐。

【逐陈莝】〔草〕**三白草**水肿，服汁取吐。**蒴藋根**浑身水肿，酒和汁服，取吐利。**蓖麻子仁**水症肿满[151]，研水服，取吐利。**商陆**主水肿胀满，疏五脏水气，泻十种水病，利大小肠。　切根，同赤小豆、粳米煮饭，日食甚效。　或同粟米煮粥食。　或取汁和酒饮，利水为妙。　或同羊肉煮食。**大戟**主十二水，腹满痛，发汗，利大小便。　水肿喘急及水蛊，同干姜末服。　或同当归、橘皮煎服。　或同木香末，酒服。　或同木香、牵牛末，猪肾煨食。　或煮枣食。并取利水为神效。**泽漆**去大腹水气，四肢面目浮肿。　十肿水气，取汁熬膏，酒服。**甘遂**主面目浮肿，下五水[52]，泄十二水疾，泻肾经及隧道水湿痰饮，直达水气所结之处，乃泄水之圣药。　水肿腹满，同牵牛煎呷。　膜外水气，同荞麦面作饼食，取利。　身面浮肿，以末二钱入猪肾煨食，取利。　正水胀急，大小便不利欲死，半生半炒为末，和面作棋子煮食，取利。　小儿疳水，同青橘皮末服。　水蛊喘胀，同大戟煎呷，不过十服。　妊娠肿满，白蜜丸服。**续随子**治肺中水气，日服十粒，下水最速，不可多服。　一两去油，分作七服，治七人，用酒下。　阳水肿胀，同大黄丸服。**芫花**主五水在五脏皮肤及饮澼。　水蛊胀满，同枳壳醋煮丸服。**荛花**主十二水，肠中留澼。**莨菪子**　**狼毒**破水癖[53]。**防葵**肿满洪大，为末酒服。**牵牛**利大小便，除虚肿水病，气分湿热。　阴水阳水，俱同大黄末，锅焦饭丸服。　诸水饮病，同茴香末服。　水肿气促，坐卧不得，用二两炒，取末，乌牛尿浸一夜，入葱白一握，平旦煎，分二服，水从小便出。　小儿肿病，二便不利，白黑牵牛等分，水丸服。　水蛊胀满，同大麦面作饼烧食，降气。**马兜铃**去肺中湿气，水肿腹大喘急，煎汤服。**羊桃根**去五脏五水，大腹，利小便，可作浴汤。　水气鼓，大小便涩，同桑白皮、木通、大戟煎汁熬稠服，取利。**紫藤**煎汁熬服，下水癞病。**大豆黄卷**除胃中热，消水病胀满。　同大黄醋炒为末服。**荞麦**水肿喘急，同大戟末作饼食，取利。　**米醋**散水气。**葱白**水癞病，煮汁服，当下水。　病已困者[54]，烂捣坐之，取气，水自下。**老丝瓜**巴豆炒过，入陈仓米同炒，取米去豆，丸服。**巴豆**十种水病。　水蛊大腹有声，同杏仁丸服。　煮汁，拭身肿。**郁李仁**大腹水肿，面目皆浮，酒服七七粒，能泻结气，利小便。　肿满气急，和面作饼食，大便通即愈。**乌桕木**暴水症结，利大小便。　水气虚肿，小便少，同木通、槟榔末服。**鼠李**下水肿腹胀。**接骨木根**下水肿。**楤木**煮服，下水。**针砂**消积平肝。　水肿尿短，同猪苓、地龙、葱涎贴脐。**轻粉**　**粉霜**消积，下水。**银朱**正水病，大便利者，同硫黄丸服。

【调脾胃】〔草部〕**白术**逐皮间风水结肿，脾胃湿热。　四肢肿满，每用半两，同枣煎服。**苍术**除湿发汗，消痰饮，治水肿胀满。**黄连**湿热水病，蜜丸，每服四五丸，日三服。**黄芪**风肿自汗。**香附子**利三焦，解六郁，消胕肿[55]。酒肿虚肿，醋煮丸服。　气虚浮肿，童尿浸焙丸服。**藿香**风水毒肿。**砂仁**遍身肿满，阴肿，同土狗一个等分研，和老酒服。**葳蕤**小儿痫后，气血尚虚，热在皮肤，身面俱肿，同葵子、龙胆、茯苓、前胡煎服。**使君子**小儿虚肿，上下皆浮，蜜炙末服。**附子**脾虚湿肿，同小豆煮焙丸服。　男女肿因积得，积去肿再作，喘满，小便不利，医者到此多束手，盖中下二焦气不升降，用生附子一个，入生姜十片，煎水入沉香汁冷服，须数十枚乃效。**乌头**阴水肿满，同桑白皮煮汁熬膏服〔菜果〕**姜皮**消浮肿腹胀。**萝卜**酒肿及脾虚足肿，同皂荚煮熟，去皂荚，入蒸饼，捣丸服。**柑皮**产后虚浮，四肢肿，为末酒服。**槟榔**逐水消胀。**椰子浆**消水。**沙棠果**食之却水病。**吴茱萸**燥脾行水。**苏合香**下水肿，同水银、白粉服。〔禽兽〕**白雄鸡**　**黄雌鸡**并同小豆煮食，消肿。**猪肝**肝虚浮肿，同葱、豉、蒜、醋炙食。脊肉亦可。**狗肉**气水鼓胀，尿少，蒸食。**羊肉**身面浮肿，同当陆煮臛食。**水牛肉**消水除湿，头尾皆宜。**牛膍**热气水气。**貒肉**水胀垂死，作羹下水大效。**獭肉**水胀热毒，煮汁服。**鼠肉**水鼓石水，身肿腹胀，煮粥食。

【血肿】〔草部〕**红蓝花**捣汁服，不过三服。**刘寄奴**下气，治水胀。**泽兰**产后血虚浮肿，同防己末，醋汤服。**紫草**胀满，通水道。

黄疸　有五，皆属热湿。有瘀热，脾虚，食积，瘀血，阴黄。

【湿热】〔草部〕**茵陈**治通身黄疸，小便不利。　阳黄，同大黄用；阴黄，同附子用。湿热黄疸，五苓散加之。酒疸[56]，同卮子、田螺擂烂，酒服。　痫黄如金[57]，同白鲜皮煎服。　同生姜，擦诸黄病[58]。**白鲜皮**主黄疸、热黄、急黄、谷黄、劳黄、酒黄。**秦艽**牛乳煎服，利大小便，疗酒黄黄疸，解酒毒，治胃热。　以一两酒浸饮汁，治五疸[59]。**大黄**治湿热黄疸。伤寒瘀热发黄者，浸水煎服，取利。**栝楼根**除肠胃痼热，八疸，身面黄。黑疸危疾，捣汁服，小儿加蜜。　酒疸黄疸，青栝楼焙研煎服，取利。　时疾发黄，黄栝楼绞汁，入芒消服。**胡黄连**小儿黄疸，同黄连末入黄瓜内，面裹煨熟，捣丸服。**黄连**诸热黄疸。**柴胡**湿热黄疸，同甘草、茅根水煎服。**苦参**主黄疸，除湿热。**贝母**主时行黄疸。**山慈姑**同苍耳擂酒服，治黄疸。**茅根**利小便，解酒毒，治黄疸。　五种疸疾，用汁合猪肉作羹食。**葛根**酒疸，煎汤服。**紫草**火黄，身有赤点，午前即热，同吴蓝、黄连、木香煎服。**恶实**治急黄，身热发狂，同黄芩煎服。**苍耳叶**挼安舌下，出涎，去目黄。**麦门冬**身重目黄。**龙胆**除胃中伏热，时疾热黄，去目中黄，退肝经邪热。　谷疸因食得，劳疸因劳得，用一两，同苦参末二两，牛胆汁丸服亦效。**马蔺**解酒疸。　**荆芥**除湿疸。**丽春草**疗时患变成痫黄疸[60]，采花末服，根杵汁服，取利。**大青**主热病发黄。**麻黄**伤寒发黄表热，煎酒服取汗。**灯心根**四两，酒水各半，煎服。**萱草**根治酒疸，捣汁服。**苦耽**治热结发黄，目黄，大小便涩，捣汁服，多效，除湿热。**漆草**主黄疸，杵汗和酒服。**鬼臼**黑疸不妨食者，捣汁服。**翘根**治伤寒瘀热发黄。**萹蓄**治黄疸，利小便，捣汁顿服一斤。多年者，日再服。**紫花地丁**黄疸内热，酒服末三钱。**大戟泄**天行黄病。**藜芦**黄疸肿疾，为末水服，取吐。**芫花**酒疸尿黄，同椒目烧末，水服。**木鳖子**酒疸脾黄，磨醋服一二盏，取利。**土瓜根**利大小便，治酒黄病。　黄疸变黑及小儿发黄，取汁服，病从小便出。**百条根**同糯米饭捣，罨脐上[61]，黄肿自小便出。**伏鸡子根**主诸热急黄，天行黄疸。**山豆根**治五般急黄，水服末二钱。**茜根**主黄疸。**木通**主脾疸[62]，常欲眠，心烦，利小便。**白英**主寒热八疸，煮汁饮。**泽泻**利小便。**菰笋**除目黄，利大小便，解酒毒。**莼**治热疸。**地锦**主脾劳黄疸，同皂矾诸药丸服。**乌韭**　**垣衣**主疸。〔谷部〕**胡麻**杀五黄、下三焦热毒气。　伤寒发黄，乌麻油和水，搅鸡子白服之。**麦苗**消酒毒，酒疸目黄，捣汁日饮。**谷颖**主黄病，为末酒服。**薏苡根**主黄疸如金，捣汁和酒服。**丽春花**治黄病，麻油服三钱。**蔓菁子**利小便，煮汁服。黄疸如金，生研水服。急黄便结，生捣，水绞汁服，当鼻中出水及下诸物则愈。**莴苣子**肾黄如金，水煎服。**翘摇**杵汁服，主五种黄疾。**芹菜**煮饮。**苦瓠**嗃鼻，去黄水。　〔果部〕**桃根**黄疸如金，煎水日服。**瓜蒂**嗃鼻取黄水，或揩牙追涎。**乌芋**消疸。**盐麸子**解酒毒黄疸。　根白皮捣，米泔浸一夜，温服一二升，治酒疸。　〔木部〕**卮子**解五种黄病。**黄檗**胃中结热黄疸。**黄栌**解酒疸目黄，水煮服。**柳华**黄疸面黑。**柳根皮**黄疸初起，水煎服。**桦皮**诸疸煮服。**柞木皮**黄疸，烧末水服。**木兰皮**酒疸，利不便，同黄芪末服。〔石部〕**滑石**化食毒，除热黄疸。**方解石**热结黄疸。**朴消**积热黄疸。〔介部〕**蟹**湿热黄疸，烧研丸服。**田螺**利大小便，去目黄。　生擂酒服，治酒疸。　〔兽部〕**猪脂**五疸，日服取利。**牛脂**走精黄，面目俱黄，舌紫面裂，同豉煎热，绵裹贴舌上。**牛乳**老人黄疸，煮粥食。**牛胆**谷疸食黄，和苦参、龙胆丸服。**牛屎**黄疸，绞汁服。　或为末丸服。**豪猪屎**烧服，治疸。〔人部〕**发**髮伤寒发黄，烧研水服。　女劳黄疸，发热恶寒，小腹满，用一团，猪膏煎化服，病从小便出。**女人月经衣**女劳黄疸，烧灰酒服。

【脾胃】〔草部〕**黄芪**酒疸，心下懊痛，胫肿发斑，由大醉当风入水所致，同木兰皮末，酒服。**白术**主疸，除湿热，消食，利小便。　泻血萎黄积年者[63]，土炒，和熟地黄丸服。苍术亦可。**远志**面目黄。**当归**白黄，色枯舌缩，同白术煎服。〔菜果〕**老茄**妇人血黄，竹刀切，阴干为末，每服二钱，酒下。**椒红**治疸。〔服石〕**妇人内衣**房劳黄病，块起若瘕，十死一生，烧灰酒服。**白石英**　**五色石脂**〔禽部〕**黄雌鸡**时行黄疾，煮食饮汁。**鸡子**三十六黄[64]，用一个连壳烧研，醋一合温服，鼻中虫出为效，甚者不过三次神效。　时行发黄，以酒、醋浸鸡子一夜，吞白数枚。

【食积】〔谷部〕**神曲**　**麦糵**　**黄蒸**食黄黄汗，每夜水浸，平旦绞汁温服。**米醋**黄疸、黄汗。〔菜木〕**丝瓜**食黄，连子烧研，随所伤物煎汤，服二钱。**皂荚**食气黄肿，醋炙，同巴豆丸服。〔金石〕**针砂**消积，平肝，治黄。　脾劳黄病，醋炒七次，同干漆、香附、平胃散，丸服。　湿热黄疸，同百草霜、粳米丸服。**矾石**黄疸水肿，同青矾、白面丸服。　女劳黄疸，变成黑疸，腹胀如水，同消石丸服。　妇人黄疸，因经水时房劳所致，同橘皮化蜡丸服。**绿矾**消积燥湿，化痰除胀。　脾病黄肿，同百草霜、当归丸服。　同百草霜、五倍子、木香丸服。　同平胃散，丸服。　酒黄，同平胃散、顺气散，丸服。　食劳黄，枣肉丸服。　血证黄肿，同百草霜、炒面丸服，或同小麦、枣肉丸服。**百草霜**消积滞，治黄疸。　〔禽部〕**白丁香**急黄欲死，汤服立苏。**五灵脂**酒积黄肿，入麝香，丸服。

脚气[665]有风湿，寒湿，湿热，食积。

【风寒湿气】〔草部〕**牛蒡**脚气风毒，浸酒饮。**忍冬**脚气筋骨引痛，热酒服末。**木鳖子**麸炒去油，同桂末，热酒服，取汁。**高良姜**脚气人晚食不消，欲作吐者，煎服即消。**苏子**风湿脚气，同高良姜、橘皮丸服。**丹参**风痹足软，渍酒饮。**胡卢巴**寒湿脚气，酒浸，同破故纸末，入木瓜蒸熟，丸服。**麻黄**　**羌活**　**细辛**　**苍术**　**白术**　**天麻**　**牡蒙**　**夏枯草**　**附子**　**侧子**　**艾叶**　**秦艽**　**白蒿**　**庵蕳**　**薇衔**　**马先蒿**　**水苏**　**紫苏**　**漏卢**　**飞廉**　**青葙**　**苍耳**　**茵芋**　**马蔺子**　**茜根**　**菊花**　**旋覆**　**菖蒲**　**水萍**　**萆薢**　**青藤**酒。**石南藤**酒。**菝葜**酒浸服。**土茯苓**〔谷菜〕**芸苔**并主风寒湿痹脚气。**豉**患脚人常渍酒饮，以滓傅之[666]。**薏苡仁**干湿脚气，煮粥食，大验。**秫香**干湿脚气，为末酒服。**葱白**〔果木〕**杏仁**　**秦椒**　**蜀椒**　**蔓椒**　**大腹皮**并主风寒湿脚气。**槟榔**风湿脚气冲心[667]，不识人，为末，童尿服。　沙牛尿亦可。老人弱人脚气胀满[668]，以豉汁服。**吴茱萸**寒湿脚气，利大肠壅气。　冲心，同生姜擂汁服。**乌药**脚气掣痛，浸酒服。**五加皮**风湿脚痛五缓，煮酒饮，或酒制作丸服。**扶移**　**白杨皮**毒风脚气缓弱，浸酒饮。**松节**风虚脚痹痛，酿酒饮。**松叶**十二风痹脚气，酿酒尽一剂，便能行远。**櫰芽**[669]作蔬，去风毒脚气。**乳香**同血竭、木瓜丸服，主久新脚气。**苏合香**　**厚朴**　**皂荚子**　**官桂**　**栾荆**　**干漆**　**石南叶**　**海桐皮**〔金石〕**石亭脂**同川乌、无名异、葱汁丸服。**礜石**浸酒。**硫黄**牛乳煎。**慈石**　**玄精石**　**白石英**〔虫鳞〕**晚蚕沙**浸酒。**青鱼**　**鳢鱼**　**鳗鲡**　**秦龟甲**〔禽兽〕**乌雄鸡**　**牛酥**　**羊脂**　**麋脂**　**熊肉**并主风湿脚气。**猪肚**烧研酒服。**羊乳**　**牛乳**调硫黄末服，取汗。**牛皮胶**炒研酒服，寒湿脚气痛立止。

【湿热流注】〔草部〕**木通**　**防己**　**泽泻**　**香薷**　**荆芥**　**豨莶**　**龙常草**　**车前子**　**海金沙**　**海藻**　**大黄**　**商陆**合小豆、绿豆煮饭食。**甘遂**泻肾脏风湿下注，脚气肿痛生疮，同木鳖子入猪肾煨食，取利。**牵牛**风毒脚气肠秘，蜜丸日服，亦生吞之。**威灵仙**脚气入腹[670]，胀闷喘急，为末，酒服二钱，或为丸服，痛减药亦减。**莸草**湿痹脚气尿少，同小豆煮食。**三白草**脚气风毒，擂酒服。**巴戟天**饮酒人脚气，炒过同大黄炒研，蜜丸服。**香附子**〔谷菜〕**胡麻**腰脚痛痹，炒末，日服至一年，永瘥。**大麻仁**脚气腹痹[671]，浸酒服。　肿渴，研汁煮小豆食。**赤小豆**同鲤鱼煮食，除湿热脚气。**黑大豆**煮汁饮，主风毒脚气冲心，烦闷不识人。**马齿苋**脚气浮肿尿涩，煮食。**百合**　**竹笋**风热脚气。**紫菜**〔果木〕**木瓜**湿痹脚气冲心，煎服。枝、叶皆良。**橘皮**脚气冲心，同杏仁丸服。**桃仁**脚气腰痛，为末酒服，一夜即消。**枇杷叶**脚气恶心。**杨梅核仁**湿热脚气。**枳壳**同甘草末服，疏导脚气。**桑叶及枝**脚气水气，浓煎汁服，利大小肠。**郁李仁**脚气肿喘，大小便不利，同薏苡煮粥食。**紫荆皮**煎酒服。**茯神木**脚气痹痛，为末酒服。**赤茯苓**　**猪苓**〔石部〕**滑石**〔介部〕**淡菜**　**蚬肉**〔兽部〕**猪肝、肾、肚**作生食，治老人脚气。**乌特牛尿**热饮，利小便，主风毒脚气肿满，甚妙。

【洗渫】[172]**水蓼　水荭　毛蓼　甘松　水英　陆英　曼陀罗花　螺靥草　大戟　猫儿眼睛草　苦参　落雁木　黍瓤**同椒目。**生葱　莱菔根　荷心**同藁本。**苏木**同忍冬。**杉材　楠材　樟材　钓樟　枎移**并煎水熏洗。**白矾汤　鳖肉**同苍术、苍耳、寻风藤煮汁洗。

【敷贴】附子姜汁调。**天雄　草乌头**姜汁调，或加大黄、木鳖子末。**白芥子**同白芷末。**皂荚**同小豆末。**蓖麻仁**同苏合香丸贴足心，痛即止。**乌桕皮**脚气生疮有虫，末傅追涎。**人中白**脚气成漏孔，煅水滴之。**羊角**烧研酒调傅之，取汗，永不发。**田螺**脚气攻注，同盐杵傅股上，即定。**木瓜**袋盛 踏之。**蜀椒**袋盛踏之。**樟脑　柳华　治鸟巢　萝卜花**并藉鞋靴。**木狗皮　豺皮　麂皮**并裹足。

【熨熏】麦麸 醋蒸热熨。**蚕沙**蒸热熨。**蒴藋**根酒、醋蒸热熨。**蓖麻叶**蒸裹频易。**荆叶**蒸热卧之，取汗。　烧烟熏涌泉穴。**针砂**同川乌末炒包熨。**食盐**蒸热踏之，或擦腿膝后洗之，并良。

火针痿　有湿热，湿痰，瘀血。　血虚属肝肾，气虚属脾肺。

【湿热】〔草部〕**黄芩**去脾肺湿热，养阴退阳[173]。**秦艽**阳明湿热，养血荣筋。**知母**泻阴火，滋肾水。**生地黄　黄连　连翘　泽泻　威灵仙　防己　木通**并除湿热。**薇衔**治痿躄，去风湿。**卷柏**治痿躄，强阴[174]。**陆英**足膝寒痛，阴痿短气[175]。**升麻　柴胡**引经。〔木部〕**黄檗**除湿热，滋肾水。益气药中加之，使膝中气力涌出，痿软即去，为痿病要药。**茯苓　猪苓**并泄湿热。　**五加皮**主痿躄，贼风伤人，软脚。

【痰湿】〔草部〕**苍术**除湿，消痰，健脾，治筋骨软弱，为治痿要药。**白术　神曲　香附子　半夏**并除湿消痰。**天南星**筋痿拘缓，**白附子**诸风冷气，足弱无力。**附子　天雄**风痰冷痹，软脚毒风，为引经药。**豨莶　类鼻**并风湿痿痹。〔果木〕**橘皮**利气，除湿痰。　**松节**酿酒，主脚弱，能燥血中之湿。**桂**引经。　酒调，涂足躄筋急。

【虚燥】〔草部〕**黄芪**益元气，泻阴火，逐恶血，止自汗，壮筋骨，利阴气，补脾肺。**人参**益元气，泻阴火，益肺胃，生津液，除痿痹，消痰生血。**麦门冬**降心火，定肺气，主痿躄，强阴益精。**知母**泻阴火，滋肾水，润心肺。**甘草**泻火调元。**山药**补虚羸[176]，强筋骨，助肺胃。**石斛**脚膝冷疼痹弱，逐皮肌风，壮筋骨，益气力。**牛膝**痿痹，腰膝软怯冷弱，不可屈申[177]。或酿酒服。**菟丝子**益精髓，坚筋骨，腰疼膝冷，同牛膝丸服。**何首乌**骨软行步不得，腰膝痛，遍身瘙痒，同牛膝丸服。**草薢**腰脚痹软，同杜仲丸服。**菝葜**风毒脚弱，煮汁酿酒服。**土茯苓**除风湿，利关节，治拘挛，令人健行。**狗脊**男女脚弱腰痛，补肾。**骨碎补**治痢后远行，或房劳，或外感，致足痿软，或痛或痹，汁和酒服。**菖蒲**酿酒饮，主骨痿。**芎䓖　芍药　当归　地黄　天门冬　紫菀　紫葳**并主痿躄，养血润燥。**肉苁蓉　琐阳　列当　五味子　覆盆子　巴戟天　淫羊藿**〔木部〕**山茱萸　枸杞子　杜仲**〔兽部〕**白胶　鹿茸　鹿角　麋角　腽肭脐**[178]并强阴气，益精血，补肝肾，润燥养筋，治痿弱。

转筋　有风寒外束，血热，湿热吐泻。

【内治】〔草部〕**木香**木瓜汁入酒调服。**桔梗　前胡　艾叶　紫苏　香薷　半夏　附子　五味子　菖蒲　缩砂　高良姜**〔菜部〕**葱白　薤白　生姜　干姜**〔果木〕**木瓜**利筋脉，主转筋、筋挛诸病。　枝、叶、皮、根并同。**棠梨枝、叶　楂子　榠楂　吴茱萸**炒煎酒服，得利安。叶，同艾、醋罨之。**松节**转筋挛急，同乳香炒焦研末，木瓜酒服。**桂**霍乱转筋。足躄筋急，同酒涂之。**沉香**止转筋。**厚朴** **卮子**〔器水土禽〕**厕筹**并霍乱转筋。**故麻鞋底**烧赤，投酒中饮。**梳篦**烧灰，酒服。**败蒲席**烧服。**屠几垢**酒服取吐。**山岩泉水**多服令饱，名洗肠。**釜底墨**酒服。**古文钱**同木瓜、乌梅煎服。**鸡矢白**转筋入腹，为末水服。**羊毛**醋煮裹脚。

【外治】蓼洗。**蒜**盐捣敷脐，灸七壮。 擦足心，并食一瓣。**柏叶**捣裹，并煎汁淋。 枝、叶亦可。**楠木**洗。**竹叶**熨。**皂荚末**搐鼻。**热汤**熨之。**车毂中脂**[179]涂足心。**青布** **绵絮**并酢煮搨之。**铜器**炙，熨肾堂。**朱砂**霍乱转筋，身冷心下温者，蜡丸烧笼中熏之，取汗。**蜜蜡**脚上转筋，销化贴之[180]。

喘逆古名咳逆上气。有风寒，火郁，痰气，水湿，气虚，阴虚，脚气，齁𪖥[181]。

【风寒】〔草部〕**麻黄**风寒，咳逆上气。**羌活**诸风湿冷，奔喘逆气。**苏叶**散风寒，行气，消痰，利肺。感寒上气，同橘皮煎服。**款冬花**咳逆上气，喘息呼吸，除烦消痰。**南藤**上气咳嗽，煮汁服。**细辛** **莨草** **破故纸**〔果木〕**蜀椒**并主虚寒喘嗽。**松子仁**小儿寒嗽壅喘，同麻黄、百部、杏仁丸服。**桂**咳逆上气，同干姜、皂荚丸服。**皂荚**咳逆上气不得卧，炙研蜜丸，服一丸。 风痰，同半夏煎服。痰喘咳嗽，以三挺分夹杏仁、巴豆、半夏，以姜汁、香油、蜜分炙为末，舐之。**巴豆**寒痰气喘，青皮一片夹一粒烧研，姜汁、酒服，到口便止。〔鳞部〕**鲤鱼**烧末，发汗定喘。咳嗽，入粥中食。

【痰气】〔草部〕**半夏**痰喘，同皂荚煎服。 失血喘急，姜汁和面煨研，丸服。**桔梗**痰喘，为末，童尿煎服。**白前**下胸胁逆气，呼吸欲绝。 久咳上气不得卧，同紫菀，半夏、大戟渍水饮。 喉呷作声不得眠[182]，焙末酒服。**蓬莪茂**上气喘急，五钱煎酒服。 气短不接，同金铃子末，入蓬砂，酒服。**苏子**消痰利气定喘，与橘皮相宜。 上气咳逆，研汁煮粥食。**缩砂仁**上气咳逆，同生姜擂，酒服。**莨菪子**积年上气咳嗽，羊肺醮末服。**葶苈**肺壅上气喘促。 肺湿痰喘，枣肉丸服，亦可浸酒。**甘遂**水气喘促，同大戟末，服十枣丸。 控涎丹。**泽漆**肺咳上气，煮汁，煎半夏诸药服。**大戟**水喘，同荞面作饼食，取利。**栝楼**痰喘气急，同白矾末，萝卜蘸食。 小儿痰喘膈热，去子，以寒食面和饼炙研，水服。**贝母** **荏子** **射干** **芫花** **荛花** **黄环** **前胡** **蒟酱** **荞麦粉**咳逆上气，同茶末、生蜜水服，下气不止，即愈。**芥子**并消痰下气，定喘咳。**白芥子**咳嗽支满，上气多唾，每酒吞七粒。 老人痰喘，同莱菔子、苏子煎服。**莱菔子**老人气喘，蜜丸服。 痰气喘，同皂荚炭，蜜丸服。 久嗽痰喘，同杏仁丸服。**生姜**暴逆上气，嚼之屡效。**株香**肾气上冲胁痛，喘息不得卧，擂汁和酒服。〔果木〕**橘皮** **杏仁**咳逆上气喘促，炒研蜜和，含之。 上气喘息，同桃仁丸服，取利。 久患喘急，童尿浸换半月，焙研，每以枣许，同薄荷、蜜煎服，甚效。 浮肿喘急，煮粥食。**桃仁**上气咳嗽喘满，研汁煮粥食。**槟榔**痰喘，为末服。 四磨汤。**椒目**诸喘不止，炒研，汤服二钱劫之，乃用他药。**崖椒**肺气喘咳，同干姜末，酒服一钱。**茗茶**风痰喘嗽不能卧，同白僵蚕末，汤服。 子，同百合丸服。**银杏**降痰，定喘，温肺，煨食。**瓜蒂**吐痰。**柿蒂** **都咸子** **马兜铃**肺气喘急，酥炒，同甘草末煎服。**楸叶**上气咳嗽，腹满瘦弱，煎水熬膏，纳入下部。**诃黎勒** **桑白皮** **厚朴** **枳实** **茯苓** **牡荆**〔金石〕**青礞石**并泻肺气，消痰定喘。**雌黄**停痰在胃，喘息欲绝，同雄黄作大丸，半夜投糯粥中食。**硫黄**冷澼在胁，咳逆上气。**轻粉**小儿涎喘，鸡子蒸食，取吐利。**金屑** **玉屑** **白石英** **紫石英** **石硷**〔介虫〕**海蛤** **文蛤** **蛤粉** **白僵蚕**〔禽兽〕**蝙蝠**久咳上气，烧末饮服。**猪蹄甲**久咳痰喘，入半夏、白矾煅研。入麝香服。或同南星煅，丸服。**阿胶**肺风喘促，涎潮目窜[183]，同紫苏，乌梅煎服。**驴尿**卒喘，和酒服。

【火郁】〔草部〕**知母**久嗽气急，同杏仁煎服，次以杏仁、萝卜子丸服。**茅根**肺热喘急，煎水服，名如神汤。**蓝叶**上气咳嗽，呀呷有声，捣汁服，后食杏仁粥。**大黄**人忽喘急闷绝，涎出吐逆，齿动，名伤寒并热霍乱，同人参煎服。**天门冬　麦门冬　黄芩　沙参　前胡　莨草　蔛草**〔谷菜果服〕**丹黍根**煮服，并主肺热喘息。**生山药**痰喘气急，捣烂，入蔗汁热服。**沙糖**上气喘嗽，同姜汁煎咽。**桃皮**肺热喘急欲死，客热往来，同芫花煎汤薄胸口，数刻即止。**故锦**上气喘急，烧灰茶服，神效。〔石鳞〕**石膏**痰热喘急，同寒水石末，人参汤下。或同甘草末服。**龙骨**恚怒气伏在心下，不得喘息，咳逆上气。〔人部〕**人溺**久嗽，上气失声[184]。

【虚促】〔草部〕**人参**阳虚喘息，自汗，头运欲绝，为末汤服。甚者，加熟附子同煎。　产后发喘，血入肺窍，危证也，苏木汤调服五钱。**五味子**咳逆上气，以阿胶为佐，收耗散之气。痰嗽气喘，同白矾末，猪肺蘸食。**马兜铃**肺热喘促，连连不止，清肺补肺。　酥炒，同甘草末煎服。**黄芪　紫菀　女菀　款冬花**〔菜果木部〕**韭汁**喘息欲绝，饮一升。**大枣**上气咳嗽，酥煎含咽。**胡桃**虚寒喘嗽，润燥化痰，同生姜嚼咽。　老人喘嗽，同杏仁、生姜，蜜丸服。　产后气喘，同人参煎服。**沉香**上热下寒喘急，四磨汤。**蒲颓叶**肺虚喘咳甚者，焙研，米饮服，三十年者亦愈。**乌药**〔金石〕**石钟乳**肺虚喘急，蜡丸服。**太乙余粮**〔鳞禽〕**蛤蚧**虚喘面浮，同人参蜡丸，入糯粥呷之。**鱼鲙**风人，脚气人，上气喘咳。**鹳雉**五脏气喘不得息，作臛食。**鸡卵白**〔兽部〕**阿胶**虚劳喘急，久嗽纪年，同人参末，日服。**猪肉**上气咳嗽烦满，切作䭔子[185]，猪脂煎食。**猪肪**煮熟切食。**猪胰**肺干胀喘急，浸酒服。**羊肺　青羊角**吐血喘急，同桂末服。**貒骨**炙研酒服，日三。**獭肝**虚劳上气。

【齁𪖒】〔草部〕**石胡荽**寒齁，擂酒服。**醉鱼草花**寒齁，同米粉作果炙食。**半边莲**寒齁，同雄黄煅，丸服。**石苋**同甘草煎服，取吐。**苎根**痰齁[186]，煅研，豆腐蘸食。**蓖麻仁**炒，取甜者食。　叶，同白矾，猪肉裹煨食。年久者，同桑叶、御米壳丸服。**马蹄香**末。**藜芦**并吐。**木鳖子**小儿咸齁[187]，磨水饮，即吐出痰，重者三服即效。〔谷菜〕**脂麻秸灰**小儿盐齁[188]，淡豆腐蘸食。**淡豉**齁喘痰积，同砒霜、枯矾丸，水服即止。**莱菔子**遇厚味即发者，蒸研，蒸饼丸服。〔果木〕**银杏**同麻黄、甘草煎服。　定喘汤：加半夏、苏子、杏仁、黄芩、桑白皮、款冬花。**茶子**磨米泔汁，滴鼻取涎。　喘急咳嗽，同百合蜜丸服。**苦丁香　皂荚**酥炙，蜜丸服，取利。**榆白皮**阴干为末煎，日二服。**柏树皮汁**小儿盐齁，和面作饼烙食，取吐下。**白瓷器**为末蘸食。〔鳞介禽兽〕**鲫鱼**人尿浸死，煨食，主小儿齁。**海螵蛸**小儿痰齁，米饮服一钱。**烂螺壳**小儿齁，为末，日落时服。**鸡子**尿内浸三日，煮食，主年深齁。**蝙蝠**一二十年上气，烧研服。**猫屎灰**痰齁，沙糖水服。

咳嗽　有风寒，痰湿，火热，燥郁。

【风寒】〔草菜〕**麻黄**发散风寒，解肺经火郁。**细辛**去风湿，泄肺破痰。**白前**风寒上气，能保定肺气，多以温药佐使。　久咳唾血，同桔梗、桑白皮，甘草煎服。**百部**止暴嗽，浸酒服。　三十年嗽，煎膏服。　小儿寒嗽，同麻黄、杏仁丸服。**款冬花**为温肺治嗽要药。**牛蒡根**风寒伤肺壅咳。**飞廉**风邪咳嗽。**佛耳草**除寒嗽。同款冬花、地黄、烧烟吸，治久近咳嗽。**缩砂　紫苏　芥子**并主寒嗽。**生姜**寒湿嗽，烧含之。　久嗽，以白饧或密煮食。　小儿寒嗽，煎汤浴之。**干姜**〔果木〕**蜀椒　桂心**并主寒嗽。〔土石〕**釜月下土**卒咳嗽，同豉丸服。**车缸**妊娠咳嗽，烧投酒中，冷饮。**石灰**老小暴嗽，同蛤粉丸服。**钟乳石**肺虚寒嗽。〔虫鱼〕**蜂房**小儿咳嗽，烧灰服。**鲫鱼**烧服，止咳嗽。〔禽兽〕**白鸡**卒嗽，煮苦酒服。**鸡子白皮**久咳，同麻黄末服。**羊胰**远年咳嗽，同大枣浸酒服。

【痰湿】〔草部〕**半夏**湿痰咳嗽，同南星、白术丸服。　气痰咳嗽，同南星、官桂丸服。　热痰咳嗽，同南星、黄芩丸服。　肺热痰嗽，同栝楼仁丸服。**天南星**气痰咳嗽，同半夏、橘皮丸服。　风痰咳嗽，炮研煎服。**莨菪子**久嗽不止，煮炒研末，同酥煮枣食。　三十年呷嗽[189]，同木香、熏黄烧烟吸。**葶苈**肺壅痰嗽，同知母、贝母、枣肉丸服。**芫花**卒得痰嗽，煎水煮枣食。　有痰，入白糖，少少服。**玄胡索**老小痰嗽，同枯矾和饧食。**旋覆花**　**白药子**　**千金藤**　**黄环**　**荛花**　**大戟**　**甘遂**　**草犀**　**苏子**　**荏子**〔菜谷〕**白芥子**　**蔓菁子**并主痰气咳嗽。**莱菔子**痰气咳嗽，炒研和糖含。　上气痰嗽，唾脓血，煎汤服。**莱菔**痨瘦咳嗽，煮食之。**丝瓜**化痰止嗽，烧研，枣肉丸服。**烧酒**寒痰咳嗽，同猪脂、茶末，香油、蜜浸服。〔果木〕**白果**　**榧子**　**海枣**　榇子　都念子　盐**麸子**并主痰嗽。**香橼**煮酒，止痰嗽。**橘皮**痰嗽，同甘草丸服。　经年气嗽[190]，同神曲、生姜、蒸饼丸服。**枳壳**咳嗽痰滞。**皂荚**咳嗽囊结。　卒寒嗽，烧研，豉汤服。　咳嗽上气，蜜炙丸服。　又同桂心、干姜丸服。**淮木**久嗽上气。**楮白皮**水气咳嗽[191]。**桑白皮**去肺中水气。　咳血，同糯米末服。**厚朴**〔金石〕**矾石**化痰止嗽，醋糊丸服，或加人参，或加建茶。　或同炒卮子丸服。**浮石**清金，化老痰[192]。咳嗽不止，末服或丸。**雌黄**久嗽，煅过丸服。**雄黄**冷痰劳嗽。**密陀僧**　**礞石**　**硇砂**〔介虫〕**马刀**　**蛤蜊粉**并主痰嗽。**鲎鱼壳**积年咳嗽，同贝母、桔梗、牙皂丸服。**蚌粉**痰嗽面浮，炒红，齑水入油服。**鬼眼睛**　**白蚬壳**卒嗽不止，为末酒服。**海蛤**　**白僵蚕**酒后痰嗽，焙研茶服。

【痰火】〔草部〕**黄芩**　**桔梗**　**荠苨**　**前胡**　**百合**　**天门冬**　**山豆根**　**白鲜皮**　**马兜铃**并清肺热，除痰咳。**甘草**除火伤肺咳。　小儿热嗽，猪胆汁浸炙，蜜丸服。**沙参**益肺气，清肺火，水煎服。**麦门冬**心肺虚热，火嗽，嚼食甚妙，寒多人禁服。**百部**热咳上气，火炙，酒浸服。暴咳嗽，同姜汁煎服。　三十年嗽，汁和蜜炼服。　小儿寒嗽，同麻黄、杏仁丸服。**天花粉**虚热咳嗽，同人参末服。**栝楼**润肺，降火，涤痰，为咳嗽要药。　干咳，汁和蜜炼含。　痰嗽，和明矾丸服。　痰咳不止，同五倍子丸噙。　热咳不止，同姜、蜜蒸含。　肺热痰嗽，同半夏丸服。　酒痰咳嗽，同青黛丸服。　妇人夜咳，同香附、青黛末服。**灯笼草**肺热咳嗽喉痛，为末汤服，仍傅喉外。**贝母**清肺消痰止咳，沙糖丸食。又治孕嗽。　小儿晬嗽，同甘草丸服。**知母**消痰润肺，滋阴降火。久近痰嗽，同贝母末，姜片蘸食。**石韦**气热嗽，同槟榔，姜汤服。**射干**老血在心脾间，咳唾气臭。散胸中热气。**马勃**肺热久嗽，蜜丸服。**桑花**〔谷菜〕**丹黍米**并止热咳。**百合**肺热咳嗽，蜜蒸含之。**土芋**〔果木〕**枇杷叶**并止热咳。**杏仁**除肺中寒热咳嗽，童尿浸，研汁熬丸，酒服。**巴旦杏**　**梨汁**消痰降火，食之良。　卒咳，以一碗入椒四十粒，煎沸入黑饧一块，细服。　又以一枚刺孔，纳椒煨食。又切片酥煎冷食。　又汁和酥、蜜、地黄汁熬稠含。**干柿**润心肺，止热咳。　嗽血，蒸熟，掺青黛食。**柿霜**　**余甘子**丹石伤肺咳嗽。**甘蔗汗**虚热咳嗽涕唾，入青粱米煮粥食。**大枣**　**石蜜**　**刺蜜**　**桑叶**并主热咳。　〔金石〕**金屑**风热咳嗽。**石膏**热盛喘咳，同甘草末服。　热嗽痰涌如泉，煅过，醋糊丸服。**浮石**热咳，丸服。**不灰木**肺热，同玄精石诸药末服。**玄精石**　**硼砂**消痰止咳。**五倍子**敛肺降火，止嗽。**百药煎**清肺化痰。敛肺劫嗽，同诃子、荆芥丸含。　化痰，同黄芩、橘皮、甘草丸咽。

【虚劳】〔草〕**黄芪**补肺泻火，止痰嗽、自汗及咳脓血。**人参**补肺气。　肺虚久嗽，同鹿角胶末煎服。　化痰止嗽，同明矾丸服。　喘嗽有血，鸡子清五更调服。　小儿喘嗽，发热自汗，有血，同天花粉服。**五味子**收肺气。止咳嗽，乃火热必用之药。　久咳肺胀，同粟壳丸服。　久嗽不止，同甘草、五倍子、风化消末噙。　又同甘草、细茶末噙。**紫菀**止咳脓血，消痰益肺。　肺伤咳嗽，水煎服。　吐血咳嗽，同五味子丸服。　久嗽，同款冬花、百部末服。　小儿咳嗽，同杏仁丸服。**款冬花**肺热劳咳，连连不绝，涕唾稠粘，为温肺治嗽之最。　痰嗽带血，同百合丸服。 以三两烧烟，筒吸之。**仙灵脾**劳气，三焦咳嗽，腹满不食，同五味子、覆盆子丸服。**地黄**咳嗽吐血，为末酒服。**柴胡**除劳热胸胁痛，消痰止嗽。**牛蒡子**咳嗽伤肺。**鬼臼**咳劳。〔谷果〕**罂粟壳**久咳多汗，醋炒，同乌梅末服。**阿芙蓉**久劳咳[193]，同牛黄、乌梅诸药丸服。 同粟壳末服。**寒具** 消痰润脾止咳。**桃仁**急劳咳嗽[194]，同猪肝、童尿煮，丸服。**胡桃**润燥化痰。久咳不止，同人参、杏仁丸服。**金果**补虚，除痰嗽。**仲思枣** **乌梅**〔木石〕**干漆**并主劳嗽[195]。**诃梨勒**敛肺降火，下气消痰。 久咳，含之咽汁。**钟乳粉**虚劳咳嗽。**赤石脂**咳则遗屎，同禹余粮煎服。〔诸虫鳞介〕**蜜蜡**虚咳，发热声嘶，浆水煮，丸服。**蛇含蛙**久劳咳嗽，吐臭痰，连蛇煅末，酒服。**鲫鱼头**烧研服。**鳖**骨蒸咳嗽，同柴胡诸药煮食。**生龟**一二十年咳嗽，煮汁酿酒服。**龟甲** **蛤蚧**〔禽兽〕**鹳鸰** **鹨鹈**并主劳咳。**慈乌**骨蒸劳咳，酒煮食。**乌鸦**骨蒸劳咳嗽，煅末酒服。 心，炙食。**五灵脂**咳嗽肺胀，同胡桃仁丸服，名敛肺丸。**猪肾**同椒煮食。卒嗽，同干姜煮食，取汗。**猪胰**二十年嗽，浸酒饮。 同腻粉煅研服。**猪肺**肺虚咳嗽，麻油炒食。**猪胆**瘦病咳嗽，同人尿、姜汁、橘皮、诃子煮汁服。**羊胰**久嗽，温肺润燥，同大枣浸酒服。**羊肺** **羊肉** **貒骨** **獭肝** **阿胶**并主劳咳。**黄明胶**久嗽，同人参末、豉汤日服。**人尿**虚劳咳嗽。

【外治】**木鳖子**肺虚久嗽，同款冬花烧烟，筒吸之。**榆皮**久嗽欲死，以尺许出入喉中，吐脓血愈。**熏黄**三十年呷嗽，同木通、莨菪子烧烟，筒熏之。**钟乳粉**一切劳嗽，同雄黄、款冬花、佛耳草烧烟，吸之。**故茅屋上尘**老嗽不止，同石黄诸药烧烟吸。

肺痿肺痈 有火郁。分气虚，血虚。

【排逐】〔草谷〕**鸡苏**肺痿吐血咳嗽，研末米饮服。**防己**肺痿咯血，同葶苈末，糯米汤服。 肺痿喘咳，浆水煎呷。**桔梗**肺痈，排脓养血，补内漏[196]。 仲景治胸满振寒，咽干吐浊唾，久久吐脓血，同甘草煎服，吐尽脓血愈。**苇茎**肺痈，咳嗽烦满，心胸甲错[197]，同桃仁、瓜瓣、薏苡煎服，吐脓血愈。**芦根**骨蒸肺痿，不能食，同麦门冬、地骨皮、茯苓、橘皮、生姜煎服。**甘草**去肺痿之脓血。 久咳肺痿，寒热烦闷，多唾，每以童尿调服一钱。 肺痿吐涎沫，头眩，小便数而不咳，肺中冷也，同干姜煎服。**王瓜子**肺痿吐血，炒研服。**升麻** **紫菀** **贝母** **败酱**并主肺痈，排脓破血。**知母** **黄芩**并主肺痿，咳嗽喉腥，**薏苡仁**肺痈，咳脓血，水煎入酒服。 煮醋服，当吐血出。〔果木〕**橘叶**肺痈，捣汁一盏服，吐出脓血愈。**柘黄**肺痈不问已成未成，以一两，同百草霜二钱，糊丸，米饮服三十丸，甚捷。**夜合皮**肺痈唾浊水，煎服。**竹沥**老小肺痿，咳臭脓，日服三五次。**淡竹茹** **茯苓**〔人部〕**人尿**肺痿寒热，气急面赤，调甘草服。**人中白** **天灵盖**热劳肺痿。

【补益】〔草部〕**人参**消痰，治肺痿，鸡子清调服。**天门冬**肺痿，咳涎不渴，捣汁入饴、酒，紫菀末丸含。**栝楼**肺痿咳血，同乌梅、杏仁末，猪肺蘸食。**款冬花**劳咳肺痿，同百合末服。**麦门冬**肺痿肺痈，咳唾脓血。**蒺藜子**肺痿唾脓。**五味子** **女菀** **沙参**〔果石〕**白柿**并润肺止咳。**白石英**肺痿唾脓〔鳞兽〕**鲫鱼**肺痿咳血，同羊肉、莱菔煮服。**蛤蚧**久咳，肺痿，肺痈，咯血。**羊肺**久咳肺痿，同杏仁、柿霜、豆粉、真酥、白蜜炙食。**羊脂髓**肺痿骨蒸，同生苄汁、姜汁、白蜜炼服。**猪肺**肺痿嗽血，蘸薏苡食，**猪胰**和枣浸酒服。**鹿血**酒服。**阿胶** **醍醐** **鹿角胶** **黄明胶**肺痿唾血，同花桑叶末服。

虚损 有气虚，血虚，精虚，五脏虚，虚热，虚寒。

【气虚】〔草部〕**甘草**五劳七伤，一切虚损，补益五脏。　大人羸瘦，童尿煮服。　小儿羸瘦，炙焦蜜丸服。**人参**五劳七伤，虚而多梦者加之，补中养营。　虚劳发热，同柴胡煎服。　房劳吐血，独参汤煎服。**黄芪**五劳羸瘦，寒热自汗，补气实表。**黄精**五劳七伤，益脾胃，润心肺，九蒸九晒食。**青蒿**劳热在骨节间作寒热，童尿熬膏，或为末服，或入人参，麦门冬丸服。**石斛**五脏虚劳羸瘦，长肌肉，壮筋骨，锁涎[198]。涩丈夫元气，酒浸酥蒸服满镒，永不骨痛。**骨碎补**五劳六极[199]，手足不收，上热下寒，肾虚。**五味子**壮水锁阳[200]，收耗散之气。**忍冬藤**久服轻身长年益寿，煮汁酿酒饮。**补骨脂**五劳七伤，通命门，暖丹田，脂麻炒过丸服。同茯苓、没药丸服，补肾养心养血。**附子**补下焦阳虚。**天雄**补上焦阳虚。**蛇床子**暖男子阳气、女子阴气。**仙茅**丸服。**淫羊藿**　**狗脊**并主冷风虚劳。**柴胡**　**秦艽**　**薄荷**并解五劳七伤虚热。**羌活**五劳七伤酸痛。**苏子**补虚劳，肥健人。**青木香**气劣不足[201]。同补药则补，同泻药则泻。**天门冬**　**沙参**　**葳蕤**　**白茅根**　**白英**　**地肤子**　**黄连**　**术**　**熏草**　**石蕊**　**玉柏**　**千岁蘽**〔菜谷〕**五芝**　**石耳**　**韭白**　**薤白**　**山药**　**甘薯**并补中益气。**大麻子**虚劳内热，大小便不利，水煎服。**胡麻**〔果木〕**柿霜**　**藕**并补中益元气，厚肠。**莲实**补虚损，交心肾，固精气，利耳目，厚肠胃，酒浸入猪肚煮丸服。或蒸熟蜜丸服，仙方也。**柏子仁**恍惚虚损吸吸[202]。**枸杞叶**五劳七伤，煮粥食。**地骨皮**去下焦肝肾虚热。虚劳客热，末服。热劳如燎，同柴胡煎服。　虚劳寒热苦渴，同麦门冬煎服。**五加皮**五劳七伤，采茎叶末服。**冬青**风热，浸酒服。**女贞实**虚损百病，同旱莲、桑椹丸服。**柘白皮**酿酒，补虚损。**厚朴**虚而尿白者加之。**沉香**补脾胃命门。**桂**补命门营卫。**松根白皮**　**茯苓**　**白棘**　**桑白皮**〔石虫〕**云母粉**并主五劳七伤虚损。**五色石脂**补五脏。**白石英**　**紫石英**补心气下焦。**枸杞虫**起阳益精，同地黄丸服。**蚕蛹**炒食，治劳瘦，杀虫。**海蚕**虚劳冷气，久服延年。〔鳞介禽兽〕**鲫鱼**　**鲥鱼**　**嘉鱼**　**石首鱼**　**鳜鱼**　**鳖肉**　**淡菜**　**海蛇**　**鸡肉**　**白鹭**炙食。**桑鳸**　**鸠**　**雀**并补虚羸。**犬肉**　**牛肉**　**牛肚**　**狐肉**作脍生食。**狢肉**　**貒肉**并主虚劳。**狗肾**产后肾劳，如疟体冷，**猪肚**同人参、粳米、姜、椒煮食，补虚。**猴肉**风劳，酿酒。**山獭**　**紫河车**一切男女虚劳。

【血虚】〔草木〕**地黄**男子五劳七伤，女子伤中失血[203]。同人参、茯苓熬，琼玉膏。　酿酒、煮粥皆良。　面炒研末酒服，治男女诸虚积冷。　同菟丝子丸服。**麦门冬**五劳七伤客热。男女血虚，同地黄熬膏服。**泽兰**妇人频产劳瘦，丈夫面黄，丸服。**黄檗**下焦阴虚，同知母丸服，或同糯米丸服。**当归**　**芎䓖**　**白芍药**　**丹参**　**玄参**　**续断**　**牛膝**　**杜仲**　**牡丹皮**〔介兽〕**龟版**　**绿毛龟**　**鳖甲**　**阿胶**　**醍醐**　**酥酪**　**驼脂**　**牛骨髓**　**牛乳**　**羊乳**并补一切虚，一切血。**羊肉**益产妇。**羊脂**产后虚羸，地黄汁、姜汁、白蜜煎服。**羊肝**同枸杞根汁作羹食。**羊胃**久病虚羸，同白术煮饮。

【精虚】〔草木〕**肉苁蓉**五劳七伤，茎中寒热痛，强阴益清髓。　同羊肉煮食。**列当**　**锁阳**同上。**免丝子**五劳七伤，益精补阳，同杜仲丸服。**覆盆子**益精强阴，补肝明目。　每旦水服三钱，益男子精，女人有子。**何首乌**益精血气，久服有子，服食有方。**萝摩子**益精气，同枸杞、五味、地黄诸药末服，极益房室。**巴戟天**　**车前子**　**远志**　**蓬蘽**　**百脉根**　**决明子**　**蒺藜子**　**五味子**　**旋花根**　**萆薢**　**菝葜**　**土茯苓**　**杜仲皮**〔石虫〕**石钟乳**　**阳起石**　**石脑**　**石髓**并补益精气，五劳七伤。**慈石**养胃益精，补五脏，同白石英浸水煮粥，日食。**石硫黄**　**桑螵蛸**　**青蚨**　**九香虫**　**牡蛎**　**羊脊髓**　**猪脊髓**并补虚劳，益精气。**羊肾**虚劳精竭，作羹食。　五劳七伤，同肉苁蓉煮羹食。　虚损劳伤，同白术煮饮。**鹿茸**虚劳洒洒如疟，四肢酸痛，腰脊痛，小便数，同当归丸服。　同牛膝丸服。　**白胶**同茯苓丸服。**麋茸**研末，同酒熬膏服。**麋角**　**鹿髓**　**鹿血、肾**　**獐肉、骨**酿酒。**腽肭脐**并补精血。

①山岚瘴气，恶性疟疾。

②恶气，疫疠之气。

③弭灾沴，消除灾气。

④初汲水，刚从井中打上来的水。

⑤三呷（xiā，音虾）三小口。

⑥禳（ráng，音瓤），古代祈祷消灾的迷信活动。

⑦盘食，饭菜。

⑧平旦，早上五至七时。

⑨毒气，疫疠之气。

⑩中暍（yè，音夜），中暑。

⑪彻上，发汗。彻下，利小便。

⑫益元，补益元气。

⑬痿躄（bì，音毕），病名，四肢痿弱，足不能行。

⑭助金水，补助肺肾。

⑮胎蒸，病名。

⑯伏热，伏于体内的热邪。

⑰恶实，牛蒡子的别名。

⑱热毒，因热邪郁结成毒。

⑲胞中，膀胱。

⑳骨蒸，热自骨髓蒸发而出。

㉑五劳七伤：一指肺劳、肝劳、心劳、脾劳、肾劳；一指志劳、思劳、心劳、忧劳、瘦劳；一指久视、久卧、久坐、外立、久行。七伤：食伤、忧伤、饮伤、房劳伤、饥伤、劳伤、经络营卫气伤。

㉒曝，晒。

㉓蓐劳，病名，产后气血耗损，忧劳思虑所致。

㉔炅（jiǒng，音迥），热。

㉕气妨，气机阻滞。

㉖练，去除。

㉗拥，阻塞。

㉘郁冒，神志不清。

㉙气筑，气壅。

㉚隔，同格。

㉛愤懑，烦闷。

㉜恚（huì，音会），愤怒。

㉝酒癖，病名。饮酒过度而生胁肋之癖。

㉞嘈杂，病证名。

㉟舐（shì，音示）用舌舔物。

㊱澼（pì，音僻），指粘滑的液体。

㊲漾漾，水波动的样子。

㊳惊痰，因痰迷心窍所致的病症。

㊴吞酸，咽酸水。

㊵豁，疏散。

㊶癖饮，因饮水过多，使寒气结浆所致，又称饮癖。

㊷宿滞，宿食。

㊸实，固。皮毛，表。

㊹莱香，即茴香。

㊺茵（gāng，音冈）。

㊻翻胃，反胃。

㊼白鲞（xiǎng，音响），剖开晾干的鱼。

㊽桑扈（hù，音户），鸟名，又名青雀。

㊾牛脾（pí，音皮），牛百叶。

㊿消肉，消肉食。

51汤，开水。沃，浇。

52酒毒下痢，因酒毒积蓄而致的痢疾。

53酒积，因饮酒过度而积滞。

54饮酒成泄，因饮酒无度而引起腹泻。

55心痛，指胃脘痛。

56噫，嗳气。

57咽嗌，咽喉。

58五噎：一指气噎、忧噎、食噎、劳噎、思噎五种噎证；又气滞、血瘀、火炎、痰凝、食积五种致噎因素。

59刁刁，轻风吹拂的样子。

60五膈，有三种说法：一指忧膈、恚膈、气膈、寒膈、热膈；二指忧膈、食膈、气膈、饮膈、寒膈；三指喜膈、怒膈、忧膈、思膈、恐膈。

61膈气，膈证。

62恶血，死血。

63梅核气，病证名，多因情志不畅所致。

64不问，无论。

65牛齝（chí，音池），牛反刍。

66火酒，白酒。

67小儿乳霍，因喂养不当引起的小儿吐泻。

68尽，够。

69哕啘（yuē wā，音约哇），干呕。

70呕家，素有呕病者。

71蠮螉（yì wēng，音义翁），虫类药名。

72已，止。

73心痞，胃脘满闷。

74连属，连聚。

75相并，相合。

76昏瞀，头晕目眩。

77霍乱转筋，俗称吊脚痧。

78荐，草席。

79缯（zēng，音增），丝织品的总称。

80捋（luō，音啰），按摩。脚，指小腿。

81湿泄，因湿气所致泄泻。

82虚泄，因脏腑虚弱所致泄泻。

83脾泄，因脾病所致泄泻。

84滑泄，泄泻日夜不禁。

85水泄，泄泻如水。

86痢泻，痢疾并腹泻。

87风泄，风邪所致泄泻。

88五更肾泄，肾阳不足而致五更发作的泄泻。

89热泄，热邪所致的泄泻。

90冷泄，受寒而致的泄泻。

91下白涕，泄下白涕样的粘液。

92冷劳，病名。

(93)惊泄，小儿受惊而致腹泄。
(94)顖，同囟。
(95)积痢，食积所致痢疾。
(96)噤口痢，痢疾病人不进饮食者。
(97)赤痢，血痢。
(98)气痢，因气滞而致痢。
(99)赤白，指赤白痢，大便脓血赤白相间。
(100)五疳：心疳、肝疳、脾疳、肺疳、肾疳。
(101)困笃，疲乏沉重。
(102)杂痢，大便颜色杂乱。
(103)蛊痢，中蛊毒而致的痢疾。
(104)酒痢，酒毒所致痢疾。
(105)脏毒下痢，脏腑积毒所致痢疾。
(106)水谷痢，因食物不消化而致疾。
(107)五色诸痢，痢疾粪便中杂有多种颜色。
(108)肠澼，痢疾的古称。
(109) 疞（xiǔ，音朽），腹部急痛。
(110)貒（tuān，音湍），猪獾。
(111)疟母，久疟不愈结聚肋下的痞块。
(112)暑疟，因暑邪而得疟。
(113)虚疟，因虚弱而得疟。
(114)热疟，疟疾之一种。
(115)肺疟，五脏疟之一种。
(116)心疟，五脏疟之一种。
(117)肾疟，五脏疟之一种。
(118)鼠负，动物名。
(119)老疟，疟疾久不愈，邪入三阴经。
(120)山岚发疟，因山岚瘴气而致的疟疾。
(121)痎疟，病证名。
(122)食疟，胃疟。疟疾之一。
(123)痰疟，疟疾兼有郁痰。
(124)五疟，五脏疟。
(125)瘖疟，即痎疟。
(126)鬼疟，疟疾发于夜间者。
(127)嗃鼻，将药物吹入鼻腔。
(128)小结胸，病证名，由痰热互结所致。
(129)伏瘕，病名。
(130)气积，因忧思郁怒日久成积。
(131)血积，病证名。
(132)水蛊，病名，因水毒结聚所致。
(133)胪（lú，音卢），皮，又指腹前部。
(134)锉曝，用锉切削，晒干。
(135)转气，放屁。
(136)风肿，病证名。
(137)湿肿，因湿过重而肿。
(138)气肿，因气郁而水肿。
(139)虚肿，虚而水肿。

⑭血肿，瘀血滞留而致水肿。

⑭子气，妇女怀孕后，下肢浮肿，小便清长。

⑭水气，痰饮。

⑭皮水，水溢皮肤。

⑭水鼓，水肿而致腹胀如鼓。

⑭十种水气，有三种说法：一指青水、赤水、黄水、玄水、白水、黑水、风水、石水、气水、里水；一指青水、赤水、黄水、白水、黑水、悬水、风水、石水、暴水、气水；一指心水、肝水、脾水、肺水、肾水、胆水、胃水、大肠水、小肠水、膀胱水。

⑭蛊胀，病名。

⑭石水，水肿病的一种。

⑭胎肿，妇女因怀孕而浮肿。

⑭却，消除。

⑮水瘖（yīn，音阴）肿病，心病水肿。

⑮水症（zhēng，音征），病名。

⑮五水：一指风水、皮水、正水、石水、黄汗五种水肿；一指五脏水。

⑮水癖，水气凝结而成癖。

⑮困，减轻。

⑮胕，通肤。

⑮酒疸，因饮酒过度而致黄疸。

⑮痫黄，三十六黄之一。

⑮黄病，身体变黄的病证。

⑮五疸，一指黄疸、谷疸、酒疸、女劳疸、黑疸；一指黄疸、谷疸、酒疸、女劳疸、黄汗；一指黄疸、谷疸、女劳疸、酒疸、劳疸。

⑯痫黄疸，病证名。

⑯罨，敷。

⑯脾疸，因脾阳不振而致黄疸。

⑯萎黄，皮肤枯萎发黄。

⑯三十六黄，三十六种黄病证侯，有两种说法。一指肝黄、心黄、脾黄、肺黄、肾黄、胆黄、脑黄、癖黄、胃黄、鬼黄、奸黄、走马黄、立黄、黑黄、体黄、劳黄、脊禁黄、食黄、火黄、阴黄、气黄、煴黄、髓黄、房黄、血黄、忧黄、惊黄、花黄、症黄、水黄、蛇黄、牛黄、鸦黄、鸡黄、蛐蜒黄；一指心黄、肝黄、脾黄、肺黄、肾黄、鬼黄、奸黄、血黄、人黄、髓黄、荫黄、急黄、气黄、痫黄、白黄、明黄、胆黄、惊黄、风黄、走精黄、酒黄、鸡黄、蛐蜒黄、火黄、走马黄、房黄、厌黄、水黄、爪黄、肠黄、犊黄、猪黄、土黄、虾蟆黄、黑黄。

⑯脚气，病名。

⑯傅，敷。

⑯脚气冲心，邪毒上攻心胸，脚气危证之一。

⑯脚气胀满，因脚气病而致全身肿胀。

⑯櫋（mián，音棉）芽，杜种。

⑰脚气入腹，脚气从足而上入腹部。

⑰腹痹，腹部阻塞不通。

⑰渫（xiè，音卸），除去。

⑰阳，指热。

⑰强，加强。

⑰阴痿，指阳痿。

⑰羸（léi，音雷），瘦弱。

⑰申，通伸。

⑰腽肭，海狗。腽肭脐，海狗的阴茎和睾丸。

⑰车毂中脂，车脂。

⑱销化，熔化。

⑱齁齁（hé hōu，音合侯［阴平声了］，病证名。

⑱喉呷作声，喘息时发出的声音。

⑱窜，跳。

⑱上气失声，因气逆而致咳不出声。

⑱䭔（duī，音堆）子，饼。

⑱痰齁，因痰而致齁喘。

⑱咸齁，因食过量盐而致齁喘。

⑱盐齁，同咸齁。

⑱呷嗽，病名，咳嗽时有呀呷之声。

⑲气嗽，病证名。

⑲水气咳嗽，指水、痰饮而致的咳嗽。

⑲老痰，痰因气火郁结而显凝胶状。

⑲劳咳，

⑲急劳咳嗽，虚劳而致咳嗽。

⑲劳嗽，久嗽成劳。

⑲漏，通瘘。

⑲甲错，皮肤粗糙如鳞甲。

⑲锁，止。

⑲六极，六和虚损危重病症。有三种说法：一指气极、血极、筋极、肌极、骨极、精极；一指气极、脉极、筋极、肉极、骨极、精极；一指气极、肺极、脏极、筋极、骨极、肉极。

⑳锁，固。

⑳气劣，气弱。

⑳吸吸，上气不接下气。

⑳伤中，内伤。

瘵疰[①] 有虫积，尸气。

【除邪】〔草部〕**青蒿**骨蒸鬼气，熬膏，入猪胆，甘草末丸服。 子，功同。**王瓜子**传尸劳瘵[②]，焙研，酒服一钱。**玄参**传尸邪气，作香烧。**甘松**同玄参，熏劳瘵。**茅香花**冷劳久病，同艾叶烧，丸服。**苦耽**传尸伏连鬼气[③]。**鬼臼**尸疰殗殜[④]，传尸劳瘵。**天麻** **鸢尾** **海根**并主飞尸鬼气殗殜[⑤]，传尸劳瘵。**知母** **秦艽** **胡黄连** **芦根** **酸浆子** **百部** **紫菀** **甘草** **桔梗** **人参** **黄芪**〔谷菜〕**浮麦**并主传尸，骨蒸劳热，自汗。**阿芙蓉** **鹿角菜**小儿骨蒸热劳。**茄子**传尸劳气。〔果木〕**李**去骨节间劳热。**杏核仁**男女五劳七伤，童尿煮七次，蜜蒸食。**乌梅**虚劳骨蒸。**冬桃**解劳热。**桃核仁**主骨蒸作热，一百二十颗杵为丸，平旦井水下，饮酒令醉，任意吃水，隔日一作。急劳咳嗽，同猪肝、童尿煮丸服。 冷劳减食，茱萸炒收，日食二十粒，酒下，重者服五百粒愈。传尸鬼气，咳嗽痃癖[⑥]，煮汗作粥食。 五尸鬼疰[⑦]，九十九种，传及傍人，急以桃仁五十枚研泥，水四升煮服，取吐，不尽再吐。**蜀椒**丸服。**槟榔** **安息香** **苏合香**并杀传尸劳瘵虫[⑧]。**樟木节**风劳有虫，同天灵盖诸药服。**干膝**传尸劳瘵，五劳七伤，同柏子仁、酸枣、山茱萸丸服。**皂荚**卒热劳疾，酥炙丸服。 急劳烦热，同刺及木皮烧灰淋煎凝，入麝香，以童尿浸，蒸饼丸服。**桑柴灰**尸疰鬼疰，三十六种，变动九十九种，死复传人，淋汗煮赤小豆，同羊肉作羹食。**樗白皮**鬼疰传尸，童尿、豆豉煎服。**地骨皮**骨蒸烦热，同防风、甘草煎服。**酸枣仁**骨蒸劳热，擂汁煮粥食。**阿魏**传尸冷气。**无患子皮**飞尸。**柳叶** **阿勒勃** **黄檗**〔金石〕**金薄**并主骨蒸劳热。**石膏**

骨蒸劳热，研粉服。**雄黄**五尸劳病，同大蒜丸服。　骨蒸发热，小便研，烧石熏之。**鹅管石**熏劳嗽。**白矾**冷劳泄痢，同羊肝丸服。**禹余粮**冷劳肠泄，同乌头丸服。**阳起石**　**慈石**并主五劳七伤虚乏。**霹坜砧**〔诸虫鳞介〕**虫白蜡**并杀余虫。**石决明**骨蒸劳极。**纳鳖**传尸劳。　**鳖甲**冷痛劳瘦，除骨节间劳热结实，补阴补气。**鳖肉**益气补不足，去血热。　骨蒸潮热咳嗽，同前胡、贝母等药煮食，丸服。**蛤蚧**治肺劳传尸，咳嗽咯血。**蛇吞蛙**劳嗽吐臭痰，煅研酒服。**鳗鲡鱼**传尸疰气劳损。骨蒸劳瘦，酒煮服。〔禽兽〕**啄木鸟**取虫，煅研酒服。**慈乌**补劳治瘦，止咳嗽骨蒸，五味淹食[9]。**乌鸦**瘦病咳嗽，骨蒸劳瘀，煅研酒服。　五劳七伤，吐血咳嗽，酿栝楼根，日煮食。**鹰矢白**杀劳虫。**猪脊髓**骨蒸劳伤，同猪胆、童尿、柴胡等煎服。**猪肝**急劳瘦悴寒热，同甘草丸服。**猪肾**传尸劳瘵，童尿、酒煮服。**猪肚**骨蒸热劳，四时宜食。**猪胆**骨蒸劳极。**羊肉**骨蒸久冷，同山药作粥食。　骨蒸传尸，同皂荚、酒煮食，当吐虫出。**白羊头蹄**五劳七伤，同胡椒、荜茇、干姜煮食。**诸朽骨**骨蒸劳热，煮汁淋之，取汗。**猫肝**杀劳瘵虫，生晒研，每朔望五更酒服。**獭肝**传尸伏连殗殜，劳瘵虚汗，咳嗽发热，杀虫，阴干为末，水服，日三。**鹿茸**　**腽肭脐**虚劳。**熊脂**酒服，杀劳虫，补虚损。**象牙**骨蒸。**獭肉**　**狸骨**　**虎牙**　**鼠肉**并杀劳虫。〔人部〕**人屎**骨蒸劳极，名伏连传尸，同小便各一升，入新粟米饭五升，曲半饼，密封二七日，每旦服一合，午再服，并去恶气。　人屎浸水早服之，晚服童尿。**人尿**滋阴降火。　男女劳证，日服二次。　骨蒸发热，以五升煎一升，入蜜三匙，每服一碗，日二服。**人中白**传尸热劳，肺痿消瘦，降火，消瘀血。**秋石**虚劳冷疾，有服法。**人乳**补五脏，治瘦悴。　虚损劳瘵，同麝香、木香服，或同胞衣末服。**人牙**烧用，治劳。**天灵盖**传尸尸疰，鬼疰伏连。　肺痿，骨蒸盗汗，退邪气，追劳虫，炙黄，水煎服。同麝香丸服。　小儿骨蒸，加黄连，末服。　追虫，有天灵盖散。**人胞**男女一切虚损劳极，洗煮，入茯神丸服。　河车大造丸。**人胆**尸疰伏连。**人肉**瘵疾。

邪祟　邪气乘虚，有痰、血、火、郁。

【除辟】〔草部〕**升麻**杀百精老物，殃鬼邪气。中恶腹痛，鬼附啼泣。**徐长卿**鬼疰精物邪恶气，百精老魅注易[10]，亡走啼哭恍惚。**鬼督邮**　**马目毒公**　**鬼臼**杀鬼疰精物，辟恶气不祥，尸疰传尸。**忍冬**飞尸、遁尸[11]、风尸[12]、沉尸[13]、尸疰、鬼击，并煮汁服，或煎膏化酒服。**丹参**中恶，百邪鬼魅，腹痛气作，声音鸣吼，定精。**防葵**狂邪，鬼魅精怪。**白鲜皮**大热饮水，狂走大呼。**白蒺藜**卒中五尸，丸服。**女青**　**赤箭**　**天麻**　**野葛**　**海根**　**雷丸**　**蓝实**　**败芒箔**　**卷柏**　**桔梗**　**知母**　**小草**　**远志**　**甘松**　**藁本**　**迷迭香**　**白微**　**人参**　**苦参**　**沙参**　**紫菀**　**狼毒**　**草犀**　**白茅香**　**茅香**　**白及**　**商陆**　**木香**　**缩砂**　**藿香**　**瓶香**　**藒车香**　**兰草**　**山柰**　**山姜**　**葯酱**　**蕙草**　**姜黄**　**莪茂**　**郁金香**　**鸡苏**　**菖蒲**　**艾叶**　**苦耽**　**云实**　**蓖麻**　**蜀漆**　**艾纳香**　**射罔**　**射干**　**鸢尾**　**芫花**　**荛花**　**水堇**　**钩吻**　**羊踯躅**　**海藻**　**蘼芜**　**青蒿**　**石长生**　**独行根**　**白兔藿**　**续随子**　**蜘蛛香**　**屋四角茅**　**赤车使者**〔谷菜〕**豌豆**煮汁。**白豆**　**大豆**并主鬼毒邪气疰忤。**酒醋**　**陈粟米**并主鬼击。**粳米**五种尸病，日煮汁服。**芥子**邪恶鬼疰气，浸酒服。**白芥子**御恶气，飞尸遁尸，邪魅。**大蒜**杀鬼去痛，同香墨、酱汁服。　鬼毒风气，同杏仁、雄黄服。**百合**百邪鬼魅，啼泣不止。**胡荽**　**罗勒**　**旱芹**〔果木器服〕**桃枭**　**桃花**　**桃白皮**　**桃胶**　**桃毛**并主邪恶鬼疰精气。**桃仁**鬼疰寒热疼痛，研服。**陈枣核中仁**疰忤恶气。常服，百邪不干。**榧子**　**蜀椒**　**毕澄茄**　**吴茱萸**　**柏实**　**鬼箭**　**沉香**　**蜜香**　**丁香**　**檀香**　**乌药**　**必栗香**　**竹叶**　**鬼齿**并主中恶邪鬼疰气。**降真香**带之辟邪恶气，宅舍怪异。**安息香**心腹恶气，鬼疰，魍魉，鬼胎[14]，中恶魇寐。常烧之，去鬼来神。　妇人夜梦鬼交，烧熏永断。**苏合香**辟恶，杀鬼精物。**詹糖香**　**樟脑**　**乳香**　**阿魏**　**桦皮脂**　**楞白皮**　**干漆**　**皂荚**　**桑柴灰**　**无患子**　**巴豆**　**琥珀**并杀鬼精尸疰。**卮子**五尸注病，烧研水服。**乌臼根皮**尸疰中恶，煎入朱砂服。**古厕木**鬼魅传尸，魍魉神祟，烧之。**古榇板**鬼气疰忤，中恶心腹痛，梦悸，常为鬼神祟挠，和桃枝煎酒服，取吐下。**死人枕　桃橛　甑带**煮汁。**钪楔　败芒箔**〔水土金石〕**粮罂水**并主尸疰鬼气。**半天河水**鬼疰，狂邪气，恍惚妄言。**铸钟黄土　鼢鼠壤土　伏龙肝　釜脐墨　京墨　黑铅　铅丹**并主疰忤邪气。**古镜　铜镜鼻　铁落　朱砂　水银　硫黄　石膏　生银　雄黄　代赭　金牙石　金刚石　砺石　蛇黄　食盐　霹雳砧**〔诸虫鳞介〕**露蜂房　芫青　龙骨　龙齿　鼍甲**并主疰病鬼邪。**鲮鲤**五邪惊啼悲伤，妇人鬼魅哭泣。**蛤蚧　鳗鲡　鲛鱼皮　海虾　蟹爪　贝子　牡蛎**〔禽兽〕**丹雄鸡　黑雌鸡　乌骨鸡　鸡冠血　东门鸡头**并主邪气鬼物疰忤。**鸡卵白**五遁尸气冲心[15]，或牵腰脊，顿吞七枚。**胡燕卵黄　乌鸦　鹊巢**烧服。**白鸭血**并主鬼魅邪气。**鹰肉**食之，去野狐邪魅。　觜、爪烧灰，水服。　屎白烧灰，酒服。**牛黄　野猪黄　羊脂　猪脂　白犬血　猪心血　尾血　猪乳　豚卵　羚羊角**烧。**羚羊角及鼻　犀角　鹿角及茸　鹿头　麂头骨　猴头骨　狐头、尾及屎**烧灰，辟邪恶。　五脏，主狐魅及人见鬼，作羹食。**兔头及皮　猫头骨　猫肉　狸肉及骨　豹肉及鼻　虎肉及骨**取二十六种魅。　爪、牙、皮、屎同。**象牙　狼牙　熊胆　麝香　灵猫阴　獭肝**鬼疰邪魅，烧末服。**腽肭脐**鬼气尸疰狐魅。**六畜毛　蹄甲　马悬蹄　马屎　狮屎　底野迦　鼠屎　彭侯**〔人部〕**乱发**尸疰，烧灰服。**头垢　人尿**鬼气疰病，日日服之。**天灵盖**尸疰鬼气。**人胆**

寒热　有外感，内伤，火郁，虚劳，疟，疮，瘰疬。

【**和解**】〔草部〕**甘草**五脏六腑寒热邪气，凡虚而多热者加之。**知母**肾劳，憎寒烦热。**丹参**虚劳寒热。**白头翁**狂犭易寒热[16]。**胡黄连**小儿寒热。**黄芩**寒热往来，及骨蒸热毒。**柴胡**寒热邪气，推陈致新，去早辰潮热，寒热往来，妇人热入血室[17]。**前胡**伤寒寒热，推陈致新。**白鲜皮**主壮热恶寒。**茅根　大黄**并主血闭寒热。**旋覆花**五脏间寒热。**茵蓣**寒热如疟。**屋游**浮热在皮肤，往来寒热。**乌韭　龙胆**骨间寒热。**白微**寒热酸痛。**秦艽　当归　芎䓖　芍药**并主虚劳寒热。**荆芥　积雪草　紫草　夏枯草　蠡实　芦根　云实　木通　蒲黄　吴蓝　连翘　蛇含　鸭跖草　凌霄花　土瓜根**〔菜果〕**冬瓜**泡汁饮。**茄子　马齿苋　苋实　薤白　杏花**女子伤中寒热痹。**桃毛**血瘕寒热[18]。〔木石〕**厚朴**解利风寒寒热。**牡荆　蔓荆**　并除骨间寒热。**冷水**服丹石，病发恶寒，冬月淋至百斛，取汗乃愈。**松萝　枳实　竹茹　雄黄**肝病寒热。**石膏**中风寒热。**滑石**胃热寒热。**曾青**养肝胆，除寒热。**石青　石胆　食盐　朴消　矾石**〔虫介兽人〕**雀瓮　龟甲**骨中寒热，或肌体寒热欲死，作汤良。**海蛤**胸痛寒热。**蛤蜊**老癖为寒热。**贝子**温疰寒热，解肌，散结热。**龙齿**大人骨间寒热。**鼍甲**伏坚寒热。**猪悬蹄甲**小儿寒热，烧末乳服。**牛黄　人尿**

【**补中清肺**】〔草谷〕**黄芪**虚疾寒热。**沙参　黄精　葳蕤　术**并除寒热，益气和中。**桔梗**除寒热，利肺。**灯笼草　麦门冬　紫菀　旋花根　黄环　天门冬　白英　忍冬　豌豆　绿豆　赤小豆　秫　百合　山药**〔果木〕**吴茱萸　椒红　桂**利肝肺气，心腹寒热。**辛夷**五脏身体寒热　**沉香**诸虚寒热冷痰，同附子煎服。**乌药**解冷热。**桑叶**除寒热，出汗。**茯苓　酸枣　山茱萸**〔石部〕**殷蘖**瘀血寒热。**阳起石　禹余粮**〔禽兽〕**鹜肪**风虚寒热。**猥猪头肉**寒热。**熊脂　鹿角　麋脂**

吐血衄血　有阳乘阴者，血热妄行；阴乘阳者，血不归经。　血行清道出于鼻[19]，血行浊道出于口[20]。　呕血出于肝，吐血出于胃，衄血出于肺。　耳血曰衈[21]，眼血曰衈，肤血曰血汗[22]，口鼻并出曰脑衄，九窍俱出曰大衄。

【**逐瘀散滞**】〔草部〕**大黄**下瘀血血闭[23]。心气不足，吐血衄血，胸胁刺胀，同芩、连煎服。亦单为散，水煎服。**甘遂　芫花　大戟**吐血痰涎，血不止者，服此下行即止。**杜衡**吐血有瘀，用此吐之。**红蓝花**　**郁金**破血。为末，并水服，止吐血。**茜根**活血行血。为末，水煎服，止吐衄诸血。或加黑豆、甘草丸服。　同艾叶、乌梅丸服。**剪草**一切失血，为末和蜜，九蒸九晒服。**三七**吐衄诸血，米泔服三钱。**蓖麻叶**涂油炙，熨囟上，止衄。**三棱**末，醋调涂五椎上，止衄。〔谷菜〕**麻油**衄血，注鼻，能散血。**醋**衄血，和胡粉服，仍和土敷阴囊上。**韭汁**止吐血。和童尿服，消胃脘瘀血。**葱汁**散血。塞鼻，止衄。**蔓菁汁**止吐血。**莱菔汁**止吐血大衄，仍注鼻中。**桑耳**塞鼻，止衄。〔果木〕**栗楔**破血。烧服，止吐衄。壳亦可。**荷叶**破恶血，留好血。口鼻诸血，生者擂汁服，干者末服，或烧服，或加蒲黄。**藕汁**散瘀血，止口鼻诸血，亦注鼻止衄。**桃仁**破瘀血血闭。**桃枭**破血。止吐血，诸药不效，烧服。**榴花**散血。为末服，止吐衄。　同黄葵花煎服，或为末服，亦塞鼻止衄。**干柿**脾之果，消宿血，治吐血咯血。**棕灰**消瘀血。止吐衄诸血，水服。**血竭**吹鼻，止衄。**山茶**吐衄，为末，酒入童尿服。**胡颓子根**吐血，煎水服。**蕤核**衄血。**枫香**吐衄，为末水服，或加蛤粉，或加绵灰。**椰子皮**止衄。**苏木**〔服器〕**红绵灰**水服。**黄丝绢灰**水服。**白纸灰**水服，止吐衄，效不可言。**麻纸灰**　**藤纸灰**入麝香，酒服，止衄血。**屏风故纸灰**酒服，止衄。**败船茹**止吐血。〔土石〕**白垩土**衄血，水服二钱，除根。**伏龙肝**水淘汁，入蜜服，止吐血。**金墨**吐衄，磨汁服。**铛墨**炒过，水服二钱，止吐衄诸血。**百草霜**水服，并吹鼻止衄。**白瓷器末**吐血，皂角仁汤服二钱。　衄血，吹鼻。**地龙粪**吐血，水服二钱。**花乳石**能化血为水，主诸血。凡喷血出升斗者，煅研，童尿入酒服三、五钱。**金星石**主肺损吐血嗽血。**石灰**散瘀血。凡卒吐血者，刀头上烧研，水服三钱。**白矾**吹鼻，止衄。**硇砂**衄血不止，水服二钱。**食盐**散血。**戎盐**主吐血。**芒消**下瘀血。**珊瑚**吹鼻，止衄。〔虫鳞〕**蚕退纸灰**吐血不止，蜜丸含咽。**蛴螬**主吐血在胸腹不出。**蜘蛛网**卒吐血者，米饮吞一团。**露蜂房**主吐衄血。**蜗牛**焙研，同乌贼骨吹鼻，止衄。**虻虫**　**水蛭**　**五倍子末**水服，并吹鼻，止衄。**壁钱窠**塞鼻，止衄。**龙骨**服，止吐血；吹鼻，止衄；吹耳，止衈。**鲤鱼鳞灰**散血。衄不止，水服二钱。**乌贼骨**末服，治卒吐血；吹鼻，止衄。**鳔胶**散瘀血，止呕血。**鳝血**滴鼻，止衄。**胆**滴耳，止衈。〔禽兽〕**五灵脂**吐血，同卢会丸服。　同黄芪末，水服。**鸡屎白**　**老鸱骨**　**驼屎灰**　**骡屎灰**　**马悬蹄灰**　**牛骨灰**　**猥皮灰**并吹鼻止衄。**白马通**服汁，塞鼻，并止吐衄。**牛耳垢**塞鼻，止衄。**黄明胶**贴山根[24]，止衄。　炙研，同新绵灰饮服，止吐血。〔人部〕**发灰**散瘀血。止上下诸血，并水服方寸匕，日三。　吹鼻，止衄。**人尿**止吐衄，姜汗和服，降火散瘀血，服此者十无一死。**吐出血**炒黑研末，麦门冬汤服三分，以导血归源。**衄血**接取点目角，并烧灰水服一钱。**人爪甲**刮末吹鼻，止衄妙。

【滋阴抑阳】〔草部〕**生地黄**凉血生血。治心肺损，吐血衄血，取汁和童尿煎，入白胶服。　心热吐衄，取汁和大黄末丸服。同地龙、薄荷末，服之。**紫参**唾血鼽衄[25]。同人参、阿胶末服，止吐血。**丹参**破宿血，生新血。**地榆**止吐衄，米醋煎服。**牡丹皮**和血，生血，凉血。**当归**头止血，身和血，尾破血。　衄血不止，末服一钱。**芎䓖**破宿血，养新血，治吐衄诸血。**芍药**散恶血，逐贼血，平肝助脾。　太阳鼽衄不止，赤芍药为末，服二钱。咯血，入犀角汁。**黄芩**诸失血。积热吐衄，为末水煎服。**黄连**吐衄不止，水煎服。**胡黄连**吐衄，同生地黄、猪胆汁丸服。**黄药子**凉血降火。　吐血，水煎服。　衄血，磨汁服，或末服。**白药子**烧服。**蒲黄**　**青黛**水服。**蓝汁**　**车前汁**　**大小蓟**汁。**马兰**　**泽兰**　**水苏**煎或末。**紫苏**熬膏。**薄荷**　**青蒿**汁。**青葙**汁。**马蔺子**　**阴地厥**　**鳢肠**汁。**蘘荷根**汁。**生葛**汁。**浮萍**末。**桑花**末。**船底苔**煎。**土马鬃**并止吐血衄血。**荆芥**吐血，末服。口鼻出血，烧服。　九窍出血，酒服。**茅根**汁或末。**茅针**　**茅花**　**金丝草**　**白鸡冠花**并主吐血衄血。**屋上败茅**浸酒。**地菘**末。**龙葵**同人参末。**螺厣草**擂酒，并止吐血。**苍耳**汁。**贯众**末。**黄葵子**末。**王不留行**煎。**萱根**汁。**决明**末。**龙鳞薜荔**末。**坦衣**汁。**屋游**末服，并止衄血。**地肤**九窍出血，同卮子、甘草、生姜、大枣、灯草，水煎服。**麦门冬**吐衄不止，杵汁和蜜服，或同地黄煎服，即止。**马勃**积热吐血，沙糖丸服。妊娠吐血，米饮和服。〔谷菜〕**小麦**止唾血。**淅泔饮，止吐血。麦面**水服，止吐衄。**粟米粉**绞汁，止衄。**翻白草**吐血，煎服。〔果木〕**莲花**酒服末，止损血。**柏叶**煎、丸、散、汁，止吐衄诸血。**卮子**清胃脘血，止衄。**桑叶**末。**地骨皮**煎服，并主吐血。**柳絮**末服，止吐咯血。**槐花**末服，主吐唾咯血。同乌贼骨，吹衄血。**楮叶**汁。**黄檗**末。**槲若**末。**竹叶**　**竹茹**并主吐血衄血。**荆叶**九窍出血，杵汁入酒服。〔金石〕**朱砂**同蛤粉酒服，主诸般吐血。**滑石**水服。**铅霜**水服。**胡粉**炒醋。**黄丹**水服。**玄明**粉水服。**水银**并主热衄。〔介兽〕**螺蛳**服汁，主黄疸吐血。**蛤粉**同槐花末，水服。**犬胆**并止衄血。**犀角**汁，止积热吐衄。〔人部〕**人中白**入麝，酒服，止衄。**人中黄**末服，主呕血。烧灰，吹鼻衄。

【理气导血】〔草木〕**香附**童尿调末服，或同乌药、甘草煎服。**桔梗**末。**箬叶**灰。**乌药**　**沉香**并止吐血衄血。**防风**上部见血须用。**白芷**破宿血，补新血。涂山根，止衄。**半夏**散瘀血。**天南星**散血，末服。**贝母**末。**芦荻皮**灰。**栝楼**灰。**榧子**末服，并主吐血。**石菖蒲**肺损吐血，同面，水服。**芎䓖**同香附末服，主头风即衄。**灯心草**末。**香薷**末。**谷精草**末。**枇杷叶**末。**玄胡索**塞耳。并止衄。**折弓弦**口鼻大衄，烧灰同白矾吹之。

【调中补虚】〔草谷〕**人参**补气生血，吐血后煎服一两。　内伤，血出如涌泉，同荆芥灰、蒸柏叶、白面水服。**黄芪**逐五脏恶血。同紫萍末服，止吐血。**甘草**养血补血，主唾脓血。**白及**羊肺蘸食，主肺损吐血。水服，止衄。**百合**汁，和蜜蒸食，主肺病吐血。**稻米**末服，止吐衄。**草薢叶**香油炒食。**饴糖**　**白扁豆**　**白术**〔石虫〕**钟乳粉**　**五色石脂**　**代赭石**并主虚劳吐血。**灵砂**暴惊九窍出血，人参汤服三十粒。**鳖甲**　**蛤蚧**　**淡菜**　**阿胶**　**白狗血**热饮。**鹿角胶**并主虚损吐血。**水牛脑**劳伤吐血，同杏仁、胡桃、白蜜、麻油熬干，末服。**羊血**热饮，主衄血经月。**酥酪**　**醍醐**灌鼻，止涕血。

【从治】附子阳虚吐血，同地黄、山药丸服。**益智子**热伤心系吐血，同丹砂、青皮、麝香末服。**桂心**水服。**干姜**童尿服。并主阴乘阳吐血衄血。**艾叶**服汁，止吐衄。**姜汁**服汁，仍滴鼻。**芥子**涂囟。**葫蒜**贴足心。并主衄血。又服蒜汁，止吐血。

【外迎】冷水耳目鼻血不止，以水浸足、贴囟、贴顶、噀面、薄胸皆宜。

齿衄　有阳明风热，湿热，肾虚。

【除热】防风　**羌活**　**生**犺　**黄连**

【清补】人参齿缝出血成条，同茯苓、麦门冬煎服，奇效。　上盛下虚，服凉药益甚者，六味地黄丸，黑锡丹。

【外治】香附姜汁炒研，或同青盐、百草霜。**蒲黄**炒焦。**苦参**同枯矾。**骨碎补**炒焦。**丝瓜藤**灰。**寒水石**同朱砂、甘草、片脑。**五倍子**烧。**地龙**同矾、麝。**紫矿**　**枯矾**　**百草霜**并揩掺。**麦门冬**　**屋游**　**地骨皮**　**苦竹叶**　**盐**并煎水漱。**童尿**热漱。**蜀椒**　**苦竹茹**并煎醋漱。**蟾酥**按。**铁钉**烧烙。

血汗　即肌衄，又名脉溢，血自毛孔出。心主血，又主汗，极虚有火也。

【内治】人参气散血虚，红汗污衣[26]，同归、芪诸药煎服。又建中汤、辰砂妙香散皆宜。抓伤血络，血出不止，以一两煎服。**葎草**产妇大喜，汗出赤色污衣，喜则气出也。捣汁一升，入醋一合，时服一杯。**黄芩**灸疮血出不止，酒炒末下。**生姜汁**毛窍节次血出[27]，不出则皮胀如鼓，须臾口目皆胀合[28]，名脉溢，以水和汁各半服。**郁李仁**鹅梨汁调末服，止血汗。**朱砂**血汗，入麝，水服。**人中白**血从肤腠出，入麝，酒服二钱。**水银**毛孔出血，同朱砂、麝香服。**黄犊脐中屎**九窍四肢指歧间血出，乃暴怒所致，烧末水服方寸匕，日五次。

【外治】**旱莲**傅灸疮血出不止。**蜣螂灰**同上。**粪桶箍**烧傅搔痒血出不止。**五灵脂**掺抓痣血出不止。**男子胎发**医毛孔血出。**煮酒瓶上纸**同上。

咳嗽血 咳血出于肺，嗽血出于脾，咯血出于心，唾血出于肾。有火郁，有虚劳。

【火郁】**麦门冬** **片黄芩** **桔梗** **生地黄** **金丝草** **茅根** **贝母** **姜黄** **牡丹皮** **芎䓖** **白芍药** **大青** **香附子** **茜根** **丹参** **知母** **荷叶**末。**藕汁** **桃仁** **柿霜** **干柿**入脾肺，消宿血、咯血、痰涎血。**杏仁**肺热咳血，同青黛、黄蜡作饼，干柿夹煨，日食。**水苏**研末饮服。**紫菀**同五味子蜜丸服。并治吐血后咳。**白前**久咳唾血，同桔梗、甘草、桑白皮煎服。**荆芥穗**喉脘痰血，同甘、桔煎服。**蒲黄** **桑白皮** **茯神** **柳絮**末。**韭汁**，和童尿。**生姜**蘸百草霜。**黄檗** **槐花**末服。**槲若**水煎。**发灰** **童尿**并主咳咯唾血。**卮子**炒焦，清胃脘血。**诃子**火郁嗽血。**乌鸦**劳嗽吐血。

【虚劳】**人参** **地黄** **百合** **紫菀** **白及** **黄芪** **五味子** **阿胶** **白胶** **酥酪** **黄明胶**肺损嗽血，炙研汤服。**猪胰**一切肺病，咳唾脓血。**猪肺**肺虚咳血，蘸薏苡仁末食。**猪心**心虚咯血，包沉〔一〕香、半夏末，煨食。**乌贼骨**女子血枯伤肝唾血。

诸汗 有气虚，血虚，风热，湿热。

【气虚】**黄芪**泄邪火，益元气，实皮毛。**人参**一切虚汗。 同当归、猪肾煮食，止怔忡自汗。**白术**末服，或同小麦煎服，止自汗。同黄芪、石斛、牡蛎末服，主脾虚自汗。**麻黄根**止诸汗必用，或末，或煎，或外扑[29]。**葳蕤** **知母** **地榆**并止自汗。**附子**亡阳自汗[30]。**艾叶**盗汗，同茯神、乌梅煎服。**何首乌**贴脐。**郁金**涂乳。**粳米粉**外扑。**麻勃**中风汗出。**糯米**同麦麸炒，末服。**韭根**四十九根煎服，止盗汗。〔果木〕**酸枣仁**睡中汗出，同参、苓末服。**茯神**虚汗盗汗，乌梅汤服。 血虚心头出汗，艾汤调服。**柏实**养心止汗。**桂**主表虚自汗。**杜仲**产后虚汗，同牡蛎服。**吴茱萸**产后盗汗恶寒。**雷丸**同胡粉扑。〔虫兽〕**五倍子**同荞麦粉作饼，煨食，仍以唾和填脐中。**牡蛎粉**气虚盗汗，同杜仲酒服。 虚劳盗汗，同黄芪、麻黄根煎服。 产后盗汗，麸炒研，猪肉汁服。 阴汗，同蛇床子、干姜、麻黄根扑之。**龙骨**止夜卧惊汗。**黄雌鸡**伤寒后虚汗，同麻黄根煮汁，入肉苁蓉、牡蛎粉煎服。**猪肝**脾虚，食即汗出，为丸服。**羊胃**作羹食。**牛羊脂**酒服，止卒汗。

【血虚】〔草兽〕**当归** **地黄** **白芍药** **猪膏**产后虚汗，同姜汁、蜜、酒煎服。**猪心**心虚自汗，同参、归煮食。**肾**产后汗蓐劳[31]，煮粥臛食。

【风热】〔草部〕**防风**止盗汗，同人参、芎䓖末服。 自汗，为末，麦汤服。**白芷**盗汗，同朱砂服。**荆芥**冷风出汗，煮汁服。**龙胆**男女小儿及伤寒一切盗汗，为末酒服，或加防风。**黄连**降心火，止汗。**胡黄连**小儿自汗。**麦门冬**〔谷菜〕**小麦** **浮麦** **麦面**盗汗，作丸煮食。**豉**盗汗，熬末酒服。**蒸饼**每夜食一枚，止自汗盗汗。**黄蒸米醋**并止黄汗。**胡瓜**小儿出汗，同黄连、胡黄连、黄檗、大黄诸约，丸服。〔果木〕**桃枭**止盗汗，同霜梅、葱白、灯心等，煎服。**椒目**盗汗，炒研，猪唇汤服。**盐麸子**收汗。**经霜桑叶**除寒热盗汗，末服。**竹沥**产后虚汗，热服。〔服器〕**败蒲扇灰**水服并扑。**甑蔽灰**水服。**死人席灰**煮浴。**五色帛**拭盗汗，乃弃之。

怔忡 [32]血虚，有火，有痰。

【养血清神】〔草木〕**人参**同当归末，猪肾煮食。**当归** **地黄** **黄芪** **远志** **黄芩** **黄连**泻心火，去心窍恶血。**巴戟天**益气，去心痰。**香附**忧愁心忪[33]，少气疲瘦。**牡丹皮**主神不足，泻包络火。**麦门冬** **茯神** **茯苓** **酸枣** **柏实**安魂定魄，益智宁神。

健忘 心虚，兼痰，兼火。

【补虚】〔草木〕**甘草**安魂魄，泻火养血，主健忘。**人参**开心益智，令人不忘，同猪肪炼过，酒服。**远志**定心肾气，益智慧不忘，为末，酒服。**石菖蒲**开心孔，通九窍，久服不忘不惑，为末，酒下。**仙茅**久服通神，强记聪明。**淫羊藿**益气强志，老人昏耄，中年健忘。**丹参** **当归** **地黄**并养血安神定志。**预知子**心气不足，恍惚错忘，忪悸烦郁[34]，同人参、菖蒲、山药、黄精等，为丸服。〔谷菜果木〕**麻勃**主健忘。七夕日收一升，同人参二两为末，蒸熟，每卧服一刀圭[35]，能尽知四方事。**山药**镇心神，安魂魄，主健忘，开达心孔，多记事。**龙眼**安志强魂，主思虑伤脾，健忘怔忡，自汗惊悸，归脾汤用之。**莲实**清心宁神，末服。**乳香**心神不足，水火不济，健忘惊悸，同沉香、茯神丸服。**茯神** **茯苓** **柏实** **酸枣**〔鳞兽〕**白龙骨**健忘，同远志末，汤服。**虎骨**同龙骨、远志，末服。**六畜心**心昏多忘，研末酒服。

【痰热】〔草果〕**黄连**降心火，令人不忘。**玄参**补肾止忘。**麦门冬** **牡丹皮** **柴胡** **木通**通利诸经脉壅寒热之气，令人不忘。**商陆花**人心昏塞，多忘喜误，为末，夜服，梦中亦醒悟也。**桃枝**作枕及刻人佩之，主健忘。〔金石兽〕**旧铁铧**心虚恍惚健忘，火烧淬酒浸水，日服。**铁华粉** **金薄** **银薄** **银膏** **朱砂** **空青** **白石英**心脏风热，惊悸善忘，化痰安神，同朱砂为末服。**牛黄**除痰热健忘。

惊悸 有火，有痰，兼虚。

【清镇】〔草谷〕**黄连**泻心肝火，去心窍恶血，止惊悸。**麦门冬** **远志** **丹参** **牡丹皮** **玄参** **知母**并定心，安魂魄，止惊悸。**甘草**惊悸烦闷，安魂魄。 伤寒心悸脉代，煎服。**半夏**心下悸忪，同麻黄丸服。**天南星**心胆被惊，神不守舍，恍惚健忘，妄言妄见，同朱砂、琥珀丸服。**柴胡**除烦止惊，平肝胆包络相火。**龙胆**退肝胆邪热，止惊悸。**芍药**泻肝，除烦热惊狂。**人参** **黄芪** **白及** **胡麻** **山药** **淡竹沥** **黄檗** **柏实** **茯神** **茯苓** **乳香** **没药** **血竭** **酸枣仁** **厚朴** **震烧木**火惊失志，煮汁服。〔金石〕**霹雳砧**大惊失心恍惚[36]，安神定志。**天子籍田犁下土**惊悸颠邪，水服。**金屑** **银屑** **生银** **朱砂银** **朱砂银膏** **自然铜** **铅霜** **黄丹** **铁精** **铁粉** **紫石英**煮汁。**雄黄** **玻璃** **白石英** **五色石脂**〔鳞介禽兽〕**龙骨** **龙齿** **夜明沙** **鼍甲** **牛黄** **羚羊角** **虎睛、骨、胆** **羖羊角** **象牙** **麝脐香** **犀角** **醍醐**并镇心平肝，除惊悸。**猪心**除惊补血，产后惊悸，煮食。**猪心血**同青黛、朱砂丸服，治心病邪热。**猪肾**心肾虚损，同参、归煮食。**六畜心**心虚作痛，惊悸恐惑。**震肉**[37]因惊失心，作脯食。**人魄**磨水服，定惊悸狂走。

狂惑 有火，有痰，及畜血。

【清镇】〔草部〕**黄连** **蓝汁** **麦门冬** **荠苨** **茵陈** **海金沙**并主伤寒发狂。**葳蕤** **紫参** **白**

头翁并主狂疟。**白微**暴中风热，忽忽不知人[38]，狂惑邪气。**白鲜皮**腹中大热饮水，欲走发狂。**龙胆伤寒发狂，为末，入鸡子清、生蜜，凉水服。撒法即**即番红花，水浸服，主伤寒发狂。**葛根　栝楼根　大黄**热病谵狂，为散服。**攀倒甑汁**主风热狂躁，服。**苦参**热病发狂，不避水火，蜜丸服。**麦门冬　芍药　景天　鸭跖草**并主热狂。**葶苈**卒发狂，白犬血丸服。**郁金**失心颠狂，同明矾丸服。**莨菪子　防葵**并主颠狂，多服令人狂走。〔谷菜〕**麦苗**汁，主时疾狂热。**麦奴**阳毒热狂大渴。**葱白**天行热狂。**百合**颠邪狂叫涕泣。**淡竹笋**热狂有痰。〔果木〕**瓜蒂**热水服，取吐。**甘蔗**天行热狂，腊月瓶封粪坑中，绞汁服。**苦枣　桃花　楝实　淡竹叶**并主热狂。**竹沥**痰在胸膈，使人颠狂。　小儿狂语，夜后便发，每服二合。**卮子**蓄热狂躁，同豉煎服，取吐。**桐木皮**吐下。**雷丸**颠痫狂走。**栾花**诸风狂痉。**经死绳灰**卒发狂，水服。〔水土金石〕**半天河**鬼狂。**腊雪**热狂。**伏龙肝**狂颠风邪，水服。**釜墨　百草霜**并阳毒发狂。**车脂**中风发狂，醋服一团。**朱砂**颠痫狂乱，猪心煮过，同茯神丸服。　产后败血入心，狂颠见祟，为末，地龙滚过，酒服。**寒水石**伤寒发狂，逾垣上屋，同黄连末服。**玄明粉**伤寒发狂，同朱砂服。**粉霜**伤寒积热，及风热生惊如狂，同铅霜、轻粉、白面，作丸服。**玄精石　菩萨石　雄黄**并热狂。**铁落**平肝去怯，善怒发狂，为饮服，下痰气。**铁甲**忧结善怒，狂易。**铁浆**发热狂走。**银屑　银膏　金屑**〔鳞介〕**龙齿**并镇神，定狂热。**文鳐**食之已狂。**贝子　玳瑁**并主伤寒热狂。〔虫禽〕**蚕退纸灰**颠狂邪祟，狂走悲泣自高，酒服一匕。**白雄鸡**颠邪狂妄，自肾自圣，作羹粥食。　惊愤邪僻，志气错越，入真珠、薤白煮食。**鸡子**天行热疾狂走，生吞一枚。**鸥**燥渴狂邪，五味腌食。**鹊巢灰**服，主颠狂。**凤凰台**磨水服，主热狂。〔兽人〕**羚羊角**惊梦狂越僻谬，平肝安魂。**犀角**时疾热毒入心，狂言妄语，镇肝退热，消痰解毒。**牛黄　犛牛黄**并惊。**驴脂**狂颠，和乌梅丸服。**驴肉**风狂忧愁不乐，安心止烦，煮食，或作粥食之。**六畜毛、蹄甲**颠狂妄走，**豭猪肉**狂病久不愈。**白犬血**热病发狂，见鬼垂死，热贴胸上。**狗肝**心风发狂[39]，擦消石、黄丹，煮嚼。**灵猫阴**狂邪鬼神，镇心安神。**人中黄**热病发狂如见鬼，久不得汗，及不知人，煅研水服。**人屎**时行大热狂走，水服。**人尿**血闷热狂。**人魄**磨水服，定惊悸颠狂。**胞衣水**诸热毒狂言。**紫河车**煮食，主失心风。**耳塞**颠狂鬼神。

烦躁　肺主烦，肾主躁。有痰，有火，有虫厥。

【清镇】〔草部〕**黄连　黄芩　麦门冬　知母　贝母　车前子　丹参　玄参　甘草　柴胡　甘蕉根　白前　葳蕤　龙胆草　防风　蠡实　芍药　地黄　五味子　酸浆　青黛　栝楼子　葛根　菖蒲　菰笋　萱根　土瓜根　王不留行**并主热烦。**海苔**研饮，止烦闷。**胡黄连**主心烦热，米饮末服。**牛蒡根**服汁，止热攻心烦。**款冬花**润心肺，除烦。**白术**烦闷，煎服。**苎麻　蒲黄**并主产后心烦。〔谷菜〕**小麦　糯米泔　淅二泔　赤小豆　豉　麨　蘖米　酱汁　米醋　芋　堇　水芹菜　白菘菜　淡竹笋　壶卢　冬瓜　越瓜**〔果木〕**西瓜　甜瓜　乌梅及核仁　李根白皮　杏仁　大枣　榅桲　椑柿　荔枝　巴旦杏　橄榄　波罗蜜　梨汁　枳椇　葡萄　甘蔗　刺蜜　都咸子　都桷子　藕　荷叶　芡茎　猕桃　竹沥　竹叶　淡竹叶　楝实　厚朴　黄栌　卢会　卮子　荆沥　猪苓　酸枣仁　胡桐泪　茯神　茯苓　槐子**大热心烦，烧研酒服。**黄蘗**〔金石〕**铅霜　不灰木　真玉　禹余粮　滑石**煎汁煮粥。**五色石脂　朱砂　理石　凝水石　石膏　玄明粉　石硷　甜消**〔鳞介〕**龙骨　文蛤　真珠**合知母服。**蛏肉**〔禽兽〕**抱出鸡子壳**小儿烦满欲死，烧末酒服。**鸡子白　诸畜血　驴肉　羚羊角**并主热烦。**犀角**磨汁服，镇心，解大热，风毒攻心，毷氉热闷。**水羊角灰**气逆烦满，水服。**白犬骨灰**产后烦懑，水服。

不眠 有心虚，胆虚，兼火。

【清热】〔草部〕**灯心草**夜不合眼，煎汤代茶。**半夏**阳盛阴虚，目不得瞑，同秫米，煎以千里流水，炊以苇火，饮之即得卧。**地黄**助心胆气。**麦门冬**除心肺热，安魂魄。〔谷菜〕**秫米** **大豆**日夜不眠，以新布火炙熨目，并蒸豆枕之。**干姜**虚劳不眠，研末二钱，汤服取汗。**苦竹笋** **睡菜** **蕨菜** **马蕲子**〔果木〕**乌梅** **榔榆**并令人得睡。**榆荚仁**作糜羹食，令人多睡。**蕤核**熟用。**酸枣**胆虚烦心不得眠，炒熟为末，竹叶汤下，或加入参、茯苓、白术、甘草，煎服。或加人参、辰砂、乳香，丸服。**大枣**烦闷不眠，同葱白煎服。**木槿叶**炒煎饮服，令人得眠。**郁李仁**因悸不得眠，为末酒服。**松萝**去痰热，令人得睡。**乳香**治不眠，入心活血。**茯神** **知母** **牡丹皮**〔金石〕**生银** **紫石英** **朱砂**〔虫兽〕**蜂蜜** **白鸭**煮汁。**马头骨灰**胆虚不眠，同乳香、酸枣，末服。

多眠 脾虚，兼湿热，风热。

【脾湿】〔草木〕**木通**脾病，常欲眠。**术** **葳蕤** **黄芪** **人参** **沙参** **土茯苓** **茯苓** **荆沥** **南烛**并主好睡。**蕤核**生用治足睡。**花构叶**人耽睡，晒研汤服，日二。〔鳞禽〕**龙骨**主多寐泄精。**鸤鸠**安神定志，令人少睡。

【风热】〔草部〕**苦参** **营实**并除有热好眠。**甘蓝及子**久食益心力，治人多睡。**龙葵** **酸浆**并令人少睡。**当归** **地黄**并主脾气痿躄嗜卧。**苍耳** **白微**风湿灼热多眠。**白苣** **苦苣**〔果木〕**茶**治风热昏愦，多睡不醒。**皋卢**除烦消痰，令人不睡。**酸枣**胆热好眠，生研汤服。**枣叶**生煎饮。〔兽部〕**马头骨灰**胆热多眠，烧灰水服，日三夜一。亦作枕。又同朱砂、铁粉、龙胆，丸服。

消渴 上消少食，中消多食，下消小便如膏油。

【生津润燥】〔草部〕**栝楼根**为消渴要药，煎汤、作粉、熬膏皆良。**黄栝楼**酒洗熬膏，白矾丸服。**王瓜子**食后嚼二三两。**王瓜根** **生葛根**煮服。**白芍药**同甘草煎服，日三，渴十年者亦愈。**兰叶**生津止渴，除陈气[40]。**芭蕉根汁**日饮。**牛蒡子** **葵根**消渴，小便不利，煎服；消中尿多，亦煎服。**甘藤汁** **大瓠藤汁**〔谷菜〕**菰米**煮汁。**青粱米** **粟米** **麻子仁**煮汁。**沤麻汁** **波棱根**同鸡内金末，米饮日服，治日饮水一石者。**出了子萝卜**杵汁饮，或为末，日服，止渴润燥。**蔓菁根** **竹笋** **生姜**鲫鱼胆和丸服。〔果木〕**乌梅**止渴生津，微研水煎，入豉再煎服。椑**柿**止烦渴。**君迁子** **李根白皮** **山矾**〔石虫〕**矾石** **五倍子**生津止渴，为末，水服，日三。**百药煎** **海蛤** **魁蛤** **蛤蜊** **真珠** **牡蛎**煅研，鲫鱼汤服，二三服即止。〔禽兽〕**焊鸡汤**澄清饮，不过三只。**焊猪汤**澄清日饮。**酥酪** **牛羊乳** **驴马乳**

【降火清金】〔草部〕**麦门冬**心肺有热，同黄连丸服。**天门冬** **黄连**三消，或酒煮，或猪肚蒸，或冬瓜汁浸，为丸服。小便如油者，同栝楼根丸服。**浮萍**捣汁服。同栝楼根丸服。**葎草**虚热渴，杵汁服。**紫葛**产后烦渴，煎水服。**凌霄花**水煎。**泽泻** **白药** **贝母** **白英** **沙参** **荠苨** **茅根**煎水。**茅针** **芦根** **菰根** **凫葵** **水苹** **水莼** **水藻** **陟厘** **荻草** **灯心草** **苎根** **苦杖** **紫菀** **茈草白芷**风邪久渴。**款冬花**消渴喘息。**苏子**消渴变水，同萝卜子末，桑白皮汤，日三服，水从小便出。**燕蓐草**烧灰，同牡蛎、羊肺为末服。〔谷菜〕**小麦**作粥饭食。**麦麸**止烦渴。**薏苡仁**煮汁。**乌豆**置牛胆百日，吞之。**大豆**苗酥炙末服。**赤小豆**煮汁。**腐婢** **绿豆**煮汁。**豌豆**淡煮。**冬瓜**利小便，止消渴，杵汁饮。干瓤煎汁。苗、叶、子俱良。〔果木〕**梨汁** **庵罗果**煎饮。**林檎** **芰**

实　**西瓜**　**甘蔗**　**乌芋**　**黄檗**止消渴，尿多能食，煮汁服。**桑白皮**煮汁。**地骨皮**　**荆沥**　**竹沥**日饮。**竹叶**　**茯苓**上盛下虚，火炎水涸　消渴，同黄连等分，天花粉糊丸服。**猪苓**〔衣服〕**故麻鞋底**煮汁服。**井索头灰**水服。**黄绢**煮汁。〔水石〕**新汲水**　**腊雪水**　**夏冰**　**甘露**　**醴泉**　**乌古瓦**煮汁。**黑铅**同水银结如泥，含豆许咽汁。**铅白霜**同枯矾丸噙。**黄丹**新水服一钱。**密陀僧**同黄连丸服。**锡吝脂**主三焦消渴。**滑石**　**石膏**　**长石**　**无名异**同黄连丸服。**朱砂**主烦渴。**凝水石**　**卤硷**　**汤瓶硷**粟米和丸，人参汤，每服二十丸。　同葛根、水萍煎服。同菝葜、乌梅末煎服。**浮石**煮汁服。　同青黛、麝香服。　同蛤粉、蝉蜕末，鲫鱼胆调服。〔虫兽〕**石燕**煮汁服，治久患消渴。**蚕茧**煮汁饮。**蚕蛹**煎酒服。**晚蚕沙**焙研，冷水服二钱，不过数服。**缫丝汤**　**雪蚕**　**蜗牛**浸水饮，亦生研汁。**田螺**浸水饮。**蜗螺**　**蚬**浸水饮。**海月**　**猪脬**烧研，酒服。**雄猪胆**同定粉丸服。**牛胆**除心腹热渴。

【补虚滋阴】〔草部〕**地黄**　**知母**　**葳蕤**止烦渴，煎汁饮。**人参**生津液，止消渴，为末，鸡子清调服。　同栝楼根，丸服。　同粉草、猪胆汁，丸服。　同葛粉、蜜，熬膏服。**黄芪**诸虚发渴，生痈或痈后作渴，同粉草半生半炙末服。**香附**消渴累年，同茯苓末，日服。**牛膝**下虚消渴，地黄汁浸曝，为丸服。**五味子**生津补肾。**菟丝子**煎饮。**蔷薇根**水煎。**菝葜**同乌梅煎服。**覆盆子**　**悬钩子**〔谷菜果木〕**糯米粉**作糜一斗食，或绞汁和蜜服。**糯谷**炒取花，同桑白皮煎饮，治三消。**稻穰心灰**浸汁服。**白扁豆**栝楼根汁和丸服。**韭菜**淡煮，吃至十斤效。**藕汁**　**椰子浆**　**栗壳**煮汁服。**枸杞**　**桑椹**单食。**松脂**〔石鳞禽兽〕**礐石**　**石钟乳**　**蛤蚧**　**鲤鱼**　**嘉鱼**　**鲫鱼**酿茶煨食，不过数枚。**鹅**煮汁。**白雄鸡**　**黄雌鸡**煮汁。**野鸡**煮汁。**白鸽**切片，同土苏煎汁，咽之。**雄鹊肉**　**白鸥肉**主躁渴狂邪。**雄猪肚**煮汁饮。　仲景方：黄连、知母、麦门冬、栝楼根、粱米同蒸，丸服。**猪脊骨**同甘草、木香、石莲、大枣，煎服。**猪肾**　**羊肾**下虚消渴。**羊肚**胃虚消渴。**羊肺**　**羊肉**同瓠子、姜汁、白面、煮食。**牛胃**　**牛髓**　**牛脂**同栝楼汁，熬膏服。**牛脑**　**水牛肉**　**牛鼻**同石燕，煮汁服。**兔及头骨**煮汁服。**鹿头**煮汁服。

【杀虫】〔木石〕**苦楝根皮**消渴有虫[41]，煎水入麝香服，人所不知。　研末，同茴香末服。**烟胶**同生姜浸水，日饮。**水银**主消渴烦热，同铅结砂，入酥炙皂角、麝香，末服。**雌黄**肾消尿数，同盐炒干姜，丸服。〔鳞禽〕**鳢头**　**鳅鱼**烧研，同薄荷叶，新水服二钱。**鲫鱼胆**　**鸡肠**　**鸡内金**　**膍**消饮水，同栝楼根炒为末，糊丸服。**五灵脂**同黑豆末，每服三钱，冬瓜皮汤下。〔兽人〕**犬胆**止渴杀虫。**牛粪**绞汁服。**麝香**饮酒食果物成渴者，研末酒丸，以枳椇子汤下。**牛鼻桊**[42]煮汁饮，或烧灰酒服。**众人溺坑水**服之。

遗精梦泄有心虚，肾虚，湿热，脱精。

【心虚】〔草木果石〕**远志**　**小草**　**益智**　**石菖蒲**　**柏子仁**　**人参**　**菟丝子**思虑伤心，遗沥梦遗，同茯苓、石莲丸服。又主茎寒精自出[43]，溺有余沥[44]。**茯苓**阳虚有余沥，梦遗，黄蜡丸服。心肾不交，同赤茯苓熬膏，丸服。**莲须**清心，通肾，固精。**莲子心**止遗精，入辰砂末服。**石莲肉**同龙骨、益智等分末服。酒浸，猪肚丸，名水芝丹。**厚朴**心脾不调，遗沥，同茯苓，酒、水煎服。**朱砂**心虚遗精，入猪心煮食。**紫石英**

【肾虚】〔草菜〕**巴戟天**夜梦鬼交精泄。**肉苁蓉**茎中寒热痛，泄精遗沥。**山药**益肾气，止泄精，为末酒服。**补骨脂**主骨髓伤败，肾冷精流，同青盐末服。**五味子**肾虚遗精，熬膏日服。**石龙芮**补阴气不足，失精茎冷。**葳蕤**　**蒺藜**　**狗脊**固精强骨，益男子，同远志、茯神、当归丸服。**益智仁**梦泄，同乌药、山药丸服。**木莲**惊悸遗精，同白牵牛末服。**覆盆子**　**韭子**宜肾壮阳，止泄精。为末酒服，止虚劳梦泄，亦醋煮丸服。**茖葱子　葱实**〔果木〕**胡桃**房劳伤肾，口渴精溢自出，大便燥，小便或赤或利，同附子、茯苓丸服。**芡实**益肾固精，同茯苓、石莲、秋石丸服。**樱桃　金樱子**固精，熬膏服，或加芡实丸，或加缩砂丸服。**柘白皮**劳损梦交泄精，同桑白皮煮酒服。**乳香**卧时含枣许嚼咽，止梦遗。**棘刺**阴痿精自出[45]，补肾益精。**沉香**男子精冷遗失，补命门。**安息香**男子夜梦鬼交遗失。**杜仲　枸杞子　山茱萸**〔金石〕**石硫黄　五石脂　赤石脂**小便精出，大便寒滑，干姜、胡椒丸服。**石钟乳**止精壮阳，浸酒日饮。**阳起石**精滑不禁，大便溏泄，同钟乳、附子丸服。〔虫鳞〕**桑螵蛸**男子虚损，昼寐泄精，同龙骨末服。**晚蚕蛾**止遗精白浊[46]，焙研丸服。**九肋鳖甲**阴虚梦泄，烧末酒服。**龙骨**多寐泄精，小便泄精，同远志丸服，亦同韭子末服。**紫稍花**〔禽兽〕**鸡膍胵　黄雌鸡　乌骨鸡**遗精白浊，同白果、莲肉、胡椒煮食。**鹿茸**男子腰肾虚冷，夜梦鬼交，精溢自出，空心酒服方寸匕，亦煮酒饮。**鹿角**水磨服，止脱精梦遗。酒服，主妇人梦与鬼交，鬼精自出。**白胶**虚遗，酒服。**阿胶**肾虚失精，酒服。**猪肾**肾虚遗精，入附子末，煨食。**狗头骨皮**梦遗，酒服。**獐肉　秋石**

【湿热】〔草木〕**半夏**肾气闭，精无管摄妄遗，与下虚不同，用猪苓炒过，同牡蛎丸服。**薰草**梦遗，同参、术等药煮服。**车前草**服汁。**续断　漏卢　泽泻　苏子**梦中失精，炒研服。**黄檗**积热心忪梦遗，入片脑丸服。**龙脑　五加皮**〔金介〕**铁锈**内热遗精，冷水服一钱。**牡蛎粉**梦遗便溏，醋糊丸服。**蛤蜊粉　烂蚬壳　田螺壳　真珠**并止遗精。

赤白浊赤属血，白属气。有湿热，有虚损。

【湿热】〔草谷菜〕**猪苓**行湿热，同半夏末酒煮，羊卵丸服。**半夏**猪苓炒过，同牡蛎丸服。**黄连**思想无穷，发为白淫，同茯苓丸服。**知母**赤白浊及梦遗，同黄檗、蛤粉、山药、牡蛎丸服。**茶茗叶**尿白如注，小腹气痛，烧入麝香服。**生地黄**心虚热赤浊，同木通、甘草煎服。**大黄**赤白浊，以末入鸡子内蒸食。**苍术**脾湿下流，浊沥。**荞麦粉**炒焦，鸡子白丸服。**稻草**煎浓汁，露一夜服。**神曲　萝卜**酿茱萸蒸过，丸服。**冬瓜仁**末，米饮服。**松蕈**〔果木〕**银杏**十枚，擂水日服，止白浊。**榧子　椿白皮**同滑石等分，饭丸服。一加黄檗、干姜、白芍、蛤粉。**榆白皮**水煎。**楮叶**蒸饼丸服。**柳叶**清明日采，煎饮代茶。**牡荆子**酒饮二钱。**厚朴**心脾不调，肾气浑浊[47]，姜汁炒，同茯苓服。

【虚损】〔草果木兽〕**黄芪**气虚白浊，盐炒，同茯苓丸服。**五味子**肾虚白浊脊痛，醋糊丸服。**肉苁容**同鹿茸、山药、茯苓丸服。**菟丝子**思虑伤心肾，白浊遗精，同茯苓、石莲丸服。又同麦门冬丸服。**络石**养胃气，土邪干水[48]，小便白浊，同人参、茯苓、龙骨，末服。**木香**小便浑如精状，同当归、没药丸服。**草薢**下焦虚寒，白浊茎痛，同菖蒲、益智、乌药煎服。**附子**白浊便数，下寒，炮末，水煎服。**益智**白浊，同厚朴煎服；赤浊，同茯神、远志、甘草丸服。**远志**心虚赤浊，同益智、茯神丸服。**石莲**心虚赤浊，研末六钱，甘草一钱，煎服；白浊，同茯苓煎服。**芡实**白浊，同茯苓、黄蜡丸服。**土瓜根**肾虚，小便如淋。**石菖蒲**心虚白浊。**茱萸　巴戟天　山药　茯苓**心肾气虚，梦遗白浊，赤白各半，地黄汁及酒熬膏丸服。阳虚甚，黄蜡丸服。**羊骨**虚劳白浊，为末酒服。小便膏淋，橘皮汤服。**羊胫骨**脾虚白浊，同厚朴、茯苓丸服。**鹿茸**

癃淋[49]　有热在上焦者，口渴；热在下焦者，不渴；湿在中焦，不能生肺者。前后关格者，下焦气闭也。转胞者[50]，系了戾也。五淋者，热淋、气淋、虚淋、膏淋、沙石淋也。

【**通滞利窍**】〔草部〕**瞿麦**五淋小便不通，下沙石。**龙葵根**同木通、胡荽、煎服，利小便。**蜀葵花**大小便关格，胀闷欲死，不治则杀人，以一两捣入麝香五分，煎服。根亦可。**子**末服，通小便。**赤藤**五淋，同茯苓、苎根末，每服一钱。**车前汁**和蜜服。**子**煎服，或末。**杜衡**吐痰，利水道。**泽泻**　**灯心草**　**木通**　**扁竹**煎服。**石韦**末服。**通草**　**防己**　**羊桃汁**。**蒲黄**　**败蒲席**煮汁。**芦根**　**石龙刍**　**葵根**煎。**葵子**　**地肤**　**旋花**　**黄藤**煮汁。**黄环根**汁。**酸浆**　**乌敛莓**　**黄葵子**末服。**王不留行**　**含水藤**〔菜谷〕**苦瓠**小便不通胀急者，同蝼蛄末，冷水服，亦煮汁渍阴。**蘩缕**　**水芹**　**苋**　**马齿苋**　**莴苣**　**波棱**　**蕨萁**　**麦苗**　**蜀黍根**煮汁。**黍茎**汁。**粟奴**　**粟米**　**粱米**　**仓米**　**米泔**　**米粥**〔果木〕**葡萄根**　**猪苓**　**茯苓**　**榆叶**煮汁。**榆皮**煮汁。**木槿**　**桑枝**　**桑叶**　**桑白皮**　**楮皮**〔水石〕**井水**　**浆水**　**东流水**　**长石**　**滑石**燥湿，分水道，降心火，下石淋为要药，汤服之。

【**清上泄火**】〔草部〕**桔梗**小便不通，焙研，热酒频服。**葎草**膏淋，取汁和醋服，尿下如豆汁。**黄芩**煮汁。**卷柏**　**船底苔**煎服。**麦门冬**　**天门冬**　**苦杖**并清肺利小便。**鸡肠草**气淋胀痛，同石韦煎服。**土马鬃**　**水荇菜**　**水苹**　**海藻**　**石莼**〔菜谷〕**菰笋**　**越瓜**　**壶卢**　**冬瓜**　**小麦**五淋，同通草煎服。**大麦**卒淋，煎汁和姜汁饮。**乌麻**热淋，同蔓菁子浸水服。**赤小豆**　**黑豆**　**绿豆**　**麻仁**　**捻头**〔果木〕**甘蔗**　**沙糖**　**干柿**热淋，同灯心煎服。**苦茗**　**皋卢**　**枳椇**　**淡竹叶**煎饮。**琥珀**清肺利小肠，主五淋，同麝香服。转脬[51]，用葱白汤下。**卮子**利五淋，通小便，降火从小便出。**枸杞叶**　**溲疏**　**柳叶**〔石土〕**戎盐**通小便，同茯苓、白术煎服。**白盐**和醋服，仍烧吹入孔中。**蚯蚓泥**小便不通，同朴消服。〔虫禽介兽〕**蚯蚓**擂水服，通小便。老人加茴香。小儿入蜜，傅茎卵上。**田螺**煮食，利大小便。同盐傅脐。**甲香**下淋。**鸭肉**　**豚卵**　**豭猪头**寒热五癃。**猪脂**水煎服，通小便。**猪胆**酒服。**猪乳**小儿五淋。

【**解结**】〔草木〕**大黄**　**大戟**　**郁李仁**　**乌桕根**　**桃花**并利大小肠宿垢。**古文钱**气淋，煮汁服。**黑铅**通小便，同生姜、灯心煎服。**寒水石**男女转脬，同葵子、滑石煮服。**芒消**小便不通，茴香酒服二钱。亦破石淋。**消石**小便不通，及热、气、劳、血、石五淋，生研服，随证换引[52]。**石燕**伤寒尿涩，葱汤服之。**白石英**煮汁。**云母粉**水服。**白瓷器**淋痛，煅研，同地黄服。**石槽灰下土**井水服，通小便。〔鳞虫禽兽〕**白鱼**小便淋闷[53]，同滑石、发灰服，仍纳茎中。小儿以摩脐腹。**蜣螂**利大小便及转脬，烧二枚水服。**鼠妇**气癃不便，为末酒服。亦治产妇尿闭。**蚕蜕**烧灰，主热淋如血。**蛇蜕**通小便，烧末酒服。**伏翼**利水，通五淋。**鸡屎白**利大小便。**孔雀屎**　**胡燕屎**　**败笔头**　**牛屎**　**象牙**煎服，通小便；烧服，止小便。**人爪甲灰**水服，利小便及转脬。**头垢**通淋闭。

【**湿热**】〔草谷〕**葳蕤**卒淋，以一两同芭蕉四两煎，调滑石末服。**苎根**煮汁服，利小便。又同蛤粉水服，外傅脐。**荻草**合小豆煮食。**海金沙**小便不通，同蜡茶末，日服。　热淋急痛，甘草汤调服。　膏淋如油，甘草、滑石同服。**三白草**　**葶苈**　**马先蒿**　**章柳**　**茵陈蒿**　**白术**　**秦艽**　**水萍**　**葛根**　**薏苡子、根、叶**并主热淋。**黄麻皮**热淋，同甘草煎服。**烧酒**〔果木〕**椒目**　**樗根白皮**并除湿热，利小便。〔土部〕**梁上尘**水服。**松墨**水服。

【**沙石**】〔草部〕**人参**沙淋石淋，同黄芪等分为末，以蜜炙萝卜片蘸，食盐汤下。**马蔺花**同败笔灰、粟米末酒服，下沙石。**菝葜**饮服二钱，后以地榆汤浴腰腹，即通。**地钱**同酸枣汁、地龙同饮。**瞿麦**末服。**车前子**煮服。**黄葵花**末服。**菟葵**汁。**葵根**煎。**萱根**煎。**牛膝**煎。**虎杖**煎。**石帆**煎。**瓦松**煎水熏洗。〔谷菜〕**薏苡根**煎。**黑豆**同粉草、滑石服。**玉蜀黍**　**苜蓿根**煎。**黄麻根**汁。**壶卢**　**萝卜**蜜炙嚼食。〔果部〕**胡桃**煮粥。**桃胶**　**桃花**　**乌芋**煮食。**胡椒**同朴消服，日二。**猕猴桃**〔器石〕**故甑蔽**烧服。**越砥**烧淬酒服。**滑石**下石淋要药。**河沙**炒热，沃酒服。**霹雳砧**磨汁。**石胆**　**浮石**煮酢服。**消石**　**硇砂**〔虫鳞介部〕**蝼蛄**焙末酒服。**葛上亭长腹中子**水吞。**地胆**　**斑蝥**　**鲤鱼齿**古方多用烧服。**石首鱼头中石**研水服。**鳖甲**末酒服。**蜥蜴**　**蛤蚧**　**马刀**〔禽兽〕**鸡屎白**炒末服。**雄鸡胆**同屎白，酒服。**伏翼**　**雄鹊肉**　**胡燕屎**冷水服。**牛角**烧服。**牛耳毛、阴毛**烧服。**淋石**磨水服。

【调气】〔草部〕**甘草梢**茎中痛，加酒煮玄胡索、苦楝子尤妙。**玄胡索**小儿小便不通，同苦楝子末服。**木香**　**黄芪**小便不通，二钱煎服。**芍药**利膀胱大小肠。同槟榔末煎服，治五淋。**马蔺花**同茴香、葶苈末，酒服，通小便。**白芷**气淋，醋浸焙末服。**附子**转脬虚闭，两脉沉伏，盐水浸炮，同泽泻煎服。**箬叶**烧同滑石服。亦治转脬。**徐长卿**小便关格，同冬葵根诸药煎服。**酸草**汁合酒服，或同车前汁服。**桔梗**　**半夏**〔菜器〕**胡荽**通心气。小便不通，同葵根煎水，入滑石服。**葱白**初生小儿尿闭，用煎乳汁服。大人炒热熨脐，或加艾灸，或加蜜捣合阴囊。**大蒜**煨熟，露一夜，嚼以新水下，治淋沥[54]。小儿气淋，同豆豉蒸饼丸服。**萝卜**末服，治五淋。**多年木梳**烧灰，水服。**甑带**洗汁，煮葵根服。**连枷关**转脬，烧灰水服。**好绵**烧入麝酒服，治气结淋病。〔果木〕**陈橘皮**利小便五淋。产后尿闭，去白二钱，酒服即通。**杏仁**卒不小便，二七个炒研服。**槟榔**利大小便气闭，蜜汤服，或童尿煎服。亦治淋病。**茱萸**寒湿患淋。**槲若**冷淋茎痛，同葱白煎服。孩子淋疾，三片煮饮即下。**苦楝子**利水道，通小肠，主膏淋，同茴香末服。**棕毛**烧末，水、酒服二钱，即通。**沉香**强忍房事，小便不通，同木香末服。**紫檀**　**皂荚刺**烧研，同破故纸末酒服，通淋。**大腹皮**　**枳壳**〔禽部〕**鸡子壳**小便不通，同海蛤、滑石末服。

【滋阴】〔草部〕**知母**热在下焦血分，小便不通而不渴，乃无阴则阳无以化，同黄檗酒洗各一两，入桂一钱，丸服。**牛膝**破恶血，小便不利，茎中痛欲死，以根及叶煮酒服。或云：热淋、沙石淋，以一两水煎日饮。**牛蒡叶**汁同地黄汁蜜煎，调滑石末服，治小便不通急痛。**蓟根**热淋，服汁。**续断**服汁。**菟丝子**煎服。**恶实**炒研煎服。**紫菀**妇人小便卒不得出，井水服末三撮即通。有血，服五撮。**益母草**　**生地黄**〔果木〕**生藕汁**同地黄、葡萄汁，主热淋。**紫荆皮**破宿血，下五淋，水煮服。产后诸淋，水、酒煎服。〔石虫〕**白石英**煮汁。**云母粉**水服。**桑螵蛸**小便不通，及妇人转脬，同黄芩煎服。〔鳞介〕**牡蛎**小便淋闭，服血药不效，同黄檗等分，末服。**贝子**五癃。利小便不通，烧研酒服。**石决明**水服，通五淋。**蚬**　**石蜐**　**鲤鱼**　**鱁鱼**　**黄颡鱼**〔禽兽〕**白雄鸡**并利小便。**鸡子黄**小便不通，生吞数枚。**阿胶**小便及转脬，水煮服。**牛耳毛、尾毛、阴毛**并主诸淋，烧服。**发灰**五癃，关格不通，利水道，下石淋。

【外治】〔**蓖麻仁**研入纸捻，插孔中。**瓦松**熏洗沙石淋。**苦瓠汁**渍阴。**莴苣**贴脐。**茴香**同白蚯蚓贴脐。**大蒜**同盐贴脐。**蒜、盐、卮子**贴脐。同甘遂贴脐，以艾灸二七壮。百药无效，用此极效。**葱管**插入三寸，吹之即通。**葱白**同盐炒贴脐。葱、盐、姜、豉贴脐。葱、盐、巴豆、黄连贴脐上，灸七壮取利。**高良姜**同苏叶、葱白煎汤，洗后服药。**苎根**贴脐。**炒盐**吹入孔内。**滑石**车前汁和，涂脐阔四寸[55]，热即易。**白矾**同麝香贴脐。**蝼蛄**焙末吹入孔中。**白鱼**纳数枚入孔中。**田螺**同麝贴脐。**猪胆**连汁笼阴头，少顷汁入即消，极效。**猪脬**吹气法。

溲数遗尿　有虚热，虚寒。肺盛则小便数而欠[56]，虚则欠咳小便遗[57]。心虚则少气遗尿。肝实则癃闭，虚则遗尿。脬遗热于膀胱则遗尿。膀胱不约则遗，不藏则水泉不禁。脬损，则小便滴沥不禁。

【虚热】〔草菜〕**香附**小便数，为末酒服。**白微**妇人遗尿，同白芍末酒服。**败船茹**妇人遗尿，为末酒服。**菰根汁**　**麦门冬**　**土瓜根**并止小便不禁。**牡丹皮**除厥阴热，止小便。**生地黄**除湿热。**续断**　**漏卢**并缩小便。**桑耳**遗尿，水煮，或为末酒服。**松蕈**食之，治溲浊不禁。〔木石〕**茯苓**小便数，同矾煮山药为散服。不禁，同地黄汁熬膏，丸服。小儿尿床，同茯神、益智，末服。**黄檗**

小便频数，遗精白浊，诸虚不足，用糯米、童尿，九浸九晒，酒糊丸服。**溲疏**止遗尿。**椿白皮****石膏**小便卒数，非淋，人瘦，煮汁服。**雌黄**肾消尿数不禁[38]，同盐炒干姜，丸服。**乌古瓦**煮汁服，止小便。**胡粉**　**黄丹**　**象牙**　**象肉**水煮服，通小便；烧服，止小便多。

【虚寒】〔草部〕**仙茅**丈夫虚劳，老人失尿，丸服。**补骨脂**肾气虚寒，小便无度，同茴香丸服。小儿遗尿，为末，夜服。**益智子**夜多小便，取二十四枚入盐煎服。心虚者，同茯苓、白术末服，或同乌梅丸服。**覆盆子**益肾脏，缩小便，酒焙末服。**草乌头**老人遗尿，童尿浸七日，炒盐，酒糊丸，服二十丸。**萆薢**尿数遗尿，为末，盐汤服，或为丸服。**菝葜**小便滑数，为末酒服。**狗脊**主失尿不节，利老人，益男子。**葳蕤**茎中寒，小便数。**人参**　**黄芪**气虚遗精。**牛膝**阴消，老人失尿。**蔷薇根**止小便失禁及尿床，捣汁为散，煎服，并良。**甘草头**夜煎服，止小儿遗尿。**鸡肠草**止小便数遗，煮羹食。**菟丝子**　**五味子**　**肉苁蓉**　**蒺藜**　**菖蒲**并暖水脏，止小便多。**附子**暖丹田，缩小便。〔菜谷〕**山药**矾水煮过，同茯苓末服。**茴香**止便数，同盐蘸糯糕食。**韭子**入命门，治小便频数遗尿，同糯米煮粥食。**山韭**宜肾，主大小便数。**干姜**止夜多小便。**小豆叶**煮食，止小便数。杵汁，止遗尿。**豇豆**止小便。**糯米**暖肺，缩小便。**粢糕**〔果木〕**芡实**小便不禁，同茯苓、莲肉、秋石丸服。**莲实**小便数，入猪肚煮过，醋糊丸服。**银杏**小便数，七生七煨食之。温肺益气。**胡桃**小便夜多，卧时煨食，酒下。**蜀椒**通肾，缩小便。**桂**小儿遗尿，同龙骨、雄鸡肝丸服。**乌药**缩小便。叶，煎代茶饮。**山茱萸**〔石虫〕**硇砂**冷病，夜多小便。**桑螵蛸**益精止遗尿，炮熟为末，酒服。**紫稍花**　**青蚨**　**露蜂房**　**海月**〔禽兽〕**雀肉、卵**并缩小便。**鸡子**作酒，暖水脏[39]，缩小便。**黄雌鸡**　**雄鸡肝、肠、嗉、膍胵、翎羽**并止小便遗失不禁。**鸡屎白**产后遗尿，烧灰酒服。**鹿茸**小便数，为末服。**鹿角**炙末酒服。**鹿角霜**上热下寒，小便不禁，为丸服。频数加茯苓。**麝香**止小便利水，服一钱。**羊肺**　**羊肚**作羹食，止小便。**羊脬**下虚遗尿，炙熟食。**猪脬**梦中遗尿，炙食。同猪肚盛糯米，煮食。**猪肠**　**秋石**并主梦中遗尿数。

【止塞】〔果木〕**酸石榴**小便不禁，烧研，以榴白皮煎汤服二钱，枝亦可，日二。**荷叶**　**金樱子**　**诃黎勒**〔服器〕**麻鞋带鼻**水煮服，治尿床。又尖头烧，水服。**本人荐草**烧水服。**白纸**安床下，待遗上，晒干烧末，酒服。〔禽介〕**鹊巢中草**小便不禁，烧研，蔷薇根汤服。**燕蓐草**遗尿，烧研水服。**鸡窠草**烧研酒服。**牡蛎**不渴而小便大利欲死，童尿煎二两服。〔鳞石〕**龙骨**同桑螵蛸为末服。**白矾**男女遗尿，同牡蛎服。**赤石脂**同牡蛎、盐末，丸服。

小便血　不痛者为尿血，主虚；痛者为血淋，主热。

【尿血】〔草部〕**生地黄**汁，和姜汁、蜜服。**蒲黄**地黄汁调服，或加发灰。**益母草**汁。**车前草**汁。**旱莲**同车前取汁服。**芭蕉根**旱莲等分，煎服。**白芷**同当归末服。**镜面草**汁。**五叶藤**汁。**茅根**煎饮。劳加干姜。**玄胡索**同朴消煎服。**升麻**小儿尿血，煎服。**刘寄奴**末服。**龙胆草**煎服。**荆芥**同缩砂末服。**甘草**小儿尿血，煎服。**人参**阴虚者，同黄芪，蜜炙萝卜蘸食。**郁金**破恶血，血淋尿血，葱白煎。**当归**煎酒。**香附**煎酒，服后服地榆汤。**狼牙草**同蚌粉、槐花、百药煎，末服。**葵茎**烧灰酒服。**败酱**化脓血。**苎根**煎服。**牛膝**煎服。**地榆**　**菟丝子**　**肉苁蓉**　**蒺藜**　**续断**　**漏卢**　**泽泻**〔菜谷〕**苦荬**酒、水各半，煎服。**水芹汁**日服。**韭汁**和童尿服。**韭子**　**葱汁**　**葱白**水煎。**莴苣**贴脐。**淡豉**小便血条，煎饮。**黍根灰**酒服。**胡麻**水浸绞汁。**火麻**水煎。**麦麸**炒香，猎脂蘸食。**胡燕窠中草灰**妇人尿血，酒服。〔果木〕**荷叶**水煎。**乌梅**烧末，醋糊丸服。**棕榈**半烧半炒，水服。**地骨皮**新者，浓煎入酒服。**柏叶**同黄连末，酒服。**竹茹**煎水。**琥珀**灯心汤调服。**槐花**同郁金末，淡豉汤服。**卮子**水煎。**棘刺**水煎。**荆叶**汁，和酒服。**乳香**末，饮服。〔器用〕**墨**大小便血，阿胶汤化服二钱。**败船茹**妇人尿血，水煎。〔虫鳞禽兽〕**衣鱼**妇人尿血，纳入二十枚。**五倍子**盐梅丸服。**蚕茧**大小便血，同蚕连、蚕沙、僵蚕为末，入麝香服。**龙骨**酒服。**鸡膍胵** **鹿角**末服。**白胶**水煮服。**鹿茸** **丈夫爪**甲烧灰酒服。**发灰**酒服。

【血淋】〔草部〕**牛膝**煎。**车前子**末服。**海金沙**沙糖水服一钱。**生地黄**同车前汁温服。又同生姜汁服。**地锦**服汁。**小蓟** **葵根**同车前子煎服。**茅根**同干姜煎服。**黑牵牛**半生半炒，姜汤服。**香附**同陈皮、赤茯苓煎服。**酢浆草**汁，入五苓散服。**山箬叶**烧，入麝香服。**山慈姑花**同地檗花煎服。**白微**同芍药酒服。**地榆** **鸡苏** **葵子**〔菜谷〕**水芹根**汁。**茄叶**末，盐、酒服二钱。**赤小豆**炒末，葱汤服。**大豆叶**煎服。**青粱米**同车前子煮粥，治老人血淋。**大麻根**水煎。〔果木〕**桃胶**同木通、石膏，水煎服。**莲房**烧，入麝香，水服。**槟榔**磨，麦门冬汤服。**干柿**三枚，烧服。**槲白皮**同桑黄煎服。**琥珀**末服。**山卮子**同滑石末，葱汤服。**藕节**汁。**竹茹**水煎。〔石虫〕**浮石**甘草汤服。**石燕**同赤小豆、商陆、红花，末服。**百药煎**同黄连、车前、滑石、木香，末服。**晚蚕蛾**末，热酒服二钱。**蜣螂**研水服。**海螵蛸**生地黄汁调服。又同地黄、赤茯苓，末服。**鲟鱼**煮汁。**鲤鱼齿**〔禽兽〕**鸡屎白**小儿血淋，糊丸服。**阿胶** **黄明胶** **发灰**米汤入醋服，大小便血。血淋，入麝香。

阴痿 有湿热者，属肝脾；有虚者，属肺肾。

【湿热】〔草菜〕**天门冬** **麦门冬** **知母** **石斛**并强阴益精。**车前子**男子伤中[60]。养肺强阴，益精生子。**葛根**起阴。**牡丹皮** **地肤子** **升麻** **柴胡** **泽泻** **龙胆** **庵蕳**并益精补气，治阴痿。**丝瓜汁**阴茎挺长，肝经湿热也，调五倍子末傅之，内服小柴胡加黄连。〔果木〕**枳实**阴痿有气者加之。**茯苓** **五加皮** **黄檗**〔水石〕**菊花上水**益色壮阳。**丹砂**同茯苓，丸服。

【虚弱】〔草部〕**人参**益肺肾元气，熬膏。**黄芪**益气利阴。**甘草**益肾气内伤，令人阴不痿。**熟地黄**滋肾水，益真阴[61]。**肉苁蓉**茎中寒热疼痒，强阴，益精气，多子。男子绝阳不生，女子绝阴不产，壮阳，日御过倍[62]，同羊肉煮粥食之。**锁阳**益精血，大补阴气，润燥治痿，功同苁蓉。**列当**兴阳，浸酒服。**何首乌**长筋骨，益精髓，坚阳道，令人有子。**牛膝**治阴痿补肾，强筋填髓。**远志**益精强志，坚阳道[63]，利丈夫。**巴戟天**同上。**百脉根**除劳，补不足，浸酒服。**狗脊**坚腰脊，利俯仰，宜老人。**仙茅**丈夫虚劳，老人无子，益阳道，房事不倦。**附子** **天麻**益气长阴，助阳强筋。**牡蒙** **淫羊藿**阴痿茎中痛，丈夫绝阳无子，女人绝阴无子，老人昏耄，煮酒饮。**蓬虆** 益精长阴，令人坚强有子。**覆盆子**强阴健阳，男子精虚阴痿，酒浸为末，日服三钱，能令坚长。**菟丝子**强阴，坚筋骨，茎寒精出。**蛇床子**主阴痿，久服令人有子，益女人阴气，同五味、菟丝，丸服。**五味子**强阴，益男子精，壮水镇阳，为末酒服，尽一斤，可御十女。**补骨脂**主骨髓伤败肾冷，通命门，暖丹田，兴阳事，同胡桃诸药丸服。**艾子**壮阳，助水脏，暖子宫。**萝摩子**益精气，强阴道。叶同。**木莲**壮阳。**木香**〔菜果〕**山药**益气强阴。**韭** **薤**归肾壮阳。**葫**温补。**胡桃**阳痿，同补骨脂、蜜丸服。**阿月浑子**肾虚痿弱，得山茱萸良。**吴茱萸**女子阴冷，嚼细纳入，良久如火。〔木石〕**山茱萸**补肾气，添精髓，兴阳道，坚阴茎。**枸杞**补肾强阴。**石南**肾气内伤，阴衰脚弱，利筋骨皮毛。**白棘**丈夫虚损，阴痿精出。**女贞实**强阴。**没石子**烧灰，治阴毒痿。**石钟乳**下焦伤竭，强阴益阳，煮牛乳或酒服。**阳起石**男子阴痿，茎头寒，腰酸膝冷，命门不足，为末酒服。又同地肤子服。**慈石**浸酒服。**硇砂**除冷病，暖水脏，大益阳事，止小便。**白石英**阴痿，肺痿。**石硫黄**阳虚寒，壮阴道。〔虫鱼〕**雄蚕蛾**益精气，强阴道，交接不倦，炒蜜丸服。**枸杞虫**和地黄丸服，大起阴，益精。**蜂窠**阴痿，烧研酒服，并傅之。**紫稍花**益阳秘精[64]，治阴痿，同龙骨、麝香丸服。**鲤鱼胆**同雄鸡肝丸服。**虾米**补肾兴阴，以蛤蚧、茴香、盐治之良。**九香虫**补脾胃，壮元阳。

蜻蛉　青蚨　鸐鸡　桑螵蛸　海马　泥鳅食之。**海蛤　魁蛤**〔禽兽〕**雀卵**阴痿不起，强之令热，多精有子，和天雄、菟丝丸服。**雀肉**冬月食之，起阳道，秘精髓。**雀肝　英鸡　雀　石燕　雄鸡肝**起阴，同菟丝子、雀卵丸服。**鹿茸　鹿角　鹿髓及精　鹿肾　白胶　麋角　麝香　豮猪肾**同枸杞叶、豆豉汁，煮羹食。**牡狗阴茎**伤中阴痿，令强热生子。**狗肉　羊肉　羊肾　灵猫阴　腽肭脐　白马阴茎**和苁蓉丸服，百日见效。**山獭阴茎**阴虚阴痿，精寒而清，酒磨服。**败笔头**男子交婚之夕茎痿，烧灰，酒服二钱。〔人部〕**秋石　紫河车**

强中　有肝火盛强，有金石性发。其证茎盛不衰，精出不止，多发消渴痈疽。

【伏火解毒】知母　地黄　麦门冬　黄芩　玄参　荠苨　黄连　栝楼根　大豆　黄檗　地骨皮　冷石　石膏　猪肾　白鸭通

【补虚】补骨脂玉茎长硬不痿，精出捏之则脆痒如刺针，名肾漏，韭子各一两，为末，每服三钱，水煎服，日三。**山药　肉苁蓉　人参　茯神　慈石　鹿茸**

囊痒　阴汗、阴臊、阴疼皆属湿热，亦有肝肾风虚。厥阴实则挺长，虚则暴痒。

【内服】白芷　羌活　防风　柴胡　白术　麻黄根　车前子　白蒺藜　白附子　黄芩　木通　远志　藁本香　黑牵牛　石菖蒲　生地黄　当归　细辛　山药　荆芥穗　补骨脂男子阴囊湿痒。**黄芪**阴汗，酒炒为末，猪心蘸食。**毕勃没**止阴汗。**苍术　龙胆草　川大黄　天雄　大蒜**阴汗作痒，同淡豉丸服。**卮子仁　茯苓　黄檗　五加皮**男女阴痒。**杜仲　滑石　白僵蚕**男子阴痒痛。**猪脬**肾风囊痒[65]，火炙，盐酒下。

【熏洗】蛇床子　甘草　水苏　车前子　狼牙草　莨菪子　墙头烂草妇人阴痒，同荆芥、牙皂煎洗。**荷叶**阴肿痛及阴痿囊痒。同浮萍、蛇床煎洗。**阿月浑子　木皮　茱萸　槐花　松毛　牡荆叶　木兰皮　白矾　紫稍花**

【傅扑】五味子阴冷。**蒲黄　蛇床子　生大黄**嚼傅。**麻黄根**同牡蛎、干姜扑。又同硫黄末扑之。**没石子　菖蒲**同蛇床子傅。**干姜**阴冷。**胡麻**嚼涂。**大豆黄**嚼涂。**吴茱萸　蜀椒**同杏仁傅，又主女人阴冷。**杏仁**炒，塞妇人阴痒。**银杏**阴上生虱作痒，嚼涂。**桃仁**粉涂。**茶末　松香**同花椒浸香油、烧灰滴搽。**皂角**糯禾烧烟日熏。**肥皂**烧搽。**麸炭**同紫苏叶，香油调涂。**铸铧锄孔中黄土　炉甘石**同蚌粉扑。**密陀僧　滑石**同石膏入少矾傅。**阳起石**涂湿痒臭汗。**雄黄**阴痒有虫，同枯矾、羊蹄汁搽。**五倍子**同茶末涂。**龙骨　牡蛎　乌贼骨　鸡肝　羊肝　猪肝**并塞妇人阴痒。**牛屎**烧傅。

大便燥结　有热，有风，有气，有血，有湿，有虚，有阴，有脾约，三焦约，前后关格。

【通利】〔草部〕**大黄　牵牛**利大小便，除三焦壅结，气秘气滞，半生半炒服，或同大黄末服，或同皂荚丸服。**芫花　泽泻　荛花**并利大小便。**射干**汁服，利大小便。**独行根**利大肠。**甘遂**下水饮，治二便关格，蜜水服之，亦傅脐。**续随子**利大小肠，下恶滞物。〔果木〕**桃花**水服，通大便。**桃叶**汁服，通大小便。**郁李仁**利大小肠，破结气血燥，或末或丸，作面食。**乌桕皮**煎服，利大小便；末服，治三焦约，前后大小便关格不通。**巴豆　鸐根白皮　雄楝根皮**〔石虫〕**腻粉**通大肠壅结，同黄丹服。**白矾**利大小肠，二便关格，填脐中，滴冷水。**蜣螂**二便不通，焙末水服。

蝼咕二便不通欲死，同蜣螂末服。

【养血润燥】〔草部〕**当归**同白芷末服。**地黄　冬葵子　吴葵华　羊蹄根　紫草**利大肠。痈疽痘疹闭结，煎服。**土瓜根汁**灌肠。〔谷菜〕**胡麻　胡麻油　麻子仁**老人虚人产后闭结，煮粥食之。**粟米　秫　荞麦　大小麦　麦酱汁　马齿苋　苋菜　芋　百合　葫　苦耽　波棱菜　苦荬菜　白苣　菘　苜蓿　薇　落葵　笋**〔果木〕**甘蔗　桃仁**血燥，同陈皮服。产后闭，同藕节煎服。**杏仁**气闭，同陈皮服。**苦枣　梨　菱　柿子　柏子仁**老人虚闷，同松子仁、麻仁，丸服。〔石虫〕**食盐**润燥，通大小便，傅脐及灌肛内，并饮之。**炼盐黑丸**通治诸病。**蜂蜜　蜂子　螺蛳　海蛤**并利大小便。**田螺**傅脐。〔禽兽〕**鸡屎白　牛乳　驴乳　乳腐　酥酪　猪脂　诸血　羊胆**下导。**猪胆**下导。**猪肉**冷利。**兔　水獭　阿胶**利大小肠，调大肠圣药也。老人虚闭，葱白汤服。产后虚闭，同枳壳、滑石，丸服。**黄明胶**〔人部〕**发灰**二便不通，水服。**人溺**利大肠。

【导气】〔草部〕**白芷**风闭[56]，末服。**蒺藜**风闭，同皂荚末服。**烂茅节**大便不通，服药不利者，同沧盐，吹入肛内一寸。**生葛　威灵仙　旋覆花　地蜈蚣汁**并冷利。**草乌头**二便不通，葱蘸插入肛内，名霹雳箭。**羌活**利大肠。〔菜谷〕**石莼**风闭，煮饮。**萝卜子**利大小肠风闭气闭，炒，擂水服。和皂荚末服。**蔓菁子油**二便闭，服一合。**葱白**大肠虚闭，同盐捣贴脐。二便闭，和酢傅小腹，仍灸七壮。小儿虚闭，煎汤调阿胶末服。仍蘸蜜，插肛内。**生姜**蘸盐，插肛内。**茴香**大小便闭，同麻仁、葱白煎汤，调五苓散服。**大麦蘖**产后闭塞，为末服。〔果木〕**枳壳**利大小肠。同甘草煎服，治小儿闭塞。**枳实**下气破结。同皂荚丸服，治风气闭。**陈橘皮**大便气闭，连白酒煮，焙研，酒服二钱。老人加杏仁，丸服。**槟榔**大小便气闭，为末，童尿、葱白煎服。**乌梅**大便不通，气奔欲死[57]，十枚纳入肛内。**瓜蒂**末，塞肛内。**厚朴**大肠干结，猪脏煮汁丸服。**茶末**产后闭结，葱涎和丸，茶服百丸。**皂荚子**风人虚人脚气人，大肠或闭或利，酥炒，蜜丸服。便闭，同蒜捣，傅脐内。**白胶香**同鼠屎，纳下部。〔器兽〕**甑带**大小便闭，煮汁和蒲黄服。**雄鼠屎**二便不通，水调傅脐。

【虚寒】〔草部〕**黄芪**老人虚闭，同陈皮末，以麻仁浆、蜜煎匀和服。**人参**产后闭，同枳壳、麻仁，丸服。**甘草**小儿初生，大便不通，同枳壳一钱，煎服。**肉苁蓉**老人虚闭，同沉香、麻仁，丸服。**锁阳**虚闭，煮食。**半夏**辛能润燥，主冷闭，同硫黄丸服。**附子**冷闭，为末蜜水服。〔果石〕**胡椒**大小便关格，胀闷杀人，二十一粒煎，调芒消半两服。**吴茱萸**枝二便卒关格，含一寸自通。**硫黄**性热而利，老人冷闭。

脱肛　有泻痢，痔漏，大肠气虚也。附肛门肿痛。

【内服】〔草部〕**防风**同鸡冠花丸服。**茜根**榴皮煎酒服。**蛇床子**同甘草末服。**黄栝楼**服汁，或入矾煅为丸。**防己实**焙煎代茶。**榼藤子**烧服。**卷柏**末服。**鸡冠花**同棕灰、羌活末服。**益奶草**浸酒服。**紫堇花**同慈石毛服，并傅。**阿芙蓉**〔果木〕**荷钱**酒服，并傅。**蜀椒**每旦嚼一钱，凉水下，数日效。**槐角**同槐花炒末，猪肾蘸食。**花构叶**末服，并涂。**诃黎勒　桑黄**并治下痢肛门急疼。**甑带**煮汁。〔石虫〕**慈石**火煅醋淬末服，仍涂囟上。**百药煎**同乌梅、木瓜煎服。〔介兽〕**鳖头**烧服，并涂。**虎胫骨**蜜炙丸服。**猬皮灰**同慈石、桂心服。

【外治】〔草部〕**木贼　紫萍　莨菪子　蒲黄　蕙草根中涕**并涂。**苎根**煎洗。**苦参**同五倍子、陈壁土煎洗，木贼末傅之。**香附子**同荆芥煎洗。**女萎**烧熏。**曼陀罗子**同橡斗、朴消煎洗。**酢浆草**煎洗。〔菜谷〕**生萝卜**捣贴脐中，束之。**胡荽**烧熏。**胡荽子**痔漏脱肛，同粟糠、乳香烧烟熏。**蕺菜**捣涂。**粟糠**烧熏。**榴皮**洗。**枳实**蜜炙熨。**橡斗**可洗可傅。**巴豆壳**同芭蕉汁洗后，以麻油、龙骨、白矾傅。**皂荚**烧熏，亦炙熨。**黄皮桑树叶**洗。**龙脑**傅。**槿皮**洗。**故麻鞋底**同鳖头烧灰傅之。〔土金石部〕**东壁土**傅。**孩儿茶**同熊胆、片脑傅。**梁上尘**同鼠屎烧熏。**石灰**炒热坐。**食盐**炒坐。**赤石脂**　**铁精**　**铁华粉**并傅。**生铁汁**热洗。**朴消**同地龙涂。**白矾**〔虫介鳞兽〕**蛞蝓**　**缘桑螺**烧灰。**蜗牛**烧灰。**蜣螂**烧灰。**蜘蛛**烧灰。并涂。**蛱蝶**研末，涂手心。**蛤蟆**皮烧熏。**五倍子**可傅可洗。**田螺**捣坐，化水洗。**烂螺壳**　**龟血**　**鳖血**　**鲫鱼头灰**　**白龙骨**　**狗涎**　**羊脂**　**败笔头灰**并涂。**熊胆**贴肛边肿痛极效。

痔漏　初起为痔，久则成漏[68]。痔属酒色郁气血热或有虫，漏属虚与湿热。

【内治】〔草部〕**黄连**煮酒丸服。大便结者，加枳壳。**黄芩**　**秦艽**　**白芷**　**牡丹**　**当归**　**木香**　**苦参**　**益母草**饮汁。**茜根**　**海苔**　**木贼**下血，同枳壳、干姜、大黄，炒焦服之。**蘘荷根**下血，捣汁服。**苍耳茎、叶**下血，为末服。**萹蓄**汁服。**苦杖**焙研，蜜丸服。**酢浆草**煮服。**连翘**　**旱莲**捣酒服。**蒲黄**酒服。**羊蹄**煮炙。**忍冬**酒煮丸服。**萆薢**同贯众末，酒服。**何首乌**　**榼藤子**烧研饮服。**牵牛**痔漏有虫，为末，猪肉蘸食。〔谷菜〕**神曲**主食痔[69]。**赤小豆**肠痔有血，苦酒煮晒为末服。**腐婢**积热痔漏下血。**粟糠**　**粟浆**五痔饮之。**糯米**以骆驼作饼食。**胡麻**同茯苓入蜜作麨，日食。**胡荽子**炒研酒服。**芸苔子**主血痔。**砉茈子**治漏，同诸药、鲫鱼烧研服。**莴苣子**痔瘘下血。**桑耳**作羹食。**鸡拟**　**槐耳**烧服。〔果木〕**胡桃**主五痔[70]。**橡子**痔血，同糯米粉炒黄和蒸，频食。**杏仁汁**煮粥，治五痔下血。**莲花蕊**同牵牛、当归末，治远年痔漏。**黄檗**肠痔脏毒，下血不止，四制作丸服。**椿芽**肠痔下血，作蔬及煎汁服。**梧桐白皮**主肠痔。**苦楝子**主虫痔。**槐实**五痔疮瘘，同苦参丸服，或煎膏纳窍中。**槐花**外痔长寸许，日服，并洗之。**槐叶**肠风痔疾[71]，蒸晒，代茗饮。**枳实**蜜丸服，治五痔。**冬青子**主痔，九蒸九晒吞之。**紫荆皮**煎服，主痔肿。**伏牛花**五痔下血。**赤白茯苓**同没药、破故纸酒浸蒸饼研丸服，治痔漏效。**槲若**血痔，同槐花末服。**椒目**痔漏肿痛，水服。**都桷子**　**枳椇木皮**　**醋林子**痔漏下血。**蔓椒根**主痔，烧末服，并煮汁浸之。**槟榔**虫痔，研末服。〔服石〕**针线袋**烧灰水服。**新绵灰**酒服二钱。**石灰**虫痔，同川乌头丸服。**赤石脂**　**白石脂**　**白矾**痔漏，同生盐末，白汤服五钱。**石燕**治肠风痔瘘年久者。**禹余粮**主痔漏。〔虫鳞〕**蚕纸灰**酒服止血。**蟾蜍**烧研，煮猪脏蘸食。**蜮蜚**食之。**蚌**食之，主痔。**鲎鱼**杀虫痔。**鲔鱼**主五痔下血，瘀血在腹。**鲮鱼**五痔下血肛痛，同葱煮食。**鲫鱼**酿白矾烧研服，主血痔。**鼍皮骨**烧服，杀痔虫。**鲮鲤甲**烧服，杀痔虫。〔禽兽〕**鹰嘴爪**烧服，主五痔虫。**鹰头**痔瘘，烧灰入麝香，酒服。**鹳鸪**五痔止血，炙或为末服。**竹鸡**炙食，杀虫痔。**鸳鸯**炙食，主血痔。**猬皮**痔漏多年，炙研饮服，并烧灰涂之。**鼹鼠**食之，主痔瘘。**獭肝**烧研水服，杀虫痔。**土拨鼠**痔瘘，煮食。**狐四足**痔瘘下血，同诸药服。**野狸**肠风痔瘘，作羹臛食。**野猪肉**久痔下血，炙食。**豭猪头**煮食，主五痔。**犬肉**煮食，引痔虫。**牛脾**痔瘘，腊月淡煮，日食一度。**牛角䚡**烧灰酒服。**虎胫骨**痔瘘脱肛，蜜炙丸服。

【洗渍】苦参　**飞廉**　**苦芙**　**白鸡冠**　**白芷**　**连翘**　**酢浆草**　**木鳖子**洗并涂。**稻藁灰**汁。**胡麻**　**丁香**　**槐枝**　**柳枝**洗痔如瓜，后以艾灸。**芜荑**　**棘根**　**木槿根**煎洗。花，末傅之。**仙人杖**　**桃根**　**猕猴桃**　**无花果**　**冬瓜**　**苦瓠**　**苦荬菜**　**鱼腥草**煎洗，并入枯矾、片脑傅。**马齿苋**洗，并食之。**葱白**　**韭菜**　**五倍子**　**童尿**

【涂点】胡黄连鹅胆调。**草乌头**反内痔。**白头翁**捣烂。**白及**　**白敛**　**黄连汁**。**旱莲汁**。**山豆根汁**。**土瓜根**　**通草花粉**　**繁缕**傅积年痔。**荞麦秸灰**点痔。**卢会**　**耳环草**　**龙脑**葱汁化搽。**木瓜**鳝涎调[72]，贴反花痔[73]。**桃叶**杵坐。**血竭**血痔。**没药**　**楮叶**杵。**孩儿茶**同麝香，唾调贴。**无名异**火煅醋淬研，塞漏孔。**密陀僧**同铜青涂。**黄丹**同滑石涂。**石灰**点。**硇砂**点。**石胆**煅点。**孔公蘖**

殷蘖　**硫黄**　**黄矾**　**绿矾**　**水银**枣研塞漏孔。**铁华粉**　**白蜜**同葱捣涂。肛门生疮，同猪胆熬膏导之。**乌烂死蚕**　**露蜂房**　**蛞蝓**研，入龙脑傅之。**蜈蚣**痔漏作痛，焙研，入片脑傅之。或香油煎过，入五倍子末收搽之。**蜣螂**焙末搽之。为末，入冰片，纸捻蘸入孔内，渐渐生肉退出。**蛴螬**研末傅。**田螺**入片脑取水搽，白矾亦可。**甲香**五痔。**鱼鲊**　**鱼鲙**　**海豚鱼**　**鳝鱼**　**鳢鱼**炙贴，引虫。**鲤鱼肠**　**鲤鱼鳞**绵裹坐，引虫。**蝮蛇屎**杀痔瘘虫。**蚺蛇胆**　**蛇蜕**　**啄木**痔瘘，烧研纳之。**胡燕屎**杀痔虫。**鸡胆**搽。**鸭胆**　**鹅胆**　**牛胆**　**鼠膏**　**猬胆**　**熊胆**入片脑搽。**麝香**同盐涂。**狨肉及皮**　**男子爪甲灰**涂之。

【熏灸】马兜铃　**粟糠烟**　**酒痔**䘌[74]，掘土坑烧赤沃之，撒茱萸入内，坐之。**艾叶**灸肿核上。**枳壳**炙熨痔痛，煎水熏洗。**干橙烟**　**茱萸**蒸肠痔，杀虫。**灯火**焠痔肿甚妙[75]。**毡袜**烘熨之。**鳗鲡**烧熏痔瘘，杀虫。**羊粪**烧熏痔瘘。**猪悬蹄**烧烟。

下血　血清者，为肠风，虚热生风，或兼湿气。血浊者，为脏毒，积热食毒，兼有湿热。血大下者为结阴[76]，属虚寒。便前为近血，便后为远血。又有蛊毒虫痔。

【风湿】〔草菜〕**羌活**　**白芷**肠风下血，为末，米饮服。**秦艽**肠风泻血。**赤箭**止血。**升麻**　**天名精**止血破瘀。**木贼**肠风下血，水煎服。肠痔下血，同枳壳、干姜、大黄，炒研末服。**胡荽子**肠风下血，和生菜食，或为末服。**皂角蕈**泻血，酒服一钱。**葱须**治便血肠澼。〔木部〕**皂角**羊肉和丸服。同槐实为散服。里急后重，同枳壳丸服。**皂角刺灰**同槐花、胡桃、破故纸为末服。**肥皂荚**烧研丸服。**槐实**去大肠风热。**槐花**炒研酒服，或加柏叶，或加卮子，或加荆芥，或加枳壳，或煮猪脏为丸服。〔虫兽〕**干蝎**肠风下血，同白矾末，饮服半钱。**野猪肉**炙食，不过十顿。外肾烧研，饮服。

【湿热】〔草部〕**白术**泻血萎黄，同地黄丸服。**苍术**脾湿下血，同地榆煎服。肠风下血，以皂荚汁煮焙，丸服。**贯众**肠风酒痢痔漏诸下血，焙研米饮服，或醋糊丸服。**地榆**下部见血必用之。结阴下血，同甘草煎服。下血二十年者，同鼠尾草煎服。虚寒人勿用。**黄连**中部见血须用之。积热下血，四制丸服。脏毒下血，同蒜丸服。酒痔下血[77]，酒煮丸服。肠风下血，茱萸炒过，丸服。**黄芩**水煎服。**苦参**肠风泻血。**木香**同黄连入猪肠煮，捣丸服。**郁金**肠毒入胃，下血频痛，同牛黄，浆水服。**香附子**诸般下血，童尿浸，米醋炒，服二钱，或醋糊丸服。或入百草霜、麝香，尤效。**水苏**煎服。**青蒿**酒痔下血，为末服。**益母草**痔疾下血，捣汁饮。**刘寄奴**大小便下血，为末茶服。**鸡冠**止肠风泻血，白花并子炒煎服。结阴下血，同椿根白皮丸服。**大小蓟**卒泻鲜血属火热，捣汁服之。**马蔺子**同何首乌、雌雄黄丸服。**苍耳叶**五痔下血，为末服。**箬叶**烧灰汤服。**芦花**诸失血病，同红花、槐花、鸡冠花煎服。**桔梗**中蛊下血[78]。**蘘荷根**痔血，捣汁服。**萱根**大小便血，和生姜、香油炒热，沃酒服。**地黄**凉血，破恶血，取汁，化牛皮胶服。肠风下血，生熟地黄、五味子丸服。小儿初生便血，以汁和酒蜜，与服数匙。**紫菀**产后下血，水服。**地肤叶**泻血，作汤煮粥食。**王不留行**粪后血，末服。**金盏草**肠痔下血。**虎杖**肠痔下血，焙研，蜜丸服。**车前草**捣汁服。**马鞭草**酒积下血，同白芷烧灰，蒸饼丸服。**旱莲**焙末饮服。**凌霄花**粪后血，浸酒服。**蔷薇根**止下血。**栝楼实**烧灰，同赤小豆末服。**王瓜子**烧研，同地黄、黄连丸服。**生葛汁**热毒下血[79]，和藕汁服。**白敛**止下血。**威灵仙**肠风下血，同鸡冠花，米醋煮研服。**茜根**活血，行血，止血。**木莲**风入脏，或食毒积热，下鲜血，或酒痢，烧研，同棕灰、乌梅、甘草等分，末服。大便涩者，同枳壳末服。**羊蹄根**肠风下血，同老姜炒赤，沃酒饮。**蒲黄**止泻血，水服。**金星草**热毒下血，同干姜末，水服之。**石韦**便前下血，为末，茄枝汤下。**金疮小草**肠痔下血，同甘草浸酒饮。

〔菜部〕**丝瓜**烧灰酒服，或酒煎服。**经霜老茄**烧灰酒服。蒂及根、茎、叶，俱治肠风下血。**蕨花**肠风热毒，焙末饮服。**败瓢**烧灰，同黄连末服。**翻白草**止下血。**萝卜**下血，蜜炙任意食之。酒毒，水煮入少醋食，或以皮同荷叶烧灰，入生蒲黄末服。**芸苔**同甘草末服，治肠风脏毒。**独蒜**肠毒下血，和黄连丸服。暴下血，同豆豉丸服。〔果木〕**银杏**生和百药煎丸服，亦煨食。**乌芋**汁，和酒服。**藕节汁**止下血，亦末服。**茗叶**热毒下血，同百药煎末服。**黄檗**主肠风下血，里急后重，热肿痛。小儿下血，同赤芍药丸服。**椿根白皮**肠风泻血，醋糊丸服，或酒糊丸，或加苍术，或加寒食面。经年者，加人参、酒煎服。**椿荚**半生半烧，米饮服。**木槿**肠风泻血，作饮。**山茶**为末，童尿、酒服。**卮子**下鲜血，烧灰水服。**枳壳**烧黑，同羊胫炭末服。根皮亦末服。**枳实**同黄芪末服。**橘核**肠风下血，同樗根皮末服。**楮白皮**为散服。**柏叶**烧服，或九蒸九晒，同槐花丸服。**柏子**酒煎服。**松木皮**焙末服。〔土石〕**黄土**水煮汁服。**车辖**小儿下血，烧赤淬水服。**血师**肠风下血，火煅醋淬七次，为末，每服一钱，白汤下。〔虫兽〕**白僵蚕**肠风泻血，同乌梅丸服。**蚕茧**大小便血，同蚕蜕纸、晚蚕沙、白僵蚕，炒研服。**桑蠹屎**烧研，酒服。**柳蠹屎**止肠风下血。**海螵蛸**一切下血，炙研，木贼汤下。**田螺**酒毒下血，烧焦末服，壳亦止下血。**鲎鱼尾**止泻血。**乌龟肉**炙食，止泻血。**猪血**卒下血不止，酒炒食。**猪脏**煮黄连丸服。煮槐花丸服。煮胡荽食之。**白马通**　**犀角**磨汁服。同地榆、生地黄丸服。

【**虚寒**】〔草菜〕**人参**因酒色甚下血，同柏叶、荆芥、飞面末，水服。**黄芪**泻血，同黄连丸服。**艾叶**止下血，及产后泻血，同老姜煎服。**附子**下血日久虚寒，同枯矾丸服，或同生黑豆煎服。**草乌头**结阴下血，同茴香、盐煎露服。**天南星**下血不止，有石灰炒黄，糊丸服。**莨菪子**肠风下血，姜汁酒同熬，丸服。**云实**主肠澼。**骨碎补**烧末酒服。**干姜**主肠澼下血。〔木石〕**桂心**结阴下血，水服方寸匕。**天竺桂**　**乌药**焙研，饭丸服。**雄黄**结阴便血，入枣内同铅汁煮一日，以枣肉丸服。〔鳞兽〕**鲫鱼**酿五倍子煅研，酒服。**鳜鱼**止泻血。**鹿角胶**

【**积滞**】〔果木〕**山楂**下血，用寒热脾胃药俱不效者，为末，艾汤服即止。**巴豆**煨鸡子食。**芜荑**猪胆汁丸服，治结阴下血。**苦楝实**蜜丸服。〔虫兽〕**水蛭**漏血不止，炒末酒服。**鸡膍胵黄皮**止泻血。**猬皮**炙末，饮服。**猬脂**止泻血。**獭肝**肠痔下血，煮食之。

【**止涩**】〔草部〕**金丝草**　**三七**白酒服二钱，或入四物汤。**卷柏**大肠下血，同侧柏、棕榈烧灰酒服。生用破血，炙用止血。远年下血，同地榆煎服。**昨叶何草**烧灰，水服一钱。**血见愁**姜汁和捣，米饮服。〔果木〕**荷叶**　**莲房灰**　**橡斗壳**同白梅煎服。**酸榴皮**末服，赤煎服。**乌梅**烧研，醋糊丸服。**橄榄**烧研，米饮服。**干柿**入脾消宿血。久下血者，烧服，亦丸服。**黄柿**小儿下血，和米粉蒸食。**柿木皮**末服。**棕榈皮**同栝楼烧灰，米饮服。**诃黎勒**止泻血。**鼠李**止下血。**金樱东行根**炒用，止泻血。〔服器〕**黄丝绢灰**水服。**败皮巾灰**　**皮鞋底灰**　**甑带灰**涂乳上，止小儿下血。**百草霜**米汤调，露一夜服。〔石虫〕**绿矾**酿鲫鱼烧灰服，止肠风泻血。煅过，入青盐、硫黄再煅，入熟附子末，粟糊丸服，治积年下血，一服见效。**石燕**年久肠风，磨水日服。**蛇黄**醋煅七次，末服。**五倍子**半生半烧丸服，肠风加白矾。**百药煎**半生半炒饭丸服，肠风加荆芥灰，脏毒加白芷、乌梅烧过，酒毒加槐花。〔兽人〕**牛骨灰**水服。**牛角鳃**煅末，豉汁服。**人爪甲**积年泻血，百药不效，同麝香、干姜、白矾、败皮巾灰，等分饮服，极效。**发灰**饮服方寸匕。

瘀血　有郁怒，有劳力，有损伤。

【**破血散血**】〔草部〕**生甘草**行厥阴、阳明二经污浊之血。**黄芪**逐五脏间恶血。**白术**利腰脐间血。**黄芩**热入血室。**黄连**赤目瘀血，上部见血。**败酱**破多年凝血。**射干**消瘀血老血在心脾间。**草**

蘼关节老血。**桔梗**打击瘀血久在肠内时发动者，为末，米饮服。**大黄**煎酒服，去妇人血癖，男女伤损瘀血。醋丸，治干血气[80]，产后血块。**蓬莪茂**消扑损内伤瘀血，通肝经聚血，女人月经血气。**三棱**通肝经积血，女人月水[81]，产后恶血。**牡丹皮**瘀血留舍肠胃，女人一切血气。**芍药**逐贼血，女人血闭，胎前产后一切血病。**红蓝花**多用破血，少用养血。酒煮，下产后血。**常春藤**腹内诸冷血风血，煮酒服。**当归　丹参　芎䓖　白芷　泽兰　马兰　大小蓟　芒箔　芒茎**并破宿血，养新血。**玄参**治血瘕，下寒血。**贯众　紫参　玄胡索　茅根　杜衡　紫金牛　土当归　芭蕉根　天名精　牛蒡根　苎麻叶　飞廉　续断　堇菜　茺蔚　藨蒿　紫苏　荆芥　爵床　野菊　番红花　刘寄奴　庵蕳　薰草　苦杖　马鞭草　车前　牛膝　蒺藜　独用将军　地黄　紫金藤　葎草　茜草　剪草　通草　赤雹儿**并破瘀血血闭。**半夏　天南星　天雄　续随子　山漆**〔谷菜〕**赤小豆　米醋　黄麻根　麻子仁**并消散瘀血。**黑大豆　大豆黄卷　红曲　饴饧　芸苔子**并破瘀血。**韭汁**清胃脘恶血。**葱汁　莱菔　生姜　干姜　堇菜　繁缕　木耳　杨栌耳　苦竹肉**〔果木〕**桃仁　桃胶　桃毛　李仁　杏枝**并破瘀血老血。**红柿　桄榔子　槠子　山楂　荷叶　藕　蜀椒　秦椒　柳叶　桑叶　琥珀**并消瘀血。**卮子**清胃脘血。**茯苓**利腰脐血。**乳香　没药　骐驎竭　质汗**并活血散血止血。**松杨**破恶血，养新血。**枎移**踠跌瘀血[82]。**白杨皮**去折伤宿血在骨肉间疼。**干漆**削年深积滞老血。**苏方木　椆木　紫荆皮　卫矛　奴柘**〔石虫〕**朴消**并破瘀恶血。**雄黄　花乳石　金星石　硇砂　菩萨石**并化腹内瘀血。**自然铜生铁　石灰　殷蘗　越砥　砺石　水蛭　虻虫**〔鳞介〕**鳜鱼　鲳鱼　鳔胶　龟甲　鳖甲**〔禽兽〕**白雄鸡翮**并破腹内瘀血。**黑雌鸡**破心中宿血，补心血。**五灵脂**生行血，熟止血。**鸦翅　牛角鳃　白马蹄　犛牛酥　狮屎　犀角　羚羊角　鹿角**〔人部〕**人尿　人中白**并破瘀血。

积聚症瘕　左为血，右为食，中为痰气。积系于脏，聚系于腑，症系于气与食，瘕系于血与虫，痃系于气郁[83]，癖系于痰饮。心为伏梁[84]，肺为息贲[85]，脾为痞气[86]，肝为肥气[87]，肾为奔豚[88]。

【血气】〔草部〕**三棱**老癖症瘕积聚结块，破血中之气。小儿气癖，煮汁作羹与乳母食。**蓬莪茂**破痃癖冷气，血气积块，破气中之血，酒磨服。**郁金**破血积[89]，专入血分。**姜黄**症瘕血块，入脾，兼治血中之气。**香附子**醋炒，消积聚症瘕。**蒴藋根**鳖瘕坚硬肿起[90]，捣汁服。卒暴症块如石欲死，煎酒服。**大黄**破症瘕积聚留饮，老血留结。醋丸，或熬膏服，产后血块尤宜。同石灰、桂心熬醋，贴积块。男子败积，女子败血，以荞面同酒服，不动真气。**牡丹　芍药　当归　芎䓖　丹参　玄参　紫参　白头翁　玄胡索　泽兰　赤车使者　刘寄奴　续断　凤仙子　蕳茹　大戟　蒺藜　虎杖　水荭　马鞭草　土瓜根　麻黄　薇衔**〔谷菜〕**米醋**并除积症瘕，恶血癖块。醋煎生大黄，治痃癖。**胡麻油**吐发瘕。**白米**吐米瘕[91]。**秫米**吐鸭症。**丹黍米**泔治鳖瘕。**寒食饧**吐蛟龙症。**芸苔子**破症瘕结血。**山蒜**积块，妇人血瘕，磨醋贴。**陈酱茄**烧研，同麝贴鳖瘕。**生芋**浸酒服，破癖气[92]。**桑耳**〔果木〕**桃仁**并破血闭症瘕。**桃枭**破伏梁结气，为末酒服。**甜瓜子仁**腹内结聚，为肠胃内壅要药。**橄榄　观音柳**腹中痞积，煎汤露一夜服，数次即消。**芜荑**嗜酒成酒鳖[93]，多怒成气鳖[94]，炒煎日服。**檞木灰**淋汁酿酒服，消症瘕痃癖。**琥珀　鳖　木麻　没药**〔土石〕**土墼**鳖瘕。**白垩　自然铜　铜镜鼻**并主妇女症瘕积聚。**石灰**同大黄、桂心熬膏，贴腹胁积块。**石炭**积聚，同自然铜、大黄、当归，丸服。**阳起石**破子脏中血结气[95]，冷症寒瘕。**凝水石**腹中积聚邪气，皮中如火烧。**食盐**五脏症结积聚。**禹余粮　太一余粮　空青　曾青　石胆**〔虫部〕**水蛭　葛上亭长**〔鳞介〕**龙骨　鼍甲**并主血积症瘕。**守宫**血块，面煨食数枚，即下。**鳖肉**妇人血瘕，男子痃癖积块，桑灰、蚕沙淋汁煮烂捣，丸服。**鳖甲**症块痃癖，坚积寒热，冷瘕劳瘦，醋炙牛乳服。血瘕，同琥珀、大黄末，酒服即下。**魁蛤**冷症血块，烧过，醋淬丸服。**龟甲　秦龟甲　玳瑁　牡蛎　蛤蜊　车螯壳　鲚鱼**并主积瘕。**海马**远年积聚症块，同大黄诸药丸服。**虾**鳖瘕作痛，久食自消。**夜明沙**〔兽部〕**熊脂**并主积聚寒热。**猫头灰**鳖瘕，酒服。**鼠灰**妇人狐瘕[96]，用桂末服。**麝香**〔人部〕**人尿**症积满腹，服一升，下血片，二十日即出。**癖石**消坚积。

【**食气**】〔草部〕**青木香**积年冷气痃癖，症块胀疼。**白蒿**去伏瘕[97]，女人症瘕。**蓍叶**同独蒜、穿山甲、盐、醋调，贴痞块，化为脓血。**海苔**消茶积[98]。**木鳖子**疳积痞块。**番木鳖　预知子　苏子**〔谷菜〕**米秕**并破症结，下气消食。**麦面**米食成积，同酒曲丸服。**荞麦面**炼五脏滓秽，磨积滞。**神曲　麦蘖　蘖米　蔓菁**并消食下气，化症瘕积聚。**萝卜**化面积痰癖，消食下气。**水蕨**腹中痞积，淡食二月，即下恶物。**姜叶**食鲙成症，捣汁服。**皂角蕈**积垢作疼，泡汤饮作泄。**马齿苋**〔果木〕**山楂**化饮食，消肉积症瘕。子亦磨积。**槟榔　桑灰霜**破积块。**阿魏**破症积肉积。**枳壳**五积六聚，巴豆煮过，丸服。**枳实**〔土石〕**百草霜　梁上尘**并消食积。**砂锅**消食块，丸服。**锻灶灰　胡粉　黄丹　密陀僧　铁华粉　蓬砂　玄精石**并主症瘕食积。**针砂**食积黄肿。**朱砂**心腹症癖，以饲鸡取屎炒，末服。**雄黄**胁下痃癖及伤食，酒、水同巴豆、白面丸服。竹筒蒸七次，丸服，治症瘕积聚。同白矾，贴痞块。**青礞石**积年食症攻刺，同巴豆、大黄、三棱作丸服。一切积病，消石煅过，同赤石脂丸服。**绿矾**消食积，化痰燥湿。**硇砂**冷气痃癖症瘕，桑柴灰淋过，火煅，为丸服。积年气块，醋煮木瓜酿过，入附子丸服。**石硷**消痰磨积，去食滞宿垢，同山楂、阿魏、半夏丸服。**石髓**〔鳞禽〕**鱼鲙**去冷气痃癖，横关伏梁。**鱼脂**熨症块。**五灵脂**化食消气，和巴豆、木香丸服。酒积黄肿，同麝丸服。**鸡屎白**食米成症，合米炒研水服，取吐。鳖瘕及宿症，炒研酒服。**鹰屎白**小儿奶癖[99]，膈下硬，同密陀僧、硫黄、丁香末服。**雀粪**消症瘕久痼，蜜丸服。和姜、桂、艾叶丸服，烂痃癖伏梁诸块。**鸽粪**痞块。**猪项肉**合甘遂丸服，下酒布袋积。**猪脾**朴消煮过，用水荭花子末服，消痞块。**猪肾**同葛粉炙食，治酒积面黄。**猪肪**食发成瘕，嗜食与油，以酒煮沸，日三服。**猪肚**消积聚症瘕。**牛肉**同恒山煮食，治癖疾。同石灰蒸食，治痞积。**牛脑**脾积痞气，同朴消蒸饼丸服。又同木香、鸡肫等末服。**鼠肉**煮汁作粥，治小儿症瘕。**狗胆**痞块，同五灵脂、阿魏丸服。**狗屎**浸酒服，治鱼肉成症。**驴屎**症癖诸疼。**驴尿**杀积虫。**白马尿**肉症思肉[100]，饮之当有虫出。男子伏梁，女子瘕疾，旦旦服之[101]。食发成瘕，饮之。痞块心疼，和僵蚕末傅之。**腽肭脐**男子宿症气块，积冷劳瘦。

【**痰饮**】〔草部〕**威灵仙**去冷滞痰水，久积症瘕，痃癖气块，宿脓恶水。停痰宿饮，大肠冷积，为末，皂角熬膏丸服。或加半夏。**牵牛**去痃癖气块。男妇五积，为末蜜丸服。食积，加巴豆霜。**芎䓖**酒癖胁胀呕吐，腹有水声，同三棱为末，每葱汤服二钱。**续随子**一切痃癖。同腻粉、青黛丸服，下涎积。**狼毒**积聚饮食，痰饮症瘕，胸下积癖。**紫菀**肺积息贲。**商陆**腹中暴症，如石刺痛。**黄连　天南星**并主伏梁。**柴胡　桔梗　苦参**并寒热积聚。**白术　苍术　黄芪　人参　高良姜　防葵　旋覆花　葶苈　鸢尾　独行根　三白草　常山　蜀漆　甘遂　赭魁　昆布　海藻**并主痃癖痰水。**莨菪子**积冷痃癖，煮枣食之。**附子　天雄　草乌头**〔谷菜〕**烧酒**并主冷毒气块痃癖。**蒜**烂痃癖，日吞三颗。又吐蛇瘕[102]。**韭菜**煮食，除心腹痼冷痃癖。**生芋**浸酒饮，破痃癖。**白芥子**贴小儿乳癖。**仙人仗**〔果木〕**大枣**并去痰癖。**栗子**日食七枚，破冷癖气。**橘皮**胸中瘕热，湿痰痃癖。**青皮**破积结坚癖。**林檎**研末，傅小儿闪癖[103]。**桃花**末服，下痰饮积滞。**榧子**食茶成癖，日食之。**苦茗**嗜茶成癖。**蜀椒**破症癖。食茶面黄，作丸服。**胡椒**虚寒积癖在两胁，喘急，久则为疽，同蝎尾、木香丸服。**吴茱萸**酒煮，熨症块。**巴豆**破症瘕结聚，留饮痰澼。一切积滞，同黄檗、蛤粉丸服。**桂心　沉香　丁香　草豆蔻　莳酱**并破冷症痃癖。**郁李仁**破癖气，利冷脓。**乌桕根皮**水症结聚。**奴柘**痃癖，煎饮。**白杨皮**痰癖，浸酒饮。**枳实**　**枳壳**　**婆罗得**　**木天蓼**〔金石〕**浮石**并化痰癖。**赤白玉**痃癖气块往来痛，糊丸服。**理石**破积聚。酒渍服，治癖。**石硫黄**冷癖在胁，积聚。**消石**破积散坚。**砒石**　**礜石**　**特生礜石**并痼冷坚癖积气。**玄明粉**宿滞症结。**朴消**留澼症结。同大蒜、大黄，贴痞块。**黑锡灰**　**水银粉**　**粉霜**　**银朱**〔介禽〕**海蛤**　**蛤蜊粉**并主积聚痰涎。**蚌粉**痰涎积聚，心腹痛，或哕食，巴豆炒过，丸服。**蝤蛑**小儿痞气，煮饮食。**淡菜**冷气痃癖，烧食。**鹳胫骨及觜**　**雀胫骨及觜**并主小儿乳癖[104]，煮汁，烧灰服。〔兽部〕**牛乳**冷气痃癖。**驼脂**劳风冷积，烧酒服之。

诸虫　有蛔、白[105]、蛲、伏[106]、肉[107]、肺[108]、胃[109]、弱[110]、赤九种[111]。又有尸虫、劳虫[112]、疳虫[113]、瘕虫[114]。

【杀虫】〔草部〕**术**嗜生米有虫，蒸饼丸服。**蓝叶**杀虫蛂[115]。应声虫及鳖瘕[116]，并服汁。**马蓼**去肠中蛭虫。**鹤虱**杀蛔、蛲及五脏虫，肉汁服末。心痛，醋服。**狼毒**　**狼牙**　**藜芦**并杀腹脏一切虫。**萑草**杀九虫。**龙胆**去肠中小虫及蛔痛，煎服。**白芷**浴身。**黄精**并去三尸[117]。**杜衡**　**贯众**　**蘼芜**　**紫河车**　**云实**　**白菖**　**百部**　**天门冬**　**赭魁**　**石长生**并杀蛔、蛲、寸白诸虫[118]。**连翘**　**山豆根**下白虫。**黄连**　**苦参**　**苍耳**　**飞廉**　**天名精**　**蜀羊泉**　**蒺藜**　**干苔**　**酸草**　**骨碎补**　**羊蹄根**　**赤藤**　**牵牛蛇含**　**营实根**并杀小虫、疳虫。**艾叶**蛔痛，捣汁服，或煎水服，当吐下虫。虫食肛，烧熏之。**萹蓄**小儿蛔痛，煮汁，煎醋，熬膏，皆有效。**使君子**杀小儿蛔，生食煎饮，或为丸散，皆效。**石龙刍**　**漏卢**　**肉豆蔻**　**蒟酱**　**马鞭草**熬膏。**瞿麦**　**灯笼草**　**地黄**　**白及**〔谷菜〕**小麦**炒，末服。并杀蛔虫。**薏苡根**下三虫[119]，止蛔痛，一升煎服，虫尽死。**大麻子**同茱萸根浸水服，虫尽下。亦捣汗服。**白米**米症嗜米，同鸡屎白炒服，取吐。**秫米**食鸭成症瘕，研水服，吐出鸭雏。**丹黍米**泔服，治鳖瘕。**寒食饧**吐蛟龙症。**生姜**杀长虫[120]。**槐耳**烧末水服，蛔立出。**雚菌**去三虫，为末，入臛食。**天花蕈**　**藜**　**灰藋**　**马齿苋**　**苦瓠**　**败瓢**〔果部〕**柿**并杀虫。**橘皮**去寸白。**緋华**去赤虫。**桃仁**桃叶杀尸虫。**槟榔**杀三虫、伏、尸，为末，大腹皮汤下。**榧子**去三虫，食七日，虫化为水。**阿勃勒**　**酸榴东行根**　**樱桃东行根**　**林檎东行根**并杀三虫，煎水服。**吴茱萸东行根**杀三虫，酒、水煎服。肝劳生虫，同粳米、鸡子白丸服。脾劳发热有虫，令人好呕，同橘皮、大麻子，浸酒服。**醋林子**寸白、蛔痛，小儿疳蛔，皆为末，酒服。**藕**同蜜食，令人腹脏肥，不生诸虫。**杏仁**杀小虫。**蜀椒**蛔痛，炒淋酒服。**乌梅**煎服，安蛔。**盐麸树皮**〔木部〕**乌药**并杀蛔。**柏叶**杀五脏虫，益入，不生诸虫。**相思子**杀腹脏皮肤一切虫。**桑白皮**　**金樱根**　**郁李根**　**蔓荆**并杀寸白虫。**阿魏**　**卢会**　**黄檗樗白皮**　**合欢皮**　**皂荚及刺、木皮**　**大风子**　**苦竹叶**　**石南并杀小虫、疳虫。****干漆**杀三虫。小儿虫痛，烧同芜荑末服。叶亦末服。**楝白皮**杀蛔虫，煎水服，或为末，或入麝香，或煮鸡子食。实，杀三虫。醋浸塞谷道中，杀长虫。花，杀蚕虱。**芜荑**去三虫、恶虫，为末饮服。或同槟榔丸服。炒煎，日服，治气鳖、酒鳖。**大空**去三虫。涂发，杀虮虱[121]。**荚蒾**煮粥食，杀三虫。**雷丸**　**厚朴**　**梓白皮**　**楸白皮**　**桐木皮**　**山茱萸**　**丁香**　**檀香**　**苏合香**　**安息香**　**龙脑香**　**樟脑香**并杀三虫。〔水石〕**神水**和獭肝丸，杀虫积[122]。**浸蓝水**杀虫，下水蛭。**黑锡灰**沙糖服，下寸白。**黄丹**　**密陀僧**　**曾青**并下寸白。**胡粉**葱汁丸服，治女人虫心疼[123]，下寸白。**硫黄**杀腹脏虫、诸疮虫。气鳖、酒鳖，以酒常服。**雌黄**　**雄黄**虫疼吐水，煎醋服。又杀诸疮虫。**食盐**杀一切虫。**霹雳砧**杀劳虫。**石灰**杀蛲虫。**砒石**　**理石**　**长石**　**白青**并杀三虫。**梳篦**去虱症。**死人枕席**杀尸疰、石蛔。〔虫鳞〕**蜂子**小儿五虫，从口吐出。**蜂窠灰**酒服，寸白、蛔虫皆死出。**蚕茧及蛹**除蛔。**白蜡**　**白僵蚕**　**蚺蛇胆及肉**　**蝮蛇**并杀三虫。**鼍甲**　**鳜鱼**　**鲟鱼**并杀小虫。

鳗鲡鱼淡煮食，杀诸虫、劳虫。**虾鳖瘕**，宜食。**海虾鲊**杀虫。**河豚**　**海豚**　**海螵蛸**〔禽兽〕**鸽头**　**竹鸡**　**百舌**　**乌鸦**并杀虫。**皃**杀三虫及腹脏一切虫。**五灵脂**心脾虫痛，同槟榔末服。小儿虫痛，同灵矾丸服，取吐。**鸡子白**蛔痛，打破，合醋服。入好漆在内吞之，虫即出。**鸡屎白**鳖症、米瘕。**鸽屎**杀蛔，烧服。**蜀水花**杀蛔。**啄木鸟**　**鹰屎白**　**熊脂**　**獭肝**　**猫肝**　**虎牙**并杀劳虫。**猪肚**杀劳虫。酿黄米蒸丸服。治疳蛔瘦病。**猪血**嘈杂有虫，油炒食之。**猪肪**发瘕，煮食。**猫头灰**酒服，治鳖瘕。**貛肉**　**鼠肉**　**兔屎**并杀疳、劳、蛔虫。**羊脂**　**牛胆**　**熊胆**　**麝香**　**猬皮及脂**并杀小虫。**鼬鼠心肝**虫痛，同乳、没丸服。**六畜心**包朱砂、雄黄煮食，杀虫。**白马溺**　**驴溺**〔人部〕**人尿**并杀症瘕有虫。**胞衣水**　**天灵盖**杀劳虫。

肠鸣　有虚气，水饮，虫积。

〔草部〕**丹参**　**桔梗**　**海藻**并主心腹邪气上下，雷鸣幽幽如走水[134]。**昆布**　**女菀**　**女萎**并主肠鸣游气，上下无常处。**半夏**　**石香薷**　**荜茇**　**红豆蔻**　**越王余筭**　并主虚冷肠鸣。**大戟**痰饮，腹内雷鸣。**黄芩**主水火击搏有声。**穬麦蘖**　**饴糖**〔果木〕**橘皮**　**杏仁**并主肠鸣。**厚朴**积年冷气，腹内雷鸣。**卮子**热鸣。〔石部〕**硇砂**血气不调，肠鸣宿食。**石髓**〔虫介〕**原蚕沙**肠鸣热中。**鳝鱼**冷气肠鸣。**淡菜**〔兽部〕**羚羊屎**久痢肠鸣。

心腹痛　有寒气，热气，火郁，食积，死血，痰澼，虫物，虚劳，中恶，阴毒。

【温中散郁】〔草部〕**木香**心腹一切冷痛、气痛，九种心痛[135]，妇人血气刺痛，并磨酒服。心气刺痛，同皂角末丸服。内钓腹痛[136]，同乳、没丸服。**香附子**一切气，心腹痛，利三焦，解六郁[137]，同缩砂仁、甘草末点服。心脾气痛，同高良姜末服。血气痛，同荔技烧研酒服。**艾叶**心腹一切冷气鬼气，捣汁饮，或末服。同香附，醋煮丸服，治心腹小腹诸痛。**芎䓖**开郁行气。诸冷痛中恶，为末，烧酒服，**藁本**大实心痛，已用利药，同苍术煎服，彻其毒。**苍术**心腹胀痛，解郁宽中。**甘草**去腹中冷痛。**高良姜**腹内暴冷久冷痛，煮饮。心脾痛，同干姜丸服。又四制丸服。**苏子**一切冷气痛，同高良姜、橘皮等分，丸服。**姜黄**冷气痛，同桂末，醋服。小儿胎寒，腹痛，吐乳，同乳香、没药、木香丸服。**附子**心腹冷痛，胃寒蛔动，同炒卮子酒糊丸服。寒厥心痛，同郁金、橘红，醋糊丸服。**香薷**暑月腹痛。**石菖蒲**　**紫苏**　**藿香**　**甘松香**　**山柰**　**廉姜**　**山姜**　**白豆蔻**　**草豆蔻**　**缩砂**　**蒟酱**　**白茅香**　**蕙草**　**益智子**　**荜茇**〔谷部〕**胡椒粥**　**茱萸粥**　**葱豉酒**　**姜酒**　**茴香**并主一切冷气，心痛、腹痛、心腹痛。**烧酒**冷痛，入盐服。阴毒腹痛，尤宜。**黑大豆**肠痛如打，炒焦，投酒饮。**神曲**食积心腹痛，烧红淬酒服。〔菜部〕**葱白**主心腹冷气痛，虫痛，疝痛，大人阴毒，小儿盘肠内钓痛[138]。卒心痛，牙关紧急欲死，捣膏，麻油送下，虫物皆化黄水出。阴毒痛，炒熨脐下，并擂酒灌之。盘肠痛，炒贴脐上，并浴腹，良久尿出愈。**葱花**心脾如刀刺，同茱萸一升，煎服。**小蒜**十年五年心痛，醋煮饱食即愈。**葫**冷痛，同乳香丸服。醋浸煮食之。鬼注心腹痛，同墨及酱汁服。吐血心痛，服汁。**韭**腹中冷痛，煮食。胸痹痛如锥刺，服汁，吐去恶血。**薤白**胸痹刺痛彻心背，喘息咳唾，同栝楼实，白酒煮服。**生姜**心下急痛，同半夏煎服，或同杏仁煎。**干姜**卒心痛，研末服。心脾冷痛，同高良姜丸服。**芥子**酒服，止心腹冷痛。阴毒，贴脐。**马芹子**卒心痛，炒末酒服。**秣香**　**䓍菜**　**菥蓂子**　**秦荻藜**　**蔓菁**　**芥**〔果部〕**杏仁**并主心腹冷痛。**乌梅**胀痛欲死，煮服。**大枣**急心疼，同杏仁、乌梅丸服。陈枣核仁，止腹痛。**胡桃**急心痛，同枣煨嚼，姜汤下。**荔枝核**心痛、脾痛，烧研酒服。**椰子皮**卒心痛，烧研水服。**橘皮**途路心痛，煎服甚良。**木瓜　枸橼**并心气痛。**胡椒**心腹冷痛，酒吞三七粒。**茱萸**心腹冷痛，及中恶心腹痛，擂酒服。叶亦可。**棁子**同上。〔木部〕**桂**秋冬冷气腹痛，非此不除。九种心疼，及寒疝心痛，为末酒服。心腹胀痛，水煎服。产后心痛，狗胆丸服。**乌药**冷痛，磨水入橘皮、苏叶煎服。**松节**阴毒腹痛，炒焦入酒服。**乳香**冷心痛，同胡椒、姜、酒服。同茶末、鹿血丸服。**丁香**暴心痛，酒服。**安息香**心痛频发，沸汤泡服。**天竺桂　沉香　檀香　苏合香　必栗香　龙脑香　樟脑香　樟材　杉材　楠材　阿魏　皂荚　白棘　枸杞子　厚朴**〔金石〕**铁华粉**并主冷气心腹痛。**铜器**炙熨冷痛。**灵砂**心腹冷痛，同五灵脂，醋糊丸服。**硫黄**一切冷气痛，黄蜡丸服。同消石、青皮、陈皮丸服。**消石**同雄黄末点目眦，止诸心腹痛。**砒石**积气冷痛，黄蜡丸服。**硇砂**冷气，血气，积气，心腹痛，诸疼。**神针火**〔鳞兽〕**鲍鱼灰**妊娠感寒腹痛，酒服。**猪心**急心痛经年，入胡椒十粒煮食。心血，蜀椒丸服。

【活血流气】〔草部〕**当归**和血，行气，止疼。心下刺疼，酒服方寸匕。女人血气，同干漆丸服。产后痛，同白蜜煎服。**芍药**止痛散血，治上中腹痛。腹中虚痛，以二钱同甘草一钱煎服。恶寒加桂，恶热加黄芩。**玄胡索**活血利气。心腹少腹诸痛，酒服二钱，有神。热厥心痛，同川楝末二钱服。血气诸痛，同当归、橘红丸服。**蓬莪茂**破气，心腹痛，妇人血气，丈夫奔豚。一切冷气及小肠气，发即欲死，酒、醋和水煎服。一加木香末，醋汤服。女人血气，同干漆末服。小儿盘肠，同阿魏研末服。**郁金**血气冷气痛欲死，烧研醋服，即苏。**姜黄**产后血痛，同桂末酒服，血下即愈。**刘寄奴**血气，为末酒服。**红蓝花**血气，擂酒服。**大黄**干血气，醋熬膏服。冷热不调，高良姜丸服。**蒲黄**血气心腹诸疼，同五灵脂煎醋或酒服。**紫背金盘**女人血气，酒服。**丹参　牡丹　三棱　败酱**〔谷菜〕**米醋**并主血气冷气心腹诸痛。**青粱米**心气冷痛，桃仁汁煮粥食。**红曲**女人血气，同香附、乳香末，酒服。**丝瓜**女人干血气，炒研酒服。**桑耳**女人心腹痛，烧研酒服。**杉菌**〔果木〕**桃仁**卒心痛，疰心痛，研末水服。桃枝，煎酒。**桃枭**血气中恶痛，酒磨服。**没药**血气心痛，酒、水煎服。**乳香　骐驎竭　降真香　紫荆皮**〔金石〕**铜青　赤铜屑**并主血气心痛。**自然铜**血气痛，火煅醋淬，末服。**诸铁器**女人心痛，火烧淬酒饮。**石炭**同上。**白石英　紫石英**并主女人心腹痛。〔鳞部〕**乌贼鱼血**血刺心痛，磨醋服。**青鱼枕**血气心腹痛，磨水服。〔禽兽〕**五灵脂**心腹胁肋少腹诸痛，疝痛，血气，同蒲黄煎醋服，或丸，或一味炒焦酒服。虫痛加槟榔。**狗胆**血气撮痛，丸服。

【痰饮】半夏湿痰心痛，油炒丸服。**狼毒**九种心痛，同吴茱萸、巴豆、人参、附子、干姜丸服。心腹冷痰胀痛，同附子、旋覆花丸服。**草乌头**冷痰成包，心腹㽲痛。**百合　椒目**留饮腹痛，同巴豆丸服。**牡荆子**炒研服。**枳实**胸痹痰水痛，末服。**枳壳**心腹结气痰水。**矾石**诸心痛，以醋煎一皂子服。同半夏丸服。同朱砂、金薄丸服。**五倍子**心腹痛，炒焦，酒服立止。**牡蛎粉**烦满心脾痛，煅研酒服。**蛤粉**心气痛，炒研，同香附末服。**白螺壳**湿痰心痛及膈气痛，烧研酒服。

【火郁】〔草部〕**黄连**卒热心腹烦痛，水煎服。**苦参**大热腹中痛，及小腹热痛，面色青赤，煎醋服。**黄芩**小腹绞痛，小儿腹痛。得厚朴、黄连，止腹痛。**山豆根**卒腹痛，水研服，入口即定。**青黛**心口热痛[29]，姜汁服一钱。**马兜铃**烧研酒服。**马兰汁**绞肠沙痛。**沙参　玄参**〔谷果〕**生麻油**卒热心痛，饮一合。**麻子仁**妊娠心痛，研水煎服。**荞麦粉**绞肠沙痛[30]，炒黄，水烹服。**黍米**十年心痛，淘汁温服。**粳米　高粱米**并煮汁服，止心痛。**绿豆**心痛，以三七粒同胡椒二七粒研服。**茶**十年五年心痛，和醋服。〔木部〕**川楝子**入心及小肠，主上下腹痛，热厥心痛，非此不除。同玄胡索末，酒服。**槐枝**九种心痛，煎水服。**槐花　乌桕根　石瓜**并主热心痛。**卮子**热厥心痛，炒焦煎服。冷热腹痛，同附子丸服。**郁李仁**卒心痛，嚼七粒，温水下，即止。**茯苓　琥珀**〔石兽〕**戎盐　食盐**吐，心腹胀痛。**玄明粉**热厥心腹痛，童尿服三钱。**丹砂**男女心腹痛，同白矾末服。**蜂蜜**

卒心痛。**黄蜡**急心痛，烧化丸，凉水下。**晚蚕沙**男女心痛，泡汤服。**驴乳**卒心痛连腰脐，热饮二升。**羚羊角**腹痛热满，烧末水服。**犀角**热毒痛。**阿胶**丈夫少腹痛。**兔血**卒心痛，和茶末、乳香丸服。**败笔头**心痛不止，烧灰，无根水下。**狗屎**心痛欲死，研末酒服。**山羊屎**心痛，同油发烧灰，酒服断根。**狐屎**肝气心痛[30]，苍苍如死灰，喘息，烧和姜黄服。**驴屎汁**　**马屎汁**〔人部〕**人屎**和蜜、水。**人溺**并主绞肠沙痛欲死，服之。**虫痛**见诸虫下。

【中恶】〔草部〕**艾叶**鬼击中恶，卒然着人如刀刺状，心腹切痛，或即吐血下血，水煎服。实，亦可用。**桔梗**　**升麻**　**木香**磨汁。**藿香**　**郁金香**　**茅香**　**兰草**　**蕙草**　**山柰**　**山姜**　**缩砂**　**蘼芜蜘蛛香**　**蒟酱**　**丹参**　**苦参**煎酒。**姜黄**　**郁金**　**莪茂**　**肉豆蔻**　**菖蒲**　**鸡苏**　**甘松**　**忍冬**水煎。**卷柏**　**女青**末服。**芒箔**煮服。**鬼督邮**　**草犀**　**狼毒**　**海根**　**藁本**　**射干**　**鸢尾**　**鬼臼**　**续随子**〔谷菜〕**醇酒**　**豌豆**　**白豆**　**大豆**　**胡荽**　**罗勒**　**芥子**浸酒。**白芥子**　**大蒜**〔果木〕**榧子**　**桃枭**末服。**桃胶**　**桃符**　**桃花**末服。**桃仁**研服。**桃白皮**　**三岁枣中仁**常服。**蜀椒**　**茱萸**　**蜜香**　**沉香**　**檀香**　**安息香**化酒。**乳香**　**丁香**　**阿魏**　**樟材**　**鬼箭**　**鬼齿**水煎。**琥珀**　**苏合香**化酒。**城东腐木**煎酒。**古榇板**煎酒。〔服器〕**桃橛**煮汁。**车脂**化酒。**刀鞘灰**水服。**砧垢**吐。**铁椎柄灰**丸服。**履屧鼻绳灰**酒服。**毡袜跟灰**酒服。**网巾灰**酒服。〔水土〕**粮罂中水**　**黄土**画地作五字，取中土，水服。**陈壁土**同矾丸服。**铸钟土**酒服。**柱下土**水服。**伏龙肝**水服。**仰天皮**人垢和丸服。**釜墨**汤服。**墨**〔石介〕**古钱**和薏苡根煎服。**铅丹**蜜服。**食盐**烧服取吐。**雄黄**　**灵砂**　**硫黄**　**金牙**　**蛇黄**　**田螺壳**烧服。**鳖头灰**〔禽兽〕**乌骨鸡**拓心上。**白雄鸡**煮汁，入醋、麝、真珠服。肝同。**鸡子白**生吞七枚。**鹳骨**　**犀角**　**鹿茸及角**　**麋角**　**麝香**　**灵猫阴**　**猫肉及头骨**　**狸肉及骨**　**腽肭脐**　**熊胆**并主中恶心腹绞痛。

胁痛　有肝胆火，肺气，郁，死血，痰澼，食积，气虚。

【木实】〔草部〕**黄连**猪胆炒，大泄肝胆之火。肝火胁痛，姜汁炒丸。左金丸：同茱萸炒，丸服。**柴胡**胁痛主药。**黄芩**　**龙胆**　**青黛**并泻肝胆之火。**芍药**　**扶芎**并搜肝气。**生甘草**缓火。**木香**散肝经滞气，升降诸气。**香附子**总解诸郁，治膀胱连胁下气妨。**地肤子**胁下痛，为末酒服。〔果木〕**青橘皮**泻肝胆积气必用之药。**卮子**　**卢会**　**桂枝**

【痰气】〔草部〕**芫花**心下痞满，痛引两胁，干呕汗出，同甘遂、大戟为散，枣汤服。**大戟**　**甘遂**痰饮胁痛。控涎丸。**狼毒**两胁气结痞满，心下停痰鸣转，同附子、旋覆花丸服。**香薷**心烦胁痛连胸欲死，捣汁饮。**防风**泻肺实烦满胁痛。**半夏**　**天南星**　**桔梗**　**苏梗**　**细辛**　**杜若**　**白前**　**贝母**〔谷菜〕**生姜**并主胸胁逆气。**白芥子**痰在胸胁支满[32]，每酒吞七粒。又同白术丸服。**薏苡根**胸胁卒痛，煮服即定。〔果木〕**橘皮**　**槟榔**　**枳壳**心腹结气痰水，两胁胀痛。因惊伤肝，胁骨痛，同桂末服。**枳实**胸胁痰澼气痛。**茯苓**〔虫介〕**白僵蚕**　**牡蛎粉**　**文蛤**并主胸胁逆气满痛。〔兽石〕**羚羊角**胸胁痛满，烧末水服。**麝香**　**古钱**心腹烦满，胸胁痛欲死，煮汁服。

【血积】〔草部〕**大黄**　腹胁老血痛。**凤仙花**　腰胁引痛不可忍，晒研，酒服三钱，活血消积。**当归**　**芎䓖**　**姜黄**　**玄胡索**　**牡丹皮**　**红蓝花**〔谷菜〕**神曲**　**红曲**并主死血食积作痛。**韭菜**瘀血，两胁刺痛。〔果木〕**吴茱萸**食积。**桃仁**　**苏木**　**白棘刺**腹胁刺痛，同槟榔煎酒服。**巴豆**积滞。**五灵脂**胁痛，同蒲黄煎醋服。

【虚陷】〔草谷菜部〕**黄芪**　**人参**　**苍术**　**柴胡**　**升麻**并主气虚下陷，两胁支痛[33]。**黑大豆**腰胁卒痛，炒焦煎酒服。**茴香**胁下刺痛，同枳壳末，盐、酒服。**马芹子**腹冷胁痛。

【外治】〔**食盐**　**生姜**　**葱白**　**韭菜**　**艾叶**并炒熨。**冬灰**醋炒熨。**芥子**　**茱萸**并醋研傅。**大黄**

同石灰、桂心熬醋贴。同大蒜、朴消捣贴。

腰痛 有肾虚，湿热，痰气，瘀血，闪肭[134]，风寒。

【虚损】〔草部〕**补骨脂**骨髓伤败，腰膝冷。肾虚腰痛，为末酒服，或同杜仲、胡桃丸服。妊娠腰痛，为末，胡桃、酒下。**菊花**腰痛去来陶陶[135]。**艾叶**带脉为病，腰溶溶如坐水中[136]。**附子**补下焦之阳虚。**蒺藜**补肾，治腰痛及奔豚肾气，蜜丸服。**萆薢**腰脊痛强，男子臀腰痛[137]，久冷痹软，同杜仲末，酒服。**狗脊** **菝葜** **牛膝** **肉苁蓉** **天麻** **蛇床子** **石斛**〔谷菜〕**山药**并主男子腰膝强痛，补肾益精。**韭子**同安息香丸服。**茴香**肾虚腰痛，猪肾煨食。腰痛如刺，角茴末，盐汤服，或加杜仲、木香，外以糯米炒熨。**干姜** **菥蓂子** **胡麻**〔果木〕**胡桃**肾虚腰痛，同补骨脂丸服。**栗子**肾虚腰脚不遂，风干日食。**山楂**老人腰痛，同鹿茸丸服。**阿月浑子** **莲实** **芡实** **沉香** **乳香**并补腰膝命门。**杜仲**肾虚冷臀痛，煎汁煮羊肾作羹食。浸酒服。为末酒服。青娥丸。**枸杞根**同杜仲、草薢，浸酒服。**五加皮**贼风伤人，软脚臀腰，去多年瘀血。**柏实**腰中重痛，肾中寒，膀胱冷脓宿水。**山茱萸** **桂**〔介兽〕**龟甲**并主腰肾冷痛。**鳖甲**卒腰痛，不可俯仰，炙研酒服。**猪肾**腰虚痛，包杜仲末煨食。**羊肾**为末酒服。老人肾硬，同杜仲炙食。**羊头、蹄、脊骨**和蒜、薤煮食。同肉苁蓉、草果煮食。**鹿茸**同菟丝子、茴香丸服。同山药煮酒服。**鹿角**炒研酒服，或浸酒。**麋角及茸**酒服。**虎胫骨**酥炙，浸酒饮。

【湿热】〔草部〕**知母**腰痛，泻肾火。**葳蕤**湿毒腰痛。**威灵仙**宿脓恶水，腰膝冷疼，酒服一钱取利，或丸服。**青木香**气滞腰痛，同乳香酒服。**地肤子**积年腰痛时发，为末酒服，日五、六次。**蛤蟆草**湿气腰痛，同葱、枣煮酒常服。**牵牛子**除湿热气滞，腰痛下冷脓，半生半炒，同硫黄末、白面作丸，煮食。**木鳖子** **蕙草**〔果木〕**桃花**湿气腰痛，酒服一钱，一宿即消。或酿酒服。**槟榔**腰重作痛，为末酒服。**甜瓜子**腰腿痛，酒浸末服。**皂荚子**腰脚风痛，酥炒丸服。**郁李仁**宣腰胯冷脓。**茯苓**利腰脐间血。**海桐皮**风毒腰膝痛。**桑寄生**〔介兽〕**淡菜**腰痛胁急。**海蛤** **牛黄**妊娠腰痛，烧末酒服。

【风寒】 **羌活** **麻黄**太阳病腰脊痛。**藁本**一百六十种恶风鬼注，流入腰痛。

【血滞】〔草谷〕**玄胡索**止暴腰痛，活血利气，同当归、桂心末，酒服。**蘘荷根**妇人腰痛，捣汁服。**甘草** **细辛** **当归** **白芷** **芍药** **牡丹** **泽兰** **鹿藿**并主女人血沥腰痛。**术**利腰脐间血，补腰膝。**庵䕡子**闪挫痛，擂酒服。**甘遂**闪挫痛，入猪肾煨食。**续断**折跌，恶血腰痛。**神曲**闪挫，煅红淬酒服。**莳萝**闪挫，酒服二钱。**莴苣子**闪气[138]，同粟米、乌梅、乳、没丸服。**丝瓜根**闪挫，烧研酒服。子亦良，渣傅之。**冬瓜皮**折伤，烧研酒服。〔果木〕**西瓜皮**闪挫，干研酒服。**橙核**闪挫，炒末酒服。**橘核**肾疰。**青橘皮**气滞。**桃枭** **干漆**〔虫介〕**红娘子**并行血。**鳖肉**妇人血瘕腰痛。**鼍甲**腰中重痛。

【外治】 **桂**反腰血痛[139]，醋调涂。**白檀香**肾气腰痛，磨水涂。**芥子**痰注及扑损痛，同酒涂。**猫屎**烧末，和唾涂。**天麻**半夏、细辛同煮，熨之。**大豆** **糯米**并炒熨寒湿痛。**蒴藋**寒湿痛，炒热眠之[140]。**黄狗皮**裹腰痛。**爵床葡萄根**并浴腰脊痛。

疝㿗腹病曰疝，丸病曰㿗[141]。有寒气，湿热，痰积，血滞，虚冷。男子奔豚。女子育肠。小儿木肾[142]。

【寒气】〔草部〕**附子** **乌头**寒疝厥逆，脉弦紧，煎水入蜜服，或蜜煮为丸。寒疝滑泄，同玄胡索、木香煎服。**草乌头**寒气心疝二十年者[643]，同茱萸丸服。**胡卢巴**同附子、硫黄丸服，治肾虚冷痛。得茴香、桃仁，治膀胱气[644]。炒末，茴香酒下，治小肠气[645]。同茴香、面丸服，治冷气疝瘕[646]。同沉香、木香、茴香丸服，治阴㿉肿痛[647]。**马蔺子**小腹疝痛冷积，为末酒服，或拌面煮食。**木香**小肠疝气，煮酒日饮。小儿阴肿，同枳壳、甘草煎服。**玄胡索**散气和血，通经络，止小腹痛。同全蝎等分，盐、酒服。**艾叶**一切冷气少腹痛，同香附醋煮丸服，有奇效。**牡蒿**阴肿，擂酒服。**紫金藤**丈夫肾气。〔菜果〕**莳香**疝气，膀胱肓肠气，煎酒，煮粥皆良。同杏仁、葱白为末，酒服。又同蚕沙丸服。同荔枝末服。同川椒末服。炒熨脐下。**薤白汁　木瓜**并主奔豚。**橘核**膀胱小肠气，阴㿉肾冷，炒研酒服，或丸服。**荔枝核**小肠疝气，烧酒服，或加茴香、青皮。阴㿉，同硫黄丸服。**胡桃**心腹疝痛，烧研酒服。**槟榔**奔豚膀胱诸气，半生半熟，酒服。**吴茱萸**寒疝往来，煎酒服。四制丸服，治远近疝气，偏坠诸气[648]。**胡椒**疝痛，散气开郁，同玄胡索末等分，茴香酒下。**蜀椒　橄榄核**阴㿉。同荔核、山楂核烧服。**栗根**偏气[649]，煎酒服。**芡根**偏坠气块，切煮食。**桃仁**男子阴肿，小儿卵㿉，炒研洒服，仍傅之。**山楂核**〔木石〕**楝实**㿗疝肿痛[650]，五制丸服。叶，主疝入囊痛，煎酒服。**苏方木**偏坠肿痛，煮酒服。**楮叶**疝气入囊，为末酒服。木肾，同雄黄丸服。**阿魏**㿗疝痛，败精恶血，结在阴囊，同硇砂诸药丸服。**牡荆子**小肠疝气，炒擂酒服。**杉子**疝痛，一岁一粒，烧研酒服。**鼠李子**疝瘕积冷，九蒸酒渍服。**铁秤锤**疝肿，烧淬酒服。**古镜**小儿疝硬，煮汁服。**硇砂**疝气卵肿，同乳香、黄蜡丸服。〔虫鳞〕**莳香虫**疝气。**蜘蛛**大人小儿㿉。狐疝偏有大小[651]，炒焦同桂末服。**蜥蜴**小儿阴㿉，烧灰酒服。**杜父鱼**小儿差颓[652]，核有小大，以鱼咬之，七下即消。**淡菜**腰痛疝瘕。〔禽兽〕**乌鸡**寒疝绞痛，同生地黄蒸取汁服，当下出寒癖。**鸡子黄**小肠疝气，温水搅服。**雄鸡翅**阴肿如斗，随左右烧灰饮服。**雀**肾冷偏坠疝气，同茴香、缩砂、椒、桂煨食，酒下。小肠疝，同金丝矾研酒服。**雀卵　雀屎**并疝瘕。**乌鸦**偏坠疝气，煅研，同胡桃、苍耳子末，酒服。**狐阴茎　狸阴茎**男子卵㿉，烧灰水服。

【湿热】〔草部〕**黄芩**小腹绞痛，小便如淋，同木通、甘草煎服。**柴胡**平肝胆三焦火，疝气寒热。**龙胆**厥阴病，脐下至足肿痛。**丹参**通心包络。**沙参　玄参**并主卒得疝气，小腹阴中相引痛欲死，各酒服二钱。**地肤子**膀胱疝瘕。疝危急者，炒研酒服。狐疝阴卵㿉疾，同白术、桂心末服。**马鞭草**妇人疝气，酒煎热服，仍浴身取汗。**羌活**男子奔豚，女人疝瘕。**海藻**疝气下坠，卵肿。**藁本　蛇床子　白鲜皮**并主妇人疝瘕。**泽泻　屋游**〔谷菜〕**赤小豆**并小肠膀胱奔豚气。**莴苣子**阴疒贵肿痛，为末煎服。**丝瓜**小肠气痛连心，烧研酒服。〔果木〕**梨叶**小儿疝痛，煎服。**卮子**湿热因寒气郁抑，劫药，以卮子降湿热，乌头去寒郁，引入下焦，不留胃中，有效。**杏仁　甘李根皮　桐木皮　诃黎勒**〔水石〕**甘烂水**并主奔豚气。**代赭石**小肠疝气，火煅醋淬末服。**禹余粮**肓肠气痛，为末饮服。**甘锅**偏坠疝，热酒服。

【痰积】〔草木〕**牵牛**肾气作痛，同川椒、茴香入猪肾煨食，取下恶物。**射干**利积痰瘀血疝毒。阴疝痛刺，捣汁服，取利，亦丸服。**大黄**小腹痛，老血留结。**甘遂**疝瘕。偏气，同茴香末酒服。**狼毒**阴疝欲死，同防风、附子丸服。**荆芥**破结聚气，下瘀血。阴㿉肿痛，焙末酒服。**蒲黄**同五灵脂，治诸疝痛。**三棱**破积。**蓬莪茂**破痃癖，妇人血气，丈夫奔豚。一切气痛疝痛，煨研葱、酒服。**香附子**治食积痰气疝痛，同海石末，姜汁服。**商陆　天南星　贝母　芫花　防葵　巴豆　干漆　五加皮　鼠李　山楂核**同。**枳实**　末服。**青橘皮**并主疝瘕积气。**胡卢巴**小肠疝，同茴香、荞面丸服，取下白脓，去根。〔虫兽〕**斑蝥**小肠气，枣包煨食。**芫青　地胆　桑螵蛸　雀粪　五灵脂**并主疝瘕。**猬皮**疝积，烧灰酒服。

【挟虚】甘草缓火止痛。**苍术**疝多湿热，有挟虚者，先疏涤，而后用参、术，佐以疏导。虚损偏坠，四制苍术丸。**赤箭　当归　芎䓖　芍药**并主疝瘕，搜肝止痛。**山茱萸　巴戟　远志　牡**

丹皮并主奔豚冷气。**熟地黄**脐下急痛。**猪脬**疝气坠痛，入诸药煮食。

【阴㿗】〔外治〕**地肤子**　**野苏**　**槐白皮**并煎汤洗。**马鞭草**　**大黄**和醋。**白垩土**并涂傅。**蒺藜**粉摩。**苋根**涂阴下冷痛，入腹杀人。**热灰**上症，醋调涂。**釜月下土**同上。**白头翁**捣涂，一夜成疮，二十日愈。**木芙蓉**同黄檗末，以木鳖子磨醋和涂。**雄鸡翅灰**同蛇床子末傅。**石灰**同卮子、五倍子末，醋和傅。**牡蛎粉**水㿗[53]，同干姜末傅。**铁精粉**　**蓬砂**水研。**地龙粪**　**马齿苋**并涂小儿阴肿。**茱萸**冷气，内外肾钓痛，同盐研罨。**蜀椒**阴冷渐入囊，欲死，作袋包。

---

①瘵（zhài，音寨），劳瘵，有传染性的痨病。疰（zhù，音注），古病名。

②传尸，病名，可传染的消耗性疾病。

③伏连，病名，指传尸病至脏者。

④尸疰，病名，殗殜（yè　dié，音叶迭），病名。

⑤飞尸，病名。

⑥痃癖，病名。

⑦鬼疰，病名。

⑧传尸劳，病名。

⑨五味，指姜、盐、饴蜜、醯、酒。

⑩注易，传染。

⑪遁尸，病名。

⑫风尸，病名。

⑬沉尸，病名。

⑭鬼胎，葡萄胎。

⑮五遁，借金、木、水、火、土逃遁。

⑯狂猲，狂暴。

⑰热入血室，妇女经期或产后感受热邪。

⑱血瘕，妇女盆腔肿块。

⑲清道，气道。

⑳浊道，食道。

㉑衈（ěr，音尔），耳中出血。

㉒血汗，汗血。流出的汗色淡红如血。

㉓血闭，经闭。

㉔山根，鼻根。

㉕鼽（qiú，音求），流鼻涕。

㉖红汗，血汗。

㉗节次，有规律。

㉘胀，满。合，聚合。

㉙外扑，将药外扑在皮肤上。

㉚亡阳，阳气亡失。

㉛蓐劳，产后气血耗损，感受风寒或忧劳。

㉜怔忡，虚弱而心悸。

㉝心忪（zhōng，音中）怔忡。

㉞忪悸，心悸怔忡。

㉟刀圭，量取药末用具。

㊱失心，失心风，癫病。

㊲震肉，被雷电击死的畜肉。

㊳忽忽，飘忽不定的样子。

㊴心风，癫病名。

㊵陈气，久积之气。

㊶消渴有虫，消渴病。

㊷牛鼻拳（quān，音圈），牛鼻绳。

㊸茎，阴茎。

㊹溺有余沥，小便后仍滴沥。

㊺阴痿，阳痿。

㊻白浊，尿道口滴出白色浊物。

㊼肾气浑浊，肾功能失常，小便混浊。

㊽土邪干水，脾胃湿邪干扰膀胱的正常功能。

㊾癃，淋证。

㊿转胞，病名，小腹痛，小便不通。

51转脬（pāo，音抛），膀胱。

52证，病证。引，引经药。

53閟（bì，音闭），关闭。

54淋沥，小便疼痛，滴沥不止。

55脐阔四寸，脐周围四寸。

56欠，证名，呵欠不止。

57欠咳，深吸气及咳嗽。

58肾消，消渴病中的下消。

59水脏，肾。

60伤中，伤内。

61真阴，肾阴。

62御，房事。

63阳道，阴茎。

64秘，固

65肾风，病名，因肾受风邪所致。

66风闭，固风搏于肺，而致大便秘结。

67气奔，胀气在体内奔逐。

68漏，通瘘。

69食痔，因食辛辣过度而成痔。

70五痔，牡痔、牝痔、脉痔、肠痔、血痔。

71肠风，病名

72鲉（tè，音特），同鼍。

73反花痔，翻花痔。

74痔䘌（nì，音匿），虫痔。

75焠（cuì，音萃），烧。

76结阴，病名，固阴气内结而致。

77酒痔，病名，指肛漏。

78中蛊下血，因蛊蚀而便血。

79热毒下血，因热毒结肠而致便血。

80干血气，病证名，因干血内结而瘀滞。

81月水，女子月经。

82踠（wǎn，音宛），弯曲。

83痃（xuán，音玄），病名。

84伏梁，病名，指胃脘部肿块类疾病。

85息贲，病名，因呼吸急促，气逆上奔而名，右胁下有肿块。

㊱痞气，病名，胃脘部有肿块突出。

㊲肥气，病名，有痞块生于左胁下。

㊳奔豚，病名。

㊴血积，病证名，因气血郁积，瘀血内蓄而致。

㊵鳖瘕，病证名，腹中瘕结如鳖状。

⑪米瘕，病证名，因吃生米而得瘕病。

⑫癖气，癖。

⑬酒鳖，因饮酒过度而致瘕如鳖状。

⑭气鳖，因气恼而致瘕如鳖状。

⑮子脏，子宫。

⑯狐瘕，病名，因其在女子小腹部或隐或现，故名。

⑰伏瘕，病名，热邪伏于大肠所致。

⑱茶积，病名，因饮茶而成积。

⑲小儿奶癖，小儿因伤乳而致。

⑩肉症，因食肉过度而致病证。

⑩旦旦，天天。

⑩蛇瘕，因食蛇不化而成瘕。

⑩小儿闪癖，因抱小儿不当，而使小儿闪伤所致的癖病。

⑩小儿乳癖，同小儿奶癖。

⑩白，白虫，绦虫。

⑩伏，伏虫，钩虫。

⑩肉，肉虫，肝虫。

⑩肺，肺虫。

⑩胃，胃虫。

⑩弱，弱虫。

⑪赤，赤虫。

⑫劳虫，痨虫，即肺虫。

⑬疳虫，疳䘌。

⑭瘕虫，致瘕之虫。

⑮蚑（qí，音齐），长脚的蜘蛛。

⑯应声虫，传说中人腹生虫，人语应声。

⑰三尸，三尸神，道教称在人体内作祟的神。

⑱寸白，白虫。

⑲三虫，指长虫、蛲虫、赤虫。

⑳长虫，蛔虫。

㉑虮（jǐ，音挤），虱子卵。

㉒虫积，腹内生虫成积。

㉓虫心疼，虫积所致疾病。

㉔幽幽，深远的样子。

㉕九种心痛，有三种说法：一指虫心痛、注心痛、风心痛、悸心痛、食心痛、饮心痛、冷心痛、热心痛、来去心痛；二指饮心痛、食心痛、风心痛、寒心痛、热心痛、悸心痛、虫心痛、忤心痛、疰心痛；三指气心痛、血心痛、寒心痛、热心痛、饮心痛、食心痛、虚心痛、虫心痛、痓心痛。

㉖内钓，病证名。

㉗六郁：气、湿、热、痰、血、食六种郁证。

㉘盘肠，肠套叠，肠梗阻。

㉙心口，胃脘部。

㉚绞肠沙，干霍乱。

⑬¹肝气心痛，肝气上冲而致心痛。
⑬²支满，胸胁部如支撑状胀满。
⑬³支痛，胸胁部如支撑状胀痛。
⑬⁴闪朒，腰闪伤。
⑬⁵陶陶，驱驰之貌。
⑬⁶溶溶，水流动的样子。
⑬⁷瞶（guì，音贵）腰痛，腰部突然受伤而疼痛。
⑬⁸闪气，病证名，腰部因伤而疼痛。
⑬⁹反，同翻。
⑭⁰眠之，躺在上面。
⑭¹瘕（kuì，音溃），通㿗，睾丸肿大。
⑭²木肾，病名，睾丸肿而不痛。
⑭³心疝，病名。
⑭⁴膀胱气，疝气。
⑭⁵小肠气，疝气。
⑭⁶冷气疝瘕，病证名。
⑭⁷阴瘕，睾丸肿大。
⑭⁸偏坠，单侧睾丸肿大。
⑭⁹偏气，小儿气疝。
⑮⁰㿗疝，阴囊肿大。
⑮¹狐疝，阴囊时大时小，如狐之出没。
⑮²差颓，差㿗，小儿单侧睾丸肿大。
⑮³水瘕，因水湿内积而致阴囊肿大。

本草纲目主治第四卷

百病主治药

痛风　属风、寒、湿、热、挟痰及血虚、污血。

【风寒风湿】〔草木〕**麻黄**风寒、风湿、风热痹痛，发汗。**羌活**风湿相搏，一身尽痛，非此不除。同松节煮酒，日饮。**防风**主周身骨节尽痛，乃治风去湿仙药。**苍术**散风，除湿，燥痰，解郁，发汗，通治上中下湿气。湿气身痛，熬汁作膏，点服。**桔梗**寒热风痹，滞气作痛，在上者宜加之。**茜根**治骨节痛，燥湿行血。**紫葳**除风热血滞作痛。**苍耳子**风湿周痹，四肢拘痛，为末煎服。**牵牛子**除气分湿热，气壅腰脚痛。**羊踯躅**风湿痹痛走注，同糯米、黑豆，酒、水煎服，取吐利。风痰注痛，同生南星捣饼，蒸四五次收之，临时焙丸，温酒下三丸，静卧避风。**芫花**风湿痰注作痛。**草乌头**风湿痰涎，历节走痛不止，入豆腐中煮过，晒研，每服五分，仍外傅痛处。**乌头**　**附子**并燥湿痰，为引经药。**百灵藤酒**。**石南藤酒**。**青藤酒**。并主风湿骨痛顽痹。**薏苡仁**久风湿痹，筋急不可屈伸。风湿身痛，日晡甚者，同麻黄、杏仁、甘草煎服。**豆豉**　**松节**去筋骨痛，能燥血中之湿。历节风痛，四肢如脱，浸酒日服。**桂枝**引诸药横行手臂。同椒、姜浸酒，絮熨阴痹。**海桐皮**腰膝注痛，血脉顽痹，同诸药浸酒服。**五加皮**风湿骨节挛痛，浸酒服。**枸杞根及苗**去皮肤骨节间风。子，补肾。〔虫兽〕**蚕沙**浸酒。**蝎梢**肝风。**蚯蚓**脚风宜用。**穿山甲**风痹疼痛，引经通窍。**守宫**通经络，入血分。历节风痛，同地龙、草乌头诸药丸服。**白花蛇**骨节风痛。**乌蛇**同上。**水龟**风湿拘挛，筋骨疼痛，同天花粉、枸杞子、雄黄、麝香、槐花煎服。版，亦入阴虚骨痛方。**五灵脂**散血活血，止诸痛，引经有效。**虎骨**筋骨毒风，走注疼痛，胫骨尤良。白虎风痛膝肿，同通草煮服，取汗。同没药末服。风湿痛，同附子末服。头骨，浸酒饮。

【风痰湿热】〔草部〕**半夏**　**天南星**并治风痰、湿痰、热痰凝滞，历节走注。右臂湿痰作痛，南星、苍术煎服。**大戟**　**甘遂**并治湿气化为痰饮，流注胸膈经络，发为上下走注，疼痛麻痹。能泄脏腑经隧之湿。**大黄**泄脾胃血分之湿热。酥炒煎服，治腰脚风痛，取下冷脓恶物即止。**威灵仙**治风湿痰饮，为痛风要药，上下皆宜。腰膝积年冷病诸痛，为末酒下，或丸服，以微利为效。**黄芩**三焦湿热风热，历节肿痛。**秦艽**除阳明风湿、湿热，养血荣筋。**龙胆草**　**木通**煎服。**防己**　**木鳖子**并主湿热肿痛，在下加之。**姜黄**治风痹臂痛，能入手臂，破血中之滞气。**红蓝花**活血滞，止痛，瘦人宜之。〔菜果〕**白芥子**暴风毒肿，痰饮流入四肢经络作痛。**桃仁**血滞风痹挛痛。**橘皮**下滞气，化湿痰。风痰麻木，或手木，或十指麻木，皆是湿痰死血，以一斤去白，逆流水五碗，煮烂去滓至一碗，顿服取吐，乃吐痰之圣药也。**槟榔**一切风气，能下行。〔木石〕**枳壳**风痒麻痹，散痰疏滞。**黄檗**除下焦湿热痛肿，下身甚者加之。**茯苓**渗湿热。**竹沥**化热痰。**苏方木**活血止痛。**滑石**渗湿热。〔兽禽〕**羚羊角**入肝平风，舒筋，止热毒风历节掣痛效。**羊胫骨**除湿热，止腰脚筋骨痛，浸酒服。

【补虚】〔草部〕**当归**　**芎䓖**　**芍药**　**地黄**　**丹参**并养新血，破宿血，止痛。**牛膝**补肝肾，逐恶血，治风寒湿痹，膝痛不可屈伸，能引诸药下行，痛在下者加之。**石斛**脚膝冷痛痹弱，酒浸酥蒸，服满一镒，永不骨痛。**天麻**诸风湿痹不仁，补肝虚，利腰膝。腰脚痛，同半夏、细辛袋盛，蒸热互熨，汗出则愈。**萆薢**　**狗脊**寒湿膝痛腰背强，补肝肾。**土茯苓**治疮毒筋骨痛，去风湿，利关节。**锁阳**润燥养筋。〔谷木〕**罂粟壳**收敛固气，能入肾，治骨痛尤宜。**松脂**历节风酸痛，炼净，和酥煎服。**乳香**补肾活血，定诸经之痛。**没药**逐经络滞血，定痛。历节诸风痛不止，同虎胫骨末，酒服。

【外治】白花菜傅风湿痛。**芥子**走注风毒痛，同醋涂。**蓖麻油**入膏，拔风邪出外。**鹈鹕油**入膏，引药气入内。**羊脂**入膏，引药气入内，拔邪出外。**野驼脂**摩风痛。**牛皮胶**同姜汁化，贴骨节痛。**驴骨**浴历节风。**蚕沙**蒸熨。

头痛　有外感，气虚，血虚，风热，湿热，寒湿，痰厥，肾厥，真痛，偏痛。右属风虚，左属痰热。

【引经】太阳麻黄、藁本、羌活、蔓荆。**阳明**白芷、葛根、升麻、石膏。**少阳**柴胡、芎䓖。**太阴**苍术、半夏。**少阴**细辛。**厥阴**吴茱萸、芎䓖。

【湿热痰湿】〔草部〕**黄芩**一味酒浸晒研，茶服，治风湿、湿热、相火、偏、正诸般头痛。**荆芥**散风热，清头目。作枕，去头项风。同石膏末服，去风热头痛。**薄荷**除风热，清头目，蜜丸服。**菊花**头目风热肿痛，同石膏、芎䓖末服。**蔓荆实**头痛，脑鸣，目泪。太阳头痛，为末浸酒服。**水苏**风热痛，同皂荚、芫花丸服。**半夏**痰厥头痛，非此不除，同苍术用。**栝楼**热病头痛，洗瓤温服。**香附子**气郁头痛，同川芎末常服。偏头风，同乌头、甘草丸服。**大黄**热厥头痛，酒炒三次，为末，茶服。**钓藤**平肝风心热。**茺蔚子**血逆，大热头痛。**木通**　**青黛**　**大青**　**白鲜皮**　**茵陈**　**白蒿**　**泽兰**　**沙参**　**丹参**　**知母**　**吴蓝**　**景天**并主天行头痛。**前胡**　**旋覆花**〔菜果〕**竹笋**并主痰热头痛。**东风菜**　**鹿藿**　**苦茗**并治风热头痛。清上止痛，同葱白煎服。用巴豆烟熏过服，止气虚头痛。**杨梅**头痛，为末茶服。**橘皮**〔木石〕**枳壳**并主痰气头痛。**榉皮**时行头痛，热结在肠。**枸杞**寒热头痛。**竹茹**饮酒人头痛，煎服。**竹叶**　**竹沥**　**荆沥**并痰热头痛。**黄檗**　**栀子**　**茯苓**　**白垩土**并湿热头痛。合王瓜为末服，止疼。**石膏**　阳明头痛如裂，壮热如火。并风热，同竹叶煎。风寒，同葱、茶煎。风痰，同川芎、甘草煎。**铁粉**头痛鼻塞，同龙脑，水服。**光明盐**〔兽人〕**犀角**伤寒头痛寒热，诸毒气痛。**童尿**寒热头痛至极者，一盏，入葱、豉煎服，陶隐居盛称之。

【风寒湿厥】〔草谷菜果〕**芎䓖**风入脑户头痛，行气开郁，必用之药。风热及气虚，为末茶服。偏头风，浸酒服。卒厥，同乌药末服。**防风**头面风去来。偏正头风，同白芷，蜜丸服。**天南星**风痰头痛，同荆芥丸服。痰气，同茴香丸服。妇人头风，为末酒服。**乌头**　**附子**浸酒服，煮豆食，治头风。同白芷末服，治风毒痛。同川芎或同高良姜服，治风寒痛。同葱汁丸，或同钟乳、全蝎丸，治气虚痛。同全蝎、韭根丸，肾厥痛。同釜墨，止痰厥痛。**天雄**头面风去来痛。**草乌头**偏正头风，同苍术、葱汁丸服。**白附子**偏正头风，同牙皂末服。痰厥痛，同半夏、南星丸服。**地肤子**雷头风肿，同生姜擂酒服，取汗。**杜衡**风寒头痛初起，末服，发汗。**蒴藋**煎酒取汁。**蓖麻子**同川芎烧服，取汗。**萆薢**同虎骨、旋覆花末服，取汗。**南藤**酿酒服，并治头风。**通草**烧研酒服，治洗头风。**菖蒲**头风泪下。**杜若**风入脑户，痛肿涕泪。**胡卢巴**气攻痛，同三棱、干姜末，酒服。**牛膝**脑中痛。**当归**煮酒。**地黄**　**芍药**并血虚痛。**葳蕤**　**天麻**　**人参**　**黄芪**并气虚痛。**苍耳**　**大豆黄卷**并头风痹。**胡麻**头面游风。**百合**头风目眩。**胡荽**　**葱白**　**生姜**并风寒头痛。**杏仁**时行头痛，解肌。风虚痛欲破，研汁入粥食，得大汗即解　**茱萸**厥阴头痛呕涎，同姜、枣、人参煎服。**蜀椒**　**枳椇**〔木石虫兽〕**柏实**并主头风。**桂枝**伤风头痛自汗。**乌药**气厥头痛，及产后头痛，同川芎末，茶服。**皂荚**时气头痛，烧研，同姜、蜜，水服，取汗。**山茱萸**脑骨痛。**辛夷**　**伏牛花**　**空青**　**曾青**并风眩头痛。**石硫黄**肾厥头痛、头风，同消石丸服。同胡粉丸服。同食盐丸服。同乌药丸服。**蜂子**　**全蝎**　**白僵蚕**葱汤服，或入高良姜，或以蒜制为末服，治痰厥、肾厥痛。**白花蛇**脑风头痛，及偏头风，同南星、荆芥诸药末服。**鱼鳔**八般头风，烧存性末，葱酒热饮，醉醒则愈。**羊肉**头脑大风，汗出虚劳。**羊屎**雷头风，研酒服。

【吐痰】见风及痰饮。

【外治】谷精草为末嗃鼻，调糊贴脑，烧烟熏鼻。**玄胡索**同牙皂、青黛为丸。**瓜蒂**　**藜芦**　**细辛**　**苍耳子**　**大黄**　**远志**　**荜茇**　**高良姜**　**牵牛**同砂仁、杨梅末。**芸苔子**　**皂荚**　**白棘针**同丁香、麝香。**雄黄**同细辛。**玄精石**　**消石**　**人中白**同地龙末，羊胆为丸。**旱莲汁**　**萝卜汁**　**大蒜汁**　**苦瓠汁**并嗃鼻。**艾叶**揉丸嗅之，取出黄水。**蓖麻仁**同枣肉纸卷，插入鼻内。**半夏烟**　**木槿子烟**　**龙脑烟**并熏鼻。**灯火**粹之。**荞麦面**作大饼，更互合头，出汗。或作小饼，贴四眼角，灸之。**黄蜡**和盐作兜鍪[①]，合之即止。**麝香**同皂荚末，安顶上，炒盐熨之。**茱萸叶**蒸热枕之，治大寒犯脑痛，亦浴头。**桐木皮**　**冬青叶**　**石南叶**　**牡荆根**　**榡子皮**　**莽草**　**葶苈**　**豉汁**　**驴头汁**并治头风。**全蝎**同地龙、土狗、五倍子末。**柚叶**同葱白。**山豆根**　**南星**同川乌。**乌头**　**草乌头**同栀子、葱汁。**乳香**同蓖麻仁。**决明子**并贴太阳穴。**露水**八月朔旦取，磨墨点太阳，止头疼。**桂木**阴雨即发痛，酒调，涂顶额。**井底泥**同消、黄傅。**朴消**热痛，涂顶上。**诃子**同芒消、醋摩之。**牛蒡根**同酒煎膏摩之。**绿豆**作枕去头风。决明、菊花皆良。**麦面**头皮虚肿，薄如裹水，口嚼傅之良。**卮子**蜜和傅舌上，追涎去风甚妙。

眩运[②]　眩是目黑，运是头旋，皆是气虚挟痰，挟火，挟风，或挟血虚，或兼外感四气。

【风虚】〔草菜〕**天麻**目黑头旋，风虚内作，非此不能除，为治风神药，名定风草。首风旋运，消痰定风，同川芎，蜜丸服。**术**头忽眩运，瘦削食土，同曲丸服。**荆芥**头旋目眩。产后血运欲死，童尿调服。**白芷**头风血风眩运，蜜丸服。**苍耳子**诸风头运，蜜丸服。女人血风头旋，闷绝不省，为末酒服，能通顶门。**菊苗**男女头风眩运，发落有痰，发则昏倒，四月收，阴干为末，每酒服二钱。秋月收花浸酒，或酿酒服。**蒴藋根**头风旋运，同独活、石膏煎酒服。产后血运，煎服。**贝母**洗洗恶风寒。目眩项直。**杜若**风入脑户，眩倒，目䀮䀮。**钓藤**平肝风心火，头旋目眩。**排风子**目赤头旋，同甘草、菊花末。**当归**失血眩运，芎䓖煎服。**芎䓖**首风旋运。**红药子**产后血运。**附子　乌头　薄荷　细辛　木香　紫苏　水苏　白蒿　飞廉　卷柏　蘼芜　羌活　藁本　地黄　人参　黄芪　升麻　柴胡　山药**并治风虚眩运。**生姜**〔木虫鳞兽〕**松花**头旋脑肿，浸酒饮。**槐实**风眩欲倒，吐涎如醉，漾漾如舟车上。**辛夷**眩冒，身兀兀如在车船上。**蔓荆实**脑鸣昏闷。**伏牛花　丁香　茯神　茯苓　山茱萸　地骨皮　全蝎　白花蛇　乌蛇**并头风眩运。**鹿茸**眩运，或见一为二。半两煎酒，入麝服。**驴头**中风头眩，身颤，心肺浮热，同豉煮食。**兔头骨及肝　羚羊角　羊头蹄及头骨　羊肉　牛胃　猪脑　猪血　熊脑**并主风眩瘦弱。

【痰热】〔草菜〕**天南星**风痰眩运吐逆，同半夏、天麻、白面煮丸。**半夏**痰厥昏运，同甘草、防风煎服。风痰眩运，研末水沉粉，入朱砂丸服。金花丸：同南星、寒水石、天麻、雄黄、白面，煮丸服。**白附子**风痰，同石膏、朱砂、龙脑丸服。**大黄**湿热眩运，炒末茶服。**旋覆花　天花粉　前胡　桔梗　黄芩　黄连　泽泻　白芥子**热痰烦运，同黑芥子、大戟、甘遂、芒消、朱砂丸服。〔果木〕**橘皮　荆沥　竹沥**头风旋运目眩，心头漾漾欲吐。**枳壳　黄檗　卮子**〔金石〕**石胆**女人头运，天地转动，名曰心眩，非血风也。以胡饼剂和，切小块焙干，每服一块，竹茹汤下。**云母**中风寒热，如在舟船上。同恒山服，吐痰饮。**石膏**风热。**铅、汞结砂。硫黄　消石**并除上盛下虚，痰涎眩运。**朱砂　雄黄**〔虫禽〕**白僵蚕**并风痰。**鹘嘲**[3]头风目眩，炙食一枚。**鹰头**头目虚运，同川芎末服。**鸱头**头风旋运。同茼茹、白术丸服。

【外治】甘蕉油吐痰。**瓜蒂**吐痰。痰门吐法可用。**茶子**头中鸣响，为末嗃鼻。

眼目　有赤目传变，内障昏盲，外障翳膜，物伤眯目[4]。

【赤肿】〔草部〕**黄连**消目赤肿，泻肝胆心火，不可久服。赤目痛痒，出泪羞明，浸鸡子白点。蒸人乳点。同冬青煎点。同干姜、杏仁煎点。水调贴足心。烂弦风赤，同人乳、槐花、轻粉蒸熨。风热盲翳，羊肝丸服。**胡黄连**浸人乳，点赤目。小儿涂足心。**黄芩**消肿赤瘀血。**芍药**目赤涩痛，补肝明目。**桔梗**赤目肿痛。肝风盛，黑睛痛，同牵牛丸服。**白牵牛**风热赤目，同葱白煮丸。**龙胆**赤肿瘀肉高起，痛不可忍，除肝胆邪热，去目中黄，佐柴胡，为眼疾必用之药。暑月目涩，同黄连汁点。漏脓，同当归末服。**葳蕤**目痛眦烂泪出。赤目涩痛，同芍药、当归、黄连煎洗。**白芷**赤目弩肉，头风侵目痒泪。一切目疾，同雄黄丸服。**薄荷**去风热。烂弦，以姜汁浸研，泡汤洗。**荆芥**头目一切风热疾，为末酒服。**蓝叶**赤目热痛，同车前、淡竹叶煎洗。**山茵陈**赤肿，同车前子末服。**王瓜子**赤目痛涩，同槐花、芍药丸服。**香附子**肝虚睛痛羞明，同夏枯草末、沙糖水服。头风睛痛，同川芎末，茶服。**防己**目睛暴痛，酒洗三次，末服。**夏枯草**补养厥阴血脉，故治目痛如神。**菖蒲**诸般赤目，捣汁熬膏点之。同盐，傅挑针。**地黄**血热，睡起目赤，煮粥食。暴赤痛，小儿蓐内目赤，并贴之。**地肤子**风热赤目，同地黄作饼，晒研服。**苦参　细辛**并明目，益肝胆，止风眼下泪。**黄芪　连翘**又洗烂弦。**大黄**并主热毒赤目。**赤芍药　白及　防风　羌活　白鲜皮　柴胡　泽兰　麻黄**并主风热赤目肿痛。**野狐丝　草汁　积雪草汁　瞿麦汁　车前草汁**并点赤目。叶亦贴之。**千里及汁**[5]点烂弦风眼。**覆盆草汁**滴风烂眼，去虫。**五味子**同蔓荆子煎，洗烂弦。**艾叶**同黄连煎水，洗赤目。**附子**暴赤肿痛，纳粟许入目。**高良姜**吹鼻退赤。**狗尾草**戛赤目，去恶血。**石斛**同川芎嗃鼻，起倒睫。**木鳖子**塞鼻，起倒睫。〔谷菜〕**粟泔淀**[6]同地黄，贴熨赤目。**豆腐**热贴。**黑豆**袋盛泡热，互熨数十次。**烧酒**洗火眼。**生姜**目暴赤肿，取汁点之。**干姜**目睛久赤，及冷泪作痒，泡汤洗之；取粉点之，尤妙。末，贴足心。**东风菜**肝热目赤，作羹食。**荠菜** **枸杞菜**〔果部〕**西瓜**日干，末服。**石莲子**眼赤痛，同粳米作粥食。**梨汁**点弩肉。赤目，入腻粉黄连末。**甘蔗汁**合黄连煎，点暴赤肿。**杏仁**同古钱埋之，化水点目中赤脉。同腻粉，点小儿血眼。油烧烟，点胎赤眼。**酸榴皮**点目泪。**盐麸子**〔木部〕**海桐皮**　**山矾叶**同姜浸热水。**黄栌**并洗风赤眼。**桐油**烙风眼。**秦皮**洗赤目肿。暴肿，同黄连、苦竹叶煎服。**黄檗**目热赤痛，泻阴火。时行赤目，浸水蒸洗。婴儿赤目，浸人乳点。**卮子**目赤热痛，明目。**枸杞根皮**洗天行赤目。**楮枝灰**泡汤，洗赤目。**榉皮**洗飞血赤目。**栾华**目痛眦烂肿赤，合黄连作煎点。**槐花**退目赤。胎赤，以枝磨铜器汁涂之。**冬青叶**同黄连熬膏，点诸赤眼。子汁，亦可同朴消点之。**木芙蓉叶**水和，贴太阳，止赤目痛。**丁香**百病在目，同黄连煎乳点之。**蕤核仁**和胡粉、龙脑，点烂赤眼。**郁李仁**和龙脑，点赤目。**淡竹沥**点赤目。**荆沥**点赤目。**诃黎勒**磨蜜，点风眼。**桑叶**赤目涩疼，为末，纸卷烧烟熏鼻中。**白棘钩**点倒睫。**青布**目痛碜涩，及病后目赤有翳，炙热，卧时熨之。〔水土〕**热汤**沃赤目。**白垩**赤烂眼倒睫，同铜青泡汤洗。**古砖**浸厕中取出，生霜，点赤目。〔金石〕**金环**　**铜匙**并烙风赤、风热眼。**玛瑙**熨赤烂。**水精**　**玻璃**熨热肿。**琉璃**水浸，熨目赤。**盐药**点风赤烂眼。**炉甘石**火煅，童尿淬研，点风湿烂眼。同朴消泡，洗风眼。**芒消**洗风赤眼。**白矾**同铜青洗风赤眼。**甘草**水调，贴目胞，去赤肿。**青矾**洗赤烂眼，及倒睫，及暴赤眼。**石胆**洗风赤眼，止疼。**绿盐**同蜜，点胎赤眼。**光明盐**　**牙消**　**消石**点赤目疼。**卤硷**同青梅、石钱浸汤，点风热赤目。纸包风处，日取点一切目疾。同石灰、醋，傅倒睫。**古钱**磨姜汁，点赤目肿痛。磨蜜，艾烟熏过，点赤目生疮。**铜青**和水涂碗中，艾烟熏干，贴烂眼泪出。**无名异**点灯，熏倒睫毛。**石燕**磨水，点倒睫。**铅丹**同乌贼骨末，蜜调，点赤目。贴太阳，止肿痛。**土朱**同石灰，贴赤目肿闭。**玄精石**目生赤脉，同甘草末服。目赤涩痛，同黄檗点之。**井泉石**风毒赤目，同谷精草、井中苔、豆豉末服。眼睑赤肿，同大黄、卮子服。**石膏**〔虫部〕**五倍子**主风赤烂眼，研傅之。或烧过，入黄丹。同白善土、铜青泡洗。蔓荆子同煎洗。其中虫，同炉甘石点之。**泥中蛆**洗晒研，贴赤目。**蝇**倒睫，嗃鼻。**人虱**倒睫拔毛，取血点之。〔介鳞〕**穿山甲**倒睫，羊肾脂炙嗃鼻。火眼，烧烟熏之。**守宫粪**涂赤烂眼。**田螺**入盐化汁，点肝热目赤。入黄连、真珠，止目痛。入铜绿，点烂眼。**海螺**同。**蚌**赤目、目暗，入黄连，取汁点。**海螵蛸**同铜绿泡汤，洗妇人血风眼。**鲤鱼胆**　**青鱼胆**〔禽兽〕**乌鸡胆**　**鸭胆**　**鸡子白**并点赤目。**鸡卵白皮**风眼肿痛，同枸杞白皮嗃鼻。**鸡冠血**点目泪不止。**驴乳**浸黄连，点风热赤目。**驴尿**同盐，点弩肉。**猪胆**　**犬胆**　**羊胆**蜜蒸九次。**熊胆**并点赤目。**猬胆**〔人部〕**小儿脐带血**并点豆风眼。**人乳汁**点赤目多泪。和雀粪，点弩肉。**人尿**洗赤目。**耳塞**点一切目疾。**头垢**点赤目。

【昏盲】〔草部〕**人参**益气明目。酒毒目盲，苏木汤调末服。小儿惊后，瞳人不正，同阿胶煎服。**黄精**补肝明目，同蔓荆子九蒸九晒为末，日服之。**苍术**补肝明目，同熟地黄丸服。同茯苓丸服。青盲雀目[7]，同猪肝或羊肝，粟米汤煮食。目昏涩，同木贼末服。小儿目涩不开，同猪胆煮丸服。**玄参**补肾明目。赤脉贯瞳，猪肝蘸末服。**当归**内虚目暗，同附子丸服。**青蒿子**目涩，为末日服，久则目明。**枲耳子**为末，入粥食，明目。**地黄**补阴，主目䀮䀮无所见。补肾明目，同椒红丸服。**麦门冬**明目轻身，同地黄、车前丸服。**决明子**除肝胆风热，淫肤赤白膜，青盲。益肾明目，每旦吞一匙，百日后夜见物光。补肝明目，同蔓菁酒煮为末，日服。积年失明，青盲雀目，为末，米饮服。或加地肤子丸服。**地肤子**补虚明目，同地黄末服。叶，洗雀目，去热暗涩疼。

汁，点物伤睛陷。**车前子**明目，去肝中风热毒冲眼，赤痛障翳，脑痛泪出。风热目暗，同黄连末服。目昏障翳，补肝肾，同地黄、菟丝子丸服，名驻景丸。**蒺藜**三十年失明，为末日服。**菟丝子**补肝明目，浸酒丸服。**营实**[8]目热暗，同枸杞子、地肤子丸服。**千里及**退热明目，同甘草煮服。**地衣草**治雀目，末服。**葳蕤**眼见黑花，昏暗痛赤，每日煎服。**淫羊藿**病后青盲，同淡豉煎服。小儿雀目，同蚕蛾、甘草、射干末，入羊肝内煮食。**天麻　芎䓖　萆薢**并补肝明目。**白术**目泪出。**菊花**风热，目疼欲脱，泪出，养目去盲，作枕明目。叶同。**五味子**补肾明目，收瞳子散。**覆盆子**补肝明目。**茺蔚子**益精明目。瞳子散大者勿用。**木鳖子**疳后目盲，同胡黄连丸服。**龙脑薄荷**暑月目昏，取汁点之。**箬叶灰**淋汁，洗一切目疾。**柴胡**目暗，同决明子末，人乳和傅目上，久久目视五色。**荠苨**[9]　**地榆　蓍实　艾实　牛蒡子　蓼子　款冬花　瞿麦　通草　柴胡　细辛　鳢肠**[10]　**酸浆子　萱草　槌胡根　莕草实**　〔谷菜〕**赤小豆　腐婢**[11]**白扁豆**并明目。**大豆**肝虚目暗，牛胆盛之，夜吞三七粒。**苦荞皮**同黑豆绿豆皮、决明子、菊花作枕，至老目明。**葱白**归目益睛，除肝中邪气。**葱实**煮粥食，明目。**蔓菁子**明目益气，使人洞视，水煮三遍，去苦味，日干为末，水服。一用醋煮，或醋蒸三遍，末服，治青盲，十得九愈。或加决明子，酒煮。或加黄精，九蒸九晒，花，为末服。治虚劳目暗。**芥子**雀目，炒末，羊肝煮食。挼入目中，去翳。**白芥子**涂足心，引热归下，痘疹不入目。**荠菜　菥蓂　苋实　苦苣　莴苣　翘摇　冬瓜仁　木耳**　〔果部〕**梅核仁　胡桃**并明目。**石蜜**明目，去目中热膜，同巨胜子丸服。**枣皮灰**同桑皮灰煎汤洗，明目。**椒目**眼生黑花年久者，同苍术丸服。**蜀椒　秦椒**　〔木部〕**桂　辛夷　枳实　山茱萸**并明目。**沉香**肾虚目黑，同蜀椒丸服。**桐花**眼见禽虫飞走，同酸枣、羌活、玄明粉煎服。**槐子**久服除热明目除泪，煮饮，或入牛胆中风干吞之，或同黄连末丸服。**五加皮**明目。浸酒，治目僻目䀮。**牡荆茎**青盲，同烏鷄丸服。**黄櫱**目暗，每旦含洗，終身無目疾。**松脂**肝虚目泪，釀酒飲。**椿荚灰**逐月洗頭，明目。**槵子皮**洗頭，明目。**桑葉及柴灰　柘木灰**并逐月按日煎水洗目，明目，治青盲。**蔓荆子**明目除昏，止睛痛。**蕤核**同龍腦，點一切風熱昏暗黑花。**梓白皮**主目中疾。**石南**小兒受驚，瞳人不正，視東則見西，名通睛，同瓜丁、藜蘆吹鼻。**秦皮　逐折**[12]　**欒荆　木槿皮　桑寄生**洗。**苦竹葉及瀝　天竹黄　盧會　密蒙花**〔金石〕**銀屑　銀膏　赤銅屑　玉屑　鐵精　鉛灰**揩牙洗目。**爐甘石**目暗昏花，同黄丹煉蜜丸。**鐘乳石　赤石脂　青石脂　長石　理石**并明目。**石膏**去風熱。雀目夜昏，同猪肝煮食。　風寒入腦系，敗血凝滯作眼寒，同川芎、甘草末服。**丹砂**目昏内障，神水散大，同慈石、神曲丸服。**芒消**逐月按日洗眼，明目。**黄土**目卒無所見，浸水洗之。**食鹽**洗目，明目止泪。**戎鹽　慈石　石青　白青　石硫青**〔水部〕**臘雪　明水　甘露　菖蒲及柏葉上露**〔蟲介鱗部〕**螢火**并明目。**蜂蜜**目膚赤脹。肝虚雀目，同蛤粉、猪肝煮食。**蚌粉**雀目夜盲，同猪肝、米泔煮食，與夜明砂同功。**蛤粉**雀目，炒研，油蠟和丸，同猪肝煮食。**玳瑁**迎風目泪，肝腎虚熱也，同羚羊角、石燕子末服。**真珠**合鯉魚膽、白蜜，點肝虚雀目。**鯽魚**熱病目暗，作臛食。弩肉，贴之。**鲤鱼脑**和胆，点青盲。**青鱼睛汁**〔禽兽〕**乌目汁**并注目，能夜见物。**鹳鸽睛汁**[13]　**鹰睛汁**并主目，能见碧霄之物。**鹤脑**和天雄、葱实服，能夜书字。**雀头血**点雀目。**伏翼**[14]主目痒疼，夜视有精光。血及胆滴目中，夜见物。**雄鸡胆**目为物伤，同羊胆、鲤鱼胆点。**乌鸡肝**风热目暗，作羹食。**鸠**补肾，益气，明目。**猪肝**补肾明目。雀目，同海螵蛸、黄蜡煮食。同石决明、苍术末煮食。**青羊肝**补肝风虚热，目暗赤痛，及热病后失明，作生食，并水浸贴之。青盲，同黄连、地黄丸服。小儿雀目，同白牵牛末煮食。又同谷精草煮食。赤目失明，同决明子、蓼子末服。风热昏暗生翳，生捣末，黄连丸服。不能远视，同葱子末，煮粥食。目病䀮䀮，煮热熏之。**牛肝**补肝明目。**兔肝**风热上攻，目暗不见物，煮粥食。**犬胆**肝虚目暗，同萤火末点。目中脓水，上伏日酒服。**牛胆**明目，酿槐子吞。酿黑豆吞。和柏叶、夜明砂丸服。**鼠胆**点青盲雀目。

目，和鱼膏点，明目。屎，明目。**白犬乳**点十年青盲。**醍醐**傅脑，明目。**牛涎**点损目、破目。**鹿茸**补虚明目。**羖羊角**并明目。**羚羊角**并明目。〔人部〕**天灵盖**治青盲。

【翳膜】〔草部〕**白菊花**病后生翳，同蝉花末服。瘊豆生翳，同绿豆皮、谷精草末，煮干柿食。**淫羊藿**目昏生翳，同王瓜末服。**茼实**目翳瘀肉，倒睫拳毛，同猪肝丸服。**谷精草**去翳，同防风末服。痘后翳，同猪肝丸服。**天花粉**痘后目障，同蛇蜕、羊肝煮食。**羊肝　覆盆子根**粉，点痘后翳。**白药子**疳眼生翳，同甘草、猪肝煮食。**黄芩**肝热生翳，同淡豉末，猪肝煮食。**水萍**瘊疮入目，以羊肝煮汁调末服，十服见效。**番木鳖**瘊疮入目，同脑、麝吹耳。**马勃**瘊疮入目，同蛇皮、皂角子煅研服。**贝母**研末点翳。同胡椒末，止泪。同真丹点胬肉，或同丁香。**麻黄根**内外障翳，同当归、麝香嗃鼻。**鳢肠**同蓝叶浸油摩顶，生发去翳。**牛膝叶**汁，点目生珠管。**青葙子**肝热赤障，翳肿青盲。**败酱**赤目翳障胬肉。**白豆蔻**白睛翳膜，利肺气。**木贼**退翳。**莕根**同诸药点翳。**鹅不食**草嗃鼻塞耳贴目，为去翳神药。**景天花汁　仙人草汁**〔菜谷〕**苦瓠汁**并点翳。小壶卢吸翳。**荠根**明目去翳，卧时纳入眦内，久久自落。荠实，主目痛青盲去翳，久服视物鲜明。**菥蓂子**⑮目痛泪出，益精光，去胬肉，为末，卧时点之。**苋实**青盲目翳黑花，肝家客热。**马齿苋**目中息肉淫肤，青盲白翳，取子为末，蒸熨。**兰香子**安目中磨翳，亦煎服。**黑豆皮**痘后翳。**绿豆皮**痘后翳，同谷精、白菊花末，柿饼、粟米泔煮食，极效。〔果木〕**杏仁**去油，入铜绿，点翳。入腻粉，点胬肉。**李胶**治翳，消肿定痛。**蘡薁藤汁**⑯点热翳，去白障。**龙脑香**明目，去肤翳，内外障，日点数次，或加蓬砂，并嗃鼻。**密蒙花**青盲肤翳，赤涩眵多，目中赤脉，及疳气攻眼，润肝燥。同黄檗丸服，去障翳。**楮实**肝热生翳，研末日服。同荆芥丸服，治目昏。叶末及白皮灰，入麝，点一切翳。**楸叶**煨取汁熬，点小儿翳。**枸杞汁**点风障赤膜昏疼。榨油点灯，明目。**蕤核**心腹邪热，目赤肿疼，泪出眦烂。同黄连，点风眼翳膜。同蓬砂，或同青盐、猪胰，点膜翳。**没药**目翳晕疼肤赤，肝血不足。**乳香　琥珀**磨翳。**鳖**⑰〔水土〕**井华水**洗肤翳。浸目睛突出。**白瓷器**煅研。**东壁土**〔金石〕**锡吝脂**⑱　**珊瑚　玛瑙　宝石　玻璃　菩萨石**并点翳。**古文钱**磨汁，点盲去翳，及目卒不见。**丹砂**擦翳，点息肉。同贝母，点珠管。**轻粉**点翳。　同黄丹吹鼻，去痘后翳。**粉霜**痘疹入目生翳，同朱砂水调，倾耳中。**炉甘石**明目去翳，退赤收湿，煅赤，童尿淬七次，入龙脑，点一切目疾。或黄连水煮过，亦良。同蓬砂、海螵蛸、朱砂，点目翳昏暗烂赤。**空青**浆，点青盲内障翳膜。瞳人破者，得再见物。一切目疾，同黄连、槐芽、片脑吹鼻。肤翳，同蕤仁点。黑翳，同矾石、贝子点。**曾青**一切风热目病，同白姜、蔓荆子、防风末，嗃鼻。瘊疮入目，同丹砂、蛴螬点。**密陀僧**浮翳多泪。**花乳石**多年翳障，同川芎、防风诸药点之。**井泉石**小儿热疳，雀目青盲生翳，同石决明服。**玄精石**赤目失明障翳，同石决明、蕤仁、黄连、羊肝丸服。**越砥**⑲磨汁点翳，去盲止痛。**铅丹**一切目疾，同蜜熬点。同乌贼骨，点赤目生翳。同白矾，点翳。同鲤鱼胆，点目生珠管。同轻粉吹耳，去痘疹生翳。**石燕**磨，点障翳拳毛倒睫。**石蟹**磨，点青盲淫肤丁翳。**矾石**点翳膜胬肉。**硇砂**去膜翳胬肉，或入杏仁。**蓬砂**点目翳胬肉瘀突，同片脑用。**绿盐**点翳，去赤止痛。**芒消**点障翳赤肿涩痛。或入黄丹、脑、麝。**消石**同黄丹、片脑点翳。**浮石**〔虫鳞介部〕**蚕蜕**并去障翳。**蝉蜕**目昏障翳，煎水服。产后翳，为末，羊肝汤服。**芫青**去顽翳，同樗鸡、斑蝥、蓬砂、蕤仁点。**樗鸡　蛴螬汁**滴青翳白膜。**蛇蜕**卒生翳膜，和面炙研汤服。痘后翳，同天花粉、羊肝煮食。**蚺蛇胆**点翳。**乌蛇胆**风毒气眼生翳。**鲤鱼胆　青鱼胆**并点翳障。或加黄连、海螵蛸。或加鲤鱼牛羊熊胆、麝香，合决明丸服。**海螵蛸**点一切浮翳及热泪。伤寒热毒攻目生翳，入片脑。赤翳攀睛贯瞳人，加辰砂，黄蜡丸，纳之。小儿疳眼流泪，加牡蛎、猪肝煮食。**鳗鲡血　鳝血**并点痘疹入目生翳。**鲛鱼皮**去翳，功同木贼。**鱼子**入翳障胬肉药。**石决明**明目磨翳。同甘草、菊花煎服，治羞明。海蚌、木贼水煎服，治肝虚生翳。同谷精草末，猪肝蘸食，治痘后翳。**真珠**点目去翳。合左缠根，治麸豆入目。地榆煮过，醋浸研末，点顽翳。**紫贝**生研，同猪肝煮食，治痘疹生翳。**白贝**烧研，点目花翳痛。**珂**点翳，或入片脑、枯矾。**螺蛳**常食，去痘后翳。**牡蛎**〔禽兽〕**抱出鸡卵壳**点翳障，及瘢疹入目。**雀**入内外障翳丸药。**雀屎**点弩肉赤脉贯瞳子者即消，又去目热赤白膜。**五灵脂**治血贯瞳人。同海螵蛸末，猪肝蘸食，治浮翳。**夜明砂**目盲障翳，入猪肝煮食。**胡燕屎**　**猪脂**并点翳。**猪胆皮灰**点翳，不过三五度。**猪血**点痘入目。**猪胰**同蕤仁点翳。**猪鼻灰**目中风翳，水服。**猪悬蹄**炒，同蝉蜕、羚羊角末服，治斑豆生翳。烧灰，浸汤洗。**羊胆**点青盲赤障白翳风眼，病后失明。**羊睛**点翳膜目赤。白珠磨汁点。**白羊髓**点赤翳。**熊胆**明目除翳，清心平肝。水化点。**象胆**功同熊胆。睛，和人乳滴之。**獭胆**目翳黑花，飞蝇上下，视物不明，入点药。**兔屎**去浮翳、痘后翳，日干，茶服一钱，或加槟榔末。**羚羊角**　**犀角**清肝明目。**麝香**　**虎骨**〔人部〕**人唾津**并退翳。**爪甲**刮末点翳，及痘后生翳，或加朱砂。目生珠管，烧灰，同贝子灰、龙齿末调。**胞衣**烧，点赤目生翳。

【诸物眯目】　**地肤汁**　**猪脂**　**牛酥**　**鲍鱼头**煮汁。**鸡肝血**并点诸物入目。**蚕沙**诸物入目，水吞十枚。**甑带**沙石入目，水服一钱。**真珠**　**珊瑚**　**宝石**　**貂皮**并拭尘沙入目。**乌鸡胆**点尘沙眯目。**食盐**尘物入目，洗之。**羊筋**　**鹿筋**　**新桑白皮**尘物入目，嚼纳粘之。**兰香子**尘物入目，纳入粘之。**墨汁**点飞丝尘物芒屑入目。**蘘荷根汁**　**粟米**嚼汁。**豉**浸水。**大麦**煮汁。并洗麦稻芒屑入目。**白菘汁**　**蔓菁汁**　**马齿苋灰**　**藕汁**　**柘浆**　**鸡巢草灰**淋汁。**人爪甲**并点飞丝入目。**菖蒲**塞鼻，去飞丝入目。**瞿麦**眯目生翳，其物不出，同干姜末日服。

耳　耳鸣、耳聋，有肾虚，有气虚，有郁火，有风热。耳痛是风热。聤耳是湿热。[21]

【补虚】〔草谷〕**熟地黄**　**当归**　**肉苁蓉**　**菟丝子**　**枸杞子**肾虚耳聋，诸补阳药皆可通用。**黄芪**　**白术**　**人参**气虚聋鸣，诸补中药皆可通用。**骨碎补**耳鸣，为末，猪肾煨食。**百合**为末，日服。**社日酒**〔果木〕**干柿**同粳米、豆豉煮粥，日食，治聋。**柘白皮**酿酒，主风虚耳聋。**牡荆子**浸酒，治聋。**茯苓**卒聋，黄蜡和嚼。**山茱萸**　**黄蘗**〔石禽兽〕**慈石**养肾气，治聋。老人取汁作猪肾羹食。**鸡子作**酒，止耳鸣。和蜡炒食，治聋。**猪肾**煮粥，治聋。**羊肾**补肾治聋。脊骨，同慈石、白术诸药煎服。**鹿肾**　**鹿茸角**并补虚治聋。

【解郁】〔草部〕**柴胡**去少阳郁火，耳鸣、耳聋。**连翘**耳鸣辉辉焞焞，除少阳三焦火。**香附**卒聋，炒研，莱菔子汤下。**牵牛**疳气耳聋，入猪肾煨食。**栝楼根**煮汁酿酒服，治聋。**黄芩**　**黄连**　**龙胆**　**卢会**　**抚芎**　**芍药**　**木通**　**半夏**　**石菖蒲**　**薄荷**　**防风**风热郁火耳鸣，诸流气解郁消风降火药，皆可用也。〔金石〕**生铁**热甚耳聋，烧赤淬酒饮，仍以慈石塞耳。**空青**　**白青**〔虫禽〕**蠮螉**[21]并治聋。**全蝎**耳聋，酒服一钱，以闻水声为效。**乌鸡屎**卒聋，同乌豆炒，投酒取汗为愈。

【外治】〔草木〕**木香**浸麻油煎，滴聋，日四五次。**预知子**卒聋，入石榴，酿酒滴。**凌霄叶**汁滴。**地黄**　**骨碎补**并煨，塞聋。**菖蒲**同巴豆塞。**附子**卒聋，醋浸插耳。烧灰，同石菖蒲塞耳，止鸣。**草乌头**塞鸣痒聋。**甘遂**插耳，口含甘草。**蓖麻子**同大枣作挺插。**土瓜根**塞耳，灸聋。**经霜青箬叶**入椒烧吹。**栝楼根**猪脂煎，塞耳鸣。**鸡苏**生挼。**巴豆**蜡和。**细辛**　**狼毒**　**龙脑**　**槐胶**　**松脂**同巴豆。并塞耳聋。**椒目**肾虚耳鸣，如风水钟磬者，同巴豆、菖蒲、松脂塞之，一日一易，神效。**胡桃**煨研热塞，食顷即通[22]。**芥子**人乳和，塞聋鸣。**葱茎**插耳鸣。同蜜水，滴聋鸣。**杏仁**蒸油滴。**石榴**入醋煨熟，入黑李子、仙枣子，滴卒聋。**生麻油**日滴，取耵聍[23]。**烧酒**耳中有核，痛不可动。滴入半时，即可箝。〔石虫〕**慈石**入少麝香，淘，鹅油和塞。同穿山甲塞耳，口含生铁。**消石**　**芫青**同巴豆、蓖麻。**斑蝥**同巴豆。**真珠**并塞。**地龙水**〔鳞介〕**龟尿**　**蟹膏**　**吊脂**　**苟印膏**

并滴聋。**蚺蛇膏**　**花蛇膏**　**蝮蛇膏**并塞聋。**海螵蛸**同麝香吹。**穿山甲**同蝎尾、麝香和蜡，塞鸣聋。**鲤鱼胆、脑**　**鲫鱼胆、脑**　**乌贼鱼血**〔禽兽〕**白鹅膏、犀**　**雁肪**[24]　**乌鸡肪**　**鹈鹕油**　**鸊鷉膏**　**鼠胆**　**猥脂**　**驴脂**　**猫尿**　**人尿**并滴聋。**雀脑**　**兔脑**　**熊脑**　**鼠脑**并塞聋。**蚯蚓**同青盐、鼠脂塞。**蚕蜕纸**卷麝香，熏聋。

【耳痛】〔草木〕**连翘**　**柴胡**　**黄芩**　**龙胆**　**鼠粘子**　**商陆**塞。**楝实**　**牛蒡根**熬汁。**蓖麻子**并涂。**木鳖子**耳卒热肿，同小豆、大黄，油调涂。**木香**以葱黄染鹅脂，蘸末内入。**菖蒲**作末炒罨，甚效。**郁金**浸水滴。**茱萸**同大黄、乌头末，贴足心，引热下行，止耳鸣耳痛。〔水石〕**矾石化水**。**芒消水**。**磨刀水**并滴。**蚯蚓屎**涂。**炒盐**枕。〔虫兽〕**蛇蜕**耳忽大痛，如虫在内走，或流血水，或干痛，烧灰吹入，痛立止。**桑螵蛸**灰掺。**鳝血**滴。**穿山甲**同土狗吹。**鸠屎**末吹。**麝香**通窍。

【聤耳】〔草木〕**白附子**同羌活、猪羊肾煨食。**附子**　**红蓝花**同矾末。**青黛**同香附、黄檗末。**败酱**　**狼牙**　**蒲黄**　**桃仁**炒。**杏仁**炒。**橘皮灰**入麝。**青皮灰**　**楠材灰**　**槟榔**　**故绵**灰。**麻秸**灰。**苦瓠**灰。**车脂**并吹耳。**胡桃**同狗胆研塞。**柳根**捣封。**薄荷**汁。**青蒿**汁。**茺蔚**汁。**燕脂**汁。**虎耳草**汁。**麻子**汁。**韭**汁。**柑叶汁**并滴耳。〔土石〕**伏龙肝**　**蚯蚓泥**　**黄矾**　**白矾**同黄丹。**雄黄**同雌黄、硫黄。**炉甘石**同矾、麝香。**浮石**同没药、麝香。**密陀僧**　**轻粉**并吹耳。**硫黄**和蜡作挺塞。〔虫兽〕**五倍子**　**桑螵蛸**　**蝉蜕灰**　**蜘蛛**　**全蝎**　**龙骨**　**穿山甲**　**海螵蛸**　**鸠屎**并同麝香吹耳。**羊屎**同燕脂末吹。**鲤鱼肠、脑**　**鳗鲡鱼骨**　**鱼鲊**　**鼠肝**并塞聤耳引虫。**石首鱼枕**　**夜明砂**并掺入耳。**犬胆**同矾塞。**发灰**同杏仁塞。**人牙灰**吹五般聤耳。

【虫物入耳】**半夏**同麻油。**百部**浸油。**苍耳汁**　**葱汁**　**韭汁**　**桃叶汁**　**姜汁**　**酱汁**　**蜀椒**　**石胆**　**水银**　**古钱**煎猪脂。**人乳汁**　**人尿**　**猫尿**　**鸡冠血**并滴耳。**鳝头灰**塞。**石斛**插耳烧熏。**铁刀声**并主百虫入耳。**胡麻油**煎饼枕之。**车脂**涂。**绿矾**　**硇砂**同石胆。**龙脑**并吹耳。**羊乳**　**牛乳**　**牛酪**　**驴乳**　**猫尿**并滴蚰蜒入耳。**鸡肝**枕。**猪肪**枕之。并主蜈蚣、虫、蚁入耳。**穿山甲灰**吹。**杏仁油**滴，并主蚁入耳。**灯心**浸油，钓小虫、蚁入耳。**鳝血**同皂角子虫，滴蝇入耳。**菖蒲**塞蚤、虱入耳。**稻秆灰**煎汁，滴虱入耳。**皂矾**蛆入耳，吹之。**田泥**马蟥入耳，枕之。**生金**水银入耳，枕之引出。**薄荷汁**水入耳中，滴之。

面　面肿是风热。面紫赤是血热。疱是风热，即谷嘴。皻是血热[25]，即酒皻。皯䵳是风邪客于皮肤[26]，痰饮渍于腑脏，即雀卵斑，女人名粉滓斑。

【风热】**白芷香**　**白附子**　**薄荷叶**　**荆芥穗**　**零陵香**　**黄芩**　**藁本香**　**升麻**　**羌活**　**葛根**　**麻黄**　**海藻**　**防风**　**远志**　**白术**　**苍术**并主阳明风热。**菟丝子**浸酒服。**葱根**主发散。**牛蒡根**汗出中风面肿，或连头项，或连手足，研烂，酒煎成膏贴之，并服三匙。**黑豆**风湿面肿，麻黄汤中加入，取小汗。**大黄**头面肿大疼痛，以二两，同僵蚕一两为末，姜汁和丸弹子大，服。**辛夷**　**黄檗**　**楮叶**煮粥食。**石膏**并去风热。**蟹膏**涂面肿。**炊帛**甑气熏面浮肿，烧灰傅之即消。

【皻疱皯䵳】〔内治〕**葳蕤**久服，去面上黑皯，好颜色。**升麻**　**白芷**　**防风**　**葛根**　**黄芪**　**人参**　**苍术**　**藁本**并达阳明阳气，去面黑。**女菀**治面黑，同铅丹末酒服，男女二十日，黑从大便出。**冬葵子**同柏仁、茯苓末服。**桑耳**末服。**苍耳叶**末服，并去面上黑斑。**天门冬**同蜜捣丸，日用洗面，去黑。**甘松香**同香附、牵牛末，日服。**益母草**煅研日洗。**夏枯草**烧灰，入红豆洗。**续随子**茎汁洗皯䵳，剥人皮。**蒺藜**　**苦参**　**白及**　**零陵香**　**茅香**并洗面黑，去皯䵳。**蓖麻仁**同硫黄、密陀僧、羊髓和涂，去雀斑。同白枣、大枣、瓦松、肥皂丸洗。**山柰**同鹰屎、密陀僧、蓖麻仁，夜涂旦洗，去雀斑。**白附子**去面上诸风百病。疵皯[27]，酒和贴之，自落。**白牵牛**酒浸为末，涂面，去风刺粉滓。**栝楼实**去手面皱，悦泽人面。同杏仁、猪胰研涂，令人面白。**羊蹄根**面上紫块，同姜汁、椒末、穿山甲灰，包檫之。**土瓜根**面黑面疮，为末夜涂，百日光采射人。**白敛**同杏仁研涂，去粉滓酒皶。**半夏**面上黑气，焙研醋调涂。**术**渍酒，拭䵟疱。**艾灰**淋硷，点皯黡[28]。**山药　山慈姑　白及　蜀葵花及子　马蔺花**杵，涂皶疱。**菟丝子**汁涂。**旋花　水萍　卷柏　紫参　紫草　凌霄花　细辛　藿香　乌头　白头翁　白微　商陆**〔谷菜〕**胡麻油**并涂面䵟䵳、皶疱、粉刺，游风入面。**胡豆　毕豆　绿豆　大豆**并作澡豆，去䵟䵳。**马齿苋**洗面疱及瘢痕。**莙荙子**醋浸揩面，去粉滓，光泽。**菰笋灰**酒皶面赤。**藋灰**点面䵟。**胡荽**洗黑子。**冬瓜仁、叶、瓤**并去䵟䵳，悦泽白晰。仁，为丸服，面白如玉。服汁，去面热。**蔓菁子　落葵子**〔果木〕**李花　梨花　木瓜花　杏花　樱桃花**并入面脂，去黑䵟皱皮，好颜色。**桃花**去雀斑，同冬瓜仁研，蜜涂。粉刺如米，同丹砂末服，令面红润。同鸡血涂身面，光华鲜洁。**白柹**多食，去面䵟。**杏仁**头面诸风皶疱，同鸡子白涂。两颊赤痒，频揩之。**李仁**同鸡子白夜涂，去䵟好色。**银杏**同酒糟嚼涂，去䵟䵳皶疱。**乌梅**为末，唾调涂。**樱桃枝**同紫萍、牙皂、白梅，洗雀斑。**栗荴**[29]涂面去皱。**橙核**夜涂，去粉刺面皯。**柑核　蜀椒　海红豆　无患子**并入面药，去皯。**白杨皮**同桃花、白冬瓜子服，去面黑令白。**木兰皮**面热赤疱䵟䵳，酒浸百日，为末服，亦入澡药。**菌桂**养精神，久服面生光华，常如童子。**枸杞子**酒服，去皯疱。**山茱萸**面疱。**卮子**面赤皶疱，亦入涂药。**柳华**面热黑。**桂枝**和盐蜜涂。**龙脑香**酥和，涂酒皶赤鼻。**白檀香**磨汁涂。**笃耨香**同附子、冬瓜子、白及、石榴皮，浸酒涂。**没石子**磨汁。**槲若**洗皶疱。**桐油**和黄丹、雄黄，涂酒皶赤鼻。**白茯苓**和蜜涂。**皂荚子**同杏仁涂。**皂荚　肥皂荚　蔓荆子　楸木皮　辛夷　樟脑**并入面脂。**榆叶**〔水石〕**浆水**洗。**冬霜**服，解酒后面赤。**密陀僧**去瘢䵟[30]，乳煎涂面，即生光。同白附子、白鸡屎末，人乳涂。**铅粉**抓伤面皮，油调涂。**轻粉**入面脂。抓伤面皮，姜汁调涂。**云母粉**同杏仁、牛乳蒸涂。**朱砂**水服二匕，色白如莹。入鸡子，抱雏出，取涂面，去䵟䵳，面白如玉。**白石脂**同白敛、鸡子白涂。**石硫黄**酒皶，同杏仁、轻粉搽。同槟榔、片脑擦。同黄丹、枯矾擦。**禹余粮**同半夏、鸡子涂。**水银**同胡粉、诸脂，涂少年面疱。**杓上砂**面上风粟，隐暗涩痛，挑去即愈。**白盐**擦赤鼻。**珊瑚**同马珂、鹰屎白、附子，人乳涂。**石膏**〔虫介〕**白僵蚕**蜜和擦面，灭黑黯，好颜色，或加白牵牛。**石蜜**常服，面如花红。**蜂子**炒食，并浸酒涂面，去雀斑面疱，悦白。**蜂房**酒服，治皶瘤出脓血。**牡蛎**丸服，令面白。**真珠**和乳傅面，去䵟，润泽。**蛟髓**〔禽兽〕**白鹅膏**并涂面悦白。**鸡子白**酒或醋浸，傅疵䵟面疱。**啄木血**服之，面色如朱。**鸬鹚骨**烧，同白芷末，涂雀斑。**蜀水花**和猪脂，涂鼻面酒皶䵟䵳，入面脂。**鹰屎白**同胡粉涂之。**白丁香**蜜涂。**蝙蝠脑　夜明砂　麝香**并去䵟䵳。**猪胰**面粗丑䵟䵳，同杏仁、土瓜根、蔓菁子浸酒，夜涂旦洗。**猪蹄**煎胶，涂老人面。**羊胆**同牛胆、酒，涂皯疱。**羊胫骨**皯䵳粗陋，身皮粗厚，同鸡子白涂。**羖羊胆**煮沸，涂雀斑。**鹿角尖**磨汁，涂皯疱，神效。**鹿骨**磨汁涂面，光泽如玉。骨，酿酒饮，肥白。**麋脂**涂少年面疱。**羊胰及乳**同甘草末涂。**猪鬐膏　马鬐膏　驴鬐膏　犬胰并脂　羊脂、脑　牛脂、脑及髓　熊脂　鹿脂、脑　麋髓、脑**并入面脂，去䵟䵟，灭痕，悦色。**鼠头灰**鼻面皶。〔人部〕**人精**和鹰屎涂面，去黑子及瘢。**人胞**妇人劳损，面䵟皮黑，渐瘦，和五味食之。**人口津**不语时，涂皶疱。

【**瘢痕**】**蒺藜**洗。**葵子**涂。**马齿苋**洗。**大麦麨**和酥傅。秋冬用小麦麨。**寒食饭**涂。**冬青子及木皮灰**入面脂。**真玉**摩面。**马蔺根**洗。**禹余粮**身面瘢痕，同半夏、鸡子黄涂，一月愈。**白瓷器**水摩。**冻凌**频摩。**热瓦**频摩。**白僵蚕**同白鱼、鹰屎涂。**鹰屎白**灭痕，和人精摩。同僵蚕、蜜摩。同白附子摩。同白鱼、蜜摩。**蜀水花**入面脂摩。**鸡子黄**炒黑拭之。**鸡屎白**炒。**羊髓　獭髓　牛髓　牛酥**并灭瘢痕。**鼠**煎猪脂摩。**猪脂**三斤，饲乌鸡取屎白，入白芷、当归煎，去滓，入鹰屎白傅之。**轻粉**抓伤面，姜汁调涂。**铅粉**抓伤面，油调涂。

【面疮】〔草部〕**荠苨**酒服。**紫草**　**紫菀**　**艾叶**煎醋搽之。妇人面疮，烧烟熏，定粉搽。**蓖麻子**肺风面疮，同大枣、瓦松、白果、肥皂为丸，日洗。**土瓜根**面上痞瘟㉛，夜涂日洗。**凌霄花**两颊浸淫，连及两耳，煎汤日洗。**何首乌**洗。**牵牛**涂。**甘松**面上风疮，同香附、牵牛末，日洗。**蛇床子**同轻粉。**曼陀罗花**〔谷菜果木〕**胡麻**嚼。**白米**并涂小儿面上甜疮。**黄粱米**小儿面疮如火，烧研，和蜜涂。**丝瓜**同牙皂烧，擦面疮。**批杷叶**茶服，治面上风疮。**桃花**面上黄水疮，末服。**杏仁**鸡子白和涂。**银杏**和糟嚼涂。**柳絮**面上脓疮，同腻粉涂。**柳叶**洗面上恶疮。**木槿子**烧。〔土石〕**胡燕窠土**入麝。并搽黄水肥疮㉜。**密陀僧**涂面疮。**黄矾**妇人颊疮频发，同胡粉、水银、猪脂涂。**绿矾**小儿甜疮，枣包烧涂。**盐汤**搨面上恶疮。〔虫鳞〕**斑蝥**涂面上痞瘟。**蚯蚓**烧。**乌蛇**烧。并涂面疮。**鲫鱼头**烧，和酱汁，涂面上黄水疮。〔禽兽〕**鸡内金**金腮疮，初生如米豆，久则穿蚀，同郁金傅。**羖羊须**香瓣疮，生面颐耳下，浸淫出水，同荆芥、干枣烧，入轻粉搽。**熊脂**　**鹿角**

鼻　鼻渊㉝，流浊涕，是脑受风热。鼻鼽㉞，流清涕，是脑受风寒，包热在内。脑崩臭秽㉟，是下虚。鼻窒，是阳明湿热，生瘜肉。鼻齇，是阳明热，及血热，或脏中有虫。鼻痛，是阳明风热。

【渊鼽】〔内治〕〔草菜〕**苍耳子**末，日服二钱，能通顶门。同白芷、辛夷、薄荷为末，葱、茶服。**防风**同黄岑、川芎、麦门冬、人参、甘草，末服。**川芎**同石膏、香附、龙脑，末服。**草乌头**脑泄臭秽，同苍术、川芎，丸服。**羌活**　**藁本**　**白芷**　**鸡苏**　**荆芥**　**甘草**　**甘松**　**黄芩**　**半夏**　**南星**　**菊花**　**菖蒲**　**苦参**　**蒺藜**　**细辛**　**升麻**　**芍药**并去风热痰湿。**丝瓜根**脑崩腥臭，有虫也，烧研服。〔果木〕**藕节**鼻渊，同芎劳末服。**蜀椒**　**辛夷**辛走气，能助清阳上行通于天，治鼻病而利九窍。头风清涕，同枇杷花末，酒服。**卮子**　**龙脑香**　**百草霜**鼻出臭涕，水服三钱。〔石虫〕**石膏**　**全蝎**　**贝子**鼻渊脓血，烧研酒服。**烂螺壳**〔外治〕　**荜茇**吹。**白芷**流涕臭水，同硫黄、黄丹吹。**乌叠泥**吹。**石绿**吹鼻鼽。**皂荚**汁，熬膏嗃之。**大蒜**同荜茇捣，安囟上，以熨斗熨之。**艾叶**同细辛、苍术、川芎末，隔帕安顶门，熨之。**破瓢灰**同白螺壳灰、白鸡冠灰、血竭、麝香末，酒洒艾上作饼，安顶门熨之。**车轴脂**水调，安顶门熨之。**附子**葱涎和贴足心。大蒜亦可。

【窒瘜】〔内治〕〔草菜〕**白微**肺实鼻塞，不知香臭，同贝母、款冬、百部为末服。**天南星**风邪入脑，鼻塞结硬，流浊涕，每以二钱，同甘草、姜、枣煎服。**小蓟**煎服。**麻黄**　**白芷**　**羌活**　**防风**　**升麻**　**葛根**　**辛夷**　**川芎**　**菊花**　**地黄**　**白术**　**薄荷**　**荆芥**　**前胡**　**黄芩**　**甘草**　**桔梗**　**木通**　**水芹**　**干姜**〔果木〕**干柿**同粳米煮粥食。**毕澄茄**同薄荷、荆芥丸服。**槐叶**同葱、豉煎服。**山茱萸**　**釜墨**水服。**石膏**〔鳞兽〕**蛇肉**肺风鼻塞。**羊肺**鼻瘜㊱，同白术、肉苁蓉、干姜、芎劳为末，日服。**人中白**〔外治〕**细辛**鼻齆㊲，不闻香臭，时时吹之。**瓜蒂**吹之。或加白矾，或同细辛、麝香，或同狗头灰。**皂荚**　**麻鞋灰**　**礜石**　**麝香**并吹。**蒺藜**同黄连煎汁，灌入鼻中，嚏出瘜肉如蛹。**苦瓠汁**　**马屎汁**　**地胆汁**　**狗胆**并滴。**狗头骨灰**入硇，日嗃之，肉化为水。**青蒿灰**　**龙脑香**　**硇砂**并滴。**桂心**　**丁香**　**蕤核**　**藜芦**　**石胡荽**　**薰草**并塞。**菖蒲**同皂荚末塞。**蓖麻子**同枣塞，一月闻香臭。**白矾**猪脂同塞。同硇砂点之，尤妙。同蓖麻、盐梅、麝香塞。**雄黄**一块塞，不过十日，自落。**铁锈**和猪脂塞，经日肉出。**蠮螉**　**狗脑**　**雄鸡肾**并塞鼻引虫。**猬皮**炙研塞。**醍醐**小儿鼻塞，同木香、零陵香煎膏，涂顶门，并塞之。

【鼻干】　**黄米粉**小儿鼻干无涕，脑热也，同矾末，贴囟门。

【鼻痛】　**石硫黄**搽。**石硫赤**冷水调搽，一月愈。**酥**　**羊脂**并涂之。

【鼻伤】　**猫头上毛**搽破鼻，剪碎和唾傅。**发灰**搽落耳、鼻，乘热急蘸灰，缀定，缚住勿动。

【鼻毛】**硇砂**鼻中生毛，昼夜长一二尺，渐圆如绳，痛不可忍，同乳香丸服十粒，自落。

【赤齇】〔内治〕**凌霄花**鼻上酒齇，同栀子末日服。同硫黄、胡桃、腻粉揩搽。**使君子**酒齇面疮，以香油浸润，卧时嚼三五个，久久自落。**苍耳叶**酒蒸焙研服。**卮子**鼻齇面疱，炒研，黄蜡丸服。同枇杷叶为末，酒服。**橘核**鼻赤酒齇，炒研三钱，同胡桃一个，擂酒服。**木兰皮**酒齇赤疱，醋浸晒研，日服。**百草霜**日服二钱。**蜂房**炙末酒服。**大黄　紫参　桔梗　生地黄　薄荷　防风　苦参　地骨皮　桦皮　石膏　蝉蜕　乌蛇**〔外治〕**黄连**鼻齇，同天仙藤灰，油调搽。**马蔺子**杵傅。**蜀葵花**夜涂旦洗。**蓖麻仁**同瓦松、大枣、白果、肥皂丸洗。**牵牛**鸡子白调，夜涂旦洗。**银杏**同酒糟嚼傅。**槲若**齇疱脓血，烧灰纳疮中，先以泔煮槲叶汁洗。**硫黄**同枯矾末，茄汁调涂。或加黄丹，或加轻粉。**轻粉**同硫黄、杏仁涂。**槟榔**同硫黄、龙脑涂，仍研蓖麻、酥油搽。**大风子**同硫黄、轻粉、木鳖子涂。**雄黄**同硫黄、水粉，乳汁调傅，不过三五次。或同黄丹。**鸬鹚屎**鼻赤，同猪脂涂。**雄雀屎**同蜜涂。**没石子**水调。**密陀僧**乳调。**鹿角**磨汁。**石胆**并涂擦。

【鼻疮】**黄连**同大黄、麝香搽鼻中。末，傅鼻下赤䘌。**玄参　大黄**同杏仁。**杏仁**和乳汁。**桃叶**研。**盆边零饭**烧。**辛夷**同麝。**黄檗**同槟榔。**卢会　紫荆花**贴。**密陀僧**同白芷。**犬骨灰　牛骨灰**并主鼻中疮。**海螵蛸**同轻粉。**马绊绳灰　牛拳灰**并傅小儿鼻下赤疮。

唇　脾热则唇赤或肿，寒则唇青或噤，燥则唇干或裂，风则唇动或㖞，虚则唇白无色，湿热则唇渖湿烂，风热则唇生核。狐则上唇有疮，惑则下唇有疮。

【唇渖】〔草菜〕**葵根**紧唇湿烂，乍瘥乍发，经年累月，又名唇渖，烧灰和脂涂。**赤苋　马齿苋　蓝汁**并洗　。**马芥子**傅。**缩砂**烧涂。〔果木〕**甜瓜**噙。**西瓜皮**烧噙。**桃仁　青橘皮**烧。**橄榄**烧。**黄檗**蔷薇根汁调。**松脂**化。〔土石〕**东壁土**并涂。**杓上砂**挑去则疮愈。**胡粉**〔虫鳞〕**蛴螬**烧。**鳖甲**烧。**乌蛇皮**烧。**鳝鱼**烧。**五倍子**同诃子。〔禽人〕**鸡屎白　白鹅脂　人屎灰　头垢　膝垢**并和脂涂。

【唇裂】〔草谷〕**昨叶何草**[38]唇裂生疮，同姜、盐捣擦。**黄连**泻火。**生地黄**凉血。**麦门冬**清热。**人参**生津。**当归**生血。**芍药**润燥。**麻油**〔果服〕**桃仁　橄榄仁　青布灰　屠几垢**[39]〔虫禽〕**蜂蜜　猪脂　猪胰　酥**

【唇肿】〔草木〕**大黄　黄连　连翘　防风　薄荷　荆芥　蓖麻仁　桑汁**　〔水石〕**石膏　芒消**并涂。**井华水**下唇肿痛，或生疮，名驴觜风，以水常润之，乃可擦药。上唇肿痛生疮，名鱼口风。〔兽〕**猪脂**唇肿黑，痛痒不可忍，以瓷刀去血，以古钱磨脂涂之。

【唇核】[40]**猪屎**汁温服。

【唇动】**薏苡仁**风湿入脾，口唇瞤动瘖揭[41]，同防己、赤小豆、甘草煎服。

【唇青】**青葙子　决明**并主唇口青。

【唇噤】〔草〕**天南星**擦牙，煎服。**葛蔓**灰，点小儿口噤。**艾叶**傅舌。**荆芥　防风　秦艽　羌活　芥子**醋煎，傅舌。**大豆**炒□酒擦牙。〔木土〕**苏方木　青布**灰，酒服，仍烧刀上取汁搽。**白棘钩**水服。**竹沥　荆沥　皂荚　乳香　伏龙肝**澄水服。〔虫兽〕**白僵蚕**发汗。**雀屎**水丸服。**鸡屎白**酒服。**白牛屎　牛涎　牛黄　猪乳　驴乳**并小儿口噤。

【吻疮】〔草菜〕**蓝汁**洗。**葵根**烧。**瓦松**烧。**缩砂壳**烧。**越瓜**烧。〔果木〕**槟榔**烧。**青皮　竹沥**和黄连、黄丹、黄檗涂。**白杨枝**烧。**鸡舌香　梓白皮**〔服器〕**青布**烧涂。**木履尾**煨，拄两吻，二七次。**箸头**烧。**几屑**烧涂。**东壁土**和胡粉。**胡燕窠**土　**新瓦末　胡粉**同黄连搽。**蜂蜜　龟甲**烧。**甲煎　甲香**并涂。**发灰**小儿燕口疮[42]，饮服，并涂。

口舌　舌苦是胆热，甘是脾热，酸是湿热，涩是风热，辛是燥热，咸是脾湿，淡是胃虚，麻是血虚，生胎是脾热闭，出血是心火郁，肿胀是心脾火毒，疮裂是上焦热，木强是风痰湿热，短缩是风热。舌出数寸有伤寒、产后、中毒、大惊数种。口糜是膀胱移热于小肠，口臭是胃火食郁。喉腥是肺火痰滞。

【舌胀】[43]〔草谷〕**甘草**木强肿胀塞口，不治杀人，浓煎噙漱。**芍药**同甘草煎。**半夏　羊蹄　络石**并漱。**蓖麻油**燃熏。**附子尖**同巴豆。**黄葵花**同黄丹。**蒲黄**同干姜。**青黛**同朴消、片脑。**赤小豆**同醋。**醋**和釜墨。**粟米**〔木器〕**桑根汁**并涂之。**龙脑香**伤寒舌出数寸，掺之随消。**冬青叶**舌胀出口，浓煎浸之。**巴豆**伤寒后舌出不收，纸卷一枚纳鼻中，自收。**黄檗**浸竹沥。**木兰皮汁**。**皂荚刺灰**煎汁。并漱重舌[44]。**桂　甑带灰　箕舌灰**〔土石〕**伏龙肝**和醋，或加牛蒡汁。**釜墨　黄丹**并涂重舌。**铁锁锈　铁落**并为末噙服。**铁秤锤**舌胀，咽生瘜肉，烧赤淬醋服。**蓬砂**姜片蘸，擦木舌。**玄精石**同牛黄、朱砂等掺。**白矾**同朴消掺。同桂心安舌下。**消石**同竹沥含。**芒消**同蒲黄掺。中仙茅毒，舌胀出口，以消、黄下之。小儿舌胀塞口，紫雪、竹沥多服之。**朱砂**妇人产子，舌出不收，傅之，仍惊之，则入。**石胆　皂矾**〔虫鳞禽兽〕**五倍子**并掺之。**白僵蚕**或加黄连。**蜂房**炙。**鼠妇**杵。**海螵蛸**同鸡子黄。**鲫鱼头烧**。**蛇蜕灰**重舌重腭。并醋和掺。**鸡冠血**中蜈蚣毒，舌胀出口，浸之咽下。**五灵脂**重舌，煎醋漱。**三家屠肉**小儿重舌，切片磨之，即啼。**鹿角**炙熨，亦磨涂。**羊乳　牛乳**饮。**发灰**傅。〔草木〕**玄参　连翘　黄连　薄荷　升麻　防风　桔梗　赤芍药　大青　生地黄　黄芩　牛蒡子　牡丹皮　黄檗　木通　半夏　茯苓**〔石〕**芒消　石膏**

【舌胎】薄荷舌胎语涩，取汁，同姜、蜜擦。**生姜**诸病舌上生胎，以青布蘸井水抹后，时时以姜擦之。**白矾**小儿初生，白膜裹舌，刮出血，以少许傅之，否则发惊。

【舌衄】[45]〔草谷〕**生地黄**同阿胶末，米饮服。汁和童尿酒服。**黄药子**同青黛水服。**蒲黄**同青黛水服，并傅之。同乌贼骨傅。**香薷**煎汁，日服三升。**大小蓟**汁，和酒服。**蓖麻油**点灯熏鼻自止。**茜根　黄芩　大黄　升麻　玄参　麦门冬　艾叶　飞罗面**水服。**豆豉**水煎服。**赤小豆**绞汁服。〔木石〕**黄檗**蜜炙，米饮服。**槐花**炒服并掺。**龙脑**引经。**卮子　百草霜**同蚌粉服。**醋**调涂。**石膏**〔虫人〕**五倍子**同牡蛎、白胶香掺。**紫金沙**蜂房顶也。同贝母、卢会，蜜丸水服。**发灰**水服一钱。或加巴豆，同烧灰。

【强痹】雄黄中风舌强，同荆芥末，豆淋酒服。**醋**小儿舌强肿，和饴含之。**乌药**固气舌麻。**皂荚　矾石**并擦痰壅舌麻。**人参**主气虚舌短。**黄连　石膏**主心热舌短。

【舌苦】柴胡　黄芩　苦参　黄连　龙胆泻胆。**麦门冬**清心。**枳椇**解酒毒。

【舌甘】生地黄　芍药　黄连

【舌酸】黄连　龙胆泻肝。**神曲　萝卜**消食，嚼。

【舌辛】黄芩　卮子泻肺。**芍药**泻脾。**麦门冬**清心。

【舌淡】白术燥脾。**半夏　生姜**行水。**茯苓**渗湿。

【舌咸】知母泻肾。**乌贼骨**淡胃。

【舌涩】黄芩泻火。**葛根**生津。**防风　薄荷**去风热。**半夏　茯苓**去痰热。

【口糜】〔内治〕〔草部〕**桔梗**同甘草煎服。**麦门冬　玄参　赤芍药　连翘　秦艽　薄荷　升麻　黄连　黄芩　生地黄　知母　牡丹　木通　甘草　石斛　射干　附子**口疮，久服凉药不愈，理中加附子反治之，含以官桂。〔果木〕**栗子**小儿口疮，日煮食之。**蜀椒**口疮久患者，水洗面拌煮熟，空腹吞之，以饭压下，不过再服。**龙脑**经络火邪，梦遗口疮，同黄檗，蜜丸服。**地骨皮**口舌糜烂，同柴胡煎服。**黄檗　茯苓　猪苓**〔金石〕**朴消　蓬砂　石膏　滑石　青钱**[46]口内热疮，烧淬酒饮。**猪膏**口疮塞咽，同黄连煎服。〔噙漱〕**细辛**口舌生疮糜烂，同黄连或黄檗末掺之，名赴筵散。外以醋调贴脐。**黄连**煎酒呷含。同干姜末掺之，名水火散。**升麻**同黄连末噙。**甘草**同白矾。**天门冬**口疮连年，同麦门冬、玄参丸噙。**蔷薇根**日久延及胸中，三年已上者，浓煎含漱。**夏**

用枝叶。**大青叶**浸蜜。**蘘荷**根汁。**蛇莓**汁。**牛膝** **忍冬**并漱口疮。**蒲黄** **黄葵花**烧。**赤葵茎** **缩砂壳灰**。**角蒿灰**。并涂口疮。**贝母**小儿口生白疮，如鹅口疮[47]，为末，入蜜抹之，日五、六上。**白及**乳调。**燕脂**乳调。**黍米**嚼。**赤小豆**醋调。并涂小儿鹅口。**豉**口舌疮，炒焦，含一夜愈。**米醋**浸黄檗。**萝卜汁** **姜汁**并漱满口烂疮。**瓠**烧，涂口鼻中肉烂痛。**茄科**烧，同盐傅口中生蕈。**茄蒂灰** **桃枝**煎漱。**杏仁**少入腻粉，卧时细嚼吐涎。**槟榔**烧，入轻粉掺。**甜瓜**含。**西瓜**含。**细茶**同甘草。**凫茈灰**[48] **梧桐子灰** **没石子**同甘草。并掺口疮。**黄檗**口舌疮，蜜浸含之。同青黛掺。同铜绿掺。同滑石、五倍子掺。同荜茇煎醋漱。**乳香**白口疮，同没药、雄黄、轻粉涂。赤口疮，同没药、铜绿、枯矾涂。**楝根**口中漏疮，煎服。**冬青叶汁** **黄竹沥** **小檗汁**并含漱。**桂**同姜汁，涂于虚口疮及鹅口。**桑汁** **柘浆** **甑带灰**并涂鹅口。**甑垢**口舌生疮，刮涂即愈。**乌叠泥**或加蓬砂。**釜墨** **胡粉**猪髓和。**黄丹**蜜蒸。**密陀僧**煅研。**铁销**水调。**黑石脂**。并涂口疮。**铜绿**同白芷掺，以醋漱之。**水银**口疮，同黄连煮热含之。**寒水石**口疮膈热，煅，和朱砂、片脑掺之。**朴消**口舌生疮，含之，亦擦小儿鹅口，或加青黛。或入寒水石，少入朱砂。**白矾**漱鹅口。同朱砂傅小儿鹅口。同黄丹掺。 **蓬砂**同消石含。**胆矾**煅。**蜂蜜** **竹蜂蜜**并涂口疮。**五倍子**掺之，立可饮食。同黄檗、滑石。或加密陀僧。或同青黛、铜绿，治大人、小儿白口疮，似木耳状，急者吹入咽喉。**蚕茧**包蓬砂焙研，掺。**白僵蚕**炒研蜜和。**晚蚕蛾** **蚕纸灰** **鲫鱼头**烧。并掺。**蛇皮**拭。**鸡内金**烧傅一切口疮。**白鹅屎**傅鹅口。**羊胫髓**同胡粉涂。**牛羊乳**含。**酥**含。**鹿角**磨汁，涂鹅口。**人中白**同枯矾，涂口疮、鹅口。

【上治】**天南星**同密陀僧末，醋调贴眉心，二时洗去。**巴豆油纸**贴眉心。或贴囟门，起泡，以菖蒲水洗去。

【下治】**细辛**醋调贴脐。**生南星**或加草乌，或加黄檗。**生半夏** **生附子** **吴茱萸**或加地龙。**密陀僧** **汤瓶硷**并醋调贴足心。**生硫黄** **生矾** **消石**俱水入少面调，贴足心。**黄连**同黄芩、黄檗，水调，贴足心。**白矾**化汤濯足。

【口臭】〔草菜〕**大黄**烧研揩牙。**细辛**同白豆蔻含。**香薷** **鸡苏** **藿香** **益智** **缩砂** **草果** **山姜** **高良姜** **山柰** **甘松** **杜若** **香附**掺牙。**黄连** **白芷** **薄荷** **荆芥** **芎䓖** **蒲蒻** **茴香** **莳萝** **胡荽** **邪蒿** **莴苣** **生姜** **梅脯** **橄榄** **橘皮** **橙皮** **卢橘** **蜀椒** **茗** **沙糖** **甜瓜子** **木樨花** **乳香** **龙脑及子** **无患子仁** **丁香** **檀香**〔水石〕**井华水**正旦含，吐厕中。**密陀僧**醋调漱。**明矾**入麝香，擦牙。**蓬砂** **食盐** **石膏** **象胆**

【喉腥】**知母** **黄芩**并泻肺热，喉中腥气。**桔梗** **桑白皮** **地骨皮** **五味子** **麦门冬**

咽喉 咽痛是君火，有寒包热。喉痹是相火[49]，有嗌疸，俗名走马喉痹，杀人最急，惟火及针淬效速，次则拔发咬指，吐痰嚏鼻。

【降火】〔草部〕**甘草**缓火，去咽痛，蜜炙煎服。肺热，同桔梗煎。**桔梗**去肺热。利咽嗌，喉痹毒气，煎服。**知母** **黄芩**并泻肺火。**薄荷** **荆芥** **防风**并散风热。**玄参**去无根之火。急喉痹，同鼠粘子末服。发斑咽痛，同升麻、甘草煎服。**蠡实**同升麻煎服。根、叶同。**恶实**除风热，利咽膈。喉肿，同马蔺子末服。悬痈肿痛，同甘草煎咽，名开关散。**牛蒡根**捣汁服，亦煎。**射干**喉痹咽痛，不得消息，利肺热，捣汁服，取利。**灯笼草**热咳咽痛，末服，仍醋调外涂。**白头翁**下痢咽痛，同黄连、木香煎服。**麦门冬**虚热上攻咽痛，同黄连丸服。**缩砂**热咳咽痛，为末水服。**悬钩子茎**喉塞，烧研水服。**蔷薇根**尸咽，乃尸虫上蚀，痛痒，语声不出，同甘草、射干煎服。**栝楼皮**咽喉肿痛，语声不出，同僵蚕、甘草末服。**乌敛莓**同车前、马兰杵汁咽。**络石**喉痹欲死，煎水呷之。**马勃**蜜水揉呷。马喉痹，同火消吹之。**龙胆　大青　红花　鸭跖草　紫葳**并捣汁服。**榼藤子**烧。**鹅抱　忍冬**并煎酒服。**通草**含咽，散诸结喉痹。**灯心草**烧灰，同盐吹喉痹甚捷。同蓬砂，同箬叶灰皆可。同红花灰，酒服一钱，即消。**葛蔓**卒喉痹，烧服。**木通**咽痛喉痹，煎水呷。**商陆**熨、灸，及煎酒涂顶。**白芷**同雄黄水和，涂顶。**都管草　百两金　钗子股　辟虺雷　蒺藜　谷精草　蛇含　番木鳖　九仙子　山豆根　朱砂根　黄药子　白药子　苦药子**并可咽，及煎服，末服，涂喉外。〔谷菜〕**豆豉**咽生瘜肉，刺破出血，同盐涂之，神效。**白面**醋和涂喉外。**水苦荬**磨服。**糟酱茄　丝瓜汁**　〔果木〕**西瓜汁　橄榄　无花果　苦茗**并噙咽。**吴茱萸**醋调涂足心。**李根皮**磨水涂顶，先以皂末吹鼻。**黄檗**酒煮含。喉肿，醋傅之。**龙脑香**同黄檗、灯心、白矾烧吹。**梧桐泪**磨汁扫。**槐花　槐白皮　诃黎勒　盐麸子　皋芦　朴消**并含咽，煎服，末服。**不灰木**同玄精石、真珠丸服。**石蟹**磨汁，及涂喉外。**黑石脂**口疮咽痛。**食盐**点喉风[50]、喉痹、咽痛甚效。**戎盐　盐蟹汁**〔兽人〕**牛涎**并含咽。**牛靥**喉痹。**猪肤**咽痛。**沙牛角**喉痹欲死，烧研酒服。**牛鼻拳**烧灰，缠喉风[51]。**猪胆**腊月盛黄连、朴消，风干吹之。**腊猪尾**烧灰，水服。**败笔头**饮服二钱。**鼫鼠肚　人尿**并含咽，或入盐。

【风痰】〔草部〕**羌活**喉闭口噤，同牛蒡子煎灌。**升麻**风热咽痛，煎服，或取吐。**半夏**咽痛，煎醋呷。喉痹不通，吹鼻。同巴豆、醋同熬膏化服，取吐。**天南星**同白僵蚕末服。**菖蒲汁**烧铁锤淬酒服。**贝母　细辛　远志**并吹之。**蛇床子**冬月喉痹，烧烟熏之，其痰自出。**蓖麻油**烧燃熏淬，其毒自破。仁，同朴消，研水服，取吐。**麻黄**尸咽痛痒[52]，烧熏。**苍耳根**缠喉风，同老姜研酒服。**木贼**烧服一钱，血出即安。**高良姜**同皂荚吹鼻。**马蔺根　艾叶　地松　马蹄香　箭头草　益母草　蛤蟆衣**同霜梅。**萱草根　瑞香　花根　紫苑根　牛膝**并杵汁入酢灌之，取吐，甚则灌鼻。**藜芦　恒山　钩吻　莽草　荛花**并末，吐痰。**白附子**同矾涂舌。**草乌头**同石胆吹。**天雄　附子**蜜炙含。**蔄茹　云实根汁**〔谷菜〕**饴糖　大豆汁**并含咽。**粳谷奴**走马喉痹，研服立效。**稻穰**烧煤和醋灌鼻，追痰。**麻子**尸咽，烧服。**青蘘**飞丝入咽，嚼咽。**韭根　薤根　芥子**并傅喉外。**葱白　独蒜**并塞鼻。**百合　桑耳**并浸蜜含。**生姜汁**和蜜服，治食诸禽中毒，咽肿痹。**萝卜子**〔果木〕**秦椒　瓜蒂**并吐风痰。**桃皮　荔枝**根并煮含。**榧子**尸咽，杀虫。**杏仁**炒，和桂末服。**白梅**同生矾含。**山柑皮　桂皮　荆沥**并含咽。**干漆**喉痹欲死，烧烟吸之。**巴豆**烧烟熏淬。纸卷塞鼻。**皂荚**急喉痹，生研点之，即破，外以醋调涂之。挼水灌。**乌药**煎醋。**桐油　无患子**研灌，并吐风痰。**楮实水**服一个。**枣针**烧服。**枸橘叶**咽喉成漏，煎服。**胡颓根**喉痹煎酒。**紫荆皮　蓳竹叶　百草霜**并煎服。〔土器〕**梁上尘**同枯矾、盐、皂、吹。**土蜂窠**擦舌根。**漆箸**烧烟熏淬。**故甑蔽**烧服。**履鼻绳**尸咽，烧服。**牛鼻拳灰**〔金石〕**绿矾**并吹喉。**白矾**生含，治急喉闭。同盐，点一切喉病。巴豆同枯过，治喉痈甚捷[53]。猪胆盛过，吹。新砖浸取霜，吹。**蓬砂**含咽，或同白梅丸。或同牙消含。**硇砂**悬痈卒肿，绵裹含之。喉痹口噤，同马牙消点之。**代赭石　马衔**并煎汁服。**车辖**烧，淬酒饮。**铁秤锤**烧淬，菖蒲汁饮。**铅白霜**同甘草含，或同青黛丸噙。**银朱**同海螵蛸吹。**雄黄**磨水服。同巴豆研服，取吐下。或入瓶烧烟熏鼻，追涎。**石胆**吹喉痹神方。或入牙皂末。**马牙消**同僵蚕末，蓬砂，吹。**消石**〔虫部〕**天浆子**并含咽。**白僵蚕**喉痹欲死，姜汁调灌。或加南星。加石胆。加白矾。加甘草。加蜂房。同乳香烧烟熏。**蚕退纸灰**蜜丸含。**桑螵蛸**烧，同马勃丸服。**壁钱**同白矾烧吹。**蜘蛛**焙研吹。**五倍子**同僵蚕、甘草、白梅丸含，自破。**土蜂子**嗌痛。**蜂房灰**〔鳞介〕**海螵蛸**并吹。**黄颡鱼颊骨**烧灰，茶服三钱。**鲤鱼胆**同灶底灰，涂喉外。**鳢鱼胆**水化灌之。**青鱼胆**含咽。或灌鼻，取吐。或盛石胆，阴干，吹。**鲛鱼胆**和白矾扫喉，取吐。**鼋胆**薄荷汁灌，取吐。**蛇蜕**烧烟吸之。裹白梅含。同当归末酒服，取吐。**牡蛎**〔禽兽〕**鸡内金**烧吹。**鸡屎白**含咽。**雄雀屎**水服。沙糖丸含。**猪脑**喉痹已破，蒸熟，入姜食之。

音声 喑有肺热[54]，有肺痿，有风毒入肺，有虫食肺。症有寒包热[55]，有狐惑[56]。不语有失音，有舌强或痰迷，有肾虚喑痱。

【邪热】〔草部〕**桔梗** **沙参** **知母** **麦门冬**并除肺热。**木通** **菖蒲**并出音声。小儿卒喑，麻油泡汤服。**黄芩**热病声喑，同麦门冬丸服。**人参**肺热声症，同诃子末噙。产后不语，同菖蒲服。**牛蒡子**热时声症，同桔梗、甘草煎服。**青黛**同薄荷，蜜丸含。**马勃**失声不出，同马牙消，沙糖丸服。**燕覆子**续五脏断绝气，使语声气足。**灯笼草** **栝楼** **甘草** **贝母**〔谷部〕**赤小豆**小儿不语，研末傅舌。**萝卜**咳嗽失音，同皂荚煎服。汁，和姜汁服。**胡麻油**〔果木〕**梨汁**客热中风不语，卒暗风不语。同竹沥、荆沥、生地汁熬膏服。**柿**润声喉。**槐花**炒嚼，去风热失音。**卮子**去烦闷喑症。**诃黎勒**小便煎汁含咽。感寒失音，同桔梗、甘草、童尿，并水煎服。久咳嗽失音，加木通。**杉木灰**淋水饮，治肺壅失音。**乳香**中风口噤不语。**荆沥** **竹沥** **竹叶**煎汁。**天竹黄**并治痰热失音，中风不语。**地骨皮** **桑白皮**〔虫兽〕**蝉蜕**症病，为末水服。**蛤蟆胆**小儿失音不语，点舌尖上，立效。**鸡子**开喉声。**犀角**风热失音。**猪脂**肺伤失音，同生姜煮，蘸白及末食。**猪油**肺热暴喑，一斤炼，入白蜜，时服一匙。**酥** **人乳**失音，和竹沥服。卒不得语，和酒服。中风不语，舌强，和酱汁服。**人尿**久咳失声。

【风痰】〔草谷〕**羌活**贼风失音。中风口噤不语，煎酒饮，或炒大豆投之。小儿，同僵蚕，人麝香、姜汁服。**蘘荷根**风冷失音，汁和酒服。**天南星**诸风口噤不语，同苏叶、生姜煎服。小儿痫后失音，煨研，猪胆汁服。**荆芥**诸风口噤不语，为末，童尿酒服。**黄芪**风喑不语，同防风煎汤熏之。**红花**男女中风，口噤不语，同乳香服。**远志**妇人血噤失音。**白术**风湿舌木强。**防己**毒风不语。**附子**口卒噤喑，吹之。**白附子**中风失音。**黑大豆**卒然失音，同青竹箅子煮服。卒风不语，煮汁或酒含之。**豉汁**卒不得语，入美酒服。**酒**咽伤声破，同酥调干姜末服。**干姜**卒风不语，安舌下。**生姜汁**〔果木〕**橘皮**卒失音，煎呷。**杏仁**润声气。卒症，同桂含之。蜜、酥煮丸噙。生含，主偏风失音不语。**榧子**尸咽痛痒，语音不出，有虫食咽，同芜荑、杏仁、桂丸噙。**桂**风僻失音，安舌下咽汁。同菖蒲煎服。**楮枝、叶**卒风不语，煮酒服。**东家鸡栖木**失音不语，烧灰水服，尽一升，效。〔石器〕**密陀僧**惊气入心，喑不能言，茶服一匙，平肝去怯也。**雄黄**中风舌强，同荆芥末，豆淋酒服。**矾石**中风失音，产后不语，汤服一钱。痰盛多服，吐之。**孔公蘖**令喉声圆。**履鼻绳**尸咽，语声不出，有虫，烧灰水服。**梭头**失音不语，刺手心，痛即语。〔虫介〕**白僵蚕**中风失音，酒服。**五倍子** **百药煎** **龟尿**中风舌喑不语，小儿惊风不语，点舌下。**真珠**卒忤不语，鸡冠血丸，纳口中。〔禽人〕**鸡屎白**中风失音，痰迷，水煮服。**乱发灰**中风失音，百药不效，同桂末酒服。

牙齿 牙痛，有风热，湿热，胃火，肾虚，虫龋。

【风热、湿热】〔草部〕**秦艽**阳明湿热。**黄芩**中焦湿热。**白芷**阳明风热。同细辛掺。入朱砂掺。**黄连** 胃火湿热。牙痛恶热，揩之立止。**升麻**阳明本经药，主牙根浮烂疳䘌。胃火，煎漱。羌活风热，煮酒漱。同地黄末煎服。**当归** **牡丹** **白头翁** **薄荷**风热。**荆芥**风热，同葱根、乌桕根煎服。**细辛**和石灰掺。**缩砂仁**嚼。**荜茇**并去口齿浮热。同木鳖子嗜鼻，如神。**附子尖**同天雄尖、蝎梢末，点之即止。**大黄**胃火牙痛。烧研揩牙。同地黄贴之。**生地黄**牙痛牙长，并含咋之。食蟹龈肿，皂角蘸汁炙研，掺之。**苍术**盐水浸烧，揩牙，去风热、湿热。**香附**同青盐、生姜，日擦固齿。同艾叶煎漱。**牛蒡根**热毒风肿，取汁入盐熬膏，涂龈上。**积雪草**塞耳。**红豆蔻** **酸草** **鹅不食草**并嗜鼻。**山柰**入麝，擦牙吹鼻。**芎䓖** **山豆根** **大戟**并咬含。**木鳖子**磨醋。**高良姜**同蝎。**青木香**并擦牙。**薰草**同升麻、细辛。**屋游**同盐。**栝楼皮**同蜂房。**鹤虱** **地菘** **红灯笼枝** **芭蕉汁** **苍耳子** **恶实** **青蒿** **猫儿眼睛草** **瓦松**同矾。**蔷薇根**〔谷菜〕**薏苡根** **胡麻** **黑豆**并煎漱。**萝卜子** **莳萝**并嗃鼻。**水芹**利口齿。**赤小豆** **老姜**同矾。**干姜**同椒。**鸡肠草**同旱莲、细辛。**苋根**烧。**灰藋**烧。**茄科**烧。**丝瓜**烧。并同盐擦。**大蒜**煨擦。**芸苔子**同白芥子、角茴嗃鼻。**马齿苋**汁。**木耳**同荆芥。**壶卢子**〔果木〕**桃白皮**同柳、槐皮。**李根白皮**并煎漱。**胡椒**去齿根浮热。风、虫、寒三痛，同绿豆咬之。同荜茇塞孔。**荔枝**风牙痛，连壳入盐烧揩。**瓜蒂**风热痛，同麝香咬。**蜀椒**坚齿。风、虫、寒三痛，同牙皂煎醋漱。**吴茱萸**煎酒。**荷蒂**同醋。**秦椒** **杉叶**风虫，同芎䓖、细辛煎酒漱。**松叶** **松节**并煎水，入盐或酒漱。**松脂**揩。**桂花**风虫牙痛。**辛夷**面肿引痛。**乳香**风虫嚼咽。**地骨皮**虚热上攻，同柴胡、薄荷，水煎漱。**槐枝** **柳白皮** **白杨皮** **枳壳** **臭橘皮** **郁李根** **竹沥** **竹叶**同当归尾煎。**荆茎**同荆芥、荜茇煎。**郁李根**并煎漱。**没石子** **皂荚**同盐、矾烧。**肥皂荚**同盐烧。**无患子**同大黄、香附、盐煅。**丁香**远近牙痛，同胡椒、荜茇、全蝎末点之，立止。**枫香**年久齿痛。**龙脑**同朱砂。〔土石〕**蚯蚓泥**烧。并揩牙。**壁上尘土**同盐烧，嗃鼻。**金钗**烧烙。**白银**风牙，烧赤，淬火酒，漱之即止。**石膏**泻胃火。同荆芥、防风、细辛、白芷末，日揩。**白矾**煎漱，止血，及齿碎。**黄矾**漱风热牙疼。**食盐**揩牙洗目，坚牙明目，止宣露。卧时封龈，止牙痛出血。**槐枝**煎过，去风热。**皂角**同烧，去风热。**青盐**同上。**川椒**煎干，揩牙，永无齿疾。**朴消**皂荚煎过，擦风热，及食蟹龈肿。**雄黄**同干姜嗃鼻。**铅灰**〔虫禽兽部〕**白僵蚕**同姜炒。**蚕退纸灰**并揩擦。**露蜂房**同盐烧擦。同全蝎擦。同细辛漱，煎酒漱。**百药煎**风热，泡汤含。同玄胡索末、雄黄末擦。**白马头蛆**取牙。**全蝎** **五灵脂**恶血齿痛，醋煎漱。雄鸡屎烧咬。**羊胫骨**灰湿热，同当归、白芷擦。**诸朽骨**风热，煨咬。

【**肾虚**】〔草菜〕**旱莲草**同青盐炒焦，揩牙，乌须固齿。**补骨脂**同青盐日揩。风虫，同乳香。**蒺藜**打动牙痛，擦漱。**骨碎补**同乳香塞。**独蒜**熨。**甘松**同硫黄煎漱。**牛膝**含漱。**地黄**〔石兽〕**石燕子**揩牙，坚固、止痛及齿疏。**硫黄**肾虚，入猪脏煮丸服。**羊胫骨灰**补骨。

【**虫䘌**】〔草部〕**桔梗**同薏苡根，水煎服。**大黄**同地黄贴。**镜面草** **蜀羊泉** **紫蓝**并点。**雀麦**同苦瓠叶煎醋炮，纳口中，引虫。**覆盆子**点目取虫。**荜茇**同木鳖子嗃鼻。同胡椒塞孔。**细辛** **莽草** **苦参** **恶实**并煎漱。**附子**塞孔。又塞耳。**羊踯躅**蜡丸。**藜黄** **乌头** **草乌头** **天南星** **芫花**并塞孔。**山柰** **莨菪子** **艾叶**〔菜谷〕**韭子**并烧烟熏。**韭根**同泥贴，引虫。**茄根**汁涂。烧灰贴。**烧酒**浸花椒漱。〔果木〕**银杏**食后生嚼一、二枚。**地椒**同川芎揩。**杨梅根皮** **酸榴根皮** **吴茱萸根**并煎漱。**杏仁**煎漱或烧烙。**桃橛**烧汁滴。**桃仁** **柏枝**并烧烙。**皂荚子**醋煮烙之。**胡桐泪**为口齿要药。湿热牙痛，及风疳䘌齿骨槽风，为末，入麝，夜夜贴之。宣露臭气，同枸杞根漱。䘌黑[57]，同丹砂、麝香掺。**巴豆**风虫，绵裹咬。烧烟熏。同蒜塞耳。**阿魏**同臭黄塞耳。**丁香**齿疳䘌露黑臭，煮汁食。同射干、麝香揩。**海桐皮**煮汁并漱。**槐白皮** **枸橘刺** **鼠李皮** **地骨皮**醋。**枫柳皮** **白杨皮** **白棘刺**并煎漱。**樟脑**同朱砂揩。同黄丹、肥皂塞孔。**楤白皮**塞孔，牙自烂。**乳香**同椒，或巴豆，或矾，塞孔。**松脂** **卢会** **芜荑** **天蓼根**〔金石〕**花硷** **石鹹**并塞孔。**铁铧头**积年齿䘌[58]，烧赤，入硫黄、猪脂熬沸，柳枝揾药烙之[59]。**砒霜**同黄丹，蜡丸塞耳。**石灰**风虫，和蜜煅擦。沙糖和塞孔。**雄黄**和枣塞。**硇砂**塞孔。**轻粉**同黄连掺。**土朱**同荆芥掺。**绿矾**〔虫鳞〕**五倍子**并掺。**蟾酥**同胡椒丸咬。**蜘蛛**焙研，入麝掺。**地龙**化水和面塞孔，上傅皂荚末。同玄胡索、荜茇末，塞耳。**钱窠**包乳香烧，纳孔中。包胡椒塞耳。**石蜜** **竹蜂** **蚺蛇胆**同枯矾、杏仁掺。**鳞蛇胆** **海虾鲊**〔禽兽〕**雀屎** **燕屎**并塞孔。**夜明砂**同蟾酥丸咬。**啄木鸟**烧纳孔中。舌，同巴豆点之。**猪肚**咬之引虫。**熊胆**同猪胆、片脑搽。**麝香**咬之，二次断根。**豺皮灰**傅。

【**齿疏**】**沥青**入细辛掺。**寒水石**煅，同生炉甘石掺。

【**齿长**】**白术**牙齿日长，渐至难食，名髓溢，煎水漱之。**生地黄**咋之。

【**齿缺**】**银膏**补之。

【生齿】**雄鼠脊骨**研揩即生。**雌鼠屎**日拭一枚，三七日止。**黑豆**牛屎内烧存性，入麝掺之，勿见风，治大人小儿牙齿不生，牛屎中豆尤妙。**路旁稻粒**点牙落处，一七下自生。**乌鸡屎**雌雄各半，入旧麻鞋灰、麝香少许，擦之。

【齿𪙾】[60]**胡桃**食酸齿𪙾，嚼之即解。

【妒齿】**地骨皮**妒齿已去，不能食物，煎水漱之。

须发

【内服】〔草部〕**菊花**和巨胜、茯苓，蜜丸服，去风眩[61]，变白不老。**旱莲**内煎膏服，外烧揩牙，乌髭发，益肾阴。汁涂，眉发生速。作膏点鼻中，添脑。**常春藤　扶芳藤　络石　木通　石松**并主风血，好颜色，变白不老，浸酒饮。**白蒿　青蒿　香附**并长毛发。**茜草**汁，同地黄熬膏服。**地黄**九蒸九晒，日噙。**牛膝　麦门冬　肉苁蓉　何首乌　龙珠　旱藕　瞿麦**　〔谷菜〕**青精饭　黑大豆　白扁豆　大麦　胡麻**九蒸九晒。**马齿苋　繁缕　韭　姜　蔓菁子**〔果木〕**胡桃　蜀椒**并久服。变白生毛发。**干柿**同枸杞子丸服，治女人蒜发。**榴花**和铁丹服，变白如墨。**松子　槐实　秦皮　桑寄生　放杖木　女贞实　不凋木　鸡桑叶　南烛**并久服变白，乌须发。**桑椹**蜜丸服，变白。〔介石〕**鳖肉**长须发。**自己发灰**同椒煅酒服，发不白，名还精丹。**石灰**发落不止，炒赤浸酒服。

【发落】〔草部〕**半夏**眉发堕落，涂之即生。**骨碎补**病后发落，同野蔷薇枝煎刷。**香薷**小儿发迟，同猪脂涂。**茉莉花**蒸油。**蓬虆子**榨汁。**芭蕉油　蓖麻子　金星子　兰草　蕙草　昨叶何草**并浸油梳头，长发令黑。**土马鬃**灰。**乌韭**灰。**水萍　水苏　蜀羊泉　含水藤**　〔谷菜〕**胡麻油及叶　大麻子及叶**并沐日梳，长发。**蒲公英　旱莲**并揩牙乌须。**生姜**擦。**莴苣子　白菘子油　芸苔子油**〔果木〕**甜瓜叶汁**并涂发，令长黑。**榧子**同胡桃、侧柏叶浸水，梳发不落。**枣根**蒸汁。**蘡楂　木瓜**并浸油。**蜀椒**浸酒。**柏子油　辛夷　松叶**并浸油、水涂头，生毛发。**侧柏叶**浸油，生发。烧汁，黑发。和猪脂，沐发长黑。根皮，生发。**皂荚**地黄、姜汁炙研，揩牙乌须。**樗叶**同椿根、楸叶汁，涂秃生发。**楸叶汁　蔓荆子**同猪脂。**桑椹**浸水。并涂头，生毛发。**桐叶**同麻子煮米泔，沐发则长。连子蒸取汁，沐发则黑。**桑白皮**同柏叶，沐发不落。**山茶子**掺发解脂。**合欢木皮灰　槐枝灰　石荆**〔禽兽〕**雁骨灰**并沐头长发。**鸡子白　猪胆**沐头解脂。**雁肪　鸨脂　鸡肪　猪鬐膏　熊脂及脑**并沐头生发。**豹脂**朝涂暮生。**犬乳**涂赤发。**羖羊角灰**，同牛角灰、猪脂，涂秃发。**羊屎灰**淋汁沐头，生发。和猪脂，变发黄赤。**猪屎**灰，涂发落。**发灰**油煎枯，涂发黑长。

【发白】〔草菜谷部〕**栝楼**同青盐、杏仁煅末，拔白易黑，亦揩牙。**百合　姜皮**并拔白易黑。**狼把草　黑豆**煎醋染发。**大麦**同铁砂、没石子。**荞麦**同铁砂。〔果木〕**酸石榴**并染须发。**胡桃**和胡粉，拔白生黑。烧，同贝母，揩牙乌须。青皮皮肉及树皮根，皆染须发。**余甘子**合铁粉，涂头生须发。**橡斗　毗黎勒浆　椰子浆　盐麸子　菱壳　芰花　莲须　红白莲花**并涂须发。**鸡舌香**同姜汁，拔白生黑。**詹糖香**同胡桃皮涂，发黑如漆。**梧桐子汁**点孔生黑。木皮，和乳汁涂须。**橊皮**包侧柏，烧熏香油烟，抹须发即黑。**乌桕子油　乌桕皮　诃黎勒　没石子　婆罗得**〔金石〕**黑铅**梳白发。烧灰染发。**胡粉**同石灰染须。**铅霜**梳须发。**铅丹**染。**铜钱锈**磨油，涂赤发秃落。**铁焘**染。**生铁**浸水。**铁砂**和没石子染。**石灰**染。**绿矾**同薄荷、乌头、铁浆水染。**赤铜屑**〔虫兽〕**五倍子**炒，同赤铜屑诸药，为染须神方。**百药煎　水蛭**同龟尿拈须，自黑。**蜗牛**同京墨埋马屎中，化水染须妙。**蜜　蜡　鳖脂　猪胆　狗胆　犬乳**并点白生黑。

【生眉】〔草谷〕**白鲜皮**眉发脆脱。**香附**长须眉。**苦参　仙茅**大风，眉发脱落。**昨叶何草**生眉发膏为要药。**半夏**眉发堕落，涂之即生。茎涎同。**鳢肠汁**涂眉发，生速。**乌麻花**浸油。〔菜木〕**芥子**同半夏、姜汁。**蔓菁子**醋和。并涂。**生姜**擦。**柳叶**同姜汁，擦眉落。**白矾**眉发脱落，蒸饼丸服。**雄黄**和醋涂。**雁肪**涂。**狗脑**眉发火瘢不生，和蒲黄，日三傅之。**蒜汁**眉毛动摇，目不能瞬，唤之不应，和酒服，即愈。

胡臭 [62]有体臭，腋臭，漏臭。

【内治】**花蜘蛛**二枚，捣烂酒服，治胡臭。**鳝鱼**作臛，空肠饱食，覆取汗，汗出如白胶，从腰脚中出，后以五木汤浴之，慎风一日，每五日一作。**水乌鸡**生水中，形似家鸡，香油入姜汁四两，炒熟，用酒醅三、四碗同食，嚼生葱下，被盖出汗，数次断根，不忌口。

【外治】〔草谷〕**苏子**捣涂。**青木香**切片，醋浸一宿夹之，数次愈。**郁金**鸦、鹘等一切臭。**木馒头**煎洗后，以炉底末傅。**甘遂**二两为末，掺新杀牙猪肉上，乘热夹之，内服热甘草汤，必大泄，气不可近。百草灰水和熏洗，酥和饼夹之，干即易，疮出愈。**马齿苋**杵团入袋盛，泥裹火烧过，入蜜热夹。**生姜**频擦。**炊饭**热拭腋下，与犬食之，七日一次，愈乃止。**三年醋**和石灰，傅腋下。〔果木〕**小龙眼核**六个，胡椒十四粒，研，遇汗出擦之，三次愈。**辛夷**同木香、细辛、芎䓖粉涂之。**槲若**洗后，苦瓠烟熏之。**桔枸树汁**同木香、东桃西柳枝、七姓妇人乳，煎热，五月五日洗之，将水放在十字街，去勿顾。**鸡舌香**　〔金石〕**伏龙肝掺**。**铜屑**热醋和掺。或炒热，袋盛熨之。**镜锈**同密陀僧，醋调掺。**铜绿**同密陀僧、白及灰，醋调掺之。**古文钱**烧赤，淬醋研，入麝，水调涂。**铜矿石**磨汁涂。**密陀僧**　油和涂。蒸饼切开，掺末夹之。**黄丹**入少轻粉，唾和涂。同东壁土、铜绿末，以古钱磨泻灯油调掺。**胡粉**水银、面脂研涂。牛脂煎涂，不过三次。**水银**同胡粉掺上。**粉霜**同水银、面脂研涂。**石绿**同轻粉，醋调涂。**石灰**有汗干掺，无汗醋和。**胆矾**入少轻粉，姜汁调搽，热痛乃止。**白矾**常用粉之。同密陀僧、轻粉擦。同黄丹、轻粉擦。同蛤粉、樟脑擦。〔虫介〕**蜣螂**揩涂一夜。**田螺**入巴豆一粒在内，待化水，擦腋下，绝根。入麝香，埋露地七七日，点患孔，神妙。入巴豆、麝香、胆矾，待成水，五更不住自擦腋下，待大便行，是其证，不尽再作，后以枯矾、蛤粉、樟脑粉之，断根。**蜘蛛**一个，黄泥入赤石脂包，煅研，入轻粉少许，卧时醋调一字傅腋下，次日泻下黑汁，埋之。**蝙蝠**煅研，田螺水调涂腋下，随服下药。〔禽人〕鸡子煮熟去壳，热夹之，弃路口勿顾。**夜明砂**豉汁和涂。**自己小便**热洗，日数次。**自己口唾**频擦。

丹毒 [63]火盛生风，亦有兼脾胃气郁者。

【内解】〔草部〕**连翘**　**防风**　**薄荷**　**荆芥**　**大青**　**黄连**　**升麻**　**甘草**　**知母**　**防己**　**牛蒡子**　**赤芍药**　**金银花**　**生地黄**　**牡丹皮**　**麻黄**　**射干**　**大黄**　**漏卢**　**红内消**　**萹蓄**汁服。**积雪草**捣汁服。**水甘草**同甘草煎服。**攀倒甑**同甘草煎服。**旋花根**汁服。**丹参**〔菜木〕**马齿苋**汁服。**芸苔汁**服，并傅。**青布汁**　**卮子**　**黄檗**　**青木香**　**鸡舌香**　**桂心**　**枳壳**　**茯苓**　**竹沥**〔金石〕**生铁**烧，淬水服。**生银**磨水服。**土朱**蜜调服。同青黛、滑石、荆芥末，并傅之。〔介〕**牡蛎肉**〔禽兽〕**鳖肉**　**白雄鸡**并食。**犀角**　**羖羊角**　**猪屎汁**　**黄龙汤**五色丹毒，饮二合，并涂。

【外涂】〔草部〕**黄芩**　**苦芙**　**马兰**　**白芷**葱汁调，亦煎浴。**水莕**　**水苹**　**浮萍**并涂。**景天**　**蒴藋**　**蛇衔**　**生苄**　**水藻**　**牛膝**同甘草、伏龙肝。**蓖麻子**　**大黄**磨水。**蓝叶**　**淀汁**　**芭蕉根**汁。**蓼叶灰**　**栝楼**醋调。老鸦眼睛草醋同捣。**仙人草**　**五叶藤**　**赤薜荔**　**排风藤**　**木鳖仁**调醋。**萝摩草**　**虎刺根叶**汁。青黛同土朱。五味子　**荏子**　**红花苗**并涂傅。**苎根**　**赤地利**　**白及**　**白敛**〔谷菜〕**赤小豆**洗浴，及傅之。**绿豆**同大黄。**豆叶**　**大麻子**　**大豆**煮汁。**麻油**　**荞面**醋和。**黄米**

粉鸡子和。**豉**炒焦。**糯米粉**盐和。**菘菜**　**芸苔**　**大蒜**　**胡荽**　**干姜**蜜和。**鸡肠草**　**葱白**汁。**马齿苋**〔果木〕**李根**研油，田中流水调。**桃仁**　**慈姑叶**涂。**槟榔**醋调。**枣根**洗。**栗树皮及梂**浴。**荷叶**涂。**卮子末**水和。**榆白皮**鸡子白和涂，煎沐。**棘根**洗。**五加皮**洗。和铁槽水涂。**柳木**洗傅。**柳叶**洗。**乳香**羊脂调。**桐树皮**　**楸木皮**〔服器〕**草鞋灰**和人乳、发灰调。**蒲席灰**　**甑带灰**〔水土〕**磨刀水**　**白垩土**同寒水石涂。**燕窠土**　**蜂窠土**　**蚯蚓泥**　**猪槽下泥**　**檐溜下泥**　**釜下土**和屋漏水。**伏龙肝**　**白瓷末**猪脂和。**屋尘**猪脂和。**瓷瓯中白灰**醋磨。〔金石〕**锻铁精**猪脂和涂。**铁锈**磨水。**胡粉**唾和。**银朱**鸡子白和。**无名异**葱汁调。**石灰**醋调。**阳起石**煅研，水调。**土朱**同青黛、滑石。**寒水石**同白土傅。**芒消**水和。**白矾**油和。〔虫鳞〕**蜜**和干姜末。**蚓蝼**同生姜捣涂。**露蜂房**煎汁，调芒消。**白僵蚕**和慎火草傅。**烂死蚕**傅。**蛴螬**末傅。**水蛭**咂。**黄蜂子**　**鲫鱼**合小豆捣涂。**鲤鱼血**　**海蛇**[64]　**鳝鱼**　**螺蛳**　**虾**〔禽兽〕**鸡血**　**雉尾灰**　**猪肉**贴。**青羊脂**频摩即消。**绵羊脑**同朴消涂。**酪**入盐。**羚羊角灰**鸡子白调。**鹿角末**猪脂调。**牛屎**涂，干即易。**猪屎**烧涂。**发灰**和伏龙肝、猪膏涂之。

风瘙疹痱

【**内治**】同丹毒。**苍耳花、叶、子**各等分为末，以炒焦黑豆浸酒服二钱，治风热瘾疹，搔痒不止。**苦参**肺风皮肤瘙痒，或生瘾疹疥癣，为末，以皂角汁熬膏丸服。**枸橘核**为末，酒服，治风瘙痒。**赤土**风瘙痒甚，酒服一钱。**云母粉**水服二钱。**蜜**酒服。**黄蜂子**　**蜂房**同蝉蜕末服。**白僵蚕**酒服。**全蝎**

【**外治**】**白芷**　**浮萍**　**槐枝**　**盐汤**　**吴茱萸**煎酒。**楮枝叶**　**蚕沙**并洗浴。**景天汁**　**石南汁**　**枳实汁**　**芒消汤**　**矾汤**并拭摩。**枳壳**炙熨风疹，肌中如麻豆。**燕窠土**涂。**铁锈**磨水摩。**石灰**醋和涂，随手即消。**烂死蚕**涂赤白游疹。**吊脂**涂。**虾**捣涂。**海虾鲊**贴。**鳝血**涂赤游风。**鲤鱼皮**贴。

【**痱疹**】**升麻**洗。**菟丝**汁抹。**绿豆粉**同滑石扑。**枣叶**和葛粉扑。**慈姑叶**汁调蚌粉掺。**楝花**末掺。**冬霜**加蚌粉掺。**腊雪**抹。**屋上旧赤白垩**掺。**壁土**　**不灰木**　**滑石**　**井泉石**同寒水石。**石灰**同蛤粉、甘草涂。**蚌粉**

疬疡癜风　疬疡是汗斑。癜风是白斑片。赤者名赤疵。

【**内治**】〔草谷〕**蒺藜**白癜风，每酒服二三钱。**女萎**　**何首乌**白癜，同苍术、荆芥等分，皂角汁煎膏，丸服。**胡麻油**和酒服。〔木鳞〕**桑枝**同益母草熬膏服。**枳壳**紫癜风。**牙皂**白癜风，烧灰酒服。**白花蛇**白癜疬疡斑点，酒浸，同蝎梢、防风末服。**乌蛇**同天麻诸药，浸酒服。〔禽兽〕**白鸽**炒熟，酒服。**猪胰**酒浸蒸食，不过十具。**猪肚**白煮食。

【**外治**】〔草谷〕**附子**紫白癜风[65]，同硫黄，以姜汁调，茄蒂蘸擦。**白附子**同上。**贝母**紫白癜斑，同南星、姜汁擦。同百部、姜汁擦。同干姜，浴后擦之，取汗。**知母**醋磨涂。**茵陈**洗疬疡。**防己**同浮萍煎，浴擦。**羊蹄根**同独科扫帚头、枯矾、轻粉、生姜擦，取汗。**苍耳草**　**酸草**同水萍。**紫背萍**并洗擦。**菰笋**　**木莲藤汁**并擦。**蓖麻汁**　**续随子汁**　**灰藋灰**并剥白癜风、疬疡。**蒺藜**　**小麦**烧油涂。**酱**　**醋**〔果木〕**胡桃**　**青皮**并同硫黄擦。或入硇砂、酱汁少许。**杏仁**每夜擦。**熏陆香**同白敛揩。**桑柴灰**蒸汁热洗。**猫儿刺叶**烧淋熬膏，涂白癜。〔服器〕**故帛灰**　**麻鞋底灰**　**甑带**　**蒸笼片**　**弊帚**　**炊帚**〔水石〕**半天河水树孔中蚲汁**　**韭上露**　**车辙、牛蹄涔中水**　**水银**并拭疬疡癜风。**轻粉**同水银、姜汁擦。**雄黄**身面白驳。**密陀僧**同雄黄，擦汗斑。或加雌黄、白矾、硫黄。**胆矾**同牡蛎、醋，擦赤白癜。**人言**入茄中煨擦，或涂姜上擦。**硫黄**同附子、醋，擦疬疡风。同密陀僧。同轻粉、杏仁。同鸡子白。**自然灰**淋汁涂。**石灰**　**砒石银**身面赤疵，日揩令热，久久自消。〔虫鳞〕**蜣螂**捣涂白驳，一宿即瘥。**鳝鱼**同蒜汁、墨汁，频涂赤疵。小儿赤疵，刺父足心血贴之，即落。**蛇皮**热摩数百遍，弃之。**鳗鲡鱼骨**涂白驳风，即时转色，五七度乃愈。**臭鱼鲊**拭白驳，热擦令汗出。**乌贼鱼骨**磨醋涂。同硫黄、姜汁擦。〔禽兽〕**丹鸡冠血、翅下血**涂。**驴尿**和姜汁洗。**诸朽骨**磨醋涂之。**马尿**洗赤疵，日四五度。**白马汗**雕青，调水蛭末涂之。

瘿瘤疣痣[66]

【内治】〔草部〕**杜衡**破留血痰饮，消项下瘿瘤。**贝母**同连翘服，主项下瘿瘤。**黄药子**消瘿气，煮酒服。传信方，甚神效。**海藻**消瘿瘤结气，散项下硬核痛。初起，浸酒日饮，滓涂之。**海带**　**昆布**蜜丸。**海苔**　**白头翁**浸酒。**牛蒡根**蜜丸。**连翘**　**丹参**　**桔梗**　**夏枯草**　**木通**　**玄参**　**当归**　**常山**吐。**篇蓄草**吐。**天门冬**　**瞿麦**　**三棱**　**射干**　**土瓜根**　**香附**　**漏卢**〔菜谷〕**紫菜**　**龙须菜**　**舵菜**并主瘿瘤结气。**小麦**消瘿，醋浸，同海藻末，酒服。**山药**同蓖麻，生涂项核。**败壶卢**烧搽腋瘤。**赤小豆**〔果木〕**橙**　**荔枝**并消瘿。**瓜蒂**　**松萝**并吐。**柳根**煮汁酿酒，消瘿气。**白杨皮**同上。**问荆**结气瘤痛。〔土石〕**蠮螉**蚀瘤，熬烧末，猪脂和傅。**蜣螂丸**烧酒服，治瘿。**土黄**枯瘤赘痔乳。**针沙**　**自然铜**并浸水日饮，消瘿。**铅**　**浮石**〔介鳞〕**牡蛎**　**马刀**[67]　**海蛤**　**蛤蜊**　**淡菜**　**海螵蛸**〔兽人〕**鹿靥**并消瘿气结核。**羊靥**　**牛靥**并酒浸炙香，含咽。**猪靥**焙末酒服，或酒浸炙食。**旄牛靥**烧服，消瘿。**獐肉**炙热拓瘤，频易，出脓血愈。**猪屎**血瘤出血，涂之。**人精**粉瘤，入竹筒内烧沥，频涂。

【疣痣】〔草谷〕**地肤子**同矾洗疣目。**艾叶**同桑灰淋汁，点疣痣瘤靥。灸痣，三壮即去。**狗尾草**穿疣。**升麻**煎水，入蜜拭。**芫花**同大戟、甘遂末，焦瘤瘿自去。根煮线，系瘤痣。**蒴藋子**涂。**续随子**涂。**天南星**醋涂。**剪刀草**涂[68]。**博洛回**涂。**藜芦灰**　**青蒿灰**　**麻秸灰**　**麦秆灰**　**荞麦秸灰**　**豆秸灰**　**茄梗灰**　**蓼灰**　**灰藋灰**　**冬瓜藤灰**并淋汁，点疣痣，腐痈瘤，去点印。**大豆**　**米醋**并厌禳去疣。**白粱米**炒热研，入唾和涂。**马齿苋**灰涂瘤。**苦苣汁**〔果木〕**白梅**并点疣痣。**杏仁**　**李仁**并同鸡子白研，涂疣。**柏脂**同松脂涂疣。**死人枕席**拭疣自烂。**秃帚**每月望子时扫之。**栎木灰**　**桑柴灰**〔水石〕**冬灰**　**石灰**并蚀黑子疣赘瘤痣。**屋漏水**涂疣。**硫黄**纸卷淬疣。**砒石**同巴豆、糯米点疣。**盐**涂疣，频舐。**白矾**　**铜绿**　**硇砂**并涂痣黡疣赘。〔虫鳞〕**斑蝥**点疣痣，同人言、糯米炒黄，去米，同大蒜捣涂。**螳螂**食疣。**蜘蛛网**缠瘤疣。**鳙鱼**食之已疣。〔禽人〕**鸡内金**擦疣。**鸡子白**醋浸软，涂疣。**猪脂**　**牛涎**　**人疮脓**　**人唾**并涂疣。**发**缠疣。

瘰疬　附结核。

【内治】〔菜草〕**夏枯草**煎服，或熬膏服，并贴，人厥阴血分，乃瘰疬圣药也。**连翘**入少阳，乃瘰疬必用之药。同脂麻末，时食。马刀挟瘿[69]，同瞿麦、大黄、甘草煎服。**海藻**消瘰疬，浸酒日饮，滓为末服。蛇盘疬[70]，同僵蚕丸服。**昆布**为末浸酒，时时含咽，或同海藻。**玄参**散瘰疬结核。久者生捣傅之。**何首乌**日日生服，并嚼叶涂之。**土茯苓**久溃者，水煎服。**白敛**酒调多服，并生捣涂之。**苦参**牛膝汁丸服。**野菊根**擂酒服，渣涂甚效。**薄荷**取汁，同皂荚汁熬膏，丸药服。**木鳖子**鸡子白蒸食。**白鲜皮**煮食。**水荭子**末服。**大黄乳**中瘰疬起，同黄连煎服，取利。**蚤休**吐泻瘰疬。**蓖麻子**每夜吞二三枚。同白胶香熬膏服。同松脂研贴。**芫花根**初起，擂水服，吐利之。**月季花**同芫花，酿鲫鱼煮食。**荆芥**洗。**牛蒡子**　**防风**　**苍耳子**　**续断**　**积雪草**　**白芷**　**芎䓖**　**当归**　**白头翁**　**黄芪**　**淫羊藿**　**柴胡**　**桔梗**　**黄芩**　**海蕴**　**海带**　**胡麻**　**水苦荬**项上风疬[71]，酒磨服。

橙发瘰疬。**槲皮**吐瘰疬，并洗之。**皂荚子**醋、硇煮过，照疮数吞之。连翘、玄参煮过，嚼之。**胡桐泪**瘰疬，非此不除。**桑椹汁**熬膏内服。**巴豆**小儿瘰疬，入鲫鱼内，草包煅研，粥丸服，取利。**黄檗** 〔器虫〕**毡屉灰**酒服，吐瘰疬。**黄蜡**同白矾丸服。**全蝎** **白僵蚕**水服五分，日服，一月愈。**蜘蛛**五枚，晒末，酥调涂。**斑蝥**粟米炒研，鸡子清丸服。入鸡子内蒸熟，去蝥食，入药甚多。**红娘子** **芫青** **葛上亭长** **地胆**〔鳞介〕**白花蛇**同犀角、牵牛、青皮、腻粉服。**壁虎**初起，焙研，每日酒服。**鼋甲**酒浸炙研服。**牡蛎粉**同玄参丸服。同甘草末服。**蜗牛壳**小儿瘰疬，牛乳炒研，入大黄末服，取利。**鼍甲**[72]〔禽兽〕**左蟠龙**饭丸服。**夜明砂**炒服。**狸头**炙研服。**猫狸**鼠瘘[73]，如常作羹食。

【外治】〔草菜〕**山慈姑**磨酒涂。**莽草**鸡子白调涂。**地菘**生涂。**半夏**同南星、鸡子白涂。**草乌头**同木鳖子涂。**猫儿眼草**熬膏涂。**商陆**切片，艾灸。**车前草**同乌鸡屎涂。**紫花地丁**同蒺藜涂。**青黛**同马齿苋涂。**毛蓼**纳入，引脓血。**葶苈**已溃，作饼灸。**白及**同贝母、轻粉傅。**白敛** **土瓜根** **半夏** **水堇** **藜芦** **通草花上粉**〔谷菜〕**大麻**同艾灸。**蒜**同茱萸，涂恶核肿结。**芥子**和醋涂。**干姜**作挺纳入，蚀脓。**山药**少阳经分疙瘩，不问浅深，同蓖麻子捣贴。**堇菜**寒热瘰疬，结核鼠漏，为末煎膏，日摩之。**桑菰**同百草霜涂。**马齿苋** **鹿藿**〔果木〕**胡桃**和松脂涂。**桃白皮**贴。**杏仁**炒，榨油涂。**鼠李**寒热瘰疬，捣傅。**枫香**同蓖麻子贴。**楸叶**煎膏。**柏叶** **栎木皮**〔器土〕**油鞋鞋底灰** **多年茅厕中土**同轻粉，傅年久者。〔金石〕**黑铅灰**和醋，涂瘰疬结核，能内消为水。**铁爇**涂。**砒霜**蚀瘰疬败肉，作丸用。**磨刀垽**[74]涂瘰疬结核。**食盐**和面烧。**消石** **芒消**并下。**雄黄**同水银、黄蜡、韶脑，作膏贴。**轻粉** **盐药**〔虫〕**蜈蚣**炙，同茶末涂。**蝼蛄**同丁香烧贴。**矾石** **硇砂** **红娘子**瘰疬结核。**蚯蚓**同乳、没诸药涂。**蜗牛**烧，同轻粉涂。**蛤蟆**烧涂。**蜂房**烧，和猪脂涂瘰疬漏。**蜘蛛**晒研，酥调涂。〔鳞介〕**黄颡鱼**溃烂，同蓖麻子煅涂。**穿山甲**溃烂，烧傅。一加斑蝥、艾。**田螺**烧涂。**鬼眼精**已破，研涂。**马刀**主肌中窜鼷。〔禽兽〕**伏翼**年久者，同猫头、黑豆烧涂之。**鸭脂**同半夏傅。**鸡膍胵**[75]烧傅。**雄鸡屎**烧傅。**羊屎**同杏仁烧傅。**狼屎**烧涂。**猫头骨及皮毛**烧傅。舌，生研涂。涎，涂之。屎，烧傅。**狸头骨** **狐头骨**同狸头烧傅。**羊**膍胵 **猬心、肝**并烧傅。**猪膏**淹生地黄煎沸，涂瘰疬瘘。**虎肾** **羚羊角** **女人精汁**频涂。**乱发灰**鼠瘘，同鼠骨入腊猪脂煎消，半酒服，半涂，鼠从疮中出。

【结核】〔草菜〕**天南星**治痰瘤结核，大者如拳，小者如栗，生研涂之。**甘遂**同大戟、白芥子为丸，治痰核。**金星草**末服。**桔梗** **玄参** **大黄**酒蒸。**白头翁** **连翘** **射干** **三棱** **莪茂** **黄芩** **海藻** **昆布** **海带** **蒲公英**并散颈下结核。**蒜**同茱萸捣，涂恶核肿结。**堇菜**结核聚气，为末，油煎日摩。**百合**同蓖麻研涂。**詹糖香**〔土石〕**土墼**[76]痰核红肿，菜子油和涂，即消。**浮石**枕后生脑痹痰核[77]，烧研，入轻粉，油调涂。**石灰**结核红肿，状如瘰疬，煅研，同白果捣贴。**慈石**鼠瘘项核喉痛。**白僵蚕** **蜘蛛**项下结核，酒浸研烂，去滓服。**鲫鱼**生捣涂恶核。**牡蛎**以茶引之，消项下结核；以柴胡引之，去胁下坚。

九漏[78] 虽有九名，皆取象耳，但分部位可也。

【双治】〔草部〕**苦参**浸酒服。**忍冬**浸。**牵牛**煨猪肾。**黄芪** **何首乌** **土茯苓** **萆薢** **栝楼根** **白及** **牛蒡叶** **地榆** **虎蓟根** **积雪草** **白敛** **土瓜根** **通草** **黄药子** **剪草** **茜根灰** **漏篮子** **侧子** **马兜铃** **半夏** **荆芥穗** **茾苧** **香白芷** **蛇含草** **麋衔** **蓖麻子** **狼毒** **芫花根** **附子** **天南星** **诸蒿灰** **藜灰**〔谷菜〕**麦面**和盐炒涂。**苦瓠** **荞麦灰**〔果木〕**桃花** **大腹皮** **楸叶**熬膏，神方。**柳枝**烧熏。**柳根须**煎洗。**乳香** **榆白皮** **卢会** **石南叶** **柞木枝**〔火土〕**烛烬** **土**

蜂窠〔金石〕**胡粉　铁华粉　朱砂　炉甘石　孔公蘖　殷蘖　古冢灰　石灰　赤石脂　水银　水银粉　特生礜　礜石　北亭砂　砒石　代赭石　石胆　禹余粮　慈石毛　黄矾　白矾石　消石　密陀僧　食盐　石硫黄　石硫赤　戎盐　雄、雌黄**〔虫〕**斑蝥**　芫青、地胆、葛上亭长同。**蜘蛛　胡蜣螂　蟾蜍头　蜈蚣　露蜂房　樗鸡　鲮鲤甲　蜥蜴　白花蛇　自死蛇**并骨。**蛇蜕　蝮蛇胆**并屎。**乌蛇　蛇吞蛙　鼍甲　蚺蛇胆　鲤肠　、鳞　鲞鲊　鳢**肝、肠　**鳞鱼**并血。**鳗鲡鱼　鳔胶　海豚鱼海鳗鲡　鼋甲　秦龟甲　文蛤　牡蛎粉　甲香　大田螺**〔禽兽〕**啄木鸟　鸳鸯　乌鸦头　青鹄　子规肉　鹳脑　鹰头**烧涂痔漏。**鹏鸟**鼠漏，炙食。**猪膏　豭猪屎　羊屎　牡狗茎　狗肉**引虫。**狗骨**并头骨。**马通汁　牛胆**并脾。**乌牛耳垢**胁漏出水。**野猪皮　牛屎　猫头骨**并脑，及眼睛、肉、舌、皮、毛。**鹿皮**并齿。**狸头**骨并肉。**狐屎**并足。**兔皮、毛　鼹鼠　牡鼠屎　土拨鼠　猬心、肝**

痈、疽　深为**疽**，浅为**痈**。大为痈，小为疖。

【肿疡】〔草部〕**甘草**行污浊之血，消五发之疽，消肿导毒。一切发背痈疽[79]，用末和大麦粉，汤和热傅，末成者内消，已成者即溃。仍以微炙一两，水浸一夜，服之。或以黑铅汁淬酒服。或取汁熬膏。阴囊痈，水炙煎服，二十日即消。**忍冬**痈疽，不问发背、发颐[80]、发眉[81]、发脑、发乳诸处[82]，捣叶入少酒涂四围。内以五两同甘草节一两，水煎，入酒再煎，分三服。重者一、二服，大肠通利即效，功胜红内消，其滓亦可丸服。或捣汁同酒煎服。**远志**一切痈疽、发背、疖毒恶候，死血阴毒在中不痛者，即痛，或忧怒等气在中作痛不可忍者，即止，热者即凉，溃者即敛，为末，每服三钱，温酒浸，取清服，其滓涂之。**红内消**痈疽毒疮，水熬入酒时饮，滓为丸服。**连翘**消肿止痛，十二经疮药，不可无此。痈肿初起，煮服取汗。**木莲**一切痈疽初起，四十九个，研细绞汁服，功同忍冬。背痈，取末服，下利即愈。**常春藤**一切肿痛，研汁入酒服，利恶物，去其根本。**络石**同上。**秦艽**发背初起，同牛乳煎服，取利。**山慈姑**同苍耳擂酒服，取汗。**豨莶**同乳香、枯矾研，酒服，取汗。熬膏，贴一切痈疽，发背恶疮，丁肿喉痹。**地菘**捣汁，日服。**苍耳**擂酒取汗。**紫花地丁**同苍耳擂酒取汗，渣同面涂。**乌敛莓**擂酒热服，取汗，渣涂。**迎春花**酒服末，取汗。**马蔺花叶**同松毛、牛膝煎服。**曲节草**同甘草煎服。**香附子**已溃未溃，以姜汁炒研，日服。**草乌头**阴疽不起，同南星、桂心、姜汁热服，未破内消，久溃能去黑烂。**牵牛**诸毒初起，气壮者，煎醋服，利脓血妙。**决明**同甘草煮服，并涂。**石韦**发背，冷酒服。**石胡荽**同穿山甲、当归尾擂酒服，并涂之。**地锦草**同乳、没等擂酒服，并涂。**积雪草　野菊　栝楼　天门冬**并擂酒服，滓涂。**升麻**除风肿，行瘀血，为疮家圣药。肿毒卒起，磨醋涂之。**羌活**散痈肿败血，入太阳经。**地榆**诸疮痛加之。**黄芩**痒者加之。**黄连**诸疮痛痒，皆属心火。**龙胆**痈肿口干。**紫草**活血利肠。**当归　芍药　芎䓖**和血止痛。**三棱**消坚硬。**黄葵花**肿痛及恶疮脓水，为疮家圣药。盐收经年用，尤妙。**胡黄连**同穿山甲贴。**芭蕉**同生姜贴。**生地黄**杵涂，木香盖之。**龙葵**捣涂，或入麝，或同蛤蟆。**大黄**醋调贴。同五倍、黄檗贴。**乌头**同黄檗贴。**商陆**擦石痈。盐捣，傅一切毒。**茛菪子**贴石痈坚硬。**天麻　都管草**醋贴。**箬叶　红蓝花　苎根　益母草　金丝草　大戟　水仙根　飞廉　马鞭草　漏卢　蘘荷根　鸭跖草　续断　大蓟根　薇衔　火炭母　泽兰　地杨梅　地蜈蚣　姜黄　蒲公英　蓼实　紫河车　半夏　天南星　王不留**洗。**白芍　栝楼根**醋调。**三七　蒺藜苗**熬膏。**苦参　土瓜根　独用将军　石蒜　牡丹皮　大青　草乌头　小青　鬼臼根　萝摩叶　射干**醋磨。**羊蹄根**醋磨。**蒟蒻　石菖蒲　芫花**胶和。**金星草　半夏**鸡子白调。**莽草　螺黡草　水堇　水荇草　毛莨　水莼叶　海芋根　蒲黄　海藻叶　海根　水莸草　防己**〔谷菜〕**黑大豆**生研。**豌豆**并主一应痈肿初起。**绿豆粉**一应痈疽初起，恶心，同乳香、甘草服，以护心。**胡麻油**大毒发背，以一斤煎沸，入醋二碗，分五次服，毒不内攻。入葱煎黑，热涂，自消。**翻白草**擂酒服。**茄子**消石收成膏，酒服，治发背恶疮。磨醋，涂肿毒。生合热毒。**豆豉**作饼灸。**大蒜**灸一切肿毒阴毒。**苦瓠**切片，灸囊痈[83]。**葱白**米粉炒黑，醋调涂。**赤小豆**同鸡子白，涂一切痈疽。**粢米粉**炒黑，鸡子白涂。**麦粉**一切痈疽发背热痛，炒黑，醋调贴，痛即止，久则肿消。**荞麦粉**痈疽发背，同硫黄末傅。疽头凹黑，煮食即起。**山药**生涂，或同蓖麻、糯米。**蔓菁**同盐涂，或同芸薹。**紫芥子**同柏叶涂，无不愈者。**麦面　米醋　冬瓜**合之。**苦茄**醋磨。**蕺菜　百合**生。**干姜**醋调。**生姜**猪胆调。**白芥子**醋调。**莱菔子**醋研。**马齿苋　秦狄藜**醋杵。**旱堇　皂角蕈**醋磨。**桑黄**〔果木〕**野葡萄根**晒研，水调。**茱萸**醋和。并涂一切痈肿。**橡子**醋磨，涂石痈[84]。**胡桃**背痈骨疽未成者[85]，同槐花末，热酒服之。油者，涂诸肿。**乌药**行气止痛。孕中有痈，同牛皮胶煎服。**槐花**痈疽发背初起，炒冲酒服，取汗即愈。**黄檗**诸疮痛不可忍者，加之。和鸡子白涂。同川乌头末傅之。**柞木叶**同荷蒂、甘草节、萱草、地榆煎服，痈疽即消，脓血即干。**紫荆皮**活血行气，消肿解毒，同独活、白芷、芍药、木蜡为末，葱汤调涂。发背痈疽初起，酒调涂之。内同白芷酒服。**皂子**六月六日，吞七枚，可免疮疖。**木芙蓉花、叶**散热解毒。一切痈疽发背恶疮，蜜调涂之，已成即溃，已溃排脓。或同苍耳叶烧用。或同菊花叶煎洗。**扶桑花、叶**同芙蓉、牛蒡叶、蜜捣涂。**巴豆树根**一切痈疽发背大患，末涂之，妙不可言。**松脂**一切痈疽，同铜青、蓖麻捣贴。入膏药用。**枫木皮**痈疽已成，擂酒服，并傅。檩香头疽肿毒，麻脂，调涂，七日腐落。**黄杨**捣涂疖子。**楮实　桑白皮**并涂石痈。**桑叶**涂穿掌毒，即愈。**紫檀**磨醋。**皂荚**煎膏。**榆白皮**醋调，涂痈肿。**水杨柳汤　热汤**并沃洗，肿毒即消。**新汲水**射肿毒令散。**桑柴火**灸肿疡不破，溃疡不腐不敛，拔毒止痛生肌。〔器土〕**纸钱**烧筒中，吸肿毒。**火针　墨**磨醋。**倒挂尘**同葱。**伏龙肝**同蒜。**釜下土**同椒。**鼠壤土**同醋。**土蜂窠**同醋。**蚯蚓泥**同盐。**粪坑土　井底泥　檐溜下泥　无名异**醋磨。并涂痈肿。〔金石〕**黑铅**消痈肿发背诸疮，甘草煮酒，溶铅投入九次，饮之取醉。**铁浆**发背初起，饮二升，取利。**菩萨石**主金石毒作痈疽。**胡粉　黄丹　密陀僧**并入膏用。**消石**发背初起，泡汤拓数次即散。**水中白石**背肿如盘，烧赤淬水洗，数次即消。**紫石英**煅研，醋调。**慈石　石青　石蟹**磨醋。**蛇黄　盐药**〔虫部〕**土蜂子**醋调。**赤翅蜂　独脚蜂**并涂痈肿。**露蜂房**恶疽、附骨疽，根在脏腑。烧灰，同巴豆煎油，涂软疖。**五倍子**炒紫，同蜜涂。或加黄檗大黄。**水蛭**咂血。**蜜蜡**〔介鳞〕**玳瑁　牡蛎**鸡子白调。**蛤粉**并消痈肿。**车螯壳**消肿，烧赤醋淬，同甘草，酒服，并涂。不问大小浅深，利去病根，则免传变。煅研，入轻粉少许，用栝楼、甘草节酒煎，入蜜调服。**龟板**初起，烧研酒服。**穿山甲**炮研酒服。**蛇蜕**烧，醋和涂。石痈，贴之一夜愈。**蛇头灰**醋调。**蛇角　蚌粉　鲫鱼**〔禽兽〕**白鹅膏　雁肪　天鹅油　鸨肪**并涂。**鹈鹕油**能透入病所。**鸡冠血**频滴不已，即散。**鸡内金**发背初起，润湿帖之，不过三、五个即消。**鰕鸡子**[86]痈疽发背，百药不效，同狗屎熬贴。**白鸭通　牛胆　猪胆猪脑**并涂。**猪肾**同飞面捣贴。**腊羊脂**一切肿毒初起，抹擦即消，神验。**猪膏　牛脂**并冷水浸贴，频易。**黄明胶**一切痈疽，活血止痛。水浸贴之，化酒饮之，不内攻，不传恶证。同穿山甲烧研，酒服，极妙。已破者，化调黄丹。**犬屎**绞汁服，并涂。**狗宝**痈疽诸毒，同蟾酥诸药为丸。**狗齿**烧研，醋涂发背及马鞍疮。**鹿角**痈肿留血在阴中。发背初起，烧灰醋涂，日五六上。**鹿脂　麋脂　鹿胆　羚羊角**磨水。**貘膏　阿胶**〔人部〕**人唾**并涂肿。**人屎**一切痈肿未溃，研末，入麝，调贴头上。背发欲死，烧和醋涂。**人乳**痈脓不出，和面傅之，即日即出。**人牙**阴疽头凹沉黯，不痛不热，服内补药不发，必用人牙煅，穿山甲炙，各二钱半，分作二服，当归、麻黄煎汤服，外以姜汁和面涂之。又方：人牙煅，川乌头、硫黄末等分，酒服。**人髭须**烧傅。**月经衣**洗水调药。

【代针】茅针酒煮服，一针一孔。**冬葵子**水吞百粒。**蜀葵子　恶实　瞿麦**并傅之。**茼实　薏苡仁**并吞一枚。**苦荬汁**滴之。**百合**同盐捣涂。**皂角刺**烧灰，酒服三钱。发背不溃，同甘草、黄芪末服。**白棘针**烧灰一钱，水服之。**巴豆**点头。**箔经绳**烧傅。**白瓷器**末傅。**石胆**同雀屎点。**硇砂**

点。**雀屎**点。**白鸡翅下第一毛**烧灰，水服。**人齿垽**点。

【**溃疡**】〔草部〕**黄芪**痈疽久败，排脓止痛，生肌内补，为疮家圣药。**人参**熬膏。**术　苍术　远志　当归　黄芩　藁本　芎䓖**并排脓止痛生肌。**白芷**蚀脓。**牛膝**插疮口，去恶血。**地黄**熬膏，贴痈疖恶血。**地榆　芦叶灰　蒴藋灰　蒿灰　蔄茹**并蚀恶血死肌。**木香**痈疽不敛臭败，同黄连、槟榔傅。**芭蕉油**抹疮口不合。**附子**痈疽弩肉，浓醋煎洗。疮口久冷不合，作饼灸之，数日即生肉。隔蒜灸亦可。**蔷薇根　白敛　白及　丹参　紫参　木通　毛蓼　赤地利　石斛　何首乌**〔谷菜〕**胡麻**炒黑。**青大麦**炒。**丝瓜汁**抹。并敛疮口。**烂茄**酒服。〔果木〕**乌梅**蚀恶疮弩肉，烧点甚良。**荷蒂**洗。**槲白皮**洗败疮。烧服，治附骨疽。**栎木灰**淋汁熬膏，蚀痈肿。**巴豆**炒焦，涂肿疡，解毒；涂瘀肉，自化；作捻，导脓。**松脂　枫香　苏方木**排脓止痛生肌。**没药　血竭　乳香**并消肿止痛生肌。痈疽头颤，熟水研服。**番降真**同枫、乳香，熏痈疽恶气。**丁香**傅恶肉。**地骨皮**洗烂痈。**合欢皮**煎膏。**柳枝**煎膏。实，逐脓血。**槐白皮**煎膏，止痛长肉。**楸叶**蚀脓血。白皮，煎膏贴。**桐叶**醋蒸，贴疽，退热止痛秘方。**梧桐叶**炙研，贴发背。**桐子油**傅。燃灯，熏肿毒初起。**白杨皮**傅骨疽。**山白竹灰**蚀肉。**故甑蔽**烧傅骨疽。**黄檗　桑柴　蒲席灰**并敛疮口。**松木皮**烧傅。**木兰皮**〔金石〕**矾石**蚀恶肉，生好肉。凡痈疽发背人，以黄蜡丸服，能防毒护膜，托里化脓，止痛生肌。**麦饭石**一切痈疽发背，火煅醋淬，同烧过鹿角末、生白敛末、醋熬膏，围贴，未成即消，已成即溃，排脓生肌。**硫黄**诸疮弩肉出数寸，涂之即消。不合，粉之即合。**慈石**同忍冬、黄丹熬膏，贴溃疡。**银朱**疽疮发背，同矾汤洗，以桑柴火炙之。**食盐**溃疡作痒，摩其四围。**密陀僧**熬膏用。骨疽出骨，同桐油调贴。**砒石**蚀败肉。**石灰**同荞麦秸灰煎霜，点腐肉及溃肿疡。**寒水石**同黄丹，敛疮口。**五色石脂**〔虫〕**蜜蜡　虫白蜡　紫矿**并生肌止痛敛口。**桑螵蛸**烧，涂软疖。**全蝎**诸肿，同卮子煎油，入蜡贴之。**原蚕蛾**玉枕生痈[87]，破后如箸头，同石韦末贴。**斑蝥**痈疽不破，或破而无脓，同蒜捣豆许贴之，少顷脓出，去药。**地胆**蚀恶肉。**蠮螉**烧，傅恶肉。**壁钱窠**贴。**五倍子**〔鳞介〕**龙骨**并敛疮口。**守宫**痈肿大痛，焙研，油调涂。**水蛇灰**傅骨疽。**鲤鱼**一切肿毒，已溃未溃，烧涂。积年骨疽，切片拓之，引虫。**鲫鱼**诸毒，包柏叶烧，入轻粉，油搽。骨疽脓出，包盐炙焦搽。**鳖甲**蚀恶肉，敛口，烧掺。**白螺壳灰**同倒挂尘，傅软疖。**蟹膏　石蟹**并涂久疽。〔禽兽〕**黑雌鸡**排脓，生新血。**鸡屎**同艾，熏骨疽。**夜明砂**排脓，同乳香、桂心涂。**猪蹄**煮汁，洗痈疽，溃热毒，去恶肉。痈疽发乳，同通草煮羹食。**狗头骨**痈疽疖毒，同芸苔子末傅。**兔头**发背发脑，捣贴，热痛即如水也。**鹿角胶　鹿茸　麝香**蚀一切痈疽脓水。**豮猪屎**蚀恶肉，同雄黄、槟榔傅。**黄鼠**解毒止痛，煎油，入黄丹、黄蜡熬膏。鼠溃痈不合，烧涂。皮，生封附骨疽，即追脓出。烧，傅疮口。**猫头**收疮口，煅，和鸡子白涂。颈毛、鼠屎，烧，傅鬓疖。**象皮**敛疮口。**鼹鼠　猪悬蹄　马牙灰　猪屎灰　发灰**并敛疮口。又同蜂房、蛇蜕灰酒服。

【**乳痈**】〔草部〕**天花粉**轻则妒乳[88]，重则乳痈，酒服末二钱。**白芷**同贝母末，酒服。**半夏**煨研，酒服，及吹鼻。**紫苏　栝楼　忍冬**并煎酒服。**玉簪根　萱根　马鞭**同姜。**木莲**　并擂酒服，渣涂之。**何首乌**煮酒。**香蒲**捣汁。**鼠粘子　冬葵子　粽箬灰　莨菪子　葛蔓灰**并研末，酒服。**贝母　丹参**同白芷、芍药、猪脂、醋，熬膏涂。大黄同甘草熬膏贴，亦末傅。**射干**同萱根涂。**龙舌草**同忍冬涂。**燕脂**乳头裂，同蛤粉涂。**水荇**同苎根涂。**莼　水萍　黄芩　山慈姑　益母草　大蓟　莽草**和醋。**木鳖子**磨醋。**蒲黄**〔谷菜〕**百合**并涂吹乳妒。**麦面**水煮糊，投酒热饮，仍炒黄，醋煮糊涂之，即散。**赤小豆**酒服并涂。**米醋**烧石投之，温渍。**蔓菁**同盐涂。**老茄**烧，傅乳裂。**蒲公英**〔果〕**橘叶**酒服，未成即消，已成即溃。**银杏**乳痈溃烂，研服并涂。**白梅　水杨　柳根**并捣贴。**桂心**同甘草、乌头末，酒涂，脓化为水。**枫香**贴小儿奶疽[89]。**丁香**奶头花裂，傅之。妒乳乳痈，水服。**牙皂荚**蜜炙研，酒服。或烧研，同蛤粉服。**皂荚**刺烧，和蚌粉酒服。**柳根皮**捣炙熨之，一夜即消。**桦皮**烧研酒下，一服即消，腐烂者亦可服。**蔓荆子**炒末，酒服，并涂。**榆白皮**醋捣。**木芙蓉**〔器石〕**车脂**热酒服。**灯盏油**调炒脂麻涂。**研朱石锤**煮热熨。**石膏**煅研，酒服三钱，取汗。**杓上砂**吹乳，酒服七枚。**姜石**[90]　**蚯蚓泥**〔虫介〕**露蜂房**烧灰服，并涂。**百药煎**煎酒。**蜘蛛**　**龟版**并烧研，酒服。**穿山甲**乳痈、乳岩[91]，炮研酒服。吹乳，炙，同木通、自然铜末，酒服。**自死蛇**烧涂。**蛇皮灰**　**鳝头灰**〔禽兽〕**鸡屎白灰**并酒服。**白丁香**吹乳，酒服一钱。**母猪蹄**同通草煮羹食。已破，煎洗。**水胶**腊酒煮涂。**鹿角**磨涂。**鼠屎**吹奶，同红枣烧，入麝，酒服。乳痈初起，酒服七枚，取汗。已成，同黄连、大黄末，黍米粥，涂上四边，即消。**猫皮毛**乳痈溃烂，煅，入轻粉，油涂。猪脂冷水浸贴。**白狗骨灰**　**牛屎**　**马尿**　**人屎灰**　**人牙灰**并涂。

【便毒】〔草部〕**贝母**初起，同白芷煎酒服，渣傅。**栝楼**同黄连煎服。**鼠粘子**炒末，同朴消酒服。**忍冬**酒煎。**木莲**擂酒。**芫花根**擂水服，渣傅。**黄葵子**同皂荚、石灰、醋涂。**山慈姑**涂。**芭蕉叶**烧，和轻粉涂。**石龙芮**挼揉。**草乌头**磨水涂。**菖蒲**生涂。**山药**同沙糖涂。**冬葵子**　**贯众**〔果木〕**胡桃**烧。并酒服。**皂荚**煨研，酒服。醋和涂。**子**研，水服。**肥皂**捣涂。**枫香**入麝。**纺车弦**烧。**千步峰**磨醋、姜。并涂。**铜钱**同胡桃嚼食。**铁秤锤**初起，压一夜。**枯矾**同寒食面糊涂。**蜘蛛**初起，研酒热服，取利。**斑蝥**同滑石服，毒从小便出，即消。**红娘子**入鸡子内煨食，小便去脓血。**五倍子**炒黄，醋涂，一日夜即消。**穿山甲**同猪苓、醋炙，研，酒服，外同轻粉、麻油涂之。**鲫鱼**同山药捣贴。**鳔胶**煮软研贴，亦烧末酒服。**水胶**化涂即消。

【解毒】〔草部〕**败酱**除痈肿，破多年凝血，化脓为水。肠痈有脓，同薏苡仁、附子为末，水服，小便当下，即愈。**大蓟叶**肠痈瘀血。**人参**酒毒，胸生疽疮，同酒炒大黄末，姜汤服，得汗即愈。**黄芪**除肠胃间恶血。**薏苡仁**　**冬瓜仁**　**甜瓜仁**肠痈已成，小腹肿痛，小便似淋，或大便下脓，同当归、蛇蜕，水煎服，利下恶物。**大枣**肠痈，连核烧，同百药煎末服。**乌药**孕中有痈，同牛皮胶煎服。**皂角刺**腹内生疮，在肠脏，不可药治，酒煎服，脓悉从小便出，极效。**棇担尖**肠痈已成，烧灰，酒服少许，当作孔出脓。〔土鳞〕**死人冢上土**外涂。**龙骨**肠痈内疽。**鲫鱼**猪脂煎服。**雄鸡顶毛**并屎，烧，空心酒服。**犬胆**去肠中脓血。**马牙**肠痈未成，烧灰，和鸡子白涂。**悬蹄**肠痈下瘀血。**猪悬蹄甲**伏热在腹，肠痈内蚀。

诸疮上　丁疮[92]　恶疮[93]　杨梅疮[94]　风癞[95]　疥癣　热疮　瘑疮[96]　手疮　足疮　胻疮[97]

【丁疮】〔草部〕**苍耳根**汁，和童尿服，或葱酒服，取汗。灰，同醋涂，拔根。**山慈姑**同苍耳擂酒服，取汗。**石蒜**煎服取汗。**豨莶**酒服取汗，极效。**大蓟**同乳香、枯矾末，酒服，取汗。**白芷**同姜擂酒服，取汗。**王不留行**同蟾酥服，取汗。**草乌头**同葱白丸服，取汗。同巴豆贴，拔根。同川乌头、杏仁、白面涂。**菊花叶**丁肿垂死[98]，捣汁服，入口即活，神验方也。冬用根。**莼**擂酒服。**常春藤**和蜜服。**荠苨汁**服。**金沸草**　**益母草**捣汁服，渣涂。烧灰纫入，拔根。**荆芥**煮服，及醋捣涂。**紫花地丁**擂水服，同葱、蜜涂。**艾灰汁**和石灰点之，三遍拔根。**地菘**和糟。**附子**和醋。**蒺藜**和醋。**马兜铃**同蛛网捣。**龙葵**　**地黄**　**旱莲**　**水杨梅**　**木鳖子**〔谷菜〕**麦面**和猪脂。**胡麻灰**和针砂。**小豆花**　**寒食饧**并涂丁。**白米粉**熬黑，蜜涂。**米醋**以面围，热淋之。**翻白草**煎酒服，取汗。**蒲公英**擂酒服，取汗。**丝瓜叶**同葱白、韭菜，研汁和酒服，渣傅。**独蒜**蘸门臼灰擦之，即散。又同小蓟、豨莶、五叶草，擂酒服。**马齿苋**和梳垢封。烧，和醋封之。和石灰封。**白苣汁**滴孔中。**土菌**同豨莶涂。**芜菁**同铁衣涂。**蕺菜**　**灰藋灰**　**山丹**　**百合**　**生姜**〔果木〕**野葡萄根**先刺丁上，涂以蟾酥，乃擂汁，入酒，调绿豆粉，饮醉而愈。**银杏油**浸研，盦水丁。**荔枝**同白梅。**胡桃**嚼盦[99]。**榴皮**灸丁。**槐花**四两，煎酒服。叶、皮、茎同。**柳叶**煮汁服。**枸杞**治十三种丁，四时采根茎，同诸药服。**棘钩**同陈橘皮，煎服。同丁香烧傅。**乌桕叶**食六畜牛马肉，生丁欲死，捣汁一二碗，取下利。根亦可。又主暗丁昏狂。**皂荚**炙研，同麝涂。子，傅。**巴豆**点。**木芙蓉**涂。**绯**

帛同蜂房诸药烧服，并入膏贴。**旧油纸伞灰**同古石灰服，取汗。

箭笴茹作炷灸丁。**凉水**挑破去血，噙水频咂。**烛烬**同胡麻、针砂涂。**土蜂窠**同蛇皮煅，酒服一钱。**铁浆**日饮一升。**锈钉**调鳖水冷服，　煅，同人乳傅。**浮石**同没药，醋糊丸服。**银朱**水和丸服。**矾石**煨葱捣丸，酒服二钱。同寒食面涂。**鼠壤土**童尿调涂。**粪下土**同全蝎、蝉蜕涂。**铁粉**同蔓菁根捣涂。**铁精**同轻粉、麝香点傅。**雄黄**同蟾酥、葱、蜜插之。**石灰**同半夏傅。**硇砂**同雄黄贴。**姜石**　鸡子白和涂。**慈石**醋和。**铜矿石**〔虫部〕**斑蝥**并涂。**蟾酥**同雄黄、乳香丸，服三丸，外以白面、雄黄和，纳一粒，立效。**露蜂房**洗。**人虱**十枚，着疮中，箔绳灸之。**蝉蜕**丁疮不破，毒入肠胃，和蜜水服，并涂。　同僵蚕、醋涂四围，拔根。**蜜**和葱。**独脚蜂**烧。**赤翅蜂**烧。**独脚蚁**　**蜘蛛**和醋。**草蜘蛛**　**蠮螉**〔鳞介〕**蝮蛇皮灰**并傅之。**蛇蜕**丁肿鱼脐，水煎服。　烧，和鸡子涂。**鲍鱼头**同发灰烧。**穿山甲**烧研，同贝母末，傅马丁。**海马**同雄黄诸药涂。**田螺**入片脑，取水点。**蚬汁**洗。**海螵蛸**〔兽人〕**腊猪头灰**并掺之。**狗宝**同蟾酥诸药服，治赤丁。**牝猪屎**丁毒入腹，绞汁服。**牡狗屎**绞汁服，并涂。**青羊屎**煮服。**马屎**　**驴屎**并炒熨丁疮中风。**獭屎**水和封，即脓出痛止。**鼠屎**头发灰烧，纳之。**猪胆**和葱涂。**白犬血**　**马齿**烧。**黑牛耳垢**　**人耳塞**同盐、蒲公英贴。**发灰**

【恶疮】〔草部〕**牛膝**卒得恶疮，不识，捣涂。**贝母**烧灰，油调，傅人畜恶疮，敛口。**藿香**冷疮败烂，同茶烧傅。**黄芩**恶疮蚀疽。**秦艽**掺诸疮口不合。**苍耳**恶疮，捣汁服，并傅。**芎藭**同轻粉涂。**菖蒲**湿疮遍身，为末卧之。**忍冬**同雄黄，熏恶疮。**无心草**傅多年恶疮。**草乌头**　**地榆**　**沙参**　**黄芩花**并涂恶疮脓水。**何首乌**　**燕蓐草**　**瞿麦**　**扁竹**并傅浸淫恶疮。**藜芦**　**鼠尾草**并傅反花恶疮。**青蒿灰**　**马先蒿**　**茼茹**　**角蒿**　**骨碎补**并蚀恶疮烂肉。**莽草**　**雚菌**　**青葙子**　**苦参**　**鹤虱**　**钩吻**并杀恶疮虫。**蛇床子**　**莨草**　**漏篮子**　**杜衡**　**牛蒡根**　**狼牙**洗。**大蓟根**　**野菊根**　**蛇衔**　**积雪草**　**商陆**　**狼跋子**　**及己**　**香附子**　**马鞭草**　**狼毒**　**艾纳香**　**漏卢**　**藁本香**　**黄连**　**虎杖根**　**地肤子**洗。**白敛**　**石长生**　**紫草**　**芫花根**　**紫参**　**赤芍药**　**山慈姑**　**白及**　**石蒜**　**牡丹皮**　**蜀羊泉**　**天麻**　**紫花地丁**　**紫金藤**　**天蓼**　**蔷薇根**　**当归**　**赤薜荔**　**丹参**　**兔葵叶**　**紫葛藤**　**羊桃**洗。**冬葵根**　**马勃**　**蕲艾叶**　**剪草**　**昨叶何草**　**通草及花上粉**　**羊蹄草**　**昆布**　**胡麻油**　**扁豆**　**大麻仁**炒。**陈仓米**和酢。**豆豉**　**寒食饭**并傅一切恶疮。**芸苔菜**煨捣，熨异疽。　油涂风疮。**繁缕**汁涂恶疮，有神效之功。**鸡肠草灰**，和盐，主一切恶疮、反花疮[⑩]。**马齿苋**封积年疮。烧傅反花疮。**蒲公英**　**冬瓜叶**并傅多年恶疮。**苦苣**对口恶疮，同姜擂酒服，并傅。**丝瓜根**诸疮久溃，熬水扫之，大凉。**蕺菜**竹筒煨捣，封恶疮。**酱瓣**同人尿，涂浸淫疮癣。**苦瓠汁**　**灰藋**　**邪蒿**〔果木〕**慈姑叶**并涂恶疮。**桃白皮**纫恶疮。**杏仁**入轻粉，涂诸疮肿痛。**马槟榔**恶疮肿痛，内食一枚，外嚼涂之。**柏沥**涂恶疮有虫。**巴豆**煎油调硫黄、轻粉，搽一切恶疮。**苦竹叶**烧，和鸡子白，涂一切恶疮。**柳华及枝叶**煎膏，涂反花恶疮。**桑叶**肺风毒疮如癞，蒸一夜，晒研，水服二钱。**枫香**　**松脂**　**骐驎竭**　**乳香**　**没药**　**詹糖香**并入恶疮膏。**槐皮**　**杨栌叶**　**胡颓子根**并洗。**冬青叶**醋煮。**楸叶**　**桐叶及木皮**　**榉叶**同盐。**皂荚刺**烧。**楮叶**　**占斯**　**大风子**　**木绵子油**　**桐子油**　**青布灰**并傅多年恶疮。**败薄席灰**筋溢恶疮。**三家洗碗水**入盐。**半天河水**并洗恶疮。**东壁土**诸般恶疮，同大黄末傅。**蚯蚓泥**傅燕窝疮[⑪]，及时行腮肿。**白鳝泥**傅火带疮。**鬼屎**傅人马恶疮。**盐车脂角土**　**胡燕窠土**　**屋内壖下虫尘土**　**白蚁泥**同黄丹。**粪坑泥**〔金石〕**云母粉**并涂一切浸淫恶疮。**胡粉**反花恶疮，同胭脂涂。　蜂窠恶疮，同朱砂、蜜涂。**水银**一切恶疮，同黄连、胡粉傅。　恶肉毒疮，状如豆，半在里，包擦之。或同大风子。**铁浆**蛇皮恶疮，频涂。**雄黄**蛇缠及一切疮，醋调涂。**浮石**诸般恶疮，同没药丸服。**蓬砂**一切恶疮，同甘草浸麻油，每饮一小合。**石硫黄**一切恶疮，同荞面作饼贴。**银朱**顽疮日久，同古石灰、松香、油，化贴之。**石灰**多年恶疮，同鸡子白涂。**硇砂**　**石**

胆并去恶疮败肉。**雌黄**　**熏黄**　**孔公蘖**　**黄矾**　**绿矾**　**白矾**　**铜青**　**锡**　**铅**　**铁落**　**铁锈**　**铁爇**〔虫部〕**乌烂死蚕**涂一切恶疮。**地胆**傅恶疮。　岩疮如舌，令人昏迷，速用此同桑白皮、滑石、木通诸药服，以宣其毒。**青腰虫**蚀恶疮瘜肉，剥人肌皮。**蜘蛛**晒研，傅一切恶疮。　膜贴积年诸疮，及反花疮。**蜂房**洗傅。**斑蝥**〔介鳞〕**文蛤**并傅恶疮漏烂。**鼋脂**摩。**鼋甲**恶疮，酒浸炙研服。**鼍甲**同。**鼍脂**摩。**穿山甲**　**蛇蜕**　**自死蛇**　**蝮蛇皮**并烧傅。**蚺蛇**　**鳞蛇**　**白花蛇**　**乌蛇**并酿酒、作丸，治恶疮。**蛇婆**炙食。**鲫鱼**烧灰，同酱汁，涂诸疮十年不愈者。　浸淫毒疮，生切，和盐捣涂。**海螵蛸**止疮多脓水不燥。**黄颡鱼**烧。**鳗鲡膏**　**海豚鱼肪鱼脂**〔禽兽〕**孔雀屎**并傅恶疮。**雀屎**傅浸淫恶疮。**鸡冠血**浸淫疮，不治杀人，日涂四、五次。**鸡肉**猫睛疮[102]，有光无脓血，痛痒不常，饮食减少，名曰寒疮，多食鸡、鱼、葱、韭，自愈。**白鸽肉**解恶疮毒。**鸽屎**反花疮初生，恶肉如米粒，破之血出，恶肉反出于外，炒研傅。**青鹤**　**蠓螉屎**　**猪脂**　**猪髓**并主恶疮。**羊屎**反花恶疮，**鲫鱼**酿烧傅。**猪颊骨**炙油，涂恶疮。　悬蹄烧，傅十年恶疮。**驴悬蹄**天柱毒疮，生大椎上，出水，同胡粉、麝香傅。**马屎**涂多年恶疮疼痒，不过数次。**犬胆**傅痂疡恶疮。**㷄猪汤**洗。**驴脂**　**野驼脂**　**麋脂**　**狼膏**　**猥脂**及心、肝。**隐鼠膏**　**黄鼠**煎膏。**象胆**　**熊脂**　**鹿角**　**羚羊角**及肉。**狗头骨**灰。**虎骨**及屎。**猫头骨**灰。**鼠头**灰。**象皮灰**　**鼬鼠灰**及骨。**马鬃灰**　**野猪皮灰**　**牛屎**　**双头鹿胎中屎**〔人部〕**人中白**烧。**人唾**并主一切恶疮。**人牙**恶疮，同鸡内金等烧傅。**发灰**瘰岩恶疮[103]，米汤服二钱，外同白及、皂荚刺灰傅。**小儿胎屎**蚀恶疮瘜肉。

【杨梅疮】〔草部〕**土茯苓**治杨梅疮及杨梅风，并服轻粉成筋骨疼瘫痪痈疽，为必用之药。每用四两，入皂荚子七粒，煎水代茶。　或加牵牛。　或加苦参、五加皮，或加防风、薏苡仁、木通、木瓜、白鲜皮、金银花、皂荚子，煎服。　筋骨疼，虚人，同人参丸服。**天花粉**同川芎、槐花丸服。**栝楼皮**末，酒服，先服败毒散。**蔷薇根**年久筋骨痛，煮酒饮。或加木瓜、五加皮、茯苓、当归。**大黄**初起者，同皂荚刺、郁金、白牵牛末，酒服。　又方：同白僵蚕、全蝎末，蜜汤服。并取下恶物。　同皂荚刺、轻粉末服，取下恶物，并齿出毒血愈。**线香**烧烟熏。**浮萍**洗。**野菊**同枣根煎洗。**金银花**　**苦参**　**龙胆**　**木通**　**泽泻**　**柴胡**　**荆芥**　**防风**　**薄荷**　**威灵仙**　**蓖麻子**　**黄芩**　**黄连**　**白鲜皮**　**连翘**　**胡麻**〔果木〕**胡桃**同槐花、红枣、轻粉丸服。**椰子壳**筋骨痛，研末，热酒服，取汗。**乌梅**炒焦，油调搽。**葡萄汁**调药。**杏仁**　**细茶**　**木瓜**　**槐花**四两，炒，煎酒热服。**黄檗**去湿热。　同乳香末、槐花，水和涂。**大风子**和轻粉涂。**五加皮**　**槐角**　**皂荚子**　**卮子**　**血竭乳香**　**没药**　**卢会**〔金石〕**铜青**醋煮，酒调涂，极痛，出水愈。　或入轻粉、冰片少许。**绿矾**煅研，香油搽。**汞粉**或服或熏，劫疮，效最速，但用失法者，有筋骨痈疽之害。　掺猪肾，油煎食。　入鸡子，蒸热食。同丹砂、雄黄末，酒服。或加黄丹、孩儿茶，或加槐花、龟板，或加槐花、天花粉、孩儿茶，为丸服。　一方：同甘草、百草霜丸服。　杨梅癣[104]，同大风子末涂。　同杏仁涂。**水银**同铅结砂，入乳、没、黄丹，作神灯照之。熏之。**黑铅**同锡结砂，入蜈蚣末，作捻照之。　煮酒服，解轻粉毒。**银朱**年久顽疮，同朱砂、枯矾、全蝎丸服。　同宫香作捻，被中熏鼻。或加孩儿茶、皂荚子。　或同雄黄、枯矾作丸，熏之。　同铅、汞、白花蛇作捻，照。　同轻粉，入黄蜡、麻油，作膏贴。　筋骨痛，同枯矾作捻，熏脐取汗。**粉霜**涂。**雄黄**猪髓调搽。　同杏仁、轻粉、猪胆搽。　同轻粉、黄丹、孩儿茶、朱砂丸服。**白砒**同雄黄、牛黄化蜡丸服。　同石黄点之。　同轻粉、银朱搽。**丹砂**同雄黄、百草霜丸作捻，被中熏之。**石膏**煅搽。　酒服，发汗，解轻粉毒。**铁浆**　**盐水**并漱轻粉毒。**孩儿茶**　**百草霜**　**蓬砂**　**胡粉**　**枯矾**　**黄丹**〔虫鳞〕**蝉蜕**　**全蝎**　**白僵蚕**　**露蜂房**　**蜈蚣**同全蝎、香油、水粉、柏油熬膏贴。**白花蛇**同穿山甲诸药丸服。　亦入熏照药。**穿山甲**顽疮成风，陈菜子油，作膏贴。**龟甲**　**鬼眼睛**同辰砂、片脑涂。**猬皮**杨梅疳泻，同鳖甲、象牙丸服。**麝香**

【风癞】〔草部〕**苦参**热毒风、大风、肺风、肾风生疮，遍身瘰痒，皂荚膏丸服。 同荆芥丸。 浸酒饮。 煮猪肚食，取虫数万下。**何首乌**大风，同胡麻九蒸九晒服。**长松**同甘草煎服，旬日即愈。**黄精**蒸食。**草乌头**油、盐炒，为丸服。**马矢蒿**末服。**马鞭草**末服。**浮萍**煎服，末服，并洗。**凌霄花**同地龙、蚕、蝎，末服。**栝楼**浸酒。**白蒿**酿酒。**艾汁**酿酒。**狼毒**同秦艽服。**大黄**同皂荚刺服。**牛膝**骨疽癞病，酒服。**白鲜皮**一切热毒风疮赤烂，眉发脱脆皮急。**羌活 防风 巴戟天 黄芪 牡丹 天雄**并主癞风。**蓖麻子**黄连水浸吞。**莨菪子**恶疮似癞，烧傅。**地黄叶**恶疮似癞十年者，捣傅。**百灵藤**煮粥，浴毕食取汗，并熬膏酒服。**青藤酒**。**葎草 陆英 蒴藋 苦瓠藤**并浴癞。 十年不瘥者，汁涂之。〔谷果〕**胡麻油**浸之。**大麻仁**浸酒。**亚麻 荷叶**同石灰汁渍。〔木器〕**大腹子**傅。**松脂**炼服。**松叶**浸酒。**天蓼**酿酒。**预知子**同雄黄熬膏服。**皂荚**煎膏丸服。刺，烧灰服，最验。 根皮，主肺风恶疮。**桦皮**肺风毒疮如癞，同枳壳、荆芥诸药服。**桑叶**肺风如癞，蒸一夜，晒研水服。**乳香**同牛乳、甘草蒸服。**杨花**同花蛇等丸服。**大风子油**同苦参丸服。调轻粉搽。**桑柴灰**洗。**卮子**赤癞、白癞。**皮巾子 皮腰袋**烧灰，入癞药。〔水石〕**碧海水 古冢中水 石灰**并洗。**禹余粮**癞风发落，同白矾、青盐煅，丸服。**金星石**大风虫疮，同诸石末丸服。**石硫黄**疠风有虫，酒服少许，兼和大风子油涂。**玄精石 雄黄 雌黄 握雪礜石 石油**〔虫鳞〕**葛上亭长**并入涂药。**蜂蜜**同姜汁炼服。**蜜蜂子**同诸蛇丸服。**五倍子 蛇蜕**恶疮似癞，十年不瘥，烧灰酒服，和猪脂涂。**白花蛇 乌蛇 蚺蛇 蝮蛇**并酿酒服。**乌蛇胆**入冬瓜化水服。**蚺蛇胆及膏**涂。**自死蛇**恶疮似癞，渍汁涂。**鳢鱼**顽疮疥癞，酿苍耳煮食。**鲫鱼**恶疮似癞，十年不瘥，烧灰和酱涂。**鲎鱼胆**同诸矾末服，杀虫。**蝎虎**同蚕沙、小麦面末服。**鲮鲤甲 蚖**〔禽兽〕**五灵脂**油调涂。**驴蹄灰** 头发同大豆，入竹筒内，烧汁涂。

【疥、癣】〔草部〕**苦参 菖蒲 剪草 百部**并浸酒服。**艾叶**烧烟熏，煎醋涂，烧灰搽。**淫羊藿 青蒿 山茵陈 乌头 马鞭草**并洗。**杜衡 白鲜皮 苍耳子 黄连 大蓟汁 白及青葙叶 紫参 积雪草 蛇床子 丹参 天南星 紫草 木藜芦 地榆 莨菪根 狼牙草 沙参 谷精草 薄荷 三白草 线香 狼把草 狗舌草 姜黄 冬葵子 芍药 酢浆草 莒䓖 石长生 白菖蒲 钩吻 羊蹄根 酸模 木莲藤 莽草 山豆根 何首乌、藜芦 天门冬 茼茹 狼跋子**酒磨。**狼毒 蔷薇根 白蒺藜 莀草 地锦草 败酱 防己 葎草 猫儿眼睛草**〔谷菜〕**大豆沥 黄豆油 秫米**炒黑。**小麦**烧。**胡麻油 芸苔子油**已上或涂，或洗，或服。**胡麻**先嚼，涂坐板疮[605]。**丝瓜皮**焙研，烧酒涂坐板疮。**粟米泔 灰藋 藜叶 冬瓜藤**并洗疥疮。**韭根**炒黑。**薤叶**煮。**蒜 马齿苋 丝瓜叶**擦。**土菌灰 杏仁 桃叶 桃仁 鹿梨根 榅桲木皮 银杏**嚼。并涂疥癣。**胡桃**同雄黄、熟艾捣，裹阴囊。**山楂 杨梅树皮 樟材 钓樟 柳华及叶**并洗疥癣。**枫香**同黄檗、轻粉涂。**松脂**同轻粉擦。**乳香 没药 血竭 皂荚**煮猪肚食。**樟脑 卢会 黄檗 樗根白皮**及叶。**楸树皮、叶 海桐皮 楝实及根 芜荑 大风子**并杀疥癣虫。**榆白**捣涎，涂疥癣虫疮。**柏油**涂小儿衣，引疮虫。 亦同水银擦。**槿皮**醋调搽癣，或浸汁磨雄黄。**巴豆**擦癣。 同腻粉点疥。**楮叶**擦癣。**乌药 棕木 槐叶 檀皮 桑沥 荆沥 松𣗳**[606] **柏油 胡颓根 栾荆 鼠李子 木绵子油**并涂疥癣。〔水土〕**秋露**调药。**半天河水 梅雨水 温泉 碧海水 盐胆水**并洗疥癣顽疮。**燕窠土 烟胶**搽牛皮风鲜。〔金石〕**轻粉**牛皮癣，酒服半钱。 小儿癣，同猪脂涂。**雌黄**同轻粉、猪脂，涂牛皮顽癣。**明矾**榴皮蘸，掺牛皮癣。**胡粉**掺疥癣。 黄脓疮，同松香、黄丹、飞矾熬膏贴。**水银**同胡粉，涂窝疥虫癣。 同芜荑涂。 同大风子涂。**银朱**同牛髓、桐油，杀疥癣虫。**艌船灰**同牛尿，熏下身癣。**矾红**同螺蛳、槿皮，涂癣。**硫黄**鸡子油，搽疥癣。 煅过，掺顽疮。**铁落 铁锈 青琅玕 朱砂 雄黄 熏黄 石油 黄矾 绿矾 砒霜 盐药 戎盐**并入涂掺药。**石灰 茧卤汁**并洗疥癣，杀虫。**斑蝥**同蜜和，浸醋涂。**五倍子**一切癣疮，同枯矾涂。**青腰虫**杀虫。**紫矿**〔介鳞〕**蚌粉**并涂疥癣湿疮。**鳢鱼**酿苍耳，淡煮食。**鳣鱼肝**炙食。**河豚子肝**同蜈蚣烧，掺疥癣。**鼍甲**疥癣死肌，炙浸酒服。**鱼鲊**涂虫疮。**海虾**　**鳝鱼**　**鳗鲡**并涂。**白花蛇**入丸、散。**乌蛇**入丸、散。**蚺蛇**食。**自死蛇**烧。**蝮蛇**烧。**鲮鲤甲**　**鼋甲**　**蟹膏**　**田螺**　**螺蛳**〔禽兽〕**鸡冠血**　**抱出鸡**　**子壳灰**并涂疥癣。**鸳鸯**炙贴。**鸽**　**猪肚**皂荚同煮食。**狐肉及五脏**作臛食。**鼹鼠**煮食。**猪脂**煎芫花，杀疥虫。**牛蹄甲**同驴屎烧，傅牛皮风癣。**驴屎**烧，傅湿癣。**驴脂**　**羊脂**　**牛脂**　**野猪脂**　**猬脂**　**狨脂**并涂。**羚羊角**　**虎骨**　**兔骨**　**诸朽骨**并洗、涂。**鼬鼠**煎膏。**狒肉**炙贴。并主疥癣。**旧靴鞋底灰**同轻粉、皂矾、搽癣。

【热疮】〔草部〕**败酱**暴热火疮赤气。**葛根**傅小儿热疮。**葵花**小儿蓐疮。**剪春罗**傅火带疮[107]。**积雪草**恶疮赤熛。**仙人草**　**产死妇人冢上草**并治小儿酢疮，头小面硬者。**青黛**　**蓝叶**　**酸浆子**　**龙葵**　**野菊根**　**天花粉**同滑石。**黄药子**〔菜谷〕**丝瓜汁**调辰砂。**生百合**并涂天泡热疮。花同。**麦麸**涂热疮。**芋苗灰**擦黄水疮。**赤小豆**洗。**罗勒灰**〔果木〕**桃仁**并傅黄烂疮。**茱萸**煎酒，拭火烂疮。**莲房灰**和井泥。**荷花**并贴天泡疮[108]。**枸杞叶**涂火赫毒疮。**梓白皮**小儿热疮。叶，傅手足火烂疮。**荆茎**洗灼疮及热焱疮有效。**黄檗**入矾。**芫荑**〔金石〕**滑石**并涂热疮。**铁浆**时气生疮肉热者，饮之。**生铁**小儿熛疮，烧，淬水浴。**蚯蚓泥**炒。**无名异**并涂天泡湿疮。**银朱**和盐梅涂。〔鳞介〕**青鱼胆**　**田螺**并涂热疮黄水。〔禽兽〕**蚬肉**诸小热疮，年久不愈，多食之。**鸭粪**同鸡子白，涂热疮。**羚羊角灰**身面卒得赤斑或熛子，不治杀人，鸡子白和涂。**羊胆**时行热熛疮，和酢服。**酪**涂身面热疮肌疮。**牛屎**烧，傅小儿烂疮。**乱发**孩儿热疮，以鸡子黄同熬干，待有液出，取涂疮，粉以苦参。

【病疮】**桃花**瘑疮生手足间，相对生，如茱萸子，疼痒浸淫，久则生虫，有干湿二种，状如蜗牛，同盐捣傅。**桃叶**同醋。**腊饧**　**鲫鱼**生捣。**蚕蛹**　**海豚鱼**　**白犬血**　**猪髓**　**牛屎**　**荆沥**　**雄黄**　**硫黄**　**水银**同胡粉。**燕窠土**并涂瘑疮及癣。

【手疮】**热汤**代指生指甲旁，结脓脱爪，初时刺汤中浸之，或刺热汤七度，冷汤七度，或刺热饭中二七度，皆良。**甘草**　**地榆**　**蜀椒**　**葱**　**盐**　**芒消**并煎汤，渍代指。**硇砂**唾、面和成。**蜜蜡**　**梅核仁**和醋。**人尿**和醋。**鱼鲊**和乌梅杵。**猪膏**和白垩土。**羊胆**并涂代指。**蓝汁**服之，主瘭疽喜著十指，状如代指，根深至肌，肿痛应心，能烂筋骨，毒散入脏，能杀人，宜灸百壮，或烙令焦，俗名天蛇毒，南人多病之。**葵根汁**。**升麻汁**。**芸苔汁**。**竹沥**　**犀角汁**。**青黛**并温服，主瘭疽。**盐汤**　**醋汤**　**腊饧**并浸瘭疽。**大麻仁**炒。**麻油滓**　**黑大豆**生。**蔓菁子**　**酸模**　**无心草**　**车脂**同梁上尘。**灶突土**同梁上尘。**土蜂窠**同乳香、醋。**燕窠土**同胎儿屎。**白狗屎**灰。**虎屎**灰。**马骨**灰。**猪胆**　**牛耳垢**　**蜈蚣**焙研，猪胆调。**皂荚**灰。**田螺**　**鲫鱼**同乱发、猪脂熬膏。　并傅瘭疽。**水蛇皮**裹天蛇毒，数日当有虫出，如蛇状。**海苔**　**麦醋糟**炒末。并傅手背肿痛。**生薤**苦酒煮，涂手指赤色，随月生死。**羊脂**涂脾横爪赤。**猪胰**　**青琅玕**　**真珠**并涂手足逆胪。**艾叶**　**牛屎**并熏鹅掌风[109]。**椒根**　**烧酒**　**灰汤**并洗鹅掌风。**油胡桃**擦鹅掌疮。**鳖甲**烧，傅人咬指烂。

【足疮】**绿矾**甲疽，因甲长侵肉，或割甲伤汤水，肿溃出水，甚则浸淫趾趺，经年不愈，盐汤洗净，煅研，厚傅之，即日汁止，十日痂落。　女人甲疽肉突，煎汤洗之，并同雄黄、硫黄、乳香、没药掺之。**石胆**煅。**硇砂**同矾。**乳香**同石胆。**血竭**　**熏黄**同蛇皮灰。**牡砺**生研服，并傅。**虎骨**橘皮汤洗后，油和傅。**蛇皮**烧，同雄黄傅。**黄芪**同茼茹、猪脂、苦酒，熬膏涂。**知母**　**麋衔**　**乌头**　**鬼针**　**胡桃树皮**灰。**马齿苋**并傅甲疽。**黑木耳**贴肉刺，自腐。**莨菪子**根汁。**血见愁**　**红花**同地骨皮。**没石子**同皂荚灰，醋和。**皂矾**煅。**白矾**同黄丹、朴消。**羊脑**同新酒糟。**人虱**黑白各一枚。　并涂肉刺。**焊鸡汤**洗鸡眼。**茶末**　**荆芥叶**捣，或烧灰。**蚌粉**　**滑石**同石膏、矾。**花乳石**同黄丹、水粉。**白矾**同黄丹。**鹅掌皮灰**并傅足趾丫湿烂疮。**粪桶箍灰**傅脚缝疮血出不止。**生**

面 **半夏**并涂远行足研，一夜平。**草乌头**远行足肿，同细辛、防风掺鞋内。**茄根**洗夏月趾肿不能行。**草鞋**远行足肿，尿浸湿，置烧热砖上踏之，即消。**黄牛屎**足跟肿痛，入盐炒盦。**牛皮胶**足底木硬，同姜汁、南星末调涂，烘之。**朴消**女人扎足，同杏仁、桑白皮、乳香煎汤浸之，即软。**黄檗**猪胆浸晒，研末。**白附子**末。**烟胶**油调。**轻粉**并傅。**银朱**同黄蜡作隔纸膏。**蚯蚓粪**同芒消傅。**皂荚** **乌桕根**末傅。 并主足上风疮湿痒。**男子头垢**女人足上裙风疮，和桐油作隔纸膏贴。**木鳖子**湿疮足肿，同甘遂入猪肾煮食，下之。**食盐**手足心毒，同椒末，醋涂。

【胻疮】即臁疮。**艾叶**烧烟熏出恶水，或同雄黄、布烧。 或同荆叶、鸡屎，坑中烧熏，引虫出。**翻白草**煎洗。**菝葜叶**椒、盐火煮贴。**野园荽**同轻粉、桐油贴。**金星草**刮星傅。**覆盆叶**浆水洗傅。**马勃**葱汤洗傅。**乌头**同黄檗末贴。**悬钩子叶**同地薰叶、食盐作贴。**桑耳**同楮耳、牛屎菇、发灰傅。**槠叶**一日三贴。**冬青叶**醋煮贴。**黄檗**同轻粉、猪胆贴。**柿霜**同柿蒂灰傅。**桐油**日涂。或入轻粉，或入发熬化。 脚肚风疮如癞，同人乳扫之。**地骨皮**同甘草节、白蜡、黄丹、香油，熬膏贴。**左脚草鞋**烧灰，同轻粉傅。**陈枣核**烧。**老杉节**烧。**白棘叶**末。**白胶** **血竭** **白垩土**煅。**蚯蚓泥**同轻粉。**伏龙肝**同黄檗、黄丹、轻粉、赤石脂贴。**胡粉**炒，同桐油。**黄丹**同黄蜡、香油熬膏。**密陀僧**同香油。**银朱**同黄蜡摊膏。 同古石灰、松香、麻油，化膏贴。**古石灰**鸡子油和煅过，桐油调，作夹纸膏贴。**无名异**同黄丹。**盐中黑泥**煅。**铜绿**黄蜡化，拖隔纸。**舩船灰**煅，同轻粉末。**蜜蜡**五枝汤洗后，摊贴十层。**生龟壳**烧灰，入轻粉、麝香涂。**鸡子黄**同黄蜡煎。**鸡内金**贴，十日愈。**羊屎**烧，同轻粉末。**牛包衣**烧。**虎骨**末傅，虀汁先洗。**马颊骨**烧。**鹿角**烧。**人骨**烧。**人顶骨**同龙骨、硫黄。**头垢**作饼贴，或入轻粉。 又同枯矾、猪胆涂。**乱发**桐油炙干，同水龙骨煅，桐油和。**牛蹄甲灰**冷臁口深，同发灰、轻粉、黄蜡、京墨，作膏贴。**百草霜**热臁口厚，同轻粉、麻油，作隔纸膏贴。**豭猪屎**胻疽深败，百方不效，蚀去恶肉，烧末填之，取效。**白茼茹**同雄、硫、矾末，傅蚀恶肉尽，乃用上方。**酸榴皮**煎洗。**百药煎**脚肚细疮，久则包脚出水，唾涂四围。**马齿苋**臁疮生虫，蜜调傅，一夜虫出。 同葱白、石灰捣团，阴干研傅。**泥矾**同牛羊肚傅。**生鲤鱼** **鳢鱼肠** **鲫鱼**同皂荚、穿山甲末。**鳝鱼** **虾**同糯饭。**蛤蟆**同乱发、猪脂煎化，入盐涂。并引虫出。 **乌鸡骨**同三家棓木，三家甑单，烧，导疮中碎骨自出。**牛膝**久成漏疮，酒服。

诸疮下 头疮 软疖 秃疮[110] 炼眉 月蚀[111] 疳疮 蟨疮 阴疳 阴疮[112]

【头疮】 **菖蒲**生涂。**艾灰** **蓼子**同鸡子白、蜜。**镜面草**同轻粉、麻油。**鸡肠草**烧灰，同盐。**蒺藜** **苦参** **木耳**蜜和。**小麦**烧傅。**红曲**嚼涂。**胡麻**嚼涂。**糯饭**入轻粉。**豆油** **豆豉**薄汁，和泥包烧，研涂。**乌梅**烧。**杏仁**烧。**桃枭**烧，入轻粉。**槟榔**磨粉。**黄檗** **枳实**烧研，同醋。**肥皂**烧，同轻粉、麻油。**木芙蓉**油和。**乌桕根**同雄黄。**鬼齿**烧，同轻粉。**百草霜**同轻粉。**灶下土**同十字道上土，等分。**燕窠土**同麝香。**轻粉**葱汁调。**白矾**半生半枯，酒调。**雄黄** **皮鞋底**煮烂涂。或烧灰，入轻粉。**草鞋鼻灰** **尿桶上垢**炒。**蜂房灰**脂和。**蚕退纸灰**入轻粉。**蛇退灰**同上。**象肉**灰。**牛屎灰**。**五倍子**同白芷。**桑蛀屑**同轻粉、麻油。**地龙**同轻粉。**蜜蜂**研涂。**鲫鱼**酿附子炙，和蒜研。或酿发灰。**咸鱼**油煎取滓。**海螵蛸**同轻粉、白胶香。**鳖甲**烧。**甲香** **甲煎** **猪肾**掺轻粉、五倍子，烧研。**猪脜髓**入轻粉。**熊脂**并涂肥疮、烂疮。**古松薄皮**小儿胎风头疮，入豉少许，炒研，入轻粉，香油调涂。**榆白皮**晒研，醋和绵上，贴头面疮，引虫。**菟丝苗** **何首乌** **马齿**并煎汤洗。**桃花**头上肥疮，为末水服。

【软疖】**苍耳叶**同生姜杵。**胡麻**烧焦，热嚼。**芸苔子**同狗头骨灰，醋和。**白梅**烧，同轻粉。**松香**同蓖麻、铜青。**白胶香**同蓖麻，入少油，煎膏。**石灰**鸡子白傅。**茄**半个，合之。**五倍子**熬香油。**蜂房**烧，同巴豆熬香油。**桑螵蛸**炙研，油和。**鸡子壳**烧，入轻粉。**猪鬃**同猫颈毛烧，入鼠屎一粒，研。**线香** **益母草**末。**葛蔓**灰。**大芋**研。**鼠粘叶**贴。**天仙莲叶**杵。**赤小豆**末。**糯饭**烧。**桃**

奴烧。**肥皂**研。**山黄杨子**研。**枯矾**油和。**木芙蓉**末。**白瓷**末。**水龙骨**烧。**蚯蚓泥**油和。**蛤蟆**灰。**鳜鱼尾**贴。**雀屎**水和。**男子屎**腊猪脂和。

【秃疮】皂荚　蓝　苦瓠藤　盐并煎汤洗。**火炭**淬水。**酸泔　马肉**煎汁。**马屎**绞汁。**马尿**并洗头。**羊屎**煎水洗，仍末涂。**羊蹄根**擦。**蒜**擦。**桃皮**汁日服，并涂。**桑椹汁**日服，治赤秃，先以桑灰汁洗。**香薷**汁，和胡粉。**贯众**烧研，或入白芷。**黄葵花**同黄芩、大黄末。**鸡窠草**同白头翁花、猪脂和。**麦面**同豆豉、醋。**豆鼓**同屋尘煅，入轻粉。**桃花**末，或同椹。**桃奴**同黑豆末。**杏仁**七个，青钱一个，捣烂，灯油调涂。**甘蔗**烧，同柏油。**茱萸**炒焦，同轻粉。**楸叶**捣，或入椿、桃叶。**樟脑**同花椒、脂麻涂，先以退猪汤洗。**松脂**同黄蜡、麻油、石绿，熬膏贴。**燕窠土**同蠮螉窠。**百草霜**入轻粉。**烟胶**同矾。**胆矾**同朱砂、猪脂，入硇砂少许。**轻粉**同黄蜡、鹅油涂。　同烟胶，油调。　同葱汁。**绿矾**同苦楝子烧傅。　同轻粉、淡豉傅。**慈竹虫**同牛尿研涂。**鲫鱼灰**酱汁和，或入雄黄末。**雄鸡屎**和酱汁、醋。**羊髓**入轻粉。**人髑髅**同大豆炒研。**人屎**灰。**赤马皮**灰。**马蹄**灰。**马骨**灰。**牛角**灰。**牛屎**灰。**猪屎**灰。**猪悬蹄**灰。**鼠屎**灰。**虎骨**末。**葶苈末**。**藜芦**末。**莽草　芫花**末。**苇灰　大豆**炒焦。**大麻子**炒焦。**芜菁叶**灰。**皂荚灰　慈竹箨**灰。**苦竹叶**灰。**苦参**末。**蛇衔**末。**莨草**末。**蜀羊泉　银朱　雄黄　雌黄　鹅掌皮**灰。**鸽屎**并用猪脂或香油调涂。**胡荽子　土细辛　梁上尘**并用香油调涂。**山豆根**水调。**马齿苋**灰，或熬膏。**瓜蒂**熬膏。**葱**入蜜。**紫草**煎汁。**陈油滓　鸡子黄**熬油。**榆白皮**醋和，引虫。**蕺菜**竹筒煨捣。**木绵子**烧油。**猪胆**筒盛香油煨沸，下胆涂。**猪肚　猪脬　羊脬　羊腩　熊脑　猬脂　牛脂　羊脂　白马脂　小儿胎屎**并搨秃，引虫。**猫屎**烧灰，傅鬼舐头[13]。**丝瓜叶**汁，涂头疮生蛆。

【炼眉】即炼银癣。**黄连**研末，油调涂。碗内艾烟熏过，入皂矾一粒、轻粉少许涂之。**菟丝子**炒研。**小麦**烧黑。**卮子**炒研。**百药煎**同生矾末。**穿山甲**炙焦研，入轻粉。**猪骱髓**入轻粉、白胶香。**黑驴屎**灰。**坩锅末**同轻粉。　并油调涂。**麦麸**炒黑，酒调。

【月蚀】生于耳、鼻、面及下部窍侧，随月盛衰，久则成疳。小儿多在两耳。**黄连**末，或加轻粉、蛇床子。**青黛**末，或加黄檗。**蔷薇根**同地榆、轻粉。**土马鬃**同井苔。**马齿苋**同黄檗。**肥皂荚**灰，同枯矾。**苦竹叶**灰，同猪脂。**绿豆粉**同枯矾、黄丹。**东壁土**同胡粉。**轻粉**枣包，煅。**白矾**同黄丹。**曾青**同雄黄、黄芩。**硫黄**同斑蝥，萵茹。**蛤蟆**灰，同猪膏。　同硫黄、枯矾。**兔屎**入蛤蟆腹中，煅研。**虎骨**生研，同猪脂。**蛇蜕**灰。**鳔胶**灰。**龟甲**灰。**甲煎　鸡屎白**炒。**马骨**灰。**败鼓皮**灰。**角蒿**灰。**救月杖**灰。**救月鼓椎**灰。**月桂子　寡妇床头土　蚯蚓泥　胡粉　屠几垢　寒食泔**淀。**生白米**嚼。**薤**醋煮。**鸡子黄**炒油。**天鹅油**调草乌、龙脑。**醍醐　羊脂　熊胆　猪胆　鸡胆**并涂耳面月蚀疳疮。**醋**同油煎沸，傅之，二日一易。**羚羊须**小儿耳面香瓣疮，同白矾、荆芥、小枣，入轻粉傅之。**茱萸根**同蔷薇根、地榆煎水洗。**地骨皮**洗并掺。**蜡烛**照之，使热气相及。

【疳疮】黄连同卢会、蟾灰。　同款冬花。**桔梗**同茴香烧灰。**黄矾**同白矾、青黛烧。**马悬蹄**灰，入麝香。**蓝淀**并涂口鼻急疳。**甘松**同轻粉、卢会掺猪肾，贴急疳。**雄黄**同铜绿。　同葶苈。　同天南星。　同枣烧。　并涂走马急疳。**铜青**同人中白，傅走马疳。同枯矾。　同蜘蛛、麝香。并傅牙疳。**砒霜**同石绿。**绿矾**煅，入麝香。**五倍子**烧研。　同枯矾、青黛。**百药煎**同五倍、青黛煅，入铜青。**人中白**煅，入麝。　同铜青、枯矾。同壁钱烧。　并涂走马疳。**鲫鱼**酿砒烧，傅急疳。　酿当归烧，掺牙疳。　胆，滴小儿鼻，治脑疳。**鸡内金**烧。**魁蛤**灰。**贝子　海螵蛸　猪䯒髓　海桐皮　熊胆　牛骨**灰。**牛耳垢　轻粉　白矾　石硷**并主口鼻疳疮。**人屎**疳蚀口鼻，绵裹末贴，引虫。**罗勒**同轻粉、铜青，涂鼻䘌赤烂。　同轻粉、密陀僧，主牙疳。**黄檗**同铜青。　同大枣煅研。**柳华**烧，入麝。**橄榄**烧，入麝。**橡斗**入盐烧。**大麻仁**嚼。**蒲公英　鸡肠草　繁缕　蔷薇根　胡桐泪　樗根皮　青黛　杏仁油**并涂口鼻疳䘌。**飞廉**烧，傅口疳[14]、下疳。**角蒿**灰，涂口齿疳绝胜。**鼠李根皮**同蔷薇根熬膏。日含，治口疳，万不失一。 疳蚀口鼻及脊骨，煮汁灌之。**乌叠泥**同雄黄、贝母。 同蓬砂。**铅白霜**同铜青，入少矾。**蓬砂** **蚕茧**同白矾。 同矾、鸡内金、锅盖垢。**蚺蛇胆**入麝。**鼍甲**灰，并涂口齿疳。**蚕退纸**灰，同麝香，傅牙疳。 同乳香、轻粉，傅一切疳疮。**紫荆皮**涂鼻疳。**盐**同面煅。**卢会**并吹鼻疳。**丁香**吹鼻，杀脑疳。含汁，治齿疳。**马屎**汁。**驴屎**汁。**马尿** **驴尿**并漱口鼻疳蚀。**银屑** **生地黄**并煎水，入盐，洗口鼻疳蚀。**胡粉** **葵根**灰。**蒸糯米气水**并涂身面疳疮。**白僵蚕**炒研，和蜜。**晚蚕蛾**入麝。并傅风疳。**地骨皮**作捻，纴年久疳瘘，自然生肉。**羊羔骨**灰，同雄黄、麝香，填疳疮成漏。**羖羊脂**同莨菪子烧烟，熏疳孔。**马夜眼**末，纳孔中永断。亦烧研塞。**羊胆**小儿疳疮，和酱汁灌入肛内。**没食子**末，吹肛内，主口鼻疳。**猪肝**牙疳危急，煮蘸赤芍药任意食之，后服平胃药。**羯羊肝**同赤石脂煮食。**猫头**灰酒服。**升麻**煎汁。**艾叶**煎汁。**浮石**火煅醋淬，同金银花末服。**鳗鲡**煮食。并主疳䘌。

【䘌疮】蕙草狐惑食肛，默卧汗出，同黄连、酸浆煎服。**赤小豆**生芽，为末。**萹蓄**煮汁。**蛇莓**汁。**乌梅**炒丸。**桃仁**盐、醋煎服。**升麻** **云实**末。**马鞭草**汁。**蒜**并主下部䘌疮。**牡丹**下部生疮已洞决者，研末，汤服。**生漆**一合，入鸡子连白吞之，吐下虫出。**猪胆**醋熬，饮三口，虫死便愈。亦灌肛内，利出虫物。 同蜜熬调，作挺纳入。**茱萸**下部痔䘌，掘坑烧赤，以酒沃之，内萸于中，坐熏，不过三次。**桃叶**同梅叶蒸熏。**艾叶**烧烟熏。**食盐**炒熨。**槲皮**同榉皮熬膏。**桃白皮**煎膏。**木鳖子**磨水。**大枣**和水银研。**苍叶**杵。**楝皮** **苦参** **豨莶** **青葙叶** **樗白皮** **牡荆子** **皂荚**灰。**飞廉**灰。**角蒿**灰。**青蛙**同鸡骨烧灰。**蝮蛇**灰。**马悬蹄**灰。**猪脂** **犬脂** **犬心**并导纳下部。**蜣螂**同牛屎、羊肉杵纳，引虫。**鸡内金** **鲫鱼骨** **雄黄** **雌黄** **硫黄**并傅。

【阴疳】甘草同槐枝、赤皮葱、大豆煎汁，日洗三次。**槐皮**煎汁。**浆水** **肥猪肠** **沟中恶水**并洗后傅药。**黄连**同黄檗，傅阴疳欲断。**黄檗**猪胆汁炙研，入轻粉。**苦参**同蜡茶、蛤粉、密陀僧、猪脂涂。**蒲黄**同水银。**灯草**灰，同轻粉、麝香。**胡黄连**同孩儿茶。**绿豆粉**同蟾灰、胭脂。**枣核**同发烧。**橄榄**烧。**银杏**嚼。**胡麻**嚼。**杏仁**油。**诃子**同麝。**故网巾**灰，同孩儿茶。**黄蔷薇**叶，焙。**飞廉**末。**地骨皮**末。**桐油伞纸**灰。**蚯蚓泥**同豉，作饼。 同繁缕灰，作饼贴。**乌叠泥**同轻粉、片脑。 或加真珠。**轻粉**末。**炉甘石**煅，同孩儿茶。 同黄丹、轻粉。**矾石**同麻仁末。**黄丹**同枯矾。**密陀僧**同青黛、海粉、黄连。**五倍子**同枯矾。 同花椒、茶。 同镜锈。**田螺**烧，同轻粉、脑、麝。**鸡内金**烧。 或同蚕茧、白矾、锅盖垢烧。**抱出鸡子壳**烧，或入轻粉。 外肾痈疮，同黄连、轻粉。**蛤蟆**灰，同兔屎。**驼绒**灰，同黄丹。**人中白**同枯矾、铜青，煅研，入蜜炙黄檗、冰片。**天灵盖**煅。 或入红枣、红褐同烧。**头垢**蚕茧内烧。**鬼眼睛**烧。**烂蚬壳**烧。**贝子**烧。**海螵蛸** **龙骨** **百药煎** **鲫鱼胆** **象皮**灰。**猫骨**灰。**虎牙**生。**猬皮**灰。**鼬鼠**灰。**发灰** **硫黄** **赤石脂** **铜青**并涂下疳阴疮。**鼠李根皮**同蔷薇根煮汁。 膏涂。**母猪屎**烧，傅男女下疳。**室女血衲**烧，傅男子阴疮溃烂。

【阴疮】甘草煎蜜，涂阴头粟疮，神妙。**青黛**地骨汤洗，同款冬、麝末涂。**胡粉**杏仁或白果炒过，研涂。 阴疮浸淫，同枯矾。**白矾**同麻仁、猪脂。**黄矾**同麝。**没石子**烧。**荷叶**灰，同茶。**田螺**灰，同轻粉。**鳖甲**灰。**油发**灰涂，亦可米汤服。**烂蚬壳**烧。**蚌粉**烧。**鲤鱼骨**烧。**鳔胶**烧。**海螵蛸** **鲤胆** **鲫胆**并涂阴头妒精疮。**蚯蚓泥**同豉。 外肾生疮，同绿豆粉涂。**蜂蜜**先以黄檗水洗，乃涂。**猪脬**煅，入黄丹。**牛蹄甲**灰。**马骨**灰。并傅玉茎疮。**木香**同黄连、密陀僧。**鸡肠草**烧，同蚯蚓泥。 并涂阴疮坏烂。**黄檗**同黄连煎水洗，仍研末，同猪胆搽。**松香**同椒烧油。**五倍子**同蜡茶、轻粉。**紫梢花** **孔公蘗** **蒲黄**并涂阴囊疮湿痒。**黄连**同胡粉。**大豆皮** **狗骨**灰。**狗屎**灰。**人屎**灰。 并傅小儿阴疮。**青纸**贴。**皂荚**烧熏。**麦面**小儿歧股生疮，连囊湿痒。**蛇床子**同浮萍、荷叶煎汁洗。**狼牙草** **越瓜** **蜀椒** **茱萸** **五加皮** **槐枝**并煎水洗。

外伤诸疮 漆疮[115] 冻疮 皴疮 灸疮 汤火疮

【漆疮】**蜀椒**洗。 涂鼻孔，近漆亦不生疮。**芥 苋 薄荷 山楂 茱萸 荷叶 杉材 黄栌 柳叶 铁浆 新汲水**并洗。**韭**汁。**白菘**汁。**鸡肠草**汁。**蜀羊泉**汁。**井中苔、萍、蓝**汁。**贯众**末。**苦芙**末。**秫米**末。**无名异**末。**白矾**化汤。**石蟹**磨汁。**芒消**化。**蟹黄**化。**猪脂 羊乳**并涂。**猪肉**内食肉，外爵穄米涂。

【冻疮】**甘草**煎水洗，涂以三黄末。**麦苗**煮汁。**茄根、茎、叶**煮汁。**马屎**煮汁。**酒糟**浸水。**米醋热汤**并浸洗。**姜汁**熬膏。**桐油**熬发。**鼠**熬猪脂。**附子**面调。**大黄**水调。**黄檗**乳调，或加白敛。**藕**蒸杵。**柏叶**炙研。**松叶**炙研。**橄榄**烧。**老丝瓜**灰。**蟹壳**灰。**鹅掌黄皮**灰。**原蚕蛾 蜜蜡**化。**鸭脑 鸡脑 雀脑 蒿雀脑 豚脑**并涂抹皴裂。**腊酒糟**同猪脂、姜汁、盐，炒热掺之。**五倍子**同牛髓，或同牛鼻绳灰，填之。**银杏**嚼。**白及**嚼。**铁爇 獭足**灰。**白鹅膏 猪膏 牛脑 马髻膏 狼膏 鹔鸪膏**并涂。**牛皮胶**涂尸脚裂。**鸡屎**煮汁，浸尸脚裂。**蜀椒**煮洗。**含水藤**汁洗。**酒**化猪脑或膏洗。

【灸疮】**黄芩**灸疮血出不止，酒服二钱即止。**白鱼**灸疮不发，作脍食。**青布**灰。**鳢肠**并贴灸疮。**薤白**煎猪脂涂。**菾菜 茅花 瓦松 木芙蓉 楸根皮、叶 车脂 海螵蛸 牛屎**灰。**兔皮及毛**并涂灸疮不瘥。**鹰屎白**灸疮肿痛，和人精涂。**灶中黄土**煮汁淋洗。

【汤火伤疮】**柳叶**汤火毒入腹热闷，煎服。皮，烧傅。**人尿**火烧，不识人，发热，顿饮一二升。**生萝卜**烟熏欲死，嚼汁咽。又嚼，涂火疮。**当归**煎麻油、黄蜡。**丹参**同羊脂。**地黄**同油、蜡熬膏。**甘草**蜜煎。**大黄**蜜调。**蓖麻仁**同蛤粉。**苦参**油调。**白及**油调。**黄葵花**浸油。**赤地利**灭痕。**蛇莓**止痛。**大麦**炒黑。**小麦**炒黑。**麦面**同卮子研。**荞麦**炒研。**胡麻**生研。**绿豆粉 黍米**炒。**粟米**炒。**蒸饼**烧。**白饧**烧。**胡桃**烧。**杨梅树皮**烧，和油。**乌柿木皮**灰。**榆白皮**嚼。**黄栌木**烧。**杉皮**烧。**松皮**烧。**柏根白皮**煎猪脂。**柏叶**止痛，灭痕。**卮子**鸡子白调。**木芙蓉**油调。**山茶花**油调。**经霜桑叶**烧。**木炭**磨汁。**坩锅**入轻粉。**饼炉灰**油调。**铁锈**竹油调。**银朱**菜油调。**赤石脂**同寒水石、大黄，水调。**云母石**同羊髓。**金刚石**磨水。**赤土**磨水。**蚯蚓泥**菜油调。**井底泥 乌古瓦 胡粉 青琅**玕 **寒水石**烧。**石膏 古石灰**炒。**甘蕉油 刘寄奴 蜀葵花 葵菜 白敛 浮萍 景天 龙舌草 佛甲草 垣衣**灰。**石苔**灰。**井中苔、蓝 菰根 稻草**灰。**生姜 败瓢**灰。**黄瓜**化水。**茄花 丝瓜叶**汁。**榉叶 槐实 荆茎**灰。**桐油 鸡子黄**熬油。**鲥鱼**蒸油埋土中，七日收。**蜂蜜**同薤白杵。**猪胆**调黄檗。**牡鼠**煎油。**虎骨**炙研。 屎中骨同。**猪毛尾**同烧灰，和胶。**鹿角胶**化。**黄明胶 牛屎**湿涂。**乌毡**灰。**蜀水花 蚕蛾 海螵蛸 鲤鱼 烂螺壳**烧。**蛤粉 人精**和鹰屎白，或女人精涂。**人中白**并涂。**食盐**但汤火伤，先以盐掺护肉，乃用涂药。**海蛇**贴。**梨**贴之，免烂。**皂矾**化水洗，疼即止。**酱汁 米醋**并洗，以滓傅。**薄荷**汁。**黄檗**末。并涂冬月向火，两股生疮湿痒。

金、镞、竹、木伤

【内治】**大黄**金疮烦痛[116]，同黄芩丸服。**甘草 三七 当归 芎䓖 藁本 白芍药 羌活 红蓝花 牛膝 郁金**并酒服，活血止痛。**木通**煮汁酿酒。**乌韭**[117] **垣衣**[118]并渍酒服。**紫葛 每始王木 桑寄生 故绵**[119] **黑大豆**并煎水服。**赤小豆**醋渍炒研。**炒盐**酒服，主血出多。**童尿**热服，止血。**所出血**和水服。**没药**末透膜者，同乳香、童尿，酒煎服。**牡丹皮**内漏血不出，末服，立尿出血。**葱汁**同麻子煮服，吐败血。**薤白**生肌。**蕉子**生食，合口。**五子实**宜食。**槟榔**金疮恶心，同橘皮末服。**蔷薇根**为末日服，生肌止痛。**金疮小草**捣服，破血生肌。**杨白皮**水服，并涂，止痛。**棘刺花**金疮内漏。**雄黄**金疮内漏，同童尿服五钱，血化为水也。**花蕊石**童尿、酒服，并掺之，血化为水，不作脓。**杏仁**金疮中风，蒸绞汁服，并涂之。**大蒜**金疮中风，煮酒服，取汗。**米醋**金疮昏运。**琥珀**金疮闷绝，尿服一钱。**蝙蝠**烧末水服，当下血水。**女人中衣带**金疮犯内，血出不止，五寸烧灰，水服。**人势**[20]下蚕室人，疮口不合，取本势烧存性，研末，水服。**玳瑁**甲，煎汁。或刺血热饮。**龟筒**煎汁。**贝子**烧研，水服。**白鸭通**[21]汁。**人屎**汁。**月经衣**烧灰，酒服。**裈裆汁**并解药箭毒。**牡鼠肉**箭镞入肉，烧研酒服，疮痒即出。**生地黄**毒箭入肉，丸服，百日自出。**猪腰子**毒箭伤，磨酒服，并涂。**半夏**金刃箭镞入骨肉，同白敛末服。**王不留行**　**瞿麦**并主竹木入肉，研末，水服并傅。**酸枣仁**刺入肉中，烧末，水服，立出。

【外治】**石灰**傅金疮吐血，定痛神品。　或同大黄末，或同槐花末，或同苎麻叶捣收，或同麻叶、青蒿捣收，或同韭汁收，或同晚蚕蛾捣收，或同牡鼠捣收。**松烟墨**　**釜底墨**　**百草霜**　**石炭**　**门臼灰**　**寒水石**同沥青。**云母粉**　**香炉灰**　**无名异**　**石蚕**　**蜜栗子**　**乌叠泥**　**黄丹**或入白矾。**铜屑**或入松脂。**铜青**　**石青**　**石胆**　**慈石**　**硇砂**　**白矾**　**皂矾**　**蜜蜡**　**壁钱窠**贴。**五倍子**　**紫矿**　**白僵蚕**　**牡蛎粉**。**蜘蛛**网。**鸡血**破生鸡搨之。**牛血**伤重者，破牛腹纳入，食久即苏也。**象皮**灰，合创口。**犬胆**　**狗头骨**　**白马通**　**马屎中粟**　**天鹅绒**灰。**人精**　**人屎灰**傅金疮肠出。**三七**内服外傅。**白及**同石膏。**苎叶**　**金星草**消肿。**紫参**　**白头翁**　**地榆**　**白芷**　**白微**　**刘寄奴**　**马蔺子**　**马兰**　**贯众**　**夏枯草**　**泽兰**　**大小蓟**　**苦芙**　**狼牙草**　**艾叶**　**续断**　**天南星**　**地菘**　**马鞭草**　**漏卢**　**车前草**　**青黛**　**天雄**　**鹿蹄草**　**钩吻**　**野葛叶**　**蛇衔**　**蜀葵花**　**白敛**　**石韦**　**白药子**　**地锦**　**萝摩子**　**冬葵**　**王不留行**　**金疮小草**　**葱白**炒封，或同蜜捣封，或煎汁洗之。**糯米**浸七七日，炒研。**稗根**　**生面**　**胡麻**　**干梅**烧。**槟榔**同黄连末。**独栗**嚼。**乌柿**　**荷叶**　**藕节**　**乳香**　**没药**　**血竭**　**元慈勒**　**降真香**或入五倍子。**柽乳**　**质汗**　**琥珀**　**紫檀香**　**地骨皮**并止血神妙。**刺桐花**　**桑白皮**灰，和马屎涂，亦煮汁服。　缝金疮肠出。**桑叶**同苧叶、金樱叶，军中名一捻金。**桑皮汁**　**桑柴**灰。**杉皮**灰。**棕皮**灰。**柳花**　**楮实**　**钓樟**　**绯帛**灰。**绵纸**灰。**拨火杖**灰。**败船茹**灰。**甑带**灰。**灯花**并止血定痛。　**枫香**傅金疮筋断。**旋花根**金疮筋断，杵汁滴入，并贴，日三易，半月愈。**苏方木**刀斧伤指，或断者，末傅，茧裹，数日如故。**鸡子白皮**误割舌断，先以套之。**牛蒡根**、**叶**傅之，永不畏风。**铁爇**涂金疮，风水不入。**朱鳖**佩之，刀剑不能伤。**女人裈裆**炙熨，止血。**热汤**故帛染搨。**冷水**浸之。并止血。**人气**吹之，断血。　**栝楼根**箭镞针刺入肉，捣涂，日三易之。**莨菪根**箭头不出，为丸贴脐。恶刺伤人，煮汁滴之。**巴豆**箭镞入肉，同蜣螂涂之，拔出。**雄黄**　**盐药**　**山獭屎**并傅药箭毒。**蔷薇根**　**蓖麻子**　**双杏仁**　**独栗子**　**黑豆**并嚼涂镞刃针刺入肉不出。**桑灰汁**　**鳞蛇胆**　**羊屎**同猪脂。**车脂**　**石油**并涂针箭竹刺入肉。**松脂**针入肉中，傅裹，五日根出，不痛不痒。**鼠脑**针刺竹木入肉，捣涂即出。箭镝针刀在咽喉胸膈诸处，同肝捣涂之。**象牙**诸铁及杂骨鱼刺入肉，刮末厚傅，其刺自软，箭物自出也。**人爪**针折及竹木刺入肉，并刮末，同酸枣仁涂之，次日出也。**齿垢**涂竹木入肉，令不烂。或加黑虱一枚。**牛膝**　**白茅根**　**白梅**并嚼。**铁华粉**　**晚蚕蛾**　蠮螉　**马肉蛆**　**鱼鳔**并捣。**鸦**炙研，醋调。**鸡毛**灰。**乌雄鸡肉**捣。**陈熏肉**切片。**鹿角**　**鹿脑**　**狐唇**　**狐屎**并涂竹木刺入肉。**人尿**刺入肉，温渍之。

跌仆折伤　肠出　杖疮

【内治活血】**大黄**同当归煎服。或同桃仁。**玄胡索**豆淋酒服。**刘寄奴**同玄胡索、骨碎补，水煎服。**土当归**煎酒服。或同葱白、荆芥，水煎服。**三七**磨酒。**虎杖**煎酒。**蒲黄**酒服。**黄葵子**酒服。**五爪龙**汁，和童尿、酒服。**婆婆针袋儿**擂水服，并傅。即萝摩。**何首乌**同黑豆、皂角等丸服，治损宽筋。**黑大豆**煮汁频饮。**豆豉**水煎。**寒食蒸饼**酒服。**红曲**酒服。**生姜**汁，同香油，入酒。**补骨脂**同茴香、辣桂末，酒服。**干藕**同茴香末，日服。**荷叶**烧研，童尿服，利血甚效。**白莴苣子**同乳香、乌梅、白术服，止痛。**胡桃**擂酒。**杏枝**　**松节**　**白杨皮**并煎酒服。**甜瓜叶**　**琥珀**　**没药**　**桂**并调酒服。**扶移**木皮浸酒。**夜合树皮**[22]擂酒服，并封之，和血消肿。**松杨**破恶血，养好血。**当归**　**蓬莪茂**　**三棱**　**赤芍药**　**牡丹皮**　**苏方木**　**马兰**　**泽兰**　**败蒲**灰。**童尿**酒服。不拘有无瘀血，推陈致新，胜于他药。**白马蹄**烧研，酒服，化血为水。**羊角**沙糖水炒焦，酒服，止痛。**鹿角**恶血骨痛，酒服，日三。**黄明胶**同冬瓜皮炒焦，酒服，取汗。亦治多年损痛。**雄鸡血**和酒热饮至醉，痛立止也。**鸦右翅**瘀血攻心，面青气短，七枚，烧研酒服，当吐血愈。**鲍鱼**煎服，主损伤，瘀血在四肢不散者。**水蛭**酒服，行血。或加大黄、牵牛取利。**麻油**入酒服，烧热地卧之，觉即疼肿俱消。**黄茄种**消青肿，焙末酒服二钱，一夜平。　重阳收，化为水服，散恶血。**猪肉**伤损血在胸膈不食者，生剁，温水送下半钱，即思食。

【内治接骨】**骨碎补**研汁和酒服，以滓傅之。或研入黄米粥裹之。**地黄**折臂断筋损骨，研汁和酒服，一月即连续，仍炒热贴。**白及**酒服二钱，不减自然铜也。**黄麻灰**同发灰、乳香，酒服。**接骨木**煎服。**卖子木**去血中留饮，续绝补髓。**自然铜**散血止痛，乃接骨要药。**铜屑**酒服。**古文钱**同真珠、甜瓜子末，酒服。**铜钴铒**[123]水飞，酒服二钱，不过再服。**生铁**煎酒，散血。**铁浆粉**闪肭脱臼，同黍米、葱白炒焦，酒服，仍水、醋调傅。**无名异**酒服，散血。入乳、没，接骨。**乌古瓦**[124]煅研酒服，接骨神方。**胡粉**同当归、莪茂末，苏木汤服。**䗪虫**接骨神药，擂酒服。或焙存性，酒服三钱。或入自然铜末。　一用乳、没、龙骨、自然铜等分，麝香少许，每服三分，入干䗪末一个，酒服。又可代杖。秘方。又土鳖炒干，巴豆霜、半夏等分，研末，每黄酒服一、二分，接骨如神。**龟血**酒服，捣肉封之。**蟹**擂酒，连饮数碗，以滓封之，半日骨内有声，即接。干者，烧研酒服。**鹗骨**烧研，同煅过古钱等分，每酒服一钱，接骨极效。**雕骨**烧末，酒服二钱，随病上下。**鹰骨**同上。**人骨**同乳香、红绢灰，酒服。**少妇发**一团，包乳香一块，烧过，酒服一字，妙。

【外治散瘀接骨】**大黄**姜汁调涂，一夜变色。**凤仙花叶**捣涂频上，一夜即平。**半夏**水调涂，一夜即消。**附子**煎猪脂、醋涂。**糯米**寒食浸，至小满晒研，如用，水调涂之。**白杨皮**血沥在骨肉间，痛不可忍，杂五木煎汤服之。**黄土**瘀血凝痛欲死，蒸热布裹，更互熨之，死者亦活也。**白矾**泡汤熨之，止痛。　闪出骨窍，同绿豆、蚕沙炒傅。**乌鸡**一切折伤，兽触胸腹者，连毛捣烂醋和，隔布搨之，待振寒欲吐，徐取下，再上。**牛马血**折伤垂死，破牛或马腹纳入，浸热血中，愈。**苎叶**和石灰捣收。**地黄**炒热杵泥。**灯心**嚼。**牛膝**　**旋花根**　**紫苏**　**三七**　**莨菪子**　**蛇床**　**栝楼根**　**白敛**　**土瓜根**　**茜根**　**地锦**　**骨碎补**　**水萍**　**威灵仙**　**何首乌**　**稻瓤**　**黍米**烧。**麦麸**醋炒。**麦面**水和，并服。**稗草**　**绿豆粉**炒紫。**豆黄**　**豆腐**贴，频易。**酒糟**　**葱白**煨。**萝卜**　**生姜**同葱白、面炒。　汁，同酒调面。**桃仁**　**李核仁**　**肥皂**醋调。**盐杨梅**和核研。**桑白皮**煎膏。**降真香**　**骐驎竭**　**水桐皮**　**乳香**　**没药**　**落雁木**　**质汗**　**桑叶**　**卮子**同面捣。**蜜栗子**　**石青**　**故绯**　**炊单布**　**蛤蚧**　**吊脂**　**海螵蛸**　**鳔胶**水煮。**鳖肉**生捣。**龟肉**　**摄龟**并生捣。**熊肉**贴。**羊脂**　**野驼脂**　**犛牛酥**　**牛髓**　**猪髓**并摩。**黄牛屎**炒罨。**白马屎**炒罨。**诸朽骨**唾磨涂。**猪肉**炙贴。**牛肉**炙贴。**乌毡**盐、醋煮热裹。并消瘀血青肿。**紫荆皮**伤眼青肿，童尿浸研，和姜、苄汁，涂之。**釜底墨**涂手搔疮肿。**母猪蹄**煮，洗伤挞诸败疮。**栗子**筋骨断碎，瘀血肿痛，生嚼涂之，有效。**蟹肉**筋骨折伤断绝，连黄捣泥，微纳罨，筋即连也。**五灵脂**骨折肿痛，同白及、乳、没，油调涂。　接骨，同茴香，先傅乳香，次涂小米粥，乃上药，帛裹木夹，三、五日效。**狗头骨**接骨，烧研，热醋调涂。**牛蹄甲**接骨，同乳、没烧研，黄米糊和傅。**芸苔子**同黄米、龙骨，接骨。**鞋底灰**同面和。

【肠出】**热鸡血**金疮肠出，干人屎末抹之，桑白皮缝合，以血涂之。**慈石**金疮肠出，纳入，同滑石末，米饮日服二钱。**人参**胁腹肠出，急抹油内入，人参、枸杞汁淋之，吃羊肾粥，十日愈。**小麦**金疮肠出，煮汁噀面。**大麦**煮汁，洗肠推入，但饮米糜。**冷水**坠损肠出，喷其身面则入。

【杖疮】〔内治〕**童尿**杖毕，即和酒服，免血攻心。**三七**酒服三钱，血不冲心，仍爵涂之。**红**

曲擂酒服。**大黄**煎酒服，下去瘀血，外以姜汁或童尿调涂，一夜黑者紫，二夜紫者白。**无名异**临时服之，杖不甚伤。**䗪虫**方见折伤。**白蜡**酒服一两。**人骨**烧末酒服。并杖不痛。〔外治〕**半夏**末破者，水调涂，一夜血散。**凤仙花叶**已破者，频涂，一夜血散。冬用干。**葱白**炒罯。**酒糟**隔纸罯之。**豆腐**热贴，色淡为度。**萝卜**捣贴。**羊肉**热贴。**猪肉**热贴。**芙蓉**同皂角、鸡子白。**绿豆粉**同鸡子白。**黄土**同鸡子、童尿，不住上。**石灰**油调。或和猪血，烧三次，研。**滑石**同大黄、赤石脂。**水粉**同水银、赤石脂。**雄黄**同密陀僧，或同无名异。**乳香**煎油。或入没药、米粉。**牛蒡根、叶**涂之，永不畏风。**大豆黄**末。**黍米**炒焦。**马齿苋**杵。**赤龙皮**烧。**五倍子**醋炒。**血竭**　**密陀僧**香油熬膏。**松香**　**黄蜡**并熬膏。**鸡子黄**熬油。**猪胆**汁扫。**未毛鼠**同桑椹浸油扫之。**黄瓜**六月六日瓶收，浸水扫之。**猪蹄**汤洗。**羊皮**卧之，消青肿。

五绝　缢死　溺死　压死　冻死　惊死

【缢死】半夏五绝死，但心头温者，以末吹鼻，皆可活。**皂荚末**五绝死者，吹其耳鼻。**梁上尘**五绝死，吹耳鼻。**葱心**五绝死，刺其耳鼻出血，即愈。**蓝汁**缢死，灌之。**鸡冠血**缢死者，徐徐抱住，解绳，不得割断，安脚卧之，紧挽其发，一人摩其胸胁，一人屈其臂及足胫，待其气回，刺血滴入口中，即活。或桂汤亦可。**鸡屎白**缢死，心下犹温者，酒服枣许。

【溺死】皂荚吹其耳鼻，及绵包纳入下部，出水即活。　梁尘亦可。**食盐**溺死，放大凳上，高其后脚，盐擦脐中，待水流出，但心头温者皆活。**石灰**裹纳下部，出水。**灶灰**埋之，露其七孔。白沙亦可。**老姜**溺死人横安牛背上，扶定，牵牛徐行，出水后，以姜擦牙。

【压死】麻油墙壁物卒压死，心头温者，将身盘坐，紧提其发，用半夏吹鼻取嚏，以油和姜汁灌之，余同折伤。**豆豉**跌死，煎服。**童尿**热灌。

【冻死】灶灰冬月冻死，略有气者，炒灰包熨心上，冷即换，待气回，少与酒、粥。不可近火，即死。

【惊死】醇酒惊怖死，俗名吓死，灌之。

诸虫伤　蛇虺　蜈蚣　蜂虿[125]　蜘蛛　蠼螋[126]　蚕载[127]　蚯蚓蜗牛　射工沙虱　蛭蝼蚁蝇　蚰蜒　辟除诸虫

【蛇、虺伤】〔内治〕**贝母**酒服至醉，毒水自出。**丝瓜根**擂生酒饮醉，立愈。**白芷**水服半两，扎定两头，水出即消。或同雄黄、麝香、细辛，酒服。**甘草**毒蛇伤人，目黑口噤，毒气入腹，同白矾末，冷水服二钱。**蒜**一升，乳二升，煮食，仍煮童尿热渍之。**麻油**　**米醋**并急饮二碗，毒即散。**兔葵**　**荠苨**　**长松**　**恶实**　**辟虺雷**　**草犀**　**白兔藿**　**黄药子**　**蘘荷**　**地榆**　**鬼臼**　**决明叶**　**蛇莓**　**冬葵根、叶**　**海根**　**苋菜**并主蛇、虫、虺、蝮伤，捣汁或为末服。**五叶藤**　**茴香**　**半边莲**　**樱桃叶**　**小青**　**大青**　**水苹**并捣汁服，滓傅。**络石**服汁并洗。**紫荆皮**煎服并洗。**木香**　**青黛**同雄黄。**鬼针**　**茱萸**并水服，外涂之。**水苏**　**小蓟**　**苎根、叶**　**金凤花、叶**　**苍耳**并酒服，外涂之。**重台**酒服，外同续随子涂。**磨刀水**　**铁浆**　**雄黄**　**犀角**并服之，令毒不攻内。**五灵脂**同雄黄、酒灌之，外涂之。〔外治〕**艾叶**隔蒜灸之。**蜀椒**涂之。　蛇入人口，破尾，纳椒末入内，自出。**母猪尾血**蛇入人七孔，割血滴之。**蛇含草**　**蛇罔草**　**马蔺草**　**天名精**　**续随子**　**蜈蚣草**　**鹿蹄草**　**益母草**　**菩萨草**　**天南星**　**预知子**　**鱼腥草**　**扁豆叶**　**慈姑叶**　**山慈姑**　**山豆根**　**独行根**　**赤薜荔**　**千里及**　**灰藋叶**　**乌桕皮**　**楤木皮**　**旱堇汁**　**水芹**　**马兰**　**狼牙**　**荨麻**　**山漆**　**薄荷**　**紫苏**　**葛根**　**通草**　**葎草**　**蚤休**　**地菘**　**豨莶**　**海芋**　**荏叶**　**水荇**极效。**酸浆**　**醋草**　**芋叶**　**藜叶**　**甜藤**　**蕨根**　**白苣**　**莴苣**　**菰根**　**干姜**　**姜汗**　**韭根汁**。**独蒜**　**薤白**　**酒糟**　**巴豆**　**榧子**　**桑汁**　**楮汁**　**楮叶**同麻叶。**桂心**同栝楼末。**白矾**或入雄黄。**丹砂**　**胡粉**　**食盐**　**盐药**　**铁精粉**　**蚯蚓泥**　**檐溜下泥**　**蜜**　**蜘蛛**　**甲煎**　**牛酥**入盐。**生蚕蛾**捣。**蛤蟆**捣。**五灵脂**　**猪齿灰**　**猪**

耳垢　牛耳垢　人耳塞同头垢、井泥、蚯蚓泥。人齿垢　梳垢　鼠屎　鼬鼠屎　食蛇鼠屎　双头鹿腹中屎并涂一切蛇伤。秦皮洗，并傅。人尿洗之，抹以口津。　蛇缠人足，尿之，或沃以温汤。男子阴毛蛇伤，以口含之，咽汁。鸡子合蛇伤处。鸩喙刮末傅之。　佩之，辟蛇虺。麝香傅。蜈蚣烧傅。雄黄同干姜傅。并佩之，辟蛇虺。

【蜈蚣伤】蜗牛　蛞蝓[128]　乌鸡屎　五灵脂　独蒜　芸苔子油。蛇含　香附嚼。苋菜　马齿苋　菩萨草　人参　蚯蚓泥　胡椒　茱萸　楝叶汁。生姜汁调蚌粉。桑根汁　雄黄　井底泥　食盐　生铁磨醋。耳塞　头垢同苦参。地上土　尿坑泥　城东腐木渍汁。　并涂之。鸡冠血涂。　中蜈蚣毒，舌胀出口者，含满咽汁。鸡子合之。蜘蛛咂咬处。麻鞋底炙熨。乱发烧熏。灯火照熏。牛血　猪血并主误吞蜈蚣，饮之至饱，当吐出也。

【蜂、虿伤】〔内治〕贝母酒服。〔外治〕雄黄磨醋。菩萨石　梳垢　麝香　牛酥　牛角灰。牛屎灰。蟹壳烧。甲煎　楮汁　苋汁　茱萸　蛇含　葵花　灰藋　人参嚼。白兔藿　五叶藤　尿坑泥　檐溜下泥并涂蜂伤。小蓟　恶实　葵叶　鬼针并涂蝎伤，仍取汁服。芋叶　苦苣　冬瓜叶　马齿苋　胡麻油　韭汁　干姜　薄荷　青蒿　大麻叶　苦李仁　楝叶汁　蓝汁　酒糟　藜叶　蜀椒　食茱萸　木槿叶　齿中残饭　半夏　附子磨醋。黄丹　硇砂　土槟榔　地上土　白矾同南星。丹砂　食盐　蜗牛　蛞蝓　五灵脂　海螵蛸　驴耳垢　守宫涂蝎伤。蜘蛛咂蝎伤。热酒洗。赤龙浴水　冷水　温汤并浸洗。葱白隔灸。槐枝炮熨。皂荚炙熨。油梳炙熨。鸡子　木碗并合之。拨火杖蝎伤，取横井上，自安。

【蜘蛛伤】〔内治〕醇酒山中草蜘蛛毒人，一身生丝，饮醉并洗之。贝母酒服。苍耳叶煎酒。小蓟煎糖饮，并傅之。秦皮煎服。鬼针汁。蓝青汁。羊乳　牛乳并饮及傅。〔外治〕芋叶　葱　胡麻油　山豆根　通草　豨莶　藜叶　灰藋　合欢皮　旧簟灰[129]　蔓菁汁　桑汁　雄黄　鼠负　蚯蚓　土蜂窠　赤翅蜂　驴尿泥　鸡冠血　麝香　猴屎　头垢并涂之。驴屎汁。人屎汁。并浸洗。白矾傅壁镜毒。

【蠼螋伤】〔内治〕醇酒蠼螋，状如小蜈蚣、蚰蜒，六足，尾有二须，能夹人成疮，又能尿人影，成疮累累蠚人，恶寒且热，但饮酒至醉，良。〔外治〕米醋　豆豉　茶叶　梨叶　鸡肠草　鱼腥草　马鞭草　大黄　豨莶　蒺藜　巴豆　败酱草　故蓑衣灰。旧簟灰　鹿角汁。犀角汁。羊须灰。麝香　乌鸡翅灰。燕窠土　地上土　食盐　胡粉　雄黄　丹砂并涂。槐白皮浸醋洗。鸡子合之。

【蚕螫伤】苦苣　莴苣　赤薜荔　苎根　预知子　椰桐皮　百部　灰藋　田父　麝香并涂蚕咬。紫荆皮洗蚕咬。蚕网草诸虫如蚕咬，毒入腹，煮饮。草犀服汁，解恶螫毒。豉　茖葱　马齿苋　食茱萸　松脂　青黛　韭汁　燕窠土　雄黄　牛耳垢　狐屎并傅恶螫虫伤。丁香傅桑蝎伤。麻油灯熏蝎虫伤。蛇退洗恶虫伤。蒜同曲。胡瓜根　灰藋叶　马鞭草　干姜　葱汁　韭汁　茶叶　杏仁　巴豆　桑灰　雄黄　丹砂　蚁蛭　蜜蜡　头垢并傅狐尿螫疮[130]。乌鸡搨狐尿疮。发烟熏狐尿疮。人尿　驴尿　白马尿并浸狐尿刺疮。

【蚯蚓、蜗牛伤】石灰　盐汤并主中蚯蚓咬毒，形如大风，泡汤浸之，良。葱　蜀羊泉同黄丹。百舌窠中土同醋。鸭通并傅蚯蚓咬。吹火筒蚓呵小儿阴肿，吹之即消。蓼子浸蜗牛吹。

【射工、沙虱毒】〔内治〕山慈姑吐之。苍耳叶煎酒。雄黄磨酒。牛膝煎水。草犀汁。苋汁。马齿苋汁。梅叶汁。蘘荷汁。狼毒汁。鬼臼汁。悬钩子汁。浮萍末。知母末。射干末。白矾末，同甘草。丹砂末。斑蝥烧。溪狗虫烧。鸂鶒[131]炙食。鹅血　鸭血并主射工、沙虱、溪毒中人，寒热生疮。〔外治〕莴苣　蒜　白芥子　芥子　葱　茖葱　茱萸同蒜、葱煮汁。鸡肠草　梨叶　皂荚末，和醋。白鸡屎和饧。鹦玛[132]毛、屎　芫青　鼠负　熊胆　麝香　白矾并涂射工、沙虱、溪毒疮。豉母虫含之，除射工毒。**溪鬼虫喙** **鹅毛**并佩之，辟射工毒。

【蛭、蝼、蚁、蝇伤】黄泥水 **浸蓝水** **牛血** **羊血**同猪脂。**鸡血** **狗涎**蒸饼染食。并主误吞水蛭，服之即下出。**朱砂**傅水蛭伤人疮。**灰藋** **槲叶** **藜叶** **盐药** **石灰**并涂蝼蛄咬。**土槟榔** **穿山甲** **山豆根** **檐溜下泥** **地上土**并涂蚁咬。**百部**杀蝇蚁咬毒。**盐**擦黄蝇毒。

【蚰蜒伤】白矾 **胡麻**并涂蚰蜒咬。

【辟除诸虫】〔辟蚊蚋〕**社酒**洒壁。**蝙蝠血**涂帐。**腊水**浸灯心。**荠枝**作灯杖。**天仙藤**同木屑。**木鳖**同川芎、雄黄。**浮萍**烧熏，或加羌活。**茅香**同木鳖、雄黄。**菖蒲**同楝花、柏子。**夜明砂**单烧，或同浮萍、苦楝花。**鳖甲**同夜明砂。并烧熏。〔辟壁虱、蚤、虫〕**樟脑** **菖蒲** **白菖** **木瓜** **蒴藋** **龙葵** **茯苓**末。**辣蓼** **荞麦秸**并铺席下。**白胶香** **百部** **牛角** **骡蹄** **白马蹄** **蟹壳**并烧烟熏。**蟹黄**同安息香、松鼠烧。〔辟虮、虱〕**虱建草** **大空** **藜芦** **百部** **白矾** **水银** **银朱** **轻粉** **铜青**〔辟蝇、蛾〕**绿矾水** **腊雪水**〔辟蚰蜒〕**春牛泥**〔辟蠹虫〕**萵苣**端午日收。**芸香** **角蒿叶**并安箱中。**莽草**烧熏。

诸兽伤 虎狼 熊罴猪猫 犬猘[⑩] 驴马 鼠咬 人咬

【虎、狼伤】〔内治〕**醇酒**饮醉。**芒茎**捣汁，或同葛根煎汁。**葛根**汁，或研末。**兔葵**汁。**地榆**汁。**草犀**汁。**胡麻油** **生姜**汁。**沙糖** **铁浆**并内饮外涂，则毒不入腹。**妇人月经衣**烧服，主虎狼伤。〔外治〕**山漆** **豨莶** **粟米** **干姜** **薤白** **独栗** **白矾** **蛴螬** **猬脂** **菩萨石**并涂虎咬爪伤。**青布**烧熏虎狼咬伤疮。

【熊、罴、猪、猫伤】〔内治〕**蒴藋**汁服。**蒜菜**汁服。并主熊罷**伤，仍外涂。〔外治〕独栗烧**。**粟米**嚼。并涂熊兽伤。**松脂**作饼。**龟版**灰。**鼠屎**灰。**薄荷** **檐溜泥**并涂猫咬。**射罔**杀禽兽毒。

【犬、猘伤】〔内治〕**雄黄**同麝香，酒服。同青黛，水服。**苍耳叶**煎酒。**桃白皮**煎水。**紫荆皮**汁。**地黄**汁。**白兔藿**汁。**蔓菁根**汁。**生姜**汁。**韭根**汁。并内饮、外涂百度。**故梳**同韭根煎。**百家箸**煎汁。**头垢**同猬皮灰，水服。**猬头**烧，同发灰，水服。**驴尿** **狼牙草灰**水服。**芫青**米炒，酒服。并主猘犬、恶犬伤。**莨菪子**狂犬伤，日吞七粒，及捣根涂。**铁浆**狂犬伤，饮之，毒不入内。**斑蝥**风狗伤，以三个研细，酒煎服，即下肉狗四十个乃止，未尽再服。用七个，糯米一撮，炒黄，去米，入百草霜一钱，米饮服之，取下肉狗。**糯米**一勺，斑蝥三七个，分作三次炒，去蝥研末，分作三服，冷水滴油下，取恶物。**蛤蟆脍** **蚺蛇脯**并主狂犬伤，食之不发。〔外治〕**艾叶**猘犬伤，灸七壮，或隔床下土灸之。**瓦松**同雄黄，贴风狗咬，永不发。**卮子**烧，入硫黄末。**栾荆皮**同沙糖。**雄黄**入麝香。**山慈姑** **苏叶**嚼。**蓼叶** **莽草** **蓖麻子** **韭汁** **薤白** **葱白** **胆矾** **蚯蚓泥** **红娘子** **死蛇灰** **犬屎** **虎骨**牙、脂同。**人血**并涂狂犬、恶犬伤。**人参**狗咬破伤风，桑柴烧存性，掺之。**屋游** **地榆** **鹿蹄草** **黄药子** **秫米** **干姜** **乌柿** **赤薜荔** **杏仁** **马蔺根**同杏仁。**白果** **白矾** **菩萨石** **竹篮耳**灰。**冬灰** **黄蜡** **猪耳垢** **鼠屎**灰。**牛屎** **人屎**并涂犬伤。**人尿** **冷水** **屋漏水**并洗犬伤。

【驴、马伤】〔内治〕**马齿苋**马咬毒入心，煎服之。**人屎**马汗、马血入疮，欲死，服汁。**马屎中粟**剥驴马中毒，绞汁服，并涂之，仍以尿洗。**柽柳**剥驴马毒血入内，浸汁服，并取木片炙之。**葶苈**马汗毒气入腹，浸汤饮，取下恶血。**醇酒**马毒气入腹，杀人，多饮令醉。〔外治〕**益母草**和醋。**鼠屎**并涂马咬。**独栗**烧。**白马通** **鸡冠血**并涂马咬，及马汗入疮，剥驴马骨刺伤人欲死。**月经水**涂马血入疮，剥马骨伤人，神效。**马头**灰。**马鞭**灰。**鸡毛**灰。**乌梅**和醋。**雄黄** **白矾** **石灰**并傅马汗或毛入疮肿痛，入腹杀人。**水堇**汁。**冷水** **热汤**并洗马汗、马毛入疮。

【鼠咬】狸肉食。**狸肝** **猫头及毛**灰。**猫屎** **麝香**并涂。

【人咬】龟版灰。**摄龟甲**灰。并涂之。**人尿**浸。

诸毒　金石　草木　果菜　虫鱼　禽兽

【金、石毒】甘草安和七十二种石，一千二百种草，解百药毒。　凡药毒，用麻油浸甘草节嚼之，因汁良。大青　麦门冬　人参汤　荠苨汁　莼心　冬葵子　瞿麦　蓝汁。金星草　葳蕤汁　苎根汁　萱根　蕉根汁　绿豆　胡豆　白扁豆　黑大豆　余甘子　冬瓜练　乌芋　水芹汁　寒水石　黑铅溶化淬酒。魁蛤肉　牡蛎肉　蚌肉　蚬子肉　蛏肠　石蟹汁　鳗鲡鱼　田螺　雁肪肉　鸭肉　白鸭通　乌肉　犀角汁　猪膏　猪肉　猪骨　猪血　羊血　兔血　诸血　牛膍[34]　兔肉并解一切丹石毒。　〔砒石毒〕米醋吐。乌桕根下。白芷　郁金并井水服。胡粉地浆服。白扁豆水服。蚤休磨汁。黑铅　鲞鱼枕并磨汁。蓝汁　荠苨汁　酱汁　绿豆汁　豆粉　大豆汁　杨梅树皮汁　冬瓜藤汁　早稻秆灰汁　地浆　井泉水　白鸭通汁　豭猪屎汁　人屎汁　鸭血　羊血　雄鸡血　胡麻油　〔礜石毒〕黑大豆　白鹅膏　〔硇砂毒〕绿豆汁　浮萍硇砂损阴，同猪蹄煎汁渍洗。　〔硫黄毒〕金星草　胡麻油　米醋　飞廉　细辛　余甘子煎水。乌梅煎。黑铅煎。铁浆　朴消　猪血　羊血　冷猪肉　鸭肉　猪脂　〔雄黄毒〕防己煎汁。　〔丹砂毒〕蓝青汁　咸水　〔水银毒〕黑铅　炭末煎汁。金器破口，煮汁服。　入耳，熨之、枕之引出。　〔轻粉毒〕黄连　贯众　酱汁　黑铅壶浸酒。斑蝥　猪肉　〔石英毒〕麻鞋煮汁。石燕煮汁。醇酒服紫石英乍寒乍热者，饮之良。鸡子　猪肉〔钟乳毒〕鸡子清　猪肉　〔石炭毒〕冷水中石炭毒，昏瞀，饮之即解。　〔生金毒〕白药子　余甘子　翡翠石　鹧鸪肉　鸭血　白鸭通汁。鸡屎淋汁。金蛇煮汁。　〔生银毒〕葱汁　鸡子汁。鸭血　鸭通汁。银蛇煮汁。水银服之即出。　〔锡毒〕杏仁　〔铜毒〕慈姑　胡桃　鸭通汁　〔铁毒〕慈石　皂荚　猪、犬脂　乳香　貘屎　〔土坑毒气〕猪肉

【草、木毒】防风诸药毒已死，只心头温者，擂水冷灌之。葛根诸药毒吐下欲死，煮汁服。甘草　荠苨　蓝汁。蓝实　承露仙　榼藤子　淡竹叶同甘草、黑豆同煎服。粟米绞汁。土芋取吐。绿豆汁。黑豆汁。白扁豆汁。生姜　葱汁。芽茶同白矾。地浆　黄土煮汁。蚕故纸灰水服。鼋甲　玳瑁　车渠　龟筒　白鹇　白鸽血　鹧鸪　孔雀脯　牛膍　犀角汁。猪屎汁。人屎汁并解百药毒。　〔钩吻毒〕荠苨汁　蕹菜汁　葛根汁　葱汁　桂汁　白鸭血　白鹅血　羊血并热饮。鸡子清　鸡㲉雏同麻油研烂灌之，取吐。犀角汁　猪膏　人屎汁　〔射罔毒〕蓝汁　葛根大麻子汁　大小豆汁　饴糖　藕汁　芰汁　竹沥　冷水　蚯蚓粪　贝齿　六畜血　人屎汁　〔乌头、附子、天雄毒〕防风汁　远志汁　甘草汁　人参汁　黄芪　乌韭　绿豆　黑豆　寒食饧　大枣肉　井华水　陈壁土泡汤服。　〔蒙汗毒〕冷水　〔鼠莽毒〕蚤休磨水。镜面草　豇豆汁　黑豆汁　乌桕根　明矾入少茶，水服。鸡血　鸭血　羊血并热饮。　〔羊踯躅毒〕卮子汁　〔狼毒毒〕蓝汁　盐汁　白敛　杏仁　木占斯　〔防葵毒〕葵根汁　〔莨菪毒〕荠苨　甘草　升麻汁。蟹汁。犀角汁。　〔山芋毒〕地浆　人屎汁。　〔苦瓠毒〕稷米汁。黍瓤汁。　〔大戟毒〕菖蒲汁。　〔甘遂毒〕黑豆汁　〔芫花毒〕防风汁。防己　甘草　桂汁　〔仙茅毒〕大黄　〔藜芦毒〕葱汁　雄黄　温汤　〔瓜蒂毒〕麝香　〔半夏、南星毒〕生姜汁　干姜煮汁。防风　〔桔梗毒〕白粥　〔巴豆毒〕黄连汁　菖蒲汁　甘草汁　葛根汁　白药子　黑豆汁　生藿汁　卢会　冷水　寒水石　〔桂毒〕葱汁　〔漆毒〕贯众　紫苏　蟹　〔桐油毒〕热酒　甘草　干柿

【果、菜毒】麝香　猪骨灰水服。米醋　头垢　童尿并解诸果、菜毒。山鹊肉解诸果毒。甘草　酱汁　酒糟　葛汁　白兔藿　白花藤　鸡屎灰并解诸菜毒。同贝齿、胡粉为末，酒服。杏根煎汁。　〔蜀椒毒〕葵子汁　豉汁　桂汁　蒜汁　大枣　冷水　地浆　黄土　雄鸡毛灰水服。童尿　〔烧酒毒〕冷水　绿豆粉　蚕豆苗　〔面毒〕萝卜　枸杞苗　贝子烧。胡桐泪　〔豆粉毒〕杏仁　豆腐　萝卜　〔莴苣毒〕姜汁　〔水芹毒〕硬糖　杏仁同乳饼、粳米煮粥食。　〔水莨菪

毒〕甘草汁　〔野芋毒〕地浆　人屎汁　〔野菌毒〕甘草煎麻油服。防风汁。忍冬汁。蠡实　酱汁　生姜　胡椒　绿豆汁。梨叶汁。荷叶煎。阿魏　地浆　黄土煮。鹧鸪　石首鱼枕　童尿　人屎汁

【虫、鱼毒】紫苏　荏叶　水苏　芦根　芦花　菩萨草酒服。大黄汁　马鞭草汁。苦参煎酣。缩砂仁　草豆蔻　酱汁　米醋　胡麻油　黑豆汁　冬瓜汁　橘皮煎。乌梅　橄榄　蜀椒　胡椒　莳萝　茴香　胡葱　大蒜　朴消　蓬砂同甘草，浸香油。鱼皮烧。鱼鳞烧。鲛鱼皮烧。　獭皮煮汁。并解一切鱼肉、虾、蟹毒。　〔河豚毒〕荻芽　芦花　蒌蒿　胡麻油　白扁豆　大豆汁　橄榄　五倍子同白矾，水服。槐花水服。橘皮煮。黑豆汁　紫苏汁　青黛汁　蓝汁　蜈蚣解虫、鱼毒。羊蹄叶捣汁或煎，解胡夷鱼、檀胡鱼、鲑鱼毒。　〔黄鲿鱼毒〕地浆黄鲿及无鳞诸鱼，反荆芥，服此解之。　〔鳝鱼毒〕蟹食之即解。　〔蟹毒〕苏汁　藕汁　冬瓜汁　干蒜汁　芦根汁蟹、柿相反，令人吐血，服此解。橙皮　丁香　〔鳖毒〕橄榄　胡椒　〔马刀毒〕新汲水　〔虾毒〕鸡鹘炙食。　〔斑蝥、芫青、地胆、樗鸡毒〕蓝汁　玉簪根　桂汁　黑豆汁　糯米　猪肉　猪胰　〔蜜虫毒〕卮子　〔蓝蛇头毒〕蓝蛇尾食之即解。　〔水虫毒〕秃鹫毛

【禽、兽毒】白兔藿诸肉菜大毒不可入口者，饮汁即解。白花藤　黄藤　黑豆汁　酱汁　米醋　山楂　阿魏　草豆蔻　犀角汁并解一切肉食鱼菜果蕈诸毒。　〔诸鸟肉毒〕生姜　白扁豆　狸头骨灰水服。　〔雉毒〕姜汁　犀角汁　〔鸡子毒〕米醋　〔鸠毒〕葛粉水服。　绿豆粉　〔六畜肉毒〕乌桕叶汁食牛马六畜肉生疔欲死，顿服三碗取利。白扁豆　小豆汁　豉汁　葱子煮汁。猪屎灰水服。并解六蓄肉毒。甘草汁　兰草汁　阿魏　绿豆汁　黄檗汁　麻鞋底煮汁。黄土煮汁。东壁土水服。地浆　头垢并解六畜牛马诸肉毒。　〔牛肉毒〕狼牙烧。圣虀　〔独肝牛毒〕牛肚噉蛇牛独肝，毛发向后，有毒，汁饮。人乳汁和鼓汁服。　〔马肝毒〕猪骨灰水服。鼠屎末服。头垢　〔猪肉毒〕猪屎灰水服。　〔狗毒〕杏仁　芦根　〔猪肝毒〕猪脂顿服五升。垢头巾泡汤服。　〔肉脯毒〕韭汁　黄土煮服。地浆　贝子烧，水服。猪骨灰水服。犬屎灰酒服。人屎灰酒服。头垢含咽。

蛊毒[135]

【解毒】荠苨解蛊毒、百药毒，饮其汁。蘘荷服汁，蛊立出。卧其叶，即自呼蛊主姓名。山慈姑同大戟、五倍子为紫金丹，服。徐长卿　天麻　钗子股　甘草吐。辟虺雷　升麻吐。锦地罗　吉利草　蘼芜　紫金牛　木香　龙胆草　草犀　格注草吐。独行根[136]　紫菀　马兜铃　郁金下。郁金香　钩吻　金丝草　合子草　芫花下。预知子　尧花下。牵牛子下。鸢尾下。土瓜根吐、下。山豆根　桔梗下。解毒子　鬼臼　白兔藿　连翘　千里及吐、下。羊蹄根　泽漆吐。慎火草　常山吐。藜芦　莼　赤车使者　茜根汁　胡麻油吐。糯谷颖煎汁。麦苗汁。小麦面水服。豆鼓　胡荽根擂酒。马齿苋汁。大蒜　苦瓠汁吐。鹿藿　百合根　槟榔　大腹皮　桃白皮下。榧子　枣木心吐。龙眼　食茱萸　蜀椒　盐麸子　甜瓜蒂吐。地椒　榴根皮　皂莁　槲树皮　巴豆　樗根皮　苏合香　生漆　相思子　雷丸　桃寄生　猪苓　石南实　桑木心　鬼箭羽　琥珀　半天河　车脂　猪槽水　故锦汁　釜墨　伏龙肝　古镜　朱砂银　铁精　菩萨石　金牙石　雄黄　方解石　长石　代赭石　石胆　黄矾石　白矾石　石蟹　诸盐水　石硷　霹雳砧　斑蝥　蚕蜕纸　五倍子　芫青　露蜂房　蜂子　鲮鲤甲　龙齿　蚺蛇胆及肉。自死蛇　蝮蛇　蛇蜕皮　蛇婆[137]鲩鱼胆　鱼枕　青鱼枕　鲞鱼枕　龟筒　鲛鱼皮　玳瑁　贝齿子　鹳骨　鹤肫中砂子磨水服。鸽鸡　白鸡血　鸠血　蝦鸡子　鸡头　鸡屎白　白鸽血　鹧鸪　白鸭血　凫血　孔雀血　白鹇　胡燕屎　鹊脑髓　猪肝　猪屎汁　豚卵　羊肝、肺　羊胆　羖羊角　羖羊皮　犀角　鹿角　灵猫阴　麝香　猫头骨及屎。狐五脏　獭肝　败鼓皮　猬皮　貒膏脑　六畜毛、蹄甲　人牙　头垢　人屎

诸物哽咽

【诸骨哽】**缩砂蔤**[®]诸骨哽，浓煎咽。**艾叶**煎酒。**地菘**同白矾、马鞭草、白梅，丸噙。**凤仙子**研，水咽。根、叶煎醋。**半夏**同白芷水服，取吐。**云实根**研汁咽。**瞿麦**水服。**蔷薇根**水服。**白敛**同白芷，水服。**白药**煎醋。**威灵仙**醋浸，丸噙。同砂仁，煎服。**鸡苏**同朴消，丸噙。**丝瓜根**烧服。**栗荴**烧吹。**乳香**水研。**桑椹**嚼咽。**金樱根**煎醋。**浆水脚**同慈石、橘红，丸咽。**蚯蚓泥**擦喉外。**蓬砂**含咽。**桑螵蛸**煎醋。**蜂蜜**噙。**鲩鱼胆**酒化，取吐。**鳜鱼胆**取吐。**鲫鱼胆**点咽。**鲇鱼肝**同栗子皮、乳香丸，线、绵包吞，钓出。**乌贼骨**同橘红、寒食面，丸吞。**鸭肫衣**炙研，水服。**雕粪**诸鸟兽骨哽，烧灰，酒服。**猪膏**含咽。**羊胫骨灰**饮服。**狗涎**频滴。**虎骨**诸兽骨哽，末，水服。**虎屎**烧，酒服。**狼屎**兽骨哽，烧服。**鹿角**末，咽。筋，吞钓出。　〔鸡骨哽〕**贯众**同缩砂、甘草末，包含。**白芷**同半夏末服，呕出。**缩砂**　**苎根**捣丸，鸡汤化下。**凤仙根**煎酒。**水仙根**　**玉簪花根**汁。**蓖麻子**同百药煎，研服。**盐麸子根**煎醋，吐。**乳香**水研。**金樱根**煎醋。**茯苓**同楮实末，乳香汤下。**五倍子**末，掺之，即下。**鸡内金**烧吹。**鸡足距**烧水服。翮翎同。　〔鱼骨哽〕**贯众**同前。**缩砂**浓煎。**苎根**擂泥，鱼汤下。**蓖麻子**同百药煎，研咽。**水仙根**　**玉簪根**并擂汁服。**醉鱼草**吐。**白芍药**嚼。**马勃**蜜丸噙。**饴糖**含咽。**百合**涂项外。**橘皮**噙。**橄榄**嚼咽。**茱萸**鱼骨入腹，煎水服，软出。**白胶香**　**木兰皮**　**皂荚**吹鼻。**椿子**擂酒服，吐之。**楮叶汁**啜之。嫩皮捣丸，水下二三十丸。**桑椹**嚼。**金樱根**煎醋。**琥珀珠**推之。**仙人杖**煮汁。**鬼齿**煮汁，或丸含。**青鱼胆**吐。**鲩鱼胆**吐。**乌贼骨**　**诸鱼鳞灰**水服。**鱼笱须**烧服。**鱼网**烧服，或煮汁。**鸬鹚头及骨、嗉、喙、翅、屎**并烧服。**鱼狗**烧服，亦煮服。**秃鹙喙**烧服。**獭肝及骨、爪**烧服。**獭爪**项下爬之。　**海獭皮**煮汁。

〔金、银、铜、铁哽〕**缩砂蔤**浓煎服。或加甘草。**凤仙子及根**擂汁，下铜铁物哽。**王不留行**误吞铁石，同黄檗，丸服。**艾叶**煎酒。**百部**浸酒。**木贼**为末。并主误吞铜钱。**葵汁**　**薤白**并主误吞钱物钗钚，频食取利。**饴糖**　**慈姑汁**　**凫茈**　**胡桃**并主误吞铜钱，多食之。**南烛根**水服。**白炭**烧红研末，水服。**石灰**同硫黄少许，酒服。**胡粉**同猪脂服一两。并主误吞金银铜钱在腹。**水银**误吞金银，服半两即出。**铜弩牙**误吞珠钱，烧，淬水饮。**慈石**误吞铁物，线穿拽之。**古文钱**误吞铁物，用白梅淹烂，捣服一丸，即吐出。**蜂蜜**吞铜钱，服之即出。**鹅羽**误吞金银，烧服。**猪、羊脂**误吞铜钱诸物，多食之，利出。**鸵鸟屎**　**貘屎**误吞铜钱砂石入腹，水化服之，即消。　〔竹、木哽〕**半夏**服，取吐。**蓖麻子**同凝水石噙，自不见也。**秤锤**　**铁锯**并烧，淬酒饮。**鲩鱼胆**酒服，取吐。**鳜鱼胆**一切骨哽竹木入咽，日久不出，痛刺黄瘦，以一皂子煎酒服，取吐。**鲫鱼胆**点。**象牙**为末，水服。　〔芒刺、谷贼〕**舂杵头细糠**含咽。**胡麻**误吞谷麦芒刺，名谷贼，炒研，白汤服。**饴糖**含咽。**鹅涎**下谷贼。**象牙**诸物刺咽，磨水服，即吐。**甑带灰**水服，主草哽。　〔桃、李哽〕**狗骨**煮汁，摩头上。**麝香**酒服。　〔发哽〕**木梳**烧灰，酒服。**自己发灰**水服一钱。　〔食哽〕**鹰屎**烧，水服。

妇人经水　经闭：有血滞，血枯。　不调：有血虚者过期，血热者先期，血气滞者作痛。

【活血流气】**香附**血中之气药。生用上行，熟用下行，炒黑则止血。童尿制，入血分补虚；盐水制，入血分润燥。酒炒行经络，醋炒消积聚，姜炒化痰饮。得参、术，补气；得归、苄，补血；得苍术、芎䓖，解郁；得卮子、黄连，降火；得厚朴、半夏，消胀；得神曲、枳实，化食；得紫苏、葱白，解表邪；得三棱、莪茂，消积磨块；得茴香、破故纸，引气归元；得艾叶，治血气，暖子宫。乃气病之总司，为女科之仙药。**当归**一切气，一切劳。破恶血，养新血，补诸不足。头止血，身养血，尾破血。　妇女百病，同地黄丸服。　月经逆行，同红花煎服。血气胀痛，同干漆丸服。　室女经闭，同没药末，红花酒调服。**丹参**破宿血，生新血，安生胎，落死胎，止血崩带下，调经脉，或前或后，或多或少，兼治冷热劳，腰脊痛，骨节烦疼，晒研，每服二钱，温酒调下。**芎䓖**一切气，一切血，破宿血，养新血，搜肝气，补肝血，润肝燥，女人血闭无子，血中气药也。**芍药**女子寒血闭胀，小腹痛，诸老血留结，月候不调。**生地黄**凉血生血，补真阴，通月水。**兰草**生血和气，养营调经。**泽兰**养营气，破宿血，主妇人劳瘦，女科要药也。**茺蔚子**调经，令人有子，活血行气，有补阴之功。**庵蕳子**同桃仁浸酒，通月经。**玄胡索**月经不调，结块淋露，利气止痛，破血，同当归、橘红丸服。**柴胡**妇人热入血室，寒热，经水不调。**黄芩**下女子血闭淋漏。**茅根**月水不匀，淋沥，除恶血。**着莛根**通经脉，宜妇人。**醍醐菜**擂酒，通经。**茶汤**入沙糖少许，露一夜，服即通，不可轻视。**铅霜**室女经闭，烦热，生地黄汁。　**木香**　**乳香**　**乌药**　**白芷**　**桑耳**并主血气。**荔枝核**血气痛，同香附末服。**荜茇**血气痛，经不调，同蒲黄丸服。**附子**通经，同当归煎服。**芥子**酒服末，通月水。**韭汁**治经脉逆行，入童尿饮。**丝瓜**为末，酒服，通月经。**土瓜根**经水不利，同芍药、桂枝、䗪虫为末，酒服。**薏苡根**煎服，通经。**牛膝**血结，经病不调，同干漆，地黄汁丸服。**牛蒡根**月水不通，积块欲死，蒸三次，浸酒日饮。**马鞭草**通月经瘕块，熬膏服。**虎杖**通经，同没药、凌霄花，末服。**蒺藜**通经，同当归末，酒服。**木麻**月闭症瘕，久服令人有子。**硇砂**月水不通，积聚刺痛，破结血，暖子宫，同皂荚、陈橘皮，丸服。**白垩土**女子寒热症瘕，月闭无子，子宫冷。**铜镜鼻**血闭症瘕，伏肠绝孕。**乌金石**通月水，煎汤，服巴豆三丸。**蚕沙**月经久闭，炒，煮酒饮一盏即通。**葛上亭长**血闭症块，米炒研服。**乌鸦**经闭，炙研，同水蛭等药服。**獭胆**通经，同硇砂等药，丸服。　爪同。**白狗屎**月水乍多乍少，烧末酒服。**鼠屎**通经，酒服一钱。**童男童女发**通经，同斑蝥、麝香，末服。**人乳**日饮三合，通经。**水蛭**　**地胆**　**樗鸡**　**五灵脂**　**蟹甲**　**纳鳖**　**穿山甲**　**龙胎**　**蛤粉**　**菩萨石**　**铜弩牙**　**朴消**　**紫荆皮**　**木占斯**　**桂心**　**干漆**　**厚朴**煎酒。**栝楼根**　**质汗**　**甜爪蔓**　**蓬莪茂**　**三棱**　**枣木**　**紫葳**　**庵罗果**[39]　**桃仁**　**牡丹皮**　**刘寄奴**　**紫参**　**姜黄**　**郁金**　**红蓝花**　**瞿麦**　**番红花**　**续随子**　**蛇莓**　**瓦松**　**石帆**[40]　**赤孙施**[41]　**蒲黄**并破血通经。**大枣**妇人脏燥[42]，悲哭如祟，同小麦、甘草，水煎服。**葶苈**纳阴中，通月水。

【**益气养血**】**人参**血虚者益气，阳生则阴长也。**术**利腰脐间血，开胃消食。**熟地黄**伤中胞胎，经候不调，冲任伏热，久而无子，同当归、黄连，丸服。**石菖蒲**女人血海冷败。**补骨脂**　**泽泻**　**阳起石**　**玄石**　**白玉**　**青玉**　**紫石英**并主子宫虚冷，月水不调，绝孕。**阿胶**女人血枯，经水不调，无子，炒研酒服。**雀卵**　**乌贼鱼骨**　**鲍鱼汁**并主女子血枯病，伤肝，唾血下血，通经闭。**驴包衣**天癸不通，煅研，入麝，新汲水下，不过三服。

带下　是湿热夹痰，有虚有实。

苍术燥湿强脾，四制丸服。**艾叶**白带，煮鸡子食。**石菖蒲**赤白带下，同破故纸末服。**白芷**漏下赤白，能蚀脓，白带冷痛腥秽，同蜀葵根、白芍、枯矾，丸服。　**石灰**淹过，研末酒服。**草果**同乳香末服。**糯米**女人白淫，同花椒烧研，醋糊丸服。**莲米**赤白带，同白果、江米、胡椒，入乌骨鸡煮食。**白扁豆**炒研，米饮日服。　花同。**荞麦**炒焦，鸡子白服。**韭子**白带白淫，醋煮丸服。**芍药**同香附末，煎服。　同干姜末服。**沙参**七情内作，或虚冷者，为末，米饮日服。**狗脊**室女白带[43]，冲任虚损，关节重，同鹿茸丸服。亦治妇人。**枸杞根**带下脉数，同地黄，煮酒饮。**椿根白皮**同滑石丸服。　同干姜、芍药、黄檗，丸服。**木槿皮**煎酒，止带下，随赤白用。**榆荚仁**和牛肉作羹食，止带下。**茯苓**丸服。**松香**酒煮，丸服。**槐花**同牡砺末，酒服。**冬瓜仁**炒研，汤服。**牡荆子**炒焦，饮服。**益母草**为末，汤服。**夏枯草**为末，饮服。**鸡冠花**浸酒饮，或末服。**马齿苋**绞汁，和鸡子白服。**大蓟根**浸酒饮。**酢浆草**阴干，酒服。**椒目**炒研，水服。**榄子**同石菖蒲，末服。**韭汁**同童尿，露一夜，温服。**葵叶**　**葵花**治带下，目中溜火，和血润燥，为末酒服，随赤白用。**蜀葵根**散脓血恶汁，治带下，同白芷、芍药、枯矾，化蜡丸服。**败酱**治带下，破多年凝血，化脓为水。**漏卢**产后带下，同艾叶丸服。**甑带**五色带下[44]，煮汁服。**泽兰子**女人三十六疾。**马矢蒿**　**蠡实**　**紫葳**　**茜根**　**白敛**　**土瓜根**　**赤地利**　**鬼箭羽**　**水芹**　**蒲黄**　**景天**　**猪苓**　**李根白皮**　**金樱根**　**酸榴皮**　**桃毛**　**白果**　**石莲**　**芡实**　**城东腐木**　**橡斗**　**秦皮**　**人参**　**黄芪**　**肉苁蓉**　**何首乌**　**葳蕤**　**当归**　**芎䓖**　**升麻**升提。**柴胡**升提。**阳起石**　**白石脂**　**五色石脂**　**玉泉**　**石胆**　**代赭石**　**石硫黄**　**石硫赤**　**硇砂**并主赤白带下，无子。**石灰**白带白淫，同茯苓丸服。**云母粉**水服方寸匕，立见效。**禹余粮**赤白带，同干姜丸服。**石燕**月水湛浊，赤带多年，煎饮或末，日服。**白矾**白淫漏下，经水不利，子肠坚僻，中有干血，烧研，同杏仁丸，纳阴户内。**白瓷器**主白崩带。**伏龙肝**炒烟尽，同棕灰、梁上尘服。**秋石**[45]枣肉丸服。**牛角䚡**烧灰，酒服。**狗头骨**同上。**兔皮灰**同上。**猪肾**宜多食。**猪肝**同金墨、百草霜，煨食。**羊胰**酢洗蒸食，数次愈。**羊肉**产后带下赤白，绝孕，豉、蒜煮熟，入酥食。**山羊肉**主赤白带。**狗阴茎**女人带下十二疾。**鹿角**妇人白浊，炒研酒服。**鹿茸**赤白带，炙末酒服。室女白带，冲任虚寒，同狗脊、白敛，丸服。**白马左蹄**五色带下，烧灰，酒服。**驼毛**　**乌驴皮**　**牛骨及蹄甲、阴茎**　**麋角**　**鹿血**　**阿胶**　**丹雄鸡**　**乌骨鸡**　**鸡内金**　**雀肉**　**雀卵**　**雀屎**　**伏翼**　**五灵脂**　**鳗鲡鱼**　**鲤鱼鳞**　**龙骨**　**鼍甲**　**龟甲**　**鳖肉**　**鲎鱼骨**　**海螵蛸**　**牡蛎粉**　**马刀**　**海蛤**　**蛤粉**　**蚌粉**　**蜜蜂子**　**土蜂子**　**蚕蜕纸**灰。**故绵**灰。**淡菜**　**海蛇**　**全蝎**　**丹参**　**三七**　**地榆**并主赤白带。**贯众**醋炙，末服，止赤白带。**蛇床子**同枯矾，纳阴户。**古砖**烧赤，安蒸饼坐之。

崩中漏下　月水不止，五十行经。

【调营清热】当归漏下绝孕；崩中诸不足。**丹参**功同当归。**芎䓖**煎酒。**生地黄**崩中及经不止，擂汁酒服。**芍药**崩中痛甚，同柏叶煎服。经水不止，同艾叶煎服。**肉苁蓉**血崩，绝阴不产。**人参**血脱益阳，阳生则阴长。**升麻**升阳明清气。**柴胡**升少阳清气。**防风**炙研，面糊煮酒服一钱，经效。**白芷**主崩漏，入阳明经。**香附子**炒焦酒服，治血如崩山，或五色漏带，宜常服之。**黄芩**主淋漏下血，养阴退阳，去脾经湿热。　阳乘阴，崩中下血，研末，霹雳酒服一钱。四十九岁，月水不止，条芩醋浸七次，炒研为丸，日服。**青蘘**[46]汁服半升，立愈。**鸡冠花及子**为末，酒服。**大、小蓟**汁煎服。或浸酒饮。**菖蒲**产后崩中，煎酒服。**蒲黄**止崩中，消瘀血，同五灵脂末炒，煎酒服。**凌霄花**为末，酒服。**茜根**止血内崩，及月经不止。五十后行经，作败血论，同阿胶、柏叶、黄芩、地黄、发灰，煎服。**三七**酒服二钱。**石韦**研末，酒服。**水苏**煎服。**柏叶**月水不止，同芍药煎服。　同木贼炒，末服。**槐花**漏血，烧研酒服。　血崩不止，同黄芩，烧秤锤酒服。**淡竹茹**崩中，月水不止，微炒，水煎服。**黄麻根**水煎。**甜瓜子**月经太过，研末，水服。**黑大豆**月水不止，炒焦，冲酒。**白扁豆花**血崩，焙研，饮服。**蒸饼**烧研，饮服。**玄胡索**因损血崩，煮酒服。**缩砂**焙研，汤服。**益智子**同上。**椒目**焙研，酒服。**胡椒**同诸药，丸服。**艾叶**漏血，崩中不止，同干姜、阿胶，煎服。**木莓根皮**[47]煎酒，止崩。**续断**　**石莲子**　**蠡实**　**茅根**　**桃毛**　**小檗**　**冬瓜仁**　**松香**　**椿根白皮**　**鹿角**　**鹿茸**　**鹿血**　**猪肾**　**乌骨鸡**　**丹雄鸡**　**鸡内金**　**雀肉**　**鲎尾**　**蚌壳**　**文蛤**　**海蛤**　**鲍鱼**并主漏下崩中。**毛解壳**崩中腹痛，烧研，饮服。**牡砺**崩中及月水不止，煅研，艾煎醋膏，丸服。**鳖甲**漏下五色，醋炙研，酒服。　同干姜、诃黎勒，丸服。**紫矿**经水不止，末服。**鳔胶**崩中赤白，焙研，鸡子煎饼食，酒下。**阿胶**月水不止，炒焦，酒服，和血滋阴。**羊肉**崩中垂死，煮归、苄、干姜服。

【止涩】棕灰酒服。**莲房**经不止，烧研，酒服。　血崩，同荆芥烧服。　产后崩，同香附烧服。**败瓢**同莲房烧服。**丝瓜**同棕烧服。**木耳**炒黑，同发灰服，取汗。**桑耳**烧黑，水服。**槐耳**烧服。**乌梅**烧服。**梅叶**同棕灰服。**荷叶**烧服。**桃核**烧服。**胡桃**十五个，烧研，酒服。壳亦可。**甜杏仁黄皮**烧服。**皃茈**一岁一个，烧研，酒服。**漆器灰**同棕灰服。**故绵**同发烧服。**败蒲席灰**酒服。**木**

芙蓉花经血不止，同莲房灰，饮服。**槐枝灰**赤白崩，酒服。**幞头灰**水服。**白纸灰**酒服。**蚕蜕纸灰**同槐子末服。**百草霜**狗胆汁服。**松烟墨**漏下五色，水服。**乌龙尾**月水不止，炒，同荆芥末服。**绵花子**血崩如泉，烧存性，酒服三钱。**贯众**煎酒。**丁香**煎酒。**地榆**月经不止，血崩，漏下赤白，煎醋服。**三七**酒服。**地锦**酒服。**木贼**崩中赤白，月水不断，同当归、芎䓖服。　漏血不止，五钱，煎水服。血崩气痛，同香附、朴消，末服。**石花**同细茶、漆器末，酒服。**桑花**煎水。**翻白草**擂酒。**醍醐菜**杵汁，煎酒。**夏枯草**研末，饮服。**桂心**煅研，饮服二钱。**何首乌**同甘草，煮酒服。**扶杨皮**同牡丹、升麻、牡蛎煎酒，止白崩。**橡斗壳**　**金樱根**　**榴皮**根同。**鬼箭羽**　**城东腐木**　**石胆**　**代赭石**　**白垩土**　**玄精石**　**硇砂**　**五色石脂**　**太乙余粮**并主赤沃崩中，漏下不止。**赤石脂**月水过多，同补骨脂末，米饮服二钱。**禹余粮**崩中漏下五色，同赤石脂、牡蛎、乌贼骨、伏龙肝、桂心，末服。**伏龙肝**漏下，同阿胶、蚕沙末，酒服。**五灵脂**血崩不止，及经水过多，半生半炒，酒服，能行血止血。　为末熬膏，入神曲，丸服。　烧存性，铁锤烧淬酒服。**鹊巢**积年漏下，烧研，酒服。**牛角䚡**烧研，酒服。**羊胫骨**月水不止，煅，入棕灰，酒服。**狗头骨**血崩，烧研，糊丸，酒服。**乌驴屎**血崩，及月水不止，烧研，糊丸，酒服。**乌驴皮**　**羖羊角**烧。**马悬蹄**煅。**马鬐毛及尾**烧。**牛骨及蹄甲**煅。**孔雀屎**煅。**龙骨**煅。**鼍甲**煅。**海螵蛸**　**鲤鱼鳞**并主崩中下血，漏下五色。

胎前　子烦[148]，胎啼。

【安胎】黄芩同白术，为安胎清热圣药。**白术**同枳壳丸服，束胎易生。**续断**三月孕，防胎堕，同杜仲丸服。**益母草**子同。胎前宜熬膏服。**丹参**安生胎，落死胎。**青竹茹**八九月伤动作痛，煎酒服。**竹沥**因交接动胎，饮一升。**白药子**胎热不安，同白芷末服。**黄连**因惊胎动出血，酒饮。**知母**月未足，腹痛如欲产状，丸服。**枳壳**腹痛，同黄芩煎服。　同甘草、白术丸服，令胎瘦易生也。**大枣**腹痛，烧研，小便服。**缩砂仁**行气止痛。胎气伤动，痛不可忍，炒研，酒服。　子痫昏瞀[149]，炒黑，酒下。**香附子**安胎顺气，为末，紫苏汤服，名铁罩散。恶阻[150]，同藿香、甘草末，入盐，汤服。**槟榔**胎动下血，葱汤服末。**益智子**漏胎下血[151]，同缩砂末，汤服。**大腹皮**　**榉皮**　**陈橘皮**　**藿香**　**木香**　**紫苏**并行气安胎。**芎䓖**损动胎气，酒服二钱。亦可验胎有无。**当归**妊娠伤动，或子死腹中，服此，未损即安，已损即下，同芎䓖末，水煎服。　堕胎下血，同葱白煎服。**朱砂**上症，用末一钱，鸡子白三枚，和服，未死安，已死出。**葱白**下血抢心困笃，浓煎服，未死安，已死出。**薤白**同当归煎服。**艾叶**妊娠下血，半产下血，仲景胶艾汤主之。　胎动心痛腰胀，或下血，或子死腹中，煮酒服。　胎迫心，煮醋服。**阿胶**胎动下血，葱豉汤化服。葱、艾同煎服。　尿血，饮服。　血痢，大便血，煎服。**黄明胶**酒服。**秦艽**同甘草、白胶、糯米，煎服。　同阿胶、艾叶，煎服。**木贼**同川芎末，煎服。**生地黄**捣汁，或末，或渍酒，或煮鸡子。**桑寄生**同阿胶、艾叶煎。**酱豆**炒研，酒服。**赤小豆芽**酒服，日三。亦治漏胎。**桃枭**烧服。**莲房**烧服。**百草霜**同棕灰、伏龙肝、童尿、酒服。**鸡子**二枚，生，和白粉食。**鹿角**同当归煎服。　腰痛，烧投酒中七次，饮。**生银**煎水，或同苎根煎酒服。**代赭石**　**鹿茸**　**麋角**　**黑雌鸡**　**豉汁**　**大蓟**　**蒲黄**　**蒲蒻**　**卖子木**并止血安胎。**菖蒲**半产下血不止，捣汁服。**荷鼻**胎动见黄水，一个，烧研，糯米汤服。**糯米**胎动下黄水，同黄芪、芎䓖，煎服。**秫米**同上。**粳米**同上。**蜜蜡**下血欲死，一两，化投酒半升服，立止。**熟地黄**漏胎不止，血尽则胎死，同生地黄末，白术汤服。　腹痛脉虚，同当归丸服。**苎根**同银煎服。**葵根**烧灰，酒服。**五倍子**酒服。**鸡卵黄**酒煮，日食。鸡肝切，和酒食。**龙骨**　**铁秤锤**并主漏胎，下血不止。**人参**　**黄芪**胎前诸虚。〔外治〕**弩弦**胎动上膈，系腰立下。**蛇蜕**胎动欲产，袋盛系腰下。**伏龙肝**研水服。**井底泥**　**犬尿泥**并主妊娠伤寒，涂腹护胎。**嫩卷荷叶**孕妇伤寒，同蚌粉涂腹，并服之。　〔子烦〕**竹沥**胎气上冲，烦躁，日频饮之。**葡萄**煎服。擂汁亦佳。**黄连**酒服一钱。**知母**枣肉丸服。**生银**同葱白、阿胶煎服。**蟹爪**煎服。　〔**胎啼**〕**黄连**腹中儿哭，煎汁常呷。

产难

【**催生**】**香附子**九月十月服此，永无惊恐。同缩砂、甘草末服，名福胎饮。**人参**横生倒产[152]，同乳香、丹砂，以鸡子白、姜汁调服，子母俱安。**白芷**煎服。或同百草霜，童尿、醋汤服。**益母草**难产及子死，捣汁服。**蒺藜子**同贝母末服，催生坠胎，下胞衣。**贝母**末服。**麻子仁**倒产，吞二七枚。**黄麻根**煮服，催生破血，下胞衣。**盐豉**烧研，酒服。**皂荚子**吞二枚。**柞木皮**同甘草煎服。**乳香**丸服，末服。　同丁香、兔胆，丸服。**龙脑**新汲水服少许，立下。**凤仙子**水吞。**山楂核**吞。**桃仁**吞。**牛屎中大豆**吞。**槐实**内热难产，吞之。**春杵糠**烧服。**柑橘瓤**烧服。**莲花**　**胡麻**　**赤石脂**　**代赭石**　**禹余粮**　**石蟹**　**蛇黄**煮。**鳔胶**烧。**蛟髓**　**白鸡距**烧[153]，和酒服。**白雄鸡毛**同上。**鸡子白**生吞一枚。**乌鸡冠血**　**兔血**同乳香末服。**兔脑**同乳香丸服。　头同。**兔皮毛**血上攻心，烧末酒服。**败笔头灰**藕汁服。**鼠灰**酒服。**骡蹄灰**入麝，酒服。**麝香**水服一钱，即下。**羚羊角**尖刮末，酒服。**狗毛灰**酒服。**白狗血**血上攻心，酒服。**猪心血**和乳香、彤砂，丸服。**真珠**酒服一两，即下。**鳖甲**烧末，酒服。**龟甲**烧末，酒服。　矮小女子，交骨不开[154]，同发灰、川芎、当归，酒服。**生龟**临月佩之，临时烧服。**海马**　**文鳐鱼**并同。**本妇爪甲**烧末，酒服。**人尿**煎服。**蚕蜕纸灰**同蛇蜕灰，酒服。**土蜂窠**泡汤服。**弹丸**酒服一钱。**松烟墨**水服。**芒消**童尿、酒服。**云母粉**酒服半两，入口即产。**诸铁器**烧赤淬酒。**布针**二七个，烧淬酒。**铁镬锈**[155]同白芷、童尿，入醋服。**马衔**煮汁服，并持之。**铜弩牙**。**古文钱**并淬酒。**铳楔灰**酒服。**箭杆**同弓弦烧，酒服。**弓弩弦**煮汁，或烧灰服。**凿柄木灰**酒服。**破草鞋灰**酒服。**簸箕**淋水服。**车脂**吞二豆许。**夫裩带**烧五寸，酒服。**钟馗左脚**[156]烧末，水服。　并主产难，及胞衣不下。**蛇蜕**横生逆产，胎衣不下[157]，炒焦酒服，泡汤浴产门。　同蝉蜕、头发，烧研，酒服。**鹿粪**经日不产，干湿各三钱，为末，姜汤下。**猪膏**化酒，多饮。**五灵脂**半生半炒，酒服。**牛膝**酒煎。**地黄汁**，和酢服。**洗儿汤**饮。**井底泥**水服。**灶突后黑土**酒服。　并下胎衣。**金箔**七片，磨汤服。

【**滑胎**】**榆白皮**末。**牵牛子**末服。　并临月服之，滑胎易产。**冬葵子**末服。　同牛膝煎服。　根同。**葵花**横生倒产，酒服。**黄葵子**汤服。**车前子**酒服。或同菟丝子。**蜀黍根**酒服。**赤小豆**吞之，或煮服。　生研水服，治产后月闭。**马槟榔**细嚼数枚，井水下。**当归**同芎末，大豆、童尿、流水煎服。**慈姑汁**，服一升。**瞿麦**煮汁。**酸浆子**吞。**木通**　**通草**　**泽泻**　**预知子**　**水松**　**马齿苋**　**黄杨叶**　**海带**　**麦蘖**[158]**滑石**　**浆水**并主产难，横生逆生，胎衣不下。**蜂蜜**横生难产，同麻油各半碗服，立下。**蒲黄**日月未足欲产，及胞衣不下，并水服二钱。　同地龙、橘皮末服，甚妙。〔外治〕**蓖麻仁**捣，贴足心。**本妇鞋**炙，熨腹下。**蚯蚓土**炒，搨心下。**牛屎**热涂腹上。　并主产难，下生胎、死胎、胞衣。**食盐**涂儿足，并母腹。**釜下墨**画儿足。　并主逆生。**磨刀水**盘肠产[159]，摩肠上，内服慈石汤。**赤马皮**临产坐之。**马衔**　**郎君子**[160]　**飞生**[161]　**石燕**并临时把之。**厕筹**烧烟，催生。**女中衣**覆井上，下胎衣。**乳发**胎衣不下，撩母口中。**市门土**八月带之，临产酒服一钱，易产。**海马**　**文鳐鱼**　**獭皮**　**生龟**并临月佩之。

【**胎死**】**当归**同芎末，大豆、童尿、流水煎服。**丹参**末。**黄葵子**末。**瞿麦**煎。**益母草**汁。**贝母**末，酒服。**鬼臼**煎酒。**红花**煎酒。**大麦蘖**煎水。**麦曲**煎水磨胎。**紫金藤**　**苦瓠**灰。**雀麦**煎水。**大豆**煎醋。**胡麻油**和蜜。**肉桂**童尿、酒服末。**榆白皮**末。**皂荚刺灰**酒服。**木莓根皮**破血。**炊蔽灰**水服。**松烟墨**水服。**蓖麻子**四枚，同巴豆三枚，入麝香，贴脐。**伏龙肝**酒服，仍贴脐下。**水银**吞二两，即下。**胡粉**水服。**硇砂**同当归酒服。**丹砂**水煮过，研末酒服。**斑蝥**一个，烧末，水服。**蟹爪**同甘草、阿胶，煎服。**夜明砂灰**酒服。**乌鸡**煮汁服，仍摩脐下。**鸡卵黄**和姜汁服。**雌鸡屎**三七枚，煎水煮米粥食。**鹿角屑**葱汤服。**羊血**热饮。**人尿**煎服。　并下死胎及胎衣。

【**堕生胎**】**附子**堕胎，为百药长。**天雄**　**乌喙**　**侧子**　**半夏**　**天南星**　**玄胡索**　**补骨脂**　**莽草**　**商陆**　**瞿麦**　**牛膝**　**羊踯躅**　**土瓜根**　**薏苡根**　**茜根**　**蒺藜**　**红花**　**茅根**　**鬼箭羽**　**牡丹皮**　**大麦蘖**　**麦曲**　**蔄茹**　**大戟**　**薇衔**　**黑牵牛**　**三棱**　**野葛**　**藜芦**　**干姜**　**桂心**　**皂荚**　**干漆**　**槐实**　**巴豆**　**樧根**　**衣鱼**　**蝼蛄**　**虻虫**　**水蛭**　**䗪虫**　**蛴螬**　**蚱蝉**　**斑蝥**　**芫青**　**地胆**　**蜈蚣**　**蛇蜕**　**石蚕**　**马刀**　**飞生**　**亭长**　**蜥蜴**　**蟹爪**同桂心、瞿麦、牛膝为末，煎酒服。**鸡卵白**三家卵，三家盐，三家水，和服。**麝香**同桂心。**石蟹**　**硇砂**　**水银**　**胡粉**　**琉璃瓶**研末，黄酒服。**雄黄**　**雌黄**　**朴消**　**代赭**　**牛黄**　**茶汤**入沙糖少许，露一夜，胎至三月亦下也。**安息香**下鬼胎。**芫花根**下鬼胎症块，研末一钱，桃仁汤下。内产户，下胎。**土牛膝根**染麝香，内产户，下胎。**苦实把豆儿**同上。

产后

【**补虚活血**】**人参**血运，同紫苏、童尿，煎酒服。　不语，同石菖蒲、石莲肉，煎服。　发喘，苏木汤服末二钱。　秘塞，同麻仁、枳壳，丸服。　诸虚，同当归、猪肾煮食。**当归**血痛，同干姜末服。　自汗，同黄芪、白芍药，煎服。**蒲黄**血运、血症、血烦、血痛、胞衣不下，并水服二钱。或煎服。**苏木**血运、血胀、血噤，及气喘欲死，并煎服。**黄芪**产后一切病。**杜仲**诸病，枣肉丸服。**泽兰**产后百病。　根，作菜食。**益母草**熬膏，主胎前产后诸病。**茺蔚子**同上。**地黄**酿酒，治产后百病。酒服，下恶血。**桃仁**煮酒。**薤白**　**何首乌**并主产后诸疾。**麻子仁**浸酒，去瘀血，产后余疾。**玄参**　**蜀椒**　**蚺蛇膏**　**蛏**　**淡菜**　**阿胶**并主产乳余疾。**童尿**和酒，通治产后恶血诸疾。**羊肉**利产妇字乳余疾。　腹痛虚弱，腹痛厥逆，同归、芍、甘草，水煎服。**羊脂**上症，同地黄、姜汁，煎食。**黄雌鸡**产后宜食。或同百合、粳米，煮食。**黑雌鸡**同上。**狗头**产后血奔入四肢，煮食。**繁缕**破血，产妇宜食之，或酒炒，或绞汁，或醋糊丸服。**马齿苋**破血，止产后虚汗及血痢。**芸苔子**行滞血，治产后一切心腹痛。

【**血运**】**红花**煮酒服，下恶血、胎衣。**茜根**煎水。**红曲**擂酒。**神曲**炒研，汤服。**虎杖**煎水。**夏枯草**汁。**松烟墨**磨醋。**白纸灰**酒服。**鳔胶**烧末，童尿、酒服。**鸡子**生吞一枚。**产妇血**一枣大，和醋服之。**接骨木**血运烦热，煎服。**续断**血运寒热，心下硬，煎服。**红药子**血运腹胀厥逆，同红花煎服。百合血运狂言。**香附子**血运狂言，生研，姜、枣煎服。**漆器**烧烟熏。**米醋**煅炭淬熏。韭菜沃熏。

【**血气痛**】**丹参**破宿血，生新血。**败芒箔**止好血，去恶血，煮酒服。**三七**酒服。**芎䓖**　**三棱**　**莪茂**　**甘蕉根**　**玄胡索**酒服。**鸡冠花**煎酒。**大黄**醋丸。**虎杖**水煎。**蘩菜**　**蒴藋**水煎。**红蓝花**酒煎。**赤小豆**　**羊蹄实**　**败酱**　**牛膝**　**红曲**擂酒。**槐耳**酒服。**姜黄**同桂，酒服。**郁金**烧研，醋服。**莲薏**[162]生研，饮服。**生姜**水煎。**三岁陈枣核**烧。**山楂**水煎。**秦椒**　**桂心**酒服。**天竺桂**　**椶木**水煎。**质汗**　**芫花**同当归末服。**桐木**水煎。**庵蔄**苗或子，童尿、酒煎。**刘寄奴**煎或末。**天仙藤**炒研，童尿、酒服。**没药**同血竭、童尿、酒。**慈姑**汁，服一升，主血闷攻心欲死。**荷叶**炒香，童尿服。**枳实**同酒炒芍药，煎服。**石刺木**煎汁。**紫荆皮**醋糊丸服。**鬼箭羽**同当归、红花煎。　或同四物汤。**琥珀**入丸、散。**茱萸根白皮**　**升麻**煎酒。**麻黄**煎酒。**布**包盐煅服。**釜下墨**酒服。**伏龙肝**酒服立下。**户限下土**酒服。**自然铜**煅，淬醋饮之。**铁斧**烧，淬酒饮。**铁秤锤**同上。**石琅玕**磨水。**乌金石**烧赤淬酒，同煅过寒水石，末服。**姜石**同代赭石丸服。**蟹爪**酒、醋煎服。　血不下，煮蟹食之。**鸡子白**醋吞一枚。**羊血**血闷欲绝，热饮一升。**鹿角**烧末，豉汁服。**羚羊角**烧末，酒服。**海马**　**白僵蚕**　**五灵脂**　**伏翼**　**龙胎**　**兔头**炙热，摩腹痛。**干漆**产后青肿疼痛，及血气水疾，同麦芽煅研，酒服。

【下血过多】贯众心腹痛，醋炙，研末服。**艾叶**血不止，同老姜煎服，立止。　感寒腹痛，焙熨脐上。**紫菀**水服。**石菖蒲**煎酒。**槠木皮**煎水。**椿白皮**　**桑白皮**炙，煎水。**百草霜**同白芷末服。**乌毡皮**酒服。并止血。**鳝鱼**宜食。**凌霄花**并主产后恶漏淋沥[163]。**旋覆花**同葱煎服。**紫背金盘**[164]酒服。**小蓟**同益母草煎服。**代赭石**地黄汁和服。**松烟墨**煅研酒服。　并主堕胎下血不止。

【风痉】荆芥产后中风，痉直口噤，寒热不识人，水煎入童尿、酒服。或加当归。**白术**同泽泻煮服。**羌活**研末，水煎。**黑大豆**炒焦冲酒。**穞豆**同上。**鸡屎**炒焦冲酒。**白鲜皮**余痛，中风，水煎服。**竹沥**　**地榆**并主产乳痉疾。**鸡苏**产后中风，恶血不止，煎服。**井泉石**产后搦搐。**鹿肉**产后风虚邪僻。

【寒热】柴胡　**白马通灰**水服。**羖羊角灰**酒服。　并主产后寒热闷胀。**苦参**主产后烦热。**甘竹根**烦热，煮汁。**松花**壮热，同芎、归、蒲黄、红花、石膏，煎服。**知母**　**猪肾**煮食。**狗肾**煮食。　并主产后蓐劳寒热。

【血渴】黄芩产后血渴，同麦门冬煎服。**紫葛**烦渴，煎呷。**芋根**产妇宜食之，破血。饮汁，止渴。　〔**咳逆**〕**石莲子**产后咳逆，呕吐心忡，同茯苓、丁香末，米饮服。**壁钱窠**产后咳逆，三五日欲死，煎汁呷之。

【下乳汁】母猪蹄同通草煮食，饮汁。**牛鼻**作羹食，不过三日，乳大下。**羊肉**作臛食。**鹿肉**作臛食。**鼠肉**作羹臛食。**死鼠**烧末，酒服。**鲤鱼**烧服二钱。鳞灰亦可。**鲍鱼汁**同麻仁、葱豉，煮羹食。**虾汁**煮汁或羹。**胡麻**炒研，入盐食。**麻子仁**煮汁。**赤小豆**煮汁。**豌豆**煮汁。**丝瓜**烧存性，研，酒服取汗。**莴苣**煎汁服。　子，研，酒服。**白苣**[165]同上。**木馒头**同猪蹄煮食。**通草**同上。**贝母**同知母、牡蛎粉，以猪蹄汤日服。**土瓜根**研末，酒服，日二。**栝楼根**烧研酒服，或酒、水煎服。**栝楼子**炒研，酒服二钱。**胡荽**煮汁或酒。**繁缕**　**泽泻**　**细辛**　**殷蘖**并下乳汁。**石钟乳粉**漏卢汤调服一钱，乳下止。**石膏**煮汁服。**王不留行**通血脉，下乳汁之神品也。**穿山甲**炮研，酒服二钱，名涌泉散。**蜜蜂子**炒治食。**漏卢**　**飞廉**　**荆三棱**并煎水洗乳。

【回乳】神曲产后无子饮乳，欲回转者，炒研，酒服二钱，此李濒湖自制神方也。**大麦蘖**炒研，白汤服二钱。**缴脚布**勒乳一夜，即回。

【断产】零陵香酒服二钱，尽一两，绝孕。**薇衔**食之令人绝孕。**凤仙子**产后吞之，即不受胎。**玉簪花根**产后同凤仙子、紫葳、丹砂作丸服，不复孕。**马槟榔**经水后常嚼二枚，井水下，久则子宫冷不孕也。**白面**每经行后，以一升浸酒，三日服尽。**印纸灰**产后以水服二钱，令人断产。**水银**　**黑铅**并冷子宫。**牛膝**　**麝香**　**凌霄花**

阴病

【阴寒】吴茱萸同椒。**丁香**　**蛇床子**并塞。**硫黄**煎洗。

【阴吹】[166]**乱发**妇人胃气下泄，阴吹甚喧，宜猪膏煎乱发化服，病从小便出。

【阴肿痛】白敛　**白垩土**并主女阴肿痛。**肉苁蓉**　**牛膝**煮酒服。**蛇床子**洗。**卷柏**洗。**枸杞根**洗。**诃黎勒**和蜡烧熏。**枳实**炒煎。**炒盐**熨。　并主女人阴痛。**黄芪**主妇人子脏风邪气。**防风**得当归、芍药、阳起石主妇人子脏风。**黄连**　**菊苗**　**羌活**　**白芷**　**藁本**　**荜茇**　**白鲜皮**　**地锦**　**干漆**　**槐实**　**阳起石**并主女人疝瘕痛。**蜀羊泉**女人阴中内伤，皮间实积。**泽兰**洗。**大豆**和饭杵，纳。**桃仁**烧傅。　并主产后阴肿。**青布灰**同发灰服。**五倍子**末傅。　并主交接后血出不止。

【阴痒、阴蚀】蛇床子　**小蓟**　**狼牙**　**瞿麦**　**荆芥**同牙皂、墙头腐草，煎洗。**五加皮**　**槐白皮**　**槐耳**　**桑耳**　**芜荑**　**胡麻**　**枸杞根**　**椿白皮**同落雁木煎汤。**城东腐木**　**猪胆**并煎汤熏洗。**鲤鱼骨**　**桃仁**并烧烟熏。**桃叶**杵。**杏仁**烧研。**羊蹄根**末，和鲤鱼脑。**鳗鲡**　**雄鸡肝**　**猪肝**　**羊肝**　**狗阴茎**　**狐阴茎**并捣内阴中，主阴痒、阴蚀有虫[167]。**石胆**　**黑石脂**　**孔公蘖**　**土殷蘖**　**白矾**　**硫**

黄 **龟甲**烧。**鲫胆**骨灰同。**鲤骨**灰。**鸡子**同光粉炒。**乌鲗骨**并主女人阴痒、阴蚀、阴疮。**箭笴针线袋**并主产后肠痒，密安席下。

【**阴脱**】**土瓜根**妇人阴癞[168]，同桂枝、芍药、䗪虫为末，酒服。**慈石**子宫不收，名瘣疾，煅，酒淬丸服。**穿山甲**妇人阴癞，硬如卵状，炙研酒服。**升麻** **柴胡**并升提。**羌活**煎酒服。**枯矾**阴脱作痒，酒服，日三。**车脂**煮酒。**景天**酒服。**鳖头灰**水服。**人屎**炒赤，酒服，日三。**狐阴茎**并主产后子肠脱下。**蓖麻子**贴顶心及脐。**蝎**吹鼻。**半夏**生产，子肠先下，产后不收，以末嗃鼻则上。**白及**同乌头末，纳之。**铁炉中紫尘**同羊脂熨纳之。**茄根灰**纳之。**铁胤粉**同龙脑少许，研水刷之。**羊脂**频涂。**鲫鱼头**烧傅。**兔头**烧傅。**五倍子**矾汤洗后傅之。**石灰**炒，淬水洗。**皂荚根皮、子**同楝皮、石莲子，煎汤熏洗。**蛇床子** **老鸦蒜** **老鸦眼睛草** **篁竹根**并煎水熏洗。**胡麻油**煎热熏洗，皂角末吹鼻。**枳壳**煎，浴产后肠出。**铁精**和羊脂炙熨。**五灵脂** **白鸡翎** **鼠屎**并烧烟熏。

【**产门不合**】**石灰**炒热，淬水洗。

【**产门生合**】**铅**作铤日纴。**石灰**铜钱割开，傅之止血。

【**脬损**】[169]**黄绢**女人交接及生产损脬，小便淋沥不断，以炭灰淋汁煮烂，入蜜蜡、茅根、马勃，煎汤日服。一同白牡丹皮、白及末，水煎日服。

小儿初生诸病 沐浴 解毒 便闭 无皮 不啼 不乳 吐乳 目闭 血眼 肾缩 解颅[170] 囟陷[171] 囟肿 项软 龟背[172] 语迟 行迟 流涎 夜啼 脐肿 脐风[173]

【**沐浴**】**猪胆** **黄连** **梅叶**同桃、李叶。**益母草** **虎骨**并煎汤浴儿，不生疮疥诸病。**轻粉**浴讫，以少许摩身，不畏风，又解诸毒。

【**解毒**】**甘草**汁。**韭汁**并灌少许，吐出恶水、恶血，永无诸疾。**豆豉**浓煎，喂三、五口，胎毒自散。**胡麻**生嚼，绢包与咂，其毒自下。**粟米粥**日嚼少许，助谷神。**朱砂**蜜和豆许。**牛黄**蜜和豆许。**黄连**灌一匙。 并解胎毒及痘毒。**脐带**[174]初生下三日，以本带烧灰乳服，可免痘患。

【**便闭**】**胡麻油**初生大小便不通，入芒消少许，煎沸，徐灌即通。**甘草**同枳壳煎水灌。**葱白**尿不通，煎乳灌之。**轻粉**先咂胸、背、手足心并脐七处，以蜜化三分，与服即通。

【**无皮**】**白米粉** **车辇土** **密陀僧**初生无皮，并扑之，三日即生。

【**不啼**】**冷水**灌少许，外以葱鞭之。

【**不乳**】**水银**吞米粒大，下咽即乳，咽中有物如麻子也。**凌霄花**百日儿忽不乳，同蓝汁、消、黄，丸服。

【**吐乳**】**蓬莪茂**同绿豆煎乳，调牛黄服。**籧篨**同牛黄、食盐少许，煎人乳服。

【**目闭**】**甘草**月内目闭不开，或肿涩，或出血，名慢肝风，猪胆汁炙，研末灌之。**苍术**上症，用二钱，入猪胆汁中，煮热熏之，嚼汁哺之。**芎䓖**小儿好闭目，或赤肿，脑热也，同朴消、薄荷末，吹鼻中。**熊胆**蒸水频点之，内服四物加天花粉、甘草。

【**血眼**】**杏仁**嚼乳汁点之。

【**肾缩**】**吴茱萸**同大蒜、硫黄涂其腹，仍用蛇床子烧烟熏之。

【**解颅**】**防风**同白及、柏子仁末，乳和。**天南星**醋和。**漆花**[175] **榔榆皮** **蟹螯灰**同白及末。**鼠脑** **猪颊车髓** **黄狗头**炙研，鸡子白和。**驴头骨及悬蹄灰**油和。 并日涂。**丹雄鸡冠血**滴上，以赤芍末粉之。

【**囟陷**】**乌鸡骨**同地黄末服。**乌头**同附子、雄黄末贴。**半夏**涂足心。

【**囟肿**】**黄檗**水和，贴足心。

【**项软**】**附子**同南星贴。**蓖麻子**病后天柱骨倒，同木鳖子仁贴之。

【**龟背**】**红内消**[176]龟尿调涂，久久自愈。

【语迟】**百舌鸟**[177]炙食。**伯劳踏枝**[178]鞭之。

【行迟】**五加皮**同木瓜末服。**木占斯**

【流涎】**半夏**同皂荚子仁，姜汁丸服。**牛噍草**服。**鹿角**末，米饮服。**白羊屎**频纳口中。**东行牛涎**涂。**桑白皮汁**涂。**天南星**水调贴足。

【夜啼】〔内治〕**当归**胎寒好啼，日夜不止，焙研，乳和灌。**前胡**蜜丸服。**刘寄奴**同地龙为末服。**伏龙肝**丹砂、麝香丸服。**灯花**抹乳头吮。**胡粉**水服三豆。**硫黄**同黄丹煅，埋过，丸服。**白花蛇睛**研，竹沥灌。**虎睛**研，竹沥灌。**牛黄**乳汁化豆许灌。**狼屎中骨**烧灰，水服。或加豺皮灰。**缚猪绳灰**水服。**巴豆**〔时珍曰〕小儿夜啼，多是停乳腹痛，余每以蜡匮巴豆药一、二丸服之，屡效。〔外治〕**牵牛子**　**五倍子**　**牛蹄甲**　**马蹄**　**马骨**并贴脐。**狗毛**绛袋盛，系儿臂。**鸡屎**浴儿，并服少许。**猪窠草**　**鸡窠草**　**井口边草**　**白雄鸡翎**　**牛屎**并密安席下。**土拨鼠头骨**　**烧尸场土**并安枕旁。**仙人杖**安身畔。**树孔中草**著户中。**古榇板**[179]点灯照之。

【脐肿】**荆芥**煎汤洗后，煨葱贴之，即消。**桂心**炙熨。**东壁土**　**伏龙肝**　**白石脂**　**枯矾**　**车脂**　**龙骨**　**海螵蛸**　**猪颊车髓**同杏仁捣。**脐带灰**同当归、麝。**油发灰**　**当归**　**甑带灰**　**绯帛灰**　**锦灰**　**绵灰**并傅脐湿或肿。

【脐风】**独蒜**安脐上，炙至口出蒜气，仍以汁嗃鼻。**盐豉**贴脐灸之。**枣猫**同诸药贴灸。**鲫鱼**先以艾灸人中、承浆，烧研酒服。**全蝎**酒炙研，入麝服。**白僵蚕**二枚，炒研，蜜服。**守宫**以丹砂养赤，为末，薄荷汤服。**猴屎**烧研蜜服。**牛黄**竹沥化服。**白牛屎**涂口中。**鸡屎白**口噤，面赤属心，白属肺，酒研，或水煮汁服。**猪脂**百日内噤风，口中有物如蜗牛、白虫者，擦之令消。**驴毛**入麝炒焦，乳汁和服。**乌驴乳**　**猪乳**　**牛涎**　**牛齝**　**草汁**　**大豆黄卷汁**并灌之。**钓藤**同甘草煎服。**夜合花枝**煮汁，拭小儿撮口。**葛蔓**烧灰点咽。**天浆子**同僵蚕、轻粉灌之。　同蜈蚣烧服。**甘草**浓煎。**蛇莓汁**并灌之，吐痰涎。

惊痫[180]　有阴阳二证。

【阳证】**黄连**平肝胆心风热。**羌活**　**龙胆草**　**青黛**　**金银薄**　**铁粉**　**剪刀股**[181]　**马衔**　**铁精**[182]　**铜镜鼻**　**雄黄**　**代赭石**　**鳖甲**　**鲮鲤甲**　**全蝎**　**守宫**　**龙骨**齿、脑、角同。**真珠**　**牡蛎粉**　**蛇蜕**　**白花蛇**　**乌蛇**　**伏翼**　**五灵脂**　**牛胆**　**牛黄**竹沥化服。**驼黄**　**野猪黄**　**熊胆**　**鲊答**[183]　**羚羊角**　**狐肝、胆**　**蛇黄**并平肝风，定惊痫。**甘草**泄心火，补元气。煎汁吐撮口风痰。**钓藤**同甘草煎服，主小儿寒热，十二惊痫，胎风。**丹砂**色赤入心，安神除热。月内惊风欲死，涂五心。　惊热多啼，同牛黄服。　客忤卒死[184]，同蜜服。　惊忤不语，血入心窍，猪心血丸服。　急惊搐搦，同天南星、全蝎末服。**卢会**　**龙脑**引经。**石菖蒲**　**柏子仁**　**茯神**　**茯苓**　**牡丹皮**　**琥珀**　**荆沥**　**淡竹沥**　**淡竹叶**　**竹茹**　**木通**　**天竹黄**　**铅霜**　**黄丹**　**紫石英**　**菩萨石**　**玳瑁**　**象牙**　**犀角**磨汁服。**天浆子**研汁服。　同全蝎、丹砂丸。**田螺**并主心经痰热惊痫。**腊雪**[185]止儿热啼。**油发灰**乳服，止儿惊啼。**发髲**[186]合鸡子黄煎，消为水服，主小儿惊热百病。**月经**惊痫发热，和青黛水服二钱，入口即定。**黄芩**肺虚惊啼，同人参末服。**桔梗**　**薄荷**　**荆芥**　**防风**　**藁本**　**紫菀**　**款冬花**并主惊痫，上焦风热。**桑根白皮**汁。**细辛**　**驴乳**　**驴毛**　**牛鼻津**　**白狗屎**　**马屎中粟**并主客忤惊热。**慈石**炼汁。**地黄**　**玄石**并主养肾定惊。**乳香**同没药服。**阿魏**同炮蒜丸服。并主盘肠痛惊。**半夏**　**天南星**　**枳壳**　**杏仁**　**神曲**　**僵蚕**　**青礞石**　**金牙石**　**白矾**　**石绿**　**石油**　**水银**　**粉霜**　**轻粉**　**银朱**　**雷墨**并主惊痫，风痰热痰。**薇衔**　**女萎**　**女菀**　**莽草**　**芫黄**　**白鲜皮**　**蜀羊泉**　**鲤鱼脂**　**蜂房**　**鹳屎**　**鸭血**　**鸡子**　**雄鸡血**　**鸡冠血**　**鸡屎白**　**猪心**　**猪卵**　**猬皮**灰。**虎睛**魄、鼻、爪并同。**猴头骨**　**狗屎**屎中骨同。**六畜毛、蹄甲**　**牛拳木**煎服。**车脂**纳口中。**胡燕窠土**并主惊痫。**蜥蜴**同蜈蚣、螳螂嗃鼻，定搐。**蓝叶**同凝水石傅头上。**厕筹**烧贴囟，治惊窜。**白玉**同寒水石涂足心，止惊啼。**老鸦蒜**同车前子末，水调贴手足心，主急惊。**牡鼠**煎油，摩惊痫。**黄土**熨惊风遍身乌色。**灯火**焠。**李叶**　**榆叶**　**马绊绳**并煎水浴。**安息香**烧之，辟惊。**鹅毛**　**雁毛**并主小儿辟惊痫。

【阴证】**黄芪**　**人参**同黄芪、甘草，治小儿胃虚而成慢惊，乃泄火补金、益土平木之神品。**天麻**定风神药。**天南星**慢惊，同天麻、麝香服，或丸服，坠痰。　暑毒入心，昏迷搐搦，同白附子、半夏生研，猪胆丸服。**附子**慢惊，同全蝎煎服。　尖，吐风痰。吹鼻，治脐风。**乌头**同上。**蜀椒**同牡蛎煎醋服。**胡椒**慢脾风，同丁香、羊屎末服。**蚤休**惊痫，摇头弄舌，热在腹中。慢惊带阳症，同栝楼根末服。**乌药**磨汤服。**开元钱**慢脾惊风，利痰奇妙，以一个烧出珠子，研末，木香汤下。**骐驎竭同**乳香丸服。**麻黄**吐泄后慢惊脾风，同白术、全蝎、薄荷末服。**桂心**平肝。**焰消**　**硫黄**金液丹。**升麻**　**远志**　**蛇床子**　**缩砂**　**曼陀罗花**并主慢惊阴痫。**羊肉头**、**蹄**、**头骨**并同。**羊乳**　**鹿茸**　**马阴茎及鬐毛**并主阴痫。**独头蒜**炙脐及汁嗃鼻。**芸苔子**同川乌末，涂顶。

诸疳　虚热有虫。

黄连猪肚蒸丸，治疳杀虫。　小儿食土，以汁拌土，晒与之。**胡黄连**主骨蒸疳痢。　潮热，同柴胡服。　疳热肚胀，同五灵脂丸服。　肥热疳，同黄连、朱砂安猪胆内煮熟，入卢会、麝香丸服。**青黛**水服，主疳热疳痢，杀虫。**使君子**主五疳虚热，杀虫健脾胃，治小儿百病。**卢会**上症，同使君子丸服。**大黄**熬膏丸服，主无辜闪癖瘰疬。**黑牵牛**疳气浮肿，同白牵牛半生半炒、陈皮、青皮等分，丸服。**橘皮**疳瘦，同黄连、麝香、猪胆丸服。**楝实**五疳，同川芎、猪胆丸取。**轻粉**吃泥肚大，沙糖丸取。**绿矾**疳气，火煅醋淬，枣肉丸服。**蚕蛹**煮食，治疳气，退热杀虫。**白僵蚕**久疳，天柱骨倒，炒研，薄荷汤每服半钱。粪蛆主一切疳，研末，麝香汤服。或入甘草末。或烧灰拌食物。蛤蟆生蛆尤妙。**蜘蛛**烧啖，主大腹疳。**夜明砂**一切疳病，研末，猪肉汁服，取下胎毒。　无辜疳，末拌饭食之。　魃病[187]，绛袋佩之。**五灵脂**五疳潮热有虫，同胡黄连、猪胆丸服。**野猪黄**水研日服。胆同。**牡鼠**炙食，主寒热诸疳。作羹，甚瘦人。　哺露大腹，炙食之。**鼠屎**疳病大腹，同葱、豉煎服。**柴胡**　**前胡**　**甜瓜叶**　**阿勃勒**[188]并主疳热。**萹蓄**魃病。**漏卢**煮猪肝食。**苦耽**　**离鬲草**　**白矾**并主无辜疳疾。**益母草**煮粥。**樗根皮**丸服。**胡粉**同鸡子蒸，或炒。**鸡子**入轻粉、巴豆蒸食。**大枣**　**狼把草**　**鳖血**　**鳗鲡**　**狸头骨**猫骨同。**豺皮**　**兔屎**　**獾肉**　**鹑**并主疳痢。**葛勒蔓**[189]疳痢，吹肛。**鹈鹕觜**久痢成疳，烧末水服。**蔷薇根**　**芜荑**　**羊蹄根**　**虎胆**　**熊胆**　**猪胆**并杀疳虫。**蚺蛇胆**灌鼻，治脑疳。灌肛，治疳痢。**鲫鱼胆**灌鼻，治脑疳。**白棘针**同瓜丁研末，嗃鼻，主诸疳。**菖蒲**　**冬瓜**　**柳枝及白皮**　**郁李根**　**楮叶**并煎汤浴儿。**伯劳**　**白马眼**并小儿魃病佩之。

痘疮

【预解】**黄连**　脐带并见初生下。**葵根**煮食。**黑大豆**同绿豆、赤小豆、甘草煮食饮汁。**胡麻油**煎浓食，外同葱涎摻周身。**朱砂**蜜调服。**白水牛虱**焙研，作面饼食。**生玳瑁**同生犀磨汁，日服。**兔肉**腊月作酱食。**兔血**同朱砂或雄黄作丸服。**白鸽**除夕食之，以毛煎水浴儿。　卵，入厕中半日，取白和丹砂丸服，毒从二便出。**鸡卵**入蚯蚓蒸熟，立春日食。　童尿或厕坑中浸七日，洗净煮食。**鹤卵**煮食。**鹳卵**煮食。**丝瓜蔓**　**壶卢须**　**兔头**　**鳢鱼**并除夕煎汤浴儿，令出多者少，少者无。

【内托】**升麻**解毒，散痘疹前热。**柴胡**退痘后热。**牛蒡子**痘出不快，便闭，咽不利，同荆芥、甘草煎服。**贯众**同升麻、芍药煎。**老丝瓜**烧研，沙糖水服。**山楂**水煎。　干陷，酒煎。**荔枝**浸酒。　壳，煎汤。**葡萄**擂酒服。**橄榄**研。**胡桃**烧研，胡荽酒服。**胡荽**浸酒服。**泰和老鸡**五味煮食。**竹笋**汤。**虾汤**　**鱼汤**　**生蚬水**并主痘出不快。　**黄芪**主气虚色白不起。**人参**同上。**甘草**初出干淡不长，色白不行浆，不光泽，既痂而胃弱不食，痘后生痈肿，或溃后不收，皆元气不足也，并宜参、芪、甘草三味主之，以固营卫，生气血。或加糯米助肺，芎䓖行气，芍药止痛，肉桂引血化脓。**芎䓖　芍药　肉桂　糯米　肉豆蔻**止泻。**丁香**灰白不起，脾胃虚弱。**麻黄**风寒倒陷，蜜炒酒服。**猪心血**痘疮倒黡，同片脑酒服。引入心经，同乳香丸服。**猪齿　猫头　猫牙**同人、猪、犬牙烧灰，水服。**猫屎**同人、狗、猪屎烧灰，水服。**狗屎中粟**末服一钱。**人牙**烧，入麝香酒服。**人中白**烧研，汤服。**天灵盖**烧研，酒服三分。或加雄黄。**白丁香**研末，入麝，酒服。**鹗头**[190]烧研，水服。**老鸦左翅**烧灰，猪血丸服。　并主陷下。**大戟**变黑归肾，研末水服。**威灵仙**上症，同片脑服。**紫草**血热紫赤便闭者宜之。　同红花、蝉蜕煎服。**红花**和血。**燕脂**干红，同胡桃服。　点痘疔。　点目，令不入目。**犀角**磨汁。**玳瑁**磨汁。**桦皮**煮汁。　并主紫赤干红。**抱过鸡子壳**倒陷便血昏睡，焙研，汤服五分，仍涂胸、背、风池。**猪膘**便闭，煮食。**灯心草**烦喘，小便不利，同鳖甲煎服。**牛黄**紫黑，谵语发狂，同丹砂、蜜服。**丹砂**入心狂乱，同益元散、片脑、麝香，每灯草汤服。**山豆根**咽痛不利。**白柿**痘入目，日食之。**真珠**痘疔，研末，水服。**桃胶**痘后发搐，酒化服。**象牙**痘不收，炒研，水服。**黄明胶**瘢痕，水化服。

【外治】**沉香**同乳香、檀香烧烟，辟恶气，托痘。**稻草　猪爪壳**并烧烟，辟恶气。**胡荽**煎酒喷儿，并洒床帐席下。**杨柳根**风寒出不快，煎汤浴。**茱萸**口噤，嚼一二粒抹之。**茶叶**烧熏痘痒。**马齿苋**灰。**败茅　黄绢**灰。**海螵蛸**末。**黄牛屎**灰。**荞麦　大豆　赤小豆　豌豆　绿豆**并研傅烂痘及痈。**枇杷叶**洗烂痘。**青羊脂**摩豆疮如疥。**姜石　芒消**并涂豆毒。**雄黄**痘疔，同紫草末，燕脂水涂。**蚕茧**同白矾煅，傅痘疳。**蜂蜜　酥油**并润痘痂欲落不落，且无瘢痕。**白僵蚕**用雄鸡尾浸酒，和涂豆瘢。**密陀僧**人乳调涂豆瘢。**猪肉汁　马肉汁**并洗痘瘢。**柳叶**暑月生蛆，铺卧引之。**毕澄茄**嗃鼻，治痘入目。

小儿惊痫　有阴阳二证。

【阳证】**甘草**补元气，泻心火。小儿撮口发噤[191]，煎汁灌之，吐去痰涎。**黄连**平肝胆心火。**胡黄连　黄芩**小儿惊啼，同人参末服。**防风**治上焦风邪，四肢挛急。**羌活**诸风痫痓，去肾间风，搜肝风。**白鲜皮**小儿惊痫。**老鸦蒜**主急惊，同车前子末，水调贴手足心。**龙胆**骨间寒热，惊痫入心。**细辛**小儿客忤，同桂心纳口中。**薇衔**惊痫吐舌。**薄荷**去风热。**荆芥**一百二十惊，同白矾丸服。**牡丹**惊痫瘈瘲。**藁本**痫疾脊厥而强。**莽草**摩风痫，日数十发。**半夏**吹鼻。**青黛**水服。**蓝叶**同凝水石傅头上。**女萎　女菀　紫菀　款冬花**惊痫寒热。**蜀羊泉**小儿惊。**蛇莓**孩子口噤，以汁灌之。**凌霄花**百日儿无故口青不乳，同蓝叶、消、黄丸服。**葛蔓**小儿口噤，病在咽中，烧灰点之。**钓藤**小儿寒热，十二惊痫瘈疭，客忤胎风[192]，同甘草煎服。**石菖蒲**客忤惊痫。曲食痫[193]。**淡竹笋**消痰热，小儿惊痫天吊。**李叶**浴惊痫。**杏仁　柏子仁**小儿躯啼惊痫，温水服之。**乳香**同甘遂服。**没药**盘肠气痛[194]，同乳香服。**阿魏**盘肠痛，同蒜炮，丸服。**安息香**烧之，辟惊。**芦荟**镇心除热。**夜合花枝**小儿撮口，煮汁拭洗。**榆花**浴小儿痫热。**芜荑**惊后失音，同曲、蘗黄连丸服。**龙脑**入心经，为诸药使。**桑根白皮汁**治天吊惊痫客忤。**枳壳**惊风搐搦痰涎，同豆豉末，薄荷汁服。**荆沥**心热惊痫。**茯苓　茯神**惊痫。**琥珀**胎惊，同防风、朱砂末服。　胎痫[195]，同朱砂、全蝎末服。**淡竹叶　青竹茹　竹沥**惊痫天吊，口噤烦热。**天竹黄**惊痫天吊，去诸风热。**车脂**止惊啼，纳口中。**马绊绳**煎洗儿痫。**木牛拳**煎服，止儿痫。**厕筹**贴囟，治惊窜。**灯火**焠惊风。**腊雪**小儿热啼。**黄土**熨惊风，遍身乌色。**胡燕窠土**小儿惊痫。**金箔　银箔**风热惊痫，镇心安魂。**锡吝脂**小儿天吊搐搦，同水银、牛黄丸服。**铅霜**去积热痰涎，镇惊，同牛黄、铁粉服。　惊风喉闭口紧，同蟾酥少许，乌梅蘸擦牙关。**黄丹**惊痫，镇心安神。**铜镜鼻**客忤惊痫面青，烧焠酒饮。**铁粉**惊痫发热多涎，镇心抑肝，水服少许。或加丹砂。**铁精**风痫。**铁华粉**虚痫。**剪刀股**惊风。**马衔**风痫。**白玉**小儿惊啼，同寒水石涂足心。**紫石英**补心定惊。　风热瘈疭，同寒水石诸药煎服。**菩萨石**热狂惊痫。**朱砂**色赤入心，心热非此不除。　月内惊风欲死，磨水涂五心。　惊热多啼，同牛黄末服。　客忤卒死，蜜服方寸匕。　惊忤不语，血入心窍，猪心血丸服。　急惊搐搦，同天南星、全蝎末服。**水银**惊热涎潮，同南星、麝香服。**粉霜**　**轻粉**并下痰涎惊热。**银朱**内钓惊啼，同乳香、大蒜丸服。**雄黄**惊痫，同朱砂末服。**石油**小儿惊风，化和丸散服。**慈石**养肾止惊，炼水饮。**玄石**　**代赭**小儿惊风入腹。　急惊搐搦不定，火煅醋淬，金箔汤服一钱。**石绿**同轻粉，吐急惊。**礞石**惊风痰涎，煅研服，亦丸服。**金牙石**　**蛇黄**　**雷墨**　**盐豉**小儿撮口，贴脐灸之。**露蜂房**惊痫瘈疭寒热，煎汁服。**螳螂**定惊搐，同蜈蚣、蜥蜴𠻳鼻。**天浆子**急慢惊风，研汁服。　同全蝎、朱砂丸服。　噤风，同蜈蚣烧，丸服。　脐风，同僵蚕、腻粉灌之。**白僵蚕**惊痫客忤，去风痰。　撮口噤风，为末蜜服。　烧地，以大蒜泥制，𠻳鼻。**枣猫**脐风。**全蝎**小儿惊痫风搐，薄荷包炙研服。胎惊天吊，入朱砂、麝香。或丸服。风痫及慢惊，用石榴煅过末服。　慢惊，同白术、麻黄末服。　脐风，同麝服。**玳瑁**清热，止急惊客忤。**鳖甲**小儿惊痫，炙研乳服。**真珠**小儿惊热。**田螺壳**惊风有痰。**牡蛎**安神去烦，小儿惊痫。**龙骨**小儿热气惊痫，安神定魂魄。**龙齿**小儿五惊十二痫，身热不可近。**龙角**惊痫瘈疭，身热如火。**鲮鲤甲**肝惊。**守宫**风痓惊痫。　心虚惊痫。**蛇蜕**小儿百二十种惊痫瘈疭，弄舌摇头。**白花蛇**小儿风热，急慢惊风搐搦。**乌蛇**　**鲤鱼脂**小儿惊忤诸痫。**鹳屎**天吊惊风发不止，炒研，入麝香、牛黄、蝎，末服。**鹅毛**小儿衣之，辟惊痫。**雁毛**同上。**鸭肉**小儿热惊。**鸡冠血**小儿卒惊客忤搐吊。**白雄鸡血**惊风不醒，抹唇、口、脑。亦治惊痫。**鸡子**止惊。**伏翼**小儿惊，酿朱砂烧研服。　慢惊，炙焦，同人中白、蝎、麝，丸服。**五灵脂**小儿惊风五痫。**鸡屎白**小儿惊忤惊喑，烧灰，水服。**猪心血**心热惊痫，调朱砂末服，引入心。**猪心、肝、肾**并主惊痫。**豚卵**　**猪乳、齿、屎**并主惊痫。**白狗屎**小儿惊痫客忤，烧服。**狗屎中骨**寒热惊痫。**牛胆**治惊风有奇功。**鼻津**客忤，灌之。**马屎**烧末煮酒，浴儿卒忤。**尾烧**烟熏客忤。**屎中粟**烧，治小儿客忤。**马绊绳**煎浴小儿痫。**驴乳**小儿痫疾，客忤天吊，风痰咳，服之。**驴毛**煎饮，治客忤。**牛黄**惊痫寒热，竹沥调服，或蜜调，或入朱砂。**驼黄**风热惊疾。**六畜毛、蹄甲**客热惊痫。**鲊答**　**虎睛**　**虎魄**　**虎鼻、爪**　**象牙**　**犀角**浓磨汁服。**牛黄及角**　**野猪黄及脂**　**熊胆**惊痫瘈疭，竹沥化服。**羚羊角**平肝定风。**麝香**惊痫客忤惊啼，通诸窍，开经络，透肌骨，辟邪气。**狐肝、胆**惊痫寒热搐搦。**牡鼠**煎油，摩惊痫。**猬皮**惊啼，烧服。**猴头骨及手**惊痫寒热口噤。**发髲**合鸡子黄煎，消为水服，主小儿惊热百病。**油发灰**乳服，止小儿惊啼。**月经血**小儿惊痫发热，和青黛水服二钱，入口即瘥。

【阴证】**黄芪**补脉泻心。**人参**同黄芪、甘草，治小儿胃虚而成慢惊，为泻火补金、益土平木之神剂。**桔梗**主小儿惊痫。

---

①兜鍪（móu，音谋），头盔，指形状似头盔。

②运，通晕。

③鹘（gǔ，音古）嘲，鸟名。

④眯（mǐ，音米），尘埃进入眼中。眯目，病症名。

⑤千里及，千里光，药名。

⑥粟泔淀，洗粟米的泔水。

⑦雀目，病症名，夜盲症。

⑧营实，药名，即多花蔷薇的果实。

⑨荠苨（jǐ nǐ，音机拟），药名，荠苨的根。

⑩鳢（lǐ，音里）肠。药名，即旱莲草。
⑪腐婢，药名，即为豆腐木的茎叶。
⑫逐折，药名，即厚朴子。
⑬鸜鹆（qú yù，音渠玉），八哥，鸟名
⑭伏翼，即蝙蝠。
⑮菥蓂（xī míng，音西明），药名。
⑯蘡薁（yīng ào，音英奥），药名。
⑰瑿（yī，音医），琥珀。
⑱锡吝脂，即锡。
⑲越砥，即磨刀石。
⑳聤耳，病名，大抵相当于今之急慢性中耳炎。
㉑蠮螉（yē wēng，音椰翁），土蜂。
㉒食顷，吃一顿饭的功夫。
㉓耵聍，耳垢，耳屎。
㉔雁肪，白额雁等的脂肪。
㉕皻（zhā，音札），病名即酒糟鼻。
㉖皯䵳（gǎn　zèng，音赶赠），面上雀斑。
㉗皯（gǎn，音赶），同䵟，面上黑斑。
㉘黡（yǎn，音掩），皮肤上的小黑点。
㉙栗荴（fū，音夫），栗的内果皮。
㉚瘢（bān，音班），皮肤上的斑。
㉛痦（pēi，音胚），病名，汗疹。瘟（léi，音雷），皮肤上的小疙瘩。
㉜肥疮，口角疮。
㉝鼻渊，病名。
㉞鼻鼽（qiú，音球），病名，似过敏性鼻炎。
㉟脑崩，鼻渊病之重症。
㊱鼻瘜，鼻息肉，鼻痔。
㊲齆（wèng，音瓮），鼻塞。
㊳昨叶何草，植物名，即瓦松。
㊴屠几垢，屠宰牲畜用砧板上的污垢。
㊵唇核，病证名，唇生肿核。
㊶痳（qún，音群），麻痹。
㊷燕口疮，燕口，穴名，位于口角部位。
㊸舌胀，舌肿。
㊹重（chóng）舌，病名，舌下血脉隆起，形如小舌。
㊺舌衄，病证名，舌出血。
㊻青钱，铜钱。
㊼鹅口疮，病名，因病人口腔舌上布满白色糜点，状如鹅口，故名。
㊽凫茈（fú　cí，音浮辞），荸荠。
㊾喉痹，病名，主要症状是咽喉肿痛，吞咽困难，声音嘶哑等。
㊿喉风，病名，因风热之邪所致。
51缠喉风，病名，为喉风之一种。
52尸咽，病名。旧说人腹内有尸虫，上食咽喉而生疮，故名。
53喉痈，病名。
54喑（yīn，音因），同瘖，哑。
55瘂，同哑。
56狐惑，病名，因病人患病后狐疑惑乱，故名。

(57)蠹（dù，音杜），龋（qǔ，音曲）齿。
(58)积年齿䘌，多年龋齿不愈。
(59)搵（wèn，音问），按。
(60)齼（chǔ，音楚），牙齿酸软。
(61)风眩，眩晕。
(62)胡臭，腋臭，狐臭。
(63)丹毒，病名。因病患部位红如涂丹，灼热，故名。
(64)海蛇，海蜇。
(65)紫白癜风，汗斑。
(66)瘿，病名，大脖子瘿气，甲状腺肿大类疾病。疣，病名，俗称瘊子。
(67)马刀，药名，长竹蛏的贝壳。
(68)剪刀草，药名，即射干。
(69)马刀，病名，瘰疬成串，形长如马刀，故名。挟瘿，瘰疬挟颈所生，形状如缨络，故称挟瘿。
(70)蛇盘疬，病名，形容瘰疬绕颈串生如盘蛇。
(71)风疬，风邪诱发之疬。
(72)鼍甲，扬子鳄的鳞甲。
(73)鼠瘘，病名。
(74)磨刀垽（xùn，音讯），磨刀时从磨石掉下的细屑。
(75)膍胵（pí　chī，音皮吃），动物的胃。
(76)土墼（jī，音机），未烧的砖坯。
(77)痰核，病名，因湿痰流聚皮下所致。
(78)九漏，病名，即小儿淋巴结肿大。
(79)发背，病名，有头的疽生于脊背者。
(80)发颐，病名，疽发于腮颔处。
(81)发眉，疽生于眉棱骨处。
(82)发乳，病名，痈发于乳，且为乳痈之严重者。
(83)囊痈，病名，因阴囊红肿热痛，故名。
(84)石痈，病名，其肿结至牢，病似肿瘤。
(85)骨疽，病名。
(86)毈（duàn，音锻）鸡子，孵不出鸡的鸡蛋。
(87)玉枕，脑后玉枕穴位处。
(88)妒乳，病名，幼儿口腔内近牙龈处长出脂肪垫，使吮乳困难。
(89)奶疽，乳疽。
(90)姜石，钟乳石。
(91)乳岩，病名，乳腺癌。
(92)丁疮，病症名。
(93)恶疮，病名。
(94)杨梅疮，病名，梅毒。
(95)风癞，病名，相当于瘤形麻风。
(96)瘑疮，病名，发生于手足的湿疡。
(97)胻，小腿胫骨部，此指小腿。
(98)丁肿，病名。
(99)盦（ān，音安），盛食物用的器具。
(100)反花疮，翻花疮，病名。
(101)燕窝疮，生于枕骨下凹陷处的疮疡，相当颈项部多发性毛囊炎。
(102)猫睛疮，病名，因多生头面手足，疮面形似猫眼，故名。
(103)瘭，病名，疽的一种。

⑩④杨梅癣，杨梅癣疮。
⑩⑤坐板疮，病名，生于臀部的疮。
⑩⑥松涓，松油。
⑩⑦火带疮，病名，相当于胸腰部的带状疮疹。
⑩⑧天泡疮，病名。
⑩⑨鹅掌风，生于手掌的皮肤病名。
⑪⓪秃疮，头皮癣病名。
⑪①月蚀，病名，多见于小儿。
⑪②阴疮，病名。有四种说法：一指颊下生疮；一指女性外生殖器生疮；一指阴疽；一指褥疮。
⑪③鬼舐头，俗称鬼剃头，包括斑秃和脂溢性脱发。
⑪④口疳，指口腔病或龋齿。
⑪⑤漆疮，因接触漆而致的皮肤病。
⑪⑥金疮，因金器损伤肢体所致，又称刀伤、金伤等。
⑪⑦乌韭，长在阴地上的青苔。
⑪⑧垣衣，同乌韭。
⑪⑨故绵，丝棉。
⑫⓪人势，男子的阴茎。
⑫①白鸭通，鸭屎。
⑫②夜合树，合欢树。
⑫③铜钴鉧，铜锅。
⑫④乌古瓦，泥坯烧制的瓦。
⑫⑤虿（chài），旧时指蝎子一类的毒虫。
⑫⑥蠼螋（qú sōu，音渠搜），昆虫名。
⑫⑦蛓（cì，音次），虫名。
⑫⑧蛞蝓（kuò yú，音括于），即蜒蚰，俗名鼻涕虫。
⑫⑨旧簟（dàn，音旦）灰，旧竹席上的灰。
⑬⓪狐尿蛓疮，病名，指接触螳螂等昆虫分泌物所致的皮肤病。
⑬①㶉鶒（xī chì，音西赤），水鸟名。
⑬②鸀鳿（zhú yù，音竹玉），鸟名。
⑬③猘（zhì，音志），疯狗。
⑬④牛膍，牛肚。
⑬⑤蛊毒，病名，因中蛊毒所致。
⑬⑥独行根，药名，即青木香。
⑬⑦蛇婆，蛇婆子，半环扁尾蛇。
⑬⑧缩砂蔤：砂仁。
⑬⑨庵罗果，杧果。
⑭⓪石帆，柳珊瑚的石灰质骨骼。
⑭①赤孙施，酢浆草。
⑭②脏燥，病名，即癔病。
⑭③室女，未婚女子。
⑭④五色带下，带下为五色秽浊之液。
⑭⑤秋石，用人中白（人尿白）与食盐的加工品。
⑭⑥青蘘，胡麻叶。
⑭⑦木莓根皮，悬钩子的根皮。
⑭⑧子烦，病名，妇女孕后因阴血不足或忧郁等原因，出现神志不宁，心惊胆怯，烦闷不安的病症。
⑭⑨子痫，病名，妊娠痫症。
⑮⓪恶阻，妊娠后出现恶心呕吐等现象。

⑮¹漏胎，怀孕后阴道有血样液体流出而不伴有腹痛的病症。
⑮²横生，横产，分娩时儿手先下。倒产，逆生，分娩时儿足先下。
⑮³白鸡距，白鸡爪。
⑮⁴交骨，耻骨。
⑮⁵铁镬，铁锅。
⑮⁶钟馗，药用菌名。
⑮⁷胎衣，胎盘。
⑮⁸麦蘖，麦芽。
⑮⁹盘肠产，病症名，临产时产妇直肠脱出。
⑯⁰郎君子，药名，相思子。
⑯¹飞生，药名，鼺鼠。
⑯²莲薏，莲子心。
⑯³恶漏淋沥，恶漏不尽。
⑯⁴紫背金盘，白毛夏枯草。
⑯⁵白苣，白芷，药名。
⑯⁶阴吹，妇女阴道中有气体排出并有声。
⑯⁷阴蚀，病名，阴疮。
⑯⁸阴癞，子宫脱垂。
⑯⁹脬，膀胱。脬损，膀胱损伤。
⑰⁰解颅，颅骨缝不能闭合。
⑰¹囟陷，囟门下陷。
⑰²龟背，脊柱弯突，形如龟背。
⑰³脐风，新生儿破伤风。
⑰⁴脐带，药名，为新生儿的脐带。
⑰⁵漆花，干漆。
⑰⁶红内消，金刚散，是三裂叶蛇葡萄的根或根皮。
⑰⁷百舌鸟，药名，是植物鸦胆子的叶。
⑰⁸伯劳，鸟名，连毛入药。
⑰⁹古榇板，古墓中的棺木。
⑱⁰惊痫，小儿急惊风。
⑱¹剪刀股，蒲公英。
⑱²铁精，炼铁炉中的灰烬。
⑱³鲊答，马胃肠道结石，又称马宝。
⑱⁴客忤，病症名，指小儿因突然受外界或陌生人惊吓，而致病如惊痫。
⑱⁵腊雪，腊月雪花融化后的雪水。
⑱⁶发髲，人发。
⑱⁷魃（qí，音齐），小儿病名。又称继病。
⑱⁸阿勃勒，腊肠树的果实。
⑱⁹葛勒蔓，葎草。
⑲⁰鹗（è，音厄），鱼鹰。
⑲¹撮口，病症名，又名唇紧。
⑲²胎风，病名，婴儿受风发热，手足抽搐。
⑲³食痫，病症名，小儿因食伤而致抽搐。
⑲⁴盘肠气痛，病症名，小儿因小肠积冷而致腹痛、干啼、腰曲。
⑲⁵胎痫，病名，又称胎搐。

本草纲目草部目录第十二卷

李时珍曰：天造地化而草木生焉。刚交于柔而成根荄，柔交于刚而成枝干。叶萼属阳，华实属阴。由是草中有木，木中有草。得气之粹者为良，得气之戾者为毒。故有五形焉，金、木、水、火、土。**五气焉，**香、臭、臊、腥、膻。**五色焉，**青、赤、黄、白、黑。**五味焉，**酸、苦、甘、辛、咸。**五性焉，寒、热、温、凉、平。五用焉。**升、降、浮、沉、中。**炎农尝而辨之，轩岐述而著之，汉、魏、唐、宋明贤良医代有增益。但三品虽存，淄渑交混，诸条重出，泾渭不分。苟不察其精微，审其善恶，其何以权七方、衡十剂而寄死生耶？于是剪繁去复，绳缪补遗，析族区类，振纲分目。除谷、菜外，凡得草属之可供医药者六百一十一种，分为十类：曰山，曰芳，曰隰，曰毒，曰蔓，曰水，曰石，曰苔，曰杂，曰有名未用。**旧本草部上中下三品，共四百四十七种。今并入三十一种，移二十三种入菜部，三种入谷部，四种入果部，二种入木部，自木部移并一十四种，蔓草二十九种，菜部移并一十三种，果部移并四种，外类有名未用共二百四十七种。

神农本草经一百六十二种梁陶弘景注。

名医别录一百三十一种陶弘景注。　七十八种有名未用。

李氏药录一种魏李当之。**吴氏本草一种**魏吴普。

唐本草三十三种唐苏恭。**本草拾遗六十八种**唐陈藏器。

食疗本草二种唐孟诜。　**海药本草六种**唐李珣。

四声本草一种唐萧炳。　**开宝本草三十八种**宋马志。

嘉祐本草一十七种宋掌禹锡。**图经本草五十四种**宋苏颂。

日华本草七种宋人大明。**用药法象一种**元李杲。

本草补遗一种元朱震亨。**救荒本草一种**明定王。

本草会编一种明汪机。　**本草纲目八十六种**明李时珍。

〔**附注**〕宋雷敩炮炙论　北齐徐之才药对　唐杨损之删繁　唐孙思邈千金

蜀韩保昇重注　南唐陈士良食性　宋寇宗奭衍义　唐慎微证类

陈承别说　金张元素珍珠囊　元王好古汤液　吴瑞日用

明汪颖食物　王纶集要　陈嘉谟蒙筌　定王救荒　宁原食鉴

草之一　山草类上三十一种

甘草本经　**黄耆**本经　**人参**本经　**沙参**本经

荠苨别录　**桔梗**本经　**长松**拾遗　**黄精**别录

萎蕤本经　鹿药　委蛇附　**知母**本经　**肉苁蓉**本经　**列当**开宝

琐阳补遗　**赤箭天麻**本经及宋开宝　**术**本经

狗脊本经　**贯众**本经　**巴戟天**本经　巴棘附　**远志**本经

百脉根唐本　**淫羊藿**本经　**仙茅**开宝　**玄参**本经

地榆本经　**丹参**本经　**紫参**本经　**王孙**本经
紫草本经　**白头翁**本经　**白及**本经　**三七**纲目
右附方旧八十三，新二百六十。

本草纲目草部第十二卷

草之一　山草类三十一种。

甘草　本经上品

【释名】蜜甘别录**蜜草**别录**美草**别录**蕗草**别录**灵通**记事珠**国老**别录〔弘景曰〕此草最为众药之主，经方少有不用者，犹如香中有沉香也。国老即帝师之称，虽非君而为君所宗，是以能安和草石而解诸毒也。〔甄权曰〕诸药中甘草为君，治七十二种乳石毒，解一千二百般草木毒，调和众药有功，故有国老之号。

【集解】〔别录曰〕甘草生河西川谷积沙山及上郡。二月、八月除日采根，暴干[①]，十日成。〔陶弘景曰〕河西上郡今不复通市。今出蜀汉中，悉从汶山诸地中来[②]。赤皮断理，看之坚实者，是抱罕草，最佳。抱罕乃西羌地名。亦有火炙干者，理多虚疏。又有如鲤鱼肠者，被刀破，不复好。青州间有而不如。又有紫甘草，细而实，乏时亦可用。〔苏颂曰〕今陕西、河东州郡皆有之[③]。春生青苗，高一二尺，叶如槐叶，七月开紫花似柰冬，结实作角子如毕豆。根长者三四尺，粗细不定，皮赤色，上有横梁，梁下皆细根也。采得去芦头及赤皮，阴干用。今甘草有数种，以坚实断理者为佳。其轻虚纵理及细韧者不堪，惟货汤家用之。谨按尔雅云：蘦[④]，大苦。郭璞：蘦似地黄。又诗唐风云，采苓采苓，首阳之巅，是也。蘦与苓通用。首阳之山在河东蒲坂县，乃今甘草所生处相近，而先儒所说苗叶与今全别，岂种类有不同者乎？〔李时珍曰〕按沈括笔谈云：本草注，引尔雅蘦大苦之注为甘草者，非矣。郭璞之注，乃黄药也，其味极苦，故谓之大苦，非甘草也。甘草枝叶悉如槐，高五六尺，但叶端微尖而糙涩，似有白毛，结角如相思角，作一本生，至熟时角拆，子扁如小豆，极坚，齿啮不破，今出河东西界。寇氏衍义亦取此说，而不言大苦非甘草也。以理度之，郭说形状殊不相类，沈说近之。今人惟以大径寸而结紧断纹者为佳，谓之粉草。其轻虚细小者，皆不及之。刘绩霏雪录，言安南甘草大者如柱，土人以架屋，不识果然否也？

根　**〔修治〕**〔雷敩曰〕凡使须去头尾尖处，其头尾吐人。每用切长三寸，擘作六七片，入瓷器中盛，用酒浸蒸，从巳至午，取出暴干锉细用。一法：每斤用酥七两涂炙，酥尽为度。又法：先炮令内外赤黄用。〔时珍曰〕方书炙甘草皆用长流水蘸湿炙之，至熟刮去赤皮，或用浆水炙熟，未有酥炙、酒蒸者。大抵补中宜炙用，泻火宜生用。　**〔气味〕甘，平，无毒。**　〔寇宗奭曰〕生则微凉，味不佳；炙则温。　〔王好古曰〕气薄味厚，升而浮，阳也。入足太阴厥阴经。　〔时珍曰〕通入手足十二经。　〔徐之才曰〕术、苦参、干漆为之使，恶远志，反大戟、芫花、甘遂、海藻。　〔权曰〕忌猪肉。　〔时珍曰〕甘草与藻、戟、遂、芫四物相反，而胡洽居士治痰澼，以十枣汤加甘草、大黄，乃是痰在膈上，欲令通泄，以拔去病根也。东垣李杲治项下结核，消肿溃坚汤加海藻。丹溪朱震亨治劳瘵，莲心饮用芫花。二方俱有甘草，皆本胡居士之意也。故陶弘景言古方亦有相恶相反者，乃不为害。非妙达精微者，不知此理。〔主治〕**五脏六腑寒热邪气，坚筋骨，长肌肉，倍气力，金疮尰，解毒。久服轻身延年。**本经。尰音时勇切，肿也。**温中下气，烦满短气，伤脏咳嗽，止渴，通经脉，利血气，解百药毒，为九土之精，安和七十二种石，一千二百种草。**别录**主腹中冷痛，治惊痫，除腹胀满，补益五脏，养肾气内伤，令人阴不痿，主妇人血沥腰痛，凡虚而多热者加用之。**甄权**安魂定魄，补五劳七伤，一切虚损，惊悸烦闷健忘，通九窍，利百脉，益精养气，壮筋骨。**大明**生用泻火热，熟用散表寒，去咽痛，除邪热，缓正气，养阴血，补脾胃，润肺。**李杲**吐肺痿之脓血，消五发之疮疽。**好古**解小儿胎毒惊痫，降火止痛。**时珍

稍　〔主治〕**生用治胸中积热，去茎中痛，加酒煮玄胡索、苦楝子尤妙。**元素

头　〔主治〕**生用能行足厥阴、阳明二经污浊之血，消肿导毒。**震亨**主痈肿，宜入吐药。**时珍

【发明】〔震亨曰〕甘草味甘，大缓诸火，黄中通理，厚德载物之君子也。欲达下焦，须用梢子。〔杲曰〕甘草气薄味厚，可升可降，阴中阳也。阳不足者，补之以甘。甘温能除大热，故生用则气平，补脾胃不足而大泻心火；炙之则气温，补三焦元气而散表寒，除邪热，去咽痛，缓正气，养阴血。凡心火乘脾，腹中急痛，腹皮急缩者[5]，宜倍用之。其性能缓急，而又协和诸药，使之不争。故热药得之缓其热，寒药得之缓其寒，寒热相杂者用之得其平。〔好古曰〕五味之用，苦泄辛散，酸收咸敛，甘上行而发，而本草言甘草下气何也？盖甘味主中，有升降浮沉，可上可下，可外可内，有和有缓，有补有泄，居中之道尽矣。张仲景附子理中汤用甘草，恐其僭上也；调胃承气汤用甘草，恐其速下也，皆缓之之意。小柴胡汤有柴胡、黄芩之寒，人参、半夏之温，而用甘草者，则有调和之意。建中汤用甘草，以补中而缓脾急也；凤髓丹用甘草，以缓肾急而生元气也，乃甘补之意。又曰：甘者令人中满，中满者勿食甘，甘缓而壅气，非中满所宜也。凡不满而用炙甘草为之补，若中满而用生甘草为之泻，能引诸药直至满所，甘味入脾，归其所喜，此升降浮沉之理也。经云，以甘补之，以甘泻之，以甘缓之，是矣。〔时珍曰〕甘草外赤中黄，色兼坤离[6]；味浓气薄，资全土德。协和群品，有元老之功；普治百邪，得王道之化。赞帝力而人不知，敛神功而己不与，可谓药中之良相也。然中满、呕吐、酒客之病，不喜其甘；而大戟、芫花、甘遂、海藻，与之相反。是亦迂缓不可以救昏昧，而君子尝见嫉于宵人之意欤？〔颂曰〕按孙思邈千金方论云：甘草解百药毒，如汤沃雪。有中乌头、巴豆毒，甘草入腹即定，验如反掌。方称大豆汁解百药毒，予每试之不效，加入甘草为甘豆汤，其验乃奇也。又葛洪肘后备急方云：席辩刺史尝言：岭南俚人解蛊毒药，并是常用之物，畏人得其法，乃言三百头牛药，或言三百两银药。久与亲狎，乃得其详。凡饮食时，先取炙熟甘草一寸，嚼之咽汁，若中毒随即吐出。仍以炙甘草三两，生姜四两，水六升，煮二升，日三服。或用都淋藤、黄藤二物，酒煎温常服，则毒随大小溲出。又常带甘草数寸，随身备急。若经含甘草而食物不吐者，非毒物也。三百头牛药，即土常山也。三百两银药，即马兜铃藤也。详见各条。

【附方】旧十五，新二十二。**伤寒心悸**脉结代者。甘草二两，水三升，煮一半，服七合，日一服。　伤寒类要。**伤寒咽痛**少阴证，甘草汤主之。用甘草二两蜜水炙，水二升，煮一升半，服五合，日二服。　张仲景伤寒论。**肺热喉痛**有痰热者。甘草炒二两，桔梗米泔浸一夜一两，每服五钱，水一钟半，入阿胶半片，煎服。　钱乙直诀。**肺痿多涎**　肺痿吐涎沫，头眩，小便数而不咳者，肺中冷也，甘草干姜汤温之。甘草炙四两，干姜炮二两，水三升，煮一升五合，分服。　张仲景金匮要略。**肺痿久嗽**涕唾多，骨节烦闷，寒热。以甘草三两炙，捣为末。每日取小便三合，调甘草末一钱，服之。　广利方。**小儿热嗽**甘草二两，猪胆汁浸五宿，炙研末，蜜丸绿豆

大，食后薄荷汤下十丸。名凉膈丸。　圣惠方。**初生解毒**小儿初生，未可便与朱砂蜜。只以甘草一指节长，炙碎，以水二合，煮取一合，以绵染点儿口中，可为一蚬壳，当吐出胸中恶汁　此后待儿饥渴，更与之。令儿智慧无病，出痘稀少。　王璆选方[⑦]。**初生便闭**甘草，枳壳煨各一钱，水半盏煎服。　全幼心鉴。**小儿撮口**发噤。用生甘草二钱半，水一盏，煎六分，温服，令吐痰涎，后以乳汁点儿口中。　金匮玉函。**婴儿目涩**月内目闭不开，或肿羞明，或出血者，名慢肝风。用甘草一截，以猪胆汁炙为末，每用米泔调少许灌之。　幼幼新书。**小儿遗尿**大甘草头煎汤，夜夜服之。　危氏得效方。**小儿尿血**甘草一两二钱，水六合，煎二合，一岁儿一日服尽。　姚和众至宝方。**小儿羸瘦**甘草三两，炙焦为末，蜜丸绿豆大。每温水下五丸，日二服。　金匮玉函。**大人羸瘦**甘草三两炙，每旦以小便煮三四沸，顿服之，良。　外台秘要。**赤白痢下**崔宣州衍所传方：用甘草一尺，炙劈破，以淡浆水蘸三二度，又以慢火炙之，后用生姜去皮半两，二味以浆水一升半，煎取八合，服之立效。　梅师方：用甘草一两炙，肉豆蔻七个煨锉，以水三升，煎一升，分服。**舌肿塞口**不治杀人。甘草煎浓汤，热漱频吐。　圣济总录。**太阴口疮**甘草二寸，白矾一粟大，同嚼咽汁。　保命集。**发背痈疽**崔元亮海上集验方云：李北海言，此方乃神授，极奇秘。用甘草三大两，生捣筛末，大麦面九两，和匀，取好酥少许入内，下沸水搜如饼状，方圆大于疮一分，热傅肿上，以绸片及故纸隔，令通风，冷则换之。已成者脓水自出，未成者肿便内消，仍当吃黄芪粥为妙。　又一法：甘草一大两，水炙捣碎，水一大升浸之，器上横一小刀子，露一宿，平明以物搅令沫出，去沫服之，但是疮肿发背皆甚效。　苏颂图经。**诸般痈疽**甘草三两，微炙切，以酒一斗同浸瓶中，用黑铅一片溶成汁，投酒中取出，如此九度。令病者饮酒至醉，寝后即愈也。　经验方。**一切痈疽**诸发，预期服之，能消肿逐毒，使毒不内攻，攻效不可具述。用大横文粉草二斤捶碎，河水浸一宿，揉取浓汁，再以密绢过，银石器内慢火熬成膏，以瓷罐收之。每服一、二匙，无灰酒或白汤下，曾服丹药者亦解之，或微利无妨，名国老膏。　外科精要方。**痈疽秘塞**生甘草二钱半，井水煎服，能疏导下恶物。　直指方。**乳痈初起**炙甘草二钱，新水煎服，仍令人咂之。　直指方。**些小痈疖**发热时，即用粉草节，晒干为末，热酒服一、二钱，连进数服，痛热皆止。　外科精要方[⑧]。**痘沧烦渴**粉甘草炙，栝楼根等分，水煎服之。甘草能通血脉，发疮痘也。　直指方。**阴下悬痈**生于谷道前后，初发如松子大，渐如莲子，数十日后，赤肿如桃李，成脓即破，破则难愈也。用横文甘草一两，四寸截断，以溪涧长流水一碗，河水、井水不用，以文武火慢慢蘸水炙之，自早至午，令水尽为度，劈开视之，中心水润乃止。细锉，用无灰好酒二小碗，煎至一碗，温服，次日再服，便可保无虞。此药不能急消，过二十日，方得消尽。兴化守康朝病已破，众医拱手，服此两剂即合口，乃韶州刘从周方也。　李迅痈疽方。**阴头生疮**蜜煎甘草末，频频涂之神效。　千金方。**阴下湿痒**甘草煎汤，日洗三五度。　古今录验。**代指肿痛**甘草煎汤渍之。　千金方。**冻疮发裂**甘草煎汤洗之。次以黄连、黄檗、黄芩末，入轻粉、麻油调傅。　谈野翁方。**汤火灼疮**甘草煎蜜涂。　李楼奇方。**蛊毒药毒**甘草节，以真麻油浸之，年久愈妙。每用嚼咽，或水煎服，神妙。　直指方。**小儿中蛊**欲死者。甘草半两，水一盏，煎五分服，当吐出。　金匮玉函。**牛马肉毒**甘草煮浓汁，饮一二升，或煎酒服，取吐或下。如渴，不可饮水，饮之即死。　千金方。**饮馔中毒**未审何物，卒急无药。只煎甘草荠苨汤，入口便活。　金匮玉函方。**水莨菪毒**菜中有水莨菪，叶圆而光，有毒，误食令人狂乱，状若中风，或作吐。以甘草煮汁服之，即解。　金匮玉函妙方[⑨]。

黄耆　本经上品

【释名】黄芪纲目**戴糁**本经**戴椹**别录　又名独椹。**芰草**别录　又名蜀脂。**百本**别录**王孙**药性论　〔时珍曰〕耆，长也。黄耆色黄，为补药之长，故名。今俗通作黄芪。或作蓍者非矣，蓍乃蓍龟之蓍，音尸。王孙与牡蒙同名异物。

【集解】〔别录曰〕黄耆生蜀郡山谷、白水[10]、汉中，二月、十月采，阴干。 〔弘景曰〕第一出陇西洮阳[11]，色黄白甜美，今亦难得。次用黑水宕昌者[12]，色白肌理粗，新者亦甘而温补。又有蚕陵白水者，色理胜蜀中者而冷补。又有赤色者，可作膏贴。俗方多用，道家不须。 〔恭曰〕今出原州及华原者最良[13]，蜀汉不复采用。宜州、宁州者亦佳[14]。 〔颂曰〕今河东、陕西州郡多有之。根长二三尺以来。独茎，或作丛生，枝干去地二三寸。其叶扶疏作羊齿状，又如蒺藜苗。七月中开黄紫花。其实作荚子，长寸许。八月中采根用。其皮折之如绵，谓之绵黄耆。然有数种，有白水耆、赤水耆、木耆，功用并同，而力不及白水耆。木耆、短而理横。今人多以苜蓿根假作黄耆，折皮亦似绵，颇能乱真。但苜蓿根坚而脆，黄耆至柔韧，皮微黄褐色，肉中白色，此为异耳。 〔承曰〕黄耆本出绵上者为良，故名绵黄耆，非谓其柔韧如绵也。今图经所绘宪州者[15]，地与绵上相邻也。〔好古曰〕绵上即山西沁州[16]，白水在陕西同州。黄耆味甘，柔软如绵，能令人肥；苜蓿根，味苦而坚脆，俗呼为土黄耆，能令人瘦。用者宜审。 〔嘉谟曰〕绵上，沁州乡名，今有巡检司，白水，赤水二乡，俱属陇西。 〔时珍曰〕黄耆叶似槐叶而微尖小，又似蒺藜叶而微阔大，青白色。开黄紫花，大如槐花。结小尖角，长寸许。根长二三尺，以紧实如箭簳者为良。嫩苗亦可煠淘茹食。其子收之，十月下种，如种菜法亦可。

【修治】〔敩曰〕凡使勿用木耆草，真相似，只是生时叶短并根横也。须去头上皱皮，蒸半日，擘细，于槐砧上锉用[17]。 〔时珍曰〕今人但捶扁，以蜜水涂炙数次，以熟为度。亦有以盐汤润透，器盛，于汤瓶蒸熟切用者。

根 〔气味〕**甘，微温，无毒**。本经**白水者冷，补**。别录〔元素曰〕味甘，气温、平。气薄味厚，可升可降，阴中阳也。入手足太阴气分，又入手少阳、足少阴命门。 〔之才曰〕茯苓为之使，恶龟甲、白鲜皮。〔**主治**〕**痈疽久败疮，排脓止痛，大风癞疾，五痔鼠瘘，补虚，小儿百病**。本经**妇人子脏风邪气，逐五脏间恶血，补丈夫虚损，五劳羸瘦，止渴，腹痛泄痢，益气，利阴气**。别录**主虚喘，肾衰耳聋，疗寒热，治发背，内补**。甄权**助气壮筋骨，长肉补血，破症癖，瘰疬瘿赘，肠风血崩，带下赤白痢，产前后一切病，月候不匀，痰嗽，头风热毒赤目**。日华**治虚劳自汗，补肺气，泻肺火心火，实皮毛，益胃气，去肌热及诸经之痛**。元素**主太阴疟疾，阳维为病苦寒热，督脉为病逆气里急**。好古〔**发明**〕〔弘景曰〕出陇西者温补，出白水者冷补。又有赤色者，可作膏，用消痈肿。 〔藏器曰〕虚而客热，用白水黄耆；虚而客冷，用陇西黄耆。〔大明曰〕黄耆药中补益，呼为羊肉。白水耆凉无毒，排脓治血，及烦闷热毒骨蒸劳。赤水耆凉无毒，治血退热毒，余功并同。木耆凉无毒，治烦排脓之力，微于黄耆，遇阙即倍用之。 〔元素曰〕黄耆甘温纯阳，其用有五：补诸虚不足，一也；益元气，二也；壮脾胃，三也；去肌热，四也；排脓止痛，活血生血，内托阴疽，为疮家圣药，五也。又曰：补五脏诸虚，治脉弦自汗，泻阴火，去虚热，无汗则发之，有汗则止之。 〔好古曰〕黄耆治气虚盗汗，并自汗及肤痛，是皮表之药；治咯血，柔脾胃，是中州之药；治伤寒尺脉不至，补肾脏元气，是里药，乃上中下内外三焦之药也。 〔杲曰〕灵枢云：卫气者，所以温分肉而充皮肤，肥腠理而司开阖。黄耆既补三焦，实卫气，与桂同功；特比桂甘平，不辛热为异耳。但桂则通血脉，能破血而实卫气，耆则益气也。又黄耆与人参、甘草三味，为除躁热肌热之圣药。脾胃一虚，肺气先绝，必用黄耆温分肉，益皮毛，实腠理，不令汗出，以益元气而补三焦。 〔震亨曰〕黄耆补元气，肥白而多汗者为宜；若面黑形实而瘦者服之，令人胸满，宜以三拗汤泻之。 〔宗奭曰〕防风、黄耆，世多相须而用。唐许胤宗初仕陈为新蔡王外兵参军时[18]，柳太后病风不能言，脉沉而口噤。胤宗曰：既不能下药，宜汤气蒸之，药入腠理，周时可瘥。乃造黄耆防风汤数斛，置于床下，气如烟雾，其夕便得语也。 〔杲曰〕防风能制黄耆，黄耆得防风其功愈大，乃相畏而相使也。 〔震亨曰〕人之口通乎地，鼻通乎天。口以养阴，鼻以养阳。天主清，故鼻不受有形而受无形；地主浊，故口受有形而兼乎无形。柳太后之病不言，若以有形之汤，缓不及事；今投以二物，汤气满室，则口鼻俱受。非智者通神，不可回生也。 〔杲曰〕小儿外物惊，宜用黄连安神丸镇心药。若脾胃寒湿，呕吐腹痛，泻痢青白，宜用益黄散药。如脾胃伏火，劳役不足之证，及服巴豆之类，胃虚而成慢惊者，用益黄、理中之药，必伤人命。当于心经中，以甘温补土之源，更于脾土中，以甘寒泻火，以酸凉补金，使金旺火衰，风木自平矣。今立黄耆汤泻火补金益土，为神治之法。用炙黄耆二钱，人参一钱，炙甘草五分，白芍药五分，水一大盏，煎半盏，温服。 〔机曰〕萧山魏直著博爱心鉴三卷[19]，言小儿痘疮，惟有顺、逆、险三证。顺者为吉，不用药。逆者为凶，不必用药。惟险乃悔吝之象，当以药转危为安，宜用保元汤加减主之。此方原出东垣，治慢惊土衰火旺之法。今借而治痘，以其内固营血，外护卫气，滋助阴阳，作为脓血，其证虽异，其理则同。去白芍药，加生姜，改名曰保元汤。炙黄耆三钱，人参二钱，炙甘草一钱，生姜一片，水煎服之。险证者，初出圆晕干红少润也，浆长光泽顶陷不起也，既出虽起惨色不明也，浆行色灰不荣也，浆定光润不消也，浆老湿润不敛也，结痂而胃弱内虚也，痂落而口渴不食也，痂后生痈肿也，痈肿溃而敛迟也。凡有诸证，并宜此汤。或加芎䓖，加官桂，加糯米以助之。详见本书。〔嘉谟曰〕人参补中，黄耆实表。凡内伤脾胃，发热恶寒，吐泄怠卧，胀满痞塞，神短脉微者，当以人参为君，黄耆为臣；若表虚自汗亡阳，溃疡痘疹阴疮者，当以黄耆为君，人参为臣，不可执一也。 〔附方〕旧五，新九。**小便不通**绵黄耆二钱，水二盏，煎一盏，温服。小儿减半。总微论[20]。**酒疸黄疾**心下懊痛，足胫满，小便黄，饮酒发赤黑黄斑，由大醉当风，入水所致。黄耆二两，木兰一两，为末。酒服方寸匕，日三服。肘后方。**气虚白浊**黄芪盐炒半两，茯苓一两，为末。每服一钱，白汤下。经验良方。**治渴补虚**男子妇人诸虚不足，烦悸焦渴，面色萎黄，不能饮食，或先渴而后发疮疖，或先痈疽而后发渴，并宜常服此药，平补气血，安和脏腑，终身可免痈疽之疾。用绵黄耆箭杆者去芦六两，一半生焙，一半以盐水润湿，饭上蒸三次，焙锉，粉甘草一两，一半生用，一半炙黄为末。每服二钱，白汤点服，早晨、日午各一服，亦可煎服，名黄芪六一汤。 外科精要。**老人秘塞**绵黄耆、陈皮去白各半两，为末。每服三钱，用大麻子一合，研烂，以水滤浆，煎至乳起，入白蜜一匙，再煎沸，调药空心服，甚者不过二服。此药不冷不热，常服无秘塞之患，其效如神。 和剂局方。**肠风泻血**黄耆、黄连等分，为末，面糊丸绿豆大。每服三十丸，米饮下。 孙用和秘宝方。**尿血沙淋**痛不可忍。黄耆、人参等分，为末。以大萝卜一个，切一指厚大，四五片，蜜二两，淹炙令尽，不令焦，点末食无时，以盐汤下。 永类方。**吐血不止**黄耆二钱半，紫背浮萍五钱，为末。每服一钱，姜蜜水下。 圣济总录。**咳嗽脓血**咽干，乃虚中有热，不可服凉药。以好黄耆四两，甘草一两，为末。每服二钱，点汤服。 席延赏方[21]。**肺痈得吐**黄耆二两，为末。每服二钱，水一中盏，煎至六分，温服，日三、四服。圣惠方。**甲疽疮脓**生足趾甲边，赤肉突出，时常举发者。黄耆二两，茼茹一两，醋浸一宿，以猪脂五合，微火上煎取二合，绞去滓，以封疮口上，日三度，其肉自消。 外台秘要。**胎动不安**腹痛，下黄汁。黄耆、川芎䓖各一两，糯米一合，水一升，煎半斤，分服。 妇人良方。**阴汗湿痒**绵黄耆，酒炒为末，以熟猪心点吃妙。 赵真人济急方。**痈疽内固**黄耆、人参各一两，为末，入真龙脑一钱，用生藕汁和丸绿豆大。每服二十丸，温水下，日三服。本事方。

茎叶 〔主治〕**疗渴及筋挛，痈肿疽疮**。别录

人参 本经上品

【释名】人葠音参。或省作蓡。**黄参**吴普**血参**别录**人衔**本经**鬼盖**本经**神草**别录**土精**别录**地精**

广雅海腴　皱面还丹广雅〔时珍曰〕人蓡年深，浸渐长成者，根如人形，有神，故谓之人蓡、神草。蓡字从蓡，亦浸渐之义。蓡即浸字，后世因字文繁，遂以参星之字代之，从简便尔。然承误日久，亦不能变矣，惟张仲景伤寒论尚作蓡字。别录一名人微微乃蓡字之讹也。其成有阶级，故曰人衔。其草背阳向阴，故曰鬼盖。其在五参，色黄属土，而补脾胃，生阴血，故有黄参、血参之名。得地之精灵，故有土精、地精之名。广五行记云：隋文帝时，上党有人宅后每夜闻人呼声，求之不得。去宅一里许，见人参枝叶异常，掘之入地五尺，得人参，一如人体，四肢毕备，呼声遂绝。观此，则土精之名，尤可证也。礼斗威仪云：下有人参，上有紫气。春秋运斗枢云：摇光星散而为人参。人君废山渎之利，则摇光不明，人参不生。观此，则神草之名，又可证矣。

【集解】〔别录曰〕人参生上党山谷及辽东，二月、四月、八月上旬采根，竹刀刮暴干，无令见风。根如人形者有神。　〔普曰〕或生邯郸，三月生叶小锐，枝黑茎有毛，三月、九月采根，根有手足，面目如人者神。　〔弘景曰〕上党在冀州西南，今来者形长而黄，状如防风，多润实而甘。俗乃重百济者，形细而坚白，气味薄于上党者。次用高丽者[22]，高丽地近辽东，形大而虚软，不及百济[23]，并不及上党者。其草一茎直上，四五叶相对生，花紫色。高丽人作人参赞云：三椏五叶，背阳向阴。欲来求我，椵树相寻。椵音贾，树似桐，甚大，阴广则多生，采作甚有法。今近山亦有，但作之不好。　〔恭曰〕人参见用多是高丽百济者，潞州太行紫团山所出者[24]，谓之紫团参。　〔保升曰〕今沁州、辽州[25]、泽州[26]、箕州[27]、平州[28]、易州[29]、檀州[30]、幽州[31]、妫州[32]、并州并出人参，盖其山皆与太行连亘相接故也。〔珣曰〕新罗国所产者[33]，有手足，状如人形，长尺余，以杉木夹定，红丝缠饰之。又沙州参，短小不堪用。　〔颂曰〕今河东诸州及泰山皆有之，又有河北榷场及闽中来者名新罗人参，俱不及上党者佳。春生苗，多于深山背阴，近椵漆下湿润处。初生小者三四寸许，一椏五叶；四五年后生两椏五叶，未有花茎；至十年后生三椏；年深者生四椏，各五叶。中心生一茎，俗名百尺杵。三月、四月有花，细小如粟，蕊如丝，紫白色。秋后结子，或七八枚，如大豆，生青熟红，自落。根如人形者神。泰山出者，叶干青，根白，殊别。江淮间出一种土人参，苗长一二尺，叶如匙而小，与桔梗相似，相对生，生五、七节。根亦如桔梗而柔，味极甘美。秋生紫花，又带青色。春秋采根，土人或用之。相传欲试上党参，但使二人同走，一含人参，一空口，度走三五里许，其不含人参者必大喘，含者气息自如，其人参乃真也。　〔宗奭曰〕上党者根颇纤长，根下垂，有及一尺余者，或十歧者，其价与银等，稍为难得。土人得一窠，则置板上，以新彩绒饰之。　〔嘉谟曰〕柴团参，紫大稍扁。百济参，白坚且圆，名白条参，俗名羊角参。辽东参，黄润纤长有须，俗名黄参，独胜。高丽参，近紫体虚。新罗参，亚黄味薄。肖人形者神，其类鸡腿者力洪。　〔时珍曰〕上党，今潞州也。民以人参为地方害，不复采取。今所用者皆是辽参。其高丽、百济、新罗三国，今皆属于朝鲜矣。其参犹来中国互市。亦可收子，于十月下种，如种菜法。秋冬采者坚实，春夏采者虚软，非地产有虚实也。辽参连皮者黄润色如防风，去皮者坚白如粉，伪者皆以沙参、荠苨、桔梗采根造作乱之。沙参体虚无心而味淡，荠苨体虚无心，桔梗体坚有心而味苦。人参体实有心而味甘，微带苦，自有余味，俗名金井玉阑也。其似人形者，谓之孩儿参，尤多赝伪。宋苏颂图经本草所绘潞州者，三椏五叶，真人参也。其滁州者，乃沙参之苗叶。沁州、兖州者，皆荠苨之苗叶。其所云江淮土人参者，亦荠苨也。并失之详审。今潞州者尚不可得，则他处者尤不足信矣。近又有薄夫以人参先浸取汁自啜，乃晒干复售，谓之汤参，全不任用，不可不察。考月池翁讳言闻，字子郁，衔太医吏目。尝著人参传上下卷甚详，不能备录，亦略节要语于下条云耳。

【修治】〔弘景曰〕人参易蛀蚛[34]，唯纳新器中密封，可经年不坏。　〔炳曰〕人参频见风日则易蛀，惟用盛过麻油瓦罐，泡净焙干，入华阴细辛与参相间收之，密封，可留经年。一法：用淋过灶灰晒干罐收亦可。〔李言闻曰〕人参生时背阳，故不喜见风日。凡生用宜㕮咀，熟用宜隔纸焙之，或醇酒润透㕮咀焙熟用，并忌铁器。

根　〔气味〕甘，微寒，无毒。〔别录曰〕微温。〔普曰〕神农：小寒。桐君、雷公：苦。黄帝、岐伯：甘，无毒。〔元素曰〕性温，味甘，微苦，气味俱薄，浮而升，阳中之阳也。又曰：阳中微阴。〔之才曰〕茯苓、马蔺为之使，恶溲疏、卤碱，反藜芦。一云：畏五灵脂，恶皂荚、黑豆，动紫石英。〔元素曰〕人参得升麻引用，补上焦之元气，泻肺中之火；得茯苓引用，补下焦之元气，泻肾中之火。得麦门冬则生脉，得干姜则补气。〔杲曰〕得黄耆、甘草，乃甘温除大热，泻阴火，补元气，又为疮家圣药。〔震亨曰〕人参入手太阴。与藜芦相反，服参一两，入藜芦一钱，其功尽废也。〔言闻曰〕东垣李氏理脾胃，泻阴火，交泰丸内用人参、皂荚，是恶而不恶也。古方疗月闭四物汤加人参、五灵脂，是畏而不畏也。又疗痰在胸膈，以人参、藜芦同用而取涌越，是激其怒性也。此皆精微妙奥，非达权衡者不能知。**〔主治〕补五脏，安精神，定魂魄，止惊悸，除邪气，明目开心益智。久服轻身延年。**本经**疗肠胃中冷，心腹鼓痛，胸胁逆满，霍乱吐逆，调中，止消渴，通血脉，破坚积，令人不忘。**别录**主五劳七伤，虚损痰弱，止呕哕，补五脏六腑，保中守神。消胸中痰，治肺痿及痫疾，冷气逆上，伤寒不下食，凡虚而多梦纷纭者加之。**甄权**止烦躁，变酸水。**李珣**消食开胃，调中治气，杀金石药毒。**大明**治肺胃阳气不足，肺气虚促，短气少气，补中缓中，泻心肺脾胃中火邪，止渴生津液。**元素**治男妇一切虚证，发热自汗，眩运头痛，反胃吐食，痎疟[35]，滑泻久痢，小便频数淋沥，劳倦内伤，中风中暑，痿痹，吐血嗽血下血，血淋血崩，胎前产后诸病。**时珍　**〔发明〕**〔弘景曰〕人参为药切要，与甘草同功。〔杲曰〕人参甘温，能补肺中元气，肺气旺则四脏之气皆旺，精自生而形自盛，肺主诸气故也。张仲景云，病人汗后身热亡血脉沉迟者，下痢身凉脉微血虚者，并加人参。古人血脱者益气，盖血不自生，须得生阳气之药乃生，阳生则阴长，血乃旺也。若单用补血药，血无由而生矣。素问言：无阳则阴无以生，无阴则阳无以化。故补气须用人参，血虚者亦须用之。本草十剂云：补可去弱，人参、羊肉之属是也。盖人参补气，羊肉补形，形气者，有无之象也。〔好古曰〕洁古老人言，以沙参代人参，取其味甘也。然人参补五脏之阳，沙参补五脏之阴，安得无异？虽云补五脏，亦须各用本脏药相佐使引之。〔言闻曰〕人参生用气凉，熟用气温；味甘补阳，微苦补阴。气主生物，本乎天；味主成物，本乎地。气味生成，阴阳之造化也。凉者，高秋清肃之气，天之阴也，其性降；温者，阳春生发之气，天之阳也，其性升。甘者，湿土化成之味，地之阳也，其性浮；微苦者，火土相生之味，地之阴也，其性沉。人参气味俱薄。气之薄者，生降熟升；味之薄者，生升熟降。如土虚火旺之病，则宜生参，凉薄之气，以泻火而补土，是纯用其气也；脾虚肺怯之病，则宜熟参，甘温之味，以补土而生金，是纯用其味也。东垣以相火乘脾，身热而烦，气高而喘，头痛而渴，脉洪而大者，用黄檗佐人参。孙真人治夏月热伤元气，人汗大泄，欲成痿厥，用生脉散，以泻热火而救金水。君以人参之甘寒，泻火而补元气；臣以麦门冬之苦甘寒，清金而滋水源，佐以五味子之酸温，生肾精而收耗气。此皆补天元之真气，非补热火也。白飞霞云：人参炼膏服，回元气于无何有之乡。凡病后气虚及肺虚嗽者，并宜之。若气虚有火者，合天门冬膏对服之。**〔正误〕**〔敩曰〕夏月少使人参，发心痃之患[35]。〔好古曰〕人参甘温，补肺之阳，泄肺之阴。肺受寒邪，宜此补之。肺受火邪，则反伤肺，宜以沙参代之。〔王纶曰〕凡酒色过度，损伤肺肾真阴，阴虚火动，劳嗽吐血咳血等证，勿用之。盖人参入手太阴能补火，故肺受火邪者忌之。若误服参、耆甘温之剂，则病日增；服之过多，则死不可治。盖甘温助气，气属阳，阳旺则阴愈消；惟宜苦甘寒之药，生血降火。世人不识，往往服参、耆为补而死者多矣。　〔言闻曰〕孙真人云：夏月服生脉散、肾沥汤三剂，则百病不生。李东垣亦言生脉散、清暑益气汤，乃三伏泻火益金之圣药，而雷敩反谓发心痃之患非矣。痃乃脐旁积气，非心病也。人参能养正破坚积，岂有发痃之理？观张仲景治腹中寒气上冲，有头足，上下痛不可触近，呕不能食者，用大建中汤，可知矣。又海藏王好古言人参补阳泄阴，肺寒宜用，肺热不宜用。节斋王纶因而和之，谓参、耆能补肺火，阴虚火动失血诸病，多服必死。二家之说皆偏矣。夫人参能补元阳，生阴血，而泻阴火，东垣李氏之说也明矣。仲景张氏言亡血血虚者，并加人参；又言肺寒者去人参加干姜，无令气壅。丹溪朱氏亦言虚火可补，参、耆之属；实火可泻，芩、连之属。二家不察三氏之精微，而谓人参补火，谬哉。夫火与元气不两立，元气胜则邪火退。人参既补元气而又补邪火，是反复之小人矣，何以与甘草、苓、术谓之四君子耶？虽然，三家之言不可尽废也。惟其语有滞，故守之者泥而执一，遂视人参加蛇蝎，则不可也。凡人面白面黄面青黧悴者，皆脾肺肾气不足，可用也；面赤面黑者，气壮神强，不可用也。脉之浮而芤濡虚大迟缓无力，沉而迟涩弱细结代无力者，皆虚而不足，可用也；若弦长紧实滑数有力者，皆火郁内实，不可用也。洁古谓喘嗽勿用者，痰实气壅之喘也；若肾虚气短喘促者，必用也。仲景谓肺寒而咳勿用者，寒束热邪壅郁在肺之咳也；若自汗恶寒而咳者，必用也。东垣谓久病郁热在肺勿用者，乃火郁于内宜发不宜补也；若肺虚火旺气短自汗者，必用也。丹溪言诸痛不可骤用者，乃邪气方锐，宜散不宜补也；若里虚吐利及久病胃弱虚痛喜按者，必用也。节斋谓阴虚火旺勿用者，乃血虚火亢能食，脉弦而数，凉之则伤胃，温之则伤肺，不受补者也；若自汗气短肢寒脉虚者，必用也。如此详审，则人参之可用不可用，思过半矣。〔机曰〕节斋王纶之说，本于海藏王好古[37]，但纶又过于矫激。丹溪言虚火可补，须用参、芪。又云阴虚潮热，喘嗽吐血，盗汗等证，四物加人参、黄檗、知母。又云好色之人，肺肾受伤，咳嗽不愈，琼玉膏主之。又云肺肾虚极者，独参膏主之。是知阴虚劳瘵之证，未尝不用人参也。节斋，私淑丹溪者也，而乃相反如此。斯言一出，印定后人眼目。凡遇前证，不问病之宜用不宜，辄举以借口。致使良工掣肘，惟求免夫病家之怨。病家亦以此说横之胸中，甘受苦寒，虽至上呕下泄，去死不远，亦不悟也。古今治劳莫过于葛可久，其独参汤、保真汤，何尝废人参而不用耶？节斋之说，诚未之深思也。　〔杨起曰〕人参功载本草，人所共知。近因病者吝财薄医，医复算本惜费，不肯用参疗病，以致轻者至重，重者至危。然有肺寒、肺热、中满、血虚四证，只宜散寒、消热、消胀、补营，不用人参，其说近是；殊不知各加人参在内，护持元气，力助群药，其功更捷。若曰气无补法，则谬矣。古方治肺寒以温肺汤，肺热以清肺汤，中满以分消汤，血虚以养营汤，皆有人参在焉。所谓邪之所辏，其气必虚。又曰养正邪自除，阳旺则生阴血，贵在配合得宜尔。庸医每谓人参不可轻用，诚哉庸也。好生君子，不可轻命薄医，医亦不可计利不用。书此奉勉，幸勿曰迂。　〔**附方**〕旧七，新六十。**人参膏**用人参十两细切，以活水二十盏浸透，入银石器内，桑柴火缓缓煎取十盏，滤汁，再以水十盏，煎取五盏，与前汁合煎成膏，瓶收，随病作汤使。丹溪云：多欲之人，肾气衰惫，咳嗽不止，用生姜、橘皮煎汤化膏服之。浦江郑兄，五月患痢，又犯房室，忽发昏运，不知人事，手撒目暗，自汗如雨，喉中痰鸣如曳锯声，小便遗失，脉大无伦，此阴亏阳绝之证也。予令急煎大料人参膏，仍与灸气海十八壮，右手能动，再三壮，唇口微动，遂与膏服一盏，半夜后服三盏，眼能动，尽三斤，方能言而索粥，尽五斤而痢止，至十斤而全安，若作风治则误矣。一人背疽，服内托十宣药已多，脓出作呕，发热，六脉沉数有力，此溃疡所忌也。遂与大料人参膏，入竹沥饮之，参尽一十六斤，竹伐百余竿而安。后经旬余，值大风拔木，疮起有脓，中有红线一道，过肩胛，抵右肋。予曰：急作参膏，以芎、归、橘皮作汤，入竹沥、姜汁饮之。尽三斤而疮溃，调理乃安。若痈疽溃后，气血俱虚，呕逆不食，变证不一者，以参、耆、归、术等分，煎膏服之，最妙。**治中汤**〔颂曰〕张仲景治胸痹，心中痞坚，留气结胸，胸满，胁下逆气抢心，治中汤主之。即理中汤，人参、术、干姜、甘草各三两，四味以水八升，煮三升，每服一升，日三服，随证加减。此方自晋宋以后至唐名医，治心腹病者，无不用之，或作汤，或蜜丸，或为散，皆有奇效。胡洽居士治霍乱，谓之温中汤。陶隐居百一方云：霍乱余药乃或难求，而治中方、四顺汤、厚朴汤不可暂缺，常须预合自随也。唐石泉公王方庆云：数方不惟霍乱可医，诸病皆疗也。四顺汤，用人参、甘草、干姜、附子炮各二两，水六升，煎二升半，分四服。**四君子汤**治脾胃气虚，不思饮食，诸病气虚者，以此为主。人参一钱，白术二钱，白茯苓一钱，炙甘草五分，姜三片，枣一枚，水二钟，煎一钟，食前温服，随证加减。　和济局方。**开胃化痰**不思饮食，不拘大人小儿。人参焙二两，半夏姜汁浸焙五钱，为末，飞罗面作糊，丸绿豆大。食后姜汤下三、五十丸，日三服。圣惠方：加陈橘皮五钱。　经验后方。**胃寒气满**不能传化，易饥不能食。人参末二钱，生附子末半钱，生姜二钱，水七合，煎二合，鸡子清一枚，打转空心服之。　圣济总录。**脾胃虚弱**不思饮食。生姜半斤取汁，白蜜十两，人参末四两，银锅煎成膏，每米饮调服一匙。　普济方。**胃虚恶心**或呕吐有痰。人参一两，水二盏，煎一盏，入竹沥一杯，姜汁三匙，食远温服，以知为度，老人尤宜。　简便方。**胃寒呕恶**不能腐熟水谷，食即呕吐。人参、丁香、藿香各二钱半，橘皮五钱，生姜三片，水二盏，煎一盏，温服。　拔萃方。**反胃呕吐**饮食入口即吐，困弱无力，垂死者。上党人参三大两拍破，水一大升，煮取四合，热服，日再。兼以人参汁，入粟米、鸡子白、薤白，煮粥与啖。李直方司勋，于汉南患此，两月余，诸方不瘥。遂与此方，当时便定。后十余日，遂入京师。绛每与名医论此药，难可为俦也[38]。　李绛兵部手集方。**食入即吐**人参半夏汤：用人参一两，半夏一两五钱，生姜十片，水一斗，以杓扬二百四十遍，取三升，入白蜜三合，煮一升半，分服。　张仲景金匮方。**霍乱呕恶**人参二两，水一盏半，煎汁一盏，入鸡子白一枚，再煎温服。一加丁香。卫生家宝方。**霍乱烦闷**人参五钱，桂心半钱，水二盏，煎服。　圣惠方。**霍乱吐泻**烦躁不止。人参二两，橘皮三两，生姜一两，水六升，煮三升，分三服。　圣济总录。**妊娠吐水**酸心腹痛，不能饮食。人参、干姜炮等分，为末，以生地黄汁和丸梧子大。每服五十丸，米汤下。　和剂局方。**阳虚气喘**自汗盗汗，气短头运。人参五钱，熟附子一两，分作四帖。每帖以生姜十片，流水二盏，煎一盏，食远温服。

济生方。**喘急欲绝**上气鸣息者。人参末，汤服方寸匕，日五、六服效。　肘后方。**产后发喘**乃血入肺窍，危症也。人参末一两，苏木二两，水二碗，煮汁一碗，调参末服，神效。　圣惠方。**产后血运**人参一两，紫苏半两，以童尿、酒、水三合，煎服。　医方摘要。**产后不语**人参、石菖蒲、石莲肉等分，每服五钱，水煎服。　妇人良方。**产后诸虚**发热自汗。人参、当归等分，为末，用猪腰子一个，去膜切小片，以水三升，糯米半合，葱白二茎，煮米熟，取汁一盏，入药煎至八分，食前温服。　永类方。**产后秘塞**出血多。以人参、麻子仁、枳壳麸炒为末，炼蜜丸梧子大。每服五十丸，米饮下。　济生方。**横生倒产**人参末、乳香末各一钱，丹砂末五分，研匀，鸡子白一枚，入生姜自然汁三匙，搅匀，冷服，即母子俱安，神效，此施汉卿方也。　妇人良方。**开心益智**人参末一两，炼成豮猪肥肪十两[39]，以淳酒和匀。每服一杯，日再服。服至百日，耳目聪明，骨髓充盈，肌肤润泽，日记千言，兼去风热痰病。　千金方。**闻雷即昏**一小儿七岁，闻雷即昏倒，不知人事，此气怯也。以人参、当归、麦门冬各二两，五味子五钱，水一斗，煎汁五升，再以水五升，煎滓取汁二升，合煎成膏。每服三匙，白汤化下。服尽一斤，自后闻雷自若矣。　杨起简便方。**忽喘闷绝**方见大黄下。**离魂异疾**有人卧则觉身外有身，一样无别，但不语。盖人卧则魂归于肝，此由肝虚邪袭，魂不归舍，病名曰离魂。用人参、龙齿、赤茯苓各一钱，水一盏，煎半盏，调飞过朱砂末一钱，睡时服。一夜一服，三夜后，真者气爽，假者即化矣。　夏子益怪证奇疾方。**怔忡自汗**心气不足也。人参半两，当归半两，用豮猪腰子二个，以水二碗，煮至一碗半，取腰子细切，人参、当归同煎至八分，空心吃腰子，以汁送下。其滓焙干为末，以山药末作糊，丸绿豆大，每服五十丸，食远枣汤下，不过两服即愈。此昆山神济大师方也。一加乳香二钱。　王璆百一选方。**心下结气**凡心下硬，按之则无，常觉膨满，多食则吐，气引前后，噫呃不除，由思虑过多，气不以时而行则结滞，谓之结气。人参一两，橘皮去白四两，为末，炼蜜丸梧子大，每米饮下五六十丸。　圣惠方。**房后困倦**人参七钱，陈皮一钱，水一盏半，煎八分，食前温服，日再服，千金不传。　赵永庵方。**虚劳发热**愚鲁汤：用上党人参、银州柴胡各三钱[41]，大枣一枚，生姜三片，水一钟半，煎七分，食远温服，日再服，以愈为度。　奇效良方。**肺热声哑**人参二两，诃子一两，为末噙咽。　丹溪摘玄[41]。**肺虚久咳**人参末二两，鹿角胶炙研一两。每服三钱，用薄荷、豉汤一盏，葱少许，入铫子煎一二沸，倾入盏内。遇咳时，温呷三五口甚佳。　食疗本草。**止嗽化痰**人参末一两，明矾二两，以酽醋二升，熬矾成膏，入参末炼蜜和收。每以豌豆大一丸，放舌下，其嗽即止，痰自消。　简便方。**小儿喘咳**发热自汗吐红，脉虚无力者。人参、天花粉等分，每服半钱，蜜水调下，以瘥为度。　经济方。**喘咳嗽血**咳喘上气，喘急，嗽血吐血，脉无力者。人参末每服三钱，鸡子清调之，五更初服便睡，去枕仰卧，只一服愈。年深者，再服。咯血者，服尽一两甚好。　一方以乌鸡子水磨千遍，自然化作水，调药尤妙。忌醋咸腥酱，面鲊醉饱。将息乃佳。　沈存中灵苑方。**咳嗽吐血**人参、黄耆、飞罗面各一两，百合五钱，为末，水丸梧子大。每服五十丸，食前茅根汤下。　朱氏集验方：用人参、乳香、辰砂等分，为末，乌梅肉和丸弹子大。每白汤化下一丸，日一服。**虚劳吐血**甚者，先以十灰散止之，其人必困倦，法当补阳生阴，独参汤主之。好人参一两，肥枣五枚，水二钟，煎一钟服，熟睡一觉，即减五六，继服调理药。　葛可久十药神书[42]。**吐血下血**因七情所感，酒色内伤，气血妄行，口鼻俱出，心肺脉破，血如涌泉，须臾不救。用人参焙，侧柏叶蒸焙，荆芥穗烧存性，各五钱，为末。用二钱入飞罗面二钱，以新汲水调如稀糊服，少倾再啜，一服立止。华陀中藏经。**衄血不止**人参、柳枝（寒食采者）等分，为末。每服一钱，东流水服，日三服。无柳枝，用莲子心。　圣济总录。**齿缝出血**人参、赤茯苓、麦门冬各二钱，水一钟，煎七分，食前温服，日再。苏东坡得此，自谓神奇。后生小子多患此病，予累试之，累如所言。　谈野翁试验方。**阴虚尿血**人参焙，黄耆盐水炙，等分，为末。用红皮大萝卜一枚，切作四片，以蜜二两，将萝卜逐片蘸炙，令干再炙，勿令焦，以蜜尽为度。每用一片，蘸药食之，仍以盐汤送下，以瘥为度。　三因方。**沙淋石淋**方同上。**消渴引饮**人参为末，鸡子清调服一钱，日三四服。　集验：用人参、栝楼根等分，生研为末，炼蜜丸梧子大。每服百丸，食前麦门冬汤下，日二服，以愈为度，名玉壶丸。忌酒面炙煿。　郑氏家传消渴方：人参一两，粉草二两，以雄猪胆汁浸炙，脑子半钱，为末，蜜丸芡子大。每嚼一丸，冷水下。　圣济总录：用人参一两，葛粉二两，为末。发时以燖猪汤一升，入药三钱，蜜二两，慢火熬至三合，状如黑饧，以瓶收之，每夜以一匙含咽，不过三服取效也。**虚疟寒热**人参二钱二分，雄黄五钱，为末，端午日用粽尖捣丸梧子大。发日侵晨，井华水吞下七丸，发前再服，忌诸般热物，立效。　一方：加神曲等分。　丹溪纂要。**冷痢厥逆**六脉沉细。人参、大附子各一两半。每服半两，生姜十片，丁香十五粒，粳米一撮，水二盏，煎七分，空心温服。　经验方。**下痢禁口**人参、莲肉各三钱，以井华水二盏，煎一盏，细细呷之。或加姜汁炒黄连三钱。　经验良方。**老人虚痢**不止，不能饮食。上党人参一两，鹿角去皮炒研五钱，为末。每服方寸匕，米汤调下，日三服。　十便良方。**伤寒坏证**凡伤寒时疫，不问阴阳，老幼妊妇，误服药饵，因重垂死，脉沉伏，不省人事，七日以后，皆可服之，百不失一，此名夺命散，又名复脉汤。人参一两，水二钟，紧火煎一钟，以井水浸冷服之，少顷鼻梁有汗出，脉复立瘥。苏韬光侍郎云：用此救数十人。予作清流宰，县倅申屠行辅之子妇患时疫三十余日，已成壤病，令服此药而安。　王璆百一选方。**伤寒厥逆**身有微热，烦躁，六脉沉细微弱，此阴极发躁也。无忧散：用人参半两，水一钟，煎七分，调牛胆南星末二钱，热服立苏。　三因方。**夹阴伤寒**先因欲事，后感寒邪，阳衰阴盛，六脉沉伏，小腹绞痛，四肢逆冷，呕吐清水，不假此药，无以回阳。人参、干姜炮各一两，生附子一枚，破作八片，水四升半，煎一升，顿服，脉出身温即愈。　吴绶伤寒蕴要。**筋骨风痛**人参四两，酒浸三日，晒干，土茯苓一斤，山慈姑一两，为末，炼蜜丸梧子大。每服一百丸，食前米汤下。　经验方。**小儿风痫**瘛疭。用人参、蛤粉、辰砂等分，为末，以豭猪心血和丸绿豆大[43]。每服五十丸，金银汤下，一日二服，大有神效。　卫生宝鉴。**脾虚慢惊**黄耆汤，见黄耆发明下。**痘疹险证**保元汤，见黄耆发明下。**惊后瞳斜**小儿惊后瞳人不正者。人参、阿胶糯米炒成珠，各一钱，水一盏，煎七分，温服，日再服，愈乃止，效。

直指方。**小儿脾风**多困。人参、冬瓜仁各半两，南星一两，浆水煮过，为末。每用一钱，水半盏，煎二、三分，温服。　本事方。**酒毒目盲**一人形实，好饮热酒，忽病目盲而脉涩，此热酒所伤，胃气污浊，血死其中而然。以苏木煎汤，调人参末一钱服，次日鼻及两掌皆紫黑，此滞血行矣。再以四物汤，加苏木、桃仁、红花、陈皮，调人参末服，数日而愈。　丹溪纂要。**酒毒生疽**一妇嗜酒，胸生一疽，脉紧而涩。用酒炒人参，酒炒大黄，等分为末，姜汤服一钱，得睡汗出而愈，效。　丹溪医案。**狗咬风伤**肿痛。人参置桑柴炭上烧存性，以碗覆定，少顷为末，掺之立瘥。　经验后方。**蜈蚣咬伤**嚼人参涂之。　医学集成。**蜂虿螫伤**人参末傅之。　证治要诀。**胁破肠出**急以油抹入，煎人参、枸杞汁淋之，内吃羊肾粥，十日愈。　危氏得效方。**气奔怪疾**方见虎杖。

芦　〔气味〕**苦，温，无毒。**　〔主治〕**吐虚劳痰饮。**时珍　〔发明〕〔吴绶曰〕人弱者，以人参芦代瓜蒂。　〔震亨曰〕人参入手太阴，补阳中之阴，芦则反能泻太阴之阳。亦如麻黄，苗能发汗，根则止汗。谷属金而糠之性热，麦属阳而麸之性凉。先儒谓物物具一太极，学者可不触类而长之乎？一女子性躁味厚，暑月因怒而病呃，每作则举身跳动，昏冒不知人。其形气俱实，乃痰因怒郁，气不得降，非吐不可。遂以人参芦半两，逆流水一盏半，煎一大碗饮之，大吐顽痰数碗，大汗昏睡一日而安。又一人作劳发疟，服疟药变为热病，舌短痰嗽，六脉洪数而滑，此痰蓄胸中，非吐不愈。以参芦汤加竹沥二服，涌出胶痰三块，次与人参、黄耆、当归煎服，半月乃安。

沙参　本经上品　〔**校正**〕并入别录有名未用部羊乳。

【释名】白参吴普**知母**别录**羊乳**别录**羊婆奶**纲目**铃儿草**别录**虎须**别录**苦心**别录：又名文希，一名识美，一名志取。〔弘景曰〕此与人参、玄参、丹参、苦参是为五参，其形不尽相类，而主疗颇同，故皆有参名。又有紫参，乃牡蒙也。〔时珍曰〕沙参白色，宜于沙地，故名。其根多白汁，俚人呼为羊婆奶，别录有名未用羊乳，即此也。此物无心味淡，而别录一名苦心，又与知母同名，不知所谓也。铃儿草，象花形也。

【集解】〔别录曰〕沙参生河内川谷及冤句般阳续山，二月、八月采根暴干。又曰：羊乳一名地黄，三月采，立夏后母死。　〔恭曰〕出华山者为善。　〔普曰〕二月生苗，如葵，叶青色，根白，实如芥，根大如芜菁，三月采。　〔弘景曰〕今出近道，丛生，叶似枸杞，根白实者佳。

〔保昇曰〕其根若葵根，其花白色。〔颂曰〕今淄、齐、潞、随、江、淮、荆、湖州郡皆有之。苗长一、二尺以来，丛生厓壁间，叶似枸杞而有叉丫，七月开紫花，根如葵根，大如指许，赤黄色，中正白实者佳，二月、八月采根。南土生者叶有细有大，花白，瓣上仍有白粘，此为小异。

〔藏器曰〕羊乳根如荠苨而圆，大小如拳，上有角节，折之有白汁，人取根当荠苨。苗作蔓，折之有白汁。〔时珍曰〕沙参处处山原有之。二月生苗，叶如初生小葵叶，而团扁不光。八、九月抽茎，高一、二尺。茎上之叶，则尖长如枸杞叶，而小有细齿。秋月叶间开小紫花，长二、三分，状如铃铎[44]，五出，白蕊，亦有白花者。并结实，大如冬青实，中有细子。霜后苗枯。其根生沙地者长尺余，大一虎口，黄土地者则短而小。根茎皆有白汁。八、九月采者，白而实；春月采者，微黄而虚。小人亦往往絷蒸压实以乱人参，但体轻松，味淡而短耳。

根　【气味】苦，微寒，无毒。〔别录曰〕羊乳，温，无毒。〔普曰〕沙参，岐伯：咸。神农、黄帝、扁鹊：无毒。〔李当之〕大寒。〔好古曰〕甘、微苦。〔之才曰〕恶防己，反藜芦。

【主治】血积惊气，除寒热，补中，益肺气。本经**疗胃痹心腹痛，结热邪气头痛，皮间邪热，安五脏。久服利人。又云：羊乳：主头眩痛，益气，长肌肉。**别录**去皮肌浮风，疝气下坠，治常欲眠，养肝气，宣五脏风气。**甄权**补虚，止惊烦，益心肺，并一切恶疮疥癣及身痒，排脓，消肿毒。**大明**清肺火，治久咳肺痿。**时珍

【发明】〔元素曰〕肺寒者，用人参；肺热者，用沙参代之，取其味甘也。〔好古曰〕沙参味甘微苦，厥阴本经之药，又为脾经气分药。微苦补阴，甘则补阳，故洁古取沙参代人参[45]。盖人参性温，补五脏之阳；沙参性寒，补五脏之阴。虽云补五脏，亦须各用本脏药相佐，使随所引而相辅之可也。〔时珍曰〕人参甘苦温，其体重实，专补脾胃元气，因而益肺与肾，故内伤元气者宜之。沙参甘淡而寒，其体轻虚，专补肺气，因而益脾与肾，故金能受火克者宜之。一补阳而生阴，一补阴而制阳，不可不辨之也。

【附方】旧一，新二。**肺热咳嗽**沙参半两，水煎服之。　卫生易简方。**卒得疝气**小腹及阴中相引痛如绞，白汗出，欲死者。沙参捣筛为末，酒服方寸匕，立瘥。　肘后方。**妇人白带**多因七情内伤或下元虚冷所致。沙参为末，每服二钱，米饮调下。　证治要诀。

荠苨　音齐尼，并上声。　别录中品　**〔校正〕**并入图经杏参。

【释名】杏参图经**杏叶沙参**救荒**菧苨**菧音底。尔雅**甜桔梗**纲目**白面根**救荒**苗名隐忍**〔时珍曰〕荠苨多汁，有济泧之状，故以名之。济泧，浓露也。其根如沙参而叶如杏，故河南人呼为杏叶沙参。苏颂图经杏参，即此也。俗谓之甜桔梗。尔雅云：苨，菧苨也。郭璞云：即荠苨也。隐忍，说见下文。

【集解】〔弘景曰〕荠苨根茎都似人参，而叶小异，根味甜绝，能杀毒。以其与毒药共处，毒皆自然歇，不正入方家用也。又曰：魏文帝言荠苨乱人参，即此也。荠苨叶甚似桔梗，但叶下光明滑泽无毛为异，又不如人参相对耳。〔恭曰〕人参苗似五加而阔短，茎圆有三四桠，桠头有五叶，陶引荠苨乱人参，误矣。且荠苨、桔梗又有叶差互者，亦有叶三四对者，皆一茎直上，叶既相乱，惟以根有心为别尔。〔颂曰〕今川蜀、江浙皆有之。春生苗茎，都似人参，而叶小异，根似桔梗，但无心为异。润州[46]、陕州尤多，人家收以为果，或作脯啖，味甚甘美，兼可寄远，二月、八月采根暴干。〔承曰〕今人多以蒸过压扁乱人参，但味淡尔。〔宗奭曰〕陶以根言，故云荠苨乱人参；苏以苗言，故以陶为误也。〔机曰〕荠苨苗茎与桔梗相似，其根与人参相乱。今言苗茎都似人参，近于误也。当以人参、荠苨、桔梗三注参看自明矣。〔时珍曰〕芥苨苗似桔梗，根似沙参，故奸商往往以沙参、荠苨通乱人参。苏颂图经所谓杏参，周定王救荒本草所谓杏叶沙参[47]，皆此荠苨也。图经云：杏参生淄州田野，根如小菜根。土人五月采苗叶，治咳嗽上气。救荒本草云：杏叶沙参，一名白面根。苗高一二尺，茎色青白。叶似杏叶而小，微尖而背白，边有叉牙。杪间开五瓣白碗子花。根形如野胡萝卜，颇肥，皮色灰黪，中间白色，味甜微寒。亦有开碧花者。嫩苗煠熟水淘，油盐拌食。根换水煮，亦可食，人以蜜煎充果。又陶弘景注

桔梗，言其叶名隐忍，可煮食之，治蛊毒。谨按尔雅云：蒡，隐忍也。郭璞注云：似苏，有毛。江东人藏以为菹[48]，亦可瀹食[49]。葛洪肘后方云：隐忍草，苗似桔梗，人皆食之。捣汁饮，治蛊毒。据此则隐忍非桔梗，乃荠苨苗也。荠苨苗甘可食，桔梗苗苦不可食，尤为可证。神农本经无荠苨，止有桔梗一名荠苨，至别录始出荠苨。盖荠苨、桔梗乃一类，有甜、苦二种，则其苗亦可呼为隐忍也。

根　〔**气味**〕**甘，寒，无毒。**　〔**主治**〕**解百药毒。**别录**杀蛊毒，治蛇虫咬，热狂温疾，罯毒箭。**大明**利肺气，和中明目止痛，蒸切作羹粥食，或作齑菹食**[50]**。**昝殷**食之，压丹石发动。**孟诜**主咳嗽消渴强中，疮毒丁肿，辟沙虱短狐毒。**时珍　〔**发明**〕〔时珍曰〕荠苨寒而利肺，甘而解毒，乃良品也，而世不知用，惜哉。按葛洪肘后方云：一药而兼解众毒者，惟荠苨汁浓饮二升，或煮嚼之，亦可作散服。此药在诸药中，毒皆自解也。又张鷟朝野佥载云：各医言虎中药箭，食清泥而解；野猪中药箭，豗荠苨而食[51]。物犹知解毒，何况人乎？又孙思邈千金方，治强中为病，茎长兴盛，不交精出，消渴之后，发为痈疽，有荠苨丸、猪肾荠苨汤方，此皆本草所未及者。然亦取其解热解毒之功尔，无他义。　〔**附方**〕旧四，新三。**强中消渴**猪肾荠苨汤：治强中之病，茎长兴盛，不交精液自出，消渴之后，即发痈疽。皆由恣意色欲，或饵金石所致，宜此以制肾中热也。用猪肾一具，荠苨、石膏各三两，人参、茯苓、磁石、知母、葛根、黄芩、栝楼根、甘草各二两，黑大豆一升，水一斗半，先煮猪肾、大豆取汁一斗，去滓下药，再煮三升，分三服。后人名为石子荠苨汤。　又荠苨丸：用荠苨、大豆、茯神、磁石、栝楼根、熟地黄、地骨皮、玄参、石斛、鹿茸各一两，人参、沉香各半两，为末。以猪肚治净煮烂，杵和丸梧子大。每服七十丸，空心盐汤下。　并千金方。**丁疮肿毒**生荠苨根捣汁，服一合，以滓傅之，不过三度。　千金翼。**面上皯疱**荠苨、肉桂各一两，为末。每用方寸匕，酢浆服之，日一服。又灭瘢痣。　圣济总录。**解诸蛊毒**荠苨根捣末，饮服方寸匕，立瘥。　陈延之小品方。**解钩吻毒**钩吻叶与芹叶相似，误食之杀人。惟以荠苨八两，水六升，煮取三升，每服五合，日五服。　仲景金匮玉函。**解五石毒**荠苨生捣汁，多服之，立瘥。　苏颂图经。

隐忍叶　〔**气味**〕**甘、苦，寒，无毒。**　〔**主治**〕**蛊毒腹痛，面目青黄，林露骨立，煮汁一二升饮。**时珍**主腹脏风壅，咳嗽上气。**苏颂

桔梗　本经下品

【**释名**】**白药**别录**梗草**别录**荠苨**本经〔时珍曰〕此草之根结实而梗直，故名。吴普本草一名利如，一名符扈，一名房图，方书并无见，盖亦廋辞尔。桔梗、荠苨乃一类，有甜、苦二种，故本经桔梗一名荠苨，而今俗呼荠苨为甜桔梗也。至别录始出荠苨条，分为二物，然其性味功用皆不同，当以别录为是。

【**集解**】〔别录曰〕桔梗生嵩高山谷及冤句[52]，二、八月采根暴干。　〔普曰〕叶如荠苨，茎如笔管，紫赤色，二月生苗。　〔弘景曰〕近道处处有，二三月生苗，可煮食之。桔梗疗蛊毒甚验，俗方用此，乃名荠苨。今别有荠苨，能解药毒，可乱人参，叶甚相似。但荠苨叶下光明滑泽无毛为异，叶生又不如人参相对耳。　〔恭曰〕荠苨　桔梗，叶有差互者，亦有叶三四对者，皆一茎直上，叶既相乱，惟以根有心为别耳。　〔颂曰〕今在处有之。根如小指大，黄白色。春生苗，茎高尺余。叶似杏叶而长椭，四叶相对而生，嫩时亦可煮食。夏开小花紫碧色，颇似牵牛花，秋后结子。八月采根，其根有心，若无心者为荠苨。关中所出桔梗，根黄皮，似蜀葵根。茎细，青色。叶小，青色，似菊叶也。

根　〔**修治**〕〔敩曰〕凡使勿用木梗，真似桔梗，只是咬之腥涩不堪。凡用桔梗，须去头上尖硬二三分已来，并两畔附枝。于槐砧上细锉，用生百合捣膏，投水中浸一伏时滤出，缓火熬令

干用。每桔梗四两，用百合二两五钱。〔时珍曰〕今但刮去浮皮，米泔水浸一夜，切片微炒用。

〔气味〕辛，微温，有小毒。 〔普曰〕神农、医和：苦，无毒。黄帝、扁鹊：辛、咸。岐伯、雷公：甘，无毒。〔李当之〕大寒。〔权曰〕苦、辛。〔时珍曰〕当以苦、辛、平为是。〔之才曰〕节皮为之使。畏白及、龙眼、龙胆草，忌猪肉。得牡蛎、远志，疗恚怒[53]。得消石、石膏，疗伤寒。白粥解其痖毒。〔时珍曰〕伏砒。徐之才所云节皮，不知何物也。 **〔主治〕胸胁痛如刀刺，腹满肠鸣幽幽，惊恐悸气。**本经**利五脏肠胃，补血气，除寒热风痹，温中消谷，疗喉咽痛，下蛊毒。**别录**治下痢，破血去积气，消积聚痰涎，去肺热气促嗽逆，除腹中冷痛，主中恶及小儿惊痫。**甄权**下一切气，止霍乱转筋，心腹胀痛，补五劳，养气，除邪辟温，破症瘕肺痈，养血排脓，补内漏及喉痹。**大明**利窍，除肺部风热，清利头目咽嗌，胸膈滞气及痛，除鼻塞。**元素**治寒呕。**李杲**主口舌生疮，赤目肿痛。**时珍 **〔发明〕**〔好古曰〕桔梗气微温，味苦辛，味厚气轻，阳中之阴，升也。入手太阴肺经气分及足少阴经。〔元素曰〕桔梗清肺气，利咽喉，其色白，故为肺部引经。与甘草同行，为舟楫之剂。如大黄苦泄峻下之药，欲引至胸中至高之分成功，须用辛甘之剂升之。譬如铁石入江，非舟楫不载。所以诸药有此一味，不能下沉也。 〔时珍曰〕朱肱活人书治胸中痞满不痛，用桔梗、枳壳，取其通肺利膈下气也。张仲景伤寒论治寒实结胸，用桔梗、贝母、巴豆，取其温中消谷破积也。又治肺痈唾脓，用桔梗、甘草，取其苦辛清肺，甘温泻火，又能排脓血、补内漏也。其治少阴证二三日咽痛，亦用桔梗、甘草，取其苦辛散寒，甘平除热，合而用之，能调寒热也。后人易名甘桔汤，通治咽喉口舌诸病。宋仁宗加荆芥、防风、连翘，遂名如圣汤，极言其验也。按王好古医垒元戎载之颇详，云失音加诃子，声不出加半夏，上气加陈皮，涎嗽加知母、贝母，咳渴加五味子，酒毒加葛根，少气加人参，呕加半夏、生姜，唾脓血加紫菀，肺痿加阿胶，胸膈不利加枳壳，心胸痞满加枳实，目赤加卮子、大黄，面肿加茯苓，肤痛加黄耆，发斑加防风、荆芥，疫毒加鼠粘子、大黄，不得眠加卮子。 〔震亨曰〕干咳嗽，乃痰火之邪郁在肺中，宜苦梗以开之。痢疾腹痛，乃肺金之气郁在大肠，亦宜苦梗开之，后用痢药。此药能开提气血，故气药中宜用之。 **〔附方〕**旧十，新八。**胸满不痛**桔梗、枳壳等分，水二钟，煎一钟，温服。 南阳活人书。**伤寒腹胀**阴阳不和也，桔梗半夏汤主之。桔梗、半夏、陈皮各三钱，姜五片，水二钟，煎一钟服。 南阳活人书。**痰嗽喘急**桔梗一两半，为末，用童子小便半升，煎四合，去滓温服。 简要济众方。**肺痈咳嗽**胸满振寒，脉数咽干，不渴，时出浊唾腥臭，久久吐脓如粳米粥者，桔梗汤主之。桔梗一两，甘草二两，水三升，煮一升，分温再服。朝暮吐脓血则瘥。 张仲景金匮玉函方。**喉痹毒气**桔梗二两，水三升，煎一升，顿服。 千金方。**少阴咽痛**少阴证，二三日咽痛者，可与甘草汤；不瘥者，与桔梗汤主之。桔梗一两，甘草二两，水三升，煮一升，分服。 张仲景伤寒论。**口舌生疮**方同上。**齿䘌肿痛**桔梗、薏苡仁等分，为末服。 永类方。**骨槽风痛**牙根肿痛。桔梗为末，枣瓤和丸皂子大，绵裹咬之。仍以荆芥汤漱之。 经验后方。**牙疳臭烂**桔梗、茴香等分，烧研傅之。 卫生易简方。**肝风眼黑**目睛痛，肝风盛也，桔梗丸主之。桔梗一斤，黑牵牛头末三两，为末，蜜丸梧子大。每服四十丸，温水下，日二服。 保命集。**鼻出衄血**桔梗为末，水服方寸匕，日四服。一加生犀角屑。 普济方。**吐血下血**方同上。**打击瘀血**在肠内，久不消，时发动者。桔梗为末，米饮下一刀圭。 肘后要方。**中蛊下血**如鸡肝，昼夜出血石余，四脏皆损，惟心未毁，或鼻破将死者。苦桔梗为末，以酒服方寸匕，日三服。不能下药，以物拗口灌之。心中当烦，须臾自定，七日止。当食猪肝臛以补之，神良。 一方加犀角等分。 古今录验。**妊娠中恶**心腹疼痛。桔梗一两锉，水一钟，生姜三片，煎六分，温服。 圣惠方。**小儿客忤**死不能言。桔梗烧研三钱，米汤服之。仍吞麝香豆许。 张文仲备急方。

芦头 〔**主治**〕**吐上膈风热痰实，生研末，白汤调服一二钱，探吐。**时珍

长松 拾遗

【**释名**】**仙茆**〔时珍曰〕其叶如松，服之长年，功如松脂及仙茆，故有二名。

【**集解**】〔藏器曰〕长松生关内山谷中，叶似松，叶上有脂，山人服之。〔时珍曰〕长松生古松下，根色如荠苨，长三五寸，味甘微苦，类人参，清香可爱。按张天觉文集云：僧普明居五台山，患大风，眉发俱堕，哀苦不堪。忽遇异人，教服长松，示其形状。明采服之，旬余毛发俱生，颜色如故。今并代间土人，多以长松杂甘草、山药为汤煎，甚佳。然本草及方书皆不载，独释慧祥清凉传始叙其详如此。韩悉医通云：长松产太行西北诸山，根似独活而香。

根 【**气味**】**甘，温，无毒。**

【**主治**】**风血冷气宿疾，温中去风。** 藏器**治大风恶疾，眉发堕落，百骸腐溃。每以一两，入甘草少许，水煎服，旬日即愈。又解诸虫毒，补益长年。**时珍

【**附方**】新一**长松酒**滋补一切风虚，乃庐山休休子所传。长松一两五钱，状似独活而香，乃酒中圣药也。熟地黄八钱，生地黄、黄芪蜜炙、陈皮各七钱，当归、厚朴、黄檗各五钱，白芍药煨、人参、枳壳各四钱，苍术米泔制、半夏制、天门冬、麦门冬、砂仁、黄连各三钱，木香、蜀椒、胡桃仁各二钱，小红枣肉八个，老米一撮，灯心五寸长一百二十根，一料分十剂，绢袋盛之。凡米五升，造酒一尊，煮一袋，窨久乃饮[54]。 韩氏医通。

黄精 别录上品 〔**校正**〕并入拾遗救荒草。

【**释名**】**黄芝**瑞草经**戊己芝**五符经**菟竹**别录**鹿竹**别录**仙人余粮**弘景**救穷草**别录**米铺**蒙筌**野生姜**蒙筌**重楼**别录**鸡格**别录**龙衔**广雅**垂珠**〔颂曰〕隋时羊公服黄精法云：黄精是芝草之精也，一名葳蕤，一名白及，一名仙人余粮，一名苟格，一名马箭，一名垂珠，一名菟竹。〔时珍曰〕黄精为服食要药，故别录列于草部之首，仙家以为芝草之类，以其得坤土之精粹，故谓之黄精。五符经云，黄精获天地之淳精，故名为戊己芝，是此义也。余粮、救穷，以功名也。鹿竹、菟竹，因叶似竹，而鹿兔食之也。垂珠，以子形也。陈氏拾遗救荒草即此也，今并为一。〔嘉谟曰〕根如嫩姜，俗名野生姜。九蒸九曝，可以代粮，又名米铺。

【**集解**】〔别录曰〕黄精生山谷，二月采根阴干。〔弘景曰〕今处处有之。二月始生，一枝多叶，叶状似竹而短。根似萎蕤。萎蕤根如荻根及菖蒲，概节而平直；黄精根如鬼臼、黄连，大节而不平。虽燥，并柔软有脂润。俗方无用此，而为仙经所贵，根、叶、花、实皆可饵服，酒散随宜，具在断谷方中。其叶乃与钩吻相似，惟茎不紫、花不黄为异，而人多惑之。其类乃殊，遂致死生之反，亦为奇事。〔敩曰〕钩吻真似黄精，只是叶头尖有毛钩子二个，若误服之害人。黄精叶似竹也。〔恭曰〕黄精肥地生者，即大如拳；薄地生者，犹如拇指。萎蕤肥根，颇类其小者，肌理形色，大都相似。今以鬼臼、黄连为比，殊无仿佛。黄精叶似柳及龙胆、徐长卿辈而坚。其钩吻蔓生，叶如柿叶，殊非比类。〔藏器曰〕黄精叶偏生不对者名偏精，功用不如正精。正精叶对生。钩吻乃野葛之别名，二物殊不相似，不知陶公凭何说此？〔保昇曰〕钩吻一名野葛，陶说叶似黄精者当是。苏说叶似柿者，当别是一物。〔颂曰〕黄精南北皆有，以嵩山、茅山者为佳[55]。三月生苗，高一二尺以来。叶如竹叶而短，两两相对。茎梗柔脆，颇似桃枝，本黄末赤。四月开细青白花，状如小豆花。结子白如黍粒，亦有无子者。根如嫩生姜而黄色，二月采根，蒸过暴干用。今遇八月采，山中人九蒸九暴作果卖，黄黑色而甚甘美。其苗初生时，人多采为菜茹，谓之笔菜，味极美。江南人说黄精苗叶稍类钩吻，但钩吻叶头极尖而根细，而苏恭言钩吻蔓生，恐南北所产之异耳。〔时珍曰〕黄精野生山中，亦可劈根长二寸，稀种之，一年后极稠，子亦可种。其叶似竹而不尖，或两叶、三叶、四、五叶，俱对节而生。其根横行，状如萎

蕤，俗采其苗煠熟，淘去苦味食之，名笔管菜。陈藏器本草言青粘是萎蕤，见萎蕤发明下。又黄精、钩吻之说，陶弘景、雷敩、韩保昇皆言二物相似。苏恭、陈藏器皆言不相似。苏颂复设两可之辞。今考神农本草、吴普本草，并言钩吻是野葛，蔓生，其茎如箭，与苏恭之说相合。张华博物志云：昔黄帝问天老曰：天地所生，有食之令人不死者乎？天老曰：太阳之草名黄精，食之可以长生；太阴之草名钩吻，不可食之，入口立死。人信钩吻杀人，不信黄精之益寿，不亦惑乎？按此但以黄精、钩吻相对待而言，不言其相似也。陶氏因此遂谓二物相似，与神农所说钩吻不合。恐当以苏恭所说为是，而陶、雷所说别一毒物，非钩吻也。历代本草惟陈藏器辨物最精审，尤当信之。余见钩吻条。

根　**【修治】**〔敩曰〕凡采得以溪水洗净蒸之，从巳至子，薄切暴干用。　〔颂曰〕羊公服黄精法：二月、三月采根，入地八九寸为上。细切一石，以水二石五斗，煮去苦味，漉出，囊中压取汁，澄清再煎，如膏乃止。以炒黑黄豆末，相和得所，捏作饼子，如钱大。初服二枚，日益之。亦可焙干筛末，水服。　〔诜曰〕饵黄精法：取瓮子去底，釜内安置得所，入黄精令满，密盖，蒸至气溜，即暴之。如此九蒸九暴。若生则刺人咽喉。若服生者，初时只可一寸半，渐渐增之，十日不食，服止三尺五寸。三百日后，尽见鬼神，久必升天。根、叶、花、实皆可食之，但以相对者是正，不对者名偏精也。

【气味】甘，平，无毒。　〔权曰〕寒。　〔时珍曰〕忌梅实，花、叶、子并同。

【主治】补中益气，除风湿，安五脏。久服轻身延年不饥。别录**补五劳七伤，助筋骨，耐寒暑，益脾胃，润心肺。单服九蒸九暴食之，驻颜断谷。**大明**补诸虚，止寒热，填精髓，下三尸虫。**时珍

【发明】〔时珍曰〕黄精受戊己之淳气，故为补黄宫之胜品。土者万物之母，母得其养，则水火既济，木金交合，而诸邪自去，百病不生矣。神仙芝草经云[56]：黄精宽中益气，使五脏调良，肌肉充盛，骨髓坚强，其力增倍，多年不老，颜色鲜明，发白更黑，齿落更生。又能先下三尸虫：上尸名彭质，好宝货，百日下；中尸名彭矫，好五味，六十日下；下尸名彭居，好五色，三十日下，皆烂出也。根为精气，花实为飞英，皆可服食。又按雷氏炮炙论序云：驻色延年，精蒸神锦。注云：以黄精自然汁拌研细神锦，于柳木甑中蒸七日，以木蜜丸服之。木蜜，枳椇也。神锦不知是何物，或云朱砂也。〔禹锡曰〕按抱朴子云：黄精服其花胜其实，服其实胜其根。但花难得，得其生花十斛，干之才可得五六斗尔，非大有力者不能办也。日服三合，服之十年，乃得其益。其断谷不及术。术饵令人肥健，可以负重涉险；但不及黄精甘美易食，凶年可与老少代粮，谓之米脯也。　〔慎微曰〕徐铉稽神录云：临川士家一婢，逃入深山中，久之见野草枝叶可爱，取根食之，久久不饥。夜息大树下，闻草中动，以为虎攫，上树避之。及晓下地，其身欻然凌空而去，若飞鸟焉。数岁家人采薪见之，捕之不得，临绝壁下网围之，俄而腾上山顶。或云此婢安有仙骨，不过灵药服食尔。遂以酒饵置往来之路，果来，食讫，遂不能去，擒之，具述其故。指所食之草，即是黄精也。

【附方】旧一，新四。**服食法**圣惠方：用黄精根茎不限多少，细锉阴干捣末。每日水调末服，任多少。一年内变老为少，久久成地仙。　臞仙神隐书：以黄精细切一石，用水二石五斗煮之，自旦至夕，候冷，以手挼碎，布袋榨取汁煎之。渣焙干为末，同入釜中，煎至可丸，丸如鸡头子大。每服一丸，日三服。绝粮轻身，除百病。渴则饮水。**补肝明目**黄精二斤，蔓菁子一斤淘，同和，九蒸九晒，为末。空心每米饮下二钱，日二服，延年益寿。　圣惠方。**大风癞疮**营气不清，久风入脉，因而成癞，鼻坏色败，皮肤痒溃。　用黄精根去皮洗净二斤，日中暴令软，纳粟米饭甑中，同蒸至二斗米熟，时时食之。　圣济总录。**补虚精气**黄精、枸杞子等分，捣作饼，日干为

末，炼蜜丸梧子大。每汤下五十丸。　奇效良方。

萎蕤　音威绥。　本经上品

【释名】女萎本经**葳蕤**吴普**萎䕘**音威移。**委萎**尔雅**萎香**纲目**荧**尔雅。音行。**玉竹**别录**地节**别录。〔时珍曰〕按黄公绍古今韵会云[57]：葳蕤，草木叶垂之貌。此草根长多须，如冠缨下垂之绥而有威仪，故以名之。凡羽盖旌旗之缨绥，皆象葳蕤，是矣。张氏瑞应图云[58]：王者礼备，则葳蕤生于殿前。一名萎香。则威仪之义，于此可见。别录作萎蕤，省文也。说文作萎䕘，音相近也。尔雅作委萎，字相近也。其叶光莹而象竹，其根多节，故有荧及玉竹、地节诸名。吴普本草又有乌女、虫蝉之名。宋本一名马熏，即乌萎之讹者也。

【正误】〔弘景曰〕本经有女萎无萎蕤，别录无女萎有萎蕤，而功用正同，疑女萎即萎蕤，惟名异尔。　〔恭曰〕女萎功用及苗蔓与萎蕤全别。今本经朱书是女萎功效，故别录墨书乃萎蕤功效也。〔藏器曰〕本草女萎、萎蕤同传。陶云是一物。苏云二物不同，于中品别出女萎一条。然其主霍乱泄痢肠鸣，正与上品女萎相合，则是更非二物矣。　〔颂曰〕观古方书所用，胡洽治时气洞下有女萎丸，治伤寒冷下结肠丸中用女萎，治虚劳下痢小黄耆酒中加女萎，详此数方所用，乃似中品女萎，缘其性温主霍乱泄痢故也。又治贼风手足枯痹四肢拘挛茵蓣酒中用女萎，古今录验治身体疬疡斑驳有女萎膏，乃似上品本经朱书女萎，缘其主中风不能动摇及去皯好色故也[59]。又治伤寒七、八日不解续命鳖甲汤，及治脚弱鳖甲汤，并用萎蕤，及延年方治风热项急痛四肢骨肉烦热有萎蕤饮，又主虚风热发即头热有萎蕤丸，乃似上品别录墨书萎蕤，缘其主虚热湿毒腰痛故也。三者既别，则非一物明矣。且萎蕤甘平，女萎辛温，安得为一物?〔时珍曰〕本经女萎，乃尔雅委萎二字，即别录萎蕤也，上古钞写讹为女萎尔。古方治伤寒风虚用女萎者，即萎蕤也，皆承本草之讹而称之。诸家不察，因中品有女萎名字相同，遂致费辩如此。今正其误，只依别录书萎蕤为纲，以便寻检。其治泄痢女萎，乃蔓草也，见本条。

【集解】〔别录曰〕萎蕤生太山山谷及丘陵[60]，立春后采，阴干。　〔普曰〕叶青黄色，相值如姜叶，二月、七月采。　〔弘景曰〕今处处有之。根似黄精，小异。服食家亦用之。　〔颂曰〕今滁州、舒州及汉中[61]、均州皆有之[62]。茎干强直，似竹箭杆，有节。叶狭而长，表白里青，亦类黄精。根黄而多须，大如指，长一二尺。或云可啖。三月开青花，结圆实。　〔时珍曰〕处处山中有之。其根横生似黄精，差小，黄白色，性柔多须，最难燥。其叶如竹，两两相值。亦可采根种之，极易繁也。嫩叶及根，并可煮淘食茹。

根　**【修治】**〔敩曰〕凡使勿用黄精并钩吻，二物相似。萎蕤节上有须毛，茎斑，叶尖处有小黄点，为不同。采得以竹刀刮去节皮，洗净，以蜜水浸一宿，蒸了焙干用。

【气味】甘，平，无毒。　〔普曰〕神农：苦。桐君、雷公、扁鹊：甘，无毒。黄帝：辛。〔之才曰〕畏卤碱。

【主治】女萎：主中风暴热，不能动摇，跌筋结肉，诸不足。久服去面黑䵟，好颜色润泽，轻身不老。本经**萎蕤：主心腹结气，虚热湿毒腰痛，茎中寒，及目痛眦烂泪出。**别录**时疾寒热，内补不足，去虚劳客热。头痛不安，加而用之，良。**甄权**补中益气。**萧炳**除烦闷，止消渴，润心肺，补五劳七伤虚损，腰脚疼痛。天行热狂，服食无忌。**大明**服诸石人不调和者，煮汁饮之。**弘景**主风温自汗灼热，及劳疟寒热，脾胃虚乏，男子小便频数，失精，一切虚损。**　时珍

【发明】〔杲曰〕萎蕤能升能降，阳中阴也。其用有四：主风淫四末，两目泪烂，男子湿注腰痛，女子面生黑䵟。〔时珍曰〕萎蕤性平味甘，柔润可食。故朱肱南阳活人书，治风温自汗身重，语言难出，用萎蕤汤，以之为君药。予每用治虚劳寒热痁疟，及一切不足之证，用代参、耆，不寒不燥，大有殊功，不止于去风热湿毒而已，此昔人所未阐者也。　〔藏器曰〕陈寿魏志

樊阿传云：青粘一名黄芝，一名地节。此即萎蕤，极似偏精。本功外，主聪明，调血气，令人强壮。和漆叶为散服，主五脏益精，去三虫，轻身不老，变白，润肌肤，暖腰脚，惟有热不可服。晋嵇绍有胸中寒疾，每酒后苦唾，服之得愈。草似竹，取根花叶阴干用。昔华陀入山见仙人所服，以告樊阿，服之寿百岁也。〔颂曰〕陈藏器以青粘即葳蕤。世无识者，未敢以为信然。〔时珍曰〕苏颂注黄精，疑青粘是黄精，与此说不同。今考黄精、萎蕤性味功用大抵相近，而萎蕤之功更胜。故青粘一名黄芝，与黄精同名；一名地节，与萎蕤同名。则二物虽通用亦可。

【附方】旧一，新六。**服食法**二月、九月采萎蕤根，切碎一石，以水二石煮之，从旦至夕，以手挼烂，布囊榨取汁，熬稠。其渣晒为末，同熬至可丸，丸如鸡头子大。每服一丸，白汤下，日三服。导气脉，强筋骨，治中风湿毒，去面皱颜色，久服延年。 臞仙神隐书[63]。**赤眼涩痛**萎蕤、赤芍药、当归、黄连等分，煎汤熏洗。 卫生家宝方。**眼见黑花**赤痛昏暗。甘露汤：用萎蕤焙四两，每服二钱，水一盏，入薄荷二叶，生姜一片，蜜少许，同煎七分，卧时温服，日一服。圣济总录。**小便卒淋**萎蕤一两，芭蕉根四两，水二大碗，煎一碗半，入滑石二钱，分三服。 太平圣惠方。**发热口干**小便涩。用萎蕤五两，煎汁饮之。 外台秘要。**乳石发热**萎蕤三两，炙甘草二两，生犀角一两，水四升，煮一升半，分三服。 圣惠方。**痫后虚肿**小儿痫病瘥后，血气上虚，热在皮肤，身面俱肿。萎蕤、葵子、龙胆、茯苓、前胡等分，为末。每服一钱，水煎服。圣济总录。

【附录】鹿药开宝。 〔志曰〕鹿药甘，温，无毒。主风血，去诸冷，益老起阳，浸酒服之。生姑藏已西[64]，苗根并似黄精，鹿好食其根。〔时珍曰〕胡洽居士言鹿食九种解毒之草，此其一也。或云即是萎蕤，理亦近之。姑附以俟考访。**委蛇**音威贻。 〔别录曰〕味甘，平，无毒。主消渴少气，令人耐寒。生人家园中，大枝长须，多叶而两两相值，子如芥子。〔时珍曰〕此亦似是萎蕤，并俟考访。

知母 本经中品。

【释名】蚳母本经。音迟。说文作芪。**连母**本经**蝭母**蝭音匙，又音提，或作踶。**货母**本经**地参**本经**水参**又名水须、水浚。**荨**尔雅。音覃。**莐藩**音沉烦。**苦心**别录**儿草**别录。又名儿踵草、女雷、女理、鹿列、韭逢、东根、野蓼、昌支。 〔时珍曰〕宿根之旁，初生子根，状如蚳蝱之状[65]，故谓之蚳母，讹为知母、蝭母也[66]。余多未详。

【集解】〔别录曰〕知母生河内川谷，二月、八月采根暴干。 〔弘景曰〕今出彭城。形似菖蒲而柔润，叶至难死，掘出随生，须枯燥乃止。〔禹锡曰〕按范子云：提母出三辅，黄白者善。郭璞释尔雅云：荨，蝭母也。生山上，叶如韭。〔颂曰〕今濒河怀、卫、彰德诸郡及解州、滁州亦有之[67]。四月开青花如韭花，八月结实。

根 【修治】〔敩曰〕凡使，先于槐砧上锉细，焙干，木臼杵捣，勿犯铁器。 〔时珍曰〕凡用，拣肥润里白者，去毛切。引经上行则用酒浸焙干，下行则用盐水润焙。

【气味】苦，寒，无毒。 〔大明曰〕苦、甘。 〔权曰〕平。〔元素曰〕气寒，味大辛、苦。气味俱厚，沉而降，阴也。又云：阴中微阳，肾经本药，入足阳明、手太阴经气分。 〔时珍曰〕得黄檗及酒良，能伏盐及蓬砂。

【主治】消渴热中，除邪气，肢体浮肿，下水，补不足，益气。本经**疗伤寒久疟烦热，胁下邪气，膈中恶，及风汗内疸。多服令人泄。**别录**心烦躁闷，骨热劳往来，产后蓐劳，肾气劳，憎寒虚烦。**甄权**热劳传尸疰病，通小肠，消痰止嗽，润心肺，安心，止惊悸。**大明**凉心去热，治阳明火热，泻膀胱、肾经火，热厥头痛，下痢腰痛，喉中腥臭。**元素**泻肺火，滋肾水，治命门相火有余。**好古**安胎，止子烦，辟射工、溪毒。**时珍

【发明】〔权曰〕知母治诸热劳，患人虚而口干者，加用之。〔杲曰〕知母入足阳明、手太阴。其用有四：泻无根之肾火，疗有汗之骨蒸，止虚劳之热，滋化源之阴。仲景用此入白虎汤治不得眠者，烦躁也。烦出于肺，躁出于肾。君以石膏，佐以知母之苦寒，以清肾之源；缓以甘草、粳米，使不速下也。又凡病小便闷塞而渴者[68]，热在上焦气分，肺中伏热不能生水，膀胱绝其化源，宜用气薄味薄淡渗之药，以泻肺火清肺金而滋水之化源。若热在下焦血分而不渴者，乃真水不足，膀胱干涸，乃无阴则阳无以化，法当用黄檗、知母大苦寒之药，以补肾与膀胱，使阴气行而阳自化，小便自通。方法详载木部黄檗下。〔时珍曰〕肾苦燥，宜食辛以润之。肺苦逆，宜食苦以泻之。知母之辛苦寒凉，下则润肾燥而滋阴，上则清肺金而泻火，乃二经气分药也。黄檗则是肾经血分药。故二药必相须而行，昔人譬之虾与水母，必相依附。补阴之说，详黄檗条。

【附方】旧二，新六。**久近痰嗽**自胸膈下塞停饮，至于脏腑。用知母、贝母各一两为末，巴豆三十枚去油，研匀。每服一字，用姜三片，二面蘸药，细嚼咽下，便睡，次早必泻一行，其嗽立止。壮人乃用之。一方不用巴豆。 医学集成。**久嗽气急**知母去毛切五钱，隔纸炒，杏仁姜水泡去皮尖焙五钱，以水一钟半，煎一钟，食远温服。次以萝卜子、杏仁等分，为末，米糊丸，服五十丸，姜汤下，以绝病根。 邓笔峰杂兴方。**妊娠子烦**因服药致胎气不安，烦不得卧者。知母一两，洗焙为末，枣肉丸弹子大。每服一丸，人参汤下。医者不识此病，作虚烦治，反损胎气。产科郑宗文得此方于陈藏器本草拾遗中，用之良验。 杨归厚产乳集验方。**妊娠腹痛**月未足，如欲产之状。用知母二两为末，蜜丸梧子大，每粥饮下二十丸。 圣惠方。**溪毒射工**凡中溪毒，知母连根叶捣作散服，亦可投水捣绞汁饮一二升。夏月出行，多取其屑自随。欲入水，先取少许投水上流，便无畏。兼辟射工。亦可煮汤浴之，甚佳。 肘后良方。**紫癜风疾**醋磨知母擦之，日三次。 卫生易简方**嵌甲肿痛**知母烧存性研，掺之。 多能方。

肉苁蓉 本经上品

【释名】肉松容吴普**黑司命**吴普。〔时珍曰〕此物补而不峻，故有从容之号。从容，和缓之貌。

【集解】〔别录曰〕肉苁蓉生河西山谷及代郡雁门[69]，五月五日采，阴干。〔普曰〕生河西山阴地，丛生，二月至八月采。〔弘景曰〕代郡雁门属并州，多马处便有之，言是野马精落地所生。生时似肉，以作羊肉羹补虚乏极佳，亦可生啖。芮芮河南间至多[70]。今第一出陇西，形扁广，柔润多花而味甘。次出北地者，形短而少花。巴东建平间亦有，而不嘉也。〔恭曰〕此乃论草苁蓉也，陶未见肉者。今人所用亦草苁蓉刮去花，代肉苁蓉，功力稍劣。〔保昇曰〕出肃州福禄县沙中[71]。三月、四月掘根，长尺余，切取中央好者三四寸，绳穿阴干，八月始好，皮有松子鳞甲。其草苁蓉四月中旬采，长五、六寸至一尺以来，茎圆紫色。〔大明曰〕生教落树下，并土堑上，此即非马交之处，陶说误尔。又有花苁蓉，即暮春抽苗者，力较微尔。〔颂曰〕今陕西州郡多有之，然不及西羌界中来者，肉厚而力紧。旧说是野马遗沥所生，今西人云大木间及土堑垣中多生，乃知自有种类尔。或疑其初生于马沥，后乃滋殖，如茜根生于人血之类是也。五月采取，恐老不堪，故多三月采之。〔震亨曰〕河西混一之后，今方识其真形，何尝有所谓鳞甲者？盖苁蓉罕得，人多以金莲根用盐盆制而为之，又以草苁蓉充之，用者宜审。〔嘉谟曰〕今人以嫩松梢盐润伪之。

【修治】〔敩曰〕凡使先须清酒浸一宿，至明以棕刷去沙土浮甲，劈破中心，去白膜一重，如竹丝草样。有此，能隔人心前气不散，令人上气也。以甑蒸之，从午至酉取出，又用酥炙得所。

【气味】甘，微温，无毒。〔别录曰〕酸、咸。〔普曰〕神农、黄帝：咸。雷公：酸。

李当之：小温。

【主治】五劳七伤，补中，除茎中寒热痛，养五脏，强阴，益精气，多子，妇人症瘕。久服轻身。本经**除膀胱邪气腰痛，止痢。**别录**益髓，悦颜色，延年，大补壮阳，日御过倍，治女人血崩。**甄权**男子绝阳不兴，女子绝阴不产，润五脏，长肌肉，暖腰膝，男子泄精尿血遗沥，女子带下阴痛。** 大明

【发明】〔好古曰〕命门相火不足者，以此补之，乃肾经血分药也。凡服苁蓉以治肾，必妨心。 〔震亨曰〕峻补精血。骤用，反动大便滑也。 〔藏器曰〕强筋健髓，以苁蓉、鳝鱼二味为末，黄精汁丸服之，力可十倍。此说出乾宁记[72]。〔颂曰〕西人多用作食。只刮去鳞甲，以酒浸洗去黑汁，薄切，合山芋、羊肉作羹，极美好，益人，胜服补药。 〔宗奭曰〕洗去黑汁，气味皆尽矣。然嫩者方可作羹，老者味苦。入药少则不效。

【附方】旧一，新四。**补益劳伤**精败面黑。用苁蓉四两，水煮令烂，薄切细研精羊肉，分为四度，下五味，以米煮粥空心食。 药性论。**肾虚白浊**肉苁蓉、鹿茸、山药、白茯苓等分，为末，米糊丸梧子大，每枣汤下三十丸。圣济总录。**汗多便秘**老人虚人皆可用。肉苁蓉酒浸焙二两，研沉香末一两，为末，麻子仁汁打糊，丸梧子大。每服七十丸，白汤下。 济生方。**消中易饥**肉苁蓉、山茱萸、五味子为末，蜜丸梧子大，每盐酒下二十丸。 医学指南[73]。**破伤风病**口禁身强。肉苁蓉切片晒干，用一小盏，底上穿定，烧烟于疮上熏之，累效。 卫生总微。

列当 宋开宝

【释名】栗当开宝**草苁蓉**开宝**花苁容**日华

【集解】〔志曰〕列当生山南岩石上，如藕根，初生掘取阴干。 〔保昇曰〕原州[74]、秦州[75]、渭州[76]、灵州皆有之[77]。暮春抽苗，四月中旬采取，长五、六寸至一尺以来，茎圆紫色，采取压扁日干。 〔颂曰〕草苁蓉根与肉苁蓉极相类，刮去花压扁以代肉者，功力殊劣。即列当也。

根 · 【气味】甘，温，无毒。

【主治】男子五劳七伤，补腰肾，令人有子，去风血，煮酒浸酒服之。 开宝

【附方】旧一 **阳事不兴**栗当好者二斤，即列当，捣筛毕，以好酒一斗浸之经宿，随性日饮之。昝殷食医心镜[78]。

锁阳 补遗

【集解】〔时珍曰〕锁阳出肃州。按陶九成辍耕录云[79]：锁阳生鞑靼田地[80]，野马或与蛟龙遗精入地，久之发起如笋，上丰下俭，鳞甲栉比，筋脉连络，绝类男阳，即肉苁蓉之类。或谓里之淫妇，就而合之，一得阴气，勃然怒长。土人掘取洗涤，去皮薄切晒干，以充药货，功力百倍于苁蓉也。时珍疑此自有种类，如肉苁蓉、列当，亦未必尽是遗精所生也。

【气味】甘，温，无毒。

【主治】大补阴气，益精血，利大便。虚人大便燥结者，啖之可代苁蓉，煮粥弥佳。不燥结者勿用。震亨**润燥养筋，治痿弱。** 时珍

赤箭 本经上品。**天麻** 宋开宝 〔**校正**〕天麻系宋本重出，今并为一。

【释名】赤箭芝药性**独摇芝**抱朴子**定风草**药性**离母**本经**合离草**抱朴子**神草**吴普**鬼督邮**本经

〔弘景曰〕赤箭亦是芝类。其茎如箭杆，赤色，叶生其端。根如人足，又云如芋，有十二子为卫。有风不动，无风自摇。如此，亦非俗所见。而徐长卿亦名鬼督邮。又有鬼箭，茎有羽，其主疗并相似，而益大乖异，并非此赤箭也。 〔颂曰〕按抱朴子云：仙方有合离草，一名独摇芝，一名离母。所以谓之合离、离母者，此草下根如芋魁[81]，有游子十二枚周环之，以伤十二辰也。去大魁数尺，皆有细根如白发，虽相须而实不相连，但以气相属尔。如菟丝之草，下有伏菟之根。无

此则丝不得上，亦不相属也。然则赤箭之异，陶隐居已云非俗所见；菟丝之下有伏菟，亦不闻有见者，殆其种类时有神异者而如此尔。　〔时珍曰〕赤箭以状而名，独摇、定风以性异而名，离母、合离以根异而名，神草、鬼督邮以功而名。天麻即赤箭之根，开宝本草重出一条，详后集解下。

【集解】〔别录曰〕赤箭生陈仓川谷[82]、雍州及太山少室，三月、四月、八月采根暴干。〔弘景曰〕陈仓今属雍州扶风郡。　〔志曰〕天麻生郓州[83]、利州[84]、太山、劳山诸处，五月采根暴干。叶如芍药而小，当中抽一茎，直上如箭杆。茎端结实，状若续随子。至叶枯时，子黄熟。其根连一、二十枚，犹如天门冬之类。形如黄瓜，亦如芦菔，大小不定。彼人多生啖，或蒸煮食之。今多用郓州者佳。　〔恭曰〕赤箭是芝类。茎似箭杆，赤色。端有花，叶赤色，远看如箭有羽。四月开花，结实似苦楝子，核作五、六棱，中有肉如面，日暴则枯萎。其根皮肉汁，大类天门冬，惟无心脉尔。去根五、六寸，有十余子卫之，似芋，可生啖之，无干服之法。　〔颂曰〕赤箭今江湖间亦有之，然不中药用。其苗如苏恭所说，但本经云三月、四月、八月采根，不言用苗。而今方家乃三月、四月采苗，七月、八月、九月采根，与本经参差不同，难以兼著，故但从今法。又曰：天麻今汴京东西、湖南、淮南州郡皆有之。春生苗，初出若芍药，独抽一茎直上，高三四尺，如箭杆状，青赤色，故名赤箭芝。茎中空，依半以上，贴茎微有尖小叶。梢头生成穗，开花结子，如豆粒大。其子至夏不落，却透虚入茎中，潜生土内。其根形如黄瓜，连生一、二十枚，大者至重半斤，或五、六两。其皮黄白色，名曰龙皮。肉名天麻，二月、三月、五月、八月内采。初得乘润刮去皮，沸汤略煮过，暴干收之。嵩山、衡山人，或取生者蜜煎作果食，甚珍之。　〔宗奭曰〕赤箭，天麻苗也。与天麻治疗不同，故后人分为二条。　〔承曰〕今医家见用天麻，即是赤箭根。开宝本草又于中品出天麻一条，云出郓州。今之赤箭根苗，皆自齐郓而来者为上。苏颂图经所载天麻之状，即赤箭苗之未长大者也。赤箭用苗，有自表入里之功；天麻用根，有自内达外之理。根则抽苗径直而上，苗则结子成熟而落，返从杆中而下，至土而生，此粗可识其外内主治之理。今翰林沈括最为博识，尝云：古方用天麻不用赤箭，用赤箭不用天麻，则天麻、赤箭本为一物明矣。　〔机曰〕赤箭、天麻一物也，经分为二，以根与苗主治不同也。产不同地者，各有所宜也。　〔时珍曰〕本经止有赤箭，后人称为天麻。甄权药性论云，赤箭芝一名天麻，本自明白。宋人马志重修本草，重出天麻，遂致分辩如此。沈括笔谈云：神农本草明言赤箭采根。后人谓其茎如箭，疑当用茎，盖不然也。譬如鸢尾、牛膝，皆因茎叶相似，其用则根，何足疑哉？上品五芝之外，补益上药，赤箭为第一。世人惑于天麻之说，遂止用之治风，良可惜哉。沈公此说虽是，但根茎并皆可用。天麻子从茎中落下，俗名还筒子。其根暴干，肉色坚白，如羊角色，呼羊角天麻；蒸过黄皱如干瓜者，俗呼酱瓜天麻，皆可用者。一种形尖而空，薄如玄参状者，不堪用。抱朴子云：独摇芝生高山深谷之处，所生左右无草。其茎大如手指，赤如丹素。叶似小苋。根有大魁如斗，细者如鸡子十二枚绕之。人得大者，服之延年。按此乃天麻中一种神异者，如人参中之神参也。　〔敩曰〕凡使天麻勿用御风草，二物相似，只是叶茎不同。御风草根茎斑，叶背白有青点。使御风草即勿使天麻。若同用，令人有肠结之患。

【正误】〔藏器曰〕天麻生平泽，似马鞭草，节节生紫花。花中有子，如青葙子，子性寒，作饮去热气。茎叶捣傅痈肿。　〔承曰〕藏器所说，与赤箭不相干，乃别一物也。　〔时珍曰〕陈氏所说，乃一种天麻草，是益母草之类是也。嘉祐本草误引入天麻下耳。今正其误。

【修治】〔敩曰〕修事天麻十两，锉安于瓶中。用蒺藜子一镒，缓火熬焦，盖于天麻上，以三重纸封系，从巳至未取出。蒺藜炒过，盖系如前，凡七遍。用布拭上气汗，刀劈焙干，单捣用。若用御风草，亦同此法。　〔时珍曰〕此乃治风痹药，故如此修事也。若治肝经风虚，惟洗净，以湿纸包，于糠火中煨熟，取出切片，酒浸一宿，焙干用。

赤箭 〔**气味**〕**辛，温，无毒。** 〔志曰〕天麻，辛、平，无毒。 〔大明曰〕甘，暖。〔权曰〕赤箭芝一名天麻。味甘，平，无毒。 〔好古曰〕苦，平，阴中之阳也。 〔**主治**〕**杀鬼精物，蛊毒恶气。久服益气力，长阴肥健，轻身增年。**本经**消痈肿，下支满，寒疝下血。**别录 **天麻：主诸风湿痹，四肢拘挛；小儿风痫惊气，利腰膝，强筋力。久服益气，轻身长年。** 开宝 **治冷气㿏痹，摊缓不随，语多恍惚，善惊失志。**甄权**助阳气，补五劳七伤，鬼疰，通血脉，开窍。服食无忌。**大明**治风虚眩运头痛。** 元素 〔**发明**〕〔杲曰〕肝虚不足者，宜天麻、芎䓖以补之。其用有四：疗大人风热头痛，小儿风痫惊悸，诸风麻痹不仁，风热语言不遂。 〔时珍曰〕天麻乃肝经气分之药。素问云：诸风掉眩，皆属于肝。故天麻入厥阴之经而治诸病。按罗天益云：眼黑头旋，风虚内作，非天麻不能治。天麻乃定风草，故为治风之神药。今有久服天麻药，遍身发出红丹者，是其祛风之验也。 〔宗奭曰〕天麻须别药相佐使，然后见其功，仍须加而用之。人或蜜渍为果，或蒸煮食，当深思则得矣。 〔**附方**〕新二 **天麻丸**消风化痰，清利头目，宽胸利膈。治心忪烦闷，头运欲倒，项急，肩背拘倦，神昏多睡，肢节烦痛，皮肤瘙痒，偏正头痛，鼻齆[85]，面目虚浮，并宜服之。天麻半两，芎藭二两，为末，炼蜜丸如芡子大。每食后嚼一丸，茶酒任下。 普济方。 **腰脚疼痛**天麻、半夏、细辛各二两，绢袋二个，各盛药令匀，蒸热交互熨痛处，汗出则愈。数日再熨。 卫生易简方。

还筒子 〔**主治**〕**定风补虚，功同天麻。** 时珍 〔**附方**〕新一 **益气固精**补血黑发益寿，有奇效。还筒子半两，芡实半两，金银花二两，破故纸酒浸，春三、夏一、秋二、冬五日，焙研末二两，各研末，蜜糊丸梧子大。每服五十丸，空心盐汤温酒任下。郑西泉所传方。 邓才杂兴方。

术 直律切。 本经上品

【**释名**】**山蓟**本经**杨枹**音孚**枹蓟**尔雅**马蓟**纲目**山姜**别录**山连**别录**吃力伽**日华。 〔时珍曰〕按六书本义，术字篆文，象其根干枝叶之形。吴普本草一名山芥，一名天蓟。因其叶似蓟，而味似姜、芥也。西域谓之吃力伽，故外台秘要有吃力伽散。扬州之域多种白术，其状如枹，故有杨枹及枹蓟之名，今人谓之吴术是也。枹乃鼓槌之名。古方二术通用，后人始有苍、白之分，详见下。

【**集解**】〔别录曰〕术生郑山山谷、汉中、南郑[86]，二月、三月、八月、九月采根暴干。〔弘景曰〕郑山，即南郑也。今处处有，以蒋山[87]、白山[88]、茅山者为胜。十一月、十二月采者好，多脂膏而甘。其苗可作饮，甚香美。术有两种：白术叶大有毛而作桠，根甜而少膏，可作丸散用；赤术叶细无桠，根小苦而多膏，可作煎用。东境术大而无气烈，不任用。今市人卖者，皆以米粉涂令白，非自然矣，用时宜刮去之。 〔颂曰〕术今处处有之，以茅山、嵩山者为佳。春生苗，青色无桠。茎作蒿干状，青赤色，长三二尺以来。夏开花，紫碧色，亦似刺蓟花，或有黄白色者。入伏后结子，至秋而苗枯。根似姜而旁有细根，皮黑，心黄白色，中有膏液紫色。其根干湿并通用。陶隐居言术有二种，则尔雅所谓枹蓟，即白术也。今白术生杭、越、舒、宣州高山岗上，叶叶相对，上有毛，方茎，茎端生花，淡紫碧红数色，根作桠生。二月、三月、八月、九月采暴干用，以大块紫花为胜。古方所用术者，皆白术也。〔宗奭曰〕苍术长如大拇指，肥实，皮色褐，其气味辛烈，须米泔浸洗去皮用。白术粗促，色微褐，其气亦微辛苦而不烈。古方及本经止言术，不分苍、白二种，亦宜两审。 〔时珍曰〕苍术，山蓟也，处处山中有之。苗高二三尺，其叶抱茎而生，梢间叶似棠梨叶，其脚下叶有三五叉，皆有锯齿小刺。根如老姜之状，苍黑色，肉白有油膏。白术，枹蓟也，吴越有之。人多取根栽莳，一年即稠。嫩苗可茹，叶稍大而有毛。根如指大，状如鼓槌，亦有大如拳者。彼人剖开暴干，谓之削术，亦曰片术。陈自良言白而肥者，是浙术；瘦而黄者，是幕阜山所出[89]，其力劣。昔人用术不分赤白。自宋以来，始言苍术苦辛气烈，白术苦甘气和，各自施用，亦颇有理。并以秋采者佳，春采者虚软易坏。嵇含南方草木状云[90]：药有吃力伽，即术也。濒海所产，一根有至数斤者，采饵尤良。〔嘉谟曰〕浙术俗名云头术，种平壤，颇肥大，由粪力也，易润油。歙术俗名狗头术，虽瘦小，得土气充也，甚燥白，胜于浙术。宁国[91]、昌化[92]、池州者，并同歙术，境相邻也。

术白术也。〔**气味**〕**甘，温，无毒。**〔别录曰〕甘。〔权曰〕甘、辛。〔杲曰〕味苦而甘，性温，味厚气薄，阳中阴也，可升可降。〔好古曰〕入手太阳、少阴，足太阴、阳明、少阴、厥阴六经。〔之才曰〕防风、地榆为之使。〔权曰〕忌桃、李、菘菜、雀肉、青鱼。〔嘉谟曰〕咀后人乳汁润之，制其性也。脾病以陈壁土炒过，窃土气以助脾也。〔**主治**〕**风寒湿痹，死肌痉疸，止汗除热消食。作煎饵久服，轻身延年不饥。**本经**主大风在身面，风眩头痛，目泪出，消痰水，逐皮间风水结肿，除心下急满，霍乱吐下不止，利腰脐间血，益津液，暖胃消谷嗜食。**别录**治心腹胀满，腹中冷痛，胃虚下利，多年气痢，除寒热，止呕逆。**甄权**止反胃，利小便，主五劳七伤，补腰膝，长肌肉，治冷气，痃癖气块，妇人冷症瘕。**大明**除湿益气，和中补阳，消痰逐水，生津止渴，止泻痢，消足胫湿肿，除胃中热、肌热。得枳实，消痞满气分。佐黄芩，安胎清热。**元素**理胃益脾，补肝风虚，主舌本强，食则呕，胃脘痛，身体重，心下急痛，心下水痞。冲脉为病，逆气里急，脐腹痛。**好古〔**发明**〕〔好古曰〕本草无苍白术之名。近世多用白术，治皮间风，止汗消痞，补胃和中，利腰脐间血，通水道。上而皮毛，中而心胃，下而腰脐，在气主气，在血主血，无汗则发，有汗则止，与黄耆同功。〔元素曰〕白术除湿益燥，和中补气。其用有九：温中，一也；去脾胃中湿，二也；除胃中热，三也；强脾胃，进饮食，四也；和胃生津液，五也；止肌热，六也；四肢困倦，嗜卧，目不能开，不思饮食，七也；止渴，八也；安胎，九也。凡中焦不受湿不能下利，必须白术以逐水益脾。非白术不能去湿，非枳实不能消痞，故枳术丸以之为君。〔机曰〕脾恶湿，湿胜则气不得施化，津何由生？故曰膀胱者津液之府，气化则能出焉。用白术以除其湿，则气得周流而津液生矣。〔**附方**〕旧七，新二十四。**枳术丸**消痞强胃，久服令人食自不停也。白术一两，黄壁土炒过，去土，枳实麸炒去麸一两，为末，荷叶包饭烧熟，捣和丸梧子大。每服五十丸，白汤下。气滞，加橘皮一两。有火，加黄连一两。有痰，加半夏一两。有寒，加干姜五钱，木香三钱。有食，加神曲、麦蘖各五钱。洁古家珍。**枳术汤**心下坚大如盘，边如旋杯，水饮所作。寒气不足，则手足厥逆，腹满胁鸣相逐。阳气不通即身冷，阴气不通即骨疼。阳前通则恶寒，阴前通则痹不仁。阴阳相得，其气乃行；大气一转，其气乃散。实则失气，虚则遗尿，名曰气分，宜此主之。白术一两，枳实七个，水五升，煮三升，分三服。腹中软即散。仲景金匮玉函。**白术膏**服食滋补，止久泄痢。上好白术十斤，切片，入瓦锅内，水淹过二寸，文武火煎至一半，倾汁入器内，以渣再煎，如此三次，乃取前后汁同熬成膏，入器中一夜，倾去上面清水，收之。每服二三匙，蜜汤调下。千金良方。**参术膏**治一切脾胃虚损，益元气。白术一斤，人参四两，切片，以流水十五碗浸一夜，桑柴文武火煎取浓汁熬膏，入炼蜜收之，每以白汤点服。集简方。**胸膈烦闷**白术末，水服方寸匕。千金方。**心下有水**白术三两，泽泻五两，水三升，煎一升半，分三服。梅师方。**五饮酒癖**一留饮，水停心下；二癖饮，水在两胁下；三痰饮，水在胃中；四溢饮，水在五脏间；五流饮，水在肠间。皆因饮食冒寒，或饮茶过多致此。倍术丸：用白术一斤，干姜炮、桂心各半斤，为末，蜜丸梧子大，每温水服二、三十丸。惠民和剂局方。**四肢肿满**白术三两，㕮咀。每服半两，水一盏半，大枣三枚，煎九分，温服，日三、四服，不拘时候。本事方。**中风口噤不**

知人事。白术四两，酒三升，煮取一升，顿服。　千金方。**产后中寒**遍身冷直，口噤，不识人。白术四两，泽泻一两，生姜五钱，水一升，煎服。　产宝。**头忽眩运**[93]经久不瘥，四体渐羸，饮食无味，好食黄土。用术三斤，曲三斤，捣筛，酒和丸梧子大。每饮服二十丸，日三服。忌菘菜、桃、李、青鱼。　外台秘要。**湿气作痛**白术切片，煎汁熬膏，白汤点服。　集简方。**中湿骨痛**术一两，酒三盏，煎一盏，顿服。不饮酒，以水煎之。　三因良方。**妇人肌热**血虚者。吃力伽散：用白术、白茯苓、白芍药各一两，甘草半两，为散，姜、枣煎服。　王焘外台秘要。**小儿蒸热**脾虚羸瘦，不能饮食。方同上。**风瘙瘾疹**白术为末，酒服方寸匕，日二服。　千金方。**面多䵟黯**雀卵色。苦酒渍术，日日拭之，极效。　肘后方。**自汗不止**白术末，饮服方寸匕，日二服。

千金方。**脾虚盗汗**白术四两，切片，以一两同黄耆炒，一两同牡蛎炒，一两同石斛炒，一两同麦麸炒，拣术为末。每服三钱，食远粟米汤下，日三服。　丹溪方。　**老小虚汗**白术五钱，小麦一撮，水煮干，去麦为末，用黄耆汤下一钱。　全幼心鉴。**产后呕逆**别无他疾者。白术一两二钱，生姜一两五钱，酒水各二升，煎一升，分三服。　妇人良方。**脾虚胀满**脾气不和，冷气客于中，壅遏不通，是为胀满。宽中丸：用白术二两，橘皮四两，为末，酒糊丸梧子大，每食前木香汤送下三十丸，效。　指迷方[94]。**脾虚泄泻**白术五钱，白芍药一两，冬月用肉豆蔻煨，为末，米饭丸梧子大。每米饮下五十丸，日二。　丹溪心法。**湿泻暑泻**白术、车前子等分，炒为末，白汤下二三钱。　简便方。**久泻滑肠**白术炒、茯苓各一两，糯米炒二两，为末，枣肉拌食，或丸服之。　简便方。**老小滑泻**白术半斤黄土炒过，山药四两炒，为末，饭丸。量人大小，米汤服。或加人参三钱。　濒湖集简方。**老人常泻**白术二两，黄土拌蒸，焙干去土，苍术五钱，泔浸炒，茯苓一两，为末，米糊丸梧子大，每米汤下七、八十丸。　简便方。**小儿久泻**脾虚，米谷不化，不进饮食。温白丸：用白术炒二钱半，半夏曲二钱半，丁香半钱，为末，姜汁面糊丸黍米大，每米饮随大小服之。　全幼心鉴。**泻血萎黄**肠风痔漏，脱肛泻血，面色萎黄，积年不瘥者。白术一斤，黄土炒过，研末，干地黄半斤，饭上蒸熟，捣和，干则入少酒，丸梧子大。每服十五丸，米饮下，日三服。　普济方。**孕妇束胎**白术、枳壳麸炒等分，为末，烧饭丸梧子大。入月一日，每食前温水下三十丸，胎瘦则易产也。　保命集。**牙齿日长**渐至难食，名髓溢病[95]。白术煎汤，漱服取效，即愈也。　张锐鸡峰备急方。

苍术　〔**释名**〕**赤术**别录**山精**抱朴**仙术**纲目**山蓟**〔时珍曰〕异术言术者山之精也，服之令人长生辟谷，致神仙，故有山精、仙术之号。术有赤、白二种，主治虽近，而性味止发不同。本草不分苍、白，亦未可据。今将本经并别录、甄权、大明四家所说功用，参考分别，各自附方，庶使用者有所依凭。　〔**修治**〕〔大明曰〕用术以米泔浸一宿，入药。　〔宗奭曰〕苍术辛烈，须米泔浸洗，再换泔浸二日，去上粗皮用。　〔时珍曰〕苍术性燥，故以糯米泔浸去其油，切片焙干用。亦有用脂麻同炒，以制其燥者。　〔**气味**〕**苦、温，无毒。**　〔别录曰〕甘。　〔权曰〕甘、辛。　〔时珍曰〕白术甘而微苦，性温而和。赤术甘而辛烈，性温而燥，阴中阳也，可升可降，入足太阴、阳明、手太阴、阳明、太阳之经。　忌同白术。　〔**主治**〕**风寒湿痹，死肌痉疸。作煎饵久服，轻身延年不饥。**本经**主头痛，消痰水，逐皮间风水结肿，除心下急满及霍乱吐下不止，暖胃消谷嗜食。**别录**除恶气，弭灾沴。**弘景**主大风瘰痹，心腹胀痛，水肿胀满，除寒热，止呕逆下泄冷痢。**甄权**治筋骨软弱，痃癖气块，妇人冷气症瘕，山岚瘴气温疾。**大明**明目，暖水脏。**刘完素**除湿发汗，健胃安脾，治痿要药。**李杲**散风益气，总解诸郁。**震亨**治湿痰留饮或挟瘀血成窠囊，及脾湿下流，浊沥带下，滑泻肠风。**　时珍　〔**发明**〕〔宗奭曰〕苍术气味辛烈，白术微辛苦而不烈。古方及本经止言术，未分苍、白。只缘陶隐居言术有两种，自此人多贵白者，往往将苍术置而不用。如古方平胃散之类，苍术为最要药，功效尤速。殊不详本草原无白术之名。嵇康曰：闻道人遗言，饵术、黄精，令人久寿。亦无白字，用宜两审。〔杲曰〕本草但言术，不分苍、白。而苍术别有雄壮上行之气，能除湿，下安太阴，使邪气不传入脾也。以其经泔浸火炒，故能出汗，与白术止汗特异，用者不可以此代彼。盖有止发之殊，其余主治则同。〔元素曰〕苍术与白术主治同，但比白术气重而体沉。若除上湿发汗，功最大；若补中焦，除脾胃湿，力少不如白术。腹中窄狭者，须用之。〔震亨曰〕苍术治湿，上中下皆有可用。又能总解诸郁。痰、火、湿、食、气、血六郁，皆因传化失常，不得升降，病在中焦，故药必兼升降。将欲升之，必先降之；将欲降之，必先升之。故苍术为足阳明经药，气味辛烈，强胃强脾，发谷之气，能径入诸经，疏泄阳明之湿，通行敛涩。香附乃阴中快气之药，下气最速。一升一降，故郁散而平。〔杨士瀛曰〕脾精不禁，小便漏浊淋不止，腰背酸疼，宜用苍术以敛脾精，精生于谷故也。〔弘景曰〕白术少膏，可作丸散；赤术多膏，可作煎用。昔刘涓子挼取其精而丸之，名守中金丸，可以长生。〔颂曰〕服食多单饵术，或合白茯苓，或合石菖蒲，并捣末，旦日水服，晚再进，久久弥佳。斸取生术⑧，去土水浸，再三煎如饴糖，酒调饮之，更善。今茅山所造术煎，是此法也。陶隐居言取其精丸之，今乃是膏煎，恐非真也。〔慎微曰〕梁庾肩吾答陶隐居赉术煎启云：绿叶抽条，紫花标色。百邪外御，六府内充。山精见书，华神在录。木荣火谢，尽采撷之难；启旦移申，穷淋漉之剂。又谢术蒸启云：味重金浆，芳逾玉液。足使坐致延生，伏深铭感。又葛洪抱朴子内篇云：南阳文氏，汉末逃难壶山中，饥困欲死。有人教之食术，遂不饥。数十年乃还乡里，颜色更少，气力转胜。故术一名山精，神农药经所谓必欲长生，常服山精，是也。〔时珍曰〕按吐纳经云：紫微夫人术序云：吾察草木之胜速益于己者，并不及术之多验也。可以长生久视，远而更灵。山林隐逸得服术者，五岳比肩。又神仙传云：陈子皇得饵术要方，其妻姜氏得疲病，服之自愈，颜色气力如二十时也。时珍谨按已上诸说，皆似苍术，不独白术。今服食家亦呼苍术为仙术，故皆列于苍术之后。又张仲景辟一切恶气，用赤术同猪蹄甲烧烟。陶隐居亦言术能除恶气，弭灾沴。故今病疫及岁旦，人家往往烧苍术以辟邪气。类编载越民高氏妻，病恍惚谵语，亡夫之鬼凭之。其家烧苍术烟，鬼遽求去。夷坚志载江西一士人，为女妖所染。其鬼将别曰：君为阴气所浸，必当暴泄，但多服平胃散为良。中有苍术能去邪也。许叔微本事方云：微患饮癖三十年。始因少年夜坐写文，左向伏几，是以饮食多坠左边。中夜必饮酒数杯，又向左卧。壮时不觉，三、五年后，觉酒止从左下有声，胁痛食减嘈杂，饮酒半杯即止。十数日，必呕酸水数升。暑月止右边有汗，左边绝无。遍访名医及海上方，间或中病，止得月余复作。其补如天雄、附子、矾石辈，利如牵牛、甘遂、大戟，备尝之矣。自揣必有癖囊，如潦水之有科臼，不盈科不行。但清者可行，而浊者停滞，无路以决之，故积至五、七日必呕而去。脾土恶湿，而水则流湿，莫若燥脾以去湿，崇土以填科臼。乃悉屏诸药，只以苍术一斤，去皮切片为末，生油麻半两，水二盏，研滤汁，大枣五十枚，煮去皮核，捣和丸梧子大。每日空腹温服五十丸，增至一、二百丸。忌桃、李、雀肉。服三月而疾除。自此常服，不呕不痛，胸膈宽利，饮啖如故，暑月汗亦周身，灯下能书细字，皆术之力也。初服时必觉微燥，以山卮子末沸汤点服解之，久服亦自不燥矣。

〔附方〕旧二，新三十二。**服术法**乌髭发，驻颜色，壮筋骨，明耳目，除风气，润肌肤，久服令人轻健。苍术不计多少，米泔水浸三日，逐日换水，取出刮去黑皮，切片暴干，慢火炒黄，细捣为末。每一斤，用蒸过白茯苓末半斤，炼蜜和丸梧子大，空心卧时热水下十五丸。别用术末六两，甘草末一两，拌和作汤点之，吞丸尤妙。忌桃、李、雀、蛤，及三白、诸血。经验方。**苍术膏**邓才笔峰杂兴方：除风湿，健脾胃，变白驻颜，补虚损，大有功效。苍术新者，刮去皮薄切，米泔水浸二日，一日一换，取出，以井华水浸过二寸，春、秋五日，夏三日，冬七日，漉出，以生绢袋盛之，放在一半原水中，揉洗津液出，纽干。将渣又捣烂，袋盛于一半原水中，揉至汁尽为度。将汁入大砂锅中，慢火熬成膏。每一斤，入白蜜四两，熬二炷香。每膏一斤，入水澄白茯苓末半斤，搅匀瓶收。每服三匙，侵早、临卧各一服，以温酒送下。忌醋及酸物、桃、李、雀、蛤、菘菜、首鱼等物。吴球活人心统[97]：苍术膏：治脾经湿气，少食，足肿无力，伤食，酒色过度，劳逸有伤，骨热。用鲜白苍术二十斤，浸刮去粗皮，晒切，以米泔浸一宿，取出，同溪水一石，大砂锅慢火煎半干，去渣。再入石南叶三斤，刷去红衣，楮实子一斤，川当归半斤，甘草四两，切，同煎黄色，滤去滓，再煎如稀粥，乃入白蜜三斤，熬成膏。每服三、五钱，空心好酒调服。**苍术丸**萨谦斋瑞竹堂方云：清上实下，兼治内外障，服。茅山苍术洗刮净一斤，分作四分，用酒、醋、糯泔、童尿各浸三日，一日一换，取出，洗捣晒焙，以黑脂麻同炒香，共为末，酒煮面糊丸梧子大，每空心白汤下五十丸。　李仲南永类方：八制苍术丸：疏风顺气养肾，治腰脚湿气痹痛。苍术一斤，洗刮净，分作四分，用酒、醋、米泔、盐水各浸三日，晒干。又分作四分，用川椒红、茴香、补骨脂、黑牵牛各一两，同炒香，拣去不用，只取术研末，醋糊丸梧子大。每服五十丸，空心盐酒送下。五十岁后，加沉香末一两。**苍术散**治风湿，常服壮筋骨，明目。苍术一斤，粟米泔浸过，竹刀刮去皮。半斤以无灰酒浸，半斤以童子小便浸，春五、夏三、秋七、冬十日，取出。净地上掘一坑，炭火煅赤，去炭，将浸药酒、小便倾入坑内，却放术在中，以瓦器盖定，泥封一宿，取出为末。每服一钱，空心温酒或盐汤下。　万表积善堂方：六制苍术散：治下元虚损，偏坠茎痛。茅山苍术净刮六斤，分作六分：一斤，仓米泔浸二日，炒；一斤，酒浸二日，炒；一斤，青盐半斤炒黄，去盐；一斤，小茴香四两炒黄，去茴；一斤，大茴香四两炒黄，去茴；一斤，用桑椹子汁浸二日，炒。取术为末，每服三钱，空心温酒下。**固真丹**瑞竹堂方：固真丹：燥湿养脾，助胃固真。茅山苍术刮净一斤，分作四分：一分青盐一两炒，一分川椒一两炒，一分川楝子一两炒，一分小茴香、破故纸各一两炒。并拣术研末，酒煮，面糊丸梧子大，每空心米饮下五十丸。　乾坤生意：平补固真丹：治元脏久虚，遗精白浊，妇人赤白带下崩漏。金州苍术刮净一斤，分作四分：一分川椒一两炒，一分破故纸一两炒，一分茴香、食盐各一两炒，一分川楝肉一两炒。取净术为末，入白茯苓末二两，酒洗当归末二两，酒煮，面糊丸梧子大，每空心盐酒下五十丸。**固元丹**治元脏久虚，遗精白浊五淋，及小肠膀胱疝气，妇人赤白带下，血崩便血等疾，以小便频数为效。好苍术刮净一斤，分作四分：一分小茴香、食盐各一两同炒，一分川椒、补骨脂各一两同炒，一分川乌头、川楝子肉各一两同炒，一分用醇醋、老酒各半斤同煮干焙，连同炒药通为末，用酒煮糊丸梧子大。每服五十丸，男以温酒，女以醋汤，空心下。此高司法方也。　王璆百一选方。**少阳丹**苍术米泔浸半日，刮皮晒干为末一斤，地骨皮温水洗净，去心晒研一斤，熟桑椹二十斤，入瓷盆揉烂，绢袋压汁，和末如糊，倾入盘内，日晒夜露，采日精月华，待干研末，炼蜜和丸赤小豆大。每服二十丸，无灰酒下，日三服。一年变发返黑，三年面如童子。　刘松石保寿堂方。**交感丹**补虚损，固精气，乌髭发，此铁瓮城申先生方也，久服令人有子。茅山苍术刮净一斤，分作四分，用酒、醋、米泔、盐汤各浸七日，晒研，川椒红、小茴香各四两，炒研，陈米糊和丸梧子大。每服四十丸，空心温酒下。　圣济总录。　**交加丸**升水降火，除百病。苍术刮净一斤，分作四分：一分米泔浸炒，一分盐水浸炒，一分川椒炒，一分破故纸炒。黄檗皮刮净一斤，分作四分：一分酒炒，一分童尿浸炒，一分小茴香炒，一分生用。拣去各药，只取术、檗为末，炼蜜丸梧子大。每服六十丸，空心盐汤下。

邓才笔峰杂兴方。**坎离丸**滋阴降火，开胃进食，强筋骨，去湿热。白苍术刮净一斤，分作四分：一分川椒一两炒，一分破故纸一两炒，一分五味子一两炒，一分川芎䓖一两炒，只取术研末。川檗皮四斤，分作四分：一斤酥炙，一斤人乳汁炙，一斤童尿炙，一斤米泔炙，各十二次，研末。和匀，炼蜜丸梧子大。每服三十丸，早用酒，午用茶，晚用白汤下。　积善堂方。**不老丹**补脾益肾，服之，七十亦无白发。茅山苍术刮净，米泔浸软，切片四斤：一斤酒浸焙，一斤醋浸焙，一斤盐四两炒，一斤椒四两炒。赤、白何首乌各二斤，泔浸，竹刀刮切，以黑豆、红枣各五升，同蒸至豆烂，曝干。地骨皮去骨一斤。各取净末，以桑椹汁和成剂，铺盆内，汁高三指，日晒夜露，取日月精华，待干，以石臼捣末，炼蜜和丸梧子大。每空心酒服一百丸。此皇甫敬之方也。　王海藏医垒元戎。**灵芝丸**治脾肾气虚，添补精髓，通利耳目。苍术一斤，米泔水浸，春、夏五日，秋、冬七日，逐日换水，竹刀刮皮切晒，石臼为末，枣肉蒸，和丸梧子大。每服三、五十丸，枣汤空心服。　奇效良方。**补脾滋肾**生精强骨，真仙方也。苍术去皮五斤，为末，米泔水漂，澄取底用。脂麻三升半，去壳研烂，绢袋滤去渣，澄浆拌术，暴干。每服三钱，米汤或酒空心调服。　孙氏集效方。**面黄食少**男妇面无血色，食少嗜卧。苍术一斤，熟地黄半斤，干姜炮冬一两，春秋七钱，夏五钱，为末，糊丸梧子大，每温水下五十丸。　济生拔萃方。**小儿癖疾**苍术四两，为末。羊肝一具，竹刀批开，撒术末线缚，入砂锅煮熟，捣作丸服。　生生编。**好食生米**[98]男子、妇人因食生熟物留滞肠胃，遂至生虫，久则好食生米，否则终日不乐，至憔悴萎黄，不思饮食，以害其生。用苍术米泔水浸一夜，锉焙为末，蒸饼丸梧子大。每服五十丸，食前米饮下，日三服。益昌伶人刘清啸，一娼名曰花翠，年逾笄病此。惠民局监赵尹，以此治之，两旬而愈。盖生米留滞，肠胃受湿，则谷不磨而成此疾，苍术能去湿暖胃消谷也。　杨氏家藏经验方[99]。**腹中虚冷**不能饮食，食辄不消，羸弱生病。术二斤，曲一斤，炒为末，蜜丸梧子大。每服三十丸，米汤下，日三服。大冷加干姜三两，腹痛加当归三两，羸弱加甘草二两。　肘后方。**脾湿水泻**注下，困弱无力，水谷不化，腹痛甚者。苍术二两，白芍药一两，黄芩半两，淡桂二钱。每服一两，水一盏半，煎一盏，温服。脉弦头微痛，去芍药，加防风二两。　保命集。**暑月暴泻**壮脾温胃，及疗饮食所伤。曲术丸：用神曲炒，苍术米泔浸一夜焙，等分为末，糊丸梧子大。每服三、五十丸，米饮下。　和剂局方。**飧泻久痢**椒术丸：用苍术二两，川椒一两，为未，醋糊丸梧子大。每服二十丸，食前温水下。恶痢久者，加桂。　保命集。**脾湿下血**苍术二两，地榆一两，分作二服，水二盏，煎一盏，食前温服。久痢虚滑，以此下桃花丸。保命集。**肠风下血**苍术不拘多少，以皂角挼浓汁浸一宿，煮干，焙研为末，面糊丸如梧子大。每服五十丸，空心米饮下，日三服。　妇人良方。**湿气身痛**苍术泔浸切，水煎，取浓汁熬膏，白汤点服。　简便方。**补虚明目**健骨和血。苍术泔浸四两，熟地黄焙二两，为末，酒糊丸梧子大。每温酒下三、五十丸，日三服。　普济方。**青盲雀目**圣惠方：用苍术四两，泔浸一夜，切焙研末。每服三钱，猪肝三两，批开掺药在内，扎定，入粟米一合，水一碗，砂锅煮熟，熏眼，临卧食肝饮汁，不拘大人、小儿皆治。　又方：不计时月久近。用苍术二两，泔浸，焙捣为末。每服一钱，以好羊子肝一斤，竹刀切破，掺药在内，麻扎，以粟米泔煮熟，待冷食之，以愈为度。**眼目昏涩**苍术半斤，泔浸七日，去皮切焙，木贼各二两，为末。每服一钱，茶酒任下。　圣惠方。**婴儿目涩**不开，或出血。苍术二钱，入猪胆中扎煮。将药气熏眼后，更嚼取汁与服妙。　幼幼新书。**风牙肿痛**苍术盐水浸过，烧存性，研末揩牙，去风热。　普济方。**脐虫怪病**腹中如铁石，脐中水出，旋变作虫行，绕身匝痒难忍，拨扫不尽。用苍术浓煎汤浴之。仍以苍术末，入麝香少许，水调服。　夏子益奇疾方。

苗　〔主治〕**作饮甚香，去水。**弘景**亦止自汗。**

狗脊　本经中品

【释名】强膂别录**扶筋**别录**百枝**本经**狗青**吴普。　〔恭曰〕此药苗似贯众，根长多歧，状如狗之脊骨，而肉作青绿色，故以名之。　〔时珍曰〕强膂、扶筋，以功名也。别录又名扶盖，乃扶筋之误。本经狗脊一名百枝，别录萆薢一名赤节，而吴普本草谓百枝为萆薢，赤节为狗脊，皆似误也。

【集解】〔别录曰〕狗脊生常山川谷，二月、八月采根暴干。　〔普曰〕狗脊如萆薢，茎节如竹有刺，叶圆赤，根黄白，亦如竹根，毛有刺。岐伯经云[100]：茎无节，叶端圆青赤，皮白有赤脉。　〔弘景曰〕今山野处处有之，与菝葜相似而小异。其茎叶小肥，其节疏，其茎大直，上有刺，叶圆有赤脉，根凸凹巃嵸如羊角强细者是[101]。　〔颂曰〕今太行山、淄、温、眉州亦[102]有之。苗尖细碎青色，高一尺以来，无花。其茎叶似贯众而细。其根黑色，长三四寸，多歧，似狗之脊骨，大有两指许。其肉青绿色。春秋采根暴干。今方亦有用金毛者。陶氏所说乃有刺萆薢，非狗脊也，今江左俗犹用之。　〔敩曰〕凡使狗脊，勿用透山藤根，形状一般，只是入顶苦，不可饵也。　〔时珍曰〕狗脊有二种：一种根黑色，如狗脊骨；一种有金黄毛，如狗形，皆可入药。其茎细而叶花两两对生，正似大叶蕨，比贯众叶有齿，面背皆光。其根大如拇指，有硬黑发簇之。吴普、陶弘景所说根苗，皆是菝葜；苏恭、苏颂所说，即真狗脊也。按张揖广雅云：菝葜，狗脊也。张华博物志云：菝葜与萆薢相乱，一名狗脊。观此则昔人以菝葜为狗脊，相承之误久矣。然菝葜、萆薢、狗脊三者，形状虽殊，而功用亦不甚相远。

根　**【修治】**〔敩曰〕凡修事，火燎去须，细锉了，酒浸一夜，蒸之，从巳至申，取出晒干用。〔时珍曰〕今人惟锉炒去毛须用。

【气味】苦，平，无毒。　〔别录曰〕甘，微温。　〔普曰〕神农：苦。桐君、黄帝、岐伯、雷公、扁鹊：甘，无毒。李当之：小温。　〔权曰〕苦、辛，微热。　〔之才曰〕萆薢为之使，恶败酱、莎草。

【主治】腰背强，关机缓急，周痹寒湿膝痛，颇利老人。本经**疗失溺不节，男子脚弱腰痛，风邪淋露，少气目暗，坚脊利俯仰，女子伤中关节重。**别录**男子女人毒风软脚，肾气虚弱，续筋骨，补益男子。**甄权**强肝肾，健骨，治风虚。**　时珍

【附方】新四　**男子诸风**四宝丹：用金毛狗脊，盐泥固济，煅红去毛，苏木、萆薢、川乌头生用等分，为末，米醋和丸梧子大。每服二十丸，温酒、盐汤下。　普济方。**室女白带**[103]冲任虚寒。鹿茸丸：用金毛狗脊燎去毛、白敛各一两，鹿茸酒蒸焙二两，为末，用艾煎醋汁打糯米糊，丸梧子大。每服五十丸，空心温酒下。　济生方。**固精强骨**金毛狗脊、远志肉、白茯神、当归身等分，为末，炼蜜丸梧子大。每酒服五十丸。　集简方。**病后足肿**但节食以养胃气，外用狗脊煎汤渍洗。　吴绶蕴要[104]。

贯众　本经下品

【释名】贯节本经**贯渠**本经**百头**本经又名虎卷、扁苻。**草鸱头**别录**黑狗脊**纲目**凤尾草**图经〔时珍曰〕此草叶茎如凤尾，其根一本而众枝贯之，故草名凤尾，根名贯众、贯节、贯渠。渠者，魁也。吴普本草作贯中，俗作贯仲、管仲者，皆谬称也。尔雅云，泺（音灼），贯众，即此也。别录一名伯萍，一名药藻，皆字讹也。金星草一名凤尾草，与此同名，宜互考之。　〔弘景曰〕近道皆有之。叶如大蕨。其根形色毛芒，全似老鸱头，故呼为草鸱头。

【集解】〔别录曰〕贯众生玄山山谷及冤句少室山，二月、八月采根阴干。　〔普曰〕叶青黄色，两两相对。茎有黑毛丛生，冬夏不死。四月花白，七月实黑，聚相连卷旁生。三月、八月采根，五月采叶。　〔保昇曰〕苗似狗脊，状如雉尾，根直多枝，皮黑肉赤，曲者名草鸱头，所在山谷阴处则有之。　〔颂曰〕今陕西、河东州郡及荆、襄间多有之，而少有花者。春生苗，亦。叶大如蕨。茎干三棱。叶绿色似鸡翎，又名凤尾草。其根紫黑色，形如大爪，下有黑须毛，又似老鸱。郭璞注尔雅云，叶员锐，茎毛黑，布地，冬不死，广雅谓之贯节是矣。　〔时珍曰〕多生

山阴近水处。数根丛生，一根数茎，茎大如箸，其涎滑。其叶两两对生，如狗脊之叶而无锯齿，青黄色，面深背浅。其根曲而有尖嘴，黑须丛族，亦似狗脊根而大，状如伏鸱。

根　**〔气味〕苦，微寒，有毒。**〔之才曰〕雚菌、赤小豆为之使，伏石钟乳。　**〔主治〕腹中邪热气，诸毒，杀三虫。**本经**去寸白，破症瘕，除头风，止金疮。**别录**为末，水服一钱，止鼻血有效。**苏颂**治下血崩中带下，产后血气胀痛，斑疹毒，漆毒，骨哽。解猪病。**　时珍　**〔发明〕**〔时珍曰〕贯众大治妇人血气，根汁能制三黄，化五金，伏钟乳，结砂制汞，且能解毒软坚。王海藏治夏月痘出不快，快斑散用之。云贯众有毒，而能解腹中邪热之毒。病因内感而发之于外者多效，非古法之分经也。又黄山谷煮豆帖，言荒年以黑豆一升挼净，入贯众一斤，锉如骰子大，同以水煮，文火斟酌至豆熟，取出日干，覆令展尽余汁，簸去贯众。每日空心啗豆五、七粒，能食百草木枝叶有味可饱。又王璆百一选方，言滁州蒋教授，因食鲤鱼玉蝉羹，为肋肉所哽，凡药皆不效。或令以贯众浓煎汁一盏半，分三服，连进至夜，一咯而出。亦可为末，水服一钱。观此可知其软坚之功，不但治血治疮而已也[105]。　**〔附方〕**新一十五。**鼻衄不止**贯众根末，水服一钱。　普济方。**诸般下血**肠风酒痢，血痔鼠痔下血。黑狗脊，黄者不用，须内肉赤色者，即本草贯众也。去皮毛，锉焙为末。每服二钱，空心米饮下。或醋糊丸梧子大，每米饮下三、四十丸。或烧存性，出火毒为末，入麝香少许，米饮服二钱。　普济方。**女人血崩**贯众半两，煎酒服之，立止。集简方。**产后亡血**过多，必腹彻痛者。用贯众状如刺猬者一个，全用不锉，只揉去毛及花萼，以好醋蘸湿，慢火炙令香熟，候冷为末，米饮空心每服二钱，甚效。　妇人良方。**赤白带下**年深，诸药不能疗者，用上方治之亦验，名独圣汤。方同上，**年深咳嗽**出脓血。贯众、苏方木等分，每服三钱，水一盏，生姜三片，煎服，日二服。　久咳，渐成劳瘵。凤尾草为末，用鱼鲊蘸食之。　圣惠方。**痘疮不快**快斑散：用贯众、赤芍药各一钱，升麻、甘草各五分，入淡竹叶三片，水一盏半，煎七分，温服。　王海藏方。**头疮白秃**贯众、白芷为末，油调涂之。又方：贯众烧末，油调涂。　圣惠方。**漆疮作痒**油调贯众末涂之。　千金方。**鸡鱼骨哽**贯众、缩砂、甘草等分，为粗末，绵包少许，含之咽汁，久则随痰自出。　普济方。**解轻粉毒**[106]齿缝出血，臭肿。贯众、黄连各半两，煎水，入冰片少许，时时漱之。　陆氏积德堂方。**血痢不止**凤尾草根，即贯众，五钱，煎酒服。陈解元吉言所传。　集简方。**便毒肿痛**贯众，酒服二钱良。　多能鄙事。

花　**〔主治〕恶疮，令人泄。**　别录

巴戟天　本经上品

【释名】不凋草日华**三蔓草**〔时珍曰〕名义殊不可晓。

【集解】〔别录曰〕巴戟天生巴郡及下邳山谷[107]，二月、八月采根阴干。　〔弘景曰〕今亦用建平、宜都者，根状如牡丹而细，外赤内黑，用之打去心。　〔恭曰〕其苗俗名三蔓草。叶似茗，经冬不枯。根如连珠，宿根青色，嫩根白紫，用之亦同，以连珠多肉厚者为胜。　〔大明曰〕紫色如小念珠，有小孔子，坚硬难捣。　〔宗奭曰〕巴戟天本有心，干缩时偶自落，或抽去，故中心或空，非自有小孔也。今人欲要中间紫色，则多伪以大豆汁沃之，不可不察。　〔颂曰〕今江淮、河东州郡亦有，但不及蜀川者佳，多生竹林内。内地生者，叶似麦门冬而厚大，至秋结实。今方家多以紫色为良。蜀人云：都无紫色者。采时或用黑豆同煮，欲其色紫，殊失气味，尤宜辨之。又有一种山葎根，正似巴戟，但色白。土人采得，以醋水煮之，乃以杂巴戟，莫能辨也。但击破视之，中紫而鲜洁者，伪也；其中虽紫，又有微白，糁有粉色，而理小暗者，真也。真巴戟嫩时亦白，干时亦煮治使紫，力劣弱耳。

根　**【修治】**〔敩曰〕凡使须用枸杞子汤浸一宿，待稍软漉出，再酒浸一伏时，漉出，同菊花熬焦黄，去菊花，以布拭干用。　〔时珍曰〕今法：惟以酒浸一宿，锉焙入药。若急用，只以

温水浸软去心也。

【气味】辛、甘，微温，无毒。〔大明曰〕苦。〔之才曰〕覆盆子为之使，恶雷丸、丹参、朝生。

【主治】大风邪气，阴痿不起，强筋骨，安五脏，补中增志益气。本经**疗头面游风，小腹及阴中相引痛，补五劳，益精，利男子。**别录**治男子夜梦鬼交精泄，强阴下气，治风癞。**甄权**治一切风，疗水胀。**日华**治脚气**[108]**，去风疾，补血海。**时珍。出仙经。

【发明】〔好古曰〕巴戟天，肾经血分药也。〔权曰〕病人虚损，加而用之。〔宗奭曰〕有人嗜酒，日须五、七杯，后患脚气甚危。或教以巴戟半两，糯米同炒，米微转色，去米不用，大黄一两，锉炒，同为末，熟蜜丸，温水服五、七十丸，仍禁酒，遂愈。

【附录】巴棘〔别录曰〕味苦，有毒。主恶疥疮出虫。生高地，叶白有刺，根连数十枚。一名女木。

远志 本经上品

【释名】苗名小草本经**细草**本经**棘菀**本经**葽绕**本经。〔时珍曰〕此草服之能益智强志，故有远志之称。世说载郝隆讥谢安云：处则为远志，出则为小草。记事珠谓之醒心杖。

【集解】〔别录曰〕远志生太山及冤句川谷，四月采根叶阴干。〔弘景曰〕冤句属兖州济阴郡，今此药犹从彭城北兰陵来[109]。用之去心取皮，一斤止得三两尔。亦入仙方用。小草状似麻黄而青。〔志曰〕茎叶似大青而小。比之麻黄，陶不识也。〔禹锡曰〕按尔雅云：葽绕，棘菀。郭璞注云：今远志也。似麻黄，赤华，叶锐而黄。其上谓之小草。〔颂曰〕今河、陕、洛西州郡亦有之。根形如蒿根，黄色。苗似麻黄而青，又如毕豆。叶亦有似大青而小者。三月开白花。根长及一尺。泗州出者花红[110]，根叶俱大于他处。商州出者根乃黑色[111]。俗传夷门出者最佳[112]。四月采根晒干。古方通用远志、小草。今医但用远志，稀用小草。〔时珍曰〕远志有大叶、小叶二种：陶弘景所说者小叶也，马志所说者大叶也，大叶者花红。

根 **〔修治〕**〔敩曰〕凡使须去心，否则令人烦闷。仍用甘草汤浸一宿，暴干或焙干用。

〔气味〕苦，温，无毒。〔之才曰〕远志、小草，得茯苓、冬葵子、龙骨良。畏珍珠、藜芦、蜚蠊、齐蛤。〔弘景曰〕药无齐蛤，恐是百合也。〔权曰〕是蛴螬也。〔恭曰〕药录下卷有齐蛤，陶说非也。**〔主治〕咳逆伤中，补不足，除邪气，利九窍，益智慧，耳目聪明，不忘，强志倍力。久服轻身不老。**本经**利丈夫，定心气，止惊悸，益精，去心下膈气，皮肤中热，面目黄。**别录**杀天雄、附子、乌头毒，煎汁饮之。**之才**治健忘，安魂魄，令人不迷，坚壮阳道。**甄权**长肌肉，助筋骨，妇人血噤失音，小儿客忤。**日华**肾积奔豚。**好古**治一切痈疽。**时珍

叶 **〔主治〕益精补阴气，止虚损梦泄。**别录

【发明】〔好古曰〕远志，肾经气分药也。〔时珍曰〕远志入足少阴肾经，非心经药也。其功专于强志益精，治善忘。盖精与志，皆肾经之所藏也。肾精不足，则志气衰，不能上通于心，故迷惑善忘。灵枢经云：肾藏精，精合志。肾盛怒而不止则伤志，志伤则喜忘其前言，腰脊不可以俛仰屈伸，毛悴色夭。又云：人之善忘者，上气不足，下气有余，肠胃实而心肺虚，虚则营卫留于下，久之不以时上，故善忘也。陈言三因方，远志酒治痈疽，云有奇功，盖亦补肾之力尔。葛洪抱朴子云：陵阳子仲服远志二十年，有子三十七人，能开书所视不忘，坐在立亡。

【附方】旧三，新四。**心孔昏塞**多忘善误。丁酉日密自至市买远志，着巾角中，还为末服之，勿令人知。肘后方。**胸痹心痛**逆气，膈中饮不下。小草丸：用小草、桂心、干姜、细辛、蜀椒出汗各三分，附子二分炮，六物捣下筛，蜜和丸梧子大。先食米汁下三丸，日三服，不知稍增，以知为度。忌猪肉、冷水、生葱、生菜。范汪东阳方。**喉痹作痛**远志肉为末，吹之，涎出为

度。　直指方。**脑风头痛**[113]不可忍。远志末𠻳鼻。　宣明方。**吹乳肿痛**远志焙研，酒服二钱，以滓傅之。　袖珍方[114]。**一切痈疽**远志酒：治一切痈疽发背疖毒，恶候侵大。有死血阴毒在中则不痛，傅之即痛。有忧怒等气积而怒攻则痛不可忍，傅之即不痛。或蕴热在内，热逼人手不可近，傅之即清凉。或气虚血冷，溃而不敛，傅之即敛。此本韩大夫宅用以救人方，极验。若七情内郁，不问虚实寒热，治之皆愈。用远志不以多少，米泔浸洗，捶去心，为末。每服三钱，温酒一盏调，澄少顷，饮其清，以滓傅患处。　三因方。**小便赤浊**远志，甘草水煮半斤，茯神、益智仁各二两，为末，酒糊丸梧子大，每空心枣汤下五十丸。　普济。

百脉根　唐本

【集解】〔恭曰〕出肃州、巴西[115]。叶似苜蓿，花黄，根如远志。二月、三月采根日干。〔时珍曰〕按唐书作柏脉根，肃州岁贡之。千金、外台大方中亦时用之。今不复闻此，或者名称又不同也。

根　**【气味】甘、苦，微寒，无毒。**

【主治】下气止渴去热，除虚劳，补不足。酒浸或水煮，丸散兼用。唐本

淫羊藿　本经中品

【释名】仙灵脾唐本**放杖草**日华**弃杖草**日华**千两金**日华**干鸡筋**日华**黄连祖**日华**三枝九叶草**图经**刚前**本经〔弘景曰〕服之使人好为阴阳。西川北部有淫羊，一日百遍合，盖食此藿所致，故名淫羊藿。　〔时珍曰〕豆叶曰藿，此叶似之，故亦名藿。仙灵脾、千两金、放杖、刚前，皆言其功力也。鸡筋、黄连祖，皆因其根形也。柳子厚文作仙灵毗，入脐曰毗，此物补下，于理尤通。

【集解】〔别录曰〕淫羊藿生上郡阳山山谷[116]。〔恭曰〕所在皆有。叶形似小豆而圆薄，茎细亦坚，俗名仙灵脾是也。〔颂曰〕江东、陕西、泰山、汉中、湖湘间皆有之[117]。茎如粟秆。叶青似杏，叶上有刺。根紫色有须。四月开白花，亦有紫花者。碎小独头子。五月采叶晒干。湖湘出者，叶如小豆，枝茎紧细，经冬不凋，根似黄连。关中呼为三枝九叶草，苗高一、二尺许，根叶俱堪用。蜀本草言生处不闻水声者良。　〔时珍曰〕生大山中。一根数茎，茎粗如线，高一、二尺。一茎三桠，一桠三叶。叶长二、三寸，如杏叶及豆藿，面光背淡，甚薄而细齿，有微刺。

根叶　**【修治】**〔敩曰〕凡使时呼仙灵脾，以夹刀夹去叶四畔花枝，每一斤用羊脂四两拌炒，待脂尽为度。

【气味】辛，寒，无毒。　〔普曰〕神农、雷公：辛。李当之：小寒。　〔权曰〕甘，平。可单用。　〔保昇曰〕性温。　〔时珍曰〕甘、香、微辛，温。　〔之才曰〕薯蓣、紫芝为之使，得酒良。

【主治】阴痿绝伤，茎中痛，利小便，益气力，强志。本经**坚筋骨，消瘰疬赤痈，下部有疮，洗出虫。丈夫久服，令人无子。**别录。　〔机曰〕无子字误，当作有子。**丈夫绝阳无子，女人绝阴无子，老人昏耄，中年健忘，一切冷风劳气，筋骨挛急，四肢不仁补腰膝，强心力。**大明

【发明】〔时珍曰〕淫羊藿味甘气香，性温不寒，能益精气，乃手足阳明、三焦、命门药也，真阳不足者宜之。

【附方】旧三，新五。**仙灵脾酒**益丈夫兴阳，理腰膝冷。用淫羊藿一斤，酒一斗，浸三日，逐时饮之。　食医心镜。**偏风不遂**皮肤不仁，宜服。仙灵脾酒：仙灵脾一斤，细锉，生绢袋盛，于不津器中，用无灰酒二斗浸之，重封，春、夏三日、秋、冬五日后，每日暖饮，常令醺然，不得大醉，酒尽再合，无不效验。合时，切忌鸡犬见。　圣惠方。**三焦咳嗽**腹满不饮食，气不顺。仙灵脾、覆盆子、五味子炒各一两，为末，炼蜜丸梧子大，每姜茶下二十丸。　圣济录。**目昏生翳**仙灵脾，生王瓜即小栝楼红色者，等分，为末。每服一钱，茶下，日二服。　圣济总录。**病后**

青盲日近者可治。仙灵脾一两，淡豆豉一百粒，水一碗半，煎一碗，顿服即瘳。 百一选方。**小儿雀目**仙灵脾根、晚蚕蛾各半两，炙甘草、射干各二钱半，为末。用羊子肝一枚，切开掺药二钱，扎定，以黑豆一合，米泔一盏，煮熟，分二次食，以汁送之。普济方。**痘疹入目**仙灵脾、威灵仙等分，为末。每服五分，米汤下。 痘疹便览。**牙齿虚痛**仙灵脾为粗末，煎汤频漱，大效。 奇效方。

仙茅 开宝

【释名】独茅开宝**茅爪子**开宝**婆罗门参**〔珣曰〕其叶似茅，久服轻身，故名仙茅。梵音呼为阿输乾陀。〔颂曰〕其根独生。始因西域婆罗门僧献方于唐玄宗，故今江南呼为婆罗门参，言其功补如人参也。

【集解】〔珣曰〕仙茅生西域。叶似茅。其根粗细有筋，或如笔管，有节文理。其花黄色多涎。自武城来[18]，蜀中诸州亦皆有之。 〔颂曰〕今大庾岭、蜀川、江湖、两浙诸州亦有之。叶青如茅而软，且略阔，面有纵文。又似初生棕榈秧，高尺许。至冬尽枯，春初乃生。三月有花如卮子花，黄色，不结实。其根独茎而直，大如小指，下有短细肉根相附，外皮稍粗褐色，内肉黄白色。二月、八月采根暴干用。衡山出者花碧，五月结黑子。 〔时珍曰〕苏颂所说详尽得之。但四、五月中抽茎四、五寸，开小花深黄色六出，不似卮子。处处大山中有之，人惟取梅岭者用，而会典成都岁贡仙茅二十一斤。

根 【修治】〔敩曰〕采得以清水洗，刮去皮，于槐砧上用铜刀切豆许大，以生稀布袋盛，于乌豆水中浸一宿，取出用酒拌湿蒸之，从巳至亥，取出暴干。勿犯铁器及牛乳，斑人鬓须。〔大明曰〕彭祖单服法：以竹刀刮切，糯米泔浸去赤汁出毒，后无妨损。

【气味】辛，温，有毒。 〔珣曰〕甘，微温，有小毒。又曰：辛，平，宣而复补，无大毒，有小热、小毒。

【主治】心腹冷气不能食，腰脚风冷挛痹不能行，丈夫虚劳，老人失溺无子，益阳道。久服通神强记，助筋骨，益肌肤，长精神，明目。开宝**治一切风气，补暖腰脚，清安五脏。久服轻身，益颜色。丈夫五劳七伤，明耳目，填骨髓。**李珣**开胃消食下气，益房事不倦。**大明

【发明】〔颂曰〕五代伪唐筠州刺史王颜著续传信方[19]，因国书编录西域婆罗门僧服仙茅方[20]，当时盛行。云五劳七伤，明日益筋力，宣而复补。云十斤乳石不及一斤仙茅，表其功力也。本西域道人所传。开元元年婆罗门僧进此药，明皇服之有效，当时禁方不传。天宝之乱，方书流散，上都僧不空三藏始得此方，传与司徒李勉、尚书路嗣恭、给事齐杭[21]、仆射张建封服之[22]，皆得力。路公久服金石无效，得此药，其益百倍。齐给事守缙云日，少气力，风疹继作，服之遂愈。八、九月采得，竹刀刮去黑皮，切如豆粒，米泔浸两宿，阴干捣筛，熟蜜丸梧子大，每旦空心酒饮任便下二十丸。忌铁器，禁食牛乳及黑牛肉，大减药力。 〔机曰〕五台山有仙茅，患大风者，服之多瘥。 〔时珍曰〕按许真君书云：仙茅久服长生。其味甘能养肉，辛能养节，苦能养气，咸能养骨，滑能养肤，酸能养筋，宜和苦酒服之，必效也。又范成大虞衡志云[23]：广西英州多仙茅[24]，其羊食之，举体悉化为筋，不复有血肉，食之补人，名乳羊。沈括笔谈云：夏文庄公禀赋异于人，但睡则身冷如逝者，既觉须令人温之，良久乃能动。常服仙茅、钟乳、硫黄，莫知纪极。观此则仙茅盖亦性热，补三焦命门之药也，惟阳弱精寒、禀赋素怯者宜之。若体壮相火炽盛者服之，反能动火。按张杲医说云：一人中仙茅毒，舌胀出口，渐大与肩齐。因以小刀剺之[25]，随破随合，剺至百数，始有血一点出，曰可救矣。煮大黄，朴消与服，以药掺之，应时消缩。此皆火盛性淫之人过服之害也。弘治间东海张弼梅岭仙茅诗，有使君昨日才持去，今日人来乞墓铭之句。皆不知服食之理，惟借药纵恣以速其生者，于仙茅何尤？

【附方】新二　**仙茅丸**壮筋骨，益精神，明目，黑髭须，仙茅二斤，糯米泔浸五日，去赤水，夏月浸三日，铜刀刮锉阴干，取一斤；苍术二斤，米泔浸五日，刮皮焙干，取一斤，枸杞子一斤；车前子十二两；白茯苓去皮，茴香炒，柏子仁去壳，各八两；生地黄焙，熟地黄焙，各四两；为末，酒煮糊丸如梧子大。每服五十丸，食前温酒下，日二服。　圣济总录。**定喘下气补心肾。**神秘散：用白仙茅半两，米泔浸三宿，晒炒；团参二钱半；阿胶一两半，炒；鸡膍胵一两，烧；为末。每服二钱，糯米饮空心下，日二。　三因方。

玄参　本经中品。

【释名】黑参纲目**玄台**吴普**重台**本经**鹿肠**吴普**正马**别录**逐马**药性**馥草**开宝**野脂麻**纲目**鬼藏**吴普〔时珍曰〕玄，黑色也。别录一名端，一名咸，多未详。　〔弘景曰〕其茎微似人参，故得参名。　〔志曰〕合香家用之，故俗呼馥草。

【集解】〔别录曰〕玄参生河间川谷及冤句[26]，三月、四月采根暴干。　〔普曰〕生冤句山阳。三月生苗。其叶有毛，四四相值，似芍药。黑茎，茎方，高四五尺。叶亦生枝间。四月实黑。〔弘景曰〕今出近道，处处有之。茎似人参而长大。根甚黑，亦微香，道家时用，亦以合香。〔恭曰〕玄参根苗并臭，茎亦不似人参，未见合香。　〔志曰〕其茎方大，高四五尺，紫赤色而有细毛。叶如掌大而尖长。根生青白，干即紫黑，新者润腻。陶云茎似人参，苏言根苗并臭，似未深识。〔颂曰〕二月生苗。叶似脂麻对生，又如槐柳而尖长有锯齿。细茎青紫色。七月开花青碧色。八月结子黑色。又有白花者，茎方大，紫赤色而有细毛，有节若竹者，高五六尺。其根一根五、七枚，三月、八月采暴干。或云蒸过日干。　〔时珍曰〕今用玄参，正如苏颂所说。其根有腥气，故苏恭以为臭也。宿根多地蚕食之，故其中空。花有紫白二种。

根　**【修治】**〔敩曰〕凡采得后，须用蒲草重重相隔，入甑蒸两伏时，晒干用。勿犯铜器，饵之噎人喉，丧人目。

【气味】苦，微寒，无毒。　〔别录曰〕咸。　〔普曰〕神农、桐君、黄帝、雷公：苦，无毒。岐伯：寒。〔元素曰〕足少阴肾经君药也，治本经须用。　〔之才曰〕恶黄耆、干姜、大枣、山茱萸，反藜芦。

【主治】腹中寒热积聚，女子产乳余疾，补肾气，令人目明。本经**主暴中风伤寒，身热支满，狂邪忽忽不知人，温疟洒洒**[27]**，血瘕，下寒血，除胸中气，下水止烦渴，散颈下核，痈肿，心腹痛，坚症，定五脏。久服补虚明目，强阴益精。**别录**热风头痛，伤寒劳复，治暴结热，散瘤瘘瘰疬。**甄权**治游风，补劳损，心惊烦躁，骨蒸传尸邪气，止健忘，消肿毒。**大明**滋阴降火，解斑毒，利咽喉，通小便血滞。**　时珍

【发明】〔元素曰〕玄参乃枢机之剂，管领诸气上下，清肃而不浊，风药中多用之。故活人书治伤寒阳毒，汗下后毒不散，及心下懊侬，烦不得眠，心神颠倒欲绝者，俱用玄参。以此论之，治胸中氤氲之气，无根之火，当以玄参为圣剂也。　〔时珍曰〕肾水受伤，真阴失守，孤阳无根，发为火病，法宜壮水以制火，故玄参与地黄同功。其消瘰疬亦是散火，刘守真言结核是火病。

【附方】旧二，新七。**诸毒鼠瘘**玄参渍酒，日日饮之。　开宝本草。**年久瘰疬**生玄参捣傅上，日二易之。广利方。**赤脉贯瞳**玄参为末，以米泔煮猪肝，日日蘸食之。　济急仙方。**发斑咽痛**玄参升麻汤：用玄参、升麻、甘草各半两，水三盏，煎一盏半，温服。　南阳活人书[28]。**急喉痹风**不拘大人小儿。玄参、鼠粘子半生半炒各一两，为末，新水服一盏立瘥。　圣惠方。**鼻中生疮**玄参末涂之。或以水浸软塞之。　卫生易简方。**三焦积热**玄参、黄连、大黄各一两，为末，炼蜜丸梧子大。每服三、四十丸，白汤下。小儿丸粟米大。　丹溪方。**小肠疝气**黑参㕮咀炒，为丸。

每服一钱半，空心酒服，出汗即效。　孙天仁集效方。**烧香治痨**经验方：用玄参一斤，甘松六两，为末，炼蜜一斤和匀，入瓶中封闭，地中埋罯十日取出。更用炭末六两，炼蜜六两，同和入瓶，更罯五日取出。烧之，常令闻香，疾自愈。　〔颂曰〕初入瓶中封固，煮一伏时，破瓶取捣入蜜，别以瓶盛，埋地中罯过用。亦可熏衣。

地榆　本经中品　**〔校正〕**并入别录有名未用酸赭。

【释名】玉豉　酸赭〔弘景曰〕其叶似榆而长，初生布地，故名。其花子紫黑色如豉，故又名玉豉。　〔时珍曰〕按外丹方言地榆一名酸赭，其味酸、其色赭故也。今蕲州俚人呼地榆为酸赭，又讹赭为枣，则地榆、酸赭为一物甚明，其主治之功亦同，因并别录有名未用酸赭为一云。

【集解】〔别录曰〕地榆生桐柏及冤句山谷，二月、八月采根暴干。又曰：酸赭生昌阳山，采无时。　〔颂曰〕今处处平原川泽皆有之。宿根三月内生苗，初生布地，独茎直上，高三、四尺，对分出叶。叶似榆叶而稍狭，细长作锯齿状，青色。七月开花如椹子，紫黑色。根外黑里红，似柳根。　〔弘景曰〕其根亦入酿酒。道方烧作灰，能烂石，故煮石方用之。其叶山人乏茗时，采作饮亦好，又可煠茹。

根　**〔气味〕苦，微寒，无毒。**　〔别录曰〕甘、酸。　〔权曰〕苦，平。　〔元素曰〕气微寒，味微苦，气味俱薄，其体沉而降，阴中阳也，专主下焦血。　〔杲曰〕味苦、酸，性微寒，沉也，阴也。　〔之才曰〕得发良，恶麦门冬，伏丹砂、雄黄、硫黄。　**〔主治〕妇人乳产痓痛七伤，带下五漏，止痛止汗，除恶肉，疗金疮。**本经**止脓血，诸瘘恶疮热疮，补绝伤，产后内塞，可作金疮膏，消酒，除渴，明目。**别录**止冷热痢疳痢，极效。**开宝**止吐血鼻衄肠风，月经不止，血崩，产前后诸血疾，并水泻。**大明**治胆气不足。**李杲**汁酿酒治风痹，补脑。捣汁涂虎犬蛇虫伤。**时珍**酸赭：味酸。主内漏，止血不足。**别录　**〔发明〕**〔颂曰〕古者断下多用之。〔炳曰〕同樗皮治赤白痢。　〔宗奭曰〕其性沉寒，入下焦。若热血痢则可用。若虚寒人及水泻白痢，即未可轻使。　〔时珍曰〕地榆除下焦热，治大小便血证。止血取上截切片炒用。其梢则能行血，不可不知。杨士瀛云：诸疮，痛者加地榆，痒者加黄芩。　**〔附方〕**旧八，新七。**男女吐血**地榆三两，米醋一升，煮十余沸，去滓，食前稍热服一合。　圣惠方。**妇人漏下**赤白不止，令人黄瘦。　方同上。**血痢不止**地榆晒研，每服二钱，掺在羊血上，炙熟食之，以捻头煎汤送下。一方：以地榆煮汁作饮，每服三合。　圣济。**赤白下痢**骨立者。地榆一斤，水三升，煮一升半，去滓，再煎如稠饧[29]，绞滤，空腹服三合，日再服。崔元亮海上方[30]。**久病肠风**痛痒不止。地榆五钱，苍术一两，水二钟，煎一钟，空心服，日一服。　活法机要。**下血不止**二十年者。取地榆、鼠尾草各二两。水二升，煮一升，顿服。若不断，以水渍屋尘饮一小杯投之。　肘后方。**结阴下血**腹痛不已。地榆四两，炙甘草三两，每服五钱，水三盏，入缩砂仁七枚，煎一盏半，分二服。　宣明方。**小儿疳痢**地榆煮汁，熬如饴糖，与服便已。　肘后方。**毒蛇螫人**新地榆根捣汁饮，兼以渍疮。　肘后方。**虎犬咬伤**地榆煮汁饮，并为末傅之。亦可为末，白汤服，日三。忌酒。　梅师方。**代指肿痛**地榆煮汁渍之，半日愈。　千金翼。**小儿湿疮**地榆煮浓汁，日洗二次。　千金方。**小儿面疮**焮赤肿痛。地榆八两，水一斗，煎五升，温洗之。　卫生总微方。**煮白石法**七月七日取地榆根，不拘多少阴干，百日烧为灰。复取生者，与灰合捣万下。灰三分，生末一分，合之。若石二、三斗，以水浸过三寸，以药入水搅之，煮至石烂可食乃已。　臞仙神隐书。

叶　**〔主治〕作饮代茶，甚解热。**苏恭

丹参　本经上品

【释名】赤参别录**山参**日华**郄蝉草**本经**木羊乳**吴普**逐马**弘景**奔马草**〔时珍曰〕五参五色配五脏。故人参入脾曰黄参，沙参入肺曰白参，玄参入肾曰黑参，牡蒙入肝曰紫参，丹参入心曰赤

参，其苦参则右肾命门之药也。古人舍紫参而称苦参，未达此义尔。〔炳曰〕丹参治风软脚，可逐奔马，故名奔马草，曾用实有效。

【集解】〔别录曰〕丹参生桐柏山川谷及太山，五月采根暴干。〔弘景曰〕此桐柏在义阳[31]，是淮水发源之山，非江东临海之桐柏也。今近道处处有之。茎方有毛，紫花，时人呼为逐马。〔普曰〕茎叶小房如荏有毛，根赤色，四月开紫花，二月、五月采根阴干。〔颂曰〕今陕西、河东州郡及随州皆有之。二月生苗，高一尺许。茎方有棱，青色。叶相对，如薄荷而有毛。三月至九月开花成穗，红紫色，似苏花。根赤色，大者如指，长尺余，一苗数根。〔恭曰〕冬采者良，夏采者虚恶。〔时珍曰〕处处山中有之。一枝五叶，叶如野苏而尖，青色皱毛。小花成穗如蛾形，中有细子。其根皮丹而肉紫。

根　**【气味】苦，微寒，无毒。**〔普曰〕神农、桐君、黄帝、雷公：苦，无毒。岐伯：咸。〔李当之〕大寒。〔弘景曰〕久服多眼赤，故应性热，今云微寒，恐谬也。〔权曰〕平。〔之才曰〕畏咸水，反藜芦。

【主治】心腹邪气，肠鸣幽幽如走水，寒热积聚，破症除瘕，止烦满，益气。本经**养血，去心腹痼疾结气，腰脊强脚痹，除风邪留热。久服利人。**别录**渍酒饮，疗风痹足软。**弘景**主中恶及百邪鬼魅，腹痛气作，声音鸣吼，能定精。**甄权**养神定志，通利关脉，治冷热劳，骨节疼痛，四肢不遂，头痛赤眼，热温狂闷，破宿血，生新血，安生胎，落死胎，止血崩带下，调妇人经脉不匀，血邪心烦，恶疮疥癣，瘿赘肿毒丹毒，排脓止痛，生肌长肉。**大明**活血，通心包络，治疝痛。**时珍

【发明】〔时珍曰〕丹参色赤味苦，气平而降，阴中之阳也。入手少阴、厥阴之经，心与包络血分药也。按妇人明理论云：四物汤治妇人病，不问产前产后，经水多少，皆可通用。惟一味丹参散，主治与之相同。盖丹参能破宿血，补新血，安生胎，落死胎，止崩中带下，调经脉，其功大类当归、地黄、芎䓖、芍药故也。

【附方】旧三，新四。**丹参散**治妇人经脉不调，或前或后，或多或少，产前胎不安，产后恶血不下，兼治冷热劳，腰脊痛，骨节烦疼。用丹参洗净，切晒为末。每服二钱，温酒调下。　妇人明理方。**落胎下血**丹参十二两，酒五升，煮取三升，温服一升，一日三服。亦可水煮。　千金方。**寒疝腹痛**小腹阴中相引痛，白汗出，欲死。以丹参一两为末。每服二钱，热酒调下。　圣惠方。**小儿身热**汗出拘急，因中风起。丹参半两，鼠屎炒三十枚，为末。每服三钱，浆水下。　圣济总录。**惊痫发热**丹参摩膏：用丹参、雷丸各半两，猪膏二两，同煎七上七下，滤去滓盛之。每以摩儿身上，日三次。　千金方。**妇人乳痈**丹参、白芷、芍药各二两，㕮咀，以醋淹一夜，猪脂半斤，微火煎成膏，去滓傅之。孟诜必效方。**热油火灼**除痛生肌。丹参八两锉，以水微调，取羊脂二斤，煎三上三下，以涂疮上。　肘后方。

紫参　本经中品

【释名】牡蒙本经**童肠**别录**马行**别录**众戎**别录**五鸟花**纲目〔时珍曰〕紫参、王孙，并有牡蒙之名。古方所用牡蒙，多是紫参也。按钱起诗集云[32]：紫参，幽芳也。五葩连萼，状如飞禽羽举。故俗名五鸟花。

【集解】〔别录曰〕紫参生河西及冤句山谷，三月采根，火炙使紫色。〔普曰〕紫参一名牡蒙，生河西或商山[33]。圆聚生根，黄赤有文，皮黑中紫，五月花紫赤，实黑大如豆。〔弘景曰〕今方家皆呼为牡蒙，用之亦少。〔恭曰〕紫参叶似羊蹄，紫花青穗。其根皮紫黑，肉红白，肉浅皮深。所在有之。长安见用者，出蒲州。牡蒙乃王孙也，叶似及己而大，根长尺余，皮肉亦紫色，根苗不相似。〔颂曰〕今河中、晋、解、齐及淮、蜀州郡皆有之。苗长一二尺，茎青而

细。其叶青似槐叶，亦有似羊蹄者。五月开花白色，似葱花，亦有红紫而似水荭者。根淡紫，根皮紫黑色，如地黄状，肉红白色，肉浅而皮深。三月采根，火炙紫色。又云：六月采，晒干用。〔时珍曰〕紫参根干紫黑色，肉带红白，状如小紫草。范子计然云：紫参出三辅，有三色，以青赤色为善。

根 **【气味】苦、辛、寒，无毒。**〔别录曰〕微寒。 〔普曰〕牡蒙，神农、黄帝：苦。〔李当之〕小寒。 〔之才曰〕畏辛夷。

【主治】心腹积聚，寒热邪气，通九窍，利大小便。本经**疗肠胃大热，唾血衄血，肠中聚血，痈肿诸疮，止渴益精。**别录**治心腹坚胀，散瘀血，治妇人血闭不通。**甄权**主狂疟瘟疟，鼽血汗出。**好古**治血痢。**好古**牡蒙：治金疮，破血，生肌肉，止痛，赤白痢，补虚益气，除脚肿，发阴阳。**苏恭

【发明】〔时珍曰〕紫参色紫黑，气味俱厚，阴也，沉也。入足厥阴之经，肝脏血分药也。故治诸血病，及寒热疟痢痈肿积块之属厥阴者。古方治妇人肠覃病乌啄丸[134]，所用牡蒙，即此物也。唐苏恭注王孙，引陈延之小品方牡蒙所主之证，正是紫参。若王孙则止治风湿痹证，不治血病。故今移附于此。

【附方】旧一，新三。**紫参汤**治痢下。紫参半斤，水五升，煎二升，入甘草二两，煎取半升，分三服。张仲景金匮玉函。**吐血不止**紫参、人参、阿胶炒等分，为末，乌梅汤服一钱。一方去人参，加甘草，以糯米汤服。 圣惠方。**面上酒刺**[135]五参丸：用紫参、丹参、人参、苦参、沙参各一两，为末，胡桃仁杵和丸梧子大。每服三十丸，茶下。普济。

王孙 本经中品 〔校正〕并入拾遗旱藕。

【释名】牡蒙弘景**黄孙**别录**黄昏**别录**旱藕**〔普曰〕楚名王孙。齐名长孙，又名海孙。吴名白功草，又名蔓延。 〔时珍曰〕紫参一名牡蒙，木部合欢一名黄昏，皆与此名同物异。

【集解】〔别录曰〕王孙生海西川谷[136]，及汝南城郭垣下[137]。 〔普曰〕蔓延赤文，茎叶相当。〔弘景曰〕今方家皆呼为黄昏，云牡蒙，市人少识者。 〔恭曰〕按陈延之小品方，述本草牡蒙一名王孙。徐之才药对有牡蒙无王孙[138]。此则一物明矣。牡蒙叶似及己而大，根长尺余，皮肉皆紫色。 〔藏器曰〕旱藕生太行山中，状如藕。 〔时珍曰〕王孙叶生颠顶，似紫河车叶。按神农及吴普本草，紫参一名牡蒙。陶弘景亦曰，今方家呼紫参为牡蒙。其王孙并无牡蒙之名，而陶氏于王孙下乃云，又名牡蒙，且无形状。唐苏恭始以紫参、牡蒙为二物，谓紫参叶似羊蹄，王孙叶似及己。但古方所用牡蒙，皆为紫参；后人所用牡蒙，乃王孙非紫参也。不可不辨。唐玄宗时隐民姜抚上言：终南山有旱藕，饵之延年，状类葛粉。帝取作汤饼，赐大臣。右骁骑将军甘守诚曰：旱藕者，牡蒙也，方家久不用，抚易名以神之尔。据此牡蒙乃王孙也。盖紫参止治血证积聚疟痢，而王孙主五脏邪气痹痛疗百病之文，自可推也。苏恭引小品方牡蒙所主之证，乃紫参，非王孙，故今移附紫参之下。

根 **【气味】苦，平，无毒。** 〔普曰〕神农、雷公：苦，无毒。黄帝：甘。〔藏器曰〕旱藕：甘，平，无毒。

【主治】五脏邪气，寒湿痹，四肢疼酸，膝冷痛。本经**疗百病，益气。**别录**旱藕：主长生不饥，黑毛发。**藏器

紫草 本经中品

【释名】紫丹别录**紫芙**音袄**茈莀**广雅。音紫戾。**藐**尔雅。音邈。**地血**吴普**鸦衔草**〔时珍曰〕此草花紫根紫，可以染紫，故名。尔雅作茈草。瑶、侗人呼为鸦衔草[139]。

【集解】〔别录曰〕紫草生砀山山谷及楚地，三月采根阴干。 〔弘景曰〕今出襄阳，多从南

阳新野来，彼人种之，即是今染紫者，方药都不复用。博物志云：平氏阳山紫草特好。魏国者染色殊黑。比年东山亦种之，色小浅于北者。〔恭曰〕所在皆有，人家或种之。苗似兰香，茎赤节青，二月开花紫白色，结实白色，秋月熟。〔时珍曰〕种紫草，三月逐垄下子，九月子熟时刈草，春社前后采根阴干，其根头有白毛如茸。未花时采，则根色鲜明；花过时采，则根色黯恶。采时以石压扁曝干。收时忌人溺及驴马粪并烟气，皆令草黄色。

根 **【修治】**〔敩曰〕凡使，每一斤用蜡三两溶水拌蒸之，待水干，取去头并两畔髭[40]，细锉用。

【气味】苦，寒，无毒。〔权曰〕甘，平。〔元素曰〕苦，温。〔时珍曰〕甘、咸，寒。入手、足厥阴经。

【主治】心腹邪气，五疸，补中益气，利九窍，通水道。本经**疗腹肿胀满痛。以合膏，疗小儿疮，及面皶**[41]。别录**治恶疮瘑癣。**甄权**治斑疹痘毒，活血凉血，利大肠。**时珍

【发明】〔颂曰〕紫草古方稀用。今医家多用治伤寒时疾发疮疹不出者，以此作药，使其发出。韦宙独行方，治豌豆疮，煮紫草汤饮，后人相承用之，其效尤速。〔时珍曰〕紫草味甘咸而气寒，入心包络及肝经血分。其功长于凉血活血，利大小肠。故痘疹欲出未出，血热毒盛，大便闭涩者，宜用之。已出而紫黑便闭者，亦可用。若已出而红活，及白陷大便利者，切宜忌之。故杨士瀛直指方云：紫草治痘，能导大便，使发出亦轻。得木香、白术佐之，尤为有益。又曾世荣活幼心书云：紫草性寒，小儿脾气实者犹可用，脾气虚者反能作泻。古方惟用茸，取其初得阳气，以类触类，所以用发痘疮。今人不达此理，一概用之，非矣。

【附方】旧三，新六。**消解痘毒**紫草一钱，陈皮五分，葱白三寸，新汲水煎服。 直指方。**婴童疹痘**三、四日，隐隐将出未出，色赤便闭者。紫草二两锉，以百沸汤一盏泡，封勿泄气，待温时服半合，则疮虽出亦轻。大便利者勿用。煎服亦可。 经验后方。**痘毒黑疔**紫草三钱，雄黄一钱，为末，以胭脂汁调，银簪挑破，点之极妙。 集简方。**痈疽便闭**紫草、栝楼实等分，新水煎服。 直指方。**小儿白秃**紫草煎汁涂之。 圣惠方。**小便卒淋**紫草一两，为散，每食前用井华水服二钱。 圣惠方。**产后淋沥**方同上。 产宝。**恶虫咬人**紫草煎油涂之。 圣惠方。**火黄身热**午后却凉，身有赤点。如生黑点者，不可治。宜烙手足心、背心、百会、下廉。内服紫草汤：紫草、吴蓝各一两，木香、黄连各半两，粗捣筛，每服五钱匕，水煎服。 三十六黄方。

白头翁 本经下品

【释名】野丈人本经**胡王使者**本经**奈何草**别录〔弘景曰〕处处有之。近根处有白茸，状似白头老翁，故以为名。〔时珍曰〕丈人、胡使、奈何，皆状老翁之意。

【集解】〔别录曰〕白头翁生高山山谷及田野，四月采。〔恭曰〕其叶似芍药而大，抽一茎。茎头一花，紫色，似木槿花。实大者如鸡子，白毛寸余，皆披下，似纛头[42]，正似白头老翁，故名焉。陶言近根有白茸，似不识也。太常所贮蔓生者，乃是女萎。其白头翁根，似续断而扁。〔保昇曰〕所在有之。有细毛，不滑泽，花蕊黄。二月采花，四月采实，八月采根，皆日干。〔颂曰〕处处有之。正月生苗，作丛生，状似白薇而柔细稍长。叶生茎头，如杏叶，上有细白毛而不滑泽。近根有白茸。根紫色，深如蔓菁。其苗有风则静，无风而摇，与赤箭、独活同也。陶注未述茎叶，苏注言叶似芍药，实如鸡子，白毛寸余者，皆误矣。〔宗奭曰〕白头翁生河南洛阳界，其新安山野中屡尝见之，正如苏恭所说。至今本处山中人卖白头翁丸，言服之寿考，又失古人命名之义。陶氏所说，失于不审，宜其排叱也。〔机曰〕寇宗奭以苏恭为是，苏颂以陶说为是。大抵此物用根，命名取象，当准苏颂图经，而恭说恐别是一物也。

根 〔气味〕**苦，温，无毒。**〔别录曰〕有毒。〔吴绶曰〕苦、辛，寒。〔权曰〕

甘、苦，有小毒。豚实为之使。〔大明曰〕得酒良。花、子、茎、叶同。〔**主治**〕**温疟狂阳**[43]**寒热，症瘕积聚瘿气，逐血止痛，疗金疮**。本经**鼻衄**。别录**止毒痢**。弘景**赤痢腹痛，齿痛，百骨节痛，项下瘤疬**。甄权**一切风气，暖腰膝，明目消赘**。大明〔**发明**〕〔颂曰〕俗医合补下药甚验，亦冲人。〔杲曰〕气厚味薄，可升可降，阴中阳也。张仲景治热痢下重，用白头翁汤主之。盖肾欲坚，急食苦以坚之。痢则下焦虚，故以纯苦之剂坚之。男子阴疝偏坠，小儿头秃膻腥，鼻衄无此不效，毒痢有此获功。〔吴绶曰〕热毒下痢紫血鲜血者宜之。〔**附方**〕旧二，新三。**白头翁汤**治热痢下重。用白头翁二两。黄连、黄檗、秦皮各三两，水七升，煮二升，每服一升，不愈更服。妇人产后痢虚极者，加甘草、阿胶各二两。仲景金匮玉函方。**下痢咽痛**春夏病此，宜用白头翁、黄连各一两，木香二两，水五升，煎一升半，分三服。圣惠方。**阴癞偏肿**白头翁根生者，不限多少，捣傅肿处。一宿当作疮，二十日愈。外台秘要。**外痔肿痛**白头翁草，一名野丈人，以根捣涂之，逐血止痛。卫生易简方。**小儿秃疮**白头翁根捣傅，一宿作疮，半月愈。肘后方。

花〔**主治**〕**疟疾寒热，白秃头疮**。时珍

白及　本经下品　〔**校正**〕并入别录白给。

【**释名**】**连及草**本经**甘根**本经**白给**〔时珍曰〕其根白色，连及而生，故曰白及。其味苦，而曰甘根，反言也。吴普作白根，其根有白，亦通。金光明经谓之罔达罗喝悉多。又别录有名未用白给，即白及也，性味功用皆同，系重出，今并为一。

【**集解**】〔别录曰〕白及生北山川谷及冤句及越山。又曰：白给生山谷，叶如藜芦，根白相连，九月采。〔普曰〕

茎叶如生姜、藜芦，十月花，直上，紫赤色，根白连，二月、八月、九月采。〔弘景曰〕近道处处有之。叶似杜若，根形似菱米，节间有毛。方用亦稀，可以作糊。〔保昇曰〕今出申州。叶似初生棕苗叶及藜芦。三四月抽出一苔，开紫花。七月实熟，黄黑色。冬凋。根似菱，有三角，白色，角头生芽。八月采根用。〔颂曰〕今江淮、河、陕、汉、黔诸州皆有之，生石山上。春生苗，长一尺许。叶似栟榈，两指大，青色。夏开紫花。二月七月采根。〔时珍曰〕韩保昇所说形状正是，但一科止抽一茎。开花长寸许，红紫色，中心如舌。其根如菱米，有脐，如凫茈之脐[44]，又如扁扁螺旋纹。性难干。

根　〔**气味**〕**苦，平，无毒**。〔别录曰〕辛，微寒。白给：辛，平，无毒。〔普曰〕神农：苦。黄帝：辛。李当之：大寒。雷公：辛，无毒。〔大明曰〕甘、辛。〔杲曰〕苦、甘，微寒，性涩，阳中之阴也。〔之才曰〕紫石英为之使，恶理石，畏李核、杏仁，反乌头。

【**主治**】**痈肿恶疮败疽，伤阴死肌，胃中邪气，贼风鬼击，痱缓不收**。本经**除白癣疥虫**。别录**结热不消，阴下痿，面上皯疱，令人肌滑**。甄权**止惊邪血邪血痢，痫疾风痹，赤眼症结，温热疟疾，发背瘰疬，肠风痔瘘，扑损，刀箭疮，汤火疮，生肌止痛**。大明**止肺血**。李杲

白给：主伏虫白癣肿痛。别录

【**发明**】〔恭曰〕山野人患手足皲拆者，嚼以涂之有效。为其性粘也。〔颂曰〕今医家治金疮不瘥及痈疽方多用之。〔震亨曰〕凡吐血不止，宜加白及。〔时珍曰〕白及性涩而收，得秋金之令，故能入肺止血，生肌治疮也。按洪迈夷坚志云：台州狱吏悯一大囚。囚感之，因言：吾七次犯死罪，遭讯拷，肺皆损伤，至于呕血。人传一方，只用白及为末，米饮日服，其效如神。后其囚凌迟，刽者剖其胸，见肺间窍穴数十处，皆白及填补，色犹不变也。洪贯之闻其说，赴任洋州，一卒忽苦咯血甚危，用此救之，一日即止也。摘玄云：试血法：吐在水碗内，浮者肺血也，沉者肝血也，半浮半沉者心血也。各随所见，以羊肺、羊肝、羊心煮熟，蘸白及末，日日食之。

【附方】旧一，新八。**鼻衄不止**津调白及末，涂山根上[145]，仍以水服一钱，立止。经验方。**心气疼痛**白及、石榴皮各二钱，为末，炼蜜丸黄豆大。每服三丸，艾醋汤下。　生生编。**重舌鹅口**白及末，乳汁调涂足心。　圣惠方。**妇人阴脱**[146]白及、川乌头等分，为末，绢裹一钱纳阴中，入三寸，腹内热即止，日用一次。　广济方。**疔疮肿毒**白及末半钱，以水澄之，去水，摊于厚纸上贴之。　袖珍方。**打跌骨折**酒调白及末二钱服，其功不减自然铜、古铢钱也。永类方。**刀斧伤损**白及、石膏煅等分，为末。掺之，亦可收口。　济急方。**手足皲裂**白及末水调塞之。勿犯水。济急方。**汤火伤灼**白及末油调傅之。　赵真人方。

三七　纲目

【释名】山漆纲目**金不换**〔时珍曰〕彼人言其叶左三右四，故名三七，盖恐不然。或云本名山漆，谓其能合金疮，如漆粘物也，此说近之。金不换，贵重之称也。

【集解】〔时珍曰〕生广西南丹诸州番峒深山中，采根暴干，黄黑色。团结者，状略似白及；长者如老干地黄，有节。味微甘而苦，颇似人参之味。或云：试法，以末糁猪血中，血化为水者乃真。近传一种草，春生苗，夏高三四尺。叶似菊艾而劲厚，有歧尖。茎有赤棱。夏秋开黄花，蕊如金丝，盘纽可爱，而气不香，花干则吐絮如苦荬絮[147]。根叶味甘，治金疮折伤出血，及上下血病甚效。云是三七，而根大如牛蒡根，与南中来者不类，恐是刘寄奴之属，甚易繁衍。

根　**〔气味〕甘、微苦，温，无毒。**〔主治〕**止血散血定痛，金刃箭伤跌扑杖疮血出不止者，嚼烂涂，或为末掺之，其血即止。亦主吐血衄血，下血血痢，崩中经水不止，产后恶血不下，血运血痛，赤目痈肿，虎咬蛇伤诸病。**时珍　**〔发明〕**〔时珍曰〕此药近时始出，南人军中用为金疮要药，云有奇功。又云：凡杖扑伤损，瘀血淋漓者，随即嚼烂，罨之即止[148]，青肿者即消散。若受杖时，先服一二钱，则血不冲心，杖后尤宜服之，产后服亦良。大抵此药气温、味甘微苦，乃阳明、厥阴血分之药，故能治一切血病，与骐驎竭、紫矿相同。　**〔附方〕**新八。**吐血衄血**山漆一钱，自嚼米汤送下。或以五分，加入八核汤。　濒湖集简方。**赤痢血痢**三七三钱，研末，米泔水调服，即愈。　同上。**大肠下血**三七研末，同淡白酒调一、二钱服，三服可愈。加五分入四物汤，亦可。　同上。**妇人血崩**方同上。**产后血多**山漆研末，米汤服一钱。　同上。**男妇赤眼**十分重者，以山漆根磨汁涂四围甚妙。　同上。**无名痈肿**疼痛不止，山漆磨米醋调涂即散。已破者，研末干涂。**虎咬蛇伤**山漆研末，米饮服三钱，仍嚼涂之。　并同上。

叶　〔主治〕**折伤跌扑出血，傅之即止，青肿经夜即散，余功同根。**时珍

①暴（pù，音曝），晒，同曝。

②汶山，古郡名，辖境相当今四川黑水县附近。

③河东，古道名，约在今山西及河北西北部的长城附近。

④蘦（líng，音玲），草名。

⑤腹皮急缩，腹肌紧张。

⑥坤离，指阴阳

⑦王璆选方，王璆，宋代人。王璆选方，即《王璆百一选方》，该书载方二千多。

⑧外科精要，宋代名医陈自明著外科名著。

⑨金匮玉函妙方，张仲景著《金匮玉函经》。

⑩白水，古县名，今陕西境内。

⑪洮阳，古地名，今甘肃临潭县西南。

⑫宕昌，古郡名，辖境约今甘肃宕昌、舟曲二县。

⑬华原，古县名，今陕西耀县东南。

⑭宁州，古州名，今甘肃宁县、正宁一带。
⑮宪州，古州名，今山西静乐县一带。
⑯沁州，古州名，即今山西沁源县。
⑰槐砧，槐木制的砧极。
⑱许胤宗，隋唐名医。
⑲魏直，明代名医。博爱心鉴，又名《痘科全书博爱心鉴》，魏直著。
⑳总微论，即南宋时几种著作《小儿卫生总微方论》。
㉑席延赏方，已佚方书。
㉒高丽，古国名，今朝鲜境内。
㉓百济，古国名，今朝鲜境内。
㉔潞州，古州名，今山西长治一带。
㉕辽州，古州名，今山西左权、榆社、和顺一带。
㉖泽州，古州名，今山西东部沁水、阳城等地。
㉗箕州，古州名，今山西和顺东。
㉘平州，今河北东北部。
㉙易州，古州名，今河北易县一带。
㉚檀州，古州名，今北京密云县一带。
㉛幽州，今河北涿县一带。
㉜妫州，古州名，今河北张家口一带。
㉝新罗国，古国名，今朝鲜半岛境内。
㉞蚛，通虫。
㉟痎疟，病名，间日疟、老疟、久疟等复发性疟的总称。
㊱心痃，心悸。
㊲海藏，金元名医王好古号海藏老人。
㊳俦，同伴，同类。
㊴豮（fén，音坟），公猪。此指被阉割过的猪。
㊵银州，古州名，今陕西米脂、佳县一带。
㊶丹溪摘玄，亡失医书名。
㊷葛可久，元代名医，著有《十药神书》。
㊸豭（jiā，音加），公猪。
㊹铃铎，悬挂簷角的小铃。
㊺洁古，名医张元素字洁古。
㊻润州，古州名，今江苏镇江一带。
㊼周定王，朱元璋第五子朱橚，他曾组织编写《救荒本草》。
㊽菹，腌菜。
㊾瀹食，用水煮而食。
㊿齑（jī，音机），切碎的腌菜或酱菜。
51虺（huī，音灰），撞击。
52冤句（qú，音渠），古县名，今山东曹县西北。
53恚（huì，音会），愤怒。
54窨（yìn，音印），地下室。
55茅山，山名，在江苏金坛、句容一带。
56神仙芝草经，已佚药学著作。
57黄公绍，元代小学家，辑有《古今韵会》一书。
58张氏瑞应图，书名。
59皯（gǎn，音敢），面部皮肤色黑。
60太山，泰山，太通泰。

⑥舒州，古州名，辖地约当今安徽潜山、怀宁一带。
⑥均州，古州名，辖地今湖北均县附近。
⑥臞仙神隐书，书名。臞仙，朱元璋第六子朱权的号。
⑥姑藏，地名，即今甘肃武威县。已，通以。
⑥蚳蝱（chí méng，音池濛），虫类名。
⑥蚳（chí，音池）。
⑥怀、卫、彰德，古地名。怀、怀州；卫、卫州；彰德，彰德府。均在河南境内。
⑥闭（bì，音闭），通闭。
⑥代郡，古郡名，位于今山西，河北北部交界处。雁门，古郡名，位于今山西北部与内蒙古交界处。
⑦芮芮，草木短小貌。
⑦福禄县，古县名，约当今甘肃酒泉市。
⑦乾宁记，书名。
⑦医学指南，已佚古医书。
⑦原州，古州名，约今宁夏周原至甘肃平京一带。
⑦秦州，古州名，今甘肃、陕西、四川交界处。
⑦渭州，古州名，今甘肃陇西、定西、渭源、漳县一带。
⑦灵州，古州名，今宁夏中卫、中宁以北地区。
⑦昝殷，唐代名医，著有《食医心镜》一书，已佚。
⑦陶九成，明代人，《辍耕录》为陶九成所著读书杂记。
⑧鞑靼（dá dá，音达达），古代民族名。
⑧芋魁，芋头。
⑧陈仓，古县名，今陕西宝鸡市东。
⑧郓州，古州名，今山东郓城、东平县一带。
⑧利州，古州名，今四川广元、旺苍县一带。
⑧鼻齆，病症名，鼻窦炎。
⑧南郑，地名，周代的畿邑，今陕西华县北。
⑧蒋山，即钟山，江苏南京市东北。
⑧白山，即长白山。
⑧幕阜山，在南京市北。
⑨嵇含，晋朝人，著有《南方草木状》一书。
⑨宁国，古府，路名，今安徽宁国、宣城、旌德，太平等地。
⑨昌化，古县名，属杭州府。
⑨运，通晕。
⑨指迷方，宋人王贶著《济生全生指迷方》，又称《是离指迷方》。
⑨髓溢病，病名。
⑨斸（zhú，音竹），斫。
⑨吴球活人心统，吴球，明代人，著有《活人心统》医书。
⑨好食生米，喜好吃生米。
⑨杨氏，宋人杨倓。杨氏家藏经验方，为杨倓汇辑家藏验方，计1111首。
⑩岐伯经，已佚古医经。
⑩巃嵷（lóng sǒng，音龙耸），山势险峻的样子。
⑩眉州，古州名，今四川眉山，彭山、丹棱等地。
⑩室女，未婚女子。
⑩吴绶，明代名臣，著有《伤寒蕴要丛书》，已佚。
⑩不但，不仅。
⑩轻粉，粗制的氧化亚汞结晶。
⑩巴郡，古郡名，今四川东部。下邳，古县名，今江苏睢宁西北。

⑩⑧脚气，病名。
⑩⑨兰陵，古县名，今山东苍山县西南。
⑪⓪泗州，古州名，今江苏泗洪、泗阳、宿迁、涟水等县及安徽泗县一带。
⑪①商州，古州名，今陕南与湖北交界处。
⑪②夷门，河南开封的别称。
⑪③脑风，病症名，脑疼痛不止。
⑪④袖珍方，明朱元璋第五子朱橚所撰医书。
⑪⑤巴西，古郡名，今四川境内。
⑪⑥上郡，古郡名，今陕西北部及内蒙乌审旗一带。
⑪⑦湖湘，湖州，湘州。
⑪⑧武城，古县名，今陕西华县东。
⑪⑨伪唐，后唐（923—936年）。
⑫⓪婆罗门僧，印度和尚。
⑫①给事，官职名。
⑫②仆射，官职名。
⑫③虞衡志，范成大著《桂海虞衡志》的简称。
⑫④英州，古州名，今广东英德东。
⑫⑤剺（lí，音离），划破。
⑫⑥河间，古郡名，今河北境内。
⑫⑦洒洒，寒慄的样子。
⑫⑧活人书，北宋名医朱肱著《南阳活人书》简称。
⑫⑨稠饧，浓稠的麦芽糖。
⑬⓪崔元亮，唐代磁州人，著有《海上集验方》一书。
⑬①义阳，古郡名，今河南信阳等地和湖北应山、大悟一带。
⑬②钱起，唐代诗人。
⑬③商山，山名，位于陕西商县。
⑬④肠覃，病名。
⑬⑤酒刺，粉刺。
⑬⑥海西，古县名，今江苏东海县南。
⑬⑦汝南，古郡名，今河南与安徽交界处。
⑬⑧药时，南朝医药学家徐之才著作名。
⑬⑨瑶，瑶族。侗，侗族。
⑭⓪畔髭，侧面的须毛。
⑭①皻（zhā，音札），粉刺。
⑭②纛（dào，音到）头，古代皇帝乘车上用牦牛尾做的饰物。
⑭③狂猲，惊恐发狂。
⑭④凫茈（fúcí，音扶瓷），荸荠。
⑭⑤山根，鼻根。
⑭⑥阴脱，子宫脱垂。
⑭⑦苦荬，野菜，苦菜。
⑭⑧罨（yǎn，音掩），覆盖。

本草纲目草部目录第十三卷

草之二　山草类下三十九种

本草纲目草部第十三卷

草之二　山草类下三十九种

黄连　本经上品

【释名】王连本经**支连**药性。〔时珍曰〕其根连珠而色黄，故名。

【集解】〔别录曰〕黄连生巫阳川谷及蜀郡太山之阳[①]，二月，八月采根。〔弘景曰〕巫阳在建平[②]。今西间者色浅而虚[③]，不及东阳、新安诸县最胜[④]。临海诸县者不佳。用之当布裹挼去毛，令如连珠。〔保昇曰〕苗似茶，丛生，一茎生三叶，高尺许，凌冬不凋，花黄色。江左者[⑤]，节高若连珠。蜀都者，节下不连珠。今秦地及杭州、柳州者佳。〔颂曰〕今江、湖、荆、夔州郡亦有[⑥]，而以宣城九节坚重相击有声者为胜[⑦]，施、黔者次之[⑧]，东阳、歙州、处州者又次之[⑨]。苗高一尺以来，叶似甘菊，四月开花黄色，六月结实似芹子，色亦黄。江左者根若连珠，其苗经冬不凋，叶如小雉尾草，正月开花作细穗，淡白微黄色。六七月根紧，始堪采。〔恭曰〕蜀道者粗大，味极浓苦，疗渴为最。江东者节如连珠，疗痢大善。澧州者更胜[⑩]。〔时珍曰〕黄连，汉末李当之本草，惟取蜀郡黄肥而坚者为善。唐时以澧州者为胜。今虽吴、蜀皆有，惟以雅州、眉州者为良[11]。药物之兴废不同如此。大抵有二种：一种根粗无毛有珠，如鹰鸡爪形而坚实，色深黄；一种无珠多毛而中虚，黄色稍淡。各有所宜。

根 **【修治】**〔敩曰〕凡使以布拭去肉毛，用浆水浸二伏时[12]，漉出，于柳木火上焙干用。〔时珍曰〕五脏六腑皆有火，平则治，动则病，故有君火相火之说，其实一气而已。黄连入手少阴心经，为治火之主药：治本脏之火，则生用之；治肝胆之实火，则以猪胆汁浸炒；治肝胆之虚火，则以醋浸炒；治上焦之火，则以酒炒；治中焦之火，则以姜汁炒；治下焦之火，则以盐水或朴消研细调水和炒；治气分湿热之火，则以茱萸汤浸炒；治血分块中伏火，则以干漆末调水炒；治食积之火，则以黄土研细调水和炒。诸法不独为之引导，盖辛热能制其苦寒，咸寒能制其燥性，在用者详酌之。

【气味】苦，寒，无毒。〔别录曰〕微寒。〔普曰〕神农、岐伯、黄帝、雷公：苦，无毒。李当之：小寒。〔之才曰〕黄芩、龙骨、理石为之使，恶菊花、玄参、白鲜皮、芫花、白僵蚕，畏款冬、牛膝，胜乌头[13]，解巴豆毒。〔权曰〕忌猪肉，恶冷水。〔敩曰〕服此药至十两，不得食猪肉；若服至三年，一生不得食也。〔时珍曰〕道书言服黄连犯猪肉令人泄泻，而方家有猪肚黄连丸、猪脏黄连丸，岂只忌肉而不忌脏腑乎？

【主治】热气，目痛眦伤泣出，明目，肠澼腹痛下痢[14]**，妇人阴中肿痛。久服令人不忘。**本经**主五脏冷热，久下泄澼脓血，止消渴大惊，除水利骨，调胃厚肠益胆，疗口疮。**别录**治五劳七伤，益气，止心腹痛，惊悸烦躁，润心肺，长肉止血，天行热疾，止盗汗并疮疥。猪肚蒸为丸，治小儿疳气，杀虫。**大明**羸瘦气急。**藏器**治郁热在中，烦躁恶心，兀兀欲吐**[15]**，心下痞满。**元素**主心病逆而盛，心积伏梁**[16]。好古**去心窍恶血，解服药过剂烦闷及巴豆、轻粉毒。**时珍

【发明】〔元素曰〕黄连性寒味苦，气味俱厚，可升可降，阴中阳也，入手少阴经。其用有六：泻心脏火一也，去中焦湿热二也，诸疮必用三也，去风湿四也，赤眼暴发五也，止中部见血六也。张仲景治九种心下痞，五等泻心汤，皆用之。〔成无己曰〕苦入心，寒胜热，黄连、大黄之苦寒，以导心下之虚热。蛔得甘则动，得苦则安，黄连、黄檗之苦，以安蛔也。〔好古曰〕黄连苦燥，苦入心，火就躁。泻心者其实泻脾也，实则泻其子也。〔震亨曰〕黄连去中焦湿热而泻心火，若脾胃气虚，不能转运者，则以茯苓、黄芩代之。以猪胆汁拌炒，佐以龙胆草，则大泻肝胆之火。下痢胃口热禁口者，用黄连、人参煎汤，终日呷之。如吐再强饮，但得一呷下咽便好。〔刘完素曰〕古方以黄连为治痢之最。盖治痢惟宜辛苦寒药，辛能发散开通郁结，苦能燥湿，寒能胜热，使气宣平而已。诸苦寒药多泄，惟黄连、黄檗性冷而燥，能降火去湿而止泻痢，故治痢以之为君。〔宗奭曰〕今人多用黄连治痢，盖执以苦燥之义。下俚但见肠虚渗泄，微似有血，便即用之，又不顾寒热多少，惟欲尽剂，由是多致危困。若气实初病，热多血痢，服之便止，不必尽剂。虚而冷者，慎勿轻用。〔杲曰〕诸痛痒疮疡，皆属心火。凡诸疮宜以黄连、当归为君，甘草、黄芩为佐。凡眼暴发赤肿，痛不可忍者，宜黄连、当归以酒浸煎之。宿食不消，心下痞满者，须用黄连、枳实。〔颂曰〕黄连治目方多，而羊肝丸尤奇异。今医家洗眼，以黄连、当归、芍药等分，用雪水或甜水煎汤热洗之，冷即再温，甚益眼目。但是风毒赤目花翳，用之无不神效。盖眼目之病，皆是血脉凝滞使然，故以行血药合黄连治之。血得热则行，故乘热洗也。〔韩悉曰〕火分之病，黄连为主，不但泻心火而与芩、檗诸苦药例称者比也。目疾入以人乳浸蒸，或点或服之。生用为君，佐以官桂少许，煎百沸，入蜜空心服之，能使心肾交于顷刻。入五苓、滑石，大治梦遗。以黄土、姜汁、酒、蜜四炒为君，以使君子为臣，白芍药酒煮为佐，广木香为使，治小儿五疳。以茱萸炒者，加木香等分，生大黄倍之，水丸，治五痢。此皆得制方之法也。〔时珍曰〕黄连治目及痢为要药。古方治痢：香连丸，用黄连、木香；姜连散，用干姜、黄连；

变通丸，用黄连、茱萸；姜黄散，用黄连、生姜。治消渴，用酒蒸黄连。治伏暑，用酒煮黄连。治下血，用黄连、大蒜。治肝火，用黄连、茱萸。治口疮，用黄连、细辛。皆是一冷一热，一阴一阳，寒因热用，热因寒用，君臣相佐，阴阳相济，最得制方之妙，所以有成功而无偏胜之害也。〔弘景曰〕俗方多用黄连治痢及渴，道方服食长生。〔慎微曰〕刘宋王微黄连赞云：黄连味苦，左右相因。断凉涤暑，阐命轻身。缙云昔御，飞跸上旻。不行而至，吾闻其人。又梁江淹黄连颂云：黄连上草，丹砂之次。御孽辟妖，长灵久视。骖龙行天，驯马匝地。鸿飞以仪，顺道则利。〔时珍曰〕本经、别录并无黄连久服长生之说，惟陶弘景言道方久服长生。神仙传载封君达[17]、黑穴公，并服黄连五十年得仙。窃谓黄连大苦大寒之药，用之降火燥湿，中病即当止。岂可久服，使肃杀之令常行，而伐其生发冲和之气乎？素问载岐伯言：五味入胃，各归所喜攻。久而增气，物化之常也。气增而久，夭之由也。王冰注云：酸入肝为温，苦入心为热，辛入肺为清，咸入肾为寒，甘入脾为至阴而四气兼之，皆增其味而益其气，故各从本脏之气为用。所以久服黄连、苦参反热，从火化也。余味皆然。久则脏气偏胜，即有偏绝[18]，则有暴夭之道。是以绝粒服饵之人不暴亡者[19]，无五味偏助也。又秦观与乔希圣论黄连书云：闻公以眼疾饵黄连，至十数两犹不已，殆不可也。医经有久服黄连、苦参反热之说。此虽大寒，其味至苦，入胃则先归于心，久而不已，心火偏胜则热，乃其理也。况眼疾本于肝热，肝与心为子母。心火也，肝亦火也，肾孤脏也[20]，人患一水不胜二火。岂可久服苦药，使心有所偏胜，是以火救火，其可乎？[21]秦公此书，盖因王公之说而推详之也。我明荆端王素多火病，医令服金花丸，乃芩、连、卮、檗四味，饵至数年，其火愈炽，遂至内障丧明。观此则寒苦之药，不但使人不能长生，久则气增偏胜，速夭之由矣。当以素问之言为法，陶氏道书之说，皆谬谈也。杨士瀛云：黄连能去心窍恶血。

【附方】旧二十二，新五十三。**心经实热**泻心汤：用黄连七钱，水一盏半，煎一盏，食远温服。小儿减之。和剂局方。**卒热心痛**黄连八钱，㕮咀[22]，水煎热服。外台秘要。**肝火为痛**黄连，姜汁炒为末，粥糊丸梧子大。每服三十丸，白汤下。左金丸：用黄连六两，茱萸一两，同炒为末，神曲糊丸梧子大。每服三四十丸，白汤下。丹溪方。**伏暑发热**作渴呕恶，及赤白痢，消渴，肠风酒毒，泄泻诸病，并宜酒煮黄龙丸主之。川黄连一斤切，以好酒二升半，煮干焙研，糊丸梧子大。每服五十丸，熟水下，日三服。和剂局方。**阳毒发狂**奔走不定。宜黄连、寒水石等分，为末。每服三钱，浓煎甘草汤下。易简方[23]。**骨节积热**渐渐黄瘦。黄连四分切，以童子小便五大合浸经宿，微煎三四沸，去滓，分作二服。广利方[24]。**小儿疳热**流注，遍身疮蚀，或潮热，肚胀作渴。猪肚黄连丸：用猪肚一个洗净，宜黄连五两，切碎水和，纳入肚中缝定，放在五升粳米上蒸烂，石臼捣千杵，或入少饭同杵，丸绿豆大。每服二十丸，米饮下。仍服调血清心之药佐之。盖小儿之病，不出于疳，则出于热，常须识此。直指方[25]。**三消骨蒸**黄连末，以冬瓜自然汁浸一夜，晒干又浸，如此七次，为末，以冬瓜汁和丸梧子大。每服三四十丸，大麦汤下。寻常渴，只一服见效。易简方。**消渴尿多**肘后方：用黄连末，蜜丸梧子大。每服三十丸，白汤下。宝鉴：用黄连半斤，酒一升浸，重汤内煮一伏时，取晒为末，水丸梧子大。每服五十丸，温水下。崔氏：治消渴，小便滑数如油。黄连五两，栝楼根五两，为末，生地黄汁丸梧子大。每牛乳下五十丸，日二服。忌冷水、猪肉。总录：用黄连末，入猪肚内蒸烂，捣丸梧子大，饭饮下。**湿热水病**黄连末，蜜丸梧子大。每服二丸至四五丸，饮下，日三四服。范汪方。**破伤风病**黄连五钱，酒二盏，煎七分，入黄蜡三钱，溶化热服之。高文虎蓼花洲闲录[26]。**小便白淫**因心肾气不足，思想无穷所致。黄连、白茯苓等分，为末，酒糊丸梧子大。每服三十丸，煎补骨脂汤下，日三服。普济方。**热毒血痢**宜黄连一两，水二升，煮取半升，露一宿，空腹热服，少卧将息，一二日即止。千金方。**赤痢久下**累治不瘥。黄连一两，鸡子白和为饼，炙紫为末，以浆水三升，慢火煎成膏。每服半合，温米饮下。一方：只以鸡子白和丸服。胜金方[27]。**热毒赤痢**黄连二两切，瓦焙令焦，当归一两焙，为末，入麝香少许。每服二钱，陈米饮下。佛智和尚在闽，以此济人。本事方。**赤白久痢**并无寒热，只日久不止。用黄连四十九个，盐梅七个，入新瓶内，烧烟尽，热研。每服二钱，盐米汤下。杨子建护命方[28]。**赤白暴痢**如鹅鸭肝者，痛不可忍。用黄连、黄芩各一两，水二升，煎一升，分三次热服。经验方[29]。**冷热诸痢**胡洽九盏汤[30]，治下痢，不问冷热赤白，谷滞休息久下，悉主之。黄连长三寸三十枚，重一两半，龙骨如棋子大四枚，重一两，大附子一枚，干姜一两半，胶一两半，细切。以水五合着铜器中，去火三寸煎沸，便取下，坐土上，沸止，又上水五合，如此九上九下。纳诸药入水内，再煎沸，辄取下，沸止又上，九上九下，度可得一升，顿服即止。图经本草。**下痢腹痛**赤白痢下，令人下部疼重，故名重下，日夜数十行，脐腹绞痛。以黄连一升，酒五升，煮取一升半，分再服，当止绞痛也。肘后方。**治痢香连丸**李绛兵部手集[31]：治赤白诸痢，里急后重，腹痛。用宣黄连、青木香等分，捣筛，白蜜丸梧子大。每服二三十丸，空腹饮下，日再服，其效如神。久冷者，以煨蒜捣和丸之。不拘大人婴孺皆效。易简方：黄连茱萸炒过四两，木香面煨一两，粟米饭丸。钱仲阳香连丸[32]：治小儿冷热痢，加煨熟诃子肉。又治小儿泻痢，加煨熟肉豆蔻。又治小儿气虚泻痢腹痛，加白附子尖。刘河间治久痢，加龙骨。朱丹溪治禁口痢，加石莲肉。王氏治痢渴，加乌梅肉，以阿胶化和为丸。**五疳八痢**[33]四治黄连丸：用连珠黄连一斤，分作四分：一分用酒浸炒，一分用自然姜汁炒，一分用吴茱萸汤浸炒，一分用益智仁同炒，去益智，研末。白芍药酒煮切焙四两，使君子仁焙四两，广木香二两，为末，蒸饼和丸绿豆大。每服三十丸，米饮食前下，日三服。忌猪肉冷水。韩氏医通。**伤寒下痢**不能食者。黄连一升，乌梅二十枚去核，炙燥为末，蜡一棋子大，蜜一升、合煎，和丸梧子大。一服二十丸，日三服。又方：黄连二两，熟艾如鸭子大一团，水三升，煮取一升，顿服立止。并肘后方。**气痢后重**里急或下泄。杜壬方[34]：姜连散：用宣连一两，干姜半两，各为末，收。每用连一钱，姜半钱，和匀，空心温酒下，或米饮下，神妙。济生方：秘传香连丸：用黄连四两，木香二两，生姜四两，以姜铺砂锅底，次铺连，上铺香，新汲水三碗，煮焙研，醋调仓米糊为丸，如常，日服五次。**小儿下痢**赤白多时，体弱不堪。以宣连用水浓煎，和蜜，日服五六次。子母秘录。**诸痢脾泄**脏毒下血。雅州黄连半斤，去毛切，装肥猪大肠内，扎定，入砂锅中，以水酒煮烂，取连焙，研末，捣肠和丸梧子大。每服百丸，米汤下，极效。直指。**湿痢肠风**百一选方：变通丸：治赤白下痢，日夜无度，及肠风下血。用川黄连去毛，吴茱萸汤泡过，各二两，同炒香，拣出各为末，以粟米饭和丸梧子大，各收。每服三十丸，赤痢甘草汤下黄连丸，白痢姜汤下茱萸丸，赤白痢各用十五丸，米汤下。此乃浙西河山纯老方，救人甚效。局方戊己丸：治脾胃受湿，下痢腹痛，米谷不化。用二味加白芍药，同炒研，蒸饼和丸服。**积热下血**聚金丸：治肠胃积热，或因酒毒下血，腹痛作渴，脉弦数。黄连四两，分作四分：一分生用，一分切炒，一分炮切，一分水浸晒研末。条黄芩一两，防风一两，为末，面糊丸如梧子大。每服五十丸，米泔浸枳壳水，食前送下。冬月加酒蒸大黄一两。杨氏家藏方[35]。**脏毒下血**黄连为末，独头蒜煨研，和丸梧子大，每空心陈米饮下四十丸。济生方。**酒痔下血**[36]黄连酒浸，煮熟为末，酒糊丸梧子大。每服三四十丸，白汤下。一方：用自然姜汁浸焙炒。医学集成[37]。**鸡冠痔疾**[38]黄连末傅之。加赤小豆末尤良。斗门方[39]。**痔病秘结**用此宽肠。黄连、枳壳等分，为末，糊丸梧子大。每服五十丸，空心米饮下。医方大成。**痢痔脱肛**冷水调黄连末涂之，良。经验良方[40]。**脾积食泄**川黄连二两，为末，大蒜捣和丸梧子大。每服五十丸，白汤下。活人心统。**水泄脾泄**神圣香黄散：宣连一两，生姜四两，同以文火炒至姜脆，各自拣出为末。水泄用姜末，脾泄用连末，每服二钱，空心白汤下。甚者不过二服。

亦治痢疾。博济方[41]。**吐血不止**黄连一两捣散，每服一钱，水七分，入豉二十粒，煎至五分，去滓温服。大人、小儿皆治。简要济众方[42]。**眼目诸病**胜金黄连丸：用宣连不限多少，捶碎，以新汲水一大碗，浸六十日，绵滤取汁，入原碗内，重汤上熬之，不住搅之，候干。即穿地坑子可深一尺，以瓦铺底，将熟艾四两坐在瓦上，以火然之。以药碗覆上，四畔泥封，开孔出烟尽，取刮下，丸小豆大，每甜竹叶汤下十丸。刘禹锡传信方[43]：羊肝丸：治男女肝经不足，风热上攻，头目昏暗羞明，及障翳青盲。用黄连末一两，羊子肝一具，去膜，擂烂和丸梧子大。每食后暖浆水吞十四丸，连作五剂瘥。昔崔承元活一死囚，囚后病死。一旦崔病内障[44]，逾年半夜独坐，闻阶除悉窣之声[45]，问之。答曰：是昔蒙活之囚，今故报恩。遂告以此方而没[46]。崔服之，不数月，眼复明。因传于世。**暴赤眼痛**宣黄连锉，以鸡子清浸，置地下一夜，次早滤过，鸡羽蘸滴目内。又方：苦竹两头留节，一头开小孔，入黄连片在内，油纸封，浸井中一夜。次早服竹节内水，加片脑少许，外洗之。海上方[47]：用黄连、冬青叶煎汤洗之。选奇方[48]：用黄连、干姜、杏仁等分，为末，绵包浸汤，闭目乘热淋洗之。**小儿赤眼**水调黄连末，贴足心，甚妙。全幼心鉴[49]。**烂弦风眼**黄连十文，槐花、轻粉少许，为末，男儿乳汁和之，饭上蒸过，帛裹，熨眼上，三四次即效，屡试有验。仁存方[50]。**目卒痒痛**乳汁浸黄连，频点眦中。抱朴子云：治目中百病。外台秘要。**泪出不止**黄连浸浓汁渍拭之。肘后方。**牙痛恶热**黄连末掺之，立止。李楼奇方[51]。**口舌生疮**肘后：用黄连煎酒，时含呷之。赴筵散：用黄连、干姜等分，为末掺之。**小儿口疳**[52]黄连、卢会等分，为末，每蜜汤服五分。走马疳，入蟾灰等分，青黛减半，麝香少许。简便方。**小儿鼻䘌**[53]鼻下两道赤色，有疳。以米泔洗净，用黄连末傅之，日三、四次。张杰子母秘录。**小儿月蚀**[54]生于耳后。黄连末傅之。同上。**小儿食土**取好黄土煎黄连汁搜之，晒干与食。姚和众童子秘诀[55]。**预解胎毒**小儿初生，以黄连煎汤浴之，不生疮及丹毒。又方：未出声时，以黄连煎汁灌一匙，令终身不出斑；已出声音灌之，斑虽发亦轻。此祖方也。王海藏汤液本草。**腹中儿哭**黄连煎浓汁，母常呷之。熊氏补遗。**因惊胎动**出血。取黄连末酒服方寸匕，日三服。子母秘录。**妊娠子烦**[56]口干不得卧。黄连末，每服一钱，粥饮下。或酒蒸黄连丸，亦妙。妇人良方。**痈疽肿毒**已溃未溃皆可用。黄连、槟榔等分，为末，以鸡子清调搽之。王氏简易方[57]。**中巴豆毒**下利不止。黄连、干姜等分，为末，水服方寸匕。肘后方。

胡黄连 宋开宝

【释名】割孤露泽〔时珍曰〕其性味功用似黄连，故名。割孤露泽，胡语也[58]。

【集解】〔恭曰〕胡黄连出波斯国，生海畔陆地。苗若夏枯草，根头似乌嘴，折之内似鹳鸽眼者良。八月上旬采之。〔颂曰〕今南海及秦陇间亦有之。初生似芦，干则似杨柳枯枝，心黑外黄，不拘时月收采。〔承曰〕折之尘出如烟者，乃为真也。

根【气味】苦，平，无毒。〔恭曰〕大寒。恶菊花、玄参、白鲜皮，解巴豆毒。忌猪肉，令人漏精。

【主治】补肝胆，明目，治骨蒸劳热三消，五心烦热，妇人胎蒸虚惊，冷热泄痢，五痔[59]，厚肠胃，益颜色。浸人乳汁，点目甚良。苏恭**治久痢成疳，小儿惊痫寒热不下食，霍乱下痢，伤寒咳嗽温疟，理腰肾，去阴汗。**开宝**去果子积。**震亨

【附方】旧二，新一十二。**伤寒劳复**身热，大小便赤如血色。用胡黄连一两，山巵子二两，去壳，入蜜半两，拌和，炒令微焦为末，用猪胆汁和丸梧子大。每服十丸，用生姜二片，乌梅一个，童子小便三合，浸半日去滓，食后暖小便令温吞之，卧时再服，甚效。苏颂图经本草。**小儿潮热**往来盗汗。用南番胡黄连[60]、柴胡等分，为末，炼蜜丸芡子大。每服一丸至五丸，安器中，以酒少许化开，更入水五分，重汤煮二三十沸，和滓服。孙兆秘宝方[61]。**小儿疳热**肚胀潮热发

焦，不可用大黄、黄芩伤胃之药，恐生别证。以胡黄连五钱，灵脂一两，为末，雄猪胆汁和丸绿豆大。米饮服，每服一二十丸。全幼心鉴。**肥热疳疾**胡黄连丸：用胡黄连、黄连各半两，朱砂二钱半，为末，入猪胆内扎定，以杖子钓悬于砂锅内，浆水煮一炊久，取出研烂，入卢会、麝香各一分，饭和丸麻子大。每服五七丸至一二十丸，米饮下。钱乙小儿方诀。**五心烦热**胡黄连末，米饮服一钱。易简方。**小儿疳泻**冷热不调。胡黄连半两，绵姜一两炮，为末。每服半钱，甘草节汤下。卫生总微论。**小儿自汗**盗汗，潮热往来。胡黄连、柴胡等分，为末，蜜丸芡子大。每用一二丸，水化开，入酒少许，重汤煮一二十沸，温服。保幼大全。**小儿黄疸**胡黄连、川黄连各一两，为末，用黄瓜一个，去瓤留盖，入药在内合定，面裹煨熟，去面，捣丸绿豆大，每量大小温水下。总微论。**吐血衄血**胡黄连、生地黄等分，为末，猪胆汁丸梧子大，卧时茅花汤下五十丸。普济方。**血痢不止**胡黄连、乌梅肉、灶下土等分，为末，腊茶清下。普济方。**热痢腹痛**胡黄连末，饭丸梧子大，每米汤下三十丸。鲜于枢钩玄。[62]**婴儿赤目**茶调胡黄连末，涂手足心，即愈。济急仙方[63]。**痈疽疮肿**已溃未溃皆可用之。胡黄连、穿山甲烧存性，等分为末，以茶或鸡子清调涂。简易方。**痔疮疼肿**不可忍者。胡黄连末，鹅胆汁调搽之。孙氏集效方。**血余怪病**方见木部茯苓下。

黄芩 本经中品

【释名】腐肠本经**空肠**别录**内虚**别录**妒妇**吴普**经芩**别录**黄文**别录**印头**吴普**苦督邮**记事[64]**内实者名子芩**弘景**条芩**纲目**豘尾芩**唐本**鼠尾芩**〔弘景曰〕圆者名子芩，破者名宿芩，其腹中皆烂，故名腐肠。〔时珍曰〕芩说文作莶[65]，谓其色黄也。或云芩者黔也，黔乃黄黑之色也。宿芩乃旧根，多中空，外黄内黑，即今所谓片芩，故又有腐肠、妒妇诸名。妒妇心黯，故以比之。子芩乃新根，多内实，即今所谓条芩。或云西芩多中空而色黔，北芩多内实而深黄。

【集解】〔别录曰〕黄芩生秭归川谷及冤句，三月三日采根阴干。〔弘景曰〕秭归属建平郡[66]。今第一出彭城[67]，郁州亦有之[68]。惟深色坚实者好。俗方多用，道家不须。〔恭曰〕今出宜州、鄜州、泾州者佳。兖州大实亦好，名豘尾芩。〔颂曰〕今川蜀、河东、陕西近郡皆有之。苗长尺余，茎干粗如箸，叶从地四面作丛生，类紫草，高一尺许，亦有独茎者，叶细长青色，两两相对，六月开紫花，根如知母粗细，长四五寸，二月、八月采根暴干。吴普本草云：二月生赤黄叶，两两四四相值[69]。其茎空中，或方圆，高三四尺。四月花紫红赤。五月实黑根黄。二月至九月采。与今所说有小异也。

根〔气味〕苦，平，无毒。〔别录曰〕大寒。〔普曰〕神农、桐君、雷公：苦，无毒。李当之：小温。〔杲曰〕可升可降，阴也。〔好古曰〕气寒，味微苦而甘，阴中微阳，入手太阴血分。〔元素曰〕气凉，味苦、甘，气厚味薄，浮而升，阳中阴也，入手少阳、阳明经。酒炒则上行。〔之才曰〕山茱萸、龙骨为之使，恶葱实，畏丹砂、牡丹、藜芦。得厚朴、黄连，止腹痛。得五味子、牡蒙、牡蛎，令人有子。得黄芪、白敛、赤小豆，疗鼠瘘。〔时珍曰〕得酒，上行。得猪胆汁，除肝胆火。得柴胡，退寒热。得芍药，治下痢。得桑白皮，泻肺火。得白术，安胎。**〔主治〕诸热黄疸，肠澼泄痢，逐水，下血闭，恶疮疽蚀火疡。**本经**疗痰热胃中热，小腹绞痛，消谷，利小肠，女子血闭淋露下血，小儿腹痛。**别录**治热毒骨蒸，寒热往来，肠胃不利，破拥气[70]，治五淋，令人宣畅，去关节烦闷，解热渴。**甄权**下气，主天行热疾[71]，丁疮排脓，治乳痈发背。**大明**凉心，治肺中湿热，泻肺火上逆，疗上热，目中肿赤，瘀血壅盛，上部积血，补膀胱寒水，安胎，养阴退阳。**元素**治风热湿热头疼，奔豚热痛，火咳肺痿喉腥，诸失血。**时珍**〔发明〕**〔杲曰〕黄芩之中枯而飘者，泻肺火，利气，消痰，除风热，清肌表之热；细实而坚者，泻大肠火，养阴退阳，补膀胱寒水，滋其化源。高下之分与枳实、枳壳同例。〔元素曰〕黄芩之用有九：泻肺热，一也；上焦皮肤风热风湿，二也；去诸热，三也；利胸中气，四也；消痰膈，五也；除脾经诸湿，六也；夏月须用，七也；妇人产后养阴退阳，八也；安胎，九也。酒炒上行，主上部积血，非此不能除。下痢脓血，腹痛后重，身热久不能止者，与芍药、甘草同用之。凡诸疮痛不可忍者，宜芩、连苦寒之药，详上下分身梢及引经药用之。〔震亨曰〕黄芩降痰，假其降火也。凡去上焦湿热，须以酒洗过用。片芩泻肺火，须用桑白皮佐之。若肺虚者，多用则伤肺，必先以天门冬保定肺气而后用之。黄芩、白术乃安胎圣药，俗以黄芩为寒而不敢用，盖不知胎孕宜清热凉血，血不妄行，乃能养胎。黄芩乃上中二焦药，能降火下行，白术能补脾也。〔罗天益曰〕肺主气，热伤气，故身体麻木。又五臭入肺为腥，故黄芩之苦寒，能泻火补气而利肺，治喉中腥臭。〔颂曰〕张仲景治伤寒心下痞满泻心汤，凡四方皆用黄芩，以其主诸热、利小肠故也。又太阳病下之利不止，喘而汗出者，有葛根黄芩黄连汤，及主妊娠安胎散，亦多用之。〔时珍曰〕洁古张氏言黄芩泻肺火，治脾湿；东垣李氏言片芩治肺火，条芩治大肠火；丹溪朱氏言黄芩治上中二焦火；而张仲景治少阳证小柴胡汤，太阳少阳合病下利黄芩汤，少阳证下后心下满而不痛泻心汤，并用之；成无已言黄芩苦而入心，泄痞热。是黄芩能入手少阴阳明、手足太阴少阳六经矣。盖黄芩气寒味苦，色黄带绿，苦入心，寒胜热，泻心火，治脾之湿热，一则金不受刑，一则胃火不流入肺，即所以救肺也。肺虚不宜者，苦寒伤脾胃，损其母也。少阳之证，寒热胸胁痞满，默默郴欲饮食，心烦呕，或渴或否，或小便不利。虽曰病在半表半里，而胸胁痞满，实兼心肺上焦之邪。心烦喜呕，默默不欲饮食，又兼脾胃中焦之证。故用黄芩以治手足少阳相火，黄芩亦少阳本经药也。成无已注伤寒论，但云柴胡、黄芩之苦，以发传邪之热，芍药、黄芩之苦，以坚敛肠胃之气，殊昧其治火之妙[72]。杨士瀛直指方云：柴胡退热，不及黄芩。盖亦不知柴胡之退热，乃苦以发之，散火之标也；黄芩之退热，乃寒能胜热，折火之本也。仲景又云：少阳证腹中痛者，去黄芩，加芍药。心下悸，小便不利者，去黄芩，加茯苓。似与别录治少腹绞痛、利小肠之文不合。成氏言黄芩寒中，苦能坚肾，故去之，盖亦不然。至此当以意逆之，辨以脉证可也。若因饮寒受寒，腹中痛，及饮水心下悸，小便不利，而脉不数者，是里无热证，则黄芩不可用也。若热厥腹痛，肺热而小便不利者，黄芩其可不用乎？故善观书者，先求之理，毋徒泥其文。昔有人素多酒欲，病少腹绞痛不可忍，小便如淋，诸药不效。偶用黄芩、木通、甘草三味煎服，遂止。王海藏言有人因虚服附子药多，病小便秘，服芩、连药而愈。此皆热厥之痛也，学者其可拘乎？予年二十时，因感冒咳嗽既久，且犯戒，遂病骨蒸发热，肤如火燎，每日吐痰碗许，暑月烦渴，寝食几废，六脉浮洪。遍服柴胡、麦门冬、荆沥诸药，月余益剧，皆以为必死矣。先君偶思李东垣治肺热如火燎[73]，烦躁引饮而昼盛者，气分热也。宜一味黄芩汤，以泻肺经气分之火。遂按方用片芩一两，水二钟，煎一钟[74]，顿服。次日身热尽退，而痰嗽皆愈。药中肯綮[75]，如鼓应桴，医中之妙，有如此哉。〔**附方**〕旧三，新一十四。三黄丸孙思邈千金方云：巴郡太守奏：加减三黄丸：疗男子五痨七伤，消渴不生肌肉，妇人带下，手足寒热，泻五脏火。春三月，黄芩四两，大黄三两，黄连四两。夏三月，黄芩六两，大黄一两，黄连七两。秋三月，黄芩六两，大黄二两，黄连三两。冬三月，黄芩三两，大黄五两，黄连二两。三物随时合捣下筛，蜜丸乌豆大。米饮每服五丸，日三。不知，增至九丸。服一月病愈，久服走及奔马，人用有验。禁食猪肉。图经本草。**三补丸**治上焦积热，泻五脏火。黄芩、黄连、黄檗等分，为末，蒸饼丸梧子大，每白汤下二三十丸。丹溪纂要。**肺中有火**清金丸：用片芩炒为末，水丸梧子大。每服二三十丸，白汤下。同上。**肤热如燎**方见发明下。**小儿惊啼**黄芩、人参等分，为末。每服一字，水饮下。普济方。**肝热生翳**不拘大人小儿。黄芩一两，淡豉三两，为末。每服三钱，以熟猪肝裹吃，温汤送下，日二服。忌酒面。卫生家宝方。**少阳头痛**亦治太阳头痛，不拘偏正。小清空膏：用片黄芩酒浸透，晒干为末。每服一钱，茶酒任下。东垣兰室秘藏。**眉眶作痛**风热有痰。黄芩酒浸、白芷等分，为末。每服二钱，茶下。洁古家珍。**吐血衄血**或发或止，积热所致。黄芩一两，去中心黑朽者，为末。每服三钱，水一盏，煎六分，和滓温服。圣惠方。**吐衄下血**黄芩三两，水三升，煎一升半，每温服一盏。亦治妇人漏下血。庞安时总病论。**血淋热痛**黄芩一两，水煎热服。千金方。**经水不断**芩心丸：治妇人四十九岁已后，天癸当住，每月却行，或过多不止。用条芩心二两，米醋浸七日，炙干又浸，如此七次，为末，醋糊丸梧子大。每服七十丸，空心温酒下，日二次。瑞竹堂方[76]。**崩中下血**黄芩为细末，每服一钱，霹雳酒下，以秤锤烧赤，淬酒中也。许学士云：崩中多用止血及补血药。此方乃治阳乘于阴，所谓天暑地热，经水沸溢者也。本事方。**安胎清热**条芩、白术等分，炒为末，米饮和丸梧子大。每服五十丸，白汤下。或加神曲。凡妊娠调理，以四物去地黄，加白术、黄芩为末，常服甚良。丹溪纂要。**产后血渴**饮水不止。黄芩、麦门冬等分，水煎温服，无时。杨氏家藏方。**灸疮血出**一人灸火至五壮，血出不止如尿，手冷欲绝。以酒炒黄芩二钱为末，酒服即止。李楼怪证奇方。**老小火丹**[77]黄芩末，水调涂之。梅师方[78]。

子〔主治〕肠澼脓血。别录

秦艽音交。　本经中品

【释名】秦糺[79]**唐本秦爪**萧炳。〔恭曰〕秦艽俗作秦胶，本名秦糺，与纠同。〔时珍曰〕秦艽出秦中，以根作罗纹交纠者佳，故名秦艽、秦糺。

【集解】〔别录曰〕秦艽生飞鸟山谷，二月八月采根暴干。〔弘景曰〕今出甘松、龙洞、蚕陵[80]，以根作罗纹相交长大黄白色者为佳。中多衔土，用宜破去。〔恭曰〕今出泾州、鄜州、岐州者良[81]。〔颂曰〕今河陕州郡多有之。其根土黄色而相交纠，长一尺以来，粗细不等。枝干高五六寸。叶婆娑，连茎梗俱青色，如莴苣叶。六月中开花紫色，似葛花，当月结子。每于春秋采根阴干。

根　【修治】〔敩曰〕秦艽须于脚文处认取：左文列为秦，治疾；右文列为艽，即发脚气。凡用秦，以布拭去黄白毛，乃用还元汤浸一宿，日干用。〔时珍曰〕秦艽但以左文者为良，分秦与艽为二名，谬矣。

【气味】苦，平，无毒。〔别录曰〕辛，微温。〔大明曰〕苦，冷。〔元素曰〕气微温，味苦、辛，阴中微阳，可升可降，入手阳明经。〔之才曰〕菖蒲为之使，畏牛乳。

【主治】寒热邪气，寒湿风痹，肢节痛，下水利小便。本经**疗风无问久新，通身挛急。**别录**传尸骨蒸**[82]**，治疳及时气。**大明**牛乳点服，利大小便，疗酒黄**[83]**、黄疸，解酒毒，去头风。**甄权**除阳明风湿，及手足不遂，口噤牙痛口疮，肠风泻血，养血荣筋。**元素**泄热益胆气。**好古**治胃热虚劳发热。**时珍

【发明】〔时珍曰〕秦艽，手足阳明经药也，兼人肝胆，故手足不遂，黄疸烦渴之病须之，取其去阳明之湿热也。阳明有湿，则身体酸疼烦热；有热，则日晡潮热骨蒸。所以圣惠方治急劳烦热，身体酸疼，用秦艽、柴胡各一两，甘草五钱，为末，每服三钱，白汤调下。治小儿骨蒸潮热，减食瘦弱，用秦艽、炙甘草各一两，每用一二钱，水煎服之。钱乙加薄荷叶五钱。

【附方】旧六，新七。**五种黄疸**[84]崔元亮海上方云：凡黄有数种：伤酒发黄，误食鼠粪亦作黄，因劳发黄，多痰涕，目有赤脉，益憔悴，或面赤恶心者是也。用秦艽一大两，锉作两帖。每帖用酒半升，浸绞取汁，空腹服，或利便止。就中饮酒人易治，屡用得力。贞元广利方：治黄病内外皆黄，小便赤，心烦口干者。以秦艽三两，牛乳一大升，煮取七合，分温再服。此方出于许仁则[85]。又孙真人方：加芒消六钱。**暴泻引饮**秦艽二两，甘草炙半两。每服三钱，水煎服。圣惠方。**伤寒烦渴**心神躁热。用秦艽一两，牛乳一大盏，煎六分，分作二服。太平圣惠方。**急劳烦热**

方见发明下。**小儿骨蒸**同上。**小便艰难**或转胞[86]，腹满闷，不急疗，杀人。用秦艽一两，水一盏，煎七分，分作二服。又方：加冬葵子等分，为末，酒服一匕。圣惠方。**胎动不安**秦艽、甘草炙、鹿角胶炒，各半两，为末。每服三钱，水一大盏，糯米五十粒，煎服。又方：秦艽、阿胶炒、艾叶等分，如上煎服。圣惠方。**发背初起**[87]疑似者。便以秦艽、牛乳煎服，得快利三五行，即愈。崔元亮海上集验方。**疮口不合**一切皆治。秦艽为末掺之。直指方。

茈胡 本经上品

【**释名**】**地熏**本经**芸蒿**别录**山菜**吴普**茹草**吴普〔恭曰〕此是古柴字。上林赋云茈姜[88]，及尔雅云茈草[89]，并作此茈字。此草根紫色，今太常用茈胡是也。又以木代系，相承呼为柴胡。且检诸本草无名此者。〔时珍曰〕茈字有柴、紫二音：茈姜、茈草之茈皆音紫，茈胡之茈音柴。茈胡生山中，嫩则可茹，老则采而为柴，故苗有芸蒿、山菜、茹草之名，而根名柴胡也。苏恭之说殊欠明。古本张仲景伤寒论，尚作茈字也。

【**集解**】〔别录曰〕茈胡叶名芸高，辛香可食，生弘农川谷及冤句[90]，二月、八月采根暴干。〔弘景曰〕今出近道，状如前胡而强。博物志云：芸蒿叶似邪蒿，春秋有白蒻[91]，长四五寸，香美可食，长安及河内并有之[92]。〔恭曰〕伤寒大小柴胡汤，为痰气之要。若以芸蒿根为之，大谬矣。〔颂曰〕今关陕、江湖间近道皆有之[93]，以银州者为胜。二月生苗甚香。茎青紫坚硬，微有细线。叶似竹叶而稍紧小，亦有似斜蒿者，亦有似麦门冬叶而短者。七月开黄花。根淡赤色，似前胡而强。生丹州者结青子[94]，与他处者不类。其根似芦头，有赤毛如鼠尾，独窠长者好[95]。〔敩曰〕茈胡出在平州平县，即今银州银县也。西畔生处，多有白鹤、绿鹤于此飞翔，是茈胡香直上云间，若有过往闻者，皆气爽也。〔承曰〕柴胡以银、夏者最良[96]，根如鼠尾，长一二尺，香味甚佳。今图经所载，俗不识其真，市人以同、华者代之。然亦胜于他处者，盖银、夏地方多沙，同、华亦沙苑所出也[97]。〔机曰〕解散用北柴胡，虚热用海阳软柴胡为良[98]。〔时珍曰〕银州即今延安府神木县，五原城是其废迹。所产柴胡长尺余而微白且软，不易得也。北地所产者，亦如前胡而软，今人谓之北柴胡是也，入药亦良。南土所产者，不似前胡，正如蒿根，强硬不堪使用。其苗有如韭叶者，竹叶者，以竹叶者为胜。其如邪蒿者最下也。按夏小正月令云：[99]仲春芸始生。仓颉解诂云[100]：芸，蒿也。似邪蒿，可食。亦柴胡之类，入药不甚良，故苏恭以为非柴胡云。近时有一种，根似桔梗、沙参，白色而大，市人以伪充银柴胡，殊无气味，不可不辨。

根〔**修治**〕〔敩曰〕凡采得银州柴胡，去须及头，用银刀削去赤薄皮少许，以粗布拭净，锉用。勿令犯火，立便无效也。〔**气味**〕**苦，平，无毒**。〔别录曰〕微寒。〔普曰〕神农、岐伯、雷公：苦，无毒。〔大明曰〕甘。〔元素曰〕气味俱轻，阳也，升也，少阳经药，引胃气上升。苦寒以发散表热。〔杲曰〕升也，阴中之阳，手足少阳厥阴四经引经药也。在脏主血，在经主气。欲上升，则用根，以酒浸；欲中及下降，则用梢。〔之才曰〕半夏为之使，恶皂荚，畏女菀、藜芦。〔时珍曰〕行手足少阳，以黄芩为佐；行手足厥阴，以黄连为佐。〔**主治**〕**心腹，去肠胃中结气，饮食积聚，寒热邪气，推陈致新。久服轻身明目益精**。本经**除伤寒心下烦热，诸痰热结实，胸中邪逆，五脏间游气，大肠停积水胀，及湿痹拘挛，亦可作浴汤**。别录**治热劳骨节烦疼，热气肩背疼痛，劳乏羸瘦，下气消食，宣畅气血，主时疾内外热不解，单煮服之良**。甄权**补五劳七伤**[101]，**除烦止惊，益气力，消痰止嗽，润心肺，添精髓，健忘**。大明**除虚劳，散肌热，去早晨潮热，寒热往来，胆瘅**[102]，**妇人产前产后诸热，心下痞，胸胁痛**。元素**治阳气下陷，平肝胆三焦包络相火，及头痛眩运，目昏赤痛障翳，耳聋鸣，诸疟，及肥气寒热，妇人热入血室，经水不调，小儿痘疹余热，五疳羸热**。时珍〔**发明**〕〔之才曰〕茈胡得茯苓、桔梗、大黄、石膏、麻子仁、甘草、桂，以水一斗，煮取四升，入消石三方寸匕，疗伤寒寒热头痛，心下烦满。〔颂曰〕张仲景治伤寒，有大小柴胡，及柴胡加龙骨、柴胡加芒消等汤，故后人治寒热，此为最要之药。〔杲曰〕能引清气而行阳道，伤寒外，诸有热则加之，无热则不加也。又能引胃气上行，升腾而行春令者，宜加之。又凡诸疟以柴胡为君，随所发时所在经分，佐以引经之药。十二经疮疽中，须用柴胡以散诸经血结气聚，功与连翘同也。〔好古曰〕柴胡能去脏腑内外俱乏，既能引清气上行而顺阳道，又入足少阳。在经主气，在脏主血。证前行则恶热，却退则恶寒。惟气之微寒，叶之薄者，故能行经。若佐以三棱，广茂、巴豆之类，则能消坚积，是主血也。妇人经水适来适断，伤寒杂病，易老俱用小柴胡汤，加以四物之类，并秦艽、牡丹皮辈，为调经之剂。又言妇人产后血热必用之药也。〔宗奭曰〕柴胡本经并无一字治劳，今人治劳方中鲜有不用者。呜呼！凡此误世甚多。尝原病劳，有一种其脏虚损，复受邪热，因虚而致劳，故曰劳者牢也，当须斟酌用之，如经验方中治劳热青蒿煎之用柴胡，正合宜尔，服之无不效，热去即须急止。若或无热，得此愈甚，虽至死，人亦不怨，目击甚多。日华子又谓补五劳七伤，药性论亦谓治劳乏羸瘦。若此等病，苟无实热，医者执而用之，不死何待？注释本草，一字亦不可忽。盖万世之后，所误无穷，可不谨哉？如张仲景治寒热往来如疟状，用柴胡汤，正合其宜也。〔时珍曰〕劳有五劳，病在五脏。若劳在肝、胆、心，及包络有热，或少阳经寒热者，则柴胡乃手足厥阴少阳必用之药。劳在脾胃有热，或阳气下陷，则柴胡乃引清气、退热必用之药。惟劳在肺、肾者，不用可尔。然东垣李氏言诸有热者宜加之，无热则不加。又言诸经之疟，皆以柴胡为君。十二经疮疽，须用柴胡以散结聚。则是肺疟、肾疟，十二经之疮，有热者皆可用之矣。但要用者精思病原，加减佐使可也。寇氏不分脏腑经络有热无热，乃谓柴胡不治劳乏，一槩摈斥[103]，殊非通论。如和剂局方治上下诸血，龙脑鸡苏丸，用银柴胡浸汗熬膏之法，则世人知此意者鲜矣。按庞元英谈薮云[104]：张知阁久病疟，热时如火，年余骨立。医用茸[105]、附诸药[106]，热益甚。召医官孙琳诊之。琳投小柴胡汤一帖，热减十之九，三服脱然[107]。琳曰：此名劳疟，热从髓出，加以刚剂，气血愈亏，安得不瘦？盖热有在皮肤、在脏腑、在骨髓，非柴胡不可。若得银柴胡，只须一服；南方者力减，故三服乃效也。观此则得用药之妙的矣。寇氏之说，可尽凭乎？[108]〔**附方**〕旧一，新五。**伤寒余热**伤寒之后，邪入经络，体瘦肌热，推陈致新，解利伤寒时气伏暑[109]，仓卒并治，不论长幼。柴胡四两，甘草一两，每用三钱，水一盏煎服。许学士本事方。**小儿骨热**十五岁以下，遍身如火，日渐黄瘦，盗汗咳嗽烦渴。柴胡四两，丹砂三两，为末，豮猪胆汁拌和，饭上蒸熟，丸绿豆大。每服一丸，桃仁、乌梅汤下，日三服。圣济总录。**虚劳发热**柴胡、人参等分，每服三钱，姜、枣同水煎服。澹寮方[110]。**湿热黄疸**柴胡一两，甘草二钱半，作一剂，以水一碗，白茅根一握，煎至七分，任意时时服，一日尽。孙尚药秘宝方[111]。**眼目昏暗**柴胡六铢，决明子十八铢，治筛，人乳汁和傅目上，久久夜见五色。千金方。**积热下痢**柴胡、黄芩等分，半酒半水煎七分，浸冷，空心服之，济急方。

苗〔**主治**〕**卒聋，捣汁频滴之**。千金

前胡 别录中品

【释名】〔时珍曰〕按孙愐唐韵作湔胡[112]，名义未解。

【集解】〔别录曰〕前胡二月、八月采根暴干。〔弘景曰〕近道皆有，生下湿地，出吴兴者为胜。根似柴胡而柔软，为疗殆欲同，而本经上品有茈胡而无此，晚来医乃用之。〔大明曰〕越[113]、衢[114]、婺[115]、睦[116]等处者皆好，七八月采之，外黑里白。〔颂曰〕今陕西、梁汉、江淮、荆襄州郡及相州、孟州皆有之。春生苗，青白色，似斜蒿。初出时有白茅，长三四寸，味甚香美，又似芸蒿。七月内开白花，与葱花相类。八月结实。根青紫色。今鄜延将来者[117]，大与柴胡相似。但柴胡赤色而脆，前胡黄而柔软，为不同尔。一说：今诸方所用前胡皆不同。汴京北地者，色黄白，枯脆绝无气味。江东乃有三四种：一种类当归，皮斑黑，肌黄而脂润，气味浓烈。一种色理黄

白，似人参而细短，香味都微。一种如草乌头，肤赤而坚，有两三歧为一本[18]，食之亦戟人咽喉[19]，中破以姜汁渍捣服之，甚下膈解痰实。然皆非真前胡也。今最上者出吴中。又寿春生者[20]，皆类柴胡而大，气芳烈，味亦浓苦，疗痰下气，最胜诸道者。〔敩曰〕凡使勿用野蒿根，绿真似前胡，只是味粗酸。若误用之，令人反胃不受食。若是前胡，味甘微苦也。〔时珍曰〕前胡有数种，惟以苗高一二尺，色似斜蒿，叶如野菊而细瘦，嫩时可食，秋月开黪白花，类蛇床子花，其根皮黑肉白，有香气为真。大抵北地者为胜，故方书称北前胡云。

根 **【修治】**〔敩曰〕修事先用刀刮去苍黑皮并髭土了，细锉，以甜竹沥浸令润，日中晒干用。

【气味】苦，微寒，无毒。〔权曰〕甘、辛，平。〔之才曰〕半夏为之使，恶皂荚，畏藜芦。

【主治】痰满，胸胁中痞，心腹结气，风头痛，去痰实，下气，治伤寒寒热，推陈致新，明目益精。别录**能去热实，及时气内外俱热，单煮服之。**甄权**治一切气，破症结，开胃下食，通五脏，主霍乱转筋[21]，骨节烦闷，反胃呕逆，气喘咳嗽，安胎，小儿一切疳气。**大明**清肺热，化痰热，散风邪。**时珍

【发明】〔时珍曰〕前胡味甘、辛，气微平，阳中之阴，降也。乃手足太阴阳明之药，与柴胡纯阳上升入少阳厥阴者不同也。其功长于下气，故能治痰热喘嗽痞膈呕逆诸疾，气下则火降，痰亦降矣。所以有推陈致新之绩，为痰气要药。陶弘景言其与柴胡同功，非矣。治证虽同，而所入所主则异。

【附方】旧一**小儿夜啼**前胡捣筛，蜜丸小豆大。日服一丸，熟水下，至五六丸，以瘥为度。普济方。

防风 本经上品

【释名】铜芸本经**茴芸**吴普**茴草**别录**屏风**别录**茼根**[22]别录**百枝**别录**百蜚**吴普。〔时珍曰〕防者，御也。其功疗风最要，故名。屏风者，防风隐语也。曰芸、曰茴、曰茼者，其花如茴香，其气如芸蒿、茼兰也。

【集解】〔别录曰〕防风生沙苑川泽及邯郸、琅琊、上蔡，二月、十月采根暴干。〔普曰〕正月生叶细圆，青黑黄白。五月黄花。六月结实黑色。〔弘景曰〕郡县无名沙苑。今第一出彭城兰陵，即近琅琊者。郁州百市亦有之。次出襄阳、义阳县界，亦可用。惟以实而脂润，头节坚如蚯蚓头者为好。〔恭曰〕今出齐州龙山最善，淄州、兖州、青州者亦佳。叶似牡蒿、附子苗等。沙苑在同州南，亦出防风，轻虚不如东道者，陶云无沙苑误矣。〔颂曰〕今汴东、淮浙州郡皆有之。茎叶俱青绿色，茎深而叶淡，似青蒿而短小。春初时嫩紫红色，江东宋亳人采作菜茹，极爽口。五月开细白花，中心攒聚作大房，似莳萝花。实似胡荽子而大。根土黄色，与蜀葵根相类，二月、十月采之。关中生者，三月、六月采之，然轻虚不及齐州者良。又有石防风，出河中府，根如蒿根而黄，叶青花白，五月开花，六月采根暴干，亦疗头风眩痛。〔时珍曰〕江淮所产多是石防风，生于山石之间。二月采嫩苗作菜，辛甘而香，呼为珊瑚菜。其根粗丑，其子亦可种。吴绶云[23]：凡使以黄色而润者为佳，白者多沙条，不堪。

【气味】甘，温，无毒。〔别录曰〕辛，无毒。叉头者令人发狂，叉尾者发人痼疾。〔普曰〕神农、黄帝、岐伯、桐君、雷公、扁鹊：甘，无毒。〔李当之〕小寒。〔元素曰〕味辛而甘，气温，气味俱薄，浮而升，阳也。手足太阳经之本药。〔好古曰〕又行足阳明、太阴二经，为肝经气分药。〔杲曰〕防风能制黄芪，黄芪得防风其功愈大，乃相畏而相使者也。〔之才曰〕得葱白能行周身，得泽泻、藁本疗风，得当归、芍药、阳起石、禹余粮疗妇人子脏风[24]。畏萆薢，杀附子毒，恶藜芦、白敛、干姜、芫花。

【主治】大风[25]**，头眩痛恶风，风邪目盲无所见，风行周身，骨节疼痹，烦满。久服轻身。**本经**胁痛胁风，头面去来，四肢挛急，字乳金疮内痉**[26]。别录**治三十六般风，男子一切劳劣，补中益神，风赤眼，止冷泪及瘫痪，通利五脏关脉，五劳七伤，羸损盗汗，心烦体重，能安神定志，匀气脉。**大明**治上焦风邪，泻肺实，散头目中滞气，经络中留湿，主上部见血。**元素**搜肝气。**好古

叶〔主治〕中风热汗出。别录。〔颂曰〕江东一种防风，茹其嫩苗，云动风，与此文相反，岂别是一物耶?

花〔主治〕四肢拘急，行履不得，经脉虚羸，骨节间痛，心腹痛。甄权

子〔主治〕疗风更优，调食之。苏恭

【发明】〔元素曰〕防风，治风通用，身半已上风邪用身，身半已下风邪用梢，治风去湿之仙药也，风能胜湿故尔。能泻肺实，误服泻人上焦元气。〔杲曰〕防风治一身尽痛，乃卒伍卑贱之职[27]，随所引而至，乃风药中润剂也。若补脾胃，非此引用不能行。凡脊痛项强，不可回顾，腰似折，项似拔者，乃手足太阳证，正当用防风。凡疮在胸膈已上，虽无手足太阳证，亦当用之，为能散结，去上部风。病人身体拘倦者，风也，诸疮见此证亦须用之。钱仲阳泻黄散中倍用防风者，乃于土中泻木也。

【附方】旧二，新十一。**自汗不止**防风去芦为末，每服二钱，浮麦煎汤服。朱氏集验方：防风用麸炒，猪皮煎汤下。**睡中盗汗**防风二两，芎䓖一两，人参半两，为末。每服三钱，临卧饮下。易简方。**消风顺气**老人大肠秘涩。防风、枳壳麸炒一两，甘草半两，为末，每食前白汤服二钱。简便方。**偏正头风**防风、白芷等分，为末，炼蜜丸弹子大。每嚼一丸，茶清下。普济方。**破伤中风**牙关紧急。天南星、防风等分，为末。每服二三匙，童子小便五升，煎至四升，分二服，即止也。经验后方。**小儿解颅**防风、白及、柏子仁等分，为末。以乳汁调涂，一日一换。养生主论。**妇人崩中**独圣散：用防风去芦头[28]，炙赤为末。每服一钱，以面糊酒调下，更以面糊酒投之，此药累经效验。一方：加炒黑蒲黄等分。经验后方。**解乌头毒**附子、天雄毒。并用防风煎汁饮之。千金方。**解芫花毒**同上。**解野菌毒**同上。**解诸药毒**已死，只要心间温暖者，乃是热物犯之。只用防风一味，擂冷水灌之。万氏积善堂[29]。

独活　本经上品

【释名】羌活本经**羌青**本经**独摇草**别录**护羌使者**本经**胡王使者**吴普**长生草**〔弘景曰〕一茎直上，不为风摇，故曰独活。〔别录曰〕此草得风不摇，无风自动，故名独摇草。〔大明曰〕独活，是羌活母也。〔时珍曰〕独活以羌中来者为良，故有羌活、胡王使者诸名，乃一物二种也。正如川芎、抚芎、白术、苍术之义，入用微有不同，后人以为二物者非矣。

【集解】〔别录曰〕独活生雍州川谷，或陇西南安，二月、八月采根暴干。〔弘景曰〕此州郡县并是羌地。羌活形细而多节软润，气息极猛烈。出益州北都西川者为独活，色微白，形虚大，为用亦相似而小不如。至易蛀，宜密器藏之。〔颂曰〕独活、羌活今出蜀汉者佳。春生苗叶如青麻。六月开花作丛，或黄或紫。结实时叶黄者，是夹石上所生；叶青者，是土脉中所生。本经云二物同一类。今人以紫色而节密者为羌活，黄色而作块者为独活。而陶隐居言独活色微白，形虚大，用与羌活相似。今蜀中乃有大独活，类桔梗而大，气味亦不与羌活相类，用之微寒而少效。今又有独活，亦自蜀中来，类羌活，微黄而极大，收时寸解干之，气味亦芳烈，小类羌活，又有槐叶气者，今京下多用之，极效验，意此为真者。而市人或择羌活之大者为独活，殊未为当。大抵此物有两种：西蜀者，黄色，香如蜜；陇西者，紫色，秦陇人呼为山前独活。古方但用独活，今方既用独活而又用羌活，兹为谬矣。〔机曰〕本经独活一名羌活，本非二物。后人见其形色气

味不同，故为异论。然物多不齐，一种之中自有不同。仲景治少阴所用独活，必紧实者；东垣治太阳所用羌活，必轻虚者。正如黄芩取枯飘者名片芩治太阴，条实者名子芩治阳明之义同也。况古方但用独活无羌活，今方俱用，不知病宜两用耶？抑未之考耶？〔时珍曰〕独活、羌活乃一类二种，以他地者为独活，西羌者为羌活，苏颂所说颇明。按王贶全生指迷方云[130]：羌活须用紫色有蚕头鞭节者。独活是极大羌活有臼如鬼眼者，寻常皆以老宿前胡为独活者，非矣。近时江淮山中出一种土当归，长近尺许，白肉黑皮，气亦芬香，如白芷气，人亦谓之水白芷，用充独活，解散亦或用之，不可不辨。

根 **【修治】**〔敩曰〕采得细锉，以淫羊藿拌，裛二日[131]，暴干去藿，用，免烦人心。〔时珍曰〕此乃服食家治法，寻常去皮或焙用尔。

【气味】苦、甘，平，无毒。〔别录曰〕微温。〔权曰〕苦、辛。〔元素曰〕独活微温，甘、苦、辛，气味俱薄，浮而升，阳也，足少阴行经气分之药。羌活性温，辛苦，气味俱薄，浮而升，阳也，手足太阳行经风药，并入足厥阴少阴经气分。〔之才曰〕豚实为之使。〔弘景曰〕药无豚实，恐是蠡实也。

【主治】风寒所击，金疮止痛，奔豚痫痓，女子疝瘕。[132]**久服轻身耐老。**本经**疗诸贼风，百节痛风，无问久新。**别录独活：**治诸中风湿冷，奔喘逆气，皮肤苦痒，手足挛痛劳损，风毒齿痛。**羌活：**治贼风失音不语，多痒，手足不遂，口面㖞斜，遍身㾐**[133]、**血癞**[134]。甄权羌、独活：**治一切风并气，筋骨挛拳，骨节酸疼，头旋目赤疼痛，五劳七伤，利五脏及伏梁水气。**大明**治风寒湿痹，酸痛不仁，诸风掉眩，颈项难伸。**李杲**去肾间风邪，搜肝风，泻肝气，治项强、腰脊痛。**好古**散痈疽败血。**元素

【发明】〔恭曰〕疗风宜用独活，兼水宜用羌活。〔刘完素曰〕独活不摇风而治风，浮萍不沉水而利水，因其所胜而为制也。〔张元素曰〕风能胜湿，故羌活能治水湿。独活与细辛同用，治少阴头痛。头运目眩，非此不能除。羌活与川芎同用，治太阳、少阴头痛，透关利节，治督脉为病，脊强而厥。〔好古曰〕羌活乃足太阳、厥阴、少阴药，与独活不分二种。后人因羌活气雄，独活气细。故雄者治足太阳风湿相搏，头痛、肢节痛、一身尽痛者，非此不能除，乃却乱反正之主君药也。细者治足少阴伏风，头痛、两足湿痹、不能动止者，非此不能治，而不治太阳之证。〔时珍曰〕羌活、独活皆能遂风胜湿，透关利节，但气有刚劣不同尔。素问云：从下上者，引而去之。二味苦辛而温，味之薄者，阴中之阳，故能引气上升，通达周身，而散风胜湿。按文系曰[135]：唐刘师贞之兄病风。梦神人曰：但取胡王使者浸酒服便愈。师贞访问皆不晓。复梦其母曰：胡王使者，即羌活也。求而用之，兄疾遂愈。〔嘉谟曰〕[136]羌活本手足太阳表里引经之药，又入足少阴、厥阴。名列君部之中，非比柔懦之主。小无不入，大无不通。故能散肌表八风之邪，利周身百节之痛。

【附方】旧八，新七。**中风口噤**通身冷，不知人。独活四两，好酒一升，煎半升服。千金方。**中风不语**独活一两，酒二升，煎一升，大豆五合[137]，炒有声，以药酒热投，盖之良久，温服三合，未瘥再服。陈延之小品方[138]。**热风瘫痪**常举发者。羌活二斤，构子一升，为末。每酒服方寸匕，日三服。广济方[139]。**产后中风**语涩，四肢拘急。羌活三两，为末。每服五钱，酒、水各一盏，煎减半服。小品方。**产后风虚**独活、白鲜皮各三两，水三升，煮二升，分三服。耐酒者，入酒同煮。小品方。**产后腹痛**羌活二两，煎酒服。必效方[140]。**产肠脱出**方同上。子母秘录。**妊娠浮肿**羌活、萝卜子同炒香，只取羌活为末。每服二钱，温酒调下，一日一服，二日二服，三日三服。乃嘉兴主簿张昌明所传。许学士本事方。**风水浮肿**方同上。**历节风痛**独活、羌活、松节等分，用酒煮过，每日空心饮一杯。外台秘要。**风牙肿痛**肘后方：用独活煮酒热漱之。文潞公药准[141]：用独

活、地黄各三两，为末。每服三钱，水一盏煎，和滓温服，卧时再服。**喉闭口噤**羌活三两，牛蒡子二两，水煎一钟，入白矾少许，灌之取效。圣济录。**睛垂至鼻**人睛忽垂至鼻，如黑角色，痛不可忍，或时时大便血出，名曰肝胀。用羌活煎汁，服数盏自愈。夏子益奇疾方。**太阳头痛**羌活、防风、红豆等分，为末，㗜鼻。玉机微义[42]。

土当归 纲目

【集解】(原缺)

根 **【气味】辛，温，无毒。**

【主治】除风和血，煎酒服之。闪拗手足，同荆芥、葱白煎汤淋洗之。时珍。出卫生易简方。[43]

都管草 宋图经

【集解】〔颂曰〕都管草生宜州田野，根似羌活头，岁长一节，苗高一尺许，叶似土当归，有重台[44]，二月、八月采根阴干。施州生者作蔓，又名香球，蔓长丈余，赤色，秋结红实，四时皆有，采其根枝，淋洗风毒疮肿。〔时珍曰〕按范成大桂海志云：广西出之，一茎六叶。

根 **【气味】苦、辛，寒，无毒。**

【主治】风肿痈毒赤疣，以醋摩涂之。亦治咽喉肿痛，切片含之，立愈。苏颂**解蜈蚣、蛇毒。**时珍

升麻 别录上品

【释名】周麻〔时珍曰〕其叶似麻，其性上升，故名。按张揖广雅及吴普本草并云[45]，升麻一名周升麻。则周或指周地，如今人呼川升麻之义。今别录作周麻，非省文，即脱误也。

【集解】〔别录曰〕升麻生益州山谷，二月、八月采根日干。〔弘景曰〕旧出宁州者第一，形细而黑，极坚实。今惟出益州，好者细削，皮青绿色，谓之鸡骨升麻。北部亦有，而形虚大，黄色。建平亦有，而形大味薄，不堪用。人言是落新妇根，不然也。其形相似，气色非也。落新妇亦解毒，取叶挼作小儿浴汤，主惊忤。〔藏器曰〕落新妇今人多呼为小升麻，功用同于升麻，亦大小有殊也。〔志曰〕[46]升麻，今嵩高出者色青[47]，功用不如蜀者。〔颂曰〕今蜀汉、陕西、淮南州郡皆有之，以蜀川者为胜。春生苗，高三尺以来。叶似麻叶，并青色。四月、五月着花，似粟穗，白色。六月以后结实，黑色。根如蒿根，紫黑色，多须。

根 **【修治】**〔敩曰〕采得刮去粗皮，用黄精自然汁浸一宿，暴干，锉蒸再暴用。〔时珍曰〕今人惟取里白外黑而紧实者，谓之鬼脸升麻，去须及头芦，锉用。

【气味】甘、苦，平、微寒，无毒。〔元素曰〕性温，味辛微苦，气味俱薄，浮而升，阳也，为足阳明、太阴引经的药。得葱白、白芷，亦入手阳明、太阴。〔杲曰〕引葱白，散手阳明风邪。引石膏，止阳明齿痛。人参、黄芪，非此引之，不能上行。〔时珍曰〕升麻，同柴胡，引生发之气上行；同葛根，能发阳明之汗。

【主治】解百毒，杀百精老物殃鬼，辟瘟疫瘴气邪气，蛊毒入口皆吐出，中恶腹痛[48]，时气毒疠[49]，头痛寒热，风肿诸毒，喉痛口疮。久服不夭，轻身长年。别录**安魂定魄，鬼附啼泣，疳䘌[50]，游风肿毒。**大明**小儿惊痫，热壅不通，疗痈肿豌豆疮[51]，水煎绵沾拭疮上。**甄权**治阳明头痛，补脾胃，去皮肤风邪，解肌肉间风热，疗肺痿咳唾脓血，能发浮汗[52]。**元素**牙根浮烂恶臭，太阳鼽衄，为疮家圣药。**好古**消斑疹，行瘀血，治阳陷眩运[53]，胸胁虚痛，久泄下痢，后重遗浊，带下崩中，血淋下血，阴痿足寒[54]。**时珍

【发明】〔元素曰〕补脾胃药，非此为引用不能取效。脾痹非此不能除。其用有四：手足阳明引经，一也；升阳气于至阴之下，二也；去至高之上及皮肤风邪，三也；治阳明头痛，四也。

〔杲曰〕升麻发散阳明风邪，升胃中清气，又引甘温之药上升，以补卫气之散而实其表。故元气不足者，用此于阴中升阳，又缓带脉之缩急。有胃虚伤冷，郁遏阳气于脾土者，宜升麻、葛根以升散其火郁。〔好古曰〕升麻葛根汤，乃阳明发散药。若初病太阳证便服之，发动其汗，必传阳明，反成其害也。朱肱活人书言瘀血入里，吐血衄血者，犀角地黄汤，乃阳明经圣药。如无犀角，以升麻代之。二物性味相远，何以代之？盖以升麻能引地黄及余药同入阳明也。〔时珍曰〕升麻引阳明清气上行，柴胡引少阳清气上行。此乃禀赋素弱，元气虚馁，及劳役饥饱生冷内伤，脾胃引经最要药也。升麻葛根汤，乃发散阳明风寒药也。时珍用治阳气郁遏，及元气下陷诸病，时行赤眼，每有殊效，神而明之，方可执泥乎[55]？一人素饮酒，因寒月哭母受冷，遂病寒中，食无姜、蒜，不能一啜[56]。至夏酷暑，又多饮水，兼怀怫郁[57]。因病右腰一点胀痛，牵引右胁，上至胸口，则必欲卧。发则大便里急后重[58]，频欲登圊[59]，小便长而数，或吞酸，或吐水，或作泻，或阳痿，或厥逆，或得酒少止，或得热稍止。但受寒食寒，或劳役，或入房，或怒或饥，即时举发。一止则诸证泯然[60]，如无病人，甚则日发数次。服温脾胜湿滋补消导诸药，皆微止随发。时珍思之，此乃饥饱劳逸，内伤元气，清阳陷遏，不能上升所致也。遂用升麻葛根汤合四君子汤，加柴胡、苍术、黄芪煎服，服后仍饮酒一二杯助之。其药入腹，则觉清气上行，胸膈爽快，手足和暖，头目精明，神采迅发，诸证如扫。每发一服即止，神验无比。若减升麻、葛根，或不饮酒，则效便迟。大抵人年五十以后，其气消者多，长者少；降者多，升者少；秋冬之令多，而春夏之令少。若禀受弱而有前诸证者，并宜此药活法治之。素问云：阴精所奉其人寿，阳精所降其人夭。千古之下，窥其奥而阐其微者，张洁古、李东垣二人而已。外此，则著参同契[61]、悟真篇者，旨与此同也。又升麻能解痘毒，惟初发热时，可用解毒；痘已出后，气弱或泄泻者，亦可少用；其升麻葛根汤，则见斑后必不可用，为其解散也。本草以升麻为解毒、吐蛊毒要药，盖以其为阳明本经药，而性又上升故也。按范石湖文集云[62]：李焘为雷州推官，鞫狱得治蛊方[63]：毒在上用升麻吐之，在腹用郁金下之，或合二物服之，不吐则下。此方活人甚多也。

【附方】旧五，新八。**服食丹砂**石泉公王方庆岭南方云[64]：南方养生治病，无过丹砂。其方用升麻末三两，研炼过，光明砂一两，以蜜丸梧子大，每日食后服三丸。苏颂图经本草。**豌豆斑疮**比岁有病天行发斑疮[65]，头面及身，须臾周匝[66]，状如火烧疮，皆戴白浆，随决随生，不治数日必死，瘥后瘢黯，弥岁方减[67]，此恶毒之气所为。云晋元帝时，此病自西北流起，名虏疮。以蜜煎升麻，时时食之。并以水煮升麻，绵沾拭洗之。葛洪肘后方。**辟瘴明目**七物升麻丸：升麻、犀角、黄芩、朴消、卮子、大黄各二两，豉二升，微熬同捣末，蜜丸梧子大。觉四肢大热，大便难，即服三十丸，取微利为度。若四肢小热，只食后服二十丸。非但辟瘴，甚能明目。王方庆岭南方。**卒肿毒起**升麻磨醋频涂之。肘后。**喉痹作痛**升麻片含咽。或以半两煎服取吐。直指方。**胃热齿痛**升麻煎汤，热漱咽之，解毒。或加生地黄。直指方。**口舌生疮**升麻一两，黄连三分，为末，绵裹含咽。本事方。**热痱瘙痒**升麻煎汤饮，并洗之。千金方。**小儿尿血**蜀升麻五分，水五合，煎一合，服之。一岁儿，一日一服。姚和众至宝方。**产后恶血**不尽，或经月半年。以升麻三两，清酒五升，煮取二升，分半再服。当吐下恶物，极良。千金翼方。**解莨菪毒**升麻煮汁，多服之。外台秘要。**挑生蛊毒**野葛毒[68]。并以升麻多煎频饮之。直指方。**射工溪毒**[69]升麻、乌翣煎水服[70]，以滓涂之。肘后方。

苦参　本经中品

【释名】苦葴[71]本经**苦骨**纲目**地槐**别录**水槐**本经**菟槐**[72]别录**骄槐**别录**野槐**纲目**白茎**别录又名芩茎、禄白、陵郎、虎麻。〔时珍曰〕苦以味名，参以功名，槐以叶形名也。苦葴与菜部苦葴同名异物。

【集解】〔别录曰〕苦参生汝南山谷及田野，三月、八月、十月采根暴干。〔弘景曰〕近道处处有之。叶极似槐叶，花黄色，子作荚[73]，根味至苦恶。〔颂曰〕其根黄色，长五七寸许，两指粗细。三五茎并生，苗高三四尺以来。叶碎青色，极似槐叶，春生冬凋。其花黄白色，七月结实如小豆子。河北生者无花子。五月、六月、八月、十月采根暴干。〔时珍曰〕七八月结角如萝卜子，角内有子二三粒，如小豆而坚。

根 **〔修治〕**〔敩曰〕采根，用糯米浓泔汁浸一宿，其腥秽气并浮在水面上，须重重淘过，即蒸之，从巳至申，取晒切用。**〔气味〕苦，寒，无毒。**〔之才曰〕玄参为之使，恶贝母、菟丝、漏卢，反藜芦。〔时珍曰〕伏汞，制雌黄、焰消。**〔主治〕心腹结气，症瘕积聚，黄疸，溺有余沥，逐水，除痈肿，补中，明目止泪。**本经**养肝胆气，安五脏，平胃气，令人嗜食轻身，定志益精，利九窍，除伏热肠澼，止渴醒酒，小便黄赤，疗恶疮、下部䘌**[74]。别录**渍酒饮，治疥杀虫。**弘景**治恶虫、胫酸。**苏恭**治热毒风，皮肌烦燥生疮，赤癞眉脱**[75]，**除大热嗜睡，治腹中冷痛，中恶腹痛。**甄权**杀疳虫。炒存性，米饮服，治肠风泻血并热痢。**大明**〔发明〕**〔元素曰〕苦参味苦气沉纯阴，足少阴肾经君药也。治本经须用，能逐湿。〔颂曰〕古今方用治风热疮疹最多。〔宗奭曰〕沈存中笔谈[76]，载其苦腰重久坐不能行。有一将佐曰：此乃病齿数年，用苦参揩齿，其气味入齿伤肾所致也。后有太常少卿舒昭亮，亦用苦参揩齿，岁久亦病腰。自后悉不用之，腰疾皆愈。此皆方书不载者。〔震亨曰〕苦参能峻补阴气，或得之而致腰重者，因其气降而不升也，非伤肾之谓也。其治大风有功，况风热细疹乎？〔时珍曰〕子午乃少阴君火对化，故苦参、黄檗之苦寒，皆能补肾，盖取其苦燥湿、寒除热也。热生风，湿生虫，故又能治风杀虫。惟肾水弱而相火胜者，用之相宜。若火衰精冷，真元不足，及年高之人，不可用也。素问云：五味入胃，各归其所喜攻，久而增气，物化之常也。气增而久，夭之由也。王冰注云：入肝为温，入心为热，入肺为清，入肾为寒，入脾为至阴而兼四气，皆为增其味而益其气，各从本脏之气。故久服黄连、苦参而反热者，此其类也。气增不已，则脏气有偏胜，偏胜则脏有偏绝，故有暴夭。是以药不具五味，不备四气，而久服之，虽且获胜，久必暴夭。但人疏忽，不能精候尔。张从正亦云：凡药皆毒也。虽甘草、苦参，不可不谓之毒。久服则五味各归其脏，必有偏胜气增之患。诸药皆然，学者当触类而长之可也。至于饮食亦然。又按史记云：太仓公淳于意医齐大夫病龋齿，灸左手阳明脉，以苦参汤日漱三升，出入五六日，其风愈。此亦取其去风气湿热、杀虫之义。**〔附方〕**旧十，新一十八。**热病狂邪**不避水火，欲杀人。苦参末，蜜丸梧子大。每服十丸，薄荷汤下。亦可为末，二钱，水煎服。千金方。**伤寒结胸**天行病四五日，结胸满痛壮热。苦参一两，以醋三升，煮取一升二合，饮之取吐即愈。天行毒病，非苦参、醋药不解，及温覆取汗良。外台秘要。**谷疸食劳**食毕头旋，心怫郁不安而发黄。由失饥大食，胃气冲熏所致。苦参三两，龙胆一合，为末，牛胆丸梧子大。生大麦苗汁服五丸，日三服。肘后方。**小儿身热**苦参煎汤浴之良。外台秘要。**毒热足肿**作痛欲脱者。苦参煮酒渍之。姚僧坦集验方[77]。**梦遗食减**白色苦参三两，白术五两，牡蛎粉四两，为末。用雄猪肚一具，洗净，砂罐煮烂，石臼捣和药，干则入汁，丸小豆大。每服四十丸，米汤下，日三服。久服身肥食进，而梦遗立止。刘松石保寿堂方。**小腹热痛**青黑或赤色，不能喘者。苦参一两，醋一升半，煎八合，分二服。张杰子母秘录。**中恶心痛**苦参三两，苦酒一升半，煮取八合，分二服。肘后方。**饮食中毒**鱼肉菜等毒。上方煎服，取吐即愈。梅师方。**血痢不止**苦参炒焦为末，水丸梧子大。每服十五丸，米饮下。孙氏仁存堂方。**大肠脱肛**苦参、五倍子、陈壁土等分，煎汤洗之，以木贼末傅之。医方摘要。**妊娠尿难**方见贝母下。**产后露风**四肢苦烦热：头痛者，与小柴胡；头不痛者，用苦参二两，黄芩一两，生地黄四两，水八升，煎二升，分数服。**齿缝出血**苦参一两，枯矾一钱，为末，日三揩之，立验。普济方。**龋齿风痛**方见发明下。

劓疮脓臭有虫也。苦参、枯矾一两，生地黄汁三合，水二盏，煎三合，少少滴之。普济方。**肺热生疮**遍身皆是。用苦参末，粟米饮，丸梧子大。每服五十丸。空心米饮下。御药院方。**遍身风疹**痒痛不可忍，胸颈脐腹及近隐皆然者，亦多涎痰，夜不得睡。用苦参末一两，皂角二两，水一升，揉滤取汁。银石器熬成膏，和末丸梧子大。每服三十丸，食后温水服，次日便愈。寇宗奭衍义。**大风癞疾**[78]〔颂曰〕用苦参五两切，以好酒三斗渍三十日。每饮一合，日三服，常服不绝。若觉痹，即瘥。张子和儒门事亲：用苦参末二两，以猪肚盛之，缝合煮熟，取出去药。先饿一日，次早先饮新水一盏，将猪肚食之，如吐再食。待一二时，以肉汤调无忧散五七钱服，取出大小虫一二万为效。后以不蛀皂角一斤，去皮子，煮汁，入苦参末调糊。下何首乌末二两，防风末一两半，当归末一两，芍药末五钱，人参末三钱，丸梧子大。每服三五十丸，温酒或茶下，日三服。仍用麻黄、苦参、荆芥煎水洗之。圣济总录：苦参丸：治大风癞及热毒风疮疥癣。苦参九月末掘取，去皮暴干，取粉一斤，枳壳麸炒六两，为末，密丸。每温酒下三十丸，日二夜一服。一方：去枳壳。**肾脏风毒**及心肺积热，皮肤生疥癞，瘙痒时出黄水，及大风手足坏烂，一切风疾。苦参三十二两，荆芥穗一十六两，为末，水糊丸梧子大。每服三十丸，茶下。和剂局方。**上下诸瘘**或在项，或在下部。用苦参五升，苦酒一斗，渍三四日服之，以知为度。肘后方。**鼠瘘恶疮**苦参二斤，露蜂房二两，曲二斤，水三斗，渍二宿，去滓，入黍米二升，酿熟，稍饮，日三次。肘后方。**下部漏疮**苦参煎汤，日日洗之。直指方。**瘰疬结核**苦参四两捣末，牛膝汁丸绿豆大。每暖水下二十丸。张文仲备急方。**汤火伤灼**苦参末，油调傅之。卫生宝鉴。**赤白带下**苦参二两，牡蛎粉一两五钱，为末。以雄猪肚一个，水三碗煮烂，捣泥和丸梧子大。每服百丸，温酒下。陆氏积德堂方。

实十月收采。〔**气味**〕同根〔**主治**〕**久服轻身不老，明目。饵如槐子法，有验**。苏恭

白鲜　音仙。本经中品

【释名】白膻弘景**白羊鲜**弘景**地羊鲜**图经**金雀儿椒**日华。〔弘景曰〕俗呼为白羊鲜。气息正似羊膻，故又名白膻。〔时珍曰〕鲜者，羊之气也。此草根白色，作羊膻气，其子累累如椒，故有诸名。

【集解】〔别录曰〕白鲜皮生上谷川谷及冤句[79]，四月、五月采根阴干。〔弘景曰〕近道处处有，以蜀中者为良。〔恭曰〕其叶似茱萸，苗高尺余，根皮白而心实，花紫白色。根宜二月采，若四月、五月采，便虚恶矣。〔颂曰〕今河中[80]、江宁府、滁州、润州皆有之。苗高尺余，茎青，叶稍白，如槐亦似茱萸。四月开花淡紫色，似小蜀葵花。根似小蔓菁，皮黄白而心实。山人采嫩苗为菜茹。

根皮　**【气味】苦，寒，无毒**。〔别录曰〕咸。〔之才曰〕恶螵蛸、桔梗、茯苓、萆薢。

【主治】头风黄疸，咳逆淋沥，女子阴中肿痛，湿痹死肌，不可屈伸起止行步。本经**疗四肢不安，时行腹中大热饮水，欲走大呼，小儿惊痫，妇人产后余痛**。别录**治一切热毒风、恶风，风疮疥癣赤烂，眉发脱脆，皮肌急，壮热恶寒，解热黄、酒黄、急黄、谷黄**[81]**、劳黄**。甄权**通关节，利九窍及血脉，通小肠水气，天行时疾，头痛眼疼。其花同功**。大明**治肺嗽**。苏颂

【发明】〔时珍曰〕白鲜皮气寒善行，味苦性燥，足太阴、阳明经去湿热药也，兼入手太阴、阳明，为诸黄风痹要药。世医止施之疮科，浅矣。

【附方】旧一，新一。**鼠瘘已破**出脓血者。白鲜皮煮汁，服一升，当吐若鼠子也。肘后方。**产后中风**人虚不可服他药者。一物白鲜皮汤，用新汲水三升，煮取一升，温服。陈延之小品方。

延胡索　宋开宝

【释名】玄胡索〔好古曰〕本名玄胡索，避宋真宗讳，改玄为延也。

【集解】〔藏器曰〕延胡索生于奚[82]，从安东道来，根如半夏，色黄。〔时珍曰〕奚乃东北夷也。今二茅山西上龙洞种之[83]。每年寒露后栽，立春后生苗，叶如竹叶样，三月长三寸高，根丛生如芋卵样，立夏掘起。

根　**【气味】辛，温，无毒。**〔珣曰〕[84]苦、甘。〔杲曰〕甘、辛，温，可升可降，阴中阳也。〔好古曰〕苦、辛，温，纯阳，浮也，入手、足太阴经。

【主治】破血，妇人月经不调，腹中结块，崩中淋露，产后诸血病，血运[85]，暴血冲上，因损下血。煮酒或酒磨服。开宝**除风治气，暖腰膝，止暴腰痛，破症癖，扑损瘀血，落胎。**大明**治心气小腹痛，有神。**好古**散气，治肾气，通经络。**李珣**活血利气，止痛，通小便。**时珍

【发明】〔珣曰〕主肾气，及破产后恶露或儿枕[86]。与三棱、鳖甲、大黄为散甚良，虫蛀成末者尤良。〔时珍曰〕玄胡索味苦微辛，气温，入手足太阴厥阴四经，能行血中气滞，气中血滞，故专治一身上下诸痛，用之中的，妙不可言。荆穆王妃胡氏，因食荞麦面着怒，遂病胃脘当心痛，不可忍。医用吐下行气化滞诸药，皆入口即吐，不能奏功。大便三日不通。因思雷公炮炙论云：心痛欲死，速觅延胡。乃以玄胡索末三钱，温酒调下，即纳入，少顷大便行而痛遂止。又华老年五十余，病下痢腹痛垂死，已备棺木。予用此药三钱，米饮服之，痛即减十之五，调理而安。按方勺泊宅编云[87]：一人病遍体作痛，殆不可忍。都下医或云中风，或云中湿，或云脚气，药悉不效。周离亨言：是气血凝滞所致。用玄胡索、当归、桂心等分，为末，温酒服三四钱，随量频进，以止为度，遂痛止。盖玄胡索能活血化气，第一品药也。其后赵待制霆因导引失节[88]，肢体拘挛，亦用此数服而愈。

【附方】旧三，新一十二。**老小咳嗽**玄胡索一两，枯矾二钱半，为末。每服二钱，软饧一块和，含之。仁存堂方。**鼻出衄血**玄胡索末，绵裹塞耳内，左衄塞右，右衄塞左。普济方。**小便尿血**玄胡索一两，朴消七钱半，为末。每服四钱，水煎服。活人书。**小便不通**捻头散：治小儿小便不通。用玄胡索、川苦楝子等分，为末。每服半钱或一钱，白汤滴油数点调下。钱仲阳小儿直诀。**膜外气疼**[89]及气块。玄胡索不限多少，为末，猪胰一具，切作块子，炙熟蘸末，频食之。胜金方。**热厥心痛**或发或止，久不愈，身热足寒者。用玄胡索去皮，金铃子肉等分，为末，每温酒或白汤下二钱。圣惠方。**下痢腹痛**方见发明下。**妇女血气**腹中刺痛，经候不调。用玄胡索去皮醋炒，当归酒浸炒，各一两。橘红二两，为末，酒煮米糊丸梧子大。每服一百丸，空心艾醋汤下。济生方。**产后诸病**凡产后，秽污不尽，腹满，及产后血运，心头硬，或寒热不禁，或心闷、手足烦热、气力欲绝诸病。并用玄胡索炒研，酒服一钱，甚效。圣惠方。**小儿盘肠**气痛。玄胡索、茴香等分，炒研，空心米饮量儿大小与服。卫生易简方。**疝气危急**玄胡索盐炒，全蝎去毒生用，等分为末。每服半钱，空心盐酒下。直指方。**冷气腰痛**玄胡索、当归、桂心三味，方见发明下。**肢体拘痛**方同上。**偏正头痛**不可忍者。玄胡索七枚，青黛二钱，牙皂二个去皮子，为末水和丸如杏仁大。每以水化一丸，灌入病人鼻内，随左右，口咬铜钱一个，当有涎出成盆而愈。永类方。**坠落车马**筋骨痛不止。玄胡索末，豆淋酒服二钱，日二服。圣惠方。

贝母　本经中品

【释名】茵尔雅。音萌。勤母别录**苦菜**别录**苦花**别录**空草**本经**药实**〔弘景曰〕形似聚贝子，故名贝母。〔时珍曰〕诗云言采其茵[90]，即此。一作蝱，谓根状如蝱也。苦菜、药实，与野苦荬、黄药子同名。

【集解】〔别录曰〕贝母生晋地，十月采根暴干。〔恭曰〕其叶似大蒜。四月蒜熟时，采之良。若十月，苗枯根亦不佳也。出润州、荆州、襄州者最佳，江南诸州亦有。〔颂曰〕今河中、江陵府、郢、寿、随、郑、蔡、润、滁州皆有之。二月生苗，茎细，青色。叶亦青，似荞麦叶，随苗

出。七月开花，碧绿色，形如鼓子花。八月采根，根有瓣子，黄白色，如聚贝子。此有数种。陆玑诗疏云[91]：莔，贝母也。叶如栝楼而细小。其子在根下，如芋子，正白，四方连累相着，有分解。今近道出者正类此。郭璞注尔雅言白花叶似韭，此种罕复见之。〔敩曰〕贝母中有独颗团不作两片无皱者，号曰丹龙精，不入药用。误服令人筋脉永不收，惟以黄精、小蓝汁服之，立解。

根　【修治】〔敩曰〕凡使，先于柳木灰中炮黄，擘破，去内口鼻中有米许大者心一颗，后拌糯米于鏊上同炒[92]，待米黄，去米用。

【气味】辛，平，无毒。〔别录曰〕苦，微寒。〔恭曰〕味甘、苦，不辛。〔之才曰〕厚朴、白微为之使，恶桃花，畏秦艽、莽草、礜石[93]，反乌头。

【主治】伤寒烦热，淋沥邪气疝瘕，喉痹乳难，金疮风痉。本经**疗腹中结实，心下满，洗洗恶风寒**[94]**，目眩项直，咳嗽上气，止烦热渴，出汗，安五脏，利骨髓。**别录**服之不饥断谷。**弘景**消痰，润心肺。末和沙糖丸含，止嗽。烧灰油调，傅人畜恶疮，敛疮口。**大明**主胸胁逆气，时疾黄疸。研末点目，去肤翳。以七枚作末酒服，治产难及胞衣不出。与连翘同服，主项下瘤瘿疾。**甄权

【发明】〔承曰〕贝母能散心胸郁结之气，故诗云，言采其莔，是也。作诗者，本以不得志而言。今用治心中气不快、多愁郁者，殊有功，信矣。〔好古曰〕贝母乃肺经气分药也。仲景治寒实结胸外无热证者，三物小陷胸汤主之，白散亦可，以其内有贝母也。成无己云：辛散而苦泄，桔梗、贝母之苦辛，用以下气。〔机曰〕俗以半夏有毒，用贝母代之。夫贝母乃太阴肺经之药，半夏乃太阴脾经、阳明胃经之药，何可以代？若虚劳咳嗽、吐血咯血、肺痿肺痈、妇人乳痈痈疽及诸郁之证，半夏乃禁忌，皆贝母为向导，犹可代也；至于脾胃湿热，涎化为痰，久则生火，痰火上攻，昏愦僵仆蹇涩诸证，生死旦夕，亦岂贝母可代乎？〔颂曰〕贝母治恶疮。唐人记其事云：江左尝有商人，左膊上有疮如人面，亦无他苦。商人戏以酒滴口中，其面赤色。以物食之，亦能食，多则膊内肉胀起。或不食，则一臂痹焉。有名医教其历试诸药，金石草木之类，悉无所苦。至贝母，其疮乃聚眉闭口。商人喜，因以小苇筒毁其口灌之，数日成痂遂愈，然不知何疾也。本经言主金疮，此岂金疮之类欤？

【附方】新二十一。**忧郁不伸**胸膈不宽。贝母去心，姜汁炒研，姜汁面糊丸。每服七十丸，征士锁甲煎汤下。集效方。**化痰降气**止咳解郁，消食除胀，有奇效。用贝母去心一两，姜制厚朴半两，蜜丸梧子大，每白汤下五十丸。笔峰方。**小儿晬嗽**百日内咳嗽痰壅。贝母五钱，甘草半生半炙二钱，为末，沙糖丸芡子大，每米饮化下一丸。全幼心鉴。**孕妇咳嗽**贝母去心，麸炒黄为末，沙糖拌丸芡子大。每含咽一丸，神效。救急易方。**妊娠尿难**饮食如故。用贝母、苦参、当归各四两，为末，蜜丸小豆大，每饮服三丸至十丸。金匮要略。**乳汁不下**二母散：贝母、知母、牡蛎粉等分，为细末，每猪蹄汤调服二钱，此祖传方也。王海藏汤液本草。**冷泪目昏**贝母一枚，胡椒七粒，为末点之。儒门事亲方。**目生弩肉**肘后：用贝母、真丹等分为末，日点。摘玄方：用贝母、丁香等分为末，乳汁调点。**吐血不止**贝母炮研，温浆水服二钱。圣惠方。**衄血不止**贝母炮研末，浆水服二钱，良久再服。普济方。**小儿鹅口**满口白烂。贝母去心为末，半钱，水五分，蜜少许，煎三沸，缴净抹之，日四五度。圣惠方。**吹奶作痛**贝母末吹鼻中，大效。危氏得效方。**乳痈初肿**贝母末，酒服二钱，仍令人吮之，即通。仁斋直指方。**便痈肿痛**贝母、白芷等分为末，酒调服或酒煎服，以滓贴之。永类钤方。**紫白癜斑**贝母、南星等分为末，生姜带汁擦之。德生堂方：用贝母、干姜等分为末，如澡豆，入密室中浴擦，得汗为妙。谈野翁方：以生姜擦动，醋磨贝母涂之。圣惠方：用贝母、百部等分为末，自然姜汁调搽。**蜘蛛咬毒**缚定咬处，勿使毒行。以贝母末酒服半两，至醉。良久酒化为水，自疮口出，水尽，仍塞疮口，甚妙。仁斋直指方。**蛇蝎咬伤**

方同上。

山慈姑 宋嘉祐

【释名】金灯拾遗**鬼灯檠**[195]纲目**朱姑**纲目**鹿蹄草**纲目**无义草**〔时珍曰〕根状如水慈姑，花状如灯笼而朱色，故有诸名。段成式酉阳杂俎云：金灯之花与叶不相见，人恶种之，谓之无义草。又有试剑草，亦名鹿蹄草，与此同名，见后草之五。

【集解】〔藏器曰〕山慈姑生山中湿地，叶似车前，根如慈姑。〔大明曰〕零陵间有一种团慈姑，根如小蒜，所主略同。〔时珍曰〕山慈姑处处有之。冬月生叶，如水仙花之叶而狭。二月中抽一茎，如箭杆，高尺许。茎端开花白色，亦有红色、黄色者，上有黑点，其花乃众花簇成一朵，如丝纽成可爱。三月结子，有三棱。四月初苗枯，即掘取其根，状如慈姑及小蒜，迟则苗腐难寻矣。根苗与老鸦蒜极相类，但老鸦根无毛，慈姑有毛壳包裹为异尔。用之，去毛壳。

根 **〔气味〕甘，微辛，有小毒。〔主治〕痈肿疮瘘瘰疬结核等，醋磨傅之。亦剥人面皮，除皯黷**[196]。藏器**主疔肿，攻毒破皮，解诸毒蛊毒，蛇虫狂犬伤。**时珍**〔附方〕**新五。**粉滓面皯**山慈姑根，夜涂旦洗。普济方。**牙龈肿痛**红灯笼枝根，煎汤漱吐。孙天仁集效方。**痈疽疔肿**恶疮及黄疸。慈姑连根同苍耳草等分，捣烂，以好酒一钟，滤汁温服。或干之为末，每酒服三钱。乾坤生意[197]。**风痰痫疾**金灯花根似蒜者一个，以茶清研如泥，日中时以茶调下，即卧日中，良久，吐出鸡子大物，永不发。如不吐，以热茶投之。奇效良方[198]。**万病解毒丸**一名太乙紫金丹，一名玉枢丹。解诸毒，疗诸疮，利关节，治百病，起死回生，不可尽述。凡居家远出，行兵动众，不可无此。山慈姑去皮洗极净，焙，二两，川五倍子洗刮，焙，二两，千金子仁白者，研，纸压去油，一两，红芽大戟去芦洗[199]，焙，一两半，麝香三钱，以端午七夕重阳或天德月德黄道上吉日，预先斋戒盛服，精心治药，为末，陈设拜祷，乃重罗令匀，用糯米浓饮和之，木臼杵千下，作一钱一锭。病甚者连服，取利一二行，用温粥补之。凡一切饮食药毒，蛊毒瘴气，河豚、土菌、死牛马等毒，并用凉水磨服一锭，或吐或利即愈。痈疽发背，疔肿杨梅等，一切恶疮，风疹赤游，痔疮，并用凉水或酒磨涂，日数次，立消。阴阳二毒伤寒，狂乱瘟疫，喉痹喉风，并用冷水入薄荷汁数匙化下。心气痛并诸气，用淡酒化下。泄泻痢下，霍乱绞肠沙，用薄荷汤下。中风中气，口紧眼歪，五癫五痫[200]，鬼邪鬼胎，筋挛骨痛，并暖酒下。自缢、溺水、鬼迷，心头温者，冷水磨灌之。传尸痨瘵[201]，凉水化服，取下恶物虫积为妙。久近疟疾，将发时，东流水煎桃枝汤化服。女人经闭，红花酒化服。小儿惊风，五疳五痢，薄荷汤下。头风头痛，酒研贴两太阳上。诸腹鼓胀，麦芽汤化下。风虫牙痛，酒磨涂之，亦吞少许。打扑伤损，松节煎酒下。汤火伤，毒蛇恶犬，一切虫伤，并冷水磨涂，仍服之。王璆百一选方。

叶〔主治〕疮肿，入蜜捣涂疮口，候清血出，效。慎微**涂乳痈、便毒尤妙**[202]。时珍**〔附方〕**新一。**中溪毒生疮**朱姑叶捣烂涂之。生东间，叶如蒜叶。外台秘要。

花〔主治〕小便血淋涩痛，同地檗花阴干，每用三钱，水煎服。圣惠

石蒜 宋图经

【释名】乌蒜纲目**老鸦蒜**救荒**蒜头草**纲目**婆婆酸**纲目**一枝箭**纲目**水麻**图经〔时珍曰〕蒜以根状名，箭以茎状名。

【集解】〔颂曰〕水麻生鼎州、黔州，其根名石蒜，九月采之。或云金灯花根，亦名石蒜，即此类也。〔时珍曰〕石蒜处处下湿地有之，古谓之乌蒜，俗谓之老鸦蒜、一枝箭是也。春初生叶，如蒜秧及山慈姑叶，背有剑脊，四散布地。七月苗枯，乃于平地抽出一茎如箭杆，长尺许。茎端开花四五朵，六出红色，如山丹花状而瓣长，黄蕊长须。其根状如蒜，皮色紫赤，肉白色。此有小毒，而救荒本草言其可炸熟水浸过食，盖为救荒尔。一种叶如大韭，四五月抽茎，开花如小萱

花黄白色者，谓之铁色箭，功与此同。二物并抽茎开花，后乃生叶，叶花不相见，与金灯同。

根　**【气味】辛、甘，温，有小毒。**

【主治】傅贴肿毒。苏颂**疔疮恶核**[203]**，可水煎服取汗，及捣傅之。又中溪毒者，酒煎半升服，取吐良。**时珍

【附方】新三。**便毒诸疮**一枝箭，捣烂涂之即消。若毒太甚者，洗净，以生白酒煎服，得微汗即愈。王永辅济世方。**产肠脱下**老鸦蒜即酸头草一把，以水三碗，煎一碗半，去滓熏洗，神效。危氏得效方。**小儿惊风**大叫一声就死者，名老鸦惊。以散麻缠住胁下及手心足心，以灯火爆之。用老鸦蒜晒干、车前子等分，为末，水调贴手足心。仍以灯心焠手足心，及肩膊眉心鼻心，即醒也。王日新小儿方。

水仙　会编

【释名】金盏银台〔时珍曰〕此物宜卑湿处[204]，不可缺水，故名水仙。金盏银台，花之状也。

【集解】〔机曰〕水仙花叶似蒜，其花香甚清。九月初栽于肥壤，则花茂盛，瘦地则无花。五月初收根，以童尿浸一宿，晒干，悬火暖处。若不移宿根更旺。〔时珍曰〕水仙丛生下湿处。其根似蒜及薤而长，外有赤皮裹之。冬月生叶，似薤及蒜。春初抽茎，如葱头。茎头开花数朵，大如簪头，状如酒杯，五尖上承，黄心，宛然盏样，其花莹韵，其香清幽。一种千叶者，花皱，下轻黄而上淡白，不作杯状，人重之，指为真水仙，盖不然，乃一物二种尔。亦有红花者。按段成式酉阳杂俎云：捺祇出拂林国[205]，根大如鸡卵，苗长三四尺，叶似蒜叶，中心抽条，茎端开花，六出红白色，花心黄赤，不结子，冬生夏死。取花压油，涂身去风气。据此形状，与水仙仿佛，岂外国名谓不同耶?

根　〔**气味**〕**苦、微辛，滑，寒，无毒。**〔土宿真君曰〕取汁伏汞，煮雄黄，拒火。〔**主治**〕**痈肿及鱼骨哽。**时珍

花　〔**气味**〕缺。〔**主治**〕**作香泽，涂身理发，去风气。又疗妇人五心发热，同干荷叶、赤芍药等分，为末，白汤每服二钱，热自退也。**时珍。出卫生易简方。

白茅　本经中品

【释名】根名茹根本经**兰根**本经**地筋**别录。〔时珍曰〕茅叶如矛，故谓之茅。其根牵连，故谓之茹[206]。易曰，拔茅连茹，是也。有数种：夏花者为茅，秋花者为菅[207]。二物功用相近，而名谓不同。诗云，白华菅兮，白茅束兮[208]，是也。别录不分茅菅乃二种，谓茅根一名地菅，一名地筋，而有名未用又出地筋，一名菅根。盖二物之根状皆如筋，可通名地筋，不可并名菅也，正之。

【集解】〔别录曰〕茅根生楚地山谷田野，六月采根。〔弘景曰〕此即今白茅菅。诗云，露彼菅茅[209]，是也。其根如渣芹甜美。〔颂曰〕处处有之。春生芽，布地如针，俗谓之茅针，亦可啖，甚益小儿。夏生白花茸茸然，至秋而枯。其根至洁白，六月采之。又有菅，亦茅类也。陆玑草木疏云：菅似茅而滑无毛，根下五寸中有白粉者，柔韧宜为索，沤之尤善。其未沤者名野菅，入药与茅功等。〔时珍曰〕茅有白茅、菅茅、黄茅、香茅、芭茅数种，叶皆相似。白茅短小，三四月开白花成穗，结细实。其根甚长，白软如筋而有节，味甘，俗呼丝茅，可以苫盖，及供祭祀苞苴之用[210]，本经所用茅根是也。其根干之，夜视有光，故腐则变为萤火。菅茅只生山上，似白茅而长，入秋抽茎，开花成穗如荻花，结实尖黑，长分许，粘衣刺人。其根短硬如细竹根，无节而微甘，亦可入药，功不及白茅，尔雅所谓白华野菅是也。黄茅似菅茅，而茎上开叶，茎下有白粉，根头有黄毛，根亦短而细硬无节，秋深开花穗如菅，可为索绹[211]，古名黄菅，别录所用菅根是也。香茅一名菁茅，一名琼茅，生湖南及江淮间，叶有三脊，其气香芬，可以包藉及缩酒[212]，禹贡所谓荆州苞匦菁茅是也[213]。芭茅丛生，叶大如蒲，长六七尺，有二种，即芒也。见后芒下。

茅根〔气味〕**甘，寒，无毒。**〔主治〕**劳伤虚羸，补中益气，除瘀血血闭寒热，利小便。**本经**下五淋**[214]**，除客热在肠胃，止渴坚筋，妇人崩中。久服利人。**别录**主妇人月经不匀，通血脉淋沥。**大明**止吐衄诸血，伤寒哕逆**[215]**，肺热喘急，水肿黄疸，解酒毒。**时珍〔发明〕〔弘景曰〕茅根服食断谷甚良。俗方稀用，惟煎汁疗淋及崩中尔。〔时珍曰〕白茅根甘，能除伏热，利小便，故能止诸血哕逆喘急消渴，治黄疸水肿，乃良物也。世人因微而忽之，惟事苦寒之剂，致伤冲和之气，乌足知此哉？〔附方〕旧二，新一十三。**山中辟谷**凡辟难无人之境，取白茅根洗净，咀嚼，或石上晒焦捣末，水服方寸匕，可辟谷不饥。肘后方。**温病冷啘**[216]因热甚饮水，成暴冷啘者。茅根切，枇杷叶拭去毛炙香，各半斤，水四升，煎二升，去滓，稍热饮之。庞安常伤寒总病论。**温病热哕**乃伏热在胃，令人胸满则气逆，逆则哕；或大下后，胃中虚冷，亦致哕也。茅根切，葛根切，各半斤，水三升，煎一升半。每温饮一盏，哕止即停。同上。**反胃上气**食入即吐。茅根、芦根二两，水四升，煮二升，顿服得下，良。圣济总录。**肺热气喘**生茅根一握，㕮咀，水二盏，煎一盏，食后温服。甚者三服止，名如神汤。圣惠方。**虚后水肿**因饮水多，小便不利。用白茅根一大把，小豆三升，水三升，煮干，去茅食豆，水随小便下也。肘后方。**五种黄病**黄疸、谷疸、酒疸、女疸、劳疸也。黄汗者，乃大汗出入水所致，身体微肿，汗出如黄檗汁。用生茅根一把，细切，以猪肉一斤，合作羹食。肘后。**解中酒毒**恐烂五脏。茅根汁，饮一升。千金方。**小便热淋**白茅根四升，水一斗五升，煮取五升，适冷暖饮之，日三服。肘后方。**小便出血**茅根煎汤，频饮为佳。谈野翁方。**劳伤溺血**茅根、干姜等分，入蜜一匙，水二钟，煎一钟，日一服。**鼻衄不止**茅根为末，米泔水服二钱。圣惠方。**吐血不止**千金翼：用白茅根一握，水煎服之。妇人良方：用根洗捣汁，日饮一合。**竹木入肉**白茅根烧末，猪脂和涂之。风入成肿者，亦良。肘后方。

茅针即初生苗也。拾遗。〔气味〕**甘，平，无毒。**〔大明曰〕凉。〔主治〕**下水。**别录**治消渴，能破血。**甄权**通小肠，治鼻衄及暴下血，水煮服之。恶疮痈肿、软疖未溃者，以酒煮服，一针一孔，二针二孔。生挼**[217]**，傅金疮止血。**藏器

花〔气味〕**甘，温，无毒。**〔主治〕**煎饮，止吐血衄血，并塞鼻。又傅灸疮不合。罯刀箭金疮**[218]**，止血并痛。**大明

屋上败茅〔气味〕**苦，平，无毒。**〔主治〕**卒吐血，锉三升，酒浸煮一升服。和酱汁研，傅斑疮及蚕啮疮**[219]。藏器**屋四角茅，主鼻洪**[220]。大明〔发明〕〔时珍曰〕按陈文中小儿方：治痘疮溃烂，难靥不干。多年墙屋上烂茅，择洗焙干，为末掺之。此盖取其性寒而解毒，又多受雨露霜雪之气，兼能燥湿也。〔附方〕新三。**妇人阴痒**墙头烂茅、荆芥、牙皂等分，煎水频熏洗之。摘玄方。**大便闭塞**服药不通者。沧盐三钱，屋檐烂草节七个，为末。每用一钱，竹筒吹入肛内一寸即通，名提金散。圣济录。**卒中五尸**其状腹痛胀急，不得气息，上冲心胸，旁攻两胁，或磈礧涌起[221]，或牵引腰脊，此乃身中尸鬼接引为害。取屋上四角茅，入铜器中，以三赤布覆腹，着器布上，烧茅令热，随痛追逐，跖下痒即瘥也[222]。肘后方。

地筋 别录有名未用

【释名】菅根别录**土筋**同

【集解】〔别录曰〕地筋生泽中，根有毛，三月生，四月实白，三月三日采根。〔弘景曰〕疑此即是白茅而小异也。〔藏器曰〕地筋如地黄，根叶并相似，而细多毛，生平泽，功用亦同地黄，李邕方中用之[223]。〔时珍曰〕此乃黄菅茅之根也，功与白茅根相同，详见白茅下。陈藏器所说，别是一物，非菅根也。

【气味】甘，平，无毒。

【主治】益气止渴，除热在腹脐，利筋。别录**根、苗、花，功与白茅同。**时珍

芒 拾遗〔校正〕并入拾遗石芒、败芒箔。

【释名】杜荣尔雅**笆芒**寰宇志[24]**笆茅**〔时珍曰〕芒，尔雅作莣。今俗谓之笆茅，可以为篱笆故也。

【集解】〔藏器曰〕尔雅：莣，杜荣。郭璞注云[25]：草似茅，皮可为绳索履屩也[26]。今东人多以为箔[27]。又曰：石芒生高山，如芒而节短，江西呼为折草，六七月生穗如荻。〔时珍曰〕芒有二种，皆丛生，叶皆如茅而大，长四五尺，甚快利，伤人如锋刃。七月抽长茎，开白花成穗，如芦苇花者，芒也；五月抽短茎，开花如芒者，石芒也。并于花将放时剥其箨皮[28]，可为绳箔草履诸物，其茎穗可为扫帚也。

茎 〔气味〕**甘，平，无毒。**〔主治〕**人畜为虎狼等伤，恐毒入内，取茎杂葛根浓煮汁服，亦生取汁服。**藏器**煮汁服，散血。**时珍

败芒箔〔主治〕**产妇血满腹胀痛，血渴[29]，恶露不尽，月闭，止好血，下恶血，去鬼气疰痛症结[30]，酒煮服之。亦烧末，酒下。弥久着烟者佳。**藏器

龙胆 本经上品

【释名】陵游本经。〔志曰〕叶如龙葵，味苦如胆，因以为名。

【集解】〔别录曰〕龙胆生齐朐山谷及冤句[31]，二月、八月、十一月、十二月采根阴干。〔弘景曰〕今出近道，以吴兴者为胜。根状似牛膝，其味甚苦。〔颂曰〕宿根黄白色，下抽根十余条，类牛膝而短。直上生苗，高尺余。四月生叶如嫩蒜，细茎如小竹枝。七月开花，如牵牛花，作铃铎状[32]，青碧色。冬后结子，苗便枯。俗呼草龙胆。又有山龙胆，味苦涩，其叶经霜雪不凋。山人用治四肢疼痛，与此同类而别种也。采无时。

根 **【修治】**〔敩曰〕采得阴干。用时，铜刀切去须、土、头了，锉细，甘草汤浸一宿，漉出，暴干用。

【气味】苦、涩，大寒，无毒。〔敩曰〕空腹饵之，令人溺不禁。〔之才曰〕贯众、小豆为之使，恶地黄、防葵。

【主治】骨间寒热，惊痫邪气，续绝伤，定五脏，杀蛊毒。本经**除胃中伏热，时气温热，热泄下痢，去肠中小虫，益肝胆气，止惊惕。久服益智不忘，轻身耐老。**别录**治小儿壮热骨热，惊痫入心，时疾热黄，痈肿口疮。**甄权**客忤疳气[33]，热病狂语，明目止烦，治疮疥。**大明**去目中黄及睛赤肿胀，瘀肉高起，痛不可忍。**元素**退肝经邪热，除下焦湿热之肿，泻膀胱火。**李杲**疗咽喉痛，风热盗汗。**时珍

【发明】〔元素曰〕龙胆味苦性寒，气味俱厚，沉而降，阴也，足厥阴、少阳经气分药也。其用有四：除下部风湿，一也；及湿热，二也；脐下至足肿痛，三也；寒湿脚气，四也。下行之功与防己同，酒浸则能上行，外行以柴胡为主，龙胆为使；治眼中疾必用之药。〔好古曰〕益肝胆之气而泄火。〔时珍曰〕相火寄在肝胆，有泻无补，故龙胆之益肝胆之气，正以其能泻肝胆之邪热也。但大苦大寒，过服恐伤胃中生发之气，反助火邪，亦久服黄连反从火化之义。别录久服轻身之说，恐不足信。

【附方】旧四，新六。**伤寒发狂**草龙胆为末，入鸡子清、白蜜，化凉水服二钱。伤寒蕴要[34]。**四肢疼痛**山龙胆根细切，用生姜自然汁浸一宿，去其性，焙干捣末，水煎一钱匕，温服之。此与龙胆同类别种，经霜不凋。苏颂图经本草。**谷疸劳疸**谷疸因食而得，劳疸因劳而得。用龙胆一两，苦参三两，为末，牛胆汁和丸梧子大。先食以麦饮服五丸，日三服，不知稍增。劳疸加龙胆一两，卮子仁三七枚，以猪胆和丸。删繁方[35]。**一切盗汗**妇人、小儿一切盗汗，又治伤寒后盗汗不止。龙胆草研末，每服一钱，猪胆汁三两点，入温酒少许调服。杨氏家藏方。**小儿盗汗**身热。

龙胆草、防风各等分，为末。每服一钱，米饮调下。亦可丸服，及水煎服。婴童百问[236]。**咽喉热痛龙胆擂水服之。集简方。暑行目涩**生龙胆捣汁一合，黄连二寸切烂浸汁一匙，和点之。危氏得效方。**眼中漏脓**龙胆草、当归等分，为末。每服二钱，温水下。鸿飞集[237]。**蛔虫攻心**刺痛，吐清水。龙胆一两，去头锉，水二盏，煮一盏，隔宿勿食，平旦顿服之。圣惠方。**卒然下血**不止。龙胆一虎口，水五升，煮取二升半，分为五服。姚僧坦集验方。

细辛 本经上品

【释名】小辛本经**少辛**〔颂曰〕华州真细辛，根细而味极辛，故名之曰细辛。〔时珍曰〕小辛、少辛，皆此义也。按山海经云，浮戏之山多少辛[238]，管子云，五沃之土[239]，群药生少辛，是矣。

【集解】〔别录曰〕细辛生华阴山谷，二月、八月采根阴干。〔弘景曰〕今用东阳临海者，形段乃好，而辛烈不及华阴、高丽者。用之去其头节。〔当之曰〕细辛如葵赤黑，一根一叶相连。〔颂曰〕今处处有之，皆不及华阴者为真，其根细而极辛。今人多以杜衡为之。杜衡根似饭帚密闹，细长四五寸，微黄白色，江淮呼为马蹄香，不可误用。〔宗奭曰〕细辛叶如葵，赤黑色，非此则杜衡也。杜衡叶如马蹄之下，故俗名马蹄香。盖根似白前，又似细辛。按沈括梦溪笔谈云：细辛出华山，极细而直，柔韧，深紫色，味极辛，嚼之习习如椒而更甚于椒[240]。本草云，细辛水渍令直，是以杜衡伪为之也。东南所用细辛，皆杜衡也。杜衡黄白色，拳曲而脆[241]，干则作团，又谓之马蹄。襄汉间又有一种细辛，极细而直，色黄白，乃是鬼督邮，亦非细辛也。〔时珍曰〕博物志言杜衡乱细辛[242]，自古已然矣。沈氏所说甚详。大抵能乱细辛者，不止杜衡，皆当以根苗色味细辨之。叶似小葵，柔茎细根，直而色紫，味极辛者，细辛也。叶似马蹄，茎微粗，根曲而黄白色，味亦辛者，杜衡也。一茎直上，茎端生叶如伞，根似细辛，微粗直而黄白色，味辛微苦者，鬼督邮也。似鬼督邮而色黑者，及己也。叶似小桑，根似细辛，微粗长而黄色，味辛而有臊气者，徐长卿也。叶似柳而根似细辛，粗长黄白色而味苦者，白微也。似白微而白直味甘者，白前也。

根 **【修治】**〔敩曰〕凡使细辛，切去头、土了，以瓜水浸一宿，暴干用。须拣去双叶者，服之害人。

【气味】辛，温，无毒。〔普曰〕神农、黄帝、雷公、桐君：辛小温。岐伯：无毒。李当之：小寒。〔权曰〕苦、辛。〔之才曰〕曾青、枣根为之使。得当归、芍药、白芷、芎䓖、牡丹、藁本、甘草，共疗妇人。得决明、鲤鱼胆、青羊肝，共疗目痛。恶黄芪、狼毒、山茱萸。忌生菜、貍肉。畏消石、滑石。反藜芦。

【主治】咳逆上气，头痛脑动，百节拘挛，风湿痹痛死肌。久服明目利九窍，轻身长年。本经**温中下气，破痰利水道，开胸中滞结，除喉痹齆鼻不闻香臭，风痫癫疾，下乳结，汗不出，血不行，安五脏，益肝胆，通精气。**别录**添胆气，治嗽，去皮风湿痒，风眼泪下，除齿痛，血闭，妇人血沥腰痛**[243]。甄权**含之，去口臭。**弘景**润肝燥，治督脉为病，脊强而厥。**好古**治口舌生疮，大便燥结，起目中倒睫。**时珍

【发明】〔宗奭曰〕治头面风痛，不可缺此。〔元素曰〕细辛气温，味大辛，气厚于味，阳也，升也，入足厥阴、少阴血分，为手少阴引经之药。香味俱细，故入少阴，与独活相类。以独活为使，治少阴头痛如神。亦止诸阳头痛，诸风通用之。味辛而热，温少阴之经，散水气以去内寒。〔成无已曰〕水停心下不行，则肾气燥，宜辛以润之。细辛之辛，以行水气而润燥。〔杲曰〕胆气不足，细辛补之。又治邪气自里之表，故仲景少阴证，用麻黄附子细辛汤。〔时珍曰〕气之厚者能发热，阳中之阳也。辛温能散，故诸风寒风湿头痛痰饮胸中滞气惊痫者，宜用之。口疮喉痹

䘌齿诸病用之者[544]，取其能散浮热，亦火郁则发之之义也。辛能泄肺，故风寒咳嗽上气者，宜用之。辛能补肝，故胆气不足，惊痫眼目诸病，宜用之。辛能润燥，故通少阴及耳窍，便涩者宜用之。〔承曰〕细辛非华阴者不得为真。若单用末，不可过一钱。多则气闷塞不通者死，虽死无伤。近年开平狱中尝治此，不可不记。非本有毒，但不识多寡耳。

【附方】旧二，新六。**暗风卒倒**不省人事。细辛末，吹入鼻中。危氏得效方。**虚寒呕哕**饮食不下。细辛去叶半两，丁香二钱半，为末。每服一钱，柿蒂汤下。**小儿客忤**口不能言。细辛、桂心末等分，以少许内口中。外台秘要。**小儿口疮**细辛末，醋调，贴脐上。卫生家宝方。**口舌生疮**细辛、黄连等分，为末掺之，漱涎甚效，名兼金散。一方用细辛、黄檗。三因方。**口臭䘌齿**肿痛。细辛煮浓汁，热含冷吐，取瘥。圣惠方。**鼻中瘜肉**[545]细辛末，时时吹之。圣惠方。**诸般耳聋**细辛末，溶黄蜡丸鼠屎大，绵裹一丸塞之，一二次即愈。须戒怒气，名聪耳丸。龚氏经验方。

杜衡 别录中品

【释名】杜葵纲目**马蹄香**唐本**土卤**尔雅**土细辛**纲目〔恭曰〕杜衡叶似葵，形似马蹄，故俗名马蹄香。〔颂曰〕尔雅杜又名土卤，然杜若亦名杜衡，或疑是杜若，而郭璞注云，似葵，当是杜衡也。

【集解】〔别录曰〕杜衡生山谷，三月三日采根，熟洗暴干。〔弘景曰〕根叶都似细辛，惟气小异尔。处处有之。方药少用，惟道家服之。令人身衣香。〔恭曰〕生山之阴，水泽下湿地。叶似葵，形如马蹄。根似细辛、白前等。今俗以及己代之，谬矣。及己独茎，茎端四叶，叶间白花，殊无芳气。有毒，服之令人吐，惟疗疮疥，不可乱杜衡也。〔颂曰〕今江淮间皆有之。春初于宿根上生苗，叶似马蹄下状，高二三寸，茎如麦稿粗细[546]，每窠上有五七叶，或八九叶，别无枝蔓。又于茎叶间罅内芦头上贴地生紫花[547]，其花似见不见，暗结实如豆大，窠内有碎子，似天仙子。苗叶俱青，经霜即枯，其根成空，有似饭帚密闹，细长四五寸，粗于细辛，微黄白色，味辛，江淮俗呼为马蹄香。谨按山海经云：天帝之山有草焉。其状如葵，其臭如蘼芜，名曰杜衡。可以走马[548]，食之已瘿[549]。郭璞注云：带之可以走马。或曰：马得之而健走也。〔宗奭曰〕杜衡用根似细辛，但根色白，叶如马蹄之下。市人往往以乱细辛，将二物相对，便见真伪。况细辛惟出华州者良。杜衡色黄，拳局而脆[550]，干则作团。详细辛下。〔时珍曰〕按土宿本草云：杜细辛，叶圆如马蹄，紫背者良，江南、荆、湖、川、陕、闽、广俱有之。取自然汁，可伏硫、砒，制汞。

根 **【气味】辛，温，无毒。**

【主治】风寒咳逆。作浴汤，香人衣体。别录**止气奔喘促，消痰饮，破留血，项间瘿瘤之疾。**甄权**下气杀虫。**时珍

【发明】〔时珍曰〕古方吐药往往用杜衡者，非杜衡也，乃及己也。及己似细辛而有毒，吐人[551]。昔人多以及己当杜衡，杜衡当细辛，故尔错误也。杜衡则无毒，不吐人，功虽不及细辛，而亦能散风寒，下气消痰，行水破血也。

【附方】新六。**风寒头痛**伤风伤寒，头痛发热，初觉者。马蹄香为末，每服一钱，热酒调下，少顷饮热茶一碗，催之出汗即愈，名香汗散。王英杏林摘要。**饮水停滞**大热行极，及食热饼后，饮冷水过多不消，停滞在胸不利，呼吸喘息者。杜衡三分，瓜蒂二分，人参一分，为末。汤服一钱，日二服，取吐为度。肘后方。**痰气哮喘**马蹄香焙研，每服二三钱，正发时淡醋调下，少顷吐出痰涎为验。普济方。**噎食膈气**马蹄香四两，为末，好酒三升，熬膏。每服二匙，好酒调下，日三服。孙氏集效方。**吐血瘀聚**凡吐血后，心中不闷者必止；若烦躁闷乱刺胀者，尚有瘀血在胃，宜吐之。方同饮水停滞。**喉闭肿痛**草药金锁匙，即马蹄草，以根捣，井华水调下即效[552]。救急方。

【附录】木细辛〔藏器曰〕味苦，温，有毒。主腹内结聚症瘕，大便不利，推陈去恶，破冷

气。未可轻服，令人利下至困[53]。生终南山，冬月不凋，苗如大戟，根似细辛。

及己 别录下品

【释名】獐耳细辛〔时珍曰〕及己名义未详。二月生苗，先开白花，后方生叶三片，状如獐耳，根如细辛，故名獐耳细辛。

【集解】〔恭曰〕及己生山谷阴虚软地。其草一茎，茎头四叶，隙着白花。根似细辛而黑，有毒。今人以当杜衡，非也。二月采根，日干。

根【气味】苦，平，有毒。〔恭曰〕入口使人吐血。

【主治】诸恶疮疥痂瘘蚀[54]，及牛马诸疮。唐本**头疮白秃风瘙[55]，皮肤虫痒，可煎汁浸并傅之。**大明**杀虫。**时珍

【发明】〔弘景曰〕今人以合疮疥膏，甚验。〔时珍曰〕今人不知及已，往往以当杜衡，却以杜衡当细辛，故杜衡诸方多是及已也。辩见细辛、杜衡二条。

【附方】新一。**头疮白秃**獐耳细辛，其味香辣，为末，以槿木煎油调搽。活幼全书。

鬼督邮 唐本草

【释名】独摇草唐本。〔时珍曰〕此草独茎而叶攒其端，无风自动，故曰鬼独摇草，后人讹为鬼督邮尔。因其专主鬼病，犹司鬼之督邮也。古者传舍有督邮之官主之。徐长卿、赤箭皆治鬼病，故并有鬼督邮之名，名同而物异。

【集解】〔恭曰〕鬼督邮所在有之。有必丛生，苗惟一茎，茎端生叶若伞状，根如牛膝而细黑。今人以徐长卿代之，非也。〔保昇曰〕茎似细箭杆，高二尺以下。叶生茎端，状如伞。花生叶心，黄白色。根横生而无须，二月、八月采根。徐长卿、赤箭并有鬼督邮之名，而主治不同，宜审用之。〔时珍曰〕鬼督邮与及己同类，根苗皆相似。但以根如细辛而色黑者，为及己；根如细辛而色黄白者，为鬼督邮。

根【修治】〔敩曰〕凡采得细锉，用生甘草水煮一伏时[56]，日干用。

【气味】辛、苦，平，无毒。〔时珍曰〕有小毒。

【主治】鬼疰卒忤中恶[57]，心腹邪心，百精毒，温疟疫疾，强腰脚，益膂力。唐本

【发明】〔时珍曰〕按东晋深师方，治上气嗽、饮嗽、邪嗽、燥嗽、冷嗽，四满丸，用鬼督邮同蜈蚣、芫花、踯躅诸毒药为丸，则其有毒可知矣。非毒药不能治鬼疰邪恶之病，唐本云无毒，盖不然。

徐长卿 本经上品。**〔校正〕**今据吴氏本草，并入石下长卿。

【释名】鬼督邮本经**别仙踪**苏颂〔时珍曰〕徐长卿，人名也，常以此药治邪病，人遂以名之。名医别录于有名未用复出石下长卿条，云一名徐长卿。陶弘景注云：此是误尔。方家无用，亦不复识。今考二条功疗相似。按吴普本草云：徐长卿一名石下长卿。其为一物甚明，但石间生者为良。前人欠审，故尔差舛[58]。〔弘景曰〕鬼督邮之名甚多。今俗用徐长卿者，其根正如细辛，小短扁扁尔，气亦相似。今狗脊散用鬼督邮者，取其强悍宜腰脚，故知是徐长卿，而非鬼箭、赤箭。

【集解】〔别录曰〕徐长卿生泰山山谷及陇西，三月采。又曰。石下长卿生陇西山谷池泽，三月采。〔恭曰〕所在川泽有之。叶似柳，两叶相当，有光泽。根如细辛，微粗长，黄色而有臊气。今俗以代鬼督邮，非也。鬼督邮自有本条。〔保昇曰〕生下湿川泽之间。苗似小桑，两叶相对。三月苗青，七月、八月着子，似萝藦子而小。九月苗黄，十月凋，八月采根，日干。〔颂曰〕今淄齐淮泗间皆有之，三月、四月采，谓之别仙踪。〔时珍曰〕鬼督邮、及己之乱杜衡，其功不同，苗亦不同也。徐长卿之乱鬼督邮，其苗不同，其功同也。杜衡之乱细辛，则根苗功用皆仿佛，乃弥近而大乱也。不可不审。

根**【修治】**〔敩曰〕凡采得粗杵[259]，拌少蜜令遍，以瓷器盛，蒸三伏时，日干用。

【气味】辛，温，无毒。〔别录曰〕石下长卿：咸、平，有毒。〔普曰〕徐长卿一名石下长卿。神农、雷公：辛。〔时珍曰〕治鬼之药多有毒，当从别录。

【主治】鬼物百精蛊毒，疫疾邪恶气，温疟。久服强悍轻身。本经**益气延年。又曰：石下长卿：主鬼疰精物邪恶气，杀百精蛊毒，老魅注易**[260]**，亡走啼哭，悲伤恍惚。**别录

【发明】〔时珍曰〕抱朴子言上古辟瘟疫有徐长卿散，良效。今人不知用此。

【附方】新二。**小便关格**徐长卿汤：治气壅关格不通，小便淋结，脐下妨闷。徐长卿炙半两，茅根三分，木通、冬葵子一两，滑石二两，槟榔一分，瞿麦穗半两，每服五钱，水煎，入朴消一钱，温服，日二服。圣惠方。**注车注船**凡人登车船烦闷，头痛欲吐者。宜用徐长卿、石长生、车前子、车下李根皮各等分，捣碎，以方囊系半合于衣带及头上，则免此患。肘后方。

白微　本经中品

【释名】薇草别录**白幕**别录**春草**别录**葞**音尾**骨美**〔时珍曰〕微，细也。其根细而白也。按尔雅：葞，春草也。微、葞音相近，则白微又葞音之转也。别录以葞为莽草之名，误矣。

【集解】〔别录曰〕白微生平原川谷[261]，三月三日采根阴干。〔弘景曰〕近道处处有之。〔颂曰〕今陕西诸郡及舒、滁、润、辽州亦有之。茎叶俱青，颇类柳叶。六七月开红花，八月结实。其根黄白色，类牛膝而短小，今人八月采之。

根　**【修治】**〔敩曰〕凡采得，以糯米泔汁浸一宿，取出去髭，于槐砧上细锉，蒸之从巳至申，晒干用。〔时珍曰〕后人惟以酒洗用。

【气味】苦、咸，平，无毒。〔别录曰〕大寒。〔之才曰〕恶黄芪、大黄、大戟、干姜、大枣、干漆、山茱萸。

【主治】暴中风身热肢满[262]**，忽忽不知人**[263]**，狂惑邪气，寒热酸疼，温疟洗洗，发作有时。**本经**疗伤中淋露，下水气，利阴气，益精。久服利人。**别录**治惊邪风狂痓病，百邪鬼魅。**弘景**风温灼热多眠，及热淋遗尿，金疮出血。**时珍

【发明】〔好古曰〕古方多用治妇人，以本草有疗伤中淋露之故也。〔时珍曰〕白微古人多用，后世罕能知之。按张仲景治妇人产中虚烦呕逆，安中益气，竹皮丸方中，用白微同桂枝各一分，竹皮、石膏各三分，甘草七分，枣肉为大丸，每以饮化一丸服。云有热者倍白微，则白微性寒，乃阳明经药也。徐之才药对言白微恶大枣，而此方又以枣肉为丸，盖恐诸药寒凉伤脾胃尔。朱肱活人书治风温发汗后，身犹灼热，自汗身重多眠，鼻息必鼾，语言难出者，萎蕤汤中亦用之。孙真人千金方，有诏书发汗白微散焉。

【附方】新五。**肺实鼻塞**不知香臭。白微、贝母、款冬花各一两，百部二两，为末。每服一钱，米饮下。普济方。**妇人遗尿**不拘胎前产后。白微、芍药各一两，为末。酒服方寸匕，日三服。千金方。**血淋热淋**方同上。**妇人血厥**人平居无疾苦，忽如死人，身不动摇，目闭口噤，或微知人，眩冒，移时方寤，此名血厥，亦名郁冒。出汗过多，血少，阳气独上，气塞不行，故身如死。气过血还，阴阳复通，故移时方寤。妇人尤多此证。宜服白微汤：用白微、当归各一两，人参半两，甘草二钱半。每服五钱，水二盏，煎一盏，温服。本事方。**金疮血出**白微为末，贴之。儒门事亲。

白前　别录中品

【释名】石蓝唐本**嗽药**同上。〔时珍曰〕名义未详。

【集解】〔弘景曰〕白前出近道，根似细辛而大，色白不柔易折，气嗽方多用之。〔恭曰〕苗高尺许，其叶似柳，或似芫花，根长于细辛，白色。生州渚沙碛之上，不生近道。俗名石蓝，又

名嗽药。今用蔓生者味苦，非真也。〔志曰〕根似白微、牛膝辈，二月、八月采，阴干用。〔嘉谟曰〕似牛膝，粗长坚直易断者，白前也。似牛膝，短小柔软能弯者，白微也。近道俱有，形色颇同，以此别之，不致差误。

根 **【修治】**〔敩曰〕凡用，以生甘草水浸一伏时，漉出，去头须了，焙干收用。

【气味】甘，微温，无毒。〔权曰〕辛。〔恭曰〕微寒。

【主治】胸胁逆气，咳嗽上气，呼吸欲绝。别录**主一切气，肺气烦闷，贲豚肾气**[264]。大明**降气下痰。**时珍

【发明】〔宗奭曰〕白前能保定肺气，治嗽多用，以温药相佐使尤佳。〔时珍曰〕白前色白而味微辛甘，手太阴药也。长于降气，肺气壅实而有痰者宜之。若虚而长硬气者[265]，不可用也。张仲景治嗽而脉沉，泽漆汤中亦用之。其方见金匮要略，药多不录。

【附方】旧二，新一。**久嗽唾血**白前、桔梗、桑白皮三两，炒，甘草一两，炙，水六升，煮一升，分三服。忌猪肉、菘菜。外台。**久咳上气**体肿，短气胀满，昼夜倚壁不得卧，常作水鸡声者，白前汤主之：白前二两，紫菀、半夏各三两，大戟七合，以水一斗，渍一宿，煮取三升，分作三服。禁食羊肉、饧糖大佳。深师方。**久患暇**呷[266]咳嗽，喉中作声，不得眠。取白前焙捣为末，每温酒服二钱。梅师方。

草犀 拾遗

【释名】〔时珍曰〕其解毒之功如犀角，故曰草犀。

【集解】〔藏器曰〕草犀生衢、婺、洪、饶间。苗高二三尺，独茎，根如细辛。生水中者名水犀。〔珣曰〕广州记云：生岭南及海中，独茎对叶而生，如灯台草，根若细辛。

根 **【气味】辛，平，无毒。**

【主治】解一切毒气，虎狼虫虺所伤[267]**，溪毒野蛊恶刺等毒，并宜烧研服之，临死者亦得活。**李珣**天行疟瘴寒热，咳嗽痰壅，飞尸喉痹疮肿**[268]**，小儿寒热丹毒，中恶注忤**[269]**，痢血等病，煮汁服之。岭南及睦、婺间中毒者，以此及千金藤并解之。**藏器

钗子股 **海药** **【校正】**并入拾遗金钗股

【释名】金钗股〔时珍曰〕石斛名金钗花，此草状似之，故名。

【集解】〔藏器曰〕金钗股生岭南及南海山谷，根如细辛，每茎三四十根。〔珣曰〕忠州[270]、万州者亦佳[271]，草茎功力相似。缘岭南多毒，家家贮之。〔时珍曰〕按岭表录云[272]：广中多蛊毒，彼人以草药金钗股治之，十救八九，其状如石斛也。又忍冬藤解毒，亦号金钗股，与此同名云。

根【气味】苦，平，无毒。

【主治】解毒痈疽神验，以水煎服。李珣**解诸药毒，煮汁服。亦生研，更烈，必大吐下。如无毒，亦吐去热痰。疟瘴天行，蛊毒喉痹。**藏器

吉利草 纲目

【集解】〔时珍曰〕按嵇含南方草木状云：此草生交广[273]，茎如金钗股，形类石斛，根类芍药。吴黄武中，江夏李俣徙合浦遇毒[274]，其奴吉利偶得此草与服，遂解，而吉利即遁去。俣以此济人，不知其数也。又高凉郡产良耀草[275]，枝叶如麻黄，花白似牛李，秋结子如小粟，煨食解毒，功亚于吉利草。始因梁耀得之，因以为名，转梁为良耳。

根【气味】苦，平，无毒。

【主治】解蛊毒，极验。时珍

百两金 宋图经

【集解】〔颂曰〕百两金生戎州云安军，苗高二三尺，有干如水叶，似荔枝初生，背面俱青，

结花实后背紫面青，凌冬不凋，初秋开花，青碧色。结实大如豆，生青熟赤。采根入药，槌去心。河中府出者，根如蔓青，赤色，茎细，青色。四月开碎蔓花，似星宿花，五月采根，长及一寸，晒干用。

根【气味】苦，平，无毒。

【主治】瘇热咽喉肿痛。含一寸咽津。又治风涎。苏颂。

朱砂根 纲目

【集解】〔时珍曰〕朱砂根生深山中，今惟太和山人采之[276]。苗高尺许，叶似冬青叶，背甚赤，夏月长茂。根大如箸，赤色，此与百两金仿佛。

根 【气味】苦，凉，无毒。

【主治】咽喉肿痹，磨水或醋咽之，甚良。时珍

辟虺雷 唐本草

【释名】辟蛇雷唐本。〔时珍曰〕此物辟蛇虺有威[277]，故以雷名之。

【集解】〔恭曰〕辟虺雷状如粗块苍术，节中有眼。〔时珍曰〕今川中峨眉、鹤鸣诸山皆有之。根状如苍术，大者若拳。彼人以充方物[278]，苗状当俟访问[279]。

根 【气味】苦，大寒，无毒。

【主治】解百毒，消痰，祛大热，疗头痛，辟瘟疫。唐本**治咽喉痛，痹解蛇虺毒。**时珍

锦地罗 纲目

【集解】〔时珍曰〕锦地罗出广西庆远山岩间，镇安、归顺、柳州皆有之。根似萆薢及栝楼根状。彼人颇重之，以充方物。

根【气味】微苦，平，无毒。

【主治】山岚瘴毒疮毒，并中诸毒，以根研生酒服一钱匕，即解。时珍

紫金牛 宋图经

【集解】〔颂曰〕生福州。叶如茶叶，上绿下紫。结实圆，红色如丹朱。根微紫色，八月采根，去心暴干，颇似巴戟。

【气味】辛，平，无毒。

【主治】时疾膈气[280]，去风痰。苏颂**解毒破血。**时珍

拳参 宋图经

【集解】〔颂曰〕生淄州田野，叶如羊蹄，根似海虾，黑色，土人五月采之。

【气味】缺

【主治】为末，淋渫肿气[281]。苏颂

铁线草 宋图经

【集解】〔颂曰〕生饶州，三月采根阴干。〔时珍曰〕今俗呼萹蓄为铁线草，盖同名耳。

【气味】微苦，平，无毒。

【主治】疗风消肿毒，有效。苏颂

【附方】新一。**男女诸风**产后风尤妙。铁线草根五钱，五加皮一两，防风二钱，为末。以乌骨鸡一斤重者，水内淹死，去毛肠，砍作肉生，入药剁匀，下麻油些少[282]，炒黄色，随人量入酒煮熟。先以排风藤煎浓汤，沐浴头身，乃饮酒食鸡，发出粘汗即愈。如不沐浴，必发出风丹[283]，乃愈。滑伯仁撄宁心要。

金丝草 纲目

【集解】〔时珍曰〕金丝草出庆阳山谷，苗状当俟访问。

【气味】苦，寒，无毒。

【主治】吐血咳血，衄血下血，血崩瘴气，解诸药毒，疗痈疽丁肿恶疮，凉血散热。时珍

【附方】新四**妇人血崩**金丝草、海柏枝、砂仁、花椒、蚕退纸、旧锦灰，等分，为末，煮酒空心服。陈光述传。谈野翁方。**痈疽丁肿**一切恶疮。金丝草、忍冬藤、五叶藤、天荞麦，等分，煎汤温洗。黑色者，加醋。又铁箍散：用金丝草灰二两，醋拌晒干，贝母五两，去心，白芷二两，为末，以凉水调贴疮上，香油亦可。或加龙骨少许。**天蛇头毒**[60]落苏即金丝草、金银花藤、五叶紫葛、天荞麦，等分，切碎，用绝好醋浓煎，先熏后洗。救急方。

---

①巫阳，巫峡之阳。蜀郡，今成都市。

②建平，今四川巫山县。

③西间，西部。

④东阳，地名，今浙江金华。新安，地名，今江苏睢宁西北。

⑤江左，江东。

⑥江，江州，今江西九江。湖，湖州，今浙江湖州。荆，荆州，今湖北江陵县。夔，夔州，今四川奉节县。

⑦宣城，今安徽宣城县。

⑧施，施州，今湖北恩施县。

⑨处州，今浙江丽水。

⑩澧（lǐ，音李）州，今湖南澧县一带。

⑪雅州，今四川雅安一带。眉州，今四川眉山一带。

⑫二伏时，二复时，即二昼夜。

⑬胜，克，相生相克之克。

⑭肠澼，病名。

⑮兀兀欲吐，欲吐又吐不出。

⑯伏梁，胃脘部。

⑰神仙传，晋葛洪撰道叔著传。

⑱偏绝，偏向极限。

⑲绝粒服饵，禁绝饮食，单服黄连。

⑳肾孤脏也，因肾为阴中之阴，故称肾为孤脏。

㉑其，通岂。

㉒㕮咀，指中药的加工方法。

㉓易简方，宋王硕著方书名。

㉔广利方，唐李适制《贞元集要广利方》方书。

㉕直指方，南宋杨士瀛撰《仁斋直指方论》医书。

㉖高文虎蓼花洲闲录，宋高文虎撰《蓼花洲闲录》笔记小说。

㉗胜金方，方书名。

㉘杨子建护命方，宋杨子建著《杨子护命方》。

㉙经验方，方书名。

㉚胡洽，南北朝名医。

㉛李绛兵部手集，李绛，唐代文学家，曾收集单验方，后由薛弘庆辑成《兵部手集方》，已佚。

㉜钱仲阳，宋代著名儿科学家，又名钱乙。

㉝五疳，以五脏分类命名的疳证。

㉞杜壬方，宋代名医杜壬著有医案集《医准》。

㉟杨氏家藏书，宋代杨倓著方书名。

㊱酒痔，因饮酒所孜痔疮。

㊲医学集成，明代医学家傅滋著有《医学集成》。

㊳鸡冠痔疾，鸡冠形状的痔疮。
㊴斗门方，方书名。
㊵经验良方，方书名。
㊶博济方，宋王衮编辑《博济方》三卷。
㊷简要济众方，宋医官周应编《简要济众方》五卷。
㊸刘禹锡传信方，唐代文学家刘禹锡编有《传信方》方书两卷，后佚。
㊹一旦，某一日。
㊺阶除，台阶。
㊻没，隐没。
㊼海上方，方书名，又称《海上名方》。
㊽选奇方，方书名，宋余纲著有《选奇方》，已佚。
㊾全幼心鉴，明寇平著儿科医书。
㊿仁存方，宋代名医孙仁著有《孙氏仁存堂经验方》，已佚。
51李楼奇方，明代医学家李楼著有《李楼怪症方》。
52小儿口疳，病名，小儿疳疾，口舌生疮。
53小儿鼻䘌，病名，即小儿鼻䘌疮。
54小儿月蚀，小儿身上生疮，因病症与随月之盈亏而时发时止，故名。
55姚和众童子秘诀，古医方，已佚。
56妊娠子烦，病名，妇女因怀孕后阴血不足，火热乘心，而烦闷不安。
57王氏简易方，南宋王硕著有《简易方》。
58胡语，西北方少数民族语言。
59五痔，牡痔、牝痔、脉痔、肠痔、血痔。
60南番，汉族和中国之外的南方古民族及国家。
61孙兆，宋代名医孙兆著有《传家秘宝方》。
62鲜于枢，元代书法家。
63济急仙方，明代刘然著有《洛急仙方》。
64记事，唐冯贽著有《记事》。
65芩（qín，音芹），黄芩。
66建平郡，古郡名。在今四川巫山县。
67彭城，今江苏徐州市。
68郁州，今连云港市一带。
69相值，相对。
70拥气，气机壅塞。
71天行热疾，流行温疫。
72殊昧，很不清楚。
73先君，先父，已去世的父亲。
74水二钟，煎一钟：用二钟水煎成一钟药。钟，盅。
75肯綮（qìng，音庆），筋骨结合的地方，比喻要害之处。
76瑞竹堂方，元代沙图穆苏著有《瑞竹堂经验方》。
77火丹，丹毒。
78梅师方，隋代僧人梅文梅著有《梅师集验方》。
79糺（jiǎo，音绞）。
80甘松，地名。在今甘肃迭部县内。龙洞，地名，在陕西境内。蚕陵，古县名，在今四川境内。
81泾州，在今甘肃泾川县。鄜州，在今陕西富县。岐州，在今陕西凤翔县。
82传尸，病名。
83酒黄，病名。因饮酒过度而使全身发黄。
84五种黄疸，即五疸，五种黄疸病症。

⑧⑤许仁则，唐代妇科名医。

⑧⑥转胞，病证名，妇女因怀孕压迫膀胱所致。

⑧⑦发背，病名，有头疽发生在脊背部。

⑧⑧上林赋，汉代司马相如著《上林赋》。

⑧⑨尔雅，书名。

⑨⓪弘农，地名，在今河南灵宝县。

⑨①白蒻（ruò，音弱），指水生植物长在泥土中的白嫩根茎。

⑨②河内，河南黄河以北地区。

⑨③关陕，陕西关中。

⑨④丹州，今陕西宜川一带。

⑨⑤窠，通颗。

⑨⑥银，银州。夏，夏州，今陕西靖边县东北。

⑨⑦沙苑，今陕西大荔县南。

⑨⑧海阳，今河北秦皇岛市西北。

⑨⑨夏小正，《大戴礼》中的篇名。月令，《礼记》中的篇名。

⑩⓪仓颉解诂，书名，是后人伪托的文字学著作。

⑩①五劳七伤：五劳，五脏之劳。七伤，有两种说法，一是指七种劳伤的原因，大饱伤脾；大怒伤肝；强力举重，久坐湿地伤肾；形寒、寒饮伤肺；忧愁伤心；风雨寒暑伤形；恐惧不节伤志。二是指男子肾气亏损的七个症状。

⑩②胆瘅，病名。

⑩③槩，同概。

⑩④庞元英谈薮，宋庞元英著有《谈薮》，记述南宋宁宗、理宗两朝之事。

⑩⑤茸，鹿茸。

⑩⑥附，附子。

⑩⑦脱然，轻快。

⑩⑧尽，任凭。凭，凭据，依据。

⑩⑨伏暑，病名。

⑪⓪澹寮方，书名，宋元医僧继洪撰《濂寮集验秘书》。

⑪①孙尚药秘宝方，孙尚药，即宋代名医孙用和，著有《传家秘宝方》。

⑪②孙韵，唐代人，曾将隋代陆法言的《切韵》刊正为《唐韵》。

⑪③越，今浙江绍兴。

⑪④衢，今浙江衢州。

⑪⑤婺，今浙江金华。

⑪⑥睦，今浙江建德。

⑪⑦鄜延，今陕西延安市。

⑪⑧歧，指枝叉。

⑪⑨戟，刺激。

⑫⓪寿春，今安徽寿县。

⑫①霍乱转筋，病证名。

⑫②蔄（jiān，音兼）。

⑫③吴绶，明代医家。

⑫④子脏风，子痫。

⑫⑤大风，病名，即麻风。

⑫⑥字，怀孕、生育。

⑫⑦卒伍，古代军队中五人为一伍，百人为一卒，此指卒伍职位的低下。

⑫⑧芦头，植物的根茎部位。

⑫⑨万氏积善堂，明代官吏万表著有《万氏家钞济世良方》，万表之孙万帮孚著有《万氏积善堂秘验滋补诸方》。

⑬⓪王贶（kuàng，音况），宋代医学家，著有《济世全生指迷方》。

⑬¹裹，恐为裛之误。裛，通治浥。
⑬²疝瘕，病名。
⑬³痡（qún，音群），手足麻木。
⑬⁴血癞（lài，音赖），麻风病。
⑬⁵文系，书名。
⑬⁶嘉谟，明代药学家陈嘉谟，编有《本草蒙鉴》。
⑬⁷合（gě，音葛），容量单位，一合约合 100 毫升。
⑬⁸陈延之，东晋陈延之著有《小品方》，已佚。
⑬⁹广济方，李隆基曾主持编修《唐玄宗开元广济方》，已佚。
⑭⁰必效方，唐代医学家孟诜撰有《必效方》，已佚
⑭¹文潞公，北宋大臣文彦博，曾编《药准》，已佚。
⑭²玉机微义，明代刘彦纯撰，刘宗厚续增的综合性医学书籍。
⑭³卫生易简方，明代胡濙著有《卫生易简方》。
⑭⁴重台，有多重花瓣的花。
⑭⁵张揖：三国时魏人，著有《广雅》，是研究训诂的著作。
⑭⁶志，即马志，宋代名医，编有《开宝新详定本草》。
⑭⁷嵩高，地名，今河南登封县。
⑭⁸中恶，病名，因中邪恶致病。
⑭⁹时气，流行传染的病邪。毒疠，麻风病。
⑮⁰痔䘌，病名，又名鼻痔。
⑮¹豌豆疮，天花。
⑮²浮汗，虚汗。
⑮³运，通晕。
⑮⁴阴痿，阳痿。
⑮⁵执泥，拘泥。
⑮⁶啜，吃，饮。
⑮⁷怀怫郁，心怀忧郁。
⑮⁸里急后重，想大便又便不出。
⑮⁹圊，厕所。
⑯⁰泯然，消除。
⑯¹参同契，即《周易参同契》。
⑯²范石湖，即范成大。
⑯³鞫狱，审问犯人。
⑯⁴王方庆，唐时官吏，著有《岭南急药方》。
⑯⁵比岁，近来。
⑯⁶匝，周遍。
⑯⁷弥岁，满岁。
⑯⁸野葛毒，野葛中毒。
⑯⁹射工，射工病，因射工毒虫侵入人体而致。溪毒，血吸虫病，又称中水，水病。
⑰⁰翜（shà，音厦）。
⑰¹谥（shí，音拾）。
⑰²菟（tù，音兔）。
⑰³荚，豆类植物的果实。
⑰⁴下部䘌，阴疮，外阴溃疡。
⑰⁵赤癞，症症名。
⑰⁶沈存中，即沈括。笔谈，取《梦溪笔谈》。
⑰⁷姚僧坦集验方，南北朝人姚僧坦著有《集验方》十三卷，已佚。

⑰⑧大风癞疾，麻风病。

⑰⑨上谷，古郡名，今河北怀来县东南。

⑱⓪河中，古府名，今山西永洛西蒲州镇。

⑱①谷黄，病名，即谷疸。

⑱②奚，古代少数民族名。

⑱③二茅，即茅山（江苏金坊大茅山）和茅津（河南三门峡西黄河北岸）。

⑱④珣，唐五代文学家、药学家李珣。

⑱⑤运，通晕。

⑱⑥儿枕，病证名。

⑱⑦方勺，宋人，著有《泊宅编》三卷。

⑱⑧待制，职官名，主管典守文物。

⑱⑨膜外气疼，病名。

⑲⓪莔（méng，音萌），贝母。

⑲①陆玑，三国时吴国人，著有《毛诗草木鸟兽虫鱼疏》。

⑲②鏊（ào，音傲），平锅。

⑲③礜（yú，音鱼）石，毒石。

⑲④洗洗（xiǎn，音显），寒栗貌。

⑲⑤檠（qíng，音晴）。

⑲⑥皯黯（gǎnyùn，音敢运），面部黑斑。

⑲⑦乾坤生意，明代宁献王朱权著医书。

⑲⑧奇效良方，明代方贤著方书。

⑲⑨芦，芦头，植物的根茎。

⑳⓪五癫，阳癫、阴癫、风癫、湿癫、马癫。五痫，有三种说法。其一，以牲畜叫声和发病形态命名；其二指五脏痫；其三指风、食、惊、痰、饮五痫。

⑳①传尸痨瘵，病名。

⑳②便毒，病名，梅毒。

⑳③恶核，病症名。

⑳④卑，低地。

⑳⑤拂林国，古东罗马帝国。

⑳⑥茹，草根相牵引。

⑳⑦菅（jiàn，音奸），植物名。

⑳⑧束，捆缚。

⑳⑨露，滋润。

㉑⓪祭祀苞苴，古代祭祀形式。苞，同包。

㉑①索綯（táo，音桃），搓绞绳索。

㉑②包藉，祭祀时用以滤酒的青茅草捆。缩酒，渗酒。

㉑③禹贡，《尚书》的禹贡篇。苞匦青茅，包藉。

㉑④五淋，五种淋病。

㉑⑤哕（yuě）逆，呃逆。

㉑⑥啘（yuě），干呕。

㉑⑦挼（rúo）揉搓。

㉑⑧罯（àn，音暗），敷。

㉑⑨班疮，天花。蚕啮，外科病名。

㉒⓪鼻洪，鼻出血不止。

㉒①磈礧（kuǐ léi），突出，不平。

㉒②跖（zhí，音直），足掌。

㉒③李邕，唐玄宗时曾为北海太守，又称李北海。

㉔寰宇志，北宋地理总志。
㉕郭璞，晋代学者、文学家。
㉖屩，草鞋。
㉗箔，竹帘。
㉘箨（tuò，音拓），竹皮。
㉙血渴，病症名，因失血而致口渴。
㉚鬼气疰痛，病症名。
㉛齐朐（qú，音渠），地名，今山东东平西南。
㉜铎（duó，音夺），大铃。
㉝客忤，病名。
㉞伤寒蕴要，明吴绶著医书。
㉟删繁方，已佚方书名。
㊱婴童百问，明鲁伯嗣著儿科著作。
㊲鸿飞集，北齐日华子著《日华子鸿飞集论》。
㊳浮戏山，《山海经》中的地名。
㊴五沃之土，肥沃之土。
㊵刁刁，反复咀嚼。
㊶拳曲，弯曲。
㊷博物志，晋张华著作。乱，以假乱真。
㊸血沥，经血点滴而下。
㊹䘌齿，蛀牙。
㊺瘜肉，息肉。
㊻稿，植物茎杆。
㊼罅（xià，音夏），裂缝。
㊽走马，跑马。
㊾已瘘，治愈瘘疾。
㊿拳局，弯曲。
251吐人：令人呕吐。
252井华水，清晨刚汲出的井水。
253困，困窘。
254恶疮，病名。疥，疥疮。瘘蚀，瘘蚀疮。
255头疮白秃，头白癣。
256一伏时，一昼夜。
257忤，客忤，病名。
258差舛（chuǎn），差错。
259杵，捣。
260老魅，鬼邪。注易，变化多端的多种注病。注，住也，指病难以速愈。
261平原，地名，今山东平原县。
262肢满，四肢胀满。
263忽忽，恍惚。
264贲豚，同奔豚，病名。
265哽，梗阻。
266呷呷，病名，咳嗽时喉中有声。
267虺（huǐ，音毁），毒蛇，毒虫。
268飞尸，病名。
269注忤，病症名。
270忠州，今四川忠县。

㉗①万州，今四川万县市。

㉗②岭表录，唐人刘恂著有《岭表录异》。

㉗③交广，交州，广州。

㉗④江夏，古郡名，在今湖北鄂城县。

㉗⑤高凉郡，今广东阳江县西。

㉗⑥太和山，武当山。

㉗⑦辟，防治。

㉗⑧方物，土特产。

㉗⑨俟，等待。

㉘⓪膈气，噎膈。

㉘①淋渫（xiè，音谢），一种治疗外伤的方法。

㉘②些少，少许。

㉘③风丹，小儿丹毒之一。

㉘④天蛇头，蛇头疔，因生于手指，肿似蛇头，故名。

本草纲目草部目录第十四卷

草之三　芳草类五十六种

当归本经	**芎䓖**本经	**蘼芜**本经	**蛇床**本经
藁木本经徐黄附	**蜘蛛香**纲目	**白芷**本经	**芍药**本经
牡丹本经　鼠姑附	**木香**本经	**甘松香**开宝	**山柰**纲目
廉姜拾遗	**杜若**本经	**山姜**拾遗	**高良姜**别录　（即红豆蔻）
豆蔻别录（即草果）	**白豆蔻**开宝	**缩砂**蔤开宝	**益智子**开宝
荜茇开宝	**蒟酱**唐本	**肉豆蔻**开宝	**补骨脂**开宝　（即破故纸）
姜黄唐本	**郁金**唐本	**蓬莪茂**开宝	**荆三棱**开宝
莎草、香附子别录	**瑞香**纲目	**茉莉**纲目素馨、指甲花附	
郁金香开宝	**茅香**开宝	**白茅香**拾遗	**排草香**纲目　瓶香、耕香附
迷迭香拾遗	**䴠车香**拾遗	**艾纳香**开宝	**兜纳香**海药
线香纲目	**藿香**嘉祐	**薰草、零陵香**别录及开宝	
兰草本经	**泽兰**本经	**马兰**日华　麻伯、相乌、天雄草、益奶草附	
香薷别录	**石香菜**开宝	**爵床**本经	**赤车使者**唐本
假苏本经（即荆芥）	**薄荷**唐本	**积雪草**本经	**苏**别录
荏别录（即白苏）	**水苏**本经（即鸡苏）	**荠苧**拾遗石荠苧附	

右附方旧八十一，新三百六十八。

本草纲目草部第十四卷

草之三　芳草类五十六种。

当归　本经中品

【释名】乾归本经**山蕲**尔雅**白蕲**尔雅**文无**纲目〔颂曰〕按尔雅：薜，山蕲。又云：薜，白蕲。薜音百。蕲即古芹字。郭璞注云：当归也。似芹而粗大。许慎说文云：生山中者名薜，一名山蕲。然则当归，芹类也。在平地者名芹，生山中粗大者名当归也。〔宗奭曰〕今川蜀皆以畦种，尤肥好多脂，不以平地、山中为等差也。〔时珍曰〕当归本非芹类，特以花叶似芹，故得芹名。古人娶妻为嗣续也①，当归调血为女人要药，有思夫之意，故有当归之名，正与唐诗胡麻好种无人种②，正是归时又不归之旨相同。崔豹古今注云③：古人相赠以芍药，相招以文无。文无一名当归，芍药一名将离故也。〔承曰〕当归治妊妇产后恶血上冲，仓卒取效。气血昏乱者，服之即定。能使气血各有所归，恐当归之名必因此出也。

【集解】〔别录曰〕当归生陇西川谷，二月、八月采根阴干。〔弘景曰〕今陇西四阳黑水当归④，多肉少枝气香，名马尾当归。西川北部当归，多根枝而细。历阳所出者⑤，色白而气味薄，不相似，呼为草当归，缺少时亦用之。〔恭曰〕今出当州、宕州、翼州、松州⑥，以宕州者最胜。有二种：一种似大叶芎藭者，名马尾当归，今人多用；一种似细叶芎藭者，名蚕头当归，即陶称历阳者，不堪用，茎叶并卑下于芎藭。〔颂曰〕今川蜀、陕西诸郡及江宁府、滁州皆有之，以蜀中者为胜。春生苗，绿叶有三瓣。七八月开花似莳萝，浅紫色。根黑黄色，以肉厚而不枯者为胜。〔时珍曰〕今陕、蜀、秦州、汶州诸处人多栽莳为货⑦。以秦归头圆尾多色紫气香肥润者，名马尾归，最胜他处；头大尾粗色白坚枯者，为镵头归，止宜入发散药尔。韩懋言川产者力刚而善攻⑧，秦产者力柔而善补，是矣。

根　**【修治】**〔敩曰〕凡用去芦头，以酒浸一宿入药。止血破血，头尾效各不同。若要破血，即使头一节硬实处。若要止痛止血，即用尾。若一并用，服食无效，不如不使，惟单使妙也。〔元素曰〕头止血，尾破血，身和血，全用即一破一止也。先以水洗净土。治上酒浸，治外酒洗过，或火干、日干、入药。〔杲曰〕头止血而上行，身养血而中守，梢破血而下流，全活血而不走。〔时珍曰〕雷、张二氏所说头尾功效各异。凡物之根，身半已上，气脉上行，法乎天；身半已下，气脉下行，法乎地。人身法象天地，则治上当用头，治中当用身，治下当用尾，通治则全用，乃一定之理也。当以张氏之说为优。凡晒干乘热纸封瓮收之，不蛀。

【气味】甘，温，无毒。〔别录曰〕辛，大温。〔普曰〕神农、黄帝、桐君、扁鹊：甘，无毒。岐伯、雷公：辛，无毒。李当之：小温。〔杲曰〕甘、辛，温，无毒。气厚味薄，可升可降，阳中微阴，入手少阴、足太阴、厥阴经血分。〔之才曰〕恶蔄茹、湿面，畏菖蒲、海藻、牡蒙、生姜，制雄黄。

【主治】咳逆上气，温疟寒热洗洗在皮肤中，妇人漏下绝子，诸恶疮疡金疮，煮汁饮之。本经**温中止痛，除客血内塞，中风痓汗不出，湿痹中恶，客气虚冷，补五脏，生肌肉。**别录**止呕

逆，虚劳寒热，下痢腹痛齿痛，女人沥血腰痛，崩中，补诸不足。甄权**治一切风，一切血，补一切劳，破恶血，养新血，及症癖，肠胃冷。**大明**治头痛，心腹诸痛，润肠胃筋骨皮肤，治痈疽，排脓止痛，和血补血。**时珍**主痿癖嗜卧，足下热而痛。冲脉为病，气逆里急。带脉为病，腹痛，腰溶溶如坐水中**[9]。好古

【发明】〔权曰〕患人虚冷者，加而用之。〔承曰〕世俗多谓惟能治血，而金匮、外台、千金诸方皆为大补不足、决取立效之药。古方用治妇人产后恶血上冲，取效无急于此。凡气血昏乱者，服之即定。可以补虚，备产后要药也。〔宗奭曰〕药性论补女子诸不足一说，尽当归之用矣。〔成无已曰〕[10]脉者血之府，诸血皆属心。凡通脉者，必先补心益血。故张仲景治手足厥寒、脉细欲绝者，用当归之苦温以助心血。〔元素曰〕其用有三：一心经本药，二和血，三治诸病夜甚。凡血受病，必须用之。血壅而不流则痛，当归之甘温能和血，辛温能散内寒，苦温能助心散寒，使气血各有所归。〔好古曰〕入手少阴，以其心生血也。入足太阴，以其脾裹血也。入足厥阴，以其肝藏血也。头能破血，身能养血，尾能行血。全用，同人参、黄芪，则补气而生血；同牵牛、大黄则行气而破血。从桂、附、茱萸则热，从大黄、芒消则寒。佐使分定，用者当知。酒蒸治头痛，诸痛皆属木，故以血药主之。〔机曰〕[11]治头痛，酒煮服清，取其浮而上也。治心痛，酒调末服，取其浊而半沉半浮也。治小便出血，用酒煎服，取其沉入下极也。自有高低之分如此。王海藏言当归血药，如何治胸中咳逆上气？按当归其味辛散，乃血中气药也。况咳逆上气，有阴虚阳无所附者，故用血药补阴，则血和而气降矣。〔韩𢙣曰〕当归主血分之病。川产力刚可攻，秦产力柔宜补。凡用，本病宜酒制，有痰以姜制，导血归源之理。血虚以人参、石脂为佐，血热以生地黄、条芩为佐，不绝生化之源。血积配以大黄。要之，血药不容舍当归。故古方四物汤以为君，芍药为臣，地黄为佐，芎䓖为使也。

【附方】旧八，新一十九。**血虚发热**当归补血汤：治肌热燥热，目赤面红，烦渴引饮，昼夜不息，其脉洪大而虚，重按全无力，此血虚之候也。得于饥困劳役，证象白虎，但脉不长实为异耳。若误服白虎汤即死，宜此主之。当归身酒洗二钱，绵黄芪蜜炙一两，作一服。水二钟，煎一钟，空心温服，日再服。东垣兰室秘藏。**失血眩运**凡伤胎去血，产后去血，崩中去血，金疮去血，拔牙去血，一切去血过多，心烦眩运，闷绝不省人事。当归二两，芎䓖一两，每用五钱，水七分，酒三分，煎七分，热服，日再[12]。妇人良方。**衄血不止**当归焙研末，每服一钱，米饮调下。圣济录。**小便出血**当归四两，锉，酒三升，煮取一升，顿服。肘后。**头痛欲裂**当归二两，酒一升，煮取六合，饮之，日再服。外台秘要方。**内虚目暗**补气养血。用当归生晒六两，附子火炮一两，为末，炼蜜丸梧子大。每服三十丸，温酒下，名六一丸。圣济总录。**心下痛刺**当归为末，酒服方寸匕。必效方。**手臂疼痛**当归三两切，酒浸三日，温饮之。饮尽，别以三两再浸，以瘥为度。事林广记。**温疟不止**当归一两，水煎饮，日一服。圣济总录。**久痢不止**当归二两，吴茱萸一两，同炒香，去萸不用，为末，蜜丸梧子大。每服三十丸，米饮下，名胜金丸。普济方。**大便不通**当归、白芷等分，为末。每服二钱，米汤下。圣济总录。**妇人百病**诸虚不足者。当归四两，地黄二两，为末，蜜丸梧子大。每食前，米饮下十五丸。太医支法存方。**月经逆行**从口鼻出。先以京墨磨汁服，止之。次用当归尾、红花各三钱，水一钟半，煎八分，温服，其经即通。简便方。**室女经闭**[13]当归尾、没药各一钱，为末，红花浸酒，面北饮之，一日一服。普济方。**妇人血气**脐下气胀，月经不利，血气上攻欲呕，不得睡。当归四钱，干漆烧存性二钱，为末，炼蜜丸梧子大。每服十五丸，温酒下。永类方。**堕胎下血**不止。当归焙一两，葱白一握，每服五钱，酒一盏半，煎八分，温服。圣济总录。**妊娠胎动**神妙。佛手散：治妇人妊娠伤动，或子死腹中，血下疼痛，口噤欲死。服此探之，不损则痛止，已损便立下，此乃徐王神验方也。当归二两，芎䓖一

两，为粗末。每服三钱，水一盏，煎令泣泣欲干[14]，投酒一盏，再煎一沸，温服，或灌之。如人行五里，再服。不过三五服，便效。张文仲备急方。**产难胎死**横生倒生。用当归三两，芎藭一两，为末，先以大黑豆炒焦，入流水一盏，童便一盏，煎至一盏，分为二服。未效再服。妇人良方。**倒产子死**不出。当归末，酒服方寸匕。子母秘录。**产后血胀**腹痛引胁。当归二钱，干姜炮五分，为末。每服三钱，水一盏，煎八分，入盐、酢少许[15]，热服。妇人良方。**产后腹痛**如绞。当归末五钱，白蜜一合，水一盏，煎一盏，分为二服。未效再服。妇人良方。**产后自汗**壮热，气短，腰脚痛不可转。当归三钱，黄芪合芍药酒炒各二钱，生姜五片，水一盏半，煎七分，温服。和剂局方。**产后中风**不省人事，口吐涎沫，手足瘛疭。当归、荆芥穗等分，为末。每服二钱，水一盏，酒少许，童尿少许，煎七分，灌之，下咽即有生意，神效。圣惠方。**小儿胎寒**好啼，昼夜不止，因此成痫。当归末一小豆大，以乳汁灌之，日夜三四度。肘后方。**小儿脐湿**不早治，成脐风。或肿赤，或出水。用当归末傅之。一方，入麝香少许。一方，用胡粉等分。试之最验。若愈后因尿入复作，再傅即愈。圣惠方。**汤火伤疮**焮赤溃烂[16]，用此生肌，拔热止痛。当归、黄蜡各一两，麻油四两，以油煎当归焦黄，去滓，纳蜡搅成膏，出火毒，摊贴之。和剂局方。**白黄色枯**舌缩，恍惚若语乱者死。当归、白术二两，水煎，入生苄汁、蜜和服。三十六黄方。

芎藭　音穷穹。本经上品。

【释名】胡藭别录**川芎**纲目**香果**别录**山鞠穷**纲目〔时珍曰〕芎本作营，名义未详。或云：人头穹窿穷高[17]，天之象也。此药上行，专治头脑诸疾，故有芎藭之名。以胡戎者为佳，故曰胡藭。古人因其根节状如马衔，谓之马衔芎藭。后世因其状如雀脑，谓之雀脑芎。其出关中者，呼为京芎，亦曰西芎；出蜀中者，为川芎；出天台者，为台芎；出江南者，为抚芎，皆因地而名也。左传：楚人谓萧人曰：有麦曲乎？有山鞠穷乎？河鱼腹疾奈何？二物皆御湿，故以谕之[18]。丹溪朱氏治六郁越鞠丸中用越桃、鞠穷，故以命名。金光明经谓之阇莫迦[19]。

【集解】〔别录曰〕芎藭叶名蘼芜，生武功川谷、斜谷西岭，三月、四月采根暴干。〔普曰〕芎藭或生胡无桃山阴，或泰山。叶细香，青黑文，赤如藁本，冬夏丛生，五月花赤，七月实黑，附端两叶。三月采根，有节如马衔。〔弘景曰〕武功、斜谷西岭，俱近长安。今出历阳，处处亦有，人家多种之。叶似蛇床而香，节大茎细，状如马衔，谓之马衔芎藭。蜀中亦有而细。〔恭曰〕今出秦州，其历阳出者不复用。其人间种者，形块大，重实多脂。山中采者，瘦细。味苦、辛。以九月、十月采之为佳，若三月、四月虚恶非时也。〔颂曰〕关陕、川蜀、江东山中多有之，而以蜀川者为胜。四五月生叶，似水芹、胡荽、蛇床辈，作丛而茎细。其叶倍香，江东、蜀人采叶作饮。七八月开碎白花，如蛇床子花。根坚瘦，黄黑色。关中出者形块重实，作雀脑状者为雀脑芎，最有力。〔时珍曰〕蜀地少寒，人多栽莳，深秋茎叶亦不萎也。清明后宿根生苗，分其枝横埋之，则节节生根。八月根下始结芎藭，乃可掘取，蒸暴货之[20]。救荒本草云：叶似芹而微细窄，有丫叉，又似白芷，叶亦细，又似胡荽叶而微壮，一种似蛇床叶而亦粗。嫩叶可炸食。〔宗奭曰〕凡用，以川中大块，里色白，不油，嚼之微辛甘者佳。他种不入药，止可为末，煎汤沐浴而已。

根　**【气味】辛，温，无毒。**〔普曰〕神农、黄帝、岐伯、雷公：辛，无毒。扁鹊：酸，无毒。李当之：生温，熟寒。〔元素曰〕性温，味辛、苦，气厚味薄，浮而升，阳也。少阳本经引经药，入手、足厥阴气分。〔之才曰〕白芷为之使，畏黄连，伏雌黄。得细辛，疗金疮止痛。得牡蛎，疗头风吐逆。

【主治】中风入脑头痛，寒痹筋挛缓急，金疮，妇人血闭无子。本经**除脑中冷动，面上游风去来，目泪出，多涕唾，忽忽如醉，诸寒冷气，心腹坚痛，中恶卒急肿痛，胁风痛，温中内寒。**

别录**腰脚软弱，半身不遂，胞衣不下**。甄权**一切风，一切气，一切劳损，一切血。补五劳，壮筋骨，调众脉，破症结宿血，养新血，吐血鼻血溺血，脑痈发背，瘰疬瘿赘，痔瘘疮疥，长肉排脓，消瘀血**。大明**搜肝气**[21]**，补肝血，润肝燥，补风虚**。好古**燥湿，止泻痢，行气开郁**。时珍**蜜和大丸，夜服，治风痰殊效**。苏颂**齿根出血，含之多瘥**。弘景

【发明】〔宗奭曰〕今人用此最多，头面风不可缺也，然须以他药佐之。〔元素曰〕川芎上行头目，下行血海，故清神及四物汤皆用之。能散肝经之风，治少阳厥阴经头痛，及血虚头痛之圣药也。其用有四：为少阳引经，一也；诸经头痛，二也；助清阳之气，三也；去湿气在头，四也。〔杲曰〕头痛必用川芎。如不愈，加各引经药：太阳羌活，阳明白芷，少阳柴胡，太阴苍术，厥阴吴茱萸，少阴细辛，是也。〔震亨曰〕郁在中焦，须抚芎开提其气以升之，气升则郁自降。故抚芎总解诸郁，直达三焦，为通阴阳气血之使。〔时珍曰〕芎藭，血中气药也。肝苦急，以辛补之，故血虚者宜之。辛以散之，故气郁者宜之。左传言麦曲鞠穷御湿，治河鱼腹疾。予治湿泻每加二味，其应如响也。血痢已通而痛不止者，乃阴亏气郁，药中加芎为佐，气行血调，其病立止。此皆医学妙旨，圆机之士[22]，始可语之。〔宗奭曰〕沈括笔谈云：一族子旧服芎藭[23]，医郑叔熊见之云：芎藭不可久服，多令人暴死。后族子果无疾而卒。又朝士张子通之妻，病脑风[24]，服芎藭甚久，一旦暴亡。皆目见者。此皆单服既久，则走散真气。若使他药佐使，又不久服，中病便已，则焉能至此哉？〔虞抟曰〕骨蒸多汗，及气弱之人，不可久服。其性辛散，令真气走泄，而阴愈虚也。〔时珍曰〕五味入胃，各归其本脏。久服则增气偏胜，必有偏绝，故有暴夭之患。若药具五味，备四气，君臣佐使配合得宜，岂有此害哉？如芎藭，肝经药也。若单服既久，则辛喜归肺，肺气偏胜，金来贼木，肝必受邪，久则偏绝，岂不夭亡？故医者贵在格物也[25]。

【附方】旧七，新一十三。**生犀丸**宋真宗赐高相国，去痰清目，进饮食，生犀丸：用川芎十两，紧小者，粟米泔浸二日换，切片子，日干为末，分作两料。每料入麝、脑各一分[26]，生犀半两，重汤煮，蜜和丸小弹子大。茶、酒嚼下一丸。痰，加朱砂半两。膈壅[27]，加牛黄一分，水飞铁粉一分。头目昏眩，加细辛一分。口眼㖞斜，加炮天南星一分。御药院方。**气虚头痛**真川芎藭为末，腊茶调服二钱，甚捷。曾有妇人产后头痛，一服即愈。集简方。**气厥头痛**妇人气盛头痛，及产后头痛。川芎藭、天台乌药等分，为末。每服二钱，葱茶调下。御药院方：加白术，水煎服。**风热头痛**川芎藭一钱，茶叶二钱，水一钟，煎五分，食前热服。简便方。**头风化痰**川芎洗切，晒干为末，炼蜜丸如小弹子大。不拘时嚼一丸，茶清下。经验后方。**偏头风痛**京芎细锉，浸酒日饮之。斗门方。**风热上冲**头目运眩，或胸中不利。川芎、槐子各一两，为末。每服三钱，用茶清调下。胸中不利，以水煎服。张洁古保命集。**首风旋运**及偏正头疼，多汗恶风，胸膈痰饮。川芎藭一斤，天麻四两，为末，炼蜜丸如弹子大。每嚼一丸，茶清下。刘河间宣明方。**失血眩运**方见当归下。**一切心痛**大芎一个，为末，烧酒服之。一个住一年[28]，两个住二年。孙氏集效方。**经闭验胎**经水三个月不行，验胎法：川芎生为末，空心煎艾汤服一匙。腹内微动者是有胎，不动者非也。灵苑方。**损动胎气**因跌扑举重，损胎不安，或子死腹中者。芎藭为末，酒服方寸匕，须臾一二服，立出。续十全方。**崩中下血**昼夜不止。千金方：用芎藭一两，清酒一大盏，煎取五分，徐徐进之。圣惠：加生地黄汁二合，同煎。**酒癖胁胀**时复呕吐，腹有水声。川芎藭、三棱炮各一两，为末。每服二钱，葱白汤下。圣济总录。**小儿脑热**好闭目，或太阳痛，或目赤肿。川芎藭、薄荷、朴消各二钱，为末，以少许吹鼻中。全幼心鉴。**齿败口臭**水煎芎藭含之。广济方。**牙齿疼痛**大川芎藭一个，入旧槽内藏一月，取焙，入细辛同研末，揩牙。本事方。**诸疮肿痛**抚芎煅研，入轻粉，麻油调涂。普济方。**产后乳悬**妇人产后，两乳忽长，细小如肠，垂过小肚，痛不可忍，危亡须臾，名曰乳悬。将芎藭、当归各一斤：以半斤锉散，于瓦石器内，用水浓煎，不拘多

少频服；仍以一斤半铧块，于病人桌下烧烟，令将口鼻吸烟。用尽未愈，再作一料。仍以蓖麻子一粒，贴其顶心。夏子益奇疾方。

蘼芜 本经上品

【释名】薇芜本经**蕲茝**[29]尔雅**江蓠**别录〔颂曰〕蕲茝，古芹芷字也。〔时珍曰〕蘼芜一作蘪芜[30]，其茎叶靡弱而繁芜，故以名之。当归名蕲，白芷名蓠。其叶似当归，其香似白芷，故有蕲茝、江蓠之名。王逸云，蓠草生江中，故曰江蓠，是也。余见下。

【集解】〔别录曰〕芎䓖叶名蘼芜。又曰：蘼芜，一名江蓠，芎䓖苗也。生雍州川泽及冤句，四月、五月采叶暴干。〔弘景曰〕今出历阳，处处人家多种之。叶似蛇床而香，骚人借以为譬[31]，方药稀用。〔恭曰〕此有二种：一种似芹叶，一种似蛇床。香气相似，用亦不殊。〔时珍曰〕别录言，蘼芜一名江蓠，芎䓖苗也。而司马相如子虚赋，称芎䓖菖蒲，江蓠蘼芜。上林赋云：被以江蓠，揉以蘼芜。似非一物，何耶？盖嫩苗未结根时，则为蘼芜；既结根后，乃为芎䓖。大叶似芹者为江蓠，细叶似蛇床者为蘼芜。如此分别，自明白矣。淮南子云：乱人者，若芎䓖之与藁本，蛇床之与蘼芜。亦指细叶者言也。广志云：蘼芜香草，可藏衣中。管子云：五沃之土生蘼芜。郭璞赞云：蘼芜香草，乱之蛇床。不损其真，自烈以芳。又海中苔发，亦名江蓠，与此同名耳。

【气味】辛，温，无毒。

【主治】咳逆，定惊气，辟邪恶，除蛊毒鬼疰，去三虫。久服通神。本经**主身中老风，头中久风、风眩。**别录**作饮，止泄泻。**苏颂

花〔主治〕入面脂用。时珍

蛇床 本经上品

【释名】蛇粟本经**蛇米**本经**虺床**尔雅**马床**广雅**墙蘼**别录。又名思益、绳毒、枣棘。〔时珍曰〕蛇虺喜卧于下食其子，故有蛇床、蛇粟诸名。其叶似蘼芜，故曰墙蘼。尔雅云：盱[32]，虺床也。

【集解】〔别录曰〕蛇床生临淄川谷及田野，五月采实阴干。〔弘景曰〕田野墟落甚多，花叶正似蘼芜。〔保升曰〕叶似小叶芎䓖，花白，子如黍粒，黄白色。生下湿地，所在皆有，以杨州、襄州者为良。〔颂曰〕三月生苗，高三二尺，叶青碎，作丛似蒿枝。每枝上有花头百余，结同一窠，似马芹类。四五月乃开白花，又似伞状。子黄褐色，如黍米，至轻虚。〔时珍曰〕其花如碎米攒簇[33]。其子两片合成，似莳萝子而细，亦有细棱。凡花实似蛇床者，当归、芎䓖、水芹、藁本、胡萝卜是也。

子【修治】〔敩曰〕凡使，须用浓蓝汁并百部草根自然汁，同浸一伏时，漉出日干。却用生地黄汁相拌蒸之，从巳至亥，取出日干用。〔大明曰〕凡服食，即挼去皮壳，取仁微炒杀毒，即不辣也。作汤洗浴，则生用之。

【气味】苦，平，无毒。〔别录曰〕辛，甘，无毒。〔权曰〕有小毒。〔之才曰〕恶牡丹、贝母、巴豆。伏硫黄。

【主治】妇人阴中肿痛，男子阴痿湿痒，除痹气，利关节，癫痫恶疮。久服轻身。本经**温中下气，令妇人子脏热，男子阴强。久服好颜色，令人有子。**别录**治男子女人虚湿痹，毒风𤺋痛，去男子腰痛，浴男子阴，去风冷，大益阳事。**甄权**暖丈夫阳气，助女人阴气，治腰胯酸疼，四肢顽痹，缩小便，去阴汗湿癣齿痛，赤白带下，小儿惊痫，扑损瘀血，煎汤浴大风身痒。**大明

【发明】〔敩曰〕此药令人阳气盛数，号曰鬼考也。〔时珍曰〕蛇床乃右肾命门、少阳三焦气分之药，神农列之上品，不独辅助男子，而又有益妇人。世人舍此而求补药于远域，岂非贱目贵耳乎？

【附方】旧四，新十二。**阳事不起**蛇床子、五味子、菟丝子等分，为末，蜜丸梧子大。每服

三十丸，温酒下，日三服。千金方。**赤白带下**月水不来。用蛇床子、枯白矾等分，为末，醋面糊丸弹子大，胭脂为衣，绵裹纳入阴户。如热极，再换，日一次。儒门事亲方。**子宫寒冷**温阴中坐药，蛇床子散：取蛇床子仁为末，入粉少许，和匀如枣大，绵裹纳之，自然温也。金匮玉函方。**妇人阴痒**蛇床子一两，白矾二钱，煎汤频洗。集简方。**产后阴脱**绢盛蛇床子，蒸热熨之。又法：蛇床子五两，乌梅十四个，煎水，日洗五六次。千金方。**妇人阴痛**方同上。**男子阴肿**胀痛。蛇床子末，鸡子黄调傅之。永类方。**大肠脱肛**蛇床子、甘草各一两，为末。每服一钱，白汤下，日三服。并以蛇床末傅之。经验方。**痔疮肿痛**不可忍。蛇床子煎汤熏洗。简便方。**小儿癣疮**蛇床子杵末，和猪脂涂之。千金方。**小儿甜疮**头面耳边连引，流水极痒，久久不愈者。蛇床子一两，轻粉三钱，为细末，油调搽之。普济方。**耳内湿疮**蛇床子、黄连各一钱，轻粉一字，为末吹之。全幼心鉴。**风虫牙痛**千金：用蛇床子、烛烬，同研，涂之。集简方：用蛇床子煎汤，乘热漱数次，立止。**冬月喉痹**肿痛，不可下药者。蛇床子烧烟于瓶中，口含瓶嘴吸烟，其痰自出。圣惠方。

藁本　本经中品

【释名】藁茇[34]纲目**鬼卿**本经**地新**本经**微茎**别录。〔恭曰〕根上苗下似禾藁，故名藁本。本，根也。〔时珍曰〕古人香料用之，呼为藁本香。山海经名藁茇。

【集解】〔别录曰〕藁本生崇山山谷[35]，正月、二月采根暴干，三十日成。〔弘景曰〕俗中皆用芎藭根须，其形气乃相类。而桐君药录说芎藭苗似藁本，论说花实皆不同，所生处又异。今东山别有藁本，形气甚相似，惟长大耳。〔恭曰〕藁本茎叶根味与芎藭小别。今出宕州者佳。〔颂曰〕今西川、河东州郡及兖州、杭州皆有之。叶似白芷香，又似芎藭，但芎藭似水芹而大，藁本叶细尔。五月有白花，七八月结子。根紫色。〔时珍曰〕江南深山中皆有之。根似芎藭而轻虚，味麻，不堪作饮也。

根　**〔气味〕辛，温，无毒。**〔别录曰〕微寒。〔权曰〕微温。〔元素曰〕气温，味苦、大辛，无毒。气厚味薄，升也，阳也。足太阳本经药。〔之才曰〕恶䕡茹，畏青葙子。**〔主治〕妇人疝瘕，阴中寒肿痛，腹中急，除风头痛，长肌肤，悦颜色。**本经**辟雾露润泽，疗风邪亸曳金疮**[36]**，可作沐药面脂。**别录**治一百六十种恶风鬼疰，流入腰痛冷，能化小便，通血，去头风䵟疱**[37]。甄权**治皮肤疵皯**[38]**，酒齄粉刺，痫疾。**大明**治太阳头痛巅顶痛**[39]**，大寒犯脑，痛连齿颊。**元素**头面身体皮肤风湿。**李杲**督脉为病，脊强而厥。**好古**治痈疽，排脓内塞。**时珍**〔发明〕**〔元素曰〕藁本乃太阳经风药，其气雄壮，寒气郁于本经，头痛必用之药。颠顶痛非此不能除。与木香同用，治雾露之清邪中于上焦。与白芷同作面脂。既治风，又治湿，亦各从其类也。〔时珍曰〕邵氏闻见录云：夏英公病泄，太医以虚治不效。霍翁曰：风客于胃也。饮以藁本汤而止。盖藁本能去风湿故耳。**〔附方〕**新三。**大实心痛**已用利药，用此彻其毒。藁本半两，苍术一两，作二服。水二钟，煎一钟，温服。活法机要。**干洗头屑**藁本、白芷等分，为末，夜擦旦梳，垢自去也。便民图纂。**小儿疥癣**藁本煎汤浴之，并以浣衣。保幼大全。

实〔主治〕风邪流入四肢。别录

【附录】徐黄〔别录有名未用曰〕味辛，平，无毒。主心腹积瘕。茎，主恶疮。生泽中，大茎细叶，香如藁本。

蜘蛛香　纲目

【集解】〔时珍曰〕蜘蛛香，出蜀西茂州松潘山中，草根也。黑色有粗须，状如蜘蛛及藁本、芎藭，气味芳香，彼人亦重之。或云猫喜食之。

根　**【气味】辛，温，无毒。**

【主治】辟瘟疫，中恶邪精，鬼气尸疰。时珍

白芷　本经中品。

【释名】白茝音止，又昌海切。**芳香**本经**泽芬**别录**苻蓠**别录**虈**[41]许骄切。**莞**音官。**叶名蒚麻**[41]音力。**药**音约。〔时珍曰〕徐锴云，初生根干为芷，则白芷之义取乎此也。王安石字说云：茝香可以养鼻，又可养体，故茝字从𦣞。𦣞音怡，养也。许慎说文云：晋谓之虈，齐谓之茝，楚谓之蓠，又谓之药。生于下泽，芬芳与兰同德，故骚人以兰茝为咏，而本草有芳香、泽芬之名，古人谓之香白芷云。

【集解】〔别录曰〕白芷生河东川谷下泽，二月、八月采根暴干。〔弘景曰〕今处处有之，东间甚多。叶可合香。〔颂曰〕所在有之，吴地尤多。根长尺余，粗细不等，白色。枝干去地五寸以上。春生叶，相对婆娑，紫色，阔三指许。花白微黄。入伏后结子，立秋后苗枯。二月、八月采根暴干。以黄泽者为佳。〔敩曰〕凡采勿用四条一处生者，名丧公藤。又勿用马兰根。

根　**〔修治〕**〔敩曰〕采得刮去土皮，细锉，以黄精片等分，同蒸一伏时，晒干去黄精用。〔时珍曰〕今人采根洗刮寸截，以石灰拌匀，晒收，为其易蛀，并欲色白也。入药微焙。**〔气味〕辛，温，无毒。**〔元素曰〕气温，味苦、大辛，气味俱轻，阳也。手阳明引经本药，同升麻则通行手、足阳明经，亦入手太阴经。〔之才曰〕当归为之使，恶旋覆花，制雄黄、硫黄。**〔主治〕女人漏下赤白，血闭阴肿，寒热，头风侵目泪出，长肌肤，润泽颜色，可作面脂。**本经**疗风邪，久渴吐呕，两胁满，风痛头眩目痒。可作膏药。**别录**治目赤胬肉**[42]**，去面皯疵瘢，补胎漏滑落，破宿血，补新血，乳痈发背瘰疬**[43]**，肠风痔瘘**[44]**，疮痍疥癣，止痛排脓。**大明**能蚀脓**[45]**，止心腹血刺痛，女人沥血腰痛，血崩。**甄权**解利手阳明头痛，中风寒热，及肺经风热，头面皮肤风痹燥痒。**元素**治鼻渊鼻衄，齿痛，眉棱骨痛，大肠风秘，小便去血，妇人血风眩运，翻胃吐食，解砒毒蛇伤，刀箭金疮。**时珍**〔发明〕**〔杲曰〕白芷疗风通用，其气芳香，能通九窍，表汗不可缺也。〔刘完素曰〕治正阳明头痛，热厥头痛，加而用之。〔好古曰〕同辛夷、细辛用治鼻病，入内托散用长肌肉，则入阳明可知矣。〔时珍曰〕白芷色白味辛，行手阳明庚金；性温气厚，行足阳明戊土；芳香上达，入手太阴肺经。肺者，庚之弟，戊之子也。故所主之病不离三经[46]。如头目眉齿诸病，三经之风热也；如漏带痈疽诸病，三经之湿热也。风热者辛以散之，湿热者温以除之。为阳明主药，故又能治血病胎病，而排脓生肌止痛。按王璆百一选方云：王定国病风头痛，至都梁求明医杨介治之[47]，连进三丸，即时病失。恳求其方，则用香白芷一味，洗晒为末，炼蜜丸弹子大。每嚼一丸，以茶清或荆芥汤化下。遂命名都梁丸。其药治头风眩运，女人胎前产后，伤风头痛，血风头痛，皆效。戴原礼要诀亦云：头痛挟热，项生磊块者，服之甚宜。又臞仙神隐书，言种白芷能辟蛇，则夷坚志所载治蝮蛇伤之方[48]，亦制以所畏也，而本草不曾言及。〔宗奭曰〕药性论言白芷能蚀脓。今人用治带下，肠有败脓，淋露不已，腥秽殊甚，遂致脐腹冷痛，皆由败脓血所致，须此排脓。白芷一两，单叶红蜀葵根二两，白芍药、白枯矾各半两，为末，以蜡化丸梧子大。每空心及饭前，米饮下十丸或十五丸。俟脓尽，及以他药补之。**〔附方〕**旧一，新三十四。**一切伤寒**神白散，又名圣僧散：治时行一切伤寒，不问阴阳轻重、老少男女孕妇，皆可服之。用白芷一两，生甘草半两，姜三片，葱白三寸，枣一枚，豉五十粒，水二碗，煎服取汗。不汗再服。病至十余日未得汗者，皆可服之。此药可卜人之好恶也。如煎得黑色，或误打翻，即难愈；如煎得黄色，无不愈者。煎时要至诚，忌妇人鸡犬见。卫生家宝方。**一切风邪**方同上。**风寒流涕**香白芷一两，荆芥穗一钱，为末，蜡茶点服二钱。百一选方。**小儿流涕**是风寒也。白芷末、葱白，捣丸小豆大，每茶下二十丸。仍以白芷末，姜汁调，涂太阳穴，乃食热葱粥取汗。圣惠方。**小儿身热**白芷煮汤浴之，取汗避风。子母秘录。**头面诸风**香白芷切，以萝卜汁浸透，日干为末。每服二钱，白汤下。或以嗃鼻[49]。直指方。**偏正头风**百药不治，一服便可，天下第一方也。香白芷炒二两五钱，川芎炒、甘草炒、川乌头半生半熟各一两，为末。每服一钱，细茶、薄荷汤调下。谈野翁试效方。**头风眩运**都梁丸，见发明下。**眉棱骨痛**属风热与痰。白芷、片芩酒炒等分，为末。每服二钱，茶清调下。丹溪纂要。**风热牙痛**香白芷一钱，朱砂五分，为末，蜜丸芡子大，频用擦牙。此乃濠州一村妇以医人者，庐州郭医云，绝胜他药也。或以白芷、吴茱萸等分，浸水漱涎。医林集要。**一切眼疾**白芷、雄黄为末，炼蜜丸龙眼大，朱砂为衣。每服一丸，食后茶下，日二服。名还睛丸。普济方。**口齿气臭**百一选方：用香白芷七钱，为末，食后并水服一钱。济生方：用白芷、川芎等分，为末，蜜丸芡子大，日噙之。**盗汗不止**太平白芷一两，辰砂半两，为末。每服二钱，温酒下，屡验。朱氏集验方。**血风反胃**香白芷一两，切片，瓦炒黄为末。用猪血七片，沸汤泡七次，蘸末食之，日一次。妇人良方。**脚气肿痛**白芷、芥子等分，为末，姜汁和，涂之效。医方摘要。**妇人白带**白芷四两，以石灰半斤，淹三宿，去灰切片，炒研末。酒服二钱，日二服。医学集成。**妇人难产**白芷五钱，水煎服之。唐瑶经验。**胎前产后**乌金散：治胎前产后虚损，月经不调，崩漏及横生逆产。用白芷、百草霜等分，为末，以沸汤入童子小便同醋调服二钱。丹溪加滑石，以芎归汤调之。普济方。**大便风秘**[50]香白芷炒，为末。每服二钱，米饮入蜜少许，连进二服。十便良方。**小便气淋**结涩不通，白芷醋浸焙干，二两，为末。煎木通、甘草酒调下一钱，连进二服。普济方。**鼻衄不止**就以所出血调白芷末，涂山根[51]，立止。简便方。**小便出血**白芷、当归等分，为末，米饮每服二钱。经验方。**肠风下血**香白芷为末，每服二钱，米饮下，神效。余居士选奇方。**痔漏出血**方同上，并煎汤熏洗。直指方。**痔疮肿痛**先以皂角烟熏之，后以鹅胆汁调白芷末涂之，即消。医方摘要。**肿毒热痛**醋调白芷末傅之。卫生易简方。**乳痈初起**白芷、贝母各二钱，为末，温酒服之。秘传外科方。**疔疮初起**白芷一钱，生姜一两，擂酒一盏，温服取汗，即散。此陈指挥方也。袖珍方。**痈疽赤肿**白芷、大黄等分，为末，米饮服二钱。经验方。**小儿丹瘤**[52]游走入腹必死。初发，急以截风散截之。白芷、寒水石为末，生葱汁调涂。全幼心鉴。**刀箭伤疮**香白芷嚼烂涂之。集简方。**解砒石毒**白芷末，井水服二钱。事林广记。**诸骨哽咽**白芷、半夏等分，为末。水服一钱，即呕出。普济方。**毒蛇伤螫**临川有人被蝮伤，即昏死，一臂如股，少顷遍身皮胀，黄黑色。一道人以新汲水调香白芷末一斤，灌之。觉脐中搰搰然[53]，黄水自口出，腥秽逆人，良久消缩如故云。以麦门冬汤调尤妙，仍以末搽之。又经山寺僧为蛇伤，一脚溃烂，百药不愈。一游僧以新水数洗净腐败，见白筋，挹干[54]，以白芷末，入胆矾、麝香少许掺之，恶水涌出。日日如此，一月平复。洪迈夷坚志。

叶〔主治〕**作浴汤，去尸虫**[55]。别录**浴丹毒瘾疹风瘙。**时珍〔附方〕新一。**小儿身热**白芷苗、苦参等分，煎浆水，入盐少许洗之。卫生总微论。

芍药　芍音杓，又音勺。本经中品

【释名】将离纲目**犁食**别录**白术**别录**余容**别录**鋋**[56]别录**白者名金芍药**图经**赤者名木芍药**〔时珍曰〕芍药，犹婥约也。婥约，美好貌。此草花容婥约，故以为名。罗愿尔雅翼言[57]，制食之毒，莫良于勺，故得药名，亦通。郑风诗云：伊其相谑，赠之以芍药。韩诗外传云：勺药，离草也。董子云[58]：勺药一名将离，故将别赠之。俗呼其花之千叶者为小牡丹，赤者为木芍药，与牡丹同名也。

【集解】〔别录曰〕芍药生中岳川谷及丘陵，二月、八月采根暴干。〔弘景曰〕今出白山、蒋山、茅山最好，白而长尺许。余处亦有而多赤，赤者小利。〔志曰〕此有赤白两种，其花亦有赤白二色。〔颂曰〕今处处有之，淮南者胜。春生红芽作丛，茎上三枝五叶，似牡丹而狭长，高一二尺。夏初开花，有红白紫数种，结子似牡丹子而小。秋时采根。崔豹古今注云：芍药有二种：有草芍药，太芍药。木者花大而色深，俗呼为牡丹，非矣。安期生服炼法：芍药有金芍药，色白多脂肉；木芍药，色紫瘦多脉。〔承曰〕本经芍药生丘陵。今世多用人家种植者，乃欲其花叶肥大，必加粪壤。每岁八九月取根分削，因利以为药。今淮南真阳尤多，根虽肥大而香味不佳，入药少效。〔时珍曰〕昔人言洛阳牡丹、扬州芍药甲天下。今药中所用，亦多取扬州者。十月生芽，至春乃长，三月开花。其品凡三十余种，有千叶、单叶、楼子之异。入药宜单叶之根，气味全厚。根之赤白，随花之色也。

根　**【修治】**〔敩曰〕凡采得，竹刀刮去皮并头土，锉细，以蜜水拌蒸，从巳至未，晒干用。〔时珍曰〕今人多生用，惟避中寒者以酒炒，入女人血药以醋炒耳。

【气味】苦，平，无毒。〔别录曰〕酸，微寒，有小毒。〔普曰〕神农：苦。桐君：甘，无毒。岐伯：咸。雷公：酸。李当之：小寒。〔元素曰〕性寒，味酸，气厚味薄，升而微降，阳中阴也。〔杲曰〕白芍药酸，平，有小毒，可升可降，阴也。〔好古曰〕味酸而苦，气薄味厚，阴也，降也，为手足太阴行经药，入肝脾血分。〔之才曰〕须丸为之使，恶石斛、芒消，畏消石、鳖甲、小蓟，反藜芦。〔禹锡曰〕别本须丸作雷丸。〔时珍〕同白术补脾，同芎藭泻肝，同人参补气，同当归补血以酒炒补阴，同甘草止腹痛，同黄连止泻痢，同防风发痘疹，同姜、枣温经散湿。

【主治】邪气腹痛，除血痹，破坚积，寒热疝瘕，止痛，利小便，益气。本经**通顺血脉，缓中，散恶血，逐贼血，去水气，利膀胱大小肠，消痈肿，时行寒热，中恶腹痛腰痛。**别录**治脏腑拥气**[59]**，强五脏，补肾气，治时疾骨热，妇人血闭不通，能蚀脓。**甄权**女人一切病，胎前产后诸疾，治风补劳，退热除烦益气，惊狂头痛，目赤明目，肠风泻血痔瘘，发背疮疥。**大明**泻肝，安脾肺，收胃气，止泻利，固腠理，和血脉，收阴气，敛逆气。**元素**理中气，治脾虚中满，心下痞，胁下痛，善噫，肺急胀逆喘咳，太阳鼽衄目涩，肝血不足，阳维病苦寒热**[60]**，带脉病苦腹痛满**[61]**，腰溶溶如坐水中。**好古**止下痢腹痛后重。**时珍

【发明】〔志曰〕赤者利小便下气，白者止痛散血。〔大明曰〕赤者补气，白者补血。〔弘景曰〕赤者小利，俗方以止痛不减当归。白者道家亦服食之，及煮石用。〔成无己曰〕白补而赤泻，白收而赤散。酸以收之，甘以缓之，故酸甘相合，用补阴血。收逆气而除肺燥。又云：芍药之酸，敛津液而益营血，收阴气而泄邪热。〔元素曰〕白补赤散，泻肝补脾胃。酒浸行经，止中部腹痛。与姜同用，温经散湿通塞，利腹中痛，胃气不通。白芍入脾经补中焦，乃下利必用之药。盖泻利皆太阴病，故不可缺此。得炙甘草为佐，治腹中痛，夏月少加黄芩，恶寒加桂，此仲景神方也。其用凡六：安脾经，一也；治腹痛，二也；收胃气，三也；止泻痢，四也；和血脉，五也；固腠理，六也。〔宗奭曰〕芍药须用单叶红花者为佳，然血虚寒人禁之。古人云：减芍药以避中寒。诚不可忽。〔震亨曰〕芍药泻脾火，性味酸寒，冬月必以酒炒。凡腹痛多是血脉凝涩，亦必酒炒用。然止能治血虚腹痛，余并不治。为其酸寒收敛，无温散之功也。下痢腹痛必炒用，后重者不炒。产后不可用者，以其酸寒伐生发之气也。必不得已，亦酒炒用之。〔时珍曰〕白芍药益脾，能于土中泻木。赤芍药散邪，能行血中之滞。日华子言赤补气，白治血，欠审矣。产后肝血已虚，不可更泻，故禁之。酸寒之药多矣，何独避芍药耶？以此颂曰张仲景治伤寒多用芍药，以其主寒热、利小便故也。杲曰：或言古人以酸涩为收，本经何以言利小便？曰：芍药能益阴滋湿而停津液，故小便自行，非因通利也。曰：又言缓中何也？曰：损其肝者缓其中，即调血也，故四物汤用芍药。大抵酸涩者为收敛停湿之剂，故主手足太阴经收敛之体，又能治血海而入于九地之下，后至厥阴经。白者色在西方，故补；赤者色在南方，故泻。

【附方】旧六，新一十。**服食法**〔颂曰〕安期生服炼芍药法云：芍药有二种：救病用金芍药，色白多脂肉；其木芍药，色紫瘦多脉。若取审看，勿令差错。凡采得，净洗去皮，以东流水煮百沸，阴干。停三日，又于木甑内蒸之，上覆以净黄土，一日夜熟，出阴干，捣末。以麦饮或酒服

三钱匕，日三。服满三百日，可以登岭绝谷不饥。图经本草。**腹中虚痛**白芍药三钱，炙甘草一钱，夏月加黄岑五分，恶寒加肉桂一钱，冬月大寒再加桂一钱。水二盏，煎一半，温服。洁古用药法象。**风毒骨痛**在髓中。芍药二分，虎骨一两，炙为末，夹绢袋盛，酒三升，渍五日。每服三合，日三服。经验后方。**脚气肿痛**白芍药六两，甘草一两，为末，白汤点服。事林广记。**消渴引饮**白芍药、甘草等分，为末。每用一钱，水煎服，日三服。鄂渚辛祐之患此九年[62]，服药止而复作。苏朴授此方，服之七日顿愈。古人处方，殆不可晓[63]，不可以平易而忽之也。陈日华经验方。**小便五淋**赤芍药一两，槟榔一个，面裹煨，为末。每服一钱，水一盏，煎七分，空心服。博济方。**衄血不止**赤芍药为末，水服二钱匕。事林广记。**衄血咯血**白芍药一两，犀角末二钱半，为末。新水服一钱匕，血止为限。古今录验。**崩中下血**小腹痛甚者。芍药一两，炒黄色，柏叶六两，微炒。每服二两，水一升，煎六合，入酒五合，再煎七合，空心分为两服。亦可为末，酒服二钱。圣惠方。**经水不止**白芍药、香附子、熟艾叶各一钱半，水煎服之。熊氏补遗。**血崩带下**赤芍药、香附子等分，为末。每服二钱，盐一捻，水一盏，煎七分，温服。日二服，十服见效。名如神散。良方。**赤白带下**年深月久不瘥者。取白芍药三两，并干姜半两，锉熬令黄，捣末。空心水饮服二钱匕，日再服。广济方：只用芍药炒黑，研末，酒服之。贞元广利方。**金疮血出**白芍药一两，熬黄为末，酒或米饮服二钱，渐加之，仍以末傅疮上即止，良验。广利方。**痘疮胀痛**[64]白芍药为末，酒服半钱匕。痘疹方。**木舌肿满**[65]塞口杀人。红芍药、甘草煎水热漱。圣济总录。**鱼骨硬咽**白芍药嚼细咽汁。事林广记。

牡丹 本经中品

【释名】鼠姑本经**鹿韭**本经**百两金**唐本**木芍药**纲目**花王**〔时珍曰〕牡丹以色丹者为上，虽结子而根上生苗，故谓之牡丹。唐人谓之木芍药，以其花似芍药，而宿干似木也。群花品中，以牡丹第一，芍药第二，故世谓牡丹为花王，芍药为花相。欧阳修花谱所载，凡三十余种。其名或以地，或以人，或以色，或以异，详见本书。

【集解】〔别录曰〕牡丹生巴郡山谷及汉中，二月、八月采根阴干。〔弘景曰〕今东间亦有，色赤者为好。〔恭曰〕生汉中、剑南。苗似羊桃，夏生白花，秋实圆绿，冬实赤色，凌冬不凋。根似芍药，肉白皮丹。土人谓之百两金，长安谓之吴牡丹者，是真也。今俗用者异于此，别有臊气也。〔炳曰〕今出合州者佳，和州、宣州者并良。白者补，赤者利。〔大明曰〕此便是牡丹花根也。巴、蜀、渝、合州者上，海盐者次之。〔颂曰〕今丹、延、青、越、滁、和州山中皆有，但花有黄紫红白数色。此当是山牡丹，其茎梗枯燥，黑白色。二月于梗上生苗叶，三月开花。其花叶与人家所种者相似，但花瓣止五六叶尔。五月结子黑色，如鸡头子大。根黄白色，可长五七寸，大如笔管。近世人多贵重，欲其花之诡异[66]，皆秋冬移接，培以壤土，至春盛开，其状百变。故其根性殊失本真，药中不可用此，绝无力也。〔宗奭曰〕牡丹花亦有绯者，深碧色者。惟山中单叶花红者，根皮入药为佳。市人或以枝梗皮充之，尤谬。〔时珍曰〕牡丹惟取红白单瓣者入药。其千叶异品，皆人巧所致，气味不纯，不可用。花谱载丹州、延州以西及褒斜道中最多，与荆棘无异，土人取以为薪，其根入药尤妙。凡栽花者，根下着白敛末辟虫，穴中点硫黄杀蠹[67]，以乌贼骨针其树必枯，此物性，亦不可不知也。

根皮【修治】〔敩曰〕凡采得根日干，以铜刀劈破去骨，锉如大豆许，用清酒拌蒸，从巳至未，日干用。

【气味】辛，寒，无毒。〔别录曰〕苦，微寒。〔普曰〕神农、岐伯：辛。雷公、桐君：苦，无毒。黄帝：苦，有毒。〔好古曰〕气寒，味苦、辛，阴中微阳，入手厥阴、足少阴经。〔之才〕畏贝母、大黄、菟丝子。〔大明曰〕忌蒜、胡荽，伏砒。

【主治】寒热，中风瘛疭[68]**，惊痫邪气，除症坚瘀血留舍肠胃，安五脏，疗痈疮。**本经**除时气头痛，客热五劳**[69]**，劳气头腰痛**[70]**，风噤癫疾**[71]。别录**久服轻身益寿。**吴普**治冷气，散诸痛，女子经脉不通，血沥腰痛。**甄权**通关腠血脉，排脓，消扑损瘀血，续筋骨，除风痹，落胎下胞，产后一切冷热血气。**大明**治神志不足，无汗之骨蒸，衄血吐血。**元素**和血生血凉血，治血中伏火，除烦热。**时珍

【发明】〔元素曰〕牡丹乃天地之精，为群花之首。叶为阳，发生也。花为阴，成实也。丹者赤色，火也。故能泻阴胞中之火。四物汤加之，治妇人骨蒸。又曰：牡丹皮入手厥阴、足少阴，故治无汗之骨蒸；地骨皮入足少阴、手少阳，故治有汗之骨蒸。神不足者手少阴，志不足者足少阴，故仲景肾气丸用之，治神志不足也。又能治肠胃积血，及吐血、衄血必用之药，故犀角地黄汤用之。〔杲曰〕心虚，肠胃积热，心火炽甚，心气不足者，以牡丹皮为君。〔时珍曰〕牡丹皮治手、足少阴、厥阴四经血分伏火。盖伏火即阴火也，阴火即相火也。古方惟以此治相火，故仲景肾气丸用之。后人乃专以黄檗治相火，不知牡丹之功更胜也。此乃千载秘奥，人所不知，今为拈出。赤花者利，白花者补，人亦罕悟，宜分别之。

【附方】旧三，新三。**癞疝偏坠**[72]气胀不能动者。牡丹皮、防风等分，为末，酒服二钱，甚效。千金方。**妇人恶血**攻聚上面多怒。牡丹皮半两，干漆烧烟尽半两，水二钟，煎一钟服。诸证辨疑。**伤损瘀血**牡丹皮二两，䗪虫二十一枚，熬过同捣末。每旦温酒服方寸匕，血当化为水下。贞元广利方。**金疮内漏**血不出。牡丹皮为末，水服三指撮，立尿出血也。千金方。**下部生疮**已决洞者。牡丹末，汤服方寸匕，日三服。肘后方。**解中蛊毒**牡丹根捣末，服一钱匕，日三服。外台秘要。

【附录】鼠姑〔别录曰〕味苦，平，无毒。主咳逆上气，寒热鼠瘘，恶疮邪气。一名䝙[73]，生丹水[74]。〔弘景曰〕今人不识，而牡丹一名鼠姑，鼠妇亦名鼠姑，未知孰是?

木香　本经上品

【释名】蜜香别录**青木香**弘景**五木香**图经**南木香**纲目〔时珍曰〕木香，草类也。本名蜜香，因其香气如蜜也。绿沉香中有蜜香，遂讹此为木香尔。昔人谓之青木香。后人因呼马兜铃根为青木香，乃呼此为南木香、广木香以别之。今人又呼一种蔷薇为木香，愈乱真矣。三洞珠囊云[75]：五香者，即青木香也。一株五根，一茎五枝，一枝五叶，叶间五节，故名五香，烧之能上彻九天也。古方治痈疽有五香连翘汤，内用青木香。古乐府云，氍毹毾㲪五木香，皆指此也。〔颂曰〕修养书云：正月一日取五木煮汤以浴，令人至老须发黑。徐锴注云：道家谓青木香为五香，亦云五木，多以为浴是矣。金光明经谓之矩琵佗香。

【集解】〔别录曰〕木香生永昌山谷。〔弘景曰〕此即青木香也。永昌不复贡，今多从外国舶上来，乃云出大秦国。今皆以合香，不入药用。〔恭曰〕此有二种，当以昆仑来者为佳，西胡来者不善[76]。叶似羊蹄而长大，花如菊花，结实黄黑，所在亦有之，功用极多。陶云不入药用，非也。〔权曰〕南州异物志云：青木香出天竺，是草根，状如甘草也。〔颂曰〕今惟广州舶上来，他无所出。根窠大类茄子，叶似羊蹄而长大，亦有叶如山药而根大开紫花者。不拘时月，采根芽为药。以其形如枯骨，味苦粘牙者为良。江淮间亦有此种，名土青木香，不堪药用。蜀本草言孟昶苑中亦尝种之，云苗高三四尺，叶长八九寸，皱软而有毛，开黄花，恐亦是土木香种也。〔敩曰〕其香是芦蔓根条，左盘旋。采得二十九日，方硬如朽骨。其有芦头丁盖子色青者，是木香神也。〔宗奭曰〕常自岷州出塞，得青木香，持归西洛。叶如牛蒡，但狭长，茎高二三尺，花黄一如金钱，其根即香也。生嚼极辛香，尤行气。〔承曰〕木香今多从外国来，陶说为是。苏颂图经所载广州者，乃是木类。又载滁州、海州者，乃是马兜铃根。治疗冷热，殊不相似，皆误图耳。〔时

珍曰〕木香，南方诸地皆有。一统志云：叶类丝瓜，冬月取根，晒干。

根 **【修治】**〔时珍曰〕凡入理气药，只生用，不见火。若实大肠，宜面煨熟用。

【气味】辛，温，无毒。〔元素曰〕气热，味辛、苦，气味俱厚，沉而降，阴也。〔杲曰〕苦、甘、辛，微温，降也，阴也。〔好古曰〕辛、苦，热，味厚于气，阴中阳也。

【主治】邪气，辟毒疫温鬼，强志，主淋露。久服不梦寤魇寐[77]。本经**消毒，杀鬼精物，温疟蛊毒，气劣气不足，肌中偏寒，引药之精。**别录**治心腹一切气，膀胱冷痛，呕逆反胃，霍乱泄泻痢疾，健脾消食，安胎。**大明**九种心痛**[78]**，积年冷气，痃癖症块胀痛，壅气上冲，烦闷羸劣，女人血气刺心，痛不可忍，末酒服之。**甄权**散滞气，调诸气，和胃气，泄肺气。**元素**行肝经气。煨熟，实大肠。**震亨**治冲脉为病，逆气里急，主脬渗小便秘**[79]。好古

【发明】〔弘景曰〕青木香，大秦国人以疗毒肿、消恶气有验。今惟制蛀虫丸用之。常以煮汁沐浴大佳。〔宗奭曰〕木香专泄决胸腹间滞塞冷气，他则次之。得橘皮、肉豆蔻、生姜相佐使绝佳，效尤速。〔元素曰〕木香除肺中滞气。若治中下二焦气结滞，及不转运，须用槟榔为使。〔震亨曰〕调气用木香，其味辛，气能上升，如气郁不达者宜之。若阴火冲上者，则反助火邪，当用黄檗、知母，而少以木香佐之。〔好古曰〕本草云，主气劣，气不足，补也；通壅气，导一切气，破也。安胎，健脾胃，补也；除痃癖症块，破也。其不同如此。洁古张氏但言调气，不言补也。〔机曰〕与补药为佐则补，与泄药为君则泄也。〔时珍曰〕木香乃三焦气分之药，能升降诸气。诸气膹郁[80]，皆属于肺，故上焦气滞用之者，乃金郁则泄之也。中气不运，皆属于脾，故中焦气滞宜之者，脾胃喜芳香也。大肠气滞则后重，膀胱气不化则癃淋，肝气郁则为痛，故下焦气滞者宜之，乃塞者通之也。〔权曰〕隋书言樊子盖为武威太守，车驾入吐谷浑，子盖以彼多瘴气，献青木香以御雾露之邪。〔颂曰〕续传信方著张仲景青木香丸，主阳衰诸不足。用昆仑青木香、六路诃子皮各二十两[81]，捣筛，糖和丸梧子大。每空腹酒下三十丸，日再，其效尤速。郑驸马去沙糖用白蜜，加羚羊角十二两。用药不类古方，而云仲景，不知何从而得也？

【附方】旧二，新一十八。**中气不省**闭目不语，如中风状。南木香为末，冬瓜子煎汤灌下三钱。痰盛者，加竹沥、姜汁。济生方。**气胀懒食**[82]即青木香丸，见发明下。热者牛乳下，冷者酒下。圣惠方。**心气刺痛**青木香两，皂角炙一两，为末，糊丸梧桐子大，每汤服五十丸，甚效。摄生方。**一切走注**气痛不和。广木香，温水磨浓汁，入热酒调服。简便方。**内钓腹痛**木香、乳香、没药各五分，水煎服之。阮氏小儿方。**小肠疝气**青木香四两，酒三斤，煮过，每日饮三次。孙天仁集效方。**气滞腰痛**青木香、乳香各二钱，酒浸，饭上蒸，均以酒调服。圣惠方。**耳卒聋闭**昆仑真青木香一两切，以苦酒浸一夜，入胡麻油一合，微火煎，三上三下，以绵滤去滓，日滴三四次，以愈为度。外台秘要。**耳内作痛**木香末，以葱黄染鹅脂，蘸末深纳入耳中。圣济录。**霍乱转筋**腹痛。木香末一钱，木瓜汁一盏，入热酒调服。圣济总录。**一切下痢**不拘丈夫妇人小儿。木香一块，方圆一寸，黄连半两，二味用水半升同煎干，去黄连，薄切木香，焙干为末。分作三服：第一服橘皮汤下，二服陈米饮下，三服甘草汤下。此乃李景纯所传。有一妇人久痢将死，梦中观音授此方，服之而愈也。孙兆秘宝方。**香连丸方**方见黄连下。**肠风下血**木香、黄连等分，为末，入肥猪大肠内，两头扎定，煮极烂，去药食肠。或连药捣为丸服。刘松石保寿堂方。**小便浑浊**如精状。木香、没药、当归等分，为末，以刺棘心自然汁和丸梧子大，每食前盐汤下三十丸。普济方。**小儿阴肿**小儿阳明经风热湿气相搏，阴茎无故肿，或痛缩，宜宽此一经自愈。广木香、枳壳麸炒二钱半，炙甘草二钱，水煎服。曾氏小儿方。**小儿天行**[83]壮热头痛。木香六分，白檀香三分，为末，清水和服。仍温水调涂囟顶上取瘥。圣惠方。**天行发斑**[84]赤黑色。青木香二两，水二升，煮一升服。外台秘要。**一切痈疽**疮疖、疳瘘恶疮[85]、下疰臁疮溃后[86]，外伤风寒，恶汁臭败

不敛，并主之。木香、黄连、槟榔等分，为末，油调频涂之，取效。和剂局方。**恶蛇虺伤**青木香不拘多少，煎水服，效不可述。袖珍方。**腋臭阴湿**凡腋下、阴下湿臭，或作疮：青木香以好醋浸，夹于腋下、阴下。为末傅之。外台秘要。**牙齿疼痛**青木香末，入麝香少许，揩牙，盐汤漱之。圣济录。

甘松香　宋开宝

【释名】苦弥哆音扯。〔时珍曰〕产于川西松州，其味甘，故名。金光明经谓之苦弥哆。

【集解】〔志曰〕广志云：甘松出姑臧、凉州诸山，细叶，引蔓丛生，可合诸香及裛衣[87]。〔颂曰〕今黔、蜀州郡及辽州亦有之。丛生山野，叶细如茅草，根极繁密，八月采之，作汤浴令人身香。

根　【气味】甘，温，无毒。〔好古曰〕平。

【主治】恶气，卒心腹痛满，下气。开宝**黑皮䵟䵳[88]，风疳齿䘌[89]，野鸡痔[90]。得白芷、附子良。**藏器**理元气，去气郁。**好古**脚气膝浮，煎汤淋洗。**时珍

【发明】〔时珍曰〕甘松芳香能开脾郁，少加入脾胃药中，甚醒脾气。杜宝拾遗录云：寿禅师妙医术，作五香饮，更加别药，止渴兼补益最妙。一沈香饮，二丁香饮，三檀香饮，四泽兰饮，五甘松饮也。

【附方】新四**劳瘵熏法**甘松六两，玄参一斤，为末，每日焚之。奇效方。**风疳虫牙**蚀肉至尽。甘松、腻粉各二钱半，卢会半两，猪肾一对，切炙为末，夜漱口后贴之，有涎吐出。圣济总录。**肾虚齿痛**甘松、硫黄等分，为末，泡汤漱之，神效。经效济世方。**面䵟风疮**[91]香附子、甘松各四两，黑牵牛半斤，为末，日用洗面。妇人良方。

山柰　纲目

【释名】山辣纲目**三柰**〔时珍曰〕山柰俗讹为三柰，又讹为三赖，皆土音也。或云：本名山辣，南人舌音呼山为三，呼辣如赖，故致谬误。其说甚通。

【集解】〔时珍曰〕山柰生广中，人家栽之。根叶皆如生姜，作樟木香气。土人食其根如食姜，切断暴干，则皮赤黄色，肉白色。古之所谓廉姜，恐其类也。段成式酉阳杂俎云：柰只出拂林国，苗长三四尺，根大如鸭卵，叶似蒜，中心抽条甚长，茎端有花六出，红白色，花心黄赤，不结子，其草冬生夏死。取花压油，涂身去风气。按此说颇似山柰，故附之

根　【气味】辛、温，无毒。

【主治】暖中，辟瘴疠恶气，治心腹冷气痛，寒湿霍乱，风虫牙痛。入合诸香用。时珍

【附方】新六。**一切牙痛**三柰子一钱，面包煨熟，入麝香二字，为末。随左右嗃一字入鼻内，口含温水漱去，神效。名海上一字散。普济方。**风虫牙痛**仁存方：用山柰为末，铺纸上卷作筒，烧灯吹灭，乘热和药吹入鼻内，痛即止。摄生方：用肥皂一个去穰，入山柰、甘松各三分，花椒、食盐不拘多少，填满，面包煅红，取研，日用擦牙漱去。**面上雀斑**三柰子、鹰粪、密陀僧、蓖麻子等分，研匀，以乳汁调之，夜涂旦洗去。**醒头去屑**三柰、甘松香、零陵香一钱，樟脑二分，滑石半两，为末，夜擦旦篦去。水云录。**心腹冷痛**三柰、丁香、当归、甘草等分，为末，醋糊丸梧子大。每服三十丸，酒下。集简方。

廉姜　拾遗

【释名】姜汇纲目**蔟葰**[92]音族绥。

【集解】〔弘景曰〕杜若苗似廉姜。〔藏器曰〕廉姜似姜，生岭南、剑南，人多食之。〔时珍曰〕按异物志云：生沙石中，似姜，大如螺，气猛近于臭。南人以为齑，其法削皮，以黑梅及盐汁渍之，乃成也。，又郑樵云：廉姜似山姜而根大。

【气味】辛，热，无毒。

【主治】胃中冷，吐水，不下食。藏器**温中下气，消食益智。**时珍

杜若 本经上品〔校正〕并入图经外类山姜。

【释名】杜衡本经**杜莲**别录**若芝**别录**楚衡**广雅**獿子姜**[93]獿音爪。药性论。**山姜**别录云：一名白莲，一名白芩。〔颂曰〕此草一名杜衡，而草部中品自有杜衡条，即尔雅所谓土卤者也。杜若，即广雅所谓楚衡者也。其类自别，古人多相杂引用。故九歌云：采芳洲兮杜若。离骚云：杂杜衡与芳芷。王逸辈皆不分别，但云香草，故二名相混。古方或用，今人罕使，故少有识者。

【集解】〔别录曰〕杜若生武陵川泽及冤句，二月、八月采根曝干。〔弘景曰〕今处处有之。叶似姜而有文理，根似高良姜而细，味辛香。又绝似旋覆根，殆欲相乱，叶小异尔。楚辞云，山中人兮芳杜若，是矣。〔恭曰〕今江湖多有之，生阴地，苗似廉姜，根似高良姜，全少辛味。陶云，似旋覆根者，即真杜若也。〔保昇曰〕苗似山姜，花黄赤，子赤，大如棘子，中似豆蔻。今出岭南、硖州者甚好[94]。范子计然云[95]：杜衡、杜若出南郡、汉中，大者大善。〔颂曰〕卫州一种山姜，茎叶如姜，开紫花，不结子，八月采根入药。〔时珍曰〕杜若人无识者，今楚地山中时有之。山人亦呼为良姜，根似姜，味亦辛。甄权注豆蔻所谓獿子姜，苏颂图经外类所谓山姜，皆此物也。或又以大者为高良姜，细者为杜若。唐时峡州贡之。

【修治】〔敩曰〕凡使勿用鸭喋草根，真相似，只是味效不同。凡采得根，以刀刮去黄赤皮，细锉，用三重绢袋阴干。临使以蜜浸一夜，漉出用。

根 【气味】辛，微温，无毒。〔之才曰〕得辛夷、细辛良，恶柴胡、前胡。〔苏颂曰〕山姜：辛，平，有小毒。

【主治】胸胁下逆气，温中，风入脑户，头肿痛，多涕泪出。久服益精明目轻身。令人不忘。本经**治眩倒目䀮䀮[96]，止痛，除口臭气。**别录**山姜：去皮间风热，可作煠汤[97]。又主暴冷，及胃中逆冷，霍乱腹痛。**苏颂

【发明】〔时珍曰〕杜若乃神农上品，治足少阴、太阳诸证要药，而世不知用，惜哉。

山姜 拾遗

【释名】美草〔弘景曰〕东人呼为山姜，南人呼为美草。〔时珍曰〕与杜若之山姜，名同物异也。

【集解】〔藏器曰〕山姜根及苗，并如姜而大，作樟木臭，南人食之。又有獿子姜，黄色而紧，辛竦，破血气殊强于此姜。〔颂曰〕山姜出九真交趾[98]，今闽广皆有之。刘恂岭表录异云：茎叶皆姜也，但根不堪食。亦与豆蔻花相似，而微小尔。花生叶间，作穗如麦粒，嫩红色。南人取其未大开者，谓之含胎花，以盐水淹藏入甜糟中，经冬如琥珀色，辛香可爱，用为鲙[99]，无以加矣。又以盐杀治暴干者，煎汤服之，极除冷气，甚佳。〔时珍曰〕山姜生南方，叶似姜，花赤色甚辛，子似草豆蔻，根如杜若及高良姜。今人以其子伪充草豆蔻，然其气甚猛烈。

根 〔气味〕辛，热，无毒。〔主治〕腹中冷痛，煮服甚效。作丸散服，辟谷止饥。弘景**去恶气，温中，中恶霍乱，心腹冷痛，功用如姜。**藏器

花及子〔气味〕辛，温，无毒。〔主治〕调中下气，破冷气作痛，止霍乱，消食，杀酒毒。大明

高良姜 别录中品〔**校正**〕并入开宝本草红豆蔻。

【释名】蛮姜纲目**子名红豆蔻**〔时珍曰〕陶隐居言此姜始出高良郡[100]，故得此名。按高良，即今高州也[101]。汉为高凉县，吴改为郡。其山高而稍凉，因以为名，则高良当作高凉也。

【集解】〔弘景曰〕出高良郡，二月、三月采根。形气与杜若相似，而叶如山姜。〔恭曰〕出

岭南者，形大虚软，生江左者细紧，亦不甚辛，其实一也。今人呼细者为杜若，大者为高良姜，亦非也。〔颂曰〕今岭南诸州及黔、蜀皆有之，内郡虽有而不堪入药[102]。春生茎叶如姜苗而大，高一二尺许。花红紫色，如山姜花。〔珣曰〕红豆蔻生南海诸谷，高良姜子也。其苗如芦，其叶如姜，花作穗，嫩叶卷之而生，微带红色。嫩者入盐，累累作朵不散落[103]，须以朱槿花染令色深。善醒醉，解酒毒，无他要使也。〔时珍曰〕按范成大桂海志云：红豆蔻花丛生，叶瘦如碧芦，春末始发。初开花抽一干，有大箨包之[104]，箨拆花见。一穗数十蕊，淡红鲜妍，如桃杏花色。蕊重则下垂如葡萄，又如火齐璎珞及剪彩鸾枝之状[105]。每蕊有心两瓣，人比之连理也。其子亦似草豆蔻。

【修治】〔时珍曰〕高良姜、红豆蔻，并宜炒过入药。亦有以姜同吴茱萸、东壁土炒过入药用者。

根　〔气味〕辛，大温，无毒。〔志曰〕辛、苦，大热，无毒。〔张元素曰〕辛，热，纯阳，浮也。入足太阴、阳明经。**〔主治〕暴冷，胃中冷逆，霍乱腹痛。**别录**下气益声，好颜色。煮饮服之，止痢。**藏器**治风破气，腹内久冷气痛，去风冷痹弱。**甄权**转筋泻痢，反胃呕食，解酒毒，消宿食。**大明**含块咽津，治忽然恶心，呕清水，逡巡即瘥[106]。若口臭者，同草豆蔻为末，煎饮。**苏颂**健脾胃，宽噎膈，破冷癖，除瘴疟。**时珍**〔发明〕**〔杨士瀛曰〕噫逆胃寒者，高良姜为要药，人参、茯苓佐之，为其温胃，解散胃中风邪也〔时珍曰〕十全方言：心脾冷痛，用高良姜，细锉微炒为末，米饮服一钱，立止。太祖高皇帝御制周颠仙碑文，亦载其有验云。又秽迹佛有治心口痛方云：凡男女心口一点痛者，乃胃脘有滞或有虫也。多因怒及受寒而起，遂致终身。俗言心气痛者，非也。用高良姜以酒洗七次焙研，香附子以醋洗七次焙研，各记收之。病因寒得，用姜末二钱，附末一钱；因怒得，用附末二钱，姜末一钱；寒怒兼有，各一钱半，以米饮加入生姜汁一匙，盐一捻，服之立止。韩飞霞医通书亦称其功云。**〔附方〕**旧三，新十。**霍乱吐利**火炙高良姜令焦香。每用五两，以酒一升，煮三四沸，顿服。亦治腹痛中恶。外台。**霍乱腹痛**高良姜一两锉，以水三大盏，煎二盏半，去滓，入粳米一合，煮粥食之，便止。圣惠方。**霍乱呕甚**不止。用高良姜生锉二钱，大枣一枚，水煎冷服，立定。名冰壶汤。普济方。**脚气欲吐**〔苏恭曰〕凡患脚气人，每旦饱食，午后少食，日晚不食。若饥，可食豉粥。若觉不消，欲致霍乱者。即以高良姜一两，水三升，煮一升，顿服尽，即消。若卒无者，以母姜一两代之，清酒煎服。虽不及高良姜，亦甚效也。**心脾冷痛**高良姜丸：用高良姜四两，切片，分作四分：一两用陈廪米半合，炒黄去米；一两用陈壁土半两，炒黄去土；一两用巴豆三十四个，炒黄去豆；一两用斑蝥三十四个，炒黄去蝥。吴茱萸一两，酒浸一夜，同姜再炒，为末，以浸茱酒打糊丸梧子大，每空心姜汤下五十丸。永类钤方：用高良姜三钱，五灵脂六钱，为末。每服三钱，醋汤调下。**养脾温胃**去冷消痰，宽胸下气，大治心脾疼及一切冷物所伤。用高良姜、干姜等分，炮研末，面糊丸梧子大，每食后橘皮汤下十五丸。妊妇勿服。和剂局方。**脾虚寒疟**寒多热少，饮食不思。用高良姜麻油炒、干姜炮各一两，为末。每服五钱，用猪胆汁调成膏子，临发时热酒调服。以胆汁和丸，每服四十丸，酒下亦佳。吴开内翰[107]，政和丁酉居全椒县[108]，岁疟大作，用此救人以百计。张大亨病此，甚欲致仕，亦服之愈。大抵寒发于胆，用猪胆引二姜入胆，去寒而燥脾胃，一寒一热，阴阳相制，所以作效也。一方：只用二姜半生半炮各半两，穿山甲炮三钱，为末。每服二钱，猪肾煮酒下。朱氏集验方。**妊妇疟疾**先因伤寒变成者。用高良姜三钱锉，以豮猪胆汁浸一夜，东壁土炒黑，去土，以肥枣肉十五枚，同焙为末。每用三钱，水一盏，煎热，将发时服，神妙。永类钤方。**暴赤眼痛**以管吹良姜末入鼻取嚏，或弹出鼻血，即散。谈野翁试验方。**风牙痛肿**高良姜二寸，全蝎焙一枚，为末掺之，吐涎，以盐汤漱口。此乃乐清丐者所传。鲍季明病此，用之果效。王璆百一选方。**头痛嗃鼻**高良姜生研频嗃。普济方。

红豆蔻 开宝〔**气味**〕**辛，温，无毒。**〔权曰〕苦、辛，多食令人舌粗，不思饮食。〔时珍曰〕辛热，阳也，浮也。入手、足太阴经。生生编云：最能动火伤目致衄，食料不宜用之。〔**主治**〕**肠虚水泻，心腹绞痛，霍乱呕吐酸水，解酒毒。**志**冷气腹痛，消瘴雾毒气，去宿食，温腹肠，吐泻痢疾。**甄权**治噎膈反胃，虚疟寒胀，燥湿散寒。**时珍〔**发明**〕〔时珍曰〕红豆蔻李东垣脾胃药中常用之，亦取其辛热芳香，能醒脾温肺、散寒燥湿、消食之功尔。若脾肺素有伏火者，切不宜用。〔**附方**〕新一。**风寒牙痛**红豆蔻为末，随左右以少许嗃鼻中，并掺牙取涎。或加麝香。卫生家宝方。

豆蔻 别录上品〔**校正**〕自果部移入此。

【**释名**】**草豆蔻**开宝**漏蔻**异物志**草果**郑樵通志〔宗奭曰〕豆蔻，草豆蔻也。此是对肉豆蔻而名。若作果，则味不和。前人编入果部，不知有何义意？花性热，淹至京师[109]，味微苦不甚美，干则色淡紫。为能消酒毒，故为果尔。〔时珍曰〕按杨雄方言云：凡物盛多曰蔻。豆蔻之名，或取此义。豆象形也。南方异物志作漏蔻，盖南人字无正音也。今虽不专为果，犹入茶食料用，尚有草果之称焉。金光明经三十二品香药：谓之苏乞迷罗（细）

【**集解**】〔别录曰〕豆蔻生南海。〔恭曰〕苗似山姜，花黄白色，苗根及子亦似杜若。〔颂曰〕草豆蔻今岭南皆有之。苗似芦，其叶似山姜、杜若辈，根似高良姜。二月开花作穗房，生于茎下，嫩叶卷之而生，初如芙蓉花，微红，穗头深红色。其叶渐展，花渐出，而色渐淡，亦有黄白色者。南人多采花以当果，尤贵其嫩者。并穗入盐同淹治，叠叠作朵不散。又以木槿花同浸，欲其色红尔。其结实若龙眼子而锐，皮无鳞甲，皮中子如石榴瓣，夏月熟时采之暴干。根苗微作樟木香，根茎子并辛香。〔珣曰〕豆蔻生交趾。其根似益智，皮壳小厚。核如石榴而辛香，叶如芄兰而小[110]。三月采其叶，细破阴干用，味近苦而有甘。〔时珍曰〕草豆蔻、草果虽是一物，然微有不同。今建宁所产豆蔻，大如龙眼而形微长，其皮黄白薄而棱峭，其仁大如缩砂仁而辛香气和。滇广所产草果，长大如诃子，其皮黑厚而棱密，其子粗而辛臭，正如斑蝥之气。彼人皆用芼茶及作食料[111]，恒用之物。广人取生草蔻入梅汁，盐渍令红，暴干荐酒[112]，名红盐草果。其初结小者，名鹦哥舌。元朝饮膳，皆以草果为上供。南人复用一种火杨梅伪充草豆蔻，其形圆而粗，气味辛猛而不和，人亦多用之，或云即山姜实也，不可不辨。

【**修治**】〔敩曰〕凡使须去蒂，取向里子及皮，用茱萸同于鏊上缓炒，待茱萸微黄黑，即去茱萸，取草豆蔻皮及子杵用之。〔时珍曰〕今人惟以面裹煻火煨热[113]，去皮用之。

仁〔**气味**〕**辛，温，涩，无毒。**〔好古曰〕大辛热，阳也，浮也。入足太阴、阳明经。〔**主治**〕**温中，心腹痛，呕吐，去口臭气。**别录**下气，止霍乱，一切冷气，消酒毒。**开宝**调中补胃，健脾消食，去客寒，心与胃痛。**李杲**治瘴疠寒疟，伤暑吐下泄痢，噎膈反胃，痞满吐酸，痰饮积聚，妇人恶阻带下，除寒燥湿，开郁破气，杀鱼肉毒。制丹砂。**时珍〔**发明**〕〔弘景曰〕豆蔻辛烈甚香，可常食之。其五和糁中物[114]，皆宜人。豆蔻、廉姜、枸橼、甘蕉、麂目是也。〔宗奭曰〕草豆蔻气味极辛微香，性温而调散冷气甚速。虚弱不能饮食者，宜此与木瓜、乌梅、缩砂、益智、曲蘖[115]、甘草、生姜同用也。〔杲曰〕风寒客邪在胃口之上，当心作疼者，宜煨熟用之。〔震亨曰〕草豆蔻性温，能散滞气，消膈上痰。若明知身受寒邪，口食寒物，胃脘作疼，方可温散，用之如鼓应桴。或湿痰郁结成病者，亦效。若热郁者不可用，恐积温成热也。必用卮子之剂。〔时珍曰〕豆蔻治病，取其辛热浮散，能入太阴阳明，除寒燥湿，开郁化食之力而已。南地卑下，山岚烟瘴，饮啖酸咸，脾胃常多寒湿郁滞之病。故食料必用，与之相宜。然过多亦能助脾热伤肺损目。或云：与知母同用，治瘴疟寒热，取其一阴一阳无偏胜之害。盖草果治太阴独胜之寒，知母治阳明独胜之火也。〔附方〕旧一，新九。**心腹胀满**短气。用草豆蔻一两，去皮为末，以木瓜生姜汤，调服半钱。千金方。**胃弱呕逆**不食。用草豆蔻仁二枚，高良姜半两，水一盏，煮取汁，入生姜汁半合，和白面作拨刀，以羊肉臛汁煮熟，空心食之。普济。**霍乱烦渴**草豆蔻、黄连各一钱半，乌豆五十粒，生姜三片，水煎服之。圣济总录。**虚疟自汗**不止。用草果一枚，面裹煨熟，连面研，入平胃散二钱，水煎服。经效济世方。**气虚瘴疟**热少寒多，或单寒不热，或虚热不寒。用草果仁、熟附子等分，水一盏，姜七片，枣一枚，煎半盏服。名果附汤。济生方。**脾寒疟疾**寒多热少，或单寒不热，或大便泄而小便多，不能食。用草果仁、熟附子各二钱半，生姜七片，枣肉二枚，水三盏，煎一盏，温服。医方大成。**脾肾不足**草果仁一两，以舶茴香一两炒香，去茴不用；吴茱萸汤泡七次，以破故纸一两炒香，去故纸不用；胡卢巴一两，以山茱萸一两炒香，去茱萸不用。右三味为散，酒糊丸梧子大。每服六十丸，盐汤下。百一选方。**赤白带下**连皮草果一枚，乳香一小块，面裹煨焦黄，同面研细。每米饮服二钱，日二服。卫生易简方。**香口辟臭**豆蔻、细辛为末，含之。肘后方。**脾痛胀满**草果仁二个，酒煎服之。直指方。

花〔气味〕辛，热，无毒。〔主治〕下气，止呕逆，除霍乱，调中补胃气，消酒毒。大明

白豆蔻　宋开宝

【释名】多骨。

【集解】〔志曰〕白豆蔻出伽古罗国[116]，呼为多骨。其草形如芭蕉，叶似杜若，长八九尺而光滑，冬夏不凋，花浅黄色，子作朵如葡萄，初出微青，熟则变白，七月采之。〔颂曰〕今广州、宜州亦有之，不及番舶来者佳[117]。〔时珍曰〕白豆蔻子圆大如白牵牛子，其壳白厚，其仁如缩砂仁，入药去皮炒用。

仁【气味】辛，大温，无毒。〔好古〕大辛热，味薄气厚，轻清而升，阳也，浮也。入手太阴经。

【主治】积冷气[118]，止吐逆反胃，消谷下气。开宝**散肺中滞气，宽膈进食，去白睛翳膜[119]。**李杲**补肺气，益脾胃，理元气，收脱气。**好古**治噎膈，除疟疾寒热，解酒毒。**时珍

【发明】〔颂曰〕古方治胃冷，吃食即欲吐，及呕吐六物汤，皆用白豆蔻，大抵主胃冷，即相宜也，〔元素曰〕白豆蔻气味俱薄，其用有五：专入肺经本药，一也；散胸中滞气，二也；去感寒腹痛，三也；温暖脾胃，四也；治赤眼暴发，去太阳经目内大眦红筋，用少许，五也。〔时珍曰〕按杨士瀛云：白豆蔻治脾虚疟疾，呕吐寒热，能消能磨，流行三焦，营卫一转，诸证自平。

【附方】旧一，新四。**胃冷恶心**凡食即欲吐。用白豆蔻子三枚，捣细，好酒一盏，温服，并饮数服佳[120]。张文仲备急方。**人忽恶心**多嚼白豆蔻子最佳。肘后方。**小儿吐乳**胃寒者。白豆蔻仁十四个，缩砂仁十四个，生甘草二钱，炙甘草二钱，为末，常掺入儿口中。危氏得效方。**脾虚反胃**白豆蔻、缩砂仁各二两，丁香一两，陈廪米一升，黄土炒焦，去土研细，姜汁和丸梧子大。每服百丸，姜汤下。名太仓丸[121]。济生方。**产后呃逆**白豆蔻、丁香各半两，研细，桃仁汤服一钱，少顷再服。乾坤生意。

缩砂蔤[122]宋开宝

【释名】〔时珍曰〕名义未详。藕下白蒻多蔤[123]，取其密藏之意。此物实在根下，仁藏壳内，亦或此意欤。

【集解】〔珣曰〕缩砂蔤生西海及西戎等地[124]，波斯诸国。多从安东道来。〔志曰〕生南地。苗似廉姜，子形如白豆蔻，其皮紧厚而皱，黄赤色，八月采之。〔颂曰〕今惟岭南山泽间有之。苗茎似高良姜，高三四尺。叶青，长八九寸，阔半寸已来。三月、四月开花在根下，五六月成实，五七十枚作一穗，状似益智而圆，皮紧厚而皱，有粟纹，外有细刺，黄亦色。皮间细子一团，八

隔，可四十余粒，如大黍米，外微黑色，内白而香，似白豆蔻仁。七月、八月采之，辛香可调食味，及蜜煎糖缠用。

仁【气味】辛，温，涩，无毒。〔权曰〕辛、若。〔藏器曰〕酸。〔珣曰〕辛、咸，平。得诃子、豆蔻、白芜荑、鳖甲良。〔好古曰〕辛，温，阳也，浮也。入手足太阴、阳明、太阳、足少阴七经。得白檀香、豆蔻为使，入肺；得人参、益智为使，入脾；得黄檗、茯苓为使，入肾；得赤白石脂为使，入大小肠也。

【主治】虚劳冷泻[125]**，宿食不消，赤白泄痢，腹中虚痛下气。**开宝**主冷气腹痛，止休息气痢劳损**[126]**，消化水谷，温暖脾胃。**甄权**上气咳嗽，奔豚鬼疰，惊痫邪气**[127]。藏器**一切气，霍乱转筋。能起酒香味**[128]。大明**和中行气，止痛安胎。**杨士瀛**治脾胃气结滞不散。**元素**补肺醒脾，养胃益肾，理元气，通滞气，散寒饮胀痞**[129]**，噎膈呕吐，止女子崩中，除咽喉口齿浮热，化铜铁骨哽**[130]。时珍

【发明】〔时珍曰〕按韩丞医通云：肾恶燥，以辛润之。缩砂仁之辛，以润肾燥。又云：缩砂属土，主醒脾调胃，引诸药归宿丹田。香而能窜，和合五脏冲和之气[131]，如天地以土为冲和之气，故补肾药用同地黄丸蒸，取其达下之旨也。又化骨食草木药及方士炼三黄皆用之[132]，不知其性何以能制此物也？

【附方】旧三，新一十三。**冷滑下痢**不禁虚羸。用缩砂仁熬为末，以羊子肝薄切掺之，瓦上焙干为末，入干姜末等分，饭丸梧子大。每服四十丸，白汤下[133]，日二服。又方：缩砂仁、炮附子、干姜、厚朴、陈橘皮等分，为末，饭丸梧子大。每服四十丸，米饮下，日二服。并药性论。**大便泻血**三代相传者。缩砂仁为末，米饮热服二钱，以愈为度。十便良方。**小儿脱肛**缩砂去皮为末，以猪腰子一片，批开擦末在内，缚定，煮熟与儿食，次服白矾丸。如气逆肿喘者，不治。保幼大全。**遍身肿满**阴亦肿者。用缩砂仁、土狗一个，等分，研，和老酒服之。直指方。**痰气膈胀**[134]砂仁捣碎，以萝卜汁浸透，焙干为末。每服一二钱，食远沸汤服[135]。简便方。**上气咳逆**砂仁洗净炒研、生姜连皮等分，捣烂，热酒食远泡服。简便方。**子痫昏冒**缩砂和皮炒黑，热酒调下二钱。不饮者，米饮下。此方安胎止痛皆效，不可尽述。温隐居方。**妊娠胎动**偶因所触，或跌坠伤损，致胎不安，痛不可忍者。缩砂熨斗内炒热，去皮用仁，捣碎。每服二钱，热酒调下。须臾觉腹中胎动处极热，即胎已安矣。神效。孙尚药方。**妇人血崩**新缩砂仁，新瓦焙研末，米饮服三钱。妇人良方。**热拥咽痛**缩砂壳为末，水服一钱。戴原礼方。**牙齿疼痛**缩砂常嚼之良。直指方。**口吻生疮**缩砂壳煅研，擦之即愈。此蔡医博秘方也。黎居士简易方。**鱼骨入咽**缩砂、甘草等分，为末，绵裹含之咽汁，当随痰出矣。王璆百一选方。**误吞诸物**金银铜钱等物不化者，浓煎缩砂汤饮之，即下。危氏得效方。**一切食毒**[136]缩砂仁末，水服一二钱。事林广记。

益智子　宋开宝

【释名】〔时珍曰〕脾主智[137]，此物能益脾胃故也，与龙眼名益智义同。按苏轼记云：海南产益智，花实皆长穗，而分为三节。观其上中下节，以候早中晚禾之丰凶[138]。大丰则皆实，大凶皆不实，罕有三节并熟者[139]。其为药只治水，而无益于智，其得此名，岂以其知岁耶？此亦一说也，终近穿凿[140]。

【集解】〔藏器曰〕益智出昆仑及交趾国，今岭南州郡往往有之。顾微广州记云：其叶似蘘荷，长丈余。其根上有小枝，高八九寸，无华萼[141]。茎如竹箭[142]，子从心出。一枝有十子丛生，大如小枣。其中核黑而皮白，核小者佳，含之摄涎秽[143]。或四破去核，取外皮蜜煮为粽食[144]，味辛。晋卢循遗刘裕益智粽[145]，是此也。〔恭曰〕益智子似连翘子头未开者，苗叶花根与豆无别[146]，惟子小尔。〔时珍曰〕按嵇含南方草木状云：益智二月花，连着实，五六月熟。其子如笔头而两头尖，长七八分，杂五味中，饮酒分芳，亦可盐曝及作粽食[147]。观此则顾微言其无华者，误矣。今之益

智子形如枣核，而皮及仁，皆似草豆蔻云。

仁【气味】辛，温，无毒。

【主治】遗精虚漏[148]**，小便余沥**[149]**，益气安神，补不足，安三焦，调诸气。夜多小便者，取二十四枚碎，入盐同煎服，有奇验。**志治**客寒犯胃**[150]**，和中益气，及人多唾。**李杲**益脾胃，理元气，补肾虚滑沥**[151]。好古**冷气腹痛，及心气不足，梦泄赤浊**[152]**，热伤心系**[153]**，吐血血崩诸证。**时珍

【发明】〔刘完素曰〕益智辛热，能开发郁结，使气宣通。〔王好古曰〕益智本脾药，主君相二火。在集香丸则入肺，在四君子汤则入脾，在大凤髓丹则入肾，三藏互有子母相关之义。当于补药中兼用之，勿多服。〔时珍曰〕益智大辛，行阳退阴之药也[154]，三焦、命门气弱者宜之。按杨士瀛直指方云：心者脾之母，进食不止于和脾，火能生土，当使心药入脾胃药中，庶几相得[155]。故古人进食药中，多用益智，土中益火也。又按洪迈夷坚志云：秀川进士陆迎，忽得吐血不止，气蹶惊颤[156]，狂躁直视，至深夜欲投户而出[157]。如是两夕，遍用方药弗瘳[158]。夜梦观音授一方，命但服一料[159]，永除病根。梦觉记之，如方治药，其病果愈。其方：用益智子仁一两，生朱砂二钱，青橘皮五钱，麝香一钱，碾为细末。每服一钱，空心灯心汤下。

【附方】新八。**小便频数**脬气不足也[160]。雷州益智子盐炒，去盐，天台乌药等分，为末，酒煮山药粉为糊，丸如梧子大。每服七十丸，空心盐汤下。名缩泉丸。朱氏集验方。**心虚尿滑**及赤白二浊[161]。益智子仁、白茯苓、白术等分，为末。每服三钱，白汤调下。**白浊腹满**不拘男妇。用益智仁盐水浸炒，厚朴姜汁炒等分，姜三片，枣一枚，水煎服。永类钤方。**小便赤浊**益智子仁、茯神各二两，远志、甘草水煮各半斤，为末，酒糊丸梧子大，空心姜汤下五十丸。**腹胀忽泻**日夜不止，诸药不效，此气脱也。用益智子仁二两，浓煎饮之，立愈。危氏得效方。**妇人崩中**益智子炒碾细，米饮入盐，服一钱。产宝[162]。**香口辟臭**益智子仁一两，甘草二钱，碾粉舐之。经验良方。**漏胎下血**[163]益智仁半两，缩砂仁一两，为末。每服三钱，空心白汤下，日二服。胡氏济阴方。

荜茇　宋开宝

【释名】荜拨〔时珍曰〕荜拨当作荜茇，出南方草木状，番语也。陈藏器本草作毕勃，扶南传作逼拨[164]，大明会典作毕茇。又段成式酉阳杂俎云：摩伽陀国呼为荜拨梨[165]，拂林国呼为阿梨诃陀。

【集解】〔恭曰〕荜拨生波斯国。丛生，茎叶似蒟酱，其子紧细，味辛烈于蒟酱。胡人将来，入食味用也。〔藏器曰〕其根名毕勃没，似柴胡而黑硬。〔颂曰〕今岭南有之，多生竹林内。正月发苗作丛，高三四尺，其茎如箸。叶青圆如蕺菜[166]，阔二三寸如桑，面光而厚。三月开花白色在表。七月结子如小指大，长二寸已来，青黑色，类椹子而长。九月收采，灰杀曝干。南人爱其辛香，或取叶生茹之[167]。复有舶上来者，更辛香。〔时珍曰〕段成式言青州防风子可乱荜茇，盖亦不然。荜茇气味正如胡椒，其形长一二寸，防风子圆如胡荽子，大不相侔也。

【修治】〔敩曰〕凡使，去挺用头[168]，以醋浸一宿，焙干，以刀刮去皮粟子令净乃用，免伤人肺，令人上气[169]。

【气味】辛，大温，无毒。〔时珍曰〕气热味辛，阳也，浮也。入手足阳明经。然辛热耗散，能动脾肺之火，多用令人目昏，食料尤不宜之。

【主治】温中下气，补腰脚，杀腥气，消食，除胃冷，阴疝痃癖[170]。藏器**霍乱冷气，心痛血气。**大明**水泻虚痢，呕逆醋心，产后泄痢，与阿魏和合良。得诃子、人参、桂心、干姜，治脏腑虚冷肠鸣泄痢，神效。**李珣**治头痛鼻渊牙痛**[171]。时珍

【发明】〔宗奭曰〕荜茇走肠胃，冷气呕吐心腹满痛者宜之。多服走泄真气[172]，令人肠虚下重。〔颂曰〕按唐太宗实录云：贞观中，上以气痢久未痊[173]，服名医药不应，因诏访求其方。有卫士进

黄牛乳煎荜茇方，御用有效。刘禹锡亦记其事云，后累试于虚冷者必效[174]。〔时珍曰〕牛乳煎详见兽部牛乳下。荜茇为头痛鼻渊牙痛要药，取其辛热，能入阳明经散浮热也。

【附方】旧二，新八。**冷痰恶心**[175]荜茇一两，为末，食前用米汤服半钱。圣惠方。**暴泄身冷**自汗，甚则欲呕，小便清，脉微弱，宜已寒丸治之。荜茇、肉桂各二钱半，高良姜、干姜各三钱半，为末，糊丸梧子大。每服三十丸，姜汤下。和剂局。**胃冷口酸**流清水，心下连脐痛。用荜茇半两，厚朴姜汁浸炙一两，为末，入热鲫鱼肉，研和丸绿豆大。每米饮下二十丸，立效。余居士选奇方。**瘴气成块**在腹不散。用荜茇一两，大黄一两，并生为末，入麝香少许，炼蜜丸梧子大，每冷酒服三十丸。永类钤方。**妇人血气**作痛，及下血无时，月水不调。用荜茇盐炒，蒲黄炒，等分为末，炼蜜丸梧子大。每空心温酒服三十丸，两服即止。名二神丸。陈氏方。**偏头风痛**荜茇为末，令患者口含温水，随左右痛，以左右鼻吸一字[176]，有效。经验后方。**鼻流清涕**荜茇末吹之，有效。卫生易简方。**风虫牙痛**荜茇末揩之。煎苍耳汤漱去涎。本草权度：用荜茇末、木鳖子肉，研膏化开，嗃鼻。圣济总录：用荜茇、胡椒等分，为末，化蜡丸麻子大，每以一丸塞孔中。

荜勃没〔气味〕辛，温，无毒。〔主治〕五劳七伤，冷气呕逆，心腹胀满，食不消化，阴汗寒疝核肿[177]**，妇人内冷无子**[178]**，治腰肾冷，除血气。**藏器

蒟酱　蒟音矩。唐本草

【释名】蒟子广志**土荜茇**食疗**苗名扶留藤，蒌叶**〔时珍曰〕按嵇含云：蒟子可以调食，故谓之酱。乃荜茇之类也，故孟诜食疗谓之土荜茇。其蔓叶名扶留藤，一作扶櫑[179]，一作浮留，莫解其义。蒌则留字之讹也。

【集解】〔恭曰〕蒟酱生巴蜀中，蜀都赋所谓流味于番禺者。蔓生，叶似王瓜而厚大光泽，味辛香，实似桑椹，而皮黑肉白。西戎亦时将来，细而辛烈。交州、爱州人家多种之，蔓生，其子长大，苗名浮留藤。取叶合槟榔食之，辛而香也。〔颂曰〕今夔川、岭南皆有之。昔汉武帝使唐蒙晓谕南越。越王食蒙以蒟酱，曰：西北牂牁江，广数里，出番禺城下。武帝感之，遂开牂牁、越巂也。刘渊林注蜀都赋云：蒟酱缘木而生。其子如桑椹，熟时正青，长二三寸。以蜜及盐藏而食之[180]，辛香。与苏恭所说大同小异。盖渊林所云乃蜀产，苏恭所云乃海南者尔。今惟贵荜茇而不尚蒟酱[181]，故鲜有用者。〔李珣曰〕广州记云：出波斯国，实状若桑椹，紫褐色者为上，黑者是老不堪。然近多黑色，少见褐者。黔中亦有，形状滋味一般。〔时珍曰〕蒟酱，今两广、滇南及川南、渝、泸、威、茂、施诸州皆有之。其苗谓之蒌叶。蔓生依树，根大如箸。彼人食槟榔者，以此叶及蚌灰少许同嚼食之，云辟瘴疠，去胸中恶气。故谚曰：槟榔浮留，可以忘忧。其花实即蒟子也。按嵇含草木状云：蒟酱即荜茇也。生于番国者大而紫，谓之荜茇。生于番禺者小而青，谓之蒟子。本草以蒟易蒌子，非矣。蒌子一名扶留，其草形全不相同。时珍窃谓蒟子蔓生，荜茇草生，虽同类而非一物，然其花实气味功用则一也。嵇氏以二物为一物，谓蒟子非扶留，盖不知扶留非一种也。刘歆期交州记云：扶留有三种：一名获扶留，其根香美；一名扶留藤，其味亦辛；一名南扶留，其叶青味辛是矣。今蜀人惟取蒌叶作酒曲，云香美。

【修治】〔敩曰〕凡采得后，以刀刮去粗皮，捣细。每五两，用生姜自然汁五两拌之，蒸一日，曝干用。

根、叶、子【气味】辛，温，无毒。〔时珍曰〕气热味辛，阳也，浮也。

【主治】下气温中，破痰积。唐本**咳逆上气，心腹虫痛，胃弱虚泻，霍乱吐逆，解酒食味。**李珣**散结气，心腹冷痛，消谷。**孟诜**解瘴疠，去胸中恶邪气，温脾燥热。**时珍

【附方】新一。**牙疼**蒟酱、细辛各半两，大皂荚五铤[182]，去子，每孔入青盐烧存性，同研末，频掺吐涎。御药院方。

肉豆蔻　宋开宝

【释名】肉果纲目**迦拘勒**〔宗奭曰〕肉豆蔻对草豆蔻为名，去壳只用肉。肉油色者佳，枯白瘦虚者劣。〔时珍曰〕花实皆似豆蔻而无核，故名。

【集解】〔藏器曰〕肉豆蔻生胡国，胡名迦拘勒。大舶来即有[183]，中国无之。其形圆小，皮紫紧薄，中肉辛辣。〔珣曰〕生昆仑，及大秦国。〔颂曰〕今岭南人家亦种之。春生苗，夏抽茎开花，结实似豆蔻，六月、七月采。〔时珍曰〕肉豆蔻花及实状虽似草豆蔻，而皮肉之颗则不同[184]。颗外有皱纹，而内有斑缬纹，如槟榔纹。最易生蛀，惟烘干密封，则稍可留。

实【修治】〔敩曰〕凡使，须以糯米粉熟汤搜裹豆蔻[185]，于煻灰火中煨熟，去粉用。勿令犯铁。

【气味】辛，温，无毒。〔权曰〕苦、辛。〔好古曰〕入手足阳明经。

【主治】温中，消食止泄，治积冷心腹胀痛[186]，霍乱中恶，鬼气冷疰[187]，呕沫冷气[188]，小儿乳霍[189]。开宝**调中下气，开胃，解酒毒，消皮外络下气。**大明**治宿食痰饮，止小儿吐逆，不下乳，腹痛。**甄权**主心腹虫痛，脾胃虚冷，气并冷热[190]，虚泄赤白痢，研末粥饮服之。**李珣**暖脾胃，固大肠。**时珍

【发明】〔大明曰〕肉豆蔻调中下气，消皮外络下气，味珍，力更殊。〔宗奭曰〕赤善下气，多服则泄气，得中则和平其气。〔震亨曰〕属金与土，为丸温中补脾。日华子称其下气，以脾得补而善运化，气自下也。非若陈皮、香附之快泄。寇氏不详其实，遂以为不可服也。〔机曰〕痢疾用此涩肠，为伤乳泄泻之要药。〔时珍曰〕土爱暖而喜芳香，故肉豆蔻之辛温，理脾胃而治吐利。

【附方】旧一，新七。**暖胃除痰**进食消食。肉豆蔻二个，半夏姜汁炒五钱，木香二钱半，为末，蒸饼丸芥子大，每食后津液下五丸、十丸。普济。**霍乱吐利**肉豆蔻为末，姜汤服一钱。普济方。**久泻不止**肉豆蔻煨一两，木香二钱半，为末，枣肉和丸，米饮服四五十丸。又方：肉豆蔻煨一两，熟附子七钱，为末糊丸，米饮服四五十丸。又方：肉豆蔻煨，粟壳炙，等分为末，醋糊丸，米饮服四五十丸。并百一选方。**老人虚泻**肉豆蔻三钱，面裹煨熟，去面研，乳香一两，为末，陈米粉糊丸梧子大。每服五七十丸，米饮下。此乃常州侯教授所传方[191]。瑞竹堂方。**小儿泄泻**肉豆蔻五钱，乳香二钱半，生姜五片，同炒黑色，去姜，研为膏收，旋丸绿豆大。每量大小，米饮下。全幼心鉴。**脾泄气痢**豆蔻一颗，米醋调面裹，煨令焦黄，和面研末。更以椶子炒研末一两，相和。又以陈廪米炒焦，为末和匀。每以二钱煎作饮，调前二味三钱，旦暮各一服，便瘥。续传信方。**冷痢腹痛**不能食者。肉豆蔻一两去皮，醋和面裹煨，捣末。每服一钱，粥饮调下。圣惠方。

补骨脂　宋开宝

【释名】破故纸开宝**婆固脂**药性论。**胡韭子**日华。〔时珍曰〕补骨脂言其功也。胡人呼为婆固脂，而俗讹为破故纸也。胡韭子，因其子之状相似，非胡地之韭子也。

【集解】〔志曰〕补骨脂生岭南诸州及波斯国。〔颂曰〕今岭外山坂间多有之[192]，四川合州亦有，皆不及番舶者佳。茎高三四尺，叶小似薄荷，花微紫色，实如麻子，圆扁而黑，九月采。〔大明曰〕徐表南州记云，是胡韭子也。南番者色赤，广南者色绿，入药微炒用。

子【修治】〔敩曰〕此性燥毒，须用酒浸一宿，漉出[193]，以东流水浸三日夜[194]，蒸之，从巳至申，日干用[195]。一法：以盐同炒过，曝干用。

【气味】辛，大温，无毒。〔权曰〕苦、辛。〔珣曰〕恶甘草。〔时珍曰〕忌芸苔及诸血，得胡桃、胡麻良。

【主治】五劳七伤，风虚冷[196]**，骨髓伤败**[197]**，肾冷精流，及妇人血气堕胎**[198]。开宝**男子腰疼，膝冷囊湿**[199]**，逐诸冷痹顽**[200]**，止小便，利腹中冷**。甄权**兴阳事**[201]**，明耳目**。大明**治肾泄**[202]**，通命门，暖丹田，敛精神**。时珍

【发明】〔颂曰〕破故纸今人多以胡桃合服，此法出于唐郑相国。自叙云：予为南海节度[203]，年七十有五。越地卑湿，伤于内外，众疾俱作，阳气衰绝，服乳石补药，百端不应。无和七年，有诃陵国舶主李摩诃[204]，知予病状，遂传此方并药。予初疑而未服。摩诃稽首固请[205]，遂服之。经七八日而觉应验。自尔常服，其功神效。十年二月，罢郡归京[206]，录方传之。用破故纸十两，净择去皮，洗过曝，捣筛令细。胡桃瓤二十两，汤浸去皮，细研如泥。即入前末，更以好蜜和，令如饴糖，瓷器盛之。旦日以暖酒二合[207]，调药一匙服之，便以饭压[208]。如不饮酒人，以暖熟水调之。弥久则延年益气，悦心明目，补添筋骨。但禁芸苔、羊血，余无所忌。此物本自外番随海舶而来，非中华所有。番人呼为补骨脂，语讹为破故纸也。王绍颜续传信方，载其事颇详，故录之。〔时珍曰〕此方亦可作丸，温酒服之。按白飞霞方外奇方云：破故纸属火，收敛神明，能使心包之火与命门之火相通。故元阳坚固，骨髓充实，涩以治脱也。胡桃属木，润燥养血。血属阴，恶燥，故油以润之。佐破故纸，有木火相生之妙。故语云：破故纸无胡桃，犹水母之无虾也[209]，又破故纸恶甘草，而瑞竹堂方青娥丸内加之，何也？岂甘草能调和百药，恶而不恶耶？又许叔微学士本事方云：孙真人言补肾不若补脾，予曰补脾不若补肾。肾气虚弱，则阳气衰劣，不能熏蒸脾胃。脾胃气寒，令人胸膈痞塞，不进饮食，迟于运化，或腹胁虚胀，或呕吐痰涎，或肠鸣泄泻。譬如鼎釜中之物[210]，无火力，虽终日不熟，何能消化？济生二神丸，治脾胃虚寒泄泻，用破故纸补肾，肉豆蔻补脾。二药虽兼补，但无斡旋。往往常加木香以顺其气，使之斡旋，空虚仓廪。仓廪空虚，则受物矣。屡用见效，不可不知。

【附方】旧二，新一十四。**补骨脂丸**治下元虚败，脚手沉重，夜多盗汗，纵欲所致。此药壮筋骨，益元气。补骨脂四两炒香，菟丝子四两酒蒸，胡桃肉一两去皮，乳香、没药、沉香各研二钱半，炼蜜丸如梧子大。每服二三十丸，空心盐汤、温酒任下。自夏至起冬至止，日一服。此乃唐宣宗时，张寿太尉知广州，得方于南番人。有诗云：三年时节向边隅，人信方知药力殊。夺得春光来在手，青娥休笑白髭须。和剂方。**男女虚劳**男子女人五劳七伤，下元久冷，一切风病，四肢疼痛，驻颜壮气，乌髭须。补骨脂一斤，酒浸一宿，晒干，却用乌油麻一升和炒，令麻子声绝，簸去，只取补骨脂为末，醋煮面糊丸如梧子大。每服二三十丸，空心温酒、盐汤任下。经验后方。**肾虚腰痛**经验后方：用破故纸一两，炒为末，温酒服三钱，神妙。或加木香一钱。和剂局方：青娥丸：治肾气虚弱，风冷乘之，或血气相搏，腰痛如折，俯仰不利，或因劳役伤肾，或卑湿伤腰，或损坠堕伤，或风寒客搏，或气滞不散，皆令腰痛，或腰间如物重坠。用破故纸酒浸炒一斤，杜仲去皮姜汁浸炒一斤，胡桃肉去皮二十个，为末，以蒜捣膏一两，和丸梧子大，每空心温酒服二十丸。妇人淡醋汤下。常服壮筋骨，活血脉，乌髭须，益颜色。**妊娠腰痛**通气散：用破故纸二两，炒香为末。先嚼胡桃肉半个，空心温酒调下二钱。此药神妙。妇人良方。**定心补肾**养血返精丸：破故纸炒二两，白茯苓一两，为末。没药五钱，以无灰酒浸高一指[211]，煮化和末，丸梧子大。每服三十丸，白汤下。昔有人服此，至老不衰。盖故纸补肾，茯苓补心，没药养血，三者既壮，自然身安。朱氏集验方。**精气不固**破故纸、青盐等分，同炒为末。每服二钱，米饮下。三因方。**小便无度**肾气虚寒。破故纸十两酒蒸，茴香十两盐妙，为末，酒糊丸梧子大。每服百丸，盐酒下。或以末糁猪肾煨食之。普济方。**小儿遗尿**膀胱冷也。夜属阴，故小便不禁。破故纸炒为末，每夜热汤服五分。婴童百问。**玉茎不痿**精滑无歇，时时如针刺，捏之则脆，此名肾漏。用破故纸、韭子各一两，为末。每用三钱，水二盏煎六分服，日三次，愈则止。夏子益奇方。**脾**

肾虚泻二神丸：用破故纸炒半斤，肉豆蔻生用四两，为末，肥枣肉研膏，和丸梧子大，每空心米饮服五、七十丸。本事方。加木香二两，名三神丸。**水泻久痢**破故纸炒一两，粟壳炙四两，为末，炼蜜丸弹子大。每服一丸，姜、枣同水煎服。百一选方。**牙痛日久**肾虚也。补骨脂二两，青盐半两，炒研擦之。御药院方。**风虫牙痛**上连头脑。补骨脂炒半两，乳香二钱半，为末擦之。或为丸塞孔内。自用有效。传信适用方。**打坠腰痛**瘀血凝滞。破故纸炒、茴香炒、辣桂等分，为末，每热酒服二钱。故纸主腰痛行血。直指方。

姜黄　唐本草

【释名】蒁音述宝鼎香纲目

【集解】〔恭曰〕姜黄根叶都似郁金。其花春生于根，与苗并出，入夏花烂无子。根有黄、青、白三色。其作之方法，与郁金同。西戎人谓之蒁。其味辛少苦多，亦与郁金同，惟花生异耳。〔藏器曰〕姜黄真者，是经种三年以上老姜，能生花。花在根际，一如蘘荷。根节坚硬，气味辛辣。种姜处有之，终是难得。西番亦有来者。与郁金、蒁药相似。如苏恭所说，即是蒁药而非姜黄。又言姜黄是蒁，郁金是胡蒁。如此则三物无别，递相连名[212]，总称为蒁，则功状当不殊。而今郁金味苦寒，色赤，主马热病[213]；姜黄味辛温，色黄；蒁味苦色青。三物不同，所用各别〔大明曰〕海南生者，即蓬莪蒁；江南生者，即为姜黄。〔颂曰〕姜黄今江、广、蜀川多有之。叶青绿，长一二尺许，阔三四寸，有斜文如红蕉叶而小。花红白色，至中秋渐凋。春末方生，其花先生，次方生叶，不结实。根盘屈黄色，类生姜而圆，有节。八月采根，片切暴干。蜀人以治气胀，及产后败血攻心[214]，甚验。蛮人生啖，云可以袪邪辟恶。按郁金、姜黄、蒁药三物相近，苏恭不能分别，乃如一物。陈藏器以色味分别三物，又言姜黄是三年老姜所生。近年汴都多种姜，往往有姜黄生卖，乃是老姜。市人买啖，云治气为最。大方亦时用之。又有廉姜，亦是其类，而自是一物。〔时珍曰〕近时以扁如干姜形者，为片子姜黄；圆如蝉腹形者，为蝉肚郁金，并可浸水染色。蒁形虽似郁金，而色不黄也。

根　**【气味】辛、苦，大寒，无毒。**〔藏器曰〕辛少苦多，性热不冷。云大寒，误矣。

【主治】心腹结积疰忤，下气破血，除风热，消痈肿，功力烈于郁金。唐本**治症瘕血块，通月经，治扑损瘀血，止暴风痛冷气[215]，下食。**大明**祛邪辟恶，治气胀，产后败血攻心。**苏颂**治风痹臂痛。**时珍

【发明】〔时珍曰〕姜黄、郁金、蒁药三物，形状功用皆相近。但郁金入心治血；而姜黄兼入脾，兼治气；蒁药则入肝，兼治气中之血，为不同尔。古方五痹汤用片子姜黄，治风寒湿气手臂痛。戴原礼要诀云：片子姜黄能入手臂治痛。其兼理血中之气可知。

【附方】旧二，新二。**心痛难忍**姜黄一两，桂三两，为末，醋汤服一钱。经验后方。**胎寒腹痛**[216]啼哭吐乳，大便泻青，状若惊搐，出冷汗。姜黄一钱，没药、木香、乳香二钱，为末，蜜丸芡子大。每服一丸，钓藤煎汤化下。和剂方。**产后血痛**[217]有块。用姜黄、桂心等分，为末，酒服方寸匕。血下尽即愈。昝殷产宝。**疮癣初生**姜黄末掺之，妙。千金翼。

郁金　唐本草

【释名】马蒁[218]〔震亨曰〕郁金无香而性轻扬，能致达酒气于高远。古人用治郁遏不能升者，恐命名因此也。〔时珍曰〕酒和郁鬯[219]，昔人言是大秦国所产郁金花香，惟郑樵通志言即是此郁金。其大秦三代时未通中国，安得有此草？罗愿尔雅翼亦云是此根，和酒令黄如金，故谓之黄流。其说并通。此根形状皆似莪蒁，而医马病，故名马蒁。

【集解】〔恭曰〕郁金生蜀地及西戎。苗似姜黄，花白质红，末秋出茎心而无实。其根黄赤，取四畔子根去皮火干，马药用之，破血而补，胡人谓之马蒁。岭南者有实似小豆蔻，不堪啖。

〔颂曰〕今广南、江西州郡亦有之，然不及蜀中者佳。四月初生苗似姜黄，如苏恭所说。〔宗奭曰〕郁金不香。今人将染妇人衣最鲜明[20]，而不耐日炙[21]，微有郁金之气。〔时珍曰〕郁金有二：郁金香是用花，见本条；此是用根者。其苗如姜，其根大小如指头，长者寸许，体圆有横纹如蝉腹状，外黄内赤。人以浸水染色，亦微有香气。

根　【气味】辛、苦，寒，无毒。〔元素曰〕气味俱厚，纯阴。〔独孤滔曰〕灰可结砂子。

【主治】血积下气，生肌止血，破恶血，血淋尿血，金疮。唐本单用，**治女人宿血气心痛**[22]，**冷气结聚，温醋摩服之。亦治马胀**[23]。甄权**凉心**。元素**治阳毒入胃，下血频痛**。李杲**治血气心腹痛，产后败血冲心欲死，失心颠狂蛊毒**。时珍

【发明】〔震亨曰〕郁金属火、属土与水，其性轻扬上行，治吐血衄血，唾血血腥，及经脉逆行，并宜郁金末加韭汁、姜汁、童尿同服，其血自清。痰中带血者，加竹沥。又鼻血上行者，郁金、韭汁加四物汤服之。〔时珍曰〕郁金入心及包络，治血病。经验方治失心颠狂，用真郁金七两，明矾三两，为末，薄糊丸梧子大，每服五十丸，白汤下。有妇人颠狂十年，至人授此。初服心胸间有物脱去，神气洒然，再服而苏。此惊忧痰血络聚心窍所致。郁金入心去恶血，明矾化顽痰故也。庞安常伤寒论云：斑豆始有白泡，忽搐入腹[24]，渐作紫黑色，无脓，日夜叫乱者。郁金一枚，甘草二钱半，水半碗煮干，去甘草，切片焙研为末，入真脑子炒半钱。每用一钱，以生猪血五七滴，新汲水调下。不过二服，甚者毒气从手足心出，如痈状乃瘥，此乃五死一生之候也。又范石湖文集云：岭南有挑生之害[25]。于饮食中行厌胜法[26]，鱼肉能反生于人腹中，而人以死，则阴役其家[27]。初得觉胸腹痛，次日刺人，十日则生在腹中也。凡胸膈痛，即用升麻或胆矾吐之。若膈下痛，急以米汤调郁金末二钱服，即泻出恶物。或合升麻、郁金服之，不吐则下。李巽岩侍郎为雷州推官[28]，鞫狱得此方，活人甚多也。

【附方】旧三，新十。**失心颠狂**方见发明下。**痘毒入心**[29]方见发明下。**厥心气痛**不可忍。郁金、附子、干姜等分，为末，醋糊丸梧子大，朱砂为衣。每服三十丸，男酒女醋下。奇效方。**产后心痛**血气上冲欲死。郁金烧存性，为末二钱，米醋一呷，调灌即苏。袖珍方。**自汗不止**郁金末，卧时调涂于乳上。集简方。**衄血吐血**川郁金为末，井水服二钱。甚者再服。黎居士易简方。**阳毒下血**热气入胃，痛不可忍。郁金五大个，牛黄一皂荚子，为散。每服用醋浆水一盏，同煎三沸，温服。孙用和秘宝方。**尿血不定**郁金末一两，葱白一握，水一盏，煎至三合，温服，日三服。经验方。**风痰壅滞**郁金一分，藜芦十分，为末。每服一字，温浆水调下。仍以浆水一盏漱口，以食压之。经验后方。**挑生蛊毒**方见发明下。**中砒霜毒**郁金末二钱，入蜜少许，冷水调服。事林广记。**痔疮肿痛**郁金末，水调涂之，即消。医方摘要。**耳内作痛**郁金末一钱，水调，倾入耳内，急倾出之。圣济总录。

蓬莪茂音述。宋开宝

【释名】茂药

【集解】〔志曰〕蓬莪茂生西戎及广南诸州。叶似蘘荷，子似干椹，茂在根下并生，一好一恶，恶者有毒。西戎人取之，先放羊食，羊不食者弃之。〔藏器曰〕一名蓬莪，黑色；二名蒁，黄色；三名波杀，味甘有大毒。〔大明曰〕即南中姜黄根也。海南生者名蓬莪茂。〔颂曰〕今江浙或有之。三月生苗，在田野中。其茎如钱大，高二三尺。叶青白色，长一二尺，大五寸以来，颇类蘘荷。五月有花作穗，黄色，头微紫。根如生姜，而茂在根下，似鸡鸭卵，大小不常。九月采，削去粗皮，蒸熟暴干用。

根　【修治】〔敩曰〕凡使，于砂盆中以醋磨令尽，然后于火畔熁干[30]，重筛过用。〔颂曰〕此物极坚硬，难捣治，用时热灰火中煨令透，乘热捣之，即碎如粉。〔时珍曰〕今人多以醋炒或

煮熟入药，取其引入血分也。

【气味】苦、辛，温，无毒。〔大明曰〕得酒醋良。

【主治】心腹痛，中恶疰忤鬼气，霍乱冷气，吐酸水，解毒，食饮不消，酒研服之。又疗妇人血气结积，丈夫奔豚。开宝**破痃癖冷气，以酒醋磨服。**甄权**治一切气，开胃消食，通月经，消瘀血，止扑损痛下血，及内损恶血**[231]。大明**通肝经聚血。**好古

【发明】〔颂曰〕蓬莪茂，古方不见用者。今医家治积聚诸气，为最要之药。与荆三棱忏同用之良，妇人药中亦多使。〔好古曰〕蓬莪色黑，破气中之血，入气药发诸香。虽为泄剂，亦能益气，故孙尚药用治气短不能接续，及大小七香丸、集香丸、诸汤散多用此也。又为肝经血分药。〔时珍曰〕郁金入心，专治血分之病；姜黄入脾，兼治血中之气；莛入肝，治气中之血，稍为不同。按王执中资生经云：执中久患心脾疼，服醒脾药反胀。用耆域所载蓬莪莛面裹炮熟研末[232]，以水与酒醋煎服，立愈。盖此药能破气中之血也。

【附方】旧二，新六。**一切冷气**抢心切痛[233]，发即欲死。久患心腹痛时发者，此可绝根。蓬莪茂二两醋煮，木香一两煨，为末。每服半钱，淡醋汤下。卫生家宝方。**小肠脏气**非时痛不可忍。蓬莪茂研末，空心葱酒服一钱。杨子建护命方。**妇人血气**游走作痛，及腰痛。蓬莪茂、干漆二两，为末，酒服二钱。腰痛核桃酒下。普济方。**小儿盘肠**内钓痛。以莪茂半两，用阿魏一钱化水浸一日夜，焙研。每服一字，紫苏汤下。保幼大全。**小儿气痛**蓬莪茂炮熟为末，热酒服一大钱。十全博救方。**上气喘急**蓬莪茂五钱，酒一盏半，煎八分服。保生方。**气短不接**正元散：治气不接续，兼治滑泄，及小便数。王丞相服之有验。用蓬莪茂一两，金铃子去核一两，为末，入蓬砂一钱，炼过研细。每服二钱，温酒或盐汤空心服。孙用和秘宝方。**初生吐乳**不止。蓬莪茂少许，盐一绿豆，以乳一合，煎三五沸，去滓，入牛黄两粟大，服之甚效也。保幼大全。**浑身燎泡**方见荆三棱。

荆三棱　宋开宝〔**校正**〕并入开宝草三棱。

【释名】京三棱开宝**草三棱**开宝**鸡爪三棱**开宝**黑三棱**图经**石三棱**〔颂曰〕三棱，叶有三棱也。生荆楚地，故名荆三棱以著其地，开宝本草作京者误矣。又出草三棱条，云即鸡爪三棱，生蜀地，二月、八月采之。其实一类，随形命名尔，故并见之。

【集解】〔藏器曰〕三棱总有三四种。京三棱，黄色体重，状若鲫鱼而小。又有黑三棱，状如乌梅而稍大，体轻有须，相连蔓延，作漆色，蜀人以织为器[234]，一名莑者[235]，是也。疗体并同[236]。〔颂曰〕京三棱旧不著所出地土，今荆襄、江淮、济南、河陕间皆有之。多生浅水旁及陂泽中。春生苗，高三四尺。叶似莎草，极长，又似菱蒲叶而有三棱。五六月抽茎，高四五尺，大如人指，有三棱如削成。茎端开花，大体皆如莎草而大，黄紫色。苗下即魁[237]，初生成块如附子大，或有扁者。其旁有根横贯，一根则连数魁，魁上亦出苗。其魁皆扁长，如小鲫鱼，体重者，三棱也。其根末将尽一魁，未发苗，小圆如乌梅者，黑三棱也。又根之端钩曲如爪者，鸡爪三棱也。皆皮黑肌白而至轻。或云不出苗只生细根者，谓之鸡爪三棱。又不生细根者，谓之黑三棱，大小不常，其色黑，去皮即白。三者本一种，但力有刚柔，各适其用。因其形为名，如乌头、乌喙、云母、云华之类，本非两物也。今人乃妄以凫茈、香附子为之。又河中府有石三棱，根黄白色，形如钗股，叶绿如蒲，苗高及尺，叶上亦有三棱，四月开花，白色如蓼蒇花，五月采根，亦消积气。今举世所用三棱，皆淮南红蒲根也，泰州尤多。其体至坚重，刻削鱼形[238]，叶扁茎圆，不复有三棱，不知何缘命名为三棱也？虽太医亦不以为谬。流习既久，用根者不识其苗，采药者莫究其用，因缘差失，不复辨别。今三棱皆独旁引二根，无直下根，其形大体多如鲫鱼。〔时珍曰〕三棱多生荒废陂池湿地。春时丛生，夏秋抽高茎，茎端复生数叶，开花六七枝，花皆细碎成穗，

黄紫色，中有细子。其叶茎花实俱有三棱，并与香附苗叶花实一样，但长大尔。其茎光滑三棱，如棕之叶茎。茎中有白穰，剖之织物，柔韧如藤。吕忱字林云：䕷草生水中，根可缘器[539]。即此草茎，非根也。抱朴子言䕷根花鲱[540]，亦是此草。其根多黄黑须，削去须皮，乃如鲫状，非本根似鲫也。

根　【修治】〔元素曰〕入用须炮熟。〔时珍曰〕消积须用醋浸一日，炒或煮熟焙干，入药乃良。

【气味】苦，平，无毒。〔志曰〕甘，平，温。〔大明曰〕甘、涩，凉。　〔元素曰〕苦、甘，无毒，阴中之阳。能泻真气，真气虚者勿用。

【主治】老癖癥瘕，积聚结块，产后恶血血结，通月水，堕胎，止痛利气。开宝**治气胀，破积气，消扑损瘀血，妇人血脉不调，心腹痛，产后腹痛血运。**大明**心膈痛，饮食不消。**元素**通肝经积血，治疮肿坚硬。**好古**下乳汁。**时珍

【发明】〔好古曰〕三棱色白属金，破血中之气，肝经血分药也。三棱、莪茂治积块疮硬者，乃坚者削之也。〔志曰〕俗传昔人患癥癖死，遗言令开腹取之。得病块，干硬如石，文理有五色。以为异物，削成刀柄。后因以刀刈三棱，炳消成水，乃知此药可疗癥癖也。〔时珍曰〕三棱能破气散结，故能治诸病。其功可近于香附而力峻，故难久服。按戴原礼证治要诀云：有人病癥癖腹胀，用三棱、莪茂，以酒煨煎服之，下一黑物如鱼而愈也。

【附方】旧三，新五。**癥瘕鼓胀**三棱煎：用三棱根切一石，水五石，煮三石，去滓更煎，取三斗汁入锅中，重汤煎如稠糖，密器收之。每旦酒服一匕，日二服。千金翼方。**痃癖气块**草三棱、荆三棱、石三棱、青橘皮、陈橘皮、木香各半两，肉豆蔻、槟榔各一两，硇砂二钱，为末，糊丸梧子大，每姜汤服三十丸。奇效方。**痃癖不瘥**胁下硬如石。京三棱一两炮，川大黄一两，为末，醋熬成膏。每日空心生姜橘皮汤下一匙，以利下为度。圣惠方。**小儿气癖**[541]三棱煮汁作羹粥，与奶母食，日亦以枣许与儿食。小儿新生百日及十岁以下，无问痫热痃癖等皆理之[542]。秘妙不可具言，大效。子母秘录。**痞气胸满**口干。肌瘦食减，或时壮热。石三棱、京三棱、鸡爪三棱并炮，蓬莪茂三枚，槟榔一枚，青橘皮五十片醋浸去白，陈仓米一合醋浸淘过，巴豆五十个去皮，同青皮、仓米炒干，去豆为末，糊丸绿豆大。每米饮下三丸，日一服。圣济总录。**反胃恶心**药食不下。京三棱炮一两半，丁香三分，为末。每服一钱，沸汤点服。圣济总录。**乳汁不下**京三棱三个，水二碗，煎汁一碗，洗奶取汁出为度，极妙。外台秘要。**浑身燎泡**如棠梨状，每个出水，有石一片，如指甲大，其泡复生，抽尽肌肤肉，即不可治。用荆三棱，蓬莪茂各五两，为末，分三服，酒调连进愈。危氏得效方。

莎草、香附子　别录中品

【释名】雀头香唐本草**附子**图经**水香棱**图经**水巴戟**图经**水莎**图经**侯莎**尔雅**莎结**图经**夫须**别录**续根草**图经**地薪根**图经**地毛**广雅〔时珍曰〕别录止云莎草，不言用苗用根。后世皆用其根，名香附子，而不知莎草之名也。其草可为笠及雨衣，疏而不沾，故字从草从沙。亦作蓑字，因其为衣垂绥[543]，如孝子衰衣之状[544]，故又从衰也。尔雅云，薃（音浩）侯，莎，其实缇是也。又云，茎，夫须也。苔乃笠名，贱夫所须也。其根相附连续而生，可以合香，故谓之香附子。上古谓之雀头香。按江表传云，魏文帝遣使于吴求雀头香，即此。其叶似三棱及巴戟，而生下湿地，故有水三棱、水巴戟之名。俗人呼为雷公头。金光明经谓之月萃哆。记事珠谓之抱灵居士。

【集解】〔别录曰〕莎草生田野，二月、八月采。〔弘景曰〕方药不复用，古人为诗多用之，而无识者。乃有鼠蓑，疗体异此。〔恭曰〕此草根名香附子，一名雀头香，所在有之，茎叶都似三棱，合和香用之。〔颂曰〕今处处有之。苗叶如薤而瘦，根如箸头大。谨按唐玄宗天宝单方图，

载水香棱功状与此相类。云水香棱原生博平郡池泽中，苗名香棱，根名莎结，亦名草附子。河南及淮南下湿地即有，名水莎。陇西谓之地藾根。蜀郡名续根草，亦名水巴戟。今涪都最饶，名三棱草。用茎作鞋履，所在皆有。采苗及花与根疗病。〔宗奭曰〕香附子今人多用。虽生于莎草根，然根上或有或无。有薄皲皮，紫黑色，非多毛也。刮去皮则色白。若便以根为之，则误矣。〔时珍曰〕莎叶如老韭叶而硬，光泽有剑脊棱。五六月中抽一茎，三棱中空，茎端复出数叶。开青花成穗如黍，中有细子。其根有须，须下结子一二枚，转相延生[245]，子上有细黑毛，大者如羊枣而两头尖。采得燎去毛，暴干货之[246]。此乃近时日用要药，而陶氏不识，诸注亦略，乃知古今药物兴废不同。如此则本草诸药，亦不可以今之不识，便废弃不收，安知异时不为要药如香附者乎？

根　**〔修治〕**〔敩曰〕凡采得阴干，于石臼中捣之，切忌铁器。〔时珍曰〕，凡采得连苗暴干，以火燎去苗及毛。用时以水洗净，石上磨去皮，用童子小便浸透，洗晒捣用。或生或炒，或以酒醋盐水浸，诸法各从本方，详见于下。又稻草煮之，味不苦。**〔气味〕甘，微寒，无毒。**〔宗奭曰〕苦。〔颂曰〕天宝单方云：辛，微寒，无毒，性涩。〔元素曰〕甘、苦，微寒，气厚于味，阳中之阴，血中之气药也。〔时珍曰〕辛、微苦、苦，平。足厥阴、手少阳药也。能兼行十二经，入脉气分。得童子小便、醋、芎藭、苍术良。**〔主治〕除胸中热，充皮毛，久服利人，益气，长须眉。**别录**治心中客热，膀胱间连胁下气妨**[247]**，常日忧愁不乐，兼心忪者。**苏颂**治一切气，霍乱吐泻腹痛，肾气膀胱冷气。**李杲**散时气寒疫，利三焦，解六郁，消饮食积聚，痰饮痞满，胕肿腹胀**[248]**，脚气，止心腹肢体头目齿耳诸痛，痈疽疮疡，吐血下血尿血，妇人崩漏带下，月候不调，胎前产后百病。**时珍

苗及花〔主治〕**丈夫心肺中虚风及客热，膀胱间连胁下时有气妨，皮肤瘙痒瘾疹，饮食不多，日渐瘦损，常有忧愁心忪少气等证。并收苗花二十余斤锉细，以水二石五斗，煮一石五斗，斛中浸浴，令汗出五六度**[249]**，其瘙痒即止。四时常用，瘾疹风永除。**天宝单方图。**煎饮散气郁，利胸膈，降痰热。**时珍

【发明】〔好古曰〕香附治膀胱两胁气妨，心忪少气，是能益气，乃血中之气药也。本草不言治崩漏，而方中用治崩漏，是能益气而止血也。又能逐去瘀血，是推陈也。正如巴豆治大便不通而又止泄泻同意。又云：香附阳中之阴，血中之气药，凡气郁血气必用之。炒黑能止血治崩漏，此妇人之仙药也。多服亦能走气。〔震亨曰〕香附须用童子小便浸过，能总解诸郁，凡血气必用之药，引至气分而生血，此正阴生阳长之义。本草不言补，而方家言于老人有益[250]，意有存焉。盖于行中有补理。天之所以为天者，健而有常也。健运不息，所以生生无穷，即此理尔。今即香中亦用之。〔时珍曰〕香附之气平而不寒，香而能窜。其味多辛能散，微苦能降，微甘能和。乃足厥阴肝、手少阳三焦气分主药，而兼通十二经气分。生则上行胸膈，外达皮肤；熟则下走肝肾，外彻腰足。炒黑则止血，得童溲浸炒则入血分而补虚，盐水浸炒则入血分而润燥，青盐炒则补肾气，酒浸炒则行经络，醋浸炒则消积聚，姜汁炒则化痰饮。得参、术则补气，得归、苄则补血，得木香则疏滞和中，得檀香则理气醒脾，得沉香则升降诸气，得芎藭、苍术则总解诸郁，得卮子、黄连则能降火热，得茯神则交济心肾，得茴香、破故纸则引气归元，得厚朴、半夏则决壅消胀，得紫苏、葱白则解散邪气，得三棱、莪茂则消磨积块，得艾叶则治血气暖子宫，乃气病之总司，女科之主帅也。飞霞子韩丞云：香附能推陈致新，故诸书皆云益气。而俗有耗气之说，宜于女人不宜于男子者，非矣。盖妇人以血用事，气行则无疾。老人精枯血闭，惟气是资。小儿气日充，则形乃日固。大凡病则气滞而馁，故香附于气分为君药，世所罕知。臣以参、芪，佐以甘草，治虚怯甚速也。丞游方外时[251]，悬壶轻赉[252]，治百病黄鹤丹，治妇人青囊丸，随宜用引，辄

有小效。人索不已，用者当思法外意可也。黄鹤丹乃铢衣翁在黄鹤楼所授之方，故名。其方用香附一斤，黄连半斤，洗晒为末，水糊丸梧子大。假如外感，葱姜汤下；内伤，米饮下；气病，木香汤下；血病，酒下；痰病，姜汤下；火病，白汤下。余可类推。青囊丸乃邵应节真人祷母病，感方士所授者。方用香附略炒一斤，乌药略炮五两三钱，为末，水醋煮面糊为丸。随证用引，如头痛，茶下；痰气，姜汤下；多用酒下为妙。

【附方】旧一，新四十八。**服食法**〔颂曰〕唐玄宗天宝单方图云：水香棱根名莎结，亦名草附子，说已见前。其味辛，微寒，无毒。凡丈夫心中客热，膀胱间连胁下气妨，常日忧愁不乐，兼心忪者。取根二大升，捣熬令香，以生绢袋盛，贮于三大斗无灰清酒中浸之。春三月后，浸一日即堪服；冬十月后，即七日，近暖处乃佳。每空腹温饮一盏，日夜三四次，常令酒气相续，以知为度[53]。若不饮酒，即取根十两，加桂心五两，芜荑三两，和捣为散，以蜜和为丸，捣一千杵，丸如梧子大。每空腹酒及姜蜜汤饮汁等下二十丸，日再服，渐加至三十丸，以瘥为度。**交感丹**凡人中年精耗神衰。盖由心血少，火不下降；肾气惫，水不上升。致心肾隔绝，营卫不和。上则多惊；中则塞痞，饮食不下；下则虚冷遗精。愚医徒知峻补下田，非惟不能生水滋阴，而反见衰悴。但服此方半年，屏去一切暖药，绝嗜欲，然后习秘固溯流之术[54]，其效不可殚述。俞通奉年五十一，遇铁瓮城申先生授此[55]，服之老犹如少，年至八十五乃终也。因普示群生，同登寿域。香附子一斤，新水浸一宿，石上擦去毛，炒黄，茯神去皮木，四两，为末，炼蜜丸弹子大。每服一丸，侵早细嚼[56]，以降气汤下。降气汤用香附子如上法半两，茯神二两，炙甘草一两半，为末，点沸汤服前药。萨谦斋瑞竹堂经验方。**一品丸**治气热上攻，头目昏眩，及治偏正头痛：大香附子去皮，水煮一时，捣晒焙研为末，炼蜜丸弹子大。每服一丸，水一盏，煎八分服。女人，醋汤煎之。奇效良方。**升降诸气**治一切气病，痞胀喘哕，噫酸烦闷，虚痛走注[57]。常服开胃消痰，散壅思食。早行山行[58]，尤宜服之，去邪辟瘴。香附子炒四百两，沉香十八两，缩砂仁四十八两，炙甘草一百二十两，为末。每服一钱，入盐少许，白汤点服。和剂局方。**一切气疾**心腹胀满，胸膈噎塞，噫气吞酸，痰逆呕恶，及宿酒不解。香附子一斤，缩砂仁八两，甘草炙四两，为末，每白汤入盐点服。为粗末煎服亦可。名快气汤。和剂局方。**调中快气**心腹刺痛。小乌沉汤：香附子擦去毛焙二十两，乌药十两，甘草炒一两，为末。每服二钱，盐汤随时点服。和剂局方。**心脾气痛**白飞霞方外奇方云：凡人胸膛软处一点痛者，多因气及寒起，或致终身，或子母相传。俗名心气痛，非也，乃胃脘有滞尔。惟此独步散，治之甚妙。香附米醋浸，略炒为末，高良姜酒洗七次，略炒为末，俱各封收。因寒者，姜二钱，附一钱；因气者，附二钱，姜一钱；因气与寒者，各等分，和匀。以热米汤入姜汁一匙，盐一捻，调下立止。不过七八次除根。王璆百一方云：内翰吴开夫人，心痛欲死，服此即愈。类编云：梁混心脾痛数年不愈，供事秽迹佛[59]，梦传此方，一服而愈，因名神授一匕散。**心腹诸痛**艾附丸：治男女心气痛、腹痛、少腹痛、血气痛，不可忍者。香附子二两，蕲艾叶半两，以醋汤同煮熟，去艾炒为末，米醋糊丸梧子大，每白汤服五十丸。集简方。**停痰宿饮**风气上攻，胸膈不利。香附皂荚水浸、半夏各一两，白矾末半两，姜汁面糊丸梧子大。每服三四十丸，姜汤随时下。仁存方。**元脏腹冷**及开胃。香附子炒为末，每用二钱，姜、盐同煎服。普济方。**酒肿虚肿**香附去皮，米醋煮干，焙研为末，米醋糊丸服。久之败水从小便出，神效。经验良方。**气虚浮肿**香附子一斤，童子小便浸三日，焙为末，糊丸。每米饮下四五十丸，日二。丹溪心法。**老小痃癖**往来疼痛。香附、南星等分，为末，姜汁糊丸梧子大，每姜汤下二三十丸。圣惠。**癞疝胀痛**及小肠气。香附末二钱，以海藻一钱煎酒，空心调下，并食海藻。濒湖集简方。**腰痛揩牙**[60]香附子五两，生姜二两，取自然汁浸一宿，炒黄为末，入青盐二钱，擦牙数次，其痛即止。乾坤生意。**血气刺痛**香附子炒一两，荔枝核烧存性五钱，为末。每服二钱，米饮调下。妇人良方。**女人诸病**瑞竹堂方：四制香附丸：治妇人女子经候不调，兼诸病。大香附子擦去毛一斤，分作四分：四两醇酒浸，四两醇醋浸，四两盐水浸，四两童子小便浸。春三、秋五、夏一、冬七日。淘洗净，晒干捣烂，微焙为末，醋煮面糊丸梧子大，每酒下七十丸。瘦人加泽兰、赤茯苓末二两，气虚加四君子料，血虚加四物料。法生堂方：煮附济阴丸：治妇人月经不调，久成症积，一切风气。用香附子一斤，分作四分，以童溲、盐水、酒、醋各浸三日，艾叶一斤，浆水浸过，醋糊和作饼，晒干，晚蚕砂半斤炒，莪茂四两酒浸，当归四两酒浸，各焙为末，醋糊丸梧子大。每服七十丸，米饮下，日二。醋附丸：治妇人室女一切经候不调，血气刺痛，腹胁膨胀，心怔乏力，面色痿黄，头运恶心，崩漏带下，便血，症瘕积聚，及妇人数堕胎，由气不升降，服此尤妙。香附子米醋浸半日，砂锅煮干，捣焙，石臼为末，醋糊为丸，醋汤下。澹寮方：艾附丸：治同上。香附子一斤，熟艾四两，醋煮，当归酒浸二两，为末，如上丸服。**妇人气盛**血衰，变生诸症，头运腹满，皆宜抑气散主之。香附子四两，炒茯苓、甘草炙各一两，橘红二两，为末。每服二钱，沸汤下。济生方。**下血血崩**血如山崩，或五色漏带，并宜常服，滋血调气，乃妇人之仙药也。香附子去毛炒焦为末，极热酒服二钱立愈。昏迷甚者三钱，米饮下。亦可加椶灰[261]。许学士本事方。**赤白带下**及血崩不止。香附子、赤芍药等分，为末，盐一捻，水二盏，煎一盏，食前温服。圣惠方。**安胎顺气**铁罩散：香附子炒为末，浓煎紫苏汤服一二钱。一加砂仁。中藏经。**妊娠恶阻**[262]胎气不安，气不升降，呕吐酸水，起坐不便，饮食不进。二香散：用香附子一两，藿香叶、甘草各二钱，为末。每服二钱，沸汤入盐调下。圣惠方。**临产顺胎**九月、十月服此，永无惊恐。福胎饮：用香附子四两，缩砂仁炒三两，甘草炙一两，为末。每服二钱，米饮下。朱氏集验方。**产后狂言**血运，烦渴不止。生香附子去毛为末，每服二钱，姜、枣水煎服。同上。**气郁吐血**丹溪：用童子小便调香附末二钱服。澹寮方：治吐血不止。莎草根一两，白茯苓半两，为末。每服二钱，陈粟米饮下。**肺破咯血**香附末一钱，米饮下，日二服。百一选方。**小便尿血**香附子、新地榆等分，各煎汤。先服香附汤三五呷，后服地榆汤至尽。未效再服。指迷方。**小便血淋**痛不可忍。香附子、陈皮、赤茯苓等分，水煎服。十便良方。**诸般下血**香附，童子小便浸一日，捣碎，米醋拌焙为末。每服二钱，米饮下。直指方：用香附以醋、酒各半煮熟，焙研为末，黄秫米糊丸梧子大。每服四十丸，米饮下，日二服。戴原礼云：只以香附子末二钱，入百草霜、麝香各少许，同服，效尤速也。**老小脱肛**香附子、荆芥穗等分，为末。每用三匙。水一大碗，煎十数沸淋洗。三因方。**偏正头风**香附子炒一斤，乌头炒一两，甘草二两，为末，炼蜜丸弹子大。每服一丸，葱茶嚼下。本事方。**气郁头痛**澹寮方：用香附子炒四两，川芎藭二两，为末。每服二钱，腊茶清调下[263]。常服除根明目。华佗中藏经：加甘草一两，石膏二钱半。**头风睛痛**方同妊娠恶阻。**女人头痛**香附子末，茶服三钱，日三五服。经验良方。**肝虚睛痛**冷泪羞明[264]。补肝散：用香附子一两，夏枯草半两，为末。每服一钱，茶清下。简易方。**耳卒聋闭**香附子瓦炒研末，萝卜子煎汤，早夜各服二钱。忌铁器。卫生易简方。聤**耳出汁**香附末，以绵杖送入。蔡邦度知府常用，有效。经验良方。**诸般牙痛**香附、艾叶煎汤漱之，仍以香附末擦之，去涎。普济方。**牢牙去风**益气乌髭，治牙疼牙宣，乃铁瓮先生妙方也。香附子炒存性三两，青盐、生姜各半两，为末，日擦。济生方。**消渴累年**不愈。莎草根一两，白茯苓半两，为末。每陈粟米饮服三钱，日二。**痈疽疮疡**曾孚先云：凡痈疽疮疡，皆因气滞血凝而致，宜服诸香药，引气通血。常器之云：凡气血闻香即行，闻臭即逆。疮疡皆由气涩而血聚，最忌臭秽不洁，触之毒必引蔓。陈正节公云：大凡疽疾，多因怒气而得，但服香附子药，进食宽气，大有效也。独胜散：用香附子去毛，以生姜汁淹一宿，焙干碾为细末，无时以白汤服二钱。如疮初作，以此代茶。疮溃后，亦宜服之。或只以局方小乌沉汤，少用甘草，愈后服至半年，尤妙。陈自明外科精要。**蜈蚣咬伤**嚼香附涂之，立效。袖珍方。

瑞香 纲目

【集解】〔时珍曰〕南方州郡山中有之。枝干婆娑，柔条厚叶，四时青茂。冬春之交，开花成簇，长三四分，如丁香状，有黄、白、紫三色。格古论云：瑞香高者三四尺，有数种：有枇杷叶者，杨梅叶者，柯叶者，毬子者[265]，挛枝者。惟挛枝者花紫香烈，枇杷叶者结子。其始出于庐山，宋时人家栽之，始著名。挛枝者其节挛曲，如断折之状也。其根绵软而香。

根**【气味】甘、咸、无毒。**

【主治】急喉风[266]，用白花者研水灌之。时珍，出医学集成。

茉莉 纲目

【释名】柰花〔时珍曰〕稽含草木状作末利，洛阳名园记作抹厉，佛经作抹利，王龟龄集作没利，洪迈集作末丽。盖末利本胡语，无正字，随人会意而已。韦君呼为狎客[267]，张敏叔呼为远客。杨慎丹铅录云：晋书都人簪柰花[268]，即今末利花也。

【集解】〔时珍曰〕末利原出波斯，移植南海，今滇、广人栽莳之。其性畏寒，不宜中土[269]。弱茎繁枝，绿叶团尖。初夏开小白花，重瓣无蕊，秋尽乃止，不结实。有千叶者，红色者，蔓生者。其花皆夜开，芬香可爱。女人穿为首饰，或合面脂。亦可熏茶，或蒸取液以代蔷薇水。又有似末利而瓣大，其香清绝者，谓之狗牙，亦名雪瓣，海南有之。素馨、指甲，皆其类也，并附于下。

花〔气味〕辛，热，无毒。〔主治〕蒸油取液，作面脂头泽，长发润燥香肌，亦入茗汤[270]。时珍

根 〔气味〕热，有毒。〔主治〕以酒磨一寸服，则昏迷一日乃醒，二寸二日，三寸三日。凡跌损骨节脱臼接骨者用此，则不知痛也。汪机

【附录】素馨〔时珍曰〕素馨亦自西域移来，谓之耶悉茗花，即酉阳杂俎所载野悉蜜花也。枝干袅娜，叶似末利而小。其花细瘦四瓣，有黄、白二色。采花压油泽头，甚香滑也。**指甲花**有黄、白二色，夏月开，香似木犀[271]，可染指甲，过于凤仙花。

郁金香 宋开宝 **〔校正〕**〔禹锡曰〕陈氏言郁是草英，不当附于木部。今移入此。

【释名】郁香御览**红蓝花**纲目**紫述香**纲目**草麝香 茶矩摩**佛书。〔颂曰〕许慎说文解字云：郁，芳草也。十叶为贯，百二十贯筑以煮之[272]。郁鬯乃百草之英[273]，合而酿酒以降神[274]，乃远方郁人所贡，故谓之郁。郁，今郁林郡也。〔时珍曰〕汉郁林郡，即今广西、贵州、浔、柳、邕、宾诸州之地。一统志惟载柳州罗城县出郁金香，即此也。金光明经谓之茶矩摩香。此乃郁金花香，与今时所用郁金根，名同物异。唐慎微本草收此入彼下，误矣。按赵古则六书本义：鬯字象米在器中，以匕扱之之意[275]。鬱字从臼，奉缶置于几上，鬯有彡饰，五体之意。俗作郁。则郁乃取花筑酒之意[276]，非指地言，地乃因此草得名耳。

【集解】〔藏器曰〕郁金香生大秦国，二月、三月有花，状如红蓝，四月、五月采花，即香也。〔时珍曰〕按郑玄云：郁草似兰。杨孚南州异物志云：郁金出罽宾，国人种之，先以供佛，数日萎，然后取之。色正黄，与芙蓉花裹嫩莲者相似，可以香酒。又唐书云：太宗时，伽昆国献郁金香[277]，叶似麦门冬，九月花开，状似芙蓉，其色紫碧，香闻数十步，花而不实，欲种者取根。二说皆同，但花色不同，种或不一也。古乐府云，中有郁金苏合香者，是此郁金也。晋左贵嫔有郁金颂云：伊有奇草，名曰郁金。越自殊域，厥珍来寻。芳香酷烈，悦目怡心。明德惟馨，淑人是钦。

【气味】苦，温，无毒。〔藏器曰〕平。

【主治】蛊野诸毒[278]，心腹间恶气鬼疰，鸦鹘等一切臭[279]。入诸香药用。藏器

茅香　宋开宝　〔**校正**〕并入宋图经香麻。

【释名】唱尸罗[280]金光明经。**香麻**〔时珍曰〕苏颂图经复出香麻一条，云出福州，煎汤浴风甚良，此即香茅也，闽人呼茅如麻故尔。今并为一。

【集解】〔志曰〕茅香生剑南道诸州，其茎叶黑褐色，花白色，即非白茅香也。〔颂曰〕今陕西、河东、汴东州郡亦有之，辽、泽州充贡。三月生苗，似大麦。五月开白花，亦有黄花者。有结实者，有无实者。并正月、二月采根，五月采花，八月采苗。〔宗奭曰〕茅香根如茅，但明洁而长。可作浴汤，同藁本尤佳。仍入印香中[281]，合香附子用。〔时珍曰〕茅香凡有二：此是一种香茅也，其白茅香，别是南番一种香草。唐慎微本草不知此义，乃以白茅花及白茅香诸注引入茅香之下，今并提归各条。

花〔气味〕苦，温，无毒。〔主治〕中恶，温胃止呕吐，疗心腹冷痛。开宝〔**附方**〕新一。**冷劳久病**茅香花、艾叶四两，烧存性，研末，粟米饭丸梧子大。初以蛇床子汤下二十丸至三十丸，微吐不妨，后用枣汤下，立效。圣济总录。

苗、叶〔主治〕作浴汤，辟邪气，令人身香。开宝

白茅香　拾遗

【集解】〔藏器曰〕白茅香生安南，如茅根，道家用作浴汤。〔珣曰〕广志云：生广南山谷，合诸名香甚奇妙，尤胜舶上来者。〔时珍曰〕此乃南海白茅香，亦今排香之类，非近道之白茅及北土茅香花也[282]。

根　【气味】甘，平，无毒。

【主治】恶气，令人身香。煮汤服，治腹内冷痛。藏器**小儿遍身疮疱，合桃叶煎汤浴之。**李珣

排草香　纲目

【集解】〔时珍曰〕排草香出交趾，今岭南亦或莳之，草根也，白色，状如细柳根，人多伪杂之。案范成大桂海志云：排草香状如白茅香，芬烈如麝香。人亦用以合香，诸香无及之者。又有麝香木，出古城，乃老朽树心节，气颇类麝。

根　【气味】辛，温，无毒。

【主治】辟臭，去邪恶气。时珍

【附录】瓶香〔珣曰〕案陈藏器云：生南海山谷，草之状也。其味寒无毒，主鬼魅邪精[283]，天行时气，并宜烧之。水煮，洗水肿浮气。与生姜、芥子煎汤，浴风疟甚效。**耕香**〔藏器曰〕生乌浒国[284]，茎生细叶，味辛温无毒，主鬼气，调中去臭。〔时珍曰〕二香皆草状，恐亦排草之类也，故附之。

迷迭香　拾遗

【集解】〔藏器曰〕广志云：出西海。魏略云：出大秦国。〔时珍曰〕魏文帝时，自西域移植庭中，同曹植等各有赋。大意其草修干柔茎，细枝弱根。繁花结实，严霜弗凋。收采幽杀[285]，摘去枝叶。入袋佩之，芳香甚烈。与今之排香同气。

【气味】辛，温，无毒。

【主治】恶气，令人衣香，烧之去鬼。藏器〔珣曰〕性平不温。合羌活为丸，烧之，辟蚊蚋[286]。

藒车香　拾遗

【集解】〔藏器曰〕广志云：藒车香生徐州，高数尺，黄叶白花。尔雅：藒车，乞舆。郭璞

云：香草也。〔珣曰〕生海南山谷。齐民要术云：凡诸树木虫蛀者。煎此香冷淋之，即辟也。〔时珍曰〕楚词：畦留夷与揭车。则昔人常栽莳之，与今兰香、零陵相类也。

【气味】辛，温，无毒。〔珣曰〕微寒。

【主治】鬼气，去臭，及虫鱼蛀蠹。藏器**治霍乱，辟恶气，熏衣佳。**珣

艾纳香 宋开宝

【集解】〔志曰〕广志云：艾纳出西国，似细艾。又有松树皮上绿衣，亦名艾纳，可以和合诸香，烧之能聚其烟，青白不散，而与此不同。〔禹锡曰〕案古乐府云：行胡从何方[287]？列国持何来？氍毹毾㲪五木香[288]，迷迭艾纳及都梁。是也。

【气味】甘，温、平，无毒。

【主治】去恶气杀虫，主腹冷泄痢。志**伤寒五泄，心腹注气，止肠鸣，下寸白，烧之辟瘟疫，合蜂窠浴脚气良。**珣**治癣辟蛇。**藏器

兜纳香 海药

【集解】〔珣曰〕案广志云：出西海剽国诸山。魏略云：出大秦国。草类也。

【气味】辛，平，无毒。〔藏器曰〕甘，温。

【主治】温中，除暴冷。藏器**恶疮肿瘘，止痛生肌，并入膏用。烧之，辟远近恶气。带之夜行，壮胆安神。与茅香、柳枝煎汤浴小儿，易长。**李珣

线香 纲目

【集解】〔时珍曰〕今人合香之法甚多，惟线香可入疮科用。其料加减不等，大抵多用白芷、芎藭、独活、甘松、三柰、丁香、藿香、藁本、高良姜、角茴香、连乔、大黄、黄芩、柏木、兜娄香末之类，为末，以榆皮面作糊和剂，以唧筩笮成线香[289]，成条如线也。亦或盘成物象字形，用铁铜丝悬爇者[290]，名龙挂香。

【气味】辛，温，无毒。

【主治】熏诸疮癣。时珍

【附方】新一。**杨梅毒疮**龙挂香、孩儿茶、皂角子各一钱，银朱二钱，为末，纸卷作捻，点灯置桶中，以鼻吸咽，一日三次，三日止。内服解毒药，疮即干。集简方。

藿香 宋嘉祐**〔校正〕**〔承曰〕宜入草部。

【释名】兜娄婆香〔时珍曰〕豆叶曰藿，其叶似之，故名。楞严经云：坛前以兜娄婆香煎水洗浴[591]。即此。法华经谓之多摩罗跋香，金光明经谓之钵怛罗香，皆兜娄二字梵言也。涅槃又谓之迦算香[592]。

【集解】〔禹锡曰〕按南州异物志云：藿香出海边国[593]，形如都梁，叶似水苏，可着衣服中。嵇含南方草木状云：出交阯、九真、武平、兴古诸地，吏民自种之，榛生，五六月采，日干乃芬香。〔颂曰〕藿香岭南多有之，人家亦多种。二月生苗，茎梗甚密，作丛，叶似桑而小薄，六月七月采之，须黄色乃可收。金楼子及俞益期笺皆云：扶南国人言[594]：五香共是一木。其根是旃檀[595]，节是沈香，花是鸡舌，叶是藿香，胶是熏陆。故本草以五香共条，义亦出此。今南中藿香乃是草类[596]，与嵇含所说正相符合。范晔合香方云：零藿虚燥。古人乃以合熏香。即此扶南之说，似涉欺罔也。〔时珍曰〕藿香方茎有节中虚，叶微似茄叶。洁古、东垣惟用其叶，不用枝梗。今人并枝梗用之，因叶多伪故耳。唐史云，顿逊国出藿香[597]，插枝便生，叶如都梁者，是也。刘欣期交州记言藿香似苏合香者，谓其气相似，非谓形状也。

枝叶【气味】辛，微温，无毒。〔元素曰〕辛、甘。又曰：甘、苦，气厚味薄，浮而升，阳也。〔杲曰〕可升可降，阳也。入手、足太阴经。

【主治】**风水毒肿，去恶气，止霍乱心腹痛。**别录**脾胃吐逆为要药。**苏颂**助胃气，开胃口，进饮食。**元素**温中快气，肺虚有寒，上焦壅热，饮酒口臭，煎汤漱口**好古

【发明】〔杲曰〕芳香之气助脾胃，故藿香能止呕逆，进饮食。〔好古曰〕手、足太阴之药。故入顺气乌药散，则补肺；入黄芪四君子汤，则补脾也。

【附方】新六。**升降诸气**藿香一两，香附炒五两，为末，每以白汤点服一钱。经效济世方。**霍乱吐泻**垂死者，服之回生。用藿香叶、陈皮各半两，水二盏，煎一盏，温服。百一选方。**暑月吐泻**滑石炒二两，藿香二钱半，丁香五分，为末。每服一二钱，淅米泔调服。禹讲师经验方。**胎气不安**气不升降，呕吐酸水。香附、藿香、甘草二钱，为末。每服二钱，入盐少许，沸汤调服之。圣惠。**香口去臭**藿香洗净，煎汤，时时噙嗽。摘玄方。**冷露疮烂**[58]藿香叶、细茶等分，烧灰，油调涂叶上贴之。应验方。

薰草　别录中品**零陵香**　宋开宝

【释名】**蕙草**别录**香草**开宝**燕草**纲目**黄零草**玉册。〔时珍曰〕古者烧香草以降神，故曰薰，曰蕙。薰者熏也，蕙者和也。汉书云，薰以香自烧，是矣。或云，古人祓除[59]，以此草熏之，故谓之薰，亦通。范成大虞衡志言，零陵即今永州，不出此香。惟蝙[60]、宜等州甚多，土人以编席薦，性暖宜人。谨按：零陵旧治在今全州。全乃湘水之源，多生此香，今人呼为广零陵香者，乃真薰草也。若永州、道州、武冈州，皆零陵属地也。今镇江、丹阳皆莳而刈之，以酒洒制货之，芬香更烈，谓之香草，与兰草同称。楚辞云，既滋兰之九畹，又树蕙之百亩，则古人皆栽之矣。张揖广雅云：卤，薰也。其叶谓之蕙。而黄山谷言一干数花者为蕙。盖因不识兰草、蕙草，强以兰花为分别也。郑樵修本草，言兰即蕙，蕙即零陵香，亦是臆见，殊欠分明。但兰草、蕙草，乃一类二种耳。

【集解】〔别录曰〕薰草一名蕙草，生下湿地，三月采阴干，脱节者良。又曰：蕙实，生鲁山平泽。〔弘景曰〕桐君药录：薰草叶如麻，两两相对。山海经云：浮山有草，麻叶而方茎，赤华而黑实，气如蘼芜，名曰薰草，可以已疠。今俗人皆呼燕草状如茅而香者为薰草，人家颇种之者，非也。诗书家多用蕙，而竟不知是何草，尚其名而迷其实，皆此类也。〔藏器曰〕薰草即是零陵香，薰乃蕙草根也。〔志曰〕零陵香生零陵山谷，叶如罗勒。南越志云：土人名燕草，又名薰草，即香草也。山海经薰草即是此。〔颂曰〕零陵香今湖岭诸州皆有之，多生下湿地，叶如麻，两两相对，茎方，常以七月中旬开花至香，古云薰草是也。岭南人皆作窑灶，以火炭焙干，令黄色乃佳。江淮亦有土生者，亦可作香，但不及湖岭者，至枯槁香尤芬熏耳。古方但用薰草，不用零陵香。今合香家及面脂[61]、澡豆诸法皆用之[62]，都下市肆货之甚便。〔时珍曰〕今惟吴人栽造，货之亦广。

薰草〔**气味**〕**甘，平，无毒。**〔权曰〕苦，无毒。〔珣曰〕辛，温，无毒。不宜多服，令人气喘。〔玉册云〕伏三黄、朱砂[63]。〔**主治**〕**明目止泪，疗泄精，去臭恶气，伤寒头痛，上气腰痛。**别录**单用，治鼻中瘜肉，鼻齆。**甄权**零陵香：主恶气疰心腹痛满，下气，令体香，和诸香作汤丸用，得酒良。**开宝**主风邪冲心，虚劳疳匿。得升麻、细辛煎饮，治牙齿肿痛善。**李珣**治血气腹胀，茎叶煎酒服。**大明**妇人浸油饰发，香无以加。**宗奭

〔发明〕〔时珍曰〕薰草芳馨，其气辛散上达，故心腹恶气齿痛鼻塞皆用之。脾胃喜芳香，芳香可以养鼻是也。多服作喘，为能耗散真气也。〔**附方**〕新十。**伤寒下痢**蕙草汤：用蕙草、当归各二两，黄连四两，水六升，煮二升服，日三服。范汪方。**伤寒狐惑**食肛者。蕙草、黄连各四两，㕮咀，以白酸浆一斗，渍一宿，煮取二升，分三服。小品方。**头风旋运**痰逆恶心懒食。真零陵者、藿香叶、莎草根炒等分，为末。每服二钱，茶下，日三服。本事方。**小儿鼻塞头热**。用薰

草一两，羊髓三两，铫内慢火熬成膏[804]，去滓，日摩背上三四次。圣惠方。**头风白屑**[805]零陵香、白芷等分，水煎汁，入鸡子白搅匀，傅数十次，终身不生。圣惠方。**牙齿疼痛**零陵香梗叶煎水，含漱之。普济方。**风牙宿牙**[806]零陵香洗炙，荜茇炒，等分，为末掺之。普济方。**梦遗失精**薰草汤：用薰草、人参、白术、白芍药、生地黄各二两，茯神、桂心、甘草炙各二两，大枣十二枚，水八升，煮三升，分二服。外台秘要。**妇人断产**零陵香为末，酒服二钱。每服至一两，即一年绝孕。盖血闻香即散也。医林集要。**五色诸痢**返魂丹：用零陵香草去根，以盐酒浸半月，炒干，每两人广木香一钱半，为末。里急腹痛者，用冷水服一钱半，通了三四次，用热米汤服一钱半，止痢。只忌生梨一味。集简方。

蕙实别录有名未用部。〔藏器曰〕即兰蕙之蕙也。五月采之，辛香。〔气味〕**辛，平，无毒。**

〔主治〕**明目补中。**别录

根茎中涕〔主治〕**伤寒寒热出汗，中风面肿，消渴热中，逐水。**别录**主五痔脱肛有虫。**时珍出千金。

兰草　本经上品

【释名】 **蕳**音闲**水香**本经**香水兰**开宝**女兰**纲目**香草**纲目**燕尾香**开宝**大泽兰**炮炙论**煎泽草**弘景**兰泽草**唐本**省头草**纲目**都梁香**李当之**孩儿菊**纲目**千金草**〔志曰〕叶似马兰，故名兰草。其叶有歧，俗呼燕尾香。时人煮水以浴，疗风，故又名香水兰。〔藏器曰〕兰草生泽畔，妇人和油泽头，故云兰泽。盛弘之荆州记云：都梁有山，下有水清浅，其中生兰草，因名都梁香。〔时珍曰〕都梁即今之武冈州也，又临淮盱眙县亦有都梁山，产此香。兰乃香草，能辟不祥。陆玑诗疏言：郑俗，三月男女秉蕳于水际，以自祓除。盖兰以阑之，蕳以闲之，其义一也。淮南子云：男子种兰，美而不芳。则兰须女子种之，女兰之名，或因乎此。其叶似菊，女子、小儿喜佩之，则女兰、孩菊之名，又或以此也。唐瑶经验方言：江南人家种之，夏月采置发中，令头不膻[807]，故名省头草。其说正合煎泽之义[808]。古人兰蕙皆称香草，如零陵香草、都梁香草。后人省之，通呼为香草尔。近世但知兰花，不知兰草。惟虚谷方回考订[809]，极言古之兰草即今之千金草，俗名孩儿菊者，其说可据。详下正误。

【集解】〔别录曰〕兰草生太吴池泽，四月、五月采。〔弘景曰〕方药俗人并不识用[810]。太吴应是吴国太伯所居，故呼太吴。今东间有煎泽草，名兰香，或是此也。李当之云：是今人所种都梁香草也。泽兰亦名都梁香。〔恭曰〕兰即兰泽香草也。圆茎紫萼，八月花白。俗名兰香，煮以洗浴。生溪涧水旁，人间亦多种之[811]，以饰庭池。陶所引煎泽草，都梁香者是也，而不能的识。〔保昇曰〕生下湿地，叶似泽兰，尖长有歧，花红白色而香。〔藏器曰〕兰草、泽兰二物同名，陶不能知，苏亦浪别[812]。兰草生泽畔，叶光润，阴小紫[813]，五月、六月采阴干，即都梁香也。泽兰叶尖微有毛，不光润，茎方节紫，初采微辛，干之亦辛。苏云八月花白者，即泽兰也，以注兰草，殊误矣。〔时珍曰〕兰草、泽兰一类二种也。俱生水旁下湿处。二月宿根生苗成丛，紫茎素枝，赤节绿叶，叶对节生，有细齿。但以茎圆节长，而叶光有歧者，为兰草；茎微方，节短而叶有毛者，为泽兰。嫩时并可挼而佩之，八九月后渐老，高者三四尺，开花成穗，如鸡苏花，红白色，中有细子。雷敩炮炙论所谓大泽兰，即兰草也；小泽兰，即泽兰也。礼记佩帨兰茝[814]，楚辞纫秋兰以为佩[815]，西京杂记载汉时池苑种兰以降神，或杂粉藏衣书中辟蠹者，皆此二兰也。今吴人莳之，呼为香草，夏月刈取，以酒油洒制，缠作把子，货为头泽佩带，与别录所出太吴之文正相符合。诸家不知二兰乃一物二种，但功用有气血之分，故无定指，惟寇氏、朱氏之误尤甚，故考正于下。或云家莳者为兰草，野生者为泽兰，亦通。

【正误】〔寇宗奭曰〕兰草诸家之说异同，乃未的识，故无定论。今江陵、鼎、沣州山谷之间颇有之，山外平田即无，多生阴地幽谷。叶如麦门冬而阔。且韧，长及一二尺，四时常青。花黄绿色，中间瓣上有细紫点。春芳者为春兰，色深；秋芳者为科兰，色淡。开时满室尽香，与他花香又别。〔朱震亨曰〕兰叶禀金水之气而似有火，人知其花香之贵，而不知其叶有药方。盖其叶能散久积陈郁之气甚有力，即今之栽置座右者[316]。〔时珍曰〕二氏所说，乃近世所谓兰花，非古之兰草也。兰有数种，兰草、泽兰生水旁，山兰即兰草之生山中者。兰花亦生山中，与三兰迥别。兰花生近处者，叶如麦门冬而春花；生福建者，叶如菅茅而秋花。黄山谷所谓一干一花为兰，一干数花为蕙者，盖因不识兰草、蕙草，遂以兰花强生分别也。兰草与泽兰同类。故陆玑言兰似泽兰，但广而长节。离骚言其绿叶紫茎素枝，可纫可佩可藉可膏可浴[317]。郑诗言士女秉蕑[318]。应劭风俗通言尚书奏事，怀香握兰[319]。礼记言诸侯贽薰[320]，大夫贽兰[321]。汉书言兰以香自烧也。若夫兰花，有叶无枝，可玩而不可纫佩藉浴秉握膏焚。故朱子离骚辨证，言古之香草必花叶俱香，而燥湿不变，故可刈佩。今之兰蕙，但花香而叶乃无气，质弱易萎，不可刈佩，必非古人所指甚明。古之兰似泽兰，而蕙即今之零陵香。今之似茅而花有两种者，不知何时误也？熊太古冀越集，言世俗之兰，生于深山穷谷，决非古时水泽之兰也。遁斋闲览，言楚骚之兰，或以为都梁香，或以为泽兰，或以为猗兰，当以泽兰为正。今人所种如麦门冬者，名幽兰，非真兰也。故陈止斋著盗兰说以讥之。方虚谷订兰说，言古之兰草，即今之千金草，俗名孩儿菊者。今之所谓兰，其叶如茅而嫩者，根名土续断，因花馥郁，故得兰名也。杨升庵云：世以如蒲萱者为兰，九畹之受诬久矣。又吴草庐有兰说甚详，云兰为医经上品之药，有枝有茎，草之植者也。今所谓兰，无枝无茎。因黄山谷称之，世遂谬指为离骚之兰。寇氏本草亦溺于俗，反疑旧说为非。夫医经为实用，岂可误哉？今之兰，果可利水杀蛊而除痰癖乎？其种盛于闽，朱子乃闽人，岂不识其土产而反辨析如此？世俗至今犹以非兰为兰，何其惑之难解也？呜呼！观诸儒之明析如此，则寇、朱二氏之误可知，而医家用兰草者当不复疑矣。

叶【修治】见泽兰下。

【气味】辛，平，无毒。〔杲曰〕甘、寒。

【主治】利水道，杀蛊毒，辟不祥。久服益气轻身不老，**通神明。**本经**除胸中痰癖。**别录**生血，调气，养营。**雷敩**其气清香，生津止渴，润肌肉，治消渴胆瘅。**李杲**煮水，浴风病。**马志消痈肿，调月经。煎水，解中牛马毒。时珍**主恶气，香泽可作膏涂发。**藏器

【发明】〔时珍曰〕按素问云：五味入口，藏于脾胃，以行其精气。津液在脾，令人口甘，此肥美所发也。其气上溢，转为消渴。治之以兰，除陈气也。王冰注云：辛能发散故也。李东垣治消渴生津饮，用兰叶，盖本于此，详见泽兰下。又此草浸油涂发，去风垢，令香润。史记所谓罗襦襟解[322]，微闻香泽者是也。崔寔四时月令作香泽法：用清油浸兰香、藿香、鸡舌香、苜蓿叶四种，以新绵裹，浸胡麻油，和猪脂纳铜铛中，沸定，下少许青蒿，以绵幂瓶[323]，铛嘴泻出，瓶收用之。

【附方】新一。**食牛马毒**杀人者。省头草连根叶煎水服，即消。唐瑶经验方。

泽兰　本经中品　　　**〔校正〕**并入嘉佑地笋。

【释名】水香吴普**都梁香**弘景**虎兰**本经**虎蒲**别录**龙枣**本经**孩儿菊**纲目**风药**纲目**根名地笋**嘉祐〔弘景曰〕生于泽旁，故名泽兰，亦名都梁香。〔时珍曰〕此草亦可为香泽，不独指其生泽旁也。齐安人呼为风药[324]，吴普本草一名水香，陶氏云亦名都梁，今俗通呼为孩儿菊，则其与兰草为一物二种，尤可证矣。其根可食，故曰地笋。

【集解】〔别录曰〕泽兰生汝南诸大泽旁，三月三日采，阴干。〔普曰〕生下地水旁，叶如兰，二月生苗，赤节，四叶相值枝节间。〔弘景曰〕今处处有之，多生下湿地。叶微香，可煎油及作

浴汤。人家多种之，而叶小异。今山中又有一种甚相似，茎方，叶小强，不甚香。既云泽兰，则山中者为非，而药家乃采用之。〔恭曰〕泽兰茎方节紫，叶似兰草而不甚香，今京下用者是也。陶说乃是兰草，茎圆紫萼白花，殊非泽兰也。〔颂曰〕今荆、徐、随、寿、蜀、梧州、河中府皆有之。根紫黑色，如粟根。二月生苗，高二三尺。茎干青紫色，作四棱。叶生相对，如薄荷，微香。七月开花，带紫白色，萼通紫色，亦似薄荷花。三月采苗阴干。荆糊岭南人家多种之。寿州出者无花子。此与兰草大抵相类。但兰草生水旁，叶光润，阴小紫，五六月盛；而泽兰生水泽中及下湿地，叶尖，微有毛，不光润，方茎紫节，七月八月初采微辛，此为异尔。〔敩曰〕凡使须别雌雄。大泽兰茎叶皆圆，根青黄，能生血调气；与荣合小泽兰迥别，叶上斑，根头尖，能破血，通久积。〔宗奭曰〕泽兰出土，便分枝梗，叶皆如菊，但尖长尔。吴普言叶似兰，误矣。今兰叶如麦门冬，殊不相似。〔时珍曰〕吴普所说，乃真泽兰也。雷敩所说，大泽兰即兰草也，小泽兰即此泽兰也。寇宗奭所说泽兰则是，而破吴普之说则非，盖由误认兰花为兰草也。详见兰草正误下。

叶〔**修治**〕〔敩曰〕凡用大小泽兰，细锉，以绢袋盛，悬于屋南畔角上[㊷]，令干用。〔**气味**〕**苦，微温，无毒**。〔别录曰〕甘。〔普曰〕神农、黄帝、岐伯、桐君：酸，无毒。〔李当之〕小温。〔权曰〕苦、辛。〔之才曰〕防己为之使。〔**主治**〕**乳妇内衄，中风余疾，大腹水肿，身面四肢浮肿，骨节中水**[㊻]，**金疮，痈肿疮脓**。本经**产后金疮内塞**[㊼]。别录**产后腹痛，频产血气衰冷，成劳瘦羸，妇人血沥腰痛**。甄权**产前产后百病，通九窍，利关节，养血气，破宿血，消症瘕，通小肠，长肌肉，消扑损瘀血，治鼻血吐血，头风目痛，妇人劳瘦，丈夫面黄**。大明〔**发明**〕〔颂曰〕泽兰，妇人方中最为急用。古人治妇人泽兰丸甚多。〔时珍曰〕兰草、泽兰气香而温，味辛而散，阴中之阳，足太阴、厥阴经药也。脾喜芳香，肝宜辛散。脾气舒，则三焦通利而正气和；肝郁散，则营卫流行而病邪解。兰草走气道，故能利水道，除痰癖，杀蛊辟恶，而为消渴良药；泽兰走血分，故能治水肿，涂痈毒，破瘀血，消症瘕，而为妇人要药。虽是一类而功用稍殊，正如赤、白茯苓、芍药，补泻皆不同也。雷敩言，雌者调气生血，雄者破血通积，正合二兰主治。大泽兰之为兰草，尤可凭据。血生于气，故曰调气生血也。又荀子云，泽芷以养鼻，谓泽兰、白芷之气，芳香通乎肺也。〔**附方**〕旧一，新四。**产后水肿**血虚浮肿。泽兰、防己等分，为末。每服二钱，醋汤下。张文仲备急方。**小儿蓐疮**嚼泽兰心封之良。子母秘录。**疮肿初起**泽兰捣封之良。集简方。**损伤瘀肿**方同上。**产后阴翻**[㊽]产后阴户燥热，遂成翻花。泽兰四两，煎汤熏洗二三次，再入枯矾煎洗之，即安。集简方。

地笋宋嘉祐。〔**气味**〕**甘、辛，温，无毒**。〔**主治**〕**利九窍，通血脉，排脓治血**。藏器**止鼻洪吐血，产后心腹痛。产妇可作蔬菜食，佳**。大明

子〔**主治**〕**妇人三十六疾**。千金方承泽丸中用之。

马兰 日华

【**释名**】**紫菊**〔时珍曰〕其叶似兰而大，其花似菊而紫，故名。俗称物之大者为马也。

【**集解**】〔藏器曰〕马兰生泽旁，如泽兰而气臭，楚词以恶草喻恶人，北人见其花呼为紫菊，以其似单瓣菊花而紫也。又有山兰，生山侧，似刘寄奴，叶无桠，不对生，花心微黄赤，亦大破血，皆可用。〔时珍曰〕马兰，湖泽卑湿处甚多，二月生苗，赤茎白根，长叶有刻齿，状似泽兰，但不香尔。南人多采汋晒干为蔬及馒馅[㊾]。入夏高二三尺，开紫花，花罢有细子。楚辞无马兰之名，陈氏指为恶草，何据？

根、叶【**气味**】**辛，平，无毒**。

【**主治**】**破宿血，养新血，止鼻衄吐血，合金疮，断血痢，解酒疸及诸菌毒、蛊毒。生捣，**

涂蛇咬。大明**主诸疟及腹中急痛，痔疮**。时珍

【发明】〔时珍曰〕马兰辛平，能入阳明血分，故治血与泽兰同功。近人用治痔漏云有效，春夏取生，秋冬取干者，不用盐醋，白水煮食，并饮其汁。或以酒煮焙研，糊丸，米饮日日服之。仍用煎水入盐少许，日日熏洗之。医学集成云：治痔用马兰根，捣傅片时，看肉平即去之。稍迟，恐肉反出也。

【附方】新六。**诸疟寒热**赤脚马兰捣汁，入水少许，发日早服。或入少糖亦可。圣济总录。**绞肠沙痛**马兰根叶，细嚼咽汁，立安。寿域神方。**打伤出血**竹节草即马兰，同旱莲草、松香、皂子叶即柜子叶，冬用皮，为末，搽入刀口。摘玄方。**喉痹口紧**用地白根即马兰根，或叶捣汁，入米醋少许，滴鼻孔中，或灌喉中，取痰自开。孙一松试效方。**水肿尿涩**马兰菜一虎口，黑豆、小麦各一撮，酒、水各一钟，煎一钟，食前温服以利小水，四五日愈。杨起简便方。**缠蛇丹毒**马兰、甘草擂醋搽之。济急方。

【附录】麻伯〔别录有名未用曰〕味酸、无毒。主益气出汗。一名君莒[㊳]，一名衍草，一名道止，一名自死。生平陵，如兰，叶黑厚白裹茎，实赤黑，九月采根。**相乌**〔又曰〕味苦。主阴痿。一名乌葵。如兰香，赤茎，生山阳[㊴]，五月十五日采，阴干。**天雄草**〔又曰〕味甘，温，无毒。主益气阴痿。生山泽中，状如兰，实如大豆，赤色。**益奶草**拾遗。〔藏器曰〕味苦，平，无毒。主五痔脱肛，止血，炙令香，浸酒服。生永嘉山谷，叶如泽兰，茎赤，高二三尺也。

香薷 音柔。别录中品 **〔校正〕**自菜部移入此。

【释名】香葇[㊵]食疗**香茸**同上**香菜**千金**蜜蜂草**纲目〔时珍曰〕薷，本作葇。玉篇云，葇菜苏之类，是也。其气香，其叶柔，故以名之。草初生曰茸，孟诜食疗作香戎者，非是。俗呼蜜蜂草，象其花房也。

【集解】〔弘景曰〕家家有此，作菜生食，十月中取干之。〔颂曰〕所在皆种，但北土差少，似白苏而叶更细，寿春及新安皆有之。彼间又有一种石香葇，生石上，茎叶更细，色黄而辛香弥甚，用之尤佳。吴人以为茵陈用之。〔宗奭曰〕香薷生山野间，荆湖南北、二川皆有之，汴洛作圃种之，暑月亦作蔬菜。叶如茵陈，花茸紫，连边成穗，凡四五十房为一穗，如荆芥穗，别是一种香气。〔时珍曰〕香薷有野生,，有家莳。中州人三月种之，呼为香菜，以充蔬品。丹溪朱氏惟取大叶者为良，而细叶者香烈更甚，今人多用之，方茎，尖叶有刻缺，颇似黄荆叶而小，九月开紫花成穗。有细子细叶者，仅高数寸，叶如落帚叶，即石香薷也。

【修治】〔敩曰〕凡采得去根留叶，锉暴干，勿令犯火。服至十两，一生不得食白山桃也。〔时珍曰〕八九月开花着穗时，采之阴干，入用。

【气味】辛，微温，无毒。

【主治】霍乱腹痛吐下，散水肿。别录**去热风。卒转筋者，煮汁顿服半升，即止。为末水服，止鼻衄**。孟诜**下气，除烦热，疗呕逆冷气**。大明**春月煮饮代茶，可无热病，调中温胃。含汁漱口，去臭气**。汪颖**主脚气寒热**。时珍

【发明】〔弘景曰〕霍乱煮饮无不瘥者，作煎除水肿尤良。〔颂曰〕霍乱转筋者，单煮服之。若四肢烦冷，汗出而渴者，加蓼子同煮服。〔震亨曰〕香薷属金与水，有彻上彻下之功，解暑利小便，又治水甚捷，以大叶者浓煎丸服。肺得之，清化行而热自降也。〔时珍曰〕世医治暑病，以香薷饮为首药。然暑有乘凉饮冷，致阳气为阴邪所遏，遂病头痛，发热恶寒，烦躁口渴，或吐或泻，或霍乱者。宜用此药，以发越阳气，散水和脾。若饮食不节，劳役作丧之人[㊶]，伤暑大热大渴，汗泄如雨，烦躁喘促，或泻或吐者。乃劳倦内伤之证，必用东垣清暑益气汤、人参白虎汤之类，以泻火益元可也。若用香薷之药，是重虚其表，而又济之以热矣。盖香薷乃夏月解表之

药，如冬月之用麻黄，气虚者尤不可多服。而今人不知暑伤元气，不拘有病无病，概用代茶，谓能辟暑，真痴前说梦也。且其性温，不可热饮，反致吐逆。饮者惟宜冷服，则无拒格之患。其治水之功果有奇效。一士妻自腰以下胕肿，面目亦肿，喘急欲死，不能伏枕，大便溏泄，小便短少，服药罔效。时珍诊其脉沉而大，沉主水，大主虚，乃病后冒风所致，是名风水也。用千金神秘汤加麻黄，一服喘定十之五，再以胃苓汤吞深师薷术丸，二日小便长，肿消十之七，调理数日全安。益见古人方皆有至理，但神而明之，存乎其人而已。

【附方】旧四，新六。**一切伤暑**和剂局方：香薷饮：治暑月卧湿当风，或生冷不节，真邪相干，便致吐利，或发热头痛体痛，或心腹痛，或转筋，或干呕，或四肢逆冷，或烦闷欲死，并主之。用香薷一斤，厚朴姜汁炙，白扁豆微炒，各半斤，锉散。每服五钱，水二盏，酒半盏，煎一盏，水中沉冷，连进二服立效。活人书：去扁豆，入黄连四两，姜汁同炒黄色用。**水病洪肿**[334]胡洽居士香薷煎：用干香薷五十斤锉，入釜中，以水淹过三寸，煮使气力都尽[335]，去滓澄之，微火煎至可丸，丸如梧子大。一服五丸，日三服，日渐增之，以小便利则愈。苏颂图经本草。**通身水肿**梁师薷术丸；治暴水风水气水，通身皆肿，服至小便利为效。用香薷叶一斤，水一斗，熬极烂去滓，再熬成膏，加白术末七两，和丸梧子大。每服十丸，米饮下，日五、夜一服。外台秘要。**四时伤寒**不正之气。用水香薷为末，热酒调服一二钱，取汗。卫生易简方。**心烦胁痛**连胸欲死者。香薷捣汁一二升服。肘后。鼻衄不止香薷研末，水服一钱。圣济总录。**舌上出血**如钻孔者。香薷煎汁服一升，日三服。肘后方。口中臭气香薷一把，煎汁含之。千金方。**小儿发迟**[336]陈香薷二两，水一盏，煎汁三分，入猪脂半两，和匀，日日涂之。永类钤方。**白秃惨痛**[337]即上方入胡粉[338]，和涂之。子母秘录。

石香葇　宋开宝附

【释名】石苏

【集解】〔志曰〕石香葇生蜀郡陵、荣、资、简、州，及南中诸处，生山岩石缝中，二月、八月采，苗茎花实俱可用。〔宗奭曰〕处处有之，但山中临水附厓处或有之[339]，不必山岩石缝也。九月、十月尚有花。〔时珍曰〕香薷、石香薷，一物也，但随所生而名尔。生平地者叶大，厓石者叶细，可通用之。

【气味】辛香，温，无毒。

【主治】调中温胃，止霍乱吐泻，心腹胀满，脐腹痛肠鸣。开宝**功比香薷更胜。**萧炳**制硫黄。**时珍

爵床　本经中品

【释名】爵麻吴普**香苏**别录**赤眼老母草**唐本。〔时珍曰〕爵床不可解。按吴氏本草作爵麻，甚通。

【集解】〔别录曰〕爵床生汉中川谷及田野。〔恭曰〕此草生平泽熟田近道旁，似香葇，叶长而大，或如荏且细，俗名赤眼老母草。〔时珍曰〕原野甚多。方茎对节，与大叶香薷一样。但香薷搓之气香，而爵床搓之不香微臭，以此为别。

茎叶**【气味】咸，寒，无毒。**〔时珍曰〕微辛。

【主治】腰脊痛，不得着床，俯仰艰难，除热，可作浴汤。本经**疗血胀下气**[340]。**治杖疮**[341]**，捣汁涂之立瘥。**苏恭

赤车使者　唐本草

【释名】小锦枝炮炙论。

【集解】〔恭曰〕赤车使者，苗似香葇、兰香，叶茎赤，根紫赤色，八月、九月采根，日干。

〔保昇曰〕生荆州、襄州，根紫如茜根，二月、八月采。〔时珍曰〕此与爵床相类，但以根色紫赤为别尔。

根【修治】〔敩曰〕此草原名小锦枝。凡用并粗捣，以七岁童子小便拌蒸，晒干入药。

【气味】辛、苦，温，有毒。〔权曰〕有小毒。

【主治】风冷邪疰[342]，蛊毒症瘕，五脏积气[343]。苏恭**治恶风冷气。服之悦泽肌皮，好颜色。**甄权

【发明】〔颂曰〕古方治大风风痹，有赤车使者酒。今人稀用，鲜有识者。〔时珍曰〕上古辟瘟疫邪气，有赤车使者丸。此药不怪，苟加询采，必能得之，但古今名称或不同耳。

假苏　本经中品　〔校正〕自菜部移入此。

【释名】姜芥别录**荆芥**吴普**鼠蓂**[344]本经〔弘景曰〕假苏方药不复用。〔恭曰〕此即菜中荆芥也，姜芥声讹尔。先居草部，今录入菜部。〔士良曰〕荆芥本草呼为假苏。假苏又别是一物，叶锐圆，多野生，以香气似苏，故呼为苏。〔颂曰〕医官陈巽言，江左人，谓假苏、荆芥实两物。苏恭以本草一名姜芥，荆姜声讹，谓为荆芥，非矣。〔时珍曰〕按吴普本草云：假苏一名荆芥，叶似落藜而细，蜀中生噉之。普乃东汉末人，去别录时未远[345]，其言当不谬，故唐人苏恭祖其说。而陈士良、苏颂复启为两物之疑，亦臆说尔。曰苏、曰姜、曰芥，皆因气味辛香，如苏、如姜、如芥也。

【集解】〔别录曰〕假苏生汉中川泽。〔颂曰〕今处处有之，叶似落藜而细，初生香辛可噉，人敢作生菜。古方稀用，近世医家为要药，并取花实成穗者，曝干入药。又有胡荆芥，俗呼新罗荆芥。又有石荆芥，生山石间。体性相近，入药亦同。〔时珍曰〕荆芥原是野生，今为世用，遂多栽莳。二月布子生苗，炒食辛香。方茎细叶，似独帚叶而狭小，淡黄绿色。八月开小花，作穗成房，房如紫苏房，内有细子如葶苈子状，黄赤色，连穗收采用之。

【正误】〔藏器曰〕张鼎食疗本草，荆芥一名析蓂，误矣。菥蓂自有本条，见草部。〔时珍曰〕汪机本草会编，言假苏是白苏，亦误矣。白苏乃荏也。见后。

茎穗【气味】辛，温，无毒。〔诜曰〕作菜食久，动渴疾，熏人五脏神。反驴肉、无鳞鱼，详后发明下。

【主治】寒热鼠瘘，瘰疬生疮，破结聚气，下瘀血，除湿痹。本经**去邪，除劳渴冷风[346]，出汗，煮汁服之。捣烂醋和，傅丁肿肿毒。**藏器**单用治恶风贼风，口面㖞斜，遍身㿏痹；心虚忘事，益力添精，辟邪毒气，通利血脉，传送五脏不足气，助脾胃。**甄权**主血劳，风气壅满，背脊疼痛，虚汗，理丈夫脚气，筋骨烦疼，及阴阳毒伤寒头痛[347]，头旋目眩，手足筋急。**士良**利五脏，消食下气，醒酒。作菜生熟皆可食，并煎茶饮之。以豉汁煎服，治暴伤寒，能发汗。**日华**治妇人血风及疮疥，为要药。**苏颂**产后中风身强直，研末酒服。**孟诜**散风热，清头目，利咽喉，消疮肿，治项强，目中黑花，及生疮阴㿉，吐血衄血，下血血痢，崩中痔漏。**时珍

【发明】〔元素曰〕荆芥辛苦，气味俱薄，浮而升，阳也。〔好古曰〕肝经气分药也，能搜肝气。〔时珍曰〕荆芥入足厥阴经气分，其功长于祛风邪，散瘀血，破结气，消疮毒。盖厥阴乃风木也，主血，而相火奇之，故风病血病疮病为要药。其治风也，贾丞相称为再生丹，许学士谓有神圣功，戴院使许为产后要药，萧存敬呼为一捻金，陈无择隐为举卿古拜散，夫岂无故而得此隆誉哉？按唐韵：荆字举卿切，芥字古拜切。盖二字之反切，隐语以秘其方也。〔又曰〕荆芥反鱼蟹河豚之说，本草医方并未言及，而稗官小说往往载之。按李廷飞延寿书云。凡食一切无鳞鱼，忌荆芥。食黄鳝鱼后食之，令人吐血，惟地浆可解。与蟹同食，动风。又蔡绦铁围山丛话云：予居岭峤[348]，见食黄颡鱼犯姜芥者立死，甚于钩吻[349]。洪迈夷坚志云：吴人魏几道，啖黄颡鱼羹，后

采荆芥和茶饮。少顷足痒，上彻心肺，狂走，足皮欲裂。急服药，两日乃解。陶九成辍耕录云：凡食河豚，不可服荆芥药，大相反。予在江阴见一儒者，因此丧命。苇航纪谈云：凡服荆芥风药，忌食鱼。杨诚斋曾见一人，立致于死也。时珍按：荆芥乃日用之药，其相反如此，故详录之，以为警戒。又按物类相感志言：河豚用荆芥同煮，三五次换水，则无毒。其说与诸书不同，何哉？大抵养生者，宁守前说为戒可也。

【附方】旧四，新二十七。**头项风强**八月后，取荆芥穗作枕，及铺床下，立春日去之。千金方。**风热头痛**荆芥穗、石膏等分，为末。每服二钱，茶调下。永类钤方。**风热牙痛**荆芥根、乌桕根、葱根等分，煎汤频含漱之。**小儿惊痫**一百二十种。用荆芥穗二两，白矾半生半枯一两，为末，糊丸黍米大，朱砂为衣。每姜汤下二十丸，日二服。医学集成。**一切偏风**口眼㖞斜。用青荆芥一斤，青薄荷一斤，同入砂盆内研烂，生绢绞汁，于甆器中煎成膏[50]，漉去滓三分之一，将二分日干，为末，以膏和丸梧子大。每服三十丸，白汤下，早暮各一服。忌动风物。经验后方。**中风口噤**荆芥穗为末，酒服二钱，立愈，名荆芥散。贾似道云：此方出曾公谈录，前后用之甚验。其子名顺者，病此已革[51]，服之立定，真再生丹也。**产后中风**华佗愈风散：治妇人产后中风口噤，手足瘛疭如角弓，或产后血运，不省人事，四肢强直，或筑心眼倒[52]，吐泻欲死。用荆芥穗子，微焙为末。每服三钱，豆淋酒调服，或童子小便服之。口噤则挑齿灌之，断噤则灌入鼻中，其效如神。大抵产后太暖，则汗出而腠理疏，则易于中风也。〔时珍曰〕此方诸书盛称其妙。姚僧坦集验方以酒服，名如圣散，云药下可立待应效。陈氏方名举卿古拜散。萧存敬方用古老钱煎汤服，名一捻金。王贶指迷方加当归等分，水煎服。许叔微本事方云：此药委有奇效神圣之功。一妇人产后睡久，及醒则昏昏如醉，不省人事。医用此药及交加散，云服后当睡，睡中必以左手搔头，用之果然。昝殷产宝方云：此病多因怒气伤肝，或忧气内郁，或坐草受风而成，急宜服此药也。戴原礼证治要诀名独行散。贾似道悦生随抄呼为再生丹。**产后迷闷**因怒气发热迷闷者。独行散：用荆芥穗，以新瓦半炒半生为末，童子小便服一二钱。若角弓反张，以豆淋酒下。或锉散，童尿煎服极妙。盖荆芥乃产后要药，而角弓反张，乃妇人急候，得此证者，十存一二而已。戴原礼要诀。**产后血运**筑心眼倒，风缩欲死者[53]。取干荆芥穗捣筛末，每用二钱匕，童子小便一酒盏，调匀，热服立效。口噤者挑齿，口闭者灌鼻中，皆效。近世名医用之，无不如神也。图经本草。**产后血眩**风虚，精神昏冒。荆芥穗一两三钱，桃仁五钱去皮尖，炒为末，水服三钱。若喘加杏仁去皮尖炒，甘草炒，各三钱。保命集。**产后下痢**大荆芥四五穗，于盏内烧存性，不得犯油火，入麝香少许，以沸汤些须调下。此药虽微，能愈大病，不可忽之。深师方。**产后鼻衄**荆芥焙研末，童子小便服二钱，海上方也。妇人良方。**九窍出血**荆芥煎酒，通口服之。直指方。**口鼻出血**如涌泉，因酒色太过者。荆芥烧研，陈皮汤服二钱，不过二服也。**吐血不止**经验方：用荆芥连根洗，捣汁半盏服。干穗为末亦可。圣惠方：用荆芥穗为末，生地黄汁调服二钱。**小便尿血**荆芥、缩砂等分，为末。糯米饮下三钱，日三服。集简。**崩中不止**荆芥穗于麻油灯上烧焦，为末。每服二钱，童子小便服。此夏太君娘娘方也。妇人良方。**痔漏肿痛**荆芥煮汤，日日洗之。简易方。**大便下血**经验方：用荆芥炒为末，每米饮服二钱，妇人用酒下，亦可拌面作馄饨食之。简便方：用荆芥二两，槐花一两，同炒紫为末。每服三钱，清茶送下。**小儿脱肛**荆芥、皂角等分，煎汤洗之，以铁浆涂上。亦治子宫脱出。经验方。**阴癞肿痛**荆芥穗瓦焙为散，酒服二钱，即消。寿域神方。**小儿脐肿**荆芥煎汤洗净，以煨葱刮薄出火毒，贴之即消。海上方。**瘰疬溃烂**疬疮牵至胸前两腋，块如茄子大，或牵至两肩上，四五年不能疗者，皆治之，其效如神。武进县朱守仁传，云其项不能回头，用此数日减可。如疮烂破者，用荆芥根下一段剪碎，煎沸汤温洗，良久，看烂破处紫黑，以针一刺去血，再洗三四次愈。用樟脑、雄黄等分，为末，麻油调，扫上出水。次日再洗再扫，以愈为度。活法机要。**丁肿诸毒**荆芥一握切，以水五升，煮取二升，分二服冷饮。药性论。**一切疮疥**荆芥末，以地黄自然汁熬膏，和丸梧子大。每服三、五十丸，茶酒任下。普济方。**脚桠湿烂**荆芥叶捣傅之。简便方。**缠脚生疮**荆芥烧灰，葱汁调傅，先以甘草汤洗之。摘玄方。**小儿风寒**烦热有痰，不省人事。荆芥穗半两焙，麝香、片脑各一字，为末，每茶服半钱。大人亦治。普济方。**头目诸疾**一切眼疾，血劳，风气头痛，头旋目眩。荆芥穗为末，每酒服三钱。龙树论。**癃闭不通**小腹急痛，无问久新。荆芥、大黄为末，等分，每温水服三钱。小便不通，大黄减半；大便不通，荆芥减半。名倒换散。普济方。

薄荷　唐本草　　〔校正〕自菜部移入此。

【释名】菝蔺[354]音跋活。**蕃荷菜**蕃音鄱。**吴菝蔺**食性**南薄荷**衍义**金钱薄荷**〔时珍曰〕薄荷，俗称也。陈士良食性本草作菝蔺，杨雄甘泉赋作茇葀，吕忱字林作茇苦，则薄荷之为讹称可知矣。孙思邈千金方作蕃荷，又方音之讹也。今人药用，多以苏州者为胜，故陈士良谓之吴菝蔺，以别胡菝蔺也。〔宗奭曰〕世称此为南薄荷，为有一种龙脑薄荷，所以别之。〔机曰〕小儿方多用金钱薄荷，谓其叶小颇圆如钱也，书作金银误矣。

【集解】〔颂曰〕薄荷处处有之。茎叶似荏而尖长，经冬根不死，夏秋采茎叶曝干。古方稀用，或与薤作齑食[355]，近世治风寒为要药，故人家多莳之。又有胡薄荷，与此相类，但味少甘为别。生江浙间，彼人多以作茶饮之，俗呼新罗薄荷。近汴洛僧寺或植一二本者，天宝单方所谓连钱草者是也。又有石薄荷，生江南山石间，叶微小，至冬紫色，不闻有别功用。〔恭曰〕薄荷，人家种之，亦堪生食。一种蔓生者，功用相似。〔时珍曰〕薄荷，人多栽莳。二月宿根生苗，清明前后分之。方茎赤色，其叶对生，初时形长而头圆，及长则尖。吴、越、川、湖人多以代茶。苏州所莳者，茎小而气芳，江西者稍粗，川蜀者更粗，入药以苏产为胜。物类相感志云：凡收薄荷，须隔夜以粪水浇之，雨后乃可刈收，则性凉，不尔不凉也[356]。野生者，茎叶气味都相似。

茎叶【气味】辛，温，无毒。〔思邈曰〕苦、辛，平。〔元素曰〕辛、凉。〔敩曰〕茎性燥。〔甄权曰〕同薤作齑食相宜。新病瘥人勿食之，令人虚汗不止。瘦弱人久食之，动消渴病。

【主治】贼风伤寒发汗，恶气心腹胀满，霍乱，宿食不消，下气，煮汁服之，发汗，大解劳乏，亦堪生食。唐本**作菜久食，却肾气，辟邪毒，除劳气，令人口气香洁。煎汤洗漆疮。**思邈**通利关节，发毒汗**[357]**，去愤气**[358]**，破血止痢。**甄权**疗阴阳毒，伤寒头痛，四季宜食。**士良**治中风失音吐痰。**日华**主伤风头脑风**[359]**，通关格**[360]**，及小儿风涎，为要药。**苏颂**杵汁服，去心脏风热。**孟诜**清头目，除风热。**李杲**利咽喉口齿诸病，治瘰疬疮疥，风瘙瘾疹。捣汁含漱，去舌胎语涩。挼叶塞鼻，止衄血。涂蜂螫蛇伤。**时珍

【发明】〔元素曰〕薄荷辛凉，气味俱薄，浮而升，阳也。故能去高巅及皮肤风热。〔士良曰〕薄荷能引诸药入营卫，故能发散风寒。〔宗奭曰〕小儿惊狂壮热，须此引药。又治骨蒸热劳，用其汁与众药熬为膏。猫食薄荷则醉，物相感尔。〔好古曰〕薄荷，手、足厥阴气分药也。能搜肝气，又主肺盛有余肩背痛，及风寒汗出。〔时珍曰〕薄荷入手太阴、足厥阴，辛能发散，凉能清利，专于消风散热，故头痛头风眼目咽喉口齿诸病，小儿惊热及瘰疬疮疥，为要药。戴原礼氏治猫咬，取其汁涂之有效，盖取其相制也。〔陆农师曰〕薄荷，猫之酒也。犬，虎之酒也。桑椹，鸠之酒也。茵草[361]，鱼之酒也。昝殷食医心镜云：薄荷煎豉汤暖酒和饮，煎茶生食，并宜。盖菜之有益者也。

【附方】旧二，新八。**清上化痰**利咽膈，治风热。以薄荷末，炼蜜丸芡子大，每噙一丸。白沙糖和之亦可。简便单方。**风气瘙痒**用大薄荷、蝉蜕等分，为末，每温酒调服一钱。永类钤方。**舌胎语蹇**[362]薄荷自然汁，和白蜜、姜汁擦之。医学集成。**眼弦赤烂**薄荷，以生姜汁浸一宿，晒干

为末。每用一钱，沸汤炮洗。明目经验方。**瘰疬结核**或破未破。以新薄荷二斤，取汁，皂荚一挺，水浸去皮，捣取汁，同于银石器内熬膏。入连翘末半两，连白青皮、陈皮，黑牵牛半生半炒，各一两，皂荚仁一两半，同捣和丸梧子大。每服三十丸，煎连翘汤下。济生方。**衄血不止**薄荷汁滴之。或以干者水煮，绵裹塞鼻。许学士本事方。血痢不止薄荷叶煎汤常服。普济。**水入耳中**薄荷汁滴入立效。经验方。**蜂虿螫伤**薄荷叶挼贴之。外台秘要。**火毒生疮**冬间向火，火气入内，两股生疮，汁水淋漓者。用薄荷煎汁频涂，立愈。张杲医说。

积雪草　本经中品

【释名】胡薄荷天宝方**地钱草**唐本**连钱草**药图**海苏**〔弘景曰〕积雪草方药不用，想此草以寒凉得名耳。〔恭曰〕此草叶圆如钱，荆楚人谓为地钱草，徐仪药草图名连钱草，余见下。

【集解】〔别录曰〕积雪草生荆州川谷。〔恭曰〕此草叶圆大如钱，茎细而劲，蔓生溪涧侧，生处亦稀。〔颂曰〕今处处有之，八九月采苗叶，阴干用。段成式酉阳杂俎云：地钱叶圆茎细，有蔓延地，一曰积雪草，一曰连钱草。谨按天宝单行方云：连钱草生咸阳下湿地，亦生临淄郡、济阳郡池泽中，甚香。俗间或云圆叶似薄荷，江东吴越丹阳郡极多，彼人常充生菜食之。河北柳城郡尽呼为海苏，好近水生，经冬不死，咸阳、洛阳亦有之。或名胡薄荷，所在皆有。单服疗女子小腹疼。〔宗奭曰〕积雪草南方多有，生阴湿地，不必荆楚。形如水荇而小，面亦光洁，微尖为异。叶叶各生，今人谓之连钱草，盖取象也。〔时珍曰〕按苏恭注薄荷云：一种蔓生，功用相似。苏颂图经云：胡薄荷与薄荷相类，但味少甘，生江浙间，彼人多以作茶饮，俗呼为新罗薄荷，天宝方所用连钱草是也。据二说，则积雪草即胡薄荷，乃薄荷之蔓生者尔。又臞仙庚辛玉册云：地钱，阴草也。生荆、楚、江、淮、闽、浙间，多在宫院寺庙砖砌间，叶圆似钱，引蔓铺地，香如细辛，不见开花也。

茎叶【气味】苦，寒，无毒。〔大明曰〕苦、辛。〔颂曰〕甘，平，无毒。〔时珍曰〕取汁结草砂，伏硫黄。

【主治】大热，恶疮痈疽，浸淫赤熛[63]**，皮肤赤，身热。**本经**捣傅热肿丹毒。**苏恭**主暴热，小儿寒热，腹内热结，捣汁服之。**藏器**单用治瘰疬鼠漏，寒热时节来往。**甄权**以盐挼贴肿毒，并风疹疥癣。**日华**胡菝蔺：主风气壅并攻胸膈，作汤饮之立效。**士良**研汁点暴赤眼，良。**时珍

【附方】旧二，新二。**热毒痈肿**秋后收连钱草阴干为末，水调傅之。生捣亦可。寇氏衍义。**女子少腹痛**[64]〔颂曰〕天宝单行方云：女子忽得小腹中痛，月经初来，便觉腰中切痛连脊间，如刀锥所刺，不可忍者。众医不别，谓是鬼疰，妄服诸药，终无所益，其疾转增。审察前状相当，即用此药。其药夏五月正放花时，即采曝干，捣筛为散。每服二方寸匕，和好醋二小合，搅匀，平旦空腹顿服之。每旦一服，以知为度。如女子先冷者，即取前药五两，加桃仁二百枚，去皮尖，熬捣为散，以蜜为丸如梧子大。每旦空腹以饮及酒下三十丸，日再服，以愈为度。忌麻子、荞麦。图经本草方。**男女血病**九仙驱红散：治呕吐诸血及便血、妇人崩中神效。用积雪草五钱，当归酒洗、卮子仁酒炒、蒲黄炒、黄连炒、条黄芩酒炒、生地黄酒洗、陈槐花炒各一钱，上部加藕节一钱五分，下部加地榆一钱五分，水二种，煎一钟服，神效。此方得之甚秘，此草与本草主治不同，不可晓也。董炳集验方。**牙痛塞耳**用连钱草即积雪草，和水沟污泥同捣烂，随左右塞耳内。摘玄方。

苏　别录中品　　　**〔校正〕**自菜部移入此。

【释名】紫苏食疗**赤苏**肘后方**桂荏**〔时珍曰〕苏（繁体为蘇）从稣，音酥，舒畅也。苏性舒畅，行气和血，故谓之苏。曰紫苏者，以别白苏也。苏乃荏类，而味更辛如桂，故尔雅谓之桂荏。

【集解】〔弘景曰〕苏叶下紫色而气甚香。其无紫色不香似荏者，名野苏，不堪用。〔颂曰〕苏，紫苏也。处处有之，以背面皆紫者佳。夏采茎叶，秋采子。有数种，水苏、鱼苏、山鱼苏皆是荏类，各有别条。〔时珍曰〕紫苏、白苏皆以二三月下种，或宿子在地自生。其茎方，其叶团而有尖，四围有巨齿，肥地者面背皆紫，瘠地者面青背紫，其面背皆白者即白苏，乃荏也。紫苏嫩时采叶，和蔬茹之，或盐及梅滷作菹食甚香[65]，夏月作熟汤饮之。五六月连根采收，以火煨其根，阴干则经久叶不落。八月开细紫花，成穗作房，如荆芥穗。九月半枯时收子，子细如芥子而色黄赤，亦可取油如荏油。务本新书云：凡地畔近道可种苏，以遮六畜，收子打油燃灯甚明，或熬之以油器物。丹房镜源云：苏子油，能柔五金八石[66]。沙州记云：乞弗虏之地[67]，不种五谷，惟食苏子。故王祯云，苏有遮护之功，又有灯油之用，不可阙也。今有一种花紫苏，其叶细齿密纽，如剪成之状，香色茎子并无异者，人称回回苏云。〔敩曰〕薄荷根茎真似紫苏，但叶不同尔。薄荷茎燥，紫苏茎和，入药须以刀刮去青薄皮锉之。

茎叶〔气味〕辛，温，无毒。〔李廷飞曰〕不可同鲤鱼食，生毒疮。**〔主治〕下气，除寒中，其子尤良。**别录**除寒热，治一切冷气。**孟诜**补中益气，治心腹胀满，止霍乱转筋，开胃下食，止脚气，通大小肠。**日华**通心经，益脾胃，煮饮尤胜，与橘皮相宜。**苏颂**解肌发表，散风寒，行气宽中，消痰利肺，和血温中止痛，定喘安胎，解鱼蟹毒，治蛇犬伤。**时珍**以叶生食作羹，杀一切鱼肉毒。**甄权**〔发明〕**〔颂曰〕若宣通风毒，则单用茎，去节尤良。〔时珍曰〕紫苏，近世要药也。其味辛，入气分；其色紫，入血分。故同橘皮、砂仁，则行气安胎；同藿香、乌药，则温中止痛；同香附、麻黄，则发汗解肌；同芎藭、当归则和血散血；同木瓜、厚朴，则散湿解暑，治霍乱、脚气；同桔梗、枳壳，则利膈宽肠；同杏仁、莱菔子，则消痰定喘也。〔机曰〕宋仁宗命翰林院定汤饮。奏曰：紫苏熟水第一。以其能下胸膈浮气也。盖不知其久则泄人真气焉。〔宗奭曰〕紫苏其气香，其味微辛甘能散。今人朝暮饮紫苏汤，甚无益。医家谓芳草致豪贵之疾者，此有一焉。若脾胃寒人，多致滑泄，往往不觉。**〔正误〕**〔颂曰〕苏主鸡瘕，本经不著，南齐褚澄治李道念食白瀹鸡子成瘕，以苏煮服，吐出鸡雏而愈也。〔时珍曰〕按南齐书，褚澄所用者蒜也，非苏也。盖二字相似，誊录误耳，苏氏欠考矣。详见蒜下。**〔附方〕**旧二，新一十三。**感寒上气**苏叶三两，橘皮四两，酒四升，煮一升半，分再服。肘后方。**伤寒气喘**不止。用赤苏一把，水三升，煮一升，稍稍饮之。肘后。**劳复食复**欲死者。苏叶煮汁二升，饮之。亦可入生姜、豆豉同煮饮。肘后。**卒啘不止**香苏浓煮，顿服三升，良。千金。**霍乱胀满**未得吐下。用生苏捣汁饮之，佳。干苏煮汁亦可。肘后方。**诸失血病**紫苏不限多少，入大锅内，水煎令干，去滓熬膏，以炒熟赤豆为末，和丸梧子大。每酒下三五十丸，常服之。斗门方。**金疮出血**不止。以嫩紫苏叶、桑叶同捣贴之。永类钤方。**颠扑伤损**紫苏捣傅之，疮口自合。谈野翁试验方。**伤损血出**不止。以陈紫苏叶蘸所出血挼烂傅之，血不作脓，且愈后无瘢，甚妙也。永类钤方。**风狗咬伤**紫苏叶嚼傅之。千金方。**蛇虺伤人**紫苏叶捣饮之。千金方。**食蟹中毒**紫苏煮汁饮二升。金匮要略。**飞丝入目**[68]令人舌上生泡。用紫苏叶嚼烂，白汤咽之。危氏得效方。**乳痈肿痛**紫苏煎汤频服，并捣封之。海上仙方。**咳逆短气**紫苏茎叶二钱，人参一钱，水一钟，煎服。普济。

子〔气味〕辛，温，无毒。〔主治〕下气，除寒温中。别录**治上气咳逆，冷气及腰脚中湿风结气。研汁煮粥长食，令人肥白身香。**甄权**调中，益五脏，止霍乱呕吐反胃，补虚劳，肥健人，利大小便，破症结，消五膈，消痰止嗽，润心肺。**日华**治肺气喘急。**宗奭**治风顺气，利膈宽肠，解鱼蟹毒。**时珍**〔发明〕**〔弘景曰〕苏子下气，与橘皮相宜。〔时珍曰〕苏子与叶同功。发散风气宜用叶，清利上下则宜用子也。**〔附方〕**旧三，新六。**顺气利肠**紫苏子、麻子仁等分，研烂，水滤取汁，同米煮粥食之。济生方。**治风顺气利肠宽中**。用紫苏子一升，微炒杵，以生绢袋盛，于三斗清酒中浸三宿，少少饮之。圣惠。**一切冷气**紫苏子、高良姜、橘皮等分，蜜丸梧子大。每服十丸，空心酒下。药性论。**风湿脚气**方同上。**风寒湿痹**四肢挛急，脚肿不可践地。用紫苏子二两，杵碎，以水三升，研取汁，煮粳米二合，作粥，和葱、椒、姜、豉食之。圣惠方。**消渴变水**[569]服此令水从小便出。用紫苏子炒三两，萝卜子炒三两，为末。每服二钱，桑根白皮煎汤服，日三次。圣济总录。**梦中失精**苏子一升，熬杵研末，酒服方寸匕，日再服。外台秘要。**食蟹中毒**紫苏子煮汁饮之。金匮要略。**上气咳逆**紫苏子入水研滤汁，同粳米煮粥食。简便方。

荏 别录上品 〔校正〕自菜部移入此。

【释名】 **荏**音鱼。弘景**白苏**图经〔弘景曰〕荏状如苏，东人呼为荏[570]，以其似苏（繁体为蘇）字，但除禾边故也。〔颂曰〕苏有数种：有水苏、白苏、鱼苏、山鱼苏。皆是荏类。

【集解】〔别录曰〕荏叶，九月采，阴干。〔弘景曰〕荏状如苏，高大白色，不甚香。其子研之，杂米作糜[571]，甚肥美，下气补益。笮其子作油，日煎之[572]，即今油帛及和漆所用者[573]，服食断谷亦用之[574]，名为重油。〔恭曰〕荏叶人常生食，其子故不及苏也。〔藏器曰〕江东以荏子为油，北土以大麻为油，此二油俱堪油物。若其和漆，荏者为强尔。〔炳曰〕又有大荏，形似野荏，高大。叶大小荏一倍，不堪食。人收其子，以充油绢帛[575]，与大麻子同。其小荏子欲熟，人采其角食之[576]，甚香美。大荏叶不堪食。〔颂曰〕白苏，方茎圆叶，不紫，亦甚香，实亦入药。鱼苏，似茵陈，大叶而香，吴人以煮鱼者，一名鱼蓟。生山石间者名山鱼苏，主休息痢，大小溲频数。干末，米饮调服之，效。〔诜曰〕可蒸令熟，烈日干之，当口开，舂取米食之，亦可休粮[577]。

叶〔气味〕辛，温，无毒。〔主治〕调中，去臭气。别录**捣傅虫咬及男子阴肿。**藏器**调气，润心肺，长肌肤，益颜色，消宿食，止上气咳嗽，去狐臭，傅虫咬。**日华〔**附方**〕旧二**男女阴肿**男子：荏叶生捣，和醋封之。女人：绵裹内，三四易。孟诜食疗。蛇虺中人以荏叶烂杵，猪脂和，薄傅上。梅师方。

子〔气味〕辛，温，无毒。〔诜曰〕亦少破气。多食，发心闷。**〔主治〕咳逆，下气，温中补体。**别录**生食，止渴润肺。蒸熟日干，舂取米食，补中益气，通血脉，填精髓。**孟诜**止嗽。**日华

水苏 本经中品 〔校正〕自菜部移入此。

【释名】 **鸡苏**吴普**香苏**肘后**龙脑薄荷**日用**芥蒩**音祖**芥苴**并别录。〔时珍曰〕此草似苏而好生水旁，故名水苏。其叶辛香，可以煮鸡，故有龙脑、香苏、鸡苏诸名。芥蒩、芥苴当作芥苏，乃是一名而误录尔，亦因味辛如芥，故名。宋惠民和剂局方，有龙脑薄荷丸，专治血病。元吴瑞日用本草，谓即水苏，必有所据也。周定王救荒本草，言薄荷即鸡苏，以生东平龙脑冈者为良，故名；陈嘉谟本草蒙筌，以薄荷种于苏州府学地名龙脑者，得名俱不同，何哉？

【集解】〔别录曰〕水苏生九真池泽，七月采。〔弘景曰〕方药不用，莫能识；九真辽远，亦无能访之。〔恭曰〕此苏生下泽水侧，苗似旋覆，两叶相当，大香馥。青、齐、河间人名为水苏，江左右为荠苧[578]，吴会谓之鸡苏[579]，而陶氏更于菜部出鸡苏，误矣。〔保昇曰〕叶似白薇，两叶相当，花生节间，紫白色，味辛而香，六月采茎叶日干。〔颂曰〕水苏处处有之，多生水岸旁。南人多以作菜。江北甚多，而人不取食。又江左人谓鸡苏、水苏是两种。陈藏器谓荠苧自是一物，非水苏。水苏叶有雁齿，气香而辛；荠苧叶上有毛，稍长，气臭也。又茵陈注云：江南所用茵陈，茎叶都似家茵陈而大，高三四尺，气极芬香，味甘辛，俗名龙脑薄荷。〔宗奭曰〕水苏气味与紫苏不同，辛而不和，然状一如苏，但面不紫，及周围槎牙如雁齿耳。〔瑞曰〕水苏即鸡苏，俗呼为龙脑薄荷。〔时珍曰〕水苏、荠苧一类二种尔。水苏气香，荠苧气臭为异。水苏三月生苗，方茎中虚，叶似苏叶而微长，密齿，面皱色青，对节生，气甚辛烈。六七月开花成穗，如苏

穗，水红色。穗中有细子，状如荆芥子，可种易生，宿根亦自生。沃地者苗高四五尺。

茎叶【气味】辛，微温，无毒。

【主治】下气杀谷，除饮食。辟口臭，去邪毒，辟恶气。久服通神明，轻身耐老。本经**主吐血衄血血崩。**别录**治肺痿血痢，崩中带下。**日华**主诸气疾及脚肿。**苏颂**酿酒渍酒及酒煮汁常服，治头风目眩，及产后中风。恶血不止，服之弥妙。**孟诜**作生菜食，除胃间酸水。**藏器

【发明】〔时珍曰〕鸡苏之功，专于理血下气，清肺辟恶消谷，故太平和剂局方治吐血衄血、唾血咳血、下血血淋、口臭口苦、口甜喉腥、邪热诸病，有龙脑薄荷丸方，药多不录。用治血病，果有殊效也。

【附方】旧六，新九。**漏血欲死**鸡苏煮汁一升服之。梅师方。**吐血下血**鸡苏茎叶煎汁饮之。梅师方。**吐血咳嗽**龙脑薄荷焙研末，米饮服一钱，取效。**衄血不止**梅师方：用鸡苏五合，香豉二合，同捣，搓如枣核大，纳鼻孔中，即止。圣惠方：用鸡苏二两，防风一两，为末。每服二钱，温水下，仍以叶塞鼻。普济方：用龙脑薄荷、生地黄等分，为末，冷水服。**脑热鼻渊**肺壅多涕。鸡苏叶、麦门冬、川芎藭、桑白皮炒、黄耆炙、甘草炙、生地黄焙，等分为末，炼蜜丸梧子大。每服四十丸，人参汤下。圣济总录。**风热头痛**热结上焦，致生风气，痰厥头痛。用水苏叶五两，皂荚炙去皮子三两，芫花醋炒焦一两，为末，炼蜜丸梧子大。每服二十丸，食后荆芥汤下。圣惠方。**耳卒聋闭**鸡苏叶生捣，绵裹塞之。孟诜食疗。**沐发令香**鸡苏煮汁，或烧灰淋汁，沭之。食疗。**头生白屑**方同上。**暑月目昏**多眵泪生。龙脑薄荷叶捣烂，生绢绞汁，总之。圣济总录。**霍乱困笃**鸡苏三两，水二升，煎一升，分三服。圣惠。**中诸鱼毒**香苏浓煮汁饮之，良。肘后方。**蛇虺螫伤**龙脑薄荷叶研末，酒服，并涂之。易简方。

荠苧　拾遗

【释名】臭苏日华**青白苏**〔时珍曰〕日华子释水苏云，一名臭苏，一名青白苏，正此草也，误作水苏尔。其形似水苏而臭，似白苏而青，故有二名。

【集解】〔藏器曰〕按苏恭言，江左名水苏为荠苧。按水苏叶有雁齿，气香而辛。荠苧叶稍长，其上有毛，气臭，亦可为生菜。〔时珍曰〕荠苎处处平地有之。叶似野苏而稍长，有毛气臭。山人茹之，味不甚佳。

茎叶【气味】辛，温，无毒。

【主治】冷气泄痢。生食，除胃间酸水。挼碎，傅蚁瘘[80]。藏器

【附录】石荠苧〔藏器曰〕味辛，温，无毒。主风冷气，疮疥瘙痒，痔瘘下血，煮汁服之。生山石间，细叶紫花，高一二尺，山人用之。

---

①嗣续，繁衍后代。

②唐诗句，指唐人葛鸦儿的《怀良人》诗："蓬鬓荆叙世所稀，布裙犹是嫁时衣。胡麻好种无人种，正是归时不见归。"

③崔豹，西晋人，著有《古今注》三卷。

④黑水，今甘肃白水江北源。

⑤历阳，地名，在今安徽和县。

⑥当州、宕州、翼州、松州，分别为今四川黑水、宕昌、茂汶、松潘。

⑦载莳，栽培种植。

⑧韩丞（mào，音冒），名代医家。

⑨溶溶，寒冷的样子。

⑩成无己，金代医学家。所著《注解伤寒论》为最早全面注释《伤寒论》的著作。

⑪机，明代医家汪机。

⑫日再，一日两次。
⑬室女，处女。
⑭泣泣，药汤欲干的样子。
⑮酢（cù，音醋），同醋。
⑯焮，皮肤发炎肿痛。
⑰穷，极。
⑱谕，告诉。
⑲阇（shé，音蛇）。
⑳货，卖。
㉑搜肝气，疏通肝气。
㉒圆机，圆通，机灵。
㉓族子，同族兄弟的儿子。
㉔脑风，病名。
㉕格物，格物致知。
㉖脑，龙脑，冰片。
㉗膈壅，膈塞，噎膈。
㉘住，停止。
㉙蕲茝（qíchǎi，音齐踹），一种香草。
㉚蘪（méi，音眉）。
㉛骚人，诗人墨客。
㉜盱（xū，音虚），蛇床的别名。
㉝攒簇，聚集。
㉞茇（bá，音拔）。
㉟崇山，深山。
㊱风邪亸曳（duǒyè，音朵夜），病证名。亸，下垂的样子。曳，拖。
㊲皯（gǎn，音敢），脸上黑斑。
㊳疵皯，面部黑斑。
㊴巅顶痛，头顶痛。
㊵藃（xiāo，音消）。
㊶蓠（lì，音力）麻，白芷叶。
㊷胬肉，即胬肉，病症名。
㊸发背，病名。
㊹肠风，病名。
㊺蚀，腐蚀，销熔。
㊻三经，手阳明大肠经、足阳明胃经、手太阴肺经。
㊼都，京都。梁，梁郡，今河南商丘。
㊽夷坚志，宋洪迈著笔记小说集。
㊾嗃鼻，将药粉末吹于鼻腔的一种疗法。
㊿风秘，病症名，固风邪而致大便燥结。
51山根，鼻根。
52小儿丹瘤，病名。
53搰搰（kū，音枯）然，用力的样子。
54挹，汲取。
55尸虫，指能引起疾病的微生物。
56鋋（chán，音禅，又读 yán）。
57罗愿，宋代人，著有《尔雅翼》。
58董子，汉儒董仲舒。

(59)拥气，气机壅滞。
(60)阳维病，阳维脉病变。
(61)带脉病，带脉病症。
(62)鄂渚，鄂州。
(63)殆，几乎。晓，理解，知晓。
(64)痘疮，天花。
(65)木舌，病证名，舌肿胀，如木硬，不能活动。
(66)诡异，奇异。
(67)蠹（dù，音杜），蛀牙。
(68)瘛疭，病症名，抽搐。
(69)五劳，五脏之劳。
(70)劳气，劳则气耗，劳倦。
(71)风噤，脐风，新生儿破伤风。癞疾，麻风。
(72)癜疝，病名。
(73)䶅（xué，音穴），鼠姑异名。
(74)丹水，地名，今河南淅川县西南。
(75)三洞珠囊，书名，唐代道士王悬河编。
(76)西胡，西部少数民族。
(77)魇（yǎn，音演），病症名。
(78)九种心痛，九种心痛病症，有多种分法。
(79)脬（pāo，音抛），膀胱。
(80)膹郁，病证名，胸中满闷。
(81)六路，六棱。诃子皮，即诃黎勒皮。
(82)懒食，不思饮食。
(83)天行，病名，指流行病。
(84)天行发斑，流行性疾病引起的皮肤发斑。
(85)疳，小儿病证名。瘘，病名，指痈疮久治不愈流脓。
(86)下疰，病名，小腿湿疹。臁疮，小腿慢性溃疡。
(87)裛，当为裛，裛通浥。
(88)皯黯，面部黑斑。
(89)风疳，病名，又称肝疳。
(90)野鸡痔，痔疮。野鸡名雉，雉与痔音同，俗讳痔，故又称痔为野鸡病。
(91)面皯，雀斑。风疮，面疮。
(92)蔟葰（cù suì，音促虽），廉姜的异名。
(93)爪（zhǎo，音找）。
(94)硖州，即峡州，今湖北宜昌市。
(95)范子计然，传说战国时苍蠡著作的篇名。
(96)肮肮（huāng，音荒），眼睛看不清物体。
(97)煠（zhā，音轧），同炸。
(98)九真，郡名，今越南清化。
(99)鲙（kuài，音快），脍的异体字。
(100)高良郡，一作高凉郡，今广东电白、阴江一带。
(101)高州，州、路、府名。
(102)内郡，内地郡县。
(103)累累，堆积。
(104)箨，包花蕾的外壳。
(105)火齐，宝石。璎珞，用珠玉穿成串，戴在脖子上的装饰物。

⑯逡巡，迅速。
⑰内翰，翰林。
⑱政和，宋徽宗年号。
⑲淹至京师，需要很长时间才能到达京师。
⑩芄兰，植物名。
⑪芼（mào，音冒）茶，选取用作茶饮。
⑫荐，频。
⑬煻火，用热灰烘焙。
⑭糁（sǎn，音伞），掺杂。
⑮曲糵，酒曲。
⑯伽古罗国，古罗马。
⑰番舶，对外国来华互市船舶的通称。
⑱积冷气，病症名。
⑲白睛翳膜，病症名，翼状胬肉。
⑳并饮数服佳，一并饮数盏疗效尤佳。
㉑太仓，古代称设在京城的大谷仓为太仓。中医引用称胃为太仓。
㉒蔤，藕鞭。
㉓蒻（ruò，音弱）。
㉔西海，中国以西或中国西部的边远之地。
㉕冷泻，病症名，泻泄而属寒。
㉖休息气痢，病症名，慢性痢疾。
㉗惊痫，小儿因惊吓而致痫。
㉘起，启发。
㉙寒饮胀痞，病症名。
㉚哽，梗阻。
㉛冲和之气，指正常的生理功能。
㉜练三黄，方士练丹所有三种药物：雄黄、雌黄、硫黄。
㉝白汤，白开水。
㉞痰气膈胀，病症名。
㉟食远沸汤服，饭后隔较长时间再用热水送服。
㊱食毒，食物中毒。
㊲脾主智，人的智慧由脾所主。
㊳候，征候，预测。凶，凶年。
㊴三节，三季。
㊵穿凿，牵强附会。
㊶华萼，花蒂。
㊷竹箭，小竹。
㊸涎秽，因脾虚寒而致口水过多。
㊹粽食，粽子。
㊺遗（wèi，音位），赠，送。
㊻豆，豆蔻。
㊼盐曝，用盐腌渍后晒干。
㊽虚漏，妇女因虚而致经水淋漓。
㊾小便余沥，小便滴沥不尽。
㊿客寒，外邪之寒。
⑮肾虚滑沥，肾虚滑精。
⑮梦泄赤浊，梦中泄出泔水样挟血物质。

⑮③心系，心与其他脏腑联系的脉络。

⑮④行阳退阴，疏通阳气，退却阴邪。

⑮⑤庶几相得，或许可使之相投合。

⑮⑥气蹶惊颤，因气蹶而浑身颤抖，狂躁不安。

⑮⑦投户而出，破门而出。

⑮⑧瘳（chōu，音抽），病愈。

⑮⑨但，仅。

⑯⓪脬气不足，脬指膀胱，膀胱与肾相表里，脬气亦为肾气。

⑯①赤白二浊，赤浊与白浊，病症名。

⑯②产宝，唐人昝殷著有《经效产宝》。

⑯③漏胎下血，先兆性流产。

⑯④扶南传，三国时吴人康泰著有《扶南记》。

⑯⑤摩伽陀国，古印度。

⑯⑥蕺（jí，音极）菜，鱼腥草。

⑯⑦茹，吃。

⑯⑧挺，同梃，棍。

⑯⑨上气，气喘。

⑰⓪阴疝，疝气，睾丸肿大等病症。痃癖，腹腔包块。

⑰①鼻渊，鼻窦炎。

⑰②真气，人体的正气。

⑰③上，皇上。

⑰④累试，多次试用。

⑰⑤冷痰，寒痰。

⑰⑥一字，一钱的1/4。

⑰⑦阴汗，外生殖器及附近多汗。

⑰⑧内冷无子，妇女宫寒不孕。

⑰⑨榴（liú，音留）。

⑱⓪蜜及盐藏，用蜜和盐来储。

⑱①惟，只。贵，重视。

⑱②铤，当为挺，根、条之意。

⑱③大舶来即有，从中国与外国通商就有了。

⑱④皮肉之颗，壳中的果肉。

⑱⑤搜，搅拌。

⑱⑥积冷心腹胀痛，病症名。

⑱⑦鬼气，病名，因精神失常而出现幻觉。

⑱⑧冷气，病名。

⑱⑨小儿乳霍，病症名。

⑲⓪气并冷热，病症名。

⑲①教授，学官名。

⑲②山坂间，山坂上。

⑲③漉（lù，音路），过滤。

⑲④东流水，大河东流之水。

⑲⑤日干，晒干。

⑲⑥风虚冷，因阳虚而怕冷恶风。

⑲⑦骨髓伤败，病症名。

⑲⑧血气堕胎，因气血瘀阻而致。

⑲⑨膝冷囊湿，腰膝寒痛，阴囊多汗。

⑳⓪痹顽，痹痛之顽症。
⑳①兴阳事，治阳痿。
⑳②肾泄，病名，因肾元不足而致泄。
⑳③节度，节度使，官名。
⑳④诃陵国，古国名，在今印度尼西亚。
⑳⑤固，坚决。请，请求。
⑳⑥罢郡，任职到期。
⑳⑦旦日，白天。
⑳⑧便以饭压，饭前服药。
⑳⑨水母，动物名。
㉑⓪鼎、釜，古代炊事用具。
㉑①无灰酒，新酿出的米酒。
㉑②递相连名，依次串连。
㉑③马热病，马流行性感冒。
㉑④产后败血攻心，因恶露不下，上攻心胸所致病症。
㉑⑤暴风痛，痛风。
㉑⑥胎寒，新生儿腹痛肢冷，寒战，啼哭不止。
㉑⑦产后血痛，因恶露不尽而致腹痛。
㉑⑧马蒁（zhù，音注），郁金别名。
㉑⑨鬯（chàng，音倡），茂盛。
㉒⓪将，用来。
㉒①日炙，日晒。
㉒②宿，同素，素来。
㉒③马胀，牛马病名。
㉒④腹，通肤。
㉒⑤挑生之害，指有人在鱼、肉中下毒，害人致死。
㉒⑥厌胜法，古代巫术，用诅咒制服人或物。
㉒⑦阴役其家，暗中吞噬被害者的财物。
㉒⑧推官，官名，掌勘问刑狱。
㉒⑨痘毒入心，天花的逆症。
㉓⓪熁（xié，音协），熏烤。
㉓①内损，内伤。
㉓②耆域，即耆国，在今小国境内。
㉓③抢，纷乱。抢心切痛，心绞痛。
㉓④以织为器，编织为器具。
㉓⑤蓁（qín，音琴）。
㉓⑥疗体并同，疗效功用相同。
㉓⑦魁，通块，块茎。
㉓⑧刻削鱼形，形状像雕刻的鱼。
㉓⑨缘，编织。
㉔⓪鳝（shàn，音扇）。
㉔①小儿气癖，病症名，小儿腹部异常包块。
㉔②痫热，病症名，与遗传有关。
㉔③垂绥（ruí），下垂貌。
㉔④衰衣，丧服。
㉔⑤转相延生，方向相错对生。
㉔⑥暴干货之，晒干出售。

㉗妨，妨碍。
㉘胕，通肤。
㉙度，次。
㉚方家，长于养生之道者。
㉛游方，云游四方。
㉜悬壶，行医。轻，轻易。赉（lài，音赖），赏赐，引申为馈赠。
㉝知，知觉，此指病愈。
㉞秘固溯流之术，一种养生功法。
㉟铁瓮城，指江苏镇江县子城，内外皆用砖修筑，坚固如金，故称。
㊱侵早，天刚亮。
㊲虚痛走注，风痹。
㊳早行山行，赶早路或山路者。
㊴供事秽迹佛，供佛。
⑳腰痛揩牙，用药物揩牙以治疗腰痛。
㉑椶（zōng，音宗），棕。
㉒妊娠恶阻，妊娠早期出现的恶心呕吐等症。
㉓腊茶清，腊茶水。
㉔冷泪，病症名，泪流不止，迎风尤甚，眼不红、痛。羞明，病症名，患者畏光。
㉕毬，同球。
㉖急喉风，病名，咽喉部水肿。
㉗狎（xiā，音虾）客，指亲密而又经常共同嬉戏者。
㉘都人，美貌女子。
㉙中土，中原之土。
㉚茗汤，茶水。
㉛木犀，桂花。
㉜筑，通祝，切断。
㉝英，精华。
㉞降，欢悦。降神，取悦于神。
㉟扱（chā，音叉），插，举。
㊱筑，酿造。
㊲伽毘国，今阿富汗的卡菲里斯坦。
㊳蛊野诸毒，因各种蛊毒而致的病症。
㊴鸦鹘（hú，音胡），鹘为鹰类猛禽，与鸦均喜食腐败动物的尸体。
⑳嗢（wà，音袜）。
㉑印香，印泥。
㉒近道，附近。
㉓鬼魅邪精，病症名，相当于虚脱、休克。
㉔乌浒国，乌浒人居住之地。乌浒，古越人的一支，分布在岭南西南部。
㉕幽杀，阴干。
㉖蜹（ruì，音瑞），昆虫名。
㉗行胡，排列成行的胡人。
㉘氍毹（qú yú，音渠俞），毛织的地毯。　毾㲪（tà dēng，音踏登），毛毯。　五木香，青木香。
㉙唧筩（tǒng，音筒），即唧筒。　笮（zé，音责），压榨。
⑳爇（ruò，音若），点燃。
㉑坛前以兜娄婆香煎水洗浴：指佛寺于释迦牟尼生日时，举行诵经和用香水灌洗释迦太子诞生象的活动。
㉒涅槃，指《涅槃经》。
㉓海边国，沿海诸国。

㉙④扶南国，古国名，位于今柬埔寨境内。
㉙⑤旃（zhān，音沾）。
㉙⑥南中，古地名，位于今川、贵、黔境内。
㉙⑦顿逊国，古国名，位于今缅甸那沙林附近。
㉙⑧冷露疮烂，病症名。
㉙⑨祓（fú，音服）除，古人为去除灾邪而举行的仪式。
㉚⓪蝠，州名，明代改融县，在今广西融县西南。
㉚①合香家，制作薰香的人家。
㉚②澡豆，古时的洗涤剂。
㉚③伏，制约。三黄，雄黄、雌黄、硫黄。
㉚④铫（diào，音吊），俗称吊子，炊具。
㉚⑤头风白屑，病名，似干性脂溢性皮炎。
㉚⑥疳牙，病证名，牙龈肿痛，严重者可在牙龈处出现瘘管。
㉚⑦脜，粘着。
㉚⑧煎泽，用油或水煎食物。
㉚⑨虚谷方回，人名。元代文学家方回，字万里，号虚谷。
㉛⓪方药俗人，医药界的平庸之辈。
㉛①人间，即民间。因唐人避李世民之讳，故将民写为人。
㉛②浪别，孟浪。
㉛③阴小紫，叶的背面呈微紫色。
㉛④佩帨兰茝：帨（shuì，音税），佩巾。此句意为臣子拜见君王要佩兰草等饰物，以示恭敬。
㉛⑤纫，贯穿。
㉛⑥栽置座右，将花卉盆景置于书案前。
㉛⑦可膏，可作润肤之膏。可浴，可煎汤洗浴。
㉛⑧茼（jiān，音间），兰草。
㉛⑨怀香握兰，怀揣香，手握兰。
㉜⓪贽（zhì，音质），敬献。薰，薰草。
㉜①贽兰，献兰。
㉜②解，松懈。
㉜③幂（mì，音秘），覆盖。
㉜④齐安，地名，在今湖北黄冈县西北。
㉜⑤畔，侧。
㉜⑥骨节中水，关节腔积液。
㉜⑦产后金疮内塞，产道伤愈后因畸形而使外阴内翻。
㉜⑧产后阴翻，产后因湿热邪毒蕴结，而使外阴外翻。
㉜⑨汋（yuè，音月），煮。
㉝⓪莒（jǔ，音举）。
㉝①山阳，地名，今江苏淮安。
㉝②楺（róu，音柔）。
㉝③劳役作丧之人，指病机如劳役和作丧之人，烦劳伤气，抑郁悲哀。
㉝④洪肿，十分严重的水肿。
㉝⑤煮使气力都尽，煮至药力都溶于水中。
㉝⑥小儿发迟，小儿发育迟缓。
㉝⑦白秃惨痛，结核性麻风病。
㉝⑧胡粉，铅粉。
㉝⑨附厓处，靠近山崖处。
㉞⓪血胀，病症名。

㉞①杖疮，因杖刑致伤而成疮疡。

㉞②风冷邪疰，因感风、冷、邪而致注病。

㉞③五脏积气，病名，胸腹腔内有肿块。

㉞④冪（mì，音秘）。

㉞⑤去别录时未远。离《名医别录》成书的年代不远。

㉞⑥劳渴冷风，病症名，烦劳口渴，怕冷恶寒。

㉞⑦阴阳毒，阴毒、阳毒。

㉞⑧岭峤，五岭的别称。

㉞⑨钩吻，中药名。

㉟⓪甆器，瓷器。

㉟①革（jí，音及），急，危重。病此已革，患此病已到十分危急的阶段。

㉟②筑心眼倒，心悸筑动，眼晕昏倒。

㉟③风缩，病症名，四肢拘急，口噤囊缩。

㉟④菝蔄（bá hē，拔喝）。

㉟⑤齑（jī，音机）。

㉟⑥不尔不凉：不如此，则药性不凉。

㉟⑦毒汗，病症名，汗毒。

㉟⑧去愤气，发散愤闷之气。

㉟⑨头脑风，病症名，两太阳穴连脑痛。

㊱⓪关格，病症名，小便不通呕吐不止同时出现。

㊱①茵，同菵（wǎng，音枉）。

㊱②胎，根。舌胎，舌根硬。

㊱③赤熛，病名。一指丹毒，一指熛疮。

㊱④少腹，小腹。

㊱⑤梅卤，用梅果制成的卤。

㊱⑥八石，古代方士和道教徒练外丹所用的八种矿石药物：朱砂、雄黄、云母、空青、硫黄、戎盐、硝石、雌黄。

㊱⑦乞弗虏之地，放弃不长庄稼的劣质土地。

㊱⑧飞丝人目，恐为飞丝入喉。

㊱⑨消渴变水：消渴病后期，水湿停滞。

㊲⓪东人，指东吴人。

㊲①糜，粥。

㊲②日煎，熬炼。

㊲③油帛，油丝绢。

㊲④服食，服食丹药，道家的养生法。　断谷，断绝谷食以求仙。

㊲⑤充，充塞。

㊲⑥角，角果。

㊲⑦休粮，用其他食物代替粮食而停止食用粮谷。

㊲⑧江左右，江东、江西。江东为长江南岸，江西为长江北岸。

㊲⑨吴会，古地名。即在今苏南、上海和钱塘江两岸地区。

㊳⓪蚁瘘，痔瘘。

本草纲目果部目录第二十九卷

李时珍曰：木实曰果，草实曰蓏。熟则可食，干则可脯。丰俭可以济时，疾苦可以备药。辅助粒食，以养民生。故素问云：五果为助。五果者，以五味、五色应五脏，李、杏、桃、栗、枣是矣。占书欲知五谷之收否，但看五果之盛衰。李主小豆，杏主大麦，桃主小麦，栗主稻，枣主禾。**礼记内则列果品蓤、椇、榛、瓜之类。周官职方氏辨五地之物，山林宜皂物，柞、栗之属。川泽宜膏物，**蓤、芡之属。**丘陵宜核物。**梅、李之属。**甸师掌野果蓏。场人树果蓏珍异之物，以时藏之。观此，则果蓏之土产常异，性味良毒，岂可纵嗜欲而不知物理乎？于是集草木之实号为果蓏者为果部，凡一百二十七种。分为六类：曰五果，曰山，曰夷，曰味，曰蓏，曰水。**旧本果部三品共五十三种。今移一种入菜部，四种入草部。自木部移入并附三十一种，草部移入四种，菜部移入一种，外类移入四种。

神农本草经十二种　梁陶弘景注　　**名医别录十六种**　同上
唐本草十一种　唐苏恭　　**本草拾遗二十种**　唐陈藏器
海药本草一种　唐李珣　　**食性本草一种**　唐陈士良
食疗本草一种　唐孟诜　　**开宝本草十九种**　宋马志
嘉佑本草二种　宋掌禹锡　　**图经本草五种**　宋苏颂
日华本草二种　宋人大明　　**食物本草一种**　明汪颖
日用本草二种　元吴瑞　　**本草会编一种**　明汪机
本草纲目三十三种　明李时珍

〔**附注**〕

魏吴普本草　李当之本草　宋雷敩炮炙论
齐徐之才药对　唐甄权药性　孙思邈千金
唐萧炳四声　杨损之删繁　蜀韩保昇重注
宋寇宗奭衍义　唐慎微证类　金张元素珍珠囊
元李杲法象　王好古汤液　朱震亨补遗
明宁原食鉴　周定王救荒　陈嘉谟蒙筌

果之一　五果类一十一种

李　别录（徐李附）**杏**　别录**巴旦杏**　纲目**梅**　本经
榔梅　纲目**桃**　本经**栗**　别录**天师栗**　纲目
枣　本经**仲思枣**　开宝**苦枣**　食性
右附方旧一百一十三，新一百一十五。

本草纲目果部第二十九卷

果之一 五果类一十一种

李 别录下品

【释名】嘉庆子〔时珍曰〕按罗愿尔雅翼云：李乃木之多子者，故字从木、子。窃谓木之多子者多矣，何独李称木子耶？按素问言李味酸属肝，东方之果也。则李于五果属木，故得专称尔。今人呼干李为嘉庆子。按韦述两京记云：东都嘉庆坊有美李，人称为嘉庆子。久之称谓既熟，不复知其所自矣。梵书名李曰居陵迦。

【集解】〔弘景曰〕李类甚多。京口有麦李，麦秀时熟，小而肥甜，核不入药。姑熟有南居李，解核如杏子形者，入药为佳。〔志曰〕李有绿李、黄李、紫李、牛李、水李，并甘美堪食，核不中用。有野李，味苦，核仁入药。〔颂曰〕李处处有之。郭璞注尔雅：休，乃无实李也。一名赵李。痤（音磋），乃接虑李也。一名麦李。细熟有沟道，与麦同熟。驳，乃赤李也。陶氏所谓南居李，今不复识。医家但用核若杏核者。〔宗奭曰〕李树大者高丈许。一种御李子，大如樱桃，红黄色，先诸李熟，医家用者亦少。〔时珍曰〕李，绿叶白花，树能耐久，其种近百。其子大者如怀如卵，小者如弹如樱。其味有甘、酸、苦、涩数种。其色有青、绿、紫、朱、黄、赤、缥绮、胭脂、青皮、紫灰之殊。其形有牛心、马肝、柰李、杏李、水李、离核、合核、无核、匾缝之异。其产有武陵、房陵诸李。早则麦李、御李，四月熟。迟则晚李、冬李，十月、十一月熟。又有季春李，冬花春实也。按王祯农书云：北方一种御黄李，形大而肉厚核小，甘香而美。江南建宁一种均亭李，紫而肥大，味甘如蜜。有擘李，熟则自裂。有糕李，肥粘如糕。皆李之嘉美者也。今人用盐曝、糖藏、蜜煎为果，惟曝干白李有益。其法：夏李色黄时摘之，以盐挼去汁，合盐晒萎，去核复晒干，荐酒、作饤皆佳。

实〔气味〕苦、酸，微温，无毒。〔时珍曰〕李味甘酸，其苦涩者不可食。不沉水者有毒，不可食。〔大明曰〕多食令人胪胀，发虚热。〔诜曰〕临水食之，令发痰疟。不可合雀肉食。合蜜食，损五脏。〔宗奭曰〕不可合浆水食，发霍乱，涩气而然。服术人忌之。**〔主治〕曝食，去痼热，调中。**别录**去骨节间劳热。**孟诜**肝病宜食之。**思邈

核仁〔气味〕苦，平，无毒。**〔主治〕僵仆踒折**[①]**，瘀血骨痛。**别录**令人好颜色。**吴普**治女子少腹肿满。利小肠，下水气，除浮肿。**甄权**治面皯黑子。**苏颂**〔附方〕**旧一，新一。**女人面皯**用李核仁去皮细研，以鸡子白和如稀饧涂之。至旦以浆水洗去，后涂胡粉。不过五六日效。忌见风。崔元亮海上方。**蝎虿螫痛**苦李仁嚼涂之，良。古今录验。

根白皮〔修治〕〔时珍曰〕李根皮取东行者，刮去皱皮，炙黄入药用。别录不言用何等李根，亦不言其味。但药性论云：入药用苦李根皮，味咸。而张仲景治奔豚气，奔豚汤中用甘李根白皮。则甘、苦二种皆可用欤？**〔气味〕大寒，无毒。**〔大明曰〕凉，无毒。**〔主治〕消渴，止心烦逆奔豚气。**别录**治疮。**吴普**煎水含漱，治齿痛。**弘景**煎汁饮，主赤白痢。**大明**炙黄煎汤，日再饮之，治女人卒赤白下，有验。**孟诜**治小儿暴热，解丹毒。**时珍**苦李根皮：味咸，治脚下气，主热**

毒烦躁。煮汁服，止消渴。甄权〔**附方**〕新二。**小儿丹毒**从两股走及阴头。用李根烧为末，以田中流水和涂之。千金。**咽喉卒塞**无药处，以皂角末吹鼻取嚏。仍以李树近根皮，磨水涂喉外，良验。菽园杂记。

花〔气味〕苦，香，无毒。〔主治〕令人面泽[②]**，去粉滓䵟黯**。时珍〔**附方**〕新一。**面黑粉滓**用李花、梨花、樱桃花、白蜀葵花、白莲花、红莲花、旋复花、秦椒各六两，桃花、木瓜花、丁香、沉香、青木香、钟乳粉各三两，珍珠、玉屑各二两，蜀水花一两，大豆末七合，为细末瓶收。每日盥靧[③]，用洗手面，百日光洁如玉也。普济方。

叶〔气味〕甘、酸，平，无毒。〔主治〕小儿壮热，痁疾惊痫[④]**，煎汤浴之，良。**大明〔**附方**〕新一。**恶刺疮痛**李叶、枣叶捣汁点之，效。千金。

树胶〔气味〕苦，寒，无毒。〔主治〕目翳，定痛消肿。时珍

【附录】徐李〔别录有名未用曰〕生太山之阴。树如李而小。其实青色，无核。熟则采食之，轻身益气延年。〔时珍曰〕此即无核李也。唐崔奉国家有之，乃异种也。谬言龙耳血堕地所生。

杏 别录下品

【释名】甜梅〔时珍曰〕杏字篆文象子在木枝之形。或云从口及从可者，并非也。江南录云：杨行密改杏名甜梅。

【集解】〔别录曰〕杏生晋山川谷。五月采之。〔颂曰〕今处处有之。有数种：黄而圆者名金杏，相传种出自济南郡之分流山，彼人谓之汉帝杏，言汉武帝上苑之种也。今近汴洛皆种之，熟最早。其扁而青黄者名木杏，味酢不及之。山杏不堪入药。杏仁今以从东来人家种者为胜。〔宗奭曰〕金杏深赭色，核大而扁，乃接成者，其味最胜。又有白杏，熟时色青白或微黄，味甘淡而不酢。生杏可晒脯作干果食之。山杏辈只可收仁用耳。〔时珍曰〕诸杏，叶皆圆而有尖，二月开红花，亦有千叶者，不结实。甘而有沙者为沙杏，黄而带酢者为梅杏，青而带黄者为柰杏。其金杏大如梨，黄如橘。西京杂记载蓬莱杏花五色，盖异种也。按王祯农书云：北方肉杏甚佳，赤大而扁，谓之金刚拳。凡杏熟时，榨浓汁，涂盘中晒干，以手摩刮收之，可和水调麨食，亦五果为助之义也。

实〔气味〕酸，热，有小毒。生食多，伤筋骨。别录〔颂曰〕杏之类梅者味酢，类桃者味甘。〔宗奭曰〕凡杏性皆热。小儿多食，致疮痈膈热。〔扁鹊曰〕多食动宿疾，令人目盲、须眉落。〔源曰〕多食，生痰热，昏精神。产妇尤忌之。**〔主治〕曝脯食，止渴，去冷热毒。心之果，心病宜食之。**思邈

核仁〔修治〕〔别录曰〕五月采之。〔弘景曰〕凡用杏仁，以汤浸去皮尖，炒黄。或用面麸炒过。〔敩曰〕凡用，以汤浸去皮尖。每斤入白火石一斤，乌豆三合，以东流水同煮，从巳至午，取出晒干用。〔时珍曰〕治风寒肺病药中，亦有连皮尖用者，取其发散也。**〔气味〕甘（苦），温（冷利），有小毒。两仁者杀人，可以毒狗。**〔震亨曰〕杏仁性热，因寒者可用。〔思邈曰〕杏仁作汤如白沫不解者，食之令气壅身热。汤经宿者动冷气。〔时珍曰〕凡杏、桃诸花皆五出。若六出必双仁，为其反常，故有毒也。〔徐之才曰〕得火良。恶黄芩、黄芪、葛根，畏蘘草。**〔主治〕咳逆上气雷鸣，喉痹，下气，产乳金疮，寒心奔豚。**本经**惊痫，心下烦热，风气往来，时行头痛，解肌，消心下急满痛，杀狗毒。**别录**解锡毒。**之才**治腹痹不通，发汗，主温病脚气，咳嗽上气喘促。入天门冬煎，润心肺。和酪作汤，润声气。**甄权**除肺热，治上焦风燥，利胸膈气逆，润大肠气秘。**元素**杀虫，治诸疮疥，消肿，去头面诸风气皶疱。**时珍〔**发明**〕〔元素曰〕杏仁气薄味厚，浊而沉坠，降也、阴也。入手太阴经。其用有三：润肺也，消食积也，散滞气也。〔杲曰〕杏仁散结润燥，除肺中风热咳嗽。杏仁下喘，治气也；桃仁疗狂，治血也。俱治大便秘，当分气、

血。昼则便难，行阳气也；夜则便难，行阴血也。故虚人便闭，不可过泄。脉浮者属气，用杏仁、陈皮；脉沉者属血，用桃仁、陈皮。手阳明与手太阴为表里，贲门主往来，魄门主收闭，为气之通道，故并用陈皮佐之。〔好古曰〕张仲景麻黄汤，及王朝奉治伤寒气上喘逆，并用杏仁者，为其利气、泻肺、解肌也。〔时珍曰〕杏仁能散能降，故解肌散风、降气润燥、消积治伤损药中用之。治疮杀虫，用其毒也。按医余云：凡索面、豆粉近杏仁则烂。顷一兵官食粉成积，医师以积气丸、杏仁相半研为丸，熟水下，数服愈。又野人闲话云：翰林学士辛士逊，在青城山道院中，梦皇姑谓曰：可服杏仁，令汝聪明，老而健壮，心力不倦。求其方，则用杏仁一味，每盥漱毕，以七枚纳口中，良久脱去皮，细嚼和津液顿咽。日日食之，一年必换血，令人轻健。此申天师方也。又杨士瀛直指方云：凡人以水浸杏仁五枚，五更端坐，逐粒细嚼至尽，和津吞下。久则能润五脏，去尘滓，驱风明目，治肝肾风虚，瞳人带青，眼翳风痒之病。珍按：杏仁性热降气，亦非久服之药。此特其咀嚼吞纳津液，以消积秽则可耳。古有服杏丹法，云是左慈之方。唐慎微收入本草，云久服寿至千万。其说妄诞可鄙，今删其纰谬之辞，存之于下，使读者毋信其诳也。

〔**附方**〕旧三十七，新二十二。**杏金丹**左慈秘诀云：亦名草金丹。方出浑皇子，服之长年不死。夏姬服之，寿年七百，乃仙去也。世人不信，皆由不肯精心修治故也。其法：须人罕到处。寅月钁斸杏树地下[5]，通阳气。二月除树下草。三月离树五步作畦垄，以通水。亢旱则引泉灌溉。有霜雪则烧火树下，以救花苞。至五月杏熟自落，收仁六斗，以汤浸去皮及双仁者，用南流水三石和研，取汁两石八斗，去滓。以新铁釜用酥三斤，以糠火及炭然釜，少少磨酥至尽，乃内汁入釜。釜上安盆，盆上钻孔，用弦悬车辖至釜底，以纸塞孔，勿令泄气。初着糠火，一日三动车辖，以衮其汁。五日有露液生，十日白霜起，又二日白霜尽，即金花出，丹乃成也。开盆炙干，以翎扫下，枣肉和，丸梧子大。每服三丸，空心暖酒下。至七日宿疾皆除，喑盲挛跛[6]、疝痔瘿痫疮肿、万病皆愈。久服通灵不死云云。衍文不录。〔颂曰〕古方用杏仁修治如法，自朝蒸至午，便以慢火微烘，至七日乃收之。每旦空腹啖之，久久不止，驻颜延年，云是夏姬之法。然杏仁能使人血溢，少误必出血不已，或至委顿，故近人少有服者。或云服至二三年，往往或泻，或脐中出物，皆不可治也。**杏酥法**〔颂曰〕去风虚，除百病。捣烂杏仁一石，以好酒二石，研滤取汁一石五斗，入白蜜一斗五升搅匀，封于新瓮中，勿泄气。三十日看酒上酥出，即掠取纳瓷器中贮之。取其酒滓团如梨大，置空屋中，作格安之。候成饴脯状，旦服一枚，以前酒下。〔藏器曰〕杏酪服之，润五脏，去痰嗽。生、熟吃俱可，若半生半熟服之杀人。**又法**〔宗奭曰〕治肺燥喘热，大肠秘，润五脏。用杏仁去皮研细，每一升，入水一升半，捣稠汁。入生蜜四两，甘草一寸，银、石器中慢火熬成稀膏，入酥二两同收。每夜沸汤，点服一匙。衍义。**万病丸**治男妇五劳七伤，一切诸疾。杏仁一斗二升，童子小便煮七次，以蜜四两拌匀，再以童便五升于碗内重蒸，取出日晒夜露数日。任意嚼食，即愈。**补肺丸**治咳嗽。用杏仁二大升（山中者不用，去双仁者），以童子小便二斗浸之，春夏七日，秋冬二七日，连皮尖于砂盆中研滤取汁，煮令鱼眼沸，候软如面糊即成。以粗布摊曝之，可丸即丸服之。食前后总须服三五十丸，茶、酒任下。忌白水粥。刘禹锡传信方。**咳嗽寒热**旦夕加重，少喜多嗔，面色不润，忽进忽退，积渐少食，脉弦紧者。杏仁半斤去皮尖，童子小便二斗浸七日，漉出温水淘洗，砂盆内研如泥，以小便三升煎如膏。每服一钱，熟水下。妇人室女服之，尤妙。千金方。**久患肺气**喘急至效。甚者不过二剂，永瘥。杏仁去皮尖二两，童子小便浸，一日一换，夏月三四换，满半月取出，焙干研细。每服一枣大，薄荷一叶，蜜一鸡头大，水一钟，煎七分，食后温服。忌腥物。胜金方。**咳逆上气**不拘大人小儿。以杏仁三升去皮尖，炒黄研膏，入蜜一升，杵熟。每食前含之，咽汁。千金。**上气喘急**杏仁、桃仁各半两，去皮尖炒研，用水调生面和，丸梧子大。每服十丸，姜、蜜汤下，微利为度。圣济总录。

喘促浮肿小便淋沥。用杏仁一两，去皮尖熬研，和米煮粥，空心吃二合妙。心镜。**头面风肿**杏仁捣膏，鸡子黄和杵，涂帛上，厚裹之。干则又涂，不过七八次愈也。千金方。**风虚头痛**欲破者。杏仁去皮尖，晒干研末，水九升研滤汁，煎如麻腐状，取和羹粥食。七日后大汗出，诸风渐减。此法神妙，可深秘之。慎风、冷、猪、鸡、鱼、蒜、醋。千金方。**头面诸风**眼瞤鼻塞，眼出冷泪。用杏仁三升研细，水煮四五沸，洗头。待冷汗尽，三度愈。千金。**偏风不遂**失音不语。生吞杏仁七枚，不去皮尖，逐日加至七七枚，周而复始。食后仍饮竹沥，以瘥为度。外台秘要。**破伤风肿**杏仁杵膏厚涂上，然烛遥炙之⑦。千金方。**金疮中风**角弓反张。用杏仁杵碎，蒸令气溜，绞脂服一小升，兼摩疮上良。必效方。**温病食劳**杏仁五两，酢二升，煎取一升，服之取汗瘥。类要。**心腹结气**杏仁、桂枝、橘皮、诃黎勒皮等分，为丸。每服三十丸，白汤下。无忌。孟诜食疗。**喉痹痰嗽**杏仁去皮熬黄三分，和桂末一分，研泥，裹含之，咽汁。陈藏器本草。**喉热生疮**方同上。**卒失音声**方同上。文潞公药准。**肺病咯血**杏仁四十个，以黄蜡炒黄，研入青黛一钱，作饼。用柿饼一个，破开包药，湿纸裹煨熟食之，取效。丹溪方。**卒不小便**杏仁二七枚，去皮尖，炒黄研末，米饮服之。古今录验方。**血崩不止**诸药不效，服此立止。用甜杏仁上黄皮，烧存性，为末。每服三钱，空心热酒服。保寿堂方。**五痔下血**杏仁去皮尖及双仁者，水三升，研滤汁，煎减半，同米煮粥食之。食医心镜。**谷道䘌痛**肿痒。杏仁杵膏，频频傅之。肘后方。**阴疮烂痛**杏仁烧黑研成膏，时时傅之。钤方。**产门虫疽**痛痒不可忍。用杏仁去皮烧存性，杵烂绵裹，纳入阴中，取效。孟诜食疗本草。**身面疣目**杏仁烧黑研膏，擦破，日日涂之。千金方。**面上皯疱**杏仁去皮，捣和鸡子白。夜涂之，旦以暖酒洗去。孟诜食疗。**两颊赤痒**其状如痱，名头面风。以杏仁频频揩之。内服消风散。证治要诀。**耳卒聋闭**杏仁七枚，去皮拍碎，分作三分，以绵裹之，着盐如小豆许，以器盛于饭上蒸熟。令病人侧卧，以一裹捻油滴耳中。良久又以一裹滴之，取效。外台。**耳出脓汁**杏仁炒黑，捣膏绵裹纳入，日三四易之妙。梅师方。**鼻中生疮**杏仁研末，乳汁和傅。千金方。**疳疮蚀鼻**杏仁烧，压取油傅之。千金方。**牙齿虫䘌**杏仁烧存性，研膏发裹，纳虫孔中。杀虫去风，其痛便止。重者不过再上。本草拾遗。**牙龈痒痛**杏仁一百枚，去皮尖、两仁，以盐方寸匕，水一升，煮令汁出，含漱吐之。三度愈。千金方。**风虫牙痛**杏仁针刺于灯上烧烟，乘热搭病牙上。又复烧搭七次。绝不疼，病牙逐时断落也。普济方。**目中赤脉**痒痛，时见黑花。用初生杏子仁一升，古五铢钱七文，入瓶内蜜封，埋门限下，一百日化为水，每夕点之。圣济总录。**胎赤眼疾**杏仁压油半鸡子壳，食盐一钱，入石器中，以柳枝一握紧束，研至色黑，以热艾一团安碗内烧烘之，令气透火尽即成。每点少许入两眦，甚效。圣济总录。**目中翳遮**但瞳子不破者。用杏仁三升去皮，面裹作三包，煻火煨熟，去面研烂，压去油。每用一钱，入铜绿一钱，研匀点之。同上。**目生弩肉**或痒或痛，渐覆瞳人。用杏仁去皮二钱半，腻粉半钱，研匀，绵裹箸头点之。同上。**伤目生弩**广利方：用生杏仁七枚，去皮细嚼，吐于掌中，乘热以绵裹箸头点弩肉上。不过四五度愈。总录：用杏仁研膏，人乳化开，日点三次。**小儿血眼**儿初生艰难，血瘀眦睚⑧，遂溅渗其睛，不见瞳人。轻则外胞赤肿，上下弦烂。用杏仁二枚去皮尖，嚼乳汁三五匙，入腻粉少许，蒸熟，绢包频点。重者加黄连、朴消最良。全幼心鉴。**小儿脐烂**成风。杏仁去皮研傅。子母秘录。**小儿咽肿**杏仁炒黑，研烂含咽。普济方。**针入肉内**不出者。双杏仁捣烂，以车脂调贴。其针自出。瑞竹堂方。**箭镝在咽**或刀刃在咽膈诸隐处。杵杏仁傅之。肘后方。**狐尿疮痛**杏仁研烂，煮一两沸，及热浸之。冷即易。必效方。**狗咬伤疮**烂嚼杏仁涂之。寇氏。**食狗不消**心下坚胀，口干发热妄语。杏仁一升去皮尖，水三升煎沸，去渣取汁分三服，下肉为度。梅师方。**解狼毒毒**杏仁捣烂，水和服之。千金方。**一切食停**气满膨胀。用红杏仁三百粒，巴豆二十粒同炒，色变去豆不用，研杏为末，橘皮汤调下。杨氏家藏方。**白癜风斑**杏仁连皮尖，每早嚼二七粒，揩令赤色。夜卧再用。圣济总录。**诸疮肿痛**杏仁去皮，研滤取膏，入轻粉，麻油调搽神效。不拘大人、小儿。鲍氏。**小儿头疮**杏仁烧研傅之。事林广记。**蛆虫入耳**杏仁捣泥，取油滴入。非出则死。扶寿精方。

花〔气味〕苦，温，无毒。〔主治〕补不足，女子伤中，寒热痹厥逆。别录〔**附方**〕新二。**妇人无子**二月丁亥日，取杏花、桃花阴干为末。戊子日和井华水服方寸匕，日三服。卫生易简方。**粉滓面䵟**杏花、桃花各一升，东流水浸七日。洗面三七遍，极妙。圣济总录。

叶〔主治〕人卒肿满，身面洪大，煮浓汁热渍，亦少少服之。肘后

枝〔主治〕堕伤，取一握，水一升煮减半，入酒三合和匀，分再服，大效。苏颂〔**附方**〕旧一。**坠扑瘀血**在内，烦闷者。用东引杏树枝三两，细锉微熬，好酒二升煎十余沸，分二服。塞上方。

根〔主治〕食杏仁多，致迷乱将死，切碎煎汤服，即解。时珍

巴旦杏 纲目

【释名】八担杏正要**忽鹿麻**

【集解】〔时珍曰〕巴旦杏，出回回旧地，今关西诸土亦有。树如杏而叶差小，实亦尖小而肉薄。其核如梅核，壳薄而仁甘美。点茶食之，味如榛子。西人以充方物。

【气味】甘，平、温，无毒。

【主治】止咳下气，消心腹逆闷。时珍 出饮膳正要。

梅 本经中品

【释名】〔时珍曰〕梅古文作呆，象子在本上之形。梅乃杏类。故反杏为呆。书家讹为甘木。后作梅，从每，谐声也。或云：梅者媒也，媒合众味。故书云：若作和羹，尔惟盐梅。而梅字亦从某也。陆佃埤雅言梅入北方变为杏，郭璞注尔雅以柟为梅，皆误矣。柟即楠木，荆人呼为梅，见陆玑草木疏。

【集解】〔别录曰〕梅实生汉中山谷。五月采实，火干。〔颂曰〕今襄汉、川蜀、江湖、淮岭皆有之。〔时珍曰〕按陆玑诗疏云：梅，杏类也。树、叶皆略似杏，叶有长尖，先众木而花[⑨]。其实酢，曝干为脯，入羹臛齑中，又含之可以香口。子赤者材坚，子白者材脆。范成大梅谱云：江梅，野生者，不经栽接，花小而香，子小而硬。消梅，实圆松脆，多液无滓，惟可生啖，不入煎造。绿萼梅，枝跗皆绿。重叶梅，花叶重叠，结实多双。红梅，花色如杏。杏梅，色淡红，实扁而斑，味全似杏。鸳鸯梅，即多叶红梅也，一蒂双实。一云：苦楝接梅，则花带黑色。谭子化书云：李接桃而本强者其实毛，梅接杏而本强者其实甘。梅实采半黄者，以烟熏之为乌梅；青者盐淹曝干为白梅。亦可蜜煎、糖藏，以充果饤。熟者笮汁晒收为梅酱。惟乌梅、白梅可入药。梅酱夏月可调渴水饮之。

实〔气味〕酸，平，无毒。〔大明曰〕多食损齿伤筋，蚀脾胃，令人发膈上痰热。服黄精人忌食之。食梅齿𪘨者[⑩]，嚼胡桃肉解之。物类相感志云：梅子同韶粉食，则不酸、不软牙。〔**发明**〕〔宗奭曰〕食梅则津液泄者，水生木也。津液泄则伤肾，肾属水，外为齿故也。〔时珍曰〕梅，花开于冬而实熟于夏，得木之全气，故其味最酸，所谓曲直作酸也。肝为乙木，胆为甲木。人之舌下有四窍，两窍通胆液，故食梅则津生者，类相感应也。故素问云：味过于酸，肝气以津。又云：酸走筋，筋病无多食酸。不然，物之味酸者多矣，何独梅能生津耶?

乌梅〔修治〕〔弘景曰〕用须去核，微炒之。〔时珍曰〕造法：取青梅篮盛，于突上熏黑。若以稻灰淋汁润湿蒸过，则肥泽不蠹。〔**气味〕酸，温、平，涩，无毒。**〔杲曰〕寒。忌猪肉。〔**主治〕下气，除热烦满，安心，止肢体痛，偏枯不仁，死肌，去青黑痣，蚀恶肉。**本经**去痹，利筋**

脉，止下痢，好唾口干。别录**水渍汁饮，治伤寒烦热。**弘景**止渴调中，去痰治疟瘴，止吐逆霍乱，除冷热痢。**藏器**治虚劳骨蒸，消酒毒，令人得睡。和建茶、干姜为丸服，止休息痢，大验。**大明**敛肺涩肠，止久嗽泻痢，反胃噎膈，蛔厥吐利，消肿涌痰，杀虫，解鱼毒、马汗毒、硫黄毒。**时珍

白梅〔释名〕盐梅　霜梅〔修治〕取大青梅以盐汁渍之，日晒夜渍，十日成矣。久乃上霜。**〔气味〕酸、咸，平，无毒。〔主治〕和药点痣，蚀恶肉。**弘景**刺在肉中者，嚼傅之即出。**孟诜**治刀箭伤，止血，研烂傅之。**大明**乳痈肿毒，杵烂贴之，佳。**汪颖**除痰。**苏颂**治中风惊痫，喉痹痰厥僵仆，牙关紧闭者，取梅肉揩擦牙龈，涎出即开。又治泻痢烦渴，霍乱吐下，下血血崩，功同乌梅。**时珍**〔发明〕**〔弘景曰〕生梅、乌梅、白梅，功应相似。〔好古曰〕乌梅，脾、肺二经血分药也。能收肺气，治燥嗽。肺欲收，急食酸以收之。〔时珍曰〕乌梅、白梅所主诸病，皆取其酸收之义。惟张仲景治蛔厥乌梅丸及虫匶方中用者，取虫得酸即止之义，稍有不同耳。医说载：曾鲁公痢血百余日，国医不能疗。陈应之用盐水梅肉一枚研烂，合腊茶，入醋服之，一啜而安。大丞梁庄肃公亦痢血，应之用乌梅、胡黄连、灶下土等分为末，茶调服，亦效。盖血得酸则敛，得寒则止，得苦则涩故也。其蚀恶疮弩肉，虽是酸收，却有物理之妙。说出本经。其法载于刘涓子鬼遗方：用乌梅肉烧存性研，傅恶肉上，一夜立尽。圣惠用乌梅和蜜作饼贴者，其力缓。按杨起简便方云：起臂生一疽，脓溃百日方愈，中有恶肉突起，如蚕豆大，月余不消，医治不效。因阅本草得此方，试之，一日夜去其大半，再上一日而平。乃知世有奇方如此，遂留心搜刻诸方，始基于此方也。**〔附方〕**旧十一，新二十二。**诸疮弩肉**方见上。**痈疽疮肿**已溃未溃皆可用。盐白梅烧存性为末，入轻粉少许，香油调，涂四围。王氏易简方。**喉痹乳蛾**冰梅丸：用青梅二十枚，盐十二两，淹五日，取梅汁，入明矾三两，桔梗、白芷、防风各二两，猪牙皂角三十条，俱为细末，拌汁和梅入瓶收之。每用一枚，噙咽津液。凡中风痰厥，牙关不开，用此擦之尤佳。总录：用白梅包生矾末作丸含咽，或纳吞之。**消渴烦闷**乌梅肉二两，微炒为末。每服二钱，水二盏，煎一盏，去滓，入豉二百粒，煎至半盏，温服。简要济众方。**泄痢口渴**乌梅煎汤，日饮代茶。扶寿精方。**产后痢渴**乌梅肉二十个，麦门冬十二分，以水一升，煮七合，细呷之。必效方。**赤痢腹痛**直指：用陈白梅同真茶、蜜水各半，煎饮之。圣惠：用乌梅肉（炒）、黄连各四两，为末，炼蜜丸梧子大。每米饮服二十丸，日三服。**便痢脓血**乌梅一两去核，烧过为末。每服二钱，米饮下，立止。圣济总录。**久痢不止**肠垢已出。肘后：用乌梅肉二十个，水一盏，煎六分，食前分二服。袖珍：用乌梅肉、白梅肉各七个捣烂，入乳香末少许，杵丸梧桐子大。每服二三十丸，茶汤下，日三。**大便下血**及酒痢、久痢不止。用乌梅三两，烧存性为末，醋煮米糊和，丸梧子大。每空心米饮服二十丸，日三。济生方。**小便尿血**乌梅烧存性研末，醋糊丸梧子大。每服四十丸，酒下。**血崩不止**乌梅肉七枚，烧存性研末。米饮服之，日二。**大便不通**气奔欲死者。乌梅十颗，汤浸去核，丸枣大。纳入下部，少时即通。食疗本草。**霍乱吐利**盐梅煎汤，细细饮之。如宜方。**蛔虫上行**出于口鼻。乌梅煎汤频饮，并含之，即安。食鉴本草。**水气满急**乌梅、大枣各三枚，水四升，煮二升，纳密和匀，含咽之。圣济总录。**梅核膈气**取半青半黄梅子，每个用盐一两淹一日夜，晒干又浸又晒，至水尽乃止。用青钱三个，夹二梅，麻线缚定，通装磁罐内封埋地下，百日取出。每用一枚，含之咽汁，入喉即消。收一年者治一人，二年者治二人，其妙绝伦。龚氏经验方。**心腹胀痛**短气欲绝者。乌梅二七枚，水五升，煮一沸，纳大钱二七枚，煮二升半，顿服之。肘后。**劳疟劣弱**乌梅十四枚，豆豉二合，桃、柳枝各一虎口，甘草三寸，生姜一块，以童子小便二升，煎一半，温服即止。图经本草。**久咳不已**乌梅肉微炒，罂粟壳去筋膜蜜炒，等分为末。每服二钱，睡时蜜汤调下。**痰厥头痛**如破者。乌梅肉三十个，盐三撮，酒三升，煮一升，顿服取吐即

愈。肘后方。**伤寒头痛**壮热，胸中烦痛，四五日不解。乌梅十四枚，盐五合，水一升，煎半升，温服取吐。吐后避风良。梅师方。**折伤金疮**干梅烧存性傅之，一宿瘥。千金方。**马汗入疮**作痛。用乌梅连核捣烂，以头醋和傅。仍先刺疮，出去紫血，乃傅之系定。经验方。**猘犬伤毒**乌梅末，酒服二钱。千金。**指头肿毒**痛甚者。乌梅肉和鱼鲊捣，封之妙。李楼奇方。**伤寒䘌疮**生下部者。乌梅肉三两炒为末，炼蜜丸梧子大。以石榴根皮煎汤，食前下三十丸。圣惠方。**小儿头疮**乌梅烧末，生油调涂。圣济录。**香口去臭**曝干梅脯，常时含之。毛诗疏。**硫黄毒发**令人背膊疼闷，目暗漠漠。乌梅肉焙一两，沙糖半两，浆水一大盏，煎七分，呷之。总录。

核仁〔气味〕酸，平，无毒。〔主治〕明目，益气，不饥。吴普**除烦热。**甄权**治代指忽然肿痛，捣烂，和醋浸之。**时珍　肘后方。

花〔气味〕微酸，涩，无毒。〔发明〕〔时珍曰〕白梅花古方未见用者。近时有梅花汤：用半开花，溶蜡封花口，投蜜罐中，过时以一两朵同蜜一匙点沸汤服。又有蜜渍梅花法：用白梅肉少许，浸雪水，润花，露一宿，蜜浸荐酒。又梅花粥法：用落英入熟米粥再煮食之[11]。故杨诚斋有“蜜点梅花带露餐”及“脱蕊收将熬粥吃”之句，皆取其助雅致、清神思而已。

叶〔气味〕酸，平，无毒。〔主治〕休息痢及霍乱，煮浓汁饮之。大明〔藏器曰〕嵩阳子言：清水揉梅叶，洗蕉葛衣，经夏不脆。有验。〔时珍曰〕夏衣生霉点，梅叶煎汤洗之即去，甚妙。

〔附方〕旧一，新二。**中水毒病**初起头痛恶寒，心烦拘急，旦醒暮剧。梅叶捣汁三升饮之良。肘后。**下部虫䘌**梅叶、桃叶一斛，杵烂蒸极热，内小器中，隔布坐蒸之，虫尽死也。外台秘要。**月水不止**梅叶焙，棕榈皮灰，各等分为末。每服二钱，酒调下。圣济总录。

根〔主治〕风痹。别录　出土者杀人。**初生小儿，取根同桃、李根煮汤浴之，无疮热之患。**崔氏纂要**煎汤饮，治霍乱，止休息痢。**大明

榔梅　纲目[12]

【集解】〔时珍曰〕榔梅出均州太和山[13]。相传真武折梅枝插于榔树。誓曰：吾道若成，花开果结。后果如其言。今树尚在五龙宫北，榔木梅实，杏形桃核。道士每岁采而蜜煎，以充贡献焉。榔乃榆树也。

实【气味】甘、酸，平，无毒。

【主治】生津止渴，清神下气，消酒。时珍

桃　本经下品〔**校正**〕木部有拾遗桃橛，今并入此。

【释名】〔时珍曰〕桃性早花，易植而子繁，故字从木、兆。十亿曰兆，言其多也。或云从兆谐声也。

【集解】〔别录曰〕桃生太山川谷。〔弘景曰〕今处处有之。核仁入药，当取解核者种之为佳，山桃仁不堪用。〔颂曰〕汴东、陕西者尤大而美。大抵佳果肥美者，皆圃入以他木接成，殊失本性。入药当用本生者为佳。今市肆卖者，多杂接核之仁，为不堪也。〔宗奭曰〕山中一种桃，正合月令桃始华者，花多子少，不堪啖，惟堪取仁入药。汴中有油桃，小于众桃，光如涂油，不益脾胃。太原有金桃，色深黄。洛中有昆仑桃，肉深红紫色。又有饼子桃，状如香饼子。其味皆甘。〔时珍曰〕桃品甚多，易于栽种，且早结实。五年宜以刀劙其皮[14]，出其脂液，则多延数年。其花有红、紫、白、千叶、二色之殊，其实有红桃、绯桃、碧桃、缃桃、白桃、乌桃、金桃、银桃、胭脂桃，皆以色名者也。有绵桃、油桃、御桃、方桃、匾桃、偏核桃，皆以形名者也。有五月早桃、十月冬桃、秋桃、霜桃，皆以时名者也。并可供食。惟山中毛桃，即尔雅所谓褫桃者[15]，小而多毛，核粘味恶。其仁充满多脂，可入药用，盖外不足者内有余也。冬桃一名西王母桃，一名仙人桃，即昆仑桃，形如栝楼，表里彻赤，得霜始熟。方桃形微方。匾桃出南番，形匾

肉涩，核状如盒，其仁甘美。番人珍之，名波淡树，树甚高大。偏核桃出波斯，形薄而尖，头偏，状如半月，其仁酷似新罗松子，可食，性热。又杨维桢、宋濂集中并载元朝御库蟠桃，核大如碗，以为神异。按王子年拾遗记载汉明帝时，常山献巨核桃，霜下始花，隆暑方熟。玄中记载积石之桃，大如斗斛器。酉阳杂俎载九疑有桃核，半扇可容米一升；及蜀后主有桃核杯，半扇容水五升，良久如酒味可饮。此皆桃之极大者。昔人谓桃为仙果，殆此类欤？生桃切片瀹过[16]，曝干为脯，可充果食。又桃酢法：取烂熟桃纳瓮中，盖口七日，漉去皮核，密封二七日酢成，香美可食。种树书云：柿接桃则为金桃，李接桃则为李桃，梅接桃则脆。桃树生虫，煮猪头汁浇之即止。皆物性之微妙也。

实〔气味〕辛、酸、甘，热，微毒。多食令人有热。〔诜曰〕能发丹石毒，生者尤损人。〔思邈曰〕黄帝书云：食桃饱，入水浴，令人成淋及寒热病。〔时珍曰〕生桃多食，令人膨胀及生痈疖，有损无益。五果列桃为下以此。〔瑞曰〕桃与鳖同食，患心痛。服术人忌食之。**〔主治〕作脯食，益颜色。**大明**肺之果，肺病宜食之。**思邈。

冬桃，食之解劳热。时珍，出尔雅注。

核仁〔修治〕〔别录曰〕七月采，取仁阴干。〔敩曰〕凡使须去皮，用白术、乌豆二味，同于坩锅中煮二伏时，漉出劈开，心黄如金色乃用。〔时珍曰〕桃仁行血，宜连皮、尖生用。润燥活血，宜汤浸去皮、尖炒黄用。或麦麸同炒，或烧存性，各随本方。双仁者有毒，不可食，说见杏仁下。**〔气味〕苦、甘，平，无毒。**〔思邈曰〕苦、甘、辛，平。〔诜曰〕温。〔弘景曰〕桃仁作酪，性冷。香附为之使。**〔主治〕瘀血血闭，症瘕邪气，杀小虫。**本经**止咳逆上气，消心下坚硬，除卒暴击血，通月水，止心腹痛。**别录**治血结、血秘、血燥，通润大便，破畜血**[17]。元素**杀三虫。又每夜嚼一枚和蜜，涂手、面良。**孟诜**主血滞风痹骨蒸，肝疟寒热，鬼注疼痛，产后血病。**时珍**〔发明〕**〔杲曰〕桃仁苦重于甘，气薄味厚，沉而降，阴中之阳，手、足厥阴经血分药也。苦以泄滞血，甘以生新血，故破凝血者用之。其功有四：治热入血室，一也；泄腹中滞血，二也；除皮肤血热燥痒，三也；行皮肤凝聚之血，四也。〔成无己曰〕肝者血之源，血聚则肝气燥。肝苦急，急食甘以缓之。桃仁之甘以缓肝散血，故张仲景抵当汤用之，以治伤寒八九日，内有畜血，发热如狂，小腹满痛，小便自利者。又有当汗失汗，热毒深入，吐血及血结胸，烦躁谵语者，亦以此汤主之。与虻虫、水蛭、大黄同用。**〔附方〕**旧十九，新十一。**延年去风**令人光润。用桃仁五合去皮，用粳米饭浆同研，绞汁令尽，温温洗面极妙。千金翼。**偏风不遂**及癖疾。用桃仁二千七百枚，去皮、尖、双仁，以好酒一斗三升，浸二十一日，取出晒干杵细，作丸如梧子大。每服二十丸，以原酒吞之。外台秘要。**风劳毒肿**挛痛，或牵引小腹及腰痛。桃仁一升去皮尖，熬令黑烟出，热研如脂膏，以酒三升搅和服，暖卧取汗。不过三度瘥。食医心镜。**疟疾寒热**桃仁一百枚去皮尖，乳钵内研成膏，不得犯生水，入黄丹三钱，丸梧子大。每服三丸，当发日面北温酒吞下。五月五日午时合之，忌鸡、犬、妇人。见唐慎微本草。**骨蒸作热**桃仁一百二十枚，留尖去皮及双仁，杵为丸，平旦井花水顿服之。令尽量饮酒至醉，仍须任意吃水。隔日一剂。百日不得食肉。外台秘要。**上气喘急**方见杏仁。**上气咳嗽**胸满气喘。桃仁三两去皮尖，以水一大升研汁，和粳米二合煮粥食之。心镜。**卒得咳嗽**桃仁三升去皮杵，着器中密封，蒸熟日干，绢袋盛，浸二斗酒中，七日可饮，日饮四五合。**尸疰鬼疰**乃五尸之一，又挟鬼邪为祟。其病变动，有三十六种至九十九种。大略使人寒热淋沥，沉沉默默，不知所苦而无处不恶。累年积月，以至于死，死后复传傍人。急以桃仁五十枚研泥，水煮取四升，服之取吐。吐不尽，三四日再吐。肘后方。**传尸鬼气**咳嗽痃癖注气，血气不通，日渐消瘦。桃仁一两去皮尖杵碎，水一升半煮汁，入米作粥，空心食之。心镜。**鬼疰心痛**桃仁一合烂研，煎汤服之。备急方。**卒然心痛**桃仁七枚去皮尖研烂，水一合服之。肘后方。**人好魇寐**桃仁熬去皮尖三七枚，以小便服之。千金方。**下部虫䘌**病人齿龈无色，舌上白，喜睡愦愦不知痛痒处，或下痢，乃下部生虫食肛也。桃仁十五枚，苦酒二升，盐一合，煮六合服之。肘后方。**崩中漏下**不止者。桃核烧存性研细，酒服方寸匕，日三。千金。**妇人难产**数日不出。桃仁一个劈开，一片书可字，一片书出字，还合吞之即生。删繁方。**产后百病**千金桃仁煎：治妇人产后百病诸气。取桃仁一千二百枚，去皮、尖、双仁，熬捣极细，以清酒一斗半，研如麦粥法，纳小项瓷瓶中，面封，入汤中煮一伏时。每服一匙，温酒和服，日再。图经本草。**产后身热**如火，皮如粟粒者。桃仁研泥，同腊猪脂傅之。日日易之。千金方。**产后血闭**桃仁二十枚去皮尖，藕一块，水煎服之良。唐瑶经验方。**产后阴肿**桃仁烧研傅之。**妇人阴痒**桃仁杵烂，绵裹塞之。肘后方。**男子阴肿**作痒。用桃仁炒香为末，酒服方寸匕，日二。仍捣傅之。外台。**小儿卵癞**[18]方同上。**小儿烂疮**初起肿浆似火疮，桃仁研烂傅之。秘录。**小儿聤耳**桃仁炒研绵裹，日日塞之。千金方。**风虫牙痛**针刺桃仁，灯上烧烟出吹灭，安痛齿上咬之。不过五六次愈。卫生家宝方。**唇干裂痛**桃仁捣和猪脂傅。海上。**大便不快**里急后重。用桃仁三两去皮，吴茱萸二两，食盐一两，同炒熟，去盐、茱，每嚼桃仁五七粒。总录。**急劳咳嗽**烦热。用桃仁三两去皮尖，猪肝一枚，童子小便五升，同煮干，于木臼内捣烂，入蒸饼和，丸梧子大。每温水下三十丸。圣惠方。**冷劳减食**渐至黑瘦。用桃仁五百颗，吴茱萸三两，同入铁铛中，微火炒一炊久，将桃仁一颗去皮，看似微黄色即渐加火，待微烟出，即乘热收入新瓶内，厚纸封住，勿令泄气。每日空心取桃仁二十粒去皮嚼之，以温酒下。至重者服五百粒愈。圣惠方。**预辟瘴疠**桃仁一斤，吴茱萸、青盐各四两，同炒熟，以新瓶密封一七，取出拣去茱、盐，将桃仁去皮尖，每嚼一二十枚。山居尤宜之。余居士选奇方。

桃毛毛桃实上毛也。刮取用之。〔气味〕**辛，平，微毒。**〔主治〕**破血闭，下血瘕，寒热积聚，无子，带下诸疾。**别录**疗崩中，破癖气。**大明**治恶鬼邪气。**孟诜

桃枭〔释名〕**桃奴**别录**枭景**同上**神桃**〔别录曰〕此是桃实着树经冬不落者，正月采之，中实者良。〔时珍曰〕桃子干悬如枭首磔木之状，故名。奴者，言其不能成实也。家宝方谓之神桃，言其辟恶也。千叶桃花结子在树不落者，名鬼髑髅。雷敩炮炙论有修治之法，而方书未见用者。〔敩曰〕鬼髑髅十一月采得，以酒拌蒸之，从巳至未，焙干，以铜刀切，焙取肉用。〔气味〕**苦，微温，有小毒。**〔主治〕**杀百鬼精物。**本经**杀精魅五毒不祥，疗中恶腹痛。**别录〔颂曰〕胡洽治中恶毒气蛊疰有桃枭汤。**治肺气腰痛，破血，疗心痛，酒磨暖服之。**大明**主吐血诸药不效，烧存性，研末，米汤调服，有验。**汪颖**治小儿虚汗，妇人妊娠下血，破伏梁结气，止邪疟。烧烟熏痔疮。烧黑油调，傅小儿头上肥疮软疖。**时珍〔**附方**〕旧三，新五。**伏梁结气**在心下不散。桃奴三两为末，空心温酒，每服二钱。圣惠。**鬼疟寒热**树上自干桃子二七枚为末，滴水丸梧子大，朱砂为衣。每服一丸，侵晨面东井华水下，良。圣济总录。**五种疟疾**家宝通神丸：用神桃（即桃奴）十四枚，巴豆七粒，黑豆一两，研匀，以冷水和，丸梧子大，朱砂为衣。发日五更念药王菩萨七遍，井华水下一丸，立瘥。不过二次，妙不可言。王隐君养生主论。**妊娠下血**不止。用桃枭烧存性研，水服取瘥。葛洪方。**盗汗不止**树上干桃子一个，霜梅二个，葱根七个，灯心二茎，陈皮一钱，稻根、大麦芽各一撮，水二锺，煎服。经验方。**白秃头疮**干桃一两，黑豆一合，为末，腊猪脂调搽。圣惠。**小儿头疮**树上干桃烧研，入腻粉，麻油调搽。圣惠。**食桃成病**桃枭烧灰二钱，水服取吐即愈。陆光禄说有人食桃不消化作病时，于林间得槁桃烧服，登时吐出即愈，此以类相攻也。张文仲备急方。

花〔**修治**〕〔别录曰〕三月三日采，阴干之。〔敩曰〕桃花勿用千叶者，令人鼻衄不止，目黄。收花拣净，以绢袋盛，悬檐下令干用。〔气味〕**苦，平，无毒。**〔主治〕**杀疰恶鬼，令人好颜**

色。本经**悦泽人面，除水气，破石淋，利大小便，下三虫**。别录**消肿满，下恶气**。苏恭**治心腹痛及秃疮**。孟诜**利宿水痰饮积滞，治风狂。研末，傅头上肥疮，手足㾦疮**。时珍〔**发明**〕〔弘景曰〕肘后方言服三树桃花尽，则面色红润悦泽如桃花也。〔颂曰〕太清草木方言：酒渍桃花饮之，除百疾，益颜色。〔时珍曰〕按欧阳询初学记，载北齐崔氏以桃花、白雪与儿靧面，云令面妍华光悦，盖得本草令人好颜色、悦泽人面之义；而陶、苏二氏乃引服桃花法，则因本草之言而谬用者也。桃花性走泄下降，利大肠甚快，用以治气实人病水饮肿满积滞、大小便闭塞者，则有功无害。若久服，即耗人阴血，损元气，岂能悦泽颜色耶？按张从正儒门事亲载：一妇滑泻数年，百治不效。或言：此伤饮有积也。桃花落时，以棘针刺取数十萼，勿犯人手。以面和作饼，煨熟食之，米饮送下。不一二时，泻下如倾。六七日，行至数百行，昏困，惟饮凉水而平。观此，则桃花之峻利可征矣。又苏鹗杜阳编载：范纯佑女丧夫发狂，闭之室中，夜断窗棂，登桃树上食桃花几尽。乃旦，家人接下，自是遂愈也。珍按：此亦惊怒伤肝，痰夹败血，遂致发狂。偶得桃花利痰饮、散滞血之功，与张仲景治积热发狂用承气汤，畜血发狂用桃仁承气汤之意相同；而陈藏器乃言桃花食之患淋，何耶？〔**附方**〕旧三，新十三。**大便艰难**桃花为末，水服方寸匕，即通。千金。**产后秘塞**大小便不通。用桃花、葵子、滑石、槟榔等分，为末。每空心葱白汤服二钱，即利。集验方。**心腹积痛**三月三日采桃花晒干杵末，以水服二钱匕，良。孟诜食疗本草。**疟疾不已**桃花为末，酒服方寸匕良。梅师方。**痰饮宿水**桃花散：收桃花阴干为末，温酒服一合，取利。觉虚，食少粥。不似转下药也。崔行功纂要方。**脚气肿痛**桃花一升，阴干为末。每温酒细呷之，一宿即消。外台秘要。**腰脊作痛**三月三日取桃花一斗一升，井华水三斗，麴六升，米六斗，炊熟，如常酿酒。每服一升，日三服，神良。千金。**脓瘘不止**桃花为末，猪脂和傅之，日二。千金。**头上秃疮**三月三日收未开桃花阴干，与桑椹赤者等分作末，以猪脂和。先取灰汁洗去痂，即涂之。食疗。**头上肥疮**一百五日寒食节，收桃花为末。食后以水半盏调服方寸匕，日三，甚良。崔元亮海上方。**黄水面疮**方同上。**足上㾦疮**桃花、食盐等分杵匀，醋和傅之。肘后方。**雀卵面疱**桃花、冬瓜仁研末等分，蜜调傅之。圣惠。**干粪塞肠**胀痛不通。用毛桃花湿者一两，和面三两，作馄饨煮熟，空心食之。日午腹鸣如雷，当下恶物也。圣惠方。**面上粉刺**㾦子如米粉。用桃花、丹砂各三两为末。每服一钱，空心井水下，日三服。十日知，二十日小便当出黑汁，面色莹白也。圣惠方。**令面光华**三月三日收桃花，七月七日收鸡血，和涂面上。三二日后脱下，则光华颜色也。圣济总录。

叶〔颂曰〕采嫩者名桃心，入药尤胜。〔**气味**〕**苦，平，无毒**。〔**主治**〕**除尸虫，出疮中小虫**。别录**治恶气，小儿寒热客忤**。大明**疗伤寒、时气、风痹无汗，治头风，通大小便，止霍乱腹痛**。时珍〔**发明**〕〔颂曰〕桃叶蒸汗法：张文仲备急方治天行病，有支太医桃叶汤熏法：用水一石煮桃叶，取七斗，安床箦下[19]，厚被盖卧床上，乘热熏之。少时当雨汗，汗遍去汤，速粉之，并灸大椎穴，则愈。又陈廪丘小品方，有阮河南桃叶蒸法云：连发汗，汗不出者死，可蒸之，如中风法。烧地令热，去火，以少水洒之，布干桃叶于上厚二三寸，安席叶上卧之，温覆得大汗，被中傅粉极燥，便瘥也。凡柏叶、麦麸、蚕沙皆可如此法用。张苗言：曾有人疲极汗出，卧簟受冷，但苦寒倦。四日凡八发汗，汗不出，用此法而瘥也。〔时珍曰〕按许叔微本事方云：伤寒病，医者须顾表里，循次第。昔范云为梁武帝属官，得时疫热疾，召徐文伯诊之。是时武帝有九锡之命，期在旦夕。云恐不预，求速愈。文伯曰：此甚易，政恐二年后不复起尔。云曰：朝闻道夕死可矣，况二年乎。文伯乃以火煅地，布桃、柏叶于上，令云卧之。少顷汗出粉之，翌日遂愈。后二年云果卒。取汗先期，尚能促寿；况不顾表里时日，便欲速愈者乎？夫桃叶发汗妙法也，犹有此戒，可不慎欤？〔**附方**〕旧九，新二。**风袭项强**不得顾视。穿地作坑，煅赤，以水洒之令冷，铺生桃叶于内。卧席上，以项着坑上，蒸至汗出，良久即瘥。千金方。**小儿伤寒**时气。用桃叶三两，水五升，煮十沸取汁，日五六遍淋之。后烧雄鼠粪二枚服之，妙。伤寒类要。**二便不通**桃叶杵汁半升服。冬用桃皮。孙真人方。**霍乱腹痛**吐利。桃叶三升切，水五升，煮一升三合，分二服。外台。**除三尸虫**桃叶杵汁，服一升。外台秘要。**肠痔出血**桃叶一斛杵，蒸之，纳小口器中坐，有虫自出。肘后方。**女人阴疮**如虫咬痒痛者。生捣桃叶，绵裹纳之，日三四易。食疗本草。**足上病疮**桃叶捣，和苦酒傅之。肘后方。**鼻内生疮**桃叶嫩心杵烂塞之。无叶用枝。简便方。**身面癣疮**日午捣桃叶，取汁搽之。千金。**诸虫入耳**桃叶挼熟塞之。或捣汁滴之。或作枕，枕一夕自出。梅师方。

茎及白皮〔**修治**〕〔时珍曰〕树皮、根皮皆可，用根皮尤良。并取东行者，刮去粗皮，取白皮入药。〔**气味**〕**苦，平，无毒。**〔**主治**〕**除邪鬼中恶腹痛，去胃中热。**别录**治疰忤心腹痛，解蛊毒，辟疫疠，疗黄疸身目如金，杀诸疮虫。**时珍〔**附方**〕旧十五，新五。**天行疫疠**常以东行桃枝煎熬汤浴之，佳。类要。**黄疸如金**晴明时，清晨勿令鸡、犬、妇人见，取东引桃根细如箸、若钗股者一握，切细，以水一大升，煎一小升，空腹顿服。后三五日，其黄离离如薄云散开，百日方平复也。黄散后，可时时饮清酒一杯，则眼中易散，否则散迟。忌食热面、猪、鱼等物。此是徐之才家秘方也。类要**肺热喘急**集验：治肺热闷喘急，客热往来，欲死，不堪服药者。用桃皮、芫花各一升，以水四升，煮取一升五合。以故布纳汁中，取薄胸口[20]，温四肢，不盈数刻即止。图经。**喉痹塞痛**桃皮煮汁三升服。千金方。**心虚健忘**圣惠：令耳目聪明。用戊子日，取东引桃枝二七寸枕之。又方：五月五日日未出时，取东引桃枝刻作三寸木人，着衣领带中佩之。千金方。**卒得心痛**东引桃枝一把切，以酒一升，煎半升，顿服大效。肘后方。**鬼疰心痛**东引桃枝一握，去粗皮切，水二升，煎半升，频服。崔氏。**解中蛊毒**用东引桃白皮（烘干）、大戟、斑蝥（去足翅熬），三物等分为末。以冷水服半方寸匕，即出。不出更服。或因酒得以酒服，因食得以食服。必效方云：此乃李饶州法也。亦可以米泔丸服。苏颂图经。**卒得恶疮**人不识者。取桃皮作屑纳之。孙真人方。**卒患瘰疬**不痛者。取桃树白皮贴疮上，灸二七壮良。孙真人方。**热病口疮**成䘌。桃枝煎浓汁含之。下部有疮，纳入之。类要。**下部䘌疮**桃白皮煮取浓汁如稀饧，入熊胆少许，以绵蘸药纳入下部疮上。梅师。**五痔作痛**桃根，水煎汁浸洗之，当有虫出。**小儿湿癣**桃树青皮为末，和醋频傅之。子母秘录。**狂狗咬伤**桃白皮一握，水三升，煎一升服。梅师方。**水肿尿短**桃皮三斤去内外皮，秫米一斗，女曲一升，以水二斗煮桃皮，取汁一斗，以一半渍曲，一半渍秫饭，如常酿成酒。每服一合，日三次，以体中有热为候。小便多是病去。忌生冷、一切毒物。圣济总录。**妇人经闭**数年不通，面色萎黄，唇口青白，腹内成块，肚上筋起，腿胫或肿，桃根煎主之。用桃树根、牛蒡根、马鞭草根、牛膝、蓬蘽各一斤锉，以水三斗，煎一斗去滓，更以慢火煎如饧状收之。每以热酒调服一匙。圣惠。**牙疼颊肿**桃白皮、柳白皮、槐白皮等分，煎酒热漱。冷则吐之。圣惠方。**小儿白秃**桃皮五两煎汁，入白面沐之，并服。同上。

桃胶〔**修治**〕〔时珍曰〕桃茂盛时，以刀割树皮，久则胶溢出，采收，以桑灰汤浸过，曝干用。如服食，当依本方修炼。〔**气味**〕**苦，平，无毒。**〔**主治**〕**炼服，保中不饥，忍风寒。**别录**下石淋，破血，治中恶疰忤。**苏恭**主恶鬼邪气。**孟诜**和血益气，治下痢，止痛。**时珍〔**发明**〕〔颂曰〕本草言桃胶炼服，保中不饥。按仙方服胶法：取胶二十斤，绢袋盛，于栎木灰汁一石中，煮三五沸，取挂高处，候干再煮，如此三度，曝干研筛，蜜和丸梧子大，每空腹酒服二十丸。久服身轻不老。〔时珍曰〕按抱朴子云：桃胶以桑灰汁渍过服之，除百病，数月断谷，久则晦夜有光如月。又列仙传云：高丘公服桃胶得仙。古方以桃胶为仙药，而后人不复用之，岂其功亦未必如是之殊耶？〔**附方**〕旧二，新三。**虚热作渴**桃胶如弹丸大，含之佳。外台。**血淋作痛**桃木胶如枣大，夏以冷水三合，冬以汤三合，和服，日三服。当下石，石尽即止。古今录验。**血淋作痛**桃胶(炒)、木通、石膏各一钱，水一盏，煎七分，食后服。杨氏家藏方。**产后下痢**赤白，里急后重，㽲痛。用桃胶（焙干）、沉香、蒲黄（炒）各等分，为末。每服二钱，食前米饮下。妇人良方。**痘黡发搐**黑陷者。用桃胶煎汤饮之。或水熬成膏，酒化服之，大效。总微论。

桃符〔主治〕中恶，精魅邪气，水煮汁服之。孟诜〔**发明**〕〔时珍曰〕典术云：桃乃西方之木，五木之精，仙木也。味辛气恶，故能厌伏邪气，制百鬼。今人门上用桃符以此。玉烛宝典云：户上着桃板辟邪，取山海经神荼、郁垒居东海蟠桃树下[21]，主领众鬼之义。许慎云：羿死于桃棓。棓，杖也。故鬼畏桃，而今人用桃梗作杙橛以辟鬼也[22]。礼记云：王吊则巫祝以桃莂前引[23]，以辟不祥。莂者，桃枝作帚也。博物志云：桃根为印，可以召鬼。甄异传云：鬼但畏东南枝尔。据此诸说，则本草桃之枝、叶、根、核、桃枭、桃橛，皆辟鬼祟产忤，盖有由来矣。钱乙小儿方，疏取积热及结胸，用巴豆、硇、汞之药，以桃符煎汤下，亦是厌之之义也。

桃橛拾遗〔时珍曰〕橛音掘，即杙也。人多钉于地上，以镇家宅，三载者良。〔**主治**〕**卒心腹痛，鬼疰，破血，辟邪恶气胀满，煮汁服之，与桃符同功。**藏器〔**附方**〕新一。**风虫牙痛**门下桃橛烧取汁，少少纳孔中，以蜡固之。圣惠方。

桃寄生见木部。

桃蠹虫移入虫部。

栗 别录上品

【释名】〔时珍曰〕栗，说文作㮚，从卤（音条），象花实下垂之状也。梵书名笃迦。

【集解】〔别录曰〕栗生山阴，九月采。〔弘景曰〕今会稽诸暨栗，形大皮厚，不美；剡及始丰栗，皮薄而甜，乃佳。〔颂曰〕栗处处有之，而兖州、宣州者最胜。木高二三丈，叶极类栎。四月开花青黄色，长条似胡桃花。实有房猬，大者若拳，中子三五；小者若桃李，中子惟一二。将熟则罅拆子出[24]。栗类亦多。按陆玑诗疏云：栗，五方皆有之，周、秦、吴、杨特饶。惟濮阳及范阳栗甜美味长，他方者不及也。倭、韩国诸岛上栗大如鸡子，味短不美。桂阳有莘栗，丛生，实大如杏仁，皮、子形色与栗无异，但小耳。又有奥栗，皆与栗同，子圆而细，惟江湖有之，或云即莘也。莘音榛，诗云"树之莘栗"是矣。〔保昇曰〕板栗、锥栗二树皆大。茅栗似板栗而细如橡子，其树虽小，叶亦不殊，但春生复花、秋实冬枯为异耳。〔宗奭曰〕湖北一种旋栗，顶圆末尖，即棒栗，象棒子形也。栗欲干收，莫如曝之；欲生收，莫如润沙藏之，至夏初尚如新也。〔时珍曰〕栗但可种成，不可移栽。按事类合璧云：栗木高二三丈，苞生多刺如猬毛，每枝不下四五个苞，有青、黄、赤三色。中子或单或双，或三或四。其壳生黄熟紫，壳内有膜裹仁，九月霜降乃熟。其苞自裂而子坠者，乃可久藏，苞未裂者易腐也。其花作条，大如箸头，长四五寸，可以点灯。栗之大者为板栗，中心扁子为栗楔。稍小者为山栗。山栗之圆而末尖者为锥栗。圆小如橡子者为莘栗。小如指顶者为茅栗，即尔雅所谓栭栗也，一名栵栗[25]，可炒食之。刘恂岭表录异云：广中无栗。惟勤州山中有石栗[26]，一年方熟，圆如弹子，皮厚而味如胡桃。得非栗乃水果，不宜于炎方耶？

实〔气味〕咸，温，无毒。〔诜曰〕吴栗虽大味短，不如北栗。凡栗日中曝干食，即下气补益；不尔犹有木气，不补益也。火煨去汗，亦杀木气。生食则发气，蒸炒热食则壅气。凡患风水人不宜食，味咸生水也。〔恭曰〕栗作粉食，胜于菱、芡；但以饲孩儿，令齿不生。〔宗奭曰〕小儿不可多食。生则难化，熟则滞气，膈食生虫，往往致病。〔**主治**〕**益气，厚肠胃，补肾气，令人耐饥。**别录**生食，治腰脚不遂。**思邈**疗筋骨断碎，肿痛瘀血，生嚼涂之，有效。**苏恭

栗楔音屑。〔时珍曰〕一球三颗，其中扁者栗楔也。〔**主治**〕**筋骨风痛。**士良**活血尤效。**〔颂

曰〕今衡山合活血丹用之。**每日生食七枚，破冷痃癖。又生嚼，罯恶刺，出箭头，傅瘰疬肿毒痛。大明〔发明〕**〔思邈曰〕栗，肾之果也。肾病宜食之。〔弘景曰〕相传有人患腰脚弱，往栗树下食数升，便能起行。此是补肾之义，然应生啖。若服饵则宜蒸曝之。〔宗奭曰〕栗之补肾，为其味咸，又滞其气也。〔时珍曰〕栗于五果属水。水潦之年则栗不熟，类相应也。有人内寒，暴泄如注，令食煨栗二三十枚，顿愈。肾主大便，栗能通肾，于此可验。经验后方治肾虚腰脚无力，以袋盛生栗悬干，每旦吃十余颗，次吃猪肾粥助之，久必强健。盖风干之栗，胜于日曝，而火煨油炒，胜于煮蒸。仍须细嚼，连液吞咽，则有益。若顿食至饱，反致伤脾矣。按苏子由诗云[27]：老去自添腰脚病，山翁服栗旧传方。客来为说晨兴晚，三咽徐收白玉浆。此得食栗之诀也。王祯农书云：史记载秦饥，应侯请发五苑枣、栗。则本草栗厚肠胃、补肾气、令人耐饥之说，殆非虚语矣。**〔附方〕**旧三，新五。**小儿疳疮**生嚼栗子傅之。外台。**苇刺入肉**方同上。**马汗入肉**成疮者。方同上。胜金方。**马咬成疮**独颗栗子烧研傅之。医说。**熊虎爪伤**嚼栗傅之。肘后。**小儿口疮**大栗煮熟，日日与食之，甚效。普济。**衄血不止**宣州大栗七枚刺破，连皮烧存性，出火毒，入麝香少许研匀。每服二钱，温水下。圣济总录。**金刃斧伤**用独壳大栗研傅，或仓卒嚼傅亦可。集简方。

栗荴音孚。〔恭曰〕栗内薄皮也。**〔气味〕甘，平，涩，无毒〔主治〕捣散，和蜜涂面，令光急去皱文。**苏恭**〔附方〕**新二。**骨鲠在咽**栗子内薄皮烧存性，研末，吹入咽中即下。圣济总录：用栗子肉上皮半两为末，鲇鱼肝一个，乳香二钱半，同捣，丸梧子大。看鲠远近，以线系绵裹一丸，水润吞之，提线钓出也。

栗壳栗之黑壳也。〔气味〕同荴。〔主治〕**反胃消渴，煮汁饮之。**孟诜**煮汁饮，止泻血。**大明**〔附方〕**新一。**鼻衄不止**累医不效。栗壳烧存性，研末，粥饮服二钱。圣惠方。

毛球栗外刺包也。〔主治〕**煮汁，洗火丹毒肿。**苏恭

花〔主治〕瘰疬。吴瑞

树皮〔主治〕煮汁，洗沙虱、溪毒。苏恭**疗疮毒。**苏颂**治丹毒五色无常。剥皮有刺者，煎水洗之。**孟诜　出肘后方。

根〔主治〕偏肾气，酒煎服之。汪颖

天师栗　纲目

【集解】〔时珍曰〕按宋祁益州方物记云[28]：天师栗，惟西蜀青城山中有之，他处无有也。云张天师学道于此所遗，故名。似栗而味美，惟独房若橡为异耳。今武当山所卖娑罗子，恐即此物也。

【气味】甘，温，无毒。

【主治】久食，已风挛。时珍　出益州记。

枣　本经上品

【释名】〔时珍曰〕按陆佃埤雅云：大曰枣，小曰棘。棘，酸枣也。枣性高，故重朿；棘性低，故并朿。朿音次。枣、棘皆有刺针，会意也。

【集解】〔别录曰〕枣生河东平泽。〔弘景曰〕世传河东猗氏县枣特异。今青州出者形大而核细，多膏甚甜。郁州互市者亦好，小不及耳。江东临沂、金城枣形大而虚，少脂，好者亦可用之。南枣大恶，不堪啖。〔颂曰〕近北州郡皆出枣，惟青州之种特佳。晋州、绛州者虽大，而不及青州肉厚也。江南出者，坚燥少脂。今园圃种莳者，其种甚多。美者有水菱枣、御枣之类，皆不堪入药，盖肌肉轻虚故也。南郡人煮而曝干，皮薄而皱，味更甘于他枣，谓之天蒸枣，亦不入药。按郭璞注尔雅云：壶枣大而锐，壶犹瓠也。边，腰枣也，细腰，今谓之辘轳枣。桥，白枣

也，子白乃熟。洗，大枣也，出河东猗氏县，大如鸡卵。遵，羊枣也，实小紫黑，俗名羊矢枣。樲㉙，酸枣也，木小而实酢。还味，棯㉚枣也，其味短。蹶泄，苦枣也，其味苦。晰，无实枣也。〔宗奭曰〕大枣先青州，次晋州，皆可晒曝入药，益脾胃。余者止可充食用耳。青州人以枣去皮核，焙干为枣圈，以为奇果。有御枣，甘美轻脆，后众枣熟而易生虫，今人所谓扑落酥者是也。又有牙枣，先众枣熟，亦甘美，微酸而尖长。二枣皆可啖，不堪收曝。〔时珍曰〕枣木亦心有刺。四月生小叶，尖觥光泽。五月开小花，白色微青。南北皆有，惟青、晋所出者肥大甘美，入药为良。其类甚繁，尔雅所载之外，郭义恭广志有狗牙、鸡心、牛头、羊矢、猕猴、细腰、赤心、三星、骈白之名，又有木枣、氐枣、桂枣、夕枣、灌枣、墟枣、蒸枣、白枣、丹枣、棠枣，及安邑、信都诸枣。谷城紫枣长二寸，羊角枣长三寸。密云所出小枣，脆润核细，味亦甘美，皆可充果食，不堪入药。入药须用青州及晋地晒干大枣为良。按贾思勰齐民要术云：凡枣全赤时，日日撼而收曝，则红皱。若半赤收者，肉未充满，干即色黄而皮皱。将赤收者，味亦不佳。食经作干枣法：须治净地，铺菰箔之类承枣，日晒夜露，择去胖烂，曝干收之。切而晒干者为枣脯。煮熟榨出者为枣膏，亦曰枣瓤。蒸熟者为胶枣，加以糖、蜜拌蒸则更甜；以麻油叶同蒸，则色更润泽。捣胶枣晒干者为枣油，其法取红软干枣入釜，以水仅淹平，煮沸漉出，砂盆研细，生布绞取汁，涂盘上晒干，其形如油，以手摩刮为末收之。每以一匙，投汤碗中，酸甜味足，即成美浆，用和米麮，最止饥渴、益脾胃也。卢谌祭法云：春祀用枣油。即此。

生枣〔气味〕甘、辛，热，无毒。多食令人寒热。凡羸瘦者不可食。〔思邈曰〕多食令人热渴膨胀，动脏腑，损脾元，助湿热。

大枣〔释名〕干枣别录**美枣**别录**良枣**〔别录曰〕八月采，曝干。〔瑞曰〕此即晒干大枣也。味最良美，故宜入药。今人亦有用胶枣之肥大者。**〔气味〕甘，平，无毒。**〔思邈曰〕甘、辛，热，滑，无毒。〔杲曰〕温。〔大明曰〕有齿病、疳病、虫䘌人不宜啖枣，小儿尤不宜食。又忌与葱同食，令人五脏不和；与鱼同食，令人腰腹痛。〔时珍曰〕今人蒸枣多用糖、蜜拌过，久食最损脾、助湿热也。啖枣多，令人齿黄生䘌。故嵇康养生论云：齿处晋而黄，虱处头而黑。**〔主治〕心腹邪气，安中，养脾气，平胃气，通九窍，助十二经，补少气、少津液、身中不足，大惊四肢重，和百药。久服轻身延年。**本经〔宗奭曰〕煮取肉，和脾胃药甚佳。**补中益气，坚志强力，除烦闷，疗心下悬，除肠澼。久服不饥神仙。**别录**润心肺，止嗽，补五脏，治虚损，除肠胃癖气。和光粉烧，治疳痢。**大明**小儿患秋痢，与蛀枣食之良。**孟诜**杀乌头、附子、天雄毒。**之才**和阴阳，调荣卫，生津液。**李杲**〔发明〕**〔弘景曰〕道家方药，以枣为佳饵。其皮利，肉补虚，所以合汤皆擘之也。〔杲曰〕大枣气味俱厚，阳也。温以补不足，甘以缓阴血。〔成无己曰〕邪在荣卫者，辛甘以解之。故用姜、枣以和荣卫，生发脾胃升腾之气。张仲景治奔豚，用大枣滋脾土以平肾气也。治水饮胁痛有十枣汤，益土而胜水也。〔震亨曰〕枣属土而有火，味甘性缓。甘先入脾，补脾者未尝用甘。故今人食甘多者，脾必受病也。〔时珍曰〕素问言枣为脾之果，脾病宜食之。谓治病和药，枣为脾经血分药也。若无故频食，则生虫损齿，贻害多矣。按王好古云：中满者勿食甘，甘令人满。故张仲景建中汤心下痞者，减饧、枣，与甘草同例，此得用枣之方矣。又按许叔微本事方云：一妇病脏燥悲泣不止，祈祷备至。予忆古方治此证用大枣汤遂治，与服尽剂而愈。古人识病治方，妙绝如此。又陈自明妇人良方云：程虎卿内人妊娠四五个月，遇昼则惨戚悲伤，泪下数欠，如有所凭，医巫兼治皆无益。管伯周说：先人曾语此，治须大枣汤乃愈。虎卿借方治药，一投而愈。方见下条。又摘玄方治此证，用红枣烧存性，酒服三钱，亦大枣汤变法也。**〔附方〕**旧七，新十二。**调和胃气**以干枣去核，缓火逼燥为末。量多少入少生姜末，白汤点服。调和胃气甚良。衍义。**反胃吐食**大枣一枚去核，用斑蝥一枚去头翅，入在内，煨熟去蝥，空心食之，白汤下良。**小肠气痛**大枣一枚去核，用斑蝥一枚去头、足、翅，入枣内，纸包煨熟，去蝥食枣，以桂心、毕澄茄汤下。直指。**伤寒热病**后，口干咽痛，喜唾。大枣二十枚，乌梅十枚，捣入蜜丸。含如杏核大，咽汁甚效。千金方。**妇人脏燥**悲伤欲哭，象若神灵，数欠者，大枣汤主之。大枣十枚，小麦一升，甘草二两，每服一两，水煎服之。亦补脾气。金匮。**妊娠腹痛**大红枣十四枚，烧焦为末，以小便服之。梅师。**大便燥塞**大枣一枚去核，入轻粉半钱缚定，煨熟食之，仍以枣汤送下。直指。**咒枣治疟**执枣一枚，咒曰：吾有枣一枚，一心归大道。优他或优降，或劈火烧之。念七遍，吹枣上，与病人食之，即愈。岣嵝神书。**烦闷不眠**大枣十四枚，葱白七茎，水三升，煮一升，顿服。千金。**上气咳嗽**治伤中筋脉急，上气咳嗽者。用枣二十枚去核，以酥四两微火煎，入枣肉中泣尽酥，取收之。常含一枚，微微咽之取瘥。圣惠方。**肺疽吐血**因啖辛辣、热物致伤者。用红枣连核烧存性，百药煎煅过，等分为末。每服二钱，米饮下。三因。**耳聋鼻塞**不闻音声、香臭者。取大枣十五枚去皮核，蓖麻子三百枚去皮，和捣。绵裹塞耳、鼻，日一度。三十余日，闻声及香臭也。先治耳，后治鼻，不可并塞。孟诜食疗。**久服香身**用大枣肉和桂心、白瓜仁、松树皮为丸，久服之。食疗本草。**走马牙疳**新枣肉一枚，同黄檗烧焦为末，油和傅之。若加砒少许更妙。王氏博济。**诸疮久坏**不愈者。枣膏三升，煎水频洗，取愈。千金。**痔疮疼痛**大肥枣一枚剥去皮，取水银掌中，以唾研令极熟，傅枣瓤上，纳入下部良。外台。**下部虫痒**蒸大枣取膏，以水银和捻，长三寸，以绵裹，夜纳下部中，明日虫皆出也。肘后。**卒急心疼**海上方诀云：一个乌梅二个枣，七枚杏仁一处捣。男酒女醋送下之，不害心疼直到老。**食椒闭气**京枣食之即解也。百一选方。

三岁陈枣核中仁〔气味〕**燔之，苦，平，无毒**。〔主治〕**腹痛邪气**。别录**恶气卒疰忤**。孟诜**核烧研，掺胫疮良**。时珍〔发明〕〔时珍曰〕按刘根别传云：道士陈孜如痴人，江夏袁仲阳敬事之。孜曰：今春当有疾，可服枣核中仁二十七枚。后果大病，服之而愈。又云：常服枣仁，百邪不复干也。仲阳服之有效，则枣果有治邪之说矣。又道书云：常含枣核治气，令口行津液，咽之佳。谢承后汉书亦云：孟节能含枣核，不食可至十年也。此皆藉枣以生津受气，而咽之又能达黄宫，以交离坎之义耳。

叶〔气味〕**甘，温，微毒**。〔别录曰〕散服使人瘦，久则呕吐。〔主治〕**覆麻黄，能令出汗**。本经**和葛粉，揩热痱疮，良**。别录**治小儿壮热，煎汤浴之**。大明〔附方〕新二。**小儿伤寒**五日已后热不退。用枣叶半握，麻黄半两，葱白、豆豉各一合，童子小便二钟，煎一钟，分二服，取汗。总录。**反胃呕哕**干枣叶一两，藿香半两，丁香二钱半，每服二钱，姜三片，水一盏煎服。圣惠方。

木心〔气味〕**甘，涩，温，有小毒**。〔主治〕**中蛊腹痛，面目青黄，淋露骨立。锉取一斛，水淹三寸，煮至二斗澄清，煎五升。旦服五合，取吐即愈。又煎红水服之，能通经脉**。时珍　出小品方。

根〔主治〕**小儿赤丹从脚趺起**[31]**，煎汤频浴之**。时珍　出千金。〔附方〕旧一。**令发易长**取东行枣根三尺，横安甑上蒸之，两头汗出，收取傅发，即易长。圣惠方。

皮〔主治〕**同老桑树皮，并取北向者，等分，烧研。每用一合，井水煎，澄取清，洗目。一月三洗，昏者复明。忌荤、酒、房事**。时珍

仲思枣　宋开宝

【释名】仙枣〔志曰〕北齐时有仙人仲思得此枣种之，因以为名。

【集解】〔志曰〕仲思枣形如大枣，长一二寸，正紫色，细文小核，味甘。今亦少有。〔时珍曰〕按杜宝大业拾遗记云：隋时信都郡献仲思枣，长四寸，围五寸，肉肥核小有味，胜于青州

枣，亦名仙枣。观此，则广志之西王母枣、谷城紫枣，皆此类也。

【气味】甘，温，无毒。

【主治】补虚益气，润五脏，去痰嗽冷气。久服令人肥健，好颜色，神仙不饥。开宝

苦枣 食性

【释名】蹶泄尔雅　名义未详。

【集解】〔士良曰〕苦枣处处有之。色青而小，味苦不堪，人多不食。

实【气味】苦，大寒，无毒。

【主治】伤寒热伏在脏腑，狂荡烦满，大小便闭涩。取肉煮研，和蜜丸服。士良

---

①踒（wō，音窝）。

②面泽，面部润泽。

③靧（huì，音会），洗脸。

④痁疾，疟疾病之一种。

⑤钁斸（jué zhú，音掘竹），用火锄挖掘。

⑥喑，哑。盲，瞎。挛，痉挛。跛，瘸。

⑦然，燃。

⑧眦睚（zìyā，音自压），怒目瞪眼。

⑨先众木而花，花开较其他树木为先。

⑩齼（chǔ，音楚），牙酸痛。

⑪落英，落花。

⑫桹（láng，音郎），同榔。

⑬均州，均县，湖北省西北部。

⑭劙（lí，音离），割。

⑮榹（sī，音思）桃，山桃。

⑯瀹（yuè，音月），煮。

⑰畜，通蓄。畜血，瘀血。

⑱卵㿗，阴囊肿大。

⑲箦（zé，音责），竹席。

⑳薄，附着。

㉑郁垒，传说中能服恶鬼的神。

㉒杙（yì，音义），小木桩。

㉓茢（liè，音列），苕帚。

㉔罅（xià，音下），裂开。

㉕栵（lì，音力），木名。

㉖勤州，在今广东阳春县。

㉗苏子由，北宋文学家苏辙。

㉘宋祁，北宋文学家、史学家。

㉙樲（èr，音二），酸枣。

㉚棯（niǎn，音捻），枣树之一种。

㉛脚趺，足背。

本草纲目果部目录第三十卷

果之二 山果类三十四种

钩栗拾遗

橡实唐本（即栎子）

槲实唐本（即槲若）

右附方旧五十五，新一百七十四。

本草纲目果部第三十卷

果之二　山果类三十四种

梨　别录下品

【释名】快果　果宗　玉乳　蜜父〔震亨曰〕梨者，利也。其性下行流利也。〔弘景曰〕梨种殊多，并皆冷利，多食损人，故俗人谓之快果，不入药用。

【集解】〔颂曰〕梨处处皆有，而种类殊别。医方相承，用乳梨、鹅梨。乳梨出宣城，皮厚而肉实，其味极长。鹅梨河之南北州郡皆有之，皮薄而浆多，味差短，其香则过之。其余水梨、消梨、紫糜梨、赤梨、青梨、茅梨、甘棠梨、御儿梨之类甚多，俱不入药也。一种桑梨，惟堪蜜煮食之，止口干，生食不益人，冷中。又有紫花梨，疗心热。唐武宗有此疾，百药不效。青城山邢道人以此梨绞汁进之，帝疾遂愈。复求之，不可得。常山郡忽有一株，因缄封以进。帝多食之，解烦燥殊效。岁久木枯，不复有种，今人不得而用之矣。〔时珍曰〕梨树高二三丈，尖叶光腻有细齿，二月开白花如雪六出。上巳无风则结实必佳①。故古语云：上巳有风梨有蠹，中秋无月蚌无胎。贾思勰言梨核每颗有十余子，种之惟一二子生梨，余皆生杜，此亦一异也。杜即棠梨也。梨品甚多，必须棠梨、桑树接过者，则结子早而佳。梨有青、黄、红、紫四色。乳梨即雪梨，鹅梨即绵梨，消梨即香水梨也。俱为上品，可以治病。御儿梨即玉乳梨之讹。或云御儿一作语儿，地名也，在苏州嘉兴县，见汉书注。其他青皮、早谷、半斤、沙糜诸梨，皆粗涩不堪，止可蒸煮及切烘为脯尔。一种醋梨，易水煮熟，则甜美不损人也。昔人言梨，皆以常山真定、山阳巨野、梁国睢阳、齐国临淄、巨鹿、弘农、京兆、邺都、洛阳为称。盖好梨多产于北土，南方惟宣城者为胜。故司马迁史记云：淮北、荥南、河济之间，千株梨其人与千户侯等也。又魏文帝诏云：真定御梨大如拳，甘如蜜，脆如菱，可以解烦释悁②。辛氏三秦记云：含消梨大如五升器，坠地则破，须以囊承取之。汉武帝尝种于上苑。此又梨之奇品也。物类相感志言：梨与萝卜相间收藏，或削梨蒂插于萝卜上藏之，皆可经年不烂。今北人每于树上包裹，过冬乃摘，亦妙。

实〔气味〕甘、微酸，寒，无毒。多食令人寒中萎困。金疮、乳妇、血虚者，尤不可食。〔志曰〕别本云：梨：甘寒，多食成冷痢。桑梨：生食冷中，不益人。**〔主治〕热嗽，止渴。切片贴汤火伤，止痛不烂。**　苏恭**治客热，中风不语，治伤寒热发，解丹石热气、惊邪，利大小便。**开宝**除贼风，止心烦气喘热狂。作浆，吐风痰。**大明**卒暗风不语者，生捣汁频服。胸中痞塞热结者，宜多食之。**孟诜**润肺凉心，消痰降火，解疮毒、酒毒。**时珍**〔发明〕**〔宗奭曰〕梨多食动脾，少则不及病，用梨者当斟酌之。惟病酒烦渴人食之甚佳，终不能却疾。〔慎微曰〕孙光宪北梦琐言云：有一朝士见奉御梁新诊之，曰：风疾已深，请速归去。复见鄜州马医赵鄂诊之，言与梁同，但请多吃消梨，咀龁不及，绞汁而饮。到家旬日，唯吃消梨顿爽也。〔时珍曰〕别录著梨，止言其害，不著其功。陶隐居言梨不入药。盖古人论病多主风寒，用药皆是桂、附，故不知梨有治风热、润肺凉心、消痰降火、解毒之功也。今人痰病、火病，十居六七。梨之有益，盖不为少，但不宜过食尔。按类编云：一士人状若有疾，厌厌无聊，往谒杨吉老诊之。杨曰：君热证已极，气血消铄，此去三年，当以疽死。士人不乐而去。闻茅山有道士医术通神，而不欲自鸣。乃衣仆衣，诣山拜之，愿执薪水之役。道士留置弟子中。久之以实白道士。道士诊之，笑曰：汝便下山，但日日吃好梨一颗。如生梨已尽，则取干者泡汤，食滓饮汁，疾自当平。士人如其戒，经一岁复见吉老。见其颜貌腴泽，脉息和平，惊曰：君必遇异人，不然岂有痊理？士人备告吉老。吉老具衣冠望茅山设拜，自咎其学之未至。此与琐言之说仿佛。观夫二条，则梨之功岂小补哉？然惟乳梨、鹅梨、消梨可食，余梨则亦不能去病也。**〔附方〕**旧八，新四。**消渴饮水**用香水梨、或鹅梨、或江南雪梨皆可，取汁以蜜汤熬成瓶收。无时以热水或冷水调服，愈乃止。普济方。**卒得咳嗽**〔颂曰〕崔元亮海上方：用好梨去核，捣汁一碗，入椒四十粒，煎一沸去滓，纳黑饧一大两，消讫，细细含咽立定。〔诜曰〕用梨一颗，刺五十孔，每孔纳椒一粒，面裹灰火煨热，停冷去椒食之。又方：去核纳酥、蜜，面裹烧熟，冷食。又方：切片，酥煎食之。又方：捣汁一升，入酥、蜜各一两，地黄汁一升，煎成含咽。凡治嗽须喘急定时冷食之。若热食反伤肺，令嗽更剧，不可救也。若反，可作羊肉汤饼饱食之，便卧少时，即佳。**痰喘气急**梨剜空，纳小黑豆令满，留盖合住系定，糠火煨熟，捣作饼。每日食之，至效。摘玄。**暗风失音**生梨捣汁一盏饮之，日再服。食疗本草。**小儿风热**昏懵躁闷，不能食。用消梨三枚切破，以水二升，煮取汁一升，入粳米一合，煮粥食之。圣惠方。**赤目胬肉**日夜痛者。取好梨一颗捣绞汁，以绵裹黄连片一钱浸汁，仰卧点之。图经。**赤眼肿痛**鹅梨一枚捣汁，黄连末半两，腻粉一字，和匀绵裹浸梨汁中，日日点之。圣惠。**反胃转食**药物不下。用大雪梨一个，以丁香十五粒刺入梨内，湿纸包四五重，煨熟食之。总录。

花〔主治〕去面黑粉滓。时珍　方见李花下。

叶〔主治〕霍乱吐利不止，煮汁服。作煎，治风。苏恭**治小儿寒疝。**苏颂**捣汁服，解中菌毒。**吴瑞**〔附方〕**旧三，新一。**小儿寒疝**腹痛大汗出。用梨叶浓煎七合，分作数服，饮之大良。此徐王经验方也。图经本草。**中水毒病**初起头痛恶寒，拘急心烦。用梨叶一把捣烂，以酒一盏搅饮。箧中方。**蠼螋尿疮出黄水。**用梨叶汁涂之。干即易。箧中方。**食梨过伤**梨叶煎汁解之。黄记。

木皮〔主治〕解伤寒时气。时珍**〔附方〕**新四。**伤寒温疫**已发未发。用梨木皮、大甘草各一两，黄秫谷一合，为末，锅底煤一钱。每服三钱，白汤下，日二服，取愈。此蔡医博方也。黎居士简易方。**霍乱吐利**梨枝煮汁饮。圣惠。**气积郁冒**人有气从脐左右起上冲，胸满气促，郁冒厥者。用梨木灰、伏出鸡卵壳中白皮、紫苑、麻黄去节，等分为末，糊丸梧子大。每服十丸，酒下。亦可为末服方寸匕，或煮汤服。总录。**结气咳逆**三十年者服之亦瘥。方同上。

鹿梨　图经　　〔校正〕原附梨下，今分出。

【释名】鼠梨诗疏**山梨**毛诗**杨檖**尔雅**罗**〔时珍曰〕尔雅云：檖，罗也。其木有纹如罗，故名。诗云：隰有树檖。毛苌注云："檖一名赤罗"。一名山梨，一名树梨。今人谓之杨檖。陆玑诗疏云：檖即鹿梨也，一名鼠梨。

【集解】〔颂曰〕江宁府信州一种小梨名鹿梨，叶如茶根如小拇指，彼人取皮治疮，八月采之。近处亦有，但采实作干，不知入药也。〔时珍曰〕山梨，野梨也，处处有之。梨大如杏，可食。其木文细密[3]，赤者文急，白者文缓。按陆玑云：鹿梨，齐郡尧山、鲁国、河内皆有，人亦种之。实似梨而酢，亦有美脆者。

实〔气味〕酸，涩，寒，无毒。〔主治〕煨食治痢。苏颂

根皮〔气味〕同实。**〔主治〕疮疥，煎汁洗之。**苏颂**〔附方〕**新二。**一切疮**鹿梨散：用鹿梨根、蛇床子各半斤，真剪草四两，硫黄三钱，轻粉一钱，为末，麻油调傅之。小儿，涂于绢衣上着之，七日不解，自愈。仁存方。**一切癣**鹿梨根刮皮捣烂，醋和麻布包擦之。干者为末，以水和捣。唐瑶经验方。

棠梨 纲目

【释名】甘棠〔时珍曰〕尔雅云：杜，甘棠也。赤者杜，白者棠。或云：牝曰杜，牡曰棠。或云：涩者杜，甘者棠。杜者涩也，棠者糖也。三说俱通，末说近是。

【集解】〔时珍曰〕棠梨，野梨也。处处山林有之。树似梨而小。叶似苍术叶，亦有团者，三叉者，叶边皆有锯齿，色颇黪白[4]。二月开白花，结实如小楝子大，霜后可食。其树接梨甚嘉。有甘、酢，赤、白二种。按陆玑诗疏云：白棠，甘棠也，子多酸美而滑。赤棠子涩而酢，木理亦赤，可作弓材。救荒本草云：其叶味微苦，嫩时炸熟，水浸淘净，油、盐调食，或蒸晒代茶。其花亦可炸食，或晒干磨面作烧饼食以济饥。又杨慎丹铅录言：尹伯奇采楟花以济饥[5]。注者言楟即山梨，乃今棠梨也。未知是否？

实〔气味〕酸、甘，涩，寒，无毒。〔主治〕烧食，止滑痢。时珍

枝叶〔气味〕同实。**〔主治〕霍乱吐泻不止，转筋腹痛，取一握，同木瓜二两煎汁，细呷之。**时珍　圣惠方。**〔附方〕**新一。**反胃吐食**棠梨叶油炒去刺，为末，每旦酒服一钱。山居四要。

海红 纲目

【释名】海棠梨〔时珍曰〕按李德裕草木记云[6]：凡花木名海者，皆从海外来，如海棠之类是也。又李白诗注云：海红乃花名，出新罗国甚多。则海棠之自海外有据矣。

【集解】〔时珍曰〕饮膳正要果类有海红，不知出处，此即海棠梨之实也。状如木瓜而小，二月开红花，实至八月乃熟。郑樵通志云[7]：海棠子名海红，即尔雅赤棠也。沈立海棠记云：棠有甘棠、沙棠、棠梨，皆非海棠也。海棠盛于蜀中。其出江南者名南海棠，大抵相类，而花差小。棠性多类梨。其核生者长慢，十数年乃花。以枝接梨及木瓜者易茂。其根色黄而盘劲。其木坚而多节，外白中赤。其枝叶密而条畅。其叶类杜，大者缥绿色，小者浅紫色。二月开花五出，初如胭脂点点然，开则渐成缬晕[8]，落则有若宿妆淡粉。其蒂长寸余，淡紫色，或三萼、五萼成丛。其蕊如金粟，中有紫须。其实状如梨，大如樱桃，至秋可食，味甘酸。大抵海棠花以紫绵色者为正，余皆棠梨耳。海棠花不香，惟蜀之嘉州者有香而木大。有黄海棠，花黄。贴干海棠，花小而鲜。垂丝海棠，花粉红向下。皆无子，非真海棠也。

子【气味】酸、甘，平，无毒。

【主治】泄痢 时珍　出正要。

木瓜 别录中品

【释名】楙音茂。〔时珍曰〕按尔雅云：楙，木瓜。郭璞注云：木实如小瓜，酢而可食。则木瓜之名，取此义也。或云：木瓜味酸，得木之正气故名。亦通。楙从林、矛，谐声也。

【集解】〔弘景曰〕木瓜，山阴兰亭尤多，彼人以为良果。又有榠楂，大而黄。有楂子，小而涩。礼云：楂、梨钻之。古亦以楂为果，今则不也。〔保升曰〕其树枝状如柰，花作房生子，形似栝楼，火干甚香。楂子似梨而酢，江外常为果食。〔颂曰〕木瓜处处有之，而宣城者为佳。木状如柰。春末开花，深红色。其实大者如瓜，小者如拳，上黄似着粉。宣人种莳尤谨，遍满山谷。始实成则镞纸花粘于上，夜露日烘，渐变红，花文如生。本州以充土贡，故有宣城花木瓜之

称。榠楂酷类木瓜，但看蒂间别有重蒂如乳者为木瓜，无者为榠楂也。〔敩曰〕真木瓜皮薄，色赤黄，香而甘酸不涩，其向里子头尖，一面方，食之益人。有和圆子，色微黄，蒂粗，其子小圆，味涩微咸，能伤人气。有蔓子，颗小，味绝涩，不堪用。有土伏子，味绝苦涩不堪，子如大样油麻，饵之令人目涩、多赤筋痛也。〔宗奭曰〕西洛大木瓜，其味和美，至熟止青白色，入药绝有功，胜宣州者，味淡。〔时珍曰〕木瓜可种可接，可以枝压。其叶光而厚，其实如小瓜而有鼻。津润味不木者为木瓜。圆小于木瓜，味木而酢涩者为木桃。似木瓜而无鼻，大于木桃，味涩者为木李，亦曰木梨，即榠楂及和圆子也。鼻乃花脱处，非脐蒂也。木瓜性脆，可蜜渍之为果。去子蒸烂，捣泥入蜜与姜作煎，冬月饮尤佳。木桃、木李性坚，可蜜煎及作糕食之。木瓜烧灰散池中，可以毒鱼，说出淮南万毕术。又广志云：木瓜枝，一尺有百二十节，可为杖。

实〔**修治**〕〔敩曰〕凡使木瓜，勿犯铁器，以铜刀削去硬皮并子，切片晒干，以黄牛乳汁拌蒸，从巳至未，待如膏煎，乃晒用也。〔时珍曰〕今人但切片晒干入药尔。按大明会典：宣州岁贡乌烂虫蛀木瓜入御药局。亦取其陈久无木气，如栗子去木气之义尔。〔**气味**〕**酸，温，无毒**。〔思邈曰〕酸、咸，温，涩。〔诜曰〕不可多食，损齿及骨。〔**主治**〕**湿痹邪气，霍乱大吐下，转筋不止**。别录**治脚气冲心，取嫩者一颗，去子煎服佳。强筋骨，下冷气，止呕逆，心膈痰唾，消食，止水利后渴不止，作饮服之**。藏器**止吐泻奔豚，及水肿冷热痢，心腹痛**。大明**调营卫，助谷气**。雷敩**去湿和胃，滋脾益肺，治腹胀善噫，心下烦痞**。好古〔**发明**〕〔杲曰〕木瓜入手、足太阴血分，气脱能收，气滞能和。〔弘景曰〕木瓜最疗转筋。如转筋时，但呼其名及书上作木瓜字皆愈，此理亦不可解。俗人拄木瓜杖，云利筋胫也。〔宗奭曰〕木瓜得木之正，酸能入肝，故益筋与血。病腰肾脚膝无力，皆不可缺也。人以铅霜或胡粉涂之，则失酢味，且无渣，盖受金之制也。〔时珍曰〕木瓜所主霍乱吐利转筋脚气，皆脾胃病，非肝病也。肝虽主筋，而转筋则由湿热、寒湿之邪袭伤脾胃所致，故筋转必起于足腓。腓及宗筋皆属阳明。木瓜治转筋，非益筋也，理脾而伐肝也。土病则金衰而木盛，故用酸温以收脾肺之耗散，而借其走筋以平肝邪，乃土中泻木以助金也。木平则土得令而金受荫矣。素问云：酸走筋，筋病无多食酸。孟诜云：多食木瓜，损齿及骨。皆伐肝之明验，而木瓜入手、足太阴为脾、肺药，非肝药，益可征矣。又针经云：多食酸，令人癃。酸入于胃，其气涩以收，上之两焦，不能出入，流入胃中，下去膀胱，胞薄以软，得酸则缩卷，约而不通，故水道不利而癃涩也。罗天益宝鉴云：太保刘仲海日食蜜煎木瓜三五枚，同伴数人皆病淋疾，以问天益。天益曰：此食酸所致也，但夺食则已。阴之所生，本在五味；阴之所营，伤在五味。五味太过，皆能伤人，不独酸也。又陆佃埤雅云：俗言梨百损一益，楙百益一损。故诗云，投我以木瓜，取其有益也。〔**附方**〕旧二，新十。**项强筋急**不可转侧，肝、肾二脏受风也。用宣州木瓜二个取盖去瓤，没药二两，乳香二钱半，二味入木瓜内缚定，饭上蒸三四次，烂研成膏。每用三钱，入生地黄汁半盏，无灰酒二盏，暖化温服。许叔微云：有人患此，自午后发，黄昏时定。予谓此必先从足起。足少阴之筋自足至项。筋者肝之合。今日中至黄昏，阳中之阴，肺也。自离至兑⑨，阴旺阳弱之时。故灵宝毕法云：离至乾，肾气绝而肝气弱。肝、肾二脏受邪，故发于此时。予授此及都梁丸服之而愈。本事方。**脚气肿急**用木瓜切片，囊盛踏之。广德顾安中，患脚气筋急腿肿。因附舟以足阁一袋上，渐觉不痛。乃问舟子：袋中何物？曰：宣州木瓜也。及归，制木瓜袋用之，顿愈。名医录。**脚筋挛痛**用木瓜数枚，以酒、水各半，煮烂捣膏，乘热贴于痛处，以帛裹之。冷即换，日三五度。食疗本草。**脐下绞痛**木瓜三片，桑叶七片，大枣三枚，水三升，煮半升，顿服即愈。食疗。**小儿洞痢**木瓜捣汁服之。千金方。**霍乱转筋**木瓜一两，酒一升，煎服。不饮酒者，煎汤服。仍煎汤浸青布裹其足。圣惠。**霍乱腹痛**木瓜五钱，桑叶三片，枣肉一枚，水煎服。圣惠方。**四蒸木瓜圆**治肝、肾、脾三经气虚，为风寒暑湿相搏，流注经络。凡遇六气更变，七情不和，必至发动，或肿满，或顽痹，憎寒壮热，呕吐自汗，霍乱吐利。用宣州大木瓜四个，切盖剜空听用。一个入黄芪、续断末各半两于内，一个入苍术、橘皮末各半两于内，一个入乌药、黄松节末各半两于内（黄松节即茯神中心木也），一个入威灵仙、苦葶苈末各半两于内。以原盖簪定，用酒浸透，入甑内蒸熟晒，三浸、三蒸、三晒，捣末，以榆皮末、水和糊，丸如梧子大。每服五十丸，温酒、盐汤任下。御药院方。**肾脏虚冷**气攻腹胁，胀满疼痛。用大木瓜三十枚，去皮、核，剜空，以甘菊花末、青盐末各一斤填满，置笼内蒸熟，捣成膏，入新艾茸二斤搜和，丸如梧子大。每米饮下三十丸，日二。圣济总录。**发槁不泽**木瓜浸油梳头。圣惠方。**反花痔疮**木瓜为末，以鳝鱼身上涎调，贴之，以纸护住。医林集要。**辟除壁虱**以木瓜切片，铺于席下。臞仙神隐。

木瓜核〔主治〕**霍乱烦躁气急，每嚼七粒，温水咽之。**时珍　出圣惠。

枝　叶　皮　根　〔气味〕**并酸，涩，温，无毒。**〔主治〕**煮汁饮，并止霍乱吐下转筋，疗脚气。**别录**枝作杖，利筋脉。根、叶煮汤淋足胫，可以已蹶**[⑩]**。木材作桶濯足，甚益人。**苏颂**枝、叶煮汁饮，治热痢。**时珍出千金。

花〔主治〕**面黑粉滓。**方见李花。

楂子　音渣。食疗　〔校正〕原附木瓜下，今分出。

【释名】木桃埤雅**和圆子**〔时珍曰〕木瓜酸香而性脆。木桃酢涩而多渣，故谓之楂，雷公炮炙论和圆子即此也。

【集解】〔藏器曰〕楂子生中都，似榲桲而小，江外常为果食，北土无之。〔颂曰〕处处有之，孟州特多[⑪]。〔弘景曰〕礼云：楂梨钻之。谓钻去核也。郑玄不识，以为梨之不臧者。郭璞以为似梨而酢涩。古以为果，今不入例矣。〔时珍曰〕楂子乃木瓜之酢涩者，小于木瓜，色微黄，蒂、核皆粗，核中之子小圆也。按王祯农书云：楂似小梨，西川、唐、邓间多种之。味劣于梨与木瓜，而入蜜煮汤，则香美过之。庄子云：楂、梨、橘、柚皆可于口。淮南子云：树楂、梨、橘，食之则美，嗅之则香。皆指此也。

【气味】酸，涩，平，无毒。〔诜曰〕多食伤气，损齿及筋。

【主治】断痢。弘景**去恶心咽酸，止酒痰黄水。**藏器**煮汁饮，治霍乱转筋，功与木瓜相近。**孟诜

榠楂　音冥渣。宋图经　〔校正〕原附木瓜下，今分出。

【释名】蛮楂通志**瘙楂**拾遗**木李**诗经**木梨**埤雅〔时珍曰〕木李生于吴越，故郑樵通志谓之蛮楂。云俗呼为木梨，则榠楂盖蛮楂之讹也。

【集解】〔颂曰〕榠楂木、叶、花、实酷类木瓜，但比木瓜大而黄色。辨之惟看蒂间别有重蒂如乳者为木瓜，无此则榠楂也。可以进酒去痰。道家生压取汁，和甘松、玄参末作湿香，云甚爽神也。〔诜曰〕榠楂气辛香，致衣箱中杀蠹虫。〔时珍曰〕榠楂乃木瓜之大而黄色无重蒂者也。楂子乃木瓜之短小而味酢涩者也。榲桲则楂类之生于北土者也。三物与木瓜皆是一类各种，故其形状功用不甚相远，但木瓜得木之正气为可贵耳。

【气味】酸，平，无毒。

【主治】解酒去痰。弘景**食之去恶心，止心中酸水。**藏器**煨食，止痢。浸油梳头，治发白、发赤。**大明**煮汁服，治霍乱转筋。**吴瑞

榲桲　音温孛。宋开宝

【释名】〔时珍曰〕榲桲性温而气馞，故名。馞（音孛），香气也。

【集解】〔志曰〕榲桲生北土，似楂子而小。〔颂曰〕今关陕有之，沙苑出者更佳。其实大抵

类楂，但肤慢而多毛，味尤甘。其气芬馥，置衣笥中亦香。〔藏器曰〕树如林檎，花白绿色。〔宗奭曰〕食之须净去浮毛，不尔损人肺。花白色，亦香。最多生虫，少有不蛀者。〔时珍曰〕榲桲盖榠樝之类生于北土者，故其形状功用皆相仿佛。李珣南海药录言：关中谓林檎为榲桲。按述征记云：林檎佳美。榲桲微大而状丑有毛，其味香，关辅乃有，江南甚希。观此则林檎、榲桲，盖相似而二物也。李氏误矣。

【气味】酸、甘，微温，无毒。〔士良曰〕发毒热，秘大小肠，聚胸中痰，壅涩血脉，不宜多食。〔瑞曰〕同车螯食，发疝气。

【主治】温中，下气消食，除心间酸水，去臭，辟衣鱼[12]。开宝**去胸膈积食，止渴除烦。将卧时，啖一、两枚，生、熟皆宜。**苏颂〔宗奭曰〕卧时啖此太多，亦痞塞胃脘也。**主水泻肠虚烦热，散酒气，并宜生食。**李珣

木皮〔主治〕捣末，傅疮。苏颂

山楂　音渣。唐本草　**〔校正〕**唐本草木部赤爪木，宋图经外类棠梂子，丹溪补遗山查，皆一物也。今并于一，但以山楂标题。

【释名】赤爪子侧巧切。唐本**鼠楂**唐本**猴楂**危氏**茅楂**日用**朹子**音求。**檕梅**音计。并尔雅**羊梂**唐本**棠梂子**图经**山里果**食鉴〔时珍曰〕山楂味似楂子，故亦名楂。世俗皆作查字，误矣。查（音槎）乃水中浮木，与楂何关？郭璞注尔雅云：朹（音求）树如梅。其子大如指头，赤色似小柰，可食。此即山楂也，世俗作梂字亦误矣。梂乃栎实，于朹何关？楂、朹之名，见于尔雅。自晋、宋以来，不知其原，但用查、梂耳。此物生于山原茅林中，猴、鼠喜食之，故又有诸名也。唐本草赤爪木当作赤枣，盖枣、爪音讹也，楂状似赤枣故尔。范成大虞衡志有赤枣子[13]。王璆百一选方云：山里红果，俗名酸枣，又名鼻涕团。正合此义矣。

【集解】〔恭曰〕赤爪木，赤楂也。出山南、申、安、随诸州。小树高五六尺，叶似香葇。子似虎掌，大如小林檎，赤色。〔藏器曰〕赤爪草，即鼠楂梂也。生高原。梂似小楂而赤，人食之。〔颂曰〕棠梂子生滁州。三月开白花，随便结实，采无时。彼人用治下痢及腰疼有效。他处亦有，不入药用。〔时珍曰〕赤爪、棠梂、山楂，一物也。古方罕用，故唐本虽有赤爪，后人不知即此也。自丹溪朱氏始著山楂之功，而后遂为要药。其类有二种，皆生山中。一种小者，山人呼为棠朹子、茅楂、猴楂，可入药用。树高数尺，叶有五尖，桠间有刺。三月开五出小白花。实有赤、黄二色，肥者如小林檎，小者如指头，九月乃熟，小儿采而卖之。闽人取熟者去皮核，捣和糖、蜜，作为楂糕，以充果物。其核状如牵牛子，黑色甚坚。一种大者，山人呼为羊朹子。树高丈余，花叶皆同，但实稍大而色黄绿，皮涩肉虚为异尔。初甚酸涩，经霜乃可食。功应相同，而采药者不收。

实〔修治〕〔时珍曰〕九月霜后取带熟者，去核曝干，或蒸熟去皮核，捣作饼子，日干用。**〔气味〕酸，冷，无毒。**〔时珍曰〕酸、甘，微温。生食多令人嘈烦易饥，损齿，齿龋人尤不宜也。**〔主治〕煮汁服，止水痢。沐头洗身，治疮痒。**唐本**煮汁洗漆疮，多瘥。**弘景**治腰痛有效。**苏颂**消食积，补脾，治小肠疝气，发小儿疮疹。**吴瑞**健胃，行结气。治妇人产后儿枕痛，恶露不尽，煎汁入沙糖服之，立效。**震亨**化饮食，消肉积癥瘕，痰饮痞满吞酸，滞血痛胀。**时珍**化血块气块，活血。**宁原**〔发明〕**〔震亨曰〕山楂大能克化饮食。若胃中无食积，脾虚不能运化，不思食者，多服之，则反克伐脾胃生发之气也。〔时珍曰〕凡脾弱食物不克化，胸腹酸刺胀闷者，于每食后嚼二三枚，绝佳。但不可多用，恐反克伐也。按物类相感志言：煮老鸡、硬肉，入山楂数颗即易烂。则其消肉积之功，益可推矣。珍邻家一小儿，因食积黄肿，腹胀如鼓。偶往羊朹树下，取食之至饱。归而大吐痰水，其病遂愈。羊朹乃山楂同类，医家不用而有此效，则其功应相

同矣。〔附方〕新七。**偏坠疝气**山棠梂肉、茴香（炒）各一两为末，糊丸梧子大。每服一百丸，空心白汤下。卫生易简方。**老人腰痛**及腿痛。用棠梂子、鹿茸（炙）等分为末，蜜丸梧子大。每服百丸，日二服。**肠风下血**用寒药、热药及脾弱药俱不效者。独用山里果（俗名酸枣，又名鼻涕团）干者为末，艾汤调下，应手即愈。百一选方。**痘疹不快**干山楂为末，汤点服之，立出红活。又法：猴楂五个，酒煎入水，温服即出。危氏得效方。**痘疮干黑**危困者。用棠梂子为末，紫草煎酒调服一钱。全幼心鉴。**食肉不消**山楂肉四两，水煮食之，并饮其汁。简便方。

核〔主治〕香之，化食磨积，治㿗疝。时珍〔附方〕新一。**难产**山楂核七七粒，百草霜为衣，酒吞下。海上方。**阴肾㿗肿**方见橄榄。

赤爪木〔气味〕苦，寒，无毒。〔主治〕水痢，头风身痒。唐本

根〔主治〕消积，治反胃。时珍

茎叶〔主治〕煮汁，洗漆疮。时珍　出肘后。

庵罗果　宋开宝

【释名】庵摩罗迦果出佛书。**香盖**〔时珍曰〕庵罗，梵音二合者也。庵摩罗，梵音三合者也。华言清净是也。

【集解】〔志曰〕庵罗果树生，若林檎而极大。〔宗奭曰〕西洛甚多，梨之类也。其状亦梨，先诸梨熟，七夕前后已堪啖[14]。色黄如鹅梨，才熟便松软，入药亦希。〔时珍曰〕按一统志云：庵罗果俗名香盖，乃果中极品。种出西域，亦柰类也。叶似茶叶。实似北梨，五六月熟，多食亦无害。今安南诸地亦有之。

【气味】甘，温，无毒。〔士良曰〕酸，微寒。〔志曰〕动风疾。凡天行病及食饱后，俱不可食。同大蒜、辛物食，令人患黄病。

【主治】食之止渴。开宝**主妇人经脉不通，丈夫营卫中血脉不行。久食，令人不饥。**士良。

叶〔主治〕渴疾，煎汤饮。士良

柰　别录下品

【释名】频婆音波。〔时珍曰〕篆文柰字，象子缀于木之形。梵言谓之频婆，今北人亦呼之，犹云端好也。

【集解】〔弘景曰〕柰，江南虽有，而北国最丰。作脯食之，不宜人。林檎相似而小，俱不益人。〔士良曰〕此有三种：大而长者为柰，圆者为林檎，皆夏熟；小者味涩为梣[15]，秋熟，一名楸子。〔时珍曰〕柰与林檎，一类二种也。树、实皆似林檎而大，西土最多，可栽可压。有白、赤、青三色。白者为素柰，赤者为丹柰，亦曰朱柰，青者为绿柰，皆夏熟。凉州有冬柰，冬熟，子带碧色。孔氏六帖言：凉州白柰，大如兔头。西京杂记言：上林苑紫柰，大如升，核紫花青。其汁如漆，著衣不可浣，名脂衣柰。此皆异种也。郭义恭广志云：西方例多柰，家家收切，暴干为脯，数十百斛，以为蓄积，谓之频婆粮。亦取柰汁为豉用。其法：取熟奈纳瓮中，勿令蝇入。六七日待烂，以酒腌，痛拌令如粥状，下水更拌，滤去皮子。良久去清汁，倾布上，以灰在下引汁尽，划开日干为末，调物甘酸得所也。刘熙释名载：柰油，以柰捣汁涂缯上，暴燥取下，色如油也。今关西人以赤柰、楸子取汁涂器中，暴干名果单是矣。味甘酸，可以馈远。杜恕笃论云：日给之花似柰，柰实而日给零落，虚伪与真实相似也。则日给乃柰之不实者。而王羲之帖云：来禽、日给，皆囊盛为佳果。则又似指柰为日给矣。木槿花亦名日及，或同名耳。

实【气味】苦，寒，有小毒。多食令人肺壅胪胀[16]，有病人尤甚。别录〔思邈曰〕酸、苦，寒，涩，无毒。〔时珍曰〕案正要云：频婆：甘，无毒。

【主治】补中焦诸不足气，和脾。治卒食饱气壅不通者，捣汁服。孟诜**益心气，耐饥。**千金

生津止渴。正要

林檎　宋开宝　〔校正〕并入拾遗文林郎果。

【释名】来禽法帖**文林郎果**〔藏器曰〕文林郎生渤海间。云其树从河中浮来，有文林郎拾得种之，因以为名。〔珣曰〕文林郎，南人呼为榅桲是矣。〔时珍曰〕案洪玉父云：此果味甘，能来众禽于林，故有林禽、来禽之名。又唐高宗时，纪王李谨得五色林檎似朱柰以贡。帝大悦，赐谨为文林郎。人因呼林檎为文林郎果。又述征记云：林檎实佳美。其榅桲微大而状丑，有毛而香，关辅乃有，江南甚希。据此，则林檎是文林郎，非榅桲矣。

【集解】〔志曰〕林檎在处有之。树似柰，皆二月开粉红花。子亦如柰而差圆，六月、七月熟。〔颂曰〕亦有甘、酢二种：甘者早熟而味脆美；酢者差晚，须烂熟乃堪啖。今医家干之入治伤寒药，谓之林檎散。〔时珍曰〕林檎即柰之小而圆者。其味酢者，即楸子也。其类有金林檎、红林檎、水林檎、蜜林檎、黑林檎，皆以色味立名。黑者色似紫柰。有冬月再实者。林檎熟时，晒干研末点汤服甚美，谓之林檎麨。僧赞宁物类相感志云：林檎树生毛虫，埋蚕蛾于下，或以洗鱼水浇之即止。皆物性之妙也。

【气味】酸、甘，温，无毒。〔思邈曰〕酸、苦，平，涩，无毒。多食令人百脉弱。〔志曰〕多食发热及冷痰涩气，令人好唾，或生疮疖，闭百脉。其子食之，令人烦心。

【主治】下气消痰，治霍乱肚痛。大明**消渴者，宜食之。**苏颂**疗水谷痢、泄精。**孟诜**小儿闪癖。**时珍

【附方】旧三。**水痢不止**林檎半熟者十枚，水二升，煎一升，并林檎食之。食医心镜。**小儿下痢**林檎、构子同杵汁，任意服之。子母秘录。**小儿闪癖**头发竖黄，瘰疬瘦弱者。干林檎脯研末，和醋傅之。同上。

东行根〔主治〕**白虫、蛔虫，消渴好唾。**孟诜

柹　音士。别录中品

【释名】〔时珍曰〕柹从𠂔（音滓），谐声也。俗作柿非矣。柿（音肺），削木片也。胡名镇头迦。

【集解】〔颂曰〕柹南北皆有之，其种亦多。红柹所在皆有。黄柹生汴、洛诸州。朱柹出华山，似红柹而圆小，皮薄可爱，味更甘珍。椑柹色青，可生啖。诸柹食之皆美而益人。又有一种小柹，谓之软枣，俗呼为牛奶柹。世传柹有七绝：一多寿，二多阴，三无鸟巢，四无虫蠹，五霜叶可玩，六嘉宾，七落叶肥滑，可以临书也。〔宗奭曰〕柹有数种：着盖柹，于蒂下别有一重。又有牛心柹，状如牛心。蒸饼柹，状如市卖蒸饼。华州朱柹，小而深红。塔柹，大于诸柹。去皮挂木上，风日干之佳。火干者味不甚佳。其生者可以温水养去涩味也。〔时珍曰〕柹高树大叶，圆而光泽。四月开小花，黄白色。结实青绿色，八九月乃熟。生柹置器中自红者谓之烘柹，日干者谓之白柹，火干者谓之乌柹，水浸藏者谓之醂柹[17]。其核形扁，状如木鳖子仁而硬坚。其根甚固，谓之柹盘。案事类合璧云：柹，朱果也。大者如碟，八棱稍扁；其次如拳；小或如鸡子、鸭子、牛心、鹿心之状。一种小而如拆二钱者，谓之猴枣。皆以核少者为佳。

烘柹〔时珍曰〕烘柹，非谓火烘也。即青绿之柹，收置器中，自然红熟如烘成，涩味尽去，其甘如蜜。欧阳修归田录言襄、邓人以榠楂或榅桲或橘叶于中则熟，亦不必。**〔气味〕甘，寒，涩，无毒。**〔弘景曰〕生柹性冷，鹿心柹尤不可食，令人腹痛。〔宗奭曰〕凡柹皆凉，不至大寒。食之引痰，为其味甘也。日干者食多动风。〔颂曰〕凡柹同蟹食，令人腹痛作泻，二物俱寒也。〔时珍曰〕按王璆百一选方云：一人食蟹，多食红柹，至夜大吐，继之以血，昏不省人。一道者云：惟木香可解。乃磨汁灌之，即渐苏醒而愈也。〔主治〕**通耳鼻气，治肠澼不足。解酒毒，压**

胃间热，止口干。别录**续经脉气。**诜〔**发明**〕〔藏器曰〕饮酒食红柹，令人易醉或心痛欲死。别录言解酒毒，失之矣。

白柹　柹霜〔**修治**〕〔时珍曰〕白柹即干柹生霜者。其法用大柹去皮捻扁，日晒夜露至干，内瓮中，待生白霜乃取出。今人谓之柹饼，亦曰柹花。其霜谓之柹霜。〔**气味**〕**甘，平，涩，无毒。**〔弘景曰〕日干者性冷，生柹弥冷。火熏者性热。〔**主治**〕**补虚劳不足，消腹中宿血，涩中厚肠，健脾胃气。**诜**开胃涩肠，消痰止渴，治吐血，润心肺，疗肺痿心热咳嗽，润声喉，杀虫。**大明**温补。多食，去面**䵟。藏器**治反胃咯血，血淋肠澼，痔漏下血。**时珍**霜：清上焦心肺热，生津止渴，化痰宁嗽，治咽喉口舌疮痛。**时珍〔**发明**〕〔震亨曰〕干柹属金而有土，属阴而有收意。故止血治咳，亦可为助也。〔时珍曰〕柹乃脾、肺血分之果也。其味甘而气平，性涩而能收，故有健脾涩肠、治嗽止血之功。盖大肠者，肺之合而胃之子也。真正柹霜，乃其精液，入肺病上焦药尤佳。按方勺泊宅编云：外兄刘掾云：病脏毒下血，凡半月，自分必死。得一方，只以干柹烧灰，饮服二钱，遂愈。又王璆百一方云：曾通判子病下血十年，亦用此方一服而愈。为散、为丸皆可，与本草治肠澼、消宿血、解热毒之义相合。则柹为太阴血分之药，益可征矣。又经验方云：有人三世死于反胃病，至孙得一方：用干柹饼同干饭日日食之，绝不用水饮。如法食之，其病遂愈。此又一征也。〔**附方**〕旧四，新十二。**肠风脏毒**方说见上。**小便血淋**叶氏：用干柹三枚烧存性，研末，陈米饮服。经验方：用白柹、乌豆、盐花煎汤，入墨汁服之。**热淋涩痛**干柹、灯心等分，水煎日饮。朱氏方。小儿秋痢以粳米煮粥，熟时入干柹末，再煮三两沸食之。奶母亦食之。食疗。**反胃吐食**干柹三枚，连蒂捣烂，酒服甚效。切勿以他药杂之。**腹薄食减**凡男女脾虚腹薄，食不消化，面上黑点者。用干柹三斤，酥一斤，蜜半斤，以酥、蜜煎匀，下柹煮十余沸，用不津器贮之。每日空腹食三五枚，甚良。孟诜食疗。**痰嗽带血**青州大柹饼，饭上蒸熟批开。每用一枚，掺真青黛一钱，卧时食之，薄荷汤下。丹溪纂要。**产后咳逆**气乱心烦。用干柹切碎，水煮汁呷。产宝。**妇人蒜发**[18]干柹五枚，以茅香煮熟，枸杞子酒浸焙研，各等分，捣丸梧子大。每服五十丸，茅香汤下，日三。普济。**面生䵟黯**干柹日日食之。普济方。**鼻窒不通**干柹同粳米煮粥，日食。圣济。**耳聋鼻塞**干柹三枚细切，以粳米三合，豆豉少许煮粥，日日空心食之。圣惠。**痘疮入目**白柹日日食之良。**臁胫烂疮**用柹霜、柹蒂等分烧研，傅之甚效。笔峰杂兴。**解桐油毒**干柹饼食之。普济。

乌柹火熏干者。〔**气味**〕**甘，温，无毒。**〔**主治**〕**杀虫，疗金疮、火疮，生肉止痛。**别录**治狗啮疮，断下痢。**弘景**服药口苦及呕逆者，食少许即止。**藏器

醂柹音览〔**修治**〕〔瑞曰〕水藏者性冷，盐藏者有毒。〔时珍曰〕醂，藏柹也。水收、盐浸之外，又有以熟柹用灰汁澡三四度，令汁尽着器中，经十余日即可食，治病非宜。〔**主治**〕**涩下焦，健脾胃，消宿血。**诜

柹糕〔**修治**〕〔时珍曰〕案李氏食经云：用糯米（洗净）一斗，大干柹五十个，同捣粉蒸食。如干，入煮枣泥和拌之。〔**主治**〕**作饼及糕与小儿食，治秋痢。**　诜**黄柹和米粉作糗蒸，与小儿食，止下痢、下血有效。**藏器

柹蒂〔**气味**〕**涩，平，无毒。**〔**主治**〕**咳逆哕气，煮汁服。**诜〔**发明**〕〔震亨曰〕人之阴气，依胃为养。土伤则木挟相火，直冲清道而上作咳逆[19]。古人以为胃寒，既用丁香、柹蒂，不知其孰为补虚，孰为降火？不能清气利痰，惟有助火而已。〔时珍曰〕咳逆者，气自脐下冲脉直上至咽膈，作呃忒蹇逆之声也。朱肱南阳书以哕为咳逆，王履溯洄集以咳嗽为咳逆，皆误矣。哕者干呕有声也。咳逆有伤寒吐下后，及久病产后，老人虚人，阴气大亏，阳气暴逆，自下焦逆至上焦而不能出者。有伤寒失下，及平人痰气抑遏而然者。当视其虚实阴阳，或温或补，或泄热，或降

气，或吐或下可也。古方单用柹蒂煮汁饮之，取其苦温能降逆气也。济生柹蒂散，加以丁香、生姜之辛热，以开痰散郁，盖从治之法，而昔人亦常用之收效矣。至易水张氏又益以人参，治病后虚人咳逆，亦有功绩。丹溪朱氏但执以寒治热之理，而不及从治之法，矫枉之过矣。若陈氏三因又加以良姜之类，是真以为胃寒而助其邪火者也。〔附方〕新一。**咳逆不止**济生柹蒂散：治咳逆胸满。用柹蒂、丁香各二钱，生姜五片，水煎服。或为末，白汤点服。洁古加人参一钱，治虚人咳逆。三因加良姜、甘草等分。卫生宝鉴加青皮、陈皮。王氏易简加半夏、生姜。

木皮〔主治〕**下血。晒焙研末，米饮服二钱，两服可止。**颂 **汤火疮，烧灰，油调傅。**时珍

根〔主治〕**血崩，血痢，下血。**时珍。

椑柹 音卑士。宋开宝

【释名】漆柹日华**绿柹**日用**青椑**广志**乌椑**开宝**花椑**日用**赤棠椑**〔时珍曰〕椑乃柹之小而卑者，故谓之椑。他柹至熟则黄赤，惟此虽熟亦青黑色。捣碎浸汁谓之柹漆，可以染罾[20]、扇诸物，故有漆柹之名。

【集解】〔志曰〕椑柹生江淮以南，似柹而青黑。潘岳闲居赋所谓"梁侯乌椑之柹"是也。〔颂曰〕椑柹出宣歙、荆襄、闽广诸州。柹大如杏，惟堪生啖，不可为干也。

【气味】甘，寒，涩，无毒。〔弘景曰〕椑生啖性冷，服石家宜之[21]，不入药用。不可与蟹同食。

【主治】压丹石药发热，利水，解酒毒，去胃中热。久食，令人寒中。开宝**止烦渴，润心肺，除腹脏冷热。**日华

君迁子 拾遗

【释名】梬枣千金作软枣。**樗枣**文志音逞。**牛奶柹**名苑**丁香柹**日用**红蓝枣**齐民要术〔时珍曰〕君迁之名，始见于左思吴都赋[22]，而著其状于刘欣期交州记，名义莫详。梬枣，其形似枣而软也。司马光名苑云：君迁子似马奶，即今牛奶柹也，以形得名。崔豹古今注云：牛奶柹即梬枣，叶如柹，子亦如柹而小。唐宋诸家，不知君迁、梬枣、牛奶柹皆一物，故详证之。

【集解】〔藏器曰〕君迁子生海南。树高丈余。子中有汁，如乳汁甜美。吴都赋"平仲君迁"是也。〔时珍曰〕君迁即梬枣，其木类柹而叶长。但结实小而长，状如牛奶，干熟则紫黑色。一种小圆如指顶大者，名丁香柹，味尤美。救荒本草以为羊矢枣，误矣。其树接大柹最佳。广志云：梬枣，小柹也。肌细而厚，少核，可以供御。即此。

【气味】甘，涩，平，无毒。

【主治】止消渴，去烦热，令人润泽。藏器**镇心。久服，悦人颜色，令人轻健。**珣

安石榴 别录下品

【释名】若榴广雅**丹若**古今注**金罂**〔时珍曰〕榴者瘤也，丹实垂垂如赘瘤也。博物志云：汉张骞出使西域，得涂林安石国榴种以归，故名安石榴。又按齐民要术云：凡植榴者须安僵石枯骨于根下，即花实繁茂。则安石之名义或取此也。若木乃扶桑之名，榴花丹赪似之，故亦有丹若之称。傅玄榴赋所谓"灼若旭日栖扶桑"者是矣。笔衡云：五代吴越王钱镠改榴为金罂。酉阳杂俎言榴甜者名天浆。道家书谓榴为三尸酒，言三尸虫得此果则醉也。故范成大诗云：玉池咽清肥，三彭迹如扫。

【集解】〔张景曰〕石榴花赤可爱，故人多植之，尤为外国所重。有甜、酢二种，医家惟用酢者之根、壳。榴子乃服食者所忌。〔颂曰〕安石榴本生西域，今处处有之。木不甚高大，枝柯附干，自地便生作丛。种极易息，折其条盘土中便生也。花有黄、赤二色。实有甘、酢二种，甘者可食，酢者入药。又一种山石榴，形颇相类而绝小，不作房生，青齐间甚多，不入药，但蜜渍以

当果甚美。〔宗奭曰〕石榴有酸、淡二种。旋开单叶花，旋结实，实中子红，孙枝甚多，秋后经霜，则自拆裂。一种子白，莹澈如水晶者，味亦甘，谓之水晶石榴。惟酸石榴入药，须老木所结，收留陈久者乃佳。〔时珍曰〕榴五月开花，有红、黄、白三色。单叶者结实。千叶者不结实，或结亦无子也。实有甜、酸、苦三种。抱朴子言苦者出积石山，或云即山石榴也。酉阳杂俎言南诏石榴皮薄如纸。琐碎录言河阴石榴名三十八者，其中只有三十八子也。又南中有四季榴，四时开花，秋月结实，实方绽，随复开花。有火石榴赤色如火。海石榴高一二尺即结实。皆异种也。案事类合璧云：榴大如杯，赤色有黑斑点，皮中如蜂窠，有黄膜隔之，子形如人齿，淡红色，亦有洁白如雪者。潘岳赋云：榴者，天下之奇树，九州之名果。千房同膜，千子如一。御饥疗渴，解酲止醉[23]。

甘石榴〔**气味**〕**甘、酸，温，涩，无毒。多食损人肺。**别录〔诜曰〕多食损齿令黑。凡服食药物人忌食之。〔震亨曰〕榴者留也。其汁酸性滞，恋膈成痰。〔**主治**〕**咽喉燥渴。**别录**能理乳石毒。**段成式**制三尸虫。**时珍

酸石榴〔**气味**〕**酸，温，涩，无毒。**〔**主治**〕**赤白痢腹痛，连子捣汁，顿服一枚。**孟诜**止泻痢崩中带下。**时珍〔**发明**〕〔时珍曰〕榴受少阳之气，而荣于四月，盛于五月，实于盛夏，熟于深秋。丹花赤实，其味甘酸，其气温涩，具木火之象。故多食损肺、齿而生痰涎。酸者则兼收敛之气，故入断下、崩中之药。或云白榴皮治白痢，红榴皮治红痢，亦通。〔**附方**〕新五。**肠滑久痢**黑神散：用酸石榴一个煅烟尽，出火毒一夜，研末，仍以酸榴一块煎汤服，神效无比。**久泻不止**方同上。并普济方。**痢血五色**或脓或水，冷热不调。酸石榴五枚，连子捣汁二升。每服五合，神妙。圣济。**小便不禁**酸石榴烧存性（无则用枝烧灰代之），每服二钱，用柏白皮切焙四钱，煎汤一盏，入榴灰再煎至八分，空心温服，晚再服。圣惠。**捻须令黑**酸石榴结成时，就东南枝上拣大者一个，顶上开一孔，内水银半两于中，原皮封之，麻扎定，牛屎封护，待经霜摘下，倾出壳内水，以鱼鳔笼指蘸水捻须，久久自黑也。普济。

酸榴皮〔**修治**〕〔敩曰〕凡使榴皮、叶、根勿犯铁，并不计干湿，皆以浆水浸一夜，取出用，其水如墨汁也。〔**气味**〕同实。〔**主治**〕**止下痢漏精。**别录**治筋骨风，腰脚不遂，行步挛急疼痛，涩肠。取汁点目，止泪下。权煎取，下蛔虫。**藏器**止泻痢，下血脱肛，崩中带下。**时珍〔**附方**〕旧六，新四。**赤白痢下**腹痛，食不消化者。食疗本草：用醋榴皮炙黄为末，枣肉或粟米饭和，丸梧子大。每空腹米饮服三十丸，日三服，以知为度。如寒滑，加附子、赤石脂各一倍。肘后方：用皮烧存性，为末。每米饮服方寸匕，日三服，效乃止。**粪前有血**令人面黄。用酢石榴皮炙，研末。每服二钱，用茄子枝煎汤服。孙真人方。**肠滑久痢**神妙无比方也。用石榴一个劈破，炭火簇烧存性，出火毒，为末。每服一钱，别以酸石榴一瓣，水一盏，煎汤调服。经验方。**久痢久泻**陈石榴皮酢者，焙研细末。每服二钱，米饮下。患二三年或二三月百方不效者，服之便止，不可轻忽之也。普济方。**小儿风痫**大生石榴一枚，割去顶剜空，入全蝎五枚，黄泥固济，煅存性为末。每服半钱，乳汁调下。或防风汤下亦可。圣济录。**卒病耳聋**八九月间，取石榴一个，上作孔如球子大，内米醋令满，以原皮盖之，水和面裹煨熟，取起去盖，入少黑李子，仙沼子末，取水滴耳中勿动。脑中若痛，勿惊。如此三夜，再作必通。案唐慎微本草收采此方，云出孙真人，而黑李子不知为何物也？其仙沼子即预知子。**食榴损齿**石榴黑皮炙黄研末，枣肉和，丸梧子大。每日空腹三丸，白汤下，日二服。普济。**丁肿恶毒**以针刺四畔，用榴皮着疮上，以面围四畔灸之，以痛为度。仍内榴末傅上急裹[24]，经宿连根自出也。肘后百一方。**脚肚生疮**初起如粟，搔之渐开，黄水浸淫，痒痛溃烂，遂致绕胫而成痼疾。用酸榴皮煎汤冷定，日日扫之，取愈乃止。医学正宗。

酸榴东行根〔**气味**〕同皮。〔**主治**〕**蛔虫、寸白。**别录**青者，入染须用。**权**治口齿病。**颂**止**

涩泻痢、带下，功与皮同。时珍〔**附方**〕旧三，新二。**金蚕蛊毒**吮白矾味甘，嚼黑豆不腥者，即是中蛊也。石榴根皮煎浓汁服，即吐出活蛊，无不愈者。丹溪摘玄方。**寸白蛔虫**酢石榴东引根一握洗铿，用水三升，煎取半碗，五更温服尽，至明取下虫一大团，永绝根本，食粥补之。崔元亮海上方：用榴皮煎水，煮米作粥食之，亦良。**女子经闭**不通。用酢榴根东生者一握炙干，水二大盏，浓煎一盏，空心服之。未通再服。斗门。**赤白下痢**方同上。

榴花〔**主治**〕**阴干为末，和铁丹服，一年变白发如漆。**藏器　铁丹，飞铁为丹也，亦铁粉之属。**千叶者，治心热吐血。又研末吹鼻，止衄血立效。亦傅金疮出血。**苏颂〔**附方**〕旧一，新二。**金疮出血**榴花半斤，石灰一升，捣和阴干。每用少许傅之，立止。崔元亮方。**鼻出衄血**酢榴花二钱半，黄蜀葵花一钱，为末。每服一钱，水一盏，煎服，效乃止。圣济录。**九窍出血**石榴花（揉）塞之取效。叶亦可。

橘　本经上品　　〔**校正**〕〔志曰〕自木部移入此。

【释名】〔时珍曰〕橘从矞（音鹬），谐声也。又云，五色为庆，二色为矞。矞云外赤内黄，非烟非雾，郁郁纷纷之象。橘实外赤内黄，剖之香雾纷郁，有似乎矞云。橘之从矞，又取此意也。

【集解】〔别录曰〕橘柚生江南及山南山谷，十月采。〔恭曰〕柚之皮厚味甘，不似橘皮味辛苦。其肉亦如橘，有甘有酸。酸者名胡柑。今俗谓橙为柚，非矣。案郭璞云：柚似橙而实酢，大于橘。孔安国云：小曰橘，大曰柚，皆为柑也。〔颂曰〕橘柚今江浙、荆襄、湖岭皆有之。木高一二丈，叶与枳无辨，刺出茎间。夏初生白花，六七月成实，至冬黄熟。旧说小为橘，大为柚。今医家乃用黄橘、青橘，不言柚。岂青橘是柚之类乎？〔宗奭曰〕橘、柚自是两种。本草云：一名橘皮。后人误加柚字，妄生分别。且青橘、黄橘治疗尚殊，况柚为别种乎？惟郭璞所言，乃真识橘、柚者。若不如此分别，误以柚皮为橘皮，是贻无穷之患矣。〔时珍曰〕橘、柚苏恭所说甚是。苏颂不知青橘即橘之未黄者，乃以为柚，误矣。夫橘、柚、柑三者相类而不同。橘实小，其瓣味微酢，其皮薄而红，味辛而苦。柑大于橘，其瓣味甘，其皮稍厚而黄，味辛而甘。柚大小皆如橙，其瓣味酢，其皮最厚而黄，味甘而不甚辛。如此分之，即不误矣。按事类合璧云：橘树高丈许，枝多生刺。其叶两头尖，绿色光面，大寸余，长二寸许。四月着小白花，甚香。结实至冬黄熟，大者如杯，包中有瓣，瓣中有核也。宋韩彦直著橘谱三卷甚详，其略云：柑橘出苏州、台州，西出荆州，南出闽、广、抚州，皆不如温州者为上也。柑品有八，橘品十有四，多是接成。惟种成者，气味尤胜。黄橘扁小而多香雾，乃橘之上品也。朱橘小而色赤如火。绿橘绀碧可爱，不待霜后，色味已佳，隆冬采之，生意如新。乳橘状似乳柑，皮坚瓤多，味绝酸芳。塌橘状大而扁，外绿心红，瓣巨多液，经春乃甘美。包橘外薄内盈，其脉瓣隔皮可数。绵橘微小，极软美可爱，而不多结。沙橘细小甘美。油橘皮似油饰，中坚外黑，乃橘之下品也。早黄橘秋半已丹。冻橘八月开花，冬结春采。穿心橘实大皮光，而心虚可穿。荔枝橘出横阳㉕，肤理皱密如荔子也。俗传橘下埋鼠，则结实加倍。故物类相感志曰：橘见尸而实繁。涅槃经云：如橘见鼠，春果实多。周礼言橘逾淮而北，变为枳，地气然也。余见柑下。

橘实〔**气味**〕**甘、酸，温，无毒。**〔弘景曰〕食之多痰，恐非益也。〔原曰〕多食恋膈生痰，滞肺气。〔瑞曰〕同螃蟹食，令人患软痈。〔**主治**〕**甘者润肺，酸者聚痰。**藏器**止消渴，开胃，除胸中膈气。**大明〔**发明**〕〔时珍曰〕橘皮下气消痰，其肉生痰聚饮，表里之异如此，凡物皆然。今人以蜜煎橘充果食甚佳，亦可酱菹也。

黄橘皮〔**释名**〕**红皮**汤液**陈皮**食疗〔弘景曰〕橘皮疗气大胜。以东橘为好，西江者不如。须陈久者为良。〔好古曰〕橘皮以色红日久者为佳，故曰红皮、陈皮。去白者曰橘红也。〔**修治**〕

〔敩曰〕凡使勿用柚皮、皱子皮，二件用不得。凡修事，须去白膜一重，锉细，以鲤鱼皮裹一宿，至明取用。〔宗奭曰〕本草橘柚作一条，盖传误也。后世不知，以柚皮为橘皮，是贻无穷之患矣。此乃六陈之一，天下日用所须。今人又多以乳柑皮乱之，不可不择也。柑皮不甚苦，橘皮极苦，至熟亦苦。或以皮之紧慢分别，又因方土不同。亦互有紧慢也。〔时珍曰〕橘皮纹细色红而薄，内多筋脉，其味苦辛。柑皮纹粗色黄而厚，内多白膜，其味辛苦。柚皮最厚而虚，纹更粗，色黄，内多膜无筋，其味甘多辛少。但以此别之，即不差矣。橘皮性温，柑、柚皮性冷，不可不知。今天下多以广中来者为胜，江西者次之。然亦多以柑皮杂之。柑皮犹可用，柚皮则悬绝矣。凡橘皮入和中理胃药则留白，入下气消痰药则去白，其说出于圣济经。去白者，以白汤入盐洗润透，刮去筋膜，晒干用。亦有煮焙者，各随本方。**〔气味〕苦、辛，温，无毒。〔主治〕胸中瘕热逆气，利水谷。久服去臭，下气通神。**本经**下气，止呕咳，治气冲胸中，吐逆霍乱，疗脾不能消谷，止泄，除膀胱留热停水，五淋，利小便，去寸白虫。**别录**清痰涎，治上气咳嗽，开胃，主气痢，破癥瘕痃癖。**甄权**疗呕哕反胃嘈杂，时吐清水，痰痞痎疟，大肠閟塞**[26]**，妇人乳痈。入食料，解鱼腥毒。**时珍**〔发明〕**〔杲曰〕橘皮气薄味厚，阳中之阴也。可升可降，为脾、肺二经气分药。留白则补脾胃，去白则理肺气。同白术则补脾胃，同甘草则补肺。独用则泻肺损脾。其体轻浮，一能导胸中寒邪，二破滞气，三益脾胃。加青皮减半用之去滞气，推陈致新。但多用久服，能损元气也。〔原曰〕橘皮能散能泻，能温能补能和，化痰治嗽，顺气理中，调脾快膈，通五淋，疗酒病，其功当在诸药之上。〔时珍曰〕橘皮，苦能泄能燥，辛能散，温能和。其治百病，总是取其理气燥湿之功。同补药则补，同泻药则泻，同升药则升，同降药则降。脾乃元气之母，肺乃摄气之籥，故橘皮为二经气分之药，但随所配而补泻升降也。洁古张氏云，陈皮、枳壳利其气而痰自下，盖此义也。同杏仁治大肠气閟，同桃仁治大肠血閟，皆取其通滞也。详见杏仁下。按方勺泊宅编云：橘皮宽膈降气，消痰饮，极有殊功。他药贵新，惟此贵陈。外舅莫强中令丰城时得疾，凡食已辄胸满不下，百方不效。偶家人合橘红汤，因取尝之，似相宜，连日饮之。一日忽觉胸中有物坠下，大惊目瞪，自汗如雨。须臾腹痛，下数块如铁弹子，臭不可闻。自此胸次廓然，其疾顿愈，盖脾之冷积也。其方：用橘皮去穰一斤，甘草、盐花各四两，水五碗，慢火煮干，焙研为末，白汤点服。名二贤散，治一切痰气特验。世医徒知半夏、南星之属，何足以语此哉？珍按：二贤散，丹溪变之为润下丸，用治痰气有效。惟气实人服之相宜，气不足者不宜用之也。**〔附方〕**旧八，新二十。**润下丸**治湿痰，因火泛上，停滞胸膈，咳唾稠粘。陈橘皮半斤，入砂锅内，下盐五钱，化水淹过煮干，粉甘草二两，去皮蜜炙，各取净末，蒸饼和丸梧桐子大。每服百丸，白汤下。丹溪方。**宽中丸**治脾气不和，冷气客于中，壅遏不通，是为胀满。用橘皮四两，白术二两，为末，酒糊丸梧子大。每食前木香汤下三十丸，日三服。是斋指迷方。**橘皮汤**治男女伤寒并一切杂病呕哕，手足逆冷者。用橘皮四两，生姜一两，水二升，煎一升，徐徐呷之即止。仲景方。**嘈杂吐水**真橘皮去白为末，五更安五分于掌心舐之，即睡，三日必效。皮不真则不验。怪证奇方。**霍乱吐泻**不拘男女，但有一点胃气存者，服之再生。广陈皮去白五钱，真藿香五钱，水二盏，煎一盏，时时温服。出百一选方。圣惠：用陈橘皮末二钱，汤点服。不省者灌之。仍烧砖沃醋，布裹砖，安心下熨之，便活。**反胃吐食**真橘皮，以日照西壁土炒香为末。每服二钱，生姜三片，枣肉一枚，水二钟，煎一钟，温服。直指方。**卒然食噎**橘皮一两，汤浸去瓤，焙为末。以水一大盏，煎半盏，热服。食医心镜。**诸气呃噫**橘皮二两去瓤，水一升，煎五合，顿服。或加枳壳尤良。孙尚药方。**痰膈气胀**陈皮三钱，水煎热服。杨氏简便方。**卒然失声**橘皮半两，水煎徐呷。肘后方。**经年气嗽**橘皮、神麹、生姜焙干等分，为末，蒸饼和，丸梧子大。每服三五十丸，食后、夜卧各一服。有人患此服之，兼旧患膀胱气皆愈也。寇氏衍义。**化食消痰**胸中热气。用橘皮半两微熬，为末。水煎代茶，细呷。心镜。**下焦冷气**干陈橘皮一斤为末，蜜丸梧子大，每食前温酒下三十丸。食疗本草。**脚气冲心**或心下结硬，腹中虚冷。陈皮一斤和杏仁五两去皮尖熬，少加蜜捣和，丸如梧桐子大，每日食前米饮下三十丸。食疗。**老人气閟**方同上。济生。**大肠閟塞**陈皮连白，酒煮焙研末，每温酒服二钱。一方米饮下。普济。**途中心痛**橘皮去白，煎汤饮之，甚良。谈野翁方。**食鱼蟹毒**方同上。肘后。**风痰麻木**凡手及十指麻木，大风麻木，皆是湿痰死血。用橘红一斤，逆流水五碗，煮烂去渣，再煮至一碗，顿服取吐，乃吐痰圣药也。不吐，加瓜蒂末。摘玄方。**脾寒诸疟** 不拘老少孕妇，只两服便止。真橘皮去白切，生姜自然汁浸过一指，银器内重汤煮，焙干研末。每服三钱，用隔年青州枣十个，水一盏，煎半盏，发前服，以枣下之。适用方。**小儿疳瘦**久服消食和气，长肌肉。用陈橘皮一两，黄连以米泔水浸一日，一两半，研末，入麝三分，用猪胆盛药，以浆水煮熟取出，用粟米饭和，丸绿豆大。每服一二十丸，米饮下。钱氏小儿方。**产后尿閟**不通者。陈皮一两去白为末，每空心温酒服二钱，一服即通。此张不愚方也。妇人良方。**产后吹奶**陈皮一两，甘草一钱，水煎服，即散。**妇人乳痈**未成者即散，已成者即溃，痛不可忍者即不疼，神验不可云喻也。用真陈橘皮汤浸去白晒，面炒微黄，为末。每服二钱，麝香调酒下。初发者一服见效。名橘香散。张氏方。聤**耳出汁**陈皮烧研一钱，麝香少许，为末日掺。名立效散。**鱼骨鲠咽**橘皮常含，咽汁即下。圣惠方。**嵌甲作痛**[27]不能行履者。浓煎陈皮汤浸良久，甲肉自离，轻手剪去，以虎骨末傅之即安。医林集要。

青橘皮〔**修治**〕〔时珍曰〕青橘皮乃橘之未黄而青色者，薄而光，其气芳烈。今人多以小柑、小柚、小橙伪为之，不可不慎辨之。入药以汤浸去瓤，切片醋拌，瓦炒过用。〔**气味**〕**苦、辛，温，无毒。**〔**主治**〕**气滞，下食，破积结及膈气。**颂**破坚癖，散滞气，去下焦诸湿，治左胁肝经积气。**元素**治胸膈气逆，胁痛，小腹疝痛，消乳肿，疏肝胆，泻肺气。**时珍〔**发明**〕〔元素曰〕青橘皮气味俱厚，沉而降，阴也。入厥阴、少阳经，治肝胆之病。〔杲曰〕青皮乃足厥阴引经之药，能引食入太阴之仓。破滞削坚，皆治在下之病。有滞气则破滞气，无滞气则损真气。〔好古曰〕陈皮治高，青皮治低，与枳壳治胸膈，枳实治心下同意。〔震亨曰〕青皮乃肝胆二经气分药，故人多怒有滞气，胁下有郁积，或小腹疝疼，用之以疏通二经，行其气也。若二经实者，当先补而后用之。又云：疏肝气加青皮，炒黑则入血分也。〔时珍曰〕青橘皮古无用者，至宋时医家始用之。其色青气烈，味苦而辛，治之以醋，所谓肝欲散，急食辛以散之，以酸泄之，以苦降之也。陈皮浮而升，入脾、肺气分。青皮沉而降，入肝、胆气分。一体二用，物理自然也。小儿消积多用青皮，最能发汗，有汗者不可用。说出杨仁斋直指方，人罕知之。〔嘉谟曰〕久疟热甚，必结癖块，宜多服清脾汤。内有青皮疏利肝邪，则癖自不结也。〔**附方**〕旧二，新七。**快膈汤**治冷膈气及酒食后饱满。用青橘皮一斤作四分：四两用盐汤浸，四两用百沸汤浸，四两用醋浸，四两用酒浸。各三日取出，去白切丝，以盐一两炒微焦，研末。每用二钱，以茶末五分，水煎温服。亦可点服。经验后方**理脾快气**青橘皮一斤日干焙研末，甘草末一两，檀香末半两，和匀收之。每用一二钱，入盐少许，白汤点服。**法制青皮**常服安神调气，消食解酒益胃，不拘老人小儿。宋仁宗每食后咀数片，乃邢和璞真人所献，名万年草。刘跂改名延年草，仁宗以赐吕丞相。用青皮一斤浸去苦味，去瓤炼净，白盐花五两，炙甘草六两，舶茴香四两，甜水一斗煮之。不住搅，勿令著底。候水尽慢火焙干，勿令焦。去甘草、茴香，只取青皮密收用。王氏易简方。**疟疾寒热**青皮一两烧存性，研末。发前温酒服一钱，临时再服。圣惠方。**伤寒呃逆**声闻四邻。四花青皮全者，研末。每服二钱，白汤下。医林集要。**产后气逆**青橘皮为末，葱白、童子小便煎二钱服。经验后方。**妇人乳癌**因久积忧郁，乳房内有核如指头，不痛不痒，五七年成痈，名乳癌，不可治也。用青皮四钱，水一盏半，煎一盏，徐徐服之，日一服。或用酒服。丹溪方。**聤耳出汗**青皮烧研末，绵包塞之。**唇燥生疮**青皮烧研，猪脂调涂。

橘瓤上筋膜〔**主治**〕**口渴、吐酒，炒熟煎汤饮，甚效。**大明

橘核〔**修治**〕〔时珍曰〕凡用须以新瓦焙香，去壳取仁，研碎入药。〔**气味**〕**苦，平，无毒。**〔**主治**〕**肾疰腰痛，膀胱气痛，肾冷。炒研，每温酒服一钱，或酒煎服之。**大明**治酒皶风鼻赤。炒研，每服一钱，胡桃肉一个，擂酒服，以知为度。**宗奭**小肠疝气及阴核肿痛。炒研五钱，老酒煎服，或酒糊丸服，甚效。**时珍〔**发明**〕〔时珍曰〕橘核入足厥阴，与青皮同功，故治腰痛㿗疝在下之病，不独取象于核也。和剂局方治诸疝痛及内㿗，卵肿偏坠，或硬如石，或肿至溃，有橘核丸，用之有效。品味颇多，详见本方。〔**附方**〕新一。**腰痛**橘核、杜仲各二两炒，研末。每服二钱，盐酒下。简便方。

叶〔**气味**〕**苦，平，无毒。**〔**主治**〕**导胸膈逆气，入厥阴，行肝气，消肿散毒，乳痈胁痛，用之行经**震亨〔**附方**〕新一。**肺痈**绿橘叶洗，捣绞汁一盏服之。吐出脓血即愈。经验良方。

柑 宋开宝

【**释名**】**木奴**〔志曰〕柑未经霜时犹酸，霜后甚甜，故名柑子。〔时珍曰〕汉李衡种柑于武陵洲上，号为木奴焉。

【**集解**】〔炳曰〕乳柑出西戎者佳。〔志曰〕柑生岭南及江南。树似橘，实亦似橘而圆大，皮色生青熟黄赤。惟乳柑皮入药，山柑皮疗咽痛，余皆不堪用。又有沙柑、青柑，体性相类。〔藏器曰〕柑有朱柑、黄柑、乳柑、石柑、沙柑。橘有朱橘、乳橘、塌橘、山橘、黄淡子。此辈皮皆去气调中，实俱堪食，就中以乳柑为上也。〔时珍曰〕柑，南方果也，而闽、广、温、台、苏、抚、荆州为盛，川蜀虽有不及之。其树无异于橘，但刺少耳。柑皮比橘色黄而稍厚，理稍粗而味不苦。橘可久留，柑易腐败。柑树畏冰雪，橘树略可。此柑、橘之异也。柑、橘皮今人多混用，不可不辨，详见橘下。案韩彦直橘谱云：乳柑，出温州诸邑，惟泥山者为最，以其味似乳酪故名。彼人呼为真柑，似以它柑为假矣。其木婆娑，其叶纤长，其花香韵，其实圆正，肤理如泽蜡，其大六七寸，其皮薄而味珍，脉不粘瓣，食不留滓，一颗仅二三核，亦有全无者，擘之香雾噀人[28]，为柑中绝品也。生枝柑，形不圆，色青肤粗，味带微酸，留之枝间，可耐久也，俟味变甘，乃带叶折，故名。海红柑，树小而颗极大，有围及尺者，皮厚色红，可久藏，今狮头柑亦是其类也。洞庭柑，种出洞庭山，皮细味美，其熟最早也。甜柑，类洞庭而大，每颗必八瓣，不待霜而黄也。木柑，类洞庭，肤粗顽，瓣大而少液，故谓之木也。朱柑，类洞庭而大，色绝嫣红，其味酸，人不重之。馒头柑，近蒂起如馒头尖，味香美也。

【**气味**】**甘，大寒，无毒。**〔颂曰〕冷。〔志曰〕多食令人肺冷生痰，脾冷发痼癖，大肠泻利，发阴汗。

【**主治**】**利肠胃中热毒，解丹石，止暴渴，利小便。**开宝

【**附方**】新一。**难产**柑橘瓤阴干，烧存性，研末，温酒服二钱。集效。

皮〔**气味**〕**辛、甘，寒，无毒。**〔时珍曰〕橘皮苦辛温，柑皮辛甘寒。外形虽似，而气味不同。〔诜曰〕多食令肺燥。〔**主治**〕**下气调中。**藏器**解酒毒及酒渴，去白焙研末，点汤入盐饮之。**大明**治产后肌浮，为末酒服。**藏器**伤寒饮食劳复者，浓煎汁服。**时珍**山柑皮：治咽喉痛效。**开宝

核〔**主治**〕**作涂面药。**苏颂

叶〔**主治**〕**聤耳流水或脓血。取嫩头七个，入水数滴，杵取汁滴之，即愈。**蔺氏

橙 宋开宝

【**释名**】**金球 鹄壳**〔时珍曰〕案陆佃埤雅云：橙，柚属也。可登而成之，故字从登。又谐声也。

【集解】〔志曰〕橙，树似橘而叶大，其形圆，大于橘而香，皮厚而皱，八月熟。〔时珍曰〕橙产南土，其实似柚而香，叶有两刻缺如两段，亦有一种气臭者。柚乃柑属之大者，早黄难留；橙乃橘属之大者，晚熟耐久。皆有大小二种。案事类合璧云：橙树高枝，叶不甚类橘，亦有刺。其实大者如碗，颇似朱栾，经霜早熟，色黄皮厚，蹙衄如沸，香气馥郁。其皮可以熏衣，可以芼鲜，可以和菹醢[29]，可以为酱齑，可以蜜煎，可以糖制为橙丁，可以蜜制为橙膏。嗅之则香，食之则美，诚佳果也。〔宗奭曰〕橙皮今止以为果，或合汤待宾，未见入药。宿酒未解者，食之速醒。

【气味】酸，寒，无毒。〔士良曰〕暖。多食伤肝气，发虚热。与猯揭肉同食[30]，发头旋恶心。〔时珍曰〕猯乃水獭之属也。诸家本草皆作槟榔，误矣。

【主治】洗去酸汁，切和盐、蜜，煎成贮食，止恶心，能去胃中浮风恶气。开宝**行风气，疗瘿气，发瘰疬，杀鱼、蟹毒。**士良

皮〔气味〕苦、辛，温，无毒。〔主治〕作酱、醋香美，散肠胃恶气，消食下气，去胃中浮风气。开宝**和盐贮食，止恶心，解酒病。**孟诜**糖作橙丁，甘美，消痰下气，利膈宽中，解酒。**时珍**〔附方〕**新二。**香橙汤**宽中快气，消酒。用橙皮二斤切片，生姜五两切焙擂烂，入炙甘草末一两，檀香末半两，和作小饼。每嚼一饼，沸汤入盐送下。奇效良方。**痔疮肿痛**隔年风干橙子，桶内烧烟熏之，神效。医方摘要。

核〔主治〕面䵟粉刺，湿研，夜夜涂之。时珍**〔附方〕**新一。**闪挫腰痛**橙子核炒研，酒服三钱即愈。摄生方。

柚　音又。日华

【释名】櫾与柚同。**条**尔雅**壶柑**唐本**臭橙**食性**朱栾**〔时珍曰〕柚色油然，其状如卣[31]，故名。壶亦象形。今人呼其黄而小者为蜜筒，正此意也。其大者谓之朱栾，亦取团栾之象。最大者谓之香栾。尔雅谓之櫠（音废），又曰椵（音贾）。广雅谓之镭柚，镭亦壶也。桂海志谓之臭柚，皆一物。但以大小古今方言称呼不同耳。

【集解】〔恭曰〕柚皮厚味甘，不似橘皮薄味辛而苦。其肉亦如橘，有甘有酸，酸者名壶柑。今俗人谓橙为柚，非矣。案吕氏春秋云：果之美者，江浦之橘，云梦之柚。郭璞云：柚出江南，似橙而实酢，大如橘。禹贡云：扬州厥包橘、柚。孔安国云：小曰橘，大曰柚，皆为柑也。〔颂曰〕闽中、岭外、江南皆有柚，比橘黄白色而大。襄、唐间柚，色青黄而实小。其味皆酢，皮厚，不堪入药。〔时珍曰〕柚，树、叶皆似橙。其实有大、小二种：小者如柑如橙；大者如瓜如升，有围及尺余者，亦橙之类也。今人呼为朱栾，形色圆正，都类柑、橙。但皮厚而粗，其味甘，其气臭，其瓣坚而酸恶不可食，其花甚香。南人种其核，长成以接柑、橘，云甚良也。盖橙乃橘属，故其皮皱厚而香，味苦而辛；柚乃柑属，故其皮粗厚而臭，味甘而辛。如此分柚与橙、橘自明矣。郭璞云：櫠，大柚也。实大如盏，皮厚二三寸，子似枳，食之少味。范成大云：广南臭柚大如瓜，可食，其皮甚厚，染墨打碑，可代毡刷，且不损纸也。列子云：吴越之间有木焉，其名为櫾。碧树而冬青，实丹而味酸。食其皮汁，已愤厥之疾[32]。渡淮而北，化而为枳。此言地气之不同如此。

【气味】酸，寒，无毒。

【主治】消食，解酒毒，治饮酒人口气，去肠胃中恶气，疗妊妇不思食口淡。大明

皮〔气味〕甘、辛，平，无毒。〔正误〕〔时珍曰〕案沈括笔谈云：本草言橘皮苦，柚皮甘，误矣。柚皮极苦，不可入口，甘者乃橙也。此说似与今柚不同，乃沈氏自误也，不可为据。**〔主治〕下气。宜食，不入药。**弘景**消食快膈，散愤懑之气，化痰。**时珍**〔附方〕**新一。**痰气咳嗽**用

香栾去核切，砂瓶内浸酒，封固一夜，煮烂，蜜拌匀，时时含咽。

叶〔主治〕头风痛，同葱白捣，贴太阳穴。时珍

花〔主治〕蒸麻油作香泽面脂，长发润燥。时珍

枸橼 音矩员。宋图经〔校正〕原附豆蔻下，今分出。

【释名】香橼俗作圆。**佛手柑**〔时珍曰〕义未详。佛手，取象也。

【集解】〔藏器曰〕枸橼生岭南，柑、橘之属也。其叶大，其实大如盏，味辛酸。〔颂曰〕今闽广、江南皆有之，彼人呼为香橼子。形长如小瓜状，其皮若橙而光泽可爱，肉甚厚，白如萝卜而松虚。虽味短而香芬大胜，置衣笥中[33]，则数日香不歇。寄至北方，人甚贵重。古作五和糁用之。〔时珍曰〕枸橼产闽广间。木似朱栾而叶尖长，枝间有刺。植之近水乃生。其实状如人手，有指，俗呼为佛手柑。有长一尺四五寸者。皮如橙柚而厚，皱而光泽。其色如瓜，生绿熟黄。其核细。其味不甚佳而清香袭人。南人雕镂花鸟，作蜜煎果食。置之几案，可供玩赏。若安芋片于蒂而以湿纸围护，经久不瘪。或捣蒜罨其蒂上，则香更充溢。异物志云：浸汁浣葛纻[34]，胜似酸浆也。

皮瓤〔气味〕辛、酸，无毒。〔弘景曰〕性温。〔恭曰〕性冷。陶说误矣。〔藏器曰〕性温不冷。**〔主治〕下气，除心头痰水。**藏器**煮酒饮，治痰气咳嗽。煎汤，治心下气痛。**时珍

根叶〔主治〕同皮。橘谱

金橘 纲目

【释名】金柑橘谱**卢橘**汉书**夏橘**广州记**山橘**北户录**给客橙**魏王花木志〔时珍曰〕此橘生时青卢色，黄熟则如金，故有金橘、卢橘之名。卢，黑色也。或云卢，酒器之名，其形肖之故也。注文选者以枇杷为卢橘，误矣。案司马相如上林赋云：卢橘夏熟，枇杷橪柿。以二物并列，则非一物明矣。此橘夏冬相继，故云夏熟，而裴渊广州记谓之夏橘。给客橙者，其芳香如橙，可供给客也。

【集解】〔时珍曰〕金橘生吴粤、江浙、川广间。或言出营道者为冠，而江浙者皮甘肉酸，次之。其树似橘，不甚高大。五月开白花结实，秋冬黄熟，大者径寸，小者如指头，形长而皮坚，肌理细莹，生则深绿色，熟乃黄如金。其味酸甘，而芳香可爱，糖造、蜜煎皆佳。案魏王花木志云：蜀之成都、临邛、江源诸处，有给客橙，一名卢橘。似橘而非，若柚而香。夏冬花实常相继，或如弹丸，或如樱桃，通岁食之。又刘恂岭表录异云[35]：山橘子大如土瓜，次如弹丸，小树绿叶，夏结冬熟，金色薄皮而味酸，偏能破气。容、广人连枝藏之，入脍醋尤加香美。韩彦直橘谱云：金柑出江西，北人不识。景祐中始至汴都[36]，因温成皇后嗜之，价遂贵重。藏绿豆中可经时不变，盖橘性热、豆性凉也。又有山金柑，一名山金橘，俗名金豆。木高尺许，实如樱桃，内止一核。俱可蜜渍，香味清美。已上诸说，皆指今之金橘，但有一类数种之异耳。

【气味】酸、甘，温，无毒。

【主治】下气快膈，止渴解酲，辟臭。皮尤佳。时珍

枇杷 别录中品

【释名】〔宗奭曰〕其叶形似琵琶，故名。

【集解】〔颂曰〕枇杷旧不著所出州土，今襄、汉、吴、蜀、闽、岭、江西南、湖南北皆有之。木高丈余，肥枝长叶，大如驴耳，背有黄毛，阴密婆娑可爱，四时不凋。盛冬开白花，至三四月成实作梂，生大如弹丸，熟时色如黄杏，微有毛，皮肉甚薄，核大如茅栗，黄褐色。四月采叶，暴干用。〔时珍曰〕案郭义恭广志云：枇杷易种，叶微似栗，冬花春实。其子簇结有毛，四月熟，大者如鸡子，小者如龙眼，白者为上，黄者次之。无核者名焦子，出广州。又杨万里诗

云：大叶耸长耳，一枝堪满盘。荔支分与核，金橘却无酸。颇尽其状。注文选者以枇杷为卢橘，误矣。详金橘。

实〔气味〕甘、酸，平，无毒。〔志曰〕寒。〔诜曰〕温。多食发痰热，伤脾。同炙肉及热面食，令人患热毒黄疾。〔主治〕**止渴下气，利肺气，止吐逆，主上焦热，润五脏。**大明

叶〔修治〕〔恭曰〕凡用须火炙，以布拭去毛。不尔射人肺[37]，令咳不已。或以粟秆作刷刷之，尤易洁净。〔敩曰〕凡采得秤，湿叶重一两，干者三叶重一两，乃为气足，堪用。粗布拭去毛，以甘草汤洗一遍，用绵再拭干。每一两以酥二钱半涂上，炙过用。〔时珍曰〕治胃病以姜汁涂炙，治肺病以蜜水涂炙，乃良。〔**气味〕苦，平，无毒。**〔权曰〕甘、微辛，〔弘景曰〕煮汁饮之，则小冷。〔主治〕**卒啘不止**[38]**，下气，煮汁服。**别录〔弘景曰〕若不暇煮，但嚼汁咽，亦瘥。**治呕哕不止，妇人产后口干。**大明**煮汁饮，主渴疾，治肺气热嗽，及肺风疮**[39]**，胸面上疮。**诜**和胃降气，清热解暑毒，疗脚气。**时珍**〔发明〕**〔明珍曰〕枇杷叶气薄味厚，阳中之阴。治肺胃之病，大都取其下气之功耳。气下则火降痰顺，而逆者不逆，呕者不呕，渴者不渴，咳者不咳矣。〔宗奭曰〕治肺热嗽甚有功。一妇人患肺热久嗽，身如火炙，肌瘦将成劳。以枇杷叶、木通、款冬花、紫菀、杏仁、桑白皮各等分，大黄减半，如常治讫，为末，蜜丸樱桃大。食后、夜卧各含化一丸，未终剂而愈矣。**〔附方〕**新七。**温病发哕**因饮水多者。枇杷叶（去毛炙香）、茅根各半斤，水四升，煎二升，稍稍饮之。庞安常方。**反胃呕哕**枇杷叶（去毛炙）、丁香各一两，人参二两，为末。每服三钱，水一盏，姜三片，煎服。圣惠。**衄血不止**枇杷叶去毛，焙研末。茶服一二钱，日二。同上。**酒齄赤鼻**枇杷叶、卮子仁等分，为末。每服二钱，温酒调下，日三服。本事。**面上风疮**方同上。**痔疮肿痛**枇杷叶蜜炙，乌梅肉焙，为末。先以乌梅汤洗，贴之。集要。**痘疮溃烂**枇杷叶煎汤洗之。摘玄。

花〔主治〕头风，鼻流清涕。辛夷等分，研末，酒服二钱，日二服。时珍

木白皮〔主治〕生嚼咽汁，止吐逆不下食，煮汁冷服尤佳。思邈

杨梅　宋开宝

【释名】杭子音求。〔时珍曰〕其形如水杨子而味似梅，故名。段氏北户录名杭子。扬州人呼白杨梅为圣僧。

【集解】〔志曰〕杨梅生江南、岭南山谷。树若荔枝树，而叶细阴青。子形似水杨子，而生青熟红，肉在核上，无皮壳。四月、五月采之。南人腌藏为果，寄至北方。〔时珍曰〕杨梅树叶如龙眼及紫瑞香，冬月不凋。二月开花结实，形如楮实子，五月熟，有红、白、紫三种，红胜于白，紫胜于红，颗大而核细，盐藏、蜜渍、糖收皆佳。东方朔林邑记云[40]：邑有杨梅，其大如杯碗，青时极酸，熟则如蜜。用以酿酒，号为梅香酎，甚珍重之。赞宁物类相感志云：桑上接杨梅则不酸。杨梅树生癞，以甘草钉钉之则无。皆物理之妙也。〔藏器曰〕张华博物志言地瘴处多生杨梅，验之信然。

实〔气味〕酸、甘，温，无毒。〔诜曰〕热，微毒。久食令人发热，损齿及筋。忌生葱同食。〔瑞曰〕发疮致痰。〔主治〕**盐藏食**[41]**，去痰止呕哕，消食下酒。干作屑，临饮酒时服方寸匕，止吐酒。**开宝**止渴，和五脏，能涤肠胃，除烦愦恶气。烧灰服，断下痢甚验。盐者常含一枚，咽汁，利五脏下气。**诜**〔附方〕**旧一，新三。**下痢不止**杨梅烧研，每米饮服二钱，日二服。普济。**头痛不止**杨梅为末，以少许嗃鼻取嚏妙[42]。**头风作痛**杨梅为末，每食后薄荷茶服二钱。或以消风散同煎服。或同捣末，以白梅肉和，丸弹子大，每食后葱茶嚼下一丸。朱氏集验。**一切损伤**止血生肌，令无瘢痕。用盐藏杨梅和核捣如泥，做成挺子，以竹筒收之。凡遇破伤，研末傅之，神圣绝妙。经验后方。

核仁〔主治〕**脚气**。〔时珍曰〕案王明清挥尘录云：会稽杨梅为天下冠。童贯苦脚气，或云杨梅仁可治之。郡守王嶷馈五十石，贯用之而愈。取仁法：以柿漆拌核暴之，则自裂出也。

树皮及根〔主治〕**煎汤，洗恶疮疥癣**。大明**煎水，漱牙痛。服之，解砒毒。烧灰油调，涂汤火伤**。时珍〔附方〕新三。**中砒毒**心腹绞痛，欲吐不吐，面青肢冷。用杨梅树皮煎汤二三碗，服之即愈。王硕易简方。**风虫牙痛**普济方：用杨梅根皮厚者焙一两，用芎䓖五钱，麝香少许，研末。每用半钱，鼻内嗃之，口中含水，涎出痛止。摘要方：用杨梅根皮、韭菜根、厨案上油泥，等分捣匀，贴于两腮上，半时辰，其虫从眼角出也。屡用有效之方。

樱桃 别录上品

【释名】莺桃礼注**含桃**月令**荆桃**〔宗奭曰〕孟诜本草言此乃樱，非桃也。虽非桃类，以其形肖桃，故曰樱桃，又何疑焉？如沐猴梨、胡桃之类，皆取其形相似耳。礼记仲春，天子以含桃荐宗庙即此。故王维诗云：才是寝园春荐后，非干御苑鸟衔残。药中不甚用。〔时珍曰〕其颗如璎珠，故谓之樱。而许慎作莺桃，云莺所含食，故又曰含桃，亦通。案尔雅云：楔（音戛），荆桃也。孙炎注云：即今樱桃。最大而甘者，谓之崖蜜。

【集解】〔颂曰〕樱桃处处有之，而洛中者最胜。其木多阴，先百果熟，故古人多贵之。其实熟时深红色者，谓之朱樱。紫色，皮里有细黄点者，谓之紫樱，味最珍重。又有正黄明者，谓之蜡樱；小而红者，谓之樱珠，味皆不及。极大者，有若弹丸，核细而肉厚，尤难得。〔时珍曰〕樱桃树不甚高。春初开白花，繁英如雪。叶团，有尖及细齿。结子一枝数十颗，三月熟时须守护，否则鸟食无遗也。盐藏、蜜煎皆可，或同蜜捣作糕食，唐人以酪荐食之。林洪山家清供云：樱桃经雨则虫自内生，人莫之见。用水浸良久，则虫皆出，乃可食也。试之果然。

【气味】甘，热，涩，无毒。〔大明曰〕平，微毒。多食令人吐。〔诜曰〕食多无损，但发虚热耳。有暗风人不可食，食之立发。〔李鹏飞曰〕伤筋骨，败血气。有寒热病人不可食。

【主治】调中，益脾气，令人好颜色，美志。别录**止泄精、水谷痢**。孟诜

【发明】〔宗奭曰〕小儿食之过多，无不作热。此果三月末、四月初熟，得正阳之气，先诸果熟，故性热也。〔震亨曰〕樱桃属火而有土，性大热而发湿。旧有热病及喘嗽者，得之立病，且有死者也。〔时珍曰〕案张子和儒门事亲云：舞水一富家有二子，好食紫樱，每日啖一二升。半月后，长者发肺痿，幼者发肺痈，相继而死。呜呼！百果之生，所以养人，非欲害人。富贵之家，纵其嗜欲，取死是何？天耶命耶？邵尧夫诗云"爽口物多终作疾"，真格言哉。观此，则寇、朱二氏之言，益可证矣。王维诗云：饱食不须愁内热，大官还有蔗浆寒。盖谓寒物同食，犹可解其热也。

叶〔气味〕**甘，平，无毒**。煮老鹅，易软熟。〔主治〕**蛇咬，捣汁饮，并傅之**。颂

东行根〔主治〕**煮汁服，立下寸白蛔虫**。颂

枝〔主治〕**雀卵斑䵟，同紫萍、牙皂、白梅肉研和，日用洗面**。时珍

花〔主治〕**面黑粉滓**。方见李花。

山婴桃 别录上品〔校正〕唐本退入有名未用，今移入此。

【释名】朱桃别录**麦樱**吴普**英豆**别录**李桃**〔诜曰〕此婴桃俗名李桃，又名柰桃。前樱桃名樱，非桃也。

【集解】〔别录曰〕婴桃实大如麦，多毛。四月采，阴干。〔弘景曰〕樱桃即今朱樱，可煮食者。婴桃形相似而实乖异[43]，山间时有之，方药不用。〔时珍曰〕树如朱婴，但叶长尖不团。子小而尖，生青熟黄赤，亦不光泽，而味恶不堪食。

实【气味】辛，平，无毒。

【主治】止泄、肠澼，除热，调中益脾气，令人好颜色，美志。别录**止泄精。**孟诜

银杏 日用

【释名】白果日用**鸭脚子**〔时珍曰〕原生江南，叶似鸭掌，因名鸭脚。宋初始入贡，改呼银杏，因其形似小杏而核色白也。今名白果。梅尧臣诗：鸭脚类绿李，其名因叶高。欧阳修诗：绛囊初入贡，银杏贵中州。是矣。

【集解】〔时珍曰〕银杏生江南，以宣城者为胜。树高二三丈。叶薄纵理，俨如鸭掌形，有刻缺，面绿背淡。二月开花成簇，青白色，二更开花，随即卸落，人罕见之。一枝结子百十，状如楝子，经霜乃熟烂，去肉取核为果。其核两头尖，三棱为雄，二棱为雌。其仁嫩时绿色，久则黄。须雌雄同种，其树相望，乃结实；或雌树临水亦可；或凿一孔，内雄木一块泥之亦结。阴阳相感之妙如此。其树耐久，肌理白腻。术家取刻符印[14]，云能召使也。文选吴都赋注：平仲果，其实如银。未知即此果否?

核仁【气味】甘、苦，平，涩，无毒。〔时珍曰〕熟食，小苦微甘，性温有小毒。多食令人胪胀。〔瑞曰〕多食壅气动风。小儿食多昏霍，发惊引疳。同鳗鲡鱼食，患软风。

【主治】生食引疳解酒，熟食益人。李鹏飞**熟食温肺益气，定喘嗽，缩小便，止白浊。生食降痰，消毒杀虫。嚼浆涂鼻面手足，去皻疱皯黯皴皱，及疥癣疳䘌阴虱。**时珍

【发明】〔时珍曰〕银杏宋初始著名，而修本草者不收。近时方药亦时用之。其气薄味厚，性涩而收，色白属金。故能入肺经，益肺气，定喘嗽，缩小便。生捣能浣油腻，则其去痰浊之功，可类推矣。其花夜开，人不得见，盖阴毒之物，故又能杀虫消毒。然食多则收令太过，令人气壅胪胀昏顿。故物类相感志言银杏能醉人，而三元延寿书言白果食满千个者死。又云：昔有饥者，同以白果代饭食饱，次日皆死也。

【附方】新十八。**寒嗽痰喘**白果七个煨熟，以熟艾作七丸，每果入艾一丸，纸包再煨香，去艾吃。秘韫方。**哮喘痰嗽**鸭掌散：用银杏五个，麻黄二钱半，甘草炙二钱，水一钟半，煎八分，卧时服。又金陵一铺治哮喘，白果定喘汤，服之无不效者，其人以此起家。其方：用白果二十一个炒黄，麻黄三钱，苏子二钱，款冬花、法制半夏、桑白皮蜜炙各二钱，杏仁去皮尖、黄芩微炒各一钱半，甘草一钱，水三钟，煎二钟，随时分作二服。不用姜。并摄生方。**咳嗽失声**白果仁四两，白茯苓、桑白皮二两，乌豆半升炒，蜜半斤，煮熟日干为末，以乳汁半碗拌湿，九蒸九晒，丸如绿豆大。每服三五十丸，白汤下，神效。余居士方。**小便频数**白果十四枚，七生七煨，食之，取效止。**小便白浊**生白果仁十枚，擂水饮，日一服，取效止。**赤白带下**下元虚惫。白果、莲肉、江米各五钱，胡椒一钱半，为末。用乌骨鸡一只，去肠盛药，瓦器煮烂，空心食之。集简方。**肠风下血**银杏煨熟，出火气，食之，米饮下。**肠风脏毒**银杏四十九枚，去壳生研，入百药煎末和，丸弹子大。每服二三丸，空心细嚼，米饮送下。戴原礼证治要诀。**牙齿虫䘌**生银杏，每食后嚼一二个，良。永类钤方。**手足皴裂**生白果嚼烂，夜夜涂之。**鼻面酒皻**银杏、酒浮糟同嚼烂，夜涂旦洗。医林集要。**头面癣疮**生白果仁切断，频擦取效。邵氏经验方。**下部疳疮**生白果杵，涂之。赵原阳。**阴虱作痒**阴毛际肉中生虫如虱，或红或白，痒不可忍者。白果仁嚼细，频擦之，取效。刘长春方。**狗咬成疮**白果仁嚼细涂之。**乳痈溃烂**银杏半斤，以四两研酒服之，以四两研傅之。救急易方。**水疔暗疔**水疔色黄，麻木不痛；暗疔疮凸色红，使人昏狂。并先刺四畔，后用银杏去壳浸油中年久者，捣盦之。普济方。

胡桃 宋开宝

【释名】羌桃名物志**核桃**〔颂曰〕此果本出羌胡，汉时张骞使西域始得种还，植之秦中，渐及东土，故名之。〔时珍曰〕此果外有青皮肉包之，其形如桃，胡桃乃其核也。羌音呼核如胡，

名或以此。或作核桃。梵书名播罗师。

【集解】〔颂曰〕胡桃生北土，今陕、洛间甚多。大株厚叶多阴。实亦有房，秋冬熟时采之。出陈仓者薄皮多肌。出阴平者大而皮脆，急捉则碎。汴州虽有而实不佳。江表亦时有之，南方则无。〔时珍曰〕胡桃树高丈许。春初生叶，长四五寸，微似大青叶，两两相对，颇作恶气。三月开花如栗花，穗苍黄色。结实至秋如青桃状，熟时沤烂皮肉，取核为果。人多以榉柳接之。案刘恂岭表录异云：南方有山胡桃，底平如槟榔，皮厚而大坚，多肉少穰。其壳甚厚，须椎之方破。然则南方亦有，但不佳耳。

核仁〔气味〕甘，平、温，无毒。〔颂曰〕性热，不可多食。〔思邈曰〕甘冷滑。多食动痰饮，令人恶心、吐水、吐食物。〔志曰〕多食动风，脱人眉。同酒食，多令人咯血。〔颖曰〕多食生痰，动肾火。**〔发明〕**〔震亨曰〕胡桃属土而有火，性热。本草云甘平，是无热矣。然又云动风脱人眉，非热何以伤肺耶？〔时珍曰〕胡桃仁味甘气热，皮涩肉润。孙真人言其冷滑，误矣。近世医方用治痰气喘嗽醋心及疠风诸病，而酒家往往醉后嗜之。则食多吐水吐食脱眉，及酒同食咯血之说，亦未必尽然也。但胡桃性热，能入肾肺，惟虚寒者宜之。而痰火积热者，不宜多食耳。**〔主治〕食之令人肥健，润肌，黑须发。多食利小便，去五痔。捣和胡粉，拔白须发，内孔中，则生黑毛。烧存性，和松脂研，傅瘰疬疮。**开宝**食之令人能食，通润血脉，骨肉细腻。**诜**方见下。治损伤、石淋。同破故纸蜜丸服，补下焦。**颂**补气养血，润燥化痰，益命门，利三焦，温肺润肠，治虚寒喘嗽，腰脚重痛，心腹疝痛，血痢肠风，散肿毒，发痘疮，制铜毒。**时珍

油胡桃〔气味〕辛，热，有毒。〔主治〕杀虫攻毒，治痈肿、疠风、疥癣、杨梅、白秃诸疮，润须发。时珍

【发明】〔韩悉曰〕破故纸属火，能使心包与命门之火相通。胡桃属木，主润血养血，血属阴，阴恶燥，故油以润之。佐破故纸，有木火相生之妙。故古有云：黄檗无知母，破故纸无胡桃，犹水母之无虾也。〔时珍曰〕三焦者，元气之别使。命门者，三焦之本原。盖一原一委也。命门指所居之府而名，为藏精系胞之物。三焦指分治之部而名，为出纳腐熟之司。盖一以体名，一以用名。其体非脂非肉，白膜裹之，在七节之旁[45]，两肾之间。二系著脊，下通二肾，上通心肺，贯属于脑。为生命之原，相火之主，精气之府。人物皆有之，生人生物，皆由此出。灵枢本脏论已著其厚薄缓急直结之状。而扁鹊难经不知原委体用之分，以右肾为命门，谓三焦有名无状。而高阳生伪撰脉诀[46]，承其谬说，以误后人。至朱肱南阳活人书、陈言三因方论、戴起宗脉诀刊误，始著说辟之，而知之者尚鲜。胡桃仁颇类其状，而外皮水汁皆青黑。故能入北方，通命门，利三焦，益气养血，与破故纸同为补下焦肾命之药。夫命门气与肾通，藏精血而恶燥。若肾、命不燥，精气内充，则饮食自健，肌肤光泽，肠腑润而血脉通。此胡桃佐补药，有令人肥健能食，润肌黑发固精，治燥调血之功也。命门既通则三焦利，故上通于肺而虚寒喘嗽者宜之，下通于肾而腰脚虚痛者宜之，内而心腹诸痛可止，外而疮肿之毒可散矣。洪氏夷坚志止言胡桃治痰嗽能敛肺，盖不知其为命门三焦之药也。油胡桃有毒，伤人咽肺，而疮科取之，用其毒也。胡桃制铜，此又物理之不可晓者。洪迈云：迈有痰疾，因晚对，上遣使谕令以胡桃肉三颗，生姜三片，卧时嚼服，即饮汤两三呷，又再嚼桃、姜如前数，即静卧，必愈。迈还玉堂，如旨服之，及旦而痰消嗽止。又溧阳洪辑幼子，病痰喘，凡五昼夜不乳食。医以危告。其妻夜梦观音授方，令服人参胡桃汤。辑急取新罗人参寸许，胡桃肉一枚，煎汤一蚬壳许，灌之，喘即定。明日以汤剥去胡桃皮用之，喘复作。仍连皮用，信宿而瘳[47]。此方不载书册，盖人参定喘，胡桃连皮能敛肺故也。

【附方】旧五，新二十七。**服胡桃法**〔诜曰〕凡服胡桃不得并食，须渐渐食之。初日服一颗，

每五日加一颗，至二十颗止，周而复始。常服令人能食，骨肉细腻光润，须发黑泽，血脉通润，养一切老痔。**青娥丸**方见草部补骨脂。**胡桃丸**益血补髓，强筋壮骨，延年明目，悦心润肌，能除百病。用胡桃仁四两捣膏，入破故纸、杜仲、萆薢末各四两杵匀，丸梧子大。每空心温酒、盐汤任下五十丸。御药院方。**消肾溢精**胡桃丸：治消肾病，因房欲无节，及服丹石，或失志伤肾，遂致水弱火强，口舌干，精自溢出，或小便赤黄，大便燥实，或小便大利而不甚渴。用胡桃肉、白茯苓各四两，附子一枚去皮切片，姜汁、蛤粉同焙为末，蜜丸梧子大。每服三十丸，米饮下。普济方。小便频数胡桃煨熟，卧时嚼之，温酒下。**石淋痛楚**便中有石子者。胡桃肉一升，细米煮浆粥一升，相和顿服即瘥。崔元亮海上方。**风寒无汗**发热头痛。核桃肉、葱白、细茶、生姜等分，捣烂，水一钟，煎七分，热服。覆衣取汗。谈野翁方。**痰喘咳嗽**方见发明。**老人喘嗽**气促，睡卧不得，服此立定。胡桃肉去皮、杏仁去皮尖、生姜各一两，研膏，入炼蜜少许和，丸弹子大。每卧时嚼一丸，姜汤下。普济方。**产后气喘**胡桃肉、人参各二钱，水一盏，煎七分，顿服。**久嗽不止**核桃仁五十个煮熟去皮，人参五两，杏仁三百五十个麸炒汤浸去皮，研匀，入炼蜜，丸梧子大。每空心细嚼一丸，人参汤下。临卧再服。萧大尹方。**食物醋心**胡桃烂嚼，以生姜汤下，立止。传信适用方。**食酸齿𪘨**细嚼胡桃即解。日华子本草。误吞铜钱多食胡桃，自化出也。胡桃与铜钱共食，即成粉，可证矣。李楼方。**揩齿乌须**胡桃仁（烧过）、贝母各等分，为散，日用之。圣惠。**眼目暗昏**四月内取风落小胡桃，每日午时食饱，以无根水吞下，偃卧，觉鼻孔中有泥腥气为度。卫生易简方。**赤痢不止**胡桃仁、枳壳各七个，皂角不蛀者一挺，新瓦上烧存性，研为细末，分作八服。每临卧时一服，二更一服，五更一服，荆芥茶下。总录。**血崩不止**胡桃肉十五枚，灯上烧存性，研作一服，空心温酒调下，神效。**急心气痛**核桃一个，枣子一枚，去核夹桃，纸裹煨熟，以生姜汤一钟，细嚼送下。永久不发，名盏落汤。赵氏经验。**小肠气痛**胡桃一枚，烧炭研末，热酒服之。奇效良方。**便毒初起**子和儒门事亲：用胡桃七个，烧研酒服，不过三服，见效。杨氏经验：用胡桃三枚，夹铜钱一个，食之即愈。**鱼口毒疮**端午日午时，取树上青胡桃筐内阴干，临时全烧为末，黄酒服。少行一二次，有脓自大便出，无脓即消，二三服平。杨氏经验。**一切痈肿**背痈、附骨疽，未成脓者。胡桃十个煨熟去壳，槐花一两研末，杵匀，热酒调服。古今录验。**疔疮恶肿**胡桃一个平破，取仁嚼烂，安壳内，合在疮上，频换甚效。普济。**痘疮倒陷**胡桃肉一枚烧存性，干胭脂半钱，研匀，胡荽煎酒调服。儒门事亲。**小儿头疮**久不愈。胡桃和皮，灯上烧存性，碗盖出火毒，入轻粉少许，生油调涂，一二次愈。保幼大全。**酒齄鼻赤**方见橘核。**聤耳出汁**胡桃仁烧研，狗胆汁和作挺子，绵裹塞之。普济方。**伤耳成疮**出汁者。用胡桃杵取油纳入。同上。**火烧成疮**胡桃仁烧黑研傅。梅师方。**压扑伤损**胡桃仁捣，和温酒顿服便瘥。图经本草。**疥疮瘙痒**油核桃一个，雄黄一钱，艾叶杵熟一钱，捣匀绵包，夜卧裹阴囊，历效。勿洗。集简方。

胡桃青皮〔气味〕**苦，涩，无毒。**〔**主治**〕**染髭及帛，皆黑。**〔志曰〕仙方取青皮压油，和詹糖香，涂毛发，色如漆也。〔**附方**〕新五。**乌髭发**胡桃皮、蝌蚪等分，捣泥涂之，一染即黑。总录：用青胡桃三枚和皮捣细，入乳汁三盏，于银石器内调匀，搽须发三五次，每日用胡桃油润之，良。**疬疡风**青胡桃皮捣泥，入酱清少许、硇砂少许合匀。先以泔洗，后傅之。外台。**白癜风**青胡桃皮一个，硫黄一皂子大，研匀。日日掺之，取效。**嵌甲**胡桃皮烧灰贴。

树皮〔**主治**〕**止水痢。春月斫皮汁，沐头至黑。煎水，可染褐。**开宝〔**附方**〕新一。**染须发**胡桃根皮一秤，莲子草十斤，切，以瓮盛之，入水五斗，浸一月去滓，熬至五升，入芸薹子油一斗，慢火煎取五升收之。凡用，先以炭灰汁洗，用油涂之，外以牛蒡叶包住，绢裹一夜洗去，用七日即黑也。圣惠方。

壳〔主治〕烧存性，入下血、崩中药。时珍

榛 宋开宝

【释名】亲古榛字。〔时珍曰〕案罗氏尔雅翼云：礼记郑玄注云：关中甚多此果。关中，秦地也。榛之从秦，盖取此意。左传云：女贽不过榛[48]、栗、枣、脩，以告虔也。则榛有臻至之义，以其名告己之虔也。古作亲，从辛，从木。俗作莘，误矣。莘音诜。

【集解】〔志曰〕榛生辽东山谷。树高丈许。子如小栗，军行食之当粮。中土亦有。郑玄云：关中鄜、坊甚多。〔颂曰〕桂阳有亲而丛生，实大如杏子中仁，皮子形色与栗无异，但小耳。〔大明曰〕新罗榛子肥白，最良。〔时珍曰〕榛树低小如荆，丛生。冬末开花如栎花，成条下垂，长二三寸。二月生叶如初生樱桃叶，多皱文而有细齿及尖。其实作苞，三五相粘，一苞一实。实如栎实，下壮上锐，生青熟褐，其壳厚而坚，其仁白而圆，大如杏仁，亦有皮尖。然多空者，故谚云十榛九空。按陆玑诗疏云：榛有两种：一种大小枝叶皮树皆如栗，而子小，形如橡子，味亦如栗，枝茎可以为烛，诗所谓"树之榛、栗"者也；一种高丈余，枝叶如木蓼，子作胡桃味，辽、代、上党甚多，久留亦易油坏者也。

仁【气味】甘，平，无毒。

【主治】益气力，实肠胃，令人不饥健行。开宝**止饥，调中开胃，甚验。**大明

阿月浑子拾遗 〔校正〕自木部移入此，并入海药无名木皮。

【释名】胡榛子拾遗**无名子**海药

【集解】〔藏器曰〕阿月浑子生西国诸番，与胡榛子同树，一岁胡榛子，二岁阿月浑子也。〔珣曰〕按徐表南州记云：无名木生岭南山谷，其实状若榛子，号无名子，波斯家呼为阿月浑子也。

仁〔气味〕辛，温，涩，无毒。〔主治〕诸痢，去冷气，令人肥健。藏器**治腰冷，阴肾虚弱，房中术多用之，得木香、山茱萸良。**李珣

无名木皮海药**〔气味〕辛，大温，无毒。〔主治〕阴肾萎弱，囊下湿痒，并煎汁小浴，极妙。**珣

槠子 拾遗 〔校正〕原附钩栗，今析出。

【集解】〔藏器曰〕槠子生江南。皮、树如栗，冬月不凋，子小于橡子。〔颖曰〕槠子有苦、甜二种，治作粉食、糕食，褐色甚佳。〔时珍曰〕槠子处处山谷有之。其木大者数抱，高二三丈。叶长大如栗，叶稍尖而厚坚光泽，锯齿峭利，凌冬不凋。三四月开白花成穗，如栗花。结实大如槲子，外有小苞，霜后苞裂子坠。子圆褐而有尖，大如菩提子。内仁如杏仁，生食苦涩，煮、炒乃带甘，亦可磨粉。甜槠子粒小，木文细白，俗名面槠。苦槠子粒大，木文粗赤，俗名血槠。其色黑者名铁槠。按山海经云：前山有木，其名曰槠。郭璞注曰：槠子似柞子可食，冬月采之。木作屋柱、棺材，难腐也。

仁〔气味〕苦，涩，平，无毒。〔时珍曰〕案正要云：酸、甘，微寒。不可多食。**〔主治〕食之不饥，令人健行，止泄痢，破恶血，止渴。**藏器

皮叶〔主治〕煮汁饮，止产妇血。藏器**嫩叶：贴臁疮[49]，一日三换，良。**吴瑞

钩栗 拾遗

【释名】巢钩子拾遗**甜槠子**〔瑞曰〕钩栗即甜槠子。〔时珍曰〕钩、槠二字，方音相近。其状如栎，当作钩栎。

【集解】〔藏器曰〕钩栗生江南山谷。木大数围，冬月不凋，其子似栗而圆小。又有雀子，相似而圆黑，久食不饥。详槠子下。

仁【气味】甘，平，无毒。

【主治】食之不饥，厚肠胃，令人肥健。藏器

橡实　音象。唐本草　〔校正〕自木部移入。

【释名】橡斗说文**皂斗同栎梂**音历求。**柞子**音作。**芧**杼同。序、暑二音。**栩**音许。〔禹锡曰〕案尔雅云：栩，杼也。又曰：栎，其实梂。孙炎注云：栩，一名杼也。栎，似樗之木也。梂，盛实之房也。其实名橡，有梂猬自裹之。诗唐风云：集于苞栩。秦风云：山有苞栎。陆玑注云：即柞栎也。秦人谓之栎，徐人谓之杼，或谓之栩。其子谓之皂，亦曰皂斗。其壳煮汁可染皂也。今京洛、河内亦谓之杼。盖五方通语，皆一物也。〔时珍曰〕栎，柞木也。实名橡斗、皂斗，谓其斗刓剜象斗[50]，可以染皂也。南人呼皂如柞，音相近也。

【集解】〔颂曰〕橡实，栎木子也。所在山谷皆有。木高二三丈。三四月开花黄色，八九月结实。其实为皂斗，槲、栎皆有斗，而以栎为胜。〔宗奭曰〕栎叶如栗叶，所在有之。木坚而不堪充材，亦木之性也。为炭则他木皆不及。其壳虽可染皂，若曾经雨水者，其色淡。槲亦有壳，但小而不及栎也。〔时珍曰〕栎有二种：一种不结实者，其名曰棫，其木心赤，诗云"瑟彼柞棫"是也；一种结实者，其名曰栩，其实为橡。二者树小则耸枝，大则偃蹇。其叶如槠叶，而文理皆斜勾。四五月开花如栗花，黄色。结实如荔枝核而有尖。其蒂有斗，包其半截。其仁如老莲肉，山人俭岁采以为饭[51]，或捣浸取粉食，丰年可以肥猪。北人亦种之。其木高二三丈，坚实而重，有斑文点点。大者可作柱栋，小者可为薪炭。周礼职方氏"山林宜皂物，柞、栗之属"即此也。其嫩叶可煎饮代茶。

实〔修治〕〔雷曰〕霜后收采，去壳蒸之，从巳至未，锉作五片，日干用。〔周定王曰〕取子换水，浸十五次，淘去涩味，蒸极熟食之，可以济饥。**〔气味〕苦，微温，无毒。〔主治〕下痢，厚肠胃，肥健人。**苏恭**涩肠止泻。煮食，止饥，御歉岁。**大明**〔发明〕**〔思邈曰〕橡子非果非谷而最益人，服食未能断谷，啖之尤佳。无气而受气，无味而受味，消食止痢，令人强健不极。〔时珍曰〕木实为果，橡盖果也。俭岁，人皆取以御饥，昔挚虞入南山，饥甚拾橡实而食；唐杜甫客秦州，采橡、栗自给，是矣。**〔附方〕**新五。**水谷下痢**日夜百余行者。橡实二两，楮叶（炙）一两，为末。每服一钱，食前乌梅汤调下。圣惠方。**血痢不止**上方加缩砂仁半两。**下痢脱肛**橡斗子烧存性研末，猪脂和傅。直指方。**痔疮出血**橡子粉、糯米粉各一升，炒黄，滚水调作果子，饭上蒸熟食之。不过四五次效。李楼奇方。**石痈坚硬**如石，不作脓。用橡子一枚，以醋于青石上磨汁涂之。干则易，不过十度即平。千金方。

斗壳〔修治〕〔大明曰〕入药并宜捣细，炒焦或烧存性研用。**〔气味〕涩，温，无毒。〔主治〕为散及煮汁服，止下痢。并可染皂。**恭**止肠风崩中带下，冷热泻痢。并染须发。**大明**〔附方〕**新五。**下痢脱肛**橡斗壳烧存性，研末。猪脂和搽，并煎汁洗之。直指方。**肠风下血**像斗子壳，用白梅肉填满，两个合定，铁线札住，煅存性，研末。每服二钱，米饮下。一方：用硫黄填满，煅研酒服。余居士选奇方。**走马牙疳**橡斗壳入盐填满，合定烧透，出火毒，研末，入麝香少许。先以米泔漱过，搽之。全幼心鉴。**风虫牙痛**橡斗五个入盐在内，皂荚一条入盐在内，同煅过研末。日擦三五次，荆芥汤漱之，良。经验良方。

木皮　根皮拾遗**〔气味〕苦，平，无毒。〔主治〕恶疮，因风犯露致肿者，煎汁日洗，令脓血尽乃止。亦治痢。**藏器**止水痢，消瘰疬。**大明**〔附方〕**新一。**蚀烂痈肿**及疣赘瘤痣。柞栎木灰四斗，桑柴灰四斗，石灰一斗五升，以沸汤调湿，甑中蒸一日，取釜中沸汤七斗，合甑灰淋之取汁，再熬至一升，投乱头发一鸡子大消尽，又剪五色彩投入消尽，瓶盛密收。每以少许，挑破点之。煎时勿令鸡、犬、妇人、小儿见。普济方。

槲实 音斛。唐本草 〔**校正**〕自木部移附此。

【释名】槲樕音速。**朴樕**并尔雅**大叶栎**俗**栎橿子**〔时珍曰〕槲樕犹觳觫也。栗子绽悬，有颤栗之象，故谓之栗；槲叶摇动，有觳觫之态，故曰槲樕也。朴樕者，婆娑、蓬然之貌。其树偃蹇，其叶芃芃故也[52]。俗称衣物不整者为朴樕，本此。其实木彊，故俗谓之栎橿子。史言武后挂赦书于槲树，人遂呼为金鸡树云。

【集解】〔颂曰〕槲，处处山林有之。木高丈余，与栎相类。亦有斗，但小不中用耳。不拘时采。其皮、叶入药。〔宗奭曰〕槲亦有斗，木虽坚而不堪充材，止宜作柴，为炭不及栎木。〔时珍曰〕槲有二种：一种丛生小者名枹（音孚），见尔雅。一种高者名大叶栎。树、叶俱似栗，长大粗厚，冬月凋落。三四月开花亦如栗，八九月结实似橡子而稍短小，其蒂亦有斗。其实僵涩味恶，荒岁人亦食之。其木理粗不及橡木，所谓樗栎之材者指此。

仁〔**气味**〕**苦，涩，平，无毒。**〔**主治**〕**蒸煮作粉，涩肠止痢，功同橡子。**时珍

槲若〔**修治**〕〔颂曰〕若即叶之名也。入药须微炙令焦。〔**气味**〕**甘、苦，平，无毒。**〔**主治**〕**疗痔，止血及血痢，止渴。**恭**活血，利小便，除面上皻赤。**时珍〔**附方**〕旧五，新三。**卒然吐血**槲叶为末，每服二钱，水一盏，煎七分，和滓服。简要济众。**鼻衄不止**槲叶捣汁一小盏，顿服即止。圣惠方。**肠风血痔**热多者尤佳。槲叶微炙研末一钱，槐花炒研末一钱，米饮调服。未止再服。寇氏衍义。**冷淋茎痛**槲叶研末，每服三钱，水一盏，葱白七寸，煎六分，去滓，食前温服。日二。圣惠方。**孩子淋疾**槲叶三片，煎汤服一鸡子壳，小便即时下也。孙真人方。**蝼蛄漏疾**槲叶烧存性研，以米泔别浸槲叶，取汁洗疮后，乃纳灰少许于疮中。圣惠方。**鼻上皻疱**出脓血者。以泔水煮槲叶，取汁洗之，拭干，纳槲叶灰少许于中，良。圣惠。**腋下胡臭**槲若三升切，水煮浓汁，洗毕，即以甘苦瓠壳烟熏之。后用辛夷、细辛、杜衡末，醋浸一夜，傅之。千金方。

木皮俗名赤龙皮。〔**气味**〕**苦，涩，无毒。**〔**主治**〕**煎服，除蛊及漏，甚效。**恭**煎汤，洗恶疮，良。**权**能吐瘰疬，涩五脏。**大明**止赤白痢，肠风下血。**时珍〔**附方**〕旧四，新六。**赤龙皮汤**治诸败烂疮、乳疮。用槲皮（切）三升，水一斗，煮五升，春夏冷用，秋冬温用，洗之。洗毕乃傅诸膏。肘后。**附骨疽疮**槲皮烧研，米饮每服方寸匕。千金方。**下部生疮**槲皮、榉皮煮汁，熬如饴糖，以导下部。肘后方。**一切瘘疾**千金：用槲树北阴白皮三十斤锉，以水一石，煮一斗，去滓煎如饴，又取通都厕上雄鼠屎、雌鼠屎各十四枚，烧汁尽研和之，纳温酒一升和匀。瘦人食五合，当有虫出也。崔氏纂要：用槲白皮切五升，水八升煮令泣泣，去滓，再煎成膏。日服枣许，并涂疮上。宜食苜蓿、盐、饭以助之。以瘥为度。**小儿瘰疬**槲树皮去粗皮切，煎汤频洗之。圣惠方。**蛊毒下血**槲木北阴白皮一大握，长五寸，以水三升，煮取一升，空腹分服，即吐毒出也。千金及翼。**赤白久痢**不拘大人、小儿。用新槲皮一斤，去黑皮切，以水一斗，煎取五升，去滓煎膏，和酒服。子母秘录。**久痢不止**槲白皮（姜汁炙五度）一两，干姜（炮）半两，为末。每服二钱，米饮调下。圣济总录。**久疮不已**槲木皮一尺，阔六寸，切，以水一斗，煮取五升，入白沙糖十挺，煎取一升，分三服，即吐而愈。肘后方。

---

①上巳，节日名。农历三月三日为上巳。
②悁（juàn，音倦），急躁。
③文，通纹。
④黪（cǎn，音惨），灰黑色。
⑤楟（tíng，音亭）。
⑥李德裕，唐代政治家，曾在唐武宗时任宰相。

⑦郑樵，南宋史学家。

⑧缬（xié，音协），有花纹的丝织品。缬晕，形容海棠花开之貌。

⑨离、兑，八卦名。自离至兑。此时日中至黄昏之时。

⑩已，通医。躄，此指下肢不便的病症。

⑪孟州，古地名，今河南孟县。

⑫衣鱼，昆虫名。

⑬范成大，宋代文学家。

⑭堪啖，可以吃。

⑮梣（qín，音芹），白蜡树，皮入药，名秦皮。

⑯胪胀，腹胀。

⑰醂（lǎn，音懒），通漤，把柿子放在热水或石灰水中浸泡，去掉涩味。

⑱蒜发，斑发

⑲清道，呼吸道。

⑳罾（zēng，音曾），鱼网。

㉑服石家，指经常服用钟乳石等求长生成仙者。

㉒左思，西晋文学家。

㉓酲（chéng，音城），病酒。解酲，用饮酒来消除酒病。

㉔内，同纳。

㉕横阳，古地名，在今浙江平阳县北。

㉖閟，同闭。

㉗嵌甲，指（趾）甲深陷肉中。

㉘噀（xùn，音讯），喷。

㉙菹醢（zūhǎi，音租海），肉酱。

㉚猸（bīn，音滨），小獭。

㉛卣（yǒu，音友），古代酒具。

㉜已，通医。

㉝衣笥（sī，音司），盛衣物的方形竹器。

㉞葛纻，葛和苎麻织成的布。

㉟刘恂，唐代人，著有《岭表录异》。

㊱景祐，宋仁宗年号。

㊲不尔，不如此。

㊳卒，同猝。卒啘（wā，音哇），突发性的干呕。

㊴肺风疮，酒齄鼻。

㊵东方朔，西汉文学家。

㊶盐藏食，因食盐过多而致食物不化。

㊷嗃鼻取嚏，将药物吹入鼻腔，令喷嚏通气。

㊸乖异，差别极大。

㊹术家，以算命、驱鬼弄神为业者。

㊺七节，第七胸椎。

㊻高阳生，五代时人。

㊼信宿：连续两宿。瘳（chōu，音抽），病愈。

㊽女贽，初次求见女性尊长时所送礼物。

㊾臁疮，小腿慢性溃疡。

㊿刓剜（wán wān，音完湾），雕刻。

51俭岁，歉收之年。

52芃芃（péng，音朋），草木茂盛。

本草纲目木部目录第三十四卷

李时珍曰：木乃植物，五行之一。性有土宜，山谷原隰。肇由气化，爰受形质。乔条苞灌，根叶华实。坚脆美恶，各具太极。色香气味，区辨品类。食备果蔬，材充药器。寒温毒良，直有考汇。多识其名，奚止读诗。埤以本草，益启其知。乃肆搜猎，萃而类之。是为木部，凡一百八十种，分为六类：曰香，曰乔，曰灌，曰寓，曰苞，曰杂。旧本木部三品，共二百六十三种。今并入二十五种，移一十四种入草部，二十九种入蔓草，三十一种入果部，三种入菜部，一十六种入器用部，二种入虫部。自草部移入二种，外类有名未用移入十一种。

神农本草经四十四种梁陶弘景注。

名医别录二十三种梁陶弘景注。

唐本草二十二种唐苏恭。

本草拾遗三十九种唐陈藏器。

海药本草五种唐李珣。

蜀本草一种蜀韩保升。

开宝本草一十五种宋马志。

嘉佑本草六种宋掌禹锡。

图经本草一种宋苏颂。

日华本草一种宋人大明。

证类本草一种宋唐慎微。

本草补遗一种元朱震亨。

本草纲目二十一种明李时珍。

〔**附注**〕魏李当之药录

吴普本草

宋雷敩炮炙

齐徐之才药对

唐甄权药性

孙思邈千金

唐孟诜食疗

杨损之删繁

萧炳四声

南唐陈士良食性

宋陈承别说

寇宗奭衍义

金张元素珍珠囊

元李杲法象

王好古汤液

元吴瑞日用
明汪颖食物
汪机会编
周定王救荒
王纶集要
宁原食鉴
陈嘉谟蒙筌

木之一 香木类三十五种

柏本经
松别录
杉别录丹桎木皮附
箘桂本经
桂本经
天竺桂海药
月桂拾遗
木兰本经
辛夷本经
沉香别录
蜜香拾遗
丁香开宝（即鸡舌香）
檀香别录
降真香证类
楠别录
樟拾遗
钓樟别录
乌药开宝研药附
櫰香纲目（即兜娄婆香）
必栗香拾遗
枫香脂唐本（即白胶香）
熏陆香（乳香）别录
没药开宝
骐驎竭唐本（即血竭）
质汗开宝
安息香唐本
苏合香别录
詹糖香别录结杀附
笃耨香纲目 胆八香附
龙脑香唐本元慈勒附

樟脑纲目

阿魏唐本

卢会开宝

胡桐泪唐本

返魂香海药兜木香附

右附方旧七十四，新二百零七。

本草纲目木部第三十四卷

木之一　香木类三十五种

柏　本经上品

【释名】椈音菊。**侧柏**〔李时珍曰〕按魏子才六书精蕴云：万木皆向阳，而柏独西指，盖阴木而有贞德者，故字从白。白者，西方也。陆佃埤雅云：柏之指西，犹针之指南也。柏有数种，入药惟取叶扁而侧生者，故曰侧柏。〔寇宗奭曰〕予官陕西，登高望柏，千万株皆一一西指。盖此木至坚，不畏霜雪，得木之正气，他木不及。所以受金之正气所制，一一西指也。

【集解】〔别录曰〕柏实生太山山谷，柏叶尤良。四时各依方面采，阴干。〔陶弘景曰〕处处有柏，当以太山为佳尔。并忌取冢墓上者。其叶以秋夏采者良。〔苏恭曰〕今太山无复采子，惟出陕州、宜州为胜。八月采之。〔苏颂曰〕柏实以乾州者为最。三月开花，九月结子成熟，取采蒸曝，舂擂取仁用。其叶名侧柏，密州出者尤佳。虽与他柏相类，而其叶皆侧向而生，功效殊别。古柏叶尤奇，益州诸葛孔明庙中有大柏木，相传是蜀世所植，故人多采以作药，其味甘香，异常柏也。〔雷敩曰〕柏叶有花柏叶、丛柏叶及有子圆叶。其有子圆叶成片，如大片云母，叶皆侧，叶上有微赤毛者，宜入药用。花柏叶，其树浓叶成朵，无子；丛柏叶，其树绿色，并不入药。〔陈承曰〕陶隐居说柏忌冢墓上者，而今乾州者皆是乾陵所出，他处皆无大者，但取其州土所宜，子实气味丰美可也。其柏异于他处，木之文理，大者多为菩萨云气、人物鸟兽，状极分明可观。有盗得一株径尺者，值万钱，宜其子实为贵也。〔时珍曰〕史记言：松柏为百木之长。其树耸直，其皮薄，其肌腻。其花细琐，其实成球，状如小铃，霜后四裂，中有数子，大如麦粒，芬香可爱。柏叶松身者，桧也。其叶尖硬，亦谓之栝。今人名圆柏，以别侧柏。松叶柏身者，枞也。松桧相半者，桧柏也。峨眉山中一种竹叶柏身者，谓之竹柏。

柏实〔修治〕〔敩曰〕凡使先以酒浸一宿，至明漉出，晒干，用黄精自然汁于日中煎之，缓火煮成煎为度。每煎柏子仁三两，用酒五两浸。〔时珍曰〕此法是服食家用者。寻常用，只蒸熟曝烈舂簸取仁，炒研入药。**〔气味〕甘，平，无毒。**〔甄权曰〕甘、辛。畏菊花、羊蹄草。〔徐之才曰〕见叶下。**〔主治〕惊悸益气，除风湿，安五脏。久服，令人润泽美色，耳目聪明，不饥不老，轻身延年。**本经**疗恍惚，虚损吸吸，历节腰中重痛，益血止汗。**别录**治头风，腰肾中冷，膀胱冷脓宿水，兴阳道，益寿，去百邪鬼魅，小儿惊痫。**甄权**润肝。**好古**养心气，润肾燥，安魂定魄，益智宁神。烧沥，泽头发，治疥癣。**时珍**〔发明〕**〔王好古曰〕柏子仁，肝经气分药也。又润肾，古方十精丸用之。〔时珍曰〕柏子仁性平而不寒不燥，味甘而补，辛而能润，其气清香，能透心肾，益脾胃，盖仙家上品药也，宜乎滋养之剂用之。列仙传云：赤松子食柏实，齿落更生，行及奔马。谅非虚语也。〔**附方**〕旧二，新六。**服柏实法**八月连房取实曝收，去壳研末。每服二钱，温酒下，一日三服。渴即饮水，令人悦泽。一方：加松子仁等分，以松脂和丸。一方：加菊花等分，蜜丸服。奇效方：用柏子仁二斤，为末，酒浸为膏，枣肉三斤，白蜜、白术末、地黄末各一斤，捣匀，丸弹子大。每嚼一丸，一日三服。百日，百病愈；久服，延年壮神。**老人虚秘**柏子仁、松子仁、大麻仁等分，同研，溶蜜蜡丸梧子大。以少黄丹汤，食前调服二三十丸，日二服。寇宗奭。**肠风下血**柏子十四个捶碎，囊贮浸好酒三盏，煎八分服，立止。普济方。**小儿躽啼**[①]惊痫腹满，大便青白色。用柏子仁末，温水调服一钱。圣惠方。**黄水湿疮**真柏油二两，香油二两，熬稠搽之，如神。陆氏积德堂方。

柏叶〔**修治**〕〔敩曰〕凡用挼去两畔并心枝了，用糯泔浸七日，以酒拌蒸一伏时。每一斤用黄精自然汁十二两浸焙，又浸又焙，待汁干用之。〔时珍曰〕此服食治法也。常用或生或炒，各从本方。〔**气味**〕**苦，微温，无毒。**〔权曰〕苦、辛，性涩。与酒相宜。〔颂曰〕性寒。〔之才曰〕瓜子、牡蛎、桂为之使。畏菊花、羊蹄、诸石及面麹。伏砒、消。〔弘景曰〕柏之叶、实，服饵所重。此云恶麹，而人以酿酒无妨。恐酒米相和，异单用也。〔**主治**〕**吐血衄血，痢血崩中赤白，轻身益气，令人耐寒暑，去湿痹，止饥。**别录**治冷风历节疼痛，止尿血。**甄权**炙，罯冻疮。烧取汁涂头，黑润鬓发。**大明**傅汤火伤，止痛灭瘢。服之，疗蛊痢。作汤常服，杀五脏虫，益人。**苏颂〔**发明**〕〔震亨曰〕柏属阴与金，善守。故采其叶，随月建方，取其多得月令之气。此补阴之要药，其性多燥，久得之大益脾土，以滋其肺。〔时珍曰〕柏性后凋而耐久，禀坚凝之质，乃多寿之木，所以可入服食。道家以之点汤常饮，元旦以之浸酒辟邪，皆有取于此。麝食之而体香，毛女食之而体轻，亦其证验矣。毛女者，秦王宫人。关东贼至，惊走入山，饥无所食。有一老公教吃松柏叶，初时苦涩，久乃相宜，遂不复饥，冬不寒，夏不热。至汉成帝时，猎者于终南山见一人，无衣服，身生黑毛，跳坑越涧如飞，乃密围获之，去秦时二百余载矣。事出葛洪抱朴子书中。〔附方〕旧十，新十一。**服松柏法**孙真人枕中记云：尝以三月、四月采新生松叶，长三四寸许，并花蕊阴干；又于深山岩谷中，采当年新生柏叶，长二三寸者，阴干，为末，白蜜丸如小豆大。常以日未出时，烧香东向，手持八十一丸，以酒下。服一年，延十年命；服二年，延二十年命。欲得长肌肉，加大麻、巨胜；欲心力壮健者，加茯苓　人参。此药除百病，益元气，滋五脏六腑，清明耳目，强壮不衰老，延年益寿，神验。用七月七日露水丸之，更佳。服时仍祝曰：神仙真药，体合自然。服药入腹，天地同年。祝毕服药。断诸杂肉、五辛。**神仙服饵**五月五日，采五方侧柏叶三斤，远志（去心）二斤，白茯苓（去皮）一斤，为末，炼蜜和，丸梧子大。每以仙灵脾酒下三十丸，日再服。并无所忌。勿示非人。**中风不省**涎潮口禁，语言不出，手足軃曳[②]。得病之日，便进此药，可使风退气和，不成废人。柏叶一握去枝，葱白一握连根研如泥，无灰酒一升，煎一二十沸，温服。如不饮酒，分作四五服，方进他药。杨氏家藏方。**时气瘴疫**社中西南柏树东南枝，取暴干研末。每服一钱，新水调下，日三四服。圣惠方。**霍乱转筋**柏叶捣烂，裹脚上，及煎汁淋之。圣惠方。**吐血不止**张仲景柏叶汤：用青柏叶一把，干姜二片，阿胶一挺炙，三味，以水二升，煮一升，去滓，别绞马通汁一升，合煎取一升，绵滤，一服尽之。圣惠方：用柏叶，米饮服二钱。或蜜丸、或水煎服，并良。**忧恚呕血**烦满少气，胸中疼痛。柏叶为散，米饮调服二方寸匕。圣惠方。**衄血不止**柏叶、榴花研末，吹之。普济方。**小便尿血**柏叶、黄连焙研，酒服三钱。济急方。**大肠下血**随四时方向，采侧柏叶烧研。每米饮服二钱。王涣之舒州病此，陈宜父大夫传方，二服愈。百一选方。**酒毒下血**或下痢。嫩柏叶（九蒸九晒）二两，陈槐花（炒焦）一两，为末，蜜丸梧子大。每空心温酒下四十丸。普济方。**蛊痢下血**男子、妇人、小儿大腹，下黑血茶脚色，或脓血如淀色。柏叶焙干为末，与黄连同煎为汁，服之。本草图经。**小**

儿洞痢柏叶煮汁，代茶饮之。经验后方。**月水不断**侧柏叶（炙）、芍药等分。每用三钱，水、酒各半，煎服。室女用侧柏叶、木贼（炒微焦）等分，为末。每服二钱，米饮下。圣济总录。**汤火烧灼**柏叶生捣涂之，系定二三日，止痛灭瘢。本草图经。**鼠瘘核痛**未成脓。以柏叶捣涂，熬盐熨之，令热气下即消。姚僧坦集验方。**大风疠疾**眉发不生。侧柏叶九蒸九晒，为末，炼蜜丸梧子大。每服五丸至十丸，日三、夜一服。百日即生。圣惠方。**头发不生**侧柏叶阴干，作末，和麻油涂之。孙真人食忌。**头发黄赤**生柏叶末一升，猪膏一斤和，丸弹子大。每以布裹一丸，纳泔汁中化开，沐之。一月，色黑而润矣。圣惠方。

枝节〔主治〕煮汁酿酒，去风痹、历节风。烧取𣶏油，[3]**疗病疥及虫癞良。**苏恭〔**附方**〕旧二，新一。**霍乱转筋**以暖物裹脚，后以柏木片煮汤淋之。经验后方。**齿䘌肿痛**柏枝烧热，拄孔中。须臾虫缘枝出。圣惠。**恶疮有虫**久不愈者。以柏枝节烧沥取油傅之。三五次无不愈。亦治牛马疥。陈承本草别说。

脂〔主治〕身面疣目，同松脂研匀涂之，数夕自失。圣惠

根白皮〔气味〕苦，平，无毒。〔主治〕火灼烂疮，长毛发。别录〔**附方**〕旧一。**热油灼伤**柏白皮，以腊猪脂煎油，涂疮上。肘后方。

松 别录上品

【释名】〔时珍曰〕按王安石字说云：松柏为百木之长。松犹公也，柏犹伯也。故松从公，柏从白。

【集解】〔别录曰〕松脂生太山山谷。六月采。〔颂曰〕松处处有之。其叶有两鬣、五鬣、七鬣。岁久则实繁。中原虽有，不及塞上者佳好也。松脂以通明如熏陆香颗者为胜。〔宗奭曰〕松黄一如蒲黄，但味差淡。松子多海东来，今关右亦有，但细小味薄也。〔时珍曰〕松树磥砢修耸多节[4]，其皮粗厚有鳞形，其叶后凋。二三月抽蕤生花，长四五寸，采其花蕊为松黄。结实状如猪心，叠成鳞砌，秋老则子长鳞裂。然叶有二针、三针、五针之别。三针者为栝子松，五针者为松子松。其子大如柏子，惟辽海及云南者，子大如巴豆可食，谓之海松子，详见果部。孙思邈云：松脂以衡山者为良。衡山东五百里，满谷所出者，与天下不同。苏轼云：镇定松脂亦良。抱朴子云：凡老松皮内自然聚脂为第一，胜于凿取及煮成者。其根下有伤处，不见日月者为阴脂，尤佳。老松余气结为茯苓。千年松脂化为琥珀。玉策记云：千年松树四边枝起，上杪不长如偃盖。其精化为青牛、青羊、青犬、青人、伏龟，其寿皆千岁。

松脂〔别名〕松膏本经**松肪**同**松胶**纲目**松香**同**沥青〔修治〕**〔弘景曰〕采炼松脂法，并在服食方中。以桑灰汁或酒煮软，挼纳寒水中数十过，白滑则可用。〔颂曰〕凡用松脂，先须炼治。用大釜加水置甑，用白茅借甑底，又加黄砂于茅上，厚寸许。然后布松脂于上，炊以桑薪，汤减频添热水。候松脂尽入釜中，乃出之，投于冷水，既凝又蒸，如此三过，其白如玉，然后入用。**〔气味〕苦、甘，温，无毒。**〔权曰〕甘，平。〔震亨曰〕松脂属阳金。伏汞。**〔主治〕痈疽恶疮，头疡白秃，疥瘙风气，安五脏，除热。久服，轻身不老延年。**本经**除胃中伏热，咽干消渴，风痹死肌。炼之令白。其赤者，主恶痹。**别录**煎膏，生肌止痛，排脓抽风。贴诸疮脓血瘘烂。塞牙孔，杀虫。**甄权**除邪下气，润心肺，治耳聋。古方多用辟谷。**大明**强筋骨，利耳目，治崩带。**时珍〔**发明**〕〔弘景曰〕松、柏皆有脂润，凌冬不凋，理为佳物，服食多用，但人多轻忽之尔。〔颂曰〕道人服饵，或合茯苓、松柏实、菊花作丸，亦可单服。〔时珍曰〕松叶、松实，服饵所须；松节、松心，耐久不朽。松脂则又树之津液精华也。在土不朽，流脂日久，变为琥珀，宜其可以辟谷延龄。葛洪抱朴子云：上党赵瞿病癞历年，垂死其家弃之，送置山穴中。瞿怨泣经月，有仙人见而哀之，以一囊药与之。瞿服百余日，其疮都愈，颜色丰悦，肌肤玉泽。仙人再过之，瞿谢

活命之恩，乞求其方。仙人曰：此是松脂，山中便多。此物汝炼服之，可以长生不死。瞿乃归家长服，身体转轻，气力百倍，登危涉险，终日不困。年百余岁，齿不坠，发不白。夜卧忽见屋间有光，大如镜，久而一室尽明如昼。又见面上有采女一人，戏于口鼻之间。后入抱犊山成地仙。于时人闻瞿服此脂，皆竞服之，车运驴负，积之盈室。不过一月，未觉大益，皆辄止焉。志之不坚如此。张杲医说有服松丹之法。〔**附方**〕旧七，新十七。**服食辟谷**千金方：用松脂十斤，以桑薪灰汁一石，煮五七沸，漉出，冷水中凝，复煮之，凡十遍乃白，细研为散。每服一二钱，粥饮调下，日三服。服至十两以上，不饥，饥再服之。一年以后，夜视目明。久服，延年益寿。又法：百炼松脂治下筛，蜜和纳筒中，勿见风日。每服一团，一日三服。服至百日，耐寒暑；二百日，五脏补益；五年，即见西王母。伏虎禅师服法：用松脂十斤，炼之五度，令苦味尽。每一斤，入茯苓末四两。每旦水服一刀圭，能令不食，而复延龄，身轻清爽。**强筋补益**四圣不老丹：用明松脂一斤，以无灰酒沙锅内桑柴火煮数沸，竹枝搅稠，乃住火，倾入水内结块，复以酒煮九遍，其脂如玉，不苦不涩乃止，为细末。用十二两，入白茯苓末半斤，黄菊花末半斤，柏子仁去油取霜半斤，炼蜜丸如梧子大。每空心好酒送下七十二丸。须择吉日修合，勿令妇人、鸡、犬见之。松梅丸：用松脂以长流水桑柴煮拔三次，再以桑灰滴汁煮七次扯拔，更以好酒煮二次，仍以长流水煮二次，色白不苦为度。每一斤，入九蒸地黄末十两，乌梅末六两，炼蜜丸梧子大。每服七十丸，空心盐、米汤下。健阳补中，强筋润肌，大能益人。白飞霞方外奇方。**揩齿固牙**松脂（出镇定者佳）稀布盛，入沸汤煮，取浮水面者投冷水中（不出者不用），研末，入白茯苓末和匀。日用揩齿漱口，亦可咽之，固牙驻颜。苏东坡仇池笔记。**历节诸风**百节酸痛不可忍。松脂三十斤，炼五十遍。以炼酥三升，和松脂三升，搅令极稠。每旦空心酒服方寸匕，日三服。数食面粥为佳，慎血腥、生冷、酢物、果子，一百日瘥。外台秘要。**肝虚目泪**炼成松脂一斤，酿米二斗，水七斗，麹二斗，造酒，频饮之。**妇人白带**松香五两，酒二升煮干，木臼杵细，酒糊丸如梧子大。每服百丸，温酒下。摘玄方。**小儿秃疮**简便方：用松香五钱，猪油一两熬，搽，一日数次，数日即愈。卫生宝鉴：用沥青二两，黄蜡一两半，铜绿一钱半，麻油一两半，文武熬收。每摊贴之，神效。**小儿紧唇**松脂炙化，贴之。圣惠方。**风虫牙痛**刮松上脂，滚水泡化，一漱即止，已试验。集简方。**龋齿有孔**松脂纴塞，须臾虫从脂出也。梅师方。**久聋不听**炼松脂三两，巴豆一两，和捣成丸。薄绵裹塞，一日二度。梅师方。**一切瘘疮**炼成松脂末，填令满，日三四度。圣惠方。**一切肿毒**松香八两，铜青二钱，蓖麻仁五钱，同捣作膏，摊贴甚妙。李楼奇方。**软疖频发**翠玉膏：用通明沥青八两，铜绿二两，麻油三钱，雄猪胆汁三个。先溶沥青，乃下油、胆，倾入水中扯拔，器盛。每用绯帛摊贴，不须再换。**小金丝膏**治一切疮疖肿毒。沥青、白胶香各二两，乳香二钱，没药一两，黄蜡三钱，又以香油三钱，同熬至滴下不散，倾入水中，扯千遍收贮。每捻作饼，贴之。**疥癣湿疮**松胶香研细，少入轻粉。先以油涂疮，糁末在上，一日便干。顽者三二度愈。刘涓子鬼遗方。**阴囊湿痒**欲溃者。用板儿松香为末，纸卷作筒。每根入花椒三粒，浸灯盏内三宿，取出点烧，淋下油搽之。先以米泔洗过。简便方。**金疮出血**沥青末，少加生铜屑末，糁之，立愈。唐瑶经验方。**猪啮成疮**松脂炼作饼，贴之。千金。**刺入肉中**百理不瘥。松脂流出如乳头香者，傅上以帛裹。三五日当有根出，不痛不痒，不觉自安。兵部手集。

松节〔**气味**〕**苦，温，无毒。**〔**主治**〕**百节久风，风虚脚痹疼痛**。别录**酿酒，主脚弱，骨节风**。弘景**炒焦，治筋骨间病，能燥血中之湿**。震亨**治风蛀牙痛，煎水含漱，或烧灰日揩，有效**。时珍〔**发明**〕〔时珍曰〕松节，松之骨也。质坚气劲，久亦不朽，故筋骨间风湿诸病宜之。〔**附方**〕旧二，新五。**历节风痛**四肢如解脱。松节酒：用二十斤，酒五斗，浸三七日。每服一合，日五六服。外台。**转筋挛急**松节一两锉如米大，乳香一钱，银石器慢火炒焦，存一二分性，出火毒，研末。每服一二钱，热木瓜酒调下。一应筋病皆治之。孙用和秘宝方。**风热牙病**圣惠方：用油松节如枣大一块碎切，胡椒七颗，入烧酒，须二三盏，乘热入飞过白矾少许。噙漱三五口，立瘥。又用松节二两，槐白皮、地骨皮各一两，浆水煎汤。热漱冷吐，瘥乃止。**反胃吐食**松节煎酒，细饮之。百一方。**阴毒腹痛**油松木七块炒焦，冲酒二钟，热服。集简方。**颠扑伤损**松节煎酒服。谈野翁方。

松湁音诣。火烧松枝取液也。〔主治〕**疮疥及马牛疮**。苏恭

松叶〔别名〕**松毛**〔气味〕**苦，温，无毒**。〔主治〕**风湿疮，生毛发，安五脏，守中，不饥延年**。别录**细切，以水及面饮服之，或捣屑丸服，可断谷及治恶疾**。弘景 **灸罯冻疮风湿疮，佳**。大明**去风痛脚痹，杀米虫**。时珍〔附方〕旧六，新三。**服食松叶**松叶细切更研，每日食前以酒调下二钱，亦可煮汁作粥食。初服稍难，久则自便矣。令人不老，身生绿毛，轻身益气。久服不已，绝谷不饥不渴。圣惠方。**天行温疫**松叶细切，酒服方寸匕，日三服。能辟五年瘟。伤寒类要。**中风口㖞**青松叶一斤捣汁，清酒一斗，浸二宿，近火一宿。初服半升，渐至一升，头面汗出即止。千金方。**三年中风**松叶一斤细切，以酒一斗，煮取三升。顿服，汗出立瘥。千金方。**历节风痛**松叶捣汁一升、以酒三升，浸七日。服一合，日三服。千金方。**脚气风痹**松叶酒：治十二风痹不能行，服更生散数剂，及众疗不得力，服此一剂便能行远，不过两剂。松叶六十斤细锉，以水四石，煮取四斗九升，以米五斗，酿如常法。别煮松叶汁以渍米并馈饭[5]，泥酿封头，七日发，澄饮之取醉。得此酒力者甚众。千金方。**风牙肿痛**松叶一握，盐一合，酒二升煎，漱。圣惠方。**大风恶疮**猪鬃松叶二斤，麻黄（去节）五两，锉，以生绢袋盛，清酒二斗浸之，春夏五日，秋冬七日。每温服一小盏，常令醺醺，以效为度。圣惠方。**阴囊湿痒**松毛煎汤，频洗。简便方。

松花〔别名〕**松黄**〔气味〕**甘，温，无毒**。〔震亨曰〕多食，发上焦热病。〔主治〕**润心肺，益气，除风止血。亦可酿酒**。时珍〔发明〕〔恭曰〕松花即松黄，拂取正似蒲黄，酒服令轻身，疗病胜似皮、叶及脂也。〔颂曰〕花上黄粉，山人及时拂取，作汤点之甚佳。但不堪停久，故鲜用寄远。〔时珍曰〕今人收黄和白沙糖印为饼膏，充果饼食之，且难久收，恐轻身疗病之功，未必胜脂、叶也。〔附方〕旧一，新一。**头旋脑肿**三月收松花并薹五六寸如鼠尾者，蒸切一升，以生绢囊贮，浸三升酒中五日。空心暖饮五合。普济方。**产后壮热**头痛颊赤，口干唇焦，烦渴昏闷。用松花、蒲黄、川芎、当归、石膏等分，为末。每服二钱，水二合，红花二捻，同煎七分，细呷。本草衍义。

根白皮〔气味〕**苦，温，无毒**。〔主治〕**辟谷不饥**。别录**补五劳，益气**。大明

木皮〔别名〕**赤龙皮**〔主治〕**痈疽疮口不合，生肌止血，治白秃、杖疮、汤火疮**时珍〔附方〕新四。**肠风下血**松木皮，去粗皮，取里白者，切晒焙研为末。每服一钱，腊茶汤下。杨氏家藏方。**三十年痢**赤松上苍皮一斗，为末。面粥和服一升，日三。不过一斗，救人。圣惠方。**金疮杖疮**赤龙鳞（即古松皮）煅存性，研末。搽之，最止痛。永类钤方。**小儿头疮**浸湿，名胎风疮。古松上自有□□皮，入豆豉少许，瓦上炒存性，研末，入轻粉，香油调，涂之。经验良方。

松实见果部。

艾纳见草部苔类桑花下。

松蕈见菜部香蕈下。

杉 别录下品

【释名】 **煔**音杉。**沙木**纲目**檠木**音敬。

【集解】〔颂曰〕杉材旧不著所出州土，今南中深山多有之。木类松而劲直，叶附枝生，若刺针。郭璞注尔雅云：煔似松，生江南。可以为船及棺材，作柱埋之不腐。又人家常用作桶板，甚

耐水。〔宗奭曰〕杉干端直，大抵如松，冬不凋，但叶阔成枝也。今处处有之，入药须用油杉及臭者良。〔时珍曰〕杉木叶硬，微扁如刺，结实如枫实。江南人以惊蛰前后取枝插种，出倭国者谓之倭木，并不及蜀、黔诸峒所产者尤良。其木有赤、白二种：赤杉实而多油，白杉虚而干燥。有斑纹如雉者，谓之野鸡斑，作棺尤贵。其木不生白蚁，烧灰最发火药。

杉材〔气味〕辛，微温，无毒。〔主治〕漆疮，煮汤洗之，无不瘥。别录**煮水浸捋脚气肿满。服之，治心腹胀痛，去恶气。**苏恭**治风毒奔豚，霍乱上气，并煎汤服。**大明**〔发明〕**〔震亨曰〕杉屑属金有火。其节煮汁浸捋脚气肿满，尤效。〔颂曰〕唐柳柳州纂救三死方云：元和十二年二月得脚气，夜半痞绝，胁有块，大如石，且死，困不知人，搐搦上视，三日。家人号哭。荥阳郑洵美传杉木汤，服半食顷大下，三行气通块散。方用杉木节一大升，橘叶（切）一大升（无叶则以皮代之），大腹槟榔七枚（连子碎之），童子小便三大升，共煮取一大升半，分为两服。若一服得快，即停后服。此乃死病，会有教者，乃得不死。恐人不幸病此，故传之云。**〔附方〕**新四。**肺壅痰滞**上焦不利，卒然咳嗽。杉木屑一两，皂角（去皮酥炙）三两，为末，蜜丸梧子大。每米饮下十丸，一日四服。圣惠方。**小儿阴肿**赤痛，日夜啼叫，数日退皮，愈而复作。用老杉木烧灰，入腻粉，清油调傅，效。危氏得效方。**肺壅失音**杉木烧炭入碗中，以小碗覆之，用汤淋下，去碗饮水。不愈再作，音出乃止。集简方。**臁疮黑烂**多年老杉木节烧灰，麻油调，隔箬叶贴之，绢帛包定，数贴而愈。救急方。

皮〔主治〕金疮血出，及汤火伤灼，取老树皮烧存性，研傅之。或入鸡子清调傅。一二日愈。时珍

叶〔主治〕风、虫牙痛，同芎䓖、细辛煎酒含漱。时珍

子〔主治〕疝气痛，一岁一粒，烧研酒服。时珍

杉菌见菜部。

【附录】丹桎木皮桎音直。〔藏器曰〕生江南深山。似杉木。皮，主治疬疡风。取一握，去上黑，打碎，煎如糖，日日涂之。

桂 别录上品 **牡桂** 本经上品

【释名】梫音寝。〔时珍曰〕按范成大桂海志云：凡木叶心皆一纵理，独桂有两道如圭形，故字从圭。陆佃埤雅云：桂犹圭也。宣导百药，为之先聘通使，如执圭之使也。尔雅谓之梫者，能侵害他木也。故吕氏春秋云：桂枝之下无杂木。雷公炮炙论云：桂钉木根，其木即死。是也。桂即牡桂之厚而辛烈者，牡桂即桂之薄而味淡者，别录不当重出。今并为一，而分目于下。

【集解】〔别录曰〕桂生桂阳，牡桂生南海山谷。二月、八月、十月采皮，阴干。〔弘景曰〕南海即是广州。神农本经惟有牡桂、菌桂。俗用牡桂，扁广殊薄，皮黄，脂肉甚少，气如木兰，味亦类桂，不知是别树，是桂之老宿者？菌桂正圆如竹，三重者良，俗中不见，惟以嫩枝破卷成圆者用之，非真菌桂也，并宜研访。今俗又以半卷多脂者，单名为桂，入药最多，是桂有三种矣。此桂广州出者好；交州、桂州者，形段小而多脂肉，亦好；湘州、始兴、桂阳县者，即是小桂，不如广州者。经云：桂，叶如柏叶泽黑，皮黄心赤。齐武帝时，湘州送树，植芳林苑中。今东山有桂皮，气粗相类，而叶乖异，亦能凌冬，恐是牡桂。人多呼为丹桂，正谓皮赤尔。北方重此，每食辄须之，盖礼所云姜桂以为芬芳也。〔恭曰〕桂惟有二种。陶氏引经云似柏叶，不知此言从何所出？又于别录剩出桂条，为深误也。单名桂者，即是牡桂，乃尔雅所谓"梫，水桂"也。叶长尺许，花、子皆与菌桂同。大小枝皮俱名牡桂。但大枝皮，肉理粗虚如木而肉少味薄，名曰木桂，亦云大桂；不及小嫩枝皮，肉多而半卷，中必皱起，其味辛美，一名肉桂，亦名桂枝，一名桂心，出融州、桂州、交州甚良。其菌桂，叶似柿叶，中有纵文三道，表里无毛而光

泽。肌理紧薄如竹，大枝、小枝皮俱是筒。其大枝无肉，老皮坚板，不能重卷，味极淡薄，不入药用；小枝薄而卷及二三重者良。或名筒桂，陶云小桂是也。今惟出韶州。〔保昇曰〕桂有三种：菌桂，叶似柿叶而尖狭光净。花白蕊黄，四月开。五月结实。树皮青黄，薄卷若筒，亦名筒桂。其厚硬味薄者，名板桂，不入药用。牡桂，叶似枇杷叶，狭长于菌桂叶一二倍。其嫩枝皮半卷多紫，而肉中皱起，肌理虚软，谓之桂枝，又名肉桂。削去上皮，名曰桂心。其厚者名曰木桂。药中以此为善。陶氏言半卷多脂者为桂。又引仙经云：叶似柏叶。此则桂有三种明矣。陶虽是梁武帝时人，实生于宋孝武建元三年，历齐为诸王侍读，曾见芳林苑所植之树。苏恭只知有二种，指陶为误，何臆断之甚也。〔藏器曰〕菌桂、牡桂、桂心三色，同是一物。桂林桂岭，因桂得名，今之所生，不离此郡。从岭以南际海尽有桂树，惟柳、象州最多。味既辛烈，皮又厚坚。厚者必嫩，薄者必老。采者以老薄为一色，嫩厚为一色。嫩既辛烈，兼又筒卷。老必味淡，自然板薄。薄者即牡桂，卷者即菌桂也。桂心即是削除皮上甲错，取其近里而有味者。〔承曰〕诸家所说，几不可考。今广、交商人所贩，及医家见用，惟陈藏器一说最近之。〔颂曰〕尔雅但言"〔梫，木桂〕"一种，本草载桂及牡桂、菌桂三种。今岭表所出，则有筒桂、肉桂、桂心、官桂、板桂之名，而医家用之罕有分别。旧说菌桂正圆如竹，有二三重者，则今之筒桂也。牡桂皮薄色黄少脂肉者，则今之官桂也。桂是半卷多脂者，则今之板桂也。而今观宾、宜、韶、钦诸州所图上者，种类亦各不同，然总谓之桂，无复别名。参考旧注，谓菌桂，叶似柿，中有三道文，肌理紧薄如竹，大小皆成筒，与今宾州所出者相类。牡桂，叶狭于菌桂而长数倍，其嫩枝皮半卷多紫，与今宜州、韶州所出者相类。彼土人谓其皮为木兰皮，肉为桂心。此又有黄、紫两色，益可验也。桂，叶如柏叶而泽黑，皮黄心赤；今钦州所出者，叶密而细，恐是其类，但不作柏叶形为异尔。苏恭以单桂、牡桂为一物，亦未可据。其木俱高三四丈，多生深山蛮洞中，人家园圃亦有种者。移植于岭北，则气味殊少辛辣，不堪入药也。三月、四月生花，全类茱萸。九月结实，今人多以装缀花果作筵具。其叶甚香，可用作饮尤佳。二月、八月采皮，九月采花，并阴干，不可近火。〔时珍曰〕桂有数种，以今参访：牡桂，叶长如枇杷叶，坚硬有毛及锯齿，其花白色，其皮多脂。菌桂，叶如柿叶，而尖狭光净，有三纵文而无锯齿，其花有黄有白，其皮薄而卷。今商人所货，皆此二桂。但以卷者为菌桂，半卷及板者为牡桂，即自明白。苏恭所说，正合医家见今用者。陈藏器、陈承断菌、牡为一物者，非矣。陶弘景复以单字桂为叶似柏者，亦非也。柏叶之桂，乃服食家所云，非此治病之桂也。苏颂所说稍明，亦不当以钦州者为单字之桂也。按尸子云：春花秋英曰桂。嵇含南方草木状云：桂生合浦、交趾，生必高山之巅，冬夏常青。其类自为林，更无杂树。有三种：皮赤者为丹桂，叶似柿叶者为菌桂，叶似枇杷叶者为牡桂。其说甚明，足破诸家之辩矣。又有岩桂，乃菌桂之类，详菌桂下。韩众采药诗云：暗河之桂，实大如枣。得而食之，后天而老。此又一种也。暗河不知在何处？

【正误】〔好古曰〕寇氏衍义言：官桂不知缘何立名？予考图经，今观、宾、宜诸州出者佳。世人以观字画多，故写作官也。〔时珍曰〕此误。图经今观，乃今视之意。岭南无观州。曰官桂者，乃上等供官之桂也。

桂别录〔时珍曰〕此即肉桂也。厚而辛烈，去粗皮用。其去内外皮者，即为桂心。**〔气味〕甘、辛，大热，有小毒。**〔权曰〕桂心：苦、辛，无毒。〔元素曰〕肉桂：气热，味大辛，纯阳也。〔杲曰〕桂：辛，热，有毒。阳中之阳，浮也。气之薄者，桂枝也；气之厚者，桂肉也。气薄则发泄，桂枝上行而发表；气厚则发热，桂肉下行而补肾。此天地亲上亲下之道也。〔好古曰〕桂枝入足太阳经，桂心入手少阴经血分，桂肉入足少阴、太阴经血分。细薄者为枝为嫩，厚脂者为肉为老。去其皮与里，当其中者为桂心。别录言有小毒，又云久服神仙不老。虽有小毒，亦从类化。与黄芩、黄连为使，小毒何施？与乌头、附子为使，全取其热性而已。与巴豆、硇砂、干漆、穿山甲、水蛭等同用，则小毒化为大毒。与人参、麦门冬、甘草同用，则调中益气，便可久服也。〔之才曰〕桂得人参、甘草、麦门冬、大黄、黄芩，调中益气。得柴胡、紫石英、干地黄，疗吐逆。忌生葱、石脂。**〔主治〕利肝肺气，心腹寒热冷疾，霍乱转筋，头痛腰痛出汗，止烦止唾，咳嗽鼻齆，堕胎，温中，坚筋骨，通血脉，理疏不足，宣导百药，无所畏。久服，神仙不老。**别录**补下焦不足，治沉寒痼冷之病，渗泄止渴，去营卫中风寒，表虚自汗。春夏为禁药，秋冬下部腹痛，非此不能止。**元素**补命门不足，益火消阴。**好古**治寒痹风喑，阴盛失血，泻痢惊痫。**时珍

桂心药性论〔敩曰〕用紫色厚者，去上粗皮并内薄皮，取心中味辛者用。中土只有桂草，以煮丹阳木皮，伪充桂心也。〔时珍曰〕按酉阳杂俎云：丹阳山中有山桂，叶如麻，开细黄花。此即雷氏所谓丹阳木皮也。**〔气味〕苦、辛，无毒。**详前桂下。**〔主治〕九种心痛，腹内冷气痛不可忍，咳逆结气壅痹，脚痹不仁，止下痢，杀三虫，治鼻中瘜肉，破血，通利月闭，胞衣不下。**甄权**治一切风气，补五劳七伤，通九窍，利关节，益精明目，暖腰膝，治风痹骨节挛缩，续筋骨，生肌肉，消瘀血，破痃癖症瘕，杀草木毒。**大明**治风僻失音喉痹，阳虚失血，内托痈疽痘疮，能引血化汗化脓，解蛇蝮毒。**时珍

牡桂本经〔时珍曰〕此即木桂也。薄而味淡，去粗皮用。其最薄者为桂枝，枝之嫩小者为柳桂。**〔气味〕辛，温，无毒。**〔权曰〕甘、辛。〔元素曰〕桂枝味辛、甘，气微热，气味俱薄，体轻而上行，浮而升，阳也。余见前单桂下。**〔主治〕上气咳逆结气，喉痹吐吸，利关节，补中益气。久服通神，轻身不老。**本经**心痛胁痛胁风，温筋通脉，止烦出汗。**别录**去冷风疼痛。**甄权**去伤风头痛，开腠理，解表发汗，去皮肤风湿。**元素**泄奔豚，散下焦畜血，利肺气。**成无己**横行手臂，治痛风。**震亨

【发明】〔宗奭曰〕桂甘、辛，大热。素问云：辛甘发散为阳。故汉张仲景桂枝汤治伤寒表虚，皆须此药，正合辛甘发散之意。本草三种之桂，不用牡桂、菌桂者，此二种性止于温，不可以治风寒之病也。然本经止言桂，仲景又言桂枝者，取枝上皮也。〔好古曰〕或问：本草言桂能止烦出汗，而张仲景治伤寒有“当发汗”凡数处，皆用桂枝汤。又云无汗不得服桂枝。汗家不得重发汗，若用桂枝是重发其汗。汗多者用桂枝甘草汤，此又用桂枝闭汗也。一药二用，与本草之义相通否乎？曰：本草言桂辛甘大热，能宣导百药，通血脉，止烦出汗，是调其血而汗自出也。仲景云：太阳中风，阴弱者，汗自出。卫实营虚，故发热汗也。又云太阳病发热汗出者，此为营弱卫强，阴虚阳必凑之，故皆用桂枝发其汗。此乃调其营气，则卫气自和，风邪无所容，遂自汗而解。非桂枝能开腠理，发出其汗也。汗多用桂枝者，以之调和营卫，则邪从汗出而汗自止，非桂枝能闭汗孔也。昧者不知出汗、闭汗之意，遇伤寒无汗者亦用桂枝，误之甚矣。桂枝汤下发汗字，当认作出字，汗自然发出。非若麻黄能开腠理，发出其汗出。其治虚汗，亦当逆察其意可也。〔成无己曰〕桂枝本为解肌。若太阳中风，腠理致密，营卫邪实，津液禁固，其脉浮紧，发热汗不出者，不可与此必也。皮肤疏泄，自汗，脉浮缓，风邪干于卫气者，乃可投之。发散以辛甘为主，桂枝辛热，故以为君。而以芍药为臣、甘草为佐者，风淫所胜，平以辛苦，以甘缓之，以酸收之也。以姜、枣为使者，辛甘能发散，而又用其行脾胃之津液而和营卫，不专于发散也。故麻黄汤不用姜、枣，专于发汗，不待行其津液也。〔承曰〕凡桂之厚实气味重者，宜入治水脏及下焦药；轻薄气味淡者，宜入治头目发散药。故本经以菌桂养精神，牡桂利关节。仲景发汗用桂枝，乃枝条，非身干也，取其轻薄能发散。又有一种柳桂，乃桂之嫩小枝条，尤宜入上焦药用。〔时珍曰〕麻黄遍彻皮毛，故专于发汗而寒邪散，肺主皮毛，辛走肺也。桂枝透达营卫，故

能解肌而风邪去，脾主营，肺主卫，甘走脾，辛走肺也。肉桂下行，益火之原，此东垣所谓肾苦燥，急食辛以润之，开腠理，致津液，通其气者也。圣惠方言桂心入心，引血化汗化脓。盖手少阴君火、厥阴相火，与命门同气者也。别录云"桂通血脉"是矣。曾世荣言：小儿惊风及泄泻，并宜用五苓散以泻丙火，渗土湿。内有桂，能抑肝风而扶脾土。又医余录云：有人患赤眼肿痛，脾虚不能饮食，肝脉盛，脾脉弱。用凉药治肝则脾愈虚，用暖药治脾则肝愈盛。但于温平药中倍加肉桂，杀肝而益脾，故一治两得之。传云"木得桂而枯"是也。此皆与别录桂利肝肺气，牡桂治胁痛胁风之义相符。人所不知者，今为拈出。又桂性辛散，能通子宫而破血，故别录言其堕胎，庞安时乃云炒过则不损胎也。又丁香、官桂治痘疮灰塌，能温托化脓，详见丁香下。

【附方】旧二十，新十三。**阴痹熨法**寒痹者，留而不去，时痛而皮不仁。刺布衣者，以火焠之；刺大人者，以药熨之。熨法：用醇酒二十斤，蜀椒一斤，干姜一斤，桂心一斤，凡四物，㕮咀渍酒中。用绵絮一斤，细白布四丈，并纳酒中，置马矢煴中⑥，封涂勿使泄气。五日五夜，出布、絮暴干，复渍以尽其汁。每渍必晬其日⑦，乃出干之。并用滓与絮复布为复巾，长六七尺，为六七巾。每用一巾，生桑炭火炙巾，以熨寒痹所刺之处，令热入至病所。寒则复炙巾以熨之，三十遍而止。汗出以巾拭身，亦三十遍而止。起步内中，无见风。每刺必熨，如此病已矣。灵枢经。**足躄筋急**桂末，白酒和涂之，一日一上。皇甫谧甲乙经。**中风口㖞**面目相引，偏僻颊急，舌不可转。桂心酒煮取汁，故布蘸拓病上，正即止。左㖞拓右，右㖞拓左。常用大效。千金方。**中风逆冷**吐清水，宛转啼呼。桂一两，水一升半，煎半升，冷服。肘后方。**中风失音**桂着舌下，咽汁。又方：桂末三钱，水二盏，煎一盏服，取汗。千金方。**喉痹不语**方同上。**偏正头风**天阴风雨即发。桂心末一两，酒调如膏，涂傅额角及顶上。圣惠方。**暑月解毒**桂苓丸：用肉桂（去粗皮，不见火）、茯苓（去皮）等分，为细末，烧蜜丸龙眼大。每新汲水化服一丸。和剂方。**桂浆渴水**夏月饮之，解烦渴，益气消痰。桂末一大两，白蜜一升，以水二斗，先煎取一斗。待冷，入新瓷瓶中，乃下二物，搅二三百转。先以油纸一重覆上，加七重封之。每日去纸一重，七日开之，气香味美，格韵绝高，今人多作之。图经本草。**九种心痛**圣惠方：用桂心二钱半，为末。酒一盏半，煎半盏饮，立效。外台秘要：桂末，酒服方寸匕，须臾六七次。**心腹胀痛**气短欲绝。桂二两，水一升二合，煮八合，顿服之。肘后方。**中恶心痛**方同上。千金。**寒疝心痛**四肢逆冷，全不饮食。桂心研末一钱，热酒调下取效。圣惠方。**产后心痛**恶血冲心，气闷欲绝。桂心三两为末，狗胆汁丸芡子大。每热酒服一丸。圣惠。**产后瘕痛**桂末，酒服方寸匕，取效。肘后。**死胎不下**桂末二钱，待痛紧时，童子小便温热调下。名观音救生散，亦治产难横生。加麝香少许，酒下，比之水银等药，不损人。何氏方。**血崩不止**桂心不拘多少，砂锅内煅存性，为末。每米饮空腹服一二钱。名神应散。妇人良方。**反腰血痛**桂末和苦酒涂之。干再上。肘后方。**吐血下血**肘后：用桂心为末，水服方寸匕。王璆曰：此阴乘阳之症也，不可服凉药。南阳赵宣德暴吐血，服二次而止。其甥亦以二服而安。**小儿久痢**赤白。用桂（去皮，以姜汁炙紫）、黄连（以茱萸炒过）等分，为末。紫苏、木瓜煎汤服之。名金锁散。全幼心鉴。**小儿遗尿**桂末、雄鸡肝等分，捣丸小豆大。温水调下，日二服。外台。**婴儿脐肿**多因伤湿。桂心炙热熨之，日四五次。姚和众方。**外肾偏肿**桂末，水调方寸匕，涂之。梅师方。**食果腹胀**不拘老小。用桂末，饭和丸绿豆大。吞五六丸，白汤下。未消再服。经验方。**打扑伤损**瘀血溷闷，身体疼痛。辣桂为末，酒服二钱。直指方。**乳痈肿痛**桂心、甘草各二分，乌头一分炮，为末，和苦酒涂之，纸覆住。脓化为水，神效。肘后方。**重舌鹅口**桂末，和姜汁涂之。汤氏宝书。**诸蛇伤毒**桂心、栝楼等分，为末，竹筒密塞。遇毒蛇伤，即傅之。塞不密，即不中用也。**闭口椒毒**气欲绝，或出白沫，身体冷。急煎桂汁服之，多饮新汲水一二升。梅师方。**中钩吻毒**　**解芫青毒**并煮桂汁服。

叶〔主治〕捣碎浸水，洗发，去垢除风。时珍

箘桂 音窘。本经上品

【释名】筒桂唐本**小桂**〔恭曰〕箘者竹名。此桂嫩而易卷如筒，即古所用筒桂也。筒似箘字，后人误书为箘，习而成俗，亦复因循也。〔时珍曰〕今本草又作从草之菌，愈误矣。牡桂为大桂，故此称小桂。

【集解】〔别录曰〕箘桂生交趾、桂林山谷岩崖间。无骨，正圆如竹。立秋采之。〔弘景曰〕交趾属交州，桂林属广州。蜀都赋云"箘桂临岩"是矣。俗中不见正圆如竹者，惟嫩枝破卷成圆，犹依桂用，非真箘桂也。仙经用箘桂，云三重者良，则明非今桂矣。别是一物，应更研访。〔时珍曰〕箘桂，叶似柿叶者是。详前桂下。别录所谓正圆如竹者，谓皮卷如竹筒。陶氏误疑是木形如竹，反谓卷成圆者非真也。今人所栽岩桂，亦是箘桂之类而稍异。其叶不似柿叶，亦有锯齿如枇杷叶而粗涩者，有无锯齿如卮子叶而光洁者。丛生岩岭间，谓之岩桂，俗呼为木犀。其花有白者名银桂，黄者名金桂，红者名丹桂。有秋花者，春花者，四季花者，逐月花者。其皮薄而不辣，不堪入药。惟花可收茗、浸酒、盐渍，及作香搽、发泽之类耳。

【发明】见前桂下。〔时珍曰〕箘桂主治，与桂心、牡桂迥然不同。昔人所服食者，盖此类耳。

【正误】〔弘景曰〕仙经服食桂，以葱涕合和云母蒸化为水服之。〔慎微曰〕抱朴子云：桂可合竹沥饵之，亦可以龟脑和服之。七年能步行水上，长生不死。赵佗子服桂二十年，足下生毛，日行五百里，力举千斤。列仙传云：范蠡好食桂，饮水卖药，世人见之。又桂父，象林人，常服桂皮叶，以龟脑和之。〔时珍曰〕方士谬言，类多如此，唐氏收入本草，恐误后人，故详记。

皮三月、七月采。〔气味〕**辛，温，无毒。**〔主治〕**百病，养精神，和颜色，为诸药先聘通使。久服轻身不老，面生光华，媚好常如童子。**本经

木犀花〔气味〕**辛，温，无毒。**〔主治〕**同百药煎、孩儿茶作膏饼噙，生津辟臭化痰，治风虫牙痛。同麻油蒸熟，润发，及作面脂。**时珍

天竺桂 海药

【集解】〔珣曰〕天竺桂生南海山谷，功用似桂。其皮薄，不甚辛烈。〔宗奭曰〕皮与牡桂相同，但薄耳。〔时珍曰〕此即今闽、粤、浙中山桂也，而台州天竺最多，故名。大树繁花，结实如莲子状。天竺僧人称为月桂是矣。详月桂下。

皮【气味】辛，温，无毒。

【主治】腹内诸冷，血气胀痛。藏器**破产后恶血，治血痢肠风，补暖腰脚，功与桂心同，方家少用。**珣

月桂 拾遗

【集解】〔藏器曰〕今江东诸处，每至四五月后晦，多于衢路间得月桂子，大于狸豆，破之辛香，古者相传是月中下也。余杭灵隐寺僧种得一株，近代诗人多所论述。洞冥记云：有远飞鸡，朝往夕还，常衔桂实归于南土。南土月路也，故北方无之。山桂犹堪为药，况月桂乎？〔时珍曰〕吴刚伐月桂之说，起于隋唐小说。月桂落子之说，起于武后之时。相传有梵僧自天竺鹫岭飞来，故八月常有桂子落于天竺。唐书亦云垂拱四年三月，有月桂子降于台州，十余日乃止。宋仁宗天圣丁卯八月十五日夜，月明天净。杭州灵隐寺月桂子降，其繁如雨，其大如豆，其圆如珠，其色有白者、黄者、黑者，壳如芡实，味辛。拾以进呈。寺僧种之，得二十五株。慈云式公有序记之。张君房宿钱塘月轮寺，亦见桂子纷如烟雾，回旋成穗，坠如牵牛子，黄白相间，咀之无味。据此，则月中真若有树矣。窃谓月乃阴魄，其中婆娑者，山河之影尔。月既无桂，则空中所坠者

何物耶？泛观群史，有雨尘沙土石，雨金铅钱汞，雨絮帛谷粟，雨草木花药，雨毛血鱼肉之类甚众。则桂子之雨，亦妖怪所致，非月中有桂也。桂生南方，故惟南方有之。宋史云元丰三年六月，饶州雨木子数亩，状类山芋子，味辛而香，即此类也。道经月桂谓之不时花，不可供献。

子【气味】辛，温，无毒。

【主治】小儿耳后月蚀疮，研碎傅之。藏器

木兰 本经上品

【释名】杜兰别录**林兰**本经**木莲**纲目**黄心**〔时珍曰〕其香如兰，其花如莲，故名。其木心黄，故曰黄心。

【集解】〔别录曰〕木兰生零陵山谷及太山。皮似桂而香。十二月采皮，阴干。〔弘景曰〕零陵诸处皆有之。状如楠树，皮甚薄而味辛香。今益州者皮厚，状如厚朴，而气味为胜。今东人皆以山桂皮当之，亦相类。道家用合香亦好。〔保昇曰〕所在皆有。树高数仞。叶似菌桂叶，有三道纵文，其叶辛香不及桂也。皮如板桂，有纵横文。三月、四月采皮，阴干。〔颂曰〕今湖、岭、蜀川诸州皆有之。此与桂全别，而韶州所上，乃云与桂同是一种。取外皮为木兰，中肉为桂心。盖是桂中之一种尔。十一月、十二月采，阴干。任昉述异记云：木兰川，在浔阳江中，多木兰。又七里洲中有鲁班刻木兰舟，至今在洲中。今诗家云木兰舟，出于此。〔时珍曰〕木兰枝叶俱疏。其花内白外紫，亦有四季开者。深山生者尤大，可以为舟。按白乐天集云：木莲生巴峡山谷间，民呼为黄心树。大者高五六丈，涉冬不凋。身如青杨，有白纹。叶如桂而厚大，无脊。花如莲花，香色艳腻皆同，独房蕊有异。四月初始开，二十日即谢，不结实。此说乃真木兰也。其花有红、黄、白数色。其木肌细而心黄，梓人所重。苏颂所言韶州者，是牡桂，非木兰也。或云木兰树虽去皮，亦不死。罗愿言其冬花、实如小柿甘美者，恐不然也。

皮〔气味〕苦，寒，无毒。〔主治〕身大热在皮肤中，去面热赤疱酒皶，恶风癫疾，阴下痒湿，明耳目。本经**疗中风伤寒，及痈疽水肿，去臭气。**别录**治酒疸，利小便，疗重舌。**时珍**〔附方〕**旧二，新二。**小儿重舌**木兰皮一尺，广四寸，削去粗皮，入醋一升，渍汁噙之。子母秘录。**面上皶疱**䵟黵。用木兰皮一斤细切，以三年酢浆渍之百日，晒干捣末。每浆水服方寸匕，日三服。(肘后：用酒渍之。卮子仁一斤。）古今录验方。**酒疸发斑**赤黑黄色，心下燠痛，足胫肿满，小便黄，由大醉当风，入水所致。用木兰皮一两，黄芪二两，为末。酒服方寸匕，日三服。肘后方。

花〔主治〕鱼哽骨哽，化铁丹用之。时珍

辛夷 本经上品

【释名】辛雉本经**侯桃**同**房木**同**木笔**拾遗**迎春**〔时珍曰〕夷者荑也。其苞初生如荑而味辛也。扬雄甘泉赋云：列辛雉于林薄。服虔注云：即辛夷。雉、夷声相近也。今本草作辛矧，传写之误矣。〔藏器曰〕辛夷花未发时，苞如小桃子，有毛，故名侯桃。初发如笔头，北人呼为木笔。其花最早，南人呼为迎春。

【集解】〔别录曰〕辛夷生汉中、魏兴、梁州川谷。其树似杜仲，高丈余。子似冬桃而小。九月采实，暴干，去心及外毛。毛射人肺，令人咳。〔弘景曰〕今出丹阳近道。形如桃子，小时气味辛香。〔恭曰〕此是树花未开时收之。正月、二月好采。云九月采实者，恐误也。〔保昇曰〕其树大连合抱，高数仞。叶似柿叶而狭长。正月、二月花，似有毛小桃，色白而带紫。花落而无子。夏杪复着花，如小笔。又有一种，花、叶皆同，但三月花开，四月花落，子赤似相思子。二种所在山谷皆有。〔禹锡曰〕今苑中有树，高三四丈，其枝繁茂。正二月花开，紫白色。花落乃生叶，夏初复生花。经秋历冬，叶花渐大，如有毛小桃，至来年正二月始开。初是兴元府进来，

树才三四尺，有花无子，经二十余年方结实。盖年浅者无子，非有二种也。其花开早晚，各随方土节气尔。〔宗奭曰〕辛夷处处有之，人家园亭亦多种植。先花后叶，即木笔花也。其花未开时，苞上有毛，尖长如笔，故取象而名。花有桃红、紫色二种，入药当用紫者，须未开时收之，已开者不佳。〔时珍曰〕辛夷花初出枝头，苞长半寸，而尖锐俨如笔头，重重有青黄茸毛顺铺，长半分许。及开则似莲花而小如盏，紫苞红焰，作莲及兰花香。亦有白色者，人呼为玉兰。又有千叶者。诸家言苞似小桃者，比类欠当。

苞【修治】〔敩曰〕凡用辛夷，拭去赤肉毛了，以芭蕉水浸一宿，用浆水煮之，从巳至未，取出焙干用。若治眼目中患，即一时去皮，用向里实者。〔大明曰〕入药微炙。

【气味】辛，温，无毒。〔时珍曰〕气味俱薄，浮而散，阳也。入手太阴、足阳明经。〔之才曰〕芎䓖为之使。恶五石脂，畏菖蒲、蒲黄、黄连、石膏、黄环。

【主治】五脏身体寒热，风头脑痛面䵟。久服下气，轻身明目，增年耐老。本经**温中解肌，利九窍，通鼻塞涕出，治面肿引齿痛，眩冒身兀兀如在车船之上者，生须发，去白虫。**别录**通关脉，治头痛憎寒，体噤瘙痒。入面脂，生光泽。**大明**鼻渊鼻鼽，鼻窒鼻疮，及痘后鼻疮，并用研末，入麝香少许，葱白蘸入数次，甚良。**时珍

【发明】〔时珍曰〕鼻气通于天。天者头也，肺也。肺开窍于鼻，而阳明胃脉环鼻而上行。脑为元神之府，而鼻为命门之窍。人之中气不足，清阳不升，则头为之倾，九窍为之不利。辛夷之辛温走气而入肺，其体轻浮，能助胃中清阳上行通于天。所以能温中，治头面目鼻九窍之病。轩岐之后，能达此理者，东垣李杲一人而已。

沉香　别录上品

【释名】沉水香纲目**蜜香**〔时珍曰〕木之心节置水则沉，故名沉水，亦曰水沉。半沉者为栈香，不沉者为黄熟香。南越志言交州人称为蜜香，谓其气如蜜脾也。梵书名阿迦啅香。

【集解】〔恭曰〕沉香、青桂、鸡骨、马蹄、煎香，同是一树，出天竺诸国。木似榉柳，树皮青色。叶似橘叶，经冬不凋。夏生花，白而圆。秋结实似槟榔，大如桑椹，紫而味辛。〔藏器曰〕沉香枝、叶并似椿。云似橘者，恐未是也。其枝节不朽，沉水者为沉香；其肌理有黑脉，浮者为煎香。鸡骨、马蹄皆是煎香，并无别功，止可熏衣去臭。〔颂曰〕沉香、青桂等香，出海南诸国及交、广、崖州。沈怀远南越志云：交趾蜜香树，彼人取之，先断其积年老木根，经年其外皮干俱朽烂，木心与枝节不坏，坚黑沉水者，即沉香也。半浮半沉与水面平者，为鸡骨香。细枝紧实未烂者，为青桂香。其干为栈香。其根为黄熟香。其根节轻而大者，为马蹄香。此六物同出一树，有精粗之异尔，并采无时。刘恂岭表录异云：广管罗州多栈香树，身似柜柳，其花白而繁，其叶如橘。其皮堪作纸，名香皮纸，灰白色，有纹如鱼子，沾水即烂，不及楮纸，亦无香气。沉香、鸡骨、黄熟、栈香虽是一树，而根、干、枝、节，各有分别也。又丁谓天香传云：此香奇品最多。四香凡四名十二状，出于一本。木体如白杨，叶如冬青而小。海北窦、化、高、雷皆出香之地，比海南者优劣不侔。既所禀不同，复售者多而取者速，其香不待稍成，乃趋利戕贼之深也。非同琼管黎人，非时不妄剪伐，故木无夭札之患，得必异香焉。〔宗奭曰〕岭南诸郡悉有，傍海处尤多。交干连枝，冈岭相接，千里不绝。叶如冬青，大者数抱，木性虚柔。山民以构茅庐，或为桥梁，为饭甑，为狗槽，有香者百无一二。盖木得水方结，多在折枝枯干中，或为沉，或为煎，或为黄熟。自枯死者，谓之水盘香。南恩、高、窦等州，惟产生结香。盖山民入山，以刀斫曲干斜枝成坎，经年得雨水浸渍，遂结成香。乃锯取之，刮去白木，其香结为斑点，名鹧鸪斑，燔之极清烈。香之良者，惟在琼、崖等州，俗谓之角沉、黄沉，乃枯木得者，宜入药用。依木皮而结者，谓之青桂，气尤清。在土中岁久，不待刓剔而成薄片者，谓之龙鳞。削之自卷，咀

之柔韧者，谓之黄蜡沉，尤难得也。〔承曰〕诸品之外，又有龙鳞、麻叶、竹叶之类，不止一二十品。要之入药惟取中实沉水者。或沉水而有中心空者，则是鸡骨。谓中有朽路，如鸡骨中血眼也。〔时珍曰〕沉香品类，诸说颇详。今考杨亿谈苑、蔡绦丛谈、范成大桂海志、张师正倦游录、洪驹父香谱、叶廷珪香录诸书，撮其未尽者补之云。香之等凡三：曰沉，曰栈，曰黄熟是也。沉香入水即沉，其品凡四：曰熟结，乃膏脉凝结自朽出者；曰生结，乃刀斧伐仆，膏脉结聚者；曰脱落，乃因水朽而结者；曰虫漏，乃因蠹隙而结者。生结为上，熟脱次之。坚黑为上，黄色次之。角沉黑润，黄沉黄润，蜡沉柔韧，革沉纹横，皆上品也。海岛所出，有如石杵，如肘如拳，如凤雀龟蛇，云气人物。及海南马蹄、牛头、燕口、茧栗、竹叶、芝菌、梭子、附子等香，皆因形命名尔。其栈香入水半浮半沉，即沉香之半结连木者，或作煎香，番名婆木香，亦曰弄水香。其类有猬刺香、鸡骨香、叶子香，皆因形而名。有大如笠者，为蓬莱香。有如山石枯槎者，为光香。入药皆次于沉香。其黄熟香，即香之轻虚者，俗讹为速香是矣。有生速，斫伐而取者。有熟速，腐朽而取者。其大而可雕刻者，谓之水盘头。并不堪入药，但可焚爇。叶廷珪云：出渤泥⑧、占城⑨、真腊者⑩，谓之番沉，亦曰舶沉，曰药沉，医家多用之，以真腊为上。蔡绦云：占城不若真腊，真腊不若海南黎峒。黎峒又以万安黎母山东峒者，冠绝天下，谓之海南沉，一片万钱。海北高、化诸州者，皆栈香尔。范成大云：黎峒出者名土沉香，或曰崖香。虽薄如纸者，入水亦沉。万安在岛东，钟朝阳之气，故香尤酝藉，土人亦自难得。舶沉香多腥烈，尾烟必焦。交趾海北之香，聚于钦州，谓之钦香，气尤酷烈。南人不甚重之，惟以入药。

【正误】〔时珍曰〕按李珣海药本草谓沉者为沉香，浮者为檀香。梁元帝金楼子谓一木五香：根为檀，节为沉，花为鸡舌，胶为熏陆，叶为藿香。并误也。五香各是一种。所谓五香一本者，即前苏恭所言，沉、栈、青桂、马蹄、鸡骨者是矣。

【修治】〔敩曰〕凡使沉香，须要不枯，如觜角硬重沉于水下者为上，半沉者次之。不可见火。〔时珍曰〕欲入丸散，以纸裹置怀中，待燥研之。或入乳钵以水磨粉，晒干亦可。若入煎剂，惟磨汁临时入之。

【气味】辛，微温，无毒。〔珣曰〕苦，温。〔大明曰〕辛，热。〔元素曰〕阳也。有升有降。〔时珍曰〕咀嚼香甜者性平，辛辣者性热。

【主治】风水毒肿，去恶气。别录**主心腹痛，霍乱中恶，邪鬼疰气，清人神，并宜酒煮服之。诸疮肿，宜入膏中。**李珣**调中，补五脏，益精壮阳，暖腰膝，止转筋吐泻冷气，破症癖，冷风麻痹，骨节不任，风湿皮肤瘙痒，气痢。**大明**补右肾命门。**元素**补脾胃，及痰涎、血出于脾。**李杲**益气和神。**刘完素**治上热下寒，气逆喘急，大肠虚闭，小便气淋，男子精冷。**时珍

【附方】新七。**诸虚寒热**冷痰虚热。冷香汤：用沉香、附子（炮）等分，水一盏，煎七分，露一夜，空心温服。王好古医垒元戎。**胃冷久呃**沉香、紫苏、白豆蔻仁各一钱，为末。每柿蒂汤服五七分。吴球活人心统。**心神不足**火不降，水不升，健忘惊悸。朱雀丸：用沉香五钱，茯神二两，为末，炼蜜和，丸小豆大。每食后人参汤服三十丸，日二服。王璆百一选方。**肾虚目黑**暖水脏。用沉香一两，蜀椒去目，炒出汗，四两，为末，酒糊丸梧子大。每服三十丸，空心盐汤下。普济方。**胞转不通**非小肠、膀胱、厥阴受病，乃强忍房事，或过忍小便所致，当治其气则愈，非利药可通也。沉香、木香各二钱，为末。白汤空腹服之，以通为度。医垒元戎。**大肠虚闭**因汗多，津液耗涸者。沉香一两，肉苁蓉酒浸焙二两，各研末，以麻仁研汁作糊，丸梧子大。每服一百丸，蜜汤下。严子礼济生方。**痘疮黑陷**沉香、檀香、乳香等分，爇于盆内。抱儿于上熏之，即起。鲜于枢钩玄。

蜜香　拾遗

【释名】木蜜内典**没香**纲目**多香木**同**阿䗪**音㭞。

【集解】〔藏器曰〕蜜香生交州。大树，节如沉香。法华经注云：木蜜，香蜜也。树形似槐而香，伐之五六年，乃取其香。异物志云。其叶如椿。树生千岁，斫仆之，四五岁乃往看，已腐败，惟中节坚贞者是香。〔珣曰〕生南海诸山中。种之五六年便有香。交州记云：树似沉香无异也。〔时珍曰〕按魏王花木志云：木蜜号千岁树，根本甚大，伐之四五岁，取不腐者为香。观此，则陈藏器所谓生千岁乃斫者，盖误讹也。段成式酉阳杂俎云：没树出波斯国，拂林国人呼为阿䗪。树长丈余，皮青白色，叶似槐而长，花似橘花而大。子黑色，大如山茱萸，酸甜可食。广州志云：肇庆新兴县出多香木，俗名蜜香。辟恶气，杀鬼精。晋书云：太康五年，大秦国献蜜香树皮纸，微褐色，有纹如鱼子，极香而坚韧。观此数说，则蜜香亦沉香之类，故形状功用两相仿佛。南越志谓交人称沉香为蜜香。交州志谓蜜香似沉香。岭表录异言栈香皮纸似鱼子。尤可互证。杨慎丹铅录言蜜树是蜜蒙花树者，谬也。又枳椇木亦名木蜜，不知亦同类否？详见果部。

【气味】辛，温，无毒。

【主治】去臭，除鬼气。藏器**辟恶，去邪鬼尸注心气。**李珣

丁香　宋开宝　**〔校正〕**并入别录鸡舌香。

【释名】丁子香嘉祐**鸡舌香**〔藏器曰〕鸡舌香与丁香同种，花实丛生，其中心最大者为鸡舌(击破有顺理而解为两向，如鸡舌，故名)，乃是母丁香也。〔禹锡曰〕按齐民要术云：鸡舌香俗人以其似丁子，故呼为丁子香。〔时珍曰〕宋嘉祐本草重出鸡舌，今并为一。

【集解】〔恭曰〕鸡舌香树叶及皮并似栗，花如梅花，子似枣核，此雌树也，不入香用。其雄树虽花不实，采花酿之以成香。出昆仑及交州、爱州以南。〔珣曰〕丁香生东海及昆仑国。二月、三月花开，紫白色。至七月方始成实，小者为丁香，大者（如巴豆）为母丁香。〔志曰〕丁香生交、广、南番。按广州图上丁香，树高丈余，木类桂，叶似栎叶。花圆细，黄色，凌冬不凋。其子出枝蕊上如钉，长三四分，紫色。其中有粗大如山茱萸者，俗呼为母丁香。二月、八月采子及根。一云：盛冬生花、子，至次年春采之。〔颂曰〕鸡舌香唐本草言其木似栗。南越志言是沉香花。广志言是草花蔓生，实熟贯之，可以香口。其说不定。今人皆以乳香中拣出木实似枣核者为之，坚顽枯燥，绝无气味，烧亦无香，用疗气与口臭则甚乖疏，不知缘何以为鸡舌也？京下老医言：鸡舌与丁香同种，其中最大者为鸡舌，即母丁香，疗口臭最良，治气亦效。葛稚川百一方：治暴气刺心痛，用鸡舌香酒服。又抱朴子书：以鸡舌、黄连，乳汁煎之，注目，治百疹之在目者皆愈，更加精明。古方治疮痈五香连翘汤用鸡舌香，而孙真人千金方无鸡舌，用丁香，似为一物也。其采花酿成香之说，绝无知者。〔慎微曰〕沈存中笔谈云：予集灵苑方，据陈藏器拾遗，以鸡舌为丁香母。今考之尚不然，鸡舌即丁香也。齐民要术言鸡舌俗名丁子香。日华子言丁香治口气，与三省故事载汉时郎官日含鸡舌香，欲其奏事芬芳之说相合。及千金方五香汤用丁香无鸡舌，最为明验。开宝本草重出丁香，谬矣。今世以乳香中大如山茱萸者为鸡舌，略无气味，治疾殊乖。〔承曰〕嘉祐补注及苏颂图经引诸书，以鸡舌为丁香。抱朴子言可注眼。但丁香恐不宜入眼，含之口中热臭不可近。乳香中所拣者，虽无气味，却无臭气，有淡利九窍之理。诸方用治小儿惊痫，亦欲其达九窍也。〔𣂏曰〕丁香有雌、雄。雄者颗小；雌者大如山萸，更名母丁香，入药最胜。〔时珍曰〕雄为丁香，雌为鸡舌，诸说甚明，独陈承所言甚为谬妄。不知乳香中所拣者，乃番枣核也，即无漏子之核，见果部。前人不知丁香即鸡舌，误以此物充之尔。干姜、焰消尚可点眼，草果、阿魏番人以作食料，则丁香之点眼、噙口，又何害哉？

鸡舌香别录〔**气味**〕**辛，微温，无毒。**〔时珍曰〕辛，温。〔**主治**〕**风水毒肿，霍乱心痛，去恶气。**别录**吹鼻，杀脑疳。入诸香中，令人身香。**甄权**同姜汁，涂拔去白须孔中，即生异常黑**

者。藏器

丁香开宝〔**气味**〕**辛，温，无毒。**〔时珍曰〕辛，热。〔好古曰〕纯阳。入手太阴、足少阴、阳明经。〔敩曰〕方中多用雌者，力大。膏煎中若用雄，须去丁，盖乳子发人背痈也。不可见火。畏郁金。〔**主治**〕**温脾胃，止霍乱拥胀，风毒诸肿，齿疳䘌。能发诸香。**开宝**风疳䘌骨槽劳臭，杀虫辟恶去邪，治奶头花，止五色毒痢，疗五痔。**李珣**治口气冷气，冷劳反胃，鬼疰蛊毒，杀酒毒，消痃癖，疗肾气奔豚气，阴痛腹痛，壮阳，暖腰膝。**大明**疗呕逆，甚验。**保升**去胃寒，理元气。气血盛者勿服。**元素**治虚哕，小儿吐泻，痘疮胃虚，灰白不发。**时珍

【发明】〔好古曰〕丁香与五味子、广茂同用，治奔豚之气。亦能泄肺，能补胃，大能疗肾。〔宗奭曰〕日华子言丁香治口气，此正是御史所含之香也。治脾胃冷气不和甚良。母丁香气味尤佳。〔震亨曰〕口居上，地气出焉。脾有郁火，溢入肺中，失其清和之意，而浊气上行，发为口气。若以丁香治之，是扬汤止沸尔。惟香薷治之甚捷。〔时珍曰〕宋末太医陈文中，治小儿痘疮不光泽，不起发，或胀或泻，或渴或气促，表里俱虚之证。并用木香散、异攻散，倍加丁香、官桂。甚者丁香三五十枚，官桂一二钱。亦有服之而愈者。此丹溪朱氏所谓立方之时，必运气在寒水司天之际，又值严冬郁遏阳气，故用大辛热之剂发之者也。若不分气血虚实寒热经络，一概骤用，其杀人也必矣。葛洪抱朴子云：凡百病在目者，以鸡舌香、黄连、乳汁煎注之，皆愈。此得辛散苦降养阴之妙。陈承言不可点眼者，盖不知此理也。

【附方】旧九，新十七。**暴心气痛**鸡舌香末，酒服一钱。肘后方。**干霍乱痛**不吐不下。丁香十四枚，研末，以沸汤一升和之，顿服。不瘥更作。思邈千金方。**小儿吐泻**丁香、橘红等分，炼蜜丸黄豆大。米汤化下。刘氏小儿方。**小儿呕吐**不止。丁香、生半夏各一钱，姜汁浸一夜，晒干为末，姜汁打面糊丸黍米大。量大小，用姜汤下。全幼心鉴。**婴儿吐乳**小儿百日晬内吐乳，或粪青色。用年少妇人乳汁一盏，入丁香十枚，陈皮去白一钱，石器煎一二十沸，细细与服。陈文中小儿方。**小儿冷疳**面黄腹大，食即吐者。母丁香七枚，为末，乳汁和蒸三次，姜汤服之。卫生易简方。**胃冷呕逆**气厥不通。母丁香三箇，陈橘皮一块（去白焙），水煎，热服。十便良方。**反胃吐食**袖珍方：用母丁香一两为末，以盐梅入捣和，丸芡子大。每噙一丸。圣惠方：用母丁香、神麹（炒）等分，为末。米饮服一钱。**朝食暮吐**丁香十五箇研末，甘蔗汁、姜汁和，丸莲子大。噙咽之。摘玄方。**反胃关格**气噎不通。丁香、木香各一两。每服四钱，水一盏半，煎一盏。先以黄泥做成碗，滤药汁于内，食前服。此方乃掾史吴安之传于都事盖耘夫有效，试之果然。土碗取其助脾也。德生堂经验方。**伤寒呃逆**及哕逆不定。丁香一两，干柿蒂（焙）一两，为末。每服一钱，煎人参汤下。简要济众方。**毒肿入腹**鸡舌香、青木香、薰陆香、麝香各一两，水四升，煮二升，分二服。肘后方。**食蟹致伤**丁香末，姜汤服五分。证治要诀。**妇人崩中**昼夜不止。丁香二两，酒二升，煎一升，分服。梅师方。**妇人产难**母丁香三十六粒，滴乳香三钱六分，为末，同活兔胆和杵千下，丸作三十六丸。每服一丸，好酒化下，立验。名如意丹。颐真堂经验方。**妇人阴冷**母丁香末，纱囊盛如指大，纳入阴中，病即巳。本草衍义。**鼻中瘜肉**丁香绵裹纳之。圣惠方。**风牙宣露**发歇口气。鸡舌香、射干各一两，麝香一分，为末，日揩。圣济总录。**龋齿黑臭**鸡舌香煮汁，含之。外台秘要。**唇舌生疮**鸡舌香末，绵裹含之。外台。**乳头裂破**丁香末，傅之。梅师方。**妒乳乳痈**丁香末，水服方寸匕。梅师方。**痈疽恶肉**丁香末傅之，外以膏药护之。怪证奇方。**桑蝎螫人**丁香末，蜜调涂。圣惠方。**香衣辟汗**丁香一两为末，川椒六十粒和之。绢袋盛佩，绝无汗气。多能鄙事。

丁皮〔时珍曰〕即树皮也。似桂皮而厚。〔**气味**〕同香。〔**主治**〕**齿痛。**李珣**心腹冷气诸病。方家用代丁香。**时珍

枝〔主治〕一切冷气，心腹胀满，恶心，泄泻虚滑，水谷不消。用枝杖七斤，肉豆蔻（面煨）八斤，白面（炒）六斤，甘草（炒）十一斤，炒盐中三斤，为末。日日点服。出御药院方。

根〔气味〕辛，热，有毒。〔主治〕风热毒肿。不入心腹之用。开宝

檀香 别录下品

【释名】旃檀纲目**真檀**〔时珍曰〕檀，善木也，故字从亶。亶，善也。释氏呼为旃檀，以为汤沐，犹言离垢也。番人讹为真檀。云南人呼紫檀为胜沉香，即赤檀也。

【集解】〔藏器曰〕白檀出海南。树如檀。〔恭曰〕紫真檀出昆仑盘盘国[11]。虽不生中华，人间遍有之。〔颂曰〕檀香有数种，黄、白、紫之异，今人盛用之。江淮、河朔所生檀木，即其类，但不香尔。〔时珍曰〕按大明一统志云：檀香出广东、云南，及占城、真腊、爪哇、渤泥、暹罗、三佛齐[12]、回回等国，今岭南诸地亦皆有之。树、叶皆似荔枝，皮青色而滑泽。叶廷珪香谱云：皮实而色黄者为黄檀，皮洁而色白者为白檀，皮腐而色紫者为紫檀。其木并坚重清香，而白檀尤良。宜以纸封收，则不泄气。王佐格古论云：紫檀诸溪峒出之。性坚。新者色红，旧者色紫，有蟹爪文。新者以水浸之，可染物。真者揩壁上色紫，故有紫檀名。黄檀最香。俱可作带胯、扇骨等物。

白旃檀〔气味〕辛，温，无毒。〔大明曰〕热。〔元素曰〕阳中微阴。入手太阴、足少阴，通行阳明经。**〔主治〕消风热肿毒。**弘景**治中恶鬼气，杀虫。**藏器**煎服，止心腹痛，霍乱肾气痛。水磨，涂外肾并腰肾痛处。**大明**散冷气，引胃气上升，进饮食。**元素**噎膈吐食。又面生黑子，每夜以浆水洗拭令赤，磨汁涂之，甚良。**时珍**〔发明〕**〔杲曰〕白檀调气，引芳香之物，上至极高之分。最宜橙、橘之属，佐以姜、枣，辅以葛根、缩砂、益智、豆蔻，通行阳明之经，在胸膈之上，处咽嗌之间，为理气要药。〔时珍曰〕楞严经云：白旃檀涂身，能除一切热恼。今西南诸番酋，皆用诸香涂身，取此义也。杜宝大业录云：隋有寿禅师妙医术，作五香饮济人。沉香饮、檀香饮、丁香饮、泽兰饮、甘松饮，皆以香为主，更加别药，有味而止渴，兼补益人也。道书檀香谓之浴香，不可烧供上真。

紫檀〔气味〕咸，微寒，无毒。〔主治〕摩涂恶毒风毒。别录**刮末傅金疮，止血止痛。疗淋。**弘景**醋磨，傅一切卒肿。**千金**〔发明〕**〔时珍曰〕白檀辛温，气分之药也。故能理卫气而调脾肺，利胸膈。紫檀咸寒，血分之药也。故能和营气而消肿毒，治金疮。

降真香 证类

【释名】紫藤香纲目**鸡骨香**〔珣曰〕仙传：拌和诸香，烧烟直上，感引鹤降。醮星辰，烧此香为第一，度箓功力极验。降真之名以此。〔时珍曰〕俗呼舶上来者为番降，亦名鸡骨，与沉香同名。

【集解】〔慎微曰〕降真香出黔南。〔珣曰〕生南海山中及大秦国。其香似苏方木，烧之初不甚香，得诸香和之则特美。入药以番降紫而润者为良。〔时珍曰〕今广东、广西、云南、汉中、施州、永顺、保靖，及占城、安南、暹罗、渤泥、琉球诸地皆有之。朱辅溪蛮丛笑云：鸡骨香即降香，本出海南。今溪峒僻处所出者，似是而非，劲瘦不甚香。周达观真腊记云：降香生丛林中，番人颇费砍斫之功，乃树心也。其外白皮，厚八九寸，或五六寸。焚之气劲而远。又嵇含草木状云：紫藤香，长茎细叶，根极坚实，重重有皮，花白子黑。其茎截置烟炱中[13]，经久成紫香，可降神。按嵇氏所说，与前说稍异，岂即朱氏所谓似是而非者乎？抑中国者与番降不同乎？

【气味】辛，温，无毒。

【主治】烧之，辟天行时气，宅舍怪异。小儿带之，辟邪恶气。李珣**疗折伤金疮，止血定痛，消肿生肌。**时珍

【发明】〔时珍曰〕降香，唐、宋本草失收。唐慎微始增入之，而不著其功用。今折伤金疮家多用其节，云可代没药、血竭。按名医录云：周密被海寇刃伤，血出不止，筋如断，骨如折，用花蕊石散不效。军士李高用紫金散掩之，血止痛定。明日结痂如铁，遂愈，且无瘢痕。叩其方，则用紫藤香瓷瓦刮下研末尔。云即降之最佳者，曾救万人。罗天益卫生宝鉴亦取此方，云甚效也。

【附方】新二。**金疮出血**降真香、五倍子、铜花等分为末，傅之。医林集要。**痈疽恶毒**番降末，枫、乳香，等分为丸，熏之，去恶气甚妙。集简方。

楠 别录下品 **〔校正〕**并入海药栅木皮，拾遗柟木枝叶。

【释名】柟与楠字同。〔时珍曰〕南方之木，故字从南。海药本草栅木皮，即柟字之误，今正之。

【集解】〔藏器曰〕柟木高大，叶如桑，出南方山中。〔宗奭曰〕楠材，今江南造船皆用之，其木性坚而善居水。久则当中空，为白蛾所穴。〔时珍曰〕楠木生南方，而黔、蜀诸山尤多。其树直上，童童若幢盖之状，枝叶不相碍。叶似豫章，而大如牛耳，一头尖，经岁不凋，新陈相换。其花赤黄色。实似丁香，色青，不可食。干甚端伟，高者十余丈，巨者数十围，气甚芬芳，为梁栋器物皆佳，盖良材也。色赤者坚，白者脆。其近根年深向阳者，结成草木山水之状，俗呼为骰柏楠，宜作器。

楠材〔气味〕辛，微温，无毒。〔藏器曰〕苦，温，无毒。〔大明曰〕热，微毒。**〔主治〕霍乱吐下不止，煮汁服。**别录**煎汤洗转筋及足肿。枝叶同功。**大明**〔附方〕**新三。**水肿自足起**削楠木、桐木煮汁渍足，并饮少许，日日为之。肘后方。**心胀腹痛**未得吐下。取楠木削三四两，水三升，煮三沸，饮之。肘后方。**聤耳出脓**楠木烧研，以绵杖缴入。圣惠方。

皮〔气味〕苦，温，无毒。〔主治〕霍乱吐泻，小儿吐乳，暖胃正气，并宜煎服。李珣

樟 拾遗

【释名】〔时珍曰〕其木理多文章，故谓之樟。

【集解】〔藏器曰〕江东舸船多用樟木。县名豫章，因木得名。〔时珍曰〕西南处处山谷有之。木高丈余。小叶似楠而尖长，背有黄赤茸毛，四时不凋。夏开细花，结小子。木大者数抱，肌理细而错纵有文，宜于雕刻，气甚芬烈。豫、章乃二木名，一类二种也。豫即钓樟，见下条。

樟材〔气味〕辛，温，无毒。〔主治〕恶气中恶，心腹痛鬼疰，霍乱腹胀，宿食不消，常吐酸臭水，酒煮服，无药处用之。煎汤，浴脚气疥癣风痒。作履，除脚气。藏器**〔发明〕**〔时珍曰〕霍乱及干霍乱须吐者。以樟木屑煎浓汁吐之，甚良。又中恶、鬼气卒死者，以樟木烧烟熏之，待苏乃用药。此物辛烈香窜，能去湿气、辟邪恶故也。**〔附方〕**新一。**手足痛风**冷痛如虎咬者。用樟木屑一斗，急流水一石，煎极滚泡之，乘热安足于桶上熏之。以草荐围住，勿令汤气入目。其功甚捷，此家传经验方也。虞抟医学正传。

瘿节〔主治〕风疰鬼邪。时珍**〔附方〕**新一。**三木节散**治风劳，面色青白，肢节沉重，膂间痛，或寒或热，或躁或嗔，思食不能食，被虫侵蚀，证状多端。天灵盖（酥炙，研）二两，牛黄、人中白（焙）各半两，麝香二钱，为末。别以樟木瘤节、皂荚木瘤节、槐木瘤节各为末五两，每以三钱，水一盏，煎半盏，去滓，调前末一钱，五更顿服，取下虫物为妙。圣惠方。

钓樟 别录下品**〔校正〕**并入拾遗枕材。

【释名】乌樟弘景**枨**音纶。**枕**音沈。**豫**纲目〔时珍曰〕樟有大、小二种，紫、淡二色。此即樟之小者。按郑樵通志云：钓樟亦樟之类，即尔雅所谓“枨，无疵”是也。又相如赋云：楩、楠、豫、章。颜师古注云：豫即枕木，章即樟木。二木生至七年，乃可分别。观此，则豫即别录

所谓钓樟者也。根似乌药香，故又名乌樟。

【集解】〔弘景曰〕钓樟出桂阳、邵陵诸处，亦呼作乌樟，方家少用，而俗人多识。〔恭曰〕生郴州山谷。树高丈余。叶似楠叶而尖长，背有赤毛，若枇杷叶上毛。八月、九月采根皮，日干。〔炳曰〕根似乌药香。〔藏器曰〕枕生南海山谷。作舸船，次于樟木。

根皮〔气味〕辛，温，无毒。〔主治〕金疮止血，刮屑傅之，甚验。别录**磨服，治霍乱。**萧炳**治奔豚脚气水肿，煎汤服。亦可浴疮痍疥癣风瘙，并研末傅之。**大明

茎叶〔主治〕置门上，辟天行时气。萧炳

乌药 宋开宝

【释名】旁其拾遗**鳑魮**纲目**矮樟**〔时珍曰〕乌以色名。其叶状似鳑魮鲫鱼，故俗呼为鳑魮树。拾遗作旁其，方音讹也。南人亦呼为矮樟，其气似樟也。

〔集解〕〔藏器曰〕乌药生岭南·邕州、容州及江南。树生似茶，高丈余。一叶三桠，叶青阴白。根状似山芍药及乌樟，根色黑褐，作车毂纹，横生。八月采根，其直根者不堪用。〔颂曰〕今台州、雷州、衡州皆有之，以天台者为胜。木似茶榎，高五七尺。叶微圆而尖，面青背白，有纹。四五月开细花，黄白色。六月结实。根有极大者，又似钓樟根。然根有二种：岭南者黑褐色而坚硬，天台者白而虚软，并以八月采。根如车毂纹、形如连珠者佳。或云：天台者香白可爱，而不及海南者力大。〔承曰〕世称天台者为胜。今比之洪州、衡州者，天台香味为劣，入药功效亦不及。但肉色颇赤，而差细小尔。〔时珍曰〕吴、楚山中极多，人以为薪。根、叶皆有香气，但根不甚大，才如芍药尔。嫩者肉白，老者肉褐色。其子如冬青子，生青熟紫，核壳极薄。其仁亦香而苦。

根〔气味〕辛，温，无毒。〔好古曰〕气厚于味，阳也。入足阳明、少阴经。**〔主治〕中恶心腹痛，蛊毒疰忤鬼气，宿食不消，天行疫瘴，膀胱肾间冷气攻冲背膂，妇人血气，小儿腹中诸虫。**藏器**治一切气除一切冷，霍乱，反胃吐食泻痢，痈疖疥疠，并解冷热，其功不可悉载。猫、犬百病，并可磨服。**大明**理元气。**好古**中气脚气疝气，气厥头痛，肿胀喘急，止小便频数及白浊。**时珍**〔发明〕**〔宗奭曰〕乌药性和，来气少，走泄多，但不甚刚猛。与沉香同磨作汤点服，治胸腹冷气甚稳当。〔时珍曰〕乌药辛温香窜，能散诸气。故惠民和剂局方治中风中气诸证，用乌药顺气散者，先疏其气，气顺则风散也。严用和济生方治七情郁结，上气喘急，用四磨汤者，降中兼升，泻中带补也。其方以人参、乌药、沉香、槟榔各磨浓汁七分，合煎，细细咽之。朱氏集验方治虚寒小便频数，缩泉丸，用同益智子等分为丸服者，取其通阳明、少阴经也。方见草部益智子下。**〔附方〕**新十一。**乌沉汤**治一切气，一切冷，补五脏，调中壮阳，暖腰膝，去邪气，冷风麻痹，膀胱、肾间冷气，攻冲背膂，俯仰不利，风水毒肿，吐泻转筋，症癖刺痛，中恶心腹痛，鬼气疰忤，天行瘴疫，妇人血气痛。用天台乌药一百两，沉香五十两，人参三两，甘草（爁）四两，为末，每服半钱，姜盐汤空心点服。和剂局方。**一切气痛**不拘男女，冷气、血气、肥气、息贲气、伏梁气、奔豚气，抢心切痛，冷汗，喘息欲绝。天台乌药（小者，酒浸一夜，炒）、茴香（炒）、青橘皮（去白，炒）、良姜（炒）等分，为末。温酒、童便调下。卫生家宝方。**男妇诸病**香乌散：用香附、乌药等分，为末，每服一二钱。饮食不进，姜、枣汤下；疟疾，干姜、白盐汤下；腹中有虫，槟榔汤下；头风虚肿，茶汤下；妇人冷气，米饮下；产后血攻心脾痛，童便下；妇人血海痛，男子疝气，茴香汤下。乾坤秘韫。**小肠疝气**乌药一两，升麻八钱，水二钟，煎一钟，露一宿，空心热服。孙天仁集效方。**脚气掣痛**乡村无药。初发时即取土乌药，不犯铁器，布揩去土，瓷瓦刮屑，好酒浸一宿。次早空心温服，溏泄即愈。入麝少许尤佳。痛入腹者，以乌药同鸡子瓦罐中水煮一日，取鸡子，切片蘸食，以汤送下，甚效。永类钤方。**血痢泻血**

乌药烧存性研，陈米饭丸梧子大。每米饮下三十丸。普济方。**小儿慢惊**昏沉或搐。乌药磨水，灌之。济急方。**气厥头痛**不拘多少，及产后头痛。天台乌药、川芎䓖等分，为末。每服二钱，腊茶清调下。产后，铁锤烧红淬酒调下。济生方。**咽喉闭痛**生乌药（即矮樟根），以酸醋二盏，煎一盏，先噙后咽，吐出痰涎为愈。经验方。**孕中有痛**洪州乌药（软白香辣者）五钱，水一盏，牛皮胶一片，同煎至七分，温服。乃龚彦德方也。妇人良方。**心腹气痛**乌药水磨浓汁一盏，入橘皮一片，苏一叶，煎服。集简方。

嫩叶〔主治〕炙碾煎饮代茗，补中益气，止小便滑数。藏器〔**发明**〕〔时珍曰〕乌药，下通少阴肾经，上理脾胃元气。故丹溪朱氏补阴丸药中，往往加乌药叶也。

子〔主治〕阴毒伤寒，腹痛欲死。取一合炒起黑烟，投水中，煎三五沸，服一大盏，汗出阳回即瘥。斗门方

【附录】研药〔珣曰〕生南海诸州小树，叶如椒，根如乌药而圆小。根味苦，温，无毒。主霍乱，下痢赤白，中恶蛊毒，腹内不调者。锉，水煎服。

櫰香 音怀。纲目

【释名】兜娄婆香

【集解】〔时珍曰〕櫰香，江淮、湖岭山中有之。木大者近丈许，小者多被樵采。叶青而长，有锯齿，状如小蓟叶而香，对节生。其根状如枸杞根而大，煨之甚香。楞严经云：坛前安一小炉，以兜娄婆香煎取香水，沐浴其炭。即此香也。

根【气味】苦，涩，平，无毒。

【主治】头疖肿毒。碾末，麻脂调涂，七日腐落。时珍

必栗香 拾遗

【释名】花木香、詹香

【集解】〔藏器曰〕必栗香生高山中。叶如老椿，捣置上流，鱼悉暴腮而死。木为书轴，白鱼不损书也。

【气味】辛，温，无毒。

【主治】鬼疰心气，断一切恶气，煮汁服之。烧为香，杀虫、鱼。藏器

枫香脂 唐本草

【释名】白胶香〔时珍曰〕枫树枝弱善摇，故字从风。俗呼香枫。金光明经谓其香为须萨折罗婆香。〔颂曰〕尔雅谓枫为欇欇，言风至则欇欇而鸣也。梵书谓之萨阇罗婆香。

【集解】〔恭曰〕枫香脂，所在大山中皆有之。〔颂曰〕今南方及关陕甚多。树甚高大，似白杨。叶圆而作歧，有三角而香。二月有花，白色。乃连着实，大如鸭卵。八月、九月熟时，暴干可烧。南方草木状云：枫实惟九真有之[14]。用之有神，乃难得之物。其脂为白胶香，五月斫为坎，十一月采之。说文解字云：枫木，厚叶弱枝善摇。汉宫殿中多植之，至霜后叶丹可爱，故称枫宸。任昉述异记云：南中有枫子鬼。木之老者为人形，亦呼为灵枫，盖瘤瘿也。至今越巫有得之者，以雕刻鬼神，可致灵异。〔保升曰〕王瓘轩辕本纪云：黄帝杀蚩尤于黎山之丘，掷其械于大荒之中，化为枫木之林。尔雅注云：其脂入地，千年为琥珀。〔时珍曰〕枫木枝干修耸，大者连数围。其木甚坚，有赤有白，白者细腻。其实成球，有柔刺。嵇含言枫实惟出九真者，不知即此枫否？孙炎尔雅正义云：枫子鬼乃欇木上寄生枝，高三四尺，天旱以泥涂之，即雨也。荀伯子临川记云：岭南枫木，岁久生瘤如人形，遇暴雷骤雨则暗长三五尺，谓之枫人。宋齐丘化书云：老枫化为羽人。数说不同，大抵瘿瘤之说，犹有理也。

香脂〔修治〕〔时珍曰〕凡用以齑水煮二十沸，入冷水中，揉扯数十次，晒干用。**〔气味〕**

辛、苦，平，无毒。〔主治〕**瘾疹风痒浮肿，煮水浴之。又主齿痛。**唐本**一切痈疽疮疥，金疮吐衄咯血，活血生肌，止痛解毒。烧过揩牙，永无牙疾。**时珍〔**发明**〕〔震亨曰〕枫香属金，有水与火。其性疏通（故木易有虫穴），为外科要药。近世不知，误以松脂之清莹者为之，甚谬。〔宗奭曰〕枫香、松脂皆可乱乳香。但枫香微白黄色，烧之可见真伪。〔时珍曰〕枫香、松脂皆可乱乳香，其功虽次于乳香，而亦仿佛不远。〔**附方**〕旧一，新十五。**吐血不止**白胶香为散。每服二钱，新汲水调下。简要济众。**吐血衄血**白胶香、蛤粉等分，为末。姜汁调服。王璆百一选方。**吐血咯血**澹寮方：用白胶香、铜青各一钱，为末。入干柿内，纸包煨熟，食之。圣惠方：用白胶香切片炙黄一两，新绵一两烧灰，为末。每服一钱，米饮下。**金疮断筋**枫香末傅之。危氏方。**便痈脓血**白胶香一两，为末。入麝香、轻粉少许，掺之。袖珍方。**小儿奶疽**生面上。用枫香为膏，摊贴之。活幼全书。**瘰疬软疖**白胶香一两化开，以蓖麻子六十四粒研入，待成膏，摊贴。儒门事亲。**诸疮不合**白胶香、轻粉各二钱，猪脂和涂。直指方。**一切恶疮**水沉金丝膏：用白胶香、沥青各一两，以麻油、黄蜡各二钱半，同熔化，入冷水中扯千遍，摊贴之。儒门事亲。**恶疮疼痛**枫香、腻粉等分，为末。浆水洗净，贴之。寿亲养老书。**久近胫疮**白胶香为末，以酒瓶上箬叶夹末，贴之。袖珍方。**小儿疥癣**白胶香、黄檗、轻粉等分，为末。羊骨髓和，傅之。儒门事亲。**大便不通**白胶香半枣大，鼠粪二枚，研匀，水和作挺。纳入肛内，良久自通。普济方。**年久牙痛**枫香脂为末，以香炉内灰和匀。每旦揩擦。危氏得效方。**鱼骨哽咽**白胶香细细吞之。圣惠方。

木皮〔**气味**〕**辛，平，有小毒。**苏恭〔**主治**〕**水肿，下水气，煮汁用之。**苏恭**煎饮，止水痢为最。**藏器**止霍乱刺风冷风，煎汤浴之。**大明〔**正误**〕〔藏器曰〕枫皮性涩，能止水痢。苏云下水肿，水肿非涩药所疗，又云有毒，明见其谬。〔**附方**〕新一。**大风疮**枫子木（烧存性，研）、轻粉等分，麻油调搽，极妙。章贡有鼓角匠病此，一道人传方，遂愈。经验良方。

根叶〔**主治**〕**痈疽已成，擂酒饮，以滓贴之。**时珍

菌〔**气味**〕**有毒，食之令人笑不止，地浆解之。**弘景

薰陆香（乳香）　别录上品

【**释名**】**马尾香**海药**天泽香**内典**摩勒香**纲目**多伽罗香**〔宗奭曰〕薰陆即乳香，为其垂滴如乳头也。熔塌在地者为塌香，皆一也。〔时珍曰〕佛书谓之天泽香，言其润泽也。又谓之多伽罗香，又曰杜噜香。李珣言薰陆是树皮，乳是树脂。陈藏器言乳是薰陆之类。寇宗奭言是一物。陈承言薰陆是总名，乳是薰陆之乳头也。今考香谱言乳有十余品，则乳乃熏陆中似乳头之一品尔。陈承之说为近理。二物原附沉香下，宋嘉祐本草分出二条，今据诸说，合并为一。

【**集解**】〔恭曰〕薰陆香形似白胶香，出天竺者色白，出单于者夹绿色，香亦不甚。〔珣曰〕按广志云：薰陆香是树皮鳞甲，采之复生。乳头香生南海，是波斯松树脂也，紫赤如樱桃，透明者为上。〔藏器曰〕乳香即薰陆之类也。〔禹锡曰〕按南方异物志云：薰陆出大秦国。在海边有大树，枝叶正如古松，生于沙中。盛夏木胶流出沙上，状如桃胶。夷人采取卖与商贾，无贾则自食之。〔宗奭曰〕薰陆，木叶类棠梨，南印度界阿吒厘国出之，谓之西香，南番者更佳，即乳香也。〔承曰〕西出天竺，南出波斯等国。西者色黄白，南者色紫赤。日久重叠者，不成乳头，杂以沙石。其成乳者，乃新出未杂沙石者也。薰陆是总名，乳是薰陆之乳头也。今松脂、枫脂中，亦有此状者甚多。〔时珍曰〕乳香今人多以枫香杂之，惟烧之可辨。南番诸国皆有。宋史言乳香有一十三等。按叶廷珪香录云：乳香一名薰陆香，出大食国南[15]，其树类松。以斤斫树，脂溢于外，结而成香，聚而成块。上品为拣香，圆大如乳头，透明，俗呼滴乳。次曰明乳，其色亚于拣香。又次为瓶香，以瓶收者。又次曰袋香，言收时只置袋中。次为乳塌，杂沙石者。次为黑塌，色黑。次为水湿塌，水渍色败气变者。次为斫削，杂碎不堪。次为缠末，播扬为尘者。观此则乳有

自流出者，有斫树溢出者。诸说皆言其树类松。寇氏言类棠梨，恐亦传闻，当从前说。道书乳香、檀香谓之浴香，不可烧祀上真。

【修治】〔颂曰〕乳性至粘难碾。用时以缯袋挂于窗隙间，良久取研，乃不粘也。〔大明曰〕入丸散，微炒杀毒，则不粘。〔时珍曰〕或言乳香入丸药，以少酒研如泥，以水飞过，晒干用。或言以灯心同研则易细。或言以糯米数粒同研，或言以人指甲二三片同研，或言以乳钵坐热水中乳之，皆易细。外丹本草云：乳香以韭实、葱、蒜煅伏成汁，最柔五金。丹房镜源云：乳香哑铜。

【气味】微温，无毒。〔大明曰〕乳香：辛，热，微毒。〔元素曰〕苦、辛，纯阳。〔震亨曰〕善窜，入手少阴经。

【主治】熏陆：主风水毒肿，去恶气伏尸，瘾疹痒毒。乳香同功。别录**乳香：治耳聋，中风口噤不语，妇人血气，止大肠泄澼，疗诸疮，令内消，能发酒，理风冷。**藏器**下气益精，补腰膝，治肾气，止霍乱，冲恶中邪气，心腹痛疰气。煎膏，止痛长肉。**大明**治不眠。**之才**补肾，定诸经之痛。**元素**仙方用以辟谷。**李珣**消痈疽诸毒，托里护心，活血定痛伸筋，治妇人产难折伤。**时珍

【发明】〔时珍曰〕乳香香窜，能入心经，活血定痛，故为痈疽疮疡、心腹痛要药。素问云"诸痛痒疮疡皆属心火"是矣。产科诸方多用之，亦取其活血之功尔。陈自明妇人良方云：知蕲州施少卿，得神寝丸方于蕲州徐太丞，云妇人临产月服之，令胎滑易生，极有效验。用通明乳香半两，枳壳一两，为末，炼蜜丸梧子大，每空心酒服三十丸。李嗣立治痈疽初起，内托护心散，云：香彻疮孔中，能使毒气外出，不致内攻也。方见谷部绿豆下。按葛洪抱朴子云：浮炎洲在南海中，出薰陆香，乃树有伤穿，木胶流堕。夷人采之，恒患狤猸兽啖之[16]。此兽斫刺不死，以杖打之皮不伤，而骨碎乃死。观此，则乳香之治折伤，虽能活血止痛，亦其性然也。杨清叟云：凡人筋不伸者，敷药宜加乳香，其性能伸筋。

【附方】旧四，新二十七。**口目㖞斜**乳香烧烟熏之，以顺其血脉。证治要诀。**祛风益颜**真乳香二斤，白蜜三斤，瓷器合煎如饧，每旦服二匙。奇效方。**急慢惊风**乳香半两，甘遂半两，同研末。每服半钱，用乳香汤下，小便亦可。王氏博济方。**小儿内钓**腹痛。用乳香、没药、木香等分，水煎服之。阮氏小儿方。**小儿夜啼**乳香一钱，灯花七枚，为末。每服半字，乳汁下。圣惠方。**心气疼痛**不可忍。用乳香三两，真茶四两，为末，以腊月鹿血和，丸弹子大。每温醋化一丸，服之。瑞竹堂经验方。**冷心气痛**乳香一粒，胡椒四十九粒，研，入姜汁，热酒调服。潘氏经验方。**阴证呃逆**乳香同硫黄烧烟，嗅之。伤寒蕴要。**辟禳瘟疫**每腊月二十四日五更，取第一汲井水浸乳香。至元旦五更温热，从小至大，每人以乳一块，饮水三呷，则一年无时灾。孔平仲云：此乃宣圣之方，孔氏七十馀代用之也。**梦寐遗精**乳香一块，拇指大，卧时细嚼，含至三更咽下，三五服即效。医林集要。**淋癃溺血**取乳香中夹石者，研细，米饮服一钱。危氏得效方。**难产催生**简要济众方：用黄明乳香五钱。为末，母猪血和，丸梧子大。每酒服五丸。经验方：用乳香，以五月五日午时，令一人在壁内奉乳钵，一童子在壁外，以笔管自壁缝中逐粒递过，放钵内研细，水丸芡子大。每服一丸，无灰酒下。圣惠方：用明乳香一豆大，为末，新汲水一盏，入醋少许。令产妇两手捉石燕，念虑药三遍乃饮之。略行数步即下。海上方：用乳香、朱砂等分，为末。麝香酒服一钱，良久自下。**咽喉骨哽**乳香一钱，水研服之。卫生易简方。**香口辟臭**滴乳噙之。摘玄方。**风虫牙痛**不可忍者。梅师方：用薰陆香嚼，咽其汁，立瘥。朱氏集验方：用乳香豆许安孔中，烧烟箸烙化立止。又方：乳香、川椒末各一钱，为末，化蜡和作丸，塞孔中。直指方：用乳香、巴豆等分，研和蜡丸，塞之。圣惠方：用乳香、枯矾等分，蜡丸，塞之。**大风疠疾**摩勒香一

斤（即乳头内光明者）细研，入牛乳五升，甘草末四两，瓷盒盛之，安桌子上，置中庭，安剑一口。夜于北极下祝祷，去盒子盖，露一夜。次日入甑中蒸，炊三斗米熟即止。夜间依前祝露又蒸，如此三次乃止。每服一茶匙，空心及晚食前温酒调服。服后当有恶物出，至三日三夜乃愈也。圣惠方。**漏疮脓血**白乳香二钱，牡蛎粉一钱，为末，雪糕丸麻子大。每姜汤服三十丸。直指方。**斑痘不快**乳香研细，猪心血和，丸芡子大。每温水化服一丸。闻人规痘疹论。**痫疽寒颤**乳香半两，熟水研服。颤发于脾，乳香能入脾故也。仁斋直指方。**甲疽弩肉**脓血疼痛不愈。用乳香（为末）、胆矾（烧研）等分，傅之，内消即愈。灵苑方。**玉茎作肿**乳香、葱白等分，捣傅。山居四要。**野火丹毒**自两足起。乳香末，羊脂调涂。幼幼新书。**疬疡风驳**薰陆香、白敛同研，日日揩之。并作末，水服。千金方。**杖疮溃烂**乳香煎油，搽疮口。永类钤方。

没药 宋开宝

【释名】末药〔时珍曰〕没、末皆梵言。

【集解】〔志曰〕没药生波斯国。其块大小不定，黑色，似安息香。〔颂曰〕今海南诸国及广州或有之。木之根株皆如橄榄，叶青而密。岁久者，则有脂液流滴在地下，凝结成块，或大或小，亦类安息香。采无时。〔珣曰〕按徐表南州记云：是波斯松脂也。状如神香，赤黑色。〔时珍曰〕按一统志云：没药树高大如松，皮厚一二寸。采时掘树下为坎，用斧伐其皮，脂流于坎，旬馀方取之。李珣言乳香是波斯松脂，此又言没药亦是松脂，盖出传闻之误尔。所谓神香者，不知何物也？

【修治】同乳香。

【气味】苦，平，无毒。

【主治】破血止痛，疗金疮杖疮，诸恶疮痔漏，卒下血，目中翳晕痛肤赤。开宝**破症瘕宿血，损伤瘀血，消肿痛。**大明**心胆虚，肝血不足。**好古**堕胎，及产后心腹血气痛，并入丸散服。**李珣**散血消肿，定痛生肌。**时珍

【发明】〔权曰〕凡金刃所伤，打损踠跌坠马，筋骨疼痛，心腹血瘀者，并宜研烂热酒调服。推陈致新，能生好血。〔宗奭曰〕没药大概通滞血。血滞则气壅瘀，气壅瘀则经络满急，经络满急故痛且肿。凡打扑踠跌，皆伤经络，气血不行，瘀壅作肿痛也。〔时珍曰〕乳香活血，没药散血，皆能止痛消肿生肌。故二药每每相兼而用。

【附方】旧三，新六。**历节诸风**骨节疼痛，昼夜不止。没药末半两，虎胫骨酥炙为末三两。每服二钱，温酒调下。图经本草。**筋骨损伤**米粉四两炒黄，入没药、乳香末各半两，酒调成膏，摊贴之。御药院方。**金刃所伤**未透膜者。乳香、没药各一钱，以童子小便半盏，酒半盏，温化服之。为末亦可。奇效良方。**小儿盘肠**气痛。没药、乳香等分，为末。以木香磨水煎沸，调一钱服，立效。汤氏婴孩宝书。**妇人腹痛**内伤疠刺。没药末一钱，酒服便止。图经本草。**妇人血运**方同上。**血气心痛**没药末二钱，水一盏，酒一盏，煎服。医林集要。**产后恶血**没药、血竭末各一钱，童子小便、温酒各半盏，煎沸服，良久再服。恶血自下，更不生痛。妇人良方。**女人异疾**女人月事退出，皆作禽兽之形，欲来伤人。先将绵塞阴户，乃顿服没药末一两，白汤调下，即愈。危氏方。

骐驎竭 唐本草

【释名】血竭〔时珍曰〕骐驎亦马名也。此物如干血，故谓之血竭。曰骐驎者，隐之也。旧与紫铆同条，紫铆乃此树上虫所造成，今分入虫部。

【集解】〔恭曰〕骐驎竭树名渴留，紫铆树名渴廪，二物大同小异。〔志曰〕二物同条，功效全别。紫铆色赤而黑，其叶大如盘，铆从叶上出。骐驎竭色黄而赤，从木中出，如松脂。〔珣曰〕

按南越志云：骐驎竭，是紫铆树之脂也。欲验真伪，但嚼之不烂如蜡者为上。〔颂曰〕今南番诸国及广州皆出之。木高数丈，婆娑可爱。叶似樱桃而有三角。其脂液从木中流出，滴下如胶饴状，久而坚凝，乃成竭，赤作血色。采无时。旧说与紫铆大都相类，而别是一物，功力亦殊。〔敩曰〕凡使勿用海母血，真相似，只是味咸并腥气。骐驎竭味微咸、甘，似卮子气也。〔时珍曰〕骐驎竭是树脂，紫铆是虫造。按一统志云：血竭树略如没药树，其肌赤色。采法亦于树下掘坎，斧伐其树，脂流于坎，旬日取之。多出大食诸国。今人试之，以透指甲者为真。独孤滔丹房镜源云：此物出于西胡，禀荧惑之气而结[17]。以火烧之，有赤汁涌出，久而灰不变本色者，为真也。

【修治】〔敩曰〕凡使先研作粉，筛过入丸散中用。若同众药捣，则化作尘飞也。

【气味】甘、咸，平，无毒。〔大明曰〕得密陀僧良。

【主治】心腹卒痛，金疮血出，破积血，止痛生肉，去五脏邪气。唐本　**打伤折损，一切疼痛，血气搅刺，内伤血聚，补虚，并宜酒服。**李珣　**补心包络、肝血不足。**好古　**益阳精，消阴滞气。**太清修炼法　**傅一切恶疮疥癣，久不合。性急，不可多使，却引脓。**大明　**散滞血诸痛，妇人血气，小儿瘈疭。**时珍

【发明】〔时珍曰〕骐驎竭，木之脂液，如人之膏血，其味甘咸而走血，盖手、足厥阴药也。肝与心包皆主血故尔。河间刘氏云"血竭除血痛，为和血之圣药"是矣。乳香、没药虽主血病，而兼入气分，此则专于血分者也。

【附方】旧二，新十。**白虎风痛**　走注，两膝热肿。用骐驎竭、硫黄末各一两，每温酒服一钱。圣惠方。**新久脚气**　血竭、乳香等分同研，以木瓜一个，剜孔入药在内，以面厚裹，砂锅煮烂，连面捣，丸梧子大。每温酒服三十丸。忌生冷。奇效方。**慢惊瘈疭**　定魄安魂，益气。用血竭半两，乳香二钱半，同捣成剂，火炙溶丸梧子大，每服一丸，薄荷煎汤化下。夏月用人参汤。御药院方。**鼻出衄血**　血竭、蒲黄等分为末，吹之。医林集要。**血痔肠风**　血竭末，傅之。直指方。**金疮出血**　骐驎竭末，傅之立止。广利方。**产后血冲**　心胸满喘，命在须臾。用血竭、没药各一钱，研细，童便和酒调服。医林集要。**产后血运**　不知人及狂语。用骐驎竭一两，研末。每服二钱，温酒调下。太平圣惠方。**收敛疮口**　血竭末一字，麝香少许，大枣烧灰半钱，同研。津调涂之。究原方。**臁疮不合**　血竭末傅之，以干为度。济急仙方。**嵌甲疼痛**　血竭末，傅之。医林集要。**腹中血块**　血竭、没药各一两，滑石（牡丹皮同煮过）一两，为末，醋糊丸梧子大，服之。摘玄方。

质汗　宋开宝

【释名】〔时珍曰〕汗音寒，番语也。

【集解】〔藏器曰〕质汗出西番，煎柽乳、松泪、甘草、地黄并热血成之。番人试药，以小儿断一足，以药纳口中，将足踏之，当时能走者良。

【气味】甘，温，无毒。

【主治】金疮伤折，瘀血内损，补筋肉，消恶血，下血气，妇人产后诸血结，腹痛内冷不下食。并以酒消服之，亦傅病处。藏器

【附方】新一。**室女经闭**　血结成块，心腹攻痛。质汗、姜黄、川大黄（炒）各半两，为末。每服一钱，温水下。圣济总录。

安息香　唐本草

【释名】〔时珍曰〕此香辟恶，安息诸邪，故名。或云：安息，国名也。梵书谓之拙贝罗香。

【集解】〔恭曰〕安息香出西戎。状如松脂，黄黑色，为块。新者亦柔韧。〔珣曰〕生南海波

斯国，树中脂也，状若桃胶，秋月采之。〔禹锡曰〕按段成式酉阳杂俎云：安息香树出波斯国，呼为辟邪树。长二三丈，皮色黄黑。叶有四角，经寒不凋。二月开花黄色，花心微碧。不结实。刻其树皮，其胶如饴，名安息香，六七月坚凝乃取之。烧之，通神明，辟众恶。〔时珍曰〕今安南、三佛齐诸地皆有之。一统志云：树如苦楝，大而且直。叶似羊桃而长。木心有脂作香。叶廷珪香录云：此乃树脂，形色类胡桃瓤。不宜于烧，而能发众香，故人取以和香。今人和香有如饧者，谓之安息油。机曰：或言烧之能集鼠者为真。

【气味】**辛、苦，平，无毒。**

【主治】**心腹恶气，鬼疰。**唐本　**邪气魍魉，鬼胎血邪，辟蛊毒，霍乱风痛，男子遗精，暖肾气，妇人血噤，并产后血运。**大明　**妇人夜梦鬼交，同臭黄合为丸，烧熏丹穴，永断。**李珣　**烧之，去鬼来神。**萧炳**治中恶魇寐，劳瘵传尸。**时珍

【附方】新四。**卒然心痛**或经年频发。安息香研末，沸汤服半钱。危氏得效方。**小儿肚痛**曲脚而啼。安息香丸：用安息香酒蒸成膏。沉香、木香、丁香、霍香、八角茴香各三钱，香附子、缩砂仁、炙甘草各五钱，为末。以膏和，炼蜜丸芡子大。每服一丸，紫苏汤化下。全幼心鉴。**小儿惊邪**安息香一豆许，烧之自除。奇效良方。**历节风痛**用精猪肉四两切片，裹安息香二两，以瓶盛灰，大火上着一铜版片隔之，安香于上烧之，以瓶口对痛处熏之，勿令透气。圣惠方。

苏合香　别录上品

【释名】〔时珍曰〕按郭义恭广志云：此香出苏合国，因以名之。梵书谓之咄鲁瑟剑。

【集解】〔别录曰〕苏合香出中台川谷。〔恭曰〕今从西域及昆仑来。紫赤色，与紫真檀相似，坚实极芳香，惟重如石，烧之灰白者好。〔颂曰〕今广州虽有苏合香，但类苏木，无香气。药中只用如膏油者，极芬烈。陶隐居以为狮子矢者，亦是指此膏油者言之尔。梁书云：中天竺国出苏合香，是诸香汁煎成，非自然一物也。又云：大秦国人采得苏合香，先煎其汁以为香膏，乃卖其滓与诸国贾人。是以展转来达中国者，不大香也。然则广南货者，其经煎煮之馀乎？今用如膏油者，乃合治成者尔。〔时珍曰〕按寰宇志云：苏合油出安南、三佛齐诸国。树生膏，可为药，以浓而无滓者为上。叶廷珪香谱云：苏合香油出大食国。气味皆类笃耨香。沈括笔谈云：今之苏合香赤色如坚木，又有苏合油如黐胶[18]，人多用之。而刘梦得传信方言苏合香多薄叶，子如金色，按之即少，放之即起，良久不定，如虫动，气烈者佳。如此则全非今所用者，宜精考之。窃按沈氏所说，亦是油也。不必致疑。

【正误】〔弘景曰〕苏合香俗传是狮子屎，外国说不尔。今皆从西域来，亦不复入药，惟供合好香尔。〔恭曰〕此是胡人诳言，陶不悟也。〔藏器曰〕苏合香色黄白，狮子屎色赤黑，二物相似而不同。狮子屎极臭。或云：狮子屎是西国草木皮汁所为，胡人将来，欲贵重之，故饰其名尔。

【气味】**甘，温，无毒。**

【主治】**辟恶，杀鬼精物，温疟蛊毒痫痓，去三虫，除邪，令人无梦魇。久服，通神明，轻身长年。**别录

【发明】〔时珍曰〕苏合香气窜，能通诸窍脏腑，故其功能辟一切不正之气。按沈括笔谈云：太尉王文正公气羸多病。宋真宗面赐药酒一瓶，令空腹饮之，可以和气血，辟外邪。公饮之，大觉安健。次日称谢。上曰：此苏合香酒也。每酒一斗，入苏合香丸一两同煮。极能调和五脏，却腹中诸疾。每冒寒夙兴，则宜饮一杯。自此臣庶之家皆仿为之，此方盛行于时。其方本出唐玄宗开元广济方，谓之白术丸。后人亦编入千金、外台，治疾有殊效。

【附方】新二。**苏合香丸**治传尸骨蒸，殗殜肺痿[19]，疰忤鬼气，卒心痛，霍乱吐利，时气鬼

魅瘴疟，赤白暴痢，瘀血月闭，痃癖疔肿，小儿惊痫客忤，大人中风、中气、狐狸等病。用苏合油一两，安息香末二两，以无灰酒熬成膏，入苏合油内。白术、香附子、青木香、白檀香、沉香、丁香、麝香、毕拨、诃梨勒（煨，去核）、朱砂、乌犀角（镑）各二两，龙脑、薰陆香各一两，为末，以香膏加炼蜜和成剂，蜡纸包收。每服旋丸梧子大，早朝取井华水，温冷任意，化服四丸。老人、小儿一丸。惠民和剂局方。**水气浮肿**苏合香、白粉、水银等分，捣匀，蜜丸小豆大。每服二丸，白水下。当下水出。肘后方。

詹糖香 别录上品

【释名】〔时珍曰〕詹言其粘，糖言其状也。

【集解】〔弘景曰〕出晋安、岑州。上真淳者难得，多以其皮及蠹虫屎杂之，惟软者为佳。皆合香家要用，不正入药。〔恭曰〕詹糖树似橘。煎枝叶为香，似沙糖而黑。出交广以南，生晋安。近方多用之。〔时珍曰〕其花亦香，如茉莉花香气。

【气味】苦，微温，无毒。

【主治】风水毒肿，去恶气伏尸。别录**治恶核恶疮。**弘景**和胡桃、青皮捣，涂发令黑如漆。**时珍

【附录】结杀〔藏器曰〕结杀生西国，树之花也，极香。同胡桃仁入膏，和香油涂头，去头风白屑，生发。

笃耨香 纲目

【释名】

【集解】〔时珍曰〕笃耨香出真腊国，树之脂也。树如松形。其香老则溢出，色白而透明者名白笃耨，盛夏不融，香气清远。土人取后，夏月以火炙树，令脂液再溢，至冬乃凝，复收之。其香夏融冬结。以瓠瓢盛，置阴凉处，乃得不融。杂以树皮者则色黑，名黑笃耨，为下品。

【气味】缺

【主治】面黧皯黯。同白附子、冬瓜子、白及、石榴皮等分为末，酒浸三日，洗面后傅之。久则面莹如玉。时珍

【附录】胆八香〔时珍曰〕胆八树生交趾、南番诸国。树如稚木犀。叶鲜红，色类霜枫。其实压油和诸香爇之，辟恶气。

龙脑香 唐本草

【释名】片脑纲目**羯婆罗香**衍义**膏名婆律香**〔时珍曰〕龙脑者，因其状加贵重之称也。以白莹如冰，及作梅花片者为良，故俗呼为冰片脑，或云梅花脑。番中又有米脑、速脑、金脚脑、苍龙脑等称，皆因形色命名，不及冰片、梅花者也。清者名脑油，金光明经谓之羯婆罗香。〔恭曰〕龙脑是树根中干脂。婆律香是根下清脂。旧出婆律国，因以为名也。

【集解】〔恭曰〕龙脑香及膏香出婆律国。树形似杉木。脑形似白松脂，作杉木气，明净者善。久经风日或如雀屎者不佳。或云：子似豆蔻，皮有错甲，即杉脂也。今江南有杉木，未经试。或方土无脂，犹甘蕉之无实也。〔颂曰〕今惟南海番舶贾客货之。南海山中亦有之。相传云：其木高七八丈，大可六七围，如积年杉木状，旁生枝，其叶正圆而背白，结实如豆蔻，皮有甲错，香即木中脂也。膏即根下清液，谓之婆律膏。按段成式酉阳杂俎云：龙脑香树名固不婆律，无花实。其树有肥有瘦：瘦者出龙脑，肥者出婆律膏。香在木心中。波斯国亦出之。断其树剪取之，其膏于树端流出，斫树作坎而承之。两说大同小异。唐天宝中交趾贡龙脑，皆如蝉、蚕之形。彼人云：老树根节方有之，然极难得。禁中呼为瑞龙脑，带之衣衿，香闻十余步外，后不复有此。今海南龙脑，多用火煏成片，其中亦容杂伪。入药惟贵生者，状若梅花片，甚佳也。〔珣

曰〕是西海波律国波律树中脂也，状如白胶香。其龙脑油本出佛誓国，从树取之。〔宗奭曰〕西域记云：西方秣罗矩吒国，在南印度境。有羯布罗香树，干如松株而叶异，花果亦异。湿时无香。木干之后，循理析之，中有香，状类云母，色如冰雪，即龙脑香也。〔时珍曰〕龙脑香，南番诸国皆有之。叶廷珪香录云：乃深山穷谷中千年老杉树，其枝干不曾损动者，则有香。若损动，则气泄无脑矣。士人解作板，板缝有脑出，乃劈取之。大者成片如花瓣，清者名脑油。江南异闻录云：南唐保大中贡龙脑浆，云以缣囊贮龙脑，悬于琉璃瓶中，少顷滴沥成水，香气馥烈，大补益元气。按此浆与脑油稍异，盖亦其类尔。宋史熙宁九年，英州雷震，一山梓树尽枯，中皆化为龙脑。此虽怪异，可见龙脑亦有变成者也。

【修治】〔恭曰〕龙脑香合糯米炭、相思子贮之，则不耗。〔时珍曰〕或言以鸡毛、相思子同入小瓷罐密收之佳。相感志言以杉木炭养之更良，不耗。今人多以樟脑升打乱之，不可不辨也。相思子见本条。

【气味】辛、苦，微寒，无毒。〔珣曰〕苦、辛，温，无毒。〔元素曰〕热。阳中之阳。

【主治】妇人难产，研末少许，新汲水服，立下。别录**心腹邪气，风湿积聚，耳聋，明目，去目赤肤翳。**唐本**内外障眼，镇心秘精，治三虫五痔。**李珣**散心盛有热。**好古**入骨，治骨痛。**李杲**治大肠脱。**元素**疗喉痹脑痛，鼻瘜齿痛，伤寒舌出，小儿痘陷，通诸窍，散郁火。**时珍

苍龙脑〔主治〕风疮䵟黯，入膏煎良。不可点眼，伤人。李珣

婆律香膏〔主治〕耳聋，摩一切风。苏恭

【发明】〔宗奭曰〕此物大通利关隔热塞，大人、小儿风涎闭塞，及暴得惊热，甚为济用。然非常服之药，独行则势弱，佐使则有功。于茶亦相宜，多则掩茶气。味甚清香，为百药之先，万物中香无出其右者。〔震亨曰〕龙脑属火。世知其寒而通利，然未达其热而轻浮飞越，喜其香而贵细，动辄与麝同用为桂附之助。然人之阳易动，阴易亏，不可不思。〔杲曰〕龙脑入骨，风病在骨髓者宜用之。若风在血脉肌肉，辄用脑、麝，反引风入骨髓，如油入面，莫之能出也。〔王纶曰〕龙脑大辛善走，故能散热，通利结气。目痛、喉痹、下疳诸方多用之者，取其辛散也。人欲死者吞之，为气散尽也。世人误以为寒，不知其辛散之性似乎凉尔。诸香皆属阳，岂有香之至者而性反寒乎？〔时珍曰〕古方眼科、小儿科皆言龙脑辛凉，能入心经，故治目病、惊风方多用之。痘疮心热血瘀倒黡者，用引猪血直入心窍，使毒气宣散于外，则血活痘发。其说皆似是而实未当也。目病、惊病、痘病，皆火病也。火郁则发之，从治之法，辛主发散故尔。其气先入肺，传于心脾，能走能散，使壅塞通利，则经络条达，而惊热自平，疮毒能出。用猪心血能引龙脑入心经，非龙脑能入心也。沈存中良方云：痘疮稠密，盛则变黑者。用生豮猪血一橡斗，龙脑半分，温酒和服。潘氏云：一女病发热腹痛，手足厥逆，渐加昏闷，形证极恶，疑是痘候。时暑月，急取屠家败血，倍用龙脑和服。得睡，须臾一身疮出而安。若非此方，则横夭矣。又宋·文天祥、贾似道皆服脑子求死不得，惟廖莹中以热酒服数握，九窍流血而死。此非脑子有毒，乃热酒引其辛香，散溢经络，气血沸乱而然尔。

【附方】旧二，新十二。**目生肤翳**龙脑末一两，日点三五度。圣济总录。**目赤目膜**龙脑、雄雀屎各八分，为末，以人乳汁一合调成膏。日日点之，无有不验。圣惠方。**头目风热**上攻。用龙脑末半两，南蓬砂末一两，频嗃两鼻。御药院方。**头脑疼痛**片脑一钱，纸卷作捻，烧烟熏鼻，吐出痰涎即愈。寿域方。**风热喉痹**灯心一钱，黄檗五分，并烧存性，白矾七分煅过，冰片脑三分，为末。每以一二分吹患处。此陆一峰家传绝妙方也。濒湖集简方。**鼻中瘜肉**垂下者。用片脑点之，自入。集简方。**伤寒舌出**过寸者。梅花片脑半分，为末。掺之，随手即愈。洪迈夷坚志。**中风牙噤**无门下药者，开关散揩之。五月五日午时，用龙脑、天南星等分，为末，每以一字揩齿

二三十遍，其口自开。**牙齿疼痛**梅花脑、朱砂末各少许，揩之立止。集简方。**痘疮狂躁**心烦气喘，妄语或见鬼神，疮色赤未透者。经验后方：用龙脑一钱细研，旋以猪心血丸芡子大。每服一丸，紫草汤下。少时心神便定，得睡疮发。总微论：用豮猪第二番血清半杯，酒半杯，和匀，入龙脑一分，温服。良久利下瘀血一二行，疮即红活。此治痘疮黑靥候恶，医所不治者，百发百中。**内外痔疮**片脑一二分，葱汁化，搽之。简便方。**酒皶鼻赤**脑子、真酥，频搽。普济方。**梦漏口疮**经络中火邪，梦漏恍惚，口疮咽燥。龙脑三钱，黄檗三两，为末，蜜丸梧子大。每麦门冬汤下十丸。摘玄方。

子〔气味〕辛，温。气似龙脑。〔主治〕下恶气，消食，散胀满，香人口。苏恭

【附录】元慈勒〔藏器曰〕出波斯国。状似龙脑香，乃树中脂也。味甘，平，无毒。主心病流血，合金疮，去腹内恶血，血痢下血，妇人带下，明目，去翳障、风泪、努肉。

樟脑　纲目

【释名】韶脑

【集解】〔时珍曰〕樟脑出韶州、漳州。状似龙脑，白色如雪，樟树脂膏也。胡演升炼方云：煎樟脑法：用樟木新者切片，以井水浸三日三夜，入锅煎之，柳木频搅。待汁减半，柳上有白霜，即滤去滓，倾汁入瓦盆内。经宿，自然结成块也。他处虽有樟木，不解取脑。又炼樟脑法：用铜盆，以陈壁土为粉糁之，却糁樟脑一重，又糁壁土，如此四五重。以薄荷安土上，再用一盆覆之，黄泥封固，于火上款款炙之。须以意度之，不可太过、不及。勿令走气。候冷取出，则脑皆升于上盆。如此升两三次，可充片脑也。

【修治】〔时珍曰〕凡用，每一两以二碗合住，湿纸糊口，文武火熁之[20]。半时许取出，冷定用。又法：每一两，用黄连、薄荷六钱，白芷、细辛四钱，荆芥、密蒙花二钱，当归、槐花一钱。以新土碗铺杉木片于底，安药在上，入水半盏，洒脑于上，再以一碗合住，糊口，安火煨之。待水干取开，其脑自升于上。以翎扫下，形似松脂，可入风热眼药。人亦多以乱片脑，不可不辨。

【气味】辛，热，无毒。

【主治】通关窍，利滞气，治中恶邪气，霍乱心腹痛，寒湿脚气，疥癣风瘙，龋齿，杀虫辟蠹。着鞋中，去脚气。时珍

【发明】〔时珍曰〕樟脑纯阳，与焰消同性，水中生火，其焰益炽。今丹炉及烟火家多用之。辛热香窜，禀龙火之气，去湿杀虫，此其所长。故烧烟熏衣筐席簟，能辟壁虱、虫蛀。李石续博物志云：脚弱病人，用杉木为桶濯足，排樟脑于两股间，用帛绷定，月余甚妙。王玺医林集要方：治脚气肿痛。用樟脑二两，乌头三两，为末，醋糊丸弹子大。每置一丸于足心踏之，下以微火烘之，衣被围覆，汗出如涎为效。

【附方】新三。**小儿秃疮**韶脑一钱，花椒二钱，脂麻二两，为末。以退猪汤洗后，搽之。简便方。**牙齿虫痛**普济方：用韶脑、朱砂等分，擦之神效。余居士选奇方：用樟脑、黄丹、肥皂（去皮核）等分，研匀蜜丸。塞孔中。

阿魏　唐本草　**〔校正〕**自草部移入此。

【释名】阿虞纲目**熏渠**唐本**哈昔泥**〔时珍曰〕夷人自称曰阿，此物极臭，阿之所畏也。波斯国呼为阿虞，天竺国呼为形虞，涅槃经谓之央匮。蒙古人谓之哈昔泥，元时食用以和料。其根名稳展，云淹羊肉甚香美，功同阿魏。见饮膳正要。

【集解】〔恭曰〕阿魏生西番及昆仑。苗叶根茎酷似白芷。捣根汁，日、煎作饼者为上。截根穿暴干者为次。体性极臭而能止臭，亦为奇物也。又婆罗门云：熏渠即是阿魏，取根汁暴之如

胶，或截根日干，并极臭。西国持咒人禁食之。常食用之，云去臭气。戎人重此，犹俗中贵胡椒，巴人重负蠜也[21]。〔珣曰〕按广志云：生昆仑国。是木津液，如桃胶状。其色黑者不堪，其状黄散者为上。云南长河中亦有，与舶上来者滋味相似一般，只无黄色。〔颂曰〕今惟广州有之，云是木膏液滴酿结成，与苏恭所说不同。按段成式酉阳杂俎云：阿魏木，生波斯国及伽阇那国(即北天竺也)。木长八九尺，皮色青黄。三月生叶，似鼠耳。无花实。断其枝，汁出如饴，久乃坚凝，名阿魏。摩伽陀僧言：取其汁和米、豆屑合酿而成。其说与广州所生者相近。〔承曰〕阿魏合在木部。今二浙人家亦种之，枝叶香气皆同而差淡薄，但无汁膏尔。〔时珍曰〕阿魏有草、木二种。草者出西域，可晒可煎，苏恭所说是也。木者出南番，取其脂汁，李珣、苏颂、陈承所说是也。按一统志所载有此二种。云出火州及沙鹿、海牙国者，草高尺许，根株独立，枝叶如盖，臭气逼人，生取其汁熬作膏，名阿魏。出三佛齐及暹逻国者，树不甚高，土人纳竹筒于树内，脂满其中，冬月破筒取之。或云其脂最毒，人不敢近。每采时，以羊系于树下，自远射之。脂之毒着羊，羊毙即为阿魏。观此，则其有二种明矣。盖其树低小如枸杞、牡荆之类，西南风土不同，故或如草如木也。系羊射脂之说，俗亦相传，但无实据。谚云：黄芩无假，阿魏无真。以其多伪也。刘纯诗云：阿魏无真却有真，臭而止臭乃为珍。〔炳曰〕人多言煎蒜白为假者。〔敩曰〕验法有三：第一，以半铢安熟铜器中一宿，至明沾阿魏处白如银，永无赤色；第二将一铢置于五斗草自然汁中一夜，至明如鲜血色；第三将一铢安于柚树上，树立干，便是真者。凡用，乳钵研细，热酒器上裛过，入药。

【气味】辛，平，无毒。

【主治】杀诸小虫，去臭气，破症积，下恶气，除邪鬼蛊毒。唐本**治风邪鬼疰，心腹中冷。**李珣**传尸冷气，辟瘟治疟，主霍乱心腹痛，肾气瘟瘴，御一切蕈、菜毒。**大明**解自死牛、羊、马肉诸毒。**汪机**消肉积。**震亨

【发明】〔炳曰〕阿魏下细虫，极效。〔时珍曰〕阿魏消肉积，杀小虫，故能解毒辟邪，治疟、痢、疳、劳、尸注、冷痛诸证。按王璆百一选方云：夔州谭逵病疟半年。故人窦藏叟授方：用真阿魏、好丹砂各一两，研匀，米糊和，丸皂子大。每空心人参汤化服一丸，即愈。世人治疟，惟用常山、砒霜毒物，多有所损。此方平易，人所不知。草窗周密云：此方治疟以无根水下，治痢以黄连、木香汤下，疟、痢亦多起于积滞故尔。

【附方】新十。**辟鬼除邪**阿魏枣许为末，以牛乳或肉汁煎五六沸服之。至暮，以乳服安息香枣许。久者不过十日。忌一切菜。孙侍郎用之有效。唐崔行功纂要。**恶疰腹痛**不可忍者。阿魏末，热酒服一二钱，立止。永类钤方。**尸疰中恶**近死尸，恶气入腹，终身不愈。用阿魏三两。每用二钱，拌面裹作馄饨十余枚，煮熟食之，日三。服至三七日，永除。忌五辛、油物。圣惠方。**癞疝疼痛**败精恶血，结在阴囊所致。用阿魏二两，醋和荞麦面作饼裹之煨熟，大槟榔二枚钻孔，溶乳香填满，亦以荞面裹之煨熟，入硇砂末一钱，赤芍药末一两，糊丸梧子大。每食前，酒下三十丸。危氏得效方。**小儿盘肠**内吊，腹痛不止。用阿魏为末，大蒜半瓣炮熟研烂和，丸麻子大。每艾汤服五丸。总微论。**脾积结块**鸡子五个，阿魏五分，黄蜡一两，同煎化，分作十服。每空心细嚼，温水送下。诸物不忌，腹痛无妨。十日后大便下血，乃积化也。保寿堂经验方。**痞块有积**阿魏五钱，五灵脂（炒烟尽）五钱，为末，以黄雄狗胆汁和，丸黍米大。空心唾津送下三十丸。忌羊肉、醋、面。扶寿精方。**五噎膈气**方同上。**痎疟寒热**阿魏、胭脂各一豆大，研匀，以蒜膏和，覆虎口上，男左女右。圣济总录。**牙齿虫痛**阿魏、臭黄等分，为末，糊丸绿豆大。每绵裹一丸，随左右插入耳中，立效。圣惠方

卢会　宋开宝　〔校正〕自草部移入此。

【释名】奴会开宝**讷会**拾遗**象胆**〔时珍曰〕名义未详。〔藏器曰〕俗呼为象胆，以其味苦如胆也。

【集解】〔珣曰〕卢会生波斯国。状似黑饧，乃树脂也。〔颂曰〕今惟广州有来者。其木生山野中，滴脂泪而成。采之不拘时月。〔时珍曰〕卢会原在草部。药谱及图经所状，皆言是木脂。而一统志云：爪哇、三佛齐诸国所出者，乃草属，状如鲎尾㉒，采之以玉器捣成膏。与前说不同，何哉？岂亦木质草形乎？

【气味】苦，寒，无毒。

【主治】热风烦闷，胸膈间热气，明目镇心，小儿癫痫惊风，疗五疳，杀三虫及痔病疮瘘，解巴豆毒。开宝**主小儿诸疳热。**李珣**单用，杀疳蛔。吹鼻，杀脑疳，除鼻痒。**甄权**研末，傅䘌齿甚妙。治湿癣出黄汁。**苏颂

【发明】〔时珍曰〕卢会，乃厥阴经药也。其功专于杀虫清热。已上诸病，皆热与虫所生故也。〔颂曰〕唐刘禹锡传信方云：予少年曾患癣，初在颈项间，后延上左耳，遂成湿疮浸淫。用斑蝥、狗胆、桃根诸药，徒令蜇螫㉓，其疮转盛。偶于楚州，卖药人教用卢会一两，炙甘草半两，研末，先以温浆水洗癣，拭净傅之，立干便瘥。真神奇也。

【附方】新一。**小儿脾疳**卢会、使君子等分，为末。每米饮服一二钱。卫生易简方。

胡桐泪　唐本草　**〔校正〕**自草部移入此。

【释名】胡桐硷纲目**胡桐律**〔珣曰〕胡桐泪，是胡桐树脂也，故名泪。作律字者非也，律、泪声讹尔。〔时珍曰〕西域传云：车师国多胡桐。颜师古注云：胡桐似桐，不似桑，故名胡桐。虫食其树而汁出下流者，俗名胡桐泪，言似眼泪也。其入土石成块如卤硷者，为胡桐硷（音减）。或云：律当作沥，非讹也，犹松脂名沥青之义。亦通。

【集解】〔恭曰〕胡桐泪，出肃州以西平泽及山谷中。形似黄矾而坚实。有夹烂木者，云是胡桐树脂沦入土石硷卤地者。其树高大，皮叶似白杨、青桐、桑辈，故名胡桐木，堪器用。〔保昇曰〕凉州以西有之。初生似柳，大则似桑、桐。其津下入地，与土石相染，状如姜石，极咸苦，得水便消，若矾石、消石之类。冬月采之。〔大明曰〕此有二般：木律不中入药；惟用石律，石上采之，形如小石片子，黄土色者为上。〔颂曰〕今西番亦有商人货之。〔时珍曰〕木泪乃树脂流出者，其状如膏油。石泪乃脂入土石间者，其状成块，以其得卤斥之气，故入药为胜。

【气味】咸、苦，大寒，无毒。〔恭曰〕伏砒石。可为金银焊药。

【主治】大毒热，心腹烦满，水和服之，取吐。牛马急黄黑汗，水研三二两灌之，立瘥。唐本**主风虫牙齿痛，杀火毒、面毒。**大明**风疳䘌齿，骨槽风劳。能软一切物。多服令人吐。**李珣**瘰疬非此不能除。**元素**咽喉热痛，水磨扫之，取涎。**时珍

【发明】〔颂曰〕古方稀用。今治口齿家多用，为最要之物。〔时珍曰〕石泪入地受卤气，故其性寒能除热，其味咸能入骨软坚。

【附方】新六。**湿热牙疼**喜吸风。胡桐泪，入麝香掺之。**牙疼出血**胡桐泪半两研末，夜夜贴之。或入麝香少许。圣惠方。**走马牙疳**胡桐硷、黄丹等分为末，掺之。医林集要。**牙疳宣露**脓血臭气者。胡桐泪一两，枸杞根一升。每用五钱，煎水热漱。又方：胡桐泪、葶苈等分，研掺。圣惠方。**牙齿蠹黑**乃肾虚也。胡桐泪一两，丹砂半两，麝香一分，为末，掺之。圣济总录。

返魂香　海药

【集解】〔珣曰〕按汉书云：武帝时，西国进返魂香。内传云：西海聚窟州有返魂树，状如枫、柏，花、叶香闻百里。采其根于釜中水煮取汁，炼之如漆，乃香成也。其名有六：曰返魂、惊精、回生、振灵、马精、却死。凡有疫死者，烧豆许熏之再活，故曰返魂。〔时珍曰〕张华博

物志云：武帝时，西域月氏国，度弱水贡此香三枚，大如燕卵，黑如桑椹。值长安大疫，西使请烧一枚辟之，宫中病者闻之即起，香闻百里，数日不歇。疫死未三日者，熏之皆活，乃返生神药也。此说虽涉诡怪，然理外之事，容或有之，未可便指为谬也。

【附录】兜木香〔藏器曰〕汉武故事云：西王母降，烧兜木香末，乃兜渠国所进，如大豆。涂宫门，香闻百里。关中大疫，死者相枕，闻此香，疫皆止，死者皆起。此乃灵香，非常物也。

---

①躽（yàn，音燕）啼，病症名，小儿腹痛，屈身啼哭。
②觯曳，低垂无力的样子。
③湁（yì，音义）油，火烧松枝而得的液体。
④磥砢（lěi luǒ，音磊裸），树木多节。
⑤馈（fēn，音分）饭，蒸饭。
⑥马失煴，烧马粪没有火苗的灰堆。
⑦晬其日，一昼夜。
⑧渤泥，古国名，在加里曼丹岛。
⑨占城，古国名，在今越南中南部。
⑩真腊，古国名，对 7—17 世纪南亚吉蔑王国的通称，后改称柬埔寨。
⑪昆仑盘盘国，古国名，在今泰国南部。
⑫三佛齐，古国名，在今印度尼西亚、苏门答腊一带。
⑬烟炱（tái，音台），烟气凝结而成的黑灰。
⑭九真，古郡名。辖境约当今越南清化、河静等地。
⑮大食国，唐代以后，称阿拉伯帝国为大食国。
⑯狤猸（jí qū，音极屈），兽名。
⑰荧惑，火星的别名。
⑱黐（chī，音吃）胶，木胶。
⑲殗殜（yèdié，音叶迭），病症名，又名劳极，相当于现代医学的结核病等传染性疾患。
⑳熁（xié，音协），熏烤。
㉑蠜（fán，音凡），蚱蜢。
㉒鲎（hòu，音后），动物名。
㉓蠚（chuò，音绰），生有毒腺的动物毒刺其他动物。

农学经典

农学经典目录

齐民要术

齐民要术

〔北魏〕贾思勰　撰

序

《史记》曰："齐民无盖藏。"如淳注曰："齐，无贵贱，故谓之齐民者，若今言平民也。"

后魏高阳太守贾思勰撰

盖神农为耒耜，以利天下；尧命四子，敬授民时；舜命后稷，食为政首；禹制土田，万国作乂；殷周之盛，诗书所述，要在安民，富而教之。

《管子》曰："一农不耕，民有饥者；一女不织，民有寒者。""仓廪实，知礼节；衣食足，知荣辱。"丈人曰："四体不勤，五谷不分，孰为夫子？"传曰："人生在勤，勤则不匮。"古语曰："力能胜贫，谨能胜祸。"盖言勤力可以不贫，谨身可以避祸。故李悝为魏文侯作尽地力之教，国以富强；秦孝公用商君，急耕战之赏，倾夺邻国而雄诸侯。

《淮南子》曰："圣人不耻身之贱也，愧道之不行也；不忧命之长短，而忧百姓之穷。是故禹为治水，以身解于阳盱之河；汤由苦旱，以身祷于桑林之祭。……神农憔悴，尧瘦癯[①]，舜黎黑，禹胼胝。由此观之，则圣人之忧劳百姓亦甚矣。故自天子以下，至于庶人，四肢不勤，思虑不用，而事治求赡者，未之闻也。""故田者不强，囷仓不盈；将相不强，功烈不成。"

《仲长子》曰："天为之时，而我不农，谷亦不可得而取之。青春至焉，时雨降焉，始之耕田，终之簠、簋。惰者釜之，勤者钟之。矧夫不为，而尚乎食也哉？"《谯子》曰："朝发而夕异宿，勤则菜盈倾筐。且苟无羽毛，不织不衣；不能茹草饮水，不耕不食。安可以不自力哉？"

晁错曰："圣王在上，而民不冻不饥者，非能耕而食之，织而衣之，为开其资财之道也。……夫寒之于衣，不待轻暖；饥之于食，不待甘旨。饥寒至身，不顾廉耻。一日不再食则饥，终岁不制衣则寒。夫腹饥不得食，体寒不得衣，慈母不能保其子，君亦安能以有民？……夫珠、玉、金、银，饥不可食，寒不可衣。……粟、米、布、帛，……一日不得而饥寒至。是故明君贵五谷而贱金玉。"刘陶曰："民可百年无货，不可一朝有饥，故食为至急。"陈思王曰："寒者不贪尺玉，而思短褐；饥者不愿千金，而美一食。千金、尺玉至贵，而不若一食、短褐之恶者，物时有所急也。"诚哉言乎！

神农、仓颉，圣人者也。其于事也，有所不能矣。故赵过始为牛耕，实胜耒耜之利；蔡伦立意造纸，岂方缣、牍之烦？且耿寿昌之常平仓，桑弘羊之均输法，益国利民，不朽之术也。谚曰："智如禹、汤，不如尝更[②]。"是以樊迟请学稼，孔子答曰："吾不如老农。"然则圣贤之智，犹有所未达，而况于凡庸者乎？

猗顿，鲁穷士，闻陶朱公富，问术焉。告之曰："欲速富，畜五牸[③]。"乃畜牛羊，子息万计。九真、庐江，不知牛耕，每致困乏。任延、王景，乃令铸作田器，教之垦辟，岁岁开广，百姓充给。燉煌不晓作耧犁，及种，人牛功力既费，而收谷更少。皇甫隆乃教作耧犁，所省庸力过半，得谷加五。又燉煌俗，妇女作裙，挛缩如羊肠，用布一匹。隆又禁改之，所省复不赀[④]。茨充为桂阳令，俗不种桑，无蚕织丝麻之利，类皆以麻枲头贮衣[⑤]。民惰窳[⑥]，少粗履，足多剖裂血出，盛冬皆然火燎炙。充教民益种桑、柘，养蚕，织履，复令种纻麻。数年之间，大赖其利，衣履温暖。今江南知桑蚕织履，皆充之教也。五原土宜麻枲，而俗不知织绩。民冬月无衣，积细草，卧其中，见吏则衣草而出，崔寔为作纺绩、织纴之具以教，民得以免寒苦。安在不教乎？

黄霸为颍川，使邮亭、乡官，皆畜鸡、豚，以赡鳏、寡、贫穷者；及务耕桑，节用，殖财，种树。鳏、寡、孤、独，有死无以葬者，乡部书言，霸具为区处：某所大木，可以为棺；某亭豚子，可以祭。吏往皆如言。龚遂为渤海，劝民务农桑。令口种一树榆，百本薤，五十本葱，一畦韭，家二母彘，五鸡。民有带持刀剑者，使卖剑买牛，卖刀买犊，曰："何为带牛佩犊？"春夏不得不趣田亩[⑦]，秋冬课收敛，益蓄果实、菱、芡。吏民皆富实。召信臣为南阳，好为民兴利，务在富之。躬劝农耕，出入阡陌，止舍离乡亭，稀有安居。时行视郡中水泉，开通沟渎，起水门、提阏，凡数十处，以广溉灌，民得其利，蓄积有余。禁止嫁娶送终奢靡，务出于俭约，郡中莫不耕稼力田。吏民亲爱信臣，号曰"召父"。僮种为不其令，率民养一猪，雌鸡四头，以供祭祀，死买棺木。颜斐为京兆，乃令整阡陌，树桑果。又课以闲月取材，使得转相教匠作车。又课民无牛者，令畜猪，投贵时卖，以买牛。始者，民以为烦，一二年间，家有丁车、大牛，整顿丰足。王丹家累千金，好施与，周人之急。每岁时农收后，察其强力收多者，辄历载酒肴，从而劳之，便于田头树下，饮食劝勉之，因留其余肴而去。其惰孏者[⑧]，独不见劳，各自耻不能致丹，其后无不力田者，聚落以致殷富。杜畿为河东，课民畜牸牛、草马，下逮鸡、豚，皆有章程，家家丰实。此等岂好为烦扰而轻费损哉？盖以庸人之性，率之则自力，纵之则惰窳耳。

故《仲长子》曰："丛林之下，为仓庾之坻；鱼鳖之堀，为耕稼之场者，此君长所用心也。是以太公封而斥卤播嘉谷，郑、白成而关中无饥年。盖食鱼鳖而薮泽之形可见，观草木而肥硗之势可知[⑨]。"又曰："稼穑不修，桑果不茂，畜产不肥，鞭之可也；杝落不完[⑩]，垣墙不牢，扫除不净，笞之可也。"此督课之方也。且天子亲耕，皇后亲蚕，况夫田父而怀窳惰乎？

李衡于武陵龙阳泛州上作宅，种甘橘千树。临死敕儿曰："吾州里有千头木奴，不责汝衣食，岁上一匹绢，亦可足用矣。"吴末，甘橘成，岁得绢数千匹。恒称太史公所谓"江陵千树橘，与千户侯等"者也。樊重欲作器物，先种梓、漆，时人嗤之。然积以岁月，皆得其用，向之笑者，咸求假焉。此种植之不可已已也。谚曰："一年之计，莫如树谷；十年之计，莫如树木。"此之谓也。

《书》曰："稼穑之艰难。"《孝经》曰："用天之道，因地之利，谨身节用，以养父母。"《论语》曰："百姓不足，君孰与足？"汉文帝曰："朕为天下守财矣，安敢妄用哉！"孔子曰："居家理，治可移于官。"然则家犹国，国犹家，是以家贫则思良妻，国乱则思良相，其义一也。

夫财货之生，既艰难矣，用之又无节；凡人之性，好懒惰矣，率之又不笃；加以政令失所，水旱为灾，一谷不登，胔腐相继[⑪]。古今同患，所不能止也，嗟乎！且饥者有过甚之愿，渴者有兼量之情。既饱而后轻食，既暖而后轻衣。或由年谷丰穰，而忽于蓄积；或由布帛优赡，而轻于施与；穷窘之来，所由有渐。故《管子》曰："桀有天下，而用不足；汤有七十二里，而用有余。天非独为汤雨菽、粟也。"盖言用之以节。

《仲长子》曰："鲍鱼之肆，不自以气为臭；四夷之人，不自以食为异；生习使之然也。居积习之中，见生然之事，夫孰自知非者也？"斯何异蓼中之虫[⑫]，而不知蓝之甘乎？

今采捃轻传[⑬]，爰及歌谣，询之老成，验之行事，起自耕农，终于醯、醢[⑭]，资生之业，靡不毕书，号曰《齐民要术》。凡九十二篇，束为十卷。卷首皆有目录，于文虽烦，寻览差易。其有五谷、果、蓏，非中国所殖者，存其名目而已；种莳之法[⑮]，盖无闻焉。舍本逐末，贤哲所非；日富岁贫，饥寒之渐。故商贾之事，阙而不录。花草之流，可以悦目，徒有春花，而无秋实，匹诸浮伪，盖不足存。

鄙意晓示家童，未敢闻之有识；故丁宁周至，言提其耳，每事指斥，不尚浮辞。览者无或嗤焉。

①癯（qú，音渠），瘦。
②更，经历，经过。
③牸（zì，音字），本指母牛，也泛指雌牲畜。
④赀（zī，音资），计量。
⑤枲（xǐ，音洗），麻。
⑥窳（yǔ，音羽），懒惰。
⑦趣，通趋。
⑧孄（lǎn，音览），同懒。
⑨硗（qiāo，音敲），地坚硬不肥沃。
⑩杝（yí，音疑），同篱。
⑪胔（zì，音自），腐肉。
⑫蓼（liǎo，音了），草本植物，生长在水边或水中。
⑬捃（jùn，音俊），拾取。
⑭醯（xī，音西），醋。醢（hǎi，音海），肉酱。
⑮莳（shì，音市），移栽植物。

杂　说

夫治生之道，不仕则农，若昧于田畴，则多匮乏。只如稼穑之力，虽未逮于老农；规画之间，窃自同于“后稷”。所为之术，修列后行。

凡人家营田，须量己力，宁可少好，不可多恶。假如一具牛，总营得小亩三顷（据齐地大亩，一顷三十五亩也）。每年一易，必莫频种。其杂田地，即是来年谷资。

欲善其事，先利其器。悦以使人，人忘其劳。且须调习器械，务令快利；秣饲牛畜，事须肥健；抚恤其人，常遣欢悦。

观其地势，干湿得所。禾秋收了，先耕荞麦地，次耕余地。务遣深细，不得趁多。看干湿，随时盖磨著切。见世人耕了，仰著土块，并待孟春盖。若冬乏水雪，连夏亢阳，徒道秋耕不堪下种。无问耕得多少，皆须旋盖磨如法。

如一具牛，两个月秋耕，计得小亩三顷。经冬，加料喂。至十二月内，即须排比农具使足。一入正月初，未开阳气上，即更盖所耕得一遍。

凡田地中有良有薄者，即须加粪粪之。

其踏粪法：凡人家秋收治田后，场上所有穰、谷积等，并须收贮一处。每日布牛脚下，三寸厚；每平旦收聚，堆积之；还依前布之，经宿即堆聚。计经冬一具牛，踏成三十车粪。至十二月、正月之间，即载粪粪地。计小亩亩别用五车，计粪得六亩。匀摊，耕，盖著，未须转起。

自地亢后①，但所耕地，随饷盖之；待一段总转了，即横盖一遍。计正月、二月两个月，又转一遍。

然后，看地宜纳粟：先种黑地、微带下地，即种糙种；然后种高壤白地。其白地，候寒食后，榆荚盛时纳种。以次种大豆、油麻等田。然后转所粪得地，耕五六遍。每耕一遍，盖两遍，最后盖三遍。还纵横盖之。候昏房、心中，下黍种无问。

谷，小亩一升下子，则稀穊得所②。

候黍、粟苗未与垅齐，即锄一遍。黍经五日，更报锄第二遍。候未蚕老毕，报锄第三遍。如无力，即止。如有余力，秀后更锄第四遍。油麻、大豆，并锄两遍止，亦不厌早锄。

谷，第一遍便科定[3]，每科只留两茎，更不得留多。每科相去一尺，两垅头空，务欲深细。第一遍锄，未可全深；第二遍，唯深是求；第三遍，较浅于第二遍；第四遍较浅。

凡荞麦，五月耕；经二十五日，草烂得转并种，耕三遍。立秋前后，皆十日内种之。假如耕地三遍，即三重著子。下两重子黑，上头一重子白，皆是白汁，满似如浓，即须收刈之。但对梢相答铺之[4]，其白者日渐尽变为黑，如此乃为得所。若待上头总黑，半已下黑子，尽总落矣。

其所粪种黍地，亦刈黍了，即耕两遍，熟盖，下糠麦。至春，锄三遍止。

凡种小麦地，以五月内耕一遍，看干湿转之，耕三遍为度。亦秋社后即种。至春，能锄得两遍最好。

凡种麻地，须耕五六遍，倍盖之。以夏至前十日下子，亦锄两遍。仍须用心细意抽拔，全稠闹，细弱不堪留者，即去却。

一切但依此法，除虫灾外，小小旱，不至全损。何者？缘盖磨数多故也，又锄耨以时。谚曰："锄头三寸泽"，此之谓也。尧汤旱涝之年，则不敢保。虽然，此乃常式。古人云："耕锄不以水旱息功，必获丰年之收。"

如去城郭近，务须多种瓜、菜、茄子等，且得供家，有余出卖。只如十亩之地，灼然良沃者[5]，选得五亩，二亩半种葱，二亩半种诸杂菜；似校平者种瓜、萝卜[6]。其菜每至春二月内，选良沃地二亩，熟，种葵、莴苣。作畦，栽蔓菁，收子。至五月、六月，拔（诸菜先熟者，并须盛裹，亦收子）讫。应空闲地种蔓菁、莴苣、萝卜等，看稀稠锄其科。至七月六日、十四日，如有车牛，尽割卖之；如自无车牛，输与人。即取地种秋菜。

葱，四月种。萝卜及葵，六月种。蔓菁，七月种。芥，八月种。瓜，二月种；如拟种瓜四亩，留四月种，并锄十遍。蔓菁、芥子、并锄两遍。葵、萝卜，锄三遍。葱，但培锄四遍。白豆、小豆，一时种，齐熟，且免摘角。但能依此方法，即万不失一。

---

①亢，干燥。

②穊（jì，音计），稠密。

③科，通棵。

④答，同搭。

⑤灼，明白，确实。

⑥校，通较。

耕田第一

《周书》曰："神农之时，天雨粟，神农遂耕而种之。作陶，冶斤斧，为耒耜、锄、耨，以垦草莽，然后五谷兴助，百果藏实。"

《世本》曰："倕作耒耜。""倕，神农之臣也。"

《吕氏春秋》曰："耜博六寸。"

《尔雅》曰："斪斸谓之定。"犍为舍人曰："斪斸，锄也，名定。"

《纂文》曰："养苗之道，锄不如耨，耨不如铲。铲柄长二尺，刃广二寸，以铲地除草。"

许慎《说文》曰："耒，手耕曲木也。""耜，耒端木也。""斸，斫也，齐谓之镃基。一曰，斤柄性自曲者也。”“田，陈也，树谷曰田，象四口，十，阡陌之制也。”“耕，犁也，从耒井声。一曰，古者井田。”

刘澌《释名》曰：“田，填也，五谷填满其中。”“犁，利也，利则发土绝草根。”“耨，似锄，妪耨禾也。”“斸，诛也，主以诛锄物根株也。”

凡开荒山泽田，皆七月芟艾之，草干即放火，至春而开。〔根朽省功〕其林木大者劖杀之[1]，叶死不扇，便任耕种。三岁后，根枯茎朽，以火烧之。〔入地尽矣〕耕荒毕，以铁齿镉楱再遍杷之，漫掷黍穄，劳亦再遍。明年，乃中为谷田。

凡耕高下田，不问春秋，必须燥湿得所为佳。若水旱不调，宁燥不湿。〔燥耕虽块，一经得雨，地则粉解。湿耕坚垎，数年不佳。谚曰：“湿耕泽锄，不如归去。”言无益而有损。湿耕者，白背速镉楱之，亦无伤；否则大恶也。〕春耕寻手劳[2]，〔古曰“耰”，今曰“劳”。《说文》曰：“耰，摩田器。”今人亦名劳曰“摩”，鄙语曰：“耕田摩劳也。”〕秋耕待白背劳。〔春既多风，若不寻劳，地必虚燥。秋田塌实，湿劳令地硬。谚曰：“耕而不劳，不如作暴。”盖言泽难遇，喜天时故也。桓宽《盐铁论》曰：“茂木之下无丰草，大块之间无美苗。”〕

凡秋耕欲深，春夏欲浅。犁欲廉，劳欲再。〔犁廉耕细，牛复不疲；再劳地熟，旱亦保泽也。〕秋耕掩青者为上。〔比至冬月，青草复生者，其美与小豆同也。〕初耕欲深，转地欲浅。〔耕不深，地不熟；转不浅，动生土也。〕菅茅之地，宜纵牛羊践之，〔践则根浮。〕七月耕之则死。〔非七月，复生矣。〕

凡美田之法，绿豆为上，小豆、胡麻次之。悉皆五六月中穊种[3]，七月、八月犁掩杀之，为春谷田，则亩收十石，其美与蚕矢、熟粪同。

凡秋收之后，牛力弱，未及即秋耕者，谷、黍、穄、粱、秫茇之下[4]，即移羸，速锋之，地恒润泽而不坚硬。乃至冬初，常得耕劳，不患枯旱。若牛力少者，但九月十月一劳之，至春穑种亦得[5]。

《礼记·月令》曰：“孟春之月，……天子乃以元日，祈谷于上帝。〔郑玄注曰：“谓上辛日，郊祭天。《春秋传》曰：‘春郊祀后稷，以祈农事。是故启蛰而郊，郊而后耕。’上帝，太微之帝。”〕乃择元辰，天子亲载耒耜，……帅三公、九卿、诸侯、大夫、躬耕帝籍。〔“元辰，盖郊后吉辰也。……帝籍，为天神借民力所治之田也。”……〕是月也，天气下降，地气上腾，天地同和，草木萌动。〔“此阳气蒸达，可耕之候也。农书曰：‘土长冒橛，陈根可拔，耕者急发’也。”〕……命田司〔“司谓‘田畯’，主农之官。”……〕善相丘陵、阪险、原隰，土地所宜，五谷所殖，以教导民。……田事既饬，先定准直，农乃不惑。……”

“仲春之月，……耕者少舍，乃修阖扇。〔“舍，犹止也。蛰虫启户，耕事少间，而治门户。用木曰阖，用竹苇曰扇。”〕……无作大事，以妨农事。……”

“孟夏之月，……劳农劝民，无或失时。“重力劳来之。”……命农勉作，无休于都。”〔“急趣农也。……《王居明堂礼》曰：‘无宿于国’也。”〕

“季秋之月，……蛰虫咸俯在内，皆墐其户[6]”。〔“墐，谓涂闭之，此避杀气也。”〕

“孟冬之月，……天气上腾，地气下降，天地不通，闭藏而成冬。……劳农以休息之。”〔“‘党正’：‘属民饮酒，正齿位’是也。”〕

“仲冬之月，……土事无作，慎无发盖，无发屋室，……地气且泄，是谓发天地之房，诸蛰则死，民必疾疫。”〔“大阴用事，尤重闭藏。”按今世有十月、十一月耕者，非直逆天道，害蛰虫，地亦无膏润，收必薄也。〕

“季冬之月，……命田官告人出五种；〔“命田官告民出五种，大寒过，农事将起也。”〕命农计耦耕事，修耒耜，具田器。〔"耜者，耒之金，耜广五寸。田器，镃錤之属。"〕是月也，日穷于次，月穷于纪，星回于天，数将几终，〔"言日月星辰运行至此月，皆币于故基。次，舍也；纪，犹合也。"〕岁且更始，专而农民，毋有所使。"〔而，犹汝也；言专一汝农民之心，令人预有志于耕稼之事；不可徭役，徭役之则志散，失其业也。"〕

《孟子》曰："士之仕也，犹农夫之耕也。"〔赵岐注曰："言仕之为急，若农夫不耕不可。"〕

魏文侯曰："民春以力耕，夏以强耘，秋以收敛。"

《杂阴阳书》曰："亥为天仓，耕之始。"

《吕氏春秋》曰："冬至后五旬七日昌生。昌者，百草之先生也，于是始耕。"〔高诱注曰："昌，昌蒲，水草也。"〕

《淮南子》曰："耕之为事也劳，织之为事也扰。扰劳之事，而民不舍者，知其可以衣食也。人之情，不能无衣食。衣食之道，必始于耕织，……。物之若耕织，始初甚劳。终必利也众。"又曰："不能耕而欲黍粱，不能织而喜缝裳，无其事而求其功，难矣。"

《氾胜之书》曰："凡耕之本，在于趣时⑦，和土，务粪泽，早锄早获。"

"春冻解，地气始通，土一和解。夏至，天气始暑，阴气始盛，土复解。夏至后九十日，昼夜分，天地气和。以此时耕田，一而当五，名曰膏泽，皆得时功。"

"春地气通，可耕坚硬强地黑垆土⑧，辄平摩其块以生草，草生复耕之。天有小雨，复耕。和之勿令有块，以待时。所谓强土而弱之也。

"春候地气始通：椓橛木长尺二寸，埋尺，见其二寸。立春后，土块散，上没橛，陈根可拔。此时。二十日以后，和气去，即土刚。以时耕，一而当四；和气去耕，四不当一。"

"杏始华荣，辄耕轻土弱土。望杏花落，复耕。耕辄蔺之⑨。草生，有雨泽，耕重蔺之。土甚轻者，以牛羊践之。如此则土强。此谓弱土而强之也。"

"春气未通，则土历适不保泽，终岁不宜稼，非粪不解。慎无旱耕。须草生，至可耕时，有雨即耕，土相亲，苗独生，草秽烂，皆成良田。此一耕而当五也。不如此而旱耕，块硬，苗、秽同孔出，不可锄治，反为败田。秋无雨而耕，绝土气，土坚垎，名曰'腊田'。及盛冬耕，泄阴气，土枯燥，名曰'脯田'。脯田与腊田，皆伤田。二岁不起稼，则一岁休之。"

"凡麦田，常以五月耕，六月再耕，七月勿耕。谨摩平以待种时。五月耕，一当三；六月耕，一当再；若七月耕，五不当一。"

"冬雨雪止，辄以蔺之；掩地雪，勿使从风飞去；后雪复蔺之；则立春保泽，冻虫死，来年宜稼。"

"得时之和，适地之宜，田虽薄恶，收可亩十石。"

崔寔《四民月令》曰："正月，地气上腾，土长冒橛，陈根可拔，急菑强土黑垆之田⑩。二月，阴冻毕泽，可菑美田缓土及河渚小处。三月，杏华盛，可菑沙白轻土之田。五月六月，可菑麦田。"

崔寔《政论》曰："武帝以赵过为搜粟都尉，教民耕殖。其法三犁共一牛，一人将之，下种，挽耧，皆取备焉。日种一顷。至今三辅犹赖其利。今辽东耕犁，辕长四尺，回转相妨，既用两牛，两人牵之，一人将耕，一人下种，二人挽耧。凡用两牛六人，一日才种二十五亩。其悬绝如此。"〔按：三犁共一牛，若今三脚耧矣，未知耕法如何？今自济州以西，犹用长辕犁、两脚耧。长辕耕平地尚可，于山涧之间则不任作。且回转至难，费力，未若齐人蔚犁之柔便也。两脚耧，种垅穊，亦不如一脚耧之得中也。〕

①劖（yīng，音英），切割。

②寻，旋即。劳，同耢。

③穊（jì，音季），撒播。

④茇（bá，音拔），草根。

⑤穑（dí，音敌），穑种，稀疏点播。

⑥墐（jìn，音近），用泥涂塞。

⑦趣，同趋。

⑧垆（lú，音卢），黑色坚硬的土壤。

⑨蔺（lìn，音吝），用辊压田。

⑩菑（zī，音资），翻耕灭茬。

收种第二

杨泉《物理论》曰："粱者，黍、稷之总名；稻者，溉种之总名；菽者，众豆之总名。三谷各二十种，为六十；蔬、果之实，助谷各二十，凡为百种。故《诗》曰：'播厥百谷'也。"

凡五谷种子，浥郁则不生，生者亦寻死。种杂者，禾则早晚不均，舂复减而难熟，粜卖以杂糅见疵，炊爨失生熟之节。所以特宜存意，不可徒然。

粟、黍、穄、粱、秫，常岁岁别收，选好穗纯色者，劁刈高悬之①。至春治取，别种，以拟明年种子。〔耧耩掩种，一斗可种一亩。量家田所须种子多少而种之。〕其别种种子，常须加锄。〔锄多则无秕也。〕先治而别埋，〔先治，场净不杂；窖埋，又胜器盛。〕还以所治蘘草蔽窖②。〔不尔，必有为杂之患。〕将种前二十许日，开出水淘，〔浮秕去则无莠。〕即晒令燥，种之。依《周官》相地所宜而粪种之。

《氾胜之书》曰："牵马令就谷堆食数口，以马践过为种，无虸蚄③，厌虸蚄虫也。"

《周官》曰："草人，掌土化之法，以物地相其宜而为之种。〔郑玄注曰："土化之法，化之使美，若氾胜之术也。以物地，占其形色。为之种，黄白宜以种禾之属。"〕凡粪种：骍刚用牛④，赤缇用羊，坟壤用麋，渴泽用鹿，咸潟用貆，勃壤用狐，埴垆用豕，强檃用蕡⑤，轻爂用犬⑥。〔此"草人"职。郑玄注曰："凡所以粪种者，皆谓煮取汁也。赤缇，䝐色也；渴泽，故水处也；潟，卤也；貆，貒也；勃壤，粉解者；埴垆，粘疏者；强桨，强坚者；轻爂，轻脆者。故书'骍'为'挈'，'坟'作'蚠'。杜子春'挈'读为'骍'，谓地色赤而土刚强也。郑司农云：'用牛，以牛骨汁渍其种也，谓之粪种。坟壤，多蚠鼠也。壤，白色。蕡，麻也。'玄谓坟壤，润解。"〕

《淮南子》曰："从冬至日数至来年正月朔日，五十日者，民食足；不满五十日者，日减一斗；有余日，日益一斗。"

《氾胜之书》曰："种伤湿郁热则生虫也。"

"取麦种，候熟可获，择穗大强者斩，束立场中之高燥处，曝使极燥。无令有白鱼，有辄扬治之。取干艾杂藏之，麦一石，艾一把。藏以瓦器、竹器。顺时种之，则收常倍。"

"取禾种，择高大者，斩一节下，把悬高燥处，苗则不败。"

"欲知岁所宜，以布囊盛粟等诸物种，平量之，埋阴地。冬至后五十日，发取量之，息最多者，岁所宜也。"

崔寔曰："平量五谷各一升，小罂盛，埋垣北墙阴下，……。"余法同上。

《师旷占术》曰："杏多实不虫者，来年秋禾善。五木者，五谷之先；欲知五谷，但视五木。

择其木盛者，来年多种之，万不失一也。”

①劁（qiāo，音敲），刈割。

②穰（ráng，音攘），稿秆。

③虸蚄（zǐ fāng，音子方），粘虫的俗称。

④骍（xīn，音辛），骍刚，赤色的坚土。

⑤𪫴（xiàn，音现），坚土。蕡（fén，音坟），大麻的种子。

⑥爂（biāo，音标），轻脆。

种谷第三 稗附出，稗为粟类故。

种谷：

谷，稷也，名粟。谷者，五谷之总名，非指谓粟也。然今人专以稷为谷，望俗名之耳。

《尔雅》曰：“粢，稷也。”

《说文》曰：“粟，嘉谷实也。”

郭义恭《广志》曰：“有赤粟（白茎），有黑格雀粟，有张公斑，有含黄仓，有青稷，有雪白粟（亦名白茎）。又有白蓝下、竹头（茎青）、白逮麦、擢石精、卢狗蹯之名种云。”

郭璞注《尔雅》曰：“今江东呼稷为粢。”孙炎曰：“稷：粟也。”

按今世粟名，多以人姓字为名目。亦有观形立名，亦有会义为称，聊复载之云耳：

朱谷、高居黄、刘猪獬、道愍黄、聒谷黄、雀懊黄、续命黄、百日粮，有起妇黄、辱稻粮、奴子黄、𪍿支谷、焦金黄、鹌履苍——一名麦争场：此十四种，早熟，耐旱，熟早免虫。聒谷黄、辱稻粮二种，味美。

今堕车、下马看、百群羊、悬蛇、赤尾、龙虎黄、雀民泰、马曳缰、刘猪赤、李浴黄、阿摩粮、东海黄、石骍，岁青（茎青、黑，好黄）、陌南禾、隈堤黄、宋冀痴、指张黄、兔脚青、惠日黄、写风赤、一晛黄、山鹾、顿税黄。此二十四种，穗皆有毛，耐风，免雀暴。一晛黄一种，易春。

宝珠黄、俗得白、张邻黄、白鹾谷、钩千黄、张蚁白、耿虎黄、都奴赤、茄芦黄、薰猪赤、魏爽黄、白茎青、竹根黄、调母梁、磊碨黄、刘沙白、僧延黄、赤粱谷、灵忽黄、獭尾青、续德黄、秆容青、孙延黄、猪矢青、烟熏黄、乐婢青、平寿黄、鹿橛白、鹾折筐、黄穓䅉、阿居黄、赤巴粱、鹿蹄黄、饿狗苍、可怜黄、米谷、鹿橛青、阿逻逻：此三十八种，中租大谷。白鹾谷、调母粱二种，味美。秆容青、阿居黄、猪矢青三种，味恶。黄穓䅉、乐婢青二种，易春。

竹叶青、石抑阏[①]、——竹叶青，一名胡谷。——水黑谷、忽泥青、冲天棒、雉子青、鸱脚谷、雁头青、揽堆黄、青子规：此十种晚熟，耐水；有虫灾则尽矣。

凡谷，成熟有早晚，苗秆有高下，收实有多少，质性有强弱，米味有美恶，粒实有息耗，〔早熟者苗短而收多，晚熟者苗长而收少。强苗者短，黄谷之属是也；弱苗者长，青、白、黑是也。收少者，美而耗；收多者，恶而息也。〕地势有良薄，〔良田宜种晚，薄田宜种早。良地，非独宜晚，早亦无害；薄地宜早，晚必不成实也。〕山泽有异宜。〔山田种强苗，以避风霜；泽田种弱苗，以求华实也。〕顺天时，量地利，则用力少而成功多。任情返道，劳而无获。〔人泉伐木，登山求鱼，手必虚；迎风散水，逆坂走丸，其势难。〕

凡谷田，绿豆、小豆底为上，麻、黍、胡麻次之，芜菁、大豆为下。〔常见瓜底，不减绿豆，

本既不论，聊复记之。〕

良地一亩，用子五升，薄地三升。〔此为稙谷，晚田加种也。〕

谷田必须岁易。〔飒子则莠多而收薄矣[②]。〕

二月、三月种者为稙禾，四月、五月种者为穉禾。二月上旬及麻菩、杨生种者为上时，三月上旬及清明节、桃始花为中时，四月上旬及枣叶生、桑花落为下时。岁道宜晚者，五月、六月初亦得。

凡春种欲深，宜曳重挞[③]。夏种欲浅，直置自生。〔春，气冷，生迟，不曳挞则根虚，虽生辄死。夏，气热而生速，曳挞遇雨必坚垎。其春泽多者，或亦不须挞；必欲挞者，宜须待白背，湿挞令地坚硬故也。〕

凡种谷，雨后为佳。遇小雨，宜接湿种；遇大雨，待秽生。〔小雨不接湿，无以生禾苗；大雨不待白背，湿辗则令苗瘦。秽若盛者，先锄一遍，然后纳种乃佳也。〕春若遇旱，秋耕之地，得仰垅待雨[④]。〔春耕者，不中也。〕夏若仰垅，非直荡汰不生，兼与草秽俱出。

凡田欲早晚相杂。〔防岁道有所宜〕有闰之岁，节气近后，宜晚田。然大率欲早，早田倍多于晚。〔早田净而易治，晚者芜秽难治。其收任多少，从岁所宜，非关早晚。然早谷皮薄，米实而多；晚谷皮厚，米少而虚也。〕

苗生如马耳，则镞锄。〔谚曰："欲得谷，马耳镞。"〕稀豁之处，锄而补之。〔用功盖不足言，利益动能百倍。〕凡五谷，唯小锄为良。〔小锄者，非直省功，谷亦倍胜。大锄者，草根繁茂，用功多而收益少。〕良田，率一尺留一科。〔刘章《耕田歌》曰："深耕穊种，立苗欲疏；非其类者，锄而去之。"谚云："回车倒马，掷衣不下，皆十石而收。"言大稀大穊之收，皆均平也。〕

薄地，寻垅蹑之。〔不耕故〕

苗出垅，则深锄。锄不厌数，周而复始，勿以无草而暂停。〔锄者非止除草，乃地熟而实多，糠薄，米息。锄得十遍，便得"八米"也[⑤]。〕

春锄起地，夏为除草，故春锄不用触湿。六月以后，虽湿亦无嫌。〔春苗既浅，阴未覆地，湿锄则地坚。夏苗阴厚，地不见日，故虽湿亦无害矣。《管子》曰："为国者，使农寒耕而热芸。"芸，除草也。〕

苗既出垅，每一经雨，白背时，辄以铁齿镉楱，纵横杷而劳之。〔杷法：令人坐上，数以手断去草；草塞齿，则伤苗。如此，令地熟软，易锄，省力。中锋止。〕

苗高一尺，锋之。〔三遍者皆佳〕耩者[⑥]，非不壅本，苗深，杀草，益实；然令地坚硬，乏泽难耕。锄得五遍以上，不烦耩。〔必欲耩者，刈谷之后，即锋茇下，令突起，则润泽易耕。〕

凡种，欲牛迟缓行，种人令促步以足蹑垅底。〔牛迟则子匀，足蹑则苗茂。足迹相接者，亦可不烦挞也。〕

熟，速刈。干，速积。〔刈早则镰伤，刈晚则穗折，遇风则收减。湿积则藁烂，积晚则损耗，连雨则生耳。〕

凡五谷，大判上旬种者全收，中旬中收，下旬下收。

《杂阴阳书》曰："禾'生'于枣或杨。九十日秀，秀后六十日，成。禾'生'于寅，'壮'于丁、午，'长'于丙，'老'于戊，'死'于申，恶于壬、癸，忌于乙、丑。"

"凡种五谷，以'生'、'长'、'壮'日种者多实，'老'、'恶'、'死'日种者收薄，以忌日种者败伤。又用'成'、'收'、'满'、'平'、'定'日为佳。"

《氾胜之书》曰："小豆忌卯，稻、麻忌辰，禾忌丙，黍忌丑，秫忌寅、未，小麦忌戌，大麦忌子，大豆忌申、卯。凡九谷有忌日，种之不避其忌，则多伤败。此非虚语也。其自然者，烧黍

穰则害瓠。”〔《史记》曰：“阴阳之家，拘而多忌。”止可知其梗概，不可委曲从之。谚曰：“以时及泽，为上策”也。〕

《礼记·月令》曰：“孟秋之月，……修宫室，坯垣墙。……”

“仲秋之月，……可以筑城郭，……穿窦窖，修囷仓。”〔郑玄曰：“为民当入，物当藏也。……堕曰窦，方曰窖。”按谚曰：“家贫无所有，秋墙三五堵。”盖言秋墙坚实，土功之时，一劳永逸，亦贫家之宝也。〕“乃命有司，趣民收敛，务畜菜，多积聚。”〔“始为御冬之备。”〕

“冬秋之月，……农事备收。〔“备，犹尽也。”〕

“孟冬之月，……谨盖藏，……循行积聚，无有不敛。〔“谓刍、禾、薪、蒸之属也。”〕

“仲冬之月，……农有不收藏积聚者，……取之不诘。〔“此收敛尤急之时，有人取者不罪，所以警其主也。”〕

《尚书考灵曜》曰：“春，鸟星昏中，以种稷。〔“鸟，朱鸟鹑火也[7]。”〕“秋，虚星昏中，以收敛。”〔“虚，玄枵也[8]。”〕

《庄子》“长梧封人曰：‘昔予为禾，耕而卤莽之，则其实亦卤莽而报予；芸而灭裂之，其实亦灭裂而报予。〔郭象曰：“卤莽、灭裂，轻脱末略，不尽其分。”〕予来年变齐[9]，深其耕而熟耰之，其禾繁以滋。予终年厌飧[10]。”

《孟子》曰：“不违农时，谷不可胜食。〔赵岐注曰：‘使民得务农，不违夺其农时，则五谷饶穰，不可胜食也。’〕”“谚曰：‘虽有智惠，不如乘势；虽有镃錤，不如待时。’〔赵岐曰：‘乘势，居富贵之势。镃錤，田器，耒耜之属。待时，谓农之三时。’〕”又曰：“五谷，种之美者也；苟为不熟，不如稊稗。夫仁，亦在熟而已矣。〔赵岐曰：‘熟，成也。五谷虽美，种之不成，不如稊稗之草，其实可食。为仁不成，亦犹是。’〕”

《淮南子》曰：“夫地势，水东流，人必事焉，然后水潦得谷行。〔水势虽东流，人必事而通之，使得循谷而行也。〕禾稼春生，人必加功焉，故五谷遂长。〔高诱曰：“加功，谓‘是藨是蓘’芸耕之也[11]。遂，成也。”〕听其自流，待其自生，大禹之功不立，而后稷之智不用。”

“禹决江疏河，以为天下兴利，不能使水西流；后稷辟土垦草，以为百姓力农，然而不能使禾冬生。岂其人事不至哉？其势不可也。〔“春生、夏长、秋收、冬藏，四时不可易也。”〕”

“食者民之本，民者国之本，国者君之本。是故人君上因天时，下尽地利，中用人力，是以群生遂长，五谷蕃殖。教民养育六畜，以时种树，务修田畴，滋殖桑、麻。肥、墝、高、下，各因其宜。丘陵、阪险不生五谷者，树以竹木。春伐枯槁，夏取果、蓏，秋畜蔬、食，〔“菜食曰蔬，谷食曰食。”〕冬伐薪、蒸，〔“大曰薪，小曰蒸。”〕以为民资。是故生无乏用，死无转尸。”〔“转，弃也。”〕

“故先王之制，四海云至，而修封疆；〔“四海云至，二月也。”〕虾蟆鸣，燕降，而通路除道矣；〔“燕降，三月。”〕阴降百泉，则修桥梁。〔“阴降百泉，十月。”〕昏，张中，则务树谷；〔“三月昏，张星中于南方。张，南方朱鸟之宿。”〕大火中，即种黍、菽；〔“大火昏中，六月。”〕虚中，即种宿麦；〔“虚昏中，九月。”〕昴星中，则收敛蓄积，伐薪木。〔“昴星，西方白虎之宿。季秋之月，收敛蓄积。”〕……所以应时修备，富国利民。”

“霜降而树谷，冰泮而求获[12]，欲得食则难矣。”

又曰：“为治之本，务在安民；安民之本，在于足用；足用之本，在于勿夺时；〔“言不夺民之农要时。”〕勿夺时之本，在于省事；省事之本，在于节欲；〔“节，止；欲，贪。”〕节欲之本，在于反性。〔“反其所受于天之正性也。”〕未有能摇其本而靖其末，浊其源而清其流者也。”

“夫日回而月周，时不与人游。故圣人不贵尺璧而重寸阴，时难得而易失也。故禹之趋时也，履遗而不纳，冠挂而不顾。非争其先也，而争其得时也。”

《吕氏春秋》曰：“苗，其弱也欲孤，〔“弱，小也。苗始生小时，欲得孤特，疏数适，则茂好也。”〕其长也欲相与俱，〔“言相依植，不偃仆。”〕其熟也欲相扶。〔“相扶持，不伤折。”〕是故三以为族，乃多粟。〔“族，聚也。”〕吾苗有行，故速长；弱不相害，故速大。横行必得，从行必术，正其行，通其风。〔“行，行列也。”〕”

《盐铁论》曰：“惜草茅者耗禾稼，惠盗贼者伤良人。”

《氾胜之书》曰：“种禾无期，因地为时。三月榆荚时雨，高地强土可种禾。”

“薄田不能粪者，以原蚕矢杂禾种种之，则禾不虫。”

“又取马骨锉一石，以水三石，煮之三沸；漉去滓，以汁渍附子五枚。三四日，去附子，以汁和蚕矢、羊矢各等分，挠，〔搅也〕令洞洞如稠粥。先种二十日时，以溲种如麦饭状[13]。常天旱燥时溲之，立干；薄布数挠，令易干。明日复溲。天阴雨则勿溲。六七溲而止。辄曝，谨藏，勿令复湿。至可种时，以余汁溲而种之，则禾稼不蝗虫。无马骨，亦可用雪汁。雪汁者，五谷之精也，使稼耐旱。常以冬藏雪汁，器盛，埋于地中。治种如此，则收常倍。”

《氾胜之书》“区种法”曰：“汤有旱灾，伊尹作为区田教民粪种，负水浇稼。”

“区田以粪气为美，非必须良田也。诸山、陵、近邑高危倾阪及丘城上，皆可为区田。”

“区田不耕旁地，庶尽地力。”

“凡区种，不先治地，便荒地为之。”

“以亩为率，令一亩之地，长十八丈，广四丈八尺；当横分十八丈作十五町；町间分为十四道，以通人行。道广一尺五寸；町皆广一丈五寸，长四丈八尺。尺直横凿町作沟，沟广一尺，深亦一尺。积壤于沟间，相去亦一尺。尝悉以一尺地积壤，不相受，令弘作二尺地以积壤。”

“种禾、黍于沟间，夹沟为两行。去沟两边各二寸半，中央相去五寸，旁行相去亦五寸。一沟容四十四株，一亩合万五千七百五十株。种禾、黍，令上有一寸土，不可令过一寸，亦不可令减一寸。”

“凡区种麦，令相去二寸一行。一沟容五十二株。一亩凡九万三千五百五十株。麦上土，令厚二寸。”

“凡区种大豆，令相去一尺二寸。一行容九株。一亩凡六千四百八十株。”〔禾一斗，有五万一千余粒。黍亦少此少许。大豆一斗，一万五千余粒也。〕

“区种荏，令相去三尺。”

“胡麻，相去一尺。”

“区种，天旱常溉之，一亩常收百斛。”

“上农夫区，方深各六寸，间相去九寸。一亩三千七百区。一日作千区。区种粟二十粒；美粪一升，合土和之。亩用种二升。秋收，区别三升粟，亩收百斛。丁男长女治十亩。十亩收千石。岁食三十六石，支二十六年。

“中农夫区，方九寸，深六寸，相去二尺。一亩千二十七区。用种一升。收粟五十一石。一日作三百区。”

“下农夫区，方九寸，深六寸，相去三尺。一亩五百六十七区。用种半升。收二十八石。一日作二百区。〔谚曰：‘顷不比亩善。’谓多恶不如少善也。西兖州刺史刘仁之，老成懿德，谓余言曰：‘昔在洛阳，于宅田以七十步之地，试为区田，收粟三十六石。’然则一亩之收，有过百石矣。少地之家，所宜遵用之。〕”

“区中草生，茇之。区间草，以铲铲之，若以锄锄。苗长不能耘之者，以钊镰比地刈其草矣[14]。”

氾胜之曰：“验美田，至十九石，中田十三石，薄田一十石。‘尹泽’取减法，‘神农’复加之。”

“骨汁、粪汁溲种：锉马骨，牛、羊、猪、麋、鹿骨一斗，以雪汁三斗，煮之三沸。取汁以渍附子，率汁一斗，附子五枚。渍之五日，去附子。捣麋、鹿、羊矢等分，置汁中熟挠和之。候晏温，又溲曝，状如‘后稷法’，皆溲汁干乃止。若无骨，煮缲蛹汁和溲。如此则以区种之，大旱浇之，其收至亩百石以上，十倍于‘后稷’。此言马、蚕，皆虫之先也，及附子，令稼不蝗虫；骨汁及缲蛹汁皆肥，使稼耐旱，终岁不失于获。”

“获不可不速，常以急疾为务。芒张叶黄，捷获之无疑。”

“获禾之法，熟过半，断之。”

《孝经援神契》曰：“黄白土宜禾。”

《说文》曰：“禾，嘉谷也。以二月始生，八月而熟，得之中和，故谓之禾。禾，木也，木王而生，金王而死。”

崔寔曰：“二月、三月，可种稙禾。美田欲稠，薄田欲稀。”

《氾胜之书》曰：“稙禾，夏至后八十、九十日，常夜半候之，天有霜，若白露下，以平明时，令两人持长索相对，各持一端，以概禾中，去霜露，日出乃止。如此，禾稼五谷不伤矣。”

《氾胜之书》曰：“稗，既堪水旱，种无不熟之时。又特滋茂盛，易生芜秽。良田亩得二三十斛。宜种之，备凶年。”

“稗中有米，熟时捣取米，炊食之，不减粱米。又可酿作酒。”〔酒势美酽，尤逾黍、秫。魏武使典农种之，顷收二千斛，斛得米三四斗。大俭可磨食之。若值丰年，可以饭牛、马、猪、羊。〕

“虫食桃者粟贵。”

杨泉《物理论》曰：“种作曰稼，稼犹种也；收敛曰穑，穑犹收也。古今之言云尔。稼，农之本；穑，农之末。本轻而末重，前缓而后急。稼欲熟，收欲速。此良农之务也。”

《汉书·食货志》曰：“种谷必杂五种，以备灾害。〔师古曰：‘岁月有宜，及水旱之利也。五种即五谷，谓黍、稷、麻、麦、豆也。’〕”

“田中不得有树，用妨五谷。〔五谷之田，不宜树果。谚曰：‘桃李不言，下自成蹊。’非直妨耕种，损禾苗，抑亦堕夫之所休息，竖子之所嬉游。故齐桓公问于管子曰：‘饥寒，室屋漏而不治，垣墙坏而不筑，为之奈何?’管子对曰：‘沐涂树之枝[15]。’公令谓左右伯：‘沐涂树之枝。’期年，民被布帛，治屋，筑垣墙。公问：‘此何故?’管子对曰：‘齐，夷莱之国也。一树而百乘息其下，以其不梢也。众鸟居其上，丁壮者胡丸操弹居其下，终日不归。父老拊枝而论，终日不去。今吾沐涂树之枝，日方中，无尺荫，行者疾走，父老归而治产，丁壮归而有业。’〕”

“力耕数耘，收获如寇盗之至。〔师古曰：‘力谓勤作之也。如寇盗之至，谓促遽之甚，恐为风雨所损’。〕”

“还庐树桑；〔师古曰：‘还，绕也。’〕菜茹有畦，〔《尔雅》曰：‘菜谓之蔌。’‘不熟曰馑。’‘蔬，菜总名也。’‘凡草、菜可食，通名曰蔬。’‘案：生曰菜，熟曰茹，犹生曰草，死曰芦。’〕瓜、瓠、果、蓏。〔应劭曰：‘木实曰果，草实曰蓏。’张晏曰：‘有核曰果，无核曰蓏。’臣瓒案：‘木上曰果，地上曰蓏。’《说文》曰：‘在木曰果，在草曰蓏。’许慎注《淮南子》曰：‘在树曰果，在地曰蓏。’郑玄注《周官》曰：‘果、桃李属，蓏，蓏属。’郭璞注《尔雅》曰：‘果，木子也。’高诱注《吕氏春秋》曰：‘有实曰果，无实曰蓏。’宋沈约注《春秋元命苞》曰：‘木实曰果；蓏，瓜瓠之属。’王广注《易传》曰：‘果、蓏者，物之实。’〕殖于疆易[16]。〔张晏曰：‘至此易主，故曰易。’师古曰：‘《诗·小雅·信南山》云：中田有庐，疆易有瓜。即谓此也。’〕”

“鸡、豚、狗、彘，毋失其时，女修蚕织，则五十可以衣帛，七十可以食肉。”

“人者必持薪樵。轻重相分，班白不提挈。〔师古曰：‘班白者，谓发杂色也。不提挈者，所以优老人也。’〕”

“冬，民既入，妇人同巷，相从夜绩，女工一月得四十五日。〔服虔曰：‘一月之中，又得夜半，为十五日，凡四十五日也’〕必相从者，所以省费燎火，同巧拙而合习俗。〔师古曰：‘省费，燎火之费也。燎，所以为明；火，所以为温也。’〕”

“董仲舒曰：‘《春秋》他谷不书，至于麦、禾不成则书之，以此见圣人于五谷，最重麦、禾也。’”

“赵过为搜粟都尉。过能为代田，一畮三甽[17]〔师古曰：‘甽，垄也，字或作畎。’〕岁代处，故曰代田。〔师古曰：‘代，易也。’〕古法也。”

“后稷始甽田：以二耜为耦，〔师古曰：‘并两耜而耕。’〕广尺深尺曰甽，长终畮，一畮三甽，一夫三百甽，而播种于甽中。〔师古曰：‘播，布也。种，谓谷子也。’〕苗生叶以上，稍耨陇草，〔师古曰：‘耨，锄也。’〕因隤其土[18]，以附苗根。〔师古曰：‘隤，谓下之也。音颓。’〕故其《诗》曰：‘或芸或芓，黍稷儗儗[19]。’〔师古曰：‘《小雅·甫田》之诗。儗儗，盛貌。芸，音云。芓，音子。儗，音拟。’〕芸，除草也。耔，附根也。言苗稍壮，每耨辄附根。比盛暑，陇尽而根深，能风与旱，〔师古曰：‘能，读曰耐也。’〕故儗儗而盛也。”

“其耕、耘、下种田器，皆有便巧。率十二夫为田，一井一屋，故畮五顷。〔邓展曰：‘九夫为井，三夫为屋，夫百畮，于古为十二顷。古百步为畮，汉时二百四十步为畮，古千二百畮，则得今五顷。’〕用耦犁：二牛三人。一岁之收，常过缦田畮一斛以上，〔师古曰：‘缦田，谓不为甽者也。’〕善者倍之。〔师古曰：‘善为甽者，又过缦田二斛已上也。’〕”

“过使教田太常、三辅。〔苏林曰：‘太常，主诸陵，有民，故亦课田种。’〕大农置工巧奴与从事，为作田器。二千石遣令、长、三老、力田，及里父老善田者，受田器。学耕种养苗状。〔苏林曰：‘为法意状也。’〕”

“民或苦少牛，亡以趋泽。〔师古曰：‘趋，读曰趣。趣，及也。泽，雨之润泽。’〕故平都令光，教过以人挽犁。〔师古曰：‘挽，引也。音晚。’〕过奏光以为丞，教民相与庸挽犁。〔师古曰：‘庸，功也，言换功共作也。义亦与庸赁同。’〕率多人者，田日三十畮，少者十三畮。以故田多垦辟。”

“过试以离宫卒，田其宫壖地[20]，〔师古曰：‘离宫，别处之宫，非天子所常居也。壖，余也。宫壖地，谓外垣之内，内垣之外也。诸缘河壖地，庙垣壖地，其义皆同。守离宫卒，闲而无事，因令于壖地为田也。’〕课得谷，皆多其旁田畮一斛以上。令命家田三辅公田。〔李奇曰：‘令，使也。命者，教也。令离宫卒，教其家，田公田也。’韦昭曰：‘命，谓爵命者。命家，谓受爵命一爵为公士以上，令得田公田，优之也。’〕又教边郡及居延城。〔韦昭曰：‘居延，张掖县也，时有田卒也。’〕是后边城、河东、弘农、三辅、太常民，皆便代田，用力少而得谷多。”

①䅂（chuài，音踹），谷种名。

②䅵（yuàn，音院），䅵子，第二次簸扬出来的谷子。

③挞，一种由人力或牲口拉着镇压虚土的农具。

④仰垅，敞开地面。

⑤八米，出米率八成。

⑥耩（jiǎng，音讲），用耧车播种或用粪耧施肥。

⑦鹑（chún，音纯），星宿名。

⑧枵（xiāo，音肖），空虚，此处指星宿名。

⑨齐（zī，音资），通资。

⑩飧（sūn，音孙），晚饭，引申为熟食。

⑪藨（biāo，音标），耕。蓘（gǔn，音滚），以土壅苗根。

⑫泮，散，解。

⑬溲，浸泡。

⑭钩（gōu，音勾），镰刀，又同钩。

⑮沐，整治。涂，通途。

⑯疆易，疆界。

⑰畮，亩字的异体字。甽（quǎn，音犬），同畎。

⑱隤（tuí，音颓），降下，坠落。

⑲芓（zǐ，音子），同耔，以土壅禾根。儗（nǐ，音你），儗儗，草木茂盛的样子。

⑳壖（ruán），亦作堧，余地，隙地。

黍穄第四

《尔雅》曰："秬，黑黍。秠，一稃二米。"郭璞注曰："秠亦黑黍，但中米异耳。"

孔子曰："黍可以为酒。"

《广志》云："有牛黍，有稻尾黍，秀成赤黍；有马革大黑黍，有秬黍，有温屯黄黍，有白黍，有𪏮芒、燕鸽之名。穄，有赤、白、黑、青、黄燕鸽，凡五种。"

按今俗有鸳鸯黍，白蛮黍、半夏黍；有驴皮穄。

崔寔曰："糜，黍之秫熟者，一名穄也。"

凡黍、穄田，新开荒为上，大豆底为次，谷底为下。

地必欲熟。〔再转乃佳。若春夏耕者，下种后，再劳为良。〕

一亩，用子四升。

三月上旬种者，为上时；四月上旬为中时；五月上旬为下时。夏种黍、穄，与植谷同时；非夏者，大率以椹赤为候。〔谚曰："椹厘厘，种黍时。"〕燥湿候黄场[①]。种讫不曳挞。常记十月、十一月、十二月冻树日种之，万不失一。〔冻树者，凝霜封着木条也。假令月三日冻树，还以月三日种黍；他皆仿此。十月冻树宜早黍，十一月冻树宜中黍、十二月冻树宜晚黍。若从十月至正月皆冻树者，早晚黍悉宜也。〕

苗生垅平，即宜杷劳。锄三遍乃止。锋而不耩。〔苗晚耩，即多折也。〕

刈穄欲早，刈黍欲晚。〔穄晚多零落，黍早米不成。谚曰："穄青喉[②]，黍折头。"〕皆即湿践。〔久积则浥郁，燥践多兜牟[③]。〕穄，践讫即蒸而裛之[④]。〔不蒸者难舂，米碎，至春又土臭；蒸则易舂，米坚，香气经夏不歇也。〕黍，宜晒之令燥。〔湿聚则郁。〕

凡黍，粘者收薄。穄，味美者，亦收薄，难舂。

《杂阴阳书》曰："黍生于榆，六十日秀，秀后四十日成。黍生于巳，壮于酉，长于戌，老于亥，死于丑，恶于丙、午，忌于丑、寅、卯。穄，忌于未、寅。"

《孝经援神契》云："黑坟宜黍、麦。"

《尚书考灵曜》云："夏，火星昏中，可以种黍、菽。〔火，东方苍龙之宿；四月昏，中在南

方。菽，大豆也。〕

《氾胜之书》曰："黍者暑也，种者必待暑。先夏至二十日，此时有雨，强土可种黍。〔谚曰：'前十鸥张[5]，后十羌襄[6]，欲得黍，近我傍。''我傍'，谓近夏至也，盖可以种晚黍也。〕一亩，三升。"

"黍心未生，雨灌其心，心伤无实。"

"黍心初生，畏天露。令两人对持长索，搜去其露，日出乃止。"

"凡种黍，覆土锄治，皆如禾法，欲疏于禾。"〔按疏黍虽科，而米黄，又多减及空；今穊，虽不科而米白，且均熟不减，更胜疏者。氾氏云："欲疏于禾"，其义未闻。〕

崔氏曰："四月蚕入簇，时雨降，可种黍、禾，谓之上时。"

"夏至先后各二日，可种黍。"

"虫食李者黍贵也。"

---

①埸，指墒情的意思。

②青喉，指穗与茎秆连接部尚为青色。

③兜牟，空壳。

④裛（yì，音义），收藏。

⑤鸱张，嚣张。

⑥羌襄，匆忙。

梁秫第五

《尔雅》曰："虋[1]，赤苗也；芑[2]，白苗也。"郭璞注曰："虋，今之赤粱粟，芑，今之白粱粟：皆好谷也。"犍为舍人曰："是伯夷、叔齐所食首阳草也。"

《广志》曰："有具粱，解粱；有辽东赤粱，魏武帝尝以作粥。"

《尔雅》曰："粟，秫也。"孙炎曰：'秫，粘粟也。"

《广志》曰："秫，粘粟，有赤、有白者；有胡秫，早熟及麦。"

《说文》曰："秫，稷之粘者。"

按今世有黄粱；谷秫，桑根秫，槵天棓秫也[3]。

粱、秫并欲薄地而稀，一亩用子三升半。〔地良多雉尾，苗穊穗不成。〕

种与植谷同时。〔晚者全不收也。〕

燥湿之宜，杷劳之法，一同谷苗。

收刈欲晚。〔性不零落，早刈损实。〕

---

①虋（mén，音门），红苗的粱。

②芑（qǐ，音起），白苗的粱。

③槵（xiǎn，音显），木名。

大豆第六

《尔雅》曰："戎叔谓之荏菽。"孙炎注曰："戎叔，大菽也。"

张揖《广雅》曰："大豆，菽也。小豆，荅也。豍豆、豌豆，留豆也。胡豆，䜶豉也①。"

《广志》曰："重小豆，一岁三熟，味甘。白豆，粗大可食。刺豆，亦可食。秬豆，苗似小豆，紫花，可为面，生朱提、建宁。大豆：有黄落豆；有御豆，其豆角长；有杨豆，叶可食。胡豆，有青、有黄者。"

《本草经》云："张骞使外国，得胡豆。"

今世大豆，有白、黑二种，及长梢、牛践之名。小豆有绿、赤、白三种。黄高丽豆、黑高丽豆、燕豆、豍豆，大豆类也。豌豆、江豆、䝁豆，小豆类也。

春大豆，次植谷之后。二月中旬为上时，〔一亩用子八升〕三月上旬为中时，〔用子一斗〕四月上旬为下时。〔用子一斗二升〕岁宜晚者，五六月亦得；然稍晚稍加种子。

地不求熟。〔秋锋之地，即稿种。地过熟者，苗茂而实少。〕

收刈欲晚。〔此不零落，刈早损实。〕

必须耧下。〔种欲深故。豆性强；苗深则及泽。〕锋、耩各一，锄不过再。

叶落尽，然后刈。〔叶不尽，则难治〕。刈讫则速耕。〔大豆性炒，秋不耕，则无泽也。〕

种茭者，用麦底。一亩用子三升。先漫散讫，犁细浅䟅而劳之②。〔旱则萁坚叶落，稀则苗茎不高，深则土厚不生。〕若泽多者，先深耕讫，逆垡掷豆，然后劳之。〔泽少则否，为其浥郁不生。〕九月中，候近地叶有黄落者，速刈之。〔叶少不黄必浥郁。刈不速，逢风则叶落尽，遇雨则烂不成。〕

《杂阴阳书》曰："大豆生于槐。九十日秀，秀后七十日熟。豆生于申，壮于子，长于壬，老于丑，死于寅。恶于甲、乙，忌于卯、午、丙、丁。"

《孝经援神契》曰："赤土宜菽也。"

《氾胜之书》曰："大豆保岁易为，宜古之所以备凶年也。谨计家口数，种大豆，率人五亩，此田之本也。"

"三月榆荚时，有雨，高田可种大豆。土和无块，亩五升；土不和，则益之。种大豆，夏至后二十日，尚可种。戴甲而生，不用深耕。"

"大豆须均而稀。"

"豆花憎见日，见日则黄烂而根焦也。"

"获豆之法：荚黑而茎苍，辄收无疑；其实将落，反失之。故曰：'豆熟于场。'于场获豆，即青荚在上，黑荚在下。"

氾胜之区种大豆法："坎方深各六寸，相去二尺，一亩得千六百八十坎。其坎成，取美粪一升，合坎中土搅和，以内坎中。临种沃之，坎三升水。坎内豆三粒；覆上土，勿厚，以掌抑之，令种与土相亲。一亩用种二升，用粪十二石八斗。"

"豆生五六叶，锄之。旱者溉之，坎三升水。"

"丁夫一人，可治五亩。至秋收，一亩中十六石。"

"种之上，土才令蔽豆耳。"

崔寔曰："正月可种豍豆。二月可种大豆。"又曰："三月，昏，参夕，杏花盛，桑椹赤，可种大豆，谓之上时。四月，时雨降，可种大、小豆。美田欲稀，薄田欲稠。"

①䜶（xiáng）豉（shuāng），即豇豆。

②䟅（liè，音列），耕田起土，培成土块行列。

小豆第七

小豆，大率用麦底。然恐小晚，有地者，常须兼留去岁谷下以拟之[①]。

夏至后十日种者，为上时，〔一亩用子八升〕初伏断手为中时，〔一亩用子一斗〕中伏断手为下时，〔一亩用子一斗二升〕中伏以后则晚矣。〔谚曰“立秋叶如荷钱，犹得豆”者，指谓宜晚之岁耳，不可为常矣。〕

熟耕、耧下以为良。泽多者，耧耩，漫掷而劳之，如种麻法。〔未生白背，劳之极佳。〕漫掷、犁畤，次之。穑种为下。

锋而不耩，锄不过再。

叶落尽，则刈之。〔叶未尽者，难治而易湿也。〕豆角三青两黄，拔而倒竖笼丛之，生者均熟，不畏严霜，从本至末，全无秕减，乃胜刈者。

牛力若少，得待春耕；亦得穑种。

凡大、小豆，生既布叶，皆得用铁齿镉楱纵横杷而劳之。

《杂阴阳书》曰：“小豆生于李。六十日秀，秀后六十日成。成后，忌与大豆同。”

《氾胜之书》曰：“小豆不保岁，难得。”

“宜椹黑时，注雨种，亩五升。”

“豆生布叶，锄之。生五六叶，又锄之。”

“大豆、小豆，不可尽治也[②]。古所以不尽治者，豆生布叶，豆有膏，尽治之则伤膏，伤则不成。而民尽治，故其收耗折也。故曰：‘豆不可尽治。’”

“养美田，亩可十石；以薄田，尚可亩收五石。”〔谚曰：“与他作豆田。”斯言良美可惜也。〕

《龙鱼河图》曰：“岁暮夕，四更中，取二七豆子，二七麻子，家人头发少许，合麻、豆着井中，咒敕井，使其家竟年不遭伤寒，辟五方疫鬼。”

《杂五行书》曰：“常以正月旦——亦用月半——以麻子二七颗，赤小豆七枚，置井中，辟疫病，甚神验。”又曰：“正月七日，七月七日，男吞赤小豆七颗，女吞十四枚，竟年无病；令疫病不相染。”

---

①谷下，谷茬。

②治，此指采摘叶子。

种麻第八

《尔雅》曰：“黂[①]，枲实。枲，麻。别二名。”“荸，麻母。”孙炎注曰：“黂，麻子。”“荸，苴麻盛子者。”

崔寔曰：“牡麻，无实，好肌理，一名为枲也。”

凡种麻，用白麻子。〔白麻子为雄麻。颜色虽白，啮破枯燥无膏润者，秕子也，亦不中种。市籴者，口含少时，颜色如旧者佳；如变黑者，裛。崔寔曰：“牡麻青白，无实，两头锐而轻浮。”〕

麻欲得良田，不用故墟[②]。〔故墟亦良，有薭叶夭折之患[③]，不任作布也。〕地薄者粪之。〔粪

宜熟。无熟粪者，用小豆底亦佳。崔寔曰：“正月粪畴。畴，麻田也。”〕

耕不厌熟，〔纵横七遍以上，则麻无叶也。〕田欲岁易。〔抛子种则节高〕

良田一亩，用子三升；薄田二升。〔穊则细而不长，稀则粗而皮恶。〕

夏至前十日为上时，至日为中时，至后十日为下时。〔“麦黄种麻，麻黄种麦”，亦良候也。谚曰：“夏至后，不没狗[4]。”或答曰：“但雨多，没橐驼。”又谚曰：“五月及泽，父子不相借。”言及泽急，说非辞也。夏至后者，非唯浅短，皮亦轻薄。此亦趋时不可失也。父子之间，尚不相假借，而况他人者也?〕

泽多者，先渍麻子令芽生。〔取雨水浸之，生芽疾；用井水则生迟。浸法：著水中，如炊两石米顷漉出。著席上，布令厚三四寸，数搅之，令均得地气。一宿则芽出。水若滂沛，十日亦不生。〕待地白背，耧耩，漫掷子，空曳劳。〔截雨脚即种者，地湿，麻生瘦；待白背者，麻生肥。〕泽少者，暂浸即出，不得待芽生，耧头中下之[5]。〔不劳曳挞〕

麻生数日中，常驱雀。〔叶青乃止〕布叶而锄。〔频烦再遍止。高而锄者，便伤麻。〕

勃如灰便收。〔刈，拔，各随乡法。未勃者收，皮不成；放勃不收而即骊[6]。〕䔥欲小[7]，稗欲薄[8]，〔为其易干〕一宿辄翻之。〔得霜露则皮黄也〕

获欲净。〔有叶者喜烂〕沤欲清水，生熟合宜。〔浊水则麻黑，水少则麻脆。生则难剥，大烂则不任。暖泉不冰冻，冬日沤者，最为柔韧也。〕

《卫诗》曰：“艺麻如之何？衡从其亩[9]。”〔《毛诗》注曰：“艺，树也。衡猎之，从猎之，种之然后得麻。”〕

《氾胜之书》曰：“种枲太早，则刚坚、厚皮、多节；晚则皮不坚。宁失于早，不失于晚。”获麻之法，穗勃，勃如灰，拔之。夏至后二十日沤枲，枲和如丝。

崔寔曰：“夏至先后各五日，可种牡麻。”〔牡麻，有花无实。〕

---

①黂（fén，音坟），结子实的麻。

②故墟，连种。

③藍（jiē，音阶），茎。

④不没狗，指麻长得矮小，遮不住狗。

⑤耧头中下之，在耧头里下种。

⑥骊，黑色。

⑦䔥（jiǎn，音简），小束，束。

⑧稗（fù，音付），铺积。

⑨从，同纵。衡，同横。

种麻子第九

崔寔曰：“苴麻，麻子有蕴者，茡麻是也。一名黂。”

止取实者，种斑黑麻子。〔斑黑者饶实。崔寔曰：“苴麻子黑，又实而重，捣治作烛，不作麻。”〕

耕须再遍。一亩用子三升。种法与麻同。

三月种者为上时，四月为中时，五月初为下时。

大率二尺留一根。〔穊则不耕〕锄常令净。〔荒则少实〕既放勃，拔去雄。〔若未放勃去雄者，

则不成子实。〕

凡五谷地畔近道者，多为六畜所犯，宜种胡麻、麻子以遮之。〔胡麻，六畜不食；麻子啮头，则科大。收此二实，足供美烛之费也。〕慎勿于大豆地中杂种麻子。〔扇地两损，而收并薄。〕六月间，可于麻子地间散芜菁子而锄之，拟收其根。

《杂阴阳书》曰："麻生于杨或荆。七十日花，后六十日熟。种忌四季——辰、未、戌、丑——戊、己。"

《氾胜之书》曰："种麻，豫调和田。二月下旬，三月上旬，傍雨种之。麻生布叶，锄之。率九尺一树。树高一尺，以蚕矢粪之（树三升）。无蚕矢，以溷中熟粪粪之亦善（树一升）①。天旱，以流水浇之（树五升）。无流水，曝井水，杀其寒气以浇之。雨泽时适，勿浇。浇不欲数。养麻如此，美田则亩五十石，及百石，薄田尚三十石。获麻之法，霜下实成，速斫之；其树大者，以锯锯之。"

崔寔曰："二三月，可种苴麻。"〔麻之有实者为苴。〕

---

①溷（hùn，音混），厕所。

大小麦第十 瞿麦附

《广雅》曰："大麦，麰也①；小麦，麳也。"

《广志》曰："虏水麦，其实大麦形，有缝。椀麦，似大麦，出凉州。旋麦，三月种，八月熟，出西方。赤小麦，赤而肥，出郑县。语曰：'湖猪肉，郑稀熟。'山提小麦，至粘弱；以贡御。有半夏小麦，有秃芒大麦，有黑穬麦②。"

《陶隐居本草》云："大麦为五谷长，即今倮麦也，一名麰麦，似穬麦，唯无皮耳。穬麦，此是今马食者。然则大、穬二麦，种别名异，而世人以为一物，谬矣。"

按世有落麦者，秃芒是也。又有春种穬麦也。

大、小麦，皆须五月、六月暵地③。〔不暵地而种者，其收倍薄。崔寔曰："五月、六月菑麦田也。"〕

种大、小麦，先畤，逐犁稀种者佳④。〔再倍省种子而科大。逐犁掷之亦得，然不如作稀耐旱。〕其山田及刚强之地，则耧下之。〔其种子宜加五省于下田。〕凡耧种者，非直土浅易生，然于锋、锄亦便。

穬麦，非良地则不须种。〔薄地徒劳，种而必不收。凡种穬麦，高、下田皆得用，但必须良熟耳。高田借拟禾、豆，自可专用下田也。〕八月中戊社前种者，为上时；〔掷者，亩用子二升半。〕下戊前为中时；〔用子三升〕八月末九月初为下时。〔用子三升半或四升〕

小麦宜下田。〔歌曰："高田种小麦，稴䅖不成穗⑤。男儿在他乡，那得不憔悴。"〕八月上戊社前为上时，〔掷者，用子一升半也。〕中戊前为中时，〔用子二升〕下戊前为下时。〔用子二升半〕

正月、二月，劳而锄之。三月、四月，锋而更锄。〔锄麦倍收，皮薄面多；而锋、劳、锄各得再遍，为良也。〕

令立秋前治讫。〔立秋后则虫生〕蒿、艾箪盛之，良。〔以蒿、艾蔽窖埋之，亦佳。窖麦法，必须日曝令干，及热埋之。〕多种久居供食者，宜作劁麦⑥：倒刈，薄布，顺风放火；火既著，

即以扫帚扑灭，仍打之。〔如此者，经夏虫不生；然唯中作麦饭及面用耳。〕

《礼记·月令》曰："仲秋之月，……乃劝人种麦，无或失时；其有失时，行罪无疑。"〔郑玄注曰："麦者，接绝续乏之谷，尤宜重之。"〕

《孟子》曰："今夫麰麦，播种而耰之，其地同，树之时又同；浡然而生，至于日至之时，皆熟矣。虽有不同，则地有肥、硗，雨露之所养，人事之不齐。"

《杂阴阳书》曰："大麦'生'于杏。二百日秀，秀后五十日成。麦'生'于亥，'壮'于卯，'长'于辰，'老'于巳，'死'于午，恶于戊，忌于子、丑。小麦'生'于桃。二百一十日秀，秀后六十日成。忌与大麦同。虫食杏者麦贵。"

种瞿麦法：以伏为时。〔一名"地面"。良地一亩，用子五升，薄田三四升。〕亩收十石。浑蒸，曝干，舂去皮，米全不碎。炊作飧，其滑。细磨，下绢簁，作饼，亦滑美。然为性多秽，一种此物，数年不绝；耘锄之功，更益劬劳。

《尚书大传》曰："秋，昏，虚星中，可以种麦。"〔"虚，北方玄武之宿；八月昏中，见于南方。"〕

《说文》曰："麦，芒谷。秋种厚埋，故谓之麦。麦，金王而生，火王而死。"

《氾胜之书》曰："凡田有六道，麦为首种。种麦得时，无不善。夏至后七十日，可种宿麦。早种则虫而有节，晚种则穗小而少实。"

"当种麦，若天旱无雨泽，则薄渍麦种以酢浆并蚕矢。夜半渍，向晨速投之，令与白露俱下。酢浆令麦耐旱，蚕屎令麦忍寒。"

"麦生黄色，伤于太稠。稠者，锄而稀之。"

"秋锄以棘柴耧之，以壅麦根。故谚曰：'子欲富，黄金覆。''黄金覆'者，谓秋锄麦，曳柴壅麦根也。至春冻解，棘柴曳之，突绝其干叶。须麦生，复锄之。到榆荚时，注雨止，候土白背复锄。如此则收必倍。"

"冬雨雪止，以物辄蔺麦上[⑦]，掩其雪，勿令从风飞去。后雪，复如此。则麦耐旱、多实。

"春冻解，耕和土，种旋麦[⑧]。麦生根茂盛，莽锄如宿麦。"

氾胜之区种麦：区大小如中农夫区。禾收，区种。凡种一亩，用子二升。覆土厚二寸，以足践之，令种土相亲。麦生根成，锄区间秋草。缘以棘柴律土，壅麦根。秋旱，则以桑落时浇之。秋雨泽适，勿浇之。春冻解，棘柴律之，突绝去其枯叶。区间草生，锄之。大男、大女治十亩。至五月收，区一亩，得百石以上，十亩得千石以上。

"小麦忌戌，大麦忌子，'除'日不中种。"

崔寔曰："凡种大、小麦，得白露节，可种薄田；秋分，种中田；后十日，种美田。唯穬，早晚无常。正月，可种春麦、豍豆，尽二月止。"

青稞麦，〔治打时稍难[⑨]，唯伏日用碌碡碾。〕右每十亩，用种八斗。与大麦同时熟。好，收四十石；石八九斗面。堪作饭及饼饦[⑩]，甚美。磨，总尽无麸。〔锄一遍佳，不锄亦得。〕

---

①麰（móu，音谋），大麦。

②穬（kuàng，音矿），粿大麦。

③暵（hàn，音汉），干枯，干旱。

④稚（yǎn，音演），耕作中以土盖肥、盖种。

⑤稴穇（xián cǎn，音闲惨）。稴，不粘的稻。穇，植物名。

⑥劁（qiāo，音敲），割。

⑦蔺，同棱。辊压麦田。

⑧旋，收。旋麦，当年可收的春小麦。

⑨治打，脱粒。

⑩饦（tuō，音托）。

水稻第十一

《尔雅》曰："稌，稻也。"《郭璞》注曰："沛国今呼稻为稌。"

《广志》云："有虎掌稻、紫芒稻、赤芒稻、白米稻。南方有蝉鸣稻，七月熟。有盖下白稻，正月种，五月获；获讫，其茎根复生，九月熟。青芋稻，六月熟；累子稻、白汉稻，七月熟：此三稻，大而且长，米半寸，出益州。粳有乌粳、黑秫、青函、白夏之名。"

《说文》曰："穬，稻紫茎不黏者。""粳，稻属。"

《风土记》曰："稻之紫茎，穲稻之青穗，米皆青白也。"

《字林》曰："秜，稻今年死，来年自生曰'秜'。"

按今世有黄瓮稻、黄陆稻、青稗稻、豫章青稻、尾紫稻、青杖稻、飞蜻稻、赤甲稻、乌陵稻、大香稻、小香稻、白地稻；菰灰稻（一年再熟）。有秫稻。秫稻米，一名糯米，俗云"乱米"，非也。有九狢秫、雉目秫、大黄秫、棠秫、马牙秫、长江秫、惠成秫、黄般秫、方满秫、虎皮秫、荟柰秫，皆米也。

稻，无所缘，唯岁易为良。选地欲近上流。〔地无良薄，水清则稻美也。〕

三月种者为上时，四月上旬为中时；中旬为下时。

先放水，十日后，曳陆轴十遍。〔遍数唯多为良〕地既熟，净淘种子；〔浮者不去，秋则生稗。〕渍经三宿，漉出；内草篅中裛之[①]。复经三宿，芽生，长二分。一亩三升，掷。三日之中，令人驱鸟。

稻苗长七八寸，陈草复起，以镰侵水芟之，草悉脓死[②]。稻苗渐长，复须薅[③]。〔拔草曰薅〕薅讫，决去水，曝根令坚。量时水旱而溉之。将熟，又去水。

霜降获之。〔早刈米青而不坚，晚刈零落而损收。〕

北土高原，本无陂泽。随逐隈曲而田者，二月，冰解地干，烧而耕之。仍即下水，十日，块既散液，持本斫平之。纳种如前法。既生七八寸，拔而栽之。〔既非岁易，草、稗俱生，芟亦不死，故须栽而薅之。〕溉灌，收刈，一如前法。

畦畤大小无定，须量地宜，取水均而已。

藏稻必须用箪。〔此既水谷，窖埋得地气则烂败也。〕若欲久居者，亦如"劁麦法"。

舂稻必须冬时，积日燥曝，一夜置霜露中，即舂。〔若冬舂不干，即米青赤脉起。不经霜，不燥曝，则米碎矣。〕

秫稻法，一切同。

《杂阴阳书》曰："稻生于柳或杨。八十日秀，秀后七十日成。戊、己、四季日为良。忌寅、卯、辰。恶甲、乙。"

《周官》曰："稻人，掌稼下地。〔以水泽之地种谷也。谓之稼者，有似嫁女相生。〕以潴畜水，以防止水，以沟荡水，以遂均水，以列舍水，以浍写水[④]，以涉扬其芟，作田。"〔"郑司农说'潴'、'防'：以《春秋传》曰：'町原防，规偃潴'。'以列舍水'：'列者，非一道以去水也。''以涉扬其芟'：'以其水写，故得行其田中，举其芟钩也。'杜子春读'荡'为'和荡'，谓'以沟行水也。'玄谓偃潴者，畜流水之陂也。防，潴旁堤也。遂，田首受水小沟也。列，田之畦畤也。浍，田尾去水大沟。作，犹治也。开遂舍水于列中，因涉之，扬去前年所芟之草，而治田种稻。"〕

"凡稼泽，夏以水殄草而芟夷之。〔殄，病也，绝也。郑司农说"芟夷"，以《春秋传》曰："芟夷、蕴崇之。"今时谓禾下麦为"夷下麦"，言芟刈其禾，于下种麦也。玄谓将以泽地为稼者，必于夏六月之时，大雨时行，以水病绝草之后生者，至秋水涸，芟之，明年乃稼。〕泽草所生，种之芒种。"〔郑司农云："泽草之所生，其地可种芒种。"芒种，稻、麦也。〕

《礼记·月令》云："季夏……大雨时行，乃烧、薙、行水[⑤]，利以杀草，如以热汤。〔郑玄注曰："薙，谓迫地杀草。此谓欲稼莱地，先薙其草，草干，烧之，至此月，大雨流潦，畜于其中，则草不复生，地美可稼也。""薙氏，掌杀草：春草生而萌之，夏日至而夷之，秋绳而芟之，冬日至而耜之。若欲其化也，则以水火变之。"〕可以粪田畴，可以美土强。"〔注曰："土润，溽暑，膏泽易行也。粪、美，互文。土强，强檃之地。"〕

《孝经·援神契》曰："汧、泉宜稻。"

《淮南子》曰："蓠，先稻熟，而农夫薅之者，不以小利害大获。"高诱曰："蓠，水稗。"

《氾胜之书》曰："种稻，春冻解，耕反其土。种稻，区不欲大，大则水深浅不适。冬至后一百一十日可种稻。稻地美，用种亩四升。始种稻欲温，温者缺其塍，令水道相直；夏至后大热，令水道错。"

崔寔曰："三月，可种粳稻。稻，美田欲稀，薄田欲稠。五月，可别稻及蓝，尽夏至后二十日止。"

---

①篅（chuán，音船），盛谷物的圆囤。

②腕死，泡死。

③薅（hāo，音蒿）。

④写，通泻。

⑤薙（tì，音替），除草。

旱稻第十二

旱稻用下田，白土胜黑土。〔非言下田胜高原，但夏停水者，不得禾、豆、麦。稻田种，虽涝亦收，所谓彼此俱获，不失地利故也。下田种者，用功多；高原种者，与禾同等也。〕凡下田停水处，燥则坚垎，湿则污泥，难治而易荒，墝埆而杀种[①]。（其春耕者，杀种尤甚）故宜五六月暵之，以拟穬麦。麦时水涝，不得纳种者，九月中复一转，至春种稻，万不失一。〔春耕者十不收五，盖误人耳。〕

凡种下田，不问秋夏，候水尽，地白背时，速耕，杷、劳频烦令熟。〔过燥则坚，过雨则泥，所以宜速耕也。〕

二月半种稻为上时，三月为中时，四月初及半为下时。

渍种如法，裛令开口。耧耩掩种之，〔掩种者省种而生科，又胜掷者。〕即再遍劳。〔若岁寒，早种虑时晚，即不渍种，恐芽焦也。〕其土黑坚强之地，种未生前遇旱者，欲得令牛羊及人履践之；湿则不用一迹入地。稻既生，犹欲令人践垅背。〔践者茂而多实也〕

苗长三寸，杷、劳而锄之。锄唯欲速。〔稻苗性弱，不能扇草[②]，故宜数锄之。〕每经一雨，辄欲杷劳。苗高尺许则锋。天雨无所作，宜冒雨薅之。科大，如穊者，五六月中霖雨时，拔而栽之。〔栽法欲浅，令其根须四散，则滋茂；深而直下者，聚而不科。其苗长者，亦可捩去叶端数寸，勿伤其心也。〕入七月，不复任栽。〔七月百草成，时晚故也。〕

其高田种者，不求极良，唯须废地。〔过良则苗折，废地则无草。〕亦秋耕、杷、劳，令熟，至春，黄场纳种[③]。〔不宜湿下〕余法悉与下田同。

①墝埆，同硗确。

②扇，遮盖。

③场，同墒。

胡麻第十三

《汉书》张骞“外国得胡麻。”今俗人呼为“乌麻”者，非也。

《广雅》曰：“狗虱、胜茄，胡麻也。”

《本草经》曰：“胡麻，一名巨胜，一名鸿藏。”

按今世有白胡麻、八棱胡麻。白者油多，人可以为饭，惟治脱之烦也。

胡麻宜白地种。二、三月为上时，四月上旬为中时，五月上旬为下时。〔月半前种者，实多而成；月半后种者，少子而多秕也。〕

种欲截雨脚。〔若不缘湿，融而不生。〕一亩用子二升。漫种者，先以耧耩，然后散子，空曳劳。〔劳上加人，则土厚不生。〕耧耩者，炒沙令燥，中半和之。〔不和沙，下不均。垅种若荒，得用锋、耩。〕

锄不过三遍。

刈束欲小。〔束大则难燥；打，手复不胜。〕以五六束为一丛，斜倚之。〔不尔，则风吹倒，损收也。〕候口开，乘车诣田斗薮；〔倒竖，以小杖微打之。〕还丛之。三日一打，四五遍乃尽耳。〔若乘湿横积，蒸热速干，虽曰郁浥，无风吹亏损之虑。浥者，不中为种子，然于油无损也。〕

崔寔曰：“二月、三月、四月、五月，时雨降，可种之。”

种瓜第十四 茄子附

《广雅》曰：“土芝，瓜也；其子谓之瓤。瓜有龙肝、虎掌、羊骹、兔头、瓝瓟、狸头、白瓠、秋无余、缣瓜，瓜属也。”

张孟阳《瓜赋》曰：“羊骹、累错，瓠子、庐江。”

《广志》曰：“瓜之所出，在辽东、庐江、燉煌之种为美。有乌瓜、缣瓜、狸头瓜、蜜筩瓜、女臂瓜、羊髓瓜。瓜州大瓜，大如斛，出凉州。猒须、旧阳城御瓜。有青登瓜，大如三升魁。有桂枝瓜，长二尺余。蜀地温良，瓜至冬熟。有春白瓜，细小小瓣，宜藏，正月种，三月成。有秋泉瓜，秋种，十月熟，形如羊角，色黄黑。”

《史记》曰：“邵平者，故秦东陵侯。秦破，为布衣，家贫，种瓜于长安城东。瓜美，故世谓之‘东陵瓜’，从邵平始。”

《汉书·地理志》曰：“燉煌，古瓜州，地有美瓜。”

王逸《瓜赋》曰："落疏之文。"

《永嘉记》曰："永嘉美瓜，八月熟。至十一月，肉青瓤赤，香甜清快，众瓜之胜。"

《广州记》曰："瓜，冬熟，号为'金钗瓜'"。

《说文》曰："瓞，小瓜，瓞也[①]。"

陆机《瓜赋》曰："栝楼、定桃、黄䚡、白抟，金钗、蜜筩，小青、大斑，玄骭、素腕，狸首、虎蹯。东陵出于秦谷，桂髓起于巫山"也。

收瓜子法：常岁岁先取"本母子"瓜，截去两头，止取中央子。〔"本母子"者，瓜生数叶，便结子；子复早熟。用中辈瓜子者，蔓长二三尺，然后结子。用后辈子者，蔓长足，然后结子；子亦晚熟。种早子，熟速而瓜小；种晚子，熟迟而瓜大。去两头者，近蒂子，瓜曲而细；近头子，瓜短而歪。凡瓜，落疏、青黑者为美；黄、白及斑，虽大而恶。若种苦瓜，子虽烂熟气香，其味犹苦也。〕

又收瓜子法：食瓜时，美者收取，即以细糠拌之，日曝向燥，挼而簸之，净而且速也。

良田，小豆底佳；黍底次之。刈讫即耕。频烦转之。

二月上旬种者为上时，三月上旬为中时，四月上旬为下时。五月、六月上旬，可种藏瓜。

凡种法，先以水净淘瓜子，以盐和之。〔盐和则不笼死[②]〕先卧锄，耧却燥土，〔不耧者，坑虽深大，常杂燥土，故瓜不生。〕然后掊坑，大如斗口。纳瓜子四枚，大豆三个，于堆旁向阳中。〔谚曰："种瓜黄台头[③]。"〕瓜生数叶，掐去豆。〔瓜性弱，苗不独生，故须大豆为之起土。瓜生不去豆，则豆反扇瓜，不得滋茂。但豆断汁出，更成良润，勿拔之。拔之则土虚燥也。〕多锄则饶子，不锄则无实。〔五谷、蔬菜、果蓏之属，皆如此也。〕

五六月种晚瓜。

治瓜笼法：旦起，露未解，以杖举瓜蔓，散灰于根下，后一两日，复以土培其根，则迴无虫矣[④]。

又种瓜法：〔依法种之，十亩胜一顷。〕于良美地中，先种晚禾。〔晚禾令地腻〕熟，劁刈取穗，欲令茇长。秋耕之。耕法：弭缚犁耳，起规逆耕。耳弭，则禾茇头出而不没矣。至春，起复顺耕，亦弭缚犁耳翻之，还令草头出。耕讫，劳之，令甚平。

种植谷时种之。种法：使行阵整直，两行微相近，两行外相远，中间通步道，道外还两行相近。如是作，次第经四小道，通一车道，凡一顷地中，须开十字大巷，通两乘车，来去运辇。其瓜，都聚在十字巷中。

瓜生，比至初花，必须三四遍熟锄，勿令有草生。草生，胁瓜无子。锄法：皆起禾茇，令直竖。其瓜蔓本底，皆令土下四厢高，微雨时，得停水。瓜引蔓，皆沿茇上。茇多则瓜多，茇少则瓜少。茇多则蔓广，蔓广则歧多，歧多则饶子。其瓜，会是歧头而生；无歧而花者，皆是浪花[⑤]，终无瓜矣。故令蔓生在茇上，瓜悬在下。

摘瓜法：在步道上引手而取，勿听浪人踏瓜蔓[⑥]，及翻覆之。〔踏则茎破，翻则成细，皆令瓜不茂而蔓早死。〕若无茇而种瓜者，地虽美好，正得长苗直引，无多盘歧，故瓜少子。若无茇处，竖干柴亦得。〔凡干柴草，不妨滋茂。〕凡瓜所以早烂者，皆由脚蹑及摘时不慎，翻动其蔓故也。若以理慎护，及至霜下叶干，子乃尽矣。〔但依此法，则不必别种早、晚及中三辈之瓜。〕

区种瓜法：六月雨后种绿豆，八月中犁掩杀之；十月又一转，即十月中种瓜。率两步为一区，坑大如盆口，深五寸。以土壅其畔，如菜畦形，坑底必令平正，以足踏之，令其保泽。以瓜子、大豆各十枚，遍布坑中。〔瓜子、大豆，两物为双，藉其起土故也。〕以粪五升覆之。〔亦令均平〕又以土一斗，薄散粪上，复以足微蹑之。冬月大雪时，速并力推雪于坑上为大堆。至春草生，瓜亦生，茎叶肥茂，异于常者。且常有润泽，旱亦无害。五月瓜便熟。〔其掐豆、锄瓜之法与常同。若瓜子尽生，则太穊，宜掐去之，一区四根即足矣。〕

又法：冬天以瓜子数枚，内热牛粪中，冻即拾聚，置之阴地。〔量地多少，以足为限。〕正月地释即耕，逐場布之。率方一步，下一斗粪，耕土覆之。肥茂早熟，虽不及区种，亦胜凡瓜远矣。〔凡生粪粪地，无势；多于熟粪，令地小荒矣。〕

有蚁者，以牛羊骨带髓者，置瓜科左右，待蚁附，将弃之。弃二三，则无蚁矣。

《氾胜之书》种瓜："一亩为二十四科。区方圆三尺，深五寸。一科用一石粪。粪与土合和，令相半。以三斗瓦瓮埋著科中央，令瓮口上与地平。盛水瓮中，令满。种瓜，瓮四面各一子。以瓦盖瓮口。水或减，辄增，常令水满。种常以冬至后九十日、百日，得戊辰日种之。又种薤十根，令周回瓮，居瓜子外。至五月瓜熟，薤可拔卖之，与瓜相避。又可种小豆于瓜中，亩四五升，其藿可卖。此法宜平地。瓜收亩万钱。"

崔寔曰："种瓜宜用戊辰日。三月三日可种瓜。十二月腊时祀炙萐，树瓜田上角，去蓝。"瓜虫谓之蓝。

《龙鱼河图》曰："瓜有两鼻者杀人。"

种越瓜、胡瓜法：四月中种之。〔胡瓜宜竖柴木，令引蔓缘之。〕收越瓜，欲饱霜[7]。〔霜不饱则烂〕收胡瓜，候色黄则摘。〔若待色赤，则皮存而肉消也。〕并如凡瓜，于香酱中藏之亦佳。

种冬瓜法：〔《广志》曰："冬瓜，蔬菰。"《神仙本草》谓之"地芝"也。〕傍墙阴地作区，圆二尺，深五寸。以熟粪及土相和。正月晦日种。〔二月、三月亦得。〕既生，以柴木倚墙，令其缘上。旱则浇之。八月，断其梢，减其实，一本但留五六枚。〔多留则不成也〕十月，霜足收之。〔早收则烂〕削去皮子，于芥子酱中（或美豆酱中）藏之，佳。

冬瓜、越瓜、瓠子，十月区种，如区种瓜法。冬则推雪着区上为堆。润泽肥好，乃胜春种。

种茄子法：茄子，九月熟时摘取，擘破，水淘子，取沈者[8]，速曝干，裹置。至二月畦种。〔治畦下水，一如葵法。性宜水，常须润泽。〕着四五叶，雨时，合泥移栽之。〔若旱无雨，浇水令彻泽，夜栽之。白日以席盖，勿令见日。〕

十日种者，如区种瓜法，推雪著区中，则不须栽。

其春种，不作畦，直如种凡瓜法者，亦得，唯须晓夜数浇耳。

大小如弹丸，中生食，味如小豆角。

---

①瓞（dié，音迭），小瓜。

②笼，病。

③种瓜黄台头，意指种瓜要在向阳的一面。

④迥无虫，以后就不会有虫害。

⑤浪花，不结果的花。

⑥浪人，闲人。

⑦饱霜，受霜的程度高。

⑧沈，通沉。

种瓠第十五

《卫诗》曰："匏有苦叶。"毛云："匏，谓之瓠。"《诗义疏》云："匏叶，少时可以为羹，又可淹煮，极美，故云：‘瓠叶幡幡，采之亨之。’河东及扬州常食之。八月中，坚强不可食，故云：‘苦叶’。”

《广志》曰：“有都瓠，子如牛角，长四尺。有约腹瓠，其大数斗，其腹窈挈[①]，缘带为口，出雍县；移种于他则否。牛崖有苦叶瓠，其大者受斛余。”

《郭子》曰：“东吴有长柄壶楼。”

《释名》曰：“瓠畜，皮瓠以为脯，蓄积以待冬月用也。”

《淮南万毕术》曰：“烧穰杀瓠，物自然也。”

《氾胜之书》种瓠法：“以三月耕良田十亩，作区，方深一尺。以杵筑之，令可居泽。相去一步。区种四实。蚕屎一斗，与土粪合。浇之，水二升；所干处，复浇之。”

“著三实，以马箠㱿其心[②]，勿令蔓延；多实，实细。以藁荐其下，无令亲土，多疮瘢。度可作瓢，以手摩其实，从蒂至底，去其毛；不复长，且厚。八月微霜下，收取。”

“掘地深一丈，荐为藁，四边各厚一尺。以实置孔中，令底下向。瓠一行，覆上土，厚三尺。二十日出，黄色好，破以为瓢。其中白肤，以养猪致肥；其瓣，以作烛致明。”

“一本三实，一区十二实，一亩得二千八百八十实。十亩凡得五万七千六百瓢。瓢直十钱，并直五十七万六千文[③]。用蚕屎二百石，牛耕、功力，直二万六千文。余有五十五万。肥猪、明烛，利在其外。”

《氾胜之书》区种瓠法：“收种子，须大者。若先受一斗者，得收一石；受一石者，得收十石。先掘地作坑，方圆、深各三尺。用蚕沙与土相和，令中半，〔若无蚕沙，生牛粪亦得。〕著坑中，足蹑令坚。以水沃之。候水尽，即下瓠子十颗，复以前粪覆之。即生，长二尺余，便总聚十茎一处，以布缠之五寸许，复用泥泥之。不过数日，缠处便合为一茎。留强者，余悉掐去，引蔓结子。子外之条，亦掐去之，勿令蔓延。留子法：初生二三子不佳，去之；取第四、五、六子，区留三子即足。旱时须浇之：坑畔周匝小渠子，深四五寸，以水停之[④]，令其遥润，不得坑中下水。”

崔寔曰：“正月，可种瓠。六月，可畜瓠。八月，可断瓠，作蓄瓠。瓠中白肤实，以养猪致肥；其瓣则作烛致明。”

《家政法》曰：“二月可种瓜、瓠。”

---

①窈挈，凹入而细小。

②㱿（què，音确），打。

③直，同值。

④以水停之，意指可以蓄水。

种芋第十六

《说文》曰：“芋，大叶实根骇人者，故谓之‘芋’。”“齐人呼芋为‘莒’。”

《广雅》曰：“渠，芋；其茎谓之䔰[①]。”“藉姑，水芋也，亦曰乌芋。”

《广志》曰：“蜀汉既繁芋，民以为资。凡十四等：有君子芋，大如斗，魁如杵簇。有车毂芋，有锯子芋，有旁巨芋，有青边芋：此四芋多子。有谈善芋，魁大如瓶，少子；叶如散盖，绀色；紫茎，长丈余；易熟，味长，芋之最善者也；茎可作羹臛[②]，肥涩，得饮乃下。有蔓芋，缘枝生，大者次二三升。有鸡子芋，色黄。有百果芋，魁大，子繁多，亩收百斛；种以百亩，以养彘。有旱芋，七月熟。有九面芋，大而不美。有象空芋，大而弱，使人易饥。有青芋，有素芋，子皆不可食，茎可为菹。凡此诸芋，皆可干腊。又可藏至夏食之。又百子芋，出叶俞县。有魁芋，旁无子，生永昌县。有大芋，二升，出范阳、新郑。”

《风土记》曰：“博士芋，蔓生，根如鹅、鸭卵。”

《汜胜之书》曰：“种芋，区方深皆三尺。取豆萁内区中，足践之，厚尺五寸。取区上湿土与粪和之，内区中萁上，令厚尺二寸，以水浇之，足践令保泽。取五芋子，置四角及中央，足践之。旱，数浇之。萁烂。芋生子，皆长三尺。一区收三石。”

“又种芋法：宜择肥缓土近水处，和柔，粪之。二月注雨，可种芋。率二尺下一本。芋生根欲深，斸其旁以缓其土[③]。旱则浇之。有草锄之，不厌数多。治芋如此，其收常倍。”

《列仙传》曰：“酒客为梁，使丞烝民益种芋：‘三年当大饥。’卒如其言，梁民不死。”〔按芋可以求饥馑，度凶年。今中国多不以此为意，后至有耳目所不闻见者。及水、旱、风、虫、霜、雹之灾，便能饿死满道，白骨交横。知而不种，坐致泯灭，悲夫！人君者，安可不督课之哉?〕

崔寔曰：“正月，可菹芋[④]。”

《家政法》曰：“二月可种芋也。”

---

①莄（gěng，音耿），芋茎。

②臛（huò，音霍），肉羹。

③斸（zhǔ，音主），砍。

④菹（zū，音租），腌菜。

种葵第十七

《广雅》曰：“莔[①]，丘葵也。”

《广志》曰：“胡葵，其花紫赤。”

《博物志》曰：“人食落葵，为狗所啮，作疮则不差[②]，或至死。”

按今世葵有紫茎、白茎二种，种别复有大小之殊。又有鸭脚葵也。

临种时，必燥曝葵子。〔葵子虽经岁不浥，然湿种者，疥而不肥也。〕

地不厌良，故墟弥善[③]，薄即粪之，不宜妄种。

春必畦种、水浇。〔春多风、旱，非畦不得。且畦者地省而菜多，一畦供一口。〕畦长两步，广一步。〔大则水难均，又不用人足入。〕深掘，以熟粪对半和土覆其上，令厚一寸，铁齿杷耧之，令熟，足踏使坚平；下水，令彻泽。水尽，下葵子，又以熟粪和土覆其上，令厚一寸余。葵生三叶，然后浇之。〔浇用晨夕，日中便止。〕每一掐，辄杷耧地令起，下水加粪。三掐更种。一岁之中，凡得三辈。〔凡畦种之物，治畦皆如种葵法，不复条列烦文。〕

早种者，必秋耕。十月末，地将冻，散子劳之，〔一亩三升。正月末散子亦得。〕人足践踏之乃佳。〔践者菜肥〕地释即生。锄不厌数。

五月初，更种之。〔春者既老，秋叶未生，故种此相接。〕

六月一日，种白茎秋葵。〔白茎者宜干；紫茎者，干即黑而涩。〕秋葵堪食，仍留五月种者取子。〔春葵子熟不均，故须留中辈。〕于此时，附地剪却春葵，令根上枿生者[④]，柔软至好，仍供

常食，美于秋菜。〔留之，亦中为榜簇。〕

掐秋菜，必留五六叶。〔不掐则茎孤；留叶则科大。〕凡掐，必待露解。〔谚曰："触露不掐葵，日中不剪韭。"〕八月半剪去，〔留其歧。歧多者则去地一二寸，独茎者亦可去地四五寸。〕枿生肥嫩，比至收时，高与人膝等，茎叶皆美，科虽不高，菜实倍多。〔其不剪早生者，虽高数尺，柯叶坚硬，全不中食；所可用者，唯有菜心。附叶黄涩，至恶，煮亦不美。看虽似多，其实倍少。〕

收待霜降。〔伤早黄烂[5]，伤晚黑涩。〕榜簇皆须阴中。〔见日亦涩〕其碎者，割讫，即地中寻手纠之。〔待萎而纠者必烂〕

又冬种葵法：近州郡都邑有市之处，负郭良田三十亩，九月收菜后即耕，至十月半，令得三遍。每耕即劳，以铁齿杷耧去陈根，使地极熟，令如麻地。于中逐长穿井十口[6]。〔井必相当[7]，斜角则妨地。地形狭长者，井必作一行；地形正方者，作两三行亦不嫌也。〕井别作桔槔、辘轳。〔井深用辘轳，井浅用桔槔。〕柳䍇[8]，令受一石。〔䍇小，用则功费。〕

十月末，地将冻，漫散子，唯穊为佳。〔亩用子六升〕散讫，即再劳。有雪，勿令从风飞去，〔劳雪令地保泽，叶又不虫。〕每雪，辄一劳之。若竟冬无雪，腊月中汲井水普浇，悉令彻泽。〔有雪则不荒〕正月地释，驱羊踏破地皮。〔不踏即枯涸，皮破即膏润。〕春暖草生，葵亦俱生。

三月初，叶大如钱，逐穊处拔大者卖之。〔十手拔[9]，乃禁取。儿女子七岁以上，皆得充事也。〕一升葵，还得一升米。日日常拔，看稀稠得所乃止。有草拔却，不得用锄。一亩得葵三载，合收米九十车。车准二十斛，为米一千八百石。

自四月八日以后，日日剪卖。其剪处，寻以手拌斫，劚地令起，水浇，粪覆之。〔四月亢旱，不浇则不长；有雨即不须。四月以前，虽旱亦不须浇，地实保泽，雪势未尽故也。〕比及剪遍，初者还复，周而复始，日日无穷。至八月社日止，留作秋菜。九月，指地卖，两亩得绢一匹。

收讫，即急耕，依去年法，胜作十顷谷田。只须一乘车牛专供此园。〔耕、劳、辇粪、卖菜，终岁不闲。〕

若粪不可得者，五、六月中穊种绿豆，至七月、八月犁掩杀之，如以粪粪田，则良美与粪不殊，又省功力。〔其井间之田，犁不及者，可作畦，以种诸菜。〕

崔寔曰："正月，可种瓜、瓠、葵、芥、薤、大小葱、苏。苜蓿及杂蒜，亦可种。——此二物皆不如秋。六月六日可种葵，中伏后可种冬葵。九月，作葵菹，干葵。"

《家政法》曰："正月种葵。"

---

①茥（kuī，音亏），大的红草。

②差（chài，音瘥），同瘥，病愈。

③故墟，种过葵的地。

④枿（niè，音臬），同蘖。

⑤伤，此指收摘。

⑥于中，此指在地里。

⑦井必相当，井要打成直线。

⑧柳䍇，䍇为罐的异体字。柳䍇指柳条编的汲水器。

⑨十手，十个人手。

蔓菁第十八　菘、芦菔附出

《尔雅》曰："蘋，葑苁[1]。"注："江东呼为芜菁，或为菘，菘、蘋音相近，蘋则芜菁。"

《字林》曰："葑[②]，芜菁苗也，乃齐鲁云。"

《广志》云："芜菁，有紫花者，白花者。"

种不求多，唯须良地，故墟新粪坏墙垣乃佳。〔若无故墟粪者，以灰为粪，令厚一寸；灰多则燥不生也。〕耕地欲熟。

七月初种之。一亩用子三升。〔从处暑至八月白露节皆得。早者作菹，晚者作干。〕漫散而劳。种不用湿。〔湿则地坚叶焦〕既生不锄。

九月末收叶，〔晚收则黄落〕仍留根取子。十月中，犁粗畤，拾取耕出者。〔若不耕畤，则留者英不茂，实不繁也。〕

其叶作菹者，料理如常法。拟作干菜及蘸菹者[③]，〔蘸菹者，后年正月始作耳，须留第一好菜拟之。其菹法列后条。〕割讫则寻手择治而辫之，勿待萎，〔萎而后辫则烂〕挂著屋下阴中风凉处，勿令烟熏。〔烟熏则苦〕燥则上在厨，积置以苫之。〔积时宜候天阴润，不尔，多碎折。久不积苫则涩也。〕

春夏畦种供食者，与畦葵法同。剪讫更种，从春至秋得三辈，常供好菹。

取根者，用大小麦底。六月中种。十月将冻，耕出之。〔一亩得数车。早出者根细。〕

又多种芜菁法：近市良田一顷，七月初种之。〔六月种者，根虽粗大，叶复虫食；七月末种者，叶虽膏润，根复细小；七月初种，根叶俱得。〕拟卖者，纯种"九英"。〔"九英"叶根粗大，虽堪举卖，气味不美；欲自食者，须种细根。〕

一顷取叶三十载。正月、二月，卖作蘸菹，三载得一奴。收根依畤法，一顷收二百载。二十载得一婢。〔细铿和茎饲牛羊，全掷乞猪，并得充肥，亚于大豆耳。〕一顷收子二百石，输与压油家，三量成米，此为收粟米六百石，亦胜谷田十顷。

是故汉桓帝诏曰："横水为灾，五谷不登，令所伤郡国，皆种芜菁，以助民食。"然此可以度凶年，救饥馑。干而蒸食，既甜且美，自可藉口，何必饥馑？〔若值凶年，一顷乃活百人耳。〕

蒸干芜菁根法：作汤，净洗芜菁根，漉著一斛瓮子中，以苇荻塞瓮里以蔽口，合著釜上，系甑带，以干牛粪燃火，竟夜蒸之，粗细均熟。谨谨著牙，真类鹿尾。蒸而卖者，则收米十石也。

种菘、芦菔法，与芜菁同。〔菘菜似芜菁，无毛而大。《方言》曰："芜菁，紫花者谓之芦菔。"按芦菔，根实粗大，其角及根叶，并可生食，非芜菁也。谚曰："生啖芜菁无人情。"〕取子者，以草覆之，不覆则冻死。秋中卖银，十亩得钱一万。

《广志》曰："芦菔，一名雹突。"

崔寔曰："四月，收芜菁及芥、葶苈、冬葵子。六月中伏后，七月可种芜菁，至十月可收也。"

①葑（fēng，音丰），芜菁。苁（cōng，音匆）。

②葑（fēng，音丰），芜菁的别称。

③蘸（niàng，音酿），菜名。

种蒜第十九　泽蒜附出

《说文》曰："蒜，荤菜也。"

《广志》曰："蒜有胡蒜、小蒜。黄蒜，长苗无科，出哀牢。"

王逸曰："张骞周流绝域，始得大蒜、葡萄、苜蓿。"

《博物志》曰："张骞使西域，得大蒜、胡荽。"

延笃曰："张骞大宛之蒜。"

潘尼曰："西域之蒜。"

朝歌大蒜甚辛。一名葫，南人尚有"齐葫"之言。又有胡蒜、泽蒜也。

蒜宜良软地。〔白软地，蒜甜美而科大；黑软次之；刚强之地，辛辣而瘦小也。〕三遍熟耕。九月初种。

种法：黄塲时，以耧耩，逐垅手下之。五寸一株。〔谚曰："左右通锄，一万余株。"〕空曳劳。二月半锄之，令满三遍。〔勿以无草则不锄，不锄则科小。〕

条，拳而轧之[①]。〔不轧则独科。〕

叶黄，锋出，则辫，于屋下风凉之处桁之[②]。〔早出者，皮赤科坚，可以远行；晚则皮皴而喜碎。〕

冬寒，取谷稈布地[③]，一行蒜，一行稈。〔不尔则冻死。〕

收条中子种者，一年为独瓣；种二年者，则成大蒜，科皆如拳，又逾于凡蒜矣。〔瓦子垅底，置独瓣蒜于瓦上，以土覆之，蒜科横阔而大，形容殊别，亦足以为异。今并州无大蒜，朝歌取种，一岁之后，还成百子蒜矣，其瓣粗细，正与条中子同。芜菁根，其大如碗口，虽种他州子，一年亦变大。蒜瓣变小，芜菁根变大，二事相反，其理难推。又八月中方得熟，九月中始刈得花子。至于五谷蔬果，与余州早晚不殊，亦一异也。并州豌豆，度井陉以东，山东谷子，入壶关、上党，苗而无实。皆余目所亲见，非信传疑，盖土地之异者也。〕

种泽蒜法：预耕地，熟时采取子漫散劳之。泽蒜可以香食，吴人调鼎，率多用此，根叶解菹，更胜葱、韭。此物繁息，一种永生。蔓延滋漫，年年稍广。间区劚取，随手还合。但种数亩，用之无穷。种者地熟，美于野生。

崔寔曰："布谷鸣，收小蒜。六月、七月，可种小蒜。八月，可种大蒜。"

---

①条，此指蒜苔长成条状时。拳，卷。

②桁（héng，音衡），此指将蒜挂在屋内横木上。

③稈（nè），稻秆。

种薤第二十[①]

《尔雅》曰："薤，鸿荟。"注曰："薤菜也。"

薤宜白软良地，三转乃佳。二月、三月种。〔八月、九月种亦得。秋种者，春末生。〕率七八支为一本。〔谚曰："葱三薤四。"移葱者，三支为一本；种薤者，四支为一科。然支多者，科圆大，故以七八为率。〕

薤子，三月叶青便出之，〔未青而出者，肉未满，令薤瘦。〕燥曝，挼去莩余，切却强根。〔留强根而湿者，即瘦细不得肥也。〕先重耧耩地，垅燥，掊而种之。〔垅燥则薤肥，耧重则白长。〕率一尺一本。

叶生即锄，锄不厌数。〔薤性多秽，荒则羸恶。〕五月锋，八月初耩。〔不耩则白短〕

叶不用剪。〔剪则损白。供常食者，别种。〕九月、十月出卖。〔经久不任也〕

拟种子，至春地释，出即曝之。

崔寔曰："正月，可种薤、韭、芥。七月，别种薤矣。"

①薤（xiè，音谢），藠头。

种葱第二十一

《尔雅》曰："茖[①]，山葱。"注曰："茖葱，细茎大叶。"

《广雅》曰："藿、蘁、蒜，葱也；其蓊谓之苔。"

《广志》曰："葱有冬春二种。有胡葱、木葱、山葱。"

《晋令》曰："有紫葱。"

收葱子，必薄布阴干，勿令浥郁。〔此葱性热，多喜浥郁；浥郁则不生。〕

其拟种之地，必须春种绿豆，五月掩杀之。比至七月，耕数遍。

一亩用子四五升。〔良田五升，薄地四升。〕炒谷拌和之，〔葱子性涩，不以谷和，下不均调；不炒谷，则草秽生。〕两耧重耩，窍瓠下之[②]，以批契继腰曳之[③]。

七月纳种，至四月始锄[④]。锄遍乃剪。剪与地平。〔高留则无叶，深剪则伤根。〕剪欲旦起，避热时。良地三剪，薄地再剪，八月止。〔不剪则不茂，剪过则根跳。若八月不止，则葱无袍而损白。〕

十二月尽，扫去枯叶枯袍。〔不去枯叶，春叶则不茂。〕二月、三月出之。〔良地二月出，薄地三月出。〕收子者，别留之。

葱中亦种胡荽，寻手供食，乃至孟冬为菹，亦无妨。

崔寔曰："三月，别小葱。六月，别大葱。七月，可种大、小葱。"〔夏葱曰小，冬葱曰大。〕

①茖（gé，音革），野葱。

②窍瓠，漏葫芦，播种用具。

③批契，播种用具。

④七月纳种，至四月始锄。原文疑有误。

种韭第二十二

《广志》曰："白弱韭，长一尺，出蜀汉。"

王彪之《关中赋》曰："蒲、韭冬藏"也。

收韭子，如葱子法。〔若市上买韭子，宜试之：以铜铛盛水，于火上微煮韭子，须臾芽生者好；芽不生者，是浥郁矣。〕

治畦，下水，粪覆，悉与葵同。然畦欲极深。〔韭，一剪一加粪，又根性上跳，故须深也。〕

二月、七月种。种法：以升盏合地为处，布子于围内。〔韭性内生，不向外长，围种令科成。〕

薅令常净。〔韭性多秽，数拔为良。〕高数寸剪之。〔初种，岁止一剪。〕至正月，扫去畦中陈叶。冻解，以铁杷耧起，下水，加熟粪。韭高三寸便剪之。剪如葱法。一岁之中，不过五剪。〔每剪，杷耧、下水、加粪，悉如初。〕收子者，一剪即留之。

若旱种者，但无畦与水耳，杷、粪悉同。一种永生。〔谚曰："韭者懒人菜。"以其不须岁种也。《声类》曰："韭者，久长也，一种永生。"〕

崔寔曰："正月上辛日，扫除韭畦中枯叶。七月，藏韭菁。"〔菁，韭花也。〕

种蜀芥、芸苔、芥子第二十三

《吴氏本草》云："芥葅，一名水苏，一名劳担[①]。"

蜀芥、芸苔取叶者，皆七月半种。地欲粪熟。蜀芥一亩，用子一升；芸苔一亩，用子四升。种法与芜菁同。既生，亦不锄之。十月收芜菁讫时，收蜀芥。〔中为咸淡二菹，亦任为干菜。〕芸苔，足霜乃收。〔不足霜即涩〕

种芥子及蜀芥、芸苔收子者，皆二三月好雨泽时种。〔三物性不耐寒，经冬则死，故须春种。〕旱则畦种水浇。五月熟而收子。〔芸苔冬天草覆，亦得取子，又得生茹供食。〕

崔寔曰："六月，大暑中伏后，可收芥子。七月、八月，可种芥。"

---

①担（zhā，音扎），摣取。

种胡荽第二十四

胡荽宜黑软、青沙良地，三遍熟耕。〔树阴下，得；禾豆处，亦得。〕春种者，用秋耕地。开春冻解地起有润泽时，急接泽种之。

种法：近市负郭田，一亩用子二升。故穊种，渐锄取，卖供生菜也。外舍无市之处，一亩用子一升，疏密正好。六七月种，一亩用子一升。先燥晒，欲种时，布子于坚地，一升子与一掬湿土和之，以脚蹉，令破作两段。〔多种者，以砖瓦蹉之亦得，以木砻砻之亦得。子有两人[①]，人各著，故不破两段，则疏密水裛而不生。著土者，令土入壳中，则生疾而长速。种时欲燥，此菜非雨不生，所以不求湿下也。〕于旦暮润时，以耧耩作垅，以手散子，即劳令平。〔春雨难期，必须藉泽，蹉跎失机，则不得矣。地正月中冻解者，时节既早，虽浸，芽不生，但燥种之，不须浸子。地若二月始解者，岁月稍晚，恐泽少，不时生，失岁计矣；便于暖处笼盛胡荽子，一日三度以水沃之，二三日则芽生，于旦暮时接润漫掷之，数日悉出矣。大体与种麻法相似。假定十日、二十日未出者，亦勿怪之，寻自当出。有草，乃令拔之。〕

叶生三二寸，锄去穊者，供食及卖。十月足霜，乃收之。

取子者，仍留根，间拔令稀，〔穊即不生〕以草覆上。〔覆者得供生食，又不冻死。〕又五月子熟，拔取曝干，〔勿使令湿，湿则浥郁。〕格柯打出，作蒿篅盛之。冬日亦得入窖，夏还出之。但不湿，亦得五六年停。

一亩收十石，都邑粜卖，石堪一匹绢。

若地柔良，不须重加耕垦者，于子熟时，好子稍有零落者，然后拔取，直深细锄地一遍，劳令平。六月连雨时，穞生者亦寻满地[②]，省耕种之劳。

秋种者，五月子熟，拔去，急耕。十余日又一转；入六月又一转，令好调熟，调熟如麻地。

即于六月中旱时，耧耩作垅，蹉子令破，手散，还劳令平，一同春法。但既是旱种，不须耧润。此菜旱种，非连雨不生，所以不同春月要求湿下。种后，未遇连雨，虽一月不生，亦勿怪。麦底地亦得种，只须急耕调熟。虽名秋种，会在六月。六月中无不霖，遇连雨生，则根强科大。七月种者，雨多亦得，雨少则生不尽，但根细科小，不同六月种者，便十倍失矣。

大都不用触地湿入中。生高数寸，锄去穊者，供食及卖。

作菹者，十月足霜乃收之。一亩两载，载直绢三匹。若留冬中食者，以草覆之，尚得竟冬中食。

其春种小小供食者，自可畦种。畦种者一如葵法。若种者，挼生子，令中破，笼盛，一日再度以水沃之，令生芽，然后种之。再宿即生矣。〔昼用箔盖，夜则去之。昼不盖，热不生；夜不去，虫栖之。〕

凡种菜，子难生者，皆水沃令芽生，无不即生矣。

作胡荽菹法：汤中炸出之，著大瓮中，以暖盐水经宿浸之，明日，汲水净洗，出别器中，以盐、酢浸之，香美不苦。亦可洗讫，作粥清、麦𪌖末，如蘸芥菹法，亦有一种味。作裹菹者，亦须渫去苦汁③，然后乃用之矣。

---

①人，同仁。

②穞（lǔ，音吕），谷物不待种而自生。

③渫（xiè，音谢），淘。

种兰香第二十五

兰香者，罗勒也；中国为石勒讳，故改，今人因以名焉。且兰香之目，美于罗勒之名，故即而用之。

韦弘《赋·叙》曰："罗勒者，生昆仑之丘，出西蛮之俗。"

按今世大叶而肥者，名朝兰香也。

三月中，候枣叶始生，乃种兰香。〔早种者，徒费子耳，天寒不生。〕治畦下水，一同葵法。及水散子讫。水尽，簁熟粪①，仅得盖子便止。〔厚则不生，弱苗故也。〕昼日箔盖，夜即去之。〔昼日不用见日，夜须受露气。〕生即去箔。常令足水。六月连雨，拔栽之。〔掐心著泥中，亦活。〕

作菹及干者，九月收。〔晚即干恶〕作干者，大晴时，薄地刈取，布地曝之。干乃挼取末。瓮中盛。须则取用。〔拔根悬者，浥烂，又有雀粪、尘土之患也。〕

取子者，十月收。〔自余杂香菜不列者，种法悉与此同。〕

《博物志》曰："烧马蹄、羊角成灰，春散著湿地，罗勒乃生。"

---

①簁，筛。

荏、蓼第二十六

紫苏、姜芥、薰葇，与荏同时，宜畦种。

《尔雅》曰："蔷，虞蓼。"注云："虞蓼，泽蓼也。""苏，桂荏。""苏，荏类，故名桂荏也。"

《本草》曰："齐葅，一名水苏。"

《吴氏》曰："假苏，一名鼠蓂，一名姜芥。"

《方言》曰："苏之小者谓之穰葇。"注曰："薰葇也。"

三月可种荏、蓼。〔荏，子白者良，黄者不美。〕荏性甚易生。蓼尤宜水畦种也。荏则随宜，园畔漫掷，便岁岁自生矣。

荏子秋未成，可收蓬于酱中藏之。〔蓬，荏角也，实成则恶。〕其多种者，如种谷法。〔雀甚嗜之，必须近人家种矣。〕收子压取油，可以煮饼。〔荏油色绿可爱，其气香美，煮饼亚胡麻油，而胜麻子脂膏。麻子脂膏，并有腥气。然荏油不可为泽，焦人发。研为羹臛，美于麻子远矣。又可以为烛。良地十石，多种博谷则倍收，与诸田不同。〕为帛煎油弥佳。〔荏油性淳，涂帛胜麻油。〕

蓼作菹者，长二寸则剪，绢袋盛，沈于酱瓮中。又长，更剪，常得嫩者。〔若待秋，子成而落，茎既坚硬，叶又枯燥也。〕取子者，候实成，速收之。〔性易凋零，晚则落尽。〕五月、六月中，蓼可为齑，以食苋。

崔寔曰："正月，可种蓼。"

《家政法》曰："三月可种蓼。"

种姜第二十七

《字林》曰："姜，御湿之菜。""茈，音紫，生姜也。"

潘尼曰："南夷之姜。"

姜宜白沙地，少与粪和。熟耕如麻地，不厌熟，纵横七遍尤善。

三月种之。先重耧耩，寻垅下姜，一尺一科，令上土厚三寸。数锄之。六月作苇屋覆之。〔不耐寒热故也〕九月掘出，置屋中。〔中国多寒，宜作窖，以谷稈合埋之。〕

中国土不宜姜，仅可存活，势不滋息。种者，聊拟药物小小耳。

崔寔曰："三月，清明节后十日，封生姜。至四月立夏后，蚕大食，牙生，可种之。九月，藏茈姜、蘘荷。其岁若温，皆待十月。〔生姜，谓之茈姜。〕

《博物志》曰："妊娠不可食姜，令子盈指。"

种蘘荷、芹、藘第二十八　堇、胡葸附出[①]

《说文》曰："蘘荷，一名菖葅。"

《搜神记》曰："蘘荷，或谓嘉草。"

《尔雅》曰："芹，楚葵也。"

《本草》曰："水芹，……一名水英。"

"藘，菜，似蒯。"

《诗义疏》曰："藘，苦菜，青州谓之'芑。'"

蘘荷宜在树阴下。二月种之。一种永生，亦不须锄。微须加粪，以土覆其上。

八月初，踏其苗令死。〔不踏则根不滋润〕九月中，取旁生根为菹；亦可酱中藏之。十月中，以谷麦糠覆之。〔不覆则冻死〕二月，扫去之。

《食经》藏蘘荷法："蘘荷一石，洗，渍。以苦酒六斗，盛铜盆中，著火上，使小沸。以蘘荷稍稍投之，小萎便出，著席上令冷。下苦酒三斗，以三升盐著中。干梅三升，使蘘荷一行。以盐酢浇上，绵覆罂口。二十日便可食矣。"

《葛洪方》曰："人得蛊，欲知姓名者，取蘘荷叶著病人卧席下，立呼蛊主名也。"

芹、藘，并收根畦种之。常令足水。尤忌潘泔及咸水。〔浇之则死〕性并易繁茂，而甜脆胜野生者。

白藘，尤宜粪，岁常可收。

马芹子，可以调蒜齑。

堇及胡葸，子熟时收子，冬初畦种之。开春早得，美于野生。惟穊为良，尤宜熟粪。

①蘘（ráng，音瓤）荷，阳藿。藘，苦荬菜。

种苜蓿第二十九

《汉书·西域传》曰："罽宾有苜蓿①。""大宛马，武帝时得其马。汉使采苜蓿种归，天子益种离宫别馆旁。"

陆机《与弟书》曰："张骞使外国十八年，得苜蓿归。"

《西京杂记》曰："乐游苑自生玫瑰树，下多苜蓿。苜蓿，一名'怀风'，时人或谓'光风'；光风在其间，常肃然自照其花，有光彩，故名苜蓿为'怀风'。茂陵人谓之'连枝草'。"

地宜良熟。七月种之。畦种水浇，一如韭法。〔亦一剪一上粪，铁杷耧土令起，然后下水。〕

旱种者，重耧耩地，使垅深阔，窍瓠下子，批契曳之。

每至正月，烧去枯叶。地液辄耕垅，以铁齿镅楱镅楱之，更以鲁斫劚其科土，则滋茂矣。〔不尔瘦矣〕

一年三刈。留子者，一刈则止。

春初既中生啖，为羹甚香。长宜饲马，马尤嗜。此物长生，种者一劳永逸。都邑负郭，所宜种之。

崔寔曰："七月，八月，可种苜蓿。"

①罽（jì，音季）。

杂说第三十

崔寔《四民月令》曰："正旦，各上椒酒于其家长，称觞举寿，欣欣如也。上除若十五日，合诸膏、小草续命丸、散、法药。农事未起，命成童以上，入太学，学五经。〔谓十五以上至二十也。〕砚冰释，命幼童入小学，学篇章。〔谓九岁以上，十四以下。篇章谓六甲、九九、《急就》、《三仓》之属。〕命女工趋织布，典馈酿春酒。"

染潢及治书法：凡打纸欲生，生则坚厚，特宜入潢。凡潢纸灭白便是，不宜太深，深则年久色暗也。人浸檗熟，即弃滓，直用纯汁，费而无益。檗熟后，漉滓捣而煮之，布囊压讫，复捣煮之，凡三捣三煮，添和纯汁者，其省四倍，又弥明净。写书，经夏然后入潢，缝不绽解。其新写者，须以熨斗缝缝熨而潢之。不尔，入则零落矣。豆黄特不宜浥，浥则全不入黄矣。

凡开卷读书，卷头首纸，不宜急卷；急则破折，折则裂。以书带上下络首纸者，无不裂坏。卷一两张后，乃以书带上下络之者，稳而不坏。卷书勿用鬲带而引之，非直带湿损卷，又损首纸令穴，当衔竹引之。书带勿太急，急则令书腰折。骑蓦书上过者，亦令书腰折。

书有毁裂，劘方纸而补者，率皆挛拳，瘢疮硬厚。瘢痕于书有损。裂薄纸如薤叶以补织，微相入，殆无际会，自非向明举而看之，略不觉补。裂若屈曲者，还须于正纸上，逐屈曲形势裂取而补之。若不先正元理，随宜裂斜纸者，则令书拳缩。

凡点书、记事，多用绯缝，缯体硬强，费人齿力，俞污染书，又多零落。若用红纸者，非直明净无染，又纸性相亲，久而不落。

雌黄治书法：先于青硬石上，水磨雌黄令熟；曝干，更于瓷碗中研令极熟；曝干，又于瓷碗中研令极熟。乃融好胶清，和于铁杵臼中，熟捣。丸如墨丸，阴干。以水研而治书，永不剥落。若于碗中和用之者，胶清虽多，久亦剥落。凡雌黄治书，待潢讫治者佳；先治，入潢则动。

书厨中，欲得安麝香、木瓜，令蠹虫不生。五月湿热，蠹虫将生，书经夏不舒展者，必生虫也。五月十五日以后，七月二十日以前，必须三度舒而展之。须要晴时，于大屋下风凉处，不见日处。日曝书，令书色暍[①]。热卷，生虫弥速。阴雨润气，尤须避之。慎书如此，则数百年矣。

“二月。顺阳习射，以备不虞。春分中，雷且发声，先后各五日，寝别内外〔有不戒者，生子不备。〕蚕事未起，命缝人浣冬衣，彻复为袷。其有嬴帛[②]，遂供秋服。〔凡浣故帛，用灰汁则色黄而且脆。捣小豆为末，下绢簁，投汤中以洗之，洁白而柔韧，胜皂荚矣。〕可粜粟、黍、大小豆、麻、麦子等。收薪炭。”〔炭聚之下碎末，勿令弃之。捣、簁、煮淅米泔溲之，更捣令熟。丸如鸡子，曝干。以供笼炉种火之用，辄得通宵达曙，坚实耐久，逾炭十倍。〕

漱生衣绢法：以水浸绢令没，一日数度回转之。六七日，水微臭，然后拍出，柔韧洁白，大胜用灰。

上犊车篷軬[③]，及糊屏风、书帙，令不生虫法：水浸石灰，经一宿，挹取汁以和豆粘及作面糊则无虫。若粘纸写书，入潢则黑矣。

作假蜡烛法：蒲熟时，多收蒲台。削肥松[④]，大如指，以为心。烂布缠之。融羊、牛脂，灌于薄台中，宛转于板上，挼令圆平。更灌，更展，粗细足，便止。融蜡灌之。足得供事。其省功十倍也。

“三月。三日及上除，采艾及柳絮。〔絮，止疮痛。〕是月也，冬谷或尽，椹麦未熟，乃顺阳布德，振赡穷乏，务施九族，自亲者始。无或蕴财，忍人之穷；无或利名，罄家继富；度入为出，处厥中焉[⑤]。蚕农尚闲，可利沟渎，葺治墙屋；修门户，警设守备，以御春饥草窃之寇。是月尽夏至，暖气将盛，日烈暵燥，利用漆油，作诸日煎药。可粜黍。买布。”

“四月。蚕既入族[⑥]，趋缫，剖绵；具机杼，敬经络[⑦]。草茂，可烧灰。是月也，可作枣糒[⑧]，以御宾客。可籴穬及大麦。收弊絮。”

“五月。芒种节后，阳气始亏，阴慝将萌；暖气始盛，蛊蠹并兴。乃弛角弓弩[⑨]，解其徽弦；张竹木弓弩，弛其弦。以灰藏旃、裘、毛毳之物及箭羽。以竿挂油衣，勿辟藏[⑩]。〔暑湿相著也。〕是月五日，合止痢黄连丸、霍乱丸。采葸耳。取蟾蜍〔以合血疽疮药。〕及东行蝼蛄。〔蝼蛄，有刺；治去刺，疗产妇难生，衣不出。〕霖雨将降，储米谷、薪炭，以备道路陷滞不通。是月也，阴阳争，血气散。夏至先后各十五日，薄滋味，勿多食肥醲；距立秋，无食煮饼及水引饼。〔夏月食水时，此二饼得水，即坚强难消，不幸便为宿食伤寒病矣。试以此二饼置水中即见验；唯酒引饼，入水即烂矣。〕可粜大、小豆、胡麻。籴穬、大、小麦。收弊絮及布帛。至后籴麸䴷[11]，曝干，置瓮中，密封，〔使不虫生。〕至冬可养马。"

"六月。命女工织缣练。〔绢及纱縠之属。〕可烧灰，染青、绀杂色。"

"七月。四日，命治曲室，具箔槌，取净艾。六日，馔治五谷、磨具。七日，遂作曲，及曝经书与衣裳。作干糗。采葸耳。处暑中，向秋节，浣故制新，作袷薄，以备始凉。粜大、小豆。籴麦。收缣练。"

"八月。暑退，命幼童入小学，如正月焉。凉风戒寒，趣练缣帛[12]，染彩色。"

"擘绵治絮，制新浣故，及韦履贱好，预买以备冬寒。刈萑、苇、刍茭。凉燥，可上角弓弩，缮理檠正，缚徽弦，遂以习射，弛竹木弓弧。粜种麦。籴黍。"

河东染御黄法：碓捣地黄根，令熟，灰汁和之。搅令匀，搦取汁，别器盛。更捣滓，使极熟，又以灰汁和之，如薄粥，泻入不渝釜中[13]，煮生绢。数回转使匀，举看有盛水袋子，便是绢熟。抒出，著盆中，寻绎舒张。少时，捩出，净摝去滓。晒极干。以别绢滤白淳汁，和热抒出，更就盆染之，急舒展令匀。汁冷，捩出，曝干，则成矣。〔治釜不渝法，在"醴酪"条中。〕大率三升地黄，染得一匹御黄。地黄多则好。柞柴、桑薪、蒿灰等物，皆得用之。

"九月。治场圃，涂囷仓，修箪、窖。缮五兵，习战射，以备寒冻穷厄之寇。存问九族孤、寡、老、病不能自存者，分厚彻重，以救其寒。"

"十月。培筑垣墙，塞向、墐户。〔北出牖，谓之'向'。〕上辛，命典馈渍曲，酿冬酒。作脯腊。农事毕，命成童入太学，如正月焉。五谷既登，家储蓄积，乃顺时令，敕丧纪，同宗有贫窭久丧不堪葬者，则纠合宗人，共兴举之，以亲疏贫富为差，正心平敛，无相逾越，先自竭以率不随。先冰冻，作凉饧，煮暴饴。可析麻，缉绩布缕。作白履、不借。〔草履之贱者曰'不借'。〕卖缣帛、弊絮。籴粟、豆、麻子。"

"十一月。阴阳争，血气散。冬至日先后各五日，寝别内外。砚冰冻，命幼童读《孝经》、《论语》篇章，入小学。可酿醢。籴秔稻、粟、豆、麻子。"

"十二月。请召宗族、婚姻、宾、旅，讲好和礼，以笃恩纪。休农息役，惠必下浃。遂合耦田器，养耕牛，选任田者，以俟农事之起。去猪盍车骨[14]，〔后三岁可合疮膏药〕及腊日祀炙萐[15]〔萐，一作簏。烧饮，治刺入肉中，及树瓜田中四角，去蓋虫。〕东门磔白鸡头。〔可以合注药。〕"

《范子计然》曰："五谷者，万民之命，国之重宝。故无道之君及无道之民，不能积其盛有余之时，以待其衰不足也。"

《孟子》曰："狗彘食人之食而不知检，涂有饿殍而不知发。〔言丰年人君养犬豕，使食人食，不知法度检敛；凶年，道路之旁，人有饿死者，不知发仓廪以赈之。原孟子之意，盖"常平仓"之滥觞也。〕人死，则曰：'非我也，岁也。'是何异于刺人而杀之，曰：'非我也，兵也。'"〔人死，谓饿、役死者，王政使然，而曰："非我杀之，岁不熟杀人。"何异于用兵杀人，而曰："非我杀也，兵自杀之。"〕

凡籴五谷、菜子，皆须初熟日籴，将种时粜，收利必倍。凡冬籴豆、谷，至夏秋初雨潦之时粜之，价亦倍矣。盖自然之数。

鲁秋胡曰："力田不如逢年，丰者尤宜多籴。"

《史记·货殖传》曰："宣曲任氏为督道仓吏。秦之败，豪杰皆争取金玉，任氏独窖仓粟。楚汉相拒荥阳，民不得耕，米石至数万，而豪杰金玉，尽归任氏。任氏以此起富。"其效也。且风、虫、水、旱，饥馑荐臻，十年之内，俭居四五，安可不预备凶灾也？

《师旷占》**五谷贵贱法：**"常以十月朔日，占春粜贵贱：风从东来，春贱；逆此者，贵。以四月朔占秋粜：风从南来、西来者，秋皆贱；逆此者，贵。以正月朔占夏粜：风从南来、东来者，皆贱；逆此者，贵。”

《师旷占》五谷曰：“正月甲戌日，大风东来折树者，稻熟。甲寅日，大风西北来者贵。庚寅日，风从西、北来者，皆贵。二月甲戌日，风从南来者，稻熟。乙卯日，稻上场，不雨晴明，不熟。四月四日雨，稻熟。四月珥，天下喜。十五日、十六日雨，晚稻善，日月蚀。”

《师旷占》五谷早晚曰：“粟米常以九月为本，若贵贱不时，以最贱所之月为本。粟以秋得本，贵在来夏；以冬得本，贵在来秋。此收谷远近之期也，早晚以其时差之。粟米春夏贵去年秋冬什七，到夏复贵秋冬什九者，是阳道之极也，急粜之勿留，留则太贱也。”

“黄帝问师旷曰：‘欲知牛马贵贱?’‘秋葵下有小葵生，牛贵；大葵不虫，牛马贱。’”

《越绝书》曰：“越王问范子曰：‘今寡人欲保谷，为之奈何?’范子曰：‘欲保谷，必观于野，视诸侯所多少为备。’越王曰：‘所少可得为困，其贵贱亦有应乎?’范子曰：‘夫知谷贵贱之法，必察天之三表，即决矣。’越王曰：‘请问三表。’范子曰：‘水之势胜金，阴气蓄积大盛，水据金而死，故金中有水，如此者，岁大败，八谷皆贵。金之势胜木，阳气蓄积大盛，金据木而死，故木中有火。如此者，岁大美，八谷皆贱。金木水火更相胜，此天之三表也，不可不察。能知三表，可以为邦宝。’……越王又问曰：‘寡人已闻阴阳之事，谷之贵贱，可得闻首?’答曰：‘阳主贵，阴主贱。故当寒不寒，谷暴贵；当温不温，谷暴贱。……’王曰：‘善!’书帛致于枕中，以为国宝。”

“范子曰：‘尧、舜、禹、汤，皆有预见之明，虽有凶年，而民不穷。’王曰：‘善!’以丹书帛，致之枕中，以为国宝。”

《盐铁论》曰：“桃李宝多者，来年为之穲。”

《物理论》曰：“正月望夜占阴阳，阳长即旱，阴长即水。立表以测其长短，审其水旱，表长丈二尺。月影长二尺者以下，大旱；二尺五寸至三尺，小旱；三尺五寸至四尺，调适，高下皆熟；四尺五寸至五尺，小水；五尺五寸至六尺，大水。月影所极，则正面也；立表中正，乃得其定。”又曰：“正月朔旦，四面有黄气，其岁大丰。此黄帝用事，土气黄均，四方并熟。有青气杂黄，有螟虫。赤气，大旱。黑气，大水。正朝占岁星，上有青气，宜桑；赤气，宜豆；黄气，宜稻。”

《史记天官书》曰：“正月旦，决八风：风从南方来，大旱；西南，小旱；西方，有兵；西北，戎菽为⑯，〔戎菽，胡豆也。为，成也。〕趣兵⑰；北方，为中岁；东北，为上岁；东方，大水；东南，民有疾疫，岁恶。……正月上甲，风从东方来，宜蚕，从西方，若旦黄云，恶。”

《师旷占》曰：“黄帝问曰：‘吾欲占岁苦乐善恶，可知否?’对曰：‘岁欲甘，甘草先生；〔荠〕岁欲苦⑱，苦草先生；〔葶苈〕岁欲雨，雨草先生；〔藕〕岁欲旱，旱草先生；〔蒺藜〕岁欲流，流草先生；〔蓬〕岁欲病，病草先生。〔艾〕’”

---

①暍（yē，音椰），伤暑。

②羸帛，多余的细布。

③軬（fàn，音饭；又 bèn，音笨），车篷。

④肥松，有松脂的松木。

⑤处厥中焉，处在适中的地方。

⑥族，同簇。

⑦敬，此指检查。

⑧糒（bèi，音背），干饭。

⑨弛，同弛。

⑩辟藏，折叠起来收藏。

⑪麮，麦糠。

⑫趣（cù，音促），赶快。

⑬渝，改变。不渝，不脱色。

⑭盍车骨，牙床骨。

⑮簅（shà，又读 jié），杆子。

⑯戎菽，碗豆。为，收成好。

⑰趣兵，将有战事。

⑱荠，意指例如荠菜。

园篱第三十一

凡作园篱法，于墙基之所，方整深耕。凡耕，作三垅，中间相去各二尺。

秋上酸枣熟时，收，于垅中穊种之。至明年秋，生高三尺许，间劚去恶者，相去一尺留一根，必须稀穊均调，行伍条直相当。至明年春，劙去横枝[①]，劙必留距。〔若不留距，侵皮痕大，逢寒即死。〕劙讫，即编为巴篱，随宜夹缚，务使舒缓。〔急则不复得长故也〕又至明年春，更劙其末，又复编之，高七尺便足。〔欲高作者，亦任人意。〕非直奸人惭笑而返[②]，狐狼亦自息望而回。行人见者，莫不嗟叹，不觉白日西移，遂忘前途尚远，盘桓瞻瞩，久而不能去。“枳棘之篱”，“折柳樊圃”，斯其义也。

其种柳作之者，一尺一树，初即斜插，插时即编。其种榆荚者，一同酸枣。如其栽榆，与柳斜植，高共人等，然后编之。数年成长，共相蹙迫，交柯错叶，特似房笼。既图龙蛇之形，复写鸟兽之状，缘势嵚崎，其貌非一。若值巧人，随便采用，则无事不成，尤宜作机。其盘纡茀郁[③]，奇文互起[④]，萦布锦绣，万变不穷。

---

①劙（lí，音离），割。

②非直奸人惭笑而返，不但为非作歹的人看到会不得不惭愧地一笑而返回。

③茀（fū，音伏），道路上杂草太多，不便通行。

④文，同纹。

栽树第三十二

凡栽一切树木，欲记其阴阳，不令转易。〔阴阳易位则难生。小小栽者，不烦记也。〕

大树髡之[①]，〔不髡，风摇则死。〕小则不髡。

先为深坑，内树讫，以水沃之，著土令如薄泥，东西南北摇之良久，〔摇则泥入根间，无不活者；不摇，根虚多死。其小树，则不烦尔。〕然后下土坚筑。〔近上三寸不筑，取其柔润也。〕时时溉灌，常令润泽。〔每浇水尽，即以燥土覆之，覆则保泽，不然则干涸。〕埋之欲深，勿令挠动。凡栽树讫，皆不用手捉，及六畜抵突。〔《战国策》曰：“夫柳，纵横颠倒，树之皆生。使千人树之，一人摇之，则无生柳矣。”〕

凡栽树，正月为上时，〔谚曰：“正月可栽大树。”言得时则易生也。〕二月为中时，三月为下时。然枣——鸡口，槐——兔目，桑——蛤蟆眼，榆——负瘤散，自余杂木——鼠耳、虻翅，各其时。〔此等名目，皆是叶生形容之所象似，以此时栽种者，叶皆即生。早栽者，叶晚出。虽然，大率宁早为佳，不可晚也。〕

树，大率种数既多，不可一一备举，凡不见者，栽莳之法②，皆求之此条。

《淮南子》曰："夫移树者，失其阴阳之性，则莫不枯槁。"〔高诱曰："失，犹易。③"〕

《文子》曰："冬冰可折，夏木可结，时难得而易失。木方盛，终日采之而复生；秋风下霜，一夕而零。"〔非时者，功难立。〕

崔寔曰："正月自逆暨晦，可移诸树：竹、漆、桐、梓、松、柏、杂木。唯有果实者，及望而止；〔望谓十五日〕过十五日，则果少实。"

《食经》曰："**种名果法**：三月上旬，斫取好直枝，如大母指，长五尺，内著芋魁中种之。无芋，大芜菁根亦可用。胜种核，核三四年乃如此大耳。可得行种。④"

凡五果，花盛时遭霜，则无子。常预于园中，往往贮恶草生粪。天雨新晴，北风寒切，是夜必霜，此时放火作煴⑤，少得烟气，则免于霜矣。

崔寔曰："正月尽，二月，可劙树枝。二月尽，三月，可掩树枝。〔埋树枝土中，令生，二岁已上，可移种矣。〕"

---

①髡（kūn，音坤），剪摘枝条。
②莳（shì，音市），栽种花木。
③"失，犹易"，指原文失的意思就是改变。
④行种，插种，嫁接。
⑤煴（yūn），弱火。

种枣第三十三　诸法附出

《尔雅》曰："壶枣；边，要枣；櫅，白枣；樲，酸枣；杨彻，齐枣；遵，羊枣；洗，大枣；煮，填枣；蹶泄，苦枣；晰，无实枣；还味，稔枣。"郭璞注曰："今江东呼枣大而锐上者为'壶'；壶，犹瓠也。要，细腰，今谓之'鹿庐枣'。櫅，即今枣子白熟。樲，树小实酢。《孟子》曰：'养其枣。'遵，实小而员，紫黑色，俗呼'羊矢枣'。《孟子》曰：'曾皙嗜羊枣。'洗，今河东猗氏县出大枣子，子如鸡卵。蹶泄，子味苦。晰，不著子者。还味，短味也。杨彻、煮填，未详。"

《广志》曰："河东安邑枣；东郡谷城紫枣，长二寸；西王母枣，大如李核，三月熟；河内汲郡枣，一名墟枣；东海蒸枣；洛阳夏白枣；安平信都大枣；梁国夫人枣。大白枣，名曰'蹙咨'，小核多肌；三星枣；骈白枣；灌枣。又有狗牙、鸡心、牛头、羊矢、猕猴、细腰之名。又有氐枣、木枣、崎廉枣、桂枣、夕枣也。"

《邺中记》："石虎苑中有西王母枣，冬夏有叶，九月生花，十二月乃熟，三子一尺。又有羊角枣，亦三子一尺。"

《抱朴子》曰："尧山有历枣。"

《吴氏本草》曰："大枣，一名良枣。"

《西京杂记》曰："弱枝枣、玉门枣、西王母枣、棠枣、青花枣、赤心枣。"

潘岳《闲居赋》有"周文弱枝之枣。丹枣。"

按青州有乐氏枣，丰肌细核，多膏肥美，为天下第一。父老相传云："乐毅破齐时，从燕赍来所种也。[①]"齐郡西安、广饶二县所有名枣即是也。今世有陵枣、幪弄枣也。

常选好味者，留栽之。候枣叶始生而移之。〔枣性硬，故生晚；栽早者，坚垎生迟也。〕三步一树，行欲相当。〔地不耕也〕欲令牛马履践令净。〔枣性坚强，不宜苗稼，是以不耕；荒秽则虫生，所以须净；地坚饶实，故宜践也。〕

正月一日日出时，反斧斑驳椎之[②]，名曰"嫁枣"。〔不椎则花而无实；斫则子萎而落也。〕候大蚕入簇，以杖击其枝间，振去狂花。〔不打，花繁，不实不成。〕

全赤即收。收法：日日撼而落之为上。〔半赤而收者，肉未充满，干则色黄而皮皱；将赤味亦不佳；全赤久不收，则皮硬，复有乌鸟之患。〕

晒枣法：先治地令净。〔有草莱，令枣臭。〕布椽于箔下，置枣于箔上，以朳聚而复散之，一日中二十度乃佳[③]。夜仍不聚。〔得霜露气，干速，成。阴雨之时，乃聚而苫盖之。〕五六日后，别择取红软者，上高厨而曝之。〔厨上者已干，虽厚一尺亦不坏。〕择去胮烂者。胮者永不干，留之徒令污枣。其未干者，晒曝如法。

其阜劳之地，不任耕稼者，历落种枣则任矣。[④]〔枣性炒故〕

凡五果及桑，正月一日鸡鸣时，把火遍照其下，则无虫灾。

食经曰："作干枣法：新菰蒋，露于庭，以枣著上，厚三寸，复以新蒋覆之。凡三日三夜，撤覆露之，毕日曝，取干，内屋中。率一石，以酒一升，漱著器中，密泥之。经数年不败也。"

枣油法：郑玄曰："枣油，捣枣实，和，以涂缯上，燥而形似油也。乃成之。"

枣脯法：切枣曝之，干如脯也。

《杂五行书》曰："舍南种枣九株，辟县官，宜蚕桑。服枣核中人二七枚，辟疾病。能常服枣核中人及其刺，百邪不复干矣。"

种楔枣法：[⑤]阴地种之，阳中则少实。足霜，色殷，然后乃收之。早收者涩，不任食之也。《说文》云："梬，枣也，似柿而小。"

作酸枣麨法：多收红软者，箔上日曝令干。大釜中煮之，水仅自淹。一沸即漉出，盆研之。生布绞取浓汁，涂盘上或盆中。盛暑，日曝使干，渐以手摩挲，散为末。以方寸匕，投一碗水中，酸甜味足，即成好浆。远行用和米麨[⑥]，饥渴俱当也。

---

①赍（jī，音机），怀抱。

②椎，敲打。

③二十度，扒动二十次。

④历落，零星。

⑤楔（ruǎn，音软），枣名。

⑥米麨，炒米粉。

种桃柰第三十四

《尔雅》曰："旄，冬桃。榹桃，山桃。"郭璞注曰："旄桃，子冬熟。山桃，实如桃而不解核。"

《广志》曰："桃有冬桃，夏白桃，秋白桃，襄桃〔其桃美也〕，有秋赤桃。"

《广雅》曰："抵子者，桃也。"

《本草经》曰："桃枭[①]，在树不落，杀百鬼。"

《邺中记》曰："石虎苑中有句鼻桃，重二斤。"

《西京杂记》曰："榹桃，樱桃，缃核桃，霜桃〔言霜下可食〕，金城桃，胡桃，出西域，甘美可食，绮蒂桃，含桃，紫文桃。"

桃、柰桃，欲种法：熟时合肉全埋粪地中。〔直置凡地则不生，生亦不茂。桃性早实，三岁便结子，故不求栽也。〕至春既生，移栽实地。〔若仍处粪地中，则实小而味苦矣。〕栽法，以锹合土掘移之。〔桃性易种难栽，若离本土，率多死矣，故须然矣。〕

又法：桃熟时，於墙南阳中暖处，深宽为坑。选取好桃数十枚，擘取核，即内牛粪中，头向上，取好烂粪和土厚覆之，令厚尺余。至春桃始动时，徐徐拨去粪土，皆应生芽，合取核种之，万不失一。其余以熟粪粪之，则益桃味。

桃性皮急[②]，四年以上，宜以刀竖劚其皮。〔不劚者，皮急则死。〕

七八年便老，〔老则子细〕十年则死。〔是以宜岁岁常种之〕

又法：候其子细，便附土斫去，枿上生者，复为少桃，如此亦无穷也。

桃酢法：桃烂自零者，收取，内之於瓮中，以物盖口。七日之后，既烂，漉去皮核，密封闭之。三七日酢成，香美可食。

《术》曰："东方种桃九根，宜子孙，除凶祸。胡桃、柰桃种，亦同。"

樱桃：《尔雅》曰："楔，荆桃。"郭璞曰："今樱桃。"

《广志》曰："楔桃，大者如弹丸，子有长八分者，有白色肥者，凡三种。"

《礼记》曰："仲夏之月，……天子……羞以含桃。"郑玄注曰："今谓之樱桃。"

《博物志》曰："樱桃者，或如弹丸，或如手指。春秋冬夏，花实竟岁。"

《吴氏本草》所说云："樱桃，一名牛桃，一名英桃。"

二月初，山中取栽，阳中者还种阳地，阴中者还种阴地。〔若阴阳易地则难生，生亦不实：此果性。生阴地，既入园囿，便是阳中，故多难得生。宜坚实之地，不可用虚粪也。〕

蒲萄：〔汉武帝使张骞至大宛，取蒲萄实，于离宫别馆旁尽种之。西域有蒲萄，蔓延、实并似蘡。

《广志》曰："蒲萄有黄、白、黑三种者也。"

蔓延，性缘不能自举，作架以承之。叶密阴厚，可以避热。

十月中，去根一步许，掘作坑，收卷蒲萄悉埋之。近枝茎蒲安黍穰弥佳。无穰，直安土亦得。不宜湿，湿则冰冻。二月中还出，舒而上架。性不耐寒，不埋即死。其岁久根茎粗大者，宜远根作坑，勿令茎折。其坑外处，亦掘土并穰培覆之。

摘蒲萄法：逐熟者一一零叠〔一作"条"〕摘取，从本至末，悉皆无遗。世人全房折杀者，十不收一。

作干蒲萄法：极熟者一一零叠摘取，刀子切去蒂，勿令汁出。蜜两分，脂一分，和内蒲萄中，煮四五沸，漉出，阴干便成矣。非直滋味倍胜[③]，又得夏暑不败坏也。

藏蒲萄法：极熟时，全房折取。於屋下作荫坑，坑内近地凿壁为孔，插枝于孔中，还筑孔使坚，屋子置土覆之，经冬不异也。

---

①桃枭，干枯在树上的桃子。

②皮急，树皮紧。

③非直，非但，不仅。

种李第三十五

《尔雅》曰："休，无实李。痤，接虑李。驳，赤李。"

《广志》曰："赤李。麦李，细小有沟道。有黄建李，青皮李，马肝李，赤陵李。有糕李，肥粘似糕。有柰李，离核，李似柰。有劈李，熟必劈裂。有经李，一名老李，其树数年即枯。有杏李，味小醋，似杏。有黄扁李。有夏李；冬李，十一月熟。有春季李，冬花春熟。"

《荆州土地记》曰："房陵、南郡有名李。"

《风土记》曰："南郡细李，四月先熟。"

西晋傅玄《赋》曰："河、沂黄建，房陵缥青。"

《西京杂记》曰："有朱李，黄李，紫李，绿李，青李，绮李，青房李，车下李，颜回李，出鲁，合枝李，羌李，燕李。"

今世有木李，实绝大而美。又有中植李，在麦后谷前而熟者。

李欲栽。李性坚，实晚，五岁始子，是以藉栽。栽者三岁便结子也。

李性耐久，树得三十年；老虽枝枯，子亦不细。

嫁李法：正月一日，或十五日，以砖石著李树歧中，令实繁。

又法：腊月中，以杖微打歧间，正月晦日复打之，亦足子也。

又法：以煮寒食醴酪火桥著树枝间[①]，亦良。树多者，故多束枝，以取火焉。

李树桃树下，并欲锄去草秽，而不用耕垦。〔耕则肥而无实。树下犁拨亦死之。〕

桃、李，大率方两步一根。〔大概连阴，则子细而味亦不佳。〕

《管子》曰："五沃之土，其木宜梅李。"

《韩诗外传》云："简王曰：'春树桃李，夏得阴其下，秋得食其实。春种蒺藜，夏不得采其实，秋得刺焉。'"

《家政法》曰："二月徙梅李也。"

作白李法：用夏李。色黄便摘取，于盐中挼之。盐入汁出，然后合盐晒令萎，手捻之令褊[②]。复晒，更捻，极褊乃止。曝使干。饮酒时，以汤洗之，漉著蜜中，可下酒矣。

---

①火桥，拨火棍。

②褊（biǎn，音扁），狭小。

种梅杏第三十六 杏李麨附出

《尔雅》曰："梅，柟也。""时，英梅也。"郭璞注曰："梅，似杏，实醋。""英梅，未闻。"

《广志》曰："蜀名梅为'藤'[①]，大如雁子。梅杏皆可以为油、脯。黄梅以熟藤作之。"

《诗义疏》云："梅，杏类也；树及叶皆如杏而黑耳。实赤于杏而醋，亦可生啖也。煮而曝干为 藤，置羹臛、齑中。又可含以香口。亦蜜藏而食。"

《西京杂记》曰："侯梅，朱梅，同心梅，紫蒂梅，燕脂梅，丽枝梅。"

按梅花早而白，杏花晚而红；梅实小而酸，核有细文；杏实大而甜，核无文采。白梅任调食及蓠，杏则不任此用。世人或不能辨，言梅、杏为一物，失之远矣。

《广志》曰："荥阳有白杏，邺中有赤杏，有黄杏，有柰杏。"

《西京杂记》曰："文杏，材有文彩。蓬莱杏，东海都尉于台献，一株花杂五色，云是仙人所食杏也。"

栽种与桃李同。

作白梅法： 梅子酸、核初成时摘取，夜以盐汁渍之，昼则日曝。凡作十宿，十浸，十曝，便成矣。调鼎和蓠，所在多入也。

作乌梅法： 亦以梅子核初成时摘取，笼盛，于突上熏之[②]，令干，即成矣。乌梅入药，不任调食也。

《食经》曰："蜀中藏梅法：取梅极大者，剥皮阴干，勿令得风。经二宿，去盐汁，内蜜中。月许更易蜜。经年如新也。"

作杏李麨法： 杏李熟时，多收烂者，盆中研之，生布绞取浓汁，涂盘中，日曝干，以手摩刮取之。可和水为浆，及和火麨，所在人意也。

作乌梅欲令不蠹法： 浓烧穰，以汤沃之，取汁。以梅投中，使泽。乃出蒸之。

《释名》曰："杏可为油。"

《神仙传》曰："董奉居庐山，不交人。为人治病，不取钱。重病得愈者，使种杏五株；轻病愈，为栽一株。数年之中，杏有十数万株，郁郁然成林。其杏子熟，于林中所在作仓。宣语买杏者：'不须来报，但自取之，具一器谷，便得一器杏。'有人少谷往[③]，而取杏多，即有五虎逐之。此人怖惧，担倾覆，所余在器中，如向所持谷多少，虎乃还去。自是以后，买杏者皆于林中自平量，恐有多出。奉悉以前所得谷，赈救贫乏。"

《寻阳记》曰："杏在北岭上，数百株，今犹称董先生杏。"

《嵩高山记》曰："东北有牛山，其山多杏。至五月，烂然黄茂。自中国丧乱，百姓饥饿，皆资此为命，人人充饱。"

史游《急就篇》曰："园菜果蓏助米粮。"

按杏一种，尚可赈贫穷，救饥馑，而况五果、蓏、菜之饶，岂直助粮而已矣？谚曰："木奴千，无凶年。"盖言果实可以市易五谷也。

杏子人，可以为粥。〔多收卖者，可以供纸墨之直也。〕

①䕩（lǎo，音老），干梅。

②突，烟囱。

③有人少谷往，有人送谷少。

插梨第三十七

《广志》曰："洛阳北邙，张公夏梨，海内唯有一树。常山真定，山阳钜野，梁国睢阳，齐国临菑，钜鹿，并出梨。上党楟梨，小而加甘。广都梨—又云钜鹿豪梨——重六斤，数人分食之。新丰箭谷梨。弘农、京兆、右扶风郡界诸谷中梨，多供御。阳城秋梨、夏梨。"

《三秦记》曰："汉武果园，一名'御宿'，有大梨如五升，落地即破。取者以布囊盛之，名曰'含消梨'。"

《荆州土地记》曰："江陵有名梨。"

《永嘉记》曰："青田村民家有一梨树，名曰'官梨'，子大一围五寸，常以供献，名曰'御梨'。梨实落地即融释。"

《西京杂记》曰："紫梨；芳梨，实小；青梨，实大；大谷梨；细叶梨；紫条梨；瀚海梨，出瀚海地，耐寒不枯；东王梨，出海中。"

别有朐山梨，张公大谷梨，或作"糜雀梨"也。

种者，梨熟时，全埋之。经年，至春地释，分栽之，多著熟粪及水。至冬叶落，附地刈杀之，以炭火烧头。二年即结子。〔若穞生及种而不栽者，则著子迟。每梨有十许子，唯二子生梨，余皆生杜。〕

插者弥疾。**插法：**用棠、杜。〔棠，梨大而细理；杜次之；桑梨大恶；枣、石榴上插得者，为上梨，虽治十，收得一二也。〕杜如臂以上，皆任插。〔当先种杜，经年后插之。主客俱下亦得；然俱下者，杜死则不生也。〕杜树大者，插五枝；小者，或三或二。

梨叶微动为上时，将欲开莩为下时。

先作麻纫，缠十许匝；以锯截杜，令去地五六寸。〔不缠，恐插时皮披。留杜高者，梨枝繁茂，遇大风则披。其高留杜者，梨树早成，然宜高作蒿箪盛杜，以土筑之令没，风时，以笼盛梨，则免披耳。〕斜攕竹为签[①]，刺皮木之际，令深一寸许。折取其美梨枝阳中者，〔阴中枝则实少〕长五六寸，亦斜攕之，令过心，大小长短与签等；以刀微劙梨枝斜攕之际，剥去黑皮。〔勿令伤青皮，青皮伤即死。〕拔去竹签，即插梨，令至劙处，木边向木，皮还近皮。插讫，以绵幕杜头，封熟泥于上，以土培覆，令梨枝仅得出头，以土壅四畔。当梨上沃水，水尽以土覆之，勿令坚涸。百不失一。〔梨枝甚脆，培土时宜慎之，勿使掌拨，掌拨则折。〕

其十字破杜者，十不收一。〔所以然者，木裂皮开，虚燥故也。〕

梨既生，杜旁有叶出，辄去之。〔不去势分，梨长必迟。〕

凡插梨，园中者，用旁枝；庭前者，中心。〔旁枝，树下易收；中心，上耸不妨。〕用根蒂小枝，树形可喜，五年方结子；鸠脚老枝，三年即结子，而树丑。

《吴氏本草》曰："金创，乳妇，不可食梨。梨多食则损人，非补益之物，产妇蓐中，及疾病未愈，食梨多者，无不致病。欬逆气上者，尤宜慎之。"

凡远道取梨枝者，下根即烧三四寸，亦可行数百里犹生。

藏梨法：初霜后即收。〔霜多即不得经夏也。〕于屋下掘作深荫坑，底无令润湿。收梨置中不须覆盖，便得经夏。〔摘时必令好接，勿令损伤。〕

凡醋梨，易水熟煮，则甜美而不损人也。

---

①攕（xiān，音先），削。

种栗第三十八

《广志》曰："栗，关中大栗，如鸡子大。"

蔡伯喈曰："有胡栗。"

《魏志》云："有东夷韩国出大栗，状如梨。"

《三秦记》曰："汉武帝果园有大栗，十五颗一升。"

王逸曰："朔滨之栗。"

《西京杂记》曰："榛栗，瑰栗，峄阳栗〔峄阳都尉曹龙所献〕，其大如拳。"

栗，种而不栽。〔栽者虽生，寻死矣。〕

栗初熟，出壳，即于屋里埋著湿土中。〔埋必须深，勿令冻彻。若路远者，以韦囊盛之。停二日以上，及见风日者，则不复生矣。〕至春二月，悉芽生，出而种之。

既生，数年不用掌近。〔凡新栽之树，皆不用掌近，栗性尤甚也。〕三年内，每到十月，常须草裹，至二月乃解。〔不裹则冻死〕

《大戴礼·夏小正》曰："八月，栗零而后取之，故不言剥之。"

《食经》**藏干栗法：**"取穰灰，淋取汁渍栗。出，日中晒，令栗肉焦燥，可不畏虫，得至后年春夏。"

藏生栗法：著器中，晒细沙可燥，以盆覆之。至后年二月，皆生芽而不虫者也。

榛：《周官》曰："榛，似栗而小。"

《卫诗》曰："山有榛。"《诗义疏》云："榛，栗属，或从木。有两种：其一种，大小、枝叶，皆如栗，其子形似杼子，味亦如栗，所谓'树之榛栗'者；其一种，枝茎如樛，叶如牛李色，生高丈余，其核心悉如李，生作胡桃味，膏烛又美，亦可食啖。渔阳、辽、代、上党皆饶。其枝茎生樵爇烛，明而无烟。"

栽种与栗同。

柰、林檎第三十九

《广雅》曰："橏、棎、苽，柰也。"

《广志》曰："柰有白、青、赤三种。张掖有白柰，酒泉有赤柰。西方例多柰，家以为脯，数十百斛以为蓄积，如收藏枣栗。"

魏明帝时，诸王朝，夜赐冬成柰一奁。陈思王《谢》曰："柰以夏熟，今则冬生；物以非时为珍，恩以绝口为厚。"诏曰："此柰从凉州来。"

《晋宫阁簿》曰："秋有白柰。"

《西京杂记》曰："紫柰，绿柰。"

别有素柰，朱柰。

《广志》曰："里琴，似赤柰。"

柰、林檎不种，但栽之。〔种之虽生，而味不佳。〕

取栽如压桑法。〔此果根不浮秽，栽故难求，是以须压也。〕

又法：于树旁数尺许掘坑，泄其根头，则生栽矣。凡树栽者，皆然矣。

栽如桃李法。

林檎树以正月、二月中，翻斧斑驳椎之，则饶子。

作柰麨法：拾烂柰，内瓮中，盆合口，勿令蝇入。六七日许，当大烂，以酒淹，痛抨之，令如粥状。下水，更抨，以罗漉去皮子。良久，清澄，泻去汁，更下水，复抨如初，嗅看无臭气乃止。泻去汁，置布于上，以灰饮汁，如作米粉法。汁尽，刀劚，大如梳掌，于日中曝干，研作末，便成。甜酸得所，芳香非常也。

作林檎麨法：林檎赤熟时，擘破，去子、心、蒂，日晒令干。或磨或捣，下细绢筛；粗者更磨捣，以细尽为限。以方寸匕投于碗水中，即成美浆。不去蒂则大苦，合子则不度夏，留心则大酸。若干咳者，以林檎麨一升，和米麨二升，味正调适。

作柰脯法：柰熟时，中破，曝干，即成矣。

种柿第四十

《说文》曰："柿，赤实果也。"

《广志》曰："小者如小杏。"又曰："梗枣，味如柿。晋阳梗，肌细而厚，以供御。"

王逸曰："苑中牛柿。"

李尤曰："鸿柿若瓜。"

张衡曰："山柿。"

左思曰："胡畔之柿。"

潘岳曰："梁侯乌椑之柿。"

柿，有小者，栽之；无者，取枝于梗枣根上插之，如插梨法。

柿有树干者[①]，亦有火焙令干者。

《食经》**藏柿法：**"柿熟时取之，以灰汁澡再三。度干，令汁绝，著器中，经十日可食。"

---

①树干者，指柿子在树上自己干的。

安石榴第四十一

陆机曰："张骞为汉使外国十八年，得涂林。"涂林，安石榴也。

《广志》曰："安石榴有甜、酸二种。"

《邺中记》云："石虎苑中有安石榴，子大如盂碗，其味不酸。"

《抱朴子》曰："积石山有苦榴。"

周景式《庐山记》曰："香炉峰头有大磐石，可坐数百人，垂生山石榴。三月中作花，色如石榴而小淡，红敷紫萼，烨烨可爱。"

《京口记》曰："龙刚县有石榴。"

《西京杂记》曰："有甘石榴"也。

栽石榴法：三月初，取枝大如手大指者，斩令长一尺半，八九枝共为一窠，烧下头二寸。〔不烧则漏汁矣〕掘圆坑深一尺七寸，口径尺。竖枝于坑畔，〔环圆布枝，令匀调也。〕置枯骨、礓石于枝间[①]，〔骨、石，此是树性所宜。〕下土筑之。一重土，一重骨、石，平坎止。〔其土令没枝头一寸许也〕水浇常令润泽。既生，又以骨、石布其根下，则科圆滋茂可爱。〔若孤根独立者，虽生亦不佳焉。〕

十月中，以蒲藁裹而缠之。〔不裹则冻死也〕二月初乃解放。

若不能得多枝者，取一长条，烧头，圆屈如牛拘而横埋之亦得[②]。然不及上法根强早成。其拘中亦安骨、石。

其劚根栽者，亦圆布之，安骨、石于其中也。

①礓（jiāng，音江），砾石。

②牛拘，牛鼻圈。

种木瓜第四十二

《尔雅》曰："楙[①]，木瓜。"郭璞注曰："实如小瓜，酢可食。"

《广志》曰："木瓜子可藏。枝可为数号[②]，一尺百二十节。"

《卫诗》曰："投我以木瓜。"毛公曰："楙也。"《诗义疏》曰："楙，叶似柰叶，实如小瓤瓜，上黄，似著粉，香。欲啖者，截著热灰中，令萎蔫，净洗，以苦酒、豉汁、蜜度之，可案酒食。密封藏百日，乃食之，甚益人。"

木瓜，种子及栽皆得，压枝亦生。栽种与桃李同。

《食经》**藏木瓜法**："先切去皮，煮令熟，著水中，车轮切[③]。百瓜用三升盐，蜜一斗渍之。昼曝，夜内汁中，取令干，以余汁密藏之。亦用浓杬汁也[④]。"

①楙（mào，音冒），木瓜。

②数号，记数的符号。

③车轮切，切成车轮样的片。

④杬（yuán，音元），木名。

种椒第四十三

《尔雅》曰："檓[①]，大椒。"

《广志》曰："胡椒出西域。"

《范子计然》曰："蜀椒出武都，秦椒出天水。"

按今青州有蜀椒种，本商人居椒为业，见椒中黑实，乃遂生意种之。凡种数千枚，止有一根生。数岁之后，便结子，实芬芳，香、形、色与蜀椒不殊，气势微弱耳。遂分布栽移，略遍州境也。

熟时收取黑子。〔俗名"椒目"。不用人手数近，捉之则不生也。〕四月初，畦种之。〔治畦下水，如种葵法。〕方三寸一子，筛土覆之，令厚寸许；复筛熟粪，以盖土上。旱辄浇之；常令润泽。

生高数寸，夏连雨时，可移之。移法：先作小坑，圆深三寸；以刀子圆劚椒栽，合土移之于坑中，万不失一。〔若拔而移者，率多死。〕

若移大栽者，二月、三月中移之。先作熟蘘泥，掘出即封根，合泥埋之。〔行百余里，犹得生之。〕

此物性不耐寒，阳中之树，冬须草裹。〔不裹即死〕其生小阴中者，少禀寒气，则不用裹。〔所谓"习以性成"。一木之性，寒暑异容；若朱、蓝之染，能不易质？故观邻识士，见友知人也。〕

候实口开，便速收之，天晴时摘下，薄布曝之，令一日即干，色赤椒好。〔若阴时收者，色黑失味。〕

其叶及青摘取，可以为菹；干而末之，亦足充事。

《养生要论》曰："腊夜令持椒卧房床旁，无与人言，内井中，除温病。"

①榝（huǐ，音毁），花椒的古称。

种茱萸第四十四

食茱萸也，山茱萸则不任食。

二月、三月栽之。宜故城、堤、冢高燥之处。〔凡于城上种者，先宜随长短掘堑，停之经年，然后于堑中种莳，保泽沃壤，与平地无差。不尔者，土坚泽流，长物至迟，历年倍多，树木尚小。〕

候实开，便收之，挂著屋里壁上，令荫干，勿使烟熏。〔烟熏则苦而不香也〕

用时，去中黑子。〔肉酱、鱼鲊，偏宜所用。〕

《术》曰："井上宜种茱萸，茱萸叶落井中，饮此水者，无温病。"

《杂五行书》曰："舍东种白杨、茱萸三根，增年益寿，除患害也。"

又《术》曰："悬茱萸子于屋内，鬼畏不入也。"

种桑、柘第四十五 养蚕附

《尔雅》曰："桑，辨有椹，栀。"注云："辨，半也。""女桑，桋桑。"注曰："今俗呼桑树小而条长者为女桑树也。""檿桑[①]，山桑。"注云："似桑，材中为弓及车辕。"

《搜神记》曰："太古时，有人远征。家有一女，并马一匹。女思父，乃戏马云：'能为我迎父，吾将嫁于汝。马绝缰而去，至父所。父疑家中有故，乘之而还。马后见女，辄怒而奋击。父怪之，密问女。女具以告父。父射马，杀，晒皮于庭。女至皮所，以蹙之曰：'尔马，而欲人为妇，自取屠剥，如何？'言未竟，皮蹶然起，卷女而行。后于大树枝间，得女及皮，尽化为蚕，绩于树上。世谓蚕为'女儿'，古之遗言也。因名其树为桑，桑言丧也。"

今世有荆桑、地桑之名。

桑椹熟时，收黑鲁椹，〔黄鲁桑，不耐久。谚曰："鲁桑百，丰绵帛。"言其桑好，功省用多。〕即日以水淘取子，晒燥，仍畦种。〔治畦下水，一如葵法。〕常薅令净。

明年正月，移而栽之。〔仲春、季春亦得。〕率五尺一根。〔未用耕故。凡栽桑不得者，无他故，正为犁拨耳。是以须穊，不用稀；稀通耕犁者，必难慎，率多死矣；且穊则长疾。大都种椹，长迟，不如压枝之速。无栽者，乃种椹也。〕其下常劚掘种绿豆、小豆。〔二豆良美，润泽益桑。〕栽后二年，慎勿采、沐[③]。〔小采者，长倍迟。〕大如臂许，正月中移之，〔亦不须髡〕率十步一树，〔阴相接者，则妨禾豆。〕行欲小掎角，不用正相当。〔相当者，则妨犁〕

须取栽者，正月二月中，以钩弋压下枝[④]，令著地，条叶生高数寸，仍以燥土壅之。〔土湿则烂〕明年正月中，截取而种之。〔住宅上及园畔者，固宜即定；其田中种者，亦如种椹法，先穊种二三年，然后更移之。〕

凡耕桑田，不用近树。〔伤桑、破犁，所谓两失。〕其犁不著处，劚地令起，斫去浮根，以蚕矢粪之。〔去浮根，不妨耧犁，令树肥茂也。〕又法：岁常绕树一步散芜菁子，收获之后，放猪啖之，其地柔软，有胜耕者。种禾豆，欲得逼树。〔不失地利，田又调熟。绕树散芜菁者，不劳逼

也。〕

剶桑[5]，十二月为上时，正月次之，二月为下。〔白汁出则损叶。〕大率桑多者宜苦斫，桑少者宜省剶。秋斫欲苦，而避日中；〔触热树焦枯，苦斫春条茂。〕冬春省剶，竟日得作。

春采者，必须长梯高机[6]，数人一树，还条复枝，务令净尽；要欲旦、暮，而避热时。〔梯不长，高枝折；人不多，上下劳；条不还，枝仍曲；采不净，鸠脚多；旦暮采，令润泽；不避热；条叶干。〕秋采欲省，裁去妨者。〔秋多采则损条〕

椹熟时，多收，曝干之，凶年粟少，可以当食。〔《魏略》曰："杨沛为新郑长。兴平末，人多饥穷，沛课民益畜干椹，收䔲豆，阅其有余，以补不足，积聚得千余斛。会太祖西迎天子，所将千人，皆无粮。沛谒见，乃进干椹。太祖甚喜。及太祖辅政，超为邺令[7]，赐其生口十人，绢百匹，既欲励之，且以报干椹也。"今自河以北[8]，大家收百石，少者尚数十斛。故杜葛乱后，饥馑荐臻[9]，唯仰以全躯命，数州之内，民死而生者，干椹之力也。〕

种柘法：耕地令熟，耧耩作垅。柘子熟时，多收，以水淘汰令净，曝干。散讫，劳之。草生拔却，勿令荒没。

三年，间劚去，堪为浑心扶老杖[10]。〔一根三文〕十年，中四破为杖[11]，〔一根直二十文〕任为马鞭、胡床。〔马鞭一枚直十文，胡床一具直百文。〕十五年，任为弓材，〔一张三百〕亦堪作履。〔一两六十〕裁截碎木，中作锥、刀靶。〔一个直三文〕二十年，好作犊车材。〔一乘直万钱〕

欲作鞍桥者，生枝长三尺许，以绳系旁枝，木橛钉著地中，令曲如桥。十年之后，便是浑成柘桥。〔一具直绢一匹〕

欲作快弓材者，宜于山石之间北阴中种之。

其高原山田，土厚水深之处，多掘深坑，于坑中种桑柘者，随坑深浅，或一丈、丈五，直上出坑，乃扶疏四散。此树条直，异于常材。十年之后，无所不任。〔一树直绢十匹〕

柘叶饲蚕，丝好。作琴瑟等弦，清鸣响彻，胜于凡丝远矣。

《礼记·月令》曰："季春……无伐桑柘。"〔郑玄注曰："爱养蚕食也。"〕"具曲、植、莒、筐。"〔注曰："皆养蚕之器。曲，箔也。植，槌也。"〕"后妃斋戒，亲帅躬桑，……以劝蚕事，……无为散惰。"

《周礼》曰："马质，……禁原蚕者。"〔注曰："质，平也，主买马平其大小之价直者。""原，再也。天文，辰为马；蚕书，蚕为龙精，月直'大火'则浴其蚕种：是蚕与马同气。物莫能两大，故禁再蚕者，为伤马与?"〕

《孟子》曰："五亩之宅，树之以桑，五十者可以衣帛矣。"

《尚书大传》曰："天子诸侯，必有公桑、蚕室，就川而为之。大昕之朝，夫人浴种于川。"

《春秋考异邮》曰："蚕，阳物，大恶水，故蚕食而不饮。阳立于立三春，故蚕三变而后消；死于七，三七二十一，故二十一日而茧。"

《淮南子》曰："原蚕一岁再登[12]，非不利也，然王者法禁之，为其残桑也。"

《氾胜之书》曰："种桑法：五月取椹著水中，即以手溃之。以水灌洗，取子阴干。治肥田十亩，荒田久不耕者尤善，好耕治之。每亩以黍、椹子各三升合种之。黍、桑当俱生，锄之，桑令稀疏调适。黍熟，获之。桑生正与黍高平，因以利镰摩地刈之，曝令燥；后有风调，放火烧之，常逆风起火。桑至春生。一亩食三箔蚕[13]。"

俞益期《笺》曰："日南蚕八熟，茧软而薄。椹采少多。"

《永嘉记》曰："永嘉有八辈蚕：蚖珍蚕[14]、〔三月绩〕柘蚕、〔四月初绩〕蚖蚕、〔四月初绩〕爱珍，〔五月绩〕爱蚕、〔六月末绩〕寒珍、〔七月末绩〕四出蚕、〔九月初绩〕寒蚕。〔十月绩〕

凡蚕再熟者，前辈皆谓之‘珍’。养珍者，少养之。”

“爱蚕者，故蚖蚕种也。蚖珍三月既绩，出蛾取卵，七八日便剖卵蚕生，多养之，是为蚖蚕。欲作‘爱’者，取蚖珍之卵，藏内罂中，随器大小，亦可十纸，盖覆器口，安硎泉、冷水中，使冷气折其出势。得三七日，然后剖生，养之，谓为‘爱珍’，亦呼‘爱子’。绩成茧，出蛾生卵，卵七日，又剖成蚕，多养之，此则‘爱蚕’也。”

“藏卵时，勿令见人。应用二七赤豆，安器底，腊月桑柴二七枚，以麻卵纸，当令水高下，与重卵相齐。若外水高，则卵死不复出；若外水下，卵则冷气少，不能折其出势。不能折其出势，则不得三七日；不得三七日，虽出不成也。不成者，谓徒绩成茧、出蛾、生卵，七日不复剖生，至明年方生耳。欲得荫树下。亦有泥器口，三七日亦有成者。”

《杂五行书》曰：“二月上壬，取土泥屋四角，宜蚕，吉。”

按今世有三卧一生蚕，四卧再生蚕。白头蚕，颉石蚕，楚蚕，黑蚕，儿蚕〔有一生、再生之异〕，灰儿蚕，秋母蚕，秋中蚕，老秋儿蚕，秋末老，獬儿蚕，绵儿蚕，同功蚕，或二蚕三蚕，共为一茧。凡三卧、四卧，皆有丝、绵之别。

凡蚕从小与鲁桑者，乃至大入簇，得饲荆、鲁二桑；若小食荆桑，中与鲁桑，则有裂腹之患也。

杨泉《物理论》曰：“使人主之养民，如蚕母之养蚕，其用岂徒丝茧而已哉?”

《五行书》曰：“欲知蚕善恶，常以三月三日，天阴如无日，不见雨，蚕大善。”

“又法：埋马牙齿于槌下，令宜蚕。”

《龙鱼河图》曰：“埋蚕沙于宅亥地，大富，得蚕丝，吉利。以一斛二斗甲子日镇宅，大吉，致财千万。”

养蚕法：收取种茧，必取居簇中者。〔近上则丝薄，近地则子不生也。〕泥屋用“福德利”上土[15]。屋欲四面开窗，纸糊，厚为篱。屋内四角著火。〔火若在一处，则冷热不均。〕初生以毛扫。〔用荻扫，则伤蚕。〕调火令冷热得所。〔热则焦燥，冷则长迟。〕比至再眠，常须三箔：中箔上安蚕，上下空置。〔下箔障土气，上箔防尘埃。〕小时采“福德”上桑，著怀中令暖，然后切之。〔蚕小，不用见露气；得人体，则众恶除。〕每饲蚕，卷窗帏，饲讫还下。〔蚕见明则食，食多则生长。〕老时值雨者，则坏茧，宜于屋里簇之；薄布薪于箔上，散蚕讫，又薄以薪覆之。一槌得安十箔。

又法：以大科蓬蒿为薪，散蚕令遍，悬之于栋梁、椽柱，或垂绳钩弋、鹗爪、龙牙，上下数重，所在皆得。悬讫，薪下微生炭以暖之。得暖则作速，伤寒则作迟。数入候看，热则去火。蓬蒿疏凉，无郁浥之忧；死蚕旋坠，无污茧之患；沙、叶不作，无瘢痕之疵。郁浥则难缫，茧污则丝散，瘢痕则绪断。设令无雨，蓬蒿簇亦良。其在外簇者，脱遇天寒，则全不作茧。

用盐杀茧，易缫而丝肕[16]。日曝死者，虽白而薄脆，缣练衣著，几将倍矣，甚者，虚失岁功：坚、脆悬绝，资生要理，安可不知之哉?

崔寔曰：“三月，清明节，令蚕妾治蚕室，涂隙穴，具槌、椅、箔、笼。”

《龙鱼河图》曰：“冬以腊月鼠断尾。正月旦，日未出时，家长斩鼠，著屋中。祝云：‘付勒屋吏，制断鼠虫；三时言功，鼠不敢行。’”

《杂五行书》曰：“取亭部地中土涂灶，水、火、盗贼不经；涂屋四角，鼠不食蚕；涂仓、箪，鼠不食稻；以塞坎，百日鼠种绝。”

《淮南万毕术》曰：“狐目狸脑，鼠去其穴。”〔注曰：“取狐两目，狸脑大如狐目三枚，捣之三千杵，涂鼠穴，则鼠去矣。”〕

①檿（yǎn，音演），山桑。
②蹙（cù，音促），蹋。
③沐，修剪。
④钩弋，带钩的木桩。
⑤剝，剪枝。
⑥机，架子。
⑦超，破格提升。
⑧河，黄河。河以北，黄河以北。
⑨荐臻，接连不断。饥馑荐臻，连年饥荒。
⑩浑心，整根。
⑪中四破为杖，可一破为四根拐杖。
⑫一岁再登，一年有两次收成。
⑬食，饲养。
⑭蚖（yuán，音元），蛇名。
⑮泥屋用“福德利”上土，用福、德、利三个方面的土和泥，涂抹蚕房。
⑯肕（rèn，音认），同韧。

种榆、白杨第四十六

《尔雅》曰：“榆，白枌[①]。”注曰：“枌榆，先生叶，却著荚；皮色白。”

《广志》曰：“有姑榆，有朗榆。”

按今世有刺榆，木甚牢肕，可以为犊车材。梜榆，可以为车毂及器物。山榆，人可以为芜荑。凡种榆者，宜种刺、梜两种，利益为多；其余软弱，例非佳木也。

榆性扇地，其阴下五谷不植。〔随其高下广狭，东西北三方，所扇各与树等。〕种者，宜于园地北畔，秋耕令熟，至春榆荚落时，收取，漫散，犁细畤，劳之。明年正月初，附地芟杀，以草覆上，放火烧之。〔一根上必十数条俱生，只留一根强者，余悉掐去之。〕一岁之中，长八九尺矣。〔不烧则长迟也〕后年正月、二月，移栽之。〔初生即移者，喜曲，故须丛林长之三年，乃移植。〕初生三年，不用采叶，尤忌捋心[②]；〔捋心则科茹不长，更须依法烧之，则依前茂矣。〕不用剝沐。〔剝者长而细，又多瘢痕；不剝虽短，粗而无病。谚曰：“不剝不沐，十年成谷。”言易粗也。必欲剝者，宜留二寸。〕

于堑坑中种者，以陈屋草布堑中，散榆荚于草上，以土覆之。烧亦如法。〔陈草速朽，肥良胜粪。无陈草者，用粪粪之亦佳。不粪，虽生而瘦。既栽移者，烧亦如法也。〕

又种榆法：其于地畔种者，致雀损谷；既非丛林，率多曲戾。不如割地一方种之。其白土薄地不宜五谷者，唯宜榆及白榆。

地须近市。〔卖柴、荚、叶，省功也。〕梜榆、刺榆、凡榆：三种色，别种之，勿令和杂。〔梜榆，荚、叶味苦；凡榆，荚味甘，甘者春时将煮卖，是以须别也。〕耕地收荚，一如前法。先耕地作垅，然后散榆荚。〔垅者看好，料理又易。五寸一荚，稀穊得中。〕散讫，劳之。榆生，共草俱长，未须料理。明年正月，附地芟杀，放火烧之。亦任生长，勿使掌近。又至明年正月，劚去恶者，其一株上有七八根生者，悉皆斫去，唯留一根粗直好者。

三年春，可将荚、叶卖之。五年之后，便堪作椽。不梜者，即可斫卖。〔一根十文〕梜者镟作独乐及盏[③]。［一个三文］十年之后，魁、碗、瓶、榼，器皿，无所不任。〔一碗七文，一魁二十，瓶、榼各直一百文也。〕十五年后，中为车毂及蒲桃瓨[④]。（瓨一口，直三百。车毂一具，直绢三匹。）

其岁岁科简剶治之功，指柴雇人——十束雇一人——无业之人，争来就作。卖柴之利，已自无赀；〔岁出万束，一束三文，则三十贯；荚叶在外也。〕况诸器物，其利十倍。〔于柴十倍，岁收三十万。〕斫后复生，不劳更种，所谓一劳永逸。能种一顷，岁收千匹。唯须一人守护、指挥、处分，既无牛、犁、种子、人功之费，不虑水、旱、风、虫之灾，比之谷田，劳逸万倍。

男女初生，各与小树二十株，比至嫁娶，悉任车毂。一树三具，一具直绢三匹，成绢一百八十匹：娉财资遣，粗得充事[5]。

《术》曰："北方种榆九根，宜蚕桑，田谷好。"

崔寔曰："二月，榆荚成，及青收，干以为旨蓄。〔旨，美也；蓄，积也。司部收青荚，小蒸曝之，至冬以酿酒，滑香，宜养老。《诗》云：'我有旨蓄，亦以御冬'也。〕色变白，将落，可作酱䤖。随节早晏[6]，勿失其适。〔酱，音牟；䤖，音头：榆酱。〕

白杨，〔一名"高飞"，一名"独摇"。〕性甚劲直，堪为屋材；折则折矣，终不曲挠。〔榆性软，久无不曲，比之白杨，不如远矣。且天性多曲，条直者少；长又迟缓，积年方得。凡屋材，松柏为上，白杨次之，榆为下也。〕

种白杨法：秋耕令熟。至正月、二月中，以犁作垅，一垅之中，以犁逆顺各一到[7]，场中宽狭，正似葱垅。作讫，又以锹掘底，一坑作小堑。斫取白杨枝，大如指、长三尺者，屈著垅中，以土压上，令两头出土，向上直竖。二尺一株。明年正月中，剶去恶枝，一亩三垅，一垅七百二十株，一株两根，一亩四千三百二十株。

三年，中为蚕樀[8]。五年，任为屋椽。十年，堪为栋梁。以蚕樀为率，一根五钱，一亩岁收二万一千六百文。〔柴及栋梁、椽柱在外〕岁种三十亩，三年九十亩。一年卖三十亩，得钱六十四万八千文。周而复始，永世无穷。比之农夫，劳逸万倍。去山远者，实宜多种。千根以上，所求必备。

---

①枌（fén，音坟），木名。

②捋心，摘去顶芽。

③独乐，陀罗。

④瓨，缸。

⑤粗，勉强。

⑥随节早晏，随着季节的早晚。

⑦到，同道。此指逆、顺各犁一遍。

⑧樀（dì，音地），檐。

种棠第四十七

《尔雅》曰："杜，甘棠也。"《郭璞》注曰："今之杜梨。"

《诗》曰："蔽芾甘棠。"毛云："甘棠，杜也。"《诗义》疏云："今棠梨，一名杜梨，如梨而小，甜酢可食也。"

《唐诗》曰："有杕之杜[1]。"毛云："杜，赤棠也。"与白棠同，但有赤、白、美、恶。子白色者为白棠，甘棠也，酢滑而美。赤棠，子涩而酢，无味，俗语云：'涩如杜'。赤棠，木理赤，可作弓干。"

按今棠叶有中染绛者，有惟中染土紫者；杜则全不用。其实三种别异。《尔雅》、毛、郭以为同，未详也。

棠熟时，收种之。否则春月移栽。

八月初，天晴时，摘叶薄布，晒令干，可以染绛。〔必候天晴时，少摘叶，干之；复更摘。慎勿顿收：若遇阴雨则浥，浥不堪染绛也。〕

成树之后，岁收绢一匹。〔亦可多种，利乃胜桑也。〕

---

①杕（dì，音地），树木孤立的样子。

种榖楮第四十八[1]

《说文》曰："榖者，楮也。"

按今世人乃有名之曰"角楮"，非也。盖"角"、"榖"声相近，因讹耳。其皮可以为纸者也。

楮宜涧谷间种之。地欲极良。秋上楮子熟时，多收，净淘，曝令燥。耕地令熟，二月耧耩之，和麻子漫散之，即劳。秋冬仍留麻勿刈，为楮作暖。〔若不和麻子种，率多冻死。〕明年正月初，附地芟杀，放火烧之。一岁即没人[2]。〔不烧者瘦，而长亦迟。〕三年便中斫。〔未满三年者，皮薄不任用。〕

斫法：十二月为上，四月次之。非此两月而斫者，楮多枯死也。每岁正月，常放火烧之。〔自有干叶在地，足得火燃。不烧则不滋茂也。〕二月中，间斫去恶根。〔劚者地熟楮科，亦所以留润泽也。〕移栽者，二月莳之。亦三年一斫。〔三年不斫者，徒失钱无益也。〕

指地卖者[3]，省功而利少。煮剥卖皮者，虽劳而利大。〔其柴足以供燃〕自能造纸，其利又多。种三十亩者，岁斫十亩，三年一遍，岁收绢百匹。

---

①榖（gǔ，音古），木名。

②没人，长得比人还高。

③指地卖，整片地都卖出。

漆第四十九

凡漆器，不问真伪，过客之后，皆须以水净洗，置床箔上，于日中半日许曝之使干，下晡乃收[1]，则坚牢耐久。若不即洗者，盐醋浸润，气彻则皱，器便坏矣。其朱里者，仰而曝之——朱本和油，性润耐日故。盛夏连雨，土气蒸热，什器之属，虽不经夏用，六七月中，各须一曝使干。世人见漆器暂在日中，恐其炙坏，合着阴润之地，虽欲爱慎，朽败更速矣。

凡木画、服玩、箱、枕之属，入五月尽，七月、九月中，每经雨，以布缠指，揩令热彻，胶不动作，光净耐久。若不揩拭者，地气蒸热，遍上生衣，厚润彻胶便皱，动处起发，飒然破矣。

---

①晡（bū，音逋），申时，午后三时至五时。

种槐、柳、楸、梓、梧、柞第五十

《尔雅》曰："守宫槐，叶昼聂宵炕[①]。"注曰："槐叶昼日聂合而夜炕布者名'守宫'。孙炎曰："炕，张也。"

槐子熟时，多收，擘取数曝，勿令虫生。五月，夏至前十余日，以水浸之，〔如浸麻子法也〕六七日，当芽生。好雨种麻时，和麻子撒之。当年之中，即与麻齐。麻熟刈去，独留槐。槐既细长，不能自立，根别竖木，以绳拦之。〔冬天多风雨，绳拦宜以茅裹；不则伤皮，成痕瘢也。〕明年劚地令熟，还于槐下种麻。〔胁槐令长〕三年正月，移而植之，亭亭条直，千百若一。〔所谓"蓬生麻中，不扶自直。"〕若随宜取栽，非直长迟，树亦曲恶。〔宜于园中割地种之。若园好，未移之间，妨废耕垦也。〕

种柳：正月、二月中，取弱柳枝，大如臂，长一尺半，烧下头二三寸，埋之令没，常足水以浇之。必数条俱生，留一根茂者，〔余悉掐去〕别竖一柱以为依主，每一尺以长绳柱拦之。〔若不拦，必为风所摧，不能自立。〕一年中，即高一丈余。其旁生枝叶，即掐去，令直耸上。高下任人，取足，便掐去正心，即四散下垂，婀娜可爱。〔若不掐心，则枝不四散，或斜或曲，生亦不佳也。〕六七月中，取春生少枝种，则长倍疾。〔少枝叶青气壮，故长疾也。〕

杨柳：下田停水之处，不得五谷者，可以种柳。八九月中水尽，燥湿得所时，急耕则镉楱之。至明年四月，又耕熟，勿令有块，即作墒垅：一亩三垅，一垅之中，逆顺各一到，墒中宽狭，正似葱垅。从五月初，尽七月末，每天雨时，即触雨折取春生少枝、长一尺以上者，插著垅中，二尺一根。数日即生。

少枝长疾，三岁成椽。比如余木，虽微脆，亦足堪事。一亩二千一百六十根，三十亩六万四千八百根。根直八钱，合收钱五十一万八千四百文。百树得柴一载，合柴六百四十八载。载直钱一百文，柴合收钱六万四千八百文。都合收钱五十八万三千二百文。岁种三十亩，三年种九十亩；岁卖三十亩，终岁无穷。

凭柳，可以为盾、车辋、杂材及枕。

《术》曰："正月旦取杨柳枝著户上，百鬼不入家。"

种箕柳法：山涧河旁及下田不得五谷之处，水尽干时，熟耕数遍。至春冻释，于山陂河坎之旁，刈取箕柳，三寸截之，漫散即劳。劳讫，引水停之。至秋，任为簸箕。五条一钱，一亩岁收万钱。〔山柳赤而脆，河柳白而肕。〕

《陶朱公术》曰："种柳千树则足柴。十年之后，髡一树，得一载，岁髡二百树，五年一周。"

楸、梓：《诗义疏》曰："梓，楸之疏理色白而生子者为梓。"

《说文》曰："槚，楸也。"

然则楸、梓二木，相类者也。白色有角者名为梓。以楸有角者名为"角楸"，或名"子楸"；黄色无子者为"柳楸"，世人见其木黄，呼为"荆黄楸"也。

亦宜割地一方种之。梓、楸各别，无令和杂。

种梓法：秋，耕地令熟。秋末初冬，梓角熟时，摘取曝干，打取子。耕地作垅，漫散即再劳之。明年春，生。有草拔令去，勿使荒没。后年正月间，劚移之，方两步一树。〔此树须大，不得穊栽。〕

楸既无子，可于大树四面掘坑取栽移之。亦方两步一根，两亩一行。一行百二十树，五行合六百树。十年后，一树千钱，柴在外。车板、盘合、乐器，所在任用。以为棺材，胜于柏松。

《术》曰："西方种楸九根，延年，百病除。"

《杂五行书》曰："舍西种梓楸各五根，令子孙孝顺，口舌消灭也[②]。"

梧桐：《尔雅》曰："荣，桐木。"注云："即梧桐也。"又曰："榇[③]，梧。"注云："今梧桐。"

是知荣、桐、榇、梧，皆梧桐也。桐叶花而不实者曰白桐。实而皮青者曰梧桐，按今人以其皮青，号曰："青桐"也。

青桐，九月收子。二三月中，作一步圆畦种之[④]。〔方、大则难裹，所以须圆、小。〕治畦下水，一如葵法。五寸下一子，少与熟粪和土覆之。生后数浇令润泽。〔此木宜湿故也〕当岁即高一丈。到冬，竖草于树间令满，外复以草围之，以葛十道束置。〔不然则冻死也〕明年三月中，移植于厅斋之前，华净妍雅，极为可爱。后年冬，不复须裹。成树之后，树别下子一石[⑤]。〔子于叶上生，多者五六，少者二三也。〕炒食甚美。〔味似菱芡，多啖亦无妨也。〕

白桐无子，〔冬结似子者，乃是明年之花房。〕亦绕大树掘坑，取栽移之。成树之后，任为乐器。〔青桐则不中用〕于山石之间生者，乐器则鸣。

青、白二材，并堪车板、盘合、木屐等用。

柞：《尔雅》曰："栩，杼也。"注云："柞树。"

按俗人呼杼为橡子，以橡壳为"杼斗"，以剜剜似斗故也。橡子俭岁可食，以为饭；丰年放猪食之，可以致肥也。

宜于山阜之曲，三遍熟耕，漫散橡子，即再劳之。生则薅治，常令净洁。一定不移。十年，中椽，可杂用。〔一根直十文〕二十岁，中屋槫，〔一根直百钱〕柴在外。斫去寻生，料理还复。

凡为家具者，前件木，皆所宜种。〔十岁之后，无求不给。〕

①聂（zhé，音折），通摺，叠合。

②口舌消灭，消除口舌是非。

③榇（chèn，音衬），梧桐的别名。

④一步，直径为一步。

⑤下子一石，可收一石梧桐子。

种竹第五十一

中国所生，不过淡苦二种；其名目奇异者，列之于后条也。

宜高平之地。〔近山阜，尤是所宜。下田得水即死。〕黄白软土为良。

正月、二月中，劚取西南引根并茎，芟去叶，于园内东北角种之，令坑深二尺许，覆土厚五寸。〔竹性爱向西南引，故于园东北角种之。数岁之后，自当满园。谚云："东家种竹，西家治地。"为滋蔓而来生也。其居东北角者，老竹，种不生，生亦不能滋茂，故须取其西南引少根也。〕稻、麦糠粪之。〔二糠各自堪粪，不令和杂。〕不用水浇。〔浇则淹死〕勿令六畜入园。

二月，食淡竹笋，四月、五月，食苦竹笋。〔蒸、煮、炰[①]、酢，任人所好。〕

其欲作器者，经年乃堪杀。〔未经年者，软未成也。〕

笋：《尔雅》曰："笋，竹萌也。"

《说文》曰："笋，竹胎也。"

孙炎曰："初生竹谓之笋。"

《诗义疏》云："笋皆四月生。唯巴竹笋，八月生，尽九月，成都有之。篃[②]，冬夏生，始数

寸，可煮，以苦酒浸之，可就酒及食。又可米藏及干，以待冬月也。”〕

《永嘉记》曰：“含箬竹笋[3]，六月生，迄九月，味与箭竹笋相似。凡诸竹笋，十一月掘土取皆得，长八九寸。长泽民家，尽养黄苦竹。永宁南汉，更年上笋[4]，大者一围五六寸。明年应上今年十一月笋，土中已生，但未出，须掘土取；可至明年正月出土讫。五月方过，六月便有含箬笋。含箬笋迄七月、八月。九月已有箭竹笋，迄后年四月。竟年常有笋不绝也。”

《竹谱》曰：“棘竹笋，味淡，落人鬓发。笪、篃二笋，无味。鸡颈竹笋，肥美。篃竹笋，冬生者也。”

《食经》曰：“**淡竹笋法**：取笋肉五六寸者，按盐中一宿，出，拭盐令尽。煮糜一斗，分五升与一升盐相和。糜热，须令冷，内竹笋咸糜中一日。拭之，内淡糜中，五日，可食也。”

①炰（páo，音袍），烹煮。

②篃（méi，音眉），竹名。

③箬，竹名。

④更年上笋，隔年就进贡一次笋。

种红蓝花、栀子第五十二

燕支、香泽、面脂、手药、紫粉、白粉附

花地欲得良熟。二月末三月初种也。

种法：欲雨后速下，或漫散种，或耧下，一如种麻法。亦有锄掊而掩种者，子科大则易料理。

花出，欲日日乘凉摘取。〔不摘则干〕摘必须尽。〔留余即合〕

五月子熟，拔，曝令干，打取之。〔子亦不用浥郁〕

五月种晚花。〔春初即留子，入五月便种，若待新花熟后取子，则太晚也。〕七月中摘，深色鲜明，耐久不黦[1]，胜春种者。

负郭良田种一顷者，岁收绢三百匹。一顷收子二百斛，与麻子同价，既任车脂，亦堪为烛，即是直头成米。〔二百石米，已当谷田；三百匹绢，超然在外。〕

一顷花，日须百人摘，以一家手力，十不充一。但驾车地头，每旦当有小儿僮女十百为群，自来分摘，正须平量[2]，中半分取[3]。是以单夫只妇，亦得多种。

杀花法：摘取即碓捣使熟，以水淘，布袋绞去黄汁；更捣，以粟饭浆清而醋者淘之。又以布袋绞去汁，即收取染红勿弃也。绞讫，著瓮器中，以布盖上，鸡鸣更捣令均，于席上摊而曝干，胜作饼。作饼者，不得干，令花郁浥也。

作燕脂法：预烧落藜、藜、藋及蒿作灰，〔无者，即草灰亦得。〕以汤淋取清汁。〔初汁纯厚太酽，即杀花，不中用，唯可洗衣；取第三度淋者，以用揉花，和，使好色也。〕揉花。〔十许遍，势尽乃止。〕布袋绞取淳汁，著瓷碗中。取醋石榴两三个，擘取子，捣破，少著粟饭浆水极酸者和之，布绞取沈，以和花汁。〔若无石榴者，以好醋和饭浆亦得用。若复无醋者，清饭浆极酸者，亦得空用之。〕下白米粉，大如酸枣，〔粉多则白〕以净竹箸不腻者，良久痛搅。盖冒。至夜，泻去上清汁，至淳处止，倾著帛练角袋子中悬之。明日干浥浥时，捻作小瓣，如半麻子，阴干之则成矣。

合香泽法：好清酒以浸香。〔夏用冷酒，春秋温酒令暖，冬则小热。〕鸡舌香、〔俗人以其似丁子，故为“丁子香”也。〕藿香、苜蓿、泽兰香，凡四种，以新绵裹而浸之。〔夏一宿，春秋再宿，冬三宿。〕用胡麻油两分，猪脂一分，内铜铛中，即以浸香酒和之，煎数沸后，便缓火微煎，然后下所浸香，煎。缓火至暮，水尽沸定，乃熟。〔以火头内泽中作声者，水未尽；有烟出，无声者，水尽也。〕泽欲熟时，下少许青蒿以发色。以绵幕铛觜[4]、瓶口，泻著瓶中。

合面脂法：用牛髓。〔牛髓少者，用牛脂和之。若无髓，空用脂亦得也。〕温酒浸丁香、藿香二种。〔浸法如煎泽方。〕煎法一同合泽，亦著青蒿以发色。绵滤著瓷、漆盏中令凝。若作唇脂者，以熟朱和之，青油裹之。

其冒霜雪远行者，常啮蒜令破，以揩唇，既不劈裂，又令辟恶。〔小儿面患皴者，夜烧梨令熟，以糠汤洗面讫，以暖梨汁涂之，令不皴。赤蓬染布，嚼以涂面，亦不皴也。〕

合手药法：取猪肾一具，〔摘去其脂〕合蒿叶于好酒中痛挼，使汁甚滑。白桃人二七枚，〔去黄皮，研碎，酒解，取其汁。〕以绵裹丁香、藿香、甘松香、橘核十颗，〔打碎〕著肾汁中，仍浸置勿出，瓷瓶贮之。夜煮细糠汤净洗面，拭干，以药涂之，令手软滑，冬不皴。

作紫粉法：用白米英粉三分，胡粉一分，〔不著胡粉，不著人面。〕和合均调。取落葵子熟蒸，生布绞汁，和粉，日曝令干。若色浅者，更蒸取汁，重染如前法。

作米粉法：粱米第一，粟米第二。〔必用一色纯米，勿使有杂。〕師使甚细[5]，〔简去碎者〕各自纯作，莫杂余种。〔其杂米、糯米、小麦、黍米、穄米作者，不得好也。〕于木槽中下水，脚踏十遍，净淘，水清乃止。大瓮中多著冷水以浸米，〔春秋则一月，夏则二十日，冬则六十日，唯多日佳。〕不须易水，臭烂乃佳。日若浅者，粉不滑美。日满，更汲新水，就瓮中沃之，以酒杷搅，淘去醋气，多与遍数，气尽乃止。稍稍出著一砂盆中熟研，以水沃，搅之。接取白汁，绢袋滤，著别瓮中。粗沈者更研，水沃，接取如初。研尽，以杷子就瓮中良久痛抨，然后澄之。接去清水，贮出淳汁，著大盆中，以杖一向搅——勿左右回转——三百余匝，停置，盖瓮，勿令尘污。良久，清澄，以杓徐徐接去清，以三重布帖粉上，以粟糠著布上，糠上安灰。灰湿，更以干者易之，灰不复湿乃止。然后削去四畔粗白无光润者，别收之，以供粗用[6]。〔粗粉，米皮所成，故无光润。〕其中心圆如钵形，酷似鸭子白光润者，名曰“粉英”。〔粉英，米心所成，是以光润也。〕无风尘好日时，舒布于床上，刀削粉英如梳，曝之，乃至粉干。足手痛挼勿住。〔痛挼则滑美，不挼则涩恶。〕拟人客作饼[7]，乃作香粉以供妆摩身体。

作香粉法：唯多著丁香于粉合中，自然芬馥。〔亦有捣香末绢筛和粉者，亦有水浸香以香汁溲粉者，皆损色，又费香，不如全著合中也。〕

---

①黦（yuè，音月），黄黑色。

②平量，公平地称量。

③中半分取，大家对分。

④觜（zuǐ，音嘴），同嘴。

⑤師（fèi，音肺），舂米。

⑥粗用，作粗粉用。

⑦拟人客作饼，可留作待客之饼。

种蓝第五十三

《尔雅》曰：“葴，马蓝。”注曰：“今大叶冬蓝也。”

《广志》曰："有木蓝。"

今世有茇赭蓝也。

蓝地欲得良。三遍细耕。三月中浸子，令芽生，乃畦种之。治畦下水，一同葵法。蓝三叶，浇之。〔晨夜再浇之〕薅治令净。五月中新雨后，即接湿耧耩，拔栽之。〔《夏小正》曰："五月启灌蓝蓼。"〕三茎作一科，相去八寸。〔栽时宜并功急手①，无令地燥也。〕白背即急锄。栽时既湿，白背不急锄则坚确也。五遍为良。

七月中作坑，令受百许束，作麦秸泥泥之，令深五寸，以苫蔽四壁。刈蓝倒竖于坑中，下水，以木石镇压令没。热时一宿，冷时再宿，漉去荄②，内汁于瓮中。率十石瓮，著石灰一斗五升，急手抨之。一食顷止③。澄清，泻去水，别作小抗，贮蓝淀著坑中。候如强粥，还出瓮中，蓝淀成矣。

种蓝十亩，敌谷田一顷。能自染青者，其利又倍矣。

崔寔曰："榆荚落时，可种蓝。五月，可刈蓝。六月，可种冬蓝。〔冬蓝，木蓝也，八月用染也。〕

---

①并功急手，务必要赶工，手要快。

②荄（gāi，音该），草根。

③一食顷止，一顿饭的功夫就止。

种紫草第五十四

《尔雅》曰："藐，茈草也。""一名紫莀草。"

《广志》曰："陇西紫草，染紫之上者。"

《本草经》曰："一名紫丹。"

《博物志》曰："平氏山之阳，紫草特好也。"

宜黄白软良之地，青沙地亦善；开荒黍穄下大佳。性不耐水，必须高田。

秋耕地，至春又转耕之。三月种之：耧耩地，逐垅手下子。〔良田一亩用子二升半，薄田用子三升。〕下讫劳之。锄如谷法，唯净为佳，其垅底草则拔之。〔垅底用锄，则伤紫草。〕

九月中子熟，刈之。候稃燥载聚①，打取子。〔湿载，子则郁浥。〕

即深细耕。〔不细不深，则失草矣。〕寻垅以杷耧取，整理。〔收草宜并手力，速竟为良，遭雨则损草也。〕一扼随以茅结之，〔擘葛弥善〕四扼为一头，当日即斩齐，颠倒十重许为长行②，置坚平之地，以板石镇之令扁。〔湿镇直而长，燥镇则碎折，不镇卖难售也。〕两三宿，竖头著日中③，曝之浥浥然④。〔不晒则郁黑，大燥则碎折。〕五十头作一"洪"，〔"洪"，十字，大头向外，以葛缠络。〕著敞屋下阴凉处棚栈上。其棚下勿使驴马粪及人溺，又忌烟，皆令草失色。其利胜蓝。

若欲久停者，入五月，内著屋中，闭户塞向，密泥，勿使风入漏气。过立秋，然后开出，草色不异。若经夏在棚栈上，草便变黑，不复任用。

---

①稃（fū，音夫），米粒的外壳。

②颠倒十重许为长行，头尾相错叠成十层高，堆成长行。

③竖头著日中，把头竖立起来放在阳光下晒。

④浥浥然，半干半湿的样子。

伐木第五十五 种地黄法附出

凡伐木，四月、七月则不虫而坚肕。榆荚下，桑椹落，亦其时也。然则凡木有子实者，候其子实将熟，皆其时也。〔非时者，虫而且脆也。〕凡非时之木，水沤一月，或火煏取干[①]，虫皆不生。水浸之木，更益柔肕。

《周官》曰："仲冬斩阳木，仲夏斩阴木。"〔郑司农云："阳木，春夏生者；阴木，秋冬生者，松柏之属。"郑玄曰："阳木生山南者，阴木生山北者。冬则斩阳，夏则斩阴，调坚软也。"按柏之性，不生虫蠹，四时皆得，无所选焉。山中杂木，自非七月、四月两时杀者，率多生虫，无山南山北之异。郑君之说，又无取。则《周官》伐木，盖以顺天道，调阴阳，未必为坚肕之与虫蠹也。〕

《礼记·月令》："孟春之月，禁止伐木。"〔郑玄注云："为盛德所在也。"〕"孟夏之月，无伐大树。"〔"逆时气也。"〕"季夏之月，树木方盛，乃命虞人，入山行木，无为斩伐。"〔"为其未坚肕也。"〕"季秋之月，草木黄落，乃伐薪为炭。""仲冬之月，日短至，则伐木取竹箭。"〔"此其坚成之极时也。"〕

《孟子》曰："斧斤以时入山林，材木不可胜用。"〔赵岐注曰："时谓草木零落之时；使材木得茂畅，故有余。"〕

《淮南子》曰："草木未落，斤斧不入山林。"〔高诱曰："九月草木解也。"〕

崔寔曰："自正月以终季夏，不可伐木，必生蠹虫。或曰：'其月无壬子日，以上旬伐之，虽春夏不蠹。'犹有剖析间解之害，又犯时令，非急无伐。十一月，伐竹木。"

种地黄法：须黑良田，五遍细耕。三月上旬为上时，中旬为中时，下旬为下时。一亩下种五石。其种还用三月中掘取者。逐犁后如禾麦法下之。至四月末、五月初生苗。讫至八月尽九月初，根成，中染。

若须留为种者，即在地中勿掘之。待来年三月，取之为种。计一亩可收根三十石。

有草，锄不限遍数。锄时别作小刃锄[②]，勿使细土覆心。今秋取讫，至来年更不须种，自旅生也[③]。唯须锄之。如此，得四年不要种之，皆余根自出矣。

---

①煏（bì，音碧），用火焙干。

②别作小刃锄，特制一种小刃口的锄。

③旅生，自然宿根发芽。

养牛、马、驴、骡第五十六 相牛、马及诸病方法

服牛乘马，量其力能；寒温饮饲，适其天性；如不肥充繁息者，未之有也。〔金日磾，降虏之煨烬，卜式编户齐民，以羊、马之肥，位登宰相。公孙弘、梁伯鸾，牧豕者，或位极人臣，身名俱泰；或声高天下，万载不穷。宁戚以饭牛见知[①]，马援以牧养发迹。莫不自近及远，从微至著。呜呼小子，何可已乎！故小童曰："羊去乱群也[②]，马去害者[③]。"卜式曰："非独羊也，治民亦如是。以时起居。恶者辄去，无令败群也。"〕谚曰："羸牛劣马寒食下"，〔言其乏食瘦瘠，春

中必死。〕务在充饱调适而已。

陶朱公曰："子欲速富，当畜五牸。"〔牛、马、猪、羊、驴五畜之牸。然畜牸则速富之术也。〕

《礼记·月令》曰："季春之月，合累牛、腾马④，游牝于牧。"〔累、腾，皆乘匹之名⑤，是月所以合牛马。〕"仲夏之月，游牝别群，则絷腾驹。"〔孕任欲止，为其牡气有余，恐相蹄啮也。〕"仲冬之月，马牛畜兽，有放逸者，取之不诘。"〔《王居明堂礼》曰：'孟冬命农毕积聚，继收牛马。'"〕

凡驴、马驹初生，忌灰气，遇新出炉者，辄死。〔经雨者则不忌〕

马：头为王，欲得方；目为丞相，欲得光；脊为将军，欲得强；腹胁为城郭，欲得张；四下为令，欲得长。

凡相马之法，先除"三羸"、"王驽"，乃相其余。大头小颈，一羸；弱脊大腹，二羸；小胫大蹄，三羸。大头缓耳，一驽；长颈不折，二驽；短上长下，三驽；大髂短肋，四驽；浅髋薄髀，五驽。

骝马、骊肩、鹿毛、□□马、骓、骆马，皆善马也。

马生坠地无毛，行千里。溺举一脚，行五百里。

相马五藏法：肝欲得小；耳小则肝小，肝小则识人意。肺欲得大；鼻大则肺大，肺大则能奔。心欲得大；目大则心大，心大则猛利不惊，目四满则朝暮健⑥。肾欲得小。肠欲得厚且长，肠厚则腹下广方而平。脾欲得小；膁腹小则脾小⑦，脾小则易养。

望之大，就之小，筋马也；望之小，就之大，肉马也：皆可乘致⑧。致瘦欲得见其肉，〔谓前肩守肉〕致肥欲得见其骨。〔骨谓头颅〕

马，龙颅突目，平脊大腹，胜重有肉：此三事备者，亦千里马也。

"水火"欲得分。〔"水火"，在鼻两孔间也。〕上唇欲急而方，口中欲得红而有光：此马千里。马，上齿欲钩，钩则寿；下齿欲锯，锯则怒。颔下欲深。下唇欲缓。牙欲去齿一寸，则四百里；牙剑锋，则千里。"嗣骨"欲廉如织杼而阔⑨，又欲长。〔颊下侧小骨是〕目欲满而泽；眶欲小，上欲弓曲，下欲直。"素中"欲廉而张。〔"素"，鼻孔上。〕

"阴中"欲得平。〔股下〕"主人"欲小。〔股裹上近前也〕"阳里"欲高，则怒。〔股中上近"主人"〕

额欲方而平。"八肉"欲大而明。〔耳下〕"玄中"欲深。〔耳下近牙〕耳欲小而锐如削筒，相去欲促。鬐欲戴；中骨高三寸。〔鬐中骨也〕"易骨"欲直。〔眼下直下骨也〕颊欲开，尺长。

膺下欲广一尺以上，名曰"挟尺"，能久走。"鞅"欲方。〔颊前〕喉欲曲而深。胸欲直而出。〔髀间前向〕"凫"间欲开，望视之如双凫。

颈骨欲大，肉次之。髻欲桎而厚且折；"季毛"欲长多覆，肝肺无病。〔发后毛是也〕

背欲短而方，脊欲大而抗。脢筋欲大，〔夹脊筋也〕"飞凫"见者怒。〔膂后筋也〕

"三府"欲齐。〔两髂及中骨也〕尻欲颓而方。尾欲减，本欲大。

胁肋欲大而洼，名曰"上渠"，能久走。

"龙翅"欲广而长。"升肉"欲大而明。〔髀外肉也〕"辅肉"欲大而明。〔前脚下肉〕

腹欲充，腔欲小。腔，膁。"季肋"欲张。〔短肋〕

"悬薄"欲厚而缓。〔脚胫〕"虎口"欲开。〔股内〕

腹下欲平满，善走，名曰"下渠"，日三百里。

"阳肉"欲上而高起。〔髀外近前〕髀欲广厚。"汗沟"欲深明。"直肉"欲方，能久走。〔髀

后肉也〕"输鼠"欲方。〔"直肉"下也〕"肭肉"欲急。〔髀里也〕"间筋"欲急短而减，善细走。〔"输鼠"下筋〕

"机骨"欲举，上曲如悬匡。马头欲高。

"距骨"欲出前。"间骨"欲出。前后目。〔外凫，临蹄骨也。〕"附蝉"欲大。前后目。〔"夜眼"〕

股欲薄而博，善能走。〔后髀前骨〕

臂欲长，而膝本欲起，有力。〔前脚膝上向前〕肘腋欲开，能走。膝欲方而庳。髀骨欲短。两肩骨欲深，名曰"前渠"，怒。

蹄欲厚三寸，硬如石，下欲深而明，其后开如鹞翼，能久走。

相马从头始：

头欲得高峻，如削成。头欲重，宜少肉，如剥兔头。"寿骨"欲得大，如绵絮苞圭石。〔"寿骨"者，发所生处也。〕白从额上入口，名"俞膺"，一名"的颅"，奴乘客死，主乘弃市，大凶马也。

马眼欲得高，眶欲得端正，骨欲得成三角，睛欲得如悬铃，紫艳光。目不四满，下唇急，不爱人；又浅，不健食。目中缕贯瞳子者，五百里；下上彻者，千里。睫乱者伤人。目小而多白，畏惊。瞳子前后肉不满，皆凶恶。若旋毛眼眶上，寿四十年；值眶骨中，三十年；值中眶下，十八年；在目下者，不借[10]。睛却转后白不见者，喜旋而不前。目睛欲得黄，目欲大而光，目皮欲得厚。目上白中有横筋，五百里；上下彻者千里。目中白缕者，老马子。目赤，睫乱，啮人。反睫者，善奔，伤人。目下有横毛，不利人。目中有"火"字者，寿四十年。目偏长一寸，三百里。目欲长大。旋毛在目下，名曰"承泣"，不利人。目中五采尽具，五百里，寿九十年。良，多赤，血气也；驽，多青，肝气也；走，多黄，肠气也；材知，多白，骨气也；材□，多黑，肾气也。驽，用策乃使也。白马黑目，不利人。目多白，却视有态，畏物喜惊。

马耳欲得相近而前竖，小而厚。一寸，三百里；三寸，千里。耳欲得小而前竦。耳欲得短，杀者良，植者惊，小而长者亦驽。耳欲得小而促，状如斩竹筒。耳方者，千里；如斩筒，七百里；如鸡距者[11]，五百里。

鼻孔欲得大。鼻头文如"王"、"火"字，欲得明。鼻上文如"王"、"公"，五十岁；如"火"，四十岁；如"天"，三十岁；如"小"，二十岁；如"今"，十八岁；如"四"，八岁；如"宅"，七岁。鼻如"水"文，二十岁。鼻欲得广而方。

唇不覆齿，少食。上唇欲得急。下唇欲得缓；上唇欲得方，下唇欲得厚而多理，故曰："唇如板鞮，御者啼[12]。"黄马白喙，不利人。

口中色欲得红白如火光，为善材，多气，良且寿。即黑不鲜明，上盘不通明[13]，为恶材，少气，不寿。一曰：相马气，发口中[14]，欲见红白色，如穴中看火，此皆老寿。一曰：口欲正赤，上理文欲使通直，勿令断错。口中青者，三十岁；如虹腹下，皆不尽寿，驹齿死矣[15]。口吻欲得长。口中色欲得鲜好。旋毛在吻后为"衔祸"，不利人。"刺刍"欲竟骨端。〔"刺刍"者，齿间肉。〕

齿，左右蹉不相当，难御。齿不周密，不久疾；不满不厚，不能久走。

一岁，上下生乳齿各二；二岁，上下生齿各四；三岁，上下生齿各六。

四岁，上下生成齿二；〔成齿，皆背三入四方生也。〕五岁，上下著成齿四；六岁，上下著成齿六。〔两厢黄，生区，受麻子也[16]。〕

七岁，上下齿两边黄，各缺区，平受米；八岁，上下尽区如一，受麦。

九岁，下中央两齿臼，受米；十岁，下中央四齿臼；十一岁，下六齿尽臼。

十二岁，下中央两齿平；十三岁，下中央四齿平；十四岁，下中央六齿平。

十五岁，上中央两齿臼；十六岁，上中央四齿臼；〔若看上齿，依下齿次第看。〕十七岁，上中央六齿皆臼。

十八岁，上中央两齿平；十九岁，上中央四齿平；二十岁，上下中央六齿平。

二十一岁，下中央两齿黄；二十二岁，下中央四齿黄；二十三岁，下中央六齿尽黄。

二十四岁，上中央二齿黄；二十五岁，上中央四齿黄；二十六岁，上中齿尽黄。

二十七岁，下中二齿白；二十八岁，下中四齿白；二十九岁，下中尽白。

三十岁，上中央二齿白；三十一岁，上中央四齿白；三十二岁，上中尽白。

颈欲得䏰而长，颈欲得重。颔欲折。胸欲出，臆欲广。颈项欲厚而强。回毛在颈，不利人。白马黑髦[17]，不利人。

肩肉欲宁。〔宁者，却也。〕"双凫"欲大而上。〔"双凫"，胸两边肉，如凫。〕

脊背欲得平而广，能负重；背欲得平而方。鞍下有回毛，名"负尸"，不利人。

从后数其胁肋，得十者良。凡马：十一者，二百里；十二者，千里；过十三者，天马，万乃有一耳。〔一云：十三肋五百里，十五肋千里也。〕

腋下有回毛，名曰"挟尸"，不利人。左胁有白毛直上，名曰"带刀"，不利人。

腹下欲平，有"八"字；腹下毛，欲前向。腹欲大而垂结，脉欲多；"大道筋"欲大而直。〔"大道筋"，从腋下抵股者是。〕腹下阴前，两边生逆毛入腹带者，行千里；一尺者，五百里。

"三封"欲得齐如一。〔"三封"者，即尻上三骨也。〕尾骨欲高而垂；尾本欲大，欲高；尾下欲无毛。"汗沟"欲得深。尻欲多肉。茎欲得粗大。

蹄欲得厚而大。踠欲得细而促。

髂骨欲得大而长。

尾本欲大而强。

膝骨欲圆而张，大如杯盂。

沟上通尾本者，蹹杀人。

马有"双脚胫亭"，行六百里。回毛起踠膝，是也。

胜欲得圆而厚，里肉生焉。

后脚欲曲而立。

臂欲大而短。

骹欲小而长。

踠欲促而大，其间才容鞾。

"乌头"欲高。〔"乌头"，后足外节。〕后足"辅骨"欲大。〔"辅足骨"者，后足骹之后骨。〕

后左右足白，不利人。白马四足黑，不利人。黄马白喙，不利人。后左右足白，杀妇。

相马视其四蹄：后两足白，老马子；前两足白，驹马子。白毛者，老马也。

四蹄欲厚且大。四蹄颠倒若竖履，奴乘客死，主乘弃市，不可畜。

久步即生筋劳；筋劳则"发蹄"，痛凌气。一曰：生骨则发痈肿。〔一曰"发蹄"，生痈也。〕久立则发骨劳；骨劳即发痈肿。久汗不干则生皮劳。皮劳者，䮾而不振[18]。汗未善燥而饲饮之，则生气劳，气劳者即䮾而不起。驱驰无节，则生血劳；血劳则发强行。

何以察"五劳"？终日驱驰，舍而视之：不䮾者，筋劳也；䮾而不时起者，骨劳也；起而不振者，皮劳也；振而不喷者，气劳也；喷而不溺者，血劳也。

筋劳者，两绊却行三十步而已[19]。〔一曰：筋劳者，骣起而绊之，徐行三十里而已。〕骨劳者，令人牵之起，从后笞之起而已。皮劳者，侠脊摩之热而已。气劳者，缓系之枥上，远喂草，喷而已。血劳者，高系，无饮食之，大溺而已。

饮食之节：食有“三刍”，饮有“三时”。何谓也？一曰恶刍，二曰中刍，三曰善刍。〔“善”，谓饥时与恶刍，饱时与善刍，引之令食，食常饱，则无不肥。锉草粗，虽足豆谷，亦不肥充；细锉无节，簁去土而食之者，令马肥，不唓[20]，自然好矣。〕何谓“三时”？一曰朝饮，少之；二曰昼饮，则胸餍水；三曰暮，极饮之。〔一曰：夏汗、冬寒，皆当节饮。谚曰：“旦起骑谷，日中骑水。”斯言旦饮须节水也。每饮食，令行骤则消水，小骤数百步亦佳。十日一放，令其陆梁舒展，令马硬实也。〕夏即不汗，冬即不寒；汗而极干。

饲父马令不斗法：多有父马者，别作一坊，多置槽厩；锉刍及谷豆，各自别安。唯著靰头[21]，浪放不紧。非直饮食遂性，舒适自在，至于粪溺，自然一处，不须扫除。干地眠卧，不湿不污。百匹群行，亦不斗也。

饲征马令硬实法：细锉刍，杴掷扬去叶[22]，专取茎，和谷豆秣之。置槽于迥地，虽复雪寒，勿令安厂下。一日一走，令其肉热，马则硬实，而耐寒苦也。

骡：驴覆马生骡，则难常。以马覆驴，所生骡者，形容壮大，弥复胜马。然必选七八岁草驴，骨目正大者：母长则受驹，父大则子壮。草骡不产，产无不死。养草骡，常须防勿令杂群也。

驴，大都类马，不复别起条端。

凡以猪槽饲马，以石灰泥马槽，马汗系著门：此三事，皆令马落驹。〔《术》曰：“常系猕猴于马坊，令马不畏、辟恶、消百病也。”〕

治牛马病疫气方：取獭屎，煮以灌之。獭肉及肝弥良，不能得肉、肝，乃用屎耳。

治马患喉痹欲死方：缠刀子露锋刃一寸，刺咽喉，令溃破即愈。不治，必死也。

治马黑汗方：取燥马屎置瓦上，以人头乱发覆之，火烧马屎及发，令烟出，著马鼻上熏之，使烟入马鼻中，须臾即差也。

又方：取猪脊引脂[23]、雄黄、乱发，凡三物，著马鼻下烧之，使烟入马鼻中，须臾即差。

马中热方：煮大豆及热饭啖马，三度愈也。

治马汗凌方：取美豉一升，好酒一升——夏著日中，冬则温热——浸豉使液，以手搦之，绞去滓，以汁灌口。汗出，则愈矣。

治马疥方：用雄黄、头发二物，以腊月猪脂煎之，令发消；以砖揩疥令赤，及热涂之，即愈也。

又方：汤洗疥，拭令干。煮面糊，热涂之，即愈也。

又方：烧柏脂涂之，良。

又方：研芥子涂之，差。六畜疥，悉愈。然柏沥、芥子，并是躁药，其遍体患疥者，宜历落斑驳，以渐涂之，待差，更涂余处。一日之中，顿涂遍体，则无不死。

治马中水方：取盐著两鼻中，各如鸡子黄许大，捉鼻，令马眼中泪出，乃止，良矣。

治马中谷方：手捉甲上长鬃，向上提之，令皮离肉，如此数过。以铍刀子刺空中皮[24]，令突过。以手当刺空，则有如风吹人手，则是谷气耳。令人溺上，又以盐涂，使人立乘数十步，即愈耳。

又方：取饧如鸡子大[25]，打碎，和草饲马，甚佳也。

又方：取麦糵末三升，和谷饲马，亦良。

治马脚生附骨——不治者，入膝节，令马长跛——方：取芥子，熟捣，如鸡子黄许。取巴豆三枚，去皮留脐，三枚亦熟捣，以水和，令相著。和时用刀子，不尔，破人手。当附骨上，拔去毛。骨外，融蜜蜡周匝拥之，不尔，恐药躁疮大。著蜡罢，以药傅骨上，取生布割两头，各作三道急裹之。骨小者一宿便尽，大者不过再宿。然须要数看，恐骨尽便伤好处。看附骨尽，取冷水净洗疮上，刮取车轴头脂作饼子，著疮上，还以净布急裹之。三四日，解去，即生毛而无瘢。此法甚良，大胜灸者。然疮未差，不得辄乘，若疮中出血，便成大病也。

治马被刺脚方：用矿麦和小儿哺涂，即愈。

马灸疮：未差，不用令汗。疮白痂时，慎风。得差后，从意骑耳。

治马瘙蹄方：以刀刺马踠丛毛中，使血出，愈。

又方：融羊脂涂疮上，以布裹之。

又方：取碱土两石许，以水淋取一石五斗，釜中煎取三二斗。剪去毛，以泔清净洗。干，以碱汁洗之。三度即愈。

又方：以汤净洗，燥拭之。嚼麻子涂之，以布帛裹。三度愈。若不断，用谷涂。五六度即愈。

又方：剪去毛，以盐汤净洗去痂，燥拭。于破瓦中煮人尿令沸，热涂之，即愈。

又方：以锯子割所患蹄头前正当中，斜割之，令上狭下阔，如锯齿形；去之，如剪箭括。向深一寸许，刀子摘令血出，色必黑，出五升许，解放，即差。

又方：先以酸泔洗净。然后烂煮猪蹄取汁，及热洗之，差。

又方：取炊底釜汤净洗，以布拭令水尽。取黍米一升作稠粥，以故布广三四寸，长七八寸，以粥糊布上，厚裹蹄上疮处，以散麻缠之。三日，去之，即当差也。

又方：耕地中拾取禾茇东倒西倒者——若东西横地，取南倒北倒者，一垅取七科，三垅凡取二十一科，净洗，釜中煮取汁，色黑乃止。剪却毛，泔净洗去痂，以禾茇汁热涂之，一上即愈。

又方：尿渍羊粪令液[26]，取屋四角草，就上烧，令灰入钵中，研令熟。用泔洗蹄，以粪涂之。再三，愈。

又方：煮酸枣根，取汁净洗，讫。水和酒糟，毛袋盛，渍蹄没疮处。数度即愈也。

又方：净洗了，捣杏人和猪脂涂。四五上[27]，即当愈。

治马大小便不通，眠起欲死，须急治之，不治，一日即死：以脂涂人手，探谷道中，去结屎。以盐内溺道中，须臾得溺，便当差也。

治马卒腹胀，眠卧欲死方：用冷水五升，盐二升，研盐令消，以灌口中，必愈。

治驴漏蹄方：凿厚砖石，令容驴蹄，深二寸许。热烧砖，令热赤。削驴蹄，令出漏孔，以蹄顿著砖孔中，倾盐、酒、醋，令沸浸之。牢捉勿令脚动。待砖冷，然后放之，即愈。入水、远行，悉不发。

牛，歧胡有寿。〔歧胡：牵两腋；亦分为三也。〕眼去角近，行驶。眼欲得大。眼中有白脉贯瞳子，最快。“二轫”齐者快[28]。〔“二轫”，从鼻至髀为“前轫”，从甲至髂为“后轫”。〕颈骨长且大，快。

“壁堂”欲得阔。〔“壁堂”，脚、股间也。〕倚欲得如绊马聚而正也[29]。茎欲得小。“膺庭”欲得广。〔“膺庭”，胸也。〕“天关”欲得成。〔“天关”，脊接骨也。〕“俊骨”欲得垂。〔“俊骨”，脊骨中央，欲得下也。〕

洞胡无寿。〔洞胡：从颈至臆也。〕旋毛在“珠渊”，无寿。〔“珠渊”，当眼下也。〕“上池”有乱毛起，妨主。〔“上池”两角中，一曰“戴麻”也。〕倚脚不正，有劳病。角冷，有病。毛拳[30]，有病。毛欲得短密，若长、疏，不耐寒气。耳多长毛，不耐寒热。单膂，无力。有生节即决者，有大劳病。

尿射前脚者快，直下者不快。乱睫者抵人。后脚曲及直，并是好相，直尤胜。进不甚直，退不甚曲，为下。行欲得似羊。

头不用多肉。臀欲方。尾不用至地，至地，劣力。尾上毛少骨多者，有力。膝上缚肉欲得硬。角欲得细，横、竖无在大。身欲得促，形欲得如卷。〔卷者，其形圆也。〕“插颈”欲得高。一曰，体欲得紧。

大膁疏肋，难饲。龙颈突目，好跳。〔又云：不能行也。〕鼻如镜鼻，难牵。口方易饲。

“兰株”欲得大。〔“兰株”，尾株。〕“豪筋”欲得成就。〔“豪筋”，脚后横筋。〕“丰岳”欲得大。〔“丰岳”，膝株骨也。〕蹄欲得竖。〔竖如羊脚。〕“垂星”欲得有“怒肉”。〔“垂星”，蹄上；有肉覆蹄，谓之“怒肉”。〕“力柱”欲得大而成。〔“力柱”，当车。〕肋欲得密，肋骨欲得大而张。〔张而广也〕髀骨欲得出俊骨上。〔出背脊骨上也〕

易牵则易使，难牵则难使。

“泉根”不用多肉及多毛。〔“泉根”，茎所出也。〕悬蹄欲得横。〔如“八”字也。〕“阴虹”属颈，行千里。〔“阴虹”者，有双筋自尾骨属颈，宁公所饭也。〕“阳盐”欲得广。〔“阳盐”者，夹尾株前两膁上也。当“阳盐”中间脊骨欲得窊，窊则双膂，不窊则为单膂。〕

常有似鸣者有黄㉛。

治牛疫气方：取人参一两，细切，水煮，取汁五升，灌口中，验。

又方：腊月兔头烧作灰，和水五六升灌之，亦良。

又方：朱砂三指撮，油脂二合，清酒六合，暖，灌，即差。

治牛腹胀欲死方：取妇人阴毛，草裹与食之，即愈。此治气胀也。

又方：研麻子取汁，温令微热，擘口灌之五六升许，愈。此治食生豆腹胀欲垂死者，大良。

治牛疥方：煮乌豆汁，热洗五度，即差耳。

治牛肚反及嗽方：取榆白皮。水煮极熟。令甚滑，以二升灌之，即差也。

治牛中热方：取兔肠肚，勿去屎，以草裹，吞之，不过再三，即愈。

治牛虱方：以胡麻油涂之，即愈。猪脂亦得。凡六畜虱，脂涂悉愈。

治牛病：用牛胆一个，灌牛口中，差。

《家政法》曰：“四月伐牛茭。”四月青草，与茭豆不殊，齐俗不收，所失大也。”

《术》曰：“埋牛蹄著宅四角，令人大富。”

---

①宁戚以饭牛见知，宁戚因为养牛而被齐桓公赏识。

②羊去乱群也，养羊要把羊群中捣乱的去掉。

③马去害者，牧马要把害群之马去掉。

④合，交配。

⑤乘匹，授胎。

⑥目四满则朝暮健，目光四射的马，可以从早跑到晚都稳健有力。

⑦膁（lián，音连），家畜肋骨之后的软陷处。

⑧乘致，骑着远行。

⑨廉，有棱有形。

⑩不借，寿命不长。

⑪如鸡距者，像鸡跖后面突出的脚趾的。

⑫唇如板鞮，御者啼：马唇像薄皮，御马的人都会哭啼。鞮（dī，音低），兽皮做的鞋。

⑬上盘，上颚。通明，纹理明显通畅。

⑭发，扳开。

⑮驹齿死矣，在幼年的时候就死了。

⑯生区，受麻子也：齿冠上有可容纳一粒麻子的窝。

⑰髦（máo，音毛），马鬃。

⑱骣，马打滚。骣而不振，打滚起来不振毛。

⑲两绊却行三十步而已：把马拴起来，再走三十步就好了。

㉑啌（qiāng，音枪），牲畜咳。

㉒鞢（lóng，音龙），鞢头，络头。

㉒杴（xiān，音先），锨，掘土或铲物工具。

㉓猪脊引脂，猪脊外侧的肥肉。

㉔铍（pī，音披），针砭的针。

㉕饧（táng，音唐），古糖字。

㉖尿渍羊粪令液，用尿将羊粪泡化。

㉗四五上，上四五次。

㉘钆（yuè，音月）。

㉙倚，胸腹两侧。倚欲得如绊马聚而正也：胸腹两侧要像上了绊的马一样，集中而且端正。

㉚拳，卷曲。

㉛黄，结石病。

养羊第五十七

毡及酥酪、干酪法，收驴马驹、羔、犊法，羊病诸方，并附

常留腊月、正月生羔为种者，上；十一月、二月生者次之。〔非此月数生者，毛必焦卷，骨骼细小。所以然者，是逢寒遇热故也。其八、九、十月生者，虽值秋肥，然比至冬暮，母乳已竭，春草未生，是故不佳。其三、四月生者，草虽茂美，而羔小未食，常饮热乳，所以亦恶。五、六、七月生者，两热相仍，恶中之甚。其十一月及二月生者，母既含重，肤躯充满，草虽枯，亦不羸瘦；母乳适尽，即得春草，是以极佳也。〕大率十口二羝。〔羝少则不孕，羝多则乱群。不孕必瘦，瘦者非唯不繁息，经冬或死。〕羝无角者更佳。〔有角者，喜相抵触，伤胎所由也。〕拟供厨者①，宜剩之②。〔剩法：生十余日，布裹齿脉碎之③。〕

牧羊必须大老子、心性宛顺者，起居以时，调其宜适。卜式云："牧民何异于是者。"〔若使急性人及小儿者，拦约不得，必有打伤之灾；或劳戏不看，则有狼犬之害；懒不驱行，无肥充之理；将息失所，有羔死之患也。〕唯远水为良，二日一饮。〔频饮则伤水而鼻脓〕缓驱行，勿停息。〔息则不食而羊瘦，急行则坌尘而蚍颡也④。〕春夏早放，秋冬晚出。〔春夏气软，所以宜早；秋冬霜露，所以宜晚。《养生经》云："春夏早起，与鸡俱兴；秋冬晏起，必待日光。"此其义也。夏日盛暑，须得阴凉；若日中不避热，则尘汗相渐，秋冬之间，必致癣疥。七月以后，霜露气降，必须日出霜露晞解，然后放之；不尔则逢毒气，令羊口疮、腹胀也。〕

圈不厌近，必须与人居相连，开窗向圈。〔所以然者，羊性怯弱，不能御物，狼一入圈，或能绝群。〕架北墙为厂。〔为屋即伤热，热则生疥癣。且屋处惯暖，冬月入田，尤不耐寒。〕圈中作台，开窦，无令停水。二日一除，勿使粪秽。〔秽则污毛，停水则"挟蹄"，眠湿则腹胀也。〕圈内须并墙竖柴栅，令周匝。〔羊不揩土，毛常自净；不竖柴者，羊揩墙壁，土、咸相得，毛皆成毡。又竖栅头出墙者，虎狼不敢逾也。〕

羊一千口者，三四月中，种大豆一顷杂谷，并草留之，不须锄治，八九月中，刈作青茭。若不种豆、谷者，初草实成时，收刈杂草，薄铺使干，勿令郁浥。〔豋豆、胡豆、蓬、藜、荆、棘为上；大小豆萁次之；高丽豆萁，尤是所便；芦、薍二种则不中[⑤]。凡乘秋刈草，非直为羊，然大凡悉皆倍胜。崔寔曰："七月七日刈刍茭"也。〕既至冬寒，多饶风霜，或春初雨落，青草未生时，则须饲，不宜出放。

积茭之法：于高燥之处，竖桑、棘木作两圆栅，各五六步许。积茭著栅中，高一丈亦无嫌。任羊绕栅抽食，竟日通夜，口常不住。终冬过春，无不肥充。若不作栅，假有千车茭，掷与十口羊，亦不得饱：群羊践蹑而已，不得一茎入口。

不收茭者：初冬乘秋，似如有肤。羊羔乳食其母，比至正月，母皆瘦死；羔小未能独食水草，寻亦俱死。非直不滋息，或能灭群断种矣。〔余昔有羊二百口，茭豆既少，无以饲，一岁之中，饿死过半。假有在者，疥瘦羸弊，与死不殊，毛复浅短，全无润泽。余初谓家自不宜，又疑岁道疫病，乃饥饿所致，无他故也。人家八月收获之始，多无庸暇，宜卖羊雇人，所费既少，所存者大。传曰："三折臂，知为良医。"又曰："亡羊治牢，未为晚也。"世事略皆如此，安可不存意哉?〕

寒月生者，须燃火于其边。〔夜不燃火，必致冻死。〕凡初产者，宜煮谷豆饲之。

白羊留母二三日，即母子俱放[⑥]。〔白羊性很[⑦]，不得独留；并母久住，则令乳之。〕羖羊但留母一日，寒月者，内羔子坑中，日夕母还，乃出之；〔坑中暖，不苦风寒，地热使眠，如常饱者也。〕十五日后，方吃草，乃放之。

白羊，三月得草力，毛床动[⑧]，则铰之。〔铰讫于河水之中净洗羊，则生白净毛也。〕五月，毛床将落，又铰取之。〔铰讫，更洗如前。〕八月初，胡菜子未成时，又铰之。〔铰了亦洗如初。其八月半后铰者，勿洗：白露已降，寒气侵人，洗即不益。胡菜子成，然后铰者，非直著毛难治，又岁稍晚，比至寒时，毛长不足，令羊瘦损。漠北寒乡之羊，则八月不铰，铰则不耐寒。中国必须铰，不铰则毛长相著，作毡难成也。〕

作毡法：春毛秋毛，中半和用。秋毛紧强，春毛软弱，独用太偏，是以须杂。三月桃花水时，毡第一。凡作毡，不须厚大，唯紧薄均调乃佳耳。二年敷卧，小觉垢黑[⑨]，以九月、十月，卖作靴毡，明年四五月出毡时，更买新者；此为长存，永不穿败。若不数换者，非直垢污，穿穴之后[⑩]，便无所直，虚成糜费。此不朽之功，岂可同年而语也?

令毡不生虫法：夏月敷席下卧上，则不生虫。若毡多无人卧上者，预收柞柴、桑薪灰，入五月中，罗灰遍著毡上，厚五寸许，卷束，于风凉之处阁置，虫亦不生。如其不尔，无不生虫。

羖羊，四月末，五月初铰之。〔性不耐寒，早铰值寒则冻死。双生者多，易为繁息；性既丰乳，有酥酪之饶；毛堪酒袋，兼绳索之利：其润益又过白羊。〕

作酪法：牛羊乳皆得。别作、和作随人意。

牛产日，即粉谷如米屑，多著水煮，则作薄粥，待冷饮牛。牛若不饮者，莫与水，明日渴自饮。

牛产三日，以绳绞牛项、胫，令遍身脉胀，倒地即缚，以手痛挼乳核令破，以脚二七遍蹴乳房，然后解放。羊产三日，直以手挼核令破，不以脚蹴。若不如此破核者，乳脉细微，摄身则闭；核破脉开，捋乳易得。曾经破核后产者，不须复治。

牛产五日外，羊十日外，羔、犊得乳力强健，能啖水草，然后取乳。捋乳之时，须人斟酌：三分之中，当留一分，以与羔、犊。若取乳太早，及不留一分乳者，羔、犊瘦死。

三月末，四月初，牛羊饱草，便可作酪，以收其利，至八月末止。从九月一日后，止可小小供食，不得多作：天寒草枯，牛羊渐瘦故也。

大作酪时，日暮，牛羊还，即间羔犊别著一处，凌旦早放，母子别群，至日东南角，啖露草饱，驱归捋之。讫，还放之，听羔犊随母。日暮还别。如此得乳多，牛羊不瘦。若不早放先捋者，比竟[11]，日高则露解，常食燥草，无复膏润，非直渐瘦，得乳亦少。

捋讫，于铛釜中缓火煎之——火急则著底焦。常以正月、二月预收干牛羊矢煎乳，第一好：草既灰汁，柴又喜焦；干粪火软，无此二患。常以杓扬乳，勿令溢出；时复彻底纵横直勾，慎勿圆搅，圆搅喜断。亦勿口吹，吹则解。四五沸便止。泻著盆中，勿便扬之。待小冷，掠取乳皮，著别器中，以为酥。

屈木为棬，以张生绢袋子[12]，滤熟乳，著瓦瓶子中卧之[13]。新瓶即直用之，不烧。若旧瓶已曾卧酪者，每卧酪时，辄须灰火中烧瓶，令津出，回转烧之，皆使周匝热彻，好干，待冷乃用。不烧者，有润气，则酪断不成。若日日烧瓶，酪犹有断者，作酪屋中有蛇、虾蟆故也。宜烧人发，羊牛角以辟之，闻臭气则去矣。

其卧酪待冷暖之节，温温小暖于人体为合宜适。热卧则酪醋，伤冷则难成。

滤乳讫，以先成甜酪为酵——大率熟乳一升，用酪半匙——著杓中，以匙痛搅令散，泻著熟乳中，仍以杓搅使均调。以毡、絮之属，茹瓶令暖。良久，以单布盖之。明旦酪成。

若去城中远，无熟酪作酵者，急揄醋飧，研熟以为酵——大率一斗乳，下一匙飧——搅令均调，亦得成。其酢酪为酵者，酪亦醋；甜酵伤多，酪亦醋。

其六七月中作者，卧时令如人体，直置冷地，不须温茹。冬天作者，卧时少令热于人体，降于余月[14]，茹令极热。

作干酪法：七月、八月中作之。日中炙酪，酪上皮成，掠取。更炙之，又掠。肥尽无皮，乃止。得一斗许，于铛中炒少许时，即出于盘上，日曝。浥浥时作团，大如梨许。又曝使干。得经数年不坏，以供远行。

作粥作浆时，细削，著水中煮沸，便有酪味。亦有全掷一团著汤中，尝有酪味，还漉取曝干。一团则得五遍煮，不破。看势两渐薄[15]，乃削研，用倍省矣。

作漉酪法：八月中作。取好淳酪，生布袋盛，悬之，当有水出滴滴然下。水尽，著铛中暂炒，即出于盘上，日曝。浥浥时作团，大如梨许。亦数年不坏。削作粥、浆，味胜前者。炒虽味短[16]，不及生酪，然不炒生虫，不得过夏。干、漉二酪，久停皆有暍气，不如年别新作，岁管用尽。

作马酪酵法：用驴乳汁二三升，和马乳，不限多少。澄酪成，取下淀，团，曝干。后岁作酪，用此为酵也。

抨酥法：以夹榆木碗为杷子——作杷子法：割却碗半上，剜四厢各作一圆孔，大小径寸许，正底施长柄，如酒杷形——抨酥，酥酪甜醋皆得所，数日陈酪极大醋者，亦无嫌。

酪多用大瓮，酪少用小瓮，置瓮于日中。旦起，泻酪著瓮中炙，直至日西南角，起手抨之，令杷子常至瓮底。一食顷，作热汤，水解，令得下手，泻著瓮中。汤多少，令常半酪。乃抨之。良久，酥出，复下冷水。冷水多少，亦与汤等。更急抨之。于此时，杷子不须复达瓮底，酥已浮出故也。酥既遍覆酪上，更下冷水，多少如前。酥凝，抨止。

大盆盛冷水著瓮边，以手接酥，沈手盆水中，酥自浮出。更掠如初，酥尽乃止。抨酥酪浆，中和飧粥。

盆中浮酥，得冷悉凝，以手接取，搦去水，作团，著铜器中，或不津瓦器亦得[17]。十日许，得多少，并内铛中，燃牛羊矢缓火煎，如香泽法。当日内乳涌出，如雨打水声，水乳既尽，声止沸定，酥便成矣。冬即内著羊肚中，夏盛不津器。

初煎乳时，上有皮膜，以手随即掠取，著别器中；泻熟乳著盆中，未滤之前，乳皮凝厚，亦悉掠取；明日酪成，若有黄皮，亦悉掠取：并著瓮中，以物痛熟研良久，下汤又研，亦下冷水，纯是好酥。接取，作团，与大段同煎矣。

羊有疥者，间别之；不别，相染污，或能合群致死。羊疥先著口者，难治多死。

治羊疥方：取藜芦根，㕮咀令破[18]，以泔浸之，以瓶盛，塞口，于灶边常令暖，数日醋香，便中用。以砖瓦刮疥令赤，若强硬痂厚者，亦可以汤洗之，去痂，拭燥，以药汁涂之。再上，愈。若多者，日别渐渐涂之，勿顿涂令遍——羊瘦，不堪药势，便死矣。

又方：去痂如前法。烧葵根为灰。煮醋淀，热涂之，以灰厚傅。再上，愈。寒时勿剪毛，去即冻死矣。

又方：腊月猪脂，加熏黄涂之[19]，即愈。

羊脓鼻眼不净者，皆以中水治方：以汤和盐，用杓研之极咸。涂之为佳。更待冷，接取清，以小角受一鸡子者，灌两鼻各一角，非直水差，永自去虫。五日后，必饮。以眼鼻净为候，不差，更灌，一如前法。

羊脓鼻，口颊生疮如干癣者，名曰“可妒浑”，迭相染易，著者多死，或能绝群，治之方：竖长竿于圈中，竿头施横板，令猕猴上居数日，自然差。此兽辟恶，常安于圈中亦好。

治羊“挟蹄”方：取羝羊脂，和盐煎使熟，烧铁令微赤，著脂烙之。著干地，勿令水泥入。七日自然差耳。

凡羊经疥得差者，至夏后初肥时，宜卖易之。不尔，后年春，疥发必死矣。

凡驴马牛羊收犊子、驹、羔法：常于市上伺候，见含重垂欲生者，辄买取。驹、犊一百五十日，羊羔六十日，皆能自活，不复藉乳。乳母好，堪为种产者，因留之以为种，恶者还卖：不失本价，坐赢驹犊。还更买怀孕者。一岁之中，牛马驴得两番，羊得四倍。羊羔腊月、正月生者，留以作种；余月生者，剩而卖之。用二万钱为羊本，必岁收千口。所留之种，率皆精好，与世间绝殊，不可同日而语之。何必羔犊之饶，又赢毡酪之利矣。羔有死者，皮好作裘褥，肉好作干腊，及作肉酱，味又甚美。

《家政法》曰：“养羊法，当以瓦器盛一升盐，悬羊栏中，羊喜盐，自数还啖之，不劳人收。

“羊有病，辄相污[20]，欲令别病法：当栏前作渎，深二尺，广四尺，往还皆跳过者无病；不能过者，入渎中行过，便别之。”

《术》曰：“悬羊蹄着户上，辟盗贼。泽中放六畜，不用令他人无事横截群中过。道上行，即不讳。”

《龙鱼河图》曰：“羊有一角，食之杀人。”

---

①供厨者，喂养吃肉的。

②剩，阉割。

③脉，睾丸。齿脉碎之，咬碎睾丸。

④蚛（zhòng，音重）颡（sǎng，音嗓），撞伤额头。

⑤薍（wàn，音万），初生的荻。

⑥白羊留母二三日，即母子俱放：白羊出生后，要和母羊关在一个圈里二三天，然后母子一起放出。

⑦很，同狠。

⑧毛床动，底毛开始发生变化。

⑨小觉垢黑，发觉稍有发黑变脏。

⑩穿穴，磨穿成洞。

⑪比竟，等挤过奶后。

⑫张生绢袋子，张开生绢做成的袋子。

⑬卧，保温。

⑭降于余月，其他时候。

⑮看势两渐薄，看着汤和酪团的味道都渐渐清淡时。

⑯味短，酪味弱。

⑰津，渗漏。

⑱㕮（fǔ，音府）咀，咀嚼。

⑲熏黄，雄黄。

⑳相污，很容易传染。

养猪第五十八

《尔雅》曰："豶，豮[①]。么，幼[②]。奏者，豱[③]。""四豴皆白曰豥。""绝有力，豟。牝，豝。"

《小雅》云："彘，猪也。其子曰豚。一岁曰豵。"

《广雅》曰："豨、狃、豭、彘，皆豕也[④]。豯、豰、豚也[⑤]。""豰，艾豭也。"

母猪取短喙无柔毛者良。〔喙长则牙多；一厢三牙以上则不烦畜，为难肥故。有柔毛者，焰治难净也。〕

牝者，子母不同圈。〔子母同圈，喜相聚不食，则死伤。牡者同圈则无嫌。〔牡性游荡，若非家生，则喜浪失。〕圈不厌小。〔圈小则肥疾〕处不厌秽。〔泥污得避暑〕亦须小厂，以避雨雪。

春夏草生，随时放牧。糟糠之属，当日别与。〔糟糠经夏辄败，不中停故。〕八、九、十月，放而不饲。所有糟糠，则蓄待穷冬春初。〔猪性甚便水生之草，杷耧水藻等令近岸，猪则食之，皆肥。〕

初产者，宜煮谷饲之。其子三日便掐尾，六十日后犍[⑥]。〔三日掐尾，则不畏风。凡犍猪死者，皆尾风所致耳。犍不截尾，则前大后小。犍者，骨细肉多；不犍者，骨粗肉少。如犍牛法者，无风死之患。〕十一、十二月生子豚，一宿，蒸之。〔蒸法：索笼盛豚，著甑中，微火蒸之，汗出便罢。〕不蒸则脑冻不合[⑦]，不出旬便死。〔所以然者，豚性脑少，寒盛则不能自暖，故须暖气助之。〕

供食豚，乳下者佳[⑧]，简取别饲之。愁其不肥——共母同圈，粟豆难足——宜埋车轮为食场，散粟豆于内，小豚足食，出入自由，则肥速。

《杂五行书》曰："悬腊月猪羊耳著堂梁上，大富。"

《淮南万毕术》曰："麻盐肥豚豕。"〔取麻子三升，捣千余杵，煮为羹，以盐一升著中，和以糠三斛，饲豕即肥也。〕

---

①豶（wěi，音伟），小阉猪。豮（fén，音坟），阉割过的猪。

②么，幼：么，就是小猪。

③奏者，豱（wēn，音温）：皮理紧腠的，就是豱猪。

④豨（xī，音西），猪。豭（jiā，音家），公猪。

⑤豯（xī，音西），小猪。豱（míng，音名），小猪。

⑥犍，阉割。

⑦脑冻不合，脑部受冻，囟门长不拢。

⑧乳下者，正吃奶的。

养鸡第五十九

《尔雅》曰："鸡，大者蜀。蜀子，维[①]，未成鸡，僆[②]。绝有力，奋。""鸡三尺曰鶤[③]。"郭璞注曰："阳沟巨鶤，古之名鸡。"

《广志》曰："鸡有胡髯、五指、金骹、反翅之种。大者蜀，小者荆。白鸡金骹者，鸣美。吴中送长鸣鸡，鸡鸣长，倍于常鸡。"

《异物志》曰："九真长鸣鸡最长，声甚好，清朗。鸣未必在曙时，潮水夜至，因之并鸣，或名曰'伺潮鸡'。"

《风俗通》云："俗说朱氏公化而为鸡，故呼鸡者，皆言'朱朱'。"

《玄中记》云："东南有桃都山，上有大桃树，名曰'桃都'，枝相去三千里。上有一天鸡，日初出，光照此木，天鸡则鸣，群鸡皆随而鸣也。"

鸡种，取桑落时生者良，〔形小，浅毛，脚细短者是也。守窠，少声，善育雏子。〕春夏生者则不佳。〔形大，毛羽悦泽，脚粗长者是，游荡饶声[④]，产、乳易厌，既不守窠，则无缘蕃息也。〕

鸡，春夏雏，二十日内，无令出窠，饲以燥饭。〔出窠早，不免乌、鸱；与湿饭，则令脐脓也。〕

鸡栖，宜据地为笼，笼内著栈。虽鸣声不朗，而安稳易肥，又免狐狸之患。若任之树林，一遇风寒，大者损瘦，小者或死。

燃柳柴，杀鸡雏[⑤]：小者死，大者盲。〔此亦烧穰杀瓠之流，其理难悉。〕

养鸡令速肥，不杷屋，不暴园，不畏乌、鸱、狐狸法：别筑墙匡，开小门；作小厂，令鸡避雨日。雌雄皆斩去六翮，无令得飞出。常多收秕、稗、胡豆之类以养之，亦作小槽以贮水。荆藩为栖，去地一尺。数扫去尿。凿墙为窠，亦去地一尺。唯冬天著草——不茹则子冻。春夏秋三时则不须，直置土上，任其产、伏；留草则昆虫生。雏出则著外许，以罩笼之。如鹌鹑大，还内墙匡中。其供食者，又别作墙匡，蒸小麦饲之，三七日便肥大矣。

取谷产鸡子供常食法[⑥]：别取雌鸡，勿令与雄相杂，其墙匡、斩翅、荆栖、土窠，一如前法。唯多与谷，令竟冬肥盛，自然谷产矣。一鸡生百余卵，不雏，并食之无咎。饼、炙所须，皆宜用此。

瀹鸡子法[⑦]：打破，泻沸汤中，浮出，即掠取，生熟正得，即加盐醋也。

炒鸡子法：打破，著铜铛中，搅令黄白相杂。细擘葱白，下盐米、浑豉，麻油炒之，甚香美。

《孟子》曰："鸡、豚、狗、彘之畜，无失其时，七十者可以食肉矣。"

《家政法》曰："养鸡法：二月先耕一亩作田，秫粥洒之，刈生茅覆上，自生白虫。便买黄雌鸡十只，雄一只。于地上作屋，方广丈五，于屋下悬箦，令鸡宿上。并作鸡笼，悬中。夏月盛昼，鸡当还屋下息。并于园中筑作小屋，覆鸡得养子，乌不得就[⑧]。"

《龙鱼河图》曰："玄鸡白头[⑨]，食之病人。鸡有六指者亦杀人。鸡有五色者亦杀人。"

《养生论》曰："鸡肉不可食小儿，食令生蚘，又令体消瘦。鼠肉味甘，无毒，令小儿消谷，除寒热，炙食之，良也。"

---

①雓（yú，音余），小鸡。

②僆（liàn，音练），小鸡。

③鹍（kùn，音坤），大鸡。

④游荡饶声，四处乱跑，爱叫喊。

⑤燃柳柴，杀鸡雏：燃烧柳树柴，就会伤害小鸡。

⑥取谷产鸡子供常食法，取得"谷产"的鸡蛋供给平常食用的方法。

⑦瀹（yuè，音月），浸渍。

⑧乌不得就，乌鸦不能靠近。

⑨玄鸡，黑鸡。

养鹅、鸭第六十

《尔雅》曰："舒雁，鹅。"

《广雅》曰："駕鹅①，野鹅也。"

《说文》曰："鴚鵞②，野鹅也。"

晋沈充《鹅赋·序》曰："于时绿眼黄喙，家家有焉。太康中得大苍鹅，从喙至足，四尺有九寸，体色丰丽，鸣声惊人。"

《尔雅》曰："舒凫，鹜。"

《说文》云："鹜，舒凫。"

《广雅》曰："䴌、凫、鹜，鸭也。"

《广志》曰："野鸭，雄者赤头，有距。鹜生百卵，或一日再生；有露华鹜，以秋冬生卵：并出蜀中。"

鹅、鸭，并一岁再伏者为种③。〔一伏者得子少；三伏者，冬寒，雏亦多死也。〕

大率鹅三雌一雄，鸭五雌一雄。鹅初辈生子十余，鸭生数十；后辈皆渐少矣。〔常足五谷饲之，生子多；不足者，生子少。〕

欲于厂屋之下作窠，〔以防猪犬狐狸惊恐之害〕多著细草于窠中，令暖。先刻白木为卵，窠别著一枚以诳之。〔不尔，不肯入窠，喜东西浪生；若独著一窠，后有争窠之患。〕生时寻即收取，别著一暖处，以柔细草覆藉之。〔停置窠中，冻即雏死。〕

伏时，大鹅一十子，大鸭二十子；小者减之。〔多则不周④〕数起者，不任为种。〔数起则冻冷也〕其贪伏不起者，须五六日一与食，起之令洗浴。〔久不起者，饥羸身冷，虽伏无热。〕

鹅鸭皆一月雏出，量雏欲出之时，四五日内，不用闻打鼓、纺车、大叫、猪、犬及舂声；又不用器淋灰，不用见新产妇。〔触忌者，雏多厌杀，不能自出；假令出，亦寻死也。〕

雏既出，别作笼笼之。先以粳米为粥糜，一顿饱食之，名曰"填嗉"。〔不尔喜轩虚羌量而死⑤〕然后以粟饭，切苦菜、芜菁英为食。以清水与之，浊则易⑥。〔不易，泥塞鼻则死。〕入水中，不用停久，寻宜驱出。〔此既水禽，不得水则死；脐未合，久在水中，冷彻亦死。〕于笼中高处，敷细草，令寝处其上。〔雏小，脐未合，不欲冷也。〕十五日后，乃出笼。〔早放者，非直乏力致困，又有寒冷，兼乌鸱灾也。〕

鹅唯食五谷、稗子及草、菜，不食生虫。〔《葛洪方》曰："居'射工'之地[7]，当养鹅，鹅见此物能食之，故鹅辟此物也。"〕鸭，靡不食矣。水稗实成时，尤是所便，啖此足得肥充。

供厨者，子鹅百日以外，子鸭六七十日，佳。过此肉硬。

大率鹅鸭六年以上，老，不复生伏矣，宜去之。少者，初生，伏又未能工。唯数年之中佳耳[8]。

《风土记》曰："鸭，春季雏，到夏五月则任啖，故俗五六月则烹食之。"

作杬子法[9]：纯取雌鸭，无令杂雄，足其粟豆，常令肥饱，一鸭便生百卵。〔俗所谓"谷生"者。此卵既非阴阳合生，虽伏亦不成雏，宜以供膳，幸无麛卵之咎也[10]。〕

取杬木皮，〔《尔雅》曰："杬，鱼毒。"郭璞注曰："杬，大木，子似栗，生南方，皮厚汁赤，中藏卵、果。"无杬皮者，虎杖根、牛李根，并任用。《尔雅》云："蒤，虎杖。"郭璞注云："似红草，粗大，有细节，可以染赤。"〕净洗细茎，锉，煮取汁。率二斗，及热下盐一升和之。汁极冷，内瓮中，〔汁热，卵则致败，不堪久停。〕浸鸭子。一月任食。煮而食之，酒食俱用。咸彻则卵浮。〔吴中多作者，至数十斛。久停弥善，亦得经夏也。〕

---

①鴐（jiā，音加）鹅，野鹅。

②鵱（lù，音陆）鷜（lóu，音楼），鸟名，野鹅。

③伏，同孵。

④不周，不能完全孵化。

⑤轩虚羌量，哑声嘶叫着挣扎。

⑥易，更换。

⑦射工，虫名，即蜮的异名。

⑧唯数年之中佳耳，只有在六年中的中间年份是好的。

⑨杬子，咸鸭蛋。

⑩麛（mí，音迷），小兽。

养鱼第六十一 种莼、藕、莲、芡、芰附

《陶朱公养鱼经》曰："威王聘朱公，问之曰'闻公在湖为渔父，在齐为鸱夷子皮，在西戎为赤精子，在赵为范蠡，有之乎？'曰：'有之。'曰：'公任足千万，家累亿金，何术乎？'

朱公曰'夫治生之法有五，水畜第一。水畜，所谓鱼池也。以六亩地为池，池中有九洲。求怀子鲤鱼长三尺者二十头，牡鲤鱼长三尺者四头，以二月上庚日内池中，令水无声，鱼必生。至四月，内一神守；六月，内二神守；八月，内三神守。'神守'者，鳖也。所以内鳖者，鱼满三百六十，则蛟龙为之长，而将鱼飞去；内鳖，则鱼不复去，在池中，周绕九洲无穷，自谓江湖也。至来年二月，得鲤鱼长一尺者一万五千枚，三尺者四万五千枚，二尺者万枚。枚直五十，得钱一百二十五万。至明年，得长一尺者十万枚，长二尺者五万枚，长三尺者五万枚，长四尺者四万枚。留长二尺者二千枚作种。所余皆货，得钱五百一十五万钱，候至明年，不可胜计也。'

王乃于后苑治池。一年，得钱三十余万。池中九洲、八谷，谷上立水二尺，又谷中立水六尺。

所以养鲤者，鲤不相食，易长又贵也。"〔如朱公收利，未可顿求。然依法为池，养鱼必大丰足，终天靡穷，斯亦无赀之利也。〕

又作鱼池法：三尺大鲤，非近江湖，仓卒难求；若养小鱼，积年不大。欲令生大鱼法：要须载取薮泽陂湖饶大鱼之处、近水际土十数载，以布池底，二年之内，即生大鱼。盖由土中先有大鱼子，得水即生也。

莼《南越志》云："石莼，似紫菜，色青。"

《诗》云："思乐泮水，言采其茆。"毛云："茆，凫葵也。"《诗义疏》云："茆[①]，与葵相似。叶大如手，赤圆，有肥，断著手中，滑不得停也。茎大如箸。皆可生食，又可汋，滑美。江南人谓之莼菜，或谓之水葵。"

《本草》云："治消渴、热痹。"又云："冷，补下气。杂鳢鱼作羹，亦逐水而性滑。谓之淳菜，或谓之水芹。服食之家，不可多啖。"

种莼法：近陂湖者，可于湖中种之；近流水者，可决水为池种之。以深浅为候，水深则茎肥而叶少，水浅则叶多而茎瘦。莼性易生，一种永得。宜净洁，不耐污，粪秽入池即死矣。种一斗余许，足以供用也。

种藕法：春初掘藕根节头，著鱼池泥中种之，当年即有莲花。

种莲子法：八月、九月中，收莲子坚黑者，于瓦上磨莲子头，令皮薄。取墐土作熟泥，封之，如三指大，长二寸，使蒂头平重，磨处尖锐。泥干时，掷于池中，重头沈下，自然周正。皮薄易生，少时即出。其不磨者，皮既坚厚，仓卒不能生也。

种芡法：一名"鸡头"，一名"雁喙"，即今"芡子"是也。由子形上花似鸡冠，故名曰"鸡头"。八月中收取，擘破，取子，散著池中，自生也。

种芰法：一名菱。秋上子黑熟时，收取，散著池中，自生矣。

《本草》云："莲、菱、芡中米，上品药。食之，安中补藏，养神强志，除百病，益精气，耳目聪明，轻身耐老。多蒸曝，蜜和饵之，长生神仙。"多种，俭岁资此，足度荒年。

①茆（mǎo，音卯），莼菜。

货殖第六十二

范蠡曰："计然云：'旱则资车，水则资舟，物之理也。'"

白圭曰："趣时若猛兽鸷鸟之发。故曰：吾治生犹伊尹、吕尚之谋，孙吴用兵，商鞅行法是也。"

《汉书》曰："秦汉之制，列侯、封君食租，岁率户二百，千户之君则二十万；朝觐、聘享出其中。庶民、农、工、商贾，率亦岁万息二千，百万之家则二十万；而更徭、租赋出其中。"

"故曰：陆地，牧马二百蹏，〔孟康曰：五十匹也。蹏，古蹄字。〕牛蹄、角千，〔孟康曰：一百六十七头。牛马贵贱，以此为率。〕千足羊；〔师古曰："凡言千足者，二百五十头也。"〕泽中，千足彘；水居，千石鱼陂；〔师古曰："言有大陂养鱼，一岁收千石。鱼以斤两为计。"〕山居，千章之楸；〔楸任方章者千枚也。师古曰：大材曰章，解在《百官公卿表》。〕安邑千树枣，燕、秦千树栗，蜀、汉、江陵千树橘，淮北荥南济、河之间千树楸，陈夏千亩漆，齐鲁千亩桑麻，渭川千亩竹；及名国万家之城，带郭千亩亩锺之田，〔孟康曰：一锺受六斛四斗。师古曰：一亩收锺者，凡千亩。〕若千亩栀、茜，〔孟康曰：茜草、栀子，可用染也。〕千畦姜、韭：此其人，皆与千户侯等。”

“谚曰：‘以贫求富，农不如工，工不如商，刺绣文不如倚市门。’此言末业，贫者之资也。”〔师古曰：言其易以得利也。〕

“通邑大都：酤，一岁千酿，〔师古曰：千缸以酿酒。〕醯、酱千缸，〔师古曰：缸，长颈罂也，受十升。〕浆千儋[①]，〔孟康曰：儋，罂也。师古曰：儋，人儋之也，一儋两罂。〕屠牛、羊、彘千皮，谷籴千锺，〔师古曰：谓常籴取而居之。〕薪藁千车，船长千丈，木千章，〔洪洞方章材也。旧将作大匠掌材者曰章曹掾。〕竹竿万个，轺车百乘，〔师古曰：轺车，轻小车也。〕牛车千两，木器漆者千枚，铜器千钧，〔钧，三十斤也。〕素木、铁器若梔、茜千石，〔孟康曰：百二十斤为石。素木，素器也。〕马蹄、噭千[②]，〔师古曰：噭，口也。蹄与口共千，则为马二百也。〕牛千足，羊、彘千双，僮手指千，〔孟康曰：僮，奴婢也。古者无空手游口，皆有作务，作务须手指，故曰‘手指’，以别马牛蹄角也。师古曰：手指，谓有巧伎者，指千则人百。〕筋、角、丹砂千斤，其帛、絮、细布千钧，文、采千匹，〔师古曰：文，文缯也。帛之有色者曰采。〕荅布、皮革千石，〔孟康曰：荅布，白叠也。师古曰：粗厚之布也。其价贱，故与皮革同其量耳，非白叠也。荅者，重厚之貌。〕漆千大斗，〔师古曰：大斗者，异于量米粟之斗也。今俗犹有大量。〕糵曲、盐豉千合，〔师古曰：曲糵以斤石称之，轻重齐则为合；盐豉则斗斛量之，多少等亦为合。合者，相配为耦之言耳。今西楚荆、沔之俗，卖盐豉者，盐、豉各一斗，则各裹而相随焉，此则合也。说者不晓，乃读为升合之‘合’，又改作‘台’，竟为解说，失之远矣。〕鲐、鮆千斤[③]，〔师古曰：鲐，海鱼也。鮆，刀鱼也，饮而不食者。而说者妄读鲐为‘夷’，非惟失于训物，亦不知音矣。〕鮿、鲍千钧[④]，〔师古曰：鮿，膊鱼也，即今不著盐而干者也。鲍，今之鲍鱼也[⑤]。而说者用读鲍为鮑鱼之鮑[⑥]，失义远矣。郑康成以为：鲍，于煏室干之。亦非也。煏室干之，即鮿耳，盖今巴、荆人所呼‘鰎鱼’者是也，音居偃反。秦始皇载鲍乱臭，则是鲍鱼耳；而煏室干者，本不臭也。〕枣、栗千石者三之，〔师古曰：三千石。〕狐、貂裘千皮，羔羊裘千石，〔师古曰：狐、貂贵，故计其数；羔羊贱，故称其量也。〕旃席千具，它果采千种，〔师古曰：果采，谓于山野采取果实也。〕子贷金钱千贯，节驵侩，〔孟康曰：节，节物贵贱也，谓除估侩，其余利比于千乘之家也。师古曰：侩者，合会二家交易者也；驵者，其首率也。〕贪贾三之，廉贾五之：〔孟康曰：贪贾，未当卖而卖，未当买而买，故得利少，而十得其三；廉贾，贵乃卖，贱乃买，故十得五也。〕亦比千家之家。此其大率也。”

“卓氏曰：……吾闻岷山之下沃野，下有踆鸱[⑦]，至死不饥。”〔孟康曰：踆者蹲，水乡多鸱；其山下有沃野灌溉。师古曰：孟说非也。踆鸱，谓芋也。其根可食在充粮，故无饥年。《华阳国志》曰：汶山郡都安县有大芋如蹲鸱也。谚曰：富何卒？耕水窟；贫何卒？亦耕水窟。言下田能贫能富。〕

“丙氏……家，自父兄、子弟约：俯有拾，仰有取。”

《淮南子》曰：“贾多端则贫，工多伎则穷，心不一也。”〔高诱曰：“贾多端，非一术；工多伎，非一能：故心不一也。”〕

---

①儋（dàn，音旦），同担。

②噭（qiào，音窍），口。

③鲐（tái，音台），鱼名。鮆（jì，音季），鱼名。

④鮿（zhé，音折），淡干鱼。鲍，咸鱼。

⑤鲍（yè，音叶），盐渍鱼。

⑥鮠（wéi，音维），动物名。

⑦踆（cūn，音村），通蹲。

涂瓮第六十三

凡瓮，七月坯为上，八月为次，余月为下。

凡瓮，无问大小，皆须涂治；瓮津则造百物皆恶，悉不成，所以特宜留意。新出窑及热脂涂者，大良。若市买者，先宜涂治，勿便盛水。〔未涂遇雨，亦恶。〕

涂法：掘地为小圆坑，〔旁开两道，以引风火。〕生炭火于坑中，合瓮口于坑上而熏之。〔火盛喜破，微则难热，务令调适乃佳。〕数数以手摸之，热灼人手，便下。泻热脂于瓮中，回转浊流，极令周匝；脂不复渗，乃止。〔牛羊脂为第一好，猪脂亦得。俗人用麻子脂者，误人耳。若脂不浊流，直一遍拭之，亦不免津。俗人釜上蒸瓮者，水气，亦不佳。〕以热汤数斗著瓮中，涤荡疏洗之，泻却；满盛冷水。数日，便中用。〔用时更洗净，日曝令干。〕

造神曲并酒第六十四　女曲在卷九藏瓜中

作三斛曲法：蒸、炒、生，各一斛。炒麦：黄，莫令焦。生麦：择治甚令精好。种各别磨。磨欲细。磨讫，合和之。

七月取中寅日，使童子著青衣，日未出时，面向杀地[①]，汲水二十斛。勿令人泼水，水长亦可泻却，莫令人用。其和曲之时，面向杀地和之，令使绝强。团曲之人，皆是童子小儿，亦面向杀地，有污秽者不使。不得令人室近[②]。团曲，当日使讫，不得隔宿。屋用草屋，勿使瓦屋。地须净扫，不得秽恶；勿令湿。画地为阡陌，周成四巷。作“曲人”，各置巷中，假置“曲王”，王者五人。曲饼随阡陌比肩相布。

布讫，使主人家一人为主，莫令奴客为主。与“王”酒脯之法：湿“曲王”手中为碗，碗中盛酒、脯、汤饼。主人三遍读文，各再拜。

其房欲得板户，密泥涂之，勿令风入。至七日开，当处翻之，还令泥户。至二七日，聚曲，还令涂户，莫使风入。至三七日，出之，盛著瓮中，涂头。至四七日，穿孔，绳贯，日中曝，欲得使干，然后内之。其曲饼，手团二寸半，厚九分。

祝曲文：东方青帝土公、青帝威神，南方赤帝土公、赤帝威神，西方白帝土公、白帝威神，北方黑帝土公、黑帝威神，中央黄帝土公、黄帝威神，某年、月，某日、辰，朝日，敬启五方五土之神：

主人某甲，谨以七月上辰，造作麦曲数千百饼，阡陌纵横，以辨疆界，须建立五王，各布封境。酒、脯之荐，以相祈请，愿垂神力，勤鉴所领：使虫类绝踪，穴虫潜影；衣色锦布，或蔚或炳。杀热火焚，以烈以猛；芳越薰椒，味超和鼎。饮利君子，既醉既逞；惠彼小人，亦恭亦静。敬告再三，格言斯整。神之听之，福应自冥。人愿无违，希从毕永。急急如律令。

祝三遍，各再拜。

造酒法：全饼曲，晒经五日许，日三过以炊帚刷治之，绝令使净。若遇好日，可三日晒。然后细锉，布帊盛[③]，高屋厨上晒经一日，莫使风土秽污。乃平量曲一斗，臼中捣令碎。若浸曲一斗，与五升水。浸曲三日，如鱼眼汤沸[④]，酘米[⑤]。其米绝令精细。淘米可二十遍。酒饭，人狗不令啖。淘米及炊釜中水、为酒之具有所洗浣者，悉用河水佳也。

若作秫、黍米酒，一斗曲，杀米二石一斗[6]：第一酘，米三斗；停一宿，酘米五斗；又停再宿，酘米一石；又停三宿，酘米三斗。其酒饭，欲得弱炊，炊如食饭法，舒使极冷，然后纳之。

若作糯米酒，一斗曲，杀米一石八斗。唯三过酘米毕。其炊饭法，直下馈[7]，不须报蒸。其下馈法：出馈瓮中，取釜下沸汤浇之，仅没饭便止。（此元仆射家法）

又造神曲法：其麦蒸、炒、生三种齐等，与前同；但无复阡陌、酒脯、汤饼、祭曲王及童子手团之事矣。

预前事麦三种，合和细磨之。七月上寅日作曲。溲欲刚，捣欲精细，作熟。饼用圆铁范，令径五寸，厚一寸五分，于平板上，令壮士熟踏之。以杙刺作孔[8]。

净扫东向开户屋，布曲饼于地，闭塞窗户，密泥缝隙，勿令通风。满七日翻之，二七日聚之，皆还密泥。三七日出外，日中曝令燥，曲成矣。任意举、阁，亦不用瓮盛。瓮盛者则曲乌肠，乌肠者，绕孔黑烂。若欲多作者任人耳，但须三麦齐等，不以三石为限。

此曲一斗，杀米三石；笨曲一斗，杀米六斗：省费悬绝如此。用七月七日焦麦曲及春酒曲，皆笨曲法。

造神曲黍米酒方：细锉曲，燥曝之。曲一斗，水九斗，米三石。须多作者，率以此加之。其瓮大小任人耳。桑欲落时作，可得周年停。初下用米一石，次酘五斗、又四斗，又三斗，以渐待米消即酘，无令势不相及。味足沸定为熟。气味虽正，沸未息者，曲势未尽，宜更酘之；不酘则酒味苦、薄矣。得所者，酒味轻香，实胜凡曲。初酿此酒者，率多伤薄，何者？犹以凡曲之意忖度之，盖用米既少，曲势未尽故也，所以伤薄耳。不得令鸡狗见。所以专取桑落时作者，黍必令极冷也。

又神曲法：以七月上寅日造。不得令鸡狗见及食。看麦多少，分为三分：蒸、炒二分正等；其生者一分，一石上加一斗半。各细磨，和之。溲时微令刚，足手熟揉为佳。使童男小儿饼之，广三寸，厚二寸。须西厢东向开户屋中，净扫地，地上布曲：十字立巷，令通人行；四角各造“曲奴”一枚。讫，泥户勿令泄气。七日开户翻曲，还塞户。二七日聚，又塞之。三七日出之。作酒时，治曲如常法，细锉为佳。

造酒法：用黍米二斛，神曲一斗，水八斗。初下米五斗，米必令五六十遍淘之。第二酘七斗米。三酘八斗米。满二石米以外，任意斟裁。然要须米微多，米少酒则不佳。冷暖之法，悉如常酿，要在精细也。

神曲粳米醪法：春月酿之。燥曲一斗，用水七斗，粳米两石四斗。浸曲发如鱼眼汤。净淘米八斗，炊作饭，舒令极冷。以毛袋漉去曲滓，又以绢滤曲汁于瓮中，即酘饭。候米消，又酘八斗；消尽，又酘八斗。凡三酘，毕。若犹苦者，更以二斗酘之。此酒合醅饮之可也[9]。

又作神曲方：以七月中旬以前作曲为上时，亦不必要须寅日；二十日以后作者，曲渐弱。凡屋皆得作，亦不必要须东向开户草屋也。大率小麦生、炒、蒸三种等分，曝蒸者令干，三种合和，碓𥗬。净簸择，细磨。罗取麸，更重磨，唯细为良，粗则不好。锉胡叶，煮三沸汤。待冷，接取清者，溲曲。以相著为限，大都欲小刚，勿令太泽。捣令可团便止，亦不必满千杵。以手团之，大小厚薄如蒸饼剂，令下微浥浥。刺作孔。丈夫妇人皆团之，不必须童男。

其屋，预前数日著猫，塞鼠窟，泥壁，令净扫地。布曲饼于地上，作行伍[10]，勿令相逼，当中十字通阡陌，使容人行。作“曲王”五人，置之于四方及中央：中央者面南，四方者面皆向内。酒脯祭与不祭，亦相似，今从省。

布曲讫，闭户密泥之，勿使漏气。一七日，开户翻曲，还著本处，泥闭如初。二七日聚之：

若止三石麦曲者，但作一聚，多则分为两三聚；泥闭如初。三七日，以麻绳穿之，五十饼为一贯，悬著户内，开户，勿令见日。五日后，出著外许悬之。昼日晒，夜受露霜，不须覆盖。久停亦尔，但不用被雨。此曲得三年停，陈者弥好。

神曲酒方：净扫刷曲令净，有土处，刀削去，必使极净。反斧背椎破，令大小如枣、栗；斧刃则杀小。用故纸糊席，曝之。夜乃勿收，令受霜露。风、阴则收之，恐土污及雨润故也。若急须者，曲干则得；从容者，经二十日许受霜露，弥令酒香。曲必须干，润湿则酒恶。

春秋二进酿者，皆得过夏；然桑落时作者，乃胜于春。桑落时稍冷，初浸曲，与春同；及下酿，则茹瓮——止取微暖，勿太厚，太厚则伤热。春则不须，置瓮于砖上。

秋以九月九日或十九日收水，春以正月十五日，或以晦日，及二月二日收水，当日即浸曲。此四日为上时，余日非不得作，恐不耐久。收水法，河水第一好；远河者取极甘井水，小咸则不佳。

清曲法[11]：春十日或十五日，秋十五或二十日。所以尔者，寒暖有早晚故也。但候曲香沫起，便下酿。过久曲生衣，则为失候；失候则酒重钝，不复轻香。

米必细脨，净淘三十许遍；若淘米不净，则酒色重浊。大率曲一斗，春用水八斗，秋用水七斗；秋杀米三石，春杀米四石。初下酿，用黍米四斗，再馏弱炊，必令均熟，勿使坚刚、生减也[12]。于席上摊黍饭令极冷，贮出曲汁，于盆中调和，以手搦破之，无块，然后内瓮中。春以两重布覆，秋于布上加毡，若值天寒，亦可加草。一宿、再宿，候米消，更酘六斗。第三酘用米或七八斗。第四、第五、第六酘，用米多少，皆候曲势强弱加减之，亦无定法。或再宿一酘，三宿一酘，无定准，惟须消化乃酘之。每酘皆挹取瓮中汁调和之，仅得和黍破块而已，不尽贮出。每酘即以酒杷遍搅令均调，然后盖瓮。

虽言春秋二时杀米三石、四石，然要须善候曲势：曲势未穷，米犹消化者，便加米，唯多为良。世人云："米过酒甜。"此乃不解法。候酒冷沸止，米有不消者，便是曲势尽。

酒若熟矣，押出，清澄。竟夏直以单布覆瓮口，斩席盖布上，慎勿瓮泥；瓮泥封交即酢坏。

冬亦得酿，但不及春秋耳。冬酿者，必须厚茹瓮、覆盖。初下酿，则黍小暖下之。一发之后，重酘时，还摊黍使冷——酒发极暖，重酿暖黍，亦酢矣。

其大瓮多酿者，依法倍加之。其糠、沈杂用[13]，一切无忌。

河东神曲方：七月初治麦，七日作曲。七日未得作者，七月二十日前亦得。麦一石者，六斗炒，三斗蒸，一斗生，细磨之。桑叶五分，苍耳一分，艾一分，茱萸一分——若无茱萸，野蓼亦得用——合煮取汁，令如酒色。漉去滓，待冷，以和曲，勿令太泽。捣千杵。饼如凡饼，方范作之[14]。

卧曲法：先以麦䴷布地[15]，然后著曲讫，又以麦䴷覆之。多作者，可以用箔、槌，如养蚕法。覆讫，闭户。七日，翻曲，还以䴷覆之。二七日，聚曲，亦还覆之。三七日，瓮盛。后经七日，然后出曝之。

造酒法：用黍米。曲一斗，杀米一石。秫米令酒薄，不任事。治曲必使表里、四畔、孔内，悉皆净削，然后细锉，令如枣、栗。曝便极干。一斗曲，用水二斗五升。

十月桑落初冻则收水酿者为上时。春酒正月晦日收水为中时。春酒，河南地暖，二月作；河北地寒，三月作；大率用清明节前后耳。初冻后，尽年暮，水脉既定，收取则用；其春酒及余月，皆须煮水为五沸汤，待冷浸曲，不然则动。十月初冻尚暖，未须茹瓮；十一月、十二月，须黍穰茹之。

浸曲，冬十日，春七日，候曲发，气香沫起，便酿。隆冬寒厉，虽日茹瓮，曲汁犹冻，临下酿时，宜漉出冻凌，于釜中融之——取液而已，不得令热。凌液尽，还泻著瓮中，然后下黍，不尔则伤冷。假令瓮受五石米者，初下酿，止用米一石。淘米须极净，水清乃止。炊为馈，下著空瓮中，以釜中炊汤，及热沃之，令馈上水深一寸余便止。以盆合头。良久水尽，馈极熟软，便于席上摊之使冷。贮汁于盆中，搦黍令破，泻著瓮中，复以酒杷搅之。每酘皆然。唯十一月、十二月天寒水冻，黍须人体暖下之；桑落、春酒，悉皆冷下。初冷下者，酘亦冷；初暖下者，酘亦暖；不得回易冷热相杂。次酘八斗，次酘七斗，皆须候曲蘖强弱增减耳，亦无定数。

大率：中分米，半前作沃馈，半后作再馏黍。纯作沃馈，酒便钝[16]；再馏黍，酒便轻香：是以须中半耳。

冬酿六七酘，春作八九酘。冬欲温暖，春欲清凉。酘米太多则伤热，不能久。春以单布覆瓮，冬用荐盖之。冬，初下酿时，以炭火掷著瓮中，拔刀横于瓮上。酒熟乃去之。冬酿十五日熟，春酿十日熟。

至五月中，瓮别碗盛，于日中炙之，好者不动，恶者色变。色变者宜先饮，好者留过夏。但合醅停须臾便押出，还得与桑落时相接。地窖著酒，令酒土气，唯连檐草屋中居之为佳。瓦屋亦热。作曲、浸曲、炊、酿，一切悉用河水。无手力之家，乃用甘井水耳。

《淮南万毕术》曰："酒薄复厚，渍以莞蒲。"〔断蒲渍酒中，有顷出之，酒则厚矣。〕

凡冬月酿酒，中冷不发者，以瓦瓶盛热汤，坚塞口，又于釜汤中煮瓶，令极热，引出，著酒瓮中，须臾即发。

---

①面向杀地，面朝"杀地"的方向。

②不得令人室近，不能让曲室靠近有人居住的房屋。

③杷（pā，音葩），布。

④如鱼眼汤沸，冒出如鱼眼大小的气泡。

⑤酘（tóu，音投），酒再酿。

⑥杀，消耗。

⑦馈（fēn，音分），蒸。

⑧杙（yì，音义），小木桩。

⑨醅（pēi，音胚），未滤的酒。

⑩作行伍，排成行列。

⑪清曲，清酒。

⑫生减，增加或减少。

⑬沈，汁。此指酿酒所剩的汤。

⑭方范，方型模子。

⑮䅌（juān，音涓），麦茎，麦秆。

⑯钝，浊，指酒浊。

白醪曲第六十五 皇甫吏部家法

作白醪曲法：取小麦三石，一石熬之，一石蒸之，一石生。三等合和，细磨作屑。煮胡叶汤，经宿使冷，和麦屑，捣令熟。踏作饼：圆铁作范，径五寸，厚一寸余。床上置箔，箔上安蘧蒢[①]，蘧蒢上置桑薪灰，厚二寸。作胡叶汤令沸，笼子中盛曲五六饼许，著汤中，少时出，卧置灰中，用生胡叶覆上——以经宿，勿令露湿——特覆曲薄遍而已。七日翻，二七日聚，三七日收，曝令干。作曲屋，密泥户，勿令风入。若以床小，不得多著曲者，可四角头竖槌，重置椽箔如养蚕法。七月作之。

酿白醪法：取糯米一石，冷水净淘，漉出著瓮中，作鱼眼沸汤浸之。经一宿，米欲绝酢；炊作一馏饭，摊令绝冷。取鱼眼汤沃浸米泔二斗，煎取六升，著瓮中，以竹扫冲之，如茗渤。复取水六斗，细罗曲末一斗，合饭一时内瓮中，和搅令饭散。以毡物裹瓮，并口覆之。经宿米消，取生疏布漉出糟。别炊好糯米一斗作饭，热著瓮中为汛，以单布覆瓮。经一宿，汛米消散，酒味备矣。若天冷，停三五日弥善。

一酿：一斛米，一斗曲末，六斗水，六升浸米浆。若欲多酿，依法别瓮中作，不得并在一瓮中。四月、五月、六月、七月皆得作之。其曲预三日以水洗令净，曝干用之。

---

①蘧（qú，音渠）篨（chú，音除），用苇或竹编的粗席。

笨曲并酒第六十六

作秦州春酒曲法：七月作之，节气早者，望前作；节气晚者，望后作。用小麦不虫者，于大镬釜中炒之。炒法：钉大橛，以绳缓缚长柄匕匙著橛上，缓火微炒。其匕匙如挽棹法，连疾搅之，不得暂停，停则生熟不均。候麦香黄便出，不用过焦。然后簸择，治令净。磨不求细；细者酒不断[①]，粗，刚强难押。

预前数日刈艾，择去杂草，曝之令萎，勿使有水露气。溲曲欲刚，洒水欲均。初溲时，手搦不相著者佳。溲讫，聚置经宿，来晨熟捣。作木范之：令饼方一尺，厚二寸。使壮士熟踏之。饼成，刺作孔。竖槌，布艾椽上，卧曲饼艾上，以艾覆之。大率下艾欲厚，上艾稍薄。密闭窗、户。三七日曲成。打破，看饼内干燥，五色衣成，便出曝之；饼中未燥，五色衣未成，更停三五日，然后出。反覆日晒，令极干，然后高厨上积之。此曲一斗，杀米七斗。

作春酒法：治曲欲净，锉曲欲细，曝曲欲干。以正月晦日，多收河水；井水若咸，不堪淘米，下馈亦不得。

大率一斗曲，杀米七斗，用水四斗，率以此加减之。十七石瓮，惟得酿十石米，多则溢出。作瓮随大小，依法加减。浸曲七八日，始发，便下酿。假令瓮受十石米者，初下以炊米两石为再馏黍。黍熟，以净席薄摊令冷，块大者擘破，然后下之。没水而已，勿更挠劳。待至明旦，以酒杷搅之，自然解散也。初下即搦者，酒喜厚浊。下黍讫，以席盖之。

以后，间一日辄更酘，皆如初下法。第二酘用米一石七斗，第三酘用米一石四斗，第四酘用米一石一斗，第五酘用米一石，第六酘、第七酘各用米九斗：计满九石，作三五日停。尝看之，气味足者乃罢。若犹少味者，更酘是三四斗。数日复尝，仍未足者，更酘三二斗。数日复尝，曲势壮，酒乃苦者，亦可过十石米，但取味足而已，不必要止十石。然必须看候，勿使米过，过则酒甜。其七酘以前，每欲酘时，酒薄霍霍者，是曲势盛也，酘时宜加米，与次前酘等——虽势极盛，亦不得过次前一酘斛斗也。势弱酒厚者，须减米三斗。势盛不加，便为失候；势弱不减，刚强不消。加减之间，必须存意。

若多作五瓮以上者，每炊熟，即须均分熟黍，令诸瓮遍得；若偏酘一瓮令足[②]，则余瓮比候黍熟[③]，已失酘矣。

酘，常令寒食前得再酘乃佳，过此便稍晚。若邂逅不得早酿者，春水虽臭，仍自中用。

淘米必须极净。常洗手剔甲，勿令手有咸气；则令酒动，不得过夏。

作颐曲法：断理麦艾布置法，悉与春酒曲同；然以九月中作之。大凡作曲，七月最良；然七月多忙，无暇及此，且颐曲[④]。然此曲九月作，亦自无嫌。若不营春酒曲者，自可七月中作之。俗人多以七月七日作之。崔寔亦曰："六月六日，七月七日，可作曲。"

其杀米多少，与春酒曲同。但不中为春酒[⑤]：喜动。以春酒曲作颐酒，弥佳也。

作颐酒法：八月、九月中作者，水未定，难调适，宜煎汤三四沸，待冷然后浸曲，酒无不佳。大率用水多少，酘米之节[⑥]，略准春酒[⑦]，而须以意消息之[⑧]。十月桑落时者，酒气味颇类春酒。

河东颐白酒法：六月、七月作。用笨曲，陈者弥佳，铲治，细锉。曲一斗，熟水三斗，黍米七斗。曲杀多少，各随门法。常于瓮中酿。无好瓮者，用先酿酒大瓮，净洗曝干，侧瓮著地作之。

旦起，煮甘水，至日午，令汤色白乃止。量取三斗，着盆中。日西，淘米四斗，使净，即浸。夜半炊作再馏饭，令四更中熟，下黍饭席上，薄摊，令极冷。于黍饭初熟时浸曲，向晓昧旦日未出时[⑨]，下酿，以手搦破块，仰置勿盖。日西更淘三斗米浸，炊还令四更中稍熟，摊极冷，日未出前酘之，亦搦块破。明日便熟。押出之。酒气香美，乃胜桑落时作者。

六月中，唯得作一石米。酒停得三五日。七月半后，稍稍多作。于北向户大屋中作之第一。如无北向户屋，于清凉处亦得。然要须日未出前清凉时下黍；日出以后热，即不成。一石米者，前炊五斗半，后炊四斗半。

笨曲桑落酒法：预前净铲曲，细锉，曝干。作酿池，以藁茹瓮，不茹瓮则酒甜，用穰则太热。黍米淘须极净。以九月九日日未出前，收水九斗，浸曲九斗。当日即炊米九斗为馈。下馈著空瓮中，以釜内炊汤及热沃之，令馈上游水深一寸余便止。以盆合头。良久水尽，馈熟极软，泻著席上，摊之令冷。挹取曲汁，于瓮中搦黍令破，泻瓮中，复以酒杷搅之。每酘皆然。两重布盖瓮口。七日一酘，每酘皆用米九斗。随瓮大小，以满为限。假令六酘，半前三酘，皆用沃馈，半后三酘，作再馏黍。其七酘者，四炊沃馈，三炊黍饭。瓮满好熟，然后押出。香美势力，倍胜常酒。

笨曲白醪酒法：净削治曲，曝令燥。渍曲必须累饼置水中，以水没饼为候。七日许，搦令破，漉去滓。炊糯米为黍，摊令极冷，以意酘之。且饮且酘，乃至尽[⑩]。粳米亦得作。作时必须寒食前令得一酘之也。

蜀人作酴酒法[⑪]：十二月朝，取流水五斗，渍小麦曲二斤，密泥封。至正月、二月冻释，发，漉去滓，但取汁三斗，杀米三斗。炊作饭，调强软。合和，复密封。数十日便熟。合滓餐之，甘、辛、滑如甜酒味，不能醉人。多啖，温温小暖而面热也。

粱米酒法：凡粱米皆得用；赤粱、白粱者佳。春秋冬夏，四时皆得作。净治曲如上法。笨曲一斗，杀米六斗；神曲弥胜。用神曲，量杀多少，以意消息。春、秋、桑叶落时，曲皆细锉；冬则捣末，下绢簁。大率一石米，用水三斗。春、秋、桑落三时，冷水浸曲，曲发，漉去滓。冬即蒸瓮使热，穰茹之；以所量水，煮少许粱米薄粥，摊待温温以浸曲；一宿曲发，便炊，下酿，不去滓。

看酿多少，皆平分米作三分，一分一炊。净淘，弱炊为再馏，摊令温温暖于人体，便下，以杷搅之。盆合，泥封。夏一宿，春秋再宿，冬三宿，看米好消，更炊酘之，还泥封。第三酘，亦如之。三酘毕，后十日，便好熟。押出。酒色漂漂与银光一体，姜辛、桂辣、蜜甜、胆苦，悉在其中，芬芳酷烈，轻俊犹爽，超然独异，非黍、秫之俦也。

穄米酎法[12]：净治曲如上法。笨曲一斗，杀米六斗；神曲弥胜。用神曲者，随曲杀多少，以意消息。曲，捣作末，下绢簁。计六斗米，用水一斗。从酿多少，率以此加之。

米必须師，净淘，水清乃止，即经宿浸置。明旦，碓捣作粉，稍稍箕簸，取细者如糕粉法。讫，以所量水煮少许穄粉作薄粥。自余粉悉于甑中干蒸，令气好馏，下之，摊令冷，以曲末和之，极令调均。粥温温如人体时，于瓮中和粉，痛抨使均柔，令相著；亦可椎打，如椎曲法。擘破块，内著瓮中。盆合，泥封。裂则更泥，勿令漏气。

正月作，至五月大雨后，夜暂开看，有清中饮[13]，还泥封。至七月，好熟。接饮，不押。三年停之，亦不动。一石米，不过一斗糟，悉著瓮底。酒尽出时，冰硬糟脆，欲似石灰。酒色似麻油，甚酽。先能饮好酒一斗者，唯禁得升半。饮三升，大醉。三升不浇，必死。

凡人大醉，酩酊无知，身体壮热如火者，作热汤，以冷水解——名曰“生熟汤”，汤令均均小热，得通人手——以浇醉人。汤淋处即冷，不过数斛汤，回转翻覆，通头面痛淋，须臾起坐。与人此酒，先问饮多少，裁量与之。若不语其法，口美不能自节，无不死矣。一斗酒，醉二十人。得者无不传饷亲知以为乐[14]。

黍米酎法：亦以正月作，七月熟。净治曲，捣末，绢簁如上法。笨曲一斗，杀米六斗；用神曲弥佳，亦随曲杀多少，以意消息。米细師，净淘，弱炊再馏黍，摊冷。以曲末于瓮中和之，挼令调均，擘破块，著瓮中。盆合，泥封。五月暂开，悉同穄酎法。芬香美酽，皆亦相似。

酿此二酝[15]，常宜谨慎：多，喜杀人；以饮少，不言醉死，正疑药杀。尤须节量，勿轻饮之。

粟米酒法：唯正月得作，余月悉不成。用笨曲，不用神曲。粟米皆得作酒，然青谷米最佳。治曲、淘米，必须细、净。

以正月一日日未出前取水。日出，即晒曲。至正月十五日，捣曲作末，即浸之。大率曲末一斗，堆量之；水八斗；杀米一石。米，平量之。随瓮大小，率以此加，以向满为度。随米多少，皆平分为四分，从初至熟，四炊而已。

预前经宿浸米令液，以正月晦日向暮炊酿，正作馈耳，不为再馏。饭欲熟时，预前作泥置瓮边，馈熟即举甑，就瓮下之，速以酒杷就瓮中搅作三两遍，即以盆合瓮口，泥密封，勿令漏气。看有裂处，更泥封。七日一酘，皆如初法。四酘毕，四七二十八日，酒熟。

此酒要须用夜[16]，不得白日。四度酘者，及初押酒时，皆回身映火，勿使烛明及瓮。酒熟，便堪饮。未急待，且封置，至四五月押之弥佳。押讫，还泥封，须便择取荫屋贮置，亦得度夏。气味香美，不减黍米酒。贫薄之家，所宜用之，黍米贵而难得故也。

又造粟米酒法：预前细锉曲，曝令干，末之。正月晦日日未出时，收水浸曲。一斗曲，用水七斗。曲发便下酿，不限日数。米足便休为异耳。自余法用[17]，一与前同。

作粟米炉酒法：五月、六月、七月中作之倍美。受二石以下瓮子，以石子二三升蔽瓮底。夜炊粟米饭。即摊之令冷，夜得露气，鸡鸣乃和之。大率米一石，杀曲末一斗，春酒糟末一斗，粟米饭五斗。曲杀若少，计须减饭。和法：痛挼令相杂，填满瓮为限。以纸盖口，砖押上，勿泥之，泥则伤热。五六日后，以手内瓮中，看冷无热气，便熟矣。酒停亦得二十许日。以冷水浇，筒饮之。醑出者，歇而不美[18]。

魏武帝上九酝法，奏曰：“臣县故令九酝春酒法：用曲三十斤，流水五石，腊月二日渍曲。正月冻解，用好稻米，漉去曲滓便酿。法引曰：‘譬诸虫，虽久多完。’三日一酿，满九石米止。臣得法，酿之常善。其上清，滓亦可饮。若以九酝苦，难饮，增为十酿，易饮不病。”

九酝用米九斛，十酝用米十斛，俱用曲三十斤，但米有多少耳。治曲淘米，一如春酒法。

浸药酒法：——以此酒浸五茄木皮，及一切药，皆有益，神效。——用春酒曲及笨曲，不用神曲。糠、沈埋藏之，勿使六畜食。治曲法：须斫去四缘、四角、上下两面，皆三分去一，孔中亦剜去。然后细锉，燥曝，末之。大率曲末一斗，用水一斗半。多作依此加之。酿用黍，必须细𦈢，淘欲极净，水清乃止。用米亦无定方，准量曲势强弱。然其米要须均分为七分，一日一酘，莫令空阙，阙即折曲势力。七酘毕，便止。熟即押出之。春秋冬夏皆得作。茹瓮厚薄之宜，一与春酒同，但黍饭摊使极冷，冬即须物覆瓮。其斫去之曲，犹有力，不废余用耳。

《博物志》**胡椒酒法**："以好春酒五升；干姜一两，胡椒七十枚，皆捣末；好美安石榴五枚，押取汁。皆以姜、椒末，及安石榴汁，悉内著酒中，火暖取温。亦可冷饮，亦可热饮之。温中下气。若病酒[19]，苦觉体中不调，饮之，能者四五升，不能者可二三升从意。若欲增姜、椒亦可；若嫌多，欲减亦可。欲多作者，当以此为率。若饮不尽，可停数日。此胡人所谓荜拨酒也。"

《食经》**作白醪酒法**：生秫米一石。方曲二斤，细锉，以泉水渍曲，密盖。再宿，曲浮，起。炊米三斗酘之，使和调，盖。满五日，乃好。酒甘如乳。九月半后不作也。

作白醪酒法：用方曲五斤，细锉，以流水三斗五升，渍之再宿。炊米四斗，冷，酘之。令得七斗汁。凡三酘。济令清。又炊一斗米酘酒中，搅令和解，封。四五日，黍浮，缥色上，便可饮矣。

冬米明酒法：九月，渍精稻米一斗，捣令碎末，沸汤一石浇之。曲一斤，末，搅和。三日极酢，合三斗酿米炊之，气刺人鼻，便为大发。搅，成。用方曲十五斤酘之。米三斗，水四斗，合和酿之也。

夏米明酒法：秫米一石。曲三斤，水三斗渍之。炊三斗米酘之，凡三。济出，炊一斗，酘酒中。再宿，黍浮，便可饮之。

朗陵何公夏封清酒法：细锉曲如雀头，先布瓮底。以黍一斗，次第间水五升浇之。泥著日中，七日熟。

愈疟酒法：四月八日作。用米一石，曲一斤，捣作末，俱酘水中。酒酢，煎一石，取七斗[20]。以曲四斤，须浆冷，酘曲。一宿，上生白沫，起。炊秫一石，冷，酘中。三日酒成。

作酃酒法：以九月中，取秫米一石六斗，炊作饭。以水一石，宿渍曲七斤。炊饭令冷，酘曲汁中。覆瓮多用荷、箬，令酒香。燥复易之。

作和酒法：酒一斗；胡椒六十枚，干姜一分，鸡舌香一分，荜拨六枚，下簁，绢囊盛，内酒中。一宿，蜜一升和之。

作夏鸡鸣酒法：秫米二斗，煮作糜；曲二斤，捣，合米和，令调。以水五斗渍之，封头。今日作，明旦鸡鸣便熟。

作㯽酒法：四月取㯽叶，合花采之，还，即急抑著瓮中。六七日，悉使乌熟，曝之，煮三四沸，去滓，内瓮中，下曲。炊五斗米，日中可燥，手一两抑之。一宿，复炊五斗米酘之，便熟。

柯㭉酒法：二月二日取水，三月三日煎之，先搅曲中水。一宿，乃炊秫米饭。日中曝之，酒成也。

---

①细者酒不断：磨得太细，酒就不易滤出。

②若偏酘一瓮令足，如果只给一瓮酘足。

③则余瓮比候黍熟，其余的瓮得等待第二批饭熟。

④且颐曲，就只好等着作颐曲。

⑤不中，不能。

⑥节，时机。

⑦准，比照。

⑧而须以意消息之，但要留意减少或增加。

⑨昧旦，黎明。

⑩乃至尽，直到全部喝尽。

⑪酴（tú，音图），酒，酒酿。

⑫ 穄（jì，音季），糜子。酎（zhòu，音宙），重酿酒。

⑬有清中（zhòng）饮，有清酒出来就可饮用。

⑭亲知，亲友相知。

⑮酝，酒。

⑯此酒要须用夜，酿此酒必须在夜间操作。

⑰自余法用，其余的方法用具。

⑱歇而不美，走了气，味道就不美。

⑲病酒，醉酒。

⑳煎一石，取七斗：将一石水煎成七斗。

法酒第六十七①

酿法酒，皆用春酒曲。其米、糠、沈汁、馈、饭，皆不用人及狗鼠食之②。

黍米法酒：预锉曲，曝之令极燥。三月三日，秤曲三斤三两，取水三斗三升浸曲。经七日，曲发，细泡起，然后取黍米三斗三升，净淘——凡酒米，皆欲极净，水清乃止，法酒尤宜存意③。淘米不得净，则酒黑——炊作再馏饭。摊使冷，著曲汁中，搦黍令散。两重布盖瓮口。候米消尽，更炊四斗半米酘之。每皆搦令散。第三酘，炊米六斗。自此以后，每酘以渐加米。瓮无大小，以满为限。酒味醇美，宜合醅饮之。饮半，更炊米重酘如初，不著水、曲，唯以渐加米，还得满瓮。竟夏饮之，不能穷尽，所谓神异矣。

作当梁法酒：当梁下置瓮，故曰"当梁"。以三月三日日未出时，取水三斗三升，干曲末三斗三升，炊黍米三斗三升为再馏黍，摊使极冷：水、曲、黍俱时下之。三月六日，炊米六斗酘之 。三月九日，炊米九斗酘之。自此以后，米之多少，无复斗数，任意酘之，满瓮便止。若欲取者，但言"偷酒"，勿云取酒。假令出一石，还炊一石米酘之，瓮还复满，亦为神异。其糠、沈悉泻坑中，勿令狗鼠食之。

粳米法酒：糯米大佳。三月三日，取井花水三斗二升④，绢簁曲末三斗三升，粳米三斗三升——稻米佳，无者，旱稻米亦得充事——再馏弱炊，摊令小冷，先下水、曲，然后酘饭。七日更酘，用米六斗六升。二七日更酘，用米一石三斗三升。三七日更酘，用米二石六斗四升，乃止——量酒备足，便止。合醅饮者，不复封泥。令清者，以盆盖，密泥封之。经七日，便极清澄。接取清者，然后押之。

《食经》七月七日作法酒方："一石曲作'燠饼'：编竹瓮下，罗饼竹上，密泥瓮头。二七日出饼，曝令燥，还内瓮中。一石米，合得三石酒也。"

又法酒方：焦麦曲末一石，曝令干，煎汤一石，黍一石，合糅，令甚熟。以二月二日收水，即预煎汤，停之令冷。初酘之时，十日一酘，不得使狗鼠近之。于后无若或八日、六日一酘，会以偶日酘之，不得只日酘。二月中即酘令足。常预煎汤停之，酘毕，以五升洗手，荡瓮。其米多少，依焦曲杀之。

三九酒法：以三月三日，收水九斗，米九斗，焦曲末九斗——先曝干之：一时和之，揉和令极熟。九日一酘，后五日一酘，后三日一酘。勿令狗鼠近之。会以只日酘，不得以偶日也。使三月中，即令酘足。常预作汤，瓮中停之，酘毕，辄取五升洗手，荡瓮，倾于酒瓮中也。

治酒酢法：若十石米酒，炒三升小麦，令甚黑。以绛帛再重为袋[⑤]，用盛之，周筑令硬如石，安在瓮底。经二七日后，饮之，即回[⑥]。

大州白堕曲方饼法：谷三石：蒸两石，生一石，别硙之令细，然后合和之也。桑叶、胡菜叶、艾，各二尺围，长二尺许，合煮之使烂。去滓取汁，以冷水和之，如酒色，和曲。燥湿以意酌之。日中捣三千六百杵，讫，饼之。安置暖屋床上：先布麦秸厚二寸，然后置曲，上亦与秸二寸覆之。闭户勿使露见风日。一七日，冷水湿手拭之令遍，即翻之。至二七日，一倒侧之。三七日，笼之。四七日，出置日中，曝令干。

作酒之法：净削刮去垢，打碎，末，令干燥。十斤曲，杀米一石五斗。

作桑落酒法：曲末一斗，熟米二斗。其米令精细，净淘，水清为度。用熟水一斗。限三酘便止。渍曲，候曲向发便酘，不得失时。勿令小儿人狗食黍。

作春酒，以冷水渍曲，余各同冬酒。

---

①法酒，按一定的配方酿造的酒称官法酒，简称法酒。

②不用人及狗鼠食之，不能让人及狗鼠食。

③存意，注意。

④井花水，清晨第一次从井中汲出的水。

⑤以绛帛再重为袋，用绛红色的绸做成两层的布袋。

⑥回，指醇香味回转。

黄衣、黄蒸及糵第六十八　黄衣一名麦䴷

作黄衣法：六月中，取小麦，净淘讫，于瓮中以水浸之，令醋。漉出，熟蒸之。槌箔上敷席，置麦于上，摊令厚二寸许，预前一日刈蒿叶薄覆。无蒿叶者，刈胡枲，择去杂草，无令有水露气；候麦冷，以胡枲覆之。七日，看黄衣色足，便出曝之，令干。去胡枲而已，慎勿扬簸。齐人喜当风扬去黄衣，此大谬。凡有所造作用麦䴷者[①]，皆仰其衣为势，今反扬去之，作物必不善矣。

作黄蒸法：六、七月中，𦤶生小麦，细磨之。以水溲而蒸之，气馏好熟，便下之，摊令冷。布置，覆盖，成就，一如麦䴷法。亦勿扬之，虑其所损。

作糵法[②]：八月中作。盆中浸小麦，即倾去水，日曝之。一日一度著水，即生之。脚生[③]，布麦于席上，厚二寸许。一日一度，以水浇之，牙生便止。即散收，令干，勿使饼；饼成则不复任用。此煮白饧糵[④]。

若煮黑饧，即待芽生青，成饼，然后以刀䚯取，干之。

欲令饧如琥珀色者，以大麦为其糵。

《孟子》曰："虽有天下易生之物，一日曝之，十日寒之，未有能生者也。"

---

①凡有所造作用麦䴷者，凡酿造时要使用麦䴷的。

②糵（niè，音聂），酒曲。

③脚，麦粒长出的幼根。

④此煮白饧蘖，这是用来煮白饧的蘖。

常满盐、花盐第六十九

造常满盐法：以不津瓮受十石者一口，置庭中石上，以白盐满之，以甘水沃之，令上恒有游水。须用时，挹取，煎，即成盐。还以甘水添之，取一升，添一升。日曝之，热盛，还即成盐，永不穷尽。风尘阴雨则盖，天晴净，还仰。若用黄盐、咸水者，盐汁则苦，是以必须白盐、甘水。

造花盐、印盐法：五、六月中旱时，取水二斗，以盐一斗投水中，令消尽；又以盐投之，水咸极，则盐不复消融。易器淘治沙汰之，澄去垢土，泻清汁于净器中。盐滓甚白，不废常用。又一石还得八斗汁，亦无多损。

好日无风尘时，日中曝令成盐，浮即接取，便是花盐，厚薄光泽似钟乳。久不接取，即成印盐，大如豆，正四方，千百相似。成印辄沈，漉取之。花、印二盐，白如珂雪，其味又美。

作酱法第七十

十二月、正月为上时，二月为中时，三月为下时。用不津瓮，〔瓮津则坏酱。尝为菹、酢者，亦不中用之。〕置日中高处石上。〔夏雨，无令水浸瓮底。以一锉𣝗一本作“生缩”铁钉子[①]，背“岁杀”钉著瓮底石下[②]，后虽有妊娠妇人食之，酱亦不坏烂也。〕

用春种乌豆，〔春豆粒小而均，晚豆粒大而杂。〕于大甑中燥蒸之。气馏半日许，复贮出更装之，回在上居下[③]，〔不尔，则生熟不多调均也。〕气馏周遍，以灰覆之，经宿无令火绝。〔取干牛屎，圆累，令中央空，燃之不烟，势类好炭。若能多收，常用作食，既无灰尘，又不失火，胜于草远矣。〕啮看：豆黄色黑极熟，乃下，日曝取干。〔夜则聚、覆，无令润湿。〕临欲舂去皮，更装入甑中蒸，令气馏则下，一日曝之。明旦起，净簸择，满臼舂之而不碎。〔若不重馏，碎而难净。〕簸拣去碎者。作热汤，于大盆中浸豆黄。良久，淘汰，挼去黑皮，〔汤少则添，慎勿易汤；易汤走失豆味，令酱不美也。〕漉而蒸之。〔淘豆汤汁，即煮碎豆作酱，以供旋食。大酱则不用汁。〕一炊顷，下置净席上，摊令极冷。

预前，日曝白盐、黄蒸、草蓄[④]、麦曲，令极干燥。〔盐色黄者发酱苦，盐若润湿令酱坏。黄蒸令酱赤美。草蓄令酱芬芳；蓄，挼，簸去草土。曲及黄蒸，各别捣末细簁——马尾罗弥好。〕大率豆黄三斗，曲末一斗，黄蒸末一斗，白盐五升，蓄子三指一撮。〔盐少令酱酢；后虽加盐，无复美味。其用神曲者，一升当笨曲四升，杀多故也。〕豆黄堆量，不概[⑤]，盐、曲轻量平概。三种量讫，于盆中面向“太岁”和之[⑥]，〔向“太岁”，则无蛆虫也。〕搅令均调，以手痛挼，皆令润彻。亦面向“太岁”内著瓮中，手挼令坚，以满为限；半则难熟。盆盖，密泥，无令漏气。

熟便开之，〔腊月五七日，正月、二月四七日，三月三七日。〕当纵横裂，周回离瓮，彻底生衣。悉贮出，搦破块，两瓮分为三瓮。日未出前汲井花水，于盆中燥盐和之，率一石水，用盐三斗，澄取清汁。又取黄蒸于小盆内减盐汁浸之，挼取黄沈，漉去滓。合盐汁泻著瓮中。〔率十石酱，用黄蒸三斗。盐水多少，亦无定方，酱如薄粥便止：豆干饮水故也。〕

仰瓮口曝之。〔谚曰：“萎蕤葵，日干酱。”言其美矣。〕十日内，每日数度以杷彻底搅之。十日后，每日辄一搅，三十日止。雨即盖瓮，无令水入。〔水入则生虫〕每经雨后，辄须一搅解。

后二十日堪食；然要百日始熟耳。

《术》曰："若为妊娠妇人坏酱者[7]，取白叶棘子著瓮中，则还好。〔俗人用孝杖搅酱，及炙瓮，酱虽回而胎损。〕乞人酱时，以新汲水一盏，和而与之，令酱不坏。"

肉酱法：牛、羊、獐、鹿、兔肉皆得作。取良杀新肉，去脂，细锉。

〔陈肉干者不任用。合脂，令酱腻。〕晒曲令燥，熟捣，绢簁。大率肉一斗，曲末五升，白盐两升半，黄蒸一升，〔曝干，熟捣，绢簁。〕盘上和令均调，内瓮子中。〔有骨者，和讫先捣，然后盛之。骨多髓，既肥腻，酱亦然也。〕泥封，日曝。寒月作之。宜埋之于黍穰积中。二七日开看，酱出无曲气，便熟矣。买新杀雉煮之，令极烂，肉销尽，去骨取汁，待冷解酱[8]。〔鸡汁亦得。勿用陈肉，令酱苦腻。无鸡、雉，好酒解之。还著日中。〕

作卒成肉酱法[9]：牛、羊、獐、鹿、兔、生鱼，皆得作。细锉肉一斗，好酒一斗，曲末五升，黄蒸末一升，白盐一升，〔曲及黄蒸，并曝干绢簁。唯一月三十日停，是以不须咸，咸则不美。〕盘上调和令均，捣使熟，还擘破如枣大。作浪中坑[10]，火烧令赤，去灰，水浇，以草厚蔽之，令坩中才容酱瓶。大釜中汤煮空瓶，令极热，出，干。掬肉内瓶中，令去瓶口三寸许，〔满则近口者焦〕碗盖瓶口，熟泥密封。内草中，下土厚七八寸。〔土薄火炽，则令酱焦；熟迟气味美好。是以宁冷不焦；焦，食虽便，不复中食也。〕于上燃干牛粪火，通夜勿绝。明日周时，酱出，便熟。〔若酱未熟者，还覆置，更燃如初。〕临食，细切葱白，著麻油炒葱令熟，以和肉酱，甜美异常也。

作鱼酱法：〔鲤鱼、鲭鱼第一好；鳢鱼亦中。鲚鱼、鲐鱼即全作，不用切。〕去鳞，净洗，拭令干，如脍法披破缕切之，去骨。大率成鱼一斗，用黄衣三升，〔一升全用，二升作末。〕白盐二升，〔黄盐则苦〕干姜一升，〔末之〕橘皮一合，〔缕切之〕和令调均，内瓮子中，泥密封，日曝。〔勿令漏气〕熟以好酒解之。

凡作鱼酱、肉酱，皆以十二月作之，则经夏无虫。〔余月亦得作，但喜生虫，不得度夏耳。〕

干鲚鱼酱法：一名刀鱼。六月、七月，取干鲚鱼，盆中水浸，置屋里，一日三度易水。三日好净，漉，洗去鳞，全作勿切。率鱼一斗，曲末四升，黄蒸末一升——无蒸，用麦糵末亦得——白盐二升半，于盘中和令均调，布置瓮子，泥封，勿令漏气。二七日便熟。味香美，与生者无殊异。

《食经》**作麦酱法：**小麦一石，渍一宿，炊，卧之，令生黄衣。以水一石六斗，盐三升，煮作卤，澄取八斗，著瓮中。炊小麦投之，搅令调均。覆著日中，十日可食。

作榆子酱法：治榆子人一升，捣末，筛之。清酒一升，酱五升，合和。一月可食之。

又鱼酱法：成脍鱼一斗，以曲五升，清酒二升，盐三升，橘皮二叶，合和，于瓶内封。一日可食。甚美。

作虾酱法：虾一斗，饭三升为糁，盐二升，水五升，和调。日中曝之。经春夏不败。

作燥脡法[11]：羊肉二斤，猪肉一斤，合煮令熟，细切之。生姜五合，橘皮两叶，鸡子十五枚，生羊肉一斤，豆酱清五合。先取熟肉著甑上蒸令热，和生肉；酱清、姜、橘和之。

生脡法：羊肉一斤，猪肉白四两，豆酱清渍之，缕切。生姜、鸡子，春秋用苏、蓼，著之。

崔寔曰："正月，可作诸酱，肉酱、清酱。四月，立夏后，鲖鱼作酱[12]。五月，可为酱。上旬䵄豆[13]，中庚煮之[14]。以碎豆作'末都'。至六月、七月之交，分以藏瓜。可作鱼酱。"

作鱁鮧法：〔昔汉武帝逐夷至于海滨，闻有香气而不见物。令人推求，乃是渔父造鱼肠于坑中，以至土覆之，香气上达。取而食之，以为滋味。逐夷得此物，因名之，盖鱼肠酱也。〕取石首鱼、鲨鱼、鲻鱼三种肠、肚、胞，齐净洗，空著白盐，令小倚咸，内器中，密封，置日中。夏二十日，春秋五十日，冬百日，乃好熟。食时下姜、酢等。

藏蟹法：九月内，取母蟹，〔母蟹脐大圆，竟腹下；公蟹狭而长。〕得则著水中，勿令伤损及死者。一宿则腹中净。〔久则吐黄，吐黄则不好。〕先煮薄糖，〔糖，薄饧。〕著活蟹于冷糖瓮中一宿。煮蓼汤，和白盐，特须极咸。待冷，瓮盛半汁，取糖中蟹内著盐蓼汁中，便死，〔蓼宜少著，蓼多则烂。〕泥封。二十日。出之，举蟹脐，著姜末，还复脐如初。内著坩瓮中，百个各一器，以前盐蓼汁浇之，令没。密封，勿令漏气，便成矣。特忌风里，风则坏而不美也。

又法：直煮盐蓼汤，瓮盛，诣河所⑮，得蟹则内盐汁里，满便泥封。虽不及前味，亦好。慎风如前法。食时下姜末调黄，盏盛姜酢。

---

①歠（sòu，音漱），铁锈。

②背“岁杀”钉著瓮底石下：背对着“岁杀”的方向，把它钉在瓮底下的石头上。

③回在上居下，再装回去时，原来在上面的，放到下面。

④蒍（jú，音局），草名。

⑤概，古代量米麦时刮平斗斛的器具。不概，不用概刮平。

⑥向“太岁”，面向“太岁”的方位。

⑦若为妊娠妇人坏酱者：如果是因为妊娠妇女而使酱变坏。

⑧解，稀释冲解。

⑨卒成，速成。

⑩浪中坑，中间空的坑。

⑪脠（shān，音山），生肉酱。

⑫鮦（tóng，音同），鳢魚。

⑬𤍃（chǎo，音炒），同炒。

⑭中庚，中旬的庚日。

⑮诣，前往。诣河所，到河边。

作酢法第七十一

酢，今醋也。

凡醋瓮下，皆须安砖石，以离湿润。为妊娠妇人所坏者，车辙中干土末一掬著瓮中，即还好。

作大酢法：七月七日取水作之。大率麦䴷一斗，勿扬簸；水三斗；粟米熟饭三斗，摊令冷。任瓮大小，依法加之，以满为限。先下麦䴷，次下水，次下饭，直置勿搅之。以绵幕瓮口，拔刀横瓮上。一七日，旦，著井花水一碗。三七日，旦，又著一碗，便熟。常置一瓠瓢于瓮，以挹酢；若用湿器、咸器内瓮中，则坏酢味也。

秫米神酢法：七月七日作。置瓮于屋下。大率麦䴷一斗，水一石，秫米三斗，——无秫者，粘黍米亦中用。随瓮大小，以向满为限。先量水，浸麦䴷讫；然后净淘米，炊为再馏，摊令冷，细擘曲破，勿令有块子，一顿下酿，更不重投。又以手就瓮里搦破小块，痛搅令和，如粥乃止，以绵幕口。一七日，一搅；二七日，一搅；三七日，亦一搅。一月日，极熟。十石瓮，不过五斗淀。得数年停，久为验。其淘米泔即泻去，勿令狗鼠得食。馈黍亦不得人啖之。

又法：亦以七月七日取水。大率麦䴷一斗，水三斗，粟米熟饭三斗。随瓮大小，以向满为度。水及黄衣，当日顿下之。其饭分为三分：七日初作时下一分，当夜即沸；又三七日，更炊一分投之；又三日，复投一分。但绵幕瓮口，无横刀、益水之事。溢即加甑。

又法：亦七月七日作。大率麦䴷一升，水九升，粟饭九升，一时顿下，亦向满为限。绵幕瓮口。三七日熟。

前件三种酢，例清少淀多。至十月中，如压酒法，毛袋压出，则贮之。其糟，别瓮水澄，压取先食也。

粟米曲作酢法：七月、三月向末为上时，八月、四月亦得作。大率笨曲末一斗，井花水一石，粟米饭一石。明旦作酢，今夜炊饭，薄摊使冷。日未出前，汲井花水，斗量著瓮中。量饭著盆中，或栲栳中，然后泻饭著瓮中。泻时直倾下，勿以手拨饭。尖量曲末[①]，泻著饭上，慎勿挠搅，亦勿移动。绵幕瓮口。三七日熟。美酽少淀，久停弥好。凡酢未熟，已熟而移瓮者，率多坏矣；熟则无忌。接取清，别瓮著之。

秫米酢法：五月五日作，七月七日熟。入五月则多收粟米饭醋浆，以拟和酿，不用水也。浆以极醋为佳。末干曲，下绢筛。经用粳、秫米为第一，黍米亦佳。米一石，用曲末一斗，曲多则醋不美。米唯再馏。淘不用多遍。初淘沈汁泻却。其第二淘泔，即留以浸馈，令饮泔汁尽，重装作再馏饭。下，掸去热气，令如人体，于盆中和之，擘破饭块，以曲拌之，必令均调。下醋浆，更搦破，令如薄粥。粥稠即酢克[②]，稀则味薄。内著瓮中，随瓮大小，以满为限。七日间，一日一度搅之。七月以外，十日一搅，三十日止。初置瓮于北荫中风凉之处，勿令见日。时时汲冷水遍浇瓮外，引去热气，但勿令生水入瓮中。取十石瓮，不过五六斗糟耳。接取清，别瓮贮之，得停数年也。

大麦酢法：七月七日作。若七日不得作者，必须收藏取七日水，十五日作。除此两日则不成。于屋里近户里边置瓮。大率小麦䴷一石，水三石，大麦细造一石——不用作米，则科丽，是以用造[③]。簸讫，净淘，炊作再馏饭。掸令小暖如人体，下酿，以杷搅之，绵幕瓮口。三日便发。发时数搅，不搅则生白醭，生白醭则不好。以棘子彻底搅之：恐有人发落中，则坏醋。凡醋悉尔，亦去发则还好。六七日，净淘粟米五升，米亦不用过细，炊作再馏饭，亦掸如人体投之，杷搅，绵幕。三四日，看米消，搅而尝之，味甜美则罢；若苦者，更炊二三升粟米投之，以意斟量。二七日可食，三七日好熟。香美淳严，一盏醋，和水一碗，乃可食之。八月中，接取清，别瓮贮之，盆合，泥头，得停数年。未熟时，二日三日，须以冷水浇瓮外，引去热气，勿令生水入瓮中。若用黍、秫米投弥佳，白、苍粟米亦得。

烧饼作酢法：亦七月七日作。大率麦䴷一斗，水三斗，亦随瓮大小，任人增加。水、䴷亦当日顿下。初作日，软溲数升面，作烧饼，待冷下之。经宿，看饼渐消尽，更作烧饼投。凡四五投，当味美沸定便止。有薄饼缘诸面饼，但是烧煿者[④]，皆得投之。

回酒酢法：凡酿酒失所味醋者，或初好后动未压者，皆宜回作醋。大率五石米酒醅，更著曲末一斗，麦䴷一斗，井花水一石；粟米饭两石，掸令冷如人体，投之，杷搅，绵幕瓮口。每日再度搅之。春夏七日熟，秋冬稍迟，皆美香。清澄后一月，接取，别器贮之。

动酒酢法：春酒压讫而动不中饮者，皆可作醋。大率酒一斗，用水三斗，合瓮盛，置日中曝之。雨则盆盖之，勿令水入；晴还去盆。七日后当臭，衣生，勿得怪也，但停置，勿移动、挠搅之。数十日，醋成，衣沈，反更香美。日久弥佳。

又方：大率酒两石，麦䴷一斗，粟米饭六斗，小暖投之，杷搅，绵幕瓮口。二七日熟，美酽殊常矣。

神酢法：要用七月七日合和。瓮须好。蒸干黄蒸一斛，熟蒸麸三斛：凡二物，温温暖，便和之。水多少，要使相淹渍，水多则酢薄不好。瓮中卧经再宿，三日便压之，如压酒法。压讫，澄清，内大瓮中。经二三日，瓮热，必须以冷水浇；不尔，酢坏。其上有白醭浮，接去之。满一月，酢成可食。初熟，忌浇热食，犯之必坏酢。若无黄蒸及麸者，用麦䴷一石，粟米饭三斛合和之。方与黄蒸同。盛置如前法。瓮常以绵幕之，不得盖。

作糟糠酢法：置瓮于屋内。春秋冬夏，皆以穰茹瓮下，不茹则臭。大率酒糟、粟糠中半。粗糠不任用，细则泥，唯中间收者佳。和糟、糠，必令均调，勿令有块。先内荆、竹箄于瓮中[⑤]，然后下糠、糟于箄外，均平以手按之，去瓮口一尺许便止。汲冷水，绕箄外均浇之，候箄中水深浅半糟便止。以盖覆瓮口。每日四五度，以碗挹取箄中汁，浇四畔糠糟上。三日后，糟熟，发香气。夏七日，冬二七日，尝酢极甜美，无糟糠气，便熟矣。犹小苦者，是未熟，更浇如初。候好熟，乃挹取箄中淳浓者，别器盛。更汲冷水浇淋，味薄乃止。淋法，令当日即了。糟任饲猪。其初挹淳浓者，夏得二十日，冬得六十日；后淋浇者，止得三五日供食也。

酒糟酢法：春酒糟则酽，颐酒糟亦中用。然欲作酢者，糟常湿下。压糟极燥者，酢味薄。作法：用石磑子辣谷令破[⑥]，以水拌而蒸之。熟便下，掸去热气，与糟相拌，必令其均调，大率糟常居多。和讫，卧于酮瓮中，以向满为限，以绵幕瓮口。七日后，酢香熟，便下水，令相淹渍。经宿，酮孔子下之。夏日作者，宜冷水淋；春秋作者，宜温卧，以穰茹瓮，汤淋之。以意消息之。

作糟酢法：用春糟，以水和，搦破块，使厚薄如未压酒。经三日，压取清汁两石许，著热粟米饭四斗投之，盆覆，密泥。三七日酢熟，美酽，得经夏停之。瓮置屋下阴地。

《食经》**作大豆千岁苦酒法：**“用大豆一斗，熟汰之，渍令泽。炊，曝极燥。以酒醅灌之。任性多少，以此为率。”

作小豆千岁苦酒法：用生小豆五斗，水汰，著瓮中。黍米作馈，覆豆上。酒三石灌之，绵幕瓮口。二十日，苦酢成。

作小麦苦酒法：小麦三斗，炊令熟，著埛中，以布密封其口。七日开之，以二石薄酒沃之，可久长不败也。

水苦酒法：女曲、粗米各二斗，清水一石，渍之一宿，泲取汁[⑦]。炊米曲饭令熟，及热酘瓮中。以渍米汁随瓮边稍稍沃之，勿使曲发饭起。土泥边，开中央，板盖其上。夏月，十三日便醋。

卒成苦酒法：取黍米一斗，水五斗，煮作粥。曲一斤，烧令黄，捶破，著瓮底。以熟好泥。二日便醋已。

尝经试，直醋亦不美[⑧]。以粟米饭一斗投之，二七日后，清澄美酽，与大醋不殊也。

乌梅苦酒法：乌梅去核一升许肉，以五升苦酒渍数日，曝干，捣作屑。欲食，辄投水中，即成醋尔。

蜜苦酒法：水一石，蜜一斗，搅使调和，密盖瓮口。著日中，二十日可熟也。

外国苦酒法：蜜一升，水三合，封著器中；与少胡荾子著中，以辟得不生虫。正月旦作，九月九日熟。以一铜匕水添之，可三十人食。

崔寔 曰：“四月四日可作酢。五月五日亦可作酢。”

---

①尖量曲末，量曲末时，要把曲末堆成尖。

②克，减少。

③不用作米，则科丽，是以用造：因为不用作饭，就可用粗粒，所以可用“造”。

④爆（bó，音勃），同爆。

⑤篘（chōu，音挡），滤酒器。

⑥辣谷，压谷。

⑦泲（jǐ，音挤），滲漉。

⑧直醋亦不美，只有这样酸味的也不美。

作豉法第七十二

作豉法： 先作暖荫屋，坎地深三二尺。屋必以草盖，瓦则不佳。密泥塞屋牖，无令风及虫鼠入也。开小户，仅得容人出入。厚作藁篱以闭户。

四月、五月为上时，七月二十日后八月为中时，余月亦皆得作，然冬夏大寒大热，极难调适。大都每四时交会之际，节气未定，亦难得所。常以四孟月十日后作者[①]，易成而好。大率常欲令温如人腋下为佳。若等不调，宁伤冷，不伤热：冷则穰覆还暖，热则臭败矣。

三间屋，得作百石豆。二十石为一聚。常作者，番次相续，恒有热气，春秋冬夏，皆不须穰覆。作少者，唯须冬月乃穰覆豆耳。极少者，犹须十石为一聚；若三五石，不自暖，难得所，故须以十石为率。

用陈豆弥好；新豆尚湿，生熟难均故也。净扬簸，大釜煮之，申舒如饲牛豆[②]，掐软便止，伤熟则豉烂。漉著净地掸之，冬宜小暖，夏须极冷，乃内荫屋中聚置。一日再入，以手刺豆堆中候看：如人腋下暖，便须翻之。翻法：以杷锨略取堆里冷豆为新堆之心，以次更略，乃至于尽。冷者自然在内，暖者自然居外。还作尖堆，勿令婆陀[③]。一日再候，中暖更翻，还如前法作尖堆。若热汤人手者，即为失节伤热矣。凡四五度翻，内外均暖，微著白衣，于新翻讫时，便小拨峰头令平，团团如车轮，豆轮厚二尺许乃止。复以手候，暖则还翻。翻讫，以杷平豆，令渐薄，厚一尺五寸许。第三翻，一尺；第四翻，厚六寸。豆便内外均暖，悉著白衣，豉为粗定。从此以后，乃生黄衣，复掸豆令厚三寸，便闭户三日。自此以前，一日再人。

三日开户，复以锨东西作垅，耩豆，如谷垅形，令稀穊均调。锨铲法，必令至地——豆若著地，即便烂矣。耩遍，以杷耩豆，常令厚三寸。间日耩之。后豆著黄衣，色均足，出豆于屋外，净扬簸去衣。布豆尺寸之数，盖是大率中平之言矣。冷即须微厚，热则须微薄，尤须以意斟量之。

扬簸讫，以大瓮盛半瓮水，内豆著瓮中，以杷急抨之使净。若初煮豆伤熟者，急手抨净即漉出；若初煮豆微生，则抨净宜小停之。使豆小软则难熟，太软则豉烂。水多则难净，是以正须半瓮尔。漉出，著筐中，令半筐许，一人捉筐，一人更汲水于瓮上就筐中淋之，急斗擞筐，令极净，水清乃止。淘不净，令豉苦。漉水尽，委著席上。

先多收谷蘘[④]，于此时内谷蘘于荫屋窖中，掊谷蘘作窖底，厚二三尺许，以蘧蒢蔽窖。内豆于窖中，使一人在窖中以脚蹑豆，令坚实。内豆尽，掩席覆之，以谷蘘埋席上，厚二三尺许，复蹑令坚实。夏停十日，春秋十二三日，冬十五日，便熟。过此以往则伤苦；日数少者，豉白而用费；唯合熟，自然香美矣。若自食欲久留不能数作者，豉熟则出曝之，令干，亦得周年。

豉法难好易坏，必须细意人，常一日再看之。失节伤热，臭烂如泥，猪狗亦不食；其伤冷者，虽还复暖，豉味亦恶：是以又须留意，冷暖宜适，难于调酒。

如冬月初作者，须行以谷蘘烧地令暖，勿焦，乃净扫。内豆于荫屋中，则用汤浇黍穄穰令暖润，以覆豆堆。每翻竟，还以初用黍穰周匝覆盖。若冬作，豉少屋冷，穰覆亦不得暖者，乃须于荫屋之中，内微然烟火，令早暖，不尔则伤寒矣。春秋量其寒暖，冷亦宜覆之。每人出，皆还谨密闭户，勿令泄其暖热之气也。

《食经》**作豉法**：“常夏五月至八月，是时月也。率一石豆，熟澡之[⑤]，渍一宿。明日，出，蒸之，手捻其皮破则可，便敷于地——地恶者，亦可席上敷之——令厚二寸许。豆须通冷，以青茅覆之，亦厚二寸许，三日视之，要须通得黄为可。去茅，又薄撣之，以手指画之，作耕垄。一日再三如此。凡三日作此，可止。更煮豆，取浓汁，并秫米女曲五升，盐五升，合此豉中。以豆汁洒溲之，令调，以手抟，令汁出指间，以此为度。毕，纳瓶中，若不满瓶，以矫桑叶满之，勿抑。乃密泥之中庭。二十七日，出，排曝令燥。更蒸之时，煮矫桑叶汁洒溲之，乃蒸如炊熟久，可复排之。此三蒸曝则成。”

作家理食豉法：随作多少，精择豆，浸一宿，旦炊之，与炊米同。若作一石豉，炊一石豆。熟，取生茅卧之，如作女曲形。二七日，豆生黄衣，簸去之，更曝令燥。后以水浸令湿，手抟之，使汁出——从指歧间出——为佳，以著瓮器中。掘地作坎，令足容瓮器。烧坎中令热，内瓮著坎中。以桑叶盖豉上，厚三寸许，以物盖瓮头，令密涂之。十许日成，出，曝之，令浥浥然。又蒸熟，又曝。如此三遍，成矣。

作麦豉法：七月、八月中作之，余月则不佳。𥻆治小麦，细磨为面，以水拌而蒸之。气馏好熟，乃下，撣之令冷，手挼令碎。布置覆盖，一如麦䴷、黄蒸法。七日衣足，亦勿簸扬，以盐汤周遍洒润之。更蒸，气馏极熟，乃下，撣去热气，及暖内瓮中，盆盖，于蘘粪中燠之。二七日，色黑，气香，味美，便熟。抟作小饼，如神曲形，绳穿为贯，屋里悬之。纸袋盛笼，以防青蝇、尘垢之污。用时，全饼著汤中煮之，色足漉出。削去皮粕，还举。一饼得数遍煮用。热、香、美、乃胜豆豉。打破，汤浸研用亦得；然汁浊，不如全煮汁清也。

---

①四孟月十日后，四季各第一个月初十以后。

②申，同伸。申舒如饲牛豆，膨胀到像饲养牛的豆时。

③婆陀，坡度斜缓。

④蘵（zhí，音值），草名。

⑤熟澡之，细细地洗净。

八和齑第七十三

蒜一，姜二，橘三，白梅四，熟栗黄五，粳米饭六，盐七，酢八。

齑臼欲重，〔不则倾动起尘，蒜复跳出也。〕底欲平宽而圆。〔底尖捣不著，则蒜有粗成。〕以檀木为齑杵臼，〔檀木硬而不染汗。〕杵头大小，令与臼底相安可，〔杵头著处广者，省手力，而齑易熟，蒜复不跳也。〕杵长四尺。〔入臼七八寸圆之；以上，八棱作。〕平立，急舂之。〔舂缓则荤臭。久则易人。舂齑宜久熟，不可仓卒。久坐疲倦，动则尘起；又辛气荤灼，挥汗或能洒污，是以须立舂之。〕

蒜：净剥，掐去强根，不去则苦。尝经渡水者[①]，蒜叶甜美，剥即用；未尝渡水者，宜以鱼眼汤㸒半许半生用。朝歌大蒜；辛辣异常，宜分破去心——全心——用之，不然辣则失其食味也。

生姜：削去皮，细切，以冷水和之，生布绞去苦汁。苦汁可以香鱼羹。无生姜，用干姜。五升齑，用生姜一两，干姜则减半两耳。

橘皮：新者直用，陈者以汤洗去陈垢。无橘皮，可用草橘子；马芹子亦得用。五升齑，用一两。草橘、马芹，准此为度。姜、橘取其香气，不须多，多则味苦。

白梅：作白梅法，在《梅杏篇》。用时合核用。五升齑，用八枚足矣。

熟栗黄：谚曰："金齑玉脍"，橘皮多则不美，故加栗黄，取其金色，又益味甜。五升齑，用十枚栗。用黄软者；硬黑者，即不中使用也。

粳米饭：脍齑必须浓，故谚曰："倍著齑"。蒜多则辣，故加饭，取其甜美耳。五升齑，用饭如鸡子许大。

先捣白梅、姜、橘皮为末，贮出之。次捣栗、饭使熟；以渐下生蒜，〔蒜顿难熟，故宜以渐。生蒜难捣，故须先下。〕舂令熟；次下涵蒜。齑熟，下盐复舂，令沫起。然后下白梅、姜、橘末复舂，令相得。下醋解之。〔白梅、姜、不先捣则不熟；不贮出，则为蒜所杀，无复香气，是以临熟乃下之。醋必须好，恶则齑苦。大醋经年酽者，先以水调和，令得所，然后下之。慎勿著生水于中，令齑辣而苦。纯著大醋，不与水调醋，复不得美也。〕

右件法，止为脍齑耳。余即薄作，不求浓。

脍鱼肉，里长一尺者第一好；大则皮厚肉硬，不任食，止可作鲊鱼耳。切脍人，虽讫亦不得洗手，洗手则脍湿；要待食罢，然后洗也。〔洗手则脍湿，物有自然相厌，盖亦"烧穰杀瓠"之流，其理难彰矣。〕

《食经》曰："冬日橘蒜齑，夏日白梅蒜齑。肉脍不用梅。"

作芥子酱法：先曝芥子令干；湿则用不密也[②]。净淘沙，研令极熟。多作者，可碓捣，下绢簁，然后水和，更研之也。令悉著盆，合著扫帚上少时，杀其苦气——多停则令无复辛味矣，不停则太辛苦。抟作丸，大如李，或饼子，任在人意也。复曝干。然后盛以绢囊，沈之于美酱中，须则取食。

其为齑者，初杀讫，即下美酢解之。

《食经》**作芥酱法**："熟捣芥子，细筛取屑，著瓯里，蟹眼汤洗之[③]。澄去上清，后洗之。如此三过，而去其苦。微火上搅之，少熇，覆瓯瓦上，以灰围瓯边。一宿即成。以薄酢解，厚薄任意。"

崔寔曰："八月，收韭菁，作捣齑。"

---

①渡水，水泡。

②用不密也，研不烂。

③蟹眼汤，刚开的沸水。

作鱼鲊第七十四

凡作鲊，春秋为时，冬夏不佳。〔寒时难熟。热则非咸不成，咸复无味，兼生蛆；宜作裹鲊也。〕

取新鲤鱼，〔鱼唯大为佳，瘦鱼弥胜。肥者虽美而不耐久。肉长尺半以上，皮骨坚硬，不任为脍者，皆堪为鲊也。〕去鳞讫，则脔。脔形长二寸，广一寸，厚五分，皆使脔别有皮。〔脔大者，外以过熟伤醋，不成任食；中始可啖；近骨上，生腥不堪食；常三分收一耳。脔小则均熟。寸数者，大率言耳，亦不可要。[①]。然脊骨宜方斩，其肉厚处薄收皮，肉薄处，小复厚取皮。脔别斩过，皆使有皮，不宜令有无皮脔也。〕手掷著盆水中，浸洗去血。脔讫，漉出，更于清水中净洗。漉著盘中，以白盐散之。盛著笼中，平板石上迮去水[②]。〔世名“逐水”。盐水不尽，令鲊脔烂。经宿迮之，亦无嫌之。〕水尽，炙一片，尝咸淡。〔淡则更以盐和糁；咸则空下糁，不复以盐按之。〕

炊粳米饭为糁，〔饭欲刚，不宜弱；弱则烂鲊。〕并茱萸、橘皮、好酒，于盆中合和之。〔搅令糁著鱼乃佳。茱萸全用，橘皮细切：并取香气，不求多也。无橘皮，草橘子亦得用。酒，辟诸邪恶，令鲊美而速熟。率一斗鲊，用酒半升，恶酒不用。〕

布鱼于瓮子中，一行鱼，一行糁，以满为限。腹腴居上。〔肥则不能久，熟须先食故也。〕鱼上多与糁。以竹箬交横帖上，〔八重乃止。无箬，菰，芦叶并可用。春冬无叶时，可破苇代之。〕削竹插瓮子口内，交横络之。〔无竹者，用荆也。〕著屋中。〔著日中、火边者，患臭而不美。寒月穰厚茄，勿令冻也。〕赤浆出，倾却。白浆出，味酸，便熟。食时手擘，刀切则腥。

作裹鲊法：脔鱼，洗讫，则盐和糁。十脔为裹，以荷叶裹之，唯厚为佳，穿破则虫入。不复须水浸、镇迮之事。只三二日便熟，名曰“暴鲊”。荷叶别有一种香，奇相发起香气，又胜凡鲊。有茱萸、橘皮则用，无亦无嫌也。

《食经》**作蒲鲊法：**“取鲤鱼二尺以上，削，净治之。用米三合，盐二合，腌一宿。厚与糁。”

作鱼鲊法：锉鱼毕，便盐腌。一食顷，漉汁令尽，更净洗鱼，与饭裹，不用盐也。

作长沙蒲鲊法：治大鱼，洗令净，厚盐，令鱼不见。四五宿，洗去盐，炊白饭，渍清水中。盐饭酿，多饭无苦。

作夏月鱼鲊法：脔一斗，盐一升八合，精米三升，炊作饭，酒二合，橘皮、姜半合，茱萸二十颗，抑著器中。多少以此为率。

作干鱼鲊法：尤宜春夏。取好干鱼——若烂者不中，截却头尾，暖汤净疏洗，去鳞，讫，复以冷水浸。一宿一易水。数日肉起，漉出，方四寸斩。炊粳米饭为糁，尝咸淡得所；取生茱萸叶布瓮子底；少取生茱萸子和饭——取香而已，不必多，多则苦。一重鱼，一重饭，〔饭倍多早熟〕手按令坚实。荷叶闭口，〔无荷叶，取芦叶，无芦叶，干苇叶亦得。〕泥封，勿令漏气，置日中。春秋一月，夏二十日便熟，久而弥好。酒、食俱入。酥涂火炙特精，脠之尤美也[③]。

作猪肉鲊法：用猪肥豵肉[④]。净烂治讫，剔去骨，作条，广五寸。三易水煮之，令熟为佳，勿令太烂。熟，出，待干，切如鲊脔：片之皆令带皮。炊粳米饭为糁，为茱萸子、白盐调和。布置一如鱼鲊法。〔糁欲倍多，令早熟。〕泥封，置日中，一月熟。蒜、齑、姜、鲊，任意所便。脠之尤美，炙之珍好。

①要，刻板的要求。

②迮（zé，音泽），逼迫。

③脠（zhēng，音征），煮鱼煎肉。

④豵（zōng，音宗），小猪。

脯腊第七十五

作五味脯法：正月、二月、九月、十月为佳。用牛、羊、獐、鹿、野猪、家猪肉。或作条，或作片，罢，〔凡破肉，皆须顺理，不用斜断。〕各自别。捶牛羊骨令碎，熟煮取汁，掠去浮沫，停之使清。取香美豉，〔别以冷水淘去尘秽。〕用骨汁煮豉，色足味调，漉去滓。待冷，下：盐；〔适口而已，勿使过咸。〕细切葱白，捣令熟；椒、姜、橘皮，皆末之，〔量多少[①]〕以浸脯，手揉令彻。片脯三宿则出，条脯须尝看味彻乃出。皆细绳穿，于屋北檐下阴干。条脯浥浥时，数以手搦令坚实。脯成，置虚静库中，〔著烟气则味苦〕纸袋笼而悬之。〔置于瓮则郁浥；若不笼，则青蝇、尘污。〕腊月中作条者，名曰"瘃脯"[②]，堪度夏。每取时，先取其肥者。〔肥者腻，不耐久。〕

作度夏白脯法：〔腊月作最佳。正月、二月、三月，亦得作之。〕用牛、羊、獐、鹿肉之精者。〔杂腻则不耐久〕破作片，罢，冷水浸，搦去血，水清乃止。以冷水淘白盐，停取清，下椒末，浸。再宿出，阴干。浥浥时，以木棒轻打，令坚实。〔仅使坚实而已，慎勿令碎肉出。〕瘦死牛羊及羔犊弥精。小羔子，全浸之。〔先用暖汤净洗，无复腥气，乃浸之。〕

作甜脆脯法：腊月取獐、鹿肉，片，厚薄如手掌。直阴干，不著盐。脆如凌雪也。

作鳢鱼脯法：〔一名鮦鱼也〕十一月初，至十二月末作之。不鳞不破，直以杖刺口中，令到尾。〔杖尖头作樗蒲之形[③]〕作咸汤，令极咸，多下姜、椒末，灌鱼口，以满为度。竹杖穿眼，十个一贯，口向上，于屋北檐下悬之，经冬令瘃。至二月三月，鱼成。生刳取五脏，酸醋浸食之，俊美乃胜"逐夷"。其鱼，草裹泥封，糖灰中爊之[④]。去泥草，以皮、布裹而捶之。白如珂雪，味又绝伦，过饭下酒，极是珍美也。

五味腊法：〔腊月初作〕用鹅、雁、鸡、鸭、鸧、鸨、凫、雉、兔、鹌鹑、生鱼，皆得作。乃净治，去腥窍及翠上"脂瓶"[⑤]。〔留"脂瓶"则臊也〕全浸，勿四破。别煮牛羊骨肉取汁，〔牛羊则得一种，不须并用。〕浸豉，调和，一同五味脯法。浸四五日，尝味彻，便出，置箔上阴干。火炙，熟捶。亦名"瘃腊"，亦名"瘃鱼"，亦名"鱼腊"。〔鸡、雉、鹑三物，直去腥藏，勿开臆。〕

作脆腊法：〔腊月初作。任为五味腊者，皆中作，唯鱼不中耳。〕白汤熟煮，接去浮沫；欲出釜时，尤须急火，急火则易燥。置箔上阴干之。甜脆殊常。

作浥鱼法：〔四时皆得作之。〕凡生鱼悉中用，唯除鲇、鳠耳。去直鳃，破腹作鲏，净疏洗，不须鳞。夏月特须多著盐；春秋及冬，调适而已，亦须倚咸；两两相合。冬直积置，以席覆之；夏须瓮盛泥封，勿令蝇蛆。〔瓮须钻底数孔，拔引去腥汁，汁尽还塞。〕肉红赤色便熟。食时洗却盐，煮、蒸、炮任意，美于常鱼。〔作鲊、酱、熬、煎悉得。〕

---

①量，酌量。

②瘃（zhú，音竹），冻干。

③樗蒲，古代博戏名。

④爊（āo，音凹），放在灰火里煨烤。

⑤腥窍，生殖器。脂瓶，尾部上边的脂腺。

羹臛法第七十六

《食经》作芋子酸臛法：猪羊肉各一斤，水一斗，煮令熟。成治芋子一升[①]，别蒸之。葱白一升，著肉中合煮，使熟。粳米三合，盐一合，豉汁一升，苦酒五合，口调其味，生姜十两。得臛一斗。

作鸭臛法：用小鸭六头，羊肉二斤，大鸭五头。葱三升，芋二十株，橘皮三叶，木兰五寸，生姜十两，豉汁五合，米一升，口调其味。得臛一斗。先以八升酒煮鸭也。

作鳖臛法：鳖且完全煮，去甲藏。羊肉一斤，葱三升，豉五合，粳米半合，姜五两，木兰一寸，酒二升，煮鳖。盐、苦酒，口调其味也。

作猪蹄酸羹一斛法：猪蹄三具，煮令烂，擘去大骨。乃下葱、豉汁、苦酒、盐，口调其味。旧法用饧六斤，今除也。

作羊蹄臛法：羊蹄七具，羊肉十五斤。葱三升，豉汁五升，米一升，口调其味，生姜十两，橘皮三叶也。

作兔臛法：兔一头，断，大如枣。水三升，酒一升，木兰五分，葱三升，米一合，盐、豉、苦酒，口调其味也。

作酸羹法：用羊肠二具，饧六斤，瓠叶六斤。葱头二升，小蒜三升，面三升，豉汁、生姜、橘皮，口调之。

作胡羹法：用羊胁六斤，又肉四斤，水四升，煮；出胁，切之。葱头一斤，胡荽一两，安石榴汁数合，口调其味。

作胡麻羹法：用胡麻一斗，捣，煮令熟，研取汁三升。葱头二升，米二合，著火上。葱头、米熟，得二升半在。

作瓠叶羹法：用瓠叶五斤，羊肉三斤。葱二升，盐蚁五合[②]，口调其味。

作鸡羹法：鸡一头，解骨肉相离，切肉，琢骨，煮使熟。漉去骨，以葱头二升，枣三十枚合煮。羹一斗五升。

作笋䈽鸭羹法[③]：肥鸭一只，净治如糁羹法，脔亦如此。䈽四升，洗令极净；盐净，别水煮数沸，出之，更洗。小蒜白及葱白、豉汁等下之，令沸便熟也。

肺𦢊法[④]：羊肺一具，煮令熟，细切。别作羊肉臛，以粳米二合，生姜煮之。

作羊盘肠雌解法：取羊血五升，去中脉麻迹。裂之，细切羊胳肪二升，切生姜一斤，橘皮三叶，椒末一合，豆酱清一升，豉汁五合，面一升五合和米一升作糁，都合和，更以水三升浇之。解大肠，淘汰，复以白酒一过洗肠中，屈申以和灌肠。屈长五寸，煮之，视血不出，便熟。寸切，以苦酒、酱食之也。

羊节解法：羊肶一枚[⑤]，以水杂生米三升，葱一虎口[⑥]，煮之，令半熟。取肥鸭肉一斤，羊肉一斤，猪肉半斤，合锉，作臛，下蜜令甜。以向熟羊肶投臛里，更煮，得两沸便熟。

治羊，合皮如猪豚法善矣。

羌煮法：好鹿头，纯煮令熟。著水中，洗治，作脔，如两指大。猪肉，琢，作脔。下葱白，长二寸一虎口，细琢姜及橘皮合半合，椒少许；下苦酒、盐，豉适口。一鹿头，用二斤猪肉作臛。

食脍鱼莼羹：芼羹之菜[⑦]，莼为第一。四月莼生，茎而未叶，名作“短尾莼”，第一肥美。叶舒长足，名曰“丝莼”。五月六月用丝莼。入七月，尽九月十月内，不中食，莼有蜗虫著故也。虫甚微细，与莼一体，不可识别，食之损人。十月，水冻虫死，莼还可食。从十月尽至三月，皆食“瑰莼”。瑰莼者，根上头、丝莼下茇也。丝莼既死，上有根茇，形似珊瑚，一寸许肥滑处任用；深取即苦涩。

凡丝莼，陂池种者，色黄肥好，直净洗则用。野取，色青，须别铛中热汤暂莼之，然后用，不煠则苦涩[⑧]。丝莼、瑰莼，悉长用不切。

鱼、莼等并冷水下。若无莼者，春中可用芜菁英，秋夏可畦种芮菘、芜菁叶，冬用荠叶以芼之。芜菁等宜待沸，接去上沫，然后下之。皆少著，不用多，多则失羹味。干芜菁无味，不中用。豉汁于别铛中汤煮一沸，漉出滓，澄而用之。勿以杓捉，捉则羹浊——过不清。煮豉但作新琥珀色而已，勿令过黑，黑则咸苦。唯莼芼而不得著葱、薤及米糁、菹、醋等。莼尤不宜咸。羹熟即下清冷水，大率羹一斗，用水一升，多则加之，益羹清俊甜美。下菜、豉、盐，悉不得搅，搅则鱼莼碎，令羹浊而不能好。

《食经》曰："莼羹：鱼长二寸，唯莼不切。鳢鱼，冷水入莼；白鱼，冷水入莼，沸入鱼。与咸豉。"又云："鱼长三寸，广二寸半。"又云："莼细择，以汤沙之。中破鳢鱼，邪截令薄，准广二寸，横尽也，鱼半体。煮三沸，浑下莼。与豉汁、渍盐。"

醋菹鹅鸭羹：方寸准，熬之。与豉汁、米汁。细切醋菹与之，下盐。半奠[9]。不醋，与菹汁。

菰菌鱼羹："鱼，方寸准。菌，汤沙中出，擘。先煮菌令沸，下鱼。"又云："先下，与鱼、菌、茉、糁、葱、豉。"又云："洗，不沙。肥肉亦可用。半奠之。"

笋䈽鱼羹：䈽，汤渍令释，细擘。先煮䈽，令煮沸。下鱼、盐、豉。半奠之。

鳢鱼臛：用极大者，一尺已下不合用。汤鳞治，邪截，臛叶方寸半准。豉汁与鱼，俱下水中。与研米汁。煮熟，与盐、姜、橘皮、椒末、酒。鳢涩，故须米汁也。

鲤鱼臛：用大者。鳞治，方寸，厚五分。煮，和，如鳢臛。与全米糁。奠时，去米粒，半奠。若过半奠，不合法也。

脸臓：用猪肠。经汤出，三寸断之，决破，细切，熬。与水，沸，下豉清、破米汁，葱、姜、椒、胡芹、小蒜、芥——并细切锻。下盐、醋。蒜子细切。将血奠与之——早与血则变大，可增米奠。

鳢鱼汤㸆：用大鳢，一尺已下不合用。净鳞治，及霍叶斜截为方寸半，厚三寸。豉汁与鱼，俱下水中。与白米糁。糁煮熟，与盐、姜、椒、橘皮屑末。半奠时，勿令有糁。

鲍臛：汤焊[10]，去腹中，净洗，中解，五寸断之，煮沸，令变色。出，方寸分准，熬之。与豉清、研汁，煮令极熟。葱、姜、橘皮、胡芹、小蒜，并细切锻与之。下盐、醋。半奠。

椠淡：用肥鹅鸭肉，浑煮，研为候。长二寸，广一寸，厚四分许。去大骨。白汤别煮椠，经半日久，漉出，淅箕中杓迮去令尽。羊肉，下汁中煮，与盐、豉。将熟，细切锻胡芹、小蒜与之。生熟如烂，不与醋。若无椠，用菰菌——用地菌，黑里不中。椠，大者中破，小者浑用。椠者，树根下生木耳，要复接地生，不黑者乃中用。半奠也。

损肾：用牛羊百叶，净治令白，薤叶切，长四寸，下盐、豉中，不令大沸——大熟则韧，但令小卷止。与二寸苏，姜末，和肉。漉取汁，盘满奠。又用肾，切长二寸，广寸，厚五分，作如上。奠，亦用八[11]。姜、薤，别奠随之也。

烂熟：烂熟肉，谐令胜刀，切长三寸，广半寸，厚三寸半。将用，肉汁中葱、姜、椒、橘皮、胡芹、小蒜并细切锻，并盐、醋与之。别作臛，临用，写臛中和奠[12]。有沈。将用乃下肉候汁中，小久则变，大可增之。

治羹臛伤咸法：取车辙中干土末，绵筛，以两重帛作袋子盛之，绳系令坚坚，沈著铛中。须臾则淡，便引出。

---

①成治，整治完成。

②盐蚁，盐。

③䈽，笋。

④腂（sǔn，音笋），煮食法名。

⑤羊肚，羊百叶。

⑥一虎口，一把。

⑦芼（máo，音毛）羹，菜名。

⑧煠，水淖。

⑨半奠，盛半碗以供祭奠。

⑩焊（xún，音寻，又音 qián，音前），将肉放开水中使半熟。

⑪八，指八片肾。

⑫写，通泻。

蒸缹法第七十七①

《食经》曰：“**蒸熊法**：取三升肉，熊一头，净治，煮令不能半熟，以豉清渍之一宿。生秫米二升，勿近水，净拭，以豉汁浓者二升渍米，令色黄赤，炊作饭。以葱白长三寸一升，细切姜、橘皮各二升，盐三合，合和之，著甑中蒸之，取熟。”

“蒸羊、肫、鹅、鸭，悉如此。”

一本：“用猪膏三升，豉汁一升，合洒之。用橘皮一升。”

蒸肫法：好肥肫一头，净洗垢，煮令半熟，以豉汁渍之。生秫米一升，勿令近水，浓豉汁渍米，令黄色，炊作馈，复以豉汁洒之。细切姜、橘皮各一升，葱白三寸四升，橘叶一升，合著甑中，密覆，蒸两三炊久。复以猪膏三升，全豉汁一升洒，便熟也。

蒸熊、羊如肫法，鹅亦如此。

蒸鸡法：肥鸡一头，净治；猪肉一斤，香豉一升，盐五合，葱白半虎口，苏叶一寸围，豉汁三升，著盐。安甑中，蒸令极熟。

缹猪肉法：净焊猪讫，更以热汤遍洗之，毛孔中即有垢出，以草痛揩，如此三遍，梳洗令净。四破，于大釜煮之。以杓接取浮脂，别著瓮中；稍稍添水，数数接脂。脂尽，漉出，破为四方寸脔，易水更煮。下酒二升，以杀腥臊——青、白皆得。若无酒，以酢浆代之。添水接脂，一如上法。脂尽，无复腥气，漉出，板切，于铜铛中缹之。一行肉，一行擘葱、浑豉、白盐、姜、椒。如是次第布讫，下水缹之，肉作琥珀色乃止。恣意饱食，亦不饵②，乃胜燠肉。欲得著冬瓜、甘瓠者，于铜器中布肉时下之。其盆中脂，练白如珂雪，可以供余用者焉。

缹豚法：肥豚一头十五斤，水三斗，甘酒三升，合煮令熟。漉出，擘之。用稻米四升，炊一装；姜一升，橘皮二叶，葱白三升，豉汁涑馈，作糁，令用酱清调味。蒸之，炊一石米顷③，下水也。

缹鹅法：肥鹅，治，解，脔切之，长二寸。率十五斤肉，秫米四升为糁——先装如缹豚法，讫，和以豉汁、橘皮、葱白、酱清、生姜。蒸之，如炊一石米顷，下之。

胡炮肉法：肥白羊肉——生始周年者，杀，则生缕切如细叶，脂亦切。著浑豉、盐、擘葱白、姜、椒、筚拨、胡椒，令调适。净洗羊肚，翻之。以切肉脂内于肚中，以向满为限，缝合。作浪中坑，火烧使赤，却灰火。内肚著坑中，还以灰火覆之，于上更燃火，炊一石米顷，便熟。香美异常，非煮、炙、之例。

蒸羊法：缕切羊肉一斤，豉汁和之，葱白一升著上，合蒸。熟，出，可食之。

蒸猪头法：取生猪头，去其骨，煮一沸，刀细切，水中治之。以清酒、盐、肉，蒸，皆口调和。熟，以干姜、椒著上食之。

作悬熟法：猪肉十斤，去皮，切脔。葱白一升，生姜五合，橘皮二叶，秫米三升，豉汁五合，调味。若蒸七斗米顷，下。

《食次》曰："熊蒸：大，剥，大烂。小者去头脚。开腹，浑覆蒸。熟，擘之，片大如手。"又云："方二寸许。豉汁煮秫米；薤白寸断，橘皮、胡芹、小蒜并细切，盐，和糁。更蒸：肉一重，间米，尽令烂熟。方六寸，厚一寸。奠，合糁。"

又云："秫米、盐、豉、葱、薤、姜，切锻为屑，内熊腹中，蒸。熟，擘奠，糁在下，肉在上。"

又云："四破，蒸令小熟。糁用馈，葱、盐、豉和之。宜肉下，更蒸。蒸熟，擘，糁在下；干姜、椒、橘皮、糁，在上。"

"豚蒸，如蒸熊。"

"鹅蒸，去头，如豚"。

"**裹蒸生鱼**：方七寸准。——又云：五寸准。——豉汁煮秫米，如蒸熊。生姜、橘皮、胡芹、小蒜、盐，细切，熬糁。膏油涂箬，十字裹之，糁在上，复以糁屈牖篸之[④]。——又云：盐和糁，上下与。细切生姜、橘皮、葱白、胡芹、小蒜置上。篸箬蒸之。既奠，开箬，褚边奠上。"

"**毛蒸鱼菜**：白鱼，鳊鱼最上。净治，不去鳞。一尺已还[⑤]，浑。盐、豉、胡芹、小蒜，细切，著鱼中，与菜，并蒸。"

又："鱼方寸准——亦云'五六寸'——下盐、豉汁中。即出，菜上蒸之。奠，亦菜上。"又云："竹篮盛鱼，菜上，蒸。"又云："竹蒸并奠。"

"**蒸藕法**：水和稻穰、糠，揩令净，斫去节，与蜜灌孔里，使满，溲苏面，封下头，蒸。熟，除面，写去蜜，削去皮，以刀截，奠之。"又云："夏生冬熟。双奠亦得[⑥]。"

---

①炰（fǒu，音否），煮。

②悁，腻。

③炊一石米顷，将一石米蒸熟所用的时间。

④屈牖，弯曲两头开口之处。篸（zān，音簪），通簪。

⑤已还，以内。

⑥双奠，一碗盛两个。

胚、腤、煎、消法第七十八[①]

胚鱼鲊法：先下水、盐、浑豉、擘葱，次下猪、羊、牛三种肉，腤两沸，下鲊。打破鸡子四枚，泻中，如瀹鸡子法。鸡子浮，便熟，食之。

《食经》**胚鲊法**："破生鸡子，豉汁，鲊，俱煮沸，即奠。"又云："浑用豉。奠讫，以鸡子、豉怗[②]。"又云："鲊沸，汤中与豉汁、浑葱白，破鸡子写中。奠二升。用鸡子，众物是停也。"

五侯胚法：用食板零揲[③]，杂鲊、肉，合水煮，如作羹法。

纯胚鱼法：一名無鱼。用鳊鱼。治腹里，去腮不去鳞。以咸豉、葱、姜、橘皮、酢，细切，合煮。沸，乃浑下鱼。葱白浑用。"又云："下鱼中煮，沸。与豉汁、浑葱白。将熟，下酢。又云：切生姜令长。奠时，葱在上。大，奠一；小，奠二。若大鱼，成治准此。"

腤鸡："一名'無鸡'；一名'鸡臛'。以浑。盐，豉，葱白中截，干苏微火炙——生苏不炙——与成治浑鸡，俱下水中，熟煮。出鸡及葱，漉出汁中苏、豉，澄令清。擘肉，广寸余，奠之，以暖汁沃之。肉若冷，将奠，蒸令暖。满奠。”又云：“葱、苏、盐、豉汁，与鸡俱煮。既熟，擘奠，与汁，葱、苏在上，莫安下。可增葱白，擘令细也。”

腤白肉：一名“白缹肉”。盐、豉煮，令向熟④，薄切：长二寸半，广一寸准，甚薄。下新水中，与浑葱白、小蒜、盐、豉清。又：薤叶切，长三寸。与葱、姜，不与小蒜，薤亦可。

腤猪法：〔一名“缹猪肉”，一名“猪肉盐豉”。〕一如缹白肉之法。

腤鱼法：用鲫鱼，浑用。软体鱼不用。鳞治。刀细切葱，与豉、葱俱下，葱长四寸。将熟，细切姜、胡芹、小蒜与之。汁色欲黑。无酢者，不用椒。若大鱼，方寸准得用。软体之鱼，大鱼不好也。

蜜纯煎鱼法：用鲫鱼，治腹中，不鳞。苦酒、蜜中半，和盐渍鱼，一炊久，漉出。膏油熬之，令赤。浑奠焉。

勒鸭法：细斫熬如饼臛，熬之令小熟。姜、橘、椒、胡芹、小蒜，并细切，熬黍米糁。盐、豉汁下肉中复熬，令似熟，色黑。平满奠。兔、雉肉，次好。凡肉，赤理皆可用。勒鸭之小者，大如鸠、鸽，色白也。

鸭煎法：用新成鸭极肥者，其大如雉。去头，焰治，却腥翠⑤、五藏，又净洗，细锉如笼肉⑥。细切葱白，下盐、豉汁，炒令极熟。下椒、姜末食之。

---

①腤（ān，音安），一种烹调法，用盐豉葱姜与肉类同煮。

②怗（tiē，音贴），通帖。

③揲（shē，音舌，又读 dié 迭）。

④向熟，即将熟，快熟。

⑤腥翠，尾腺。

⑥笼肉，肉馅。

菹绿第七十九

《食经》曰：“**白菹：**鹅、鸭、鸡白煮者。鹿骨，斫为准：长三寸，广一寸，下杯中。以成清紫菜三四片加上，盐、醋和肉汁沃之。”又云：“亦细切，苏加上。”又云：“准讫，肉汁中更煮，亦啖。少与米糁。凡不醋，不紫菜。满奠焉。”

菹肖法：用猪肉、羊、鹿肥者，薤叶细切，熬之，与盐、豉汁。细切菜菹叶，细如小虫丝，长至五寸，下肉里。多与菹汁，令酢。

蝉脯菹法：“捶之，火炙令熟。细擘，下酢。”又云：“蒸之。细切香菜置上。”又云：“下沸汤中，即出，擘，如上香菜蓼法。”

绿肉法：用猪、鸡、鸭肉，方寸准，熬之。与盐、豉汁煮之。葱、姜、橘、胡芹、小蒜，细切与之，下醋。切肉名曰“绿肉”，猪、鸡名曰“酸”。

白瀹〔瀹，煮也，音药。〕豚法：用乳下肥豚。作鱼眼汤，下冷水和之，擎豚令净①，罢。若有粗毛，镊子拔却，柔毛则剔之。茅蒿叶揩洗，刀刮削令极净。净揩釜。勿令渝，釜渝则豚黑。绢袋盛豚，酢浆水煮之。系小石，勿使浮出。上有浮沫，数接去。两沸，急出之，及热以冷水沃豚②。又以茅蒿叶揩令极白净。以少许面，和水为面浆；复绢袋盛豚，系石，于面浆中煮之。接去浮沫，一如上法。好熟，出，著盆中，以冷水和煮豚面浆使暖暖，于盆中浸之。然后擘食。皮如玉色，滑而且美。

酸豚法：用乳下豚。焖治讫，并骨斩脔之，令片别带皮。细切葱白，豉汁炒之，香，微下水，烂煮为佳。下粳米为糁。细擘葱白，并豉汁下之。熟，下椒、醋，大美。

①燅（xún，音寻），同焖。

②及热，趁热。

炙法第八十

炙豚法：用乳下豚极肥者，豮、牸俱得。燅治一如煮法，揩洗、刮削，令极净。小开腹，去五藏，又净洗。以茅茹腹令满，柞木穿，缓火遥炙，急转勿住。〔转常使周匝，不匝则偏焦也。〕清酒数涂以发色。〔色足便止〕取新猪膏极白净者，涂拭勿住。若无新猪膏，净麻油亦得。色同琥珀，又类真金。入口则消，状若凌雪，含浆膏润，特异凡常也。

捧〔或作棒〕炙：大牛用膂，小犊用脚肉亦得。逼火偏炙一面，色白便割；割遍又炙一面。含浆滑美。若四面俱熟然后割，则涩恶不中食也。

腩炙[①]：羊、牛、獐、鹿肉皆得。方寸脔切。葱白研令碎，和盐、豉汁，仅令相淹。少时便炙，若汁多久渍，则韧。拨火开，痛逼火，回转急炙。色白热食，含浆滑美。若举而复下，下而复上，膏尽肉干，不复中食。

肝炙：牛、羊、猪肝皆得。脔长寸半，广五分，亦以葱、盐、豉汁腩之。以羊络肚瞉脂裹，横穿炙之。

牛胘炙：[②]老牛胘，厚而脆。铲穿，痛蹙令聚，逼火急炙，令上劈裂，然后割之，则脆而甚美。若挽令舒申，微火遥炙，则薄而且韧。

灌肠法：取羊盘肠，净洗治。细锉羊肉，令如笼肉，细切葱白，盐、豉汁、姜、椒末调和，令咸淡适口，以灌肠。两条夹而炙之。割食甚香美。

《食经》曰：“**作跳丸炙法：**羊肉十斤，猪肉十斤，缕切之，生姜三升，橘皮五叶，藏瓜二升，葱白五升，合捣，令如弹丸。别以五斤羊肉作臛，乃下丸炙煮之，作丸也。”

膊炙豚法[③]：小形豚一头，膊开，去骨，去厚处，安就薄处，令调。取肥豚肉三斤，肥鸭二斤，合细琢。鱼酱汁三合，琢葱白二升，姜一合，橘皮半合，和二种肉，著豚上，令调平。以竹串串之。相去二寸下串。以竹箬著上，以板覆上，重物迮之。得一宿。明旦，微火炙。以蜜一升合和，时时刷之。黄赤色便熟。先以鸡子黄涂之，今世不复用也。

捣炙法：取肥子鹅肉二斤，锉之，不须细锉。好醋三合，瓜菹一合，葱白一合，姜、橘皮各半合，椒二十枚作屑，合和之，更锉令调。裹著充竹串上。破鸡子十枚，别取白，先摩之令调，复以鸡子黄涂之。唯急火急炙之，使焦，汁出便熟。作一挺[④]，用物如上；若多作，倍之。若无鹅，用肥豚亦得也。

衔炙法：取极肥子鹅一头，净治，煮令半熟，去骨，锉之。和大豆酢五合，瓜菹三合，姜、橘皮各半合，切小蒜一合，鱼酱汁二合，椒数十粒作屑。合和，更锉令调。取好白鱼肉细琢，裹作串，炙之。

作饼炙法：取好白鱼，净治，除骨取肉，琢得三升。熟猪肉肥者一升，细琢。酢五合，葱、瓜菹各二合，姜、橘皮各半合，鱼酱汁三合，看咸淡、多少，盐之适口。取足作饼，如升盏大，厚五分。熟油微火煎之，色赤便熟，可食。〔一本：用椒十枚，作屑和之。〕

酿炙白鱼法：白鱼长二尺，净治，勿破腹。洗之竟，破背，以盐之。取肥子鸭一头，洗治，去骨，细锉；酢一升，瓜菹五合，鱼酱汁三合，姜、橘各一合，葱二合，豉汁一合，和，炙之令熟。合取，从背入着腹中，串之如常炙鱼法，微火炙半熟，复以少苦酒杂鱼酱、豉汁，更刷鱼上，便成。

腩炙法：肥鸭，净治洗，去骨，作脔。酒五合，鱼酱汁五合，姜、葱、橘皮半合，豉汁五合，合和，渍一炊久，便中炙。子鹅作亦然。

猪肉鲊法：好肥猪肉作脔，盐令咸淡适口。以饭作糁，如作鲊法。看有酸气，便可食。

《食次》曰：“**啗炙**：用鹅、鸭、羊、犊、獐、鹿、猪肉肥者，赤白半，细研熬之。以酸瓜菹、笋菹、椒、姜、橘皮、葱、胡芹细切、盐、豉汁，合和肉，丸之。手搦为寸半方，以羊、猪胳肚脂裹之[⑤]。两歧簇两条簇炙之——簇两脔——令极熟。奠，四脔。牛、鸡肉不中用。”

捣炙：〔一名“筒炙”，一名“黄炙”。〕用鹅、鸭、獐、鹿、猪、羊肉。细研熬和调如“啗炙”。若解离不成，与少面。竹筒六寸围，长三尺，削去青皮，节悉净去。以肉薄之，空下头，令手捉，炙之。欲熟，——小干，不着手——竖抠中，以鸡鸭子白手灌之。若不均，可再上白。犹不平者，刀削之。更炙，白燥，与鸭子黄；若无，用鸡子黄，加少朱，助赤色。上黄用鸡鸭翅毛刷之。急手数转，缓则坏。既熟，浑脱，去两头，六寸断之。促奠二，若不即用，以芦荻苞之，束两头——布芦间可五分——可经三五日，不尔则坏。与面则味少，酢多则难著矣。

饼炙：用生鱼，白鱼最好，鲇、鳢不中用。下鱼片：离脊肋，仰几上，手按大头，以钝刀向尾割取肉，至皮即止。净洗，臼中熟舂之，勿令蒜气。与姜、椒、橘皮、盐、豉和。以竹木作圆范，格四寸面，油涂绢藉之。绢从格上下以装之，按令均平，手捉绢，倒饼膏油中煎之。出铛，及热置柈上，碗子底按之令拗。将奠，翻仰之。若碗子奠，仰与碗子相应。又云：用白肉、生鱼等分，细研熬和如上，手团作饼，膏油煎，如作鸡子饼。十字解奠之，还令相就如全奠。小者二寸半，奠二。葱、胡芹生物不得用，用则斑，可增。众物若是，先停此；若无，亦可用此物助诸物。

范炙：用鹅、鸭臆肉。如浑，椎令骨碎。与姜、椒、橘皮、葱、胡芹、小蒜、盐、豉，切，和，涂肉，浑炙之。斫取臆肉，去骨，奠如白煮之者。

炙蚶：铁镉上炙之[⑥]。汁出，去半壳，以小铜柈奠之[⑦]。大，奠六；小，奠八。仰奠[⑧]。别奠酢随之。

炙蛎：似炙蚶。汁出，去半壳，三肉共奠[⑨]。如蚶，别奠酢随之。

炙车熬：炙如蛎。汁出，去半壳，去屎，三肉一壳。与姜、橘屑，重炙令暖。仰奠四，酢随之。勿太热——则韧。

炙鱼：用小鲏、白鱼最胜。浑用。鳞治，刀细谨。无小用大，为方寸准，不谨。姜、橘、椒、葱、胡芹、小蒜、苏、欓[⑩]，细切锻，盐、豉、酢和，以渍鱼。可经宿。炙时以杂香菜汁灌之。燥复与之，熟而止。色赤则好。双奠，不惟用一。

---

①腩（nǎn），用调味品浸渍肉以备炙食。

②胘（xián，音弦），牛百叶。

③膊（bó，音泊），割肉。

④一挺，一件。

⑤脂，脂肪。

⑥铁镉（jiē，音阶），铁锅。

⑦铜柈，铜盘。

⑧仰奠，肉朝上祭奠。

⑨三肉共奠，一盘放三块蛎肉祭奠。

⑩棁（dǎng，音党），茱萸。

作胏、奥、糟、苞第八十一[①]

作胏肉法：驴、马、猪肉皆得。腊月中作者良，经夏无虫；余月作者，必须覆护，不密则虫生。粗脔肉，有骨者，合骨粗锉。盐、曲、麦𫂵合和，多少量意斟裁，然须盐、曲二物等分，麦𫂵倍少于曲。和讫，内瓮中，密泥封头，日曝之。二七日便熟。煮供朝夕食，可以当酱。

作奥肉法：先养宿猪令肥[②]，腊月中杀之。擎讫，以火烧之令黄，用暖水梳洗之，削刮令净，刳去五藏。猪肪煼取脂[③]。肉脔方五六寸作，令皮肉相兼，著水令相淹渍，于釜中煼之。肉熟，水气尽，更以向所煼肪膏煮肉。大率脂一升，酒二升，盐三升，令脂没肉，缓火煮半日许乃佳。漉出瓮中，余膏仍泻肉瓮中，令相淹渍。食时，水煮令熟，而调和之如常肉法。尤宜新韭"烂拌"。亦中炙啖。其二岁猪，肉未坚，烂坏不任作也。

作糟肉法：春夏秋冬皆得作。以水和酒糟，搦之如粥，著盐令咸。内捧炙肉于糟中。著屋下阴地。饮酒食饭，皆炙啖之。暑月十日不臭。

苞肉法：十二月中杀猪，经宿，汁尽浥浥时，割作捧炙形，茅、菅中苞之。无菅、茅，稻秆亦得。用厚泥封，勿令裂；裂复上泥。悬著屋外北阴中，得至七八月，如新杀肉。

《食经》曰："**作犬牒法**[①]**：**犬肉三十斤，小麦六升，白酒六升，煮之令三沸。易汤，更以小麦、白酒各三升，煮令肉离骨，乃擘。鸡子三十枚著肉中。便裹肉，甑中蒸，令鸡子得干。以石迮之。一宿出，可食。名曰'犬牒。'

《食次》曰："**苞牒法：**用牛、鹿头、豘蹄，白煮。柳叶细切，择去耳、口、鼻、舌，又去恶者，蒸之。别切猪蹄——蒸熟，方寸切——熟鸡鸭卵、姜、椒、橘皮、盐，就甑中和之。仍复蒸之，令极烂熟。一升肉，可与三鸭子，别复蒸令软。以苞之：用散茅为束附之，相连必致令裹。大如靴雍[④]，小如人脚蹲肠[⑤]。大，长二尺；小，长尺半。大木迮之，令平正，唯重为佳。冬则不入水。夏作，小者不迮，用小板挟之：一处与板两重，都有四板，以绳通体缠之，两头与楔楔之两板之间，楔宜长薄，令中交度，如楔车轴法，强打不容则止。悬井中，去水一尺许。若急待，内水中。用时去上白皮。名曰'水牒'。"

又云："用牛、猪肉，煮切之如上。蒸熟，出置白茅上，以熟煮鸡子白三重间之，即以茅苞，细绳穊束，以两小板挟之，急束两头，悬井水中。经一日许，方得。"

又云："藿叶薄切，蒸。将熟，破生鸡子，并细切姜、橘，就甑中和之。蒸、苞如初。奠如'白牒'——名'迮牒'是也。"

---

①胏（zǐ，音子），烹调方法名。

②宿猪，饲养多年的猪。

③煼（chǎo，音炒），同炒。

④牒（zhé，音哲），切肉成薄片。

⑤靴雍，靴子弯处。

⑥脚蹲肠，小腿上的腱子。

饼法第八十二

《食经》曰：“**作饼酵法**：酸浆一斗，煎取七升；用粳米一升著浆，迟下火，如作粥。”“六月时，溲一石面，著二升；冬时，著四升作。”

作白饼法：面一石。白米七八升，作粥，以白酒六七升酵中，著火上。酒鱼眼沸，绞去滓，以和面。面起可作。

作烧饼法：面一斗。羊肉二斤，葱白一合，豉汁及盐，熬令熟，炙之。面当令起。

髓饼法：以髓脂、蜜，合和面。厚四五分，广六七寸。便著胡饼炉中，令熟。勿令反覆。饼肥美，可经久。

《食次》曰：“粲：〔一名‘乱积’。〕用秫稻米，绢罗之。蜜和水，水蜜中半，以和米屑。厚薄令竹杓中下——先试，不下，更与水蜜。作竹杓：容一升许，其下节，概作孔。竹杓中，下沥五升铛里，膏脂煮之。熟，三分之一铛中也。”

膏环：〔一名“粔籹”[①]〕用秫稻米屑，水、蜜溲之，强泽如汤饼面。手搦团，可长八寸许，屈令两头相就，膏油煮之。

鸡鸭子饼：破写瓯中，不与盐。锅铛中膏油煎之，令成团饼，厚二分。全奠一。

细环饼、截饼：〔环饼一名“寒具”。截饼一名“蝎子”。〕皆须以蜜调水溲面；若无蜜，煮枣取汁；牛羊脂膏亦得；用牛羊乳亦好，令饼美脆。截饼纯用乳溲者，入口即碎，脆如凌雪。

餢飳：[②]〔起面如上法〕盘水中浸剂[③]，于漆盘背上水作者，省脂，亦得十日软，然久停则坚。

干剂于腕上手挽作，勿著勃[④]。入脂浮出，即急翻，以杖周正之，但任其起，勿刺令穿。熟乃出之，一面白，一面赤，轮缘亦赤，软而可爱。久停亦不坚。若待熟始翻，杖刺作孔者，泄其润气，坚硬不好。法：须瓮盛，湿布盖口，则常有润泽，甚佳。任意所便，滑而且美。

水引馎饦法[⑤]：细绢筛面，以成调肉臛汁，待冷溲之。

水引：挼如箸大，一尺一断，盘中盛水浸，宜以手临铛上，挼令薄如韭叶，逐沸煮。

馎饦：挼如大指许，二寸一断，著水盆中浸，宜以手向盆旁挼使极薄，皆急火逐沸熟煮。非直光白可爱，亦自滑美殊常。

切面粥、〔一名“棋子面”〕**麸𪍿粥法**：刚溲面，揉令熟，大作剂，挼饼粗细如小指大。重萦于干面中，更挼如粗箸大。截断，切作方棋。簸去勃，甑里蒸之。气馏，勃尽，下著阴地净席上，薄摊令冷，挼散，勿令相粘。袋盛，举置。须即汤煮，虽作臛浇，坚而不泥。冬天一作，得十日。

麸𪍿：以粟饭馈，水浸，即漉著面中，以手向簸箕痛挼，令均如胡豆。拣取均者，熟蒸，曝干。须即汤煮，笊篱漉出，别作臛浇，甚滑美。得一月日停。

粉饼法：以成调肉臛汁，接沸溲英粉[⑥]，〔若用粗粉，脆而不美；不以汤溲，则生不中食。〕如环饼面。先刚溲，以手痛揉，令极软熟；更以臛汁溲，令极泽铄铄然。割取牛角，似匙面大，钻作六七小孔，仅容粗麻线。若作“水引”形者，更割牛角，开四五孔，仅容韭叶。取新帛细䌷两段，各方尺半，依角大小，凿去中央，缀角著䌷。〔以钻钻之，密缀勿令漏粉。用讫，洗，举，得二十年用。〕裹盛溲粉，敛四角，临沸汤上搦出，熟煮。臛浇。若著酪中及胡麻饮中者，真类玉色，稹稹著牙[⑦]，与好面不殊。〔一名“搦饼”。著酪中者，直用白汤溲之，不须肉汁。〕

豚皮饼法：〔一名“拨饼”。〕汤溲粉，令如薄粉。大铛中煮汤；以小杓子挹粉著铜钵内，顿钵著沸汤中，以指急旋钵，令粉悉著钵中四畔。饼既成，仍挹钵倾饼著汤中，煮熟。令漉出，著冷水中。酷似豚皮。臛浇、麻、酪任意，滑而且美。

治面砂墋法[⑧]：簸小麦，使无头角，水浸令液。漉出，去水，泻著面中，拌使均调。于布巾中良久挺动之，土末悉著麦，于面无损。一石面，用麦三升。

《杂五行书》曰："十月亥日食饼，令人无病。"

---

①粔（jù，音句），籹（nǚ，音女），古代一种食品。

②餢（pǒu），𩜻（tǒu），用水和面发酵，也用为饼名。

③剂，发面。

④勃，指干面。

⑤䬪（bó，音博）饦（tuō，音拖），一种煮食的面食。

⑥接沸溲英粉，趁汤沸时和粉英（精粉）。

⑦稹，通缜，细密。著牙，放入口中牙齿上。

⑧墋（chěn）食物中混入沙土。

粽𥽇法第八十三[①]

《风土记》注云："俗先以二节一日，用菰叶裹黍米，以淳浓灰汁煮之，令烂熟，于五月五日、夏至啖之。粘黍一名'粽'，一曰'角黍'，盖取阴阳尚相裹未分散之时象也。"

《食经》云："**粟黍法**：先取稻，渍之使释。计二升米，以成粟一斗，著竹篡内，米一行，粟一行，裹，以绳缚。其绳相去寸所一行。须釜中煮，可炊十石米间，黍熟。"

《食次》曰："𥽇：用秫稻米末，绢罗，水、蜜溲之，如强汤饼面。手搦之，令长尺余，广二寸余。四破，以枣、栗肉上下著之遍，与油涂竹箬裹之，烂蒸。奠二，箬不开，破去两头，解去束附。"

---

①𥽇（yē，音噎），食物名。似粽。

煮粿或作粿第八十四

煮粿：《食次》曰："宿客足，作粿𥺁。粿末一升，以沸汤一升沃之；不用腻器。断箕漉出滓，以粿帚舂取勃[①]，勃，别出一器中。折米白煮，取汁为白饮，以饮二升投粿汁中。——又云：合勃下饮讫，出勃。粿汁复悉写釜中，与白饮合煮，令一沸，与盐。白饮不可过一升。——折米弱炊，信相著[②]，盛饭瓯中，半奠，杓仰令偏著一边，以粿汁沃之，与勃。"

又云："粿末以二升，小器中沸汤渍之。折米煮为饭，沸，取饭中汁升半。折箕漉粿出，以饮汁当向粿汁上淋之，以粿帚舂取勃，出别勃置。复著折米沈汁为白饮，以粿汁投中。鲑奠如常，食之。"

又云："若作仓卒难造者，得停西□粿最胜。"

又云："以勃少许投白饮中；勃若散坏，不得和白饮，但单用粿汁焉。"

①勃，指泡沫。

②相著，相粘。

醴酪第八十五

煮醴酪：昔介子推怨晋文公赏从亡之劳不及己，乃隐于介休县绵上山中。其门人怜之，悬书于公门。文公寤而求之，不获，乃以火焚山。推遂抱树而死。文公以绵上之地封之，以旌善人。于今介山林木，遥望尽黑，如火烧状，又有抱树之形。世世祠祀，颇有神验。百姓哀之，忌日为之断火，煮醴酪而食之，名曰"寒食"，盖清明节前一日是也。中国流行，遂为常俗。〔然麦粥自可御暑，不必要在寒食。世有能此粥者，聊复录耳。〕

治釜令不渝法：常于谙信处买取最初铸者[①]，铁精不渝，轻利易燃。其渝黑难燃者，皆是铁滓钝浊所致。治令不渝法：以绳急束蒿，斩两头令齐。著水釜中，以干牛屎燃釜，汤暖，以蒿三遍净洗。抒却水，干燃使热。买肥猪肉脂合皮大如手者三四段，以脂处处遍揩拭釜，察作声[②]。复著水痛疏洗，视汁黑如墨，抒却。更脂拭，疏洗。如是十遍许，汁清无复黑，乃止；则不复渝。煮杏酪，煮饧，煮地黄染，皆须先治釜，不尔则黑恶。

煮醴法：与煮黑饧同。然须调其色泽，令汁味淳浓，赤色足者良。尤宜缓火，急则焦臭。传曰："小人之交甘若醴"，疑谓此，非醴酒也。

煮杏酪粥法：用宿穬麦，其春种者则不中。预前一月，事麦折令精，细簸拣。作五六等，必使别均调，勿令粗细相杂，其大如胡豆者，粗细正得所。曝令极干。如上治釜讫，先煮一釜粗粥，然后净洗用之。打取杏人，以汤脱去黄皮，熟研，以水和之，绢滤取汁。汁唯淳浓便美，水多则味薄。用干牛粪燃火，先煮杏人汁，数沸，上作豚脑皱，然后下穬麦米。唯须缓火，以匕徐徐搅之，勿令住。煮令极熟，刚淖得所，然后出之。预前多买新瓦盆子容受二斗者，抒粥著盆子中，仰头勿盖。粥色白如凝脂，米粒有类青玉。停至四月八日亦不动。渝釜令粥黑，火急则焦苦。旧盆则不渗水，覆盖则解离。其大盆盛者，数卷亦生水也[③]。

①谙信处，既熟悉又放心的地方。

②察作声，作察察的声响。

③卷，取食。

飧饭第八十六

作粟飧法：𦎧米欲细而碎。〔碎则浊而不美〕𦎧讫即炊。〔经宿则涩〕淘必宜净。〔十遍以上弥佳〕香浆和暖水浸馈，少时，以手挼，无令有块。复小停，然后壮[①]。〔凡停馈，冬宜久，夏少时，盖以人意消息之。若不停馈，则饭坚也。〕投飧时，先调浆令甜酢适口，下热饭于浆中，尖出便止[②]。宜少时住，勿使挠搅，待其自解散，然后捞盛，飧便滑美。〔若下饭即搅，令饭涩。〕

折粟米法：取香美好谷脱粟米一石，〔勿令有碎杂〕于木槽内，以汤淘，脚踏；泻去沈，更踏；如此十遍，隐约有七斗米在，便止。漉出，曝干。炊时，又净淘。下馈时，于大盆中多著冷水，必令冷彻米心，以手挼馈，良久停之。〔折米坚实，必须弱炊故也，不停则硬。〕投饭调浆，一如上法。粒似青玉，滑而且美。〔又甚坚实，竟日不饥。弱炊作酪粥者，美于粳米。〕

作寒食浆法：以三月中清明前，夜炊饭，鸡向鸣[③]，下熟热饭于瓮中，以向满为限。数日后便酢，中饮。因家常炊次[④]，三四日辄以新炊饭一碗酘之。每取浆，随多少即新汲冷水添之。讫夏，飧浆并不败而常满，所以为异。以二升，得解水一升，水冷清俊，有殊于凡。

令夏月饭瓮、井口边无虫法：清明节前二日夜，鸡鸣时，炊黍熟，取釜汤遍洗井口、瓮边地，则无马蚿，百虫不近井、瓮矣。甚是神验。

治旱稻赤米令饭白法：莫问冬夏，常以热汤浸米，一食久，然后以手挼之。汤冷，泻去，即以冷水淘汏，挼取白乃止。饭色洁白，无异清流之米。

又，𣂷赤稻一臼，米里著蒿叶一把，白盐一把，合𣂷之，即绝白。

《食经》曰："**作面饭法：**用面五升，先干蒸，搅使冷。用水一升。留一升面，减水三合；以七合水，溲四升面，以手擘解。以饭，一升面粉，粉干，下。稍切取，大如粟颗。讫，蒸熟。下著筛中，更蒸之。"

作粳米糗糒法：取粳米，汏洒，作饭，曝令燥。捣细，磨，粗细作两种折。

粳米枣糒法：炊饭熟烂，曝令干，细筛。用枣蒸熟，迮取膏，溲糒。率一升糒，用枣一升。

崔寔曰："五月多作糒，以供出入之粮。"

菰米饭法：菰谷盛韦囊中；捣瓷器为屑，勿令作末，内韦囊中令满，板上揉之取米。一作可用升半。炊如稻米。

胡饭法：以酢瓜菹，长切，将炙肥肉，生杂菜，内饼中急卷，卷用两卷，三截，还令相就，并六断，长不过二寸。别奠"飘齑"随之。细切胡芹、蓼，下酢中为"飘齑"。

《食次》曰："折米饭：生折，用冷水，用虽好，作甚难。蒯米饭。〔蒯者，背洗米令净也。〕"

---

①壮，同装。

②尖出便止，饭露尖时就停止。

③鸡向鸣，鸡快叫。

④家常炊次，家常做饭的时候。

素食第八十七

《食次》曰："**葱韭羹法：**下油水中煮葱、韭——五分切，沸俱下。与胡芹、盐、豉、研米糁——粒大如粟米。"

瓠羹：下油水中，煮极熟。瓠体横切，厚三分，沸而下。与盐、豉、胡芹。累奠之。

油豉：豉三合，油一升，酢五升，姜、橘皮、葱、胡芹、盐，合和，蒸。蒸熟，更以油五升，就气上洒之[①]。讫，即合甑覆泻瓮中。

膏煎紫菜：以燥菜下油中煎之，可食则止。擘奠如脯。

薤白蒸：秫米一石，熟舂𣂷，令米毛[②]，不淅。以豉三升煮之，淅箕漉取汁，用沃米，令上谐可走虾[③]。米释，漉出——停米豉中，夏可半日，冬可一日；出米，葱、薤等寸切，令得一石许，胡芹寸切，令得一升许，油五升，合和蒸之，可分为两甑蒸之。气馏，以豉汁五升洒之。凡三过三洒，可经一炊久。三洒豉汁，半熟，更以油五升洒之，即下。用热食。若不即食，重蒸，取气出[④]。洒油之后，不得停灶上，则漏去油。重蒸不宜久，久亦漏油。奠讫，以姜、椒末粉之。溲甑亦然。

𦢊托饭[5]：托二斗，水一石。熬白米三升，令黄黑，合托，三沸。绢漉取法，澄清，以𦢊一升投中，无𦢊，与油二升，𦢊托好。一名“次檀托”，一名“托中价”。

蜜姜：生姜一斤，净洗，刮去皮，算子切[6]，不患长，大如细漆箸。以水二升，煮令沸，去沫。与蜜二升煮，复令沸，更去沫。碗子盛，合汁减半奠；用箸，二人共。无生姜，用干姜，法如前，唯切欲极细。

缹瓜瓠法：冬瓜、越冬、瓠，用毛未脱者，〔毛脱即坚〕汉瓜用极大饶肉者，皆削去皮，作方脔，广一寸，长三寸。偏宜猪肉，肥羊肉亦佳；〔肉须别煮令熟，薄切。〕苏油亦好。特宜菘菜。〔芜菁、肥葵、韭等皆得。苏油，宜大用苋菜。〕细擘葱白，〔葱白欲得多于菜。无葱，薤白代之。〕浑豉、白盐、椒末。先布菜于铜铛底，次肉，〔无肉以苏油代之。〕次瓜，次瓠，次葱白、盐、豉、椒末，如是次第重布，向满为限。少下水，〔仅令相淹渍〕缹令熟。

又缹汉瓜法：直以香酱、葱白、麻油缹之。勿下水亦好。

缹菌法：菌，一名“地鸡”，口未开，内外全白者佳；其口开里黑者，臭不堪食。其多取欲经冬者，收取，盐汁洗去土，蒸令气馏，下著屋北阴干之。当时随食者，取即汤炸去腥气，擘破。先细切葱白，和麻油，〔苏亦好〕熬令香；复多擘葱白，浑豉、盐、椒末，与菌俱下，缹之。宜肥羊肉；鸡、猪肉亦得。肉缹者，不须苏油。〔肉亦先熟煮，薄切，重重布之，如“缹瓜瓠法”，唯不著菜也。〕

缹瓜、瓠、菌，虽有肉、素两法，然此物多充素食，故附素条中。

缹茄子法：用子未成者，〔子成则不好也〕以竹刀骨刀四破之，〔用铁则渝黑。〕汤煠去腥气。细切葱白，熬油令香；〔苏弥好〕香酱清、擘葱白与茄子俱下，缹令熟。下椒、姜末。

---

①就气上洒之，就着蒸气洒在上面。

②米毛，让米变成自然的白色。

③令上谐可走虾，令米上的水刚好够虾行走。

④取气出，有气冒出时就可取出。

⑤𦢊（sū，音苏），食物名，似酪。

⑥算子切，切成筹码一样的方条。

作菹、藏生菜法第八十八

葵、菘、芜菁、蜀芥咸菹法：收菜时，即择取好者，菅、蒲束之。作盐水，令极咸，于盐水中洗菜，即内瓮中。若先用淡水洗者，菹烂。其洗菜盐水，澄取清者，泻著瓮中，令没菜把即止，不复调和。菹色仍青，以水洗去咸汁，煮为茹，与生菜不殊。

其芜菁、蜀芥二种，三日抒出之。粉黍米，作粥清；捣麦䴷作末，绢筛。布菜一行，以䴷末薄坋之[1]，即下热粥清。重重如此，以满瓮为限。其布菜法：每行必茎叶颠倒安之。旧咸汁还泻瓮中。菹色黄而味美。

作淡菹，用黍米粥清，及麦䴷末，味亦胜。

作汤菹法：菘菜佳，芜菁亦得。收好菜，择讫，即于热汤中煠出之。若菜已萎者，水洗，漉出，经宿生之，然后汤煠。煠讫，冷水中濯之，盐、醋中。熬胡麻油著，香而且脆。多作者，亦得至春不败。

蘸菹法：菹，菜也，一曰：菹不切曰“蘸菹”。用干蔓菁，正月中作。以热汤浸菜令柔软，解、辨，择、治，净洗。沸汤煠，即出，于水中净洗，复作盐水暂度，出著箔上。经宿，菜色生好。粉黍米粥清，亦用绢筛麦䴬末，浇菹布菜，如前法。然后粥清不用大热。其汁才令相淹，不用过多。泥头七日[②]，便熟。菹瓮以穰茹之，如酿酒法。

作卒菹法：以酢浆煮葵菜，擘之，下酢，即成菹矣。

藏生菜法：九月、十月中，于墙南日阳中掘作坑，深四五尺。取杂菜，种别布之，一行菜，一行土。去坎一尺许，便止。以穰厚覆之，得经冬。须即取，粲然与夏菜不殊。

《食经》**作葵菹法：**“择燥葵五斛，盐二斗，水五斗，大麦干饭四斗，合濑：案葵一行，盐、饭一行，清水浇满。七日黄，便成矣。”

作菘咸菹法：水四斗，盐三升，搅之，令杀菜[③]。又法：菘一行，女曲间之。

作酢菹法：三石瓮。用米一斗，捣，搅取汁三升；煮滓作三升粥。令内菜瓮中，辄以生渍汁及粥灌之。一宿，以青蒿，薤白各一行，作麻沸汤，浇之，便成。

作菹消法：用羊肉二十斤，肥猪肉十斤，缕切之。菹二升，菹根五升，豉汁七升半，切葱头五升。

蒲菹：《诗义疏》曰：“蒲，深蒲也。《周礼》以为菹。谓蒲始生，取其中心入地者，蒻，大如匕柄，正白，生啖之，甘脆。又，煮，以苦酒浸之，如食笋法，大美。今吴人以为菹，又以为鲊。”

世人作葵菹不好，皆由葵大脆故也。

菹菘，以社前二十日种之；葵，社前三十日种之。使葵至藏，皆欲生花乃佳耳。葵经十朝苦霜[④]，乃采之。秫米为饭，令冷。取葵著瓮中，以向饭沃之。欲令色黄，煮小麦时粣之[⑤]。

崔寔曰：“九月，作葵菹。其岁温，即待十月。”

《食经》曰：“**藏瓜法：**取白米一斗，鬲中熬之[⑥]，以作糜。下盐，使咸淡适口，调寒热。熟拭瓜，以投其中，密涂瓮。此蜀人方，美好。又法：取小瓜百枚，豉五升，盐三升。破，去瓜子，以盐布瓜片中，次著瓮中，绵其口。三日豉气尽，可食之。”

《食经》**藏越瓜法：**“糟一斗，盐三升，淹瓜三宿。出，以布拭之，复淹如此。凡瓜欲得完，慎勿伤，伤便烂，以布囊就取之，佳。豫章郡人晚种越瓜，所以味亦异。”

《食经》**藏梅瓜法：**“先取霜下老白冬瓜，削去皮，取肉方正薄切如手板。细施灰，罗瓜著上，复以灰覆之。煮杬皮、乌梅汁著器中。细切瓜，令方三分，长二寸，熟煠之，以投梅汁。数日可食。以醋石榴子著中，并佳也。”

《食经》曰：“**乐安令徐肃藏瓜法：**取越瓜细者，不操拭，勿使近水，盐之令咸。十日许，出，拭之，小阴干。熇之，仍内著盆中，作和。法：以三升赤小豆，三升秫米，并炒之，令黄，合舂，以三斗好酒解之。以瓜投中，密涂。乃经年不败。”

崔寔曰：“大暑后六日，可藏瓜”。

《食次》曰：“女曲：秫稻米三斗，净淅，炊为饭——软炊。停令极冷，以曲范中用手饼之。以青蒿上下奄之[⑦]，置床上，如作麦曲法。三七二十一日，开看，遍有黄衣则止。三七日无衣，乃停，要须衣遍乃止。出，日中曝之。燥则用。”

酿瓜菹酒法：秫稻米一石，麦曲，成锉，隆隆二斗[⑧]，女曲，成锉，平一斗。酿法：须消化，复以五升米酘之；消化，复以五升米酘之。再酘酒熟，则用，不迮出。瓜，盐揩，日中曝令皱，盐和，暴糟中[⑨]。停三宿，度内女曲酒中为佳。

瓜菹法：采越瓜，刀子割：摘取，勿令伤皮。盐揩数遍，日曝令皱。先取四月白酒糟，盐和，藏之。数日，又过著大酒糟中，盐、蜜、女曲和糟，又藏泥缸中，唯久佳。又云：不入白酒糟亦得。又云：大酒接出清，用醅。若一石，与盐三升，女曲三升，蜜三升。女曲曝令燥，手拃令解，浑用。女曲者，麦黄衣也。又云：瓜净洗，令燥，盐揩之。以盐和酒糟，令有盐味，不须多，合藏之，密泥缸口。软而黄，便可食。大者六破，小者四破，五寸断之，广狭尽瓜之形。又云：长四寸，广一寸。仰奠四片。瓜用小而直者，不可用歪。

瓜芥菹：用冬瓜，切长三寸，广一寸，厚二分。芥子，少与胡芹子，合熟研，去滓，与好酢，盐之，下瓜。唯久益佳也。

汤菹法：用少菘、芜菁，去根，暂经沸汤，及热与盐、酢。浑长者，依杯截[10]。与酢，并和菜汁；不尔，太酢。满奠之。

苦笋紫菜菹法：笋去皮，三寸断之，细缕切之；小者手捉小头，刀削大头，唯细薄，随置水中。削讫，漉出，细切紫菜和之。与盐、酢、乳。用半奠。紫菜，冷水渍，少久自解。但洗时勿用汤，汤洗则失味矣。

竹菜菹法：菜生竹林下，似芹，科大而茎叶细，生极概。净洗，暂经沸汤，速出，下冷水中，即搦去水，细切。又胡芹、小蒜，亦暂经沸汤，细切，和之。与盐、醋、半奠。春用至四月。

蕺菹法[11]：蕺去土、毛、黑恶者，不洗，暂经沸汤即出。多少与盐。一升，以暖米清沈汁净洗之，及暖即出，漉下盐、酢中。若不及热，则赤坏之。又，汤撩葱白，即入冷水，漉出，置蕺中，并寸切，用米。若碗子奠，去蕺节，料理接奠，各在一边，令满。

菘根榼菹法：菘，净洗遍体，须长切，方如算子，长三寸许。束根，入沸汤，小出停，及热与盐、酢。细缕切橘皮和之。料理，半奠之。

熯菹法：净洗，缕切三寸长许，束为小把，大如筚篥。暂经沸汤，速出之，及热与盐、酢，上加胡芹子与之。料理令直，满奠之。

胡芹小蒜菹法：并暂经小沸汤出，下冷水中，出之。胡芹细切，小蒜寸切，与盐、酢。分半奠，青白各在一边。若不各在一边，不即入于水中，则黄坏，满奠。

菘根萝卜菹法：净洗通体，细切长缕，束为把，大如十张纸卷。暂经沸汤即出，多与盐，二升暖汤合把手按之。又，细缕切，暂经沸汤，与橘皮和，及暖与则黄坏。料理满奠。熅菘、葱、芜菁根悉可用。

紫菜菹法：取紫菜，冷水渍令释，与葱菹合盛，各在一边，与盐、酢。满奠。

蜜姜法：用生姜，净洗，削治，十月酒糟中藏之。泥头十日，熟。出，水洗，内蜜中。大者中解，小者浑用。竖奠四。又云，卒作，削治，蜜中煮之，亦可用。

梅瓜法：用大冬瓜，去皮、穰，算子细切，长三寸，粗细如研饼，生布薄绞去汁。即下杭汁，令小暖。经宿，漉出。煮一升乌梅，与水二升，取一升余，出梅，令汁清澄。与蜜三升，杭汁三升，生橘二十枚——去皮核取汁——复和之，合煮两沸，去上沫，清澄令冷。内瓜讫，与石榴酸者、悬钩子、廉姜屑。石榴、悬钩，一杯可下十度。皮尝看，若不大涩，杭子汁至一升。又云：乌梅渍汁淘奠。石榴、悬钩，一奠不过五六。煮熟，去粗皮。杭一升，与水三升，煮取升半，澄清。

梨菹法：先作漤[12]：用小梨，瓶中水渍，泥头，自秋至春。至冬中，须亦可用。——又云：一月日可用。——将用，去皮，通体薄切，奠之，以梨漤汁，投少蜜，令甜酢。以泥封之。若卒作，切梨如上，五梨半用苦酒二升，汤二升，合和之，温令少热，下，盛。一奠五六片，汁沃上，至半。以篸置杯旁。夏停不过五日。又云：卒作，煮枣亦可用之。

木耳菹：取枣、桑、榆、柳树边生犹软湿者，〔干即不中用。柞木耳亦得。〕煮五沸，去腥汁，出置冷水中，净洮。又著酢浆水中，洗出，细缕切。讫，胡荽、葱白，〔少著，取香而已。〕下豉汁、酱清及酢，调和适口，下姜、椒末。甚滑美。

蘧菹法：《毛诗》曰："薄言采芑。"毛云："菜也。"《诗义疏》曰："蘧，似苦菜，茎青；摘去叶，白汁出。甘脆可食，亦可为茹。青州谓之'芑'。"西河、雁门蘧尤美，时人恋恋，不能出塞。

蕨：《尔雅》云："蕨，虌。"郭璞注云："初生无叶，可食。《广雅》曰'紫蓁'，非也。"《诗义疏》曰："蕨，山菜也；初生似蒜茎，紫黑色。二月中，高八九寸，老有叶，瀹为茹，滑美如葵。今陇西、天水人，及此时而干收，秋冬尝之；又云以进御。三月中，其端散为三枝，枝有数叶，叶似青蒿，长粗坚强，不可食。周、秦曰'蕨'；齐、鲁曰'虌'，亦谓'蕨'。"又浇之。

《食经》曰："**藏蕨法：**先洗蕨，把著器中，蕨一行，盐一行，薄粥沃之。一法：以薄灰淹之，一宿，出，蟹眼汤瀹之。出熇，内糟中。可至蕨时。"

"**蕨菹：**取蕨，暂经汤出；小蒜亦然。令细切，与盐、酢。"又云"蒜、蕨俱寸切之。"

荇：〔字或作莕。〕《尔雅》曰："莕，接余。其叶，苻。"郭璞注曰："丛生水中，叶圆，在茎端，长短随水深浅。江东菹食之。"

《毛诗·周南·国风》曰："参差荇菜，左右流之。"毛注云："接余也。"《诗义疏》曰："接余，其茎白；叶紫赤，正圆，径寸余，浮在水上；根在水底。茎与水深浅等，大如钗股，上青下白，以苦酒浸之为菹，脆美，可案酒。其华为蒲黄色"。

---

①坋（fèn，音奋）敷洒。

②泥头，用泥封瓮口。

③杀菜，把菜淹没。

④十朝，十个早晨。

⑤粣（sǎn，音伞），同馓，一种食品。馓之散也。此指撒。

⑥锧历（lì，音力），鼎，锅。

⑦以青蒿上下奄之，上下用青蒿敷掩。

⑧隆隆二斗，满满二斗。

⑨暴糟，新糟。

⑩依杯截，依照容器的大小截取。

⑪蕺（jí，音级），蕺菜，即鱼腥草。

⑫漤（lǎn，音览），用盐或其他调味品拌渍生的菜。

饧餔第八十九

史游《急就篇》云："馓、饴、饧。"

《楚辞》曰："粔籹、蜜饵，有怅惶。"怅惶亦饧也[①]。

柳下惠见饴曰："可以养老。"然则饴餔可以养老自幼，故录之也。

煮白饧法：用白芽散蘖佳；其成饼者，则不中用。用不渝釜，渝则饧黑。釜必磨治令白净，勿使有腻气。釜上加甑，以防沸溢。干蘖末五升，杀米一石。

米必细䉵，数十遍净淘，炊为饭。摊去热气，及暖于盆中以蘖末和之，使均调。卧于酮瓮中，勿以手按，拨平而已。以被覆盆瓮，令暖，冬则穰茹。冬须竟日，夏即半日许，看米消减，离瓮。作鱼眼沸汤以淋之，令糟上水深一尺许，乃上下水洽讫，向一食顷，使拔酮取汁煮之。

每沸，辄益两杓。尤宜缓火，火急则焦气。盆中汁尽，量不复溢，便下甑。一人专以杓扬之，勿令住手，手住则饧黑。量熟，止火。良久，向冷，然后出之。

用粱米、稷米者，饧如水精色。

黑饧法：用青芽成饼蘖。蘖末一斗，杀米一石。余法同前。

琥珀饧法：小饼如棋石，内外明彻，色如琥珀。用大麦蘖末一斗，杀米一石。余并同前法。

煮脯法：用黑饧蘖末一斗六升，杀米一石。卧、煮如法。但以蓬子押取汁，以匕匙纥纥搅之[②]，不须扬。

《食经》作饴法："取黍米一石，炊作黍，著盆中。蘖末一斗搅和。一宿，则得一斛五斗。煎成饴。"

崔寔曰："十月，先冰冻，作凉饧，煮暴饴。"

《食次》曰：**白茧糖法：**熟炊秫稻米饭，及热于杵臼净者舂之为糌，须令极熟，勿令有米粒。干为饼：法，厚二分许。日曝小燥，刀直劘为长条，广二分；乃斜裁之，大如枣核，两头尖。更曝令极燥，膏油煮之。熟，出，糖聚丸之；一丸不过五六枚。又云：手索糌，粗细如箭簳。日曝小燥，刀斜截，大如枣核。煮，丸，如上法。丸大如桃核。半奠，不满之。

黄茧糖：白秫米，精舂，不簸淅，以栀子渍米取色。炊、舂为糌；糌加蜜。余一如白糌。作茧[③]，煮，及奠，如前。

---

①怅（zhāng）惶（huǎng），干的饴糖。

②纥纥，不断地。

③作茧，作成茧的形状。

煮胶第九十

煮胶法：煮胶要用二月、三月、九月、十月，余月则不成。〔热则不凝，无作饼。寒则冻瘃[①]，令胶不粘。〕

沙牛皮、水牛皮、猪皮为上，驴、马、驼、骡皮为次。〔其胶势力，虽复相似，但驴、马皮薄毛多，胶少，倍费樵薪。〕破皮履、鞋底、格椎皮、靴底、破鞍、靫，但是生皮，无问年岁久远，不腐烂者，悉皆中煮。〔然新皮胶色明而胜，其陈久者固宜，不如新者。〕其脂肕、盐熟之皮，则不中用。〔譬如生铁，一经柔熟，永无熔铸之理，无烂汁故也。〕唯欲旧釜，大而不渝者。〔釜新则烧令皮著底，釜小费薪火，釜渝令胶色黑。〕

法：于井边坑中，浸皮四五日，令极液。以水净洗濯，无令有泥。片割，著釜中，不须削毛。〔削毛费功，于胶无益〕凡水皆得煮；然咸苦之水，胶乃更胜。长作木匕，匕头施铁刃，时时彻底搅之，勿令著底。〔匕头不施铁刃，虽搅不彻底，不彻底则焦，焦则胶恶，是以尤须数数搅之。〕水少更添，当使滂沛。经宿晬时[②]，勿令绝火。候皮烂熟，以匕沥汁，看末后一珠，微有粘势，胶便熟矣。〔为过伤火，令胶焦。〕取净干盆，置灶埵上，以漉米床加盆，布蓬草于床上，以大杓挹取胶汁，泻著蓬草上，滤去滓秽。挹时勿停火。〔火停沸定，则皮膏汁下，挹不得也。〕淳熟汁尽，更添水煮之；搅如初法。熟复挹取。看皮垂尽[③]，著釜焦黑，无复粘势，乃弃去之。

胶盆向满，舁著空静处屋中[4]，仰头令凝。〔盖则气变成水，令胶解离。〕凌旦，合盆于席上，脱取凝胶。口湿细紧线以割之[5]。其近盆底土恶之处，不中用者，割却少许。然后十字坼破之，又中断为段，较薄割为饼。〔唯极薄为佳，非直易干，又色似琥珀者好。坚厚者既难燥，又见黯黑，皆为胶恶也。〕近盆末下，名为"笨胶"，可以建车。近盆末上，即是"胶清"，可以杂用。最上胶皮如粥膜者，胶中之上，第一粘好。

先于庭中竖槌，施三重箔樀，令免狗鼠。于最下箔上，布置胶饼，其上两重，为作阴凉，并扞霜露。〔胶饼虽凝，水汁未尽，见日即消；霜露沾濡，复难干燥。〕旦起至食时，卷去上箔，令胶见日。〔凌日气寒，不畏消释；霜露之润，见日即干。〕食后还复舒箔为荫。雨则内敞屋之下，则不须重箔。四五日，浥浥时，绳穿胶饼，悬而日曝。

极干，乃内屋内，悬纸笼之。〔以防青蝇尘土之污〕夏中虽软相著，至八月秋凉时，日中曝之，还复坚好。

---

①瘃（zhú，音竹），冻疮，引申为冻干。
②晬（zuì，音醉），婴儿满百日或周岁之称。此指整整一夜。
③垂尽，此指皮煮化。
④舁（yú，音于），抬。
⑤口湿，口含。

笔墨第九十一

笔法：韦仲将《笔方》曰："先次以铁梳梳兔毫及羊青毛，去其秽毛，盖使不髯。茹讫，各别之。皆用梳掌痛拍整齐，毫锋端本各作扁，极令均调平好用。衣，羊青毛——缩羊青毛去兔毫头下二分许。然后合扁，卷令极圆。讫，痛颉之。"

"以所整羊毛中，或用衣中心——名曰'笔柱'，或曰'墨池'、'承墨'。复用毫青，衣羊青毛外，如作柱法，使中心齐，亦使平均。痛颉[1]，内管中。宁随毛长者使深。宁小不大。笔之大要也。"

合墨法：好醇烟，捣讫，以细绢筛——于堈内筛去草莽若细沙[2]、尘埃。此物至轻微，不宜露筛，喜失飞去，不可不慎。墨麹一斤，以好胶五两，浸梣皮汁中。梣，江南樊鸡木皮也；其皮入水绿色，解胶，又益黑色。可下鸡子白——去黄——五颗。亦以真朱砂一两，麝香一两，别治，细筛，都合调。下铁臼中，宁刚不宜泽，捣三万杵，杵多益善。合墨不得过二月、九月，温时败臭，寒则难干潼溶[3]，见风日解碎。重不得过三二两。墨之大诀如此。宁小不大。

---

①颉，捆扎。
②堈（gāng，音刚），瓮。
③潼，通冲。

五谷、果蓏、菜茹非中国物产者

聊以存其名目，记其怪异耳。爰及山泽草木任食，非人力所种者，悉附于此。

五谷 《山海经》曰："广都之野，百谷自生，冬夏播琴。"郭璞注曰："播琴，犹言播种，方俗言也。""爰有膏稷、膏黍、膏菽。"郭璞注曰："言好味，滑如膏。"

《博物志》曰："扶海洲上有草，名曰'葹'。其实如大麦，从七月熟，人敛获，至冬乃讫。名曰'自然谷'，或曰'禹余粮'。"

又曰："地三年种蜀黍，其后七年多蛇。"

稻 《异物志》曰："稻，一岁夏冬再种，出交趾。"

俞益期《笺》曰："交趾稻再熟也。"

禾 《广志》曰："粱禾，蔓生，实如葵子。米粉白如面，可为饘粥[1]。牛食以肥。六月种，九月熟。"

"感禾，扶疏生[2]，实似大麦。"

"扬禾，似藋，粒细。右折右炊[3]，停则牙生。此中国巴禾——木稷也。"

"大禾，高丈余，子如小豆，出粟特国。"

《山海经》曰：昆仑墟，……上有木禾，长五寻，大五围。"郭璞曰："木禾，谷类也。"

《吕氏春秋》曰："饭之美者，玄山之禾，不周之粟，阳山之穄。"

《魏书》曰："乌丸地宜青穄。"

麦 《博物志》曰："人啖麦橡，令人多力健行。"

《西域诸国志》曰："天竺十一月六日为冬至，则麦秀。十二月十六日为腊，腊麦熟。"

《说文》曰："麰，周所受来麰也。"

豆 《博物志》曰："人食豆三年，则身重，行动难。恒食小豆，令人肌燥粗理。"

东墙[4]《广志》曰："东墙，色青黑，粒如葵子；似蓬草。十一月熟。出幽、凉、并、乌丸地。"

河西语曰："贷我东墙，偿我田粱。"

《魏书》曰："乌丸地宜东墙，能作白酒。"

果蓏 《山海经》曰："平丘，……百果所在。""不周之山，……爰有嘉果：子如枣，叶如桃，黄花赤树，食之不饥。"

《吕氏春秋》曰："常山之北，投渊之上，有百果焉，群帝所食。"〔群帝，众帝先升遐者[5]。〕

《临海异物志》曰："杨桃，似橄榄，其味甜，五月、十月熟。谚曰：'杨桃无蹙，一岁三熟。'其色青黄，核如枣核。"

《临海异物志》曰："梅桃子，生晋安侯官县，一小树，得数十石。实大三寸，可蜜藏之。"

《临海异物志》曰："杨摇，有七脊，子生树皮中。其体虽异，味则无奇。长四五寸，色青黄，味甘。"

《临海异物志》又曰："冬熟，如指大，正赤，其味甘，胜梅。"

"猴闼子，如指头大，其味小苦，可食。"

"关桃子，其味酸。"

"土翁子，如漆子大，熟时甜酸，其色青黑。"

"枸槽子，如指头大，正赤，其味甘。"

"鸡橘子，大如指，味甘。永宁界中有之。"

"猴总子，如小指头大，与柿相似，其味不减于柿。"

"多南子，如指大，其色紫，味甘，与梅子相似。出晋安。"

"王坛子，如枣大，其味甘。出侯官，越王祭太一坛边有此果，无知其名，因见生处，遂名

‘王坛’。其形小于龙眼，有似木瓜。”

《博物志》曰：“张骞使西域还，得安石榴、胡桃、蒲桃。”

刘欣期《交州记》曰：“多感子，黄色，围一寸。”

“蔗子，如瓜大，亦似柚。”

“弥子，圆而细，其味初苦后甘，食皆甘果也。”

《杜兰香传》曰：“神女降张硕⑥。常食粟饭，并有非时果⑦。味亦不甘，但一食，可七八日不饥。”

枣 《史记·封禅书》曰：“李少君尝游海上，见安期生食枣，大如瓜。”

《东方朔传》曰：“武帝时，上林献枣。上以杖击未央殿槛，呼朔曰：‘叱叱，先生来来，先生知此箧里何物？’朔曰：‘上林献枣四十九枚。’上曰：‘何以知之？’朔曰：‘呼朔者，上也；以杖击槛，两木，林也；朔来来者，枣也；叱叱者，四十九也。’上大笑。帝赐帛十匹。”

《神异经》曰：“北方荒内，有枣林焉。其高五丈，敷张枝条一里余⑧。子长六七寸，围过其长⑨。熟，赤如朱。干之不缩。气味甘润，殊于常枣。食之可以安躯，益气力。”

《神仙传》曰：“吴郡沈羲，为仙人所迎上天。云：‘天上见老君，赐羲枣二枚，大如鸡子。’”

傅玄《赋》曰：“有枣若瓜，出自海滨；全生益气，服之如神。”

桃 《汉旧仪》曰；“东海之内度朔山上，有桃，屈蟠三千里。其卑枝间⑩，曰东北鬼门，万鬼所出入地。上有二神人：一曰“荼”，二曰‘郁橷’，主领万鬼：鬼之恶害人者，执以苇索，以食虎。黄帝法而象之，因立桃梗于门户，上画荼、郁橷，持苇索以御凶鬼；画虎于门，当食鬼也。”

《风俗通》曰：“今县官以腊除夕，饰桃人，垂苇索，画虎于门，效前事也。”

《神农经》曰：“玉桃，服之长生不死。若不得早服之，临死日服之，其尸毕天地不朽。”

《神异经》曰：“东北有树，高五十丈，叶长八尺，名曰‘桃’。其子径三尺二寸，小核，味和，食之令人短寿。”

《汉武内传》曰：“西王母以七月七日降，……令侍女更索桃。须臾以玉盘盛仙桃七颗，大如鸭子，形圆色青，以呈王母。王母以四颗与帝，三枚自食。”

《汉武故事》曰：“东郡献短人，帝呼东方朔。朔至，短人因指朔谓上曰：‘西王母种桃，三千年一著子。此儿不良，以三过偷之矣。’”

《广州记》曰：“庐山有山桃，大如槟榔形，色黑而味甘酢。人时登采拾，只得于上饱啖，不得持下，——迷不得返。”

《玄中记》曰：“木子大者，积石山之桃实焉，大如十斛笼。”

《甄异传》曰：“谯郡夏侯规亡后，见形还家⑪。经庭前桃树边过，曰：‘此桃我所种，子乃美好。’其妇曰：‘人言亡者畏桃，君不畏邪？’答曰：‘桃东南枝长二尺八寸向日者，憎之；或亦不畏也。’”

《神仙传》曰：“樊夫人与夫刘纲，俱学道术，各自言胜。中庭有两大桃树，夫妻各咒其一：夫人咒者，两枝相斩击；良久，纲所咒者，桃走出篱。”

李 《列异传》曰：“袁本初时，有神出河东，号‘度索君’。人共立庙。兖州苏氏母病，祷。见一人着白单衣，高冠，冠似鱼头，谓度索君曰：‘昔临庐山下，共食白李；未久，已三千年。日月易得，使人怅然！’去后，度索君曰：‘此南海君也。’”

梨 《汉武内传》曰：“太上之药⑫，有玄光梨。”

《神异经》曰：“东方有树，高百丈，叶长一丈，广六七尺，名曰‘梨’。其子径三尺，割之，瓤白如素。食之为地仙，辟谷，可入水火也。”

《神仙传》曰：“介象，吴王所徵，在武昌。速求去，不许。象言病。帝以美梨一奁赐象。须臾，象死。帝殡而埋之。以日中时死，其日晡时，到建业，以所赐梨付守苑吏种之。后吏以状闻，即发象棺，棺中有一奏符。”

柰 《汉武内传》曰：“仙药之次者，有圆丘紫柰，出永昌。”

橙 《异苑》曰：“南康有蒵石山，有甘、橘、橙、柚。就食其实，任意取足；持归家人啖，辄病，或颠仆失径。”

郭璞曰：“蜀中有‘给客橙’，似橘而非，若柚而芳香，夏秋花实相继，或如弹丸，或如手指。通岁食之。亦名‘卢橘’。”

橘 《周官·考工记》曰：“橘逾淮而北为枳，……此地气然也。”

《吕氏春秋》曰：“果之美者，……江浦之橘。”

《吴录·地理志》曰：“朱光禄为建安郡，中庭有橘，冬月于树上覆裹之，至明年春夏，色变青黑，味尤绝美。《上林赋》曰：‘卢橘夏熟’，盖近于是也。”

裴渊《广州记》曰：“罗浮山有橘，夏熟，实大如李；剥皮啖则酢，合食极甘。[13]又有‘壶橘’，形色都是甘，但皮厚气臭，味亦不劣。”

《异物志》曰：“橘树，白花而赤实，皮馨香，又有善味。江南有之，不生他所。”

《南中八郡志》曰：“交趾特出好橘，大且甘；而不可多啖，令人下痢。”

《广州记》曰：“卢橘，皮厚，气、色、大如甘，酢多。九月正赤色，至二月，渐变为青，至夏熟。味亦不异冬时。土人呼为‘壶橘’。其类有七八种，不如吴、会橘。”

甘 《广志》曰：“甘有二十一核。有成都平蒂甘，大如升，色苍黄。犍为南安县，出好黄甘。”

《荆州记》曰：“枝江有名甘。宜都郡旧江北有甘园，名‘宜都甘’。”

《湘州记》曰：“州故大城内有陶侃庙，地是贾谊故宅。谊时种甘，犹有存者。”

《风土记》曰：“甘，橘之属，滋味甜美特异者也。有黄者，有赧者，谓之‘壶甘’。”

柚 《说文》曰：“柚，条也，似橙，实酢。”

《吕氏春秋》曰：“果之美者，……云梦之柚。”

《列子》曰：“吴楚之国，有大木焉，其名为‘櫾’[14]，碧树而冬青，生实丹而味酸。食皮汁，已愤厥之疾。齐州珍之。渡淮而北，化为枳焉。”

裴渊《记》曰：“广州别有柚，号曰‘雷柚’，实如升大。”

《风土记》曰：“柚，大橘也，色黄而味酢。”

椵 《尔雅》曰：“櫠[15]，椵也。”郭璞注曰：“柚属也。子大如盂，皮厚二三寸，中似枳，供食之，少味。”

栗 《神异经》曰：“东北荒中，有木高四十丈，叶长五尺，广三寸，名‘栗’。其实径三尺，其壳赤，而肉黄白，味甜。食之多，令人短气而渴。”

枇杷 《广志》曰：“枇杷，冬花。实黄，大如鸡子，小者如杏，味甜酢。四月熟，出南安、犍为、宜都。”

《风土记》曰：“枇杷，叶似栗，子似蒳，十十而丛生。”

《荆州土地记》曰：“宜都出大枇杷。”

椑 《西京杂记》曰：“乌椑，青椑，赤棠椑。”

宜都出大椑。”

甘蔗 《说文》曰："藷蔗也。"按《书》、《传》曰[16]，或为"芋蔗"，或"干蔗"，或"邯睹"，或"甘蔗"，或"都蔗"，所在不同。

雩都土壤肥沃，偏宜甘蔗，味及采色，余肥所无，一节数寸长。郡以献御。

《异物志》曰："甘蔗，远近皆有。交趾所产甘蔗特醇好，本末无薄厚，其味至均。围数寸，长丈余，颇似竹。斩而食之，既甘；迮取汁为饴饧，名之曰'糖'，益复珍也。又煎而曝之，既凝，如冰，破如博棋，食之，入口消释，时人谓之'石蜜'者也。"

《家政法》曰："三月可种甘蔗。"

菱 《说文》曰："菱，芰也。"

《广志》曰："巨野大菱，大于常菱。淮汉之南，凶年以芰为蔬，犹以预为资也[17]。巨野，鲁薮也。"

棪 《尔雅》曰："棪，樕其也。"郭璞注曰："棪，实似柰，赤可食。"

刘[18] 《尔雅》曰："刘，刘杙也。"郭璞曰："刘子，生山中。实如梨，甜酢，核坚。出交趾。"

《南方草物状》曰："刘树，子大如李实。三月花色，仍连著实。七八月熟，其色黄，其味酢。煮蜜藏之，仍甘好。"

郁 《幽·诗义疏》曰："其树高五六尺。实大如李，正赤色，食之甜。"

"《广雅》曰：一名雀李，又名车下李，又名郁李，亦名棣，亦名薁李。'《毛诗·七月》：'食郁及薁。'"

芡 《说文》曰："芡，鸡头也。"

《方言》曰："北燕谓之䓈，青、徐、淮、泗谓之芡，南楚江，浙之间谓之鸡头、雁头。"

《本草经》曰："鸡头，一名雁喙。"

薯 《南方草物状》曰："甘薯，二月种，至十月乃成卵。大如鹅卵，小者如鸭卵。掘食，蒸食，其味甘甜。经久得风，乃淡泊。〔出交趾、武平、九真、兴古也。〕"

《异物志》曰："甘薯似芋，亦有巨魁。剥去皮，肌肉正白如脂肪。南人专食，以当米谷。"〔蒸、炙皆香美。宾客酒食亦施设，有如果实也。〕

薁 《说文》曰："薁，樱也。"

《广雅》曰："燕薁，樱薁也。"

《诗义疏》曰："樱薁，实大如龙眼，黑色，今'车鞅藤实'是。《幽诗》曰：'六月食薁。'"

杨梅 《临海异物志》曰："其子大如弹子，正赤，五月熟，似梅，味甜酸。"

《食经》藏杨梅法："择佳完者一石，以盐一升淹之。盐入肉中，仍出，曝令干熇。取杬皮二斤，煮取汁渍之，不加蜜渍。梅色如初，美好，可堪数岁。"

沙棠 《山海经》曰："昆仑之山，……有木焉，状如棠，黄华赤实，味如李而无核，名曰'沙棠'。可以御水，时使不溺。"

《吕氏春秋》曰："果之美者，沙棠之实。"

柤[19] 《山海经》曰："盖犹之山，上有甘柤，枝干 皆赤黄，白花黑实也。"

《礼·内则》曰："柤、梨、姜、桂。"郑注曰："柤，梨之不臧者[20]，……皆人君羞[21]。"

《神异经》曰："南方大荒中有树，名曰'柤'。二千岁作花，九千岁作实。其花色紫。高百丈，敷张自辅。叶长七尺，广四五尺，色如绿青。皮如桂，味如蜜；理如甘草，味饴。实长九围，无瓤、核，割以如凝酥。食者，寿以万二千岁。"

《风土记》曰："柤，梨属，内坚而香。"

《西京杂记》曰："蛮柤。"

椰 《异物志》曰："椰树，高六七丈，无枝条。叶如束蒲，在其上。实如瓠，系在于巅，若挂物焉。实外有皮如胡卢。核里有肤，白如雪，原半寸，如猪肤，食之美于胡桃味也。肤里有汁升余，其清如水，其味美于蜜。食其肤，可以不饥；食其汁，则愈渴。又有如两眼处，俗人谓之'越王头'。"

《南方草物状》曰："椰，二月花色，仍连著实，房相连累，房三十或二十七、八子。十一月、十二月熟，其树黄实，俗名之为'丹'也。"横破之，可作碗，或微长如栝蒌子，从破之，可为爵。"

《南州异物志》曰："椰树，大三四围，长十丈，通身无枝。至百余年。有叶，状如蕨菜，长丈四五尺，皆直竦指天。其实生叶间，大如升，外皮苞之如莲状。皮中核坚。过于核，里肉正白如鸡子，著皮，而腹内空：含汁，大者含升余。实形团团然，或如瓜蒌，横破之，可作爵形，并应器用，故人珍贵之。"

《广志》曰："椰出交趾，家家种之。"

《交州记》曰；"椰子有浆。截花，以竹筒承其汁，作酒饮之，亦醉也。"

《神异经》曰："东方荒中，有'椰木'，高三二丈，围丈余，其枝不桥[22]。二百岁，叶尽落而生华，花如甘瓜。花尽落而生萼，萼下生子，三岁而熟。熟后不长不减，形如寒瓜，长七八寸，径四五寸，萼覆其顶。此实不敢[23]，万世如故。取者掐取，其留下生如初。其子形如甘瓜。瓤，甘美如蜜，食之令人有泽，不可过三升，令人醉，半日乃醒。木高，凡人不能得；唯木下有多罗树，人能缘得之。一名曰'无叶'，一名'倚骄'。"张茂先注曰："骄，直上不可那也[24]。"

槟榔 俞益期《与韩康伯笺》曰："槟榔，信南游之可观：子既非常，木亦特奇，大者三围，高者九丈。叶聚树端，房构叶下，花秀房中，子结房外。其擢穗似黍，其缀实似谷。其皮似桐而厚，其节似竹而穊。其内空，其外劲，其屈如覆虹，其申如縆绳。本不大，末不小；上不倾，下不斜：调直亭亭，千百若一。步其林则寥朗，庇其阴则萧条，信可以长吟，可以远想矣。性不耐霜，不得北植，必当遐树海南；辽然万里，弗遇长者之目，自令人恨深。"

《南方草物状》曰："槟榔，三月花色，仍连著实，实大如卵。十二月熟，其色黄；剥其子，肥强可不食，唯种作子。青其子，并壳取实曝干之，以扶留藤、古贲灰合食之，食之即滑美。亦可生食，最快好。交趾、武平、兴古、九真有之也。"

《异物志》曰："槟榔，若笋竹生竿，种之精硬，引茎直上，不生枝叶，其状若柱。其颠近上末五六尺间，洪洪肿起，若瘣。木焉；因坼裂，出若黍穗，无花而为实，大如桃李。又生棘针，重累其下，所以卫其实也。剖其上皮，煮其肤，熟而贯之，硬如干枣。以扶留、古贲灰并食，下气及宿食、白虫、消谷。饮啖设为口实。"

《林邑国记》曰："槟榔树，高丈余，皮似青铜，节如桂竹，下森秀无柯，顶端有叶。叶下系数房，房缀数十子。家有数百树。"

《南州八郡志》曰："槟榔，大如枣，色青，似莲子。彼人以为贵异，婚族好客，辄先逞此物；若邂逅不设，用相嫌恨。"

《广州记》曰："岭外槟榔，小于交趾者，而大于蒳子，土人亦呼为'槟榔'。"

廉姜 《广雅》曰："蔟葰，廉姜也。"

《吴录》曰："始安多廉姜。"

《食经》曰："藏姜法：蜜煮乌梅，去滓，以渍廉姜，再三宿，色黄赤如琥珀。多年不坏。"

枸橼 裴渊《广州记》曰："枸橼，树似橘，实如柚大而倍长，味奇酢。皮以蜜煮为糁。"

《异物志》曰："枸橼，似橘，大如饭筥[25]。皮有香。味不美。可以浣治葛、苧，若酸浆。"

鬼目 《广志》曰："鬼目似梅，南人以饮酒。"

《南方草物状》曰："鬼目树，大者如李，小者如鸭子。二月花色，仍连著实。七八月熟。其色黄，味酸；以蜜煮之，滋味柔嘉。交趾、武平、兴古、九真有之也。"

裴渊《广州记》曰："鬼目、益知[26]，直尔不可啖；可为浆也。"

《吴志》曰："孙皓时有鬼目菜，生工人黄耇家。依缘枣树，长丈余，叶广四寸，厚三分。"

顾微《广州记》曰："鬼目，树似棠梨，叶如楮，皮白，树高。大如木瓜，而小邪倾[27]，不周正，味酢。九月熟。"

"又有'草昧子'，亦如之。亦可为糁用。其草似鬼目。"

橄榄 《广志》曰："橄榄，大如鸡子，交州以饮酒。"

《南方草物状》曰："橄榄子，大如枣，大如鸡子。二月花色，仍连著实。八月、九月熟。生食味酢，蜜藏仍甜。"

《临海异物志》曰："余甘子，如梭形。初入口，舌涩；后饮水，更甘。大于梅实核，两头锐。东岳呼'余甘'、'柯榄'，同一果耳。"

《南越志》曰："博罗县有合成树，十围，去地二丈，分为三衢：东向一衢，木威，叶似楝，子如橄榄而硬，削去皮，南人以为糁。南向一衢，橄榄。西向一衢，'三丈'。三丈树，岭北之猴□也。"

龙眼 《广雅》曰："益智，龙眼也。"

《广志》曰："龙眼树，叶似荔支，蔓延，缘木生。子如酸枣，色黑，纯甜无酸。七月熟。"

《吴氏本草》曰："龙眼，一名'益智'，一名'比目'。"

椹 《汉武内传》："西王母曰：'上仙之药，有扶桑丹椹。'"

荔支 《广志》曰："荔支，树高五六丈，如桂树，绿叶蓬蓬，冬夏郁茂。青华朱实，实大如鸡子，核黄黑，似熟莲子，实白如肪，甘而多汁，似安石榴，有甜酢者。夏至日将巳时[28]，翕然俱赤，则可食也。一树下子百斛。"

"犍为僰道[29]、南广荔支熟时，百鸟肥。其名之曰'焦核'，小次曰'春花'，次曰'胡偈'：此三种为美。似'鳖卵'，大而酸，以为醢和。率生稻田间。"

《异物志》曰："荔支为异：多汁，味甘绝口，又小酸，所以成其味。可饱食，不可使厌。生时，大如鸡子，其肤光泽。皮中食，干则焦小，则肌核不如生时奇。四月始熟也。"

益智 《广志》曰："益智，叶似蘘荷，长丈余。其根上有小枝，高八九寸，无花萼，其子丛生著之，大如枣，肉瓣黑，皮白。核小者，曰'益智'，含之隔涎涉。山万寿，亦生交趾。"

《南方草物状》曰："益智，子如笔毫，长七八分。二月花色，仍连著实。五六月热。味辛，杂五味中，芬芳。亦可盐曝。"

《异物志》曰："益智，类薏苡。实长寸许，如枳椇子。味辛辣，饮酒食之佳。"

《广州记》曰："益智，叶如蘘荷，茎如竹箭。子从心中出，一枚有十子。子内白滑，四破去之，取外皮，蜜煮为糁，味辛。"

桶[30] 《广志》曰："桶子，似木瓜，生树木。"

《南方草物状》曰："桶子，大如鸡卵。三月花色，仍连著实。八九月熟。采取，盐酸沤之，其味酸酢；以蜜藏，滋味甜美。出交趾。"

刘欣期《交州记》曰："桶子如桃。"

蒳子 竺法真《登罗浮山疏》曰："山槟榔，一名'蒳子'。干似蔗，叶类柞。一丛十余干[31]，干生十房，房底数百子。四月采。”

豆蔻 《南方草物状》曰：“豆蔻树，大如李。二月花色，仍连著实，子相连累。其核根芬芳，成壳。七月八月熟。曝干，剥食，核味辛，香五味。出兴古。

刘欣期《交州记》曰：“豆蔻似杬树。”

环氏《吴记》曰：“黄初二年，魏来求豆蔻。”

榠 《广志》曰：“榠查，子甚酢。出西方。”

余甘 《异物志》曰：“余甘，大小如弹丸，视之理如定陶瓜。初入口，苦涩；咽之，口中乃更甜美足味。盐蒸之，尤美，可多食。”

蒟子[32] 《广志》曰：“蒟子，蔓生，依树。子似桑椹，长数寸，色黑，辛如姜。以盐淹之，下气、消谷。生南安。”

芭蕉 《广志》曰：“芭蕉，一曰‘芭菹’，或曰‘甘蕉’。茎如荷、芋，重皮相裹，大如盂升。叶广二尺，长一丈。子有角，子长六七寸，有蒂三四寸，角著蒂生，为行列，两两共对，若相抱形。剥其上皮，色黄白，味似蒲萄，甜而脆，亦饱人。其根大如芋魁，大一石，青色。其茎解散如丝，织以为葛，谓之‘蕉葛’。虽脆而好，色黄白，不如葛色[33]。出交趾、建安。”

《南方异物志》曰：“甘蕉，草类，望之如树。株大者，一围余。叶长一丈，或七八尺，广尺余。华大如酒杯，形色如芙蓉。茎末百余子，大各为房。根似芋魁，大者如车毂。实随华，每华下阖，各有六子，先后相次，子不俱生，华不俱落。”

“此蕉有三种：一种，子大如拇指，长而锐，有似羊角，名‘羊角蕉’，味最甘好。一种，子大如鸡卵，有似牛乳，味微减羊角蕉。一种，蕉大如藕，长六七寸，形正方，名‘方蕉’，少甘，味最弱。”

“其茎如芋，取，濩而煮之，则如丝，可纺绩也。”

《异物志》曰：“芭蕉，叶大如筵席[34]。其茎如芋，取，濩而煮之，则如丝，可纺绩。女工以为絺绤，则今‘交趾葛’也。其内心如蒜鹄头生，大如合柈。因为实房，著其心齐；一房有数十枚。其实皮赤如火，剖之中黑。剥其皮，食其肉，如饴蜜，甚美。食之四五枚，可饱，而余滋味，犹在齿牙间，一名‘甘蕉’。”

顾微《广州记》曰：“甘蕉，与吴花、实、根、叶不异，直是南土暖，不经霜冻，四时花叶展。其熟，甘；未熟时，亦苦涩。”

扶留 《吴录·地理志》曰：“始兴有扶留藤，缘木而生。味辛，可以食槟榔[35]。”

《蜀记》曰：“扶留木，根大如箸，视之似柳根。又有蛤，名‘古贲’，生水中，下，烧以为灰，曰‘牡砺粉’。先以槟榔著口中，又取扶留藤长一寸，古贲灰少许，同嚼之，除胸中恶气。”

《异物志》曰：“古贲灰，牡砺灰也。与扶留、槟榔三物合食，然后善也。扶留藤，似木防己。扶留、槟榔，所生相去远，为物甚异而相成。俗曰：‘槟榔扶留，可以忘忧。’”

《交州记》曰：“扶留有三种：一名‘获扶留’，其根香美；一名‘南扶留’，叶青，味辛；一名‘扶留藤’，味亦辛。”

顾微《广州记》曰：“扶留藤，缘树生。其花实，即蒟也，可以为酱。”

莱茹[36] 《吕氏春秋》曰：“莱之美者：……寿木之华；括姑之东，中容之国，有赤木、玄木之叶焉；〔括姑，山名。赤木、玄木，其叶皆可食。〕余瞀之南[37]，南极之崖，有菜名曰‘嘉树’，其色若碧。”〔余瞀，南方山名。有嘉美之菜，故曰‘嘉’，食之而灵。若碧，青色。〕

《汉武内传》：“西王母曰：‘上仙之药，有碧海琅菜。’”

韭：“西王母曰：‘仙次药，有八纮赤韭。’”

葱："西王母曰：'上药，玄都绮葱。'"

薤：《列仙传》曰："务光服蒲薤根。"

蒜：《说文》曰："菜之美者，云梦之荤菜。"

姜：《吕氏春秋》曰："和之美者，蜀郡杨朴之姜。"〔杨朴，地名。〕

葵：《管子》曰："桓公……北伐山戎，出冬葵……，布之天下。"《列仙传》曰："丁次卿为辽东丁家作人。丁氏尝使买葵，冬得生葵。问：'冬何得此葵？'云：'从日南买来。'"

《吕氏春秋》："菜之美者，具区之菁"者也。

鹿角：《南越志》曰："猴葵，色赤，生石上。南越谓之'鹿角'。"

罗勒：《游名山志》曰："步廊山有一树，如椒，而气是罗勒，土人谓为'山罗勒'也。"

葙[38]：《广志》曰："葙，根以为菹，香辛。"

紫菜："吴都海边诸山，悉生紫菜。"又《吴都赋》云："纶组紫菜"也。《尔雅》注云："纶，今有秩啬夫所带纠青丝纶。组，绶也。海中草，生彩理有象之者，因以名焉。"

芹：《吕氏春秋》曰："菜之美者，云梦之芹。"

优殿：《南方草物状》曰："合浦有菜名'优殿'，以豆酱汁茹食之，甚香美可食。"

蕹：《广州记》云："蕹菜，生水中，可以为菹也。"

冬风：《广州记》云："冬风菜，陆生，宜配肉作羹也。"

蘱[39]：《字林》曰："蘱菜，生水中。"

葟菜："音罕，味辛。"

荁："《吕氏春秋》曰：'菜之美者，有云梦之荁。'"

葀："似蒜，生水中。"

堇菜："音谨，似蒿也。"

蕦菜："紫色，有藤。"

蒩菜："叶似竹，生水旁。"

蔨菜："叶似竹，生水旁。"

蓁菜："似蕨。"

蔼菜："似蕨，生水中。"

蕨菜："鳖也。《诗疏》曰：'秦国谓之蕨，齐鲁谓之鳖。'"

荲菜："似蒜，生水边。"

蘨菜："似'莕茎菜'也。一曰：'染草。'"

蓶菜："音唯。似乌韭而黄。"

莕菜："生水中，大叶。"

藷："根似芋，可食。"又云："'署预'别名。"

荷：《尔雅》云："荷，芙渠也。……其实，莲。其根，藕。"

竹　《山海经》曰："嶓冢之山，……多桃枝、钩端竹。"

"云山……有桂竹，甚毒，伤人必死。"〔今始兴郡出筀竹，大者围二尺，长四丈。交趾有篥竹，实中，劲强，有毒，锐似刺，虎中之则死，亦此类。〕

"龟山……多扶竹。"〔扶竹，筇竹也。〕

《汉书》："竹大者，一节受一斛，小者数斗，以为柙榼。"

"邛都高节竹，可为杖，所谓'邛竹'。"

《尚书》曰："扬州，……厥贡……篠、荡。……荆州，……厥贡……菌、簬。"〔注云："篠，竹箭；荡，大竹。""菌、簬，皆美竹，出云梦之泽。"〕

《礼斗威仪》曰："君乘土而王，其政太平，蔓竹、紫脱常生。"〔其注曰："紫脱，北方物。"〕

《南方草物状》曰："由梧竹，吏民家种之，长三四丈，围一尺八九寸，作屋柱。出交趾。"

《魏志》云："倭国，竹有条、干。"

《神异经》曰："南山荒中有沛竹，长百丈，围三丈五六尺，厚八九寸，可为大船。其子美，食之可以已疮疠。"〔张茂先注曰："子，笋也。"〕

《外国图》曰："高阳氏有同产而为夫妇者[40]，帝怒放之，于是相抱而死。有神鸟以不死竹覆之。七年，男女皆活。同颈异头，共身四足，是为蒙双民。"

《广州记》曰："石麻之竹，劲而利，削以为刀，切象皮如切芋。"

《博物志》云："洞庭之山，尧帝之二女常泣，以其涕挥竹，竹尽成斑。"〔下隽县有竹，皮不斑，即刮去皮，乃见。〕

《华阳国志》云"有竹王者，兴于豚水。有一女浣于水滨，有三节大竹，流入女足间，推之不去。闻有儿声，持归，破竹，得男。长养，有武才，遂雄夷狄，氏竹为姓。所破竹，于野成林，今王祠竹林是也。"

《风土记》曰："阳羡县有袁君冢坛边，有数林大竹，并高二三丈。枝皆两披[41]，下扫坛上，常洁净也。"

盛弘之《荆州记》曰："临贺谢休县东山有大竹数十围，长数丈。有小竹生旁，皆四五尺围。下有盘石，径四五丈，极高，方正青滑，如弹棋局。两竹屈垂，拂扫其土，初无尘秽。未至数十里，闻风吹此竹，如箫管之音。"

《异物志》曰："有竹曰'簹'，其大数围，节间相去局促，中实满坚强，以为柱榱[42]。"

《南方异物志》曰："棘竹，有刺，长七八丈，大如瓮。"

曹毗《湘中赋》曰："竹则筼筜[43]、白、乌，实中、绀族。滨荣幽渚，繁宗限曲；萋蒨陵丘，蔆逮重谷。"

王彪之《闽中赋》曰："竹则苞甜、赤苦，缥箭、斑弓。度世推节[44]，征合实中[45]。筼筜函人[46]，桃枝育虫。细箬、素笋，彤竿、绿筒。"〔筼筜竹，节中有物，长数寸，正似世人形，俗说相传云"竹人"，时有得者。育虫，谓竹䶉[47]，竹中皆有耳。因说桃枝，可得寄言。〕

《神仙传》曰："壶公欲与费长房俱去，长房畏家人觉。公乃画一青竹，戒曰：'卿可归家称病，以此竹置卿卧处，默然便来还。'房如言。家人见此竹，是房尸，哭泣行丧。"

《南越志》云："罗浮山生竹，皆七八寸围，节长一二丈，谓之'龙钟竹'。"

《孝经河图》曰；"少室之山，有爨器竹[48]，堪为釜甑。"

"安思县多苦竹，竹之丑有四：有青苦者，白苦者，紫苦者，黄苦者。"

竺法真《登罗浮山疏》曰："又有筋竹，色如黄金。"

《晋起居注》曰："惠帝二年，巴西郡竹生紫色花，结实如麦，皮青，中米白，味甘。"

《吴录》曰："日南有篥竹，劲利，削为矛。"

《临海异物志》曰："狗竹，毛在节间。"

《字林》："䈊，竹，头有父文。"

"䈮，竹，黑皮，竹浮有文。"

"𥳮音感，竹，有毛。"

"篛，竹，实中。"

笋　《吕氏春秋》曰："和之美者，越簬之菌[49]。"高诱注曰："菌，竹笋也。"

《吴录》曰："鄱阳有笋竹，冬月生。"

《笋谱》曰："鸡胫竹，笋肥美。"

《东观汉记》曰："马援至荔浦，见冬笋名'苞'。上言'《禹贡》厥苞橘油，疑谓是也。其味美于春夏。'"

荼　《尔雅》曰："荼，苦菜。""可食。"

《诗义疏》曰："山田苦菜甜，所谓'堇、荼如饴'。"

蒿　《尔雅》曰："蒿，菣也[50]。""蘩[51]，皤蒿也。"注云："今人呼青蒿香、中炙啖者为菣。""蘩，白蒿。"

《礼外篇》曰："周时德泽洽和，蒿茂大，以为宫柱，名曰'蒿宫'。"

《神仙服食经》曰："'七禽方'，十一月采旁勃。旁勃，白蒿也。白兔食之，寿八百年。"

菖蒲　《春秋传》曰："僖公……三十年，……使周阅来聘，飨有昌歜[52]。"杜预曰："昌蒲菹也。"

《神仙传》云"王兴者，阳城越人也。汉武帝上嵩高[53]，忽见仙人，长二丈，耳出头下垂肩。帝礼而问之。仙人曰：'吾九疑人也。闻嵩岳有石上菖蒲，一寸九节，可以长生，故来采之。'忽然不见。帝谓侍臣曰：'彼非欲服食者，以此喻朕耳。'乃采菖蒲服之。帝服之烦闷，乃止。兴服不止，遂以长生。"

薇　《召南·诗》曰："陟彼南山，言采其薇。"《诗义疏》云："薇，山菜也，茎叶皆如小豆。藿，可羹，亦可生食之。今官园种之，以供宗庙祭祀也。"

萍　《尔雅》曰："苹[54]，苹也。其大者蘋。"

《吕氏春秋》曰："菜之美者，昆仑之蘋。"

石菭[55]《尔雅》曰："藫[56]，石衣。"郭璞曰："水菭也，一名'石发'。江东食之。或曰：'藫叶似薤而大，生水底，亦可食。'"

胡荾《尔雅》云："卷耳，苓耳。"《广雅》云："枲耳也，亦云胡枲。"郭璞曰："胡荾也，江东呼为'常枲'。"

《周南》曰："采采卷耳。"毛云："苓耳也。"注云："胡荾也。"《诗义疏》曰："苓，似胡荽，白花，细茎，蔓而生。可鬻为茹，滑而少味。四月中生子，如妇人耳珰[57]，或云'耳珰草'。幽州人谓之'爵耳'。"

《博物志》："洛中有驱羊入蜀，胡葸子著羊毛，蜀人取种，因名'羊负来'。"

承露　《尔雅》曰："菸葵[58]，蘩露。"注曰："承露也，大茎小叶，花紫黄色，实可食。"

凫茈　樊光曰："泽草，可食也。"

堇　《尔雅》曰："啮，苦堇也。"注曰："今堇葵也，叶似柳，子如米，灼食之，滑。"

《广志》曰："瀹为羹。语曰：'夏苣秋堇滑如粉。'"

芸　《礼记》云："仲冬之月，……芸始生。"郑玄注云："香草。"

《吕氏春秋》曰："菜之美者，阳华之芸。"

《仓颉解诂》曰："芸蒿，叶似斜蒿，可食。春秋有白蒻，可食之。"

莪蒿　《诗》曰："菁菁者莪。""莪，萝蒿也。"《义疏》云："莪蒿生泽田渐洳处[59]，叶似斜蒿，细科。二月中生。茎叶可食，又可蒸，香美，味颇似蒌蒿。"

菖　《尔雅》云："菖，藑茅也。"郭璞曰："菖，大叶白华，根如指，正白，可啖。""菖，华有赤者为藑；藑、菖一种耳，亦如陵苕，华黄、白异名。"

《诗》曰："言采其葍。"毛云："恶菜也。"《义疏》曰："河东，关内谓之'葍'，幽、兖谓之'燕葍'，一名'爵弁'，一名'藑'。根正白，著热灰中，温啖之。饥荒可蒸以御饥。汉祭甘泉或用之。其华有两种：一种茎叶细而香，一种茎赤有臭气。"

《风土记》曰："葍，蔓生，被树而升，紫黄色。子大如牛角，形如蟦[60]，二三同蒂，长七八寸，味甜如蜜。其大者名'株'。"

《夏统别传》注："获，葍也，一名'甘获'。正圆，赤，粗似橘。"

苹 《尔雅》云："苹，藾萧[61]。"注曰；"藾蒿也，初生亦可食。"

《诗》曰："食野之苹。"《诗疏》云："藾萧，青白色，茎似蓍而轻脆。始生可食，又可蒸也。"

土瓜 《尔雅》云："菲，芴。"注曰："即土瓜也。"

《本草》云："王瓜，……一名土瓜。"

《卫诗》曰："采葑采菲，无以下体。"毛云："菲，芴也。"《义疏》云："菲，似葍，茎粗，叶厚而长，有毛。三月中，蒸为茹，滑美，亦可作羹。《尔雅》谓之'莨菜'。郭璞注云：'菲草，生下湿地，似芜菁，华紫赤色，可食。'今河南谓之'宿菜'。"

苕 《尔雅》云："苕，陵苕。黄华，蔈；白华，茇。"孙炎云："苕华色异名者。"

《广志》云："苕草，色青黄，紫华。十二月稻下种之，蔓延殷盛，可以美田。叶可食。"

《陈诗》曰："邛有旨苕。"《诗义疏》云："苕饶也，幽州谓之'翘饶'。蔓生，茎如豋豆而细，叶似蒺藜而青。其茎叶绿色，可生啖，味如小豆藿。"

荠 《尔雅》曰："菥蓂，大荠也。"犍为舍人注曰："荠有小，故言大荠。"郭璞注云："似荠，叶细，俗呼'老荠'。"

藻 《诗》曰："于以采藻。"注曰："聚藻也。"《诗义疏》曰："藻，水草也，生水底。有二种：其一种，叶如鸡苏，茎大似箸，可长四五尺；一种茎大如钗股，叶如蓬，谓之'聚藻'。此二藻皆可食。煮熟，挼去腥气，米面糁蒸为茹，佳美。荆扬人饥荒以当谷食。"

蒋 《广雅》云："蒋，菰也。其米谓之'雕胡'。"

《广志》曰："菰可食。以作席，温于蒲。生南方。"

《食经》云："藏菰法：好择之，以蟹眼汤煮之，盐薄洒，抑著燥器中，密涂稍用[62]。"

羊蹄 《诗》云："言采其蓫。"毛云"恶菜也。"《诗义疏》曰："今羊蹄。似芦菔，茎赤。煮为茹，滑而不美。多啖令人下痢。幽、扬谓之'蓫'，一名'蓨'，亦食之。"

菟葵 《尔雅》曰："莃，菟葵也。"郭璞注云："颇似葵而叶小，状如藜，有毛。汋啖之[63]，滑。"

鹿豆 《尔雅》曰："蔨，鹿藿。其实，莥，"郭璞云："今鹿豆也，叶似大豆，根黄而香，蔓延生。"

藤 《尔雅》曰："诸虑，山櫐[64]。"郭璞云："今江东呼櫐为藤，似葛而粗大。"

"欇，虎櫐。""今虎豆也。缠蔓林树而生，荚有毛刺。江东呼为'欇欇'[65]。"

《诗义疏》曰："櫐，苣荒也，似燕薁，连蔓生，叶白色，子赤可食，酢而不美。幽州谓之'椎櫐'。"

《山海经》曰："毕山，其上……多櫐。"郭璞注曰："今虎豆、狸豆之属。"

《南方草物状》曰："沈滕，生子大如齐瓯。正月华色，仍连著实。十月，腊月熟，色赤。生食之，甜酢。生交趾。"

"毦藤，生山中，大小如苹蒿，蔓衍生。人采取，剥之以作毦；然不多。出合浦、兴古。"

“蔺子藤，生缘树木。正月、二月华色，四月、五月熟。实如梨，赤如雄鸡冠，核如鱼鳞。取，生食之，淡泊无甘苦。出交止、合浦。”

“野聚藤，缘树木。二月华色，仍连著实。五六月熟。子大如羹瓯。里民煮食。其味甜酢。出苍梧。”

“椒藤，生金封山，乌浒人往往卖之。其色赤。——又云，以草染之。——出兴古。”

《异物志》曰：“葭蒲，藤类，蔓延他树，以自长养。子如莲菆，著枝格间，一日作扶相连。实外有壳，果又无核。剥而食之，甜美。食之不饥。”

《交州记》曰：“含水藤，破之得水，行者资以止渴。”

《临海异物志》曰：“钟藤，附树作根，软弱，须缘树而作上下条。此藤缠裹树，树死，且有恶汁，尤令速朽也。藤咸成树，若木自然，大者或至十五围。”

《异物志》曰：“萪藤，围数寸，重于竹，可为杖。篾以缚船，及以为席，胜竹也。”

顾微《广州记》曰：“萪，如栟榈，叶疏；外皮青，多棘刺。高五六丈者，如五六寸竹；小者如笔管竹。破其外青皮，得白心，即萪藤。

“藤类有十许种：续断草，藤也，一曰‘诺藤’，一曰‘水藤’。山行渴，则断取汁饮之。治人体有损绝。沐则长发。去地一丈断之，辄更生根至地，永不死。

“刀陈岭有膏藤，津汁软滑，无物能比。”

“柔萪藤，有子。子极酢。为菜滑，无物能比。”

藜　《诗》云：“北山有莱。”《义疏》云：“莱，藜也，茎叶皆似‘蒃，王刍’。今兖州人蒸以为茹，谓之‘莱蒸’。谯、沛人谓鸡苏为莱，故《三仓》云：‘莱、茱萸’，此二草异而名同。”

蔼　《广志》云：“蔼子，生可食。”

蔗　《广志》云：“三蔗，似翦羽，长三四寸；皮肥细，缃色。以蜜藏之，味甜酸，可以为酒啖。出交州。正月中熟。”

《异物志》曰：“蔗实虽名‘三蔗’，或有五六，长短四五寸，蔗头之间正岩。以正月中熟，正黄，多汁。其味少酢，藏之益美。”

《广州记》曰：“三蔗快酢，新说蜜为糁，乃美。”

蘧蔬[55]《尔雅》曰：“出隧，蘧蔬。”郭璞注云：“蘧蔬，似土菌，生‘菰草’中。今江东啖之，甜滑。”

芺　《尔雅》曰：“钩，芺”。郭璞云：“大如拇指，中空，茎头有台，似蓟。初生可食。”

莸　《尔雅》曰：“莸，蔏蓄。”郭璞云：“似小藜，赤茎节，好生道旁。可食，又杀虫。”

芜　《尔雅》曰：“须，蕵芜。”郭璞注云：“蕵芜，似羊蹄，叶细，味酢，可食。”

隐荵　《尔雅》云：“蒡，隐荵。”郭璞云：“似苏，有毛，今江东呼为隐荵。藏以为菹，亦可瀹食。”

守气　《尔雅》曰：“皇，守田。”郭璞注曰：“似燕麦。子如雕胡米，可食。生废田中。一名‘守气’。”

地榆　《神仙服食经》云：“地榆，一名‘玉札’。北方难得，故尹公度曰：“宁得一斤地榆，不用明月珠。’其实黑如豉，北方呼‘豉’为‘札’，当言‘玉豉’。与五茄煮，服之可神仙。是以西域真人曰：‘何以支长久？食石畜金盐；何以得长寿？食石用玉豉。’此草雾而不濡，太阳气盛也，铄玉烂石。炙其根作饮，如茗气。其汁酿酒，治风痹，补脑。”

《广志》曰：“地榆可生食。”

人苋 《尔雅》曰;“蒉，赤苋。”郭璞云:“今人苋赤茎者。”

莓 《尔雅》曰:“葥，山莓。”郭璞云:“今之木莓也，实似藨莓而大，可食。”

鹿葱 《风土记》曰:“宜男，草也，高六尺，花如莲。怀妊人带佩，必生男。”

陈思王《宜男花颂》云:“世人有女求男，取此草食之，尤良。”

嵇含《宜男花赋序》云:“宜男花者，荆楚之俗，号曰‘鹿葱’。可以荐宗庙。称名则义过‘马舄’焉[67]。”

蒌蒿 《尔雅》曰:“购，商蒌。”郭璞注云:“商蒌，蒌蒿也。生下田。初出可啖。江东用羹鱼。”

藨 《尔雅》曰:“藨，麃。”郭璞注曰:“藨即莓也。江东呼‘藨莓’。子似覆盆而大，赤，酢甜可啖。”

綦 《尔雅》曰:“綦，月尔。”郭璞注云:“即紫綦也，似蕨，可食。”

《诗疏》曰:“綦菜也。叶狭，长二尺，食之微苦，即今英菜也。《诗》曰:‘彼汾沮洳，言采其英[68]。’”〔一本作“莫”。〕

覆盆 《尔雅》曰:“茥，蒛葐。”郭璞云:“覆盆也，实似莓而小，亦可食。”

翘摇 《尔雅》曰:“柱夫，摇车。”郭璞注曰:“蔓生，细叶，紫华。可食。俗呼‘翘摇车’。”

乌苬[69] 《尔雅》曰:“菼，薍也。”郭璞云:“似苇而小，实中。江东呼为‘乌苬’。”

《诗》曰:“葭、菼揭揭。”毛云:“葭，芦;菼，薍。”《义疏》云:“薍，或谓之荻;至秋坚成即刈，谓之‘萑’。三月中生。初生其心挺出，其下本大如箸，上锐而细，有黄黑勃，著之污人手。把取正白，啖之甜脆。一名‘蓫 薚’[70]。扬州谓之‘马尾’。故《尔雅》云:‘蓫 薚，马尾也’。幽州谓之‘旨苹’。”

㯪 《尔雅》曰:“槚，苦荼。”郭璞曰:“树小似栀子。冬生叶，可煮作羹饮。今呼早采者为‘荼’，晚取者为‘茗’。一名‘荈’。蜀人名之‘苦荼’。”

《荆州地记》曰:“浮陵荼最好。”

《博物志》曰:“饮真荼，令人少眠。”

荆葵 《尔雅》曰:“荍，蚍衃[71]。”郭璞曰:“似葵，紫色。”

《诗义疏》曰:“一名‘芘芣’。华紫绿色，可食，似芜青，微苦。《陈诗》曰:‘视尔如荍。’”

窃衣 《尔雅》曰:“蘮蒘，窃衣。”孙炎云:“似芹，江河间食之。实如麦，两两相合，有毛，著人衣。其华著人衣，故曰‘窃衣’。”

东风 《广州记》云:“东风，华叶似‘落娠妇’，茎紫。宜肥肉作羹，味如酪，香气似马兰。”

堇 《字林》云:“草似冬蓝。蒸食之，酢。”

萸[72] “木耳也。”

按木耳，煮而细切之，和以姜、橘，可为菹，滑美。

莓 “莓，草实，亦可食。”

荁[73]“荁，干堇也。”

蘄 蘄，《字林》曰:“草，生水中，其花可食。”

木 《庄子》曰:“楚之南，有冥泠〔一本作‘灵’〕者，以五百岁为春，五百岁为秋。”司马彪曰:“木，生江南，千岁为一年。”

《皇览·冢记》曰："孔子冢茔中树数百，皆异种，鲁人世世无能名者。人传言：孔子弟子，异国人，持其国树来种之。故有柞、枌、雒离、女贞、五味、毚檀之树[74]。"

《齐地记》曰："东方有'不灰木'。"

桑　《山海经》曰："宣山，……有桑，大五十尺，其枝四衢。〔言枝交互四出〕其叶大尺，赤理，黄花，青叶。名曰'帝女之桑'。"〔妇人主蚕，故以名桑。〕

《十洲记》曰："扶桑，在碧海中。上有大帝宫，东王所治。有椹桑树，长数千丈，三千余围。两树同根，更相依倚，故曰'扶桑'。仙人食其椹，体作金色。其树虽大，椹如中夏桑椹也，但稀而赤色。九千岁一生实，味甘香。"

《括地图》曰："昔乌先生避世于芒尚山，其子居焉。化民食桑，三十七年，以丝自裹；九年生翼，九年而死，其桑长千仞，盖蚕类也。去琅邪二万六千里。"

《玄中记》云："天下之高者，'扶桑'无枝木焉：上至天，盘蜿而下屈，通三泉也。"

棠棣　《诗》曰："棠棣之华，萼不韡韡。[75]"《诗义疏》云："承花者曰萼。其实似樱桃、薁；麦时熟，食美。北方呼之'相思'也。"

《说文》曰："棠棣，如李而小，子如樱桃。"

棫　《尔雅》云："棫，白桵。"注曰："桵，小木，丛生，有刺。实如耳珰，紫赤，可食。"

栎　《尔雅》曰："栎，其实梂。"郭璞注云："有梂汇自裹。"孙炎云："栎实，橡也。"

周处《风土记》云："《史记》曰：'舜耕于历山。'而始宁、邳、郯二县界上，舜所耕田，在于山下，多柞树。吴越之间，名柞为栎，故曰'历山'。"

桂　《广志》曰：桂，出合浦。其生必高山之岭，冬夏常青。其类自为林，林间无杂树。"

《吴氏本草》曰："桂，一名'止唾'。"

《淮南万毕术》曰："结桂用葱。"

木绵　《吴录·地理志》曰："交趾安定县有木绵，树高丈。实如酒杯，口有绵，如蚕之绵也。又可作布，名曰'白緤'，一名'毛布'。"

穰木　《吴录·地理志》曰："交趾有穰木。其皮中有如白米屑者，干捣之，以水淋之，似面，可作饼。"

仙树　《西河旧事》曰："祁连山有仙树。人行山中，以疗饥渴者，辄得之。饱不得持去。平居时，亦不得见。"

莎木　《广志》曰："莎树多枝叶，叶两边行列，若飞鸟之翼。其面色白。树收面不过一斛。"

《蜀志记》曰："莎树出面，一树出一石。正白而味似桄榔，出兴古。"

槃多　裴渊《广州记》曰："槃多树，不花而结实。实从皮中出。自根著子至杪，如橘大。食之。过熟，内许生蜜。一树者，皆有数十。"

《嵩山记》曰："嵩寺中忽有思惟树，即贝多也。有人坐贝多树下思惟，因以名焉。汉道士从外国来，将子于山西脚下种，极高大。今有四树，一年三花。"

缃　顾微《广州记》曰："缃，叶、子并似椒；味如罗勒。岭北呼为'木罗勒'。"

娑罗　盛弘之《荆州记》曰："巴陵县南有寺，僧房床下，忽生一木，随生旬日，势凌轩栋。道人移房避之，木长便迟，但极晚秀[76]。有外国沙门见之：'名为娑罗也。彼僧所憩之荫，常著花，细白如雪。'元嘉十一年，忽生一花，状如芙蓉。"

榕　《南州异物志》曰："榕木，初生少时，缘榑他树，如外方扶芳藤形，不能自立根本，缘绕他木，傍作连结，如罗网相络，然后皮理连合，郁茂扶疏，高六七丈。"

杜芳　《南州异物志》曰："杜芳，藤形，不能自立根本，缘绕他木作房，藤连结如罗网相冒[77]，然后皮理连合，郁茂成树。所托树既死，然后扶疏六七丈也。"

摩厨　《南州异物志》曰："木有摩厨，生于斯调国。其汁肥润，其泽如脂膏，馨香馥郁，可以煎熬食物，香美如中国用油。"

都句　刘欣期《交州记》曰："都句树，似栟榈[78]。木中出屑如面，可啖。"

木豆　《交州记》曰："木豆，出徐闻。子美，似乌豆。枝叶类柳。一年种，数年采。"

木堇　《庄子》曰："上古有椿者，以八千岁为春，八千岁为秋。"司马彪曰："木堇也，以万六千岁为一年，一名'蕣椿'。"

傅玄《朝华赋序》曰："朝华，丽木也，或谓之'洽容'，或曰'爱老'。"

《东方朔传》曰："朔书与公孙弘借车马曰：'木堇夕死朝荣，士亦不长贫。'"

《外国图》曰："君子之国，多木堇之花，人民食之。"

潘尼《朝菌赋》云："朝菌者，世谓之'木堇'，或谓之'日及'，诗人以为'蕣华'。"又一本云："《庄子》以为'朝菌'。"

顾微《广州记》曰："平兴县有花树，似堇，又似桑。四时常有花，可食，甜滑，无子。此蕣木也。"

《诗》曰："颜如蕣华。"《义疏》曰："一名'木堇'，一名'王蒸'。"

木蜜　《广志》曰："木蜜，树号千岁，根甚大。伐之四五岁，乃断取不腐者为香。生南方。"

"枳，木蜜，枝可食。"

《本草》曰："木蜜，一名木香。"

枳柜　《广志》曰："枳柜，叶似蒲柳；子似珊瑚，其味如蜜。十月熟，树干者美。出南方。邛、郯枳柜大如指。"

《诗》曰："南山有枸。"毛云："柜也。"《义疏》曰："树高大似白杨，在山中。有子著枝端，大如指，长数寸，啖之甘美如饴。八九月熟。江南者特美。今官园种之，谓之'木蜜'。本从江南来。其木令酒薄[79]，若以为屋柱，则一屋酒皆薄。"

朹　《尔雅》曰：朹，梅。"郭璞云："朹树，状似梅。子如指头，赤色，似小柰，可食。"

《山海经》曰：单孤之山，其木多朹。"郭璞曰："似榆，可烧粪田。出蜀地。"

《广志》曰："机木生易长[80]。居，种之为薪，又以肥田。"

夫移　《尔雅》曰："唐棣，移。"注云："白移。似白杨。江东呼'夫移'。"

《诗》云："何彼秾矣，唐棣之华。"毛云："唐棣，移也。"《疏》云："实大如小李，子正赤，有甜有酢；率多涩，少有美者。"

䒤　《山海经》曰[81]："前山，有木多䒤。"郭璞曰："似柞，子可食。冬夏青。作屋柱难腐。"

木威　《广州记》曰："木威，树高大。子如橄榄而坚，削去皮，以"为粽。"

榞木　《吴录·地理志》曰："庐陵南县有榞树，其实如甘焦，而核味亦如之。"

韶　《广州记》曰："韶，似栗。赤色，子大如栗，散有棘刺。破其外皮，内白如脂肪，著核不离，味甜酢。核似荔支。"

君迁　《魏王花木志》曰："君迁树细似甘焦，子如马乳。"

古度　《交州记》曰："古度树，不花而实。实从皮中出，大如安石榴，正赤，可食。其实中如有'蒲梨'者，取之数日，不煮，皆化成虫，如蚁，有翼，穿皮飞出。〔著屋正黑。〕"

顾微《广州记》曰："古度树，叶如栗而大于枇杷。无花，枝柯皮中生子。子似杏而味酢。取煮以为粽。取之数日，不煮，化为飞蚁。"

"熙安县有孤古度树生，其号曰'古度'。俗人无子，于祠炙其乳，则生男。以金帛报之。"

击弥 《广志》曰："击弥树，子赤，如楔枣，可食。"

都咸 《南方草物状》曰："都咸树，野生。如手指大，长三寸，其色正黑。三月生花色，仍连著实。七八月熟。里民啖子，及柯皮干作饮，芳香。出日南。"

都桷 《南方草物状》曰："都桷树，野生。二月花色，仍连著实。八九月熟。一如鸡卵。里民取食。"

夫编〔一本作"遍"〕《南方草物状》云："夫编树，野生。三月花色，仍连著实。五六月成子，及握。煮投下鱼、鸡、鸭羹中，好。亦中盐藏。出交趾、武平。"

乙树 《南方记》曰："乙树，生山中。取叶，捣之讫，和繻叶汁煮之，再沸，止。味辛。曝干，投鱼肉羹中。出武平、兴古。"

州树 《南方记》曰："州树，野生。三月花色，仍连著实，五六及握，煮如李子。五月熟。剥核，滋味甜。出武平。"

前树 《南方记》曰："前树，野生。二月花色，连著实，如手指，长三寸。五六月熟。以汤滴之，削去核食。以糟、盐藏之，味辛可食。出交趾。"

石南 《南方记》曰："石南树，野生。二月花色，仍连著实。实如燕卵，七八月熟。人采之，取核，干其皮，中作肥鱼羹，和之尤美。出九真。"

国树 《南方记》曰："国树，子如雁卵，野生。三月花色，连著实。九月熟。曝干讫，剥壳取食之，味似栗。出交趾。"

楮 《南方记》曰："楮树，子似桃实。二月花色，连著实。七八月熟。盐藏之，味辛。出交趾。"

栌《南方记》曰："栌树，子如桃实，长寸余。二月花色，连著实。五月熟，色黄。盐藏，味酸似白梅。出九真。"

梓棪 《异物志》曰："梓棪，大十围，材贞劲，非利刚截，不能克。堪作船。其实类枣，著枝叶重曝挠垂。刻镂其皮，藏，味美于诸树。"

蕾母[⊗] 《异物志》云："蕾母树，皮有盖，状似栟榈；但脆不中用。南人名其实为'蕾'。用之，当裂作三四片。"

《广州记》曰："蕾叶广六七尺，接之以覆屋。"

五子 裴渊《广州记》曰："五子树，实如梨，里有五核，因名'五子'。治霍乱、金疮。"

白缘 《交州记》曰："白缘树，高丈。实味甘，美于胡桃。"

乌臼 《玄中记》云："荆、扬有乌臼，其实如鸡头。迮之如胡麻子，其汁，味如猪脂。"

都昆 《南方草物状》："都尾树，野生。二月花色，仍连著实。八九月熟，如鸡卵。里民取食之，皮核滋味醋。出九真、交趾。"

---

①饘（zhān，音毡），厚粥。

②扶疏，枝叶茂盛分披的样子。

③右折右炊，随采摘随炊饭。

④东墙，沙米。

⑤遐（xiá，音霞），逝去。
⑥降，下嫁。
⑦非时，不应时。
⑧敷张枝条一里余，枝叶铺张开来有方圆一里多。
⑨围过其长，枣子的横围要超过枣子的长度。
⑩卑枝，最接近地面的树枝。
⑪见，同现。
⑫太上，天上。
⑬合食，此指连皮吃。
⑭槱（yòu，音又），同柚。
⑮椴（fèi，音废）。木名。
⑯《书》，指《尚书》。《传》，指《左传》。
⑰预，通蓣，薯蓣。
⑱刘，通榴。
⑲柤（zhā，音扎），通楂。
⑳臧（zāng，音赃），善。
㉑羞，进献食品，美好的食品。
㉒不桥，不弯。
㉓不敢，不摘取。
㉔直上不可那也，不可能直上采摘。
㉕筥（jǔ，音举），圆形的盛物竹器。
㉖益知，益智，龙眼。
㉗小倾斜，稍有倾斜。
㉘夏至日将已时，夏至日快完的时候。
㉙僰（bó，音博），古族名。僰道，古县名。在今四川宜宾西南安边镇。
㉚桶，即桷。
㉛干，即根。
㉜蒟（jǔ，音举），植物名。
㉝不如葛色，不如葛色好。
㉞席，此指席面，即桌面。
㉟可以食槟榔，可以与槟榔同食。
㊱菜茹，蔬菜的总称。
㊲余瞀（mào，音冒），地名。
㊳葙（xiāng，音香），菜名。
㊴蔛（hú，音胡），菜名。
㊵同产，同胞。
㊶两披，向两边分开。
㊷榱（cuī，音催），椽子。
㊸篔（yún，音云）筜（dāng，音当），大竹名。
㊹度世推节，处世要有竹的气节。
㊺征合实中，作武器则要用实心竹。
㊻篔筜函人，篔筜竹中长有小“人”。
㊼鼦（liú，音留），鼠名。
㊽爨（cuàn，音窜），此指灶。
㊾簬（lù，音路），竹名。
㊿菣（qìn，音沁），香蒿。
51蘩（fán，音凡），白蒿。

㊾歜（chù，音触），昌歜，此指腌菖蒲。
㊿上嵩高，上嵩山高处。
54萍（píng，音平），同萍。
55菭（tái，音台），苔。
56藫（tán，音坛），草名。
57珰（dāng，音当），古时女子的耳饰。
58苳（zhōng，音终）葵，植物名。
59洳（rù，音入），低湿之处。
60蟦（fèi，音肺），蛴螬虫的异名。
61藾（lài，音赖）萧，植物名。
62密涂稍用，密封起来备用。
63汋（yuè，音月），通瀹，煮。
64櫐（lěi，音垒），蔓生植物。
65櫴（là，音蜡）欇（shè，音社），木名。
66蘧蔬，茭白。
67马舄，车前子。
68芵（jué，音决），植物名。
69苬（qiū，音丘），乌苬，茭的别称。
70蓫（zhú，音竹）　荔（chāng，音昌），草名。
71荍（qiáo，音桥），植物名，锦葵。蚍（pí，音皮）衃（pēi，音胚），植物名。
72萮（ruǎn，音软），木耳。
73萑（huán，音环），植物名。
74毚（chán，音馋），此指木名。
75韡韡（wěi，音伟），鲜明的样子。
76秀，此指秃，即落叶。
77罥（juàn，音绢），缠绕，牵挂。
78栟（bīng，音兵），栟榈，即棕榈。
79其木令酒薄，树木可以消减酒性。
80机，木名，即桤木。
81檡（zhū，音朱），木名。
82哥（gē，音哥），树名。

书